EINFÜHRUNG IN DIE SCHÖNE LITERATUR

PÉTER ESTERHÁZY

EINFÜHRUNG IN DIE SCHÖNE LITERATUR

Einführung in die schöne Literatur

Aus dem Ungarischen
von Bernd-Rainer Barth, György Buda,
Zsuzsanna Gahse, Angelika Máté, Péter Máté,
Terézia Mora und Hans-Henning Paetzke

BERLIN VERLAG

Bernd-Rainer Barth übersetzte *Leitfaden*; György Buda *Bis der Schweif des Pferdes nachwächst*, *Wer haftet für die Sicherheit der Lady?*, *Transformation* (S. 507), Marginalien zu *Kleine Pornographie Ungarns* und *Leitfaden*, *Es ist Zeit*, *Verschwindend geringe Böswilligkeit* und *Kosztolányi-Rekonstruktionen* (S. 726, 728, 730); Zsuzsanna Gahse *Indirekt*, *Walzer im Herzenstakt*, *Märchen*, *Märchen*, *Märlein*, *Daisy – Opernlibretto*, *Kleine Pornographie Ungarns*, *Der Ort, an dem wir uns befinden*, *Fuhrleute*, *Kosztolányi-Rekonstruktionen* (S. 732–734), *A Hard Day's Night*, *Halassis Schreibheft*; Angelika und Péter Máté übersetzten *Leichte Freiheit des Rausches*; Terézia Mora *Flucht der Prosa* und *Das Tagebuch des Gastwirts*; Hans-Henning Paetzke *Daisy*, *Ágnes* und *Die Hilfsverben des Herzens*. Danilo Kiš' *Ruhmreich ist es für das Vaterland zu sterben* wurde von Ivan Ivanji aus dem Serbokroatischen übersetzt. (Verlag und Autor danken dem Hanser Verlag für die freundlich erteilte Abdruckgenehmigung.)

Die Übersetzung wurde gefördert vom Literarischen Colloquium Berlin mit Mitteln des Auswärtigen Amtes und der Senatsverwaltung für Wissenschaft, Forschung und Kultur Berlin. Der Verlag dankt für die freundlich gewährte Förderung. Die Übersetzerinnen Zsuzsanna Gahse und Angelika Máté danken dem Deutschen Übersetzerfonds e. V. für die Unterstützung ihrer Arbeit.

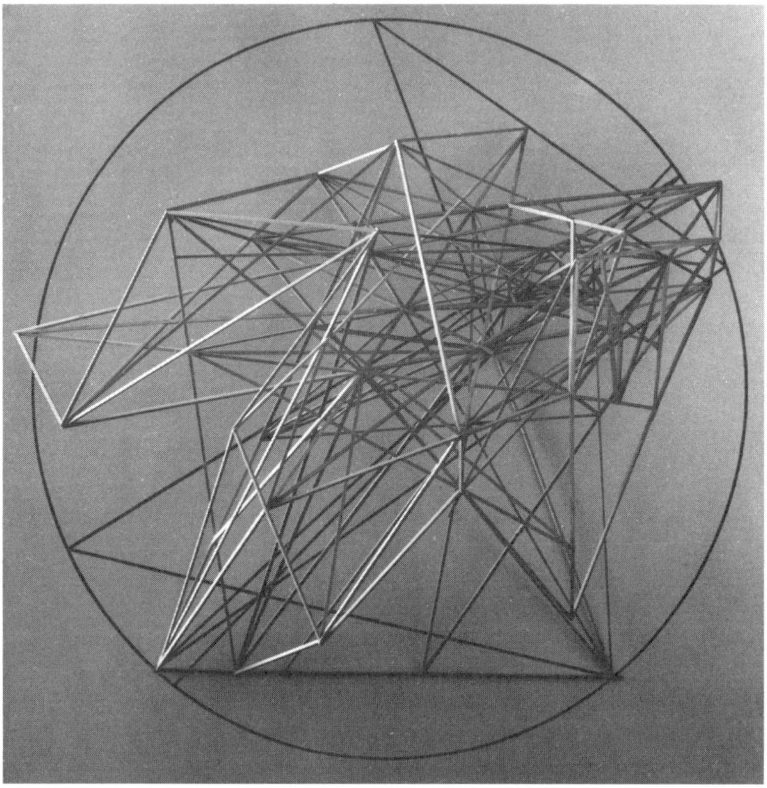

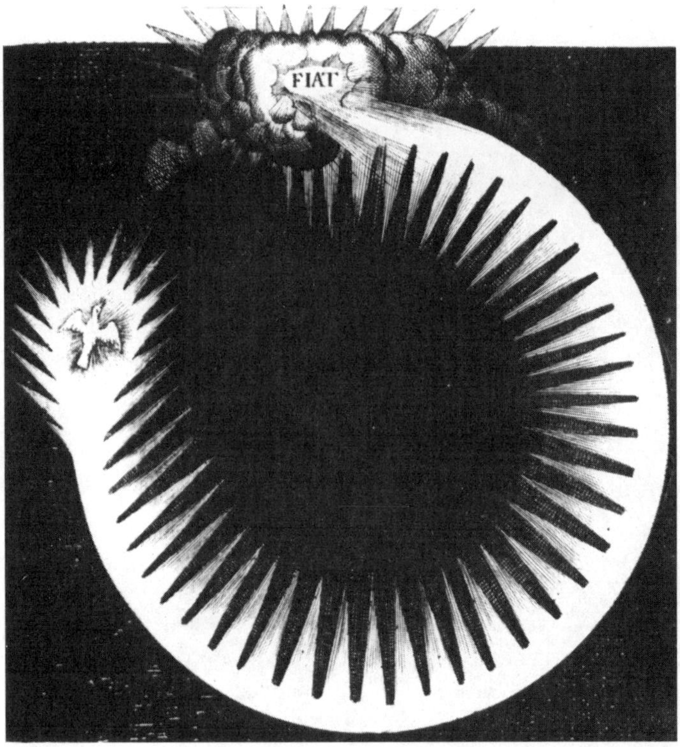
FIAT

Ich. Ich. Ich. Ich
(Gombrowicz)
Ich – das sind die anderen
(nach Sartre)

FLUCHT DER PROSA

Am 16ten Juni, einem Werktag- – der Tag, an dem, wie ein kaiserliches Dekret bestimmt hat, seine Hinrichtung stattfinden sollte – vormittag, klang seine Angst ein wenig ab, denn schon seit etwa sechs Wochen war niemand mehr gestorben. Wer verfolgt? Da ich das schreibe, ist der Himmel klar, es grünen die Zweige. Es herrscht Trockenheit. Die Schneeschmelze hat eingesetzt. Der ROMAN, der eher gut als wahrhaftig geworden ist, ist eine ungemütliche Mischung aus der Beschreibung eines Romans (das wäre der Roman selbst) und einem Roman (der sozusagen seine eigene Beschreibung enthielte). Ich erzähle, dieses Ich ist aber keine fingierte Person … Es war einmal ein Mann. Es war einmal ein Lektoratsgutachter. Am vierzehnten April 1950 (±ε) war die Sonne um 4 Uhr 59 aufgegangen. Schauen Sie, sagt der Oberst, Sie hassen mich vielleicht, oder wenn nicht, dann sind Sie ein Feigling. Herr, Ihr Drink sein hier. Verlockung: Bitte schön, hier gibt's a' Kipferl Frauens Männers. Der Obergefreite schaut ihn lächelnd an. Er friert so sehr, daß er sich fast erbricht. Das hier ist nicht Abaliget, nicht Acsád, nicht Adács, nicht Albertirsa. Der Ort, an dem wir uns befinden, ist eine Spelunke. Ich schreibe: kann es in der schmucken Heimat …

Das Studium des Leitfadens ist ein festlicher Höhepunkt unseres literarischen Lebens. Bei der Blumenverkäuferin tauchen die Reiter auf. Sie sind nun gekommen!

Am 16ten Juni, einem Werktagvormittag, zogen der Reihe und dem Namen nach folgende Wörter ein (Auweia, Goldstück, das ist aber ein häßlicher Dampfer!):

Amme aus Abaliget, allerliebst aus Acsád, Analyse aus Adács, ankleiden aus Albertirsa, Antlitz aus Adorjánpuszta, Arbeit aus Abaújszántó, aber auch aus Abaújszántó-fürdő, Alter aus Ábrahám, beleckt aus Baktüttös, betuttelt aus Bágyogszovát, Bestandsaufnahme aus Bashalom, Begräbnis aus Balatonkenese, Chérie aus Csisztagyógyfürdő, Chili aus Csillaghegy, Csárdás aus Csabacsüd, Champion aus Csurgó, Chefingenieur aus den Csepeler Eisenwerken, Cellos aus Cegléd (!), circa aus Cegléd, couragiert aus Csokvaormány,

doch aus Dabronc, Diskretion aus Dad, Dampfer aus Devecser, Dezi aus Dértanya, Doppelter aus Debrecen, dergestalt aus Dorog, Datenbasis aus Drégelypalánk, Damast aus Diósjenő, Energetikabteilung aus Eperjeske, Einführung aus Ereklye, er/sie/es aus Écs, evident aus Érd, Empirie aus Ercsi, Ente aus Enese, elastisch aus Egyek, Existenz aus Ebes, Flasche aus Fertőd, Fläschchen aus Felcsút, Fertigungsabteilung aus Fancsika, Freiheit aus Franciavágás,

Familie aus Felsőrajk, Flöte aus Farmos, flink aus Folyás, Fingerhut aus Fityeháza, Filius aus Feketeakol, flickt aus Fácánkert, grüßt aus Győr, Genosse aus Gemenc, gut aus Gyöngyfa, Geige aus Gádoros, Gott aus Gyón (was für eine Frömmelei!), herunter aus Halesz, Hüfte aus Halmaj, humpelnd aus Hajdúnánás, huschhusch aus Hajdúsámson, Herrschaft aus Heresznye, Herz aus Hort (tja), hockt aus Hugyag, Institut

Der Einzug der Wörter

Aber eure Sprache soll sein
ja ja, nein, nein,
was darüber fällt,
ist vom Bösen.
Matthäus 5, 37

ja	*ja*	nein	**nein**
ja	nein	**ja**	nein
nein	ja	*ja*	nein
nein	**ja**	nein	ja
ja	nein	**nein**	ja
nein	nein	ja	*ja*

»Meine Liebste, ein wenig Käse hätt' ich gern.« – Ad diem erwacht träumte mir unter anderem, ich sah meine teure Mutter frisch in guter gesundtheit, in einer Thurm förmig Stadt, aber nach einander fielen mir bald zwei zähne aus, den hohlen zahn auf der rechten seite stemmt ich mit meinem finger selbst heraus, und der andere als wäre er zwei wochen bevor von alleine aus gefallen, aber das war kein hohlzahn.

»Mein Sohn. **Wo ist deine Reinheit?** *Ich sage nicht, sie sei verschwunden, aber dennoch: wo?« – Jeder mann weiß, daß auch das kleinste flüßchen zum meer eilt. Das vögelchen, das da zaun-könig heißt, liebt es in weit ausgedehnt lüften zu fittichen. Um nicht mehr zu erwähnen. So auch du, Liebstes Vaterland!, wenn ich mich an dich zu lehnen wünsche, stoße mich nicht von dir, sondern lasse einen mit schwachen beinen wie ich bin sich an dich lehnen.*

Teures Vaterland! Von dir nahmen wir nach Gott alles, was wir haben: – so ist es unsere Pflicht, Dir mit all unseren Talenten zu dienen. Alsda schauest du nun die zarten Triebe unseres geheiligten Bemühens. Nimm sie hin mit der selben Mütterlichen Leidenschaft, mit welcher Kindlicher Inbrunst wir es dir an deinen Altare dar bringen.

aus Ipolyvece, intrigiert aus Inota, irrlichtern aus Ikrény, iwo aus Ináncs, ich bin aus Inárcs,

Ideal aus Izsák, Idylle aus Ilonaszállás, Idiosynkrasie aus Inám, Jogginganzug aus Jászfényszaru, jaj aus dem József-Sanatorium (Auweia, Goldstück, das ist aber ein häßlicher Dampfer!), Knie aus Keselyűs, Karree aus Kapitányság, Küßdiehand aus Küngös, Kreuzschmerzen aus Katraszél, Kompetenz aus Kaszó, kariert aus Kund-puszta, Katastervermessung aus Kocsola, Kasha-Kleid aus Kondoros, Korrelation aus Kisköre, Krombihose aus Kisvárda, Kolportage aus Kaskantyú,

Kurfürst aus Kína (Das Kreuz tut mir weh, was soll ich tun? Meine Worte adressiere ich an den Burschen. Mein Sohn, du weißt doch Bescheid über das Wie-und-was des Körpers! Der Bursche jauchzt. Ein heißes Wannenbad und danach soll die Frau ihn lange malkern! Aber wenn sie sich davor ekelt, mein Sohn, wenn sie sich vor der *Massur* ekelt! Der Bursche johlt und schneidet Fratzen; das Rindvieh bedauert mich!), Klopfer aus Kötegyán, Knochen aus Kistőke, Kleidung aus Kulcs, Kind aus der Kryptonfabrik, Kukuruz aus Kurd, Krügerl aus Keszőhidegkút, linearer Raum aus Lökösháza (Regen, Gottes Segen), Literatur aus Lad, Lumpen aus der **Jenő** Landler Fahrzeugreparatur, Leben aus Lupasziget, Luft aus Ludad, Liebe aus Lókút, Matrix aus Mátészalka, metzelt aus Magyarbóly, Modell aus Macs, mergelt aus Macskás, Morgen aus Mártély, mechanisch aus Mesztegnyő, Moebius-Schleife aus Mátraballa,

Männerstimme aus Margarethenbrücke, Mami aus Martfű, mutig aus Mohora, morbide aus Magyarfalva, möglich aus Möcsény, Massur aus Mikepércs, Maischefaß aus Máriapócs, Morelle aus Mátyásföld, madig aus Mezőtárkány, mistig aus Magyarkút, mierig aus Mernye, mint aus Miskolc, normativ aus Nagyatád, nicht aus Novajidrány, neckt aus Nyárszentlőrinc, Nuß aus Naszehíd, nein aus Nagykálló, nippt aus Nesztány, Nacht aus Nagyoroszi, Negerin aus Nyúl,

Oma aus Orgovány, Öfchen aus Örjeg, Œuvre aus Örkény, ökern aus Öcsény, Ö aus Öntés, Palinka aus Pacsmag, Puppe aus Porpác, Pabjeda aus Pápa, per se aus Pátroha, Pest aus Pán, Perfektion aus Poroszló, Regler aus Rajka, rot aus Rákospalota, Regression aus Révfülöp, rupft aus Rátót, rebelt aus Rinya, riestert aus Rigács, Rest aus Rizse, Ruhe aus Répcelak, Statistik aus Selyp,

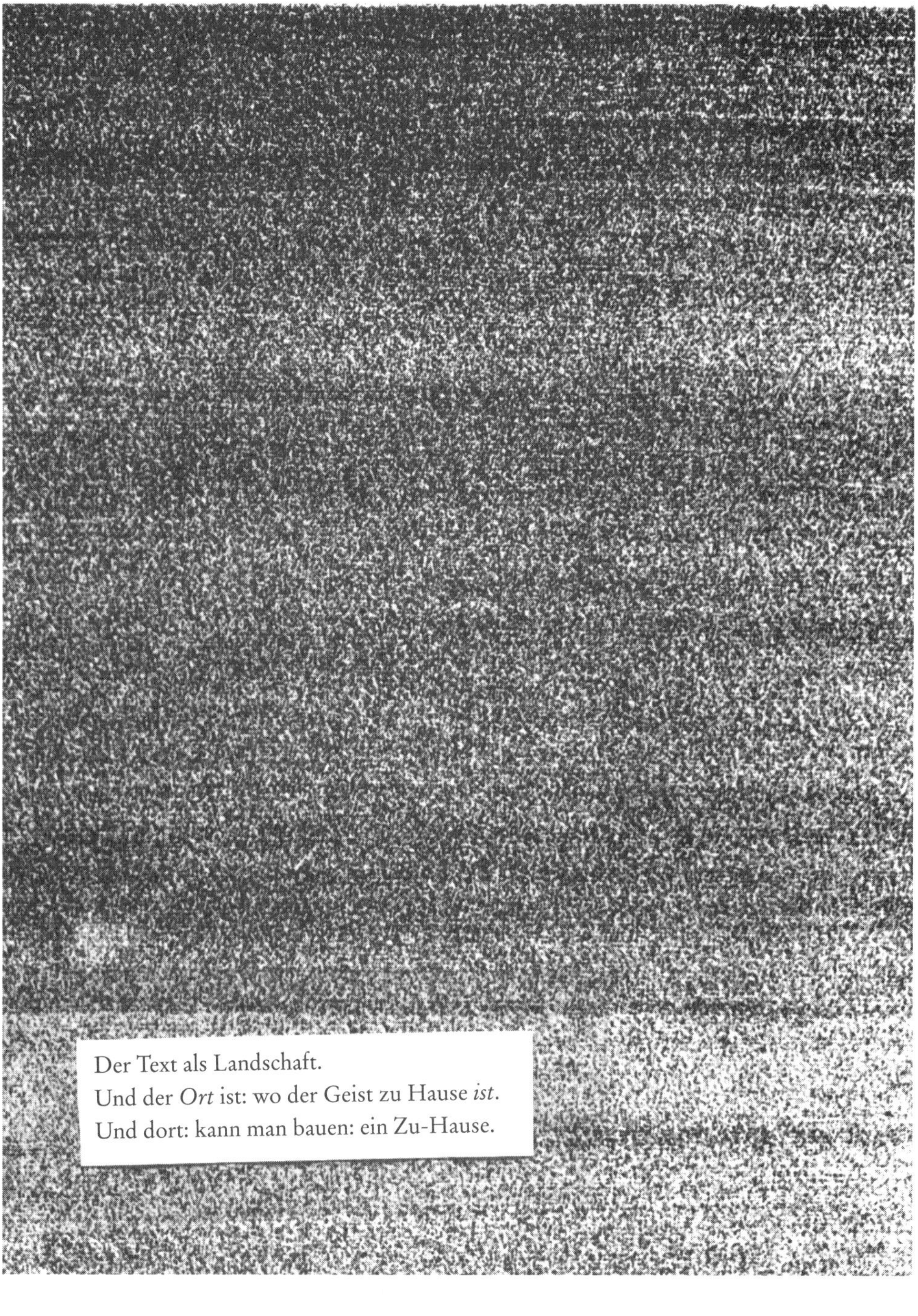

Der Text als Landschaft.
Und der *Ort* ist: wo der Geist zu Hause *ist*.
Und dort: kann man bauen: ein Zu-Hause.

Schal aus Sütt\u0151, schon aus Sáta, System aus Szabadbattyán, Stall aus Szabadegyházo, Simulation aus Szabadkígyós, süß aus Szabadságtelep, Strudel aus Szabadszállás, Schlüpfer aus Szob, Schwiegertochter aus Szarkás, sitzend aus Szarvas, Schleier aus Szarvask\u0151, schmutzig aus Szikáncs, Schwein aus Szophomok, Tod aus Tát oder Tedej, trachtet aus Türje, Text aus Taszár, Ton aus Tiszalök, Tagebuch aus Tököl, Teppich aus Tab, Tennis aus Toponár, Uhr aus Ukk, Ungar aus Uzovicstelep, unerreichbar aus Ugyer, Übertrag aus Üll\u0151, überragend aus Ürmöshát, überraschend aus Ürmöshát, über aus Ürmöshát, Wurm aus Ürmöshát, wie oder was aus Wien, verfroren aus Vác, Verwaltung aus Vörs, verzweifelt aus Vokány, Verfahrensregelung aus Vajszló, Vakat aus, versteht aus Vizslás, Vitrinesoldaten aus Vép, vollschlagen aus Vészt, Vokabel aus Városl\u0151d, Zucker aus Záhony, Zeit aus Zsujta (eine Frau kam herein, setzte sich auf einen Schoß, ins Reich der Scheinbarkeiten).

O Wort, warum verläßt du mich?

Sie sind nun gekommen!

»Sie sind eine verzweifelte, mutige und anziehende Frau.«

Jedes Schreiben entspringt dem *dur désir de durer* (der beständigen Sehnsucht zu bestehen), aus dem trotzigen Erfindungsreichtum des Geistes gegenüber dem Tod, die Zeit mit der Macht der Schöpfung auszuspielen.

Da ich das schreibe, ist der Himmel klar, es grünen die Zweige. Ich schreibe in der dritten Person Einzahl, ich fühle mich sicher; ich hoffe, daß ich nicht so bald sterben werde. **Major Ford verbindet meine verletzte Schulter.** Ich kann auf mich selbst aufpassen. Ich stehe in Verbindung mit mir selbst und mit meinem Körper. *Ich bin hier.* Ich bin begehrenswert, ich bin okay, ich kann mich leiden. Er steht. Es **ist** kalt. Hart ist die Windjacke an ihm geworden, der Stoff der Windjacke ist spröde, er knöpft den großen, bunten oberen Knopf zu, der Knopf drückt gegen sein Kinn, er senkt das Kinn ein

Gegen den Tod ist kein Kraut gewachsen.

Mottomotto: Motto schlug zu, danach war Ruh'

1. »Ich. Ich. Ich. Ich.«
2. »ICH. **Ich.** Ich. *ich.**«

* Madame Bovary

Ketten- und andere Glieder
(Bujdosó)

»Die beste Definition der Heimat ist Bibliothek.«
(Canetti)

»Es scheint, ich selbst bin der, von dem das Buch erzählt: eine Kirche, ein Streichquartett, der Wettstreit zwischen Franz I. und Karl V. …«

»Dreck, o, süsses Wort.«
(Mozart)

»Ich kann kein Mühlrad mehr sehen.«
(Büchner)

»Ich«, rief Fichte mit Heroismus.

»Auch halte ich mein Herzchen wie ein krankes Kind; jeder Wille wird ihm gestattet. Sage das nicht weiter; es gibt Leute, die mir das verübeln würden.«
(Goethe: Werther)

»Die grausame Wirklichkeit zerriß die schönen Träume.«

»Nicht sich schildern, sich immer versetzen. Nicht sich als erkennendes, sondern als erlebendes, erleidendes, sonderbar fühlendes und wollendes Objekt schildern.«
(Musil)

»Ich mag keinen Ball, zu dem nicht nindestens achthundert Personen geladen sind.«
(Ortega)

Rosenzweig: *Wenn einer etwas zu sagen hat, wird er es auf neue Weise sagen.*

»Das mag eine sehr beschlagene Köchin sein, aber sie versteht es nicht, ein Beefsteak mit Äpfeln zu machen.«
Madame Proust

»Die Kunst hat kein Ziel, sondern einen Grund.«
(Lajos Kassák)

Die Marquise verließ um fünf Uhr das Haus.
(Paul Valery)

»Das Auge hat Angst, aber die Hand tut es.« ***(Balujev)***

»Ich schockiere und erschrecke sie, aber wenn sie wüßten, wie sehr sie mich schockieren!«
(Katherine Mansfield)

»Ein samtener Aufstand – farbig, ideenreich.«
(Alpár Bujdosó)

Chardin: *»Allein die Liebe vermag Lebewesen zu bewegen.«*

Márai: Es gibt dreierlei Lebensweisen: die Ulyssessche, die Jesussche und die Faustsche. Der Rest sind Steuerzahler.

»Die Jünger von Emmaus ist schön; schön dunkel.«
(Géza Ottlik)

Füst: Ich meine, ohne Erinnerungsvermögen gibt es keine Moral.

»Selbst ein Stein würde sprechen, wenn man ihm die Zähne einschlägt.«
(D. Kiš)

»… nichts, was lebt, kann Gottes Freude gänzlich rauben.« – R. Lowell

»Deine Hure ist hinreißend. Ich würde mich freuen, wenn du ihren Bauch am Anfang etwas zurücknehmen würdest.« – Flaubert.

Nossack: Ich bitte den Leser, mich nicht für vermessen zu halten. Auch ich bilde mir nicht ein, sagen zu können: So ist die Wirklichkeit! Oder auch nur: **Siehe, so bin ich!**«

Treue ist kein Starrsinn, sondern schöpferischer Erfindungsgeist.
(István Jelenits)

Wir läuten die Glocken nicht für den Westen und nicht für den Osten, sondern weil die Zeit dafür ist, und eine Glocke da ist.
(Andor Bajor)

Schreibe, und hab dich nicht so.
(Danilo Kiš)

Plinius: **Das ist kein Ausweichen das ist das Werk selbst.**

»……………….«
Géza Szőcs

»Oh, wie viele Fehler hätte ich, wenn ich nicht schriebe.«
(Flaubert)

(Die Mathematik ist in gewissem Sinne die Sprache der Stille.) Die hier skizzierte radikale und experimentierende Tradition trägt die Möglichkeit der Stille in sich, die erkannte Möglichkeit, daß die Literatur an sich zu wenig sein könnte. – Das Buch, das wir morgen lesen, soll so sein, als hätte es vorher nichts gegeben, neu und herausfordernd wie die aufgehende Sonne, Steiner.

wenig, er zieht sich vor der Kälte zusammen, um ihr so wenig Angriffsfläche wie möglich zu bieten. (Die Kugel ist die Lösung.) Der Fußgängerweg ist grau und hart wie ein Knochen. Am Rande des Schneebereichs gibt es eisige Brocken. Es **ist** eine feuchte Kälte, eine tiefe Stille, **die Stille hat alles getötet**. Die Stoffhose, die ihm auf den Schenkeln spannt, ist spröde, steif, hart wie ein Schlag. Es fängt wieder zu regnen an. In den Straßenbahnschienen drieselt ein schmutziges, braun rostiges Bächlein. Die Weichen teilen das Wasser. Über der Straße schwimmen tote Mäuse hin und her. Die Neonlichter auf der anderen Seite des Platzes vibrieren blaß, Frisör etc. Er steht, er stremmt den Arm nach unten, spürt in der Achselhöhle, wie das Hemd, der Pullover, die Windjacke spannen, seine Hand ist rot, die Haut schuppig. Der Morgen tropft auf ihn wie Chloroform auf den OP-Tisch. **Es** riecht nach Ribisl und Hundsbeeren. Über den Platz laufen Hunde mit zottigen Beinen, im bedrohlichen Rudel. *Der Springbrunnen **ist** verbrettert.* Sein Fuß bewegt sich im Schnürstiefel auf und ab, in der sich seidig anfühlenden Socke wie in einer Kiste. Er kratzt mit den Zehen an der sich seidig anfühlenden Socke. Das Kinn senkt er ein wenig, den Rücken stemmt er gegen den harten Saum des Mantels, würde gern der Kälte den Weg versperren wollen. Er friert, er spürt seine Knochen, als wären sie in Stücken. Der neblige Mond streunt über den Himmel wie eine Bettlerin. Im Wind treiben **Seufzern gleiche Hurra!**-s zu ihm. Er hat keine Kraft zurückzurufen: »*Ich will nicht!*« Brechreiz überfällt ihn, als hätte er verdorbenes Essen hinuntergeschluckt. Man hört einen Bus ausscheren, Hunde mit mageren Flanken flüchten lautlos, ihre Rippen scheinen aus Weidenruten geflochten zu sein, der Mondschein blitzt auf ihren Fängen. Eilige Menschen überqueren den Platz, er schaut ihnen zu, er wendet sich ihnen mit dem ganzen Körper zu, die Hunde mit den zottigen Beinen beißen den Vorbeigehenden in die Knobelbecher. Reue und Unendlichkeit; erzen lästert er die Jungfrau. Ein alter Mann mit verknöcherten Ohren steht neben ihm, sein Mantel stinkt trotz der Kälte. Der Hut auf dem Kopf des Alten ist ein zwanghafter Auswuchs, in keinerlei

Mein teurer Sohn, ich habe Dir Baumwollsocken geschickt. Paß auf Dein Knie auf und vergiß nicht zu beten. Paß auf Deine Knie auf und vergiß nicht, das ist das einzige, was Du tun kannst. Deinen Vater habe ich seit drei Tagen nicht mehr gesehen. Manchmal ruft »jemand« an, ich weiß, daß er es ist, er sagt nichts, er atmet nur schwer, im Hintergrund hört man das Lachen von Frauen, es ist, als wäre es in der unmittelbaren Nähe. Er kommt nicht. Er soll jetzt auch nicht kommen, ich würde ihn in der Luft zerreißen. Manchmal scheint mir Mord so einfach zu sein, einfach, natürlich und gut. Übrigens wird er langsam grau, die weißen Locken wippen elegant. Er war immer schon elegant. Ich liebe ihn. Es umarmt Dich: Deine Mutter.

Verhältnis zu seiner Größe oder Körperhaltung. Die Weste steht spitz von der eingefallenen Brust ab, hinten buchtet sich der Kragen in die Luft, streckt noch mehr den bloßen Hals und den höckrigen Nacken. Die Arme zieht er nach hinten. Die Hände sind unter den weiten Mantelärmeln nicht zu sehen, nur die Finger, und auch die berühren sich nicht. Der Herbst, sagt der Alte, der Herbst ist aus dem Hinterhalt über unser Herz hergefallen, und die Bäume, diese auf zwei Beine gestellten nackten Leichen, nicken hier an der Straßenkreuzung. Instinktiv schaut er dahin, die Ampel blinkt gelb, ein Zwischenzustand, den Kopf bewegt er nicht, um der Kälte keinen Spalt zu öffnen, er wendet sich dem Alten mit dem ganzen Körper zu, im viereckigen Gesicht des Alten klafft an der Stelle des linken Auges eine widerwärtige rosafarbene Höhlung. Brechreiz überfällt ihn, als hätte er verdorbenes Essen hinuntergeschluckt, du ödest mich an, sagt er verächtlich zum Alten, der Herbst ist aus dem Hinterhalt über unser Herz hergefallen, **Idiot, du ödest mich an**. Der Alte drückt sich beleidigt an der Nase herum, an der unrasierten Wange, wackelt ein paarmal an seiner wunden Nasenwurzel, zerrt am schlaffen Fleisch der Tränensäcke, an den borstig werdenden Brauenbüschen; die über den Augen hervorspringende Knochenwulst ist kaum größer als der Blumenkasten eines Puppenhauses, bespickt mit drahtartigen Spielzeugstrünken, seine Hand **ist** mit schmutziger Gaze umwickelt, nur die Finger lugen hervor, obwohl sie sich auch nicht berühren, manchmal schielt er nach oben, ob er gehört wird, sein Mund ist zerrissen wie die Lefzen der Pferde. Am Ende der Fußgängerinsel stellt sich ein Landser von einem Bein aufs andere, schlägt mit gekreuzten Armen in breiten Bewegungen auf sich ein, wie ein Schauspieler, der spielt, daß er am Erfrieren ist. Die Hände des Landsers sind rot vor Kälte, was scheint so rot in der Ebene, ruft der Landser. Er ist betrunken, streicht sich der Alte an. Er steht. Ich bedecke mein Auge mit der Spitze meines Bajonetts, ruft der Landser. He-ihh-he-e ..., wiehert der Alte quieksig durch die Nase. **Sie sagen, sie verzeihen jedem, der ihren Maßstab annimmt**; Keczer, Zimmermann, Rausser, Baranyai, Féja und Radvánszky, Bezegh, Palásthy und Székely sowie Roth wurden gefoltert, ebenso Sztarinszky, niemals ruhte dort das Feuer, die glühende Glut, und auch nicht die Rute, die mit zahllosen Schlägen das Fleisch von den Seiten riß, es ruhte nicht die tief in die inneren Organe greifende Henkershand. Von den gna-

»Junger Herr, *es ist Zeit*, stehen Sie auf.«

denlosen Kniffen überdehnten sich die Gelenke und als all ihr Blut herausgeströmt war, dampften die glühenden Knochen zwischen den triefenden Gliedern, ihr dünnes, gelbliches Blut hatte die Farbe des Staubs, der Alte schielt gedruckst herauf, ob er denn gehört wird. Ober- und Unterlippe des Alten sind nun trocken wie Zunder, aus diesem trockenen Spalt wird die stumpfe Halbspitze der mit gelblichem Speichel überzogenen Zunge hervorgestoßen. Auf der Straßenkreuzung traben Pferde. Der Alte sieht, daß nicht ihm die Aufmerksamkeit geschenkt wird, will unbedingt gefallen, sagt, aber warum kratzen wir am Grind der vernarbten Wunde? Mit stolzer Freude entdeckt er den dumpfen Glanz auf der gestriegelten Brust der Pferde, sie biegen in die Seitenstraße gleich neben dem Espresso ein. Gegenüber **ist** eine *polnische* Zigeunerin, sie verkauft Blumen, *eine Nebendarstellerin*. Am frühen Morgen fällt es schwer, Feinheiten zu unterscheiden. Die Handschuhfinger der Zigeunerin **sind** abgeschnitten. Der Alte trippelt näher heran, ich weiß, wer diese Frau ist, eine Polin, eine Nebendarstellerin! **Ich kenne die wollüstige Wölfin**. Halt den Mund, er dreht sich zum Alten hin, vergißt darüber seinen Hals, die Kälte fällt über die geschützten Gebiete her, was willst du! Der alte Mann erschrickt, **mein Sohn, ich mein's doch nicht so, ich bin alt und firn, einfältig und von demütiger Zeit**. Er macht einen Schritt zurück, spürt den Geruch des Alten, da hast du, er zerrt Metallgeld aus seiner Tasche hervor, sich zu bewegen ist schlimm, es fällt ihm schwer, die Finger seiner Wollhandschuhe sind ölfleckig, er weiß, daß er nach Diesel riecht. Der Alte fällt kreischend über ihn her, *was bildet ihr euch ein, wer ihr seid, was bildet ihr euch ein, ihr Scheißkerle, Hurensohn einer Eselin! räudiger, nichtswürdiger Saumensch, was!* Er stößt den Alten von sich, den Mantel zu berühren ist ekelerregend. Der Mantel, das war zu spüren, ist sehr dünn, die Taschen sind sozusagen leer, am auffälligsten ist ein Taschentuch, zweimal so groß wie üblich, mit Speichel- und Spuckespuren. Der Alte ächzt laut, laut ächzend fällt der Alte über die schwere Kette, die die Fußgängerinsel vom Fahrdamm trennt. Die schwere Kette ist straff. Der alte Mann **ist** wie ein Lumpenbündel. Bei der Blumenverkäuferin tauchen die Reiter auf. Der Landser ruft. Die Reiter trotten majestätisch und ostentativ kaltblütig. Der Bauch ihres Anführers liegt wie eine große Katze auf dem silberbeschlagenen Sattelknopf. Mancher trägt ein Kürsch aus Baummarder, mancher aus Steinmarder, mancher aus Iltis. Der

<Péter Lengyel, Autor des Romans *Nebendarsteller*; *lengyel* ungar. auch »der Pole«, »polnisch«>

Mantel des Alten hat sich hochgekrempelt, das Hemd ist ihm aus der mit einem Spagat hochgebundenen Hose gerutscht, in die zu weite Hose hängen sacklange Taschen hinein, man sieht seinen Bauch. Die Haut des alten Mannes ist gräulich, er keucht, sein Bauch zittert wie bei kleinen Katzen. Die Vorhut der Reiter bleibt an der Kreuzung stehen, das Pferd des Anführers hat rötliches Fell, es glänzt wie Kupfergeld, der Schweif ist gebogen, die Beine wie eine Saite. Ein ansehnliches Pferd, sagt der Landser ängstlich. Ein rassiger Hengst, räumt der andere ein. *Ich habe Träume gesehen, sagt der Landser, ich habe Träume gesehen, im Traum Frauen, und nur mein vor Mord purpurrotes Herz, nur mein Herz ist knirschend auseinandergebröckelt.* Geh zur Hölle, zur Hölle mit dir! Im Wind treiben **Seufzern gleiche Hurra!**-s zu ihnen. Die Reiter fegen mit gellendem Geheul über sie hinweg, brausen über sie hinweg wie ein Gewitter. Der erste Reiter rammt dem alten Mann seinen Säbel in den Hals. Das Bein des Alten zuckt, ein schäumendes, korallenfarbenes Bächlein entspringt seinem Hals, sein Mund ist zerrissen wie die Lefzen der Pferde. Er kann den Blick nicht heben. Er schaut sich die Muster im Asphalt an, auf den benutzten Straßenbahnfahrkarten **sind** zickzackförmige Schuhabdrücke. Der Bauch des alten Mannes ist herausgerissen, die Gedärme sind bis zu seinen Knien gekrochen, man sieht das Pochen seines Herzens. Im Wind **sind** Seufzern gleiche Hurra!-s. Er tritt auf den Straßenbahnperron, drückt die Stirn gegen die Scheibe der sich schließenden Tür, schaut sich den alten Mann an. Neben dem Kopf des alten Mannes dunkelt eine bläuliche, klebrige Flüssigkeit. Von seinem Atem beschlägt die Scheibe, **verzeih mir. Mistkerl**, ruft der Landser unmittelbar neben ihm, **was bildest du dir ein, du Abschaum, ja, darf man so was?!** Der Landser schubst ihn, er schwankt, der Landser eilt ins Innere der Straßenbahn, zum Gelenk. Neben der Straßenbahn geht ein herrenloses Pferd. Es schaut ihn aus tiefsitzenden, funkelnden bläulichen Augen an, seine gestriegelte Brust glänzt dumpf. Sie fahren mit einem Ächzen los, das Pferd bleibt unbewegt stehen. An den durchbrochenen Strümpfen der Kontrolleurin kleben Schlamm und Heu, ihre furchtbar großen Brüste könnte sie sich fast über die Schulter werfen. Er schaut aus dem kaputten Fenster: eine Aufschrift: *Frisör.* Schlamm, Heu

Wer verfolgt? *Schlammiges Gras*; es ist dunkel, in der Ferne belfert ein Hund. Er steht in der Nacht wie ein Baum, so empfindet er es. Seine Füße sind die Wurzeln. Er hört sein eigenes Gekeuch. An der Krempe des Stiefels quillt Schlamm hervor – oder eher: Er krempelt sich hoch, die Kälte an der Grenze zum Frost. Durch die Nase ein, durch den Mund aus. Er fühlt sich, als könnte er ewig laufen, bis Debrecen oder bis Szombathely, aber er weiß auch, daß das nicht stimmt, die Landschaft flüchtet vor ihm. Höhnisch denkt er daran, daß die individuelle Bewegung, und seine ist auf beklemmende Weise eine solche, nachteilig ist; der Schmerz beginnt in der Hüfte und am Ende der Wirbelsäule.

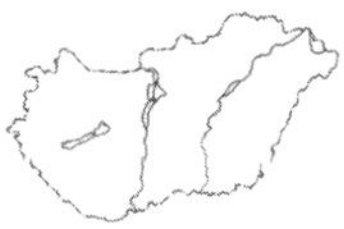

Er richtet sich die Klamotten an der Taille, er will sich das Kreuz nicht verkühlen. Die Kante der Windjacke schlägt ihm gegen den Oberschenkel. Über dem sich herunterneigenden Fichtenwald zitternde Lichter, ein Dorf. Die Feuer daneben weisen auf ein Lager hin. Die unseren? Er beschleunigt. Immer häufiger kommt er mit der ganzen Sohle auf, die Welt bebt. Die Dunkelheit wird flüssig. Die scharfe Zeichnung der langgestreckten Äste verwischt, franst aus wie auf alten Wochenschauaufnahmen. Frauen von Rákospalota! Eine Frau hält eine Rede, vor ihr ein Wasserglas. Es gibt zwei Wasserstände, so sieht es aus. Aber das Glas ist nicht gedoppelt, und die anderen Dinge auch nicht, nur der Wasserstand im Glas.

Langsam kommt er an einen Punkt, in ein Stadium der Müdigkeit, wo man nur noch auf das Laufen selbst achten darf, weil nur noch das geht, auf die Beine, die unter dem Körper rhythmisch hervortauchen (aber das ist nicht so unerwartet, wie es dieses Wort andeutet), und dieses beruhigende – berechenbare – Tranchieren der Zeit und des Raumes gibt immer wieder neue Kraft, spornt zu mechanischer Bewegung an und schafft dadurch gerade den auslösenden Grund ab: Raum und Zeit fließen ineinander über, und das schafft einen unbewußten Zustand, der zu physischer Effizienz anstachelt, doch immer mehr ist das Durcheinander zu erkennen, jene Daseinsmasse, aus der sich der pfeifende Atem immer gewalttätiger hervorhebt, das Kratzen im Hals, das kurze, aber unangenehme Betäubtsein. Wenn man überstürzt kalte Luft durch die Nase gezogen hat, ein aufmuckender Muskel (eine alte Sache), das Gefühl, daß die Hüften asymmetrisch sind, das Versteifen der Waden, der Läufer wird müde, und wenn er könnte, bliebe er stehen, fluchte und lästerte erzen die Jungfrau.

Soweit ist er noch nicht. Das schlammige Gras verrutscht, wenn er sich abstößt. Die *Umgebung* bebt; die Lichter gegenüber, die ursprünglich punktartig vibrierten, strecken sich jetzt zu Lichtschlangen. Für Schlangen sind sie zu kurz. Die Lichter bewegen sich zusammen mit seinem Kopf. Die **Landschaft** zuckt.

Marci war hier, Mama geht's gut, das halbe Haus ist abgebrannt, was ist bei Dir? Dein Vater, Datum.

Als er am Briefkasten vorbeikommt, schaut er sich die Leerungszeiten an, zwischen 8 und 9. Der wurde schon geleert, denkt er. Die Reparatur der Schützengräben ist im Gange. Unmittelbar neben den Straßenbahnschienen gibt es noch eine Reihe Pflastersteine, danach kommt schon der Graben. Die Erde ist auf der Gegenseite aufgeschüttet. Manchmal löst sich eine Krume, ohne sichtbaren Grund rinnt Erde in den Graben.

Weiter weg wird gearbeitet, hier scheint keiner zu sein. Doch der gotteslästernde Schrei zerstreut auch das, unten liegt jemand in seinem Blut. Der Unglückliche wischt sich die Erde aus den Augen, sein Arm läßt sich nur schwer bewegen. Er hat einen Bauchschuß. Die Schweine, wiederholt er, die Schweine. Sie verstärken den Graben. Die diesseitige Wand ist senkrecht, die Nähe der Straßenbahnschienen ist offensichtlich der Grund für die sorgfältige Arbeit. Er schaut hinunter, die penible Senkrechte erzeugt eine *schnelle* Perspektive, alles stürzt hinunter, wird tiefer, der Grund der Grube ist keine Unterseite, an der etwas zu Ende ist oder die das Ende ist, sondern nur eine Draufgabe: Farbe, Relief, wodurch sich der Mangel, welcher so offensichtlich ist, noch fortzusetzen scheint.

Entlang der Wände hat man auf je zwei Mauersteine eine Planke gestellt, dazwischen hat man versucht, gedrungene Rundhölzer zu schlagen – damit diese die Planken auseinandertreiben, die wiederum die Wände des Grabens halten sollten. Einer hält eines in der Mitte fest, ein rotgesichtiger Landser schlägt mit einem Holzhammer auf das eine Ende ein, dann springt er zum anderen und schlägt auf das ein. Eigentlich müßte man das gleichzeitig machen.

Die Planke rutscht vom Mauerstein, hinein, zur Mitte der Grube. Der, der in der Mitte steht, tritt dagegen. Sieht ein wenig aus, als würde er irgendeinen russischen Tanz tanzen. Eine Straßenbahn kommt, langsam, klingelnd, die Arbeiter räumen hastig von den Schienen, was draufliegt: Schaufel, *Herzbretter*, einen einzelnen Handschuh, Steine. Er schaut sich das Eisenrad der Straßenbahn an. Alles passiert sehr langsam. Am Ende der Visegráder

Straße holt die Bahn plötzlich Schwung, galoppiert quasi hinaus auf den Szent-István-Ring.

Auf dem Grund des Grabens liegt eine Milchtüte. Er versucht, sich darüber klar zu werden, ob es eine Halbliter- oder eine Litertüte ist. Er wird geschubst, er denkt gerade: Litertüte.

Dies ist ein designter Ort, in moderner Ausführung. Unter den sogenannten ungarischen Motiven des seitlich hereinragenden Raumteilers kann man den Nachbartisch sehen. Und weiter; dort auf dem Boden liegen Tote. Ein grausiger Anblick, ihr Gesicht ist schwarz, ihre Augen laufen gelblich aus. Dort haben wir gewonnen, sagt er sich im Herzen.

Seine Nachbarin ist eine Frau; man sieht sie bis zum Mund, dort ist die Unterkante des Raumteilers. Die Begleiterin der Frau ist ganz zu sehen, an ihrem kurzen blonden Haar findet er keinen Gefallen. Die er nur partiell sieht, interessiert ihn mehr. Über ihrem gerippten braunen Pullover hängt eine silbrige Kette, in der Mitte ist in einem ovalen Rahmen ein Pelikan oder ein Storch. Auch das ist alles silbrig. Am Handgelenk trägt sie eine ähnliche Zierde. Merkwürdigerweise hält sie das Messer nicht ganz der Regel entsprechend. Die andere fängt plötzlich an, sich heftig im Mund herumzufuhrwerken, bricht einen Zahnstocher nach dem anderen ab.

Alter,
das erste Mal, daß ich einen Brief in *Pferdegeruch* schreibe. Mein Bursche, der Hornochse, hat den Brief zurückgebracht, so hast Du mein kurzes Telegramm bestimmt nicht verstanden, beziehungsweise Du konntest nicht klar sehen, was ich verlange. Im Waggon gab es riesige Pokerschlachten. Ich habe ihnen gesagt, sie sollen mich in Ruhe lassen, aber sie haben so lange nicht nachgelassen, bis ich sie ausgezogen habe. Es gibt wechselnde Neuigkeiten – auch diese, sozusagen, im Pferdegeruch. Die Krankenschwestern sind Zucker, aber nicht ungefährlich.
Es umarmt Dich: Tivadar.

Diese einfache Unsitte nimmt der unbekannten, silbrigen Frau jenes Interesses, das durch den Widerspruch zwischen ihrer fehlerlosen Kleidung, der Bemalung der Lippen, dem eleganten Gebrauch der Serviette und dem erwähnten Verhaltensmakel entstanden ist. Aber er beobachtet sie noch weiter. Lege dein blühendes Geschmeide an.

Muß wieder gerannt werden? ZAHNTECHNISCHER BETRIEB – die silbrigen Lettern stehen fett aus dem Untergrund hervor. An der Unterseite der Buchstaben läuft etwas dunkel herab. Die Windjacke ist schwer. Die Dunkelheit ist eine Materie. Wie Stoff oder schwarzes Wasser. Alles fließt, sich herausstülpend, ist tastbar. Er fühlt sich, als würde auch er sich auflösen. Er bekommt große Angst. Das Dunkel fließt überall hinein. Er hat

Die friedlichsten Menschen auf der Welt sind die <Textverfall:? Hundszahn?> Soldaten.

Hundszahn
(Erythronium dens-canis)
2000 Ft

Angst um seine Umrisse, er möchte sich gerne abheben, große Stummheit.

Im Eichenwald eine Veränderung.

Er betritt die Kapelle. Er ist eine auffällige Erscheinung: Er ist durchnäßt und schmutzig, und er hat Angst. Vor ihm ist ein verziertes Eisengitter. Er tritt nah heran. Es gibt eine herzförmige Figur. Das Herz Jesu? Seine Hand rutscht ihm zum Magen. Schweiß tritt ihm auf die Stirn, er berührt das schwarze Schmiedeeisen. Der Beichtstuhl knackt. Stellenweise ist das Eisen wie ein Hefezopf geflochten. Herz, Hefezopf, Herz nacheinander. Der Beichtstuhl erzeugt, wie ein altes Möbelstück, erneut ein Geräusch. In seinem Magen geht der Schmerz auf und ab.

Alle lächeln, sehr angenehm, die Tische biegen sich relativ unter Speis und Trank, der Ballsaal glänzt. Immer und immer wieder richtet er sich den Hemdkragen. Seine Kleidung ist anspruchsloser als die der anderen. Er schaut sich das Treiben lieber durch den Spiegel an. So viele raffinierte *Ausschnitte*. Was sieht er, was denkt er, was ahnt er, was nimmt er an, was ist? Schlau.

Die Mühsal gehört dem Wesen nach dazu, und wenn es stimmt, was behauptet wird, daß er uns und heute einen Spiegel vorhält, dann wäre diese Mühsal also: die Legierung.

Er sieht elegante, leichte langstielige Gläser, Zierperlen, seitlich eine nackte Schulter, einen ausgefransten Reißverschluß, in dessen Spalt der Rand eines Unterkleids aufblitzt (demaskierend), junge, selbstsichere Jünglinge, ihr seidiges schwarzes Haar reicht ihnen bis an den Kragen der Smokingjacke, bedeckt seitlich die Ohren, die Ohrläppchen läßt es aber frei. Sich selbst findet er nur nach langem Suchen, dem permanenten und minuziösen Vergleich zwischen der gegenständlichen Welt und jener im Spiegel. Er wird einer wunderschönen Dame in großer Abendrobe vorgestellt, sie ist die Enkelin ***s, flüstert ihm Guszti Bucsányi zu.

Er weiß nichts zu sagen, fühlen Sie sich wohl? Das Mädchen schaut ihn fragend an, meinen Sie das ernst? Er nimmt nur die Bewegung seiner Gedärme wahr. Er sucht nach einem Fehler an der Frau, aber die Zeit ist zu kurz. Er hat das Gefühl, sie stehen in einer tauben Stille da. Schadenfroh registriert er nervöse Bewegungen im Fächer der Frau. Er lächelt sie an, sie schneidet eine Grimasse, als würde sie sich exküsieren. Das

... ließ die beiden fest gerundeten Hügel ihres Busens sehen, an deren äußerster Spitze zwei so wunderschöne Knöspchen kokettierten, so perfekt rosafarben, daß sich der liebe Gott wahrscheinlich hiervor das unnachahmliche Rosa angeeignet hat, das er an die im Mai blühenden Rosen verschwendet.
Es gibt keine größere Bitternis, als über uns selbst zu reden. Es gibt keine größere Freude, als zu lieben.
Dennoch, es war unangenehm, ja, ekelerre-

lange Schweigen ist peinlich. Er freut sich sehr, daß er die Frau mit einbeziehen konnte. Sein Magen fängt zu knurren an, aber er weiß, das kann kein anderer gehört haben.

Sie verzeihen, sagt die Frau ohne ein Lächeln und geht weiter. Als würde sie gleiten, denkt er, oder auf einer Drehbühne gehen. Er macht einen zufälligen Schritt, aber sobald seine Beine, die Schenkel sich voneinander lösen, überfällt ihn plötzlich die Vorstellung, alles würde aus ihm herausfallen, besonders die Gedärme, aber alles. Schnell preßt er die Beine aneinander, kneift den After zusammen. Schöne Musik spielt, ***s Enkelin tanzt, winkt ihm zu, aber er tut so, als bemerkte er es nicht, hochnäsig. Er glaubt zu spüren, wie ein Fluß in ihm zu fließen beginnt. Das Stehen ist immer qualvoller, und das *Gewicht* des Flusses wächst nur und wächst.

gend, sie anzufassen, wie sie es mit fest geschlossenen Augen, unbewegt erduldeten …

Über den Zwillichstoff, mit dem sie/er sich die Brust bedeckt hatte, kroch etwas Leichtes. Er/sie griff hin: Es war die rauhe Hand seiner/ihrer Schwester.

Wo ist der Regimentsarzt?, flüstert er. Ich bitte um Verzeihung, mein Herr, sagt ein Kellner, aber Ihre Krawatte ist von ihrem Platz gesprungen. Er wird rot. **Abtreten!!!*** Warten Sie. Bringen Sie ein Sandwich. Jawohl, der Herr. Der Kellner kehrt schnell zurück. Als er das viele Aspik sieht, wird ihm regelrecht schlecht. Nehmen Sie es von hier fort! Aber … Nehmen Sie es fort! Wo ist der Regimentsarzt? Ruft er laut und fängt sofort zu rennen an. *Als würde er aus einem Spiegel in einen Spiegel springen*, er spürt bei jedem Schritt das berstende Glas an seiner Stirn. Der Lärm ist exorbitant. Er reißt die Flügeltür auf, wieso steht hier keiner, fällt ihm ein, was ist das für eine Disziplin?!, er rennt die Auffahrt hinunter.

Er bleibt stehen, keucht. Er spürt, wie etwas Klebriges, Zähflüssiges sein Bein hinabkriecht, unwillkürlich greift er hin, an der Stelle, wo er sie berührt, bleibt die Hose am Schenkel kleben, angeekelt reißt er die Hand weg. Wieder kann er sich nicht einmal mehr rühren, es kann nur schlimmer werden, denkt er. Er spürt auch schon den Geruch, es ist ein schöner Abend, eine tiefe Nacht wölbt sich über ihm, an dem vom Wind blankgefegten Himmel funkeln klare Sterne, und ein ferner Schein huscht alle Augenblicke aschgrau darüber hinweg, eine Brise trägt einen Geruch nach Gewürzen und Stein herbei.

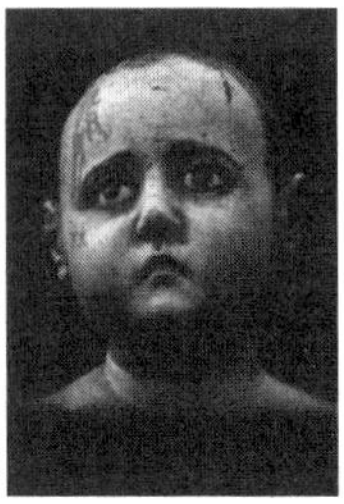

Nein. **Scheiße**. Er ist nicht allein, durch die Hintertüren geht

* Unterstrichenes im Original deutsch

Personal ein und aus, trotzdem entledigt er sich seiner Hose, knüllt sie zusammen und wischt sich die Beine ab. Der Mond macht einen Schatten. Er geht los über den mit Schotter bestreuten Weg zum Gartenteich. Die Musik ist ein ferner Lärm, das Lachen der Frauen durch das offene Fenster ist manchmal, als wäre es in der unmittelbaren Nähe. Die lüsternen Personen! Ihm friert der Hintern. Er hat einmal eine Jüdin gekannt, die heiser lachte, wie die Männer, während ihre Nasenflügel drollig vibrierten, immer lachten alle mit ihr.

Wann fährt die letzte Metro? »An onständga Mänsch, main Jong, geht net untert Ärd.«

Er kniet sich hin, fängt an, die besudelten Kleidungsstücke zu waschen. Erst legt er sie nur hinein, damit sich das Gröbste löst, dann fängt er an zu rubbeln. Als er glaubt, fertig zu sein, riecht er daran; er verzieht die Nase. **Ein Paar verläßt das Schloß.** Man kann es gut sehen. Er kratzt *Erde* zusammen, bestreut die Unterhose, reibt sie jetzt so, dann legt er sie ins Wasser, und so.

Auf dem Tisch brennt eine Kerze, das Tischtuch ist gelb, er schenkt sich Wein ein, lehnt sich zurück. Die weiße Eingangsflügeltür wird aufgestoßen, und jemand tritt ein, ein in Lumpen gehüllter, einbeiniger Jemand, unrasiert, mit flackernden Augen; er ist sehr aufgeregt, aber man sieht ihm auch an, daß er es nicht wegen des fehlenden Beins ist, er steht über den Dingen, das Aufsehen, das er erregt, dringt nicht zu ihm durch. Er trat schreiend ein, als hätte er gerufen, daß der Reichstag brennt oder daß Oberungarn unser ist.

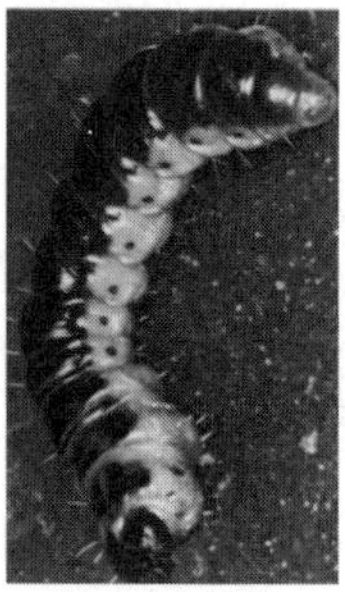

Die hochnäsige, lüstern aussehende Kellnerin stellt sich vor ihn hin, aber sehr nah. Seltsam, daß sie sich nicht ekelt. Der Mann trägt, wie eine Art Kriegsdandy, einen weißen Verband am Hals; unbeschreiblich dreckig. Und was am lustigsten ist, er erfüllt nicht einmal seinen Zweck, am oberen Rand des Verbandes guckt eine **ekelerregende Raupe**, eine gelbliche Wunde hervor; die Fortsetzung der Wunde ist durch die Verfärbung des Verbandes gut zu erkennen. Die Kellnerin ist größer als der Mann, den seine Versehrtheit noch kleiner macht, sein Kinn ist auf einer Höhe mit dem Busen der Frau. Sie wünschen?, fragt die Kellnerin, sie ist sehr nah. Kann man hier essen? Die Frau zeigt zum Klavier, der Tisch dort ist frei. Der Mann geht hin, seinen Stock lehnt er ans Klavier, der Klavierspieler schweigt, aber er ist nicht erfreut. *Und so wollen die musikalische Qualität?*

Die Kellnerin steht da mit der Vorspeise. Das Elend nimmt *Umfang* an, denkt er. Der Wind pfeift durch die Fugen, es ist kalt und es stinkt auch. Der ganze Aufbau knirscht. Unter seinen Füßen Strohbatzen, schlammige Strohbatzen, ein Pferdehaufen. Hinten die Pferde! Er zieht die Windjacke zusammen. Alles ist steif. Er hat Hunger. Das Gebäude hat kein Fenster, auf dem Klavier brennt eine Petroleumlampe. Sie blakt, denkt er. Es juckt ihn an der Brust, er kratzt sich nicht, es ist zu kalt. Gibt's Essen?, ruft er der hüftwackelnden Frau zu, ich hab's eilig, und fügt hinzu, indem er sich ein Lächeln abringt: Kann ich hoffen?

Die Frau kehrt um, steht allein in der Mitte des Areals: *Es gibt nichts, wohin man gehen könnte, du stehe nur da und warte, wie das Kreuz, und ich, ich warte auf dich.* Er wendet sich von der Frau ab. Das Licht der Detonationen leuchtet. Im Grunde ist es drinnen wie draußen dunkel. Ich kann schon sagen, das ist ein echter Witz.

»Nun sehe ich die Zukunft aber wirklich, um es mit Bossuets schönen Worten zu sagen, als ›geheimnisvolle und dunkle Nacht‹.«

Seine Angst klang ein wenig ab, denn schon seit etwa sechs Wochen war niemand mehr gestorben, keiner erbrach unter heftigem Würgen schmutzigrosafarbene Galle in einen Abfalleimer, keiner ließ sich nach langen Anstrengungen atemlos zurückfallen, und wenn einer auch 39,5 Fieber hatte, schwollen die Lymphdrüsen am Hals und die Extremitäten nicht an, und an seinen Leisten prangten keine zwei schwarzen Male. Wir reden nicht breiig, weil wir keinen schwärzlichen Belag am Mund haben. **Was soll sein, süßer Gott, sagt er. Nichts auf der Welt. Mir kommt dieses Leben nur etwas seltsam vor, bemerkt er fast melodiös.** Die verschiedensten Fieberkrankheiten, Fleckfieber und Mundfäule wurden sehr häufig; denn jeder, der seine Krankheit verbergen konnte, tat es, damit nicht seine Nachbarn sich von ihm abwandten und mit ihm zu verkehren sich weigerten, auch damit nicht die Behörden ihn in seinem Hause einschlössen, was, obwohl noch nicht durchgeführt, so doch bereits angedroht war, und schon der Gedanke daran brachte die Leute in äußerstes Entsetzen.

16ter Juni. Der Kadett hat eine Margit. Mittelmäßig. Meinetwegen, soll er sie haben.

16. Jun. Geflochtene Hecken, nicht einmal besonders hoch, doch die illustre Gesellschaft machte sich tüchtig in die Hosen, eine Schande war das. Am Nachmittag galoppierte ich auf Omik mit Zsiga Inkey das Ganze ab. Zsiga ist auch nicht gerade ein Fred Archer, aber wenigstens hat er ein Herz für die Sprünge.

16. 6. Die gefaßten Stiefel sind zu eng, der Teufel soll sie holen. Ich laß sie auf Leisten spannen. – Abendessen marinierter Hering, Paprikahuhn, Spargel, schwarzer Kaffee, Bier. Nicht teuer. – Salome. Einmal erschlage ich die Dirne noch. Sie ist frech, beißt, kratzt und spielt Eifersucht. Die braucht die Peitsche.

Heute: Ein gutes Zimmer im Bristol, natürlich Salome, bis zum Umfallen. Die Sau hat mir eine brennende Zigarette ins Ohr gesteckt. »J'ai voulu voir ce que vous feriez …« Patschpatsch, daß sie nur so bebte. Wie es scheint, war es das, was sie wollte, denn danach war sie so zahm wie ein Lämmchen. – Zum Abendessen war M. hier, Kaviar, Seekrebs. 3 Flaschen Sekt für uns zwei und den Musiker

Illés. Sie war charmant und schnurrig, manchmal auch ziemlich sonderbar, dabei verträgt sie den Sekt recht gut. Sie hat auch Blumen mitgebracht. Ein kleiner Streit, aber nur zum Zeitvertreib. Von wegen, sie höre, ich hätte jemanden im Bristol. Ich antwortete ihr, ich würde sie auch nie fragen, ob sie irgendwo, irgendwann jemanden habe. Punkt. Sie war ein bißchen giftig, aber nicht sehr.

Heute ist der Hochzeitstag meiner Eltern. Hätten sie damals nicht geheiratet, wäre ich heute nicht hier und könnte all das nicht sehen, was ja doch eine riesige Hetz ist! Ist schon einiges wert, daß ich hier bin, okay bin, gut drauf bin, nur um die Toten tut's mir leid. Heute nacht sind die Rössle angekommen. Spatz' linker Fuß ist stark angeschwollen. Verstaucht? Heute vormittag habe ich ihn zusammen mit dem Spezialisten Prof. Dr. Rutkowski untersucht, er sagt auch, es ist nichts Ernstes, ich solle ihn schonen, das geht vorbei. Am Nachmittag wurde das Gummi geliefert. Ich versuche, mit den Unsterblichen vom Führungsstab zu sprechen, vergebens. Jemand kommt und sagt, wir hätten L. zurückerobert. Ich köpfe sofort eine Flasche, wir trinken. Am Abend trugen sie den Fremden in die Totenkammer; ein Duft von Teer; das leise Rauschen roter Platanen; der dunkle Flug der Dohlen; am Platz zog eine Wache auf. Großes Galadiner zu Ehren L.s. Der alte Wislocki fängt sich in patriotischem Elan eine Frau. Huszár kommt und macht Meldung, beim Herrn Oberleutnant Wislocki ist ein hääässliches Fräulein! Ich breche mit Zsiga Inkey und Józsi Kemény bei ihm ein. Mit einem gelben Schmetterlingsplaid bedecktes Bett. Ich zähle die Füße: vier. Die Frau kreischt, Wislocki knurrt, Zsiga lacht, der Dackel bellt, Józsi tanzt vor Freude, ich kitzle. Und da capo. »Ob früh, ob spät, immer discret.« Ich schreibe in der dritten Person Einzahl, ich fühle mich sicher; ich hoffe, daß ich nicht so bald sterben werde.

Frost und Rauch, leise läutet der steinerne Bau, benagt die fette Ratte Tür und Truh. Es wird grau. Greise Frauen auf dem Weg zum Brunnen, sie ziehen einen Pferdekadaver hinter sich her. Die Kastanienbäume sind von einer fröhlichen Röte überzogen. Allmählich verklingt vom Ufer her der Kneipenlärm, eine Gitarre summt, Geld klimpert. Komm, wir verdünnisieren uns von der Gala, sagt Tivadar Bolta, geh zu Ludmilla hoch, die Krankenschwestern kommen auch, Tivadar Bolta verschwindet in einem halb eingerissenen Schuppen.

Mein Gott! Was ist das für eine Arbeit? Gar keine Arbeit, nur scheußlich, scheußlich, scheußlich! Und der Geruch, der Geruch!!! Die Leichen zerfallen in Stücke, die Knochen in den Kleidern umhüllt ein stinkender gelblicher Brei, aus den Schädeln tritt die Gehirnmasse als bleigrauer Brei heraus. Die *Mägen* sind relativ gut beisammen geblieben, man kann sogar noch sehen, daß sie vor dem Angriff gelbe Grütze zur Menage hatten. Die Toten trugen ihren ganzen kleinen Besitz am Körper, Geld, Federmesser, Uhr, Heiligenbildchen, Briefe, Rasiermesser, Notizheft, Bürste, Patronen und was noch alles. Diese heben wir auf

Er geht.

Fröstelnd zieht er den Mantel um sich zusammen. Wenn sie damals nicht geheiratet hätten, wäre ich heute nicht hier, wäre das besser? Wer weiß, wessen Qual sich dann in mein Herz kerbte, zitiert er. Der Weg ist lang, schmal, gerade. In den Zimmern ist Herbst. Eine gestampfte keinfarbige Ausdehnung, leicht abschüssig. Von rechts Übergänge und Abweichungen, man kann in die Zimmer hineinsehen, in den Zimmern ist Herbst, er schnuppert in die Luft, es wird Laub verbrannt, bitterer Rauchgeruch überall, die nackten Äste der Bäume zeichnen sich mancherorts ans Firmament. Ganz unten in der Tasche seines Trenchcoats findet er einen Kürbiskern. Der Kürbiskern ist flach, mit einer breiten Krempe, er hält ihn lange auf der Zungenspitze, kann ihn nur schwer knacken. Seine Lippen sind speichelig geworden, er wischt sie am Ärmel des Trenchcoats ab. Er spürt die Steine unter seinen Sohlen. *Onkel Imre kontrolliert die Zuppa.* Ludmilla ist nicht nur eine phänomenale Organisatorin, die sich mit raketenhafter Geschwindigkeit nähert, sie ist auch noch schön wie eine grusinische Prinzessin: Sie trägt einen meergrünen Pullover, eine laubbraune Lederweste mit Fransen, ein gelbes Bernsteingeschmeide sowie einen sandfarbenen Staubmantel – die grellen Farben wühlen die Stille des porzellanweißen Klinikflurs auf.

beziehungsweise kratzen sie aus dem Grus heraus, reinigen sie, sammeln sie – das heißt, ich mache nur die Fotos, nur vom Geruch, davon wußte ich nichts –, geben sie pro Leiche in ein kleines Päckchen, auf das wir den Namen und das Regiment des jeweiligen Toten schreiben, sofern man das feststellen kann. Das wird später an die Angehörigen geschickt. Die Leute schippen wir zu zweit oder zu dritt in Holzsärge, auf den Friedhöfen begraben wir sie einzeln, nur die namenlosen Helden kommen in ein gemeinsames Grab.

Im Zimmer ist Herbst.

Die Tür ist offen, warum schließen Sie nie die Tür ab, fragt er Ludmilla statt eines Grußes. Ach, Sie sind es, die Frau lächelt, sie sitzt in einem tiefen Fauteuil, nah am Ofen, sehen Sie, aber Sie könnten ein bißchen Kohle besorgen, Sie sind doch so geschickt, und Beziehungen haben Sie auch. Er steht regungslos in der Tür, plötzlich tut ihm der Kopf weh, der Schmerz trifft seinen Kopf wie ein Schlag, oder wie wenn man zum Beispiel plötzlich etwas sehr Kaltes *ißt*. Er legt den Trenchcoat ab, setzt sich etwas abseits hin, massiert sich die Augäpfel. Er hat das Gefühl, als könnte er sich die Augäpfel herausnehmen. **Unterstehen Sie sich, mir hier Ihre Augäpfel herauszunehmen**, sagt Ludmilla und fängt zu lachen an. Er erschrickt, hört auf damit, hört mit allem auf. Es wird früh dunkel. Kommen die Krankenschwestern, fragt die Frau, als wäre sie selbst keine. Er nickt. Sie sind nicht gerade gesprächig heute, sagt Ludmilla und zuckt die Achseln, stellen Sie sich vor, mir ist ein Karbunkel an der Nasenwurzel gewachsen, Ludmilla lacht. Schauen sie, wie rot es ist, die Frau dreht sich zum gelben Lampenlicht, es spannt von innen heraus, aber ich sehe nichts, nur die Farbe, abtasten bringt auch nichts, ob von innen oder außen. Er nickt, ja, natürlich. Die Frau winkt ab, legt das Strickzeug beiseite, steht auf, von ihren Schritten raschelt das Kleid. Er nimmt einen tiefen Atemzug aus dem Geruch der Frau.

Tivadar Bolta klingelt, er hat zwei Krankenschwestern am Arm, Szonja und Kati. Tivadar, hast du Pantoffeln dabei, fragt er streng, als wäre er der Hausherr, Bolta grinst, aber ob du nun welche dabei hast oder nicht, die inneren Gemächer darfst du auf deinen mit Unflat überhäuften Sohlen nicht betreten, bleib du nur in der Küche, du setzt dich, mein Süßer, auf einen Schemel, und wir kommen von Zeit zu Zeit zu dir heraus, in die zwielichtige Kälte hier draußen, und werfen dir das eine oder andere menschliche Wort zu. Wie gesprächig Sie plötzlich sind, sagt Ludmilla mit ihrer tiefen Stimme, sonst sprechen Sie in Wochen nicht so viel und jetzt ... kommen Sie nur, Tivadar. Unbemerkt nimmt er einen Atemzug aus dem Geruch der Frau. Die Krankenschwestern stehen ein wenig erschrocken da in ihren Kunstpelzen, das Fell kitzelt sie am Kinn, **oh, die behaarten Male unter der strahlenden Sonne**. Er hilft ihnen aus den Mänteln, die Krankenschwestern gehen hinein, stauen sich in der Tür, wollen sich gegenseitig den Vortritt lassen, na, schnaubt Ludmilla ungeduldig und treibt sie entschlossen hinein. Er hängt die Mäntel im riesigen lichtarmen Vorraum auf, der Holzrücken der Garderobe neigt sich leicht von der Wand weg, beugt sich unsicher und kraftlos nach vorne. Der Dübel wird sich gelöst haben, Tivadar Bolta ist schwarz, sein Haar ist auch schwarz, seine Brauen sind kräftig, nicht dicht, aber energisch, an der Nasenwurzel ist auch ein wenig schwarzer Flaum, die Wimpern sind kräftig und lang, seine Nase ist gerade, er lächelt viel, seine Zähne sind weiß, sie berühren die Unterlippe, wenn er lacht, er ist ein gebildeter Junge, manchmal kindisch, als wäre er ein Teenager, wenn er so ist, lacht er auch so, lauter, schnaufend, wiehernd. Seine Zähne ähneln sehr denen Katis, als wären sie Geschwister, die Krankenschwester kleidet sich apart, die kraftvolle Taille bringt sie mit geschickter Kleidung vorteilhaft zur Geltung, sie ist schwarz, auch ihr

Darstellung Tivadar Boltas

Darstellung von Kati, der Krankenschwester

Haar ist schwarz, die Nase ist ganz leicht nach oben gebogen, stups, an der Nasenwurzel ist ein wenig schwarzer Flaum, ihr Gesicht ist schmal, schön und rein, sie errötet leicht, genau wie Szonja. Szonja ist hellbraun, wenn sie lacht, berühren ihre Zähne die Unterlippe, sie trägt das Haar häufig zu Zöpfen geflochten, das Haar wirkt oft ein wenig fettig, das ist so ein Haar: Und die Umstände machen eine Veränderung nicht möglich, sie spielt im Nebenzimmer eine Schubert-Sonate, den Fuß auf der Pedale des Klaviers, ihre Fesseln sind so dick, daß ihr Knöchel fast nicht zu sehen ist – wer hätte das gedacht?

Darstellung von Szonja, der Krankenschwester

Das Fräulein versteht etwas von Musik und singt auch, nicht wahr?

Wir haben ein Clavecin, wenn Sie wollen, können wir hinüber in unseren Salon gehen, ihr Knöchel ist fast nicht zu sehen, so dick sind ihre Fesseln – das hätte er nicht gedacht. Tivadar Bolta bietet Kati mit den schattigen Augen eine Zigarette an, winzige, duftende Dingerchen mit goldenem Mundstück. Die Krankenschwester nimmt nach kurzem Zögern nicht an. Dabei lege ich meine Hand ins Feuer, daß Sie rauchen, nur von mir wollen Sie keine annehmen, oder vor mir wollen Sie nicht rauchen, sagt Bolta, nun? Stimmt es oder nicht? Es stimmt!, sagt daraufhin Kati ernst. Was soll ich dem entnehmen, fragt Bolta lachend. Also, wenn ich Ihnen damit so einen Gefallen tue, nehme ich eben eine, sagt Kati ziemlich verlegen. So mag ich das, Bolta lacht hell. **Eine Melodie wie Glas oder wie stimmlos klingt.** Tivadar Bolta blickt ein wenig zur Seite, mimt Nachdenklichkeit und sagt mit einer Stimme, die erheblich gedrückter ist als die normale, ich fürchte, ich werde mich in Sie verlieben, oder ich habe es bereits getan, das führt zu nichts Gutem, Bolta denkt nach, soviel ist sicher, Sie bedeuten bereits viel zuviel für mich, nun ja, es ist trotzdem so, von heute auf morgen, Bolta denkt nach, ach, wenn das auf Gegenseitigkeit beruhte, Bolta denkt nach, glauben Sie mir. Erinnerung schwingt, Trauer vergießt Tränen. Bolta kann es nicht zu Ende führen, Ludmilla ruft aus der Küche herein, kommen Sie, meine Liebe, kommen Sie, Kati. Bei meiner Ehre, Bolta schickt noch ein Kompliment hinterher, eine kleine Abnahme wäre Ihnen auch zu empfehlen. In allem gleich tadellos und erstrangig sein! Im Ernst, ich scherze nicht. Das vermag einen in der Tiefe seines Wesens leichter unzufrieden, gelangweilt und gespalten in solchen kleinen Krisen zu machen. Der eine oder andere körperliche oder seelische Schönheitsfehler führt zu einer größeren Harmonie mit dem Leben. Sapperlot! Selbst ein solcher Schurke wie ich schläft viel ruhiger bezüglich seiner Tugenden, wenn er mit seinen Unvollkommenheiten Frieden geschlossen hat, wenn ... hahaha! Kati geht hinaus, ihr Gesicht ist gerötet, ihr

Entropie

Busen hebt und senkt sich, Kati schaut zu Boden. *Purche porti la gonella, voi sapete, quel che fa*, sagt Tivadar. Szonja verläßt das Instrument. Was bedeutet das? Wenn sie auch einen Rock trägt, ihr wißt, was sie macht, sagt Tivadar. Szonja schaut sie an, ihr Blick ist leer. Ich mache Sekt auf, sagt er verlegen. Bolta sagt angriffslustig, du sagst einem Mädchen, ich liebe dich, zu zwei Dritteln ist das auch in Ordnung, zwei Pole, du und ich, aber diese Obszönität am Ende, damit muß man sehr vorsichtig sein, Zweideutigkeit, Redundanz, mehr noch, Irrelevanz, Kurzschluß, atmosphärische Störungen, und die atmosphärischen Störungen machen deine Signale breiig, unverständlich, und die Verbindung bricht ab. Stille. Bolta johlt los, *meine Flöte wäre mein einziger Trost, doch selbst daran hat man mir die Lust geraubt*. Hat jemand den Stöpsel der Thermoskanne gesehen? Nein. Szonjas Hände sind in ihrem Schoß verschränkt, machen eine Delle in ihren Rock, manche behaupten, sie wäre aus Italien, zusammen mit irgendwelchen von der türkischen Flotte transportierten Waren, eingeschleppt worden, andere sagen, aus der Levante, und wieder andere behaupten, von Kreta oder von Zypern, sagt Szonja. Woher auch immer, darin sind sich alle einig, daß sie wieder um sich greift, sagt Bolta, Dirigent war Constant Lambert, tönt es aus dem Radio. Die Regierung verließ die Stadt früh, schon im Juni, sagt Szonja, ich habe gerade ein Buch mit religiösem Anstrich gelesen, mit dem Titel **Komm brav heraus, sonst erwischt dich die Pestilenz**. Und gestern wimmelte es hier auf der Straße von Menschen, aber ein jeder drängte sich in der Mitte der breiten Straße, niemand ging auf der einen oder der anderen Seite, bestimmt, weil sie nicht unter die Menschen geraten wollten, die aus den Häusern herauskamen, oder sie hatten Angst vor der Luft und dem Gestank, der aus den möglicherweise verseuchten Häusern herausströmte. Man könnte sagen, sagt Bolta, daß die Menschen langsam abstumpften. Wiederholt erschraken sie, dann atmeten sie wieder auf, faßten neuen Mut, man könnte sogar sagen, daß sie abstumpften. Er steht auf, massiert sich die Stirn, er macht sich auf den Weg zum riesigen, lichtarmen Vorraum, er hört Bolta, und ein anderer lief nackt herum, nur in einer Unterhose, und schrie Tag und Nacht wie der Mann, der bei Josephus erwähnt wird. Der Spiegel ist in eine Lederverzierung eingefaßt, er schaut in den Spiegel, sieht sein Gesicht, seine vor Schmerz und Müdigkeit asymmetrischen Augen. In der Küche herrscht Zwielicht wegen des Zigarettenrauchs, und auch aus dem Backofen strömt etwas heraus. Er nimmt starken Käsegeruch wahr, er kippt den Spiegel, das Gesicht der Frauen ist von rötlichem Licht beleuchtet. Kati sitzt auf dem Schemel, Ludmilla hat sich vor den Backofen gehockt, ihre Stirn hat sie in Katis Handfläche gelegt. **Golden neigten sich die Sonnenblumen, sagt Kati, auf die Gartenhecke, denn der Sommer war gekommen. Oh, der Fleiß der Bienen und das Laub des Nußbaums und die vorüberziehenden Gewitter. Auch der Mohn blühte silbern, in seinen grünen Kapseln trug er unsere nächtlichen Sternenträume. Oh, wie still war es im Haus, als Vater davonging in die Dunkelheit. Das Obst auf dem Baum reifte rot heran, und die rindige Hand des Gärtners rührte sich; oh, die behaarten Male unter der strahlenden Sonne.** Sie verharren für einige Minuten so, schweigen, schließlich spricht Ludmilla, Kati, soweit ich mich erinnere, kann man aus dem, was Sie über Ihre ehemalige Chefin gesagt haben, darauf schließen, daß Sie sie sehr gern gehabt haben.

Freischwimmerzeugnis
Certifikat
mit welchem bestätigt wird, dass (Georg Trakl) das Schwimmen vollkommen erlernt und mit heutigem Tage die Freiprobe abgelegt hat. Leopoldskron bei Salzburg, am 14. Juni

Ich hatte sie sehr gern.

Gewiß hat sie Sie nicht mehr geliebt, als ich es tue, aber sie bekam mehr Liebe von Ihnen. Sie antworten nicht?

Ich war so unglücklich, und sie linderte mein Unglück.

Aber woher rührt die Abscheu gegen das Krankenhausleben in Ihrem Herzen? Kati, Sie haben mir nicht alles erzählt.

Verzeihen Sie mir, gnädige Frau.

Unmöglich, mein Kind, daß dir keiner gesagt hätte, wie liebenswert du bist!

Doch, man sagte es.

Und wer es dir sagte, war dir nicht zuwider?

Nein.

Und gewannst du ihn lieb?

Überhaupt nicht.

Wie? Solltest du im Herzen gleichgültig sein?

Ja.

Es war also keine geheime, von den Eltern verbotene Leidenschaft, die dir den Haß auf das Krankenhaus eingeimpft hat? Du kannst es ruhig zugeben, ich verzeihe dir.

Es gibt nichts zuzugeben, liebe Ludmilla.

Trotzdem, woher kommt dieser Haß auf das Krankenhaus?

Vom Krankenhausleben. Ich verabscheue die Verpflichtungen, unseren Beruf, den Zwang, **die verschorften Wunden, die verschorften Wunden**, den Geruch, der dem Mund der Patienten entströmt, die Bettpfanne, die blutgetränkten Verbände, allerlei gelbliche Sckrctc. Ich glaubc, ich bin zu etwas anderem berufen.

Und woraus schließt du das?

Aus dem Lebensüberdruß, der sich meiner hier bemächtigt.

Auch hier?

Ja, trotz Ihrer Güte …

Aber hast du eine Sehnsucht, eine Unruhe in dir?

Nein, nichts.

Das glaube ich. Du scheinst mir von ruhigem Blute zu sein.

Ja, ziemlich.

Vielleicht sogar kalt.

Ich weiß nicht.

Kennst du die Welt nicht?

Sehr wenig.

Was zieht dich also in die Welt?

Ich könnte es nicht erklären, aber es muß irgendeinen Grund geben.

Vielleicht beklagst du die Freiheit? Seine Hand bewegt sich mit dem Spiegel, reibt ein wenig an der Wand. Das und noch vieles anderes. Was anderes? Meine Freundin, sprich aufrichtig zu mir! Möchtest du heiraten? So viel ist sicher, daß ich lieber heiraten möchte, als hier zu sein. Aber warum? Das weiß ich nicht. Du weißt es nicht? Aber sage mir, was für einen Eindruck macht die *Anwesenheit eines Mannes* auf dich? Keinen besonderen. Wenn er geistreich ist und gut reden kann, höre ich ihm gerne zu, und wenn er ein hübsches Gesicht hat, fällt er mir auf. **Und dein Herz verharrt still?** Bis jetzt ja. Und wenn ihr leidenschaftlicher Blick den deinen suchte, empfandest du nichts? Manchmal störte es mich: Dann schlug ich die Augen nieder. Aber keine Erregung? Nein, keine. Und deine Sinne sagten nichts? Ich verstehe die Sprache der Sinne nicht. Aber es gibt sie. Kann sein. Du kennst sie wirklich nicht? Überhaupt nicht. Wie, dabei bist du … Dabei ist das eine **süße Sprache**. Möchtest du sie kennenlernen? Nein, liebe Ludmilla, was nützte sie mir? Sie könnte deinen Lebensüberdruß vertreiben. Oder ihn vergrößern. *Und wozu ist die Sprache der Sinne gut, wenn sie keinen Gegenstand hat?* **Wenn der Mensch spricht, spricht er immer zu jemandem**. Jedenfalls ist es besser so, als würde er allein, zu sich selbst sprechen, obwohl er auch daran seine Freude haben kann. Ich verstehe das Ganze nicht. Wenn du willst, mein süßes Kind, mache ich es dir klarer. *Nein, liebe Ludmilla, lieber nicht! Ich weiß nichts, und es ist mir lieber, als wenn ich von etwas wüßte, das mich noch unglücklicher machte, als ich es bereits bin.* Ich habe keine Sehnsüchte, und ich will auch keinen Sehnsüchten nachjagen, die ich nicht befriedigen könnte. Aber wieso solltest du sie nicht befriedigen können? Wie könnte ich? So wie ich. Wie Sie? Aber hier im Krankenhaus ist doch niemand. Ich bin hier, meine liebe Freundin, und du bist hier! Gut, aber was kann ich für Sie tun, und was können Sie für mich tun? Der Spiegel schwingt, scharrt über die Wand, die Lederverzierung schlägt zweifellos etwas Kalk ab. Ich habe Tivadar Bolta kennengelernt!!, ruft Szonja mit geröteten Wangen, ihre Zähne berühren ihre Unterlippe, ihre ein wenig fettigen Zöpfe werden hin und her geworfen, Tivadar Bolta!, er ist ein launiger Mensch, schweigsam, verschlossen, scheu, dabei aber empfindsam, krank, er hat Halluzinationen, er ist irr, wie es Schwabb ausdrückt (hat nicht alle Tassen im Schrank, ist plemplem etc.), wenn er ab und zu etwas Geheimnisvolles ausdrücken will, hat er eine gewisse Redeweise – Fasson par leer, sagt er sich im Herzen –, seine Handflächen hält er in Schulterhöhe, eingedreht und verkrampft, der Kopf neigt sich ein wenig zur Seite, die Augen sind fragend auf einen Jemand gerichtet, um ein Beispiel zu geben, er ist nicht fähig, sich im Zug zu setzen, weil er das Vis-à-vis eines Menschen nicht erträgt, lieber steht er stundenlang, auch nachts, auf dem Flur, er kann nicht telefonieren, er kann einfach nicht, allein bekommt er nicht einmal einen Fahrstuhl gemeistert, Tivadar Bolta lacht hell, sein schwarzes Haar weht, wieder ist er kindisch, reif und unreif zugleich. Man sieht es ihnen an, sie haben viel getrunken, ihre Bewegungen sind mal zu schnell, mal verlangsamt, *sie sind nicht à jour mit der Zeit*, sie reden viel, dann verstummen sie plötzlich. Er sitzt. Ludmilla und Kati kommen herein, mit ihnen Essensgeruch und Zigarettenrauch, fast so dicht, daß er sie verhüllt, auch sie wirken,

Wie Sie?

als hättten sie viel getrunken, *sie sind nicht à jour mit der Zeit.* Auf dem Tisch steht eine dicke lila Kerze, darin abwärts die Veränderungen des Lichts. Darin abwärts verschwindet nach und nach das Licht. Er versinkt im Stuhl, in dem Geruch der Frauen, der Kerze und der gefüllten Sandwiches, der warmen mit Käse, das ist zu spüren.

Ludmilla spricht von der Geburt, Kati und Szonja hören ihr gebannt zu, *die Nähte!*, **die Nähte!**, ich konnte kaum sitzen wegen *der Nähte*, sagt Ludmilla und zeigt juckelnd, wie sie kaum sitzen konnte, die drei Frauen lachen schallend. Tivadar Bolta fängt ganz leise zu reden an, als würde er nur vor sich hinsprechen, über das unmenschliche Verhalten und die verschiedenen Machenschaften der Krankenschwestern werden zahllose Geschichten erzählt, so wird zum Beispiel behauptet, daß einige den Tod der ihnen anvertrauten Patienten richtiggehend beschleunigen. Die Frauen kichern zusammen, knisternd berührt sich ihr Haar, Wispern, ihr Atem im Gleichtakt, die **Nähte**, Szonja hebt das gefüllte Brot hoch, Verzeihung, milpardon, lacht Ludmilla, die Füllung ist herausgefallen, he, ihr Männer, die Füllung war zu weich, auch Kati lacht. Szonja hat viel getrunken, sie wippt mit dem Bein, die gnädige Frau, erzählt Szonja und ißt dabei, hält die Füllung extra in ihrer Handfläche, nibbelt es so dazu, die gnädige Frau war *öftermals* betrunken, einmal kackte sie sich vor lauter Hilflosigkeit ein und sperrte sich vor Scham ein, da trat der gnädige Herr, weil er genug hatte von dieser Wirtschaft, mit der Pistole in der Hand hinaus auf den Sims, weil sein Arbeitszimmer ein halbes Geschoß niedriger, höher lag als das Schlafzimmer der gnädigen Frau, und mit der tödlichen Waffe in der Hand stieß er das Fenster ein und sprang hinein, ein riesiges Gerangel fing an, die Vase fiel hinunter, die Möbel schlitterten unter grauenhaftem Gepolter über die Dielen, wir beobachteten es von draußen und lauschten, soweit es im Gestank möglich war, warteten auf den Schuß, den zu verhindern nicht in unserer Macht stand. Aber der fiel einfach nicht, nur die Vase etc. und der Geruch. Ein fürchterlicher Geruch war das, dann wurde das Gekeuch immer lauter, wie sie miteinander rangen und das Schnaufen, die Köchin und der Feri grinsten und sagten, hier braucht man uns nicht mehr, und wir zogen auch schon ab, naserümpfend wegen des Geruchs, als die gnädige Frau unter fürchterlichem Gekreisch losschrie, **ich flehe Euch an, laßt mich genießen, Sie ekelerregendes Schwein,** wir standen da. Draußen, auf der nächtlichen Straße, randalieren die jungen Burschen, laufen in ihren Uniformen auf und ab, trinken Wein aus der Flasche, die Flasche geht von Mund zu Mund, zerbricht krachend.

Die Krankenschwestern haben Angst.

Es ist still.

Hier ist der Kräutertee, sagt Ludmilla, er ist nur lauwarm, weil der Stöpsel der Thermoskanne verlorengegangen ist. Das Schlimme an Bauchschmerzen ist, daß sie unbestimmt sind, nicht lokalisierbar, man kann nicht sagen, *hier*, womit man eine gewisse Heldenhaftigkeit errungen hätte, so daß die Schmerzen abnehmen könnten, sagt Tivadar Bolta, es gibt viele unüberlegte, zu allem bereite vermessene Geschöpfe, eine Menge verdingen sich als Krankenschwestern und klauen aus dem Haus, wo sie im Dienste stehen, Unmengen von Kleinigkeiten, einige wurden deswegen auch schon öffentlich ausgepeitscht. Aber hauptsächlich stehlen sie nur Kleidung, Unterwäsche, Ringe und Geld, soviel sie eben beim Tod des ihnen anvertrauten Kranken an sich reißen können, aber das Haus trauen sie sich doch nicht vollständig zu plündern. Man erzählt sich von einer Krankenschwester, die dem ihr anvertrauten Sterbenden ein nasses Tuch aufs Gesicht gelegt hat, und da dieser zuvor gerade ausgeatmet hatte, löschte sie damit sein Leben aus. Über eine andere sagt man, sie habe ihre Kranke erwürgt, eine junge Frau, die plötzlich in Ohnmacht gefallen war, aber daraus wäre sie noch erwacht, und ich habe auch von welchen gehört, die dem Kranken das eine oder andere verabreichten, und auch von solchen, die, ganz im Gegenteil, ihnen nichts gaben, sie also verhungern ließen. Sie sind vielleicht ein unangenehmes Sujet, hören Sie mal, Tivadar, sagt Ludmilla, solche Geschichten haben jedoch immer zwei verdächtige Eigenschaften, die einen dazu veranlassen, nicht an sie zu glauben, sie als pure Märchen zu betrachten, mit denen sich die Menschen nur gegenseitig erschrecken. Zum einen spielen sich solche Geschichten immer am anderen Ende der Stadt ab, wenn man sie in Rómaifürdő hört, dann passierten sie in Rákoshegy, Budafok oder Kispest, mit einem Wort, am anderen Ende der Stadt, wenn man sie jedoch dort hört, dann ist der Schauplatz der Geschichte die Umgebung von Rómaifürdő, Csillaghegy oder Békásmegyer. Wenn sie in der City erzählt werden, wo sonst könnten sie sich zugetragen haben als auf dem Rosenhügel, und wenn wir sie auf dem Rosen-

»Dick, mir ist nach Schokolade, laß uns in die City gehen, come along!«

hügel hören, dann haben sie sich in der City abgespielt und so weiter. Und zweitens sind, wo auch immer sich diese Ereignisse abgespielt haben mögen, die Details immer dieselben, besonders häufig wird die Geschichte mit dem zusammengefalteten nassen Tuch und der erwürgten jungen Frau wiederholt, und deswegen ist es meiner Meinung nach am ehesten offensichtlich, daß solche Geschichten *mehr Märchen denn Wirklichkeit* sind. **Mönchin, schließ mich in dein Dunkel**, sagt er.

Das gelbe Schmetterlingsplaid bedeckt eines seiner Beine, in Höhe der Lenden ist es zerknüllt, weiter oben breitet es sich wie ein Fluß in einem engen Bett aus; er zieht es sich bis zum Hals hoch. Der Schweiß ist ein kalter Kittel auf seiner Haut. Ein Schmerz fährt ihm das Bein hoch bis in die Hüfte, bleibt dort stecken, staut sich. Der Tschako ist auf dem Boden.

Die Fenster sind mäßig sauber, er könnte bis zur Pioniereisenbahn sehen. Die weiße Farbe des Rahmens ist rissig. Die Klinke hängt wie ein gebrochener Flügel. Er macht absichtlich tiefe Atemzüge, schaut sich an, wie die leichte Decke sich hebt und senkt. Darüber schmerzt ihm der Nacken. Der untere Teil des schmiedeeisernen Lüsters ist sauber, aber weiter oben, nah an der Decke, ist er staubig oder kalkig.

Es ist fast still. Die Kleidungsstücke der Schwester rascheln; wie sie versucht, den Büstenhalter zu schließen, und, es ist im verzierten Spiegel zu sehen, mit verzweifeltem, geschlagenem Gesicht nach hinten greift, zur Mitte des Rückens, wo die Verschlüsse sind, legen die Haut und das Fleisch ihres Rückens sich in dicke Falten, symmetrisch und bis hinauf in den Nacken. (Das Schließen gelingt ihr erst beim zweiten Mal, beim ersten Mal grabschen die Hände nur ziellos daneben.) Er setzt sich auf im Bett, er ist neugierig, was mit den Falten weiter unten passiert. Aber er sieht keine Lösung.

Die Frau bemerkt ihn im Spiegel und erschrickt. **Was schauen Sie!**, ruft sie. Dein Rücken, deine Taille und dein Höschen, sagt er leidenschaftslos und legt sich wieder hin. Das Plaid reicht ihm bis zum Schoß. Der Schweiß auf seiner Brust ist schon getrocknet, er berührt sie mit dem Finger. Als würde er auf sich selbst zeigen:
)[(„»Ich.«")](**Du! Du!** Es klebt. Die Frau rollt ihre Strümpfe nach oben, sie hat schöne, lange Schenkel, schlank. **Er hat die Umarmung vergessen**, nichts, er kann sich an überhaupt nichts erinnern, er setzt sich hek-

tisch auf, die Decke fällt ihm zwischen die Knie, er sieht seinen eigenen Bauch, die ärmliche Behaarung. Er wirbelt im Sitzen herum, untersucht zielgerichtet sein Bett, nichts, das Laken ist zerknittert. Auch die glänzende Politur des Bettrahmens erinnert ihn an nichts. Er hievt sich auf alle viere, die Decke rutscht hinunter, so kriecht er im Bett herum. Das Bett ist so groß, daß es einen Sinn hat zu sagen, er ginge »hierhin« oder »dorthin«. Freilich ist er wie ein Hund.

Er schaut zur Frau, die schaut gerade ihn an. *Was machen Sie da*?, fragt sie, wie eine Mutter ihr Kind. Er wird wütend, kniet sich hin: Während er aufbrausend spricht, sieht er sein Geschlechtsteil, es wippt im Rhythmus seiner Rede – all das ist lächerlich, worüber er sich im klaren ist. Erinnerst du dich nicht, wie es war? Was?, aber sie weiß schon mit Gewißheit, woran der Mann denkt. Wie es eben war? Die Frau versteht die Frage nicht. *Wollen Sie es noch einmal*?, fragt sie und schaut direkt nach vorne, sie hat sich halb umgedreht, ein Bein auf dem kleinen Sofa, im rechten Winkel angehoben; sie rollt den Strumpf ab.

Er läßt sich zurück auf das Bett fallen, die Frau weiß nicht, soll sie sich weiter anziehen oder nicht. Er streckt sich, erreicht den Schalter der Nachttischlampe, stößt sie an, es gibt ein klopfendes **Geräusch**, die Frau zuckt zusammen. Diese Empfindlichkeit nervt ihn. Beide warten sie, die Schwester auf ihn, er weiß nicht, worauf, aber nicht auf die Schwester. Draußen entsteht ein entsetzlicher Lärm. Außen und Innen hören auf zu existieren. Er setzt sich auf, man kann sich gar nicht vorstellen, woher das Geräusch kommt, überhaupt, daß es *kommt*.

»Er ist unfähig, den gröbsten Verlockungen der Kunst zu widerstehen.« Er will »hcuB tleW« sein, darauf scheint die umgekrempelte Anfangs- (also Schluß-) und Schluß- (also Anfangs-)Klammer hinzuweisen, welche quasi die Außenwelt (the rest of the world) in Klammern setzt; den aristokratischen Gesten werden heftige Naturbursch-Ausfälle entgegengesetzt – ob eine Balance wirklich entsteht, ist überaus fraglich, aber daß auf diese Weise keine der beiden ruhig genossen werden kann, ist eine Tatsache; all dies ist ein wenig überdimensioniert, die spielerisch-ironischen Allusionen, die intellektuellen Scherze, die Wortspiele und Reminiszenzen eröffnen manchmal ein viel zu weites, gedanklich nicht ausreichend fundiertes Assoziationsfeld, sehr schöne schriftstellerische Vorstellungen, tiefe innere Assoziationen, zarte Andeutungen wechseln sich ab mit billigen Pointen und schwächeren schriftstellerischen Ideen – – – – **Ich-Kavalkade** und **Time-Puzzle** (obwohl es nicht beruhigend entschieden ist, ob wir in der Zeit hin und her springen, oder ob die Zeit in uns hin und her springt, also: ob Orlando oder Ulysses), das aus Sprache und ausschließlich aus Sprache aufgebaut ist, diese Konsequenz ist sein Wert, das Interessante daran, ja, mehr noch, der Einsatz ist, daß er, während er mit dieser Ausschließlichkeit bricht; ... sein für das ungarische Ohr weitläufige, großartige Erbe heraufbeschwört; er läßt eine riesige Armee aus Wörtern aufmarschieren, ruft seit langem schlafende oder angerostete Wörter wieder in die Schlachtreihen und rekrutiert, mit der Kraft der Bedürfnisse der Phantasie, neue; das schriftstellerische Talent ist dann frei, wenn es ganz und gar menschlich ist, wenn es danach trachtet, die wundervolle Vielfalt, Kompliziertheit und Flexibilität des Lebens zu verstehen und neu erstehen zu lassen, und zwar mit Hilfe solch gewissenhafter, solch persönlicher, so sehr vom Mysterium des Zwischenmenschlichen erfüllter Worte, wie es die Sprache nur irgend möglich macht.

Die Sprache rächt sich an denen, die sie verkrüppeln.

Alles vergißt. Nur die Sprache nicht.

Doch, um fortzufahren mit unserer koketten Sprachphilosophie, Ende des Zitats, gibt es denn einen beweisbaren Zusammenhang zwischen Wort und Tatsache? – was wir eine Tatsache nennen, könnte ein aus Worten gesponnener Schleier sein, der die Wirklichkeit verhüllt, wenn die Sprache nur eine Art endlose Regression ist: Wir haben Worte über Worte gesagt.

Natürlich ist nicht alles mit Worten nicht zu beschreiben, nur die lebendige Wahrheit ist es.

Und was bleibt? Nur der graue Morgen und die Erkenntnis, daß sich die Dinge in Wirklichkeit nicht mehr geändert haben, seitdem der Mann sich das erste Mal mit einer Ziege oder einer Frau vereinigt hat ... (Moderne Autoren können selten ungestraft Bessere zitieren.)

Die Frau fängt zu weinen an. Auch das ist eine Veränderung, denkt er dankbar. *Putzmusche*, sagt er schmeichelnd. Das Geräusch ist jetzt so fürchterlich, wie wenn Glas zermalmt wird.

Der Geruch von zwei Tage altem Blut und Pferdeleichen tropft in die sich langsam in den Abend neigende Kühle; *die Welt betrachteten beide als eine große Maiwiese, über die nur Frauen und Pferde spazieren* – da vereinigte er sich, angetrieben vom gnädigen Mitleid, mit der sich im Erbrochenen wälzenden Deborah.
»Ich durchschaue dich«, sagte er, »ich durchschaue dich ganz und gar. Du möchtest ohne Feinde leben. Nur dafür rackerst du dich ab, ohne Feinde.«

Er berührt den Pferdekadaver mit der Stiefelspitze. Bestürzt nimmt er zur Kenntnis, daß das Fleisch trotz der Zartheit der Berührung sofort einfällt. Eine Falle!, er reißt den Fuß zurück, ungeschickt wie er ist, bleibt er am selbst verursachten Rand hängen; er zerrt ihn mit Gewalt heraus. Dem Pferdekadaver fehlt der Bauch. Sein Stiefel ist besudelt, blut- und schlammfleckig; seiner Gewohnheit gemäß wischt er ihn unterwegs am hinteren Hosenbein ab. Er bleibt an einer Weiche stehen, versucht, sich vorzustellen, wie sie funktioniert, aber da er sich das Straßenbahnrad, den Kranz, falsch denkt, kommt er zu keinem Ergebnis. Er kommt bald dahinter, was der Grund für das Scheitern war. Über der Stadt sind dunkle Schneewolken, die Beleuchtung ist bühnenhaft, das kommt wegen der Schneewolken häufig vor, dieses rötliche Grau, als würde hinter fernen Bergen eine Stimmungslampe leuchten. Eine Schneeflocke fällt ihm auf die Wimpern. Er schaut ihr zu, er sieht sie. Er sieht auch, wie sie diamantfunkelnd zu schmelzen beginnt. Er setzt sich die Kapuze auf; als wäre sein Kopf in einem Block. Fern erkennt er einen Bekannten, der denselben Weg hat wie er; nach einem kurzen, unwillkürlichen Zögern sagt er schließlich nichts, ruft nicht, gibt keinerlei Zeichen. Es scheint ihm: Der Schnee rieselt nach oben.

Seine Hand ist klamm, friert beinah am Telefonhörer fest. Sein Handschuh ist in schlechtem Zustand, von *Dieselflecken* verschandelt, an mehreren Stellen aufgewetzt, nach Diesel riechend. Die Farbe ist grün. Die Windjacke hält kaum warm. Er brüllt, Hallo, Hallo. Von seinem Atem schmelzen die winzigen, harten Schneeflocken am unteren Ende des Hörers. Aus dem Hörer strömt Nikotingeruch. Er brüllt lächerlich herum, irgendwas ist mit der Membran. Auf der Straße rumpeln Wagen, die Pferde sind unglaublich mager. Die Menschen, als wären sie an die Fässer angewachsen, so eingemummelt sind sie. **Ein Zigeunermädchen winkt ihm, er winkt erstaunt zurück**. Dabei schreit er, neben ihm stoppt eine Autodroschke, er zeigt an: Nein. Die Räder des Wagens drehen durch, man sieht, der Fahrer ist gereizt. Sein Fuß juckt vor Kälte. Nach einem großen Knacken hört er deutlich die versagende Stimme seines Bruders: *gestorben* ... Nein!, er schreit. Er schaut sich die schwarzen Löcher im Hörer an. In der Tiefe sieht er irgendwelche Platten. Sein Fuß schmerzt vor Kälte. Wie?, aber wie?, das sagt er sehr leise. Als würde er seinen Bruder jetzt hassen. Über die breite Hauptstraße poltern neue Pferdewagen. Ein Zigeunermädchen winkt. Im Hörer weint es. Sie ist am Morgen nicht aufgewacht, wie ist das möglich?, am Morgen nicht aufgewacht, wie ist das möglich? *Ich verstehe es nicht.*

Heute ist's sehr warm. Viele Fliegen. (Grün!) Ich habe über die »Schönheit« nachgedacht. Furchtbares Chaos.

Auf die Daunenjacke hängt vom Kopf der lange, weiße Schleier. – A auf a die a Daunenjacke a hängt a vom a Kopf a der a lange a weiße a Schleier. A das a Mädchen a ist a nervös, a sein a Gesicht a ist a rot, a gespannt a von a Kälte, a es a ist a kalt. A der a Junge a hat a auch a eine a Daunenjacke a an. A sie a ist a von a großen, a öligen a Flecken a verschandelt, a aus a der a Nähe a spürt a man a den a Dieselgeruch. A den a grünen a Handschuh a hebt a er a hastig, a als a würde a ein a armer a Vogel a ziellos a mit a den a Flügeln a schlagen. A der a Stoff a ist a aufgeschürft, a flusig. A ein a Fünffingerhandschuh, a am a Zeigefinger a eine a dunkle a Verfärbung a und a eine a gewisse a Steifheit a des a Stoffs: A der a Junge a pflegt a sich a die a Nase a dort a abzuwischen, a auch a jetzt a greift a er a unwillkürlich a hin, a dabei a ist a es a eine a feierliche a Situation, a aber a sein a schluchzendes a Weinen a gleicht a das a aus, a er a hüpft a von a dem a einen a zum a anderen, a schlägt a die a Hände a zusammen, a Kinder, a ich a bin a so a

»Ich bin so glücklich.«

glücklich, a so a glücklich. A er a umarmt a den a Jungen, a klopft a ihm a auf a den a Rücken. A ist a ja a gut. A werde a glücklich, a sagt a er. A der a Junge a schwankt a quasi a auf a und a ab. A das a Mädchen a hat, a als a sie a die a Kapelle a verließen, a eine a Schippe a gezogen, a und a seitdem a hat a sie a eine a Schippe, a die a Augen a hat a sie a sich a aggressiv a angemalt, a viel a blaue a Farbe, a Gesichtscreme a trägt a sie a auch. A tritt a mir a nicht a auf a den a Schleier, a das a Mädchen a quengelt, a ich a hab a es a dir a schon a einmal a gesagt. A der a Junge a umarmt a sie a glücklich. A Kinder, a wie a glücklich a ich a bin, a sagt a der a Junge a und a tritt a an a ihn a heran. A ich a danke a dir a sehr, a daß a du a gekommen a bist. A sein a Gesicht a fällt a ein, a als a er a antwortet, a ist a doch a selbstverständlich. A die a Gesellschaft a durchquert a den a Wald. A die a Gespräche a verklingen, a der a nächtliche a Wald a ist a gruselig, a seine a unbekannten a Geräusche a herrschen. A der a Junge a flüstert a manchmal, a Kinder, a ich a bin a so a glücklich. A ihm a ballt a sich a davon a jedes a Mal a die a Hand a zur a Faust. A er a schlendert a hintendrein, a bildet a die a Nachhut. A Äste a knacken, a oben a sind a Sterne. A der a Stern a schmerzt a ihn, a so a denkt a er a es a sich. A in a der a Kneipe a freilich a Zigarettenrauch, a Gestank a und a Armut. A sie a bekommen a einen a Platz, a obwohl a es a eng a ist. A er a gerät a neben a Guszti a Bucsányi. A der a riesige, a bärenhafte a Mann a ist a guter a Dinge, a er a ist a die a Seele a der a Gesellschaft. A diese a seine a Eigenschaft a kennt a er a gut, a im a Schützengraben a würde a er a sich a auch a nicht a anders a verhalten. A ihnen a gegenüber a sitzt, a allein, a die a schwarze a Frau. A er a schaut a sie a an. A Schwarz a schwarz. A ich a hatte a auch a eine a Nikotinvergiftung, a sagt a Guszti a Bucsányi, a wir a spielten a *Stammhalter*. A daraufhin a brechen a alle a in a Gelächter a aus. A das a Mädchen a krümmt a sich, a reißt a die a schmalen, a schönen a Hände a vors a Gesicht, a welches a immer a noch a angewidert a ist, a sie a wiederholt a es, a Stammhalter, a Stammhalter, a *Jessas*, a Stammhalter. A Guszti a lacht a auch a und a bemerkt a absichtlich a nicht, a daß a einige a bereits a über a ihn a lachen. A im a Gegenteil! A er a verfolgt a diese a Linie a weiter. A aber a ja, a bittschön, a Stammhalter, a wir a sprangen a von a Baumstamm a zu a Baumstamm, a und a Hexenstrang a war a uns a dabei a eine a Hilfe. A wieder a brechen a alle a in a Lachen a

Als mich im Alter von 19 Jahren, nach nicht geringen 2 Monaten

Transformation

– a –

A a *a* A – Guttural

A. A. A. A. – Lipton Viertelfinale

Rezitat mit A Selbstlautern:

> Abraham saß nah am Abhang
> sprach: langsam, Axt,
> wart Ratschlag ab.

Aest ***a***est ***a***est ***A***est ***a***est ***a***est ***A***est ***a***est

Hiermit geben wir die Bedeutung einiger Wörter an:

Das = das, Mädchen = Mädchen, senkte = senkte, den = den, Kopf = Kopf, ihr = ihr, ganzer = ganzer, Körper = Körper, erzitterte = erzitterte, Ich hasse dich = ich hasse dich, sagte = sagte, sie = sie, sei = sei, mir = mir, nicht = nicht, böse = böse, ich hasse dich = ich hasse dich, und = und, zückte = zückte, ihren = ihren, zierlichen = zierlichen, Toledaner = Toledaner, Dolch = Dolch.

Weitere Informationen:

Theiß nicht Theiß, Donau nicht Donau, Ratte nicht Ratte, Ja nicht Ja, Nein nicht Nein.

in der schneefrischen Ehe, mein Mann schmählichst hintergangen, mich nicht nur reihenweise belogen, betrogen und ausgeplündert, sondern mich *verraten, verraten, verraten* hatte – warf ich ihn, selbst auch noch ein Kindmensch, hinaus, umsonst winselte er wie ein Hund: Ich beschloß, daß ich frei leben werde, wie die Männer, unabhängig, felsenfest, im Wind, aber so, daß ich dem keine Bedeutung zumessen werde, alle Geschenke, jede Feinheit und jeden gemeinen Scherz des Lebens werde ich als etwas annehmen, das mir zusteht. Ich bin eine Dame, die Hauptdarstellerin meines Lebens, so habe ich es entschieden. **Die Welt und das Leben sind eins. Ich bin meine Welt.** Soviel mußte ich vorausschicken. (Die schwarze Frau.)

aus. A Hexenstrang, a Hexenstrang. A Wilde a Lianen, a sagt a er a hilfsbereit. A er a schaut a sich a die a schwarze a Frau a an, a ihre a Züge a verschwimmen a im a Zigarettenrauch, a die a Frau a schaut a fest a zurück. A in a der a Gesellschaft a bemerken a das a einige, a ziehen a ihn a vorsichtig a auf, a er a läßt a es a zu. A auf a den a Bäumen a haben a wir a auf a nüchternen a Magen a geraucht, a aber a ungeheuer a viel. A da a bekam a ich a meine a Nikotinvergiftung. A zwischen a den a Hexensträngen, a jemand a johlt. A aus a dem a Mädchen a blubbert a es a auch a heraus, a Stammhalter, a Stammhalter, a Stammhalter. A meine a Vorfahren a sind a von a den a Bäumen a gestiegen, a und a die a des a Gusztis a sind a hoch, a sagt a die a Mutter a des a Mädchens, a schaut a sich a um, a stolzen a Blicks. A die a Zigeunerkapelle a wischt a die a aus a den a Stimmen a folgenden a Unterschiede a fort. A der a Mann a an a der a Flöte a ist a von a winziger a Statur. A die a schwarze a Frau a steht a auf, a geht a weg. A schwarz, a schwarz. A ihm a fehlt a etwas. A seine a Windjacke a ist a schwer, a zu a warm a auch, a er a spürt a die a Nässe a in a seiner a Achselhöhle, a die a abgestandene a Wärme, a die a warme a Feuchte, a er a müßte a sie a ablegen. A er a hört a nur a die a Flöte. A können a wir a eine a Pause a als a Verlauf a annehmen, a die a von a den a Tönen a gegliedert a und a interpretiert a wird a und a nicht a umgekehrt? A die a Töne a sind a nur a Schatten a an a der a Oberfläche a der a Stille. A sie a gehen a wieder a durch a den a Wald. A eine a angetrunkene a Gesellschaft. A Guszti a Bucsányi a hat a die a Zigeuner a mitgebracht. A im a Zimmer a werden a alle a ruhiger, a sitzen a auf a den a großen a Kissen a herum. A es a ist a warm, a Gott a sei a Dank. A die a Kissen a sind a braun, a die a Fauteuils a grün, a es a ist a Nacht. A Guszti a Bucsányi a amüsiert a sich, a sein a großes a Gesicht a schlägt a Wellen, a leuchtet. A er a geht a nah a an a Guszti a Bucsányi a heran. *Ich hatte einen Kameraden, der hat gesagt: Bei Gott, ich sage dir, aus meinem Nabel weht ein Wind; das ist nicht dein Nabel; Idiot; gestern habe ich ihn mit einer Feder stundenlang untersucht; sie hat geflattert; ein Süd-/Südostwind, bei Gott.* A er a bemerkt a den a kalten a Schweiß a in

Können wir eine Pause als Verlauf annehmen, die von den Tönen gegliedert und interpretiert wird und nicht umgekehrt? Die Töne sind nur Schatten an der Oberfläche der Stille.

a seinem a Gesicht, a er a hat a es a mit a der a Hand a berührt, a erschrak a fast a davon. A Bucsányi a feuert a die a Zigeuner a immer a härter a an. A der a Junge a und a das a Mädchen a sind a verschwunden, a das a Mädchen a ist a müde a geworden, a sie a quengelte a nicht a mehr, a den a Schleier a knüllte a sie a in a die a Tasche a der a Daunenjacke a des a Jungen. A die a Mutter a des a Mädchens a ist a sehr a schläfrig, a bittet a Bucsányi, a er a möge a die a Zigeuner a wegschicken. A teurer a Guszti, a bitte. A Bucsányi a winkt a den a Primas a heran, a gibt a ihm a Geld, a zieht a ab, a Junge, a sagt a er. A er a sitzt a auf a dem a braunen a Kissen, a hinter a ihm a die a Windjacke, a er a hat a sie a sich a *ungezwungen* a ausgezogen. A der a Mann a an a der a Flöte a ist a ganz a klein, a dünn, a braunhäutig. A Verzeihung, a glauben a der a gnädige a Herr a an a Gott, a fragt a er a Guszti a Bucsányi. A die a Kapelle a steht a schon a in a der a Tür, a sie a flüstern, a zischeln a dem a Flötisten a zu, a er a solle a kommen. A er a winkt a sie a von a seinem a Kissen a aus a zur a Ruhe. A für a das a Gesicht a Bucsányis a ist a wieder a der a kalte a Schweiß a charakteristisch, a er a schaut a sich a den a kleinen a Mann a an. A warum a fragst a du? A weil a ich a an a ihn a glaube, a und a man a lacht a mich a immer a aus. A was a willst a du a von a mir, a schreit a Bucsányi a laut. A der a Flötist a schaut a zu a Boden, a dreht a die a Flöte a in a der a Hand, a dann a schaut a er a zu a Bucsányi a und a sagt, a Sie a sind a ein a sehr a anständiger a Mensch. A es a ist a still, a die a Zigeuner a gehen. A Bucsányi a rührt a sich a nicht, a seine a Tränen a beginnen a zu a fließen, a Tränen a fließen a über a sein a breites a Gesicht, a dann a übermannt a ihn a das a Schluchzen, a er a schüttelt a sich, a es a ist a bestürzend. A er a dreht a sich a auf a dem a Kissen a weg, a nimmt a seine a eigene a Hand a in a die a Hand, a als a wollte a er a sie a reiben, a aber a er a reibt a sie a nicht, a seine a Hände a sind a kalt. A die a Vorhänge a sind a auch a grün, a sie a fallen a in a einem a schönen a Bogen a herab, a tiefgrüne, a schwere a Stoffe. A die a braunen a Bäume a bewegen a sich, a die a Blätter a eins a neben a dem a anderen, a ihr a Geräusch a ist a bis a hier a herein a zu a hören. A der a riesige a Körper a schluchzt.

»Verzeihung, glauben der gnädige Herr an Gott?« »*Warum fragst du?*« »Weil ich an ihn glaube und man lacht mich immer aus.« »*Was willst du von mir?!*« »Sie sind ein sehr anständiger Mensch.«

Unter *normalen* Umständen standen uns drei Spielfelder zur Verfügung. Ein *Single* konnte man auf jedem spielen, *Double* auch, aber da gab es Unterschiede. Jetzt hat man das hintere Feld, das Richtung Bienenhäuser, zerstört, das Haus ist draufgefallen, hat sich dahin ergossen, es ist unbrauchbar. Wir haben es auch gleich abgezäunt, und jetzt hängt neben dem provisorischen Zaun, der das zweite Feld von der Seite abschließt, eine große Tafel, Didi hat sie irgendwoher besorgt: VORSICHT! BISSIGER HUND! Eine *Schöner Hof, saubres Haus*-Plakette hätte der gute Didi noch klauen können. Die Mädchen spielten untereinander, weiße Kleider auf rotem Grund, wir saßen auf der Steinbank hinter dem runden Eisengartentisch. Übertrafen einander mit den verschiedenen Bemerkungen. Ich nahm besonders … ins Visier. Der kleine Flaum unter ihrer Nase ist süß.

VI/16 Die Saat steht schön. Die Lokomotive ist wie ein Bullenkalb. Mein Schlafgenosse ist ein preußischer Infanterieoberleutnant, aktiv – leider scheint er eine *viel* bessere Klasse zu sein als unsere durchschnittlichen aktiven Infanterieoberleutnants. Er gurgelt lange, er würde auch gerne krächzen, aber er ist ein Kavalier.

Ich habe gesehen, daß Didi immer wütender wurde, aber wieso hätte ich mich deswegen zurückhalten sollen? Didi ist ein netter Junge, ein *fideler* Kerl, aber ich könnte drei von seiner Sorte in die Tasche stecken. Ich redete also weiter meinen Stiefel. Didi sprang auf, seine dichten Brauen wirkten so lächerlich: Alles war so leicht, fein, apart, die Mädchen, die Schläger, die Saiten, die Flugbahn der Bälle – diese Brauen fielen wirklich heraus.

Mein Freund, rief Didi, und er gab seinem Gesicht ein fehlerloses Lächeln. Er reichte mir die Hand. Ich wußte, was er wollte, und nahm an. Ich muß schon sagen, ich selbst war auch vehement. Es wäre wichtig gewesen, eine *gute* Ausgangsposition zu finden, das heißt, seine Hand ziemlich tief, innen zu greifen, denn wenn seine knochige Handfläche mich »in der Mitte« erwischt, zermalmt er mich unrettbar. Die Handflächen klatschten ineinander, mit kleinen Rut-

VI/16 Die Bulldogge Jónás erkannte mich, kläffte glücklich, ist anhänglicher als mancher unserer Leute. Déjeuner beim Vizekonsul Dr. Daum, dessen Frau eine Engländerin aus Transvaal ist, nicht hübsch, aber eine nette junge Frau, die mich mit den Worten empfing: »No so Tete, ich weiss ich bin ein Schwein njicht war?« – weil nämlich … (Oh, wie viele *weils* es doch gibt!) Am Nachmittag habe ich ihr einen Hengst für ihre beiden neuen Lipizzanerstuten ausgesucht. Einen O-Bajou-Fuchs, die anderen waren unmögliche Viecher. Dann nahm sie mich zum Tennis mit, wo mich die Mädchen mit einem riesigen Hallo empfingen. Die drei Schwestern sind häßlicher denn je, Mimus spielt den Vamp – die neuen: eine kleine Herzogin von Solms, Nóra Bissingen, ein langgewachsener, heit'rer Fratz, und ein paar neue Böcke. Alle fragen mich sehr nett nach M.

Auch Didiku wird jetzt von den Frauen sehr geliebt. Zwischen Didi und Frau Bertoni gab es keinen Krach, nur eine Abkühlung wegen Maman Ratcho, das aber gründlich.

Abendessen bei Pallas, schlechter Sekt, gute Stim-

schern – drücken und loslassen – suchten wir neue, bessere, für den anderen schlechtere, Positionen. Aber die Positionen änderten sich nicht. Und wir schlangen uns umeinander; wenn mein Gesicht auch so aussah wie das von Didi, würde ich es bis heute bedauern. Iwo. Die Knaben sprangen auf, standen da in einem Halbkreis, aber sie trauten sich nicht, dazwischenzugehen, noch nicht einmal, etwas zu sagen. Wir drückten und zerrten aneinander. Wir fingen an, Gegenstände umzuwerfen: erst die geflochtenen Stühle, das Teeservice vom Tisch, die Thermoskanne. Die Jungs fingen die Tassen auf. … schwang wütend ihr *Rakett*, sind Sie denn wahnsinnig geworden.

mung, schweinisches Frauchen – wenn's nur das sein soll, ich werde sie schon zugaloppieren! Palla ist ein unendlich netter kleiner Ehemann und so sonderbar. – An der anderen Seite der Pallinetta saß Didi. Wir lachten viel, sehr viel!

Die Morgensonne ist kräftig. Ich habe gut geschlafen, vor allem viel: Ich bin von alleine aufgewacht; das ist das beste, wenn der Organismus einen weckt. Ab und zu zerre ich die Pyjamahose höher. Die Flügeltür ist offen, die sich über die gesamte Breite der Fassade ausdehnende Terrasse verläuft in Treppen bis zum Garten hinunter, so kann man es sagen.

Ich stehe. Ich schlüpfe aus den Pantoffeln, der Stein ist warm, ich bleibe so. Der Bursche deckt den Tisch im Garten, ich sage ihm, er soll auch eine Decke mitnehmen. Sich dazu ins frische Gras *niederlassen*, unter einem komplizierten Strauch …! Selbst wenn das unglückliche Aufeinandertreffen von Tau und Maulwurfshügel zur *Schmuddelei* führt … Der Bursche hält mit dem geflochtenen Stuhl inne, er knarzt schön in seinen Händen, er musiziert, weil er ihn musizieren läßt. Morgenmusik, aber ich bin nicht dankbar. Ich lege eine Hand auf meinen Bauch, er ist heiß. Ich habe mich noch nicht gewaschen, ich habe das Gefühl, das Sonnenlicht reinigt mich, tatsächlich ist von der nächtlichen Fettigkeit *keine Spur* in meinem Gesicht. **Ich stinke nur aus dem Mund.**

VI/16 Tennis, aber Maman kam an, »no si Chantecler, kommen si her«, und sie setzte mich neben sich. Es ist ein schreckens Regiment hier, aber es ist nicht unangenehm. Es regnet.

Am Abend »Tout Paris«; das meiste habe ich mit Mme Féthy smonziert. Sie spricht ein hervorragendes Französisch und ist unwahrscheinlich schlank, und sie besteht darauf, daß wir uns über Mathesis unterhalten, speziell über Bolyai. Wenn's nur das ist, ich kann parallel sein wie kein anderer! Tona und Mimus später, man kann es sich vorstellen.

Der geflochtene Stuhl knarzt, der Bursche fragt, ob er den Stuhl hinunterbringen soll. Ich weiß, woran er denkt: entweder Stuhl oder Decke. Ich tue so, als verstünde ich nicht, was er will, dann wird's mir über, ich winke ihm, er soll sich davonmachen. Er zieht ein

VI/16 Ich erwache wie die Maikäfer, entsetzt und beklommen, Déjeuner bei Maman. Ein sehr sonderbarer Ton, aber amüsant. Von dort zu Tona zum Tee, sie war süß, Didi war geflohen, danach in die Wohnung, ich deponierte sie zum Bridge bei Podewils (die Frau hatte sich das Knie verrenkt, bat, wir mögen sie untersuchen, ein *interessanter* medizinischer (!) Fall – aber ja doch!), ich arbeitete bis zum Abend, dann nahm mich Tona mit zur Malteser-Mission (**Die Gräfin Collalto!**), etwa 30 Mann spielten Karten, ein Offizier – eine Schwester, in Sechsergruppen. Egal, worauf ich setzte, ich verlor, großes Gejohle. »Na ja natürlich, der Chantecler!«

Gesicht. Ich denke darüber nach, ob ich ihn maßregeln sollte. Ich werde ihn später dafür geradestehen lassen; mit vollem Marschgepäck in der Sonne, glaube ich. Ich mag es, daß das Gras gleich am Fuße der Treppen anfängt. Es ist wie das Meer, und in diesem Fall leckt das Gras an den Ufern. Ich reite auf Worten herum. Das Gras ist betaut, ich trete hinein, es ist nicht angenehm, zu kalt. Der Ruhesessel steht in der Mitte der großen grünen Rasenfläche (ich habe ihn aus dem Krankenhaus stehlen lassen) – er ist noch von gestern übriggeblieben, ich habe mir den Sonnenuntergang angesehen, ich wollte ihn von Punkt zu Punkt, von Augenblick zu Augenblick beobachten und feststellen, was schön an ihm ist, wenn man annimmt, er sei schön; mit einer ähnlichen Methode pflege ich den Schmerz zu untersuchen oder mit den Schwestern: was Lust sei. Von Punkt zu Punkt. Es ist tatsächlich Lust, es tut tatsächlich weh, sage ich dann am Ende der Experimente, nicht sehr überzeugt. Der Leinenrücken des Stuhls ist fahl, auffällig im schreienden Grün der Wiese.

Ich setze mich in den Stuhl, öffne die Pyjamajacke und stelle die Beine auseinander. Scheine, Sonne, scheine. (Mein Sack ist etwas feucht. Zuerst wird er trocknen, dann ganz einfach schwitzen, ich weiß es. Aber ich weiß nicht, ob ich mich darüber freuen sollte oder mich ärgern.) Ich kneife die Augenlider zusammen, dann lasse ich sie erschlaffen, dadurch entstehen Ringe im abgegrenzten, schwarzen Raum; jeder der Ringe ist doppelt: der äußere pechschwarz, der innere golden. Als wären sie Augen; aber es ist nur Dekoration: Es gibt keinen Blick.

VI/16 Am Vormittag Amtsgeschäfte, dieser A. ist ein Hornochse, aber wirklich. Déj. mit Maman, heitergut. Danach holte ich die kleine Pallinetta ein, nahm sie mit in unsere neue Wohnung, und wir ordneten bis abends um 6 die Einrichtung. Aber zumeist haben wir nur herumgealbert und uns in den hervorragenden Armsesseln gewälzt. *We made great friends.* Mich nennt sie, der Teufel weiß wieso, »Sieur Antoine«. – Ein liebes kleines Äffchen, sie weiß viel, gemessen daran, daß der ganze Fratz erst 18 ist. Aus der wird eine sehr gute Frau, wenn ich sie noch hier antreffe, wenn ich wiederkomme. Wenn.

Um sechs der Ehemann, murrt, wie wenig wir geschafft hätten. Dabei irrt er sich. Zur Strafe fing er vor mir an,

Ich rufe den Burschen, er soll mir die Zeitung bringen. Natürlich hört er es nicht. Ich öffne die Augen, die Farben *bewegen sich* sonderbar, ich stehe auf, mir wird schwindlig. (Der Garten wird hinter den Kastanien unmerklich zum landwirtschaftlichen Gebiet. – Das gehört nicht hierher.) Ich halte mich vorsichtig an der Armlehne fest und drehe mich um, da sehe ich sie.

Ihr Schlafrock steht halb offen, sie läßt das Sonnenlicht zu sich kommen. Dieses katzenhafte Spiel der Frauen ist wohlbekannt, ich jedenfalls kenne es. Sie steht so faul und weich dort, wie ich dort gestanden haben mag. Mich widert das an. Ich herrsche sie an. Die sengende Sonne – ich sehe es! ich sehe es! – hat ihr Selbstvertrauen gegeben, sie zuckt kaum merklich die Achseln. Das Beben läuft den Schlafrock hinunter. Der Bursche steht in der Tür. Ich brülle noch einmal hinüber. Ich spüre meine Gesichtsmuskeln; mein Mund ist, wie er war.

seine kleine Frau »fürchterlich« zu küssen, damit ich mich gifte. Ich zückte die Kodak, Fono wollte sie zerbrechen, aber natürlich vermochte er es nicht, denn dafür bin ich sehr viel mehr stärker, ich fresse 3 Fonos auf, wenn ich will.

Am Abend kolossale Bockspartie, ich saß auf dem Ehrenplatz, bitte schön! (Der Korvettenkapitän war sogar schon so gnädig, mich zu duzen. Tölpel.)

Der Vorsitzende des Gerichtshofes ist Breuer, die Brille mit dem Drahtgestell verrutscht auf seiner Nase, er richtet sie, er trägt einen großen, schweren schwarzen Mantel, der Strickpullover hängt ihm aus dem Mantelärmel, er tritt von einem Bein aufs andere, seine Schuhe glänzen und haben die Form von Barken, seine Nase ist rot vor Kälte, die Haut am Rand der Nasenlöcher ist ausgetrocknet, rissig, innen werden Haare sein, er hat starken Mundgeruch.

Könnte man, sagen Sie, bitte, die Strafe nicht so gestalten, daß der Kerl, der arme, kein Geld zahlen muß? Aber das ist doch gerade die Strafe! Zwanzig Prozent des Gewinns! Oh, aber das ist ja furchtbar! Breuer holt ein Taschentuch hervor, putzt sich kräftig, *trompetend*, die Nase. Haben sich Euer Gnaden verkühlt?

VI/16 Besonders Frau Féthy, Mimus und die Dame des Hauses. Beim Tennis die süße Marys und einige Eingeborenenweiber. Abendessen bei Tona, allein. Tónus spielt Geige. Soll sie. Ich sagte ihr, that there is no need for her to get mixed up with a fellow like »Duc de Midi«, aber sie sagt, all dies sei nur ein Bluff. Egal, irgendwie ist sie nicht mehr die alte Tona. Wir blieben lange auf, sie gab mir eine Fotografie. – Was M. jetzt wohl macht? Ich habe ihr ein Telegramm geschickt, aber nur so aus Spaß.

Und könnte man nicht, sagen Sie, bitte, diese Geldstrafe auf fünfhundert Forint herabsetzen? Er wühlt in seinen Taschen, er sieht, Breuer beobachtet ihn, dadurch wird sein Wühlen wichtigtuerisch. Sein Finger, der *Suchfinger*, verfängt sich in seinem Taschentuch. Genüßlich sagt er zu Breuer: Das ist keine *Herabsetzung*, gnä Herr, die 500 sind mehr. Breuer stutzt. Es ist kalt. In seinem Mund hat sich Speichel gesammelt. Eine gehässige Stimme flüstert ihm zu: Frau Breuer hat ihre Periode.

Das Fahrzeug ruckelt, wahrscheinlich wieder über einen Balken gefahren. Das große Panoramafenster ist dick mit aufgespritztem

VI/16 In der Nacht ein Telegramm, vormittags Bank, ein paar Messer und Ringlein. Déj. im Club. Einrichten mit Pallinetta, Tennis, dort exorbitanter Flirt mit der Malteser-Schwester Dora von Wagner. Im Club ein unangenehmes Zwischenspiel wegen Heard, mit den Rindviechern Schaeven und Dr. Stange. Aber ich kann nicht zulassen, daß nach meinen Freunden getreten wird, nur weil unsere Länder zufälligerweise im Krieg miteinander stehen. Das habe ich Stange ziemlich deutlich in die Fresse gesagt. Daraufhin hat er die Klappe gehalten, aber wie ich höre, will er mich anzeigen. Soll er.

Zu Tona, groooße Teegesellschaft. Ich ließ Frau Féthy im Garten eine Behandlung angedeihen, aber sie ist erst ein Küken, eine blutige Anfängerin, und abscheulich verliebt in ihren Mann. Ihre Fesseln könnten schlanker sein, wenn es schon Turaner Fesseln sein müssen! Kann aber auch sein, daß nur die Trauben sauer sind. – Umziehen und »Jungferndiner« bei Pallas, die unter großem Druck, und wir sprachen uns ab und kritisierten alles, beziehungsweise trösteten sie großherzig, es sei gar nicht so schlecht, und wir sähen ein, wie schwer es sei, mangels entsprechender Erfahrung Gäste zu empfangen, besonders solche, aber das wird schon noch besser werden etc. etc. Palla aß wortlos vor sich hin, Pallinetta aber warf endlich das Salzfaß nach mir, riesiges Gejohle, Geständnis, Entschuldigungen, Sekt, der ein wenig zu warm war.

Schlamm bedeckt. Man kann nicht hinaussehen. Die riesige Frau neben ihm rührt sich. Ich kann die Holzköpfe aus dem Generalstab nicht leiden, sagt er sich im Herzen. Die Häuser sind eingerüstet, auf der Sonnenseite rinnt Schmelzwasser von den Dächern. Die riesige Frau hievt sich hoch. **Steigen Sie nicht aus. Sie sind so schön warm.**

Sie reißen den Puff nieder. Die ganze Bagage ist anwesend. Auch ich drängle, obwohl, wenn ich sehe, daß mein Bursche mich beobachtet, mache ich ein gleichgültigeres Gesicht. Ich stelle mich in einen gefrorenen Schuhabdruck, er paßt genau. Ich öffne den Mund. Die Detonation wird von unserem Rumoren begleitet, als wären wir im Stadion. Ich warte auf einen großen Knall, statt dessen kommen viele kleine Knalle, als wäre es eine Probe.

Das Haus steht auch noch – für eine Minute. Dann, als hätte man es umgemäht, sackt es in sich zusammen. Fast lautlos »fällt es auf die Knie«. Eine riesige Staubwolke steigt auf, fliegt, fliegt, langsam, hoch. Der Bursche ist irgendwo weggekommen, ich bin nicht gerade erstaunt. An meiner einen Seite steht eine Gymnasiastin, mampft an einem Kukuruz, sie hat ein Maiskorn an der Wange, ein Schönheitspflaster; an der anderen Seite steht eine dünne alte Frau in einem schwarzen Kleid, zwitschert aufgeregt, hat ein Filmaufnahmegerät in der Hand. Sie hat eine riesige Warze auf einem Augenlid. Sehen Sie, sehen Sie, das muß ich unbedingt knipsen! Das ist so ein Moment! Jetzt knipse ich es, sehen Sie? Ich knipse es! Die Alte hat sich die Lippen angefeuchtet, die Lippen glänzen ekelerregend, umsonst wende ich mich ab, gebe sogar meinen gefrorenen maßgeschneiderten Schuhplatz auf, ich könnte mich jeden Augenblick erbrechen.

Große Risse laufen über die Wände, dann fängt der Zusammensturz an. Als ob es zufällig geschähe. Mauersteine purzeln,

an meiner einen Seite steht eine Gymnasiastin, mampft an einem Maiskolben

seine Finger berühre n die Zähne, die Zäh ne öffnen sich, die Fra u ***lutscht*** am Zeigefin ger, er reißt den Fing er heraus, was ist mit deinen Zähnen?, sie si nd vollkommen eben mäßig! Viel zu **eben mäßig**, sagt die Frau und vergräbt sich in ihm. Er packt sich ein e dicke Speckrolle an ihrem Bauch, laß uns zum Wasserturm geh en

Auf dem Grund des Grabens immer mehr Abfall: Pl astikbeutel, abgenagte Maiskolben, Zellstofftaschent ücher und so weiter

er, K., meinte aber im Gegenteil, daß Kászonis Zähne auff allend schön waren, ebenmäßig, weiß, bis ihn Halassi, der gute Halassi, aufklärte, daß es sich größtenteils um künstl iche Zähne handelte, die sind einzeln aufgesetzt, deswegen hat sie so eine Zahnreihe wie ein voller Maiskolben, die Kászonis wohnten neben dem Wasserturm in einem klei nen Haus mit Zimmerküche, die beiden Frauen am Fuße des Phallos, sie, Halassi einbegriffen, wußten nicht, was Phallos bedeutete, vielleicht Wasserturm auf griechisch

einmal, in Szeged, hab en sich die Freiwillig en auf einem Ball Mai skolben ins obere Ho senbein gesteckt, Me nschenskinder, so O nkel Frédi, diese viel en seligen Goscherln, ***vor Fieber bebten die Brüste, in starken H änden brannten die Pfötchen***

VI/16 Heute eine Menge Hatz. Getrunken haben wir auch nicht zu knapp. Adams haben um Mitternacht angerufen – laut Marys »ich wusste, dass si noch ihr Unwesen irgendwo herumtreiben« –, daß sie morgen zum Déjeuner kommen, aber das geht nicht mehr, denn ich habe schon bei Frau Féthy zugesagt, wär' ja noch schöner, ich und nichts vor! Ich werde vielleicht was zu hören bekommen.

10er Trennwände, Mörtelstücke, Scheinbalken, Füllkörper, Hohlkörper, Fensterrahmen, Klinken, Sándor Csibi, der wollüsterne Mäurer und Gábriel Sebők, sein nußholzbeiniger Gehülfe, Fliesen, Bilderrahmen, eine Csontváry-Repro, ein schwarzer BH, ein Hut mit Federbusch, ein künstliches Gebiß, der Hungarologische Anzeiger, ein Spazierstock, Kondome, eine Melone, ein gelber Chandler-Band, Strumpfbänder, ein Büstenhalter, lila, ein Band mit Aufsätzen von Thomas Mann, die Partitur der Hommage à Dohnányi, ein Höschen, schmutzig, unendlich und auf mehrfache Weise, winzige Zäpfchen, vollkommene Diskretion. Zuerst die *Mädchen*: mit einem gewaltigen Hohlkreuz, ihre unbedeckte Brust, die Knospe ihrer Zitzen spleißt die ziegelstaubige Luft, ihre Bewegungen sind gleich, aber die eine lacht, es gibt welche, die weinen, und manche Gesichter sind trotzig verschlossen. Die Männer verschränken die Hände vor ihrer Scham, ihr Trikot ist makellos, sie springen, die Sohle nach vorn, eine Kerze. Darüber könnte man sogar lachen, so sieht es aus.

Ein modernes Kaufhaus wird hierher gebaut, der Parkplatz wird groß sein und geistreich arrangiert, eine Kinderaufbewahrung wird es auch geben und dort eine große, große, kuschelige Katze, auf der die Kleinen reiten können, wenn sie Lust haben. Brot, *Kafir*, Boutike, Adidas. Es ist kalt. *Ein bißchen Schutt für das Brigadetagebuch*, der Kamerad vor mir bückt sich. Ich breite mir mein schwarzes Taschentuch aufs Gesicht. Die alte Frau neben mir hustet, ihre Kamera ist grau vor Staub.

Der Verfall erschwert seine Arbeit. Das verzehrt ein wenig seine Geduld. Unter seinen Füßen knirscht der Schnee, in den gefrorenen Spuren knickt er immer wieder ein. Er tritt auf den Schnee ein, er will ihn säubern, will wissen, was das für Spuren sind. Pferde? Menschen? Schuhe? Stiefel? Opanken? Radabdrücke? Er verrechnet sich permanent, was die Dicke des Schnees anbelangt, er tritt in Erde und Schnee, Schnee und Scholle fliegen. *Wie er die Spur reinigt, so erlischt sie.* Sobald er das erkannt hat, bald, nickt er.

VI/16 Ein feines und nettes Déj., ein merkwürdiges kleines Frauchen, tally ho!

Man sagt, unter uns sei ein Verräter, anders ließen sich die Niederlagen nicht erklären. So was kann man nicht einfach so sagen. Wenn es sich allerdings bestätigte ... Obwohl, sterben kann man auch nicht immer. Er erreicht die äußeren Straßen der Stadt, in den Seitenstraßen ist der Schnee vielerorts unberührt. Er biegt in *so eine* kleine Straße ein, hält schlitternd den Jeep an; als er aussteigt, sieht er, daß er fast gegen den Baum gerutscht wäre. Er kann nicht einmal den kleinen Finger in die Lücke zwischen Stoßstange und Baumstamm stecken. Er bricht ein Stück von der Rinde ab, so hat sein Finger Platz. Die Gefahr wäre somit kleiner. Er lacht heraus, die Stimme veranlaßt ihn, sich umzuschauen, nicht weit entfernt steht ein kleines Mädchen, er erschrickt, das Mädchen bestimmt noch mehr. Das Mädchen trägt einen großen Schulranzen auf dem Rücken. *Mit dem Ranzen auf dem Rücken, werden bald die Schulbank drücken.* Ich habe ein Stück von der Rinde abgebrochen, sagt er zur Erklärung. Das Mädchen steht da. So paßt nämlich mein kleiner Finger durch. Die Situation ist, aller Wahrscheinlichkeit nach, immer angsteinflößender. Geh nach Hause, sagt er wild. Das Mädchen lächelt.

VI/16 Reise. Daß sich die Männer – und Frauen – über mich freuten, tat mir gut.

Im Schlafwagen saß ein hübsches kleines türkisches Huhn, bin sie gleich angegangen, und es kam heraus, daß sie Gabi Incze aus Kolozsvár ist, jetzt die Frau eines Türken in Beirut, auf Verwandtenbesuch. Szirmay murrt, ich sei der frechste Mensch auf der Welt, aber über das Frauchen freut er sich auch, wir nehmen sie mit in unsere Kabine, und der Onkel traktiert sie sogar im *dining car*! Darauf folgte das krampfhafte Feiern der türkisch-ungarischen Geschwisterlichkeit.

Er findet die Klingel auf der schwärzlichen Steinsäule nicht. Er tastet herum, folgt den Zwischenräumen der Ziegelsteine. Nicht da, ertönt aus nächster Nähe die Stimme des Mädchens, wieder erschrickt er, diesmal nur er, das ist auch besser so. Es ist besser, sich allein zu fürchten. Hier müssen Sie drücken, das Mädchen zeigt es ihm. Weißt du, erklärt er, in dieser großen Dunkelheit finde ich mich nur schwer zurecht. Bald geht der Mond auf, sagt das Mädchen schulterzuckend und geht.

Auf das Klingeln hin springt drinnen ein wütend kläffender Hund auf und ab. Eine alte Frau öffnet das Tor, scheucht den Hund beiseite. Beißt er? *Er ist hinterhältig*, die alte Frau nickt. **Der Sinushund winselt.** Mein Sohn ist krank, sagt die Alte, schaut ihn fragend an. Er nickt. Er ist sehr krank, aber ich heule nicht. Gehen Sie rein, er ist in der inneren Stube, sie lacht wiehernd auf, wir dachten, dort wäre es sicherer, als würde sie sich selbst auslachen, wie sie so naiv sein konnte.

Gnädiger Herr, daß wir uns so wiedersehen müssen!, sagt er. Er kann nicht entscheiden, ob es Heuchelei oder Pfiffigkeit ist. **Ist der Verrat des Verrats ein Verrat**? Secko jedno. Der Kranke lächelt, kräftige Fieberrosen. Die Wunden stinken. Über dem Bett eine Bauernweberei: Maria weint um ihren Sohn Jesus Christus. Meine Frau, sagt der Kranke. Die Hand der Frau ist warm. Er schaut hinunter, der Schnee an seinen Stiefeln ist geschmolzen, er steht in einer Pfütze. Wie ich das hasse!, ruft er aus. Die Frau schenkt gerade vom Tischwein ein, winkt ab, doch der Kranke ist sichtlich verärgert. Er wiederholt es, Verzeihung. Als würde der Kranke dadurch noch mehr verärgert. Ich störe auch nicht weiter, sagt er. Setzen Sie sich nur, mein Sohn, ruft die Alte aus der Küche herein, die jungen Leute, mein Sohn, haben es immer eilig. Können Sie mir sagen, wohin? Wir kommen alle einmal dort an. Warum beten Sie nicht lieber?

Oder warum fürchten Sie sich nicht?, sagt die Frau feindselig. Danke der Nachfrage, meine Dame, wir fürchten uns, wenn Sie das beruhigt! Warum tust du das?, ruft der Kranke. Er weiß nicht, ob sich die Frage auf ihn oder auf die Gattin bezieht; auf ihn. Warum erschreckst du mich?! Glaubt ihr, ich erschrecke nicht?! Ich erschrecke sehr wohl ...

Gnädiger Herr, ich muß gehen. Eine Sirene heult. Gottverdammse, murrt der Kranke, drückt das Glas, weiße und rote Streifen beziehungsweise Flecken erscheinen auf seiner Hand. Begleite ihn hinaus, wirft der Kranke der Frau zu. Im Vorraum steht die Alte vor dem Sparherd, sie dreht sich nicht um, als sie sagt: Beeil dich zurück. Ist gut, liebste Mama, die Frau lächelt. Bitte, sie winkt ihm, er tritt als erster hinaus in die Dunkelheit. Alter Arsch, sagt die Frau, sobald sie die Tür geschlossen hat. Sie sagt es so, als wäre er gar nicht anwesend. Er reißt den Kopf zurück, die Frau ist klein, rundlich, das Gesicht ist müde, glänzt aber. Einfache Linien, aber interessant. Die Frau steht eine Stufe weiter oben, so sind sie gleich groß. Er spürt den Schweißgeruch der Frau, das mag er, aber er denkt an nichts.

Er geht los, über den Gartenpfad zum Tor. Plötzlich spürt er, daß ihn jemand festhält, die Frau hakt sich bei ihm ein, lehnt sich ein bißchen gegen ihn. Er dreht sich erstaunt um, streift sie. Die Frau drückt sich an ihn, wie in den Filmen die Ladys an die Männer mit den Trenchcoats und den Borsalinos. Am Himmel gehen Lichter. Die Frau drückt wieder zu, jetzt sagen Sie mir, wie kann man so leben?, wie kann man so leben, daß jeden Augenblick etwas passieren kann. Ich halte das nicht aus. Ich bin nicht zimperlich, ich glaube auch nicht, daß ich ein besseres Leben verdient hätte, aber diese ständige Bereitschaft ..., das kann ich nicht mehr. Ich habe keine Kraft. Ich habe keine Kraft, mich zu fürchten, das ist mein Luxus. Die Stimme der Frau ist tief, was sehr anziehend ist. Das Kläffen des **Sinushundes** ertönt ganz aus der Nähe. Hab ich's nicht gesagt, sagt die Frau und lacht giggelnd. Ihre Gesichtshaut ist häßlich; vom Puder?

Die Frau treibt ihn so vor sich her, daß der Hund ihn nicht erreichen kann, er schlüpft durch das Tor, die Frau ihm hinterher. Die Alte schreit, beeil dich doch! Ist gut, liebste Mama! Sie sagt es wieder so, als wäre er nicht da: alter Arsch. Er schickt sich an zu gehen. Die Frau ergreift seine Hand. Die Hand der Frau ist warm, *seid gnädig, er ist todkrank ... Und wenn das hier ..., wenn das hier vorbei ist, denk an mich*. Er nimmt seine Hand weg. Die Frau sagt: **Gott sei mit Ihnen. Gott sei mit Ihnen.** Er schaut nicht zurück. Der Schnee knistert. Aus dem Fenster des gegenüberliegenden Hauses schaut das Mädchen heraus, ihr Blick ist streng, der Mund gespitzt, sie drückt die Stirn an die Scheibe. – Er knickt um.

Zwecklos zu leugnen. Der Angriff ist schlecht, unmöglich. Es gibt keine Verteidigung.

Soll ich um Hilfe schreien? Jetzt, so, mitten in der Deutschstunde? Ich hätte es vielleicht getan, weil ich immer feige genug war, wenn ich auch nur den geringsten Sinn darin sah. Aber zu wem? Wer wird mir helfen? Die anderen? Medve, Zsoldos oder Schulze, Garibaldi Kovách? Lächerlich, leider. Ich müßte fliehen. Ich wäre gerne aus der Welt gelaufen, aber ich wußte, auch das ist nur eine Illusion. Nur ein Wunder könnte helfen. Wenn irgendwas dazwischenkommt. Mir blieb eine einzige Möglichkeit, mich nicht zu rühren. Nichts zu tun.

Jetzt können sie nichts tun. Solange die Deutschstunde dauert. In der Zehnminutenpause auch nicht viel. Aber am Abend dann.

Die Hitze macht ihn leichtfertig. Sein Gastgeber lächelt, sorgt liebenswürdig für Stimmung, hantiert, trägt ihm allerlei an. Der Himmel ist schwarz. Innen auf der Fensterbank liegt neben einem Topf mit Schnittlauch ein Fernrohr, er nimmt es in die Hand, betastet es, schaut verkehrt herum hinein, nimmt es sich von den Augen, schaut aus dem Fenster. An der Wand des gegenüberliegenden Hauses die Spuren von Einschüssen. Möchtest du Tee oder Kaffee? Was möchtest du? Die schäkernde Stimme stört ihn nicht. Er mag seinen Gastgeber, und der mag ihn.

Er dreht das Feldglas um. 9 Fenster. **1/1** Dunkle Fenster, die Rollos sind heruntergelassen, zwischen den Holzlatten sieht man die Dunkelheit. Wer wohnt dort? Ein General. Seine Witwe ist verliebt in mich. Neulich bin ich einmal nach einer langen und mit Moral spärlich ausgestatteten Nacht in den Hof hinausgewankt, zum Brunnen, um mich im Eimer zu waschen und vorher an den Brunnenkranz zu pissen: als sie plötzlich vor mir stand. (Ein anderes Mal hatte sie erzählt, daß sie sich in ihrem Leben nur ein einziges Mal dem General hingegeben habe. Daher habe sie den Sohn. Der General war immer nach Wien gefahren, sie, die Generalin, wisse von 3 Liebhaberinnen, eine ist Wirtin in Grinzing, ihr Backhändel mit Gurkensalat soll unvergleichlich sein.) Ich war gerädert, sie plapperte wie ein Backfisch, sie habe geträumt, ich würde am Brunnen stehen, so wie jetzt, nur halb nackt, ich würde die Muskeln an meinem Arm anspannen und sie bitten, sie anzufassen, ob sie denn hart seien. Ob ich ihr sagen könnte, was dieser Traum bedeute, denn daß er etwas bedeute, sei sicher. Mir platzte bald die Blase. Übrigens ist sie ständig eifersüchtig auf mich, macht mir Szenen, droht, intrigiert, denunziert, spitzelt. Am liebsten wäre ihr, wenn ich alles detailliert zugeben würde. Wenn ich alles detailliert zugeben würde. Sein Gastgeber hat das Teewasser aufgesetzt, sucht nach einem Löffel und sucht nach Zucker.

1/2 Auf den blauen Teppichboden beugt sich etwas aus der Deckung. Von dort tritt ein schlankes Mädchen heraus, macht die Betten. Kratzt an etwas auf dem Laken, es ist, als würde sie das Kissen von der Seite wütend werfen. Kann sein, daß es ein Junge ist. **1/3** Sein Gastgeber hantiert mit geheimnisvollem Gesicht. Ein Mädchen beugt sich über ein Buch. Es ist ein gelbes Kollegienheft, das Mädchen ist also Studentin. Sie lernt vertieft, hebt manchmal den Kopf, schaut nach vorne, spricht vor sich hin, als würde sie etwas memorisieren, kratzt sich am Kopf, dann kaut sie oder lutscht selbstvergessen am Daumen, den sie notwendigerweise abspreizt: eine sonderbare Mixtur aus Unappetitlichkeit und unechter Eleganz. Der Gastgeber hat Fruchtreis gebracht, das war der Grund für die Geheimniskrämerei; der Fruchtreis ist mit Nüssen bestreut. Verblüffend, sagt er, daß ich hier hin und her wackle, er illustriert es, indem er das Fernglas hin und her bewegt, und das Mädchen dort lernt *genauso* weiter. Hja, Alter, iß. **2/1** Blindes Fernsehlicht pulsiert. Der Mann und die Frau sitzen in gleichen Fauteuils, schauen sich die Sendung an. Auf dem sichtbaren Ende der Couch ist jemandes Bein zu sehen, das eines Knaben oder eines jungen Mädchens. Der Mann steht auf, geht hinaus, die Frau dreht sich zu ihm, der Mann geht weiter. Die Frau schaut weiter fern, schneidet eine Grimasse, zieht einen Flunsch.

2/2 Rechts die Mutter, links der Vater, in der Mitte mit dem Rücken zu ihm der Halbwüchsige, in der Mitte eine große Schüssel; Römertopf? Die Mutter tut auf. Die Tür geht auf ..., nein ..., das ist unmöglich ..., er nimmt das Fernglas herunter, dann sofort wieder zurück. In der Tür steht eine Frau. Haargenau die Mutter! Sie *stimmt* mit der Mutter *überein!* Der Vater schreit, eher wütend als erschrocken. Der Halbwüchsige steht widerstrebend auf und zieht schnell die Vorhänge zu, offenbar hat ihm der Vater das zugerufen. Wer ist diese Frau?, fragt er seinen Gastgeber, der zuckt die Achseln, lutscht an den Walnüssen. **2/3** Eine Frau sitzt in einem Bademantel, ihr Haar ist naß, hängt herunter, die Frau ist sehr häßlich. Sie schneidet sich die Zehennägel, das Bein legt sie auf dem Bett ab, der Mantel fällt auseinander, ein langes Stück Innenschenkel ist zu sehen, doch ganz oben schließt sich der Mantel wieder dunkel. Hast du kein stärkeres Fernglas?, fragt er. Sie trägt ein Höschen, antwortet der Hausherr, hebt nicht einmal den Kopf. Er wünschte, er könnte die abgeschnittenen Nagelstückchen sehen! Wie gerne würde er sie aus den weichen Tiefen des Teppichs herausklauben!

Römerbad

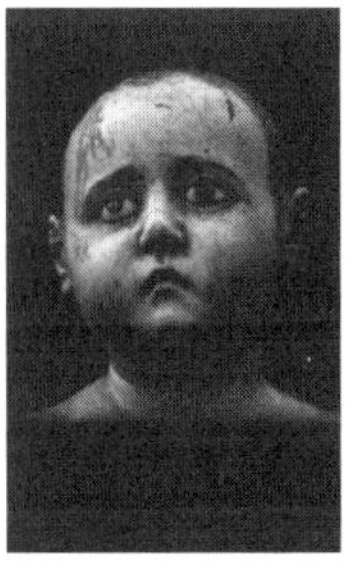

3/1 Dunkel. Wer wohnt dort? Eine Frau mit Mähne: Gefangene ihrer eigenen Freiheit.

3/2 Zwei Männer hantieren, der eine ißt etwas, leckt genüßlich an seinem Löffel, einem kleinen Silberlöffel (oder natürlich Alpaka). Der andere beobachtet ihn. **3/3** Junger Mann, streckt sich, breitet zufrieden die Arme aus. Die Lichter sind so, daß man seinen Sägemuskel sieht, ein großer, brauner, schläfriger, asiatischer Körper, seine Zähne sind weiß, sein Kopf neigt sich mit auffälliger Schönheit zum Nacken. Auf dem hinteren Bett liegt jemand, mit einem Laken zugedeckt, das Haar ausgebreitet, wahrscheinlich eine Frau. Unbeweglich wie eine Tote. Der Tee ist fertig. Ich hätte gern Zucker. Meinst du diese Sache ernst? Sein Gastgeber wundert sich. Ich frage, weil es mir ziemlich stinkt, aber für dich würde ich es tun. Ja, ich meine es ernst. Schade. Er schaut zerstreut zum Fenster hinaus. Der Anblick ist so überwältigend, daß er den ungeheuerlichen Krach gar nicht hört, erst später, wie eine verrutschte Synchronisierung. Die Seitenwand des gegenüberliegenden Hauses löst sich ab. *Die Hitze macht uns leichtfertig*, sagt er mit vollem Mund.

Der Schlag trifft ihn nicht unerwartet, in dieser Situation kann das jedem passieren. Er denkt, daß es jetzt jedem weh tut. Arme Menschen. Unter seiner Sohle spritzt der Schlamm, seine Windjacke ist schwer, das Haar klamm, die Stirn und der Ansatz des Nackens heiß, verschwitzt. An den Rändern seines Gesichtsfelds entsteht ein verschwommener Halbkreis. Das hat eine Wirkung, wie wenn die Wimpern aneinanderkleben etc. Die Sicht verändert sich, einzelne, Regelmäßigkeit suggerierende Stücke der Sichtfläche heben sich von ihrem ursprünglichen Platz ab, heben sich ab und sinken ein, *wie die Würfel im Legespiel.* Die Formationen sind nicht genau zu bestimmen. Das Bild zuckt, fällt aber nicht auseinander. Seine Lippen werden taub. Er bewegt sich nicht, denkt, so wäre es besser. Seine Brust ist aus Papier, sein Gehirn ein Kiesel, sein Herz ein Schwamm. Er fällt.

Der Schenkelschuß blutet durch seine Hose. Durch das Gehen lockert sich der Preßverband. Der blutige Fleck stört ihn, er bedeckt ihn fast gehemmt mit dem sich schwerfällig bewegenden Saum seiner Windjacke. Er hinkt stark, es kommt ihm gar nicht in den Sinn, daß dieses Schwanken viel auffälliger ist als die handtellergroße, blutige Verfärbung.

Der Schmerz bewegt sich. Es regnet, die Kapuze reibt an seiner Stirn. In den Unebenheiten ist Wasser, von Zeit zu Zeit sieht er darin seine sich nähernden Sohlen, langsam weicht die Schuhsohle durch, und ebenso langsam spritzt Schlamm auf die Schuhspitze. Der Gemüsehändler wurde vom Sturm verschont. Auf dem Stand sind unter einem luftigen, blaßblauen Schirm Äpfel in Kisten arrangiert, *Starkings.* Er bückt sich, um an seinen Lieblingsäpfeln zu schnuppern, als er plötzlich einknickt. Die Heftigkeit der Bewegung erschreckt ihn. Es ist, als hätte er keine Knochen im Bein, als würde er in eine Höhle treten. Er *stützt sich* durch Hin- und Hertapsen, es tut weh, er faßt einen Apfel an, all dies passiert mit verworrener Hastigkeit. Das Aufstützen gibt ihm Kraft, wenn es auch weh tut, er richtet sich auf, vergißt, den Apfel aus der Hand zu lassen. Er riecht daran.

Der jüdische Händler steht in der Tür, seine Ohren sind rot und stehen ab, sein Kopf ist groß, er läßt ihn hängen, stützt ihn fast auf den Brustkorb, er hat eine Halbglatze.

Mein Herr, Sie sind feindlich, sagt der Händler.

Transformation

Rondo

Lieber Freund! Ort, Zeit

Ich wage es nicht, am Anfang zu beginnen, so sehr hat mich die Sache aufgewühlt. Ich war erstaunt, ja (obwohl das Wort etwas persönlich ist, Verzeihung) geknickt, daß Du denen gleich aufgesessen bist – unser gemeinsamer Trafiker ... Tja: ich wollte doch am Anfang anfangen. (Wie es scheint, habe ich das beruflich im Blut.) Da ich aber, das unproportional Geschehene proportional betrachtet, zu dem Schluß gekommen bin, daß das Zusammenspiel der Dinge – an das ich, auch wenn es von mir unabhängig ist, hätte denken können – Dich eventuell so geblendet hat, daß Du gutgläubig geblieben bist, oder Dich jedenfalls so verhalten hast, wie normale Menschen im allgemeinen, und da ich nicht möchte, daß **das, was wir voneinander in uns tragen**, durch so ein dummes Mißverständnis verlorenginge, habe ich beschlossen, oder eher: ich habe mich davon überzeugt, Dir den Vorfall mit allem, was mit daran hängt, zur Kenntnis zu bringen – – –

Lieber Freund! Ort, Zeit

Bezüglich der Frage von neulich – oder vielleicht war es gar keine Frage, sie war nicht so zielgerichtet und draufgängerisch, eher eine sanfte Erkundigung, ich glaube, deine beschlagenen Brillengläser wiesen darauf hin, und dann die Art, wie wir uns über den Köpfen der Sitzenden hinweg, und dann sitzend, die zwischen uns befindlichen Gesichter umgehend, flammend zugewinkt haben, das Verhältnis zwischen Worten und Verschweigen war vorbildlich, wenn es auch nicht unser Verdienst war, denn langsam fing der Vortrag an und geriet außerordentlich locker –, bezüglich Deiner Frage habe ich folgendes in Erfahrung gebracht: H. und die Königin *weinen*, auf meine Frage, wieso, wurde mir gesagt, weil der Z. zum Zahnarzt gegangen sei, auf meine Frage hin, meine Frau sei auch zum Zahnarzt gegangen, trotzdem weinte und klagte ich nicht, wurde mir gesagt, sie weinten, weil der Z. zum Zahnarzt gegangen sei, *deswegen* weinten sie, auf meine gereizte Erläuterung, daß ich, *siehe*, in einer ähnlichen Konstellation nicht geweint habe, wurde mir gesagt, daß sie dann gar nicht weinten. Der H., die Königin und der Z. sind mit dem 1er Bus zum Zahnarzt gefahren, in einen riesigen Garten, denn dort war die Endhaltestelle. Es wurde mir gesagt, daß der Zahnarzt in einem Mietshaus wohne, das irgendeinen merkwürdigen Eingang habe und dessen eines oder anderes Zimmer sechseckig sei. Nachdem ich den vor Jasmin prunkenden Garten neben ein abgewracktes, säuerliches, nach Katzenpisse riechendes Mietshaus gestellt hatte, drückte ich leise Zweifel aus. Ist es sicher, daß es der Einser Bus war? Mir wurde gesagt, daß es sicher sei und basta. Ich sah es als besser an, diesen Strang nicht weiter zu forcieren. Doch ich blieb standhaft am Ball, was nicht ganz ohne Ergebnis geblieben ist. Der Zahnarzt ist eine Frau!!! Ich glaube, daran hat keiner von uns gedacht. (Deine Behauptung, wonach der Zahnnerv *viel* mehr stinkt, ist unbestreitbar richtig!) *Eine Frau, und ihre Augen sind so schön, daß sie nicht aufzustehen vermag, denn sie ist mit einem Schmetterlich gefesselt.*

Ich hoffe, Du konntest die 60 Deka gut gebrauchen, an den Enden mußt Du vorsichtig damit umgehen, bei den staatlichen Stellen kann man jetzt etwas ähnliches (!) bekommen, Du kannst Dir denken, wieviel Probleme es damit geben muß, wenn es sie schon mit diesem gibt. Im Zusammenhang damit möchte ich etwas zur Sprache bringen, über das wir zwar beide vermutlich lächeln werden, aber es wäre nicht richtig, wenn wir so täten, als wäre nichts passiert. Ich war gerade dabei, den Handstand zu üben, und Du weißt, wie unangenehm das ist. Erinnerst Du Dich? So war es immer, gewisse Dinge können wir nur *gemeinsam* (*nur* gemeinsam) machen, sie hatten uns eingekesselt, uns blieb nicht viel Zeit, um nachzudenken, unser Kommandant lag mit blutendem Kopf am Strand, sein mutiger Blick gebrochen, **an seinen Lippen der Sand** (das ist vielleicht meine grauenhafteste Erinnerung, die mich oft schweißüberströmt aus unruhigen Träumen fahren läßt: wie der **Sandwurm** in den Mund des liegenden Mannes kriecht, quer über den geronnenen, bräunlichen Blutstreifen), mit seinem kühlen, nüchternen Bauernverstand konnten wir nicht mehr rechnen, zum Glück gab es nur wenige Alternativen, meine 38er Smith and Wesson kam einem dort wie ein Spielzeug vor, und, mein Guter, umsonst war Deine Maschinenpistole angsteinflößend (wie die Kameraden beim Lagerfeuer verspielt und mit einer schwelenden Erotik darauf zeigten: der *Martial*), vergebens, denn das Magazin war leer, obwohl das der unglückliche Feind nicht wissen konnte, so daß, als wir neben der Vág ausbrachen, Du die dritte Zigarette nicht mehr anzünden konntest – – – – –

Lieber Freund! Ort, Zeit

Die Sonne ist herausgekommen. Dafür sind die Straßen so matschig, daß man überhaupt keine Freude daran hat. Der Schnee ist nirgends weiß, und wenn er schmilzt, bleibt immer etwas an seiner Stelle; dies und das. (Schmutz. Aber den stelle man sich vollkommen physisch vor!) Das beste Beispiel dafür sind die Fenster. Sämtliche Schaufenster Budapests! Von Schmelzwasser gekrümmte, in der Sonne matt glänzende Scheiben. Erbarmenswert. Gleichwohl wird der Schal ausgezogen, und der obere Knopf ist geöffnet. Ich trage nur ein Sakko. Nach alldem wirst Du es nicht sonderbar finden, daß ich erneut den Handstand geübt habe; und Du weißt, wie unangenehm die paar schikanösen Neugierigen sind, die einen dabei umzingeln und alle möglichen Fragen stellen. Außerdem hat sich der Asphalt trotz des Sonnenscheins nicht erwärmt, und schon nach kurzer Zeit fror mir die Hand, obwohl ich an eine trockene Stelle gepatscht hatte; darauf hatte ich nicht nur wegen der Kälte geachtet, wie Du Dir denken kannst! Aber – und auch dieser Augenblick ist bekannt – früher oder später ist es vorbei mit der Attraktion, der 12er Bus kommt, und viele steigen ein, und zwar steigen auch welche aus, aber es bleiben immer weniger stehen mit ihren gutmütigen oder pikierten Bemerkungen; und auch der Leiter des Vierundzwanzigstunden-Konsums hat eingesehen, daß es sich nicht lohnt, sich aufzuspulen, ich werde mich eh nicht »fortmachen«, und das Schaufenster wird von meinen Fußsohlen nicht nur nicht dreckig, sondern eher sauber! (Einmal hat er mich angesprochen, als Privatmensch, und bot mir 600 Forint im Monat für die – das waren seine Worte – Produktion. *Wissen Sie, mein Herr, Sie ziehen die Leute an. Sie machen Ihre Hopsereien, bitte um Verzeihung, hier nur zu ihrem eigenen Vergnügen, aber die Leute kommen rein zu mir und kaufen Preßwurst, Brot und Schuhpaste. Und Kafir, sagte ich, und obwohl ich lächelte, konnten wir das Geschäft nicht zu Wege bringen.*) Ich stand im Handstand, das Sakko bedeckte meinen Kopf, und das ist überhaupt nicht angenehm, ebensowenig die zufällig aufeinanderfolgenden Geräusche von verschiedener Intensität, deren Grund: die aus der Jackentasche fallenden Gegenstände sind. Kein gutes Gefühl. Aber dann stellte sich die Balance ein, Dunkelheit und Lichtfleck, Reinheit und Müdigkeit, Sicherheit und ein bis ins Innerste der Muskeln dringendes Zittern etc., was die gute Laune mit sich bringt, denn es ist alles zu sehen, dies und wir selbst so, wie wir sind, und trotzdem fängt man nicht überflüssig zu reden an und stellt nicht permanent seine klugen Fragen, mit denen er nichts auf der Welt zu schaffen hat, zum Beispiel, warum die Schaufenster im Sonnenschein schmutzig sind?

Das Hemd war mir aus der Jeans gerutscht, mein Kreuz lag bloß, und Du weißt, wie diese Blöße ist, und es ist nicht einfach, sich zu sagen: Was zählt das schon in so einer *Situation*! Weil es auch nicht stimmt. Bei alldem war es meine Überzeugung – daß ich dort blieb, allein, als der, der ich war –, daß der Handstand sehr gut gelungen war. Offenbar war es kein Stolz, den ich verspürte. Mein Zeitgefühl hatte mich verlassen, obwohl ich wußte, daß die Zeit verging, wegen meines Kreuzes.

Haben Sie keine Angst, antwortet er.

Sie sind zwar feindlich, aber nehmen Sie den Apfel mit, in Gottes Namen, sagt der Händler und geht zurück in das kleine dunkle Loch, aus dem ein saurer Geruch herausströmt. All dies ist wieder zu schnell, er beißt gierig in den Apfel, und dann sofort noch einmal. Während er geht, verläßt die Kraft wieder von Zeit zu Zeit sein Bein, aber er erschrickt nicht mehr *so*; das Ganze ist, obwohl das kein bißchen beruhigend ist, als würde ab und zu ein Schritt ausbleiben. Seine Personalien werden überprüft. Die beiden Polizisten sind müde, als bestünde eine gewisse Spannung zwischen ihnen. Wie er trippelnd dasteht und dem gelangweilten Gemurre der Polizisten lauscht, macht er kleine Schritte mal hierhin, mal dorthin, und *achtet* im Grunde auf sein verletztes Bein, trotzdem knickt er unerwartet ein, er schnappt erschrocken nach vorne und greift so in den Gurt des in den Papieren lesenden Polizisten, dessen Partner springt sofort nach hinten und zieht die Pistole. Verzeihung, stammelt er, läßt den Gurt los. Die Polizisten verabschieden sich, sie haben sich ein wenig beruhigt.

Treppenlaufen fällt ihm schwer, er klopft das Zeichen an die Tür. Das Guckfenster in der Tür der Nachbarwohnung geht auf, wen suchen Sie?, ertönt es flüsternd. Er antwortet nicht, dafür hat er keine Anweisungen, darauf ist er nicht vorbereitet. Eine Frau steht in der Tür, sie hat *Teig* an den Händen. Er streckt sich, schaut über den Kopf der Frau hinweg, die das verständlicherweise erstaunt. Das Gesicht der Frau ist rot vor Anstrengung. *Aller Wahrscheinlichkeit nach ist sie dabei, Teig zu kneten.*

Wen suchen Sie?, flüstert die Frau, um gleich laut aufzufahren: *Ich kenne hier niemanden!*, sie dreht sich um, zieht die Tür mit dem Ellbogen hinter sich, Hausfrauenschläue. Plötzlich fällt ihm das Treppenhaus ein, so, als wäre es ein Gedanke, der Schmerz auf den Treppen und jenes Verlassensein, das erst jetzt im nachhinein augenfällig wird, das sich aber in kaum etwas anderem zeigt als in *Schmalheit und Steilheit*, einer Betonleiter. Das spricht er laut aus. Daraufhin dreht sich die Frau zurück, ob sie wohl denkt, daß von ihr die Rede sein wird? *Hat Ihnen das Schicksal auch übel mitgespielt?* Doch dann, da keine Bestimmtheit entsteht, dreht sie sich auf dem Absatz um, faßt mit ihrer teigigen Hand nach der Klinke und zieht sie mit einem Ruck hinter sich zu.

Er macht erneut das Klopfzeichen, legt die Hand an den Spion,

Aber ich bin ein wenig davon abgekommen, was ich mit Dir klären wollte. Du brauchst Dich nicht zu erschrecken, aber so ist das auf jeden Fall angebrachter. Das ist die Ordnung der Dinge, wie man so schön sagt. Ich übte also gerade den Handstand, als unser gemeinsamer Trafiker (während ich diese Zeilen schreibe, ist jemand ins Zimmer gekommen, hat sich über meinen Schreibtisch gebeugt, derweil zog ich eilig, jedoch mit einer gewissen matten Routine und Heiterkeit die Nummer 73/3 des *Rechners* über mein Heft, und sagte zu mir, aber so, daß es alle hören konnten, beziehungsweise, daß gerade die es hörten: Kinder, die Tante Margó hat ihre Blutung bekommen; dazu mußt Du wissen, daß die Tante Margó reichlich im Rentenalter ist; übrigens ist sie furchtbar schäbig, gibt das Schreibmaschinenpapier einzeln heraus, aber sie ist überlistet, auch ich klaue es von ihr), als unser gemeinsamer Trafiker also nach einer kurzen Einleitung, welche das Wetter und die Gesundheit meiner Kinder sowie der »hübschen jungen Frau« umfaßte, auf – ich zitiere seine Worte – das Wesentliche zu sprechen kam. Demnach wolle er sich nicht in die Angelegenheiten anderer einmischen, er sei sich im klaren über die abstoßende Art solcher Leute, besonders, da er annehme, daß wir beide Freunde sind, also können wir selbst, aus eigener Kraft, eventuell – hier richtete er das Sakko an meinem Hals, da es vom widernatürlichen Gebrauch mehrfach verknittert war –, eventuell hätten wir ein paar Freunde, junge Männer wie Sie, lieber Péter, Sie haben doch bestimmt so eine Art, wie man so schön sagt, **Gesinnungsfreunde**, mit deren Hilfe Sie bestimmt – – – – –

Lieber Freund! Ort, Zeit
Bezüglich Deiner Frage – die mir eher als richtungsloses Forschen denn als rauhe Informationsbeschaffung schien –, konnte ich folgendes in Erfahrung bringen: Die Königin ist mit dem Zwerg zum Frisör gegangen. Wie ich erfahren konnte, war es sehr angenehm. Die Beine der Königin wurden enthaart. Der Zwerg spielte erst zwischen zwei gegenüberstehenden Spiegeln mit den etwas mystischen Gesetzmäßigkeiten der Spiegelung, anschließend linste, horchte etc. er. Die beiden Kosmetikerinnen stopften die Königin abwechselnd mit allen möglichen Intimitäten voll. Die Königin amüsierte sich dezent über die gepfefferten Geschichten. Es wurde erzählt, daß die beiden kleinen Hühner einen gemeinsamen Kerl haben, in der Person eines schlaksigen Sportmenschen, der *Centerhalf* in einer Soldatenmannschaft der unteren Liga ist. Es wurden verschiedene Größen und Daten genannt, dem Zwerg ist ganz warm geworden. Zu viele Gerüche, hätte er gerne gesagt. Die kleinere Kosmetikerin hatte unglaublich große Brüste, im wesentlichen sah sich der Zwerg diese an. Wenn jemand über den Gehsteig vor dem Schaufenster ging, dessen Äußeres oder ein anderes winziges Zeichen an ihm (der Blick, die Änderung im Rhythmus der Schritte) darauf hinwiesen, daß er vielleicht hereinkommen könnte, dann sagte die Kleinere: ***Die Potzen kommen.*** Worauf sie unbändig zu johlen begannen. Es handelte sich um die Pointe eines Witzes, wie ich noch in Erfahrung bringen konnte. Es wurde mir gesagt, daß die gut ausgestattete Kosmetikerin rehe Augen hat, sie konnte nicht aufstehen, weil sie mit Schmetterlichs festgebunden war, damit sie nicht dran kratzte.

Die 60 dkg, die ich Dir gegeben habe, werden, wenn auch nicht reichlich, aber auch nicht knapp – reichen. Achte auf die Enden: Du weißt, das erste durch das zweite ziehen etc., i=i+i, und achte darauf, daß es gleichmäßig wird. Unser gemeinsamer Trafiker hat erzählt, Du hättest ihm indigniert erzählt, daß mit den 60 dkg irgendwas nicht in Ordnung sei. Der Alte rang ziemlich die Hände, aber ich hatte nicht das Gefühl, daß er die Scheiße aufkochen wollte, und die 60 dkg könnten vielleicht einen Stachel in Dir hinterlassen haben – – – – –

Lieber Freund! Ort, Zeit
55 von der dickeren Sorte reichen. Den unteren Teil strickt man rechts, den oberen glatt. – Ich will natürlich nicht reinreden. Die haselnußbraune mitteldicke ist auch gut, aber die kriegt man jetzt nicht – – – – –

Lieber Freund! Ort, Zeit
Hiermit weise ich aufs entschiedenste jene flüchtigen – – – – –

Täubchen! Ort, Zeit
Hiermit nehme ich aufs entschiedenste jene flüchtigen Stilisierungen an, welche Gefü- – – – –

Lieber Freund! Ort, Zeit
Dieses System aus 7 Spiegeln interessiert mich auch; ein Spiegel könnte eine Glasplatte sein – das wäre lustig. Natürlich möchte ich so durchsichtig sein; Ganzheit ist ein Recht der Grünschnäbel. Dein geliebter Kohlkopf, Thomas Mann, sagt: Studenten haben das verdammte Recht (oder die Pflicht, ich erinnere mich nicht mehr), sich zu begeistern. (Ich habe nach einem neuen Stift auf meinem Schreibtisch gesucht und folgenden Zettel gefunden: 1. Jun. 73, die Geschichte, von der die Rede sein wird, ist in der Welt, wie die Holzpantoffeln, die Kieselsteine, Béla Kun.) Mein Freund! Vielleicht so – – – – –

Lieber Freund! Ort, Zeit
Offenbar haben wir alle dieselbe Ildikó Drahosch ausgespäht. Alle; der Unterschied besteht in der Erinnerung. Die gemeinsamen Erinnerungen, die bis in die Nerven gemeinsame – ...

Zu der anderen Sache: Ich hänge nicht an den Traditionen – also daß für Jungs blau, für Mädchen rosa –, denn für mich ist das (das **Ja** und das **Nein**): keine Alternative.

Ich will beweisen, daß jede Schule unzureichend ist, ich werde erklären, daß wir keine Schule machen wollen und daß dafür auch keine Notwendigkeit besteht – mehr noch, daß wir in der *Tradition* verwurzelt sind: und das ist meiner Meinung nach tatsächlich so, das gibt mir Ruhe und Mut.

Ich habe mich auf einen Betonsims gesetzt. In Wirklichkeit war es eine einstufige Treppe. Mir wurde gesagt, der Zwerg möge die Königin nicht. Auf meine Frage hin, warum nicht, wurde mir gesagt, weil diese *gemein, potzig und meisig* sei. Sie sei auch sehr krank. Es wurde mir gesagt, daß der Zwerg weine. Weil die Königin gemein sei. Das ist, was ich erfahren habe; verständlicherweise habe ich nicht weiter nachgeforscht. Die Sonne schien, aber der Beton hatte sich nicht genügend erwärmt, mir fror der Hintern; ich schob mich hin und her. Ich saß am Fuße der Trafikbude. Mit dem Rücken lehnte ich mich gegen die marode Wand, schloß die Augen im Sonnenschein. Ich weiß nicht, nach wieviel Zeit ich das Gefühl hatte, daß sich etwas verändert hatte (abgesehen davon, daß sich der Sims als immer kälter erwies). Du wirst bereits erraten haben, daß es unser gemeinsamer Trafiker war, der mir die Sonne verdeckte. Er wollte sich mit mir unterhalten. (Ich sage nicht wieder, daß Du wohl weißt, worüber; das wäre boshaft von mir; dabei bin ich – – – – –

Lieber Freund! Ort, Zeit
Ich möchte Dir von einem Gespräch berichten, nicht nur, weil die Sache uns beide betrifft, sondern weil wir auf diese Weise jenes Gerede vermeiden können, das – wie ich dem feurigen Blick unseres gemeinsamen Trafikers entnehme – bereits in den Wind gestreut worden ist: zu dem Zwecke, daß es überall hinflöge. Ich will Dich nicht mit Erinnerungen erweichen, aber die gemeinsame Zeit *drängt* einfach herbei: als wir am Lagerfeuer saßen, dein Martial im Gras neben Dir, wie ein Spazierstock, das Holz war naß, gab stinkenden Qualm von sich, dann warf jemand einen Klotz hinein, wir schissen ihn zusammen, wir waren im Unrecht. Das war schon, nachdem die Polizei draußen war. Im Jungsklo wurde etwas an die Wand geschrieben, mit dem Finger (oder mit einem Stück Kohle? Kohle war knapp),

nicht in den Unrat
in den Lebensstandard

ich glaube, so war der Reim. Sie haben von jedem eine Schriftprobe genommen. Ich war empört, aus Prinzip, aus Gewohnheit. Der Klotz aber fing Feuer, und die Flammen wurden immer lebhafter. Funken sprühten, der dunkle Windhauch hob sie hoch. Wir zogen die Köpfe ein. Auf einmal schrie Ildikó Drahosch los. Ein Funken war ihr ins Haar gefallen, und es fing Feuer, wir sprangen gleichzeitig auf, aber ich kam als erster bei Ildikó an, weil Du Dich noch bücktest, um den *Martial* aufzuheben (dein Pflichtbewußtsein war auch dort stark geum sie zu ärgern. Da fällt ihm ein, das ist eine Undiszipliniertheit, auch das gehört zum Zeichen. Das kleine Fenster daneben geht vorsichtig auf, dann wird es aufgerissen, er fährt zurück, als hätte man ihn auf die Nase gehauen. Ein verschlossenes Frauengesicht schaut ihn an, als wäre es die Frau von vorhin, nur diesmal mit einer *Perücke*. Guten Tag, gnädige Frau. Ich suche M. Licht fällt auf sie: Jetzt erst ist ihr Alter zu erkennen. Ich suche M., er wiederholt es ruhig, viel zu oft begegnen ihm neuerdings Mißtrauen, Eingeschüchtertheit, Furcht und Zurückhaltung.

Die Frau, als schreckte sie aus einem Traum auf oder als wäre sie sehr dumm, wirft den Kopf in den Nacken, schüttelt ihn und sagt heftig: Njema. Nicht. Nicht. Ich: nicht. Sprechen Sie Deutsch?, fragt er. Nicht. Nicht. Ich: nicht. Ich bin ein Freund M.s, sagt er Silbe für Silbe. Die Frau wartet. Jetzt hat er das Gefühl, sie werden einander verstehen. Ich habe gerade telefoniert. Telefon?, fragt die Frau argwöhnisch. *Sicher*, antwortet er, *gerade eben*. Njema. Sie stehen sich gegenüber. In der Tür der inneren Stube taucht ein kleines blondes Mädchen auf. Die Frau blitzt das Mädchen an, brüllt: Johanna, springt zu ihr hin, stößt sie ins Zimmer zurück. Sie versteckt sie, sagt er sich im Herzen. Tak, Telefon, sagt die Frau. Tak, tak, wiederholt er schnell, als wäre das ein gutes Zeichen, ich habe gerade am Telefon das Randevu besprochen. *Rendezvous*? Tak, tak. Telefon? Tak. Plötzlich begreift er, daß man ihn etwas ganz anderes gefragt hat als das, worauf er geantwortet hat. Nein, sagt er, nicht ich, ich würde dann warten … Er schlüpft aus der Windjacke, die alte Frau springt zu ihm hin, krallt ihn am Hemd, ihre Gesichter sind sich ganz nah. Er riecht Zahnpasta. Drusja? Drusja, die Frau weint fast, ihre Zähne klappern. Er lächelt, um ihr Vertrauen zu gewinnen, tak, wie Sie es zu sagen belieben, Drusja. Wieder, als hätte er keine Knochen im Bein, kippt er aus dem Gleichgewicht, hält sich an der Frau fest, kippt zurück wie ein schwankender Turmkran. Die Frau schaut sich die durchgeblutete Hose an. Das mag Vertrauen erweckt haben, das dunkle Blut, die fleckige Hose.

M. kommt an. Die alte Frau wiederholt mit strahlendem Gesicht, M.!, ja, M.! M. hat eine große Sporttasche in der Hand, ADIDAS, sie sieht müde aus, bringt ihren Zöger in die Küche, dabei redet sie, dreht und wendet sich: läßt mich nicht aus den Augen. Da bist du also. Setz dich. Cógnac? Sie fragt es so, mit langem ó, Cógnac? Gut, und Kaffee. M. geht hinaus, Johanna kommt blieben), ich stülpte meine Hände auf ihren Kopf, mir fiel sogar noch selbstsüchtigerweise ein, daß ich mir die Haut verbrennen könnte, ich hielt meine Handfläche lange dort wie eine illegale Segnung, das verbrannte Haar brachte die Erinnerung an das Sengen der Schweine mit sich, ich streichelte ihr Haar; Du stießest mich, nachdem Du lange herumgestanden hattest, mit dem *Martial* in die Seite, was denn los sei, was ich da soviel herumfummele, da antwortete ich, daß ich dem Feuer die grundlegendste Bedingung entziehe, den Sauerstoff nämlich. Ildikó Drahosch hatte Trainingshosen an. Mir fällt voller Neid ein, daß ich es zwar war, der neben ihr stand, ich streichelte ihren Kopf, bis hinunter in den Nacken, und ich sah, daß ihre Mandelaugen dabei erbebten, ja, sogar mein Schenkel berührte den ihren – Du erinnerst Dich daran genausogut, und bestimmt spürst Du noch den säuselnden Stoff der Trainingshose an Deinem Schenkel. (Mein Neid ist an uns beide gerichtet.) Plötzlich öffnete Ildikó die Augen, ihr Blick ging erstaunt durch uns hindurch, sie warf den Kopf hoch, ich zog erschrocken die Hand zurück. Was ist, Jungs, habt ihr euch ins Hemd gemacht?, fragte sie mit wütender Überheblichkeit.

Nun aber, um auf das ominöse Gespräch zu kommen, dieses ließ sich wirklich merkwürdig an. Die Trafikerbude ist von einem dicken Betonsims umgeben; Du weißt, wie so eine funktionslose und unvollendete Treppe. Wohingegen an der Seite, wo die kleine Eingangstür ist und er tatsächlich als Treppe »auftreten« könnte, eine Stufe hineingeschnitten ist, zu aller Schande. Ich ließ mich auf *diesem* Sims nieder, den Rücken lehnte ich an die marode Wand, blies durch das vorkrempeln meiner Unterlippe die Luft aus meinem Munde nach oben aus und studierte, wie sehr wohl mein Atem **stank**, da ich davor 3 Zwiebelbrote gegessen hatte. Vom gemeinsamen Trafiker erbat ich mir eine Sonnenbrille, so stark war das Sonnenlicht. Dies setzte das Gespräch in Gang. (Natürlich war es nur eine Spielzeugsonnenbrille, aber – ebenfalls natürlich – sie erfüllte ihren Zweck.) Er erkundigte sich sehr höflich nach meiner Arbeit, der Familie etc., aber ein wenig hastig, was in mir den Eindruck erweckte, daß wir gerade nur eine Art Vorwort abwickelten. (Hähä: Generationsempfinden. Einen Schmarrn, möchte ich hinzufügen.) Er kam aus der Bude heraus, ich saß da. Er zog an einer Mentholpfeife, die er später einfach einem Knirps in die Hand drückte, der kurze Marlboro kaufen wollte. Pack dich, sagte er zu ihm und tätschelte ihn mit dem Geschenk fort. Ich fühlte mich immer unangenehmer. Alles lief so eilig ab, das zeigte mir klar: Wir warten auf etwas. Und das ist eine sehr unrichtige Sache, denn ***die Gegenwart wird aufgehoben***, ausschließlich Erinnerungen und Hoffnungen gibt es mehr, wodurch noch eines garantiert wäre: die Enttäuschung. (»Ich hoffe, ich werde dieses ***jetzt später*** mit Ihnen teilen können. Ein kathartischer Dreh.«) Er legte mir eine Hand auf das Schulterpolster meines Sakkos. Da kam ich hinter die Lösung, aber es war schon zu spät: ich hätte in den Handstand gehen sollen. **Er rieb am Schulterpolster.** Péter, mein Lieber, sagte er, ich will mich nicht in die Angelegenheiten anderer Leute einmischen, ich bin mir darüber im klaren, daß, bitte um Verzeihung, Aa aufzukochen keine vornehme Sache ist, besonders, da Sie beide Freunde sind, und Sie werden bestimmt aus eigener Kraft, oder Sie haben ein paar Freunde, solche jungen Männer, wie Sie, lieber Péter, Sie haben bestimmt eine Art, wie man so schön sagt: Gesinnungsfreunde, mit deren Hilfe Sie es bestimmt klären können, dazu brauchen Sie mich nicht. Er sprach sehr verworren, am Ende kam heraus, daß Du angeblich 100 Deka *für den gleichen Preis* gekauft hast. Er sah mich erwartungsvoll an. Im Staatsladen, dort. Ich winkte ab, mir fror vom kalten Beton eh schon der Hintern. Ich ließ ihn stehen. Ich war schon beim ABC, als er mir hinterherrief: **Eine Straße ist abgesackt! Péterchen! Eine Straße ist abgesackt!** (Darüber habe ich »später« ziemlich abgelacht: so wollte er uns ködern. **Das Zuckerbrot als Zierde.**)

Als ich mich Richtung Metro drängelte, vielleicht wegen des Schubsens und Schiebens, der angenehmen und unangenehmen Reibungen, die den Eindruck einer formellen Demokratie suggerierten, dachte ich daran: daß ich vielleicht eine zu große Klappe habe. Deswegen fasse es nicht als Beleidigung auf, wenn ich so spreche, als würde ich etwas beweisen oder jemanden überzeugen. Meine eigene Unsicherheit könnte natürlich eine Quelle der Beleidigung sein. Also: Ziehe unbedingt die Dicke, die Fusselbereitschaft und die Farbeffekte in Betracht, und Du wirst den Unterschied sehen, welche mich bestätigen, beziehungsweise welche dem ein Ende setzen, was eventuell gar nicht da ist. (»Famos, famos!«) Glaube mir, manchmal ist das etwas Teuere – das Billigere. Vom Lagerfeuer fällt mir noch etwas ein: Am Ende standen wir um das erlöschende Feuer und pinkelten es aus. Auch Ildikó Drahosch. Wie wir wissen: *Ildikó kann auch im Stehen Wasser lassen, wie die Jungs, sie muß nur die Beine etwas weiter spreizen.* Da das Spiel des sterbenden Lichts (und des Schattens) meinen Prügel vorteilhafter zur Geltung brachte, war, glaube ich, meine Position die günstigere. Ein Glück. Da trugst Du mir aber, wie ein aufmerksamer Gastgeber, Äpfel und Nüsse an und fingst an, über das Periodikum mit dem Titel »Besinnung« zu erzählen.

Anders als bei einer anderen Gelegenheit (da hatten wir die Faschisten schon aus der Burg verjagt, der angsteinflößende Anblick Deines leeren *Martials* hatte seine Wirkung nicht verfehlt, ***das Ungarntum wurde wieder rein, wie in den Farbfilmen***, als Du über jemanden in einer Art sprachst, wie man, wie er denkt, selten je über ihn sprechen wird, und davon bemächtigte sich seiner eine solche Ergriffenheit (daß er am liebsten angefangen hätte, stark schnaufend mit Dir zu ringen) (daß er am liebsten aufgestanden und nach Hause gegangen wäre, weil er spürte, daß er sich nicht seinen Verdiensten gebührend benehmen konnte), daß er am liebsten noch einmal die Nacht durchgemacht hätte, das ungeschickte Herumstehen am eine Richtungsänderung anbietenden Punkt der Wohnung, das Blättern und Beschnuppern des Bandes mit dem Titel <Textverderben>, denn er war neu, das Löffeln der *mit hoch*gebrachten Linsensuppe, das Bewundern des schwarzen und nicht besonders wohlschmeckenden Brotes, das M. gebacken hatte, die Fehlerlosigkeit des Frucht*reises*, das Umherschauen mit dem Fernglas: das verhuschte Bettenmachen der jungen Frau – oder des seltsam gekleideten Jünglings –, das Blau der Fernseher, die geheimnisvollen gelben Bögen der Lampenschirme, die im grellen Licht sitzende »Studentin« mit dem langen Haar, das ungeheuer! unbequeme Sitzen auf dem Bett und dort jenes staatsmännische Ausweichen, dazu der Tee, der nicht ausgekühlt ist, noch einmal, und am nächsten Tag das nervende und asymmetrische Schweben des Körpers nach dem kurzen und *turbulenten* Schlaf, das Jucken und der müde Geruch der Gesichtshaut, und jene kleine Bitterkeit, die man nach jedem Gespräch spüren kann, noch einmal.

Die Glut stank doppelt, die Drahosch war wieder gelangweilt von uns, ich öffnete die Walnüsse mit den Zähnen, nachdem ich verstohlen versucht hatte, sie, eine an der anderen, in der Handfläche zu knacken, ich war gescheitert, und ich hatte das Gefühl, Du seiest mein großer Bruder, und natürlich haßte ich Dich. (Ich plane, Dich einzuholen, Dein großer Bruder zu werden und der von noch ein paar anderen Leuten, und euch mit klugen, tauglichen Ratschlägen zu versorgen: X brächte ich das Basketballspielen bei, Y, wie man eine Leuchttafel bedient, Z würde ich eine Pause als Verlauf annehmen lassen, die von den Tönen gegliedert und interpretiert wird (und nicht umgekehrt), und Deine Aufmerksamkeit würde ich darauf richten, daß Du, wenn Du doch eins kaufst, das man aufwickeln muß, es dann nicht auf Papier zu spulen, sondern locker über die Hand. Das eng gewickelte Garn verliert an Elastizität.) Das Lagerfeuer qualmte stinkend – obwohl das auch etwas aufregend Reizvolles hatte –, die Eichen standen dunkel. Da zücktest Du hinterhältigerweise einen Fotoapparat und machtest Fotos von mir. Ildikó Drahosch kringelte sich vor Lachen, schlug mir auf den Rücken, so sehr mußte sie lachen. Du lächeltest. Aber Du bist über das Ziel hinausgeschossen, denn das eine Bild war so, daß das Lächeln steckengeblieben ist. (Es stellte meinen Kopf dar.) Hier hätte ich die Drahosch bestimmt ohne Risiko küssen können, aber ich sagte nur: Na, so ein Buch müßte man schreiben – – – – –

Lieber P! Ort, Zeit

– – – – – –

Es umarmt dich: p

PS: Hier ist mein Finger zu Ende gegangen, man muß ihn verbinden, sagte D.

herein, pst, zeigt sie an, ihre Nägel sind bis aufs Blut abgebissen, sie zieht ein Foto aus der Tasche ihrer Mutter. Er streichelt ihr über den Kopf, oh Hanna, er wiederholt es, oh Hanna, was ist? Auf einem Bild ein hochgewachsener Mann mit kurzem Haar, er sieht aus wie ein amerikanischer Leutnant.

Pan Ambassador, sagt das Mädchen. M., die gerade zurückkommt, wirft einen flüchtigen Blick auf das Bild, gibt dem Mädchen einen Klaps in den Nacken, das ist nicht der Pan Ambassador, das ist der Onkel Feri Kertész. Er nickt dem Mädchen zu, schließt verschwörerisch die Augen, tak, Pan Ambassador, *wir wissen es.* Du machst das Kind doch nur verrückt. Das Mädchen berührt mit einem Finger den Blutfleck, nicht anfassen, meine liebe kleine Oh-Hanna. M. trinkt den Cognac auf einen Zug aus, schickt das Mädchen hinaus. Pan Ambassador, flüstert er ihr hinterher. Mutter und Tochter lachen gleichzeitig. Sie sehen sich ähnlich.

Das Telefon klingelt. Er merkt, daß über ihn gesprochen wird. Die Frau schneidet eine Grimasse: Sie kann nichts dafür. Der andere scheint den Hörer hingeknallt zu haben, er ist eifersüchtig, ich bin es so überdrüssig, daß er eifersüchtig ist. Zwischen M.s Schneidezähnen ist eine kleine, aber gut sichtbare Lücke. Wieder klingelt das Telefon, ja, er sitzt hier, mir gegenüber. M. hält den Hörer von ihrem Mund weg, schau mich nicht so an. Schau mich nicht so an. Er rechnet nach, seit wie vielen Tagen er mit keiner Frau mehr zusammen war. Er steht auf, es tut weh. Geh nicht, flüstert ihm M. während des Telefonierens zu. Die alte Frau steht in der Küchentür, schaut ihn an, als wäre sie seine Mutter. Johanna klammert sich an ihn, Pan Ambassador, flüstern sie einander zu.

Er erwacht, streckt sich ächzend. Er ist an einem fremden Ort, das ist das erste, was ihm einfällt. Das Bett, in dem er die Nacht verbracht hat, ist tief und weich. Wie eine bemooste alte Barke. Es riecht nach Mottenschutzmittel. Er trippelt aus dem Zimmer, unbekanntes Haus, mit Überraschungen. Die frühe Sonne scheint ins Zimmer, es gibt freundliche Flecken, Linien etc.

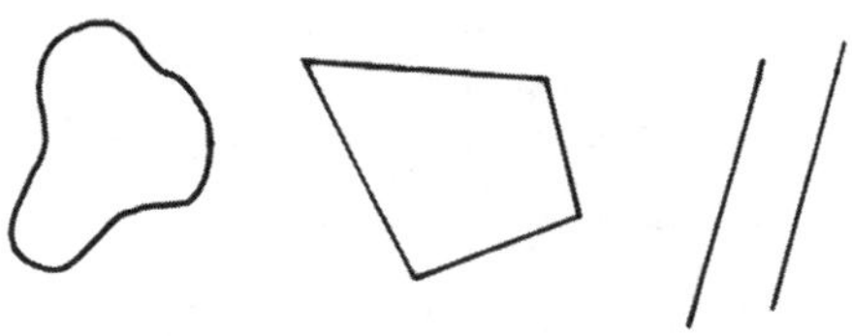

etc.

Das Licht ist stark. Auch der Pyjama, den er anhat, ist fremd. Er geht in den Garten hinaus. Guter Erdgeruch, alles ist feucht. Der grauhaarige Mann steht in einem dem seinen ähnlichen Pyjama hinter dem Fenster und schaut ihn an. Schlafe hier, mein Freund, hat er am Abend mit seiner tiefen, heiseren Stimme gesagt. Er putzte sich die Brille. Es ist dunkel, du bist müde, die Waffen schweigen auch noch nicht, schlafe hier, mein Freund. Seine Frau stimmte zu, wir haben Gulasch da, frisches Gulasch. Laß uns eine *Bouteille mit rotem Wein* entkorken, mein Freund, sagte der Mann und setzte sich die Brille auf. So geschah es.

Immer dasselbe. Als er ins Zimmer zurückkommt, ist der grauhaarige Mann nicht mehr da. Die Frau ist im anderen Zimmer, liest, denkt, allein zu sein, die mageren Beine gespreizt, in der rosafarbenen, verschossenen Unterwäsche zeigt sich ein scharfer gelber Längsknick, an den Beinrändern vereinzelt Haare. *Sagen Sie, gnädige Frau, riechen Ihre Haare am Abend nicht nach Urin?* (Er will die legendäre Gastfreundlichkeit nicht mißbrauchen.)

Treffen mit dem Verbindungsmann, ich gebe ihm, was verabredet war. Viel ist es nicht, sagt er abschätzig. Ich zucke die Achseln. Ich steh schon seit einer halben Stunde hier wie ein Ölgötze, er schmollt, auf seinem Bart ist Rauhreif. Wisch es ab, sage ich hart, er zuckt mit den Achseln. Ich komme am Wasser entlang, rücklings, wegen der Spuren. Der Wind braust mörderisch. Schritt für Schritt taste ich mich rückwärts bis zu den ersten Spuren, drehe mich dort plötzlich um, komme in die Gerade, als wäre nichts gewesen.

Lebhaftigkeit: Eine bunte Fahne flattert. Auf den Holzpulten sind kleine Papptabletts, die Senfreste sondern mittlerweile ein wäßriges Sekret ab, das fettfleckige dünne Papier ist schon halb im Senf versunken, der bräunliche Saftfleck deutet auf eine Wurst hin. Aus den Gasmaskenbüchsen ragen Zweideziflaschen heraus. Ich stelle den einen zur Rede. Scheren Sie sich zum Teufel, sagt er dumpf.

Ich setze mich an ein prächtiges Panoramafenster, ich kann aufs Wasser sehen. Am Ufer der Kadaver eines Pferdes, als schliefe es. An der Durchreiche stehen zwei dunkle Figuren. Das Küchenmädchen ist dick, sie trägt einen fettigen, ärmellosen weißen Kittel, ein Halbkreis vom rosafarbenen Büstenhalter guckt heraus. Ihr Fleisch hängt. Sie hat eine Hasenscharte, aber operiert, *Eier sechs*, ruft sie der Kasse zu.

Neben dem Fenster, außen, bleibt eine Frau stehen. Sie trägt einen geschlitzten Kunstlederrock, wenn das keine *Konsumfrau* ist, dann bin ich eine, man kann bis zu der Schenkelbeuge hineinsehen. Sie schreit sich mit jemandem an, aber den sehe ich nicht. Der Kaffee ist heiß, ich zahle auch gleich, das Glas rolle ich über mein Gesicht, das erfrischt. Zerkrümelnde Augenbutter und eine Wimper auf meinem Handrücken. Die Frau draußen wird von einem Mann geschlagen. Einen halben Meter vor mir. Sie bekommt eine riesige Ohrfeige, sie blutet, greift hin, bekommt noch eine, sie fällt, ihre Hand rutscht über die Fensterscheibe, eine blutige Spur, Gesudel. Ich muß lachen, es ist so theatralisch. Die Frau trägt *grellen* Lippenstift, sie liegt auf der Erde, der Mann brüllt, tritt manchmal in ihre Richtung, die Frau rollt sich weg, ihr Hemd reißt, ihre weiße Brust ist zu sehen, ich schaue sie mir gut an, sehr ekelerregend (wie aufgegangener Teig). Ich wende mich ab.

Sechs Eier haben wir, küss' die Hand, sagt die eine dunkle Figur. Ich krame in meinen den Taschen herum, sie haben mir falsch herausgegeben, zuviel. *Jetzat haben wir genug Eier*, sagt die andere Figur. Das trumm Küchenmädchen lacht vor sich hin. Da habe ich verstanden, daß es um ihre Hoden ging.

Kokarde über dem Herzen. Ein Pferd trabt. **Der Himmel ist aus Blei**, es fällt Schneeregen, bis er unten ankommt, ist er Wasser. Auf den Gehsteigen winzige, erbärmliche Spiegel. Er beobachtet die Schneeflocken, die auf das Fenstersims gefallen sind; wenn sie schmelzen, ist es, als ob sich ein Auge schließt. Die Ziegel auf den Hausdächern glänzen, der Rauch quillt ohnmächtig aus den Rauchfängen. Er zieht hastig die weißen Spitzenvorhänge zu, das gibt ein krachendes, ratterndes Geräusch. Du hast mich erschreckt, sagt die Frau. Er zuckt die Achseln, sein Frotteebademantel schwingt. Die Frau richtet sich das Haar. Der Fußboden ist sauber, die Zimmerfrau hat ihn erst vor kurzem geschrubbt, der Kalkanstrich der Wände ist sozusagen frisch. Abends steht er lange davor, berührt die Wand mit den Fingerspitzen. Durch die Berührung der kleinen Knoten spürt er die Wand mit seinem Körper. Um seine schlechte Laune zu mindern, spielt er mit den kleinen Höckern, ob der, den er berührt, abbricht oder nicht. Wenn er bricht, ist es schlecht, wenn nicht, ist es gut. Die Einrichtung ist annehmbar, er hat schon mal schlechter gewohnt. Er hat sich wegen des Zimmers viele Gedanken gemacht, man hat ihn deswegen auch gehänselt, ist doch egal, wohin, wie man so schön sagt, der Segen fällt. Aber der Segen fällt mal hierhin, mal dorthin, und die Zeiten der Einquartierungen sind verschieden. Verteidigung, soviel könnte er ruhig zugeben. Er hat sich fast jedes Haus auf der Hauptstraße angeschaut, stritt sich mit den Frauen, schaute in die Plumpsklos, deckte die Bettdecken auf, schnupperte an den Wänden, ob es Schimmel gab. Wirklich lächerlich. Die Möbel haben hier eine schöne Farbe, es gibt nur Ungeziefer.

Er schaut sich das Gesicht der Frau an, er kann nichts darüber sagen. Die Frau öffnet seinen Bademantel, ihre Hand streicht ihm über den Schenkel, ihre Berührung ist raffiniert, leicht; um das auszugleichen, packt die Frau zu. Diese Berechnung macht ihn auf jeden Fall rasend; aber die Frau war ihm auch vorher schon zuviel, sie sitzen sich schon seit einer Stunde gegenüber, sprungbereit. *Engelchen, möchten Sie eine Zuckerstange?*, fragte er. Wieso, wenn ich keine möchte, bekomme ich keine?, schäkerte die Frau. Er sprang auf, um sie zu schlagen, aber dann schämte er sich doch. Dann doch, die Bewegung ist zutiefst erotisch, er verpaßt der Frau eine mächtige Ohrfeige, er sieht, aus dem kessen Lächeln wird reine Angst, die Frau fällt vom Sofa, sie weint nicht.

besonders schön ist es, wenn die beiden *Büsten* sich weit voneinander abwenden, wie zwei verfeindete Schwestern, die sich nie anschauen

Er wird von Verständnis überflutet, für sie, die dort kauert, sich nicht zu lachen und nicht zu greinen traut. Die Unglückliche. Er nimmt ihre Hand, er spürt eine große Wärme; als er die leicht gewonnene Dankbarkeit im Gesicht der Frau sieht, verliert er die Lust. Dieses professionelle Gefühlsleben langweilt ihn.

Unerwartet kommt sein Bruder an. Sein kompakter Bart ist eins mit der Dunkelheit, komm, alter Junge, sagt er zu ihm, er kann nicht nicht zärtlich sein, obwohl er sich über den späten Besuch nicht freut. Mein Gott, mein Gott, wie glücklich ich bin, daß Sie es sind, sagt die Frau und küßt den Bruder rechts und links auf die Wange. Wie die Schönheit und der Lebenshunger jetzt aus ihr strahlen, primitives Püttchen. Es ärgert ihn zu sehen, daß sich sein Bruder freut.

Der Bruder hat abgenommen, seine Schultern sind schmal, er redet ungewohnt viel. Das Problem ist, daß ich nicht begreifen kann, was passiert ist. Was mit *ihr* passiert ist. *Ist nicht aufgewacht*, das wiederholte ich immer, als würde dieser *Satz*, daß es ihn gibt, irgend etwas erklären. Ist nicht aufgewacht. Aber was ist jetzt mit ihr. Er kann seine Gereiztheit kaum verbergen, was metaphysiziert der hier herum. Ich habe früher schon viel über den Tod nachgedacht, sagt der Bruder. Ja, du bist in dem Alter, antwortet er. Sie schweigen, darüber freut er sich, denn diese Ohnmacht ist echt. Man kann nichts machen.

Aber die Frau gibt keine Ruhe. Zuerst ist er wütend auf sie, denkt sogar daran, sie wegzuschicken. Was hast du?, fragt die Frau. Er hat offenbar die Zähne gefletscht, ohne es zu wissen. Er kommt dahinter, daß für die Frau dieses Toben Ehrlichkeit ist. **Wir schwächen einander gegenseitig**. Zum Abschied umarmt er seinen Bruder, er trägt eine riesige Pekesche, als wäre er dick, er drückt ihn, *alter Junge, guter alter Junge*. Ich wußte es so, daß er kommt, daß er kommen muß, wiederholt die Frau, über ihrem Kopf der Spiegel.

Er sitzt. Einsinken, verfließen, abreißen lassen.

Er geht im kalten, harten Sonnenschein. Die unversehrten Häuser werfen einen geraden, gewalttätigen Schatten. Ihm frieren die Hände, er fröstelt im Schatten. Im Licht bleibt er stehen, der Unterschied ist groß, seine Hose erwärmt sich gleichmäßig und schnell, er macht eine Bewegung, damit sein Schienbein an den Stoff rührt. Seine Aktentasche macht ihn verdächtig. Er schleicht um eine Litfaßsäule herum, seine Papiere sind in Ordnung. Auf wen wartest du hier?, fragt ein Mann mit Vollbart. Er sollte sagen: *Ich sonne mich.* Statt dessen klopft er mit dem Zeigefinger auf das Glas seiner Armbanduhr, als wollte er sagen: *Das weißt du doch.*

Er spürt den Geruch der Erde. Es riecht nach Erde. Das Grün ist frisch. Er setzt einen Fuß ins Gras, tritt drauf und beobachtet dann, wie sich die Grashalme bewegen. Die Grashalme bewegen sich. Hier und da sind trockene Blätter. Zum Haus sind es nur noch ein paar Schritte. Es durchstehen. Auf den Balkonen sitzen Menschen. Ein Vorhang bewegt sich, aus den Fenstern schauen Menschen heraus. Auf den Balkonen sonnt man sich, NIVEA. Die handgreifliche, idyllische Nähe des Ziels erschreckt ihn. Er hält die Windjacke unter seinem Kinn zusammen, greift fest in die harte, spröde Kleidung, als würde er fürchterlich frieren. Er schaut sich um. Auf jede verdächtige Bewegung, flüstert er. Der Himmel ist blau, nichtige kleine Wolken paradieren. Er springt ins Treppenhaus hinein, schmiegt sich an die Wand, keucht laut, den Kopf preßt er an den Lichtschalter, er hat einen Keil im Kopf. Er spannt sich auf die Wand. Eine Stromuhr klickt: als würde man ihm ins Herz greifen.

Also, das ist ein bißchen übertrieben: Die Kindergruppe, die die Treppen heruntergeströmt kommt, empfängt er bereits mit erwachsener Freundschaftelei. Die Kinder rutschen über das altertümliche Holzgeländer und krähen: Splitter in den Arsch, Splitter in den Arsch. Paß auf, Kleiner, sagt er, du reißt dir einen Splitter in den Arsch, sagt er zu einem rundköpfigen Jungen mit drahtigen Haaren. Großes Gelächter ertönt.

Die Tür, die er sucht, steht sperrangelweit offen, er spaziert hinein, wie in eine Falle; der Vergleich gefällt ihm. Der korpulente Hausherr sitzt da, in einem neuen Trainingsanzug, starrt ihn an, *mein Freund! Sie hier?*, er scheint verlegen. Er sagt nichts, er grinst, wie ein Mann von Verdienst. Das Wiehern von Pferden ist zu hören, es gibt Befehlsworte, Wagenrattern, Marschgeräusche, das Wehklagen von Zivilisten, der korpulente Mensch steht auf, schließt das Fenster, zieht die Vorhänge vor, auf das Telefon wirft er einen Norwegerpullover aus reiner Baumwolle. Ist bestimmt schön warm.

Er geht in die Küche hinaus. Die Frau des korpulenten Menschen traut ihren Augen nicht, nimmt die Hände aus dem Spülwasser, sie trägt lange, blaue, nach Gummi riechende Gummihandschuhe an den Händen, so beugt sie sich zu ihm und drückt ihm einen Kuß auf beide Wangen, wobei sie die Hände vorsichtig nach hinten gedreht hält, die Brühe tropft; dadurch steht sie unsicherer, sie lehnt sich ein wenig an ihn. Selbst durch die Windjacke spürt er ihre großen Brüste. Ich *bereite* etwas zu essen zu, sagt die Frau geschäftig.

Sie trinken, der korpulente Mensch spricht begeistert, die Frau bringt *Hühnersuppe*. Sie schauen ihm beim Essen zu. Die Frau tut auf, in der langstieligen, schweren Schöpfkelle dümpelt eine Karotte. Er schaut sich den Hühnermagen an, sucht mit den Augen nach der Leber, die Frau bemerkt es, tut sie wortlos auf. Er hat das Gefühl, als würde die Frau dadurch etwas vor ihrem Mann verheimlichen. Möchtest du ein bißchen Innereien?, fragt er frech. Der korpulente Mensch schrickt auf, er hat gerade was erzählt. *Das Spiel ist der überbordende Glanz des Lebens im Nichts*, Innereien?, nein, danke. Der pfirsichhäutige Himmel schwankt. Die Frau wird rot. Er schneidet mit dem Löffel an der Lunge herum, es geht schwer.

<Zitat von Béla Hamvas; *hamvas* ungar. auch »pfirsichhäutig«>

Und die Leber krümelt. Aber das sind keine Negativa. Eine Zwiebel im Ganzen. Er kaut an einem Flügel, das Fleisch schmilzt förmlich in seinem Mund, er löst das Fleisch mit der Zunge. Seine Hände sind klebrig, er tippt die Fingerspitzen immer wieder gegeneinander, beobachtet die Art der Klebrigkeit; wie er es bei einem ordentlichen Klauenpörkölt zu tun pflegt.

Die Frau bringt *gefülltes Kraut*. Es gibt auch extra Sauerrahm, so dick, daß er sich kaum vom Löffel löst, er schüttelt ihn. Er verrührt den Sauerrahm gründlich, der rote Paprikasaft im Weißen: das gefällt ihm. Er zeigt ihn der Frau. Der Mann spricht wieder verträumt. Die Frau beugt sich nach vorne, um sich das Aufeinandertreffen von Sauerrahm und Paprikasaft anzuschauen, mit Aufmerksamkeit in ihrem breiten Gesicht: als hätte sie so etwas nicht schon tausendmal gesehen. Er bemerkt es. Er sieht das gescheitelte Haar der Frau, sie hat kräftiges Haar. Ihre Köpfe berühren sich.

»Knall.«

Ob das Knallen zu hören war? Sie trennen sich, wortlos. Die Stirn der Frau glänzt, ihr Jochbein ist kräftig, ein breites, ungarisches Gesicht, großzügig, ein schönes Gesicht, rein, stark.

Die Frau bringt eine *Schlachteplatte*, Wurst, Leberwurst, Braten. Keine Blutwurst, er bedauert es nicht. Er ißt sauer eingelegtes Gemüse dazu. Sie trinken. Ich würde auch etwas essen, sagt der korpulente Mensch unbeholfen, ich habe Appetit bekommen, Sie, mein Herr, essen mit so einem Gusto, die Frau bringt ein Gedeck. Die Gabel ist unwahrscheinlich winzig. Die Wurst ist würzig, der Knoblauch dominiert. Das Fett erstarrt in der Jenaer Schüssel, er wischt es mit Brot aus.

Die Frau bringt *Schinken*, einen mächtigen, satten Bauernschinken mit einer buttrigen, mürben, glänzenden Fettschicht. Er verlangt nach Meerrettich. Die Frau bringt Meerrettich und Mostrich. Er faßt unter dem Tisch der Frau ans Knie. Er schaut sie an. Das Gesicht der Frau ist unbewegt, verrät nichts, der korpulente Mensch schenkt ein, sie trinken. Im Essen ist jetzt eine kleine Ruhepause. Seine Hand am Knie der Frau: Er bewegt ein wenig die Handfläche, die Schwielen schmirgeln derb auf den Nylonstrümpfen.

Briefauszug: Dein Vater ist leider zusammen mit mehreren anderen aus dem Inneren ein Gefangener der Polizei. Man behandelt ihn gut, ich habe ihm eine Gartenliege hochgebracht. Drei in einem Bett – das stimmt nicht mehr. Vorerst gibt es keinen Grund zur Besorgnis.

Wir haben deswegen keine Kinder, sagt der Mann, weil ich immer darauf gewartet habe, daß man mich mitnimmt. Sollte man mich mitnehmen, könnte sie noch von vorne anfangen.

Die Frau winkt ab, zieht ihr Knie weg. Fürchterlich, sagt er. Er bewegt die Zunge im Mund, findet Fleischfetzen, atmet schwer. Die Frau bringt *Kaninchenfleisch*, es ist kein Wildbret. Er bricht die Knochen, er ißt mit den Händen, das Fleisch ist ein bißchen trocken, glänzend; daneben grüne Paprikaringe, er nimmt zu jedem Bissen davon, es schmeckt ihm sehr, scharfer Paprika. Er wundert sich über die Frische seiner Geschmacksempfindung; diese paar Happen aber waren die Krönung. Er spürt Wärme im Mund, aus dem glucksenden Magen stoßen verschiedene tiefe Essensgeschmäcker hoch. Er ist satt. Der korpulente Mensch öffnet die Fenster. Heimtückisch schnell faßt er der Frau an die Kniekehle, bedeckt sie mit seiner Handfläche. Die Frau schaut ihn nicht an, faßt ihn am Handgelenk, um seine Hand wegzunehmen. Draußen ist es grau, Nebelgeruch.

Briefauszug: Ich liebe Dich, wie ein Mann eine Frau liebt. Obgleich der Augenblick vorbei ist, dieser Satz ist geblieben und ein Gedenken an die Wirklichkeit: genau, detailliert, klar: in mir. – Wenn Du willst, verbrenne den Brief; und wenn wir uns wiedertreffen, werden wir nicht so tun, als wäre nichts gewesen, und verhalten uns nicht anders als bisher –

Nebelgeruch. Plötzlich erschrickt er. Er fängt zu haspeln an, das ist ein Fehler, es wird sich erst später herausstellen, wie schwerwiegend. Wo ist meine Windjacke: Er wird unsicher. Von draußen kommt trockenere Luft, vielleicht verbrennt jemand Laub; Weihrauchdampf.

Er geht schleichend, in der Hand ein Blechnapf. Die Königin ruft ihm hinterher, sie sagt seinen Vornamen, er tut so, als hörte er nicht, die Königin spricht seinen vollen Namen aus. Er dreht sich um. Die Brühe im Blechnapf schwappt, der Blechnapf fühlt sich fettig an; zuvor hat er ihn lange mit Sand geschrubbt. Es lag eine riesige Knackwurst darin mit fürchterlichem Mostrich: Der Mostrich war wäßrig. Die Knackwurst war verdorben, er biß nicht einmal mehr hinein, sie saßen am Graben, das sprießende Gras sah wegen des Sonnenscheins trocken aus, aber die Nässe wanderte durch die dicken *Flanell*hosen, sie warfen die Knackwürste in den Graben, am Grunde des Grabens dunkles Frühlingswasser, die Knackwürste platschten laut auf. Ein sehr übler Geruch breitete sich aus (manche Knackwürste platzten), und auch die Kleidung hat den Geruch angenommen. Die Königin ruft ihn, indem sie den Zeigefinger krallenartig krümmt. Er beugt sich ins Fenster. Die schwarzen Knopfaugen der Königin glänzen, jetzt ist sie nicht mürrisch, sie senkt den blonden Kopf. Aus der Tasche ihres riesigen Schlafrocks lugt ein arg gebrauchtes Taschentuch hervor. *Das geht nicht, das müssen Sie verstehen.* Was, sagt sie, kein Kafir?, und lacht traurig. Frau Königin! Frau Königin! Er hält den Blechnapf, er ist schaurig anzufassen, sein Daumen hängt in die Suppe, die Suppe ist schön warm. Er stößt an eine Erbse.

»Ich? Mit einem Soldaten? ... In der Toreinfahrt? ... Auf einer Steinbank? ... Für zwei Groschen? ... Und dann soll ich auch noch seinen Tschako halten?! ... Ich, als edle Köchin!?! ... **Nie un' nimmer!**« »Un für ein halbes Kommißbrot? ...« »Das ist was anderes!«

Landschaftsbeschreibung

Es herrscht Trockenheit. Die Hufe der Pferde stampfen auf, der harte Lehm staubt. Er spürt die Unebenheiten durch die Sohlen. Im Graben frisch ausgeschlagenes Gras. Er steigt trippelnd herab, die Muskeln um seinen Knöchel herum sind gespannt, das tut gut, er steigt genauso, fast tastend, wieder hinauf, am Ufer des Grabens gibt es eine Lehmerhöhung, hier ist das Gras schütterer, im Grunde nur ein paar Büschel beziehungsweise Halme. Er schaut zurück. Sein Weg durch den Graben ist durch die niedergetretenen, niedergebogenen Grashalme gut zu sehen. An einer Stelle ist er ausgerutscht, seine Hacke hat das Gras ein gutes Stück weit aufgerissen, auch das gehört zur Spur. Das trippelige, parallele Anheben der Sohlen bringt einen Effekt, als wäre ein winziger Panzer durch den Graben gefahren. Im Graben liegt eine schlaffe Milchtüte, halb in der Erde. Der Goldregen blüht. *In der Wohnung wird er herzlich empfangen.* Daß er die Schuhe ausziehen sollte, kommt gar nicht zur Sprache, darüber freut er sich. Er haßt Pantoffeln. Die Wohnung ist auf verschiedenen Wegen begehbar, an einem Knotenpunkt schaut er in das Badezimmer hinein, bis zum hinteren kleinen Zimmer durch. Im Bad ist es etwas gedrängt, auf der Schleuder sind Frauensachen, eine Strumpfhose liegt lang hingestreckt, die Schrittnaht ist gerissen. Ein illegaler Schlitz, denkt er. Vor der Waschmaschine stehen Schuhe, über der Wanne hängt tropfende Kleidung. Dieses Tropfen ist wie eine Enthüllung. Das hintere kleine Zimmer ist wie in zwei Hälften zerbrochen, das halbe Dach ist eingestürzt, ein Balken hängt zwecklos wie eine *gebrochene Rippe*. Das Ganze ist wie eine zerfleischte Bauchhöhle. Eine rußige Ziegelreihe ist zu sehen, mancher der Steine ist schartig. Er lächelt. *Eine entzückende kleine Bleibe*, sagt er. Die Bewohner umringen ihn, der Vater, die Gastgeberin, der schwarzhaarige Gatte, die junge Frau (*sie sind furchtbar groß*). Haben Sie Nachrichten? Sagen Sie, was wissen *Sie*? Du wirst schön voluminös, sagt er und streichelt der jungen Frau über den

Halassis Schreibheft

Ein junger Hölderlin, dachte ich, kämpft mit dem beschirmenden Terror der Schüchternheit. Als er zu mir kam, überfiel ich ihn freundlich: Ich bot ihm Suppe, Hühnchenklein und Gurken an, aber ich mußte bald ablassen. Aus der Nähe war sein Gesicht noch verborgener, noch komplexer; mager und flammend, vertrauenerweckend und ernst, diszipliniert und überbordend. Dann richtete ich einen unumgänglichen Satz an ihn darüber, daß der Mensch gefährlich etwas mit des Menschen Heil zu schaffen hat. Mein Nachbar hörte auf zu essen, wandte sich an mich und mähte mich mit einem Satz um: »Nichts hängt von uns ab.« Ich beugte mich zu ihm hinüber und sagte: »Alles hängt von uns ab, wenn wir uns trauen, Nichts zu sein.«

Er lächelte sanft, nickte und aß weiter. »… Ist dir schon aufgefallen, daß ein Gesicht, das du lange betrachtest, langsam schön wird?«

Denn wer und was lebt, ist in Freude entstanden. Und will zur Freude, zu vollkommener, restloser, endloser Freude werden. Trotz allen Elends und aller Zerrissenheit eines gelebten Lebens und unter allen Umständen. Gestern, heute und morgen. In Ewigkeit. Und nicht dieser oder jener ist im Recht, sondern der, in dem Freude ist, der Freude in uns erwecken kann. Und – irgendeine – kann jedes und jeder, wenn er liebt.

Daß Gott liebt, ist sicher. Freude … Der Franziskaner ermahnte die Blumen, sie mögen mit dem Geräusch ihres Wachstums nicht die Freude verdecken: »Nicht so laut, ihr Blumen!«

Diese Freude ist hinter dem Krawall, an der Wurzel des Wortes, in die Dunkelheit des Weltalls gehüllt. Und sie ist hier auf einem Tablett in unserer Hand, und wir halten sie hier in einem Kelch. Denn die wahre Freude fürchtet sich nicht davor, daß die Hungrigen sie aufessen und die Durstigen sie austrinken könnten.

Bauch. Der Kittel wölbt sich. Peinliche Stille herrscht. Verzeihung, sagt der Vater und zieht die Badezimmertür zu, etwas verklemmt sich zwischen Tür und Schwelle, der Vater befreit es mit einem Fußtritt, aber so, daß er dabei nicht hinsieht, er sieht ihn an. Verzeihung, kommen Sie doch näher. Schauen Sie sich dieses Geschmeide an, sagt die Gastgeberin, sie ist begeistert. Wie ich dieses Bett liebe, sagt er und streckt sich auf einem Bett aus. Das Bett steht im Alkoven. Er zieht sich ein Kissen unter den Kopf. Wir haben das Boot, sagt der Vater, beziehungsweise inzwischen ist es ein Schiff, er nickt sich selbst zu, bestärkt sich. Aluminium?, fragt er. Er möchte sich aufsetzen, er holt zuwenig Schwung, seine Bauchmuskeln sind auch nicht vorbereitet, er greift zur Seite, hält sich am Schrankschlüssel fest, auch so gibt es einen Moment, in dem er glaubt: gleich sinkt er zurück. Der Vater lacht. Das ist gut! Daß auch Sie sich an dem Schlüssel festhalten. Die Augen des schwarzhaarigen Gatten blitzen, er ist wütend oder nervös oder aufgeregt, ich würde dir gerne etwas zeigen, sagt er. Er hält den Schlüssel fest, hält sich mit Kraft aufrecht. Der Vater erzählt die Geschichte des Schlüssels. (Das Bett ist schmal, seit ihrer Eheschließung liegen sie darin, und er, der Vater, hat sich häufig an diesem Schlüssel festgehalten, um nicht hinunterzufallen, der Schlüssel ist vom vielen Anfassen glänzend geworden.) Schauen Sie, schauen Sie nur, er ist ganz glänzend geworden von der häufigen, um es mal so zu sagen, Benutzung. Er lächelt, nickt. Der schwarzhaarige Gatte stellt sich von einem Bein aufs andere, ich würde dir gerne etwas zeigen. Er bittet den Vater um Entschuldigung. Er tut so, als ob er sich noch gerne mit dem Vater unterhalten hätte. Der schwarzhaarige Gatte führt ihn ans Klavier, zeigt ihm eine Partitur von *seltsamer Form*. Schön, sagt er. Sein Finger gleitet über die kurvigen Fünferlinien. Ein Holzboot, sagt der Vater, aber schön massiv. Der *Garten* ist wunderbar, mein Gott, was es dort zu dieser Jahreszeit für Arbeit gibt. Die Knospen sind so groß wie dein Fingernagel, der Vater kommt zum Klavier. Er schrickt auf, zeigt wortlos auf sich: Ich? Der Vater stampft verstört auf, der schwarzhaarige Gatte klappt die Partitur zu. Nein, nicht Sie, ich habe von den Knospen geredet, wie groß sie schon geworden sind, überall sieht man das Leben. Im Zimmer herrscht süßlicher Schweißgeruch, es wird einem übel davon. Lassen Sie uns ein Glas Wasser trinken, sagt er. Sie gehen ins Bad. Wo gehen die hin, hören sie hinter sich sagen. Der hochgewachsene Junge nimmt

Transformation

– Korrektur –

Im Folgenden werden wir einige Korrekturbeispiele vorstellen. Diese Beispiele sind natürlich keine echten Korrekturen, sie sind lediglich dazu bestimmt, die Anwendung der Korrekturmethode und die Ausdrucksstärke der Sprache aufzuzeigen. Auch haben wir nicht danach gestrebt, die einzelnen Korrekturen so einfach wie möglich zu machen, unser Ziel war es vielmehr, eine breite Skala an Möglichkeiten zu erschließen.

Inhalt des zu korrigierenden Objekts:
Die Gräben wurden rundherum mit Brettern verstärkt. Die Neigungswinkel sind als rechte Winkel festgestellt. Der Gehsteig ist unterbohrt, an anderer Stelle unterspreizt. Zwischen die Bretter wurden Spannstangen gelegt. Der Asphalt wurde aufgerissen. Das Stoppelfeld wurde aufgewühlt. Die Fundamente sind gelegt. Die Arbeit ist vorbereitet. Der Betriebsplan ist gestartet. Die Rohre haben Rostanflug. Die Farbe ist an mehreren Stellen abgeplatzt. Die rotweißen Streifen an den Holzbrettern sind stark verblaßt. (Wir kennen das.) Die Arbeiter wärmen sich, sie haben Nasenbluten.

Ergebnis der Korrektur:
Die Gruben haben wir rundherum mit Brettern verstärkt. Es sind regelmäßige Quader entstanden, der Neigungswinkel beträgt überall neunzig Grad. Mit leistungsstarken Maschinen haben wir den Gehsteig unterbohrt, wo es notwendig erschien, haben wir ihn unterspreizt (Spannstangen etc.). An mehreren Stellen haben wir auch den Asphalt aufgerissen, das Stoppelfeld aufgewühlt, wir haben die Fundamente gelegt, die Arbeit vorbereitet, den Betriebsplan gestartet. Die Rohre sind an manchen Stellen rostig, die Farbe ist abgeplatzt, wie auch die rotweißen Streifen an den Holzbrettern verblaßt sind. Die Arbeiter sind erwärmt, sie haben Nasenbluten.

Inhalt des zu korrigierenden Objekts:
Anfangs hörten wir nur das Geräusch von Schritten. Alsdann hörten wir Worte, vorsichtiges Geflüster. Alsdann sprachen sie Worte aus. Die Betonung schmerzte uns nicht in den Ohren. Später gab es stampfende Schritte, Schreie. Diese wähnten wir für strenge Befehle, besonders da sich daraufhin das Stampfen verstärkte. Türen und Fenster knallten, überhaupt: Gegenstände ließen ihre Stimme hören, die Vorbereitungen waren im Gange, alsdann, nachdem sich die Arbeiter aufgewärmt hatten, hob das Hämmern an. Ich kann nichts anderes sagen: Es war ausdauernd, kräftig, durchdringend, regelmäßig. Mit meinen aufgeregten Schritten umrundete ich immer schneller meinen Tisch. Der gnadenlose Lärm brachte meine aggressiven Instinkte zur Entfaltung: Ich trat zunehmend kräftig gegen das Tischbein, alsdann den Stuhl, der dadurch quietschend hin und her gewirbelt wurde. Ich verlor mein Gleichgewicht nicht, ich sah die Stelle am Tischbein, die von meinen Tritten verursacht worden war. DANN TRAT EINER DER ARBEITER EIN UND FRAGTE, WIESO ZUR HÖLLE ICH SO EINEN LÄRM VERANSTALTETE. Sein Gesicht war staubig, müde, müde. Das Hämmern entfernte sich. Die neuen Geräusche wurden verringert, die Türen weich geschlossen, die Fenster mit einem Klick geschlossen, überhaupt: den Gegenständen blieb das Wort im Halse stecken. Die Töne des Sichtrollens verstärkten sich, die Befehle brachen nicht weg, sie verklangen. Alsdann dingsten sie Worte aus. Alsdann dingsten wir Worte, Bedächtigkeiten. Schließlich dingsten wir nur noch die Geräusche von Schritten.

ein ausgeblichenes Buch, das oben auf dem Toilettenschrank gelegen hat, ein Rasierpinsel liegt auch dort, beides staubig. Sie pusten gemeinsam den Staub vom Buch, beugen sich zurück, als hätten sie Staub ins Auge bekommen. Der junge Gatte tätschelt das Buch, ein vergilbtes, altes Buch, das Papier ist brüchig, er liest einen Satz vor: *Und aber Gottes Land kann man nicht so einrichten wie den Nationalpark.* Darüber lachen sie wieder gemeinsam. Dann gehen sie in die Küche. Ins Zimmer. In den Vorraum. Zum Klavier. Nach einer unmeßbaren Zeit sagt der Vater, der Hund aus Alaska hat gewonnen, er war der stärkste. Und was ist mit dem blonden Jungen geschehen, fragte er unaufmerksam, der schwarzhaarige Gatte winkte ihm von der Tür zu. Er ist gestorben, aber der Hund aus Alaska hat ihn gerächt, er hat alle drei getötet. Ja, er nickt. Die Zugluft hat die Tür des kleinen Zimmers geöffnet. Im halb abgerissenen Zimmer, im Abgerissensein ist jetzt nichts Tragisches. Es ist wie eine neuartige architektonische Lösung. In der Ferne sieht er Hügel, die sich ineinander neigen, die Sträucher sind schon belaubt. Die Tür schließt sich langsam von allein, der Spalt wird schmaler. Danach ist der Hund aus Alaska ins Wolfrudel zurückgekehrt. Natürlich, sagt er, was denn sonst! Der Vater lächelt. Er hätte ihm soviel Gelassenheit nicht zugetraut. Sie essen gefüllte Eier. Es gibt auch Würstchen, kurz, runzelig. Er hebt mit zwei Fingern eins hoch, bringt es langsam an seinen Mund, stülpt die Lippen vor, beißt hinein. Die beiden Frauen senken den Kopf. Der Meerrettich ist hervorragend. Ist der auch im Garten gewachsen? Den Meerrettich kann man nur bei leichtem, *fernem* Wind reiben, fügt er schnell hinzu. Jetzt verläßt der junge Gatte die Tür. Er zuckt entschuldigend die Achseln. Wir benehmen uns unmöglich, flüstert er. Der große junge Mann setzt sich neben ihn, der Nachmittag ist irgendwie verhaspelt. Er nickt, wiederholt es lachend, wir benehmen uns unmöglich, wir haben Verstecken gespielt, den ganzen Nachmittag lang. Der schwarzhaarige Gatte winkt ein Ja, *die Sache ist schwieriger und einfacher, es ist Freiheit, das heißt, es ist Risiko und es ist Opfer und es ist Abwägen und es ist Geistesgegenwart und es ist Wissen und es ist Wille*, sagt er flüsternd, alle hören es. In der Stille sind die Kaugeräusche zu hören. Er trinkt Tomatensaft, lauwarm. Plötzlich erstarrt das Glas in seiner Hand. *Wo ist sie?*, fragt er beinahe fordernd.

Ergebnis der Korrektur:
Je mehr sich die Geräusche dem Zimmer näherten, um so mehr erfaßte mich eine Art aggressive Nervosität. Die Schläge prasselten ausdauernd nieder, dumpfer Lärm wechselte sich mit irrwitzig durchdringendem Lärm ab, immer unerwartet. (Die Klinkersteine im Flur wurden aufgerissen. Die Verkleidung hatte sich verzogen.) Ich warf einen Blick in den Flur, rauchartiger Staub flog, ich zog mich gleich zurück; mit meinen aufgeregten Schritten umrundete ich immer schneller meinen Tisch: Immer kräftiger trat ich gegen das Bein meines Tisches, dann gegen den Stuhl, der dadurch quietschend hin und her wirbelte. Schließlich hielt ich es – ein wenig hysterisch – »nicht länger aus«, ich strampelte über den Schutthaufen und ging ins Buffet hinunter, um zwei große Hörnchen und zwei Becher Schulmilch zu kaufen. Jedoch (?) im Buffet stand statt einer Buffetfrau eine riesige Königin im Schlafrock. Als die nach hinten, in den als Lager dienenden hinteren Raum ging, um Joghurt und *Kafir* zu holen, schlich ich ihr hinterher und griff in die Tasche ihres Schlafrocks wegen eines Papiertaschentuchs. Soweit ich es ertasten konnte, war das Papiertaschentuch zu einem Knäuel zerknüllt und arg gebraucht. Alsdann griff ich ihr in den Oberschenkel, ziemlich weit oben. Sie gab mir einen komplizenhaften Klaps in den Nacken, meine Nase fing zu bluten an.

Inhalt des zu korrigierenden Objekts:
Aus den Gruben und Gräben wurden die Bretter entfernt. Die Verstrebungen wurden ausgeschlagen, die Spannstangen wurden ausgeschlagen. (Manche zerbrach.) Es wurden neue Anschlüsse gebildet, und glänzende Rohre wurden verlegt. Das Rinnen des lockeren, krümeligen Erdreichs in die Vertiefungen wurde unterstützt, die neuen Anschlüsse und die glänzenden Rohre werden bedeckt werden. Es entstehen Kegelschnitte. Die rotweiß gestreiften Holzbretter wurden auf Autos geladen. (Wir kennen das.) Der SIL mit der großen Ladefläche wartet. Die Arbeiter legen die Würfelsteine vorsichtig nebeneinander, klopfen sie mit kleinen Hämmern zurecht. Der Geruch von Bitumen breitet sich aus, die Verkleidung wird sich nicht verziehen. Auf dem SIL sitzt eine riesige Frau in einer Daunenjacke. In ihrer schmutzigen (Bitumen?) Hand hält sie ein Papiertaschentuch. Das Taschentuch ist verknüllt, entlang der Knicke ausgefranst, es sind gelbe, steife Stückchen darauf.

Ergebnis der Korrektur:
Aus den Vertiefungen (Gruben, Gräben) habe ich die Bretter entfernt. Die Verstrebungen und die Spannstangen habe ich mit einem Holzhammer ausgeschlagen. Das ist keine leichte Arbeit. Ich habe den Untergrund geglättet, die neuen Rohre und die komplizierten, nützlichen Anschlüsse ruhen in der Tiefe der Erde. Ich entzündete ein Feuer für den Bitumen. Wir wärmten uns. Eine vierschrötige Frau, eine Frau von riesiger Statur in einer Daunenjacke, machte Platz neben sich. Ich fragte sie nach ihrem Papiertaschentuch. Sie sagte, ich solle es aus ihrer Tasche nehmen. Einer der Arbeiter fragte, wozu zur Hölle ich so einen Lärm veranstaltete. Mein Gesicht war staubig, und müde, müde. (Wir kennen das.) Die Königin gab dem Fragenden lachend einen Klaps in den Nacken, woraufhin er Nasenbluten bekam; sie nahm den Saum der Daunenjacke und legte ihn sich komplizenhaft zwischen die Schenkel. Bitumengeruch breitete sich aus. So ist es gut.

Inhalt des zu korrigierenden Objekts:
Der volgende ferspielte Text enthält fiele F und V, jedoch an der valschen Stelle. Ich schlage for, ihn follständig zu ferbessern. Durch fehemente Feränderungen können fiele Ferbesserungen follbracht werden. Die Arbeiter wärmen sich, sie haben Nasenfluten.

Ergebnis der Korrektur:
Der folgende verspielte Text enthält viele F und V, jedoch an der falschen Stelle. Ich schlage vor, ihn vollständig zu verbessern. Durch vehemente Veränderungen können viele Verbesserungen vollbracht werden. Die Arbeiter wärmen sich, sie haben Nasenbluten.

Die Schneeschmelze hat eingesetzt. Die Hufe der Pferde verschwinden im Schlamm. Unter dem immer dünner werdenden Eis hört man die schnell und immer schneller fließenden Rausen. Er bückt sich, schaut sich die Veränderungen der Luftblasen an. Er drückt gegen die Eisfläche, die Veränderungen beschleunigen sich. Es zu beschreiben wäre nicht einfach. Er verrechnet sich, das Eis bricht, er sticht quasi mit dem Zeigefinger ins Eis hinein, erschrickt, reißt ihn zurück, der scharfkantige Spalt schürft seinen Finger auf. Er richtet sich auf, lutscht den Finger. Er watet durch Schlamm. Auf dem Grund des Grabens ist Wasser, geschmolzener Schnee. Er schaut es sich an, wo könnte man am besten drüberspringen. Anlauf zu nehmen ist schwer, denn im Schlamm kann er sich nicht abstoßen, obendrein bildet die an den Rändern des Grabens aufgeworfene Erde eine Erhöhung, eine lehmige, rutschige Masse. Er geht weiter hoch, dort gibt es eine Weide. Er hält sich an einem herunterhängenden Ast fest, versucht, auf dem Lehmwehr langsam nach oben zu kommen. Steht unsicher da, wenn er sich abstößt, geht er ein hohes Risiko ein. Er vergißt, den Ast loszulassen, er zieht ihn mit hinüber. Der Schlamm spritzt auf, er tritt sofort weg, um nicht zurückzufallen, den Ast hält er immer noch fest, aber dieser Schritt ist schon zu viel, der elastische Ast zerrt an ihm, er läßt ihn los, aber es ist schon zu spät, er fällt auf den Lehmbuckel zurück. Sobald er unten angekommen ist, spürt er, daß die Nässe seine Hose durchdrungen hat, die Windjacke hat ihm keinen Schutz geboten, der Schlamm ist hochgespritzt. Er wischt sich ab, seine Hand ist schlammig, das ist am ärgerlichsten. Er findet einen weißen Fleck, will sich darin die Hände waschen, aber wie er eilig hintritt, wird ein Schlammklotz von seinem Stiefel auf den Schneefleck geschleudert. Er hockt sich wütend hin, hebt den Schlamm vom Schnee. Es bleibt kaum Schnee übrig, er greift ihn sich, als würde er einen Schneeball machen, und reibt sich die Hände ab. Schlammiges Schneewasser rinnt hinunter. Er schaut zurück in den Graben, im Wasser ist eine schlaffe Milchtüte. *In der Wohnung wird er herzlich empfangen.* Er fragt, ob er die schmutzigen Schuhe ausziehen solle. Ach was. Darüber freut er sich, er haßt Pantoffeln. Er wischt sich die Füße mit einem nassen Lappen, einem Wischlappen ab. Die Wohnung ist verwinkelt, *man kann sie auf mehrere Arten begehen*, durch die offene Badezimmertür kann er in das hintere kleine Zimmer sehen. Bestürzt sieht er, was er sieht. Das Dach ist eingestürzt, der Balken hängt zwecklos wie eine gebrochene Rippe herunter. Das Ganze ist wie eine zerfleischte Bauchhöhle. Eine Ziegelreihe ist zu sehen, die Steine sind rußig. Er wendet sich taktvoll ab. *Eine entzückende kleine Bleibe ist das*, sagt er höflich. War, mein Freund, Sie müssen sagen: war, sagt die Gastgeberin und blickt traurig drein. Er wiederholt den Satz, diesmal mit: war. Darüber ist die Gastgeberin ein wenig beleidigt. Das junge Paar begrüßt ihn mit glänzenden Gesichtern, begeistert. *Sie sind ungeheuer groß*. Er zeigt zum kleinen Zimmer, und **schauen in der Nacht die Sterne herein**? Der Kreis lacht, man macht sich auf den Weg hinein. Er hält seine Hände hinter dem Rücken, damit man den nassen Fleck nicht sieht. Der schwarzhaarige Gatte beugt sich herunter, sie ist in anderen Umständen, flüstert er und wird rot. Sie gehen in den Salon, gelbe Lampenschirme bewegen sich, es gibt Wandteppiche, die Bezüge sind dunkel, aber nicht düster. Ein netter Salon. Durch die offene Tür sieht man auch von hier aus ins kleine Zimmer, die Ziegelreihe wie Zähne in einem roten Gaumen, der Balken wie eine *gebrochene Rippe*, der Ruß wie geronnenes Blut. Der Vater schließt taktvoll die Tür. Weiter hinten ist ein kleiner Alkoven, ein Schlafkabinett, darin ein bequemes Bett. Er bittet um Verzeihung und streckt sich dort aus. Er klimpert mit den Stiefeln. Tut Ihnen vielleicht der Kopf weh, fragt die Gastgeberin. Ja, antwortet er. Sie unterhalten sich leise. Plötzlich schrickt er auf. *Wo ist sie?* Es wird still, er hat zu viele Gespräche auf einmal gestört. Die Mama, die Gastgeberin, senkt den Kopf, der Vater reißt sich zusammen. Im kleinen Zimmer. Er nickt, er plaziert sich zwischen den Kissen. Weiche Kissen wechseln sich mit harten ab, so ist es gut. Er macht sich ein kleines Nest, die Hände verschränkt er unter dem Nacken. Hier bin ich zwischen den Puffs, denkt er. Ich hatte einmal eine Geige, um die zwanzig Jahre ist's her. 25, sagt die Mutter. *Allerlängstens* zwanzig, sagt der schwarzhaarige Gatte, schließlich erinnere ich mich lebhaft an sie. Die hat noch der Pipi Stein gemacht, sagt die Mutter widerstreitend. Nein. Das war schon der Onkel Feri. Der Vater ist sich seiner Sache sicher, eine 300 Jahre alte Geige, sagt er zu ihm. Und wieviel ist sie wert? Weiß nicht, der graumelierte Mann zuckt die Achseln, das interessiert mich nicht besonders. Wenn es eine echte ist, dann mehrere Millionen. Und es interessiert Sie nicht, ob sie echt ist, wundert er sich. Sie schätzen zu lassen kostet 5 % vom Schätzwert. Soviel Geld habe ich nicht. Er richtet ein Kissen. Er tauscht ein weiches gegen ein anderes weiches, aber der Bezug des letzteren ist einfach weiß, das vorherige hat eine Stickerei, was ihn anfangs angezogen hat, jetzt stört es ihn. Es hat viele schöne Momente in meinem Leben gegeben, solche, an die es sich zu erinnern lohnt, so zum Beispiel jenen Fall, als ich ins Häuschen hinausging, aber dafür gab es auch viele Momente, die es sich nicht lohnt zu erzählen, zum Beispiel, aber das lohnt sich wirklich nicht, der Vater schaut vor sich hin, ins Häuschen bin ich wegen des Dungs hinunter, ich habe ihn über dem Schnee ausgebreitet, er sickert durch, und im Frühling ist alles wieder viel grüner und üppiger. Dort hat jeder seinen Platz, ich habe so viele Zimmer angebaut, bis jeder seinen Platz hatte. Sie auch, fragt er leise, aber die Hausleute tun so, als hätten sie es nicht gehört. Es war niemand in der Gegend, ich habe mich auf der Straße umgeschaut, aber nur meine eigenen Fußspuren waren zu sehen, und eine schräg hinüberlaufende Hundespur. Der Schnee glänzte fast bläulich. Die Bäume im *Garten* waren dick mit Schnee bedeckt. Fichten. Wirklich, als hätten sie in Pelzmänteln dagestanden. Ich öffnete die Tür, es ging ziemlich schwer, denn das Schloß war eingefroren, ich lüftete, die Luft drinnen war sehr abgestanden. Dann habe ich dort an der Schwelle ein lumpiges kleines Radio gefunden, einer von uns wird es liegengelassen haben, aber so ein ganz lumpiges kleines Ding, Sie kennen sie sicher. Und wie ich es so hochhob, ertönte Beethovens g-Moll, gerade die Geige, ich weiß nicht, wer sie spielte, aber der Garten dort und die Töne aus dem quäkenden Radio, diese dünnen, kümmerlichen, aber alles hinwegfegenden Töne, die Beethovenschen Töne – das war ein Augenblick meines Lebens, an den es sich zu erinnern lohnt. Er legt sich etwas höher im Bett. Die junge Frau stellt ein Dessert vor ihn, ach, ich habe mir eins ausgeguckt, wählen Sie ja nicht das, sagt sie schäkernd. Der junge Mann schaut stolz drein. Er schaut das Mädchen an, bestimmt ist es dieses, sagt er und zeigt auf ein kipfelförmiges. Ja, das Mädchen ist erstaunt, woher wissen Sie das? Die anderen beobachten sie. Er lächelt. Ein Geheimnis, sagt er, aber er hat gleich genug von der Geheimniskrämerei, das ist das einzige, von dem nur ein Stück da ist, sagt er ernst. Der Mann lacht heraus, ach so, das ist gut, das ist verständlich. Die Erklärung hat offensichtlich alle beruhigt. In seltenen Augenblicken, er wendet sich nun an den Vater, kann man tatsächlich die Einheit mit der Natur spüren, und eine der Möglichkeiten, die dafür am geeignetsten sind, ist eine zusammenhängende Schneedecke, beziehungsweise alles, was unberührt ist, dem anzusehen ist, daß es unberührt ist. Und rein, fügt der Vater nickend hinzu. Der Haken ist nur, daß es immer weniger Chancen gibt, solche selbstvergessenen Beobachtungen zu machen.

Ja, wir gehen an vielem Schönen verständnislos vorbei.

Ich meine nicht das, sondern, hier richtet er sich zwischen seinen weichen und harten Kissen auf, stützt sich auf den Ellbogen, die Bewegung verursacht einen krampfartigen Schmerz im Kopf, der pulsierende Schmerz erstarrt an seinem Höhepunkt, er greift sich mit einer Hand an die Stirn, wie wenn einem ein starkes Licht ins Auge sticht, sie schauen ihm zu, das meine ich nicht, sondern daß uns eher einfällt: Das ist etwas Schönes, über das wir uns freuen müssen oder können, eher, als die Freude selbst. Sie schweigen, er schaut umher, legt sich zurück. Schaut zum Plafond. Zu den kleinen Rissen denkt er sich Geschichten aus. Er wird aufmerksam auf die Stille. Der schwarzhaarige Gatte knetet die Hand der jungen Frau. Verzeihung, Verzeihung. Das wiederum war wie ein Ächzen. Geht es Ihnen nicht gut, mein Freund. Die Geige ist also 300 Jahre alt. Das Gesicht des Vaters hellt sich auf, jetzt erst sieht man, wie unangenehm die vorangegangene Szene oder das Übelsein war. Genau, 17. Jahrhundert. Ich habe sie auf einem Dachboden gefunden. Es gab zwei Geigen, eine fehlerlose tschechische und diese. Aber diese war vollkommen verfallen. Fingerdicker Staub bedeckte sie, flicht die Frau ein. Der Ehrengast, der ich nicht war, wählte die tschechische, einer seiner Neffen spielte Geige, für den, aber die war vollkommen fehlerlos, deswegen wählte er sie. Verständlich, sagt er, inzwischen liegt sein Fuß bereits auf der Decke, er würde gerne nachsehen, er würde sein Bein anheben und drunterschauen, ob er das Bett schmutzig gemacht hat. Er vermutet, ja. Erst als ich hier zu Hause das Holz abwusch, war ich völlig verblüfft, was das für ein großartiges Holz war! Ich habe sie gleich zum Onkel Feri gebracht, er ist ein alter Instrumentenbauer. Ist er gut? Was meinen Sie mit gut? Ob er ein guter Fachmann ist, fragt er müde. Der schwarzhaarige Gatte setzt sich ans Klavier, öffnet den Deckel, legt die Hände auf die Tasten, tonlos, er hat wunderschöne Hände, die junge Frau schaut ihn an. Ein erstklassiger Fachmann, er hat ein Jahr daran gearbeitet, zuerst hat er sie ganz aufgelöst, die Stücke schwammen herum, weil es so viele Klebestellen und Ergänzungen gab. Er hat sie Zentimeter für Zentimeter wieder zusammengesetzt. Und dann kam endlich der Tag. Ich habe eine Flasche Bratenwein gekauft, Schinken und einen Hefezopf, und bin zum Alten hinauf, der mir das Instrument feierlich überreichte, das Mädchen stand neben ihm, er hatte eine 10jährige Tochter, die machte einen Knicks, ich setzte mich auf den Hocker, setzte den Bogen an. Alle lauschen sehr aufmerksam. Er kratzt sich an der Seite. Ich bewegte meine Finger, er zeigt es, und *stimmte eine Melodie an* …, das heißt, ich hätte eine angestimmt, aber die Geige gab keinen Ton von sich. Wie? Wie ist das möglich, fragt er und kratzt sich an der Seite. Das hängt von so vielen Kleinigkeiten ab. Die Entfernung der Seele, ihre Einpassung etc. Wissen Sie, was die Seele ist? Er hört auf, sich zu kratzen, natürlich. Nach langer Zeit das erste Mal ist er in Verlegenheit. Da zählen wenige Millimeter. Dann haben wir das Mädchen hinuntergeschickt, sie solle noch zwei Flaschen Bratenwein mitbringen, und wir soffen uns einen an, danach mußte er noch viel daran arbeiten, aber schließlich bekam sie eine sehr schöne Stimme. Werden auch jetzt noch gute Instrumente gebaut? Er hat starke Kopfschmerzen, es pocht wieder, er hat das Gefühl, der Schmerz saugt seine Schläfen ein, wie ein Vakuum. Der junge Mann schlägt eine Taste an. Verzeihung. Nein. Sie können nicht wegen des Holzes, es gibt kein Holz, das so gut wäre, und man kennt bis heute das Rezept für die Lacke nicht. Jeder Meister hatte einen eigenen Lack, flicht die Mama ein. Und die chemische Untersuchung, fragt er. Sie zucken mit den Achseln. Er neigt den Kopf nach hinten, versinkt im Kissen. Die junge Frau und die Mama gehen rückwärts aus dem Zimmer, lächeln dabei. Er schaut den Vater fragend an, seine Brauen bewegen sich nach oben, die Haut auf seiner Stirn kräuselt sich, auch seine Lippen werden ein wenig angespannt. Sie gehen in die Küche, antwortet der Vater, auch er lächelt, solange spielt mein Sohn etwas. Der schwarzhaarige Gatte fängt zu spielen an, zuerst die **Ballade des Traktorfahrers**, dann alte Couplets etc. Er steht vom Bett auf, ein wenig wird ihm schwindlig, er hält sich am Schrankschlüssel fest. Der Vater lacht. Das ist gut! Daß auch Sie sich an dem Schlüssel festhalten, er spricht nicht weiter. Er fragt nicht. Er geht zum Klavier. Stützt sich auf die Ellbogen. Der hochgewachsene Junge summt leise den Text vor sich hin, manche Wörter spricht er laut aus, zum Beispiel: **unsere Liebe**, *glücklich ist, wer* etc. Und das sind talentierte Menschen, ruft der Vater. Der junge

Mann verzieht den Mund. Sein Spiel ist zugleich Parodie, Selbstparodie und Spiel. Er genießt es. Aus dem kleinen Zimmer kommt Rauch. Der Rauch stört ihn, aber jetzt, zusammen mit der Wärme der Farben, läßt er die Wohnung wie ein Café aussehen. Ein wollüstiges, heimeliges Café. Er schaut dem jungen Mann tief in die Augen. Der wird rot, greift daneben, Scheiße, sagt er leise, als wäre auch das ein Liedtext. Ich habe noch keinen so schön fluchen gehört, flüstert er. Ich dachte mir, ich kaufe ein Aluminiumboot, aber ich werde mir lieber eins aus Holz machen lassen, der Vater will dazwischengehen. Er läßt den Klavierspieler nicht aus den Augen, er antwortet, das Metrum und die Pausen der Musik berücksichtigend. Die Antwort nimmt sehr viel Zeit in Anspruch, wieso, ist Aluminium nicht geeignet? Der Vater spricht laut, der Wind wirft es leicht herum, und auch die Haltbarkeit, was der Hauptvorteil wäre, ist nicht gegeben, weil das Wasser es zersetzt. Der Schmerz erreicht einen kurzen Höchststand. Es zersetzt es? Ja, die Zusammensetzung des Wassers ist so, er stellt sich hinter den Rücken seines Sohnes, legt ihm die Hände auf die Schultern, die Melodie bekommt einen kleinen Drall, der schwarzhaarige Gatte schüttelt mit einer nervösen Bewegung die Hände ab, der Vater steht hinter ihm, der Junge spielt weiter. Er schaut ihm zu. Es gibt Angelschnüre, die frißt es in zwei Wochen auf, ich zerre daran, und das war's dann. Er zeigt an, leiser, sie wollen der Musik lauschen. Der Vater nickt, setzt flüsternd fort, aber ich habe eine tschechische Angelschnur, die ist *fünfzehn* Jahre alt, die frißt das Wasser nicht auf. Das Abendessen ist gleich fertig, die junge Frau schaut herein, er spielt schön, nicht wahr? Sehr, sagt er darauf. Liebster, spiel doch mein Lieblingslied, du weißt. Der schwarzhaarige Gatte macht einen abschließenden Lauf, nimmt die Hände von den Tasten, verschränkt sie, knackt mit den Fingerknöcheln. Als sich die Hände voneinander lösen, greift er hin, drückt sie. Es ist kein Händedruck, er hält ihn von der Seite fest, sein Daumen rutscht bis zur Mitte der Handfläche. **Scott Joplin**, sagt der junge Mann feierlich. Er zieht sich zurück, er geht nicht bis zum Alkoven zurück, er setzt sich vor einen Fauteuil, verschränkt die Beine unter sich, am Schenkelhals schmerzt es. Es gibt schöne Musik. Der Vater trägt einen Frack. Das Abendessen ist fertig, heißt es aus der Küche. Die junge Frau dreht sich auf dem Absatz um, läuft hinaus, kommt sofort zurück, fährt dem Mann durch das schwarze Haar, spiel mein Lieblingslied. Der Gatte fängt ein neues Motiv an. Nein. Der Gatte versucht mehrere, die junge Frau schüttelt traurig den Kopf, als hätte man sie betrogen. Er streichelt den Teppich, ein grob gewobener, schöner Teppich, jetzt interessiert ihn die Musik nicht, sie ist jetzt wie ein Ehestreit. Endlich findet der Gatte das Lieblingslied, seine Frau küßt sein Haar. Die Musik ist auffällig. Er hat das Gefühl, sie windet sich genauso wie der Schmerz in seinem Kopf, er steht auf, geht Richtung Küche. Aber der junge Mann spielt die Musik zu Ende, das Mädchen und der Vater verharren regungslos, er muß um sie herumgehen. Seltsam. Die Stirn der Gastgeberin ist verschwitzt, es gibt Suppe, mit ein wenig Fadennudeln und Hühnerleber.

Er nimmt die Tasse mit der Suppe und geht durch das Badezimmer ins kleine Zimmer. Dabei hört er, wie die anderen in die Küche ziehen. Das Bett steht hinter der Tür, ein Kupferbett, man kann die Tür gar nicht ganz öffnen. Er schaut sich die Tasse an, bis er die Tür nicht geschlossen hat, nimmt er den Blick nicht davon.

Servus, Liebste.

Liebster.

Ich habe Suppe mitgebracht.

Gut, daß sie in der Tasse ist, neuerdings bin ich so ungeschickt, die Frau ist blaß, verschwindet fast zwischen den riesigen Kissen.

Man kann zum Berghang hinausblicken, er hat das Gefühl, gleich reißt das Zimmer weiter auf. Jetzt sagt die Frau, geh nicht weiter, du könntest hinunterfallen. Er berührt die rußigen Ziegeln. Am Rand steht ein kleiner Rauchtisch, davor ein kleines Sitzkissen. Er ist sich sicher, daß es auch ein zweites Kissen gab, und das ist hinuntergefallen, und das andere Kissen, fragt er. Die Frau schlürft die Suppe, küßt du mich gar nicht? Er schaut zu ihr zurück. Der Frau hängt eine Fadennudel aus dem Mund, sie saugt sie herein, unglaublich die Geschwindigkeit, mit der sie verschwindet. Zwischen Kissen und Wand, ein wenig mit Schutt bedeckt, liegt ein Höschen. Aber selbst so sieht man, wie schmutzig es ist, ein langer, dunkler Streifen und tiefrote beziehungsweise braune Flecken. Er bückt sich, tut so, als würde er sich die Intarsien des Tischleins anschauen, der Geruch ist bis dorthin zu riechen, ich bringe den nächsten Gang, sagt er, stößt mit der Tür wieder gegen die Lehne des Kupferbetts. Die weiße Farbe ist lückenhaft. Kann es sein, daß es ein Eisenbett ist? Durch die geschlossene Tür hört er das weinerliche Rufen, **mag nicht! mag nicht!** Man hört es auch in der

Küche. Er betritt die Küche. Der junge Mann ist der einzige, der nicht den Kopf hebt. Ich habe den Schlüssel vorhin deswegen erwähnt, sagt der Vater ... Essen Sie auch, fällt die Dame des Hauses ein, ihre Stirn ist verschwitzt, sie lächelt verzweifelt. Nein, seine Nase füllt sich mit dem Geruch der Hühnerleber, er sieht Reis und auch Kartoffeln. Die Gastgeberin hat die Hand an einer Ananaskonserve.

Er geht zurück ins kleine Zimmer. Küß mich jetzt nicht, sagt die Frau, in ihrem Lächeln ist nichts Schmerzliches. Er setzt sich neben den kleinen Rauchtisch, schaut sich den Hügel draußen an. Insgesamt gibt es nur noch einen Schneefleck. Wie mutig du heute bist, sagt die Frau. Er zeichnet in den Ruß. Der Ruß faßt sich fettig an. Die Frau löffelt immer noch. Er bemerkt etwas, er springt auf, aber Liebste, warum sagen Sie nichts? Das wollte ich gerade, antwortet sie mit niedergeschlagenen Augen; sie hat sich bekleckert, Fadennudeln gleiten den Hals entlang. Würmer, sie bleiben in der Vertiefung des Schlüsselbeins hängen. Er langt hin, unter seinen Fingern zerfallen die Nudeln. Die Haut ist blaß, leberfleckig. Er gibt die Nudeln einzeln in die Tasse zurück. Die Frau ißt unangefochten weiter, zwischen die großen, flachen, weißen Brüste rutscht ihr ein Nudelstückchen. Er greift danach, als er es erwischt, teilt es sich wie ein Wurm. Den Rest läßt er weiterrutschen, was geblieben ist, hebt er auf und befördert es zurück in die Tasse. In der Nacht bin ich auf die Nase gefallen, sagt die Frau, amüsiert sich, dreimal habe ich sie wachgeklingelt, sie lacht, als sie sagt, und am Ende habe ich ins Bett gemacht. **Man riecht es**. Ihm fällt eine Frau ein, sie steht auf allen vieren über ihm, ihre Kugelbrüste hängen herunter, herunter, sie schüttelt kräftig das Hinterteil, die Brüste baumeln, zwischen ihren Beinen hängen Haarwurzeln, werfen einen rätselhaften, feinen Schatten an die salpeterdurchsetzte Wand.

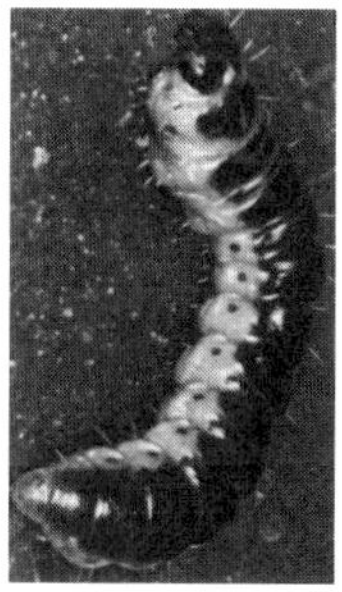

Was für eine schmutzige Arbeit **Verlockung** der süßliche Geruch der Geruch den man nicht fotografieren kann der zerstückelte Knochen der Knochen der stinkende gelbe Brei meine Gehirnmasse die bleigraue wir fließen zusammen die Mägen gelber Brei das Déjeuner das sichtbar das Schippen in verzierte Särge.

Er will die Hausleute nicht stören, er fürchtet ein wenig ihre Herzlichkeit, er geht um das Haus herum. Er muß mit seinen schmerzenden Beinen einen großen Umweg laufen, er kämpft sich durch ein Gebüsch, seine Windjacke ist offen, ein Ast kratzt ihm den Hals auf, der obere Hemdknopf ist auch offen. Das Wetter funkelt, die Luft ist grundsätzlich kühl, aber man spürt, daß seit dem Morgen die Sonne geschienen hat. Unten, Richtung Tal, ist grünes Wiesenland, die Toten werden eingesammelt, eine Art Parkwächter steht dabei, lüftet den Hut. Er sieht ihm die Verlegenheit an. Sind viele umgekommen, fragt er. Der Parkwächter stammelt nur, er hat eine kleine Speichelkugel im Mundwinkel. **Beruhigen Sie sich, sagt er hart.** Mit dem rechten Fuß gräbt er im Gras, sein Gewicht lastet auf dem linken, der linke Fuß tut weh. Der Boden ist schön elastisch. Der Parkwächter schaut nicht her, er sagt es nirgendwohin, ich walze ihn jeden Tag. Er setzt sich, schnürt seine Stiefel auf, seine Füße schwitzen auch in Baumwollsocken nicht. Der Parkwächter merkt auf, ein Fußlappen wäre besser, nicht wahr? Die Socken zieht er sich vorsichtig aus, seine Zehennägel sind zu lang, können sich leicht in der empfindlichen Baumwolle verfangen, er antwortet nicht. Der Parkwächter fährt verlegen fort, alles ist meine Aufgabe, alles wegzuräumen, er zeigt herum, die Leiber werden auf Schragen weggefahren, die näheren zieht man einfach so. Ein guter Rasen, sagt er und zeigt an, die Unterhaltung ist beendet. Übel, ziemlich übel, sagt der Parkwächter im Fortgehen zu seinem Fuß. Ein Zeh ist ganz geschwollen, rot, glänzend, er glänzt, als würde er gleich platzen wollen, eine unangenehme Verletzung. Licht ist gut, denkt er, er sonnt den Fuß. Sobald er die Kühle der Frühlingserde spürt, richtet er sich her, steht auf. Der Fuß ist schlimmer geworden, er steigt den Hügel hoch, er spürt das Spannen, die Straffung der Muskeln um die Knöchel herum, ein wohltuendes Gefühl. Das wegrasierte Haus, das halbierte Zimmer ist wie eine neuartige architektonische Lösung. Er steigt die Leiter hoch. *Die Leiter habe ich von meinem Burschen klauen lassen, ich habe ihm die Situation verständlich gemacht, er zwinkerte eifrig.* Er bemüht sich, die Leitersprossen mit der Fußmitte zu berühren, so tut es weniger weh, aber da er sich dadurch mehr nach hinten neigen muß, ist es auch gefährlicher, labiler. Als er mit einem letzten Schmerz das kleine Zimmer betritt, sagt er, gut, daß das so eine schwere, massive Leiter ist.

Die Frau sitzt im Bett, Kissen im Rücken, sie liest, Servus, Liebster, was ist mit der Leiter? Er winkt ab, ich falle immer fast runter, er hinkt zum Kupferbett, die Frau kreischt, Jesus, was ist passiert. Die schrille Stimme ärgert ihn, und überhaupt diese Reaktion. Er hinkt nicht vor Schmerz, er konnte die für das Klettern angenommene asymmetrische Haltung nicht so schnell ablegen.

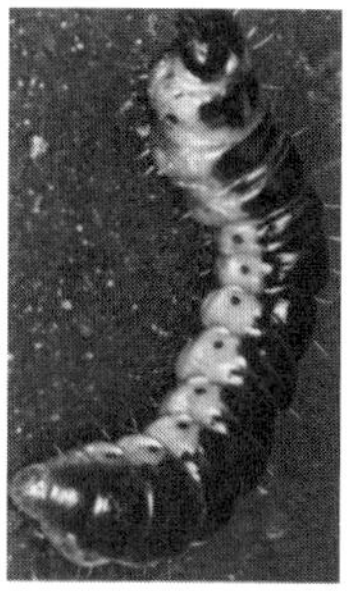

Unwichtig, wirklich unwichtig. Zeig. Er widersetzt sich nicht, er weiß, so kommt er billiger davon, er zerrt an der steifen Verschnürung des Stiefels, hier, eine Kleinigkeit. Die Frau legt eine Hand auf seinen Fuß. Deine Hand ist kühl. Ich muß schon sagen, es sieht häßlich aus, wie eine fette Raupe, ein Engerling, ein Wurm; sie pikt den Finger hinein, er zischt. Der Fuß ist heiß. An der Frau hängt das Nachthemd herunter, ein Übergang zwischen Nachthemd und Schlafrock. Hast du keinen Gürtel, fragt er die Frau, da er das Hängen zu stark fand. Die Frau zerrt nervös die Decke höher, das gelingt nicht ganz, sie sitzt auf der Decke, sie zerrt daran, was willst du von mir, endlich gelingt es ihr, die Decke unter sich hervorzuziehen, der Schwung wirft sie um, sie fällt nach hinten, ihre mageren Schenkel gleiten erschrocken auseinander, an der Innenseite des Schenkels ist eine lange Narbe und darüber ein leichter Verband.

Die Frau setzt sich zurecht, hechelt gereizt. Er hinkt zum kleinen Rauchtisch zurück, barfuß, schaut sich den Hügel draußen an. Er nimmt sich vor, eine Knospe ganz genau zu examinieren. **Wie mutig du heute bist**, sagt die Frau und hechelt immer noch. Wird deine Wunde besser, fragt er die Frau. *Ich hasse es, wenn du mich so fragst, als wäre ich gar nicht hier*, sagt die Frau leise, sie verschorft schön, sie juckt nur. Kratzt du daran? Ja, ich kratze daran. Es wird still, er zieht vorsichtig die Baumwollsocke an, stopft seinen Fuß in den schwerfälligen Schuh. Er hält sich an einer Ziegelreihe fest – wie Zähne –, seine Hand wird rußig, der Ruß faßt sich fettig an. Im Park ist so ein Leichengeruch, ein süßlicher Leichengeruch, er brannte mir in den Augen, sagt er. Es wird dunkel. Die Frau legt sich im Bett zurecht, läßt das abwehrende und beleidigte Schmollen sein, zieht zielgerichtet die Decke zurecht. Er schnuppert in die Luft.

Dieser gute **Erdgeruch**. Den einen Vorteil hat es schon.

Die Frau lacht, richtet sich das Haar, Lüften ist kein Problem, soviel ist sicher, sie erschauert, aber es ist ziemlich kühl, besonders in der Nacht. Letzteres sagt sie betont, besonders in der Nacht, bleibst du hier, fragt sie schnell, schaut ihn dabei nicht an, als würde sie sich schämen, daß sie taktiert, oder daß sie gezwungen ist zu taktieren. Normalerweise decke ich mich mit meinem Mantel zu und obenauf noch ein Laken. Er springt neben dem Rauchtischchen auf, springt zum Bett und legt sich, nicht mit Schwung, jedoch unaufhaltsam auf die Frau. Die Frau streckt sich unter ihm, schlägt um sich, windet sich, nein, nein. Er küßt sie in den Mund, sie beißen sich aneinander fest. Manchmal schreit die Frau auf, ihr Schenkel schmerzt. Er zieht mit einer Hand die Decke zwischen ihnen weg, er zerrt daran, der Überzug ratscht. Ein kühler Wind weht. Die Frau öffnet seine Hose. Er zieht den Bauch ein, um zu helfen, hebt die Hüfte. Ihr Nachthemd rutscht bis zu den Brüsten hoch. Er packt ihren Venushügel, das tut weh. Entschuldige, flüstert er und packt sie wieder: Er tritt und zerrt seine Hose hinunter. Die Frau schließt dankbar die Augen, auf ihrem Gesicht sind große Schatten, Eindellungen, an der Wurzel der dünnen Haare sitzen Schweißtropfen. Er strampelt ein letztes Mal, damit hat er sich des einen Hosenbeins entledigt, das andere geht dann schon schnell, sie holen den Atem praktisch aus einander, ihre Münder sind lebhaft, vor Blutstau üppig rot. Mit seinem Knie spreizt er ihre Beine auseinander, dazu braucht es Kraft, und stürzt zwischen sie wie ein Stein, er stürzt mit einem Mal in die Frau hinein wie ein Stein. Die Frau schreit auf, ihr ganzer Körper wirft sich herum. Er drückt sie hinunter und läßt sie hoch, aber darin ist nichts Spielerisches, es gibt nur die innere Wucht. Sie klatschen hart aufeinander. **Liebster. Liebste**. Er nimmt seinen Mund von dem der Frau, läßt seinen Kopf an ihren Hals fallen. Die Haut ist klamm.

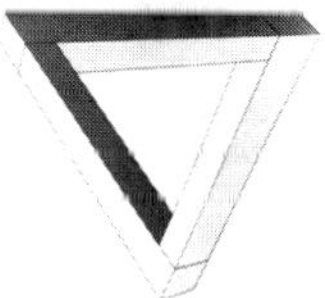

Er kommt zu sich, als die Frau sich vorsichtig unter ihm hervorzieht, steig von mir. ’s Bett macht’s wieder wett, sagt er liebevoll. **Irgendwas stimmt nicht**, sagt die Frau. Ihre Stimme ist so, daß er sich sofort aufsetzt im Bett. Der Schweiß ist an ihm getrocknet. Mir ist schlecht, sagt die Frau, klettert vom Bett, ihre Nacktheit leuchtet kalt im seltsamen offenen Zimmer, sie flüchtet fast Richtung Badezimmer. Er geht ihr hinterher, reibt sich den Hintern, weil ihm kalt ist. Die Frau stößt gegen die Waschmaschine, fegt eine ungeöffnete Strumpfhosenpackung hinunter, beugt sich über die Waschschüssel, ihr Körper spannt sich, sie will sich erbrechen, kann nicht. Steck einen Finger hinein. Er stellt sich von einem Bein aufs andere, die Steine sind kalt. Die Frau läßt das Wasser laufen, würgt, dann sprudelt auf einmal in einem dicken Strahl die Masse aus ihr heraus, etwas Gelbliches. Die Frau ist gekrümmt; als hätte sie einen Buckel, ihr Bauch hängt über das Waschbecken. Ihre armen Schenkel! Das Gesicht der Frau ist weiß. Ist dir jetzt leichter?

»Steig von mir. Irgendwas stimmt nicht.«

Verlockung: Bitte schön, hier gibt's a' Kipferl mit Rosinen Promenad Baumkuchen Schaubar sichtbar der Saal Peter an den Wänden all das ist sehr gut Schluckauf er hat schön recht: Herrn Meiers Konditorei Sagen Sie nicht Saujud mein Herr das tut mir nicht gut keinerlei Weiter also was ist zu sehen der Schnee der Schnee das Pferd das Pferd Er führt den Zar über kleine Treppen Herrens Damens auf seinen Hufen Cremeschnitte französisch im Fenster spiegelt sich die Kirche ja sie steht noch Weinen Sie nicht klagen Sie nicht ihr Ellbogen ebbt ab hier ist ein Bach ach wie er purzelt es gibt hier Steine ein Damm drückt dagegen jagt ihn das Wasser läuft die Flut hier ist ein Schneefleck so fröhlich und sie sollen mein Genosse und meine Frau sein Mutige hier weiter oben gibt es auch Rundung ein starker Pfeiler so die Burg nur leider ist die Brücke gefallen Weinen-und-Klagen hebt an Neuaufbau Bittschön ob Sie's glauben oder nicht und vergebens erlahmen sie wenn er gezahlt hat soll er es genießen Verzeihung gnädige Frau besonders wegen Ihres herzigen und jungfräulichen Töchterleins ist gut mein Kätzchen der geschätzte Feldprediger hat schon beschissenere Sachen gesehen nun meine Süßen bittschön das ist ein Schlachtfeld *pst* keine Panik wer kaltes Blut hat teure Genossin nicht kakeln bitte es ist nicht kalt Ihr Ehemann oho meine teuren Freunde laßt uns keine Tagediebe sein aber auf keinste Weise Gottistmeinzeuge links ein echtes Tannengehölz dunkel und garantiert unwirtlich rechts oben etwas ganz Ähnliches auf dem Grat in der Mitte eine Niederung ein kleines Haus ein kleiner Tobel ein kleiner Felsen ein kleiner Leichnam ein bißchen Schnee milpardon meine Liebchen ein Schlachtfeld ist nun einmal so   Herren Freunde keine kleinen kranichfedrigen Gendarmen Damen Köpfchen Zöpfchen Schühlein hier ist unser fröhlicher kleiner Bach zartes Gras wächst der Schnee ist mehr fließt zurück das Wasser eine einsame Fichte neigt sich über die Brücke aber keinerlei Problem die Steine rollen nach unten der Bogen ist unversehrt und meine Damen: niedliche Herrens vollerr Frreude verkünde ich der Neuaufbau hat begonnen! Urrah im Vorraum unser schmucker Kapitän mit der unverzichtbaren Hauptbedeckung *der Schatten des Hockens ist aar* ha-ha-ha eine gute Hetz nicht wahr?!

Er friert so sehr, daß er sich fast erbricht. Er versucht, sich, soweit es geht, zusammenzuziehen. Er wünschte, alles an ihm wäre kleiner, besonders der Hals, die Extremitäten, er wünschte, sein

Gesicht wäre kleiner. Er fletscht die Zähne vor Kälte, sein Magen verkrampft sich, seine Hände sind rot und rissig. Vorsichtig tritt er hinter dem Fichtenhain hervor, die Sonne leuchtet grau, neblig, das Gebäude des Krankenhauses taucht auf. Er biegt auf die Tiefstraße ein, in den Pfützen farbig das Öl, mancherorts ist auch der Schlamm rutschig vom Öl. Die Lehmwand ist hoch. Er überholt ein paar Karren, die sich langsam dahinschleppen. Sie sind mit Verwundeten voll, die Verbände sind durchgeblutet, kein Wehklagen ist zu hören. In einer ausscherenden Kurve des Wegs erblickt er auch die Nebengebäude, der plumpe Seitenflügel hat einen Treffer abbekommen. Er beschleunigt seine Schritte.

Der Portier empfängt ihn streng. Er fährt ihn unbändig an, flucht, lästert, der alte Portier verzieht sich in seinen mit Schlüsseln vollgehängten Glaskäfig. Der alte Mann dreht einen Schlüssel in der Hand, man sieht ihm an, er traut sich nicht, den Blick zu heben. Er tritt zurück vor den Käfig, der Alte beugt sich untertänig zum kleinen Fenster herunter, da wirft er ihm das Metallgeld hin. Die Münze springt über die Fensterbank dem Portier ins Gesicht. *Die Treppen sind breit, die Kehren ausladend.* In den dämmrigen Fluren herrscht ein großes Kommen-und-Gehen. Schwestern rennen in beiden Richtungen vorbei. Ihre weißen Kittel sind – mit wenigen Ausnahmen – schmutzig. Sie tragen Schalen, Spritzen, Gläser. Eine schwarze Schwester trägt einen roten, gepunkteten Ball, ihr Gesicht ist sehr ernst. Die Wände entlang stehen, sitzen Patienten, manche auf dem Boden. Dort ist es dunkel. Krücken ragen herauf. Der Plafond ist unglaublich hoch. Oben sind weiße Rohre, sie sind vor lauter Dämmerlicht ganz gelb geworden. In einer Einbuchtung sieht er einen Lift, der Schacht ist mit einem Gitter verdeckt, er versucht, in die Tiefe zu schauen. Anschließend tastet er sich die Stirn ab. Er ist ein wenig ratlos. Das Gitter hat Vertiefungen in seine Stirn gedrückt. Das Gitterwerk besteht aus Rhomben, diese versucht er mit den Fingern auf der Haut zu erkennen, aber er spürt nur die Winkel, ihre beginnenden Schenkel. Er schätzt sie auf 120 Grad.

Beschreibung: seidig, schwarz. Als hätte sie einen Falter zwischen den Schenkeln – schade. (Tippfehler; eine Falte.)

Die Frau sitzt im Bett, hinter ihrem Rücken sind viele Kissen. Er kniet sich neben das Bett, jetzt löst sich die Kälte in ihm, er friert noch überall, aber es juckt bereits. Dies ist nur wegen der Aussichten angenehmer als die massive Verfrorenheit. Er nimmt ihre Hand zwischen seine beiden Hände, küßt sie, er spürt die Rauheit der Haut an den Lippen, er schaut nach, sie glänzt, sie ist schuppig.

Gehen wir zur Toilette, sagt die Frau. Gut, antwortet er, rührt sich aber nicht, weil er nicht weiß, was zu tun ist. Steh auf. Du mußt mich unter den Achseln packen und hochheben. Hak mich unter. Gib auf mein Bein acht. Na dann los. Er steht auf. Die Frau rückt höher, beugt sich nach vorne und schlägt die Decke zurück, eine fadenscheinige Federdecke und ein dünnes braunes Plaid, am Rand ein großes Brandloch, der Rand des Lochs ist ausgefranst und dunkelbraun. Die Frau zischt. Es tut weh. Ruhig, Liebste. Das dünne Nachthemd der Frau sackt nach vorne, er sieht die flachen Brüste. Sie sind sehr weiß. Aus dem offenen Bett steigt abgestandener Geruch auf. Das Nachthemd rutscht bis zu den Lenden hoch, der Rand der Behaarung ist zu sehen, es ist, als würde sie nirgends dazugehören. Der Verband reicht vom Schenkelansatz bis zum Knie. Drum herum ist die Haut über weite Strecken gelblichbraun, vielleicht vom Jod. Die Schenkel, auch die Waden sind sehr dünn, das Knie ist eine knochige Erhebung. Auch so zeigen die Waden noch ihre alte Schönheit. Die Schenkel berühren sich nicht, die Haut hängt schlaff herunter. Er faßt die Wade an. Schön warm. Es tut weh. Weil das Blut jetzt nach vorne strömt, deswegen. Ein Zehennagel ist schwarz mit Blut unterlaufen, die anderen sind gelblich. An den Zehen Hornhaut. Leise jammernd stellt die Frau ein Bein auf den Boden, sucht nach ihren weichen Pantoffeln. Er sieht sie, er rührt sich aber nicht. Wo sind meine weichen Pantoffeln, fragt die Frau, ihre Stimme ist heiser. Er schiebt sie ihr mit seinem Stiefel hin. Paß auf, stoß mich nicht. Ich paß schon auf, und sag nicht immer, ich soll aufpassen. Die Frau stützt sich mit beiden Händen am Bett ab, der Drahtrost quietscht, sie dreht sich, damit auch das andere, das verbundene Bein vom Bett gleitet. Die Frau sitzt jetzt am Bettrand, das Nachthemd ist noch höher gerutscht. Er legt die Hand dorthin. Idiot. Er nimmt die Hand weg und zieht das zerknitterte, schmutzige, dünne Hemdchen zurecht. Du mußt mich unter den Achseln packen und hochheben. Er steht in der Grätsche, ihre Beine zwischen seinen Beinen, er bückt sich, packt sie unter den Achseln, sucht den Griff, dabei streicht er seitlich über die Brüste. Das Haar der Frau glänzt fettig, sie riecht ranzig. Er rümpft die Nase. In der Mitte hat sich ein Scheitel gebildet, das Haar hängt rechts und links herunter, die

»Gehen wir zur Toilette«, sagt sie überraschend. »Gut«, antworte ich, rühre mich aber nicht, weil ich nicht weiß, was zu tun ist. »Steh auf. Du mußt mich unter den Achseln packen und hochheben. Hak mich unter. Gib auf mein Bein acht. Na dann los.« Wie ein Soldat oder ein Experte zu Fachfragen, nicht gelangweilt, jedoch ohne das geringste Anzeichen von Aufregung.

Ohren bleiben frei. Der Scheitel schimmert weiß, auf der Kopfhaut sieht er Flugasche, winzige blasse Plättchen, von Haaren durchlöchert, er packt die Frau, seine Knie werden weich. Er ist nah am Gesicht der Frau, schaut ihr in die Augen. Du hast abgenommen. Die Augen der Frau, als lägen sie unten in einer Grube, um die Augen herum dunkle Schatten, die Wangen sind so, wie sie früher gewesen sind, dick, rundlich, an den beiden Mundwinkeln tiefe Falten und ein paar kräftige Haare, komisch das Doppelkinn, zusammengeschrumpft wie ein Luftballon, aus dem die Luft entwichen ist, es hängt.

Leichter als erwartet hebt er ihren Körper hoch.

Die Frau stöhnt leise vor Schmerzen. Er weicht zurück. Wieder spürt er den intensiven Geruch des kranken Körpers. Wir stehen da wie ein Liebespaar, sagt die Frau. Er ist unruhig, gehen wir, sagt er befangen. Hak dich unter. Er hakt sich unter. Nicht so, kräftiger, sagt die Frau nervös. Sein Gesichtsausdruck muß zu erhaben, zu höflich oder zu hilfsbereit sein, denn sie fügt hinzu, wir gehen nicht promenieren, sondern aufs Klo. Sie schlurfen über den Flur, sie gehen in der Mitte, um nicht durch die Beine der an der Wand Sitzenden gestört zu werden. Aus den Rohren hört er irgendeinen Ton. Das WC befindet sich am anderen Flurende, es ist weit. Die Frau bleibt stehen, um sich auszuruhen, stützt sich auf ihn. Er weiß nicht, wohin er blicken soll, sie will er nicht ansehen. Trotz der Geräusche in Rohren und dem leisen, doch ständigen Murmeln der Wartenden hört er nur das Schnaufen der Frau. In einem Quergang erscheint die schwarze Schwester, will weitergehen, doch als sie sie sieht, kommt sie zu ihnen. Jetzt hat er jemanden, den er anschauen kann, dafür empfindet er Dankbarkeit, danke, sagt er zum schwarzen Mädchen, als es vor ihnen steht. Was ist das, er zeigt auf den Ball, lächelt. Das Gesicht der jungen Frau ist ernst, ich bringe ihn den Lungenkranken. Der Antwort entnimmt er Freundlichkeit, er würde sich bewegen wollen, aber sein Arm ist mit dem der Frau verschränkt. Als würde ihn die Frau extra noch drücken. Nein. Die Schwester bemerkt die Absicht, ich bringe ihn den Lungenkranken, sagt sie und geht weiter. Er schaut die Frau an. Die Augen der Frau sind geschlossen. Eine Krücke rutscht mit großem Krawall an der Wand herunter, liegt quer über dem Flur, während des Rutschens bleibt die Spitze der Krücke in den mangelhaften Verfugungen der Steinplatten hängen, das Fallen erfolgt gestaffelt. Sie gehen wieder los, er schreitet über die Krücke hinweg, die Frau aber hält inne, sie kann nur schlurfen. Er kann die Frau nicht loslassen, er blickt sich um, wem der Stock gehören könnte. Die Lage der Krücke spricht für einen in Lumpen eingemummten Körper mit blutigem Kopfverband und herabhängendem Schädel. Er spricht ihn an, doch umsonst, der Kopf zuckt nicht einmal. Er ruft ihn immer wieder an. Auf einem Koffer sitzt ein Riesenweib, das Gesicht pausbäckig, alles an ihr ist stark, was mag sie hier suchen, dem mächtigen rustikalen Körper entweicht eine dünne, hysterische Stimme. *Sind Sie blöd? Vollkommen blöd? Sehen Sie nicht, daß er tot ist?!* Er fühlt sich, als hätte man ihn beleidigt, quasi als Vergeltung versetzt er der Krücke einen Tritt, sie bleibt an einem Fuß hängen, dreht sich im Kreise. Der Weg ist frei. Das hätte er sofort tun sollen, von niemandem ist auch nur ein Wort zu hören. Nach kurzem Schlurfen sagt die Frau, ein Lächeln auf ihrem Gesicht, *ich wußte gar nicht, daß Sie auch so sein können.* Er zuckt die Schultern, er bemerkt nicht, daß sie ihn jetzt gesiezt hat, oder er kann nichts damit anfangen. An der Toilettentür wird er unsicher. Kommen Sie, was denn, meinen Sie, jetzt könnte ich mit einem Mal allein gehen?

»Der Tod, mein Sohn, ist ein großer Herr, vor seinem Antlitz erscheint jede menschliche Freude oberflächlich. Schwach sind wir nun einmal, sehr schwach, das schlägt den Jubelnden plötzlich entgegen. Wenngleich: Wer Glück hat, wächst zum Tod empor.

Als du klein warst, bin ich einmal lange mit dir herumgereist, etwas gezwungenermaßen, in den Bakony, nach Pécs, kreuz und quer, ich erinnere mich, du hast mich sehr gestört, wir mußten immer zusammen sein.

Andererseits: Die Wirklichkeit des ganzen Lebens zu erblicken heißt nicht, sie anzunehmen. So sind wir also nicht schwach, sondern ohnmächtig.«

Das Männerklo ist zugenagelt. Er könnte auf dem Balken sitzen und dabei aus der Höhe über die Landschaft schauen. Er stellt es sich vor. **Reue und Unendlichkeit.** Hunde mit mageren Flanken flüchten lautlos, ihre Rippen scheinen aus Weidenruten geflochten, Krähen steigen hoch, und er würde darüber nachsinnen, ob es eine Verbindung zwischen seinem Ächzen und den Bewegungen der Vögel gibt, um es klar zu sagen, ob er sie damit verschreckt, weswegen er für eine kurze Zeit seine Aktivitäten zurückhalten würde, aber es ist auch sehr leicht vorstellbar, daß sich die Krähen jetzt nicht bewegen würden, oder wenn doch, dann könnte er das Gefühl haben, daß es einen Grund dafür gegeben hat, er hat geächzt, oder der Sitz hat geknarrt. Es wäre ein großes weißes Feld mit einem schwarzen Streifen, ein Weg, auf den Äckern Erdflecken und die Krähen. Es gäbe auch einen großen, dunklen Baum. Durch das Experimentieren mit den Krähen, das zurückgehaltene, disziplinierte Herumsitzen, wäre seine Entleerung nicht ungestört, der Anblick des weißen und schwarzen Feldes würde in ihn einziehen, aber es ist unwahrscheinlich, daß er sich daran gerne erinnern würde. Sie schlurfen zum Frauenklo. Es gibt drei Kabinen. Die Frau hält sich an der Bretterwand fest. Er schaut sich die Möglichkeiten der Reihe nach an, die erste ist frei, aber es gibt kein Papier, er schaut auch hinter dem Deckel nach, manchmal ist es dort, ich habe welches dabei, sagt die Frau und holt Papier unter dem Nachthemd hervor. Wo um alles in der Welt hatte sie das versteckt? Ich habe mir innen eine Tasche angenäht. Eine Geheimtasche. Unwillkürlich blickt er hin, zwischen den beiden letzten Knöpfen langt sie hinein. Durch den Schlitz sieht er, daß der obere Teil der Schamhaare abrasiert ist. Das rührt ihn, er will hinfassen, die Frau läßt ihn nicht. **Hat man dem Zwerg den Bart abgenommen?**, fragt er mit alter Liebenswürdigkeit. Er hat das Gefühl, die Frau sehr zu lieben. Er möchte den stacheligen Ansatz der abgeschnittenen Haare an den 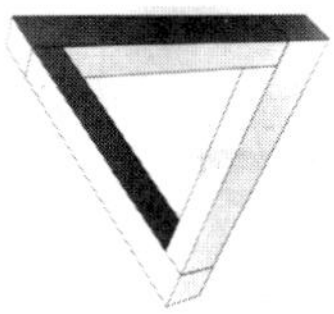 Fingerkuppen spüren. ***Stoppelfeld.*** Zufällig, die Hornochsen!, und wissen Sie, was sie sagten? Sie hätten gedacht, ich käme zur Entbindung. Und wurden sie nicht mißtrauisch, weil Sie keinen dicken Bauch hatten? Vielleicht hatte ich Fett angesetzt. Nicht doch, sagt er instinktiv, aber er wird sofort rot. Das alles zusammen ärgert die Frau noch mehr. Sie würde gern etwas Drastisches sagen, aber sie gibt nur einen kurzen Kehllaut von sich und sagt, gehen wir, Liebster, aufs Klosett, sie schlurfen hinein, wieder ist er ratlos. Die Frau zieht ihr Nachthemd hoch, sie ist nicht befangen und auch nicht mutig, es interessiert sie nur noch die Erledigung des Geschäfts, sie grätscht die Beine. Er stellt sich vor sie, packt sie unter den Achseln, um sie hinzusetzen, während er nach einem Griff sucht, berührt er ihre Brust, aber er tut so, als hätte er sie nicht berührt, als wäre die Brust keine Brust. Vielleicht ist sie es auch nicht, denkt er, das hängt nur von mir ab, denkt er. Nein, sagt die Frau, leg erst Papier auf die Brille, sie will in die Geheimtasche greifen, weshalb sie das hochgestreifte Nachthemd losläßt, das mit weißlichem Blitzen herabkollert, so plötzlich, daß sie beide danach haschen, die Frau gerät ins Wanken, er greift nach ihr, wodurch er das Gleichgewicht verliert, mit einer Hand hält er die Frau an der Taille, mit der anderen Hand stemmt er sich gegen die Wand hinter der Kloschüssel. Unter seiner Hand rührt sich der Putz. *Was machen Sie, Dummerchen?* Ich halte Sie, Liebste, und ich halte mich.

Er neigt sich zum Toilettenbecken, während sie sich leicht zurücklehnt, sie liegt ihm in den Armen, ein bißchen so, als würden sie tanzen. Das Problem ist, daß er nicht zur Seite treten kann, weil er zwischen ihren Beinen steht. Seine Arme erlahmen. Er beginnt, mit der Handfläche Richtung Rohr zu raupen, das aus dem Wasserbehälter herausführt. Putz fällt. Er hebt sein Handgelenk von der Wand ab, hält sich mit den Fingern, legt das Handgelenk auf das Rohr. Das Rohr steht massiv. Das kleine Stück, um das das Rohr aus der Wand hervorsteht, reicht, um erfolgreich zu sein, er stößt sich ab und steht nach kurzer Unsicherheit wieder sicher da. Wo haben wir aufgehört, fragt er die Frau. Das Papier, antwortet die Frau und klammert sich an seinem Hals fest. Er greift in die Innentasche. Nun gibt er der Neugier der Fingerkuppen nach und streicht der Frau über den Unterbauch, womit er auch die Brüste rehabilitiert hätte. Reha billig, sagt er zur Frau und lacht, ich friere, die Frau erschauert. Er faßt mit beiden Händen an den Hintern der Frau, spürt die Gänsehaut. Die Pose erweckt Erinnerungen in ihm. Er traut sich nicht, etwas zu sagen. Das Fleisch ist dünn, kalt. Ich friere. Ja. Um alles in der Welt, beeilen Sie sich endlich. Jetzt plötzlich macht ihn das Siezen stutzig. *Warum siezt du mich?* Tränenloses Weinen bricht aus ihr hervor, *weil ich scheißen muß*. Schon gut, schon gut, murmelt er, faßt die Frau wieder unter der Achsel, setz dich schön hin, so. Das Papier, sagt die Frau und rührt sich nicht, sie hält sich an seinem Hals fest, sie scheint wieder kräftig zu sein, wenn mein Mund nicht nach Arznei riechen würde, würde ich dich küssen. Er hört nicht zu, er ist damit beschäftigt, wie er das Papier auf der Brille ausbreiten kann. Er schert zur Seite aus, die Frau hält sich halb an seiner Schulter fest, er breitet das Papier aus. Da er es für vollkommen überflüssig hält, spart er. Er schert zur anderen Seite aus, langsam, damit sie sich an ihm festhalten und damit er wiederum vorsichtig die Beine umgehen kann. Er richtet sich auf, packt sie wieder unter den Achseln. Du setzt dich jetzt schön hin, so. Die Frau hebt das Nachthemd hoch, scharrt mit den Füßen, sucht Halt. Er läßt den Körper hinunter, die Frau winkelt ein wenig die Knie an. Diese Positur macht sie sichtbar ausgeliefert, schnell lenkt er seinen Blick aufs Rohr. Die Farbe schlägt Blasen. Die Frau stöhnt auf. Ich schaffe es nicht. Ich kann das Bein nicht anwinkeln. Sie stehen. Die Frau ist nur noch praktisch. Ich muß sowieso nur klein machen. Er versteht nicht, rührt sich nicht. Klappen Sie die Brille hoch, Liebster. Sofort denkt er ans Papier, auf die vorangegangene umständliche Art sammelt er es wieder ein, mit viel Getrippel, und stopft es in die Tasche seiner Niethose. Vergiß nicht, es mir dann wiederzugeben, sagt die Frau. Er klappt die Brille hoch. Die Frau pinkelt im Stehen, es plätschert sehr laut. Er muß lachen, sie daraufhin ebenfalls, so indessen kann sie nicht weitermachen, das Geräusch hört auf. So kann ich nicht, bleib ernst. Ein bißchen tröpfelt's noch, die Frau ist wirklich ärgerlich, du hast mich gestört, das kommt jetzt nicht mehr raus. Sie hält immer noch das Nachthemd fest.

Sie treten den Rückweg an. In der Tür stoßen sie mit einem Arzt zusammen, er ist ungeheuer müde, raucht eine Zigarette. Sie schlurfen über den Flur zurück. Die Krücke ist genau dort, wo sie durch seinen Tritt hinbefördert worden ist, ich sehe das Weibsbild an, selbstsicher mißt es mich von oben bis unten, wir tun uns weiter schwer, bist du nicht müde?, frage ich, es macht sie nervös, daß ich so taktvoll bin, das wundert mich nicht, ich bringe sie ins Bett, mache einen Stuhl frei und setze mich zu ihr. Schön warm im Bett, sagt die Frau. Er sitzt auf dem Stuhl, streichelt die Hand der Frau. Sie ist rauh, schuppig. Die Frau schläft ein. Nach einer kurzen Weile befreit er vorsichtig seine Hand aus der ihren. Er schlurft zur Tür. Er geht, als wäre die Frau noch neben ihm, fällt ihm auf. Gehen Sie noch nicht, sagt die Frau leise. Er dreht sich um. Das Gesicht der Frau verschwindet im aufgebauschten Kopfkissen. Das Gesicht ist rot, die Augen schillern in der Tiefe der Grube. Sie beobachten einander.

Mit einer plötzlichen Bewegung zieht er die Windjacke aus. Die Frau stützt sich auf, läßt den Hintern weiter hineinrutschen, führt vorsichtig ihre Beine hinterher, rutscht dann Stück für Stück mit den Ellbogen nach. Er legt sich in die Mulde, die von ihrem Körper herrührt, er legt sich auf die Seite, seine Schuhe läßt er herabhängen. Heftig wendet sie sich ihm zu, sie umarmen sich, pressen sich aneinander. Er hat das Gefühl, die Brüste der Frau zu zerquetschen. Sein Gesicht am Gesicht der Frau. Sie hat Fieber, das spürt er. Die Frau weint wieder. Sie verharren. Du! Bitte. Du! Daraufhin sagt er auch du! Du, die Frau tut so, als schämte sie sich, sie spielt, du, gib mir mein Toilettenpapier zurück. Er stützt sich auf einen Ellbogen, hebt sich von der Frau weg, greift sich an die Gesäßtasche, aber das Papier ist ausgerechnet auf der anderen Seite, er wälzt sich herum. Die Frau knöpft währenddessen ihr Hemd auf. Als er das Papier in die Innentasche legt, preßt ihn die Frau wieder an sich, er fällt fast auf sie, als er mit dem Ellbogen einknickt. **Die Frau ist heiß**, es kommt ihm vor, als würde sie ihn verbrennen, das ist bestimmt auch wegen des langen Frierens so. Seine Fingerspitzen auf dem Stoppelfeld. Die Frau bewegt die Hüfte. Rühr dich nicht, deine Wunde. Der Atem der Frau beschleunigt sich. Sie liegen. Ich muß gehen, sagt er. Geh, Liebster. Dummerchen. Er erhebt sich schwerfällig, als er die Windjacke anzieht, reibt er mit der Hand, den Fingern über den harten Stoff. Er küßt die Hände der Frau.

Ich werde sterben, sagt die Frau. **Nein, sagt er** und wiegt den Kopf, darin ist er sich ganz sicher. Er sieht, daß er das Laken mit Schlamm beschmutzt hat.

Das Wetter funkelt. Die Windjacke hat er ausgezogen, hält sie ungeschickt auf dem Arm, sie kippt, verrutscht, er muß immer wieder hinterherfassen, sie auf- und einfangen, wie ein fliehendes Tier, einen Hasen, zum Beispiel. Es herrscht großes Durcheinander. *Während der Flucht verlieren viele den Kopf*, im übertragenen Sinne; alles ist spontan, allfällig, es gibt keine Person oder Organisation, die der mutwilligen Bewegung Herr werden könnte. Viele kommen ihm entgegen, aber es gibt auch viele, die mit ihm gehen.

Am Fuß der Betonteile hat sich ein zerlumptes, wildes Volk mit brennenden Augen niedergelassen, sie bieten ihre Ware lautstark, aufdringlich an. Erstaunt sieht er, daß es sogar in so einer Situation Käufer gibt. Eine elegante kleine Frau mit Hut feilscht, den Holzlöffel rammt sie praktisch in ihre Handtasche hinein, dann läuft sie weiter, trippelnd wie ein Huhn. Eine sehr häßliche, schwangere Zigeunerin, auf ihrem sich wölbenden Bauch bunte Seidenstoffe, faßt ihn am Ellbogen, er stößt sie von sich. Holzteller und Schilfmatten werden feilgeboten.

Ein zerlumptes Mütterchen schiebt sich vor ihm vorbei, ihr Kopf zittert, sie schleppt einen klappernden Speisenträger, in der Hand hält sie vorsichtig ein kleines gelbes Zettelchen, mummelt: *Das ist von heute, von heute, dafür muß man noch zahlen, das ist von heute.* Er geht dem Mütterchen hinterher, beugt sich näher heran, auf dem kleinen Papier steht: Csepel Gaststätte V. 27 121 13 Donnerstag *Das ist von heute, von heute.* Von heute, mein Gott! Jemand faßt ihn am Arm, er will sich losreißen, denkt, es wäre wieder ein draufgängerischer, bedauernswerter Händler, der sich nicht beherrschen kann, aber dann sieht er, daß es das bebrillte, schöne schmale Gesicht seines Bruders ist, das sich zu ihm neigt, ihn am Arm nimmt, aus dem Strom herauszieht. Eine Dame hält eine Art Peitsche in der Hand, eine Folklorearbeit, biegt und zieht sie hin und her, als würde sie sie nach einem konkreten Gebrauchskriterium prüfen, dabei schüttelt sie gereizt den Kopf, ihre wütende Unterlippe springt vor und hängt herunter: ein Wels.

Sein Bruder schleift ihn mit, sie biegen in eine belebte Seitenstraße ein, die Masse ist mal berauscht, mal resigniert, das ändert sich mit jeder Straßenecke, sie überqueren einen belebten Platz, zivile Wehklagende sitzen auf Bündeln, eine Mutter stillt ihr Kind, ihre Brust ist weiß, von Gänsehaut überzogen, sie biegen rechts ab, sie rennen ein paar Straßenecken weit, links, rechts und so weiter; sie gehen durch stille Orte. Die Stadt endet hier, der Platz senkt sich zum Wasser ab, wo es beginnt, ist ein grünes Viereck. Menschen liegen dort; wie bei einer Maifeier. Wieso flüchten die nicht?, fragt er; es soll eine Nettigkeit sein, soll sein großer Bruder: ein großer Bruder sein, soll er ihm den Weg in der Welt weisen. Sie flüchten nicht, sagt der Bruder, wütend wegen seiner Frivolität, und aus.

In der Mitte des grünen Bereichs ist ein Geländer, etwa drei Meter lang, ohne Funktion, es schützt nichts und trennt nichts ab, es hat keinen Sinn, daß es da steht. Sie setzen sich darauf. Die Sonne scheint vom Wasser her, sein Bruder sitzt im Schatten, aber damit die Sonne ihm nicht in die Augen scheint, und das will er, muß er den Kopf schräg halten und sich nach vorne beugen. Dein Schatten ist kurz, Kleiner. *Die Sonne ist an der falschen Stelle*, sagt der Bruder ruhig.

Ein zerlumpter Mann tritt an sie heran, schaut sich ängstlich um, wollen Sie Fisch in Öl?, fragt er und zeigt ihnen eine Sardinendose. Nein, danke schön. Der Mann geht weiter. Ferner liegen unter einem Baum zwei Menschen, sie liegen auf dem Bauch, sie haben den gleichen schwarzen Hut, er fällt nach vorn; zwei Polizisten kommen, einer zieht ein Notizheft hervor. Ausweiskontrolle. Die sind bescheuert, sagt sein Bruder. Die beiden Polizisten sind weit weg, auf dem Fluß fahren dröhnend die Monitore auf und ab, gleichmäßig, man bemerkt sie gar nicht. Der Polizist spricht den Liegenden an, der rührt sich nicht. Der Polizist schreit. Sie sehen, wie sein Mund auf und ab geht, die grauen Kriegsschiffe dröhnen gleichmäßig, manchmal hört man ein paar tiefere Röhrer. Die Idioten.

Die Polizisten lassen die beiden Toten liegen, sie schreiten gleichzeitig aus, an ihrem Gang ist keine Spur von Beschämung zu sehen. Sie stehlen sich nicht davon, sagt er. Sein Bruder lächelt, es wäre schon gut, ihre Gesichter von nahem zu sehen. Sie gehen los, das Geländer war hart, den leichten Staub auf dem Asphalt stöbert der Wind in Kreisen auf. Sie gehen am Ufer entlang, sein Bruder schaut lange aufs Wasser, den Quai entlang, dann sagt er mit jener Grimasse und jenem Kopfschütteln, die er von ihm übernommen hat (ich von ihm): Es kommen so viele zu mir, allerlei Leute, sie wissen nicht, was sie machen sollen. **Das Leben hat keine Förde.**

Er springt aus dem Jeep, stößt sich das Knie, zischt, es fällt ihm etwas ein, er kraxelt zurück, dabei sieht er aus dem Augenwinkel die Menschen: mit begradigten Sensen, Heugabeln, Schlachtmessern, Deichseln, Spaten, Jäteisen, Päuscheln – stehen sie da. In ihren Gesichtern so etwas wie Entschlossenheit. Im Rückspiegel sieht es so aus, als sei auch sein Gesicht entschlossen: Das rechte Auge ist ein wenig enger, steifer, man sieht die Poren der Gesichtshaut, die Haut ist straff, alles nah am Wangenknochen. Er tätschelt sein Gesicht, massiert es wie ein alternder Schauspieler. Sein Gesicht ist kalt, es kann also sein, daß es sich die ganze Zeit um Kälte und nicht um Entschlossenheit gehandelt hat. Er muß noch eine Biene erledigen, die Biene hat an zwei Beinen Blütenstaub, goldfarben, als würde sie sich dadurch schwerfällig oder zufrieden bewegen, er drückt sie mit einem Papiertaschentuch, etwas ängstlich, an die Fensterscheibe, aber er zieht die Hand zu schnell wieder weg, die Biene kreiselt summend, stößt klopfend an, und noch mal. Er wartet ein wenig, bis sich das Tier beruhigt, es beruhigt sich, dann drückt er es heftig an. *Der Rumpf knistert dumpf.* – Knall.

Er grüßt die Leute, schüttelt jedem der Reihe nach die Hand, kräftige Hände. Das Gebäude verströmt frischen Kalkgeruch, er klettert über die Eisenstiege aufs flache Dach, stellt die Beine auseinander, hebt das Fernglas, das ihm um den Hals flattert, vor die Augen, streicht über die Landschaft, die ein Gelände ist. Er bemerkt gar nicht, daß sich der Zigeunerjunge neben ihn gestellt hat, er bemerkt ihn, weil er mit den Zähnen knirscht; er hat keine Schuhe an, seine Füße sind in Lumpen gewickelt, er hält eine Sense in der Faust, schlenkert damit, unschuldig unaufmerksam, wie mit einem zivilen Gegenstand. Er schaut ihn von der Seite an. *Was gibt's, mein Junge?* Das Gesicht des Zigeunerjungen ist tollwütig: Er fletscht die Zähne, die Zähne blitzen, die Muskeln sind angespannt, knotig. Wissen Sie's noch nicht? Was? Heute wird es hier nichts geben, es war gestern, gestern ist alles erledigt worden. Was soll das heißen, gestern?! Das Blut weicht ihm aus dem Gesicht, was soll das heißen, gestern? Die von der Nachrichtenkompanie ..., die sagen, daß die Sommerzeit oder was ... Der Zigeunerjunge kann sich nicht auf dem Dach halten; er stellt die Beine auseinander, harte Windstöße treffen ihn, sein Magen drückt. Er ist wie eine Statue hier oben, die Leute unten schauen ihn so an, ehrfürchtig und schulterzuckend. Der Zigeunerjunge spuckt kräftig aus.

Es kommt Bewegung in die Menge, einer von der Nachrichtenkompanie kommt auf einem Fahrrad dahergeradelt, wegen seines großen Bauches lehnt er sich ein wenig nach hinten, hält den Lenker mit einer Hand, laviert geschickt über die sich hin und her krümmenden Radabdrücke, freundlich, wie ein Tourist, umfaßt fest den zuckenden Lenker, in der anderen Hand hält er ein Notizheft, die Seiten flattern, die Rückseite mit dem Durchschlagpapier ist zu sehen: *das Protokoll.* Die Männer ordnen sich unwillkürlich in zwei Reihen, bilden ein Spalier. *Tut ihm nichts!*, ruft er hinunter. Der Meldegänger zeigt keine Regung, fährt durch das Spalier, steigt ruhig vom Rad, lehnt es an die Wand, der Lenker schlägt ein Stückchen Putz herunter, es gibt kein anderes Geräusch außer diesem. Er hebt das Fernglas an die Augen, nichts. Dann ist im Sichtfeld – zugleich Schutz und Schutzlosigkeit – das Gesicht des Meldegängers. Statt der bisherigen Regungslosigkeit liest er nun aus dem Zucken der Lippen Angst heraus. Faßt ihn nicht an!, brüllt er hinunter.

Er nimmt das Fernglas von den Augen, er hat es zu stark aufgedrückt, hopsende Kreise, *golden und schwarz, golden und schwarz*, er schwankt, macht einen Schritt nach vorne, hält sich an einem unsichtbaren Geländer fest, fällt lautlos hinunter. Als er zu sich kommt, beugen sich einige über ihn, stellen sich ungeschickt an, legen ihm einen gefalteten Sack unter den Nacken, heben das Haar aus seiner Stirn, fummeln an seinen Beinen, wichtigtuerisch besonders an seinem Knöchel, sie flüstern taktvoll, während er erzen die Jungfrau lästert.

Also, ich sage dir, bittschön, ich hab mich fein gemacht mit Frack und Klack, unter uns gesagt, ich sehnte mich nach Frauen und auch nach feinen Speisen. Doch am allermeist nach feinem Gedeck. Eine gelbe Tischdecke und darauf stramm die Serviette. Das wollte ich. Ich lag schon in so vielen Gräben. Aber ich hatte vergessen, meine Uhr zurückzustellen, so daß ich viel zu früh da war. Kerecsényi sagt, mit Siebenbürgen gibt es immer Probleme. M. empfing mich nichtsdestotrotz freundlich, wir setzten uns auf eine zweisitzige Ottomane. Wir saßen eine Zeitlang dort, dann sprang sie auf und kam mit einer großen weißen Decke zurück. *Weißer Pikee.* Wir deckten uns damit zu, wie die Möbel vor den Sommerferien, wir verhüllten uns bis zum Hals. Unter der Decke fingen wir an herumzufuhrwerken. Killekille, unter uns gesagt. (Sie hatte, was den Mantel anbelangt, keinen Mantel an, was das Kleid anbelangt, ein Marocainkleid mit langen Ärmeln, was die Schuhe anbelangt, silberne Schuhe, was die Strümpfe anbelangt, Seidenstrümpfe, was die

Verlockung Och, ja, ein gutes Gesicht Schenkel und Kuß schön Bis jetzt war es ein Spiel Herzchen doch ab jetzt eine Gewerkschaft Was für eine Rafiness' ein Biest von einem Bengel hinuntergebrannt bis auf den Grund Feuerbrand Asche wir weinen um ihn der Ruß der Ruß bemalt meine Schönheit hierhin und dorthin nicht mit Ihrer Zunge bitte

Und die Toten gute Stiefel warmes Juchten Bauchschuß die Stabsoffiziere Recken Dragoner Klasse erröte erröte Jungfräulein gelb fließen die Augen am Grabenrand Gedärme Christi Gesicht ist unrasiert

Die Hanke glänzender Pferde Männer das Land des Eisens und Stahls Sonnenuntergang und Panzerzug Lederblouson und Lego Als wäre es ein Modell verkleinerte Spitzdächer der winterliche Schatten des Glaubens hebt den Dachbalken hoch, Zimmerleute »Denn das hier wird jetzt Ungarn sein«

Aber heiapopeia still Kleines still der niederträchtige Herr mit dem Grausen wenn wir sehen mögen wir sehen wir sind nicht allein nur für uns nur für uns wenn wir sind sollen wir sein unser Schoß ist unsere ausgeschabte Lust hilf nicht Schwesterchen Brüderchen Großpapa Mütterchen gerade Promenade Zaun Platanen Moos schleim Stille Russe Windhunde und die Stille der Seele hofft nicht oder was ihr wollt die Stille der Seele

Handtasche anbelangt, ein Silbernetzridikül. Was mich anbelangt, Frack, Einreiher, weiße Pikeeweste, Claque, überflüssigerweise, geschlossen, Stehkragen, weiße Pikeefliege, weiße Glacéhandschuhe, Lackschuhe. Soviel, bitte schön. Und trotz aller störender Umstände kamen wir gleichzeitig, quasi Hand in Hand, am höchsten Punkt an.)

Sind's ans Theißufer gegangen, *in den lößen Sand*. Deswegen dahin, weil er neulichst sich den Finger (?) verbrannt', als er unter den Obstbäumen, auf dem gerechten Sand ein Madel gepackt hat. Im Sand ist die Falz ihrer Kunte zurückgeblieben, wie ihr Hintern draufgepluppert hat, der Abdruck seiner Knien, sogar die Kugeln seiner E...r zeichneten sich ab.

Er liegt am Ufer. Der Bombentrichter hat ein angenehmes Gefälle, weich, *vorteilhaft*, wie ein Liegestuhl. Das Leben geht auch, es ist einfach Sommer. Die Krankenschwester liegt neben ihm. Wer würde denken, daß noch eine Bombe fallen könnte, sagt die Frau, sie hat die Augen geschlossen, zwischen zwei Bomben gibt es keine Bombe, nach einer kurzen Zeit lacht sie heraus, jetzt sagen Sie, daß ich keine kluge Frau bin. Scharfsinnig, sagt er und schlägt im Liegen auf den Hintern der Frau. Es knallt schön, er läßt seine Hand dort, der Badeanzug fühlt sich feucht, rutschig, seidig an, die andere Hand preßt er gegen seinen Rumpf, er stützt sich aufs Kinn, wodurch er ein wenig die Zähne fletscht.

Die Frau richtet sich auf, stützt sich auf den Ellbogen, schüttelt damit seine Hand ab. Schauen Sie nur, flüstert die Frau entsetzt. Im Sichtkreis des Trichters ist ein kleiner Junge, unglaublich dünn, aber gut proportioniert, als wäre er ein Erwachsener, nur in klein, er geht, mit einer Hand fuchtelt er herum, mit der anderen betastet er seine Scham, spricht singend. Als er aus ihrem Blickfeld verschwindet, ziehen sie sich weiter hoch, er merkt gar nicht, daß sie vom Plaid gerutscht sind. Und: schutzlose Zielpunkte sind. Das Knäblein geht weiter wie zuvor, trällernd und fuchtelnd, bleibt plötzlich stehen, greift sich mit beiden Händen an die Scham, macht onanierende Bewegungen. Er ist wenige Meter von ihnen entfernt. Der Blick des Knäbleins streift sie mehrmals, aber er nimmt nichts wahr, man sieht ihm an, er ist vollkommen auf sich selbst eingestellt. Der Junge hat einen Dachschaden. Aus der Ferne wird gerufen, im Jungen reißt etwas ab, als würde er von irgendwoher zurücktreten, er

das Lausegör wähnt den Stecken zwischen seinen Beinen für ein Roß quäkelt, wiehert, tobt, und aber 's ist nichts darin, sondern er ermüdet nur sich selbst; ein anderer Nutzen ist darin nicht, sondern nur daß er sich selbst erfreue, das Nichts als etwas konterfeind't geht dorthin, woher die Stimme kam. Jesus, flüstert die Krankenschwester. Seien Sie wenigstens jetzt keine Fachfrau, sagt er.

Er rutscht zurück aufs Plaid, liegt auf dem Rücken, er hatte einen schönen, flachen Bauch, sagt er. Der Ärmste, so sein Leben verbringen, *zweitklassig*. Was flennt sie hier herum! Er fegt sich den Sand vom Bauch, Sand ist zwischen den wenigen Haaren, Sand ist im Nabel.

Das Kreuz tut mir weh, was soll ich tun? Meine Worte adressiere ich an den Burschen. Mein Sohn, du weißt doch Bescheid über das Wie-und-was des Körpers! Der Bursche jauchzt. Ein heißes Wannenbad und danach soll die Frau ihn lange malkern! Aber wenn sie sich davor ekelt, mein Sohn, wenn sie sich vor der *Massur* ekelt! Der Bursche johlt und schneidet Fratzen; das Rindvieh bedauert mich.

Lauf!, ruft ihm jemand aus der Toreinfahrt zu. Er fängt zu laufen an, ohne Überzeugung. Im flauen Licht ist sein Schatten vor ihm. Seine Schattenhaare spielen um seinen Kopf, wie eine Dornenkrone. Die Bewegungen der Strähnen ist feierlich, wie in verlangsamten Farbfilmen. Er verlangsamt sein Tempo, eine alte Frau kramt in ihrem Zöger. Laufen Sie!, zischt ihm die alte Frau zu und kramt weiter in ihrem Zöger, laufen Sie. Die Haarsträhnen winden sich um seinen Kopf. Schlangen. Nein. Würmer, weiße, ekelerregend dünne Würmer. Oder Raupen, Raupen sprießen aus seinen Schläfen, bang faßt er hin, schielt nach hinten, sein Blick trifft den der alten Frau. Vorsichtig nimmt er die Hand von der Schläfe, nicht daß ihm noch was zustößt.

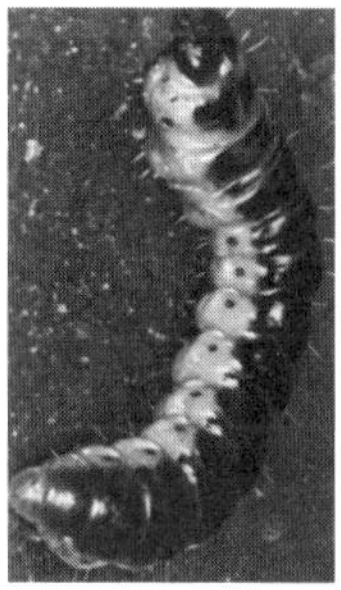

Er rührt sich nicht, komme, was wolle.

Ich warte darauf, daß die Sonne untergeht. Er wartet darauf, daß die Sonne untergeht; sie ist auf dem Grat des Berges gegenüber, schon halb verdeckt, ihr Abstieg ist mit bloßem Auge zu erkennen. An der Ecke quietscht ein Fourgon, er reißt den Kopf herum. Der Fahrer ist ganz zur Seite gesackt, er lacht, auf dem Kopf eine Tellermütze.

Als er wieder zum Berg schaut, ist die Sonne schon untergetaucht, er ärgert sich, schaut sich die Stelle an, alles dort ist rötlich, und es gibt auch eine Art purpurnes Pulsieren, das aus dem

Mangel entsteht, und langsam zieht es in ihn ein. Ein Baum blüht. **Frühlingsgeruch**. Der Fourgon ist immer noch nicht aus seinem Gesichtsfeld verschwunden, seit dem stürmischen Einbiegen fährt er im Schrittempo dahin, das Dach und die Seiten sind grau und gewellt, er hat kein Nummernschild, nur einen Großbuchstaben, das Landeskennzeichen.

Näher kommendes Geschrei, um die Ecke, wie eben der Fourgon, biegt rennend eine Frau ein, in der Kurve knickt sie ein, wankt, fällt fast hin, läuft taumelnd weiter, kreischt voller Angst, schaut sich immer wieder um, offenbar wird sie verfolgt. Die Frau holt den Fourgon ein, ist jetzt auf einer Höhe mit dem Fahrer, der schaut zu ihr heraus, die Frau bleibt stehen, um etwas zu sagen, macht den Mund auf und zu, der Fourgon fährt weiter, der Fahrer schaut starr geradeaus, die Frau steht bestürzt da, holt den Fahrer mit zwei Schritten wieder ein, hüpft seitlich neben dem Fourgon, brüllt keuchend, der Fahrer schaut starr geradeaus. Die Frau drischt wütend mit der Faust gegen die gewellte Seite des Fourgons, der Fourgon bewegt sich langsam an ihr vorbei, davon erschrickt die Frau von neuem, läuft hinter dem Fourgon auf die andere Straßenseite hinüber, kreischt, schwingt sich über ein unglaublich hohes Holztor.

Er freut sich, daß sich die Sache auf diese Weise erledigt hat, denn er wußte bereits, daß er nichts tun würde. Ein Soldat kommt hochgerannt, biegt ein, wie die Frau zuvor, und noch davor der Fourgon, seine Daunenjacke, das Flanellhemd aufgeknöpft, man sieht seine nackte Brust, ein dünner, jungenhafter Brustkorb, der Kopf ist rot. Sie schauen einander an. In seinem Mund sammelt sich Speichel, er ist unbewegt, so spuckt er aus, der Auswurf platscht auf den Absatz, Speichel läuft ihm zum Kinn hinunter. Der Soldat kann das nicht sehen, der Soldat ruft: *Wo ist sie?* Er zuckt die Achseln und lächelt. Der Soldat läuft dem Fourgon hinterher, zusammen verschwinden sie im Staub, den der Fourgon aufgewirbelt hat, auf der riesigen Staubwolke zeichnet sich ein riesiger Schatten ab. Der Schatten fällt. So ist es gut.

Dämmer. Im benachbarten Garten entspannen sich ein Obersthenker und seine Frau, eine Proletarierfrau mit verschlossenem Gesicht, sie spazieren mit einem weißen Kleinkind, halten es an der Hand, der Obersthenker tritt auf den kleinen grasgedeckten Hügel, die Frau zeigt dem kleinen Jungen, er möge aufpassen, es muß ein Enkelkind sein, es paßt nicht auf, der Obersthenker hüpft herum, **macht Kaninchenohren**, seine Frau lacht laut, der Obersthenker spielt irgendeine Geschichte vor, das Enkelkind versteht sie nicht, das sieht man. Wolf und Hase, auch er versteht nicht mehr als das.

Ich muß gehen, sagt sein Bruder, steht auf, wirft einen Blick in den großen Spiegel mit dem barocken Rahmen, *ich sehe skandalös aus*. Ach i wo, schauspielert er, du siehst schön geplagt aus. Geht zur Hölle. Die Zimmerdame brüllt einen der Burschen an, sie schweigen betreten. Ihr Geliebter?, fragt der Bruder, der Intimitäten liebt. Er zuckt die Achseln. Wieso, ist sie deine Geliebte? Er zuckt genauso die Schultern, darüber lachen sie. Sein Bruder schlingt sich den langen, weißen Schal um den Hals; er schleift am Boden. Er hat seinen Bruder immer für dessen Fähigkeit bewundert, niemals auf seinen Schal zu treten, ohne daß er darauf extra achten müßte. Wortlos schreiten sie über die nächtliche Straße. Eine steile Straße, er spürt, wie sich die Muskeln um seinen Knöchel anspannen, beziehungsweise die Sehnen. Ein Jeep biegt knirschend ein, sein Bruder winkt ihn heran. Ein junger Fahrer mit knabenhaftem Gesicht beugt sich heraus. *Zu Befehl!* Sein Gesicht ist keck, seine Wangen rot, da er mit heruntergelassenem Fenster gekommen ist, sein Haar auch sturmverweht. **Du Ärmster, sagt er sich im Herzen, du denkst, das ist das Abenteuer, jetzt bist du mächtig, denkst du, und frei, frei, und stehst endlich bis zum Bug im Leben, welches natürlich dir gehört** … Warten Sie an der Ecke auf mich und knöpfen Sie sich zu, sagt sein Bruder kalt, vielleicht hat er gerade etwas Ähnliches gedacht. Der junge Fahrer zieht ein Gesicht, ein unverschämtes, schönes Gesicht, rast mit durchdrehenden Rädern die Straße hinunter. Sie spazieren ihm hinterher, er umfaßt seinen Bruder an der Taille, der lange, blasse Trenchcoat und der Schal lassen den Bruder noch dünner erscheinen. Was kann man machen, sagt er, der Abend geht so gewaltsam zu Ende. Das ist die Eigenschaft der Abende, sagt sein Bruder. Man dürfte nicht reden, nur zusammensitzen. Ich habe keine schlechte Laune, und ich bin auch nicht schwach, mehr

(Tonband:) »Einmal haben der Kosztolányi und ich uns besoffen, wir haben ungeheuer viel englischen Bitter getrunken, schwankten über den frühmorgendlichen Ring wie zwei unbrauchbare Kerzenlichter, unser langer weißer Schal schleifte über den Asphalt, und wir schlugen einander johlend auf den Rücken: Das ist aber eine Übertreibung, oder, mein Alter? Das ist eine Übertreibung! Das sagten wir die ganze Zeit zueinander. Ildikó Drahosch war mit uns. Eine fatale Frau. Sie sagte: Ich habe es auf Dezsős abgesehen. Hi, hi: armer Tandori!« – – – Sie haben einen schönen Schal, Dezső. Was ist das für ein Grün? Zorngrün.

noch, ich kann das Ganze ruhig ansehen, wenn es auch Dinge gibt, die für mich vorbei sind, aber die Worte sind so schnell, das so entstehende Verhältnis ist so verhuscht, so hastig, daß man das so nicht anfangen dürfte, wenn es nur soviel zwischen fremde Zeiten eingekeilte Zeit gibt. Plappere nicht soviel, sagt sein Bruder. Seine Hand zärtlich auf der Taille seines Bruders, der Fahrer lehnt sich keck gegen das Motorgehäuse, wohin, Chef. Sein Bruder staucht ihn gnadenlos zusammen.

Die Gruben sind breiter geworden, die Gräben sind ineinandergeflossen, der Beton ist verschwunden, die Eisengitter um die Baumstämme, die Litfaßsäule, die Bäume sind verschwunden, die Gräben sind nicht zu unterscheiden, die Gruben sind nicht zu unterscheiden, die Gräben sind nicht von den Gruben zu unterscheiden, alles ist ein großer Abraum. Abraum. Er geht nah an den riesigen Abraum heran, tritt gegen einen winzigen Erdklumpen, der klopfend herunterrollt, ein wenig Gekrümel mit sich reißt. Die riesigen Ausmaße des Abraums und diese dem Ausgeliefertsein ähnliche Beweglichkeit, das Kullern der Krümel, scheinen im Widerspruch zueinander zu stehen. Es sind Pfähle in die Erde gerammt, groß wie Tannen.

Rundherum die gleißende Stille. Die tiefste Stille ist Gott selbst.

Regen, Gottes Segen, unten sind bunte Plastikrohre, eine Pfütze bricht aus, eine winzige Flut, reißt mit, was sie kann, die Plastikrohre verschmutzen. Durch den Wind fallen weiße Blütenblätter von den Bäumen, schwimmen in der Pfütze, ihre Bewegung zeigt das Strömen des Wassers an, manch ein Blütenblatt fliegt heraus aus dem improvisierten Bach, bleibt im gelben Schlamm kleben. Er spürt die Regentropfen auf seinem Kopf, schwere, harte Regentropfen, sein Kopf erzittert fast unter ihnen, die Wassertropfen rollen hin und her auf seiner Kopfhaut, schließlich rollen sie ihm auf die Stirn. Alles ist feucht. Pallas Athene macht den Abwasch.

Zugkarren rattern, mit Spagat umwickelte Koffer kippeln, vor den Gulaschkanonen steht man Schlange. Ein Haus hat sich quer auf die Straße gelegt, er tritt gegen Ziegelsteine, schreitet über Stahlbetonbalken, der Staub hat sich bereits gesetzt. Er wirbelt ihn ein wenig auf. Er will auf die andere Straßenseite hinübergehen, schaut hoch, es stellt sich heraus, es gibt keine andere Seite.

Mein lieber Sohn!
Morgens ist hier immer großer Nebel, und auch in mir wird er immer größer. Sobald ich die Augen öffne, fürchte ich mich. Besser ist es nur, wenn sie wegen der Augenbutter ein bißchen verklebt sind. Irgendeine Bindehautentzündung. Wenn es wegen des Nebels ist, hat die Nachbarin wohl recht, wenn sie von der Schönheit des Alters spricht – in ihrem Rollstuhl. Euer Krieg hat ihre Unterseite hinweggerafft. Oft hängt mein Arm aus dem Bett und friert. Der Nebel ballt sich über dem Boden zusammen, im allgemeinen erwache ich, weil mein Arm friert.

Sobald ich wach bin, hört das Frieren auf, und nur ein furchtbares Taubheitsgefühl ist da. Ich kann ihn nicht einmal anheben, aber ich schäme mich nicht dafür. Ich rolle mich lieber zu meinem Arm hin, ich sehe, wie der Nebel hineinzieht, wie er hineinzieht, mein Sohn, in meine Pantoffeln. Das empfinde ich dann als sehr ekelerregend, Du wirst es verstehen. Ich habe mich schon mal dabei ertappt, daß ich, so auf der Seite liegend mit meinem gelähmten Arm, die ausgefransten Pantoffeln anschaue und murmle: »Was für eine Wollust in meinem Haus.« *Später steigt der Nebel bis auf die Höhe meines Bettes an, da fange ich erst richtig an, mich herumzuwälzen, ich schließe die Augen, aber ich schlafe nicht, und ich werfe mich sehr herum. Was der Taubheit ein Ende setzt. Siehst Du, beides hängt schön zusammen.*

Ich sitze viel auf dem Schemel neben dem Bett, beuge mich nach vorn und schaue mir die Dielen unter dem Bett an. Alles ist voller Strohbruch da, weil ich mich so viel hin und her gewälzt habe. Ich kann mich über dieses Zeichen so altweiberhaft freuen. Ihr seid immer auf der Seite des Todes, das zählt nicht, das ist wie ein Tennis-Match, *bei dem es einen Verlierer gibt. Aber zu mir kommt der Tod zu Besuch, wenn auch ziemlich häufig, so daß ich auch sagen könnte, das Leben kommt zu Besuch.*

Manchmal vergesse ich, daß ich lebe. Ich sitze zwischen den aufgeschichteten Kissen und rede mit Gott. Er sieht dem Vili Tátray *ähnlich, aber ohne Geige. Wenn ich aber auf dem Schemel sitze und die Wollmäuse unter dem Bett es kaum schaffen, sich über den Strohbruch zu rollen, fällt es mir immer ein – und manchmal spüre ich auch, daß ich lebe. In Ordnung. Ich wollte Dich noch wissen lassen, daß ich im Garten Nasenbluten bekommen habe. Ich schleppte den Gartenstuhl zum Sandhügel, da passierte es. Der Sand ist ganz schwarz geworden vom Blut, ich ließ den Kopf hängen, das Blut tropfte, ich traute mich nicht, mich nach hinten zu beugen, wie es Brauch ist, ich hatte Angst, zu ersticken wie unser König Attila. Die Bewegung dann, wie ich mir an die Nase griff, um die angetrockneten Blutplättchen abzukratzen, war so fremd für mich – ich fürchtete mich! ich fürchtete mich. Das ist eine Sache, wo ich sage, das ist nicht wie euer Tennis-Match. Weißes Polohemd, weiße Shorts, weiße Schuhe: Das ist der Krieg.*

Zum Abschied fordere ich Dich aufs entschiedenste auf, Dich gewählter auszudrücken: Schreibe nicht: »das Klosett«, und daß jemandem von dem Senfgas »die Eier flöten gegangen« sind. Ich will nicht mehr und kann auch nicht mehr lügen. (Das war nicht wahr.)

Datum

Sie springen mit eingeschlafenen Beinen aus den Waggons. Es ist spätnachts, Scheinwerfer wühlen einen Weg in die Dunkelheit; als wäre ein Zaun rundherum. Die gefühllosen Beine knicken ihm ein, er fällt, rollt routiniert weiter, tut sich nicht weh, aber er rollt in die Lichtschranke hinein.

Der Obergefreite springt hin, brüllt ihn an. Der Schwung läßt ihn sich noch einmal herumdrehen. Der Obergefreite entsichert, er dreht sich auf den Rücken, blinzelt wegen des Lichts, lacht, *oh, scheißen Sie sich nicht ein, mein Sohn*. Der Obergefreite schiebt mit dem Ellbogen die Maschinenpistole zur Seite, bückt sich, packt ihn vorne an der Windjacke, reißt ihn hoch. *Sie können Ihre Spiele mit jemand anderem spielen!*, schreit der Obergefreite. Er stellt sich in eine Viererreihe. Auf den Feldweg folgt ein Betonweg, seine Sohlen zittern von der Härte, der Lagereingang ist ein verziertes Tor, er faßt verstohlen die Haltestange des Tors an.

Rundherum sind hohe, gleichförmige Gebäude, drinnen brennt eine Lampe, die ist es, die herausleuchtet, gar nicht schlecht. Im runden Blumenbeet sind größtenteils rote Blumen, größtenteils Geranien, kleine Pfade gehen von hier aus, sie sind gepflegt, symmetrisch. Von da aus ist der gelbe Schotter auf den Betonweg gelangt, er knirscht unter ihren Sohlen. Er hört das Knallen der sich schließenden Tore. *Aber klar*, sagt er immer wieder zu sich, um nicht allein zu sein.

Sie werden in einen großen Saal getrieben, dort sind Bänke, alle ziehen sich instinktiv nach hinten zurück. Männer, die wie Führungspersonen aussehen, tauchen auf, ein Oberst schaut ihn an, geht weiter. Es stellt sich heraus, daß das, was sie für vorne hielten, hinten ist; ja, auf die Bänke kann man sich in zwei Richtungen setzen, denkt er hämisch, wenngleich auch er unter den Opfern ist. Er sitzt am Rand, neben ihm ist der Obergefreite. Er schaut ihn von der Seite an, ein müder Junge. *Was ist dein Rang?* Der Obergefreite lacht heraus, das ist ziemlich auffällig, einige drehen sich um (nach hinten bzw. nach vorne), *der Bumerang*, lacht der Obergefreite. Der Oberst spricht kurz. Er stürzt in einen Traum. Der Obergefreite weckt ihn zärtlich, komm scho, komm scho, er bringt sie zum Barbier. Die elektrische Schere ist kalt, er befürchtet, sie könnte die Haut an seinem Nacken *ein*zwicken, dann, daß sie ihm das Ohr abschneidet, die Haare piksen. Sie sitzen auf Munitionskisten. Er faßt sich an den Hals, *ekelhaft*, sagt er halblaut, lacht für sich über die eigene Zimperlichkeit.

Sein knochiger Freund sitzt ihm gegenüber, die Ohren scheinen nach dem Scheren noch mehr abzustehen, am Kinn hat er blonde Bartstoppeln. Sein knochiger Freund schaut ihn aufmerksam an, er schaut lange zurück. *Geht's dir gut?*, fragt schließlich sein Freund. Er nickt, gut, so sage ich es zu mir: gut. Es gibt so winzig kleine Hindernisse, sagt sein Freund, irgendwie zieht sich der Raum vom Menschen zurück, es gibt keine Umgebung, durch die wir uns selbst spüren könnten. Ich habe das Gefühl, man kann keine Barriere aufstellen, weil sie woanders aufgestellt wird und der Raum der Bewegung ist wieder woanders. Sein Freund schluckt schwer, brummt, wenn ich eine Frau wäre, würde ich jetzt mit glänzenden Augen etwas über die Gnade sagen. Und ich über deinen Arsch, das kann ich dir versichern. Das nennt man Gnade, die Freiheit.

Sie haben einen Blechnapf in der Hand, im Blechnapf ist eine undefinierbare Plörre, **Erbsensuppe oder Tonic**. Es ist Nacht, der Himmel ist schwarz, im Fenster ist eine Pappel zu sehen, dunkel im Dunkeln. Was wird aus uns? Sie sind so müde, daß sie nicht einschlafen können. Unterhalten sich über alles mögliche. *Mein Gott, wie die glotzen*, flüstert traurig sein knochiger Freund in der Nacht. Er zuckt die Achseln, sollen sie, ich wechsle täglich die Unterhosen, soll sich doch der schämen, der sieht, daß sie vollgeschissen sind. Sein Freund schüttelt den Kopf, wir dürften nicht so naiv sein, das ist das Problem. Er steht auf, er kann bis zum Tor sehen, etwas bewegt sich aufgeregt, der Mond scheint auf die Äste der Pappel, die Äste verdecken die Menschen, die Menschen einander. In der Tür erscheint der Obergefreite, feige wütend, *es ist Stille angesagt worden*, flüstert er energisch. Darüber kann man nur johlen. Mein Hals ist so *fremd*, er faßt sich an den nackten Nacken.

Die Plane hat ein Loch, eine *Ritze*, die Ränder zerfranst, er spreizt sie mit den Fingern weiter auseinander, die Plane reißt krachend, Schamritze, mit allem Drum und Dran. Bei dem Geräusch schaut er sich ängstlich um, aber es ist niemand da, der ihn züchtigen könnte. Es ist düster, nur durch die Ritze kommt frühmorgendliches, dumpfes Licht. Wegen der Kälte und der Nässe freut er sich über die Beengtheit. Eine Gasmaske drückt ihn von der Seite, sie gehört seinem blonden Nachbarn. An der Stelle der Gasmaske sind Bücher, so weit er sehen kann, **billigste Ausgaben**. Sie wechseln einen verschwörerischen Blick.

Sie machen große Bocksprünge, sie sind schon im Gelände. Er stellt sich vor, daß es tatsächlich eine Schamritze ist, er befeuchtet sich die Lippen. Der Zustand der Schützengräben ist schlecht, die Kanten sind abgebröckelt, vielerorts fehlen die Pfähle, man hat sie an den Rand des Grabens geworfen, wo sie ein Hindernis darstellen. (Auch sie fahren rumpelnd über den einen oder anderen.) Am Grund des Grabens immer mehr Abfall: Plastiktüten, abgenagte Maiskolben, Zellstofftaschentücher und so weiter.

Sie halten an, durch die Ritze, seine Ritze, kann er die Unterhaltung zweier Männer verfolgen. Ihr Gesicht ist ungepflegt. Auch ihre Kleidung ist ungepflegt. Es ist kalt. Gemessen an ihrer Kleidung ist ihre Unterhaltung lebhaft; sie sind aufmerksam, und er beobachtet sie aufmerksam. Ein zusätzlicher Zonenschutz, sagt der eine. Gleiche Abdeckung, sagt der andere; kann sein, das ist die Antwort. Jetzt spricht der andere, ordnet den Transport an. Gleiche Herorder, sagt der erste und wischt sich die Augen. Der Augapfel ist blutig.

Von außen wirft jemand die Plane hoch, Licht fegt herein. Er überläßt seinen Platz einer Schwangeren. Die Frau ist riesig, als wäre sie vergrößert, ihr Bauch ist auch riesig, ihr Lodenmantel. Übrigens überläßt er seinen Platz normalerweise nicht, nur sehr alten oder sehr schwangeren Passagieren; er schaut so lange ganz natürlich vor sich hin, bis die Situation sich meist von alleine löst.

Gut gekleidete Menschen umgeben ihn. Wie er sich am Aluminiumgriff festhält, hat er plötzlich das Gefühl, einen guten Platz erwischt zu haben. Sie fahren wieder über einen Pfahl.

Sie sitzen im Lager auf den Munitionskisten. **Was gibt es Neues über unseren Herrn Ocskay?** Nichts. In Wirklichkeit interessiert es keinen von ihnen, ob es etwas Neues gibt. Es ist Nacht, sein Kopf ist schwer, in seinen Augen beißende Müdigkeit. Er klimpert mit den Füßen, seine gelben Bilgerstiefel stoßen an die Kiste.

Ein wiederkehrendes Geräusch. Sein blonder Freund sagt ihm nach einer wirklich kurzen Zeit: Hör auf damit. Er macht weiter, nicht aus Feindseligkeit, es ist nur leichter weiterzumachen, als aufzuhören. Sein Freund tritt gegen die Kiste, sofort danach auch er. Stille. Hör auf damit! Er springt auf, sein Freund mag damit gerechnet haben, packt ihn in der Mitte, seine Füße lösen sich vom Boden, das ist sehr unangenehm, seine Beine reichen nicht bis zum Boden. Aber er umklammert den anderen, drückt mit voller Kraft zu. Der Griff ist nicht richtig gut.

Kollowitz hat Durchfall, fällt ihm ein, und er fängt zu johlen an. Sein Lachen ist durch die Anstrengung wie ein Gebrüll, als würde Gebrüll aus ihm herausbrechen, immer und immer wieder. Sein Freund beugt ihn immer mehr nach hinten, er braucht alle Kraft im Rumpf. Er ist gezwungen, einen Schritt zurück zu machen, dabei tritt er wieder gegen die Munitionskiste, was wie eine neuerliche Provokation ist. Sein Freund springt empört weg, er wankt wegen des ausgebliebenen Drucks, fällt auf die Kiste. Das Gesicht seines Freundes ist wild, warum machst du das?!, brüllt er. Er will erstaunt anfangen zu erzählen, daß Kollo…, als sein Freund ihm einen mit voller Kraft angesetzten, aber im letzten Moment abgebremsten Schlag ins Gesicht verpaßt. Der Schlag rutscht vom Wangenknochen auf den Mund, die Lippen platzen auf.

Er fällt nach hinten unter das Regal, sein Kopf auf den Reservestiefeln, er schließt die Augen, stellt sich vor, er schliefe. Nichts tut weh, aus seiner Lippe sickert warmes Blut. Sein Freund kippt vom Schwung vornüber, hockt vor der Kiste auf den Knien. Sie bleiben lange so: Sein Freund kniet, er »schläft« auf den Stiefeln. Dann sagt sein Freund, steh auf. Er wischt sich das Blut mit dem Ärmel des Rocks ab, der Streifen ist zu sehen. Jetzt tut es ein bißchen weh, es brennt, und er spürt auch, daß die Haut zerfetzt ist.

Sein Freund reicht ihm den Blechnapf; als sie einander ansehen, werden sie sich der Theatralität bewußt. Sie lachen leicht. Sein Freund schiebt zwei Stiefel auseinander, *der Fridsch*, holt eine Sektflasche dahinter vor. Sowietskoje Schampanj, sagt er. Umsonst müht sich sein blonder Freund, der Sekt knallt nicht, seufzt nur. Er hält seinen Blechnapf hin. Zum Wohl! Jetzt schauen sie sich wirklich an. Möge Gott uns helfen. Der Sekt hat einen schlechten Beigeschmack nach Benzin, läuft ihm über die angeschlagene Lippe, den Hals hinunter, er greift verärgert hin. **Es ist Silvester, das Fest der Zeit.**

Verlockung Frauens Männers die Zeit ist da jetzt oder nie kann man nachdenken angesichts des schlanken Bauwerks Ob der Fall von Lichtempfindlichkeit oder mehr Ruß Mehr Ruß so ist es mein junger Freund du hast einen scharfen Verstand das sehe ich und ihr seht das Türmchen das Dachzimmerchen die sperrangelweit geöffneten Fenster die zerbrochenen Scheiben ollala meine Herren soviel Defizite soviel Entblößung soviel Weiblichkeit im Verfall und weiter hinten die freundliche Birke wie sie das verläßliche Dach ädert Meine Herren   ich muß sagen daß ich bei all dem gerne an meiner Brustwarze spiele Oh Vaseline   Weinen Sie nicht Freundvetterchen so ist die Tseit das müssen Sie ein sehen eine Eindrängung kann nicht umsonst geschehen die Wagenräder sind ganz und gar doch die Husaren Hussaren Hussaren sind stramme Burschen süße Magyaren und alle das Wirtschaftsgebäude sagen Sie Freundvetterchen drängt es bis dahin kurz ein oder drängt es immer ein oder drängt es nur an der Oberfläche der Dinge ein daß klamm feucht wäßrig Meine betauten Süßen ich flüstere euch was zu für soviel kein Geld habe ich das noch keinem gesagt Während Ich Spüre Daß Ich Dahinterkomme ich kreuze das linke Bein vor dem rechten und drücke sie leidenschaftlich aneinander   Mehr oder minder   Die Erde ist mürbe unser aller ewiger Traum sie ist umgepflügt worden ist mürbe Die Waffen neben dem Fuß schau nicht auf den Boden Dummerchen das Entree ist bezahlt Du in Gewißheit Oh der Weidenkorb was ist wohl darinnen flaumiger Kuchen Kövidinka gelegt meine Spitzbuben Spitzbuben Erlauer Mädchen Traube gelegt Ei-ei Der Schatten der Schirmleder im Gesicht wie eine Hautkrankheit Unter den Ausaufwürfen lugt Stroh hervor und Stiefelschäfte Meine Damen schließen Sie Ihre wohlriechenden Augen oder umgekehrt Soviel ziere Musketiere Hinter rücks meine Herren um so viel intensiver ist es allein Zwei dreimal komme ich sogar dahinter Major Ford verbindet meine verwundete Schulter Ich kann auf mich aufpassen Ich bleibe in Verbindung mit mir und mit meinem Körper ich bin HIER ich bin okay ich kann mich leiden Mehr oder minder Herren Freunde Meine niedlich kranichbefiederten Gendarmen

Der Obergefreite schaut ihn lächelnd an. Er recht die Blätter aus den Grashalmen. Ein paar Blätter sind schon gelb oder trockenbraun. Er legt die Hand unter den Rechen, damit nichts hinunterfällt, neben dem Plastikeimer sieht er ein Blatt, hebt es auf, knüllt es unaufmerksam in die Hosentasche, ich bin fertig.

Der Obergefreite nickt, macht Hm-hm, schiebt seine Mütze weiter vor, interessant, Sie sagen, Sie sind fertig, bestimmt haben Sie Ihre Argumente, welche gefällig und markig sind, er tritt an den kleinen Baum, rüttelt an ihm, Blätter fallen auf den mit Schotter bestreuten, sorgsam gerechten Pfad. Der Obergefreite schaut sich die fallenden Blätter traurig an, soviel dazu, sagt er, der Chef läßt Sie rufen. Er läßt den Rechen los, der aufs Gras fällt, an den Stamm des Bäumchens, für die offensichtliche Undiszipliniertheit hat der Obergefreite keine Worte.

»Gekommen ist also der Herbst.«

Er geht hinkend, halbseitig, er ist die schweren Stiefel nicht gewohnt, er muß fast für jeden Schritt Schwung holen. Der Zigeuner ist das Pflügen nicht gewohnt, sagt der Obergefreite hämisch. Mein Sohn, du vergaloppierst dich, sagt er leise. Neben dem Pfad sind Blumenbeete, die Blumenbeete führen zu einem zentralen Kern, einem runden Blumenbeet, aus roten Blumen, Geranien, ist ein Symbol gepflanzt. Der Obergefreite zieht sich in sich zurück, schaut nur vor seine Füße, seine Zigarette brennt ihm fast auf die Nägel. Der Rauch wird vom zeitweise auflebenden Wind nach hinten geworfen, es kommt zweimal vor, daß er ihm beim Luftholen den Atem nimmt. Man würde doch denken, denkt er, daß sich der Rauch auflöst. Setzen Sie die Mütze auf, halten Sie Schritt, beide zerren sie ihre Hosen hoch, stopfen das Hemd hinein. Sie gehen über den Betonweg, an manchen Stellen ist Schotter auf dem Beton, er knirscht unter ihren Sohlen. Die Fahne ist hochgezogen, schlappert ein paarmal im Wind, die Fahnenstange ist weiß gestrichen, die Farbe ist brüchig, verwittert. Neben der Fahnenstange läuft ein Fahnenaufzugseil, er schaut es sich an, wie das wohl betätigt wird.

Der eine hoch, der andere runter?

Sie gehen über einen rigiden Flur. Es gibt Türen, vor denen ein Tisch steht, dahinter sitzt ein Angestellter. Auf den Tischen ist nichts. Was machen die? Jetzt wird deutlich, wie still es hier ist, die Frage dröhnt förmlich. Seien Sie still, der Obergefreite dreht sich nicht einmal um. Die Flure sind abgetakelt, in den Ecken, ziemlich hoch, fast unter dem Plafond, hängen Porträts. An der Wand sind einige schmiedeeiserne Blumenampeln angebracht, Grünpflanzen hängen aus den Töpfen, das Schmiedeeisen ist geschraubt, er würde es gerne berühren, aber er wagt nicht, stehenzubleiben. Alles in allem ist der Flur kleinkariert und ärmlich. Revier, sagt er laut. Was wollen Sie? Der Obergefreite dreht sich um. Er winkt, nichts. Der Lift ist verziert – **Tolnais** *Lift*: *auf, auf, ihr Verdammten dieser Erde* –, die Schaltknöpfe sind aus feinem Plastik, leichtgängig, leise, an beiden Seiten sind wandhohe Spiegel, auf der Rückwand hängen farbige Bilder: **ein Schloß, vorn Enten und eine Frau mit Dutt, mit einem riesigen, geheimnisvollen Ohrgehänge**. Ein Halbblut, sagt der Obergefreite, zwinkert, der würde ich einen reinhängen. Sie auch?! Er wendet sich ab.

Der Lift fährt lautlos. Oder er steht, das kann man jetzt nicht feststellen, eine gleichmäßige, geradlinige Bewegung. Er schaut sich im Spiegel an, dreht sich, beugt sich zurück, das Spiegelbild der Spiegelung des Spiegels. Der Gedanke ist der Gedanke eines Gedankens. Der Obergefreite zieht sich instinktiv zur Rückwand zurück, er will nicht stören, und auch wegen der Frau. Er deklamiert für eine Menge, die aus ihm selbst besteht, die Menge schaut ihn mal an, mal dreht sie ihm den Rücken zu. Der Obergefreite starrt das Halbblut entrückt an. Danach? Fahren wir fort mit dem hehren *Attilawerk*, das Reich zur Blüte zu erheben. Die Berge lassen wir abtragen, die Flüsse legen wir trocken. An der Stelle der Wälder legen wir Wiesen an, an der Stelle der Wiesen erheben wir Berge, wo die Berge standen, werden alsdann grüne Wälder sein, und wo die Flüsse flossen, dorthin bauen wir Straßen. Der Obergefreite starrt ihn verblüfft an. Eins ist wichtig: Alles soll auf seine natürliche Weise geschehen. Das ist der Wille des Volkes der Botokuden. Keine Hast, keine Gewalt ... Er schaut sich im Spiegel an, wie ungeheuer groß doch sein Adamsapfel ist, er schluckt.

Der Lift bremst stark ab, beide öffnen sie den Mund, als würde es einem die Gedärme heraussaugen, sagt er. Sie betreten einen weichen Teppich, er schaut hinunter, seine Stiefel sind staubig. Der Fußlappen hat sich verknüllt, ist hinuntergerutscht und quält ihn jetzt als Knoten unter dem Gewölbe seiner Sohle. Ich richte den Fußlappen, sagt er energisch und bleibt stehen. Der Obergefreite bleibt stehen, er hat nicht mehr die spielerische Angst an sich wie bisher, er ist nervös, zeigt an, nein. Er geht sofort weiter. Der Obergefreite sagt leise nach hinten, *na, du bist aber auch nicht gerade ein Grabritter*. Er verbessert ihn dankbar, **Grals**. Sie bleiben vor einer großen, weißen Flügeltür stehen, die kolossale Messingklinke ist unnatürlich hoch angebracht. Der Obergefreite wischt sich hinten an der Wade den Stiefel ab, untersucht einen Knopf, ingottesnamen, er klopft, sein Finger hat sich praktisch noch gar nicht von der Tür gelöst, als diese schon aufgeht, er zuckt zurück. In der Tür steht ein Mann von enormem Wuchs, auch er ein Obergefreiter. Sie können wegtreten, sagt der große Mann zum Obergefreiten, der Obergefreite macht eine reguläre Halbkehre, tritt weg.

Warten Sie bitte hier.

Der Obergefreite schielt zurück. Er würde ihm gerne was sagen, aber er weiß nicht, was er sagen soll, die Flügeltür schließt sich weich hinter ihm. Der neue Obergefreite ist verschwunden. Er tritt von einem Fuß auf den anderen. Schwer zu sagen, ob es sich bei dem Raum, in dem er ist, um einen Flur oder eine Halle handelt. Ein Vorraum. Am anderen Ende ist die gleiche hohe, weiße Flügeltür wie an diesem Ende, wo er steht, längsseits ist eine Sitzgarnitur, niedrige, finnige, schwarzlederne Stühle. Kunstleder? An der jenseitigen Tür steht ein Zivilist, er tut nicht so, als hätte er ihn nicht bemerkt, aber er macht deswegen nichts anders, kaut Kaugummi, auf dem Kopf trägt er einen schwarzen, breitkrempigen Hut.

Das ist seltsam in einem geschlossenen Raum.

Der Blick des Mannes trifft manchmal auf ihn, dann gleitet er entweder regungslos weiter, oder er schaut ihn starr an. Er geht auf den Mann zu. In der Mitte der Halle entscheidet er sich dann doch, stehenzubleiben, er bemerkt an sich, daß er von der Gleichgültigkeit des Mannes erschrocken ist, oder vielmehr ob der Gleichgültigkeit.

Haben Sie mich rufen lassen?

Der Mann ändert sein Verhalten nicht. Er denkt daran, was er jetzt machen würde, wenn die Situation eine normale wäre, wenn seine Reflexe nicht verkrüppelt wären. Er denkt nicht daran, eine

Szene zu machen, er weiß, was er darüber wissen muß, er ist nicht in der Position der Stärke, er ist in der Position der Schwäche, **aber er denkt noch einmal daran, was er tun würde, wenn er wie ein normaler Mensch denken würde,** *haben Sie mich rufen lassen*? Der Mann hört mit dem Kaugummikauen auf, seine Augen weiten sich, als wäre er überrascht. Er sieht ihm an, daß er spielt, das schafft für einen Augenblick Erleichterung, als wäre er im Vorteil. *Der Dünkel des Mannes von Geist, er würde die Machenschaften der Macht durchschauen, beziehungsweise jene Schritte, die er in seinem Hochmut so nennt.* Der Mann winkt kalt Richtung Sitzgarnitur, kaut weiter. In seiner soeben erworbenen Leichtigkeit hat er das Gefühl, es sei nicht nötig, sich leger im Fauteuil zu lümmeln, er sitzt mit geschlossenen Knien, wie es sich geziemt, am Rande des niedrigen Sessels. Plötzlich dreht er sich um, in der Ecke, fast schon in der Wand, in der Dunkelheit der Ecke, erblickt er den hochgewachsenen Obergefreiten, grinst ihn an. Doch der reagiert nicht so, wie er es erwartet hat. Der hochgewachsene Obergefreite schaut streng zurück, macht auch einen Schritt in seine Richtung wie eine Vorstadtgestalt, aber dann dreht er sich mit einer Natürlichkeit wieder um, daß er glauben könnte: Es war ein Zufall, **aber er weiß nicht, was er glauben soll.**

Die sicherste Methode, Menschen zu empören und ihnen böse Gedanken in den Kopf zu setzen, ist: sie lange warten zu lassen. Warten macht unmoralisch.

Er sitzt, ab und zu kippelnd, im klamm gewordenen Kunstledersessel, es ist offensichtlich, daß man ihn warten läßt, daran denkt er wieder überflüssigerweise. Die Flügeltür schwingt auf, *ein fremder Sturm in dieser Regungslosigkeit*, die Tür fegt den Mann in Zivil fast weg, er macht einen stolpernden Schritt zur Seite. Der Oberst lehnt sich erschöpft aus der Tür, er trägt eine Brille mit einem dicken, schwarzen Rahmen, sein forschender Blick durchläuft eilig die Halle, hält bei ihm an, kommen Sie, kommen Sie, kommen Sie, er winkt ihm zu. Der Oberst tritt nicht aus dem Zimmer, es ist, als würde er hinter einem Paravent hervor sprechen, er beugt sich noch stärker heraus, herrscht den Zivilen an.

Sie Rindvieh, Sie Parasit, warum lassen Sie ihn warten!

Dem Mann ist kein Schrecken anzusehen, er hört nur für diese Weile mit dem Kauen auf, schaut den Oberst an. Der Oberst hört übergangslos mit dem Brüllen auf, räuspert sich ein wenig. Ich bitte Sie um Nachsicht, daß Sie warten mußten, sagt er und bittet ihn hinein, wissen Sie, ein Angestellter ist wie eine Familie, man sucht sie sich nicht selber aus, letzteres sagt der Oberst bereits aus seinem

Zimmer heraus. Er steht vor der Tür, seitlich steht der Zivile, an dessen Trenchcoat fehlt der mittlere Knopf. Er starrt die Stelle des Knopfes an, die Zwirnstückchen kriechen aus dem Stoff hervor, man sieht ihnen an, daß schon an ihnen gezupft worden ist. Er schaut ins Gesicht des Mannes hoch, sieht, daß dieser verlegen ist, darüber empfindet er kindliche Freude. **Alter, lutsche Ginsengwurzel**, flüstert er ihm zu, bevor er das Zimmer betritt.

Der Oberst sitzt an seinem Tisch, nehmen Sie Platz, sagt er und reibt sich die Schläfen. Er macht einen Schritt nach vorne. Der Oberst sagt, die Tür! Er blickt erstaunt hoch, ich verstehe nicht. Der Oberst lacht, oh, natürlich, natürlich, seien Sie so gut, schließen Sie die Tür. Er drückt die Tür zu, sie ist von innen gepolstert.

Ich habe fürchterliche Kopfschmerzen, aber was können Sie darüber schon wissen, die Jugend hat keine Kopfschmerzen.

Ich habe manchmal welche.

Der Oberst winkt ungeduldig, als würde es ihn stören, daß zwei Sachen zwischen ihnen zur Sprache kommen, ohne daß sie die eine zu Ende besprochen hätten, er richtet die dicke Brille auf seiner Nase, er ist wie ein Gymnasiallehrer, ich bitte um Nachsicht, daß ich Sie habe warten lassen, er streicht sich über den Kopf, sein Haar ist kräftig, schwarz, wie eine Bürste, er lächelt. Das stört ihn, obwohl seine vorhin erworbene Leichtigkeit noch nicht vollends in sich zusammengesackt ist. Das Lächeln signalisiert Verschworenheit, er will die Verschworenheit nicht annehmen, die Verstörung kommt von der auf den Kopfschmerz hinweisenden Bewegung, dem Bedauern wegen des Schmerzes, er glaubt, den Schmerz auf der Haut zu sehen, einer gelblichen, großporigen Haut, im gebrochenen Glitzern der braunen Augen, den vielen bekannten Zeichen. Der Oberst bemerkt seine Verlegenheit, den kleinen Fehler, die Herzlichkeit in seinem Gesicht nimmt ab, er stützt sich auf den Schreibtisch, rückt den Stuhl nach hinten, der Stuhl dreht sich knirschend zur Seite unter ihm. Er wartet darauf, daß der Oberst sich erhebt. Erstaunt stellt er fest, daß das Zimmer kein Fenster hat. Als wäre das Zimmer sechseckig, er traut sich nicht, nachzuzählen. Der Oberst erhebt sich leicht, **sackt hinauf**, aber dann hievt er sich nicht weiter hoch in den Stand, wie es zu erwarten wäre, sondern klappt praktisch zusammen, in Wirklichkeit ist er auch nach dem Aufstehen in derselben Höhe geblieben wie im Sitzen, er geht los, der Oberkörper wankt, seine Schultern zucken nach vorn. Er sieht ihm erstaunt zu, der Oberst taucht hinter dem Tisch auf, mit dem Rücken zu ihm, aber er mag seine Bestürzung spüren.

Der Oberst hat fast gar keine Unterschenkel, es gibt nur ein paar krumme Stummel dort. Der Oberst kämpft sich mit dem Rücken zu ihm Richtung Schrank, aber er mag seine Bestürzung spüren, denn er sagt *Heine-Medin*, er dreht sich nicht um, seine Stimme ist trocken, informativ, das eine Bein zieht er stärker hinterher, auf das andere stützt er sich quasi drauf. Ein Schritt besteht aus einer Drehung um dieses herum, dann setzt er die Drehachse weiter vor, das ist die andere Schrittsorte, kümmerlicher als die vorangegangene. *Fragen Sie ruhig*, der Oberst dreht sich um, sein Oberkörper ist kräftig. In seinem Gesicht ist nichts davon zu sehen, denkt er, seine Leichtigkeit fällt jetzt in sich zusammen. Der Oberst tritt zum schrankartigen Möbelstück, einer Bürokredenz, schiebt ein Türchen beiseite, nimmt eine **Banane** aus dem Fach, bringt sie ihm, hier, essen Sie, vielleicht wird Sie das beruhigen, er setzt sich wieder hinter den Tisch. Er steht, schält die Banane. Ich habe einen Zwillingsbruder, er ist seitdem an der eisernen Lunge, na, nehmen Sie Platz. Er schaut sich um, er sieht keinen Stuhl oder ähnliches. Der Oberst beobachtet ihn, sagt nichts, klingelt. Der Mann mit dem breitkrempigen Hut erscheint, er hat einen Stuhl in den Händen, er sieht nicht besonders bequem aus, aber ein Hocker ist er auch nicht gerade. Sehen Sie, so ist das, sagt der Oberst. Er setzt sich, der Mann mit dem Hut geht hinaus. *Sie haben gesagt, ich dürfe ruhig fragen.* **Aber ja!**

Perlen, Diamanten

Wollen Sie mich erschrecken?

Der Oberst lacht heraus, ich meinte eine Frage bezüglich meiner Beine, sein schwarzes, stacheliges Haar bebt hart vor Lachen, er wird wieder ernst, dann würde ich jetzt etwas fragen. Er nickt und denkt, daß er nichts antworten wird. Sollen sie es aus ihm herausprügeln, beispielsweise. Das Gesicht des Obersts wird wieder lehrerhaft, ein wenig wichtigtuerisch, was halten Sie ob der Wirksamkeit der Literatur? Er zuckt zusammen, man sieht es ihm an. Oh, ich sehe, die Frage überrascht Sie, und ich sehe auch, daß Sie vor allem die Situation überrascht, die Frage in dieser Situation. Aber was ist die Situation. Die Frage ist offensichtlich diese. Er lächelt, diese, und die, was ich von der Wirksamkeit der Literatur halte. Gut, es freut mich, daß Sie langsam gelöster werden. Der Oberst schnippt seinen Stuhl nach hinten, macht es sich bequemer. Jetzt schlägt er die Beine übereinander, denkt er, er hat die Verkrüppelung des Obersts vergessen. Die Bewegung fehlt tatsächlich; eine Fehlstelle. Um auf die Situation zurückzukommen, sagt der Oberst und zeigt mit einer Grimasse an, daß auch er ein wenig über sich lacht, daß er sich wieder nicht lösen kann von einer angefangenen Linie, diese ist auch für mich eine Zwangslage, sein Blick schweift schnell in die Ferne, dann wieder zurück, es sind so viele grobe Rindviecher um mich herum. Der Oberst, so ist sein Gefühl, hat so geredet, als hätte er jedes Wort in Anführungszeichen gesetzt, sehr modern, sagt er sich im Herzen. Die Feinheit des Geistes schwindet dahin, immer häufiger werden die Türen geknallt, sie schlagen spaßeshalber mit der Faust auf den schwächlichen Schrank ein und beobachten johlend den Schrecken, der aus dem Unerwarteten entspringt, sie stecken mir farbige Prospekte unter die Nase, lassen in den Nachbarzimmern absichtlich riesige Nieser los und linsen verschmitzt nach dem Ärgernis, das mein Gesicht zusammenzieht.

»oh, oh, sagen die Vitrinesoldaten«

Wie? Sind Sie denn nicht der Chef?

Lassen wir das, die Hand des Obersts fällt klopfend auf den Tisch. Jetzt erst sieht er, was für eine große Hand der Oberst hat, auf den Fingern und dem Handrücken sind schwarze Haare. Plötzlich hat er wieder kein Gefühl für die Entfernung, die Bewegungskreise, die Proportionen, schon wieder hat er eine Situation angenommen, ohne sie abzuwägen, und er fängt an, sich nach deren Gesetzen zu verhalten, **er zwingt sich, daran zu denken, was er jetzt machen würde, wäre die Situation normal, er muß die auf die Umgebung bezogene Verhältnismäßigkeit in sich aufbauen, das heißt, die Freiheit. Also ...**

Was wollen Sie von mir?

Er spürt, die Frage ist nicht gut geraten, sie ist gerade unverhältnismäßig geraten, in seinem Bemühen, etwas auszugleichen, ein beispielhafter **osteuropäischer** *Irrtum, beziehungsweise, es ist gar nicht sicher, ob es ein Irrtum ist, wenn es so wäre, würde das bedeuten, daß es auch anders sein könnte, was nicht sicher ist.* Der Stuhl ist unbequem. Der Oberst antwortet nicht, es ist still, es regnet, sagt der Oberst. Er hakt freudig in die sachliche Mitteilung ein, woher wissen Sie das? Ihr Zweifeln ist so menschlich, sagt der Oberst. Diese Bemerkung stört ihn, kühlt ihn ab, *ist der so blöd*?, aber der Oberst fährt eilig fort. Sie haben bemerkt, daß es keine Fenster gibt?, natürlich, sagt der Oberst vor sich hin, das muß von innen ziemlich auffällig sein, ich habe mich schon daran gewöhnt, er fährt elektrisiert fort, das Gehör des Menschen entwickelt sich, durch die Wände hindurch, wenn es draußen langsam zu grummeln anhebt, als würden Mäuse grabbeln, da hat man schon ein Wissen vom Regen, kann im voraus kalkulieren, daß sich die weiteren Geräusche erfüllen werden, das Rinnen, das Tropfen, das Strömen, das Klopfen, das leise, ausdauernde Schwirren, das Schleichen des Regens. Er wundert sich, Sie sind ein Dichter? Der Oberst lauscht, hört seinem Regen zu, i wo, sagt er nebenbei, ein Literaturfreund, wissen Sie, der Oberst schaut ihn an, wissen Sie, der Sims ist außen dran, und es ist vielleicht keine Übertreibung, wenn ich mich einfach einen gebildeten Menschen nenne, und als solcher. Er versteht nicht. Ich verstehe nicht, sagt er, ein Sims nur so an der Wand? Nein, natürlich nicht. Sondern ein blindes Fenster, wenn Sie verstehen, was ich meine, damit es nicht auffällig ist. Er nickt. Der Sims ist aus Blech, genauer gesagt, aus einer verzinkten Platte, das Klopfen des Regens darauf zu hören ist keine große Kunst. ***Wie der Regen klopft***, summt er bei sich, dabei entfährt ihm versehentlich ein Brummen. Pardon? Der Oberst schaut ihn an wie der Lehrer den Abc-Schützen. Verlegen wie er ist, sagt er, wissen Sie, wie das tapfere Schneiderlein sich gegen den Regen gewehrt hat, natürlich wartet er keinen Deut auf die Antwort, er hat sich so gewehrt, daß er seinen Säbel mit ungeheurer Schnelligkeit über seinem Kopf wirbeln ließ. Er verstummt, plötzlich ist der Einfall des Schneiderleins auch für ihn nicht mehr verständlich.

Heutzutage gibt es nur noch Ziersäbel, sagt der Oberst, Sie beliebten eben zu scherzen, nicht wahr, fügt er noch hinzu, dann, schnell, damit man über seine Frage nicht einmal nachdenken kann, setzt er fort, die Regentropfen klopfen manchmal ganz genaue Rhythmen, oft höre ich zum Beispiel: *Teurer Vater, der du hinabsteigst in des trostlosen Hades Schoß.* Das Gesicht des Obersts glänzt, ich mag Daktylen und Anapästen mehr als Trochäen und Jamben. Ich sage immer, der Jambus ist ein Spielzeug für Kinder, um zu den allgemeinen Fragen der Kunst zurückzukehren, seine selbstironische Grimasse ist ein Abbild der vorangegangenen, ich denke folgendes. Er setzt sich auf dem Stuhl zurecht.

1. Auf den fliehenden Auftaktlosen folgt entweder wieder ein Fliehender oder aber ein ordentlich Stampfer.
2. Das Volk ist stumm. (*Puschkin*)

Sie sitzen unbequem, nicht wahr? Ja, das müßte man tatsächlich lieber im großen **Salon** darlegen, aber ich war schon so ungeduldig, mit Ihnen zu reden. Der Oberst kramt in der Schublade, man hat mir gemeldet, Sie seien ein sehr feiner, geschliffener Verstand. Er johlt absichtlich harsch. Ja, dies ist mir heute zur Kenntnis gelangt, und ich wollte Sie unbedingt sehen. Ich habe Pläne mit Ihnen. Der Oberst hat die Schublade seines Tisches wieder hineingeschoben, ich schweife so ab mit Ihnen, Ihnen fällt es gewiß nicht schwer, dieser Sprunghaftigkeit zu folgen, aber mein Kopf ist ein bißchen schwerfällig, kein Domkapitel. Er nickt, Sie können sich für ziemlich klug halten, wenn Sie so etwas sagen oder sagen können. Der Oberst lacht heraus, sehen Sie, wir brauchen den großen Salon vielleicht gar nicht, das gemeinsame Interesse, die gemeinsame Sorge finden eine entsprechende Form, ein Becken, wenn auch, der Oberst hebt theatralisch den Zeigefinger, er ist behaart, wenn auch die Stühle etwas hart sind.

Wo waren wir stehengeblieben? Der Oberst hievt sich hoch, schlurft mit seinem wankenden, sich windenden Gang, den Zukkungen seines Oberkörpers um den Tisch herum. Nun, meine Meinung ist die folgende, was also die Wirksamkeit anbelangt, aber man muß den Gedanken tiefer ansetzen, damit er weiter oben in ein Ziel treffen kann. Er schaut sich um, im sechseckigen Zimmer gibt es kein Fenster, das verstört ihn wieder. **Meine Gattin ist eine gebildete Frau, sagt der Oberst und winkt ab,** um ein Werk zu schaffen, braucht man, meiner Meinung nach, Schreibfertigkeit, Formbewußtsein, das ist das sine qua non eines Werks, ohne das ist, nicht wahr also, nichts vorstellbar, es stimmt nicht, daß allein ein großes Lebensmaterial auch in zerzauster Form Gültigkeit hätte, so kann man nicht denken. Er hört die Atemzüge des Obersts, was will er bloß? Doch das ist zu wenig, der Oberst spielt es aus wie eine Trumpfkarte, das kann kultivierte Literatur hervorbringen, aber keine große Literatur, dazu bedarf es einer Persönlichkeit, die hinter dieser Schreibfertigkeit steht. Das belebt ihn, die Hände hält er auf den Knien, seine Knie stehen parallel zueinander, die Banane liegt darauf. Ich glaube nicht, daß es eine gottvergessene Schreibfertigkeit geben kann, die Zweiheit, von der Sie reden, ist, glaube ich, nichts anderes als das Doppel von Form und Inhalt. Der Oberst winkt enttäuscht ab, na, uns beiden geht es darum, daß uns der andere versteht, deswegen, eine notwendige Geste, sind wir ein wenig didaktisch. Ich habe meinen Gedankengang polarisiert. Sie lassen den einen oder anderen Funken, die eine oder andere Idee aufblitzen, leichtfüßig, wie man das von Ihnen, wie ich höre, erwartet. Aber glauben Sie, auch das sind billige Vereinfachungen, damit der andere Sie versteht, das heißt, momentan ich. Es kommt ihm merkwürdig vor, daß der Oberst so viel schwadroniert, er fummelt an der Bananenschale, die Frucht hat er schon gegessen, er erinnert sich nicht an den Geschmack, **der Geschmack der Banane** versickert schnell, er kratzt an der weichen, etwas feuchten Innenseite der Schale, leckt die Stücke, die an seinem Finger kleben bleiben, ab, holt dann die Reste hervor, die unter seinen Fingernägeln kleben, als würde er an den Nägeln knabbern, der Rest hat keinen Geschmack, die Konsistenz ist pampig, nicht angenehm, aber er scheint so sehr zu der *Banane* zu gehören, daß es nicht vorstellbar ist, daß er keinen Geschmack haben sollte etc.

Sie halten diese *Banane* so, als wäre sie eine Antwort auf künstlerische Fragen, der Oberst schmeichelt ihm, ich möchte, daß Sie mir mehr helfen, wenn wir diese Unterhaltungen öfter abhalten könnten, **meiner Frau fehlt es auch an gebildeter Gesellschaft**. Der Oberst schweigt nachdenklich, etwas habe ich eben vergessen, ich fühle es, er schlägt sich an die Stirn, ich hab's!, die Persönlichkeit garantiert also für die Größe, ich erkenne das an, es kann ohne dies auch anregend sein, aber ohne dies gibt es nicht diese Verbindung. Ich glaube, flicht er ein, unsere Annahme hinsichtlich der Monumentalität ist ziemlich der Scholle oder zumindest der Tradition verpflichtet, er weiß nicht, was er mit der Bananenschale machen soll, er stülpt sie um, zeichnet mit dem Fingernagel ein großes V in die Schale, es sieht so aus, als würde der Saft auslaufen, dann doch nicht, es gibt nur eine Verfärbung, im Gelben ein scharfes Grün, später Braun. **Der Wert des Werks liegt in der Intensität, mit der es sich an eine Kultur anschließt, an eine Gemeinschaft**, sagt der Oberst. **Nein. Der Wert des Werks liegt in seiner Wahrhaftigkeit, das heißt, in der sich in ihm manifestierenden persönlichen Freiheit**. Der Oberst steht mit dem bekannten seltsamen Niedersacken auf, **das haben Sie schön gesagt**, er reicht ihm die Hand. Er steht auf, nimmt die Banane in die Linke, sie geben sich die Hand.

War es sehr langweilig?, fragt der Oberst wie ein besorgter Gastgeber, richtet sich die Brille mit dem dicken Rahmen. Er hat die Frage auf der Zunge, wieviel Dioptrien? Dann also auf Wiedersehen, sagt der Oberst mit tiefer Stimme, schüttelt ihm die Hand, fällt hinter seinen Tisch zurück, als wäre er allein im Zimmer.

Er geht hinaus, der Mann mit Hut steht wortlos da, kaut gleichmütig auf seinem Kaugummi, er geht durch die Halle. Der hochgewachsene Obergefreite öffnet ihm höflich die Tür, bitte, einen Moment, sagt er, als er gerade an der Grenze ist, über der Schwelle, nicht draußen, nicht drinnen, gestatten Sie, lassen Sie die Südfrucht hier. Er knautscht die *Banane*, er überreicht sie lachend, der enorme Obergefreite ist streng, die Banane ist wie eine Peitsche. Er tätschelt die Schulter des Obergefreiten, **Herzchen, was wir verleugnen, ist nicht wertlos und auch nicht bedeutungslos. Gerade deswegen ist das Verleugnen wichtig. Es gibt einen Verstand, den wir nicht akzeptieren, es gibt eine Scheinweisheit, die uns mit Widerwillen erfüllt, es gibt ein Angebot zum Ausgleich und zur Befriedung, das wir nicht mehr annehmen können. Der Bruch ist vollzogen. Wir sind bei einer Offenheit angekommen, die keine Komplizenschaft mehr erträgt, der hochgewachsene Junge und er schauen sich bestürzt an.**

Römerbad. Ein Abendessen unter aller Kritik. Sándor Mocsonyi mit Vollbart. Seinem Hodenschuß geht es schon besser, aber er sagt, er *ermüde* ihn sehr, da die vielen Frauenzimmer alle ausprobieren wollen, wie so ein »Oberleitnant mit durchschossenem Hoden« sei! Klingende Schelle, sagt er, sich selbst verspottend.

Er steht im Flur, kramt in der Hosentasche, findet das Blatt in der Tasche, zerbröselt es, das trockene Blatt zerbricht scharfkantig, er zieht mit einem Zischen die Hand aus der großen Hosentasche, die Raspel haben sich ihm unter die Nägel gebohrt, ihm fällt ein, daß er einmal ein Tabakstück im Mundwinkel hatte, obwohl er nicht raucht, er schaut hinaus aus dem jämmerlichen Flur, am Himmel ist eine interessante, dunkle Wolke, *er holt Luft*.

Öde Verlockung

Schauen Sie, sagt der Oberst, Sie hassen mich vielleicht, oder wenn nicht, dann sind Sie ein Feigling. Egal. Ich brauche Sie, und Sie sind nicht in der Position, mich zurückweisen zu können. Aber ich will Sie nicht unnötig erniedrigen. Ich weiß, Ihnen wäre es lieber, wenn ich Ihnen eine Pistole an den Nacken halten würde, vorausgesetzt natürlich, daß Sie mit Sicherheit wüßten, ich *feuere* sie nicht ab. Sie sind kindisch ... Ich habe ein wenig viel geredet, verzeihen Sie. Es ist still, die Stille ist zerbrechlich und leer. **Verzeihen Sie mir?** Er antwortet nicht. **Verzeihen Sie mir also?** ... Na gut ... **Meine Gattin ist eine gebildete Frau, sagt der Oberst und winkt ab.** Nehmen Sie ihn mit, sagt der Oberst leise, heute haben Sie mich tatsächlich in einer schlechten *Form* erwischt, alles schmerzt, haben Sie bitte ein Einsehen, ich habe sogar vergessen, die Lottoscheine einzuwerfen. Halt. Eins würde ich Ihnen empfehlen, schweigen Sie etwas sanfter, nicht so bockig. Es nimmt sich besser heraus, das können Sie mir glauben, und Sie könnten auch dem Selbstbetrug leichter entgehen … Aber ich will Sie nicht belehren, Sie sind ein ziemlich souveränes Wesen, das habe ich schon von anderen gehört. Helfen Sie mir also, denken Sie nicht, daß die Welt zweierlei ist: Ihre und meine, denken Sie das nicht; wir leben in demselben Elend, auch ich habe es nicht leichter … Kann sein, auch nicht schwerer. Ich bin Ihr Zeitgenosse, ich kann Ihnen also mit Recht Barmherzigkeit abverlangen! Fick dich doch selbst, sagt er zitternd.

Danke, sagt der Oberst.

»Schlésinger! Bringen Sie ja meinen schweren Kavalleriesäbel mit. In Kaschau achten Sie auf Ihr Mundwerk! Die gnädige Frau wird tausend Fragen an Sie richten. Antworten Sie klug!!! Zu meinen Pferden Czigány und Aranka: Czigány hat der Herr Stabschef zu sich genommen für 2000 Forint, Aranka ist bis zur Untauglichkeit abgewrackt, und *sie waren hier bei mir.*

Dieses Billet zerreißen Sie sofort. In der Werkzeugkiste ist noch ein Zaumzeug mit rotem Kopfschmuck, das bringen Sie auch mit. Und die Equipage für den Pista. Reinigungsmittel! *Achten Sie auf Ihr Mundwerk in Kaschau!*«

Ein Kommentar ist überflüssig. Schlésinger war unmöglich aufzufinden, und so bleibt es eine große Frage, ob er wohl in Kaschau auf sein Mundwerk geachtet hat? …

Sie haben beschlossen, daß er den Weg zwischen den zwei Bergen allein und zu Fuß zurücklegen würde. Sie erklären ihm lange, wo er entlanggehen muß, sie drücken ihm eine in Seidenpapier eingeschlagene, betörend gut riechende Schachtel in die Hand, und auf eine Heftseite zeichnen sie ihm eine Karte. Er macht sich auf den Weg. Er geht neben dem Bahndamm, in den Beton ist ein totes Gleis eingelassen, etwas abschüssig, bräunlich-rostiges Wasser läuft darin. Er steht, schaut es sich an, bildet mit der Hacke seines Stiefels eine Barriere, das Wasser tritt aus seiner eisernen Rinne, der Eisverkauf hat zu, am Himmel ist eine dunkle Wolke. Der Statuen-Soldat hält eine schwarze Fahne in der Hand, am Strand ist die Nacktheit mutiger Menschen zu sehen, er schaut sie sich an. Der leichte Regen holt ihn ein und läßt ihn zurück.

Er geht, wohin er will. Was für eine Gefangenschaft, sagt er sich im Herzen.

L a n d s c h a

Die Straße ist stark abschüssig, er kommt an die Sohle der ausgewaschenen Straße, er sieht erschöpft aus, seine Fußbekleidung ist staubig, sein Hemd ist durchgeschwitzt, wenn Bekannte oder Unbekannte kommen, springt er in den Straßengraben, er fühlt sich wohl. Er geht über einen leeren Platz beziehungsweise einen Misthaufen, eine breite Wiese, Kühe weiden, rechts sind Sträucher und Bäume, man sieht einen Hügel, ein Tannenwäldchen dunkelt auf seiner Kuppe, er streunt ein wenig ziellos umher, sein Weg führt ihn von einer Blume zur nächsten, ein interessanter Strauch oder das Ducken der Gräser leiten ihn. Zwischen den Tannen steht ein großer Mercedes 300 TD, auf dem Sitz neben dem Fahrer ist ein Frauenkopf zu sehen, der Kopf bewegt sich ein wenig.

Klar, was vor sich geht.

Er kostet das **Wort**, das Ducken der Gräser leitet ihn weiter, der unendliche Pfad. Genauso, wie davor der schwarze *Mercedes*, zwischen den Bäumen, ein *Pferdekadaver*, er sieht sogar die Fliegen. Er erklimmt eine kleine Butze, und plötzlich sieht er die gelbe Villa vor sich, er identifiziert sie anhand der Karte. Vor dem Haus stehen einige Jeeps. Der Rauchfang erhebt sich auffällig neben der Hauswand, es gibt französische Fenster und schmiedeeiserne Balkone, er schaut in den großen Garten, der in rasenbewachsene Bereiche geteilt ist. Er drückt die Torklinke hinunter, auf seinen staubigen Stiefeln sind ein paar tropfenförmige Flecken, er greift sich an den Hosenstall, überprüft ihn. Die Villa: freundlich, einfach und gut gepflegt, im Garten ist alles berechnet und raffiniert auf natürlich geschnitten. Er schaut sich die Tropfen auf seiner staubigen Fußbekleidung an, er geht die Treppe hinauf, das Klingeln gerät ungezogen lang, trotzdem kommt niemand heraus. Die Villa fließt durch die Treppen quasi in den Garten hinein, das liebt er sehr. Er geht die Treppen hinunter, **er kennt die Einteilung und das Leben solcher Villen**, er geht ohne viel zu grübeln um das Haus herum, vor dem Gebäude ist giftgrüner Rasen, auf bunten Stühlen, die man auf den Rasen gestellt hat, sitzen Männer und Frauen, er schaut hoch, der Himmel über dem Garten ist ein reines Blau. Er bleibt an der Hausecke unter dem Traufdach stehen, vor ihm eine riesige Regentonne, verrostet, es ist wie eine Dekkung.

f
t
s
b
e
s
c
h
r
e
i
b
u
n
g

Ein hochgewachsener Mann führt das Wort, er gestikuliert heftig, sein Arm ist schwarz behaart, vielleicht wirkt er deswegen wilder, verzweifelter als die anderen, er ist in Hemdsärmeln. Der hochgewachsene Mann spricht von den Nudisten, da ist mir erst klar geworden, wozu es der vielen Neuen Deutschlands bedarf – wenn nämlich, Genossinnen, wenn nämlich der kleine Mann allzu stramm stehet,

Madame: Es wird dem menschlichen Geschlechte zum Nutzen sein, wir werden uns beide verlustieren, Eure Gnaden werden sich erfrischen, und ich werde von meinem quälenden Bedürfnis befreit … Darüber länger zu schwatzen wäre obsolet; der Versuch legitimiert alles, Rabelais – – – – mit der Kraft des Hengsts und der Eifrigkeit des Spatzes

zweimal ist die Gewohnheit der Herren, dreimal die Pflicht der Edlen, viermal das Recht der Frauen und so weiter

Wir können uns sehr beliebt machen, wenn wir maßvoll, aber möglichst geistreich die Speisen loben. Eine heitere Konversation kann selbst die einfachste Mahlzeit zu einer Delikatesse machen. Nehmen wir *ejaculatio extra genitalia*: »er pflügt, aber er sät nicht«, »drinnen dreschen, draußen streuen«, »geh nicht ins Zimmer, bleib im Vorhof«, »verlasse die Kirche vor der Segnung«, »vor Michaeli ausziehen«. Unangenehme Dinge, eventuell solche, welche allgemeinen Degout hervorrufen könnten, sollten wir nach Möglichkeit während des Essens nicht zur Sprache bringen (z. B. sch...n).

ihn zu verdecken. Alle lachen, ausgenommen eine Frau in einem gelben perlleinenen Jäckchen, eine sommersprossige Frau mit großen Brüsten und dicken Waden.

Er zieht sich zurück zur Wand, die Wand ist uneben, rauh.

Man darf nicht *eine* Frau anschauen, das ist die Lösung. Ein Freund von mir hat sich in die Sonne gelegt, damit er überall schön braun wird, sein Gerät hat sich danach derart geschält, daß es vollkommen unbrauchbar war. Ja, die liebe Sonne reicht selten bis dorthin, sagt eine Frau, die Frau ist grün gekleidet, schmal, sie hat eine große Nase und einen hedonistischen Mund. Wie groß wohl ihr Venushügel ist? Daran sieht man, wie *heißblütig* eine ist. Warum heiraten Sie nicht?, fragt der Mann mit den behaarten Armen, ach Sie, immer kommen Sie mir damit, lacht die grüne Frau haspelig, neulich haben Sie zu mir gesagt, ich hätte einen schweren Kopf und eine dürftige Erinnerungsfähigkeit, währenddessen redet der Mann über den Kopf der Frau hinweg in eine andere Unterhaltung hinein, eine Frau und Mathematik?! Wieviel verdient sie? Das zählt nicht, was zählt, ist, wieviel sie bekommt.

Der Wind läßt die Oberfläche des Regenwassers erzittern, sein Gesicht wellt sich im Wasser.

Aber Ihre Erinnerungsfähigkeit ist wohl dürftig, denn Sie erinnern sich nicht daran, daß Sie im *Baby Doll*, barfüßig neben dem Ziehbrunnen, geturnt haben, Ihre Füße waren voller Gänsescheiße. Ich habe Sie ausgespäht. Der Wind fegt durch den Garten, eine Serviette fliegt davon, der Himmel verdunkelt sich, *Kinder, sie haben irgendwo eine Lampe ausgeknipst*, einen Augenblick später schüttet es, die Gesellschaft läuft ins Haus, Mairegen bringt dem Bauern Segen, jauchzt ein Mann, aber lieber Ernő, es ist doch schon bald Herbst.

Der Regen hört bald auf, die Sonne scheint über dem anderen Berg, er tritt neben der Traufe hervor, schaut zurück auf die Regentonne. Ist der Wasserstand gestiegen? Die purpurfarbenen Servietten auf dem eisernen Gartentisch sind jetzt durchweichte Fetzen, er schmuddelt mit dem Finger darin herum, die Tischplatte ist nicht gerade, graues Wasser hat sich auf ihr gesammelt, er faßt hinein, es ist sehr kalt. **Sind Sie das?** Er dreht sich um, in der weißen Jalousietür der Villa steht die sommersprossige Frau, die Arme verschränkt sie unter den großen Brüsten, sind Sie das?, ihre breiten Schaufelzähne blitzen.

Jawohl.

Seien Sie nicht so frech!, ruft die Frau, gehen Sie zurück, wenn Sie nicht wollen. Ihm ist kalt, das ist ein witziger Stoff, die Frau antwortet mürrisch, man nennt ihn Perlleinen … Kommen Sie bitte herein, haben Sie sie gesehen?, die Frau spricht ratschend, sie sind furchtbar. Tag für Tag furchtbar. Sind Sie jetzt gekommen? Er nickt. Gott sei dank sind sie mit dem Regen gegangen, Sie können noch die Jeeps hören, sie horchen, er hört nichts. Tag für Tag

Was für Themen würden Sie hauptsächlich interessieren?, er schaut der Frau ins Gesicht.

Die Schaufelzähne hängen mutlos heraus, kann es sein, daß Sie beleidigt sind?, war mein Mann nicht taktvoll genug?, der Ärmste, mit was für Leuten er da umgeben ist. Die liebevolle Stimme ärgert ihn. Würde sich das nicht eigentlich für Sie lohnen? Es gibt hier eine große Bibliothek, es gibt auch ein Klavier, wir könnten vielleicht etwas von der Kultur bewahren in diesen armseligen Zeiten. Zu zweit? Was wollen Sie von mir, gnädige Frau, sagt er herausfordernd wie ein unangenehmer Dandy, wir werden doch nicht um mich feilschen? Er bereut bereits, was er da gesagt hat. *Sie mißverstehen mich*, sagt die Frau, streicht sich mit ihrer kräftigen Hand über das Haar, ihr sommersprossiges Gesicht lodert, ich verbitte mir diesen Ton. Sie sind freiwillig hier, Sie haben sich dafür entschieden, wenn auch nach dem Willen meines Mannes. Suchen Sie nicht nach Ausflüchten, gehen Sie oder bleiben Sie, aber wenn Sie bleiben, tun Sie nicht so, als würden Sie gehen wollen. Sie stehen. **Ich will, daß Sie bleiben.** *Das ist also Perlleinen,* sagt er, *ja, gelbes Perlleinen, antwortet die Frau dankbar.*

Wir suchen Ihnen etwas aus der Kleidung meines Mannes heraus. Er stutzt, wird er es mir nicht *verargen*? Die Frau winkt ab, aber das Abwinken, das spürt er, gilt nicht dem Ehemann, er trägt immer Uniform, ich glaube, Sie müßten dieselbe Statur haben, abgesehen natürlich von den Beinen. Er schaut die Frau respektvoll an, sie hat all dies so selbstverständlich gesagt. Ist es nicht unnatürlich, wenn ich mich umziehe? Ist es nicht, als würde ich auf einer Bühne stehen? Die Frau lacht, jetzt ist sie überlegen, eine naive

Frage, meinen Sie nicht? Im Schrank hängen viele Anzüge, die Frau nimmt einen heraus, staubt die Schultern ab, ist vielleicht nie benutzt worden, mein Mann kauft sich jedes Jahr etwas Feines zum Anziehen, zeigt es mir und hängt es in den Schrank, meinen Sie nicht, daß das eine vornehme Geste von ihm ist? Ich verstehe nicht, antwortet er. Die Frau zuckt die Achseln, stehen Sie gerade, sagt die Frau.

Das ist, als würde sie mir Mitesser auf dem Rücken ausdrükken.

Sie können nicht wissen, wie das ist, hier, am Ende der Welt, ruft die Frau kraftvoll. **Auch ich bin hier.** Die Frau winkt ab, Sie sind immerhin ein Mann von Welt, egal, wo. Lassen wir das, sagt er, unter Weißen ein Europäer, er grinst. Die Frau paßt ihm einen weißen Anzug an, ja, von der Statur her sind Sie gleich, die Frau steht dicht hinter ihm, er spürt ihren Atem im Nacken, er dreht sich zur Seite, bewegen Sie sich nicht, sagt die Frau, die Frau macht einen Schritt zurück, ihre Sommersprossen glühen, sie drückt ihm schwerfällig den Kleiderbügel in die Hand, geht mit lauten Schritten hinaus. Schade, daß es keine frischen Unterhosen gibt. Die Villa ist sehr gut versteckt, taucht immer erst im letzten Moment auf. Der Zaun ist eine natürliche Hecke, üppig, stark. Die Frau empfängt ihn gutgelaunt.

»Zeitspiel, Raumspiel«

Wir wissen bereits, daß seine Füße nicht schwitzen, ziehen Sie diese Pantoffeln an, wie ich sehe, fühlen Sie sich zu Hause, sagt die Frau heiter, Entschuldigung, sagt er leise. Das Futter des Pantoffels löst sich auf. Er geht über eine große Parkettfläche, das Parkett knirscht, es gibt ziemlich wenig Teppiche, sagt er. Ziemlich, die Frau nickt, so ist die Wohnung ein wenig provisorisch und kalt. Als nächstes ist ein Frack an der Reihe, die Frau erwartet ihn im Salon, die Garnitur ist vollständig. Möchten Sie etwas essen? Gerne, sagt er, beziehungsweise, ich möchte nichts. Die Frau wartet. Ich könnte immer essen. Männergewohnheit, sagt die Frau, ich habe Knackwürste aufgesetzt, ein paar neue Soßen habe ich auch.

Nun also los, sagt er, schlägt das rechte Bein über das linke, wippt damit, den Pantoffel balanciert er auf dem großen Zeh, wie ich Pantoffeln hasse, sagt er, nun werden wir uns also **ungezwungen über Buxtehude** unterhalten. Nun, ehrlich gesagt, die Frau lacht, ich weiß nicht viel über Buxtehude, sie kräuselt verspielt die Stirn, eine Suite auf irgendeinem Tasteninstrument, die auch der grandiose Bach als Motiv benutzt hat … Sagen Sie, wie heißen Sie *überhaupt* mit Vornamen?

Er sagt es wie aus der Pistole geschossen, offenbar Friedrich.

Er setzt sich ans Klavier, übrigens heißt er Dietrich, *die Tasten sind ganz schön kalt*, sagt er, das sage ich auch immer, sagt die Frau, daß sie *ganz schön weiß* sind. Das stimmt. Wissen Sie, Buxtehude, dieser »baltische Löwe«, bricht mit der Unbändigkeit alter skandinavischer Ozeanriesen ins friedliche musikalische Leben der Hansestädte ein. Im Rahmen der »Nachtmusik« in der Lübecker Marienkirche führt er seine sich über Wochen erstreckenden Kantatenzyklen vor, diese kolossalen barocken Gebäude, in deren Achse immer eine biblische Episode steht: die Hochzeit des Lamms, der Glückliche Tod des Greisen Simeon, das Letzte Gericht, die Frau springt auf, die Knackwürste!, ruft sie und läuft hinaus, darüber muß man lachen.

»Über Monteverdi schreibt Bence Szabolcsi: Was so ein Mensch anfaßt, wird heiß, aber zugleich hart und von großen Ausmaßen unter seinen Händen. – Citieren, *nun und aber Monteverdi*, Witz-Pointen.«

Die Knackwürste sind in einem Topf, im Topf ist fettiger Paprikasaft, die Knackwurstpaare sind stramm und glänzen. Er setzt sich um, an den kleinen Tisch, essen Sie nicht? Nein, ich halte Diät. Albernheiten, sagt er. Es gibt auch zwei knusprige Brötchen, probieren Sie die Soßen. Schaschlitschnij soss Netto 340 g, Picnic Sauce, Dresdner Cumberland Sauce, Ketchup (konserviert mit Natriumbenzoat) Nettogewicht 220 g. Die Kantate verdichtet sich bei Buxtehude fast schon zu einem *Oratorium*, sagt er mit vollem Mund, dieses *Ketchupding* ist hervorragend, seine Musik ist voller unerwarteter und phantastischer Entwicklungen. Buxtehude liebt es ohnehin, zu experimentieren: In der Orgelfuge zum Beispiel schreckt er nicht vor dem eigentümlichen Gedanken zurück, das Grundthema über mehrere Passi in seine einzelnen Stränge zu zerlegen, zu Ende zu imitieren, zu spiegeln, zu ziselieren, zu verengen und zu erweitern, es zu unendlichen Drähten zu verspinnen, wie man sie während der Völkerwanderung in nördlichen Ornamenten sieht …, und dabei bleibt der Grundgedanke doch eins, mehr noch, der Vorklang, das Präludium, trägt bereits den Keim des Gedankens der kommenden Fuge in sich, ihre Grundprinzipien, ihren Äther.

Der fettige Saft verdünnt die Soßen, er tunkt sie mit Brötchenstücken auf, die Frau schaut ihm zu, als wäre sie seine Mutter, essen Sie noch, nein, danke. Heute muß ich als erstes die Blumen in Ordnung bringen, helfen Sie mir? Oder nein, helfen Sie mir nicht, das

»…«

ist keine Männerarbeit. Die Sansevieria ist buschig geworden, und Sie würden sich nur schmutzig machen. Die Frau legt Zeitungspapier auf das Tischchen, schüttelt die Pflanze aus ihrem Topf, am meisten mochte ich, wenn Lenke die Stabat Mater auflegte, die abschließende Gloria dieses Werks, gesungen von einem Leningrader Knabenchor. Es hat vielleicht noch niemand trauriger und würdevoller über die Herrlichkeit erzählt als dieser Kinderchor. So muß ein Elefantenfriedhof sein, sage ich seitdem immer zu meinen Schülern, so ist der Zug der sterbenden Elefanten, wie diese Gloria tönt, und wie dieser Chor singt, und er bleibt stehen, wenn die Nadel stehenbleibt. Das topfförmige Stück Erde ist glatt, glänzend, wie eine Gußform, von dünnen, weißgelben Wurzeln durchwoben, an der Hand der Frau klebt Erde.

Das stinkt aber!, sagt er unwillkürlich, den Anzug empfindet er als leicht, der Stoff streichelt ihn. Das soll stinken?, die Frau wundert sich, er hat sie sichtlich enttäuscht, sie macht einen tiefen Atemzug, ihre Nasenflügel erzittern, der Geruch der Erde, guter Erdgeruch. Könnte es sein, fragt er, daß diese Erde verrottet ist? Die Frau arbeitet, stopft die Erde mit den Fingern fest, sie lacht auf, das haben Sie so gesagt, als hätte das, was Sie sagen, einen zweiten Sinn. Heute hat mir die Musik besonders wohl getan, sagt die Frau und zieht noch einmal tief die Luft ein, als wäre sie die Musik.

Verrottete Erde, sagt er.

Die Frau wird rot, als hätte sie das viele Atmen entlarvt. Es war vielleicht noch keiner je so verliebt in das Licht wie Händel, der sein Augenlicht verloren hat, sagt er rigide. Es ist still, an den Wänden lodert die Kälte. Katzen sind viel charakterfester als Hunde, sagt er, heute würde ich die Stiefel lieber nicht ausziehen. Die Frau spitzt erschrocken den Mund, läßt ihren riesigen Arm neben dem Körper schwingen, ziehen Sie sich auch nicht um? Nein. Es ist still. Mögen Sie es nicht, nachmittags hier zu sein?, fragt die Frau mit gesenktem Kopf. Sie wissen so gut wie ich, daß es nicht darum geht! Die Frau wirft den Kopf zurück, also dann, fahren Sie fort, bestimmt sind das keine uninteressanten Gedanken über ... die Katzen. Er steht betreten da. Das Parkett musiziert fürchterlich unter den Stiefeln, sie setzen sich in den Salon, die Katze bleibt ein stolzes wildes Tier, der Hund liebt seinen Herrn, selbst nachdem dieser ihn geschlagen hat, die Katze kann man nicht schlagen, und sie ist ohnehin nicht dem Herrn treu, sondern dem Haus, dem

Gelände, mit einem Wort, dem Jagdrevier, Kämpfe haben ihren eigenen Platz, es gibt Durchgänge, Kriegspfade, Terrains, die man nicht verletzen darf, die Katze ist ein wildes Tier. Seine Füße in den Stiefeln sind heiß. Das Gesicht der Frau ist hart, die Sommersprossen, als wären sie aufgeklebt.

Es ist Ameisen-Dasein, sagt die Frau leichthin, das ausgedrückt wird, daß es keinen metaphysischen Fakt gibt, mit dem wir uns aufputzen könnten. Ihm fällt eine Medaille in die Hand, eine Bronzemedaille, Schwimmen III. steht drauf, sie hängt an einem braunen Schnürsenkel, er spielt mit ihr, läßt sie kreiseln, streichelt sie, versucht, sie auf die Kante zu stellen, die Traurigkeit des Seins, die animalische Traurigkeit, die uns umgibt. Denn warum ist der Hund traurig?, die Frau spricht unablässig weiter, ich denke, er ist traurig, weil er so vernünftig dreinschaut, aber nicht sprechen kann. Heute ist das auch dem Menschen widerfahren. Das Fehlen der Metaphysik hat auch eine gute Seite, da wir nämlich nicht reden können, können wir auch nicht lügen. Ich weiß nicht, ob es Ihnen aufgefallen ist: Wir sind gute Menschen. Wauuu, antwortet er, nachgiebiger, als es ihm lieb ist. Er rennt den Gartenweg entlang, kümmert sich nicht um die schweren Stiefel, die schweren Stiefel fressen sich in die Erde des kleinen Wegs, er spürt, wie er Klumpen aus der Erde reißt.

»...«

Fast rennt er die Regentonne um, Sie?, die Frau ist erstaunt, *ich dachte, Sie kommen nicht mehr*. Er keucht, ich bin hier. Ich wollte gerade spazierengehen, lassen Sie uns im Garten bleiben, hier ist es sicherer. Ein Abschnitt des Gartenwegs ist mit Steinplatten ausgelegt, eine Steinplatte ist von einer Baumwurzel weggedrückt worden, die Frau bleibt stehen, sehen Sie, das Großartige am Leben ist, daß es sich nicht durch Theorien reglementieren läßt, es bricht durch sie hindurch, reißt sie mit sich, wie es auch diese Betonplatte durchbricht. In der Betonplatte ist ein langer, schwarzer Riß. Mein Gott, diese vielen, dummen Theorien! Man muß ihnen das pralle Leben entgegenstellen, und es zeigt sich sofort, wie kümmerlich sie sind, daß sie fingiert und unwesentlich sind! Fingiert, das ruft sie bereits, das Problem mit diesen Theorien ist nicht, daß sie unbedarft und phantasielos und borniert und naiv und plump und falsch und primitiv und profan sind ... Er verfolgt mit seinem Stiefel den Riß, ich hatte einen Onkel, er hatte einen großartigen, geschliffenen Verstand, er lebte 20 Jahre in einer

Lieber Herr Baron! Ich bedauere sehr, daß die kleine Rose unverrichteter Dinge von ihrem Besuch zurückkehrte. Doch das macht nichts. Aus dem alten Bogen einen Stock, wie unser Dichter sagt.

h

Ruine, und als er in eine neue, gut in Schuß gehaltene Villa gezogen ist, das heißt, man ließ ihn einziehen, lebte er danach zwar nur noch einen Monat, aber das Haus hat sich ihm vollkommen angepaßt, die Rollos fielen zerrissen herunter, die Balkonbrüstung stürzte ein, in der Küche fiel die falsche Decke herunter, die Abflüsse verstopften, man mußte das Klo mit dem Gartenschlauch spülen, ich nehme an, davon haben Sie vorhin gesprochen.

Die Frau ist beseelt, man muß das üppige, mit nichts vergleich bare Leben aufzeigen, das ist die Totalität, und die Totalität ist die Liebe, und die Liebe ist jenseits jeder Logik.

Das ist soweit logisch, sagt er.

Sie stehen zwischen den Gartenstühlen und -tischen, sie haben so männliche Gedanken, man muß über die Logik hinausgehen, zum Geheimnis hin, wir müssen unseren Blick auf die Totalität richten. Er fügt ein, **während wir mit beiden Beinen in der Gebrochenheit stehen**. Die Gebrochenheit, sagt die Frau, ist die Welt der Erscheinungen. **Aber nein!** In Ordnung, der Riß kann sich tiefer ausbreiten, die Welt selbst ist ganz! Aber so, wie wir da sind, das ist
a nicht so, vielleicht, sagt er mißmutig. Aber es muß doch eine Welterklärung geben, mit der wir darüber hinausgehen! Er läßt den Kopf hängen, nein, die Totalität mag den Menschen anziehen, er mag auf Gott treffen, aber darüber hinausgehen, darüber hinausgehen, das geht nicht. Das Menschliche ist, daß das Gebrochene, das Unscharfe, das Überzeichnete, das Verdorbene, das Beschädigte und die Ganzheit aufeinander zu halten. Die Frau sagt, ich bin der Weg, die Wahrheit, das Leben, soviel muß man wissen. Oh, ich glaube, Sie betrachten Gott, als wäre mit ihm alles gelöst, wenn es auch einen **Gott** gibt, so sehr gibt es ihn doch nicht; was Sie vorhin gesagt haben, könnte eher die Ars poetica **Christi** sein, die des Menschen muß kläglicher sein. Die Ganzheit, auf die wir unseren Blick werfen können, ist immer weniger glorreich. Die Ganzheit ist eins. Sie sind offenbar Katholik, sagt sie. Auf den Gartentischen ist
m Wasser. Dem Menschen widerfahren immer weniger Geschehnisse. Es gibt keine Erinnerung an Geschehnisse, sie sind mit Laken bedeckt wie die verlassenen Zimmer. Ein Tag: ein Attribut.

Meinen Sie das ernst? Es hat keine Bedeutung.

Er lehnt sich nach hinten, setzt sich an den Rand des Tisches, setzt sich ins Wasser, springt auf, tastet sich den Hintern ab. Die Frau spricht lange über Csontváry, sehen Sie, der ist nicht talentiert, der ist jenseits des Talents. In den Gedanken der Frau erkennt er die des Obersts. Nur ein vergängliches Werk lohnt es, herausgegeben zu werden; das Unsterbliche kann ein Manuskript bleiben. Und nach dem Tod des Autors kann das Dienstmädchen es ruhig in den Korb einsammeln, um mit ihm das Feuer anzumachen. Ist irgendwas nicht in Ordnung?, fragt die Frau.

Warum haben Sie einen Mantel an?, ruft er, er richtet die Krawattennadel. Es ist kalt, die Sommersprossen der Frau lodern. Komm her. Komm her, sagt er, die Frau geht weg, er legt sich aufs Bett, drückt die Lenden kräftig ins Bett, er verspürt eine hoffnungslose Lust, sein Herz ist schwer. Er schläft ein, als er aufwacht, ist er dumpf und leer, mein lieber einziger Freund, Ihr Auftrag, Sie »…« werden es verstehen, Sie sind gewiß verständnisvoll, ist zu Ende. Nein, seien Sie nicht undankbar, schweigen Sie. Es gibt kein unqualifiziertes Talent. Sie können annehmen, daß ich meine Standpunkte und Argumente habe, wovon letztere welche ***gefällig und kernig*** wären. Mit viel Gutem können Sie nicht rechnen, das Staunen der Menschen, mit dem sie die pure Talentmäßigkeit des Talents zu bewundern pflegen, ist von recht niedrigem Niveau, denn sie begeistern sich für Demosthenes genauso wie für den Schwertschlucker und für den geschickten Betrüger genauso wie für den heiligen Franz … Bitte, nicht. Das rebellierende Gehirn ist genauso böse wie das denkende Gedärm.

Er schaut sich das Haar des Obersts an, Sie schauen sich mein Haar an, fragt der Oberst, ich hatte mehr als genug damit zu kämpfen, es ist wie Draht, die Barbiere wurden *ausgesprochen* wütend darüber, ich hatte schon als Kind einen ständigen Barbier, Trinkgeld und so weiter, ich glaube, das ist amüsant. Es ist still. Wenn ich mich nicht irre, schweigen Sie überlegen. Sie mögen annehmen, daß die Tatsache, daß Ihnen eine Ungerechtigkeit widerfährt, Sie zugleich zum Meister der Wahrheit erhebt. Sie irren. Und Sie sind auf kleinliche Weise berechnend. Die Sache hängt nicht daran, ob unser Gesicht faltig wird. Es scheint, der Punkt, um den es geht, ist die Macht. An diesem Punkt muß die Gemeinschaft entweder blühen oder verlorengehen. Wie ist sie zu erlangen? Wer darf sie erlangen? Wer muß? Wie muß man sie benutzen? Ausüben? Erhalten? Unterordnen? Mit ihr leben? v

Alle Grenzen sind hinfällig – denn die einzige Moral ist die Freiheit. Das Ganze ist wahr.

Es gibt keinen Menschen, der nicht davon wüßte. Doch die Sache ist viel einfacher, farbloser und nüchterner ... Zu allen Zeiten gab es Menschen, doch heute gibt es sie in Heerscharen, für die charakteristisch ist, daß sie alles selber machen wollen. Sich schamlos über alles hermachen ..., alles beschnüffeln, betatschen, abschlecken und lutschen, mopsen und hamstern, sie sind verfressen und gierig, immer hungrig, sie hecheln immer, rennen herum, stöbern, wühlen, kramen, als gehörte es ihnen, aber als gehörte es nicht ihnen, denn sie geben damit an und gleichzeitig verleugnen sie es auch, sie beanspruchen ein Recht darauf und machen es dennoch insgeheim, sie nehmen es weg, aber mit schlechtem Gewissen, sie fressen sich voll und kotzen es wieder aus, sie nennen sich sauber und können nicht schlafen. Die Existenz verwechseln sie mit dem Leben. Sie glauben, das hier sei alles.

Diese Erklärung verfehlt die Sache.

Für einen Beweis haben wir jetzt weder die Zeit noch die Gelegenheit.

Lauter fragwürdige, schwere, verdorbene Gewohnheiten, Gedanken, Ideen, lauter feine Hinterlist, trügerische Lügen, honigsüßer Verrat, lauter Nebenpfade, Hintergedanken, erbärmliche Instinkte verborgen hinter Masken, verloren in der menschlichen Schlechtigkeit – all dies übernommen von den Lumpenfetzen der Völker, übernommen und festgebannt ..., verschwenderischer und niederträchtiger Prunk, die nichtswürdige Knechtschaft, die Heuchelei, die Intrige, die Titelsucht, der Verrat, der Brudermord, die anonymen Denunziationen, die Anmaßung, die Günstlingswirtschaft, die tückische Unwissenheit, die Korruption, der Neid, die Zeremonie.

Innerer Bandit! Nie wird einer entscheiden, wofür man mehr Kraft braucht, wenn ich eisern Widerstand leiste, oder wenn ich mich dem, was da ist, anschmiege ... In der Zweideutigkeit der Dinge so weit vorzudringen, über Messers Schneide, vorsichtig, das ist die größte Gefahr, und wer traut sich, hierherzukommen? Wer traut sich, soviel zu verstehen?

a Der Mensch fürchtet sich nicht ohne Grund.

Wer in der Verblendung nicht verwirklichter Gedanken lebt, ist skandalös verlogen vor sich selbst, skandalös lächerlich für andere. Das ist der doppelte Skandal der menschlichen Existenz, wenn jemand den Mund aufreißt und predigt und schult und lehrt und tadelt und straft und die großen Worte verkündet und nichts einlöst.

Die Sache ist schwieriger und einfacher. Es ist Freiheit. Das heißt, es ist Risiko und es ist Opfer und es ist Abwägen und es ist Geistesgegenwart und es ist Wissen und es ist Wille, sagt er. Der Oberst hebt den Blick zu ihm, es ist empörend, daß einer seinem Ich eine Bedeutung zumißt, die er erst erlangen kann, wenn er es aufgibt. Ein Ich gibt es nur, wenn es keins gibt, und es gibt keins, wenn es eins gibt. Aber ein normaler Mensch ärgert sich über so etwas nur.

Aus diesen aufgedunsenen und innen leeren und unrealisierbaren Wörtern ist eine ganze Sprache entstanden.

Wenn das Wort explodiert, das ist die Tat.

Sprechen Sie mir nur nicht zu!

Der Mensch ist immer ganz, der Oberst lächelt zärtlich, Freundschaft kann nur dort entstehen, wo zwei Männer das Wesen des jeweils anderen nicht nur heil und ganz erhalten, sondern aus ihrem eigenen Ich-Kreis in den Kreis der anderen deswegen übertreten, weil sie wissen: Das ist der Ort, wo über die Unversehrtheit der Freundschaft die eigene Unversehrtheit sich verdoppelt. Ein Ganzes kann sich nur durch ein Ganzes vervollständigen. So, wie die Unterdrückung letztendlich auch die Unterdrückung unterdrückt. Und wie sich die Fülle nur durch die Fülle erfüllen kann. Offen kann ich nur durch die Offenheit meines Freundes sein, ehrlich nur über seine Ehrlichkeit. Freund durch seine Freundschaft und er über meine. Es gibt keine Hierarchie, keine Rangfolge, kein Nacheinander. Vollkommene Anerkennung der gegenseitigen Einheitlichkeit der Werte. Freunde sind gleich. Denn wo sie sind, gibt es keinen Unterschied. Der Ort, an dem sie leben, ist jenseits des Turniers. Freundschaft wächst über die Existenz und ist und lebt und vergeht. Der Kreis der Freundschaft ist nicht der des Lebens, sondern der der Existenz … Es gibt drei Gründe, die Freundschaft ausschließen: die Eitelkeit, der Hochmut und die Ironie.

Man kann darauf nicht antworten. Man muß es auch nicht. Sie haben es gewiß gelesen, Sie sind so rührend gebildet, mein Reich wird durch meine Feinde erbaut, deswegen wird es gut gebaut werden, der Oberst gibt ihm mit einem merkwürdigen Aufspringen die Hand, verstehen Sie es nicht als Drohung, aber ich begleite Sie nicht hinaus, die Sonne scheint, mein Fuß schmerzt. Seine Handfläche schwitzt. (Möchten Sie eine Banane? Nein.)

Es gibt kein Fest, sagt er sich im Herzen. Es gibt kein Fest.

Bewohner der Lehmhäuser stehen neben dem Trog. Da das Plumpsklo am anderen Ende des Hofes ist, jenseits des Maulbeerbaums, haben sie es nachts, aus verständlicher Bequemlichkeit, nicht benutzt, sondern das Töpfchen, was ihnen aber anfangs peinlich voreinander war, die Tatsache wurde mit kleinen Tricks verschleiert. Aber die Undiszipliniertheit wuchs und wuchs.

Sie stehen neben dem Trog, das Töpfchen in der Hand, und sie waschen es aus, das ist das Morgenritual. Am zweckmäßigsten ist es mit Sand. Mit Lehm. Mit Brennesseln. Es gibt verschiedene Ansichten, ihre Anhänger kommen miteinander aus. Er stürzt das Töpfchen über dem Misthaufen aus, stellt sich zu den anderen. Und Sie, mein Herr, womit reinigen Sie es? Er lächelt, er ist müde, die fremde Frau hat es mit dem Herzen, man muß Nachtwache halten. Das hängt davon ab, mein Herr, wenn ich nur gepißt habe, dann mit Brennesseln, wenn ich aber geschissen habe, übrigens unabhängig davon, ob ich auch gepißt habe oder nicht, dann ziehe ich den Sand vor. Aber, aber, sagt laut die Frau im Morgenrock, die über den Trog gebeugt schrubbt. Ein Hund schleicht um sie herum, **heuchelt mit dem Schwanz.**

Der Text läßt der Reihe nach all jene Anhaltspunkte fallen, auf die wir zu Recht zählen würden. Zum Beispiel möchten wir gerne glauben, daß es zum Beispiel an dieser oder jener Stelle um die Zwangsaussiedlung geht. Dieser unserer Annahme spricht nichts entgegen, aber mit Sicherheit wissen wir es nicht. Wir werden nicht widerlegt und nicht bestärkt. Ein anderes Mal ist er ostentativ konkret. Aber als käme einen auch hier die Suppe teurer als der Wein: als würde er sich vermessen das Recht herausnehmen zu sagen: So ist die Wirklichkeit! Oder auch nur: Siehe, so bin ich!

Im Tor, fast am Plumpsklo, steht die junge Zigeunerin, eine kräftige, wunderschöne große Schlampe, sie schluchzt laut. Komm her, *Muni*, ruft er ihr zu. Das Gesicht der Zigeunerin ist verweint und zerrissen. Was ist los, Muni, fragt er, er spült das Töpfchen im Trog. Tun Sie das Spülwasser nicht zurück in den Trog, gießen Sie es auf die Erde, weist ihn die Frau im Morgenrock leise zurecht. Haben meinen Männe gezogen, sagt Muni, hat sich betrunken und hat mich geschlagen. Hast es bestimmt verdient, Muni. Die Frau senkt den Blick. Er muß sie ziemlich geschlagen haben, denkt er. Ich möchte den gnädigen Herrn bitten, schreiben Sie ihm ein Brief in die Kaserne, sie hält sich am rutschigen Rand des Troges fest und bückt sich, kratzt eine schwarze Maulbeere von ihrer Schuhsohle, nur ein Ende der Maulbeere ist zerdrückt, so ist sie kleben geblieben, an der roten Sandale mit dem Blockabsatz, die Maulbeere klebt dort, wo sich die Sohle nach oben wölbt, sie nimmt die fast intakte, saftige schwarze Maulbeere, steckt sie sich

›ich hab diese Dern aus Bihar mitgebracht, weil die hat so eine heiße M…e, daß, wenn sie sich auf den Rasen setzt, verbrennt sogar das Gras unter ihr‹

zerstreut in den Mund. Was für eine Frau! Er könnte ihr lange zusehen …

Worüber soll ich schreiben? Die Zigeunerin blitzt ihn mit den Augen an, **das wird der gnädige Herr besser wissen**. Er wartet. *Aber so was!*, sie streckt sich, das Weinen perlt von ihr ab, die Schläge, sie steht da, stramm, mit ihrem ganzen Stolz, ihrer verliebten Rache, *aber so was, daß ihn der Deibel holt meinetwegen!* Er nickt, wird gemacht, Muni, die Frau zerkaut die Maulbeere, schluckt sie hinunter, geht vom Hof, im Tor dreht sie sich um, schaut ihn an, winkt ihm mit dem Kopf, lacht, geht.

Er steht da. Die Bewohner der Lehmhäuser ziehen sich in die Winkel zurück. Der Mann ruft ihm hinterher, am besten kleibt man mit Scheiße, mein Herr. Er pflichtet ihm bei, ich weiß, so mache ich es, mein Herr. *Was für eine Gefangenschaft ist das*, er öffnet vorsichtig die Tür, um die fremde Frau nicht zu stören. Ich habe von Buxtehude geträumt, sagt die Frau blinzelnd, wenn ich mich nicht irre, war er ein großer Schriftsteller. Er stellt das Töpfchen unter das Bett. Der Strohbruch fällt, sagt er. Der Misthaufen ist nah, er stinkt. *So viele Fliegen!*

»Weißt du, sie hat eine ältere Schwester, eine Fuselschwester, man nennt sie nur die Epilenzi, sie reicht mir bis zum Gürtel. Verblüffend, wie diese Minderbemitteltheit die Männer anzieht, sie macht den Abwasch im Ausschank, es gibt einen Schemel, da steht sie drauf, von Zeit zu Zeit wird sie hinten auf dem Scheißhaus gestoßen, man hört ihr glückliches Gewimmer bis drinnen, die ganze Kaschemme freut sich gemeinsam, sie hat einen Sohn, als Pimpf hatte er ein hübsches Gesicht, aber heute ist er wie's Vieh, verroht, einmal haben ihn die Bienen fast zu Tode gestochen … Ich habe gesehen, wie diese beiden alten Weiber die Epilenzi gequält haben, sie hat dünnes, kurzes Haar, sie bleicht es mit Wasserstoff, ihre Haut ist immer schwärzlich, über ihrer Brust wölbt sich irgendwie der Knochen vor, sie hat Leberflecke. Sie haben sie gequält, sie waren hämisch und gierig, daß, so bekloppt die Lenzi auch sei, ihr könnten solche Sachen noch passieren. Der Mann der einen ist unlängst gestorben, er ist wegen des Fusels in den Wasserleitungsgraben gefallen, der hat noch als Siebzigjähriger *jeden Tag*!, die Alte kam stolz daher, um zu klagen, der Otto ist nicht zu bremsen, und ihr tut es schon weh, und sie blinzelte rasch. Die alten Hyänen nahmen sie gnadenlos ins Kreuzverhör, sag mal, Lenzilein, und hast du vielleicht wieder viel gegessen, daß dein Bäuchlein so schön wächst?! Woraufhin die Arme anfängt zu wiehern, lacht, weint, schnarzt, schlürft auf einmal, der Speichel läuft ihr herunter, was soll ich machen, wenn mich der trumm Mensche, der Gyurka Dévai, bei den Akazien umgeworfen hat. Der Gyurka Dévai ist Fuhrmann, ein Schwab, hat eine Menge Geld, läuft immer in Cordhosen herum, am Hosenstall fehlen die Knöpfe, der hat sie erwischt, dabei hat er sehr gute Liebhaberinnen, und die Epilenzi ist sehr häßlich. Ihr Bauch sieht so aus:

.«

»Als der Mensch angfangen hat zu stossen, hat auch das Weib angfangen sich zu bewegen. Hob ich sie an der Schulter gpackt und hob giftig zu ihr gsagt: ›Wer tut hier p...n, tu oder i?‹«

Er sieht eine rote Sandale. Eine verlatschte Sandale, die Farbe ist rissig, **mein Gott, wo ist die andere**? Man müßte zur Zigeunerin gehen. Da bin ich halt, Muni. Ich seh's, gnädiger Herr. Aber jetzt ist's grad nicht gut, ich bin nicht allein.

Die braune Leiche ist ein Rehkadaver. Daneben gaukelt ein großes Stück Plastikfolie. Was für ein Paar! Der Mensch fürchtet sich nicht ohne Grund. Er tritt an den Rand der unterspülten Stelle, der Boden sinkt ein wenig ein, er weicht Richtung Baumstamm zurück, legt sich fast in die Konkave hinein. Die Laubkronen umschließen den Platz, aber die Neigung der Sträucher und die Uferlinie sind so, daß er Richtung Wasser offen ist, es gibt Offenheit. Seine Lippen bewegen sich, eine Kirche, flüstert er vor sich hin, **Vater unser, der du bist im Himmel**, er erschrickt ob der ausgesprochenen Worte, er fängt greinend zu schreien an, der **pfirsichhäutige** Himmel schwankt,
es gibt keinen Mittelpunkt, kein Haupt, keine Würde,
nur die angehäufte Beute, die Verschwörung,
es gibt keine Verantwortung, nur Berechnung, Ratlosigkeit,
hier ist die Gefahr und der Zweifel und es gibt keinen Entschluß,
es gibt keine Richtung, kein Ziel, keinen Weg, nur
Taumel, Verwirrung, Irrtum, Scham, Elend,
Armut, Schrecken, Sorge, Sünde, Schmach, jeder,
der etwas wußte, der etwas wert war,
der sich etwas traute, hat sich versteckt, der Tempel brennt.

Die Rinde drückt ihn am Rücken. (Ulme?) **Es ist still, eine Grenze, hier stehe ich.** In den Jeep hineinspringen. Hektisch die Räder durchdrehen lassen, die Reifen quietschen lassen. Er blinzelt, gegenüber nähert sich ein Motorrad, freundlich winken. Seitwärts sind glänzende Pfützen, verdächtige Silberteller und rote Wasserreinigungstürmchen. Im Rückspiegel sieht man, daß das Motorrad wendet, sich nähert. Die Heckscheibe ist mit Schlamm bespritzt, die Zeichnung ist kompliziert und überschaubar, zieht den Blick an, das Motorrad nähert sich. Sie fahren nebeneinanderher, er schaut den Fahrer an. Er gibt vorsichtig Gas, der andere auch, wieder, der auch. Der Motorradfahrer verzieht den Mund zu einem Lachen, macht eine kurze watschelnde Bewegung mit dem Rad, als wäre er unsicher, dann plötzlich tritt er mit dem rechten Fuß in den Jeep hinein. Der zweite Tritt trifft ihn am Schenkel, unwillkürlich tritt er auf die Kupplung, die Geschwindigkeit nimmt ab, er packt den Fuß des Motorradfahrers, den schwarzen Stiefel. Der Motorradfahrer entreißt ihm den Fuß, rast zwischen zwei Maulbeerbäumen hinaus auf die matschige Wiese.

Er gibt Gas, er hat Angst. Im Rückspiegel taucht das Motorrad auf, holt ihn spielend ein, versucht, ihn von der Straße zu drängen, der gezielte Tritt des Motorradfahrers trifft ihn an der Hand, er verreißt das Lenkrad, der Wagen schert zur Seite aus, walzt fast das Motorrad nieder, bricht durch den Graben. Er brüllt während des Falls. Nie wird einer entscheiden, wofür man mehr Kraft braucht, wenn ich eisern Widerstand leiste, oder wenn ich mich dem, was da ist, anschmiege … In der Zweideutigkeit der Dinge so weit vorzudringen, über Messers Schneide, vorsichtig, das ist die größte Gefahr, und wer traut sich, soweit zu gehen? Wer traut sich, soviel zu verstehen? Der Jeep soll liegen wie ein Käfer auf dem Rücken, die Räder sollen sich unwahrscheinlich lange drehen, wie in den Filmen.

In seinem Gesicht ist Staub. Seine Lippen sind gesprungen. Er schlägt wütend gegen die Tür, mach auf, mach endlich auf. Drinnen steht im Dämmerlicht die Schwester, bist du verwundet?, fragt sie müde. Wasser, sagt er und lehnt sich gegen die Wand. Er hat sich an den Schalter gelehnt, die Lampen gehen an, die Lampe im Vorraum, die Lampe im Badezimmer, die Lampe in der Küche. Ein Pferd wiehert. Gierig trinkt er das Wasser. Die Frau schaltet die Lichter aus, ich gehe, sagt die Frau, ich will dich nicht in Gefahr bringen.

Er schaut die Krankenschwester bestürzt an, aber warum fragst du nicht, wieso ich denn hier bin, sag mir, wieso fragst du mich nicht. Die Frau geht.

Er fängt vorsichtig an, die Betten zu machen. Seine Bewegungen sind vorsichtig, er spürt, er könnte in Stücke zerfallen, das Laken will nicht glatt werden, er lupft es, das Laken spannt sich wie ein Segel, fällt dann aber wieder wie ein Lumpenbündel auf die harte Bettfläche, er stopft es an der einen Seite fest, geht um das Bett herum, greift hinüber, seine Bewegungen sind vorsichtig, er spürt, er könnte in Stücke zerfallen, das Laken will nicht glatt werden, er stopft es an der anderen Seite fest, das Laken spannt sich wie ein Segel. Das Kissen ist schön hart. Er schält sich aus der Windjacke, der Geruch seines Schweißes bricht aus dem geschlossenen Raum hervor. Das Bett ist kühl. Er legt den Kopf zur Seite, beschattet seine Augen. Sein Bauch trommelt, die Umgebung trommelt in seinem Bauch, er läuft ins Bad hinaus, beugt sich über den Abfluß. Er schaut sich den unendlichen schwarzen Tunnel des Abflusses an. Der Wasserhahn tropft, er schließt ihn gereizt, das Tropfen hört auf. Sein Magen trommelt. Er spuckt, die Spucke kommt in einem dünnen Faden aus seinem Mund, schaukelt an seiner Lippe, er wischt ihn mit dem Handrücken ab. Er steckt sich den Zeigefinger in den Hals, würgt. Er kann nicht erbrechen, in seinen Augen sammeln sich Tränen.

Wandaufschrift: M. liebt mich mehr als ihre Mutter.

Sand sickert in seinen Schuh. Seine Sohle nimmt das sachte Schürfen des Sandes wahr. Sand und Staub. Er treibt die Äste auseinander. Die Zwetschgen sind süß. Er zieht einen Finger über die Frucht, es gibt eine neue Farbe; der Reif. Man muß den Waldrand erreichen.

Der Zug fährt stuckernd, die Passagiere haben den Raum schon vollgehaucht, es ist nicht kalt und es stinkt. Er fährt an **aufgewühlten Gebieten** vorbei, die aufgeworfenen Erdhügel sind mürbe, der Platz für die neuen Schienen ist markiert, das eine oder andere Stück – 15–20 Meter – ist schon gelegt, die Schienen sind rostig, sie sind nicht in Benutzung, der Zug fährt noch über die alten Schienen. Ein Gummirohr windet sich oder irgendein Plastik, es sieht stabil, steif, spröde aus, aber dafür windet es sich zu sehr. Kabeltrommeln liegen überall, wie **ungeheure** Zwirnspulen.

Es ist neblig. Die Berge in der Ferne sind kaum zu sehen, als wären sie auch aus Nebel, aus einem dichteren Nebel. *Was ist der Nebel?* Ein Stück des Horizonts ist rötlich hell, das ist auffällig in der nebligen Gegend, als wäre eine Lampe dort aufgehängt, so ist das Licht. Das ist raffiniert. Ihm ist warm, er knöpft den Trenchcoat auf, öffnet ihn und knöpft den obersten Knopf des Hemds auf, die von innen aufsteigende Hitze schlägt ihm entgegen. Hier bin ich im Licht, Bilsenkraut und wildes Tollkraut, die Häuser sind von Hecken umgeben, an den Ketten belfern Hunde wie stumm, ihre Stimmen werden vom Zugknattern unterdrückt.

Nach einer internationalen Übereinkunft sprechen wir von Nebel, wenn sich die Sichtweite auf unter 1 km beschränkt (sonst ist es Dunst). Bodennebel, Seenebel, Monsunnebel, Rauchnebel – oder auch Smog.

Im Coupé hinter ihm unterhalten sich zwei, Lósai war der Werkführer, aber wir haben ihn nur Lóseggű, Pferdearsch genannt, erinnerst du dich? Daß der Julika eine Erhöhung hätte gegeben werden müssen wegen der Rente, und er hat ihr keine gegeben. Und danach hatte er die Stirn, im Dagály-Bad daherzukommen, wir beizten dort mit meiner besseren Hälfte vor uns hin, wie geht's, Genosse Szabó?, er hatte die Stirn, das zu sagen, *kratz mir mal den Rücken, Mutti*, sagte ich zu meiner besseren Hälfte, da hat auch der Pferdearsch verstanden, daß das nicht sein Terrain war.

mir fällt ein Jugendfreund ein, Pityu Gáncs, den wir einfach nur Gatya, also Buchs genannt haben, sein Verhalten war ebenso Feigheit wie Tapferkeit

Gegenüber sitzt eine Frau, sie spricht zu einem Mann, alle Zeichen deuten darauf hin, daß es ihr Mann ist, die wortkargen Hinweise, die Art der Hinweise, die an Desinteresse rührende Ruhe, die heftigen Wechsel zwischen Herzlichkeit und Gereiztheit. Aber damals hat er nur Zsilinszki geheißen, der Mann schweigt beleidigt. Sie ist hübsch und sie trägt keinen BH, sagt die Frau später unanfechtbar.

»Es gibt eine Terrasse mit einer riesigen Holzbrüstung, und unten fließt das Haus praktisch in den Garten hinein, er ist der Gärtner *en Europe*, solange er lebt, gehört er ihm, aber er wußte nicht so recht, ob er annehmen sollte oder nicht.«

Er schaut zum kühlen Fenster hinaus, ein Geländewagen legt eine Hecke um, er untersucht den Himmel, ob sich wohl der Nebel auflöst. Man muß sparen, sagt die Frau, natürlich, mit dem Auto ist das nichts, platzt herein und fertig. Modern. Modern in jeder Hinsicht, taugt zu überhaupt nichts, es klettert drüber, wer will, beziehungsweise nur der nicht, der nicht will, der Mund der Frau steht offen, der rosarote Lippenstift ist ein wenig verschmiert, die Frau hat eine überbräunte Haut, ein wenig fleckig ist die Haut auch, sie *pflügen sie unter*, die pflügen übrigens alles unter, ich hab's mit der Niere, ich esse Schwarzbrot. Die Frau hat **drei Bananen** im Schoß, mit dem Fingernagel ritzt sie zerstreut **Figuren** in eine Banane. Pferdearsch, so haben wir ihn genannt, nicht besonders taktvoll, aber treffend, soviel ist fix. Ich verschlitze neben den Enkelkindern manchmal Mäntel, nicht unbedingt des Geldes wegen, sondern damit die Zeit vergeht. Wie verbringen die Kinder die wäre der zukünftige Pädagog- allumfassenden Frieden Unsere Beziehungen sind von vollständigem und gegenseitigem Vertrauen geprägt es gab eine Konferenz, dennoch blei lifizieren Produktionseinheiten, für Moskau und Washington, und das darf ni- gen, sagt Edward, korrektes partnerschaftliches Verhältnis ist für die Ent- daß die von ihm vollbrachte Lei- zwar die Betrieb- seines Arsenals in den achtziger Jahren. litischen und militärischen System treiben, sagte er zum Abschluß aus den gemarterten Bauern entstandene Demokratie sind Zwillinge. Vision. Vorerst. Daß in konterrevolutionäre- geändert. Der Handel für die niedrigeren Einkommenssch- ohne Unterstützung schwerlich. Die Leiter der Bezirksverwaltung man muß den Menschen einbeziehen in die Be- mit seinen zu führenden Besprechungen- sein offizielles Programm gen und auch heute die Sorgen. Dann soll der Betrieb geworden, aber seine Regierung bemüht sich nicht darum, dem zu wider- der fortschrittlichen Intelligenz ist zu Ende ge- und in meinem Namen und die Kooperationsbeziehungen der Fortschritt und der Sozialismus der Haupt grüße die freundschaftliche groß tützt den gesellschaftlichen Fortschritt, Im Namen des ungarischen Volkes ... Die verbogene Zeit, sagt er sich im Herzen.

Ich habe von einem gewissen Jungen aus Doboly gehört, daß es in seiner Heimat so einen Trunkenbold gegeben hat, der, als er oft des Mitternachts an sein Haus kam, anhub, seine Ehefrau zu schimpfen mit großem Frevel und sagte: Gib mir Teufelsweibs! Was hast du gekocht? Die Frau setzt sich im Bette auf, sieht, daß der Mond mitten auf den Tisch scheint. Sagt deswegen zu ihrem Manne: Ach hätte dich doch der gute Gott versenkt, weißt du denn nicht, daß die salzige Milch auf dem Tisch ist? Da ging *der überaus betrunkene Saumensch* und setzte sich an den Tisch: schnitt ein gutes Stück Brot, und mit duseligem Kopfe tunkte er so lange das Mondlicht auf, bis das Brot alle gewesen, und dann legte er sich neben seine Frau schön leise und gesättigt.

Die Zeichnungen auf der *Bananenschale* werden braun. Köstlich, sagt die Frau, sie hat etwas im Mund, man hätte Lust, es sofort zu zerbeißen, aber man muß es, im Gegenteil!, langsam lutschen. An der Endstation beeilt er sich mit dem Aussteigen, kaum hat der Zug angehalten, springt er auch schon ab. Der Schaffner kommt herangesaust, herrscht die Frau grob an, der Mann schweigt, er scheint sich zu fürchten, was sind das für Zeichen auf der Banane, brüllt der Schaffner, *ich gebe Ihnen eine Minute*, um sie zu dechiffrieren. **In Kulturlandschaft gebettet, Hodensack genagelt?**

Er steigt vorsichtig aus dem Zug, *wirft sich auf den Bauch*, dann, da es zu viele Reisende gibt und es zu sehr auffällt, tut er so, als wäre er hingefallen, wischt sich tief gebeugt die schwarze Schlacke vom Knie, während er unter dem Fenster *flieht*. Der Busbahnhof ist ein großes Vieleck aus Beton, er erreicht seinen Anschluß. Die Schaffnerin hat ein giftiges Gesicht, sie gibt unwillig Auskunft. Die Schaffnerin hat viel zu tun, sie muß sich durch den Bus hindurchdrängeln und wieder zurück. Sie hat eine häßliche Haut, die Schaffnerin, die Haut ist voller Dellen, am Kinn ist eine kleine verkratzte Wunde, das Blut ist angetrocknet, das Gesicht der Schaffnerin ist giftig, beleidigt, aber sie kommt immer und immer wieder zurück, obwohl, das ist schließlich ihr Job. Die Fähre ist noch weit, ich sag Bescheid, sagt die Schaffnerin. Das Hemd der Schaffnerin ist weiß, an den Manschetten ist der Stoff fusselig geworden, dieselbe schmutziggraue Ausfaserung sieht er auch an den Brüsten. Ob sie wohl genibbelt werden? Unter der Achsel ist ein kaum sichtbarer buttergelber Fleck, die Hände der Frau sind aluminiumverfärbt vom Geld.

Er schaut dem sich entfernenden Bus nach; neben dem Fluß ist ein luftiges, offenes Gelände, eine Gänsewiese, in der Mitte ein Betongebäude, Bunker? Trafohaus? Er macht einen Bogen darum. Der Fährmann ist ein junger Mann mit roten Wangen, er trägt einen weiten, dicken Pullover, einen Norwegerpullover, die Mütze hat dasselbe Muster. Er sitzt im Schiffchen, irgendwie so tief, als würde er halb im Wasser sitzen; im flachen Sichtwinkel scheint selbst die kleinste Wasserkräuselung eine furchterregend donnernde, wütende, herabstürzende, brandende, schäumende, übermäßige Welle zu sein. Er freut sich über diese gefahrlose Abenteuerlichkeit. Wer ist hier ein Modell?

Der Fährmann gibt ihm eine Fahrkarte aus seiner uralten, abgetragenen, abgewetzt fettigen, mit tausend Fächern versehenen Ledertasche, die ihm um den Hals hängt. Wie lange fahren Sie am Nachmittag?, fragt er, die gelbe Fitzelkarte knüllt er in seine Manteltasche. Bis halb elf, der Fährmann lacht, er hat einen Silberzahn. Hja, das ist gar nicht mehr so richtig Nachmittag, sagt er.

Nein.

Und im Winter?, fragt er. Wie?, fragt der Fährmann zurück, er kramt in den Fächern nach Kleingeld. Ob die Fähre auch im Winter fährt?, erklärt er. Sein Blick schweift über das Wasser, keine störenden Zeichen, *bleierner, wütender Wellengang: verkleinert.* Wenn die Donau nicht zufriert, sagt der Fährmann und gibt fünfzig Fillér heraus. Tut sie's häufig?, fragt er. Wie?, fragt der Fährmann zurück, kramt in den Fächern nach einer weiteren Fahrkarte. Ob sie häufig zufriert?, erklärt er. In letzter Zeit nicht besonders. Er merkt, daß er beobachtet wird: eine alte Frau, ihre Daumen kreiseln umeinander, und neben ihr ein Bauer mit fein geschnittenem Gesicht.

Das letzte Mal ist sie unter *König Mátyás* eingefroren, sagt er; die Menschen auf dem Schiffchen schauen ihn erwartungsvoll an. Er sticht hervor. Er versucht zu lächeln, die alte Frau nickt wohlwollend, *ja, ja,* das *kann sein, der war ein großer König.* Was hat der Arzt gesagt?, fragt der Mann, sein Gesicht ist scharf, schön, wie eine Axt. Was, was man immer sagt. Daß ich alt bin, die Frau kichert. Und arbeiten, darf man arbeiten? Der Mund der Frau ist zahnlos, wenn sie die Lippen schließt, versinkt der Mund quasi im Gesicht, fällt hinein, arbeiten darf man, so viel, wie ich eben kann.

Das Ufer ist abgesenkt, Sand und Schlick wechseln sich ab. Der Himmel ist rauchig. Auf den Blättern der Bäume am Berghang ist Staub, der Berghang ist *nach mehreren Seiten* schief. Er beschleunigt seine Schritte, dadurch wird er wie ein Agent, er verlangsamt seine Schritte, seine Bekleidung ist fremd hier, er beschleunigt seine Schritte, dadurch wird er wie ein Handelsvertreter. Er verlangsamt sie. Er beeilt sich. Die Blätter des Weins sind unglaublich rot, hier und da hängen zurückgelassene Trauben, er kostet eine Rebe, wundert sich, daß sie sauer ist, wie sauer die ist. Wie kann das sein? Der Pfad verläuft durch feuchten, etwas klebrigen Sand, zwischen den Weinstöcken ragt eine Taube herein, er stößt sie mit der Schuhspitze an, schnuppert in die Luft, die Luft ist kühl, feucht, es gibt keinen Geruch, unten ist Blut, der Hals ist offen, dort im Kreis um den blutigen Hals sind blutige Kerne. Eine Glocke tönt, der Pferdehirt treibt ein Gestüt schwarzer und fuchsbrauner Pferde ins Dorf. Unter der Haselnußstaude weidet der grüne Jäger ein Wild aus. Seine Hand dampft vor Blut, und der Schatten des Tiers seufzt über den Augen des Mannes in der Laubkrone, braun und schweigsam; der Wald. Krähen, die sich verstreuen; drei. Ihr Flug wie eine Sonate, voller bläßlicher Akkorde und männlicher Melancholie; eine goldene Wolke, die sich lautlos auflöst. An der Mühle zünden die Jungs ein Feuer an.

Eine Weinrebe ist süß, nun ist es das, worüber er sich wundert.

Der Hügel hebt sich langsam nach oben. Im Haus wird er von seinem Bruder erwartet, sie umarmen sich lange in der Tür. **Prüfe, wie du das zu tun pflegst, meine Schlagader**. Ich habe eine dreizehnjährige verdorbene Frau auf dem Moszkva Platz getroffen, sagt er. Glücklicher Mann, sagt sein Bruder unaufmerksam. Er streckt sich hin. In der Nähe sind die Bäume scharf, der Berg in der Ferne stumpf, als wäre er auch aus Nebel, aus einem dichteren Nebel. Was ist der Nebel. Ein Stück des Horizonts ist rötlich hell, das ist auffällig in der nebligen Gegend, als wäre eine Lampe dort aufgehängt, so ist das Licht. Das ist raffiniert. Die Äpfel auf der Kommode duften.

Der Tag vergeht. Am Abend hat man den Fremden ins Leichenhaus gebracht, sagt sein Bruder. Es dämmert grau. Die Kastanie rührt sich keinen Hauch. Die Kerze leuchtet stumm in der dunklen Stube. Er hört die Atemzüge seines Bruders, als ich heute früh im Garten saß, sagt er, blühten die Bäume ringsum blau, Tilios und alte Sange saßen auf ihnen, ich habe meinen Schatten im Gras erblickt, ein mißgeformtes, seltsames Tier, groß gewachsen wie ein böser Traum, vor meinen Füßen, da ging ich zitternd ... und das Tier kam mit mir. Oh wie alt ist unser Schlag!, flüstert sein Bruder.

Was bringt dich dazu, lautlos auf den verfallenen Stufen zu stehen in deines Vaters Haus?

Du mußt los. Deine Kleidung rauscht auf der Wendeltreppe. Stumm leuchtet die Kerze in der dunklen Stube, eine silbrige Hand löscht sie. Die Kastanie rührt sich keinen Hauch. Es dämmert grau. Greisinnen haben sich auf den Weg zum Brunnen gemacht. Die Kastanienbäume sind von heiterer Röte überzogen. Ein Bäckereigeschäft haucht frischen Brotgeruch aus, und über die Planke beugen sich Sonnenblumen. Allmählich verklingt vom Ufer her der Kneipenlärm, eine Gitarre summt, Geld klimpert.

Seine Tasche schaukelt in der Dunkelheit. Meine Fußsohlen erinnern sich, daß ich mit meinem Vater in so einer Dunkelheit, auf so einem Weg, in so einem naßlockeren Sand oft zur Großmutter gegangen bin. Sein Bruder schweigt, die Trennung nimmt ihn mit. Am Ufer kreuzen sich zufällige Lichtschweife. Er sieht das kleine Wassergefährt nicht, ist es hier?

Ja.

Sein Bruder steht auf dem Steg wie auf einer Bühne. Ich wußte, daß Gleichgültigkeit und steife Stille in der Nacht herrschen. Der rotwangige Fuhrmann ist müde, wieder gibt er fünfzig Fillér heraus. Die Nacht ist feucht, er ist allein in der Dunkelheit, die Wiese ist groß. Im Bus, am Gelenk, stürmt ein Mädchen an ihm vorbei, sie riecht wie seine Großmutter. Er hält die eingeatmete Luft an. Im Zug herrscht eine abgestandene, gute Wärme. Er fährt sich durchs Haar, sein Hals juckt.

Der Schaffner platzt herein, hab keine Angst, kleiner Schweinehirt, sagt der Schaffner, läßt sich nieder, ißt Speck, bietet ihm nichts an. **Er hat Angst.** *Ich sag doch, hab keine Angst, das ist so ein Blödsinn*; der Schaffner legt den braunen Wecken auf den Deckel des schmuddeligen Müllbehälters aus Aluminium, der Speck ist blaß, diese drei Bananen! es geht mir nicht in den Kopf, meine Hand klebt, am freien Samstag, ich bin auch nur ein Mensch mit vielen geheimen, süßen Fußabdrücken, aber die Wonne: verblühter Mohn, wirbelt, flitzt, umarmt, dreht sich, hat sich die Scham gewaschen zu arglistigem Zwecke, ich sehe, du grübelst, fürchte dich nicht so, erst, wenn du dich so unter den schwarzen Sternen fürchtest, daß du winselst wie ein geschlagener Hund, dann hast du eine Chance, *jemanden* zu finden. *Ich lebe von Lohn und Gehalt. Hab keine Angst.* Zeig deine Fahrkarte.

Die *Bananen*schale hängt aus dem Aluminiummüllbehälter. Die Stimme des Müllbehälters: das Krachen des Metalls: *Wer traut sich das?* (Unter kahlen Eichen erwürgte er mit eisigen Händen eine Wildkatze.)

Der Wind pfeift. Der Wind zerrt an ihm. Sein Bruder empfängt den Wind mit zusammengekniffenen Augen, sein Gesicht, als hätte man ihm ins Gesicht geschlagen und er würde jetzt gerechte Rache schwören. Sie warten am Fuße eines kalten Betonblocks auf János Korom. Korom steht ein wenig weiter weg, seine schmale Statur ist auch im Dunkeln gut zu erkennen, sein Gesicht leuchtet im Dunkeln, sein Schatten zittert. Komm schon!, ruft er, kommt er?, fragt er seinen Bruder. Wieso, siehst du ihn nicht? Ich sehe, daß er sich bewegt. Der Wind trägt Staub. Er spürt den Schmerz in seinem Körper, seinen Hals hält vom Nacken her ein Krampf fest. Auf der Betonoberfläche wirbelt der Staub trichterförmig. Komm schon!, rufen sie gemeinsam Korom zu, der nicht kommt. Der ist blöd, ruft er. Korom wartet fast auf den Tod, was für eine Selbstgerechtigkeit.

Man muß alles versuchen. In die Sackgassen muß man auf eine ganz neue Weise hineinspazieren; er stellt seinen Kragen hoch, die Frau und der Mann mit dem rasierten Gesicht folgen ihm. Er tritt ein, *ich möchte einen Kaffee*, sagt er zur Kassiererin. Die Kassiererin ißt, sie trägt Handschuhe, die Finger der Handschuhe sind abgeschnitten, die Kassiererin ißt Brot, das Brot ist in eine Serviette gewickelt; wie die Kassiererin beim Brot voranschreitet, pellt sie die Serviette ab. Wegen der Frage beißt die Kassiererin noch einmal unaufmerksam zu. Er sieht, daß die Kassiererin in die Serviette gebissen hat, er geht zur Galerie, wohin die Kassiererin zeigt. Die Kassiererin pult die Serviette heraus, *was ist?!*, das ist das Kennwort, was ist was?!, daß ich einen Kaffee möchte? Er antwortet nicht, wie es abgesprochen ist, er stellt sich die klitschige Serviette vor, gekaut, vermischt mit dem gekauten Salamibrot, gerade zwischen den Zähnen hervorgeholt.

Es gibt einen Pfeil nach unten: WC, und es gibt eine *großzügige, verschwenderisch breite* Treppe nach oben. Die Wand ist von einem bis zur Decke reichenden Spiegel bedeckt, der Spiegel ist von schlechter Qualität, er wirft einen Blick hinein, seine Gestalt ist schwankend, gelbe Lampen werden seltsam vervielfacht. Die Treppe ist aus Holz, es poltert. Ein auffallend gutaussehender junger Mann um die 26–27, mit schwarzem Schnauzbart, kommt die Treppe heruntergerannt, ein typisch transdanubisch-ungarischer Typus, unter seinen Füßen schnellen kleine Staubwolken von den Treppen hoch. Sie treten zur Seite, machen Platz.

Die Galerie ist wie ein großes, großes Privatzimmer, mit einem Loch in der Mitte. Auf dem langen Tisch liegt lediglich ein Zigarettenetui aus abgewetztem Leder, daneben Streichhölzer und ein Aschenbecher. Die Kellnerin hält ein rundes Tablett in der Hand, vollgepackt mit leeren Gläsern, *ist dieser Tisch frei?*, fragt er die Kellnerin. Die Kellnerin wirft das Etui und die Streichhölzer zwischen die Gläser, zuckt die Achseln, meinetwegen setzen Sie sich. Zwei junge Mädchen sitzen am Tisch, ohne BH, sie kichern, vor ihnen stehen Schinkenrollen. Am Nachbartisch wird Schach gespielt, furchtbar schnelle Züge, wo steht denn der jetzt?, fragt der eine, das weißt du ganz genau!, antwortet der Gegner.

Endlich trifft der Verbindungsmann ein, István Szabó, ich habe dich gebeten, mein Freund, dich nicht zu verspäten, er sieht ihm sofort an, daß er stark alkoholisiert ist, er freut sich dennoch, ihn zu sehen. Das ist vielleicht ein blödes Kennwort!, ruft Pista von weitem, die Frau springt auf, umarmt den Mann mit dem Bart, Gott sei Dank, du bist hier. Szabó murrt, ich habe euch drinnen gesucht, ich habe eine Flasche Bier über die Tischdecke gekippt, du verstehst vielleicht, was ich meine.

Briefauszug (Antwort?): Du verdammter Hanake, Du Seelenforscher, Du egoistischer, hinterfotziger Satzantreiber, ich warte um sieben auf Dich, damit Du mich liebst, wie ein Mann eine Frau zu lieben hat. Wenn Du nicht kommst, werde ich Dich auf immer hassen. (Ich werde Dich auch hassen, wenn Du kommst, aber die Wellen der Befriedigung machen großzügig. **Mama Orgasmus** verzeiht.) Komm so, daß man Dich am Tor nicht registriert. Und nimm kein Deo.

Die Kellnerin bückt sich, drückt ihre Brust gegen seinen Arm, *danke*, sagt er leise, die Kellnerin ist müde. Szabó erklärt der Frau, Alter, da war der Text schon fertig, das Lied fertig, aber so geil, wie ich es sage, da kommt unsere herzige halbe Portion von einem Ausdruckstänzer daher, das hier sei alles Banane, aber er brauche hier 38 Takte, weil es solang dauert, bis der *König Midas* auf der anderen Seite der Bühne angekommen ist, das heißt, um es an einem Beispiel zu zeigen: vergiß, vergiß, vergiß, vergiß, vergiß, vergiß, vergiß, Vergißmeinnicht! **Sie haben das Gebäude umzingelt**, flüstert die Kellnerin, wieder berührt ihre Brust seinen Arm. Er poltert die Holztreppe hinunter, seine Gestalt im Spiegel schwankt, gelbe Lampen sind seltsam vervielfacht. Unten umarmt ihn Szabó, wie ich diesen Dreckskerl liebe, er küßt ihn auf beide Wangen, er küßt ihn zurück, in seinen Bart hinein. Szabó geht. Er hat geweint, sagt die Frau, auch der Mann mit dem rasierten Gesicht verabschiedet sich.

Sie sind allein, mutterseelen. (Komm schnell mit mir in die Herrentoilette.) Verdammt noch mal, er wiederholt es, verdammt noch mal.

Rundherum sind Häuser, rundherum sind große, gleichförmige Häuser, diese bilden einen eigenen Raum, was für eine Weile wie eine Grube ist, dann, als er sich auf die Bank gesetzt hat, ist es wie ein Bergwerk, ein riesiges Bergwerk, in seinen Wänden riesige Scharten, auf dem Betontrottoir ist feiner Staub, kleine, bestäubte Papierfetzen rühren sich, die Sonne spielt Verstecken hinter den riesigen Scharten. Die Schatten sind lang, die Luft erwärmt sich, die Luft kühlt ab.

Heben und senken, die dünne und launische Schneide der Aktionslinien. Der Weg rennt. Es ist neblig, klamm, kalt. Zahllose Äste sind kahl, sie sind schwärzer als die schwarze Nacht, auf der Erde sind Blätter, sie bewegen sich unter seinen Schritten, lockern auf. Die Blätter sind bunt. Er zieht die Windjacke um sich zusammen, der harte Stoff aber bricht immer wieder aus seiner Hand aus.

Rundherum harren aufgeregte Tiere der Jahreszeit. Ihre heißen Nasen dampfen. (Der Kutscher rührt sich nicht einmal, er ist in riesige Wintermäntel gewickelt, es ist kalt, und er ist auch verwundet; ein Mantelärmel hängt vom Bock herunter wie der Arm eines Toten, er pendelt, während er sich entfernt.)

Die Zeit ist eine weiße, müde schöne Frau. Sie zieht die Füße unter den seidenen Faltenrock. Auf ihrem unbewegten Gesicht eine bittere Grimasse. Etwas ist schon geschehen, also ist es vergangen. Wäre sie ein Mann, würde sie, nach Schnaps stinkend, schluchzen. Sie sitzt kraftvoll da.

Hier sind wir also. Viele Chancen haben wir nicht, die Bäume sind hoch, er beugt sich nach hinten, der Verband zieht sich an seiner Schulter, der Schulterwunde entströmt schlechter Geruch, die Gaze ist steif vom geronnenen Blut, gelbes Sekret scheint durch. Auf der Wiese stehen Männer, der Morgen ist kühl, *schlammiges Gras* liegt flach. Die Stiefel sind nebeneinander, die Grashalme ducken sich. Hinter ihrem Rücken ist ein See, über dem See schwimmt leichter Dunst. Gegenüber ist ein riesiger Berg, die Felsen formen ein menschliches Profil.

Aus zwei hochgewachsenen, schenkeldicken Birken ist ein Kreuz gezimmert. Auch der Priester ist schmutzig, auch an den Stiefeln des Priesters *ist* grauer Schlamm.

Der leichte Rausch der Freiheit

Das hier ist nicht Abaliget, nicht Acsád, nicht Adács, nicht Albertirsa, nicht Adorjánpuszta, nicht Abaújszántó, nicht Abaújszántófürdő, nicht Ábrahám, nicht Baktüttös, nicht Bágyogszovát, nicht Bashalom, nicht Balatonkenese, nicht Csisztagyógyfürdő, nicht Csillaghegy, nicht Csabacsüd, nicht Csurgó, nicht die Csepeler Eisenwerke, nicht Cegléd, nicht Cegléd, nicht Csokvaormány, nicht Dabronc, nicht Dad, nicht Devecser, nicht Dértanya, nicht Debrecen, nicht Dorog, nicht Drégelypalánk, nicht Diósjenő, nicht Eperjeske, nicht Ereklye, nicht Écs, nicht Érd, nicht Ercsi, nicht Enese, nicht Egyek, nicht Ebes, nicht Fertőd, nicht Felcsút, nicht

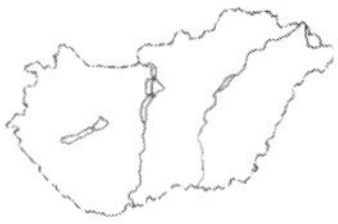

Fancsika, nicht Franciavágás, nicht Felsőrajk, nicht Farmos, nicht Folyás, nicht Fityeháza, nicht Feketeakol, nicht Fácánkert, nicht Győr, nicht Gemenc, nicht Gyöngyfa, nicht Gádoros, nicht Gyón (was für eine Andächtelei!), nicht Halesz, nicht Halmaj, nicht Hajdúnánás, nicht Hajdúsámson, nicht Heresznye, nicht Hort (tja), nicht Hugyag, nicht Ipolyvece, nicht Inota, auch nicht Ikrény, nicht Ináncs, nicht Inárcs, nicht Izsák, nicht Ilonaszállás, nicht Inám, nicht Jászfényszaru, nicht das József-Sanatorium (Auweia, Goldstück, das ist aber ein häßlicher Dampfer!), nicht Keselyűs, nicht Kapitányság, nicht Küngös, nicht Katraszél, nicht Kaszó, nicht Kund-puszta, nicht Kocsola, nicht Kondoros, nicht Kisköre, nicht Kisvárda, nicht Kaskantyú, nicht Kína (Das Kreuz tut mir weh, was soll ich tun? Meine Worte adressiere ich an den Burschen. Mein Sohn, du weißt doch Bescheid über das Wie-und-was des Körpers! Der Bursche jauchzt. Ein heißes Wannenbad und danach soll die Frau ihn lange malkern! Aber wenn sie sich davor ekelt, mein Sohn, wenn sie sich vor der *Massur* ekelt! Der Bursche johlt und schneidet Fratzen; das Rindvieh bedauert mich!), nicht Kötegyán, nicht Kistőke, nicht Kulcs, nicht die Kryptonfabrik, nicht Kurd, nicht Keszőhidegkút, nicht Lökösháza (mich deucht's, es werd ein Regen sein!), nicht Lad, nicht die Jenő Landler Fahrzeugreparatur, nicht Lupasziget, nicht Ludad, nicht Lókút, nicht Mátészalka, nicht Magyarbóly, nicht Macs, nicht Macskás, nicht Mártély, nicht Mesztegnyő, nicht Mátraballa, nicht die Margarethenbrücke, nicht Martfű, nicht Mohora, nicht Magyarfalva, nicht Möcsény, nicht Mikepércs, nicht Máriapócs, nicht Mátyásföld, nicht Mezőtárkány, nicht Magyarkút, nicht Mernye, nicht Miskolc, nicht Nagyatád, nicht Novajidrány, nicht Nyárszentlőrinc, nicht Naszehíd, nicht Nagykálló, nicht Nesztány, nicht Nagyoroszi, nicht Nyúl, nicht Orgovány, nicht Őrjeg (Sie haben ihn auf der Straße angekotzt. Eine alte Frau lehnt sich heraus. Magenkrebs, sagte ein Angehöriger auf meine Empörung hin, als wäre das eine Wiedergutmachung. Ekelerregend), nicht Örkény, nicht Öcsény, nicht Öntés, nicht Pacsmag, nicht Porpác, nicht Pápa, nicht Pátroha, nicht Pán, nicht Poroszló, nicht Rajka, nicht Rákospalota, nicht Révfülöp, nicht Rátót, nicht Rinya, nicht Rigács, nicht Rizse, nicht Répcelak, nicht Selyp, nicht Süttő, nicht Sáta, nicht Szabadbattyán, nicht Szabadegyháza, nicht Szabadkígyós, nicht Szabadságtelep, nicht Szabadszállás, nicht Szob, nicht Szarkás, nicht Szarvas, nicht

Als er dann in einem ballfähigen Zustand war, sah ihn der Senior von oben bis unten an. – Na, mein Sohn, jetzt hast du alles. *Aber wo kriegst du ein Gfrieß daher?*

Szarvaskő, nicht Szikáncs, nicht Szophomok, nicht Tát oder Tedej, nicht Türje, nicht Taszár, nicht Tiszalök, nicht Tököl, nicht Tab, nicht Toponár, nicht Ukk, nicht Uzovicstelep, nicht Ugyer, nicht Üllő, nicht Ürmöshát, nicht Ürmöshát, nicht Wien, nicht Vác, nicht Vörs, nicht Vokány, nicht Vajszló, nicht –, nicht Vizslás, nicht Vép, nicht Vésztő, nicht Városlőd, nicht Záhony, nicht Zsujta (eine Frau kam herein, setzte sich auf einen Schoß, in das Reich der Scheinbarkeiten), er geht über eine Brücke, sein Schatten ist lang, er schaut ihm zu, wann sein Schatten »ins Wasser fällt«. Als er hineingefallen ist, dreht er sich um, geht zurück an den Anfang der Brücke, beziehungsweise an ihr Ende, und spielt den Schatten noch mal. Die Schattenwelt, sagt er sich im Herzen. Er stellt seinen Koffer ab und die kleine, schwarze Tasche. **Im Park sind Instrumente**. Er schaut sich um, ob jemand sein kindisches Spiel sieht, die Menschen kommen und gehen. Er hebt den Koffer an, der Koffer zieht sich lang, seine weiche Seite fällt ein wie ein Gesicht nach langem Hungern.

alptraumhafte Erscheinung, gespenstische Chromatik, die Töne des widrigen Schicksals: Diese Landschaft ist nicht Petőfis Puszta, nicht Adys Bakony, nicht Krúdys Haine und auch nicht seine ausgestorbenen Dörfer, nicht Dérys Garten, nicht der Platz, wo Mándys Händler stehen, auch nicht die Hauptallee, bedeckt mit Ottliks bleiernem Himmel, nicht Péter Veres' und nicht Imre Doborys, nicht Miklós Bethlens, nicht Móriczs und nicht **nicht** – ein Mundvoll Saal, ein eigentümliches Odeur, die heftigen Wechsel zwischen Schrecken und Freude nehmen wir mit Ekel wahr …

Sein Schatten ist auf dem Quai, dann fällt er mit einem knorrigen, eckigen Zucken ins Wasser. Eine Welle dringt ans Ufer, die Schichten werden durchnäßt, dann sickert aus den Löchern das Weiße zurück, das Gedröhn, der Schleim. Ein Körnchen bewegt sich schleifend vorwärts, bleibt als Erinnerung für die Sinne. Ein Betonstreifen kurvt in einem langsamen Bogen, er läuft auf ihm, er spürt die Müdigkeit in den Armen, stellt den Koffer unter einen kleinen Strauch, der Koffer bläht sich wieder auf. Er hebt den Kopf nicht. Er sieht aus dem Augenwinkel, daß der Polizist in der Tür ihn beobachtet. Er bemüht sich, ein gleichgültiges Gesicht zu machen. Er muß darüber nachdenken, was ein gleichgültiges Gesicht ist, er geht schnell weiter, zerrt kraftvoll am Koffer.

Als er aus dem Windschatten des hohen Gebäudes tritt, bläst ihm starker Wind ins Gesicht, er schaut sich seitwärts seinen Schatten an, sein Haar flattert nach hinten, die Leinenhose klebt ihm am Schienbein, dadurch sieht es im Schatten so aus, als wären die Hosenbeine zu kurz, und auch die Füße

Die Hose war abgetragen, aus Cord, an den Seiten war an manchen kleinen Stellen die Naht aufgegangen, kurze Zwirnsfäden, Fadenenden pendelten, die Rippen sahen heil aus, hinten war sie etwas zerschlissen und glänzend, die Hose war seit damals nicht viel anders geworden, lediglich die Abgetragenheit war herangereift, die Hosenbeine wirkten auf den ersten Blick zu kurz, stumpf, aber infolge der Lockerheit um die Schenkel und der Materialfülle an der Hüfte oder einfach durch die Kniffe des Schnitts war die Hose eine Art Ferienhose geworden, was die Frage nach der Länge der Hosenbeine absolut belanglos werden ließ.

erscheinen unproportional groß. Aber dabei spielt auch schon die Perspektive eine Rolle. Hinter dem großen, grauen Wohnturm, zu dem er einbiegt, gibt es wieder keinen Wind, er stellt den Koffer hin, schaut sich mit einer theatralischen Grimasse seine Handfläche an, Verdichtungen, Verdünnungen, Knitterungen, Pausen, Abschürfungen, Durchwirkungen, Einbuchtungen.

Das ist es, sagt er laut. In den Straßen ist niemand unterwegs, er schaut am Wohnturm entlang nach oben, der Wohnturm ist wie ein quadratischer Scheit geformt, enge, offene Räume schließen rechte Winkel miteinander ein und drängen nach oben. Auf der abschließenden Ebene geklärter, gesiebter Splitt. Die Tür steht offen, das Gitter ist grau, mit dicker Farbe überzogen, hochgezogen, oben steht, wie bei einem Rollo, ein Ende heraus. Links ist eine Glaskabine, zwei Menschen unterhalten sich auf ungarisch. Er stellt den Koffer hin, ich bin es, sagt er. Der Jüngere nickt, fängt an zu telefonieren, schlägt auf die Gabel, das übliche *schmetternde* Bimmeln ist nicht zu hören, ja, sagt der junge Mann in den Hörer, er öffnet eine Tür, man kann nicht feststellen, ob von einem Zimmer oder einem Schrank, Abgüsse, Drifte, Tiegel.

Der junge Mann schüttelt das Schlüsselbund, das ist der Zimmerschlüssel, das ist der Liftschlüssel. Der Liftschlüssel ist wie eine fette, steife Raupe, ein Engerling, ein Wurm, er ist aus Aluminium, er zögert, ihn anzufassen.

Nehmen Sie ihn!, sagt der junge Mann gebieterisch und schaut ihn an.

Du vergreifst dich im Ton, Hasilein, sagt er.

Er bekommt aus der Rückhand eine *riesige Ohrfeige*, damit hat er überhaupt nicht gerechnet, er macht einen Schritt zurück, ohne einen sicheren Stand zu finden, zwischen Mund und Nase spürt er eine Wärme, eine heiße Welle überflutet ihn, als würde ihn diese Welle umwerfen. Der Stein ist kalt. **Es gibt etwas, das vorbei ist, der Hunger nach Gegenwart**. Sein Kopf ist bei einer Eisentür, Nickel, Chrom und Email sind aufgetragen, mit Metallen ergänzt ein vollständiges Gesicht, **man verweilt eine Minute im Zwielicht**.

Aus dem Glaskäfig springt der andere Mann heraus, klein und dicklich, obwohl von unten betrachtet alles anders ist. **Ich bin**

Ferenc Kertész, *ich bitte Sie um Verzeihung*, der kleine, dickliche Mann beugt sich herunter, hebt ihn hoch, lehnt ihn gegen die Tür, bricht die Bewegung ab, springt zum jungen Mann. Er sackt zurück, stößt sich den Kopf an der Eisentür, zischt. Ferenc Kertész brüllt den jungen Mann an, die Züge des jungen Mannes sind gleichmäßig, aber ein wenig schlaff, sein Haar ist glänzend und schwungvoll, aber die rötlichen Koteletten reichen ihm bis zum kräftigen Kinn, ein wenig wie in den Vorstädten, die kräftige Kinnlade ist so, daß sie ein wenig das Doppelkinn verdeckt, die Augen sind hellblau, aber ein wenig wäßrig, er trägt eine Strickhose oder eine Baumwollhose, der Gürtel ist verziert, irgendein Geflecht schlüpft hervor und wieder weg, *es würde mich gar nicht überraschen, wenn der gewitzte Gestalter, dieser Phantast, eine Möbius-Schleife oder Schleifen dort versteckt hätte*. Wegen der Weichheit des Stoffes folgt die Hose den fleischigen Oberflächen der Schenkel, sind Sie wahnsinnig geworden?!, Sie sind fristlos entlassen, Ferenc Kertész schaut voller Bedauern herunter, bittet noch einmal um Verzeihung.

Der dickliche junge Mann rührt sich nicht, er steht regungslos da, worauf wartest du, brüllt Ferenc Kertész, begleite den Herrn in sein Zimmer hinauf. **Draußen ist Nacht, drinnen scheint die Sonne**, er steht auf, tastet sein Gesicht ab. Zeigen Sie her, Ferenc Kertész springt herbei, richtet ihm den Kiefer, es tut weh, es gibt einen scharfen Schmerz, ist gut, *dann* ist nichts gebrochen, er tätschelt sein Gesicht. Er reißt den Kopf weg. Wendet sich schon ab, geht zurück in den Glaskäfig. Auf dem Glaskäfig bricht sich das Licht, er sieht sein Spiegelbild, das Spiegelbild bückt sich, sie lassen sich nicht aus den Augen, er hebt den Koffer hoch, plötzlich wirft er einen Blick auf den Koffer, der Koffer ist wieder eingefallen, in einem dichten Medium von hohem Druck ist die Reflexion gleichmäßig, Sedimentscharung, träge Mengen, Kertész im Käfig ist so, als wäre er schon immer dort gewesen.

Mir ist, dank Ihrer, die Freude zuteil worden, Ihnen Ihr Zimmer zeigen zu dürfen, sie warten vor dem Fahrstuhl, der junge Mann drückt den Meldeknopf, *ich bin Laci*, sagt er schlecht gelaunt, Servus, sie geben sich die Hand. Die Liftkabine ist seltsam, die Grundfläche ist ein schwer zu bestimmendes Vieleck, und es gibt zwei Türen, Laci steht nahe bei ihm, er spürt seinen neutralen Atem.

Dreh dich um, sagt Laci, leg die Hände in den Nacken, Sicherheitsvorschrift.

Als der Lift anhält, nimmt er erst die falsche Tür, als er sie aufreißt, starrt ihn eine gelbgrau fleckige Wand an: Fehler. Laci lacht heraus, er ist auf freundliche Weise schadenfroh, das ist uns am Anfang allen passiert, ja, es kam vor, sagt er, komm, kleiner Schweinehirt ... Schreite mutiger aus! Schau, das ist hier die *großzügig, ja verschwenderisch breite* Haupttreppe und der Hauptkorridor. Die seitlichen und hinteren Gebäudeteile hingegen werden von Fluren durchzogen, die lediglich von winzigen Glühbirnen dürftig beleuchtet sind. Vom Hauptkorridor biegen wir in einen mit Spiegeln, Holzvertäfelung und Schnitzereien aus der Zeit der Sezession verzierten Vorraum ein, eine prunkvolle kleine Halle der südosteuropäischen Neureichen der Jahrhundertwende.

Ich kenne dich nicht nur vom Sehen, sagt Laci, ich hab dich auch mal flüchtig getroffen. Du hast dich gerade mit jemandem über das Theater, über die spanische Dramenliteratur des Mittelalters unterhalten. Wenn das Schaffen, erklärtest du, die Erinnerung an das Werk ist, dann gibt es kein losgelöstes Werk, mehr noch, du gestikuliertest heftig, es ist das Nichts selbst, über das man aber reden kann, so steht das Schaffen als Tod vor uns, dein Gesprächspartner schwieg. Ich erinnere mich nicht, sagt er. Schau, die einzelnen Studios können zwar nur durch die fensterlosen Durchgänge erreicht werden, doch wir ... gelangen direkt vom Treppenhaus in eine weitläufige Sala, aber ich will dich nicht langweilen. *Wir gucken mal beim Oberst vorbei*, Laci schneidet eine Grimasse.

Unter den Augen des Obersts sind schwarze Vertiefungen, *Todesgräben*, er trägt eine starke Brille, sie ist aus schwarzem Plastik, er hat einen kleinen Bauch, sein Hemd ist geschweift, vor ihm auf dem Tisch liegen Papiere, in der Hand hält er einen gespitzten Bleistift, ein Sakko trägt er nicht, auch keine Krawatte, sein Hemd hängt verknittert, halb offen an ihm, seine mittelgraue Hose rutscht ihm, mangels eines Gürtels, bis unter die Hüfte. Der Oberst dreht ihm das Gesicht zu, doch die Augen starren ihn erloschen an, die Falten auf seiner Stirn vertiefen sich zu harten Gräben, und seine erschöpften Züge werden quer von drei parallelen Furchen durchzogen. **Es gibt drei Furchen.** Die drei Parallelen fesseln seine ganze Aufmerksamkeit.

Eine Frau kommt herein, der Oberst dreht sich im Drehstuhl um, *du hast das Foto meiner Mutter mitgenommen!*, die Frau zuckt die Achseln, der Oberst schreit mit gerötetem Gesicht, scher dich als wäre er schon immer dort gewesen. träge, Kertész ist im Glaskäfig, wie in einem dichten Medium von hohem Druck die gleichmäßige Reflexion, die Sedimentscharung, er wirft einen Blick auf den Koffer, der Koffer ist wieder eingefallen, überfüllt, sie lassen sich nicht aus den Augen, er hebt den Koffer hoch, plötzlich bricht sich das Licht, er sieht sein Spiegelbild, das Spiegelbild bückt sich, er wendet sich schon ab, geht zurück in den Glaskäfig. Am Glaskäfig reizt Verwunderung in seinem Gesicht, das heilt gschwind, gottseidank, und. Kertész hält die Hand ein wenig in der Luft, es sieht aus, als wäre ge- Schmerz, ist gut, *dann* ist nichts gebrochen, er tätschelt ihm das Gesicht. Er reißt den Ferenc Kertész springt herbei, richtet ihm den Kiefer, es tut weh, es gibt einen scharfen cht, drinnen scheint die Sonne, er steht auf, tastet sein Gesicht ab. Zeigen Sie her, brüllt Ferenc Kertész, begleite den Herrn in sein Zimmer hinauf. Draußen ist Na- junge Mann rührt sich nicht, er steht regungslos da, worauf wartest du, renc Kertész schaut voller Bedauern herunter, bitte noch einmal um Verzeihung. Der dickliche chen der Schenkel, sind Sie wahnsinnig geworden?!, Sie sind fristlos entlassen, Fe- *dort versteckt hätte*, wegen der Weichheit des Stoffes folgt die Hose den fleischigen Oberflä *gewitzte Gestalter, dieser Phantast, eine Moebius-Schleife oder Schleifen*, irgendein Geflecht schlüpft hervor und wieder weg, es *würde mich gar nicht überraschen, wenn der* rig, er trägt eine Strickhose oder eine Baumwollhose, der Gürtel ist verziert, sie ein wenig das Doppelkinn verdeckt, die Augen sind hellblau, aber ein wenig wäß- Kinn, ein wenig wie in den Vorstädten, die kräftige Kinnlade ist so, daß laff, sein Haar ist glänzend und schwungvoll, aber die rötlichen Koteletten reichen bis zum kräftigen die Züge des jungen Mannes sind gleichmäßig, aber ein wenig ich den Kopf an der Eisentür, zischt. Ferenc Kertész brüllt den jungen Mann an, Bewegung ab, springt zum jungen Mann. Er sackt zurück, stößt s- dickliche Mann beugt sich herunter, hebt ihn hoch, lehnt ihn gegen die Tür, bricht die ich bin Ferenc Kertész, ich bitte Sie um Verzeihung, der kleine, der andere Mann heraus, klein und dicklich, obwohl von unten betrachtet alles anders ist man verweilt im Zwielicht. Aus dem Glaskäfig springt der Nickel, Chrom und Email aufgetragen, mit Metallen ergänzt ein vollständiges Gesicht, das Es gibt etwas, das vorbei ist, der Hunger nach Gegenwart. Sein Kopf ist bei einer Eisentür, Wärme, eine heiße Welle flutet ihn, und als würde ihn diese Welle umwerfen. Der Stein ist kalt. Stand finden, zwischen Mund und Nase spürt er eine riesige Ohrfeige, damit hat er überhaupt nicht gerechnet, er macht einen Schritt zurück, aber kann sich schaut ihn an. Du vergreifst dich im Ton, Hasilein, sagt er. Er bekommt aus der Rückhand eine ihn anzufassen. Nehmen Sie ihn!, sagt der junge Mann gebieterisch, und fe Raupe, ein Engerling, ein Wurm, er ist aus Aluminium, er zögert Schlüssel, das ist der Liftschlüssel. Der Liftschlüssel ist wie eine fette, stei Drifte, Tiegel. Der junge Mann schüttelt das Schlüsselbund, das ist der Zimmer Tür, man kann nicht feststellen, ob von einem Zimmer oder einem Schrank, Abgüsse, rer, verstehe, das sind die Schlüssel, sagt der junge Mann, öffnet eine fehlt das übliche *schmetternde* Bimmeln, ja, sagt der junge Mann in den Hö Der Jüngere nickt, fängt an zu telefonieren, schlägt auf die Gabel, ist nicht zu hören, schen unterhalten sich auf ungarisch. Er stellt den Koffer hin, ich bin es, sagt er. oben steht, wie bei einem Rollo, ein Ende heraus. Links ist eine Glaskabine, zwei Men offen, das Gitter ist grau, mit dicker Farbe überzogen, hochgezogen, oben, lang nach oben. Auf der abschließenden Ebene geklärter, gesiebter Split. Die Tür steht enge, offene Räume schließen rechte Winkel miteinander ein und drängen laut. In den Straßen ist niemand unterwegs der Wohnturm ist wie ein quadratischer Scheit geformt sen, Abschürfungen, Durchwirkungen, Einbuchtungen. masse die Handfläche an, Verdichtungen, Verdünnungen, Verknitterungen, Pau wohin er einbiegt, gibt es wieder keinen Wind, er stellt den Koffer hin, schaut sich mit einer theatralischen Gri bei spielt auch schon die Perspektive eine Rolle. Hinter dem großen, grauen Wohnturm, Hosenbeine zu kurz, und auch die Füße erscheinen unproportional groß. Aber da ihm am Schienbein, dadurch sieht es im Schatten so aus, als wären die er schaut sich seitwärts seinen Schatten an, sein Haar flattert nach hinten, die Leinenhose klebt Als er aus dem Windschatten des hohen Gebäudes tritt, bläst ihm starker Wind ins Gesicht, ein gleichgültiges Gesicht ist, er geht schnell weiter, zerrt kraftvoll am Koffer. Er bemüht sich, ein gleichgültiges Gesicht zu machen. Er muß daran denken, was Er sieht aus dem Augenwinkel, daß der Polizist in der Tür ihn beobachtet. fer unter einen kleinen Strauch, der Koffer bläht sich wieder auf. Er hebt den Kopf nicht. er läuft auf ihm, er spürt die Müdigkeit in den Armen, er stellt den Kof innerung für die Sinne. Ein Betonstreifen kurvt in einem langsamen Bogen, Schichten werden durchnäßt, dann sickert aus den Löchern das Weiß zurück, das dröhn, der Schleim. Ein Körnchen bewegt sich schleifend vorwärst, bleibt als Er- Schichten werden durchnäßt, dann sickert aus den Löchern das Weiß zurück, das igen Zucken ins Wasser. Eine Welle dringt ans Ufer, die langem Hungern. Sein Schatten ist auf dem Quai, dann fällt er mit einem knorrigen, eck der Koffer zieht sich lang, seine weiche Seite fällt ein, wie ein Gesicht nach kindisches Spiel sieht, die Menschen kommen und gehen. Er hebt den Koffer an, ze Tasche. Im Park sind Instrumente. Er schaut sich um, ob jemand sein welt, sagt er sich im Herzen. Er stellt seinen Koffer ab und die kleine, schwar der Brücke, beziehungsweise an ihr Ende, und spielt den Schatten noch mal. Die Schatten sein Schatten »ins Wasser fällt«. Als er hineingefallen ist, dreht er sich um, geht zurück an den Anfang er geht über eine Brücke, sein Schatten ist lang, er schaut ihm zu, wann weg, scher dich zur verdammten Hölle, du! **Der Preis für den Schiguli ist angehoben worden**, sagt die Frau leidenschaftslos. Interessiert mich nicht, sagt der Oberst ruhig. Hast du das gewußt?, fragt die Frau. Ich hab's nicht gewußt, aber es ist *absolute* uninteressant; schau lieber nach, wie der Dollar steht, nimm bitte Platz, er zeigt jetzt zu ihm, tja, er zeigt herum, so patriarchalisch geht's hier zu, meine Frau, er zeigt auf die Frau, oder, er lacht, eben matriarchalisch, mal so, mal so.

Und, haben Sie die große Neuigkeit schon gehört?, fragt der Oberst. In der Tür sind zwei Männer: der eine untersetzt, graumeliert, mit einem ebenmäßigen Profil, soldatisch, der andere hochgewachsen, aber labberig überernährt, mit einem ostentativ groben Gesicht. Wie er sich erschrocken vom Stuhl erhebt, dem dunkelbordeauxfarbenen Bergère-Fauteuil, kann er auf die Straße hinuntersehen, die Eingänge und die Straßenecken werden von uniformierten Wärtern mit Maschinenpistolen bewacht, der Gehsteig wird von einer schweren Kette geteilt, die zwischen kleinen Pfosten befestigt ist. Oben auf den kleinen kettenhaltenden Pfosten und auf den Fenstersimsen stehen Geranien in Reihen. Die beiden Männer stellen sich neben ihn, der Oberst winkt ihnen wie einem sich entfernenden Zug hinterher.

Sie gehen die Treppen hinunter. Das Schweigen ist vollkommen, und auch die Stille. In Wellen steigt ihm der Geruch von Öl und Benzin in die Nase, mal schwungvoll, mal schräg zusammengestaut, sie verrenken sich, torkeln wie <Selbstzensur>. Linker Hand sind drei kleine Eisentüren. Ratte, stößt der eine zähnefletschend, aber kaum hörbar, hervor. Sie stoßen ihn durch eine der Eisentüren, der weitverästelte Platz ist höchstens acht Fuß lang und vier Fuß breit, an sämtlichen Wänden und der mit Minium gestrichenen Eisentür sind permanent dicke Wassertropfen, manchmal berühren sie einander, dann läuft das Wasser herunter. Die Luft ist tastbar feucht. In einer viereckigen Vertiefung ist eine nackte Glühbirne. Das Fenster geht auf einen geschlossenen Innenhof. Er schaut hinunter, unten liegt Kopfsteinpflaster, die Regenrinne ist mit Minium gestrichen, die Rhomben des Schieferdachs sind gut erkennbar, keine Schindel scheint gebrochen zu sein, die innere Wand ist gelb, die Farbe des Anstrichs ist nicht gleichmäßig, es gibt auch Abplatzungen, diese sind auch in der Tiefe zu sehen.

Vor dem klotzigen Fernsehgerät liegen Kleidungsstücke und

eine Matratze, er ist erstaunt, daß es so viele verschiedene Sorten Matratzen gibt, was den Bezug anbelangt. An der Wand hängt das Bild einer lüstern aussehenden Frau, er liest: **Gustav Klimt, Nr. 114: Judith I.** Für dieses Gefühl findet man früher oder später einen Satz. An die Wand ist ein großer Aktenbock gestellt, sowie Pinsel. Es gibt eine Vertiefung, deren Zweck nicht ersichtlich ist. Hier gibt es endlich Staub, Staub und den Geruch von Akten, im Holzrahmen dort. An der Ecke des Tisches ist ein heller, klebriger Fleck, er rätselt, was es sein könnte, er kommt dahinter, daß es ein Kaugummirest ist. Er betastet die Erhebung. Der graumelierte, soldatische Mann mit dem ebenmäßigen Profil tritt ein, sein Gesicht ist eher *finster erschrocken* als aggressiv, als wäre er von einem äußerlich gealterten, aber in der Seele nie erwachsen gewordenen Kind umgeben, das jetzt **vor lauter Angst morden** will.

Ziehen Sie sich bis auf die Unterwäsche aus, sagt der Mann.

Ach, geh, sagt er und lacht.

Geben Sie mir keine Ratschläge, sagt der Mann. Nehmen Sie zur Kenntnis, daß Sie mit keiner Unterstützung, keinem Schutz durch irgend jemanden rechnen können. Verstehen Sie? Ziehen Sie, bitte, Ihre Schuhe aus und legen Sie sich auf den Bauch. <Selbstzensur>, dann tritt er auf ihn ein und setzt sich auf ihn. Meine geschwollenen, blutunterlaufenen Fußsohlen, meine lilaroten, geschwollenen Fußsohlen. Er kann sein rechtes Auge nicht öffnen. In der Eisentür steht Ferenc Kertész, **was ist das? Er ist hingefallen, antwortet eine grobe Stimme hinter seinem Rücken, und er zieht und vertieft die Vokale so, daß er mit dem vorstädtischen Beiklang zusammen seine Antwort stupide färbt.**

Viech, sagt Ferenc Kertész leise, **kommen Sie, mein Herr**. Als er aus der Zelle tritt, sieht er in der mehrere Jahrzehnte alten Weißung einen Namen eingekratzt, durch einen mit geschickter Hand gezeichneten, mit einer Winde verzierten Rahmen mit dem Wort: Blümchen verbunden. Kertész gibt ihm eine Brille, die von innen mit schwarzem Papier beklebt ist. Warst du schon beim Oberst? Ja.

Sein neues Zimmer ist ein *sechseckiger* Raum. Als er eintritt, pfeift nicht sehr weit weg ein Zug. Sämtliche Wände, ausgenommen die, in der die Tür ist, sind beinahe ausgefüllt von niedrigen, rechteckigen Fenstern. Vor den Fenstern sind schwarze Rollos. Hat dir Laci die Schlüssel gegeben?, fragt Ferenc Kertész. Er tastet die Taschen der Windjacke ab, hier ist einer, aber der gehört bestimmt zum anderen Zimmer, sagt er. Ferenc Kertész sagt lachend, das sei gut, mehr Schlüssel, Tore, Türen, Lifte. Der Liftschlüssel ist wie eine fette, steife Raupe, er ist aus Aluminium, er zögert, ihn anzufassen. Kertész schaut ihn an, hält den Schlüssel in der Luft, dann wirft er ihn auf den niedrigen Couchtisch, geht weg.

Er zieht der Reihe nach die schwarzen Rollos hoch. Es ist kalt, die Wasserhähne laufen, im Mülleimer ist eine schwarz gewordene Bananenschale. Der Deckel des Mülleimers ist sehr geschickt angebracht. Er ist unter der Spüle eingebaut, und wenn man die Kredenztür öffnet, über der die Spüle eingebaut ist, wird gleichzeitig der Deckel des Mülleimers angehoben. Der Mülleimer wurde mit Zeitungspapier ausgelegt. Es ist abgewaschen, Geschirr und Besteck stehen an ihrem Platz. Er schraubt die kleine Zweipersonenespressomaschine auf, er findet übelriechenden, säuerlichen Kaffee vor. Er spült aus, es gibt warmes Wasser, er muß sogar kaltes dazumischen. Ein Messer ist nicht weggeräumt: ANTI KDS CORRO liest er auf der Klinge.

Auf einmal hört er ein Ächzen aus dem Badezimmer, er schaut hinein, zwei Arbeiter reparieren etwas an der Decke, aber so, daß der eine auf den Schultern des anderen steht.

Um Himmels willen <Selbstzensur>, sagen Sie, wieso bringen Sie nicht eine Leiter her?

Wir haben die Direktion unzählige Male darum gebeten, sagt der eine, vergebens.

Die Arbeiter stinken vor Anstrengung. Für uns ist es immer so schwer, sagt der eine Arbeiter, **sanft tropft das Blut aus seiner Nase.** Die Arbeiter gehen. Er findet ein gebrauchtes Handtuch, vor dem Spiegel Odol Mundwasser. Er schaut lieber nicht in den Spiegel.

Er eilt ins Zimmer zurück, zum verglasten Schrank, reißt heftig die Schubläden auf, schiebt sie knallend zurück, leer, leer, leer. *Einen guten Tag wünsche ich*, hört er hinter sich sagen. Er fährt herum. Ein Mann lächelt ihn an, reicht ihm die Hand. Er erhebt sich aus seiner Hocke, sein Knie knackt hörbar. (Peinlich, als hätte er einen streichen lassen.) Ich bin Ottó Labát Nagy, sagt der hochgewachsene Mann, das Haar biegt sich über der Stirn zu einer *Tolle*, er versteht nur Ottó. Ferkó Kertész hat gesagt, daß mein Zimmergenosse angekommen sei, ich dachte mir, besser, man bringt es so schnell wie möglich hinter sich, so kam ich hierher, ich hoffe, wir werden gut miteinander auskommen, ich bin ein sehr anpassungsfähiger Typ, ich sage das, obwohl ich ein Lausebengel war, zu Zeiten, als man überhaupt Lausebengel sein konnte, nicht wahr, zum Beispiel die Klinken mit Teer, aber ich will Sie nicht langweilen.

Laß uns du sagen, sagt er.

Natürlich, natürlich, in diesen Kreisen duzt man sich, zieh bitte in Betracht, **daß ich auch eher vorsichtig als feindselig dir gegenüber war.** Wir werden uns schon noch kennenlernen.

Zu einer Antwort, die man nicht aussprechen kann, kann man auch die Frage nicht aussprechen. *Das Rätsel* gibt es nicht. Wenn sich eine Frage überhaupt stellen läßt, so *kann* sie auch beantwortet werden ... Skeptizismus ist *nicht* unwiderleglich, sondern offenbar unsinnig, wenn er bezweifeln will, wo nicht gefragt werden kann. Denn Zweifel kann nur bestehen, wo eine Frage besteht; eine Frage nur, wo eine Antwort besteht, und diese nur, wo etwas *gesagt* werden *kann*.

Das werden wir ... ja ... Es gibt so viele Fragen, wissen wir zum Beispiel, wie weit sich die Dunkelheit ausbreitet, auffallend gutaussehender junger Mann um die 26–27 mit schwarzem Schnauzbart, ein charakteristisch transdanubisch-ungarischer Typus sitze ich am Tisch gegenüber der Tür? öffne ich ein Dossier, wälze ich Schriftstücke? ist er mehr als 190 cm groß, richtiggehend ein Riese, ein Athlet mit wohlproportionierter Statur? schaue ich dir über goldumrandete Augengläser hinweg in die Augen? wir gehen fort von hier, sage ich das? rinnt Schweiß von meinem ebenmäßigen, aber kreidebleichen Gesicht? zittere ich? aber nicht lange? ist er untersetzt? ist er graumeliert, mit ebenmäßigem Profil, soldatisch? ist er hochgewachsen, aber labberig überernährt, mit einem ostentativ groben Gesicht? zaudere ich also nicht lange? drehe ich mich auf dem Absatz um, faschistischer Massenmörder? habe ich zugenommen, seitdem du mich das letzte Mal sahst? bauscht sich meine Kleidung wabbelnd über meinem Bauch und spannen an den Knöpfen aufgeblasenen Motorradschläuchen ähnliche Fettringe den Stoff? was hätte ich anderes tun können? trage ich einen mühlradgroßen Hut und schlürfe ich mit Wasser verdünnten Zitronensirup durch einen Strohhalm? ist in meiner Nase vielleicht zu dieser Zeit, dem Vitaminmangel und der mangelnden Hygiene geschuldet, gerade ein unangenehmer und schmerzlicher Furunkel entstanden? habe ich keine Nase? ist sie mir abgefroren? habe ich nur zwei Nasenlöcher? schäme ich mich sehr dafür, armer junger Mann? <Selbstzensur>? setze ich mich wieder an meinen Schreibtisch, knöpfe ich meinen Uniformrock zu und schaue ich dich mit starren Fischaugen an? <Selbstzensur> mein relativ abstraktes Gegrübel erst am Abend? ist meine Nase plattgedrückt? sind meine Ohren wie Blumenkohl?

sind meine Nieren? in Kulturlandschaft gebettet, Hodensack genagelt? und meine Körperteile, die noch empfindlicher sind als meine Nieren? mit einem nassen Laken umwickeln? trocknet es und zieht es sich zusammen? drücken? brüllen? wäre ich ein schlanker Jüngling mit männlichem Auftreten, meine Stirn zuäußerst hoch? mein abgerissener Hodensack, meine Wasserkur, mein Lebenslauf? Mariska, die blonde (?) Konfektionöse? ihre rosigen Wangen? ihre gepolsterte Hand mit den stumpfen Fingern? ist er mittelgroß mit frühem Bauchansatz? trage ich goldumrandete Glasaugen? kneife ich die Augen verschmitzt, kurzsichtig zusammen? wiederhole ich das bis zum Morgengrauen? mal schwungvoll, mal schräg zusammengestaucht, verrenken wir uns, torkeln wir immer tiefer und tiefer? ist dabei das Schweigen und auch die Stille vollkommen? vertiefen sich meine Stirnfalten zu Gräben, und werden meine erschöpften Züge von drei parallelen Furchen durchzogen, als wäre eine jede mit einem Lineal gezogen worden? muß ich zugeben, ja betonen, daß man ausnehmend freundlich und taktvoll mit uns umgeht? ist es kalt? laufen die Wasserhähne? ist meine Senilität tragisch? und zugleich abstoßend? und stimmt es denn, daß keiner einem anderen Menschen die Freiheit rauben kann, ohne die eigene dabei zu verlieren? spiele ich mit meiner Pfeife, an deren Mundstück ein weißer Tupfen verrät, daß es sich um eine englische Dunhill handelt? zeichne ich mit blauem Stift Kreise um die Worte, die die Hauptpunkte unseres Gedankenaustausches markieren, und streiche ich die Worte dann auch noch mit schrägen Linien durch? zappele ich auf meinem Stuhl hin und her? erscheint das Volk düster und zurückhaltend? atme ich asthmatisch, ist meine Gesichtsfarbe entweder krankhaft rötlich oder blaß? habe ich Ekzeme am Ohr? bin ich denn so ein sauberer kleiner Mensch? habe ich auch eine kleine dänische Pistole? wartet auf mich kein Glück mehr? und erscheint es denn unmöglich, daß ich den Schatten des Bedauerns, der jedem meiner Schritte folgt, überschreiten kann?

Er liegt auf dem Rücken im Dunkeln. Er hört das Schnaufen des anderen, er traut sich nicht zu schlafen.

Das Zimmer ist leer. Das ist eine Frage. Bist du hier?, ruft er, die Stimme rauh vom Schlaf. In der kleinen WC-Kabine ist Lärm, bist du da? Er klopft, niemand antwortet, er öffnet die Tür, wärmere

Luft schlägt ihm entgegen, das WC ist leer. Er ist allein. An der Wand des WCs hat der Anstrich Blasen geworfen, es sieht aus wie eine Relieflandkarte, Ungarn; das Längliche da sind die Berge des Bakony. **Bakony Kotelett à la provençale**, sagt er laut. Aus dem Bakony kriecht ein winziger, ekelerregender schwarzer Käfer; wie ist er hierhergekommen, hoch, in die Öde? Es sind mehrere Vorstellungen möglich. Der kleine Käfer rennt über die weiße Erhebung, er verfolgt ihn mit dem Finger, er kommt zum Bakony, der steife Kalk rieselt, der Bakony ist mein Nachtasyl; *der Bakony ist mein Nachtfragil: Das ist die Modifikation.*

Er schaut sich alles mißtrauisch an. Er sieht etwas Dunkles, als wäre es ein abbiegendes Stück Draht. Sollte es das sein?, fragt er sich selbst, aber wer spricht schon im WC und mit wem? Er spricht laut, bemerkt es, nickt: aha. Die Wand neben dem Lichtschalter ist braun verschmutzt von vielen ungenauen Berührungen, der Anstrich, als wäre er abgehobelt; *glänzende und schmutzige Gleichmäßigkeit.* Im Badezimmer ist die Rasierklinge da, an der Wand ist der kleine Spiegelschrank da, in dem er sich vervielfältigen kann, der Abfallbehälter ist da, der lilafarbene, fremde, flauschige Bademantel ist da, das Elida GT ist da, das Drei Wetter Taft, die Reihe tropfender Kleidungsstücke ist da, es fehlt die Kahlheit der Wand, es fehlt natürlich der Platz der vier Dübel, es fehlen die rostigen Schmierstellen im Falle der unteren beiden Dübel, es fehlen die verlaufenden Farben, es fehlen die grob spektakulären Risse, es fehlen die Blasen auf der Oberfläche der Risse, es fehlt das entzweigerissene Spinnennetz, und es fehlt eine nackte 100-Watt-Glühbirne, sie fehlt, und ihre abgestandene Wärme fällt nicht ins schwankende Gesicht, ein Rasierspiegel fehlt, in seiner Vergrößerung wellen sich die scharfen Kanten nicht und lösen sich nicht auf, und das starke Licht wird nicht reflektiert.

Er geht vorsichtig im Zimmer umher, sein Weg führt ihn von Gegenstand zu Gegenstand. Auf Ottós Bett ist ein Buch, ein Stück Papier schaut daraus hervor, darauf ist geschrieben: ZUR AGNES. Er lugt durch das verschiebbare Glas des Schranks, sieht eine lange Seidenunterhose, lächelt überlegen. Er schiebt das Glas beiseite, traut sich nicht, irgend etwas anzufassen, schiebt das Glas wieder zurück. Vor dem Radio ist ein fettfleckiges, braunes Papier, darauf das Messer mit dem Plastikgriff: ANTI KDS CORRO. Die Maße des Radios sind gemäß dem goldenen Schnitt:

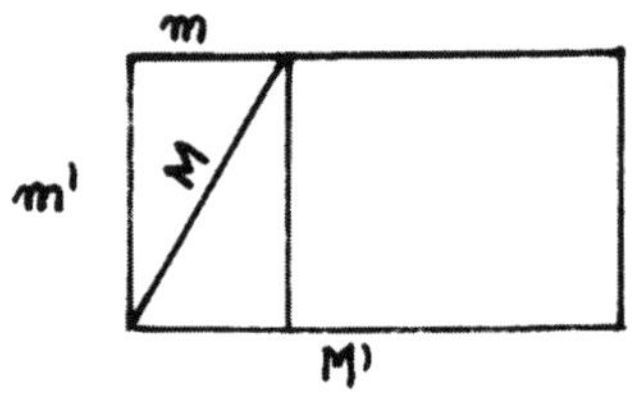

m: minor
M: major

Die Fenster sind grau, mit Metallrahmen. Wenn ein parkendes Auto wegfährt, hinterläßt es im Nieselregen seinen Abdruck, ein trockenes Rechteck. Er lehnt sich hinaus. Die Hand ist leer, das Regenwasser sammelt sich darin. Gegenüber ist ein langweiliges, verrottetes graues Haus. Weiter unten, in der Dritten, steht ein Fenster offen, eine **Frau** macht mit weichen Bewegungen die Betten. Die Ecke des geöffneten Fensterflügels bohrt sich grausam in eine Tuchent hinein. Er schaut sich die Frau an, die Frau macht mit weichen Bewegungen die Betten, endlich nimmt sie auch die Tuchent weg. Es rasselt im Türschloß, er schließt eilig das Fenster. War das Fenster offen?, fragt der eintretende Labát Nagy. Warum fragst du?, fragt er. Nichts, ich hatte nur das *Gefühl*, aber wenn dich die Frage gestört hat oder gar, sozusagen, beleidigend gewesen ist, betrachte es so, wenn möglich, als hätte ich gar nichts gesagt.

Eines Tages kam eine Nachricht für meinen Vater, die ihm von der Nachbarin ausgerichtet worden ist, einer Witwe, noch gut in Schuß, der Nachricht nach wurde mein Vater von Antal Csirbik in dessen Haus am Stadtrand erwartet. Ich würde meinen Vater jetzt nicht auf eine höhere Ebene erheben wollen, so sagt man das wohl, aber daran kann ich mich am entschiedensten erinnern. Wir Kinder haben nämlich gesungen, **solang du nicht liegst tot in der Grube, erwartet dich Antal Csirbik in der guten Stube.** Soweit ich weiß, war er ein hervorragender Linguist und vor dem ersten Weltkrieg in Erwartung eines bedeutenden Literaturpreises. Aber dann wurde ihm in die Suppe gespuckt, verzeih bitte meine Ausdrucksweise. Ihr Treffen war auf ergreifende Weise romantisch, mein Vater mußte, ohne Aufsehen zu erregen, vor dem Garten stehenbleiben, denn der Garten war opulent und wildromantisch, bitte um Verzeihung, nichtsdestotrotz lag das Haus, obwohl hinter dichtem Gesträuch versteckt, nah an der Straßenfront, mein Vater mußte das Kennwort hineinrufen. Das Kennwort war »Zeitgenosse«, also daß nämlich sie beide, mein Vater und Antal Csirbik, einander verstehen werden.

Du sagst, er sei vor einem wildfremden Garten stehengeblieben und habe ausgerufen: Zeitgenosse?, fragt er. Ja; möchtest du etwas von meiner schmackhaften Speise haben?, Ottó Labát Nagy bringt Wasser zum Kochen, in der Hand dreht er eine klobig wirkende Konserve mit Gulaschsuppe, ob man das in der Konserve erwärmen muß? Warum fragst du, wenn du sowieso schon Wasser kochst?, es nervt ihn, daß Labát Nagy alles akkurat zu Ende spricht, natürlich ist darin auch eine gewisse Schutzlosigkeit, sagt er sich im Herzen, und Zärtlichkeit erfaßt ihn für den hochgewachsenen Mann. Du hast recht, *sorry*, ich habe nicht auf meine Rede geachtet, sagt Ottó. Um Himmels willen, bitte doch nicht immer um Verzeihung, sagt er laut, aber er bereut es sofort, Tschuldigung, sagt er. Ottó muß lachen, ich glaube, der Spruch, da geht's den Menschen wie den Leuten, wäre hier anwendbar, oder aber der Henker wird gehenkt, ich weiß gar nicht, aber von Worten wird man nicht satt, die *eigentliche* Frage ist, ob du was möchtest. Nein, dachte, ich habe schon Brötchen mit Aufschnitt gegessen.

Ottó legt die Konserve ins Wasser, hoppala, hoppala, damit habe ich freilich nicht gerechnet, daß das Wasser verdrängt wird, und entschädigt es mich denn, daß sich dabei, ich sage es doch richtig, nicht wahr, das Gewicht der Konserve im gleichen Ausmaße reduziert, auf der Kochplatte zischt das Wasser. **Von einem Gegenstand strömt es warm.** Es ist Mittag, auf dem Balkon ist niemand. **Der Deckel der Konservendose ist von Rost überzogen**. Man überwindet sich so schwer, für sich selbst zu decken. Ja, er bejaht heftig, er will Ottó für das Vorangegangene entschädigen. Ottó schweigt, die Konservendose wirft sich ein wenig herum. Ich habe einen Freund, sagt Ottó, der deckt immer den Tisch, sogar im Straflager in **Recsk** hat er immer gedeckt, ein Lumpen war die Tischdecke, ein Stück Papier die Serviette und so weiter. Sie haben ihm die Eier an den Tisch genagelt.

Am Vormittag, als er allein war, hat er am Unterhemd gerochen, das Labát Nagy ausgezogen hatte, jetzt nimmt er denselben Geruch wahr. Er schaut durch den harten Metallrahmen. Gegenüber ist das Fenster in der dritten Etage geschlossen. Man hat Aussicht auf Dächer, Regen nieselt in der Dämmerung, Licht kommt von den Peitschenlampen, und auch aus den Fenstern kommt das träge Licht, wegen der Beleuchtung sieht er alles plan gedrückt, das fällt ihm im nachhinein auf, bei der ersten Raum-Wahrnehmung, der

Neigungswinkel einer fernen Dachterrasse und eines schönen Atelierdachs (ich kenne die Definition, sagt er sich im Herzen) bieten die Möglichkeit eines offenen Raum-Stücks, es gibt Unmengen von Schnittlinien, die Elemente wirken aufeinander. Die Luft ist erschreckend feucht, sagt Ottó. Er schließt das Fenster, zerrt an seiner schlecht gummierten Pyjamahose, das pedantische Spiel der Dimensionen ist eine Bürde, der Rauch senkt sich auf die Erde. **Die Wärter essen Eintopf, Fett tropft auf ihre Hose.** Nach einer kleinen Pause sagt Ottó, laß es uns einen Tag sein lassen. Während der kleinen Pause hat er Angst. In der Dritten sind die Betten gemacht, der Lichtkreis der Leselampe ist zu sehen. Ottó schnauft gleichmäßig, ich hüte seinen Schlaf.

Willst du Kaffa?, er hört Ottós Stimme, erwacht davon, nickt, spürt die Furchen in seinem Gesicht, als würde die Luft in seinem Mund stocken, als hätte er einen Block im Mund, er schluckt, nichts geht. Es regnet, informiert Ottó, es regnet, als käm's über 'ne Leiter runter, sagt man das so? Ottó bringt den Kaffee, daß er bedient wird, macht ihn befangen.

Verzeih, ich war kurz abwesend. Er weiß darauf nichts zu erwidern. Mir ging's wie dem Auerhahn, sagt Ottó. Inwiefern? Der Auerhahn ist nämlich in der Paarungszeit so betäubt, daß man ihn mit bloßen Händen fangen kann. Er, im Bett, platzt heraus, fängt ohne jede Zurückhaltung zu johlen an, krümmt sich auf dem Bett und streckt sich wieder lang, zusammen und auseinander, demzufolge, johlt er, bist du jetzt in der Paarungszeit? Er lacht zwischen den Worten, manchmal lacht er auch statt der Worte.

Das Radio spielt **Time is on my side**, Ottó macht Liegestütze, weißt du, man soll vorbereitet sein, warum sollte es ausgerechnet daran scheitern? an der physischen Verwundbarkeit? jeden Augenblick. Er schaut sich angeekelt den Tee im Blechnapf an, *jeder* Blechnapf riecht nach stinkender Knackwurst. Es gibt nichts Lausigeres als lauwarmen Tee, Lausigeres sagt er feindselig, als könnte hier einer was dafür.

Als hätten seine Toilettenartikel nicht ganz so dagestanden gestern abend, zumal die Seife. I wo, er schiebt es von sich. Ottós Mundwasser ist auf der Schachtel des Rasierers, in der Schachtel ist eine extra Klinge, er nimmt das Fläschchen mit dem Odol, Gillette Quality SAME THE WORLD OVER steht auf der Klinge geschrieben. Er horcht. Schüttelt ein paar Tropfen Mundwasser in seinen Zahnputzbecher, schaut sich den Pegelstand an, das merkt man sowieso nicht, sagt er zu seinem Spiegelbild, das Spiegelbild nickt zustimmend. Er schaut sich im Spiegel an, es wäre gar nicht schlecht, in Madrid auf der Terrasse eines Cafés zu sitzen oder sich eventuell an der spanischen Meeresküste auszustrecken. Sein blutunterlaufenes Auge starrt ihn düster an.

Eine mit Mandel gefüllte Olive auf dem Rücken eines *Camemberts*: ein Lüstling. In der dritten Etage des Hauses gegenüber macht eine Frau mit weichen Bewegungen die Betten. Das Fenster steht offen, die Ecke des geöffneten Fensterflügels bohrt sich grausam in eine Tuchent hinein. Er schaut sich die Frau an, die Frau macht mit weichen Bewegungen die Betten, endlich nimmt sie auch die Tuchent weg. Die Frau schaut hoch. Die Frau umarmt die Tuchent, sie hat unförmig dicke und weiße Knie, ihre Knie sind unbedeckt, denn zusammen mit der Tuchent hat sie auch das Hauskleid hochgehoben. *Verzeihung, Lustvoyeur*, sagt er vor sich hin, er lacht, *mill-pardon, Lustvoyeur*. Die Frau dreht sich mit ihrer riesigen Tuchent weg.

Es klingelt, er öffnet schwerfällig die Tür, ich bin Frau Sneider, ich komme, um die Vorhänge zu zählen, eine zu nette Frau mit Zahnlücke, in einer Hand ein umgeklapptes Heft, in der anderen ein Bleistift. Er beobachtet sie; die Frau wirft einen Blick zurück und zählt schnell die Vorhänge, 2 Tüll, 2 grün, sie schließt das offene Fenster ein wenig. Wozu mögen sie mir die an den Hals geschickt haben? Damit ich nicht Onan opfere? Oder ist eine wichtige Gardine *verschwunden*?

Scheren Sie sich fort, er springt auf. Ich bin schon fertig, sagt Frau Sneider, Sie könnten Rücksicht darauf nehmen, daß ich eine Frau bin. Er bugsiert sie hinaus. Frau Sneider schreit vom Flur aus zurück, *wenn Sie sich noch einmal die Nase an den Vorhängen abwischen, können Sie was erleben*. Er sitzt da. Der Regen wird leiser. Er schaut aus dem Fenster, die Frau gegenüber schaut her; dann bewegt sie sich weg. Er öffnet das Fenster, pfeift auf zwei Fingern hinaus, die Frau dreht sich in demselben Augenblick zurück. Da erblickt er auch einen Mann, er macht keinen Rückzieher mehr, er brüllt hinüber, wir wollen keine Spielverderber sein, aber wir können nicht unerwähnt lassen, daß nicht jede Ehe glücklich ist! Das Gesicht der Frau, als würde sie darauf warten, daß der Schall bei ihr ankommt, der Mann neben ihr dreht sich weg.

Laß uns einmal so sprechen, wie Gott es will, brüllt er der Frau zu.

Die Frau lehnt sich aus dem Fenster, ihr Morgenrock ist straff, glänzend und doch locker, sie hat eine kleine schwarze Warze im

Gesicht, ihre Stimme ist heiser, rauh, ungewohnt, sie haben mir noch in derselben Nacht vier Zähne ausgeschlagen und mir die Haare büschelweise ausgerissen, als die Büttel mit mir fertig waren, hatte ich keine menschliche Form mehr, sie haben mir Hände und Füße mit dem Gummiknüppel dick geschlagen, ich konnte nicht stehen, ich habe mich auf allen vieren dahingeschleppt, brüllt die Frau. Auf allen vieren?, brüllt er fragend zurück und zeigt vier Finger. Die Frau nickt lächelnd. Es kommt oft vor, brüllt er, die Frau zeigt an, sie hat nicht verstanden, sie hört ihn schlecht. Er macht mit den Fingern Wählscheibenbewegungen, zeigt der Frau an, sie sollten telefonieren, die Frau winkt, **nein**, er solle weitermachen.

Die Stimmbänder sind erschöpft, seine Stimme bricht weg, aber er brüllt weiter, es kommt oft vor, daß man sich im Freundeskreis, wo jüngere und ältere Ehepaare zusammen sind, unterhält, und jemand die Frage stellt: Und wie habt ihr euch kennengelernt? Wann habt ihr beschlossen, euch zu vermählen, für den letzten Satz formt er aus seinen Händen einen Trichter, die Antwort ist sehr mannigfaltig! Neben meiner täglichen mühseligen Arbeit, ruft die Frau zurück, ihr Gesicht setzt sich aus schärferen, spitzeren Dreiecken zusammen, neben meiner Arbeit habe ich mich in der Arbeiterbewegung engagiert, ich habe gewissenhaft und korrekt die Aufgabe erfüllt, die mir die Partei zuteilte, und ich mußte dabei noch zärtliche Ehefrau und warmherzige Mutter sein, die Hand der Frau rutscht auf dem Sims aus, er muß naß sein, er schaut hin. Jetzt trichtert er die ganze Zeit die Hände, und natürlich haben wir auch mit der Heiligkeit des Familienlebens unsere liebe Mühe, und ebenso mit der Jungfräulichkeit unserer dicken Töchter, brüllt er.

Was ist mit dir?

Was soll schon sein, süßer Gott, nichts auf der Welt, mir kommt dieses Leben nur etwas seltsam vor, bemerkt er fast melodiös.

Er geht zur Tür, tastet an seine Tasche, der Schlüssel ist drin, die steife Raupe ist drin, ihm fällt etwas ein, er geht zurück an seinen Tisch, legt ein Buch auf den Tisch, ansonsten ist der Tisch leer. Der Wellenschlag der Innigkeit und des tödlichen Mißtrauens! **Was bist du denn für ein Ungar?** Er markiert den Platz einer der Buchecken mit dem Kugelschreiber.

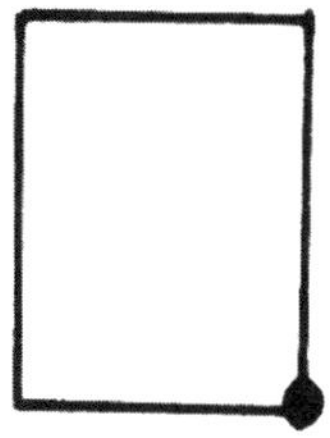

Unten im Glaskäfig ist Ferenc Kertész, der ihn mit einem herzlichen Lächeln empfängt, endlich hat es aufgehört zu regnen, Kertész lächelt. Ja, habe ich Post? Oh, Post, aber, aber, Ferenc Kertész lächelt, was für nette *naive* Gesten du doch hast, er stützt sich auf seinem Schreibtisch auf den Ellbogen, fummelt gelangweilt am Telefon. Vor der Tür wartet ein riesiger amerikanischer Buick, er ist wie ein Tier.

Er geht über die Brücke, das Wasser ist braun, der Wind kräuselt es, in der Tiefe, wo das Wasser am dunkelsten ist, **kriechen die Wassertiere nah heran, sie haben Schutt im Mund**, das Becken ist nicht groß, unten schillern Ruinen, strecken sich gereinigt, sich verjüngend. Das <Selbstzensur> wird von einem Boot überquert. **Ein Mensch hat sich auf die Steine gesetzt, vor ihm liegen zusammengepreßte Blätter, jetzt klaubt er sie einzeln zusammen.** Ein Geflecht. Der darübergestreute Schutt hat die Fäden in die Erde gedrückt. Im Park sind Instrumente, eine Frau schlägt ein Bein übers andere. Die Landkarte flattert im Wind, er geht in die richtige Richtung.

Er geht so sicher vor sich hin, ihm kann die Sünde *des frevelhaften Übermuts* zur Last gelegt werden. Er geht am Pförtner vorbei, er sieht noch am Rande, daß der Pförtner eine Bewegung macht, die ihn aufhalten soll, und dann abwinkt. Die Augengläser auf dem Nasensattel des Pförtners kommen ins Rutschen. Die großzügige, ja verschwenderisch breite Treppe ist mit einem roten Teppich bedeckt, silbrige Stangen halten ihn unten im Winkel des Absatzes. Seitlich gibt es auch ein Geländer. Er ertappt sich dabei, wie er immer wiederholt: *Ich weiß nicht, ich weiß nicht, ich weiß nicht.* Die Wände, als würden sie säuseln, **komm, kleiner Schweinehirt, schreite mutiger aus ...!**

Ein alter Mann mit schönem Gesicht empfängt ihn, mustert ihn von oben bis unten, *wieso allein?*, er wundert sich, *no ja, allein, das ist die neue Art*, murmelt er, *hin und her spazieren*, murmelt er, sie gehen eine breite Treppe hinauf, die Podeste groß wie Zimmer, in der Fensternische ruht sich der Alte aus, keucht, der Gürtel an seiner festgezogenen Hose spannt, in seinem leberfleckigen, schönen, ebenmäßigen Gesicht sind Schweißperlen, bestimmt möchte er jünger erscheinen, als er ist. In der obersten Etage werden sie von einem dünnen, feinen Menschen empfangen, ich bin Frici, ich bin Frici, fiept er und läuft davon, er trägt einen leichten Sweater, er atmet asthmatisch, seine Gesichtsfarbe ist entweder krankhaft rötlich oder blaß, er scheint Ekzeme am Ohr zu haben, durch sein schütteres Haar scheint gelbe, faltige Kopfhaut hervor, Frici putzt Gläser, was trinkt ihr?

In der Not frißt der Teufel Fliegen, sagt der Alte, Frici springt mit Bocksprüngen zur gotischen Fensternische, komm, ich zeige dir ein interessantes Etwas. Siehst du das Gebäude dort? Dort hat die *Revolution* angefangen, die abriegelnden Ulanen standen bei dem Baum da, soviel wir wußten, waren die Gespräche am Vormittag in einer außerordentlich herzlichen, freundlichen Atmosphäre erfolgreich verlaufen, und es wurde auch davon gesprochen, daß eine Entscheidung, die sich auf grundsätzliche, prinzipielle Fragen bezog, bereits gefällt worden war, der Tag begann neblig, regnerisch, *heute ist es wieder still*, endet Frici. Es ist tatsächlich interessant, wie sich **in einem Gegenstand die Zeit zusammenstaut**, sagt er. Er läßt das jenseitige Gebäude nicht aus den Augen.

Sie ergehen sich in umständlichen Höflichkeiten, wer als erster aus der gotischen Fensternische heraustreten soll, Frici bleibt zurück, hüpft zurück, um nachzuschenken, schenkt nach, ich weiß nicht, was deine Meinung darüber ist, hör dir das an, das Ungarische hat jede Menge Wörter für das weibliche Geschlechtsorgan an sich, für den gesamten Apparat, nicht wahr, überflüssig, es den Herren darzustellen, wir können es als bekannt voraussetzen, aber nicht so für den Kitzler, für den Kitzler gibt es keinerlei Obszönitäten. Was ist noch mal der Kitzler, fragt der Alte, Frici macht mit dem Mittelfinger eine kratzende Bewegung in der Luft, oh ja, sagt der Alte, die Klitoris, ich weiß, ich weiß, ich weiß. Schön, daß es dir eingefallen ist, quäkt Frici, alter Rübenzuzler, nun, meine Herren, und warum ist das wohl so? Deswegen, weil der Mann sich nicht um die Frau schert. Nur sein eigener Genuß ist ihm wichtig. Der Alte mit dem ebenmäßigen schönen Gesicht sagt es mit heiliger Andacht, **klitoris peccata mundi.**

Die Fortsetzung des Eustach-Horns

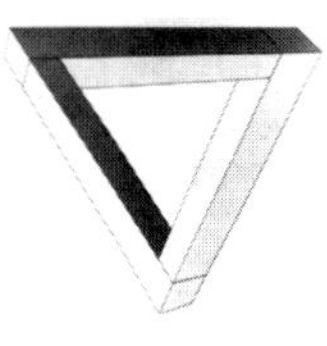

Charakterisierung

Haben Sie Beschwerden? Beziehungsweise, was sind Ihre Beschwerden? Ich habe Blut im Urin. Sie haben hier keine Fragen zu stellen, erklärt die Ärztin kalt. Aber ich habe doch gerade geantwortet. Geben Sie bitte keine Widerworte. Das scheint ihm jetzt wie Flehen, mein teurer Freund, ich bitte Sie um des Himmels willen, nehmen Sie Rücksicht auf meine Familie, daß ich eine Frau bin, auf die furchtbare Situation, in der wir zu sein gezwungen sind, Sie können doch nicht verlangen, daß ich mich *massakriere*, ich bitte Sie also, geben Sie keine Widerworte.

Der doch sehr kleine Wuchs der Ärztin und ihre unproportionierte Statur überraschen ihn, ihr Rumpf ist kurz und schmal, dafür sind Beine und Arme überlang, der linke Arm und die Schulter scheinen ein wenig steif zu sein, die Ärztin hat überraschenderweise eine Wampe angesetzt, ihr Haar hat sich gelichtet, obwohl sie nicht kahl geworden ist, ihr Gesicht ist weiß, nur um die Wangenknochen herum hat sie rote <Selbstzensur>, ihr Gebiß ist schwarz, unregelmäßig, und es neigt sich nach innen, auch ihre Aussprache ist erstaunlich, die Ärztin spricht mit einem reichen Wortschatz, mit einer lebendigen, flexiblen Ausdrucksweise, und sie benutzt Unmengen von russischen Sprüchen und Sprichwörtern.

Die Ärztin legt eine Platte auf, gewiß, sagt die Ärztin und berührt angewidert seinen Dreiwochenbart, beäugt seine geschwollene, entstellte Hand, seine schmutzigen Fingernägel, ich meine, die peinliche Tortur der Ungewaschenheit wird noch gesteigert durch die Tatsache, daß sich Ihr Mund als Folge des Hungerns und des Wassermangels mit einem kleisterartigen, klebrigen Belag gefüllt hat, der Sie auch beim Sprechen behindert, es ist anzunehmen, daß Ihr eigener physischer Habitus Sie mehr und mehr anwidert.

Um den Hals der Ärztin hängt ein Stethoskop, die Koloraturen der Sängerin auf der Platte werden vom Jaulen und Bellen von Hunden begleitet, die Ärztin lacht mit übertriebener, maßloser Heiterkeit, aber als sie merkt, wie verstört und freudlos er der Platte lauscht, erklärt sie fast entschuldigend, ist aber trotzdem geschickt, teuflisch geschickt, seufzen Sie tief, ganz tief.

Die Ärztin schließt die Augen, drehen Sie sich um, er dreht sich um, mehr ... sagt, sagt die Ärztin plötzlich, aber Sie sind doch wohl kein Pessimist, oder? Er schaut zum Fenster hinaus, auf dem Fenster ist eine Fliege, draußen ist ein Kran, **emsig nickt draußen ein Kran,** wie?, fragt er verstört und freudlos. Na, was die Menschheit anbelangt, drehen Sie sich um, er schaut sich das etwas asymmetrische Gesicht der Ärztin an, ihre grauen, freundlichen Augen, kann ich nicht sagen, sagt er. Ich möchte, sagt die Ärztin, und als würde sie sich dabei errötend über ein Stück Karton beugen, ich möchte, daß Sie sich mehr sonnen, Sie sind so weiß!, bitte sonnen Sie sich häufiger! Das ist gar nichts, sagt die Ärztin und fügt seinen Nachnamen an, *das ist gar nichts*.

Die Tischschublade steht vorsichtshalber halb offen, damit, falls sich überraschender Besuch einstellt, er ihn nicht überraschend trifft. Er hört jemanden rufen, der Ruf hat keine Schärfe, er dringt nicht durch, aber er kommt nicht von fern, er stellt schnell das Radio aus, das Buch läßt er in die Schublade rutschen, schließt die Schublade mit einem lauten Knall, auf einmal ist es still, er horcht. Er hört das Rutschen seiner eigenen Sohle. In den Tisch sind drei Worte geritzt: BLEU DE COUP. Im benachbarten Raum-Teil wurde die WC-Spülung betätigt, das WC macht schnoddernde Geräusche, er horcht, das ferne Klappern von Tellern, nichts, Michel Polnareff singt wieder.

Er geht ins Badezimmer, gestern war es kalt, sie konnten die aus Ostdeutschland stammende Badewanne nicht benutzen, denn sobald sie den Stöpsel zogen, wurde der Fußboden geflutet, das Badezimmer hat keinen Schlüssel, und wie Labát Nagy bissig bemerkte, offenbar deswegen nicht, weil der Architekt, dieser *Phantast*, von vornherein wußte, daß der Schlüssel sowieso verlorengehen würde: deswegen hat er das WC neben den Eingang plaziert, damit man mit dem Fuß die Tür zuhalten kann. Labát Nagys Odol fällt ihm ins Auge, er greift danach, hält plötzlich inne, das Odol ist auf der Schachtel des Rasierers, in der Schachtel ist eine extra Klinge, er nimmt das Fläschchen mit dem Odol, Gillette Quality SAME THE WORLD OVER steht auf der Klinge geschrieben.

Wie könnte man das Fläschchen an genau dieselbe Stelle zurückstellen, was von elementarem Interesse für ihn wäre? Er schaut sich an, welche Buchstaben verdeckt sind, und stellt fest, daß das Fläschchen zwischen dem Q und dem T steht und daß seine Kante parallel zu der der Schachtel ist, er greift nach dem Odol, hält aber plötzlich inne, sobald sein Kopf anderswo ist, ist es auch die Dekkung. Man muß den Beobachtungspunkt fixieren, sagt er sich im

Herzen und amüsiert sich darüber. Soll die Lampe der eine Endpunkt sein, er bringt seine Augäpfel in die Außenstellung und schaut so die Lampe an und nimmt dann mit dem so fixierten Kopf Maß vom Rand des Fläschchens.

OBJEKT LAMPE

● ●

BLICK

↖ ↗

KOPF

Die Augen tun ihm hinter der Stirn weh, er hat *zu weit auseinandergesehen*. Er drückt gegen seine Augäpfel, bereitet Mundspülwasser vor, gurgelt, vergißt, wo er gestanden hat, dann fällt ihm ein, daß seine Wade die WC-Schüssel berührt hat, und davon ausgehend kann man die Position der Sohle bestimmen, woraus bereits die des Kopfes folgt; das hätte er beinahe vergessen. Meine Gewitztheit gereicht mir zur Freude. Er schaut so weit auseinander, wie er nur kann, stellt das dezimierte Mundwasser zurück. Die Augen tun ihm hinter der Stirn weh. (Schläfe bricht ein, Bregen, Seide.)

Es regnet nicht, die Hausdächer werden, wie von einem etwas größeren Lämpchen, von der Sonne beschienen. Es kommt Luft herein. Fern am Ufer des Wassers sind Bänke, auf den Bänken wird gesessen (Menschen). Das Metall schneidet ihm ins Gesicht. Gegenüber macht die Frau mit weichen Bewegungen die Betten, die Ecke des geöffneten Fensterflügels bohrt sich grausam in die Tuchent hinein. Er schaut sich die Frau an. Endlich nimmt sie die lüftende Tuchent weg, schaut hoch, lächelt, umarmt die Tuchent, sichtlich mit Kraft. Er schaut sich die unförmigen und weißen Knie der die Tuchent umarmenden Frau an, sie sind reichlich unbedeckt, da sie mit der Tuchent zusammen auch ihren Morgenmantel hochgehoben hat. Er steht im Fenster, knüllt der Länge nach den Hosenstall der Leinenhose. Die Frau schickt noch ein Lächeln herüber, dann dreht sie sich mit ihrer riesigen Tuchent weg. Der straffe, glänzende und doch lockere Morgenmantel flattert vor seinen Augen. Eine Frau mit berstenden Brüsten.

Wenn das Wort explodiert, das ist die Tat.

In seiner Vorstellung schält er die Brüste der Frau aus dem Morgenmantel. Seine Lenden zucken. Er wirft sich auf dem Bett umher, eine ebene, harte Fläche, er macht alles immer wütender, seine

Muskeln zittern vor Müdigkeit. Er spannt sich an, greift hoch zur Bettlehne, zieht sich auf seinen Lenden schlitternd hin und her, preßt seine Lenden kräftig ins Bett, er spürt eine hoffnungslose Begierde, sein Herz ist schwer. **Er spürt. Er spürt**. Seidigkeit.

Er sitzt ausgepumpt an seinem Tisch, die Tischschublade steht vorsichtshalber offen, damit, falls sich ein überraschender Besuch einstellt, er ihn nicht überraschend trifft. Der Wind zerrt an den Bäumen. Er spielt unaufmerksam mit einer Kinokarte, zerknüllt sie und streicht sie wieder glatt.

Es klingelt.

Er versteift sich, wer ist das? *Er stopft sich die Kinokarte in den Mund*, kaut sie, er hat wenig Speichel, er spuckt das Papier aus, sammelt Speichel, es klingelt wieder. Als er die Tür öffnet, kaut er. Guten Appetit, sagt Frau Sneider, eine zu nette Frau mit Zahnlücke, in der einen Hand ein umgeklapptes Heft, in der anderen ein Bleistift. Ich zähle die Vorhänge, Entschuldigung, ich glaube, hier war ich schon, 2 Tüll, 2 grün, sagt Frau Sneider, geht hinaus, die Tür fällt mit einem ekelhaften Geräusch zu.

Er stellt sich ans Fenster, gegenüber macht die Frau ihm Zeichen, er versteht. Er schiebt die Tischschublade rein, legt das Buch auf dem Tisch mal hierhin, mal dorthin: an eine Stelle, die man sich merken kann! Dann reißt er sich ein Haar aus, zuckt zischend zusammen, umwickelt damit praktisch das Buch, eine todsichere Methode, na, wir werden schon sehen. Im Glaskäfig lächelt Feri Kertész. Die Brusttasche seines Hemds wird von einem Schlüsselbund heruntergezogen. *Alles okay?, ruft ihm Feri Kertész hinterher, ist die Verköstigung okay?*

Auf dem Gehsteig sind drei <Selbstzensur>, die Hand auf der Maschinenpistole, die um ihren Hals baumelt. Nysa Rettungswagen, polnische Fabrikate, parken mit zwei Rädern auf dem anderen Gehsteig, ein Gelegenheitsstraßenfeger in einer aus blauen und grauen Leinenflicken zusammengesetzten Arbeitskleidung stupst die Blattschicht neben dem Gehsteig hin und her.

Im siebener Bus riecht es nach Körpern.

Ein Innenhof ist zementiert, die Zementplatten biegen sich durch, zwischen ihnen ist ein schwarzer Steifen Bitumen, weich, er spürt es mit der Sohle. Er bleibt vor der tristen Brandmauer stehen, zwischen den Tischen schaukelt eine langstielige *künstliche Blume*. Ein rotwangiger Junge schreit vom Dach des ...: ... haben sich rüber verpißt zum Fullánk! An einem der Tische steht ein Händler mit zitternder Hand in einem Leinenanzug, hält seine Furniertafel stumm einer Frau im schwarzen Pullover hin, unter Gummibändern sind Blöcke mit Toto- und Lottozetteln. Sein Blick verweilt auf der dicklippigen Frau im schwarzen Pullover, der Lotterieverkäufer geht gerade weiter. Die Frau kreuzt die Beine, umfaßt mit beiden Händen das Knie und schaut, den Kopf etwas gesenkt, auf die Tischplatte vor sich. Er ist sich nicht mehr sicher, ist das die Frau, er sucht nach den weichen Bewegungen, der *angenommenen* Hitze der Tuchent, schließlich ist das Gesicht der Frau der Beweis, der unveränderte Schatten um ihre Augen. Die Frau hat eine winzige, schwarze Warze im Gesicht, ihre Haut ist von hellem, zu starkem Flaum bedeckt, ihre Stimme ist heiser, interessant, ungewohnt, ihr Haar ist dunkel – ihr eigenes kurzes Haar, er würde es nicht braun nennen, er würde es nicht rot nennen.

Ich habe auf Sie gewartet, sagt die Frau.

Er setzt sich. Die Frau nimmt seine Hand, diese schulmädchenhafte Bewegung verstört ihn, die Hand der Frau ist rauh. Am Nachbartisch sitzen eine Frau und ein Mann, die Frau trägt einen mühlsteingroßen Hut, schlürft verdünnten Zitronensirup durch einen Strohhalm. Ich weiß, wer diese Frau ist, *ich kenne die wollüstige Wölfin*, die Frau lacht, sie spricht wie jemand, der das, was er sagt, nicht ernst meint. Seit sie 15 ist, weiß ich von jedem ihrer Kerle und jeder ihrer Abtreibungen, und sie weiß von meinen. **Sie hat meinen jüngeren Bruder flachgelegt**; ihr Hauptvergnügen ist es zuzuschauen, wie sich die aufgegeilten Typen in ihren langen Unterhosen verheddern.

Er schaut nach oben, die grauen Blöcke über ihm neigen sich zueinander, viele senkrechte Anordnungen. **Die Blume am langen Stiel beschwört die Liebe herauf.** Der Mann ist von großer Gestalt, in einem schwarzen Wintermantel, auch er krümmt sich, wie sehr hochgewachsene Männer nicht selten, ein wenig nach vorne, er schaut über die Köpfe der anderen hinweg, der Mann steht auf, breitet seinen Mantel auf den Stuhl, sagt etwas zur Frau, das Hutband der Frau kippt aus der Waagerechten. Er lauscht, ihm ist, als würde der Mann sagen, lassen wir das, wessen Fehler es war, aber. Der hochgewachsene Mann driftet quer über die Zementplatten, er sieht sehr gut aus, träumerisch mit seiner Zigarette, im schmalen, dunklen Anzug, mit seinem blondbraunen Haar, dem ovalen Gesicht, seine Finger sind weiß und lang, leuchten aus der Ferne, vier dünne Stäbe, er hat goldene Manschettenknöpfe, er betritt die holzvertäfelte Telefonkabine. Die Bedienung bringt den Salat nicht, weiter weg fällt jemandem der Sonnenschirm auf den Kopf, die Frau dreht sich lachend herum. Der *Bolzen* ist herausgefallen, sagt er. Mit den Fingerspitzen betastet er den billigen Kunstlederbezug der Stuhllehne.

Handkuß

Plötzlich beugt sich die Frau über seine Hand, küßt seine Finger, die Handwurzel, tastet mit der Zunge nach den Knochen, den Fingerzwischenräumen, Schmelze in einer Hand, gehen wir, sagt die Frau.

Er schaut zur Telefonkabine, die Tür geht auf, der hochgewachsene Mann tritt mit zur Seite geneigtem Kopf heraus, kommt auf ihn zu, sein Gang ist auch jetzt lässig, als würde er bei jedem Schritt seine langen, verspielten Glieder von sich werfen, er kommt zwischen den Tischen entlang. Er sieht, daß die Frau nicht an sich halten kann, sie blickt neben ihm hoch, und ihre grünen, tiefen Augen bleiben verzaubert, selbstvergessen am Gesicht des hochgewachsenen Mannes haften, bis dieser wieder an seinem Tisch angelangt ist.

Drahosch?

Ich habe mit Ildikó gesprochen, sagt der hochgewachsene Mann, während er nach vorne gekrümmt mit beiden Händen die Stuhllehne umfaßt.

Was sagt er?, fragt er flüsternd die Frau, horch mal!

Daß er mit jemandem gesprochen hat. Ist sie denn nicht auf Hochzeitsreise?, fragt die Frau mit dem Hut nach, löst den Mund nicht vom Strohhalm. Doch. Das hört er, doch. Ich erzähle später alles. Was sagt er?, fragt er flüsternd die Frau. Daß er später alles erzählen wird. Sein Handrücken ist bespeichelt, er wischt ihn am Tisch ab, horch mal. Sie sind still, die Kellnerin bringt den Salat, danke, aber jetzt ist es zu spät, sagt er zur Kellnerin. Die Kellnerin nickt, sie hat keine Schminke im Gesicht, ihr Haar ist kurz geschnitten, hinten ausrasiert, ihr Nacken ist mit einem Raster aus blondem Flaum bedeckt, stark, ihr Gesicht besteht aus scharfen, spitzen Dreiecken, die Einkerbungen um ihren Mund zeigen streng nach unten, sie geht.

Als würde der Mann jetzt sagen, ich kann nur erzählen, was ich mir davon gemerkt habe. Was sagt er?, fragt er flüsternd die Frau. Ich habe nicht aufgepaßt, sagt die Frau. Er beugt sich weiter vor, um besser hören zu können, die Frau mißversteht es. Die Frau sagt es vertraulich, lachend, leise, sie denken sich abgefahrene Sachen aus, die <Textverfall>. Die Tussis. Sie haben ein rundes Loch vorne am BH, dort ziehen sie den Knopf durch, damit es so aussieht, als hätten sie unter dem Pullover nichts an. Pfui. Wenn ich einmal einen Hängebusen bekomme, ziehe ich einen anständigen BH an und fertig, sie redet laut, einige drehen sich nach ihr um. In das Plastik der Stuhllehne, er spürt es mit dem Finger, sind zickzackförmige Riffeln gepreßt, die Kerbe der Vertiefung ist an einer Stelle durch etwas hart gewordenes Klebriges geebnet.

Als würde der Mann jetzt sagen, *wir wissen es, auch wenn man das Gegenteil davon zum Gesetz erhoben hat.*

Was sagt er? Fragt er flüsternd die Frau. Daß es auch zum Gesetz erhoben wird, wenn wir das Gegenteil gewußt haben, das heißt: sie. Nicht umgekehrt?, fragt er. Im Gesicht der Frau ist Ungeduld, wie umgekehrt, verstehe ich nicht. Am anderen Tisch ist es still. Als würde die Frau gerade sagen, einer, er soll es nicht falsch verstehen, Geld für so einen Mist, so ein Privatwehwehchen. *Was sagt sie?*, fragt er flüsternd die Frau. Daß sie ein Buch gelesen hat, schade, daß sie den Namen, das heißt, den Titel, vergessen hat. Sie hält es für skandalös. Der Mann heißt Einer?, fragt er flüsternd. Wieso sollte er so heißen, fragt die Frau. Er winkt ab, als würde die Frau jetzt sagen, ich bin eine mittelmäßig gebildete Person, *was sagt sie?*, fragt er flüsternd. Gerade eben hat sie noch gesagt, wozu Geld für so ein, aber ich weiß nicht was für ein Privatwehwehchen geben, und jetzt, die Frau schnarrt, flüstert, japst, er bemerkt ihre Anstrengung, aber er will sie nicht durcheinanderbringen, und jetzt sagt sie, daß sie eine mittelmäßig gebildete Person sei.

Der hochgewachsene Mann hält den Bon ungelenk, mit eckigem Ellbogen vor sich hin, er faßt die Frau an der Hand, ich mag es, wenn Sie wie eine Jeanne d'Arc sind. Unwillkürlich faßt er die Hand der Frau an, hat er gerade gesagt, daß sie wie eine Jeanne d'Arc sei? Die Frau langweilt es bereits, ja. *Was Sie behaupten, sagt der hochgewachsene Mann, ist gültig für stehende Tiegel, Drifte, Abgüsse*, Sie, sagt er zärtlich, Sie sind eine Voluntaristin. Er schaut die Frau fragend an, daß die Frau dem Typen zufolge eine Voluntaristin sei.

Verzeihung, ich habe mich offenbar falsch ausgedrückt, deswegen mißverstehen Sie mich, ich sage nicht, daß das, was jeder gleich versteht, das Gute ist, mehr noch, *wohlmöglich* ist es sogar eindeutig schlecht, ein gutes Werk muß man sich erkämpfen, von

Fall zu Fall Vorstudien führen etc., aber ich frage Sie, was kann ich aus einem Geschwätz gewinnen, wie das Buch, das ich erwähnt habe. Nichts. Dazu sage ich, daß wir für so ein Buch nicht das Geld des Volkes ausgeben sollten, und verzeihen Sie, wenn ich etwas schärfer formuliere, **ist Ihrer Meinung nach alles in Ordnung so, wie es ist?**

Es ist still, gehen wir, sagt die Frau. Ist es in Ordnung, daß wir etwas deswegen herausgeben, weil es ein unverständlicher, vermeintlich moderner Bluff ist?! Sie, Liebste, merken nicht, daß Sie jedes Mal, wenn es ans Beweisen geht, nicht Argumente aufzählen, sondern eine Meinung äußern, Sie argumentieren mit dem, was zu beweisen wäre. Übrigens haben Sie recht. Die Frau fuchtelt mit dem Strohhalm, denn glauben Sie mal nicht, daß **das kleine Ungarn** arm an Talenten wäre, im Gegenteil, und diese muß man zu Kunstwerken anspornen, die geeignet sind. Wie geeignet. Geeignet dafür, das Bewußtsein einer Nation, konkret der ungarischen Nation, zu entwickeln und nach vorne zu bringen. Denn soviel muß selbst für Sie offensichtlich sein, daß man jetzt auf dem Gebiet des Bewußtseins einen Schritt nach vorne tun muß, und hier ist die Rolle der jungen Talente.

das kleine Ungarn: mit den kleinstmöglichen Buchstaben

Der hochgewachsene Mann spielt an einer Pfeife herum, am Mundstück der Pfeife verrät ein weißer Punkt, daß es sich um eine englische Dunhill handelt, er sticht in der Pfeife herum, die Töne erinnern an Schnupfen. Jetzt erkennt er es, das nennt man Paffen. Der hochgewachsene Mann hat große Augen, die Augen sind verschiedenfarbig, anspornen?, Blödsinn. Sie stehen auf, als würde der Mann am Nachbartisch jetzt sagen, wenn er etwas auf sich gibt. *Was sagt er?*, fragt er flüsternd die Frau. Die Frau lauscht, daß er es nicht mehr in das lebendige Gewebe der Welt zurückbindet.

Ottó Labát Nagy ist im Zimmer.
Es ist unmöglich, aufzupassen!

Ottó erzählt, zeigt ein Glas, siehst du, man schreibt es Jam, spricht es Dschem aus und eigentlich ist es Marmelade, Ottó lacht. Er tritt an den Tisch heran, das Buch ist da, er tastet mit dem Finger nach dem Haar, freut sich über seine Gewitztheit, zieht das Haar heraus, tritt ans Fenster. Plötzlich wird er unsicher. *Er hat Angst.* Als wäre das Haar von Ottó, ein graues Haar aus der *Tolle*. Ottó sitzt auf seinem Bett, leckt sich Dschem vom Finger, Székesfehérvár ist in der günstigen Lage, ein Theater, aber kein Ensemble zu haben, sagt Ottó.

Er versucht gar nicht erst, den Sinn des einen oder anderen Labát Nagyschen Ausdrucks zu erhaschen, er achtet nur auf das angenehm klingende Organ, es scheint ihm, auch Labát Nagy selbst wiegt sich in der Musik seiner Worte, er achtet weniger auf ihren Inhalt als auf den episch wirkenden Sprechrhythmus und genießt selbstvergessen den Klang seiner eigenen Stimme, und zwar besonders die lang gehaltenen Vokale, ich hatte mal die Gelegenheit, eine bayerisch-preußische politische Debatte zu übersetzen, ich muß schon sagen, Dreckfresser und Hosenbrödel waren die mildesten Ausdrücke, die Preußen, sagte der Preuße, hätten schon Politik gemacht, als die Bayern noch in die Windeln gepißt haben, lieber pissen sie bis zum heutigen Tag darein, antwortete der Bayer, als daß sie so stur ... Hör bitte auf, sei so gut, er liegt auf dem Bett, das Bett ist hart, sein Magen schmerzt, der Magen zuckt dumpf zusammen, an die Gedärme ist mit Spagat ein Stein gebunden, *gestern bist du spät nach Hause gekommen*, sagt er, beziehungsweise hierher, wie eine Ehefrau, sagt er sich im Herzen, er preßt sich die Hand auf den Magen, atmet tief, bin ich verderblich. Nach Hause?

Ich habe gesehen, du hast abgewaschen, sagt Ottó, ich war zu Abend essen mit Feri Kertész und noch ein paar Begleitern, ich gehe über den Flur, stell dir vor, da tritt auf einmal Feri Kertész an mich heran, wir sollten zu Abend essen gehen, mir braucht man so was nicht zweimal zu sagen, man mußte ihm quasi hinterherrennen, so schnell ist er gegangen, und dabei sagte er, schau, leicht wie eine Feder, er meinte sein helles Ledersakko, heb's mal an, leicht wie Schaum, wir gingen in eine dunkle Gaststätte, die Wände hatten Salpeter, die Pyramide einer tastbaren Dunkelheit drängte nach draußen, aus einer Ecke klang endlose Orchestermusik, leider bin ich unmusikalisch, sehr interessanter Weise mußte man durch die Küche hineingehen, so familiär, verschiedene Fleischsorten brieten auf dem Rost, auf dem Boden lag eine zerquetschte Tomate, ein zertretenes Stück Zwiebel, alles war kraftvoll, wie bei den **niederländischen Meistern**, oh, du wirst es dir nicht denken können, hinter einem Rost stand ein Küchenjunge und grinste mich an, ein Bursch mit brauner Haut und Vollbart, schwitzend, da schoß Feri

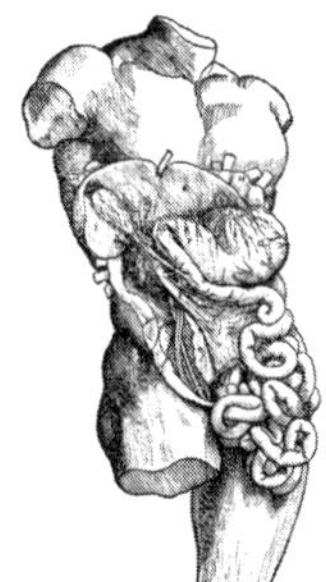

Kertész praktisch aus der Gruppe heraus, überholte eine mit ruhiger Eleganz schlendernde Gesellschaft und besetzte einen Tisch.

Nun, ihr Blumen meiner Lenden!, so empfing er uns, das war zweifellos ein geschicktes Vorgehen von seiner Seite, langweile ich dich auch nicht? Er hebt den Blick, seine Hand auf dem Magen, er atmet tief, genauso, wie wenn einer versucht, auf diesem Wege seiner Beklemmung Herr zu werden, damit ihm der Stein vom Herzen falle, nur daß der diesmal auf den Gedärmen sitzt; Hände und Füße waren ihm so erfroren, daß die Gelenke an seinen Fingern walnußgroß angeschwollen waren, *meine Ärzte löchern mich ständig bezüglich der Details* <*Selbstzensur*>, sagt er, Verzeihung, ich habe nicht aufgepaßt.

Es ist still, **die Stille ist zerbrechlich und leer.**

Eine Frau war auch dabei, mit Sakko und Krawatte, Feri Kertész bekleckerte sich mit Wein, ich half ihm, wir gingen aufs WC, wo es genausogut nach Essen roch wie drinnen, das Sakko ist wirklich leicht wie eine Feder beziehungsweise wie Schaum, erzählt Ottó, aber er wolle es nicht zu lang machen, Fakt ist, daß man uns ganz *unverschämt* langsam bedient hat, wir hatten eine Orpheus-Platte, Feri hat sich das Wechselgeld auf den Fillér genau herausgeben lassen, wie ich meine, vollkommen zu Recht, der Oberkellner rümpfte die Nase.

Vor dem Restaurant lungerte ein kleiner Mann herum, mit gestutztem Bart und langer Nase in einem kurzen Pelz, ich habe mir sein Gesicht gemerkt, er spazierte uns hinterher. Wir haben uns unterhalten, über dies und das, ungezwungen, wie sich das nach einem guten, mit Rotwein begossenen Abendessen gehört, ließen uns auf dem Gehsteig treiben, sahen uns die Auslagen an, auf einmal hob die Frau mit der Krawatte beide Arme hoch und streckte sich mit einem lauten Seufzer, ach, Kinder, sagte sie lauter als üblich, ich bin so glücklich, die Auslagen waren voller Bananen, sie lagen da aufgehäuft, das Pflaster zwischen den Straßenbahnschienen war aufgebrochen, dort stand ein Straßenfeger, frohe Weihnacht, Väterchen, sagte die Frau und wirbelte einmal herum, der Rock schlug ihr gegen die braune Wade. Interessant, sagt er.

Ottó erzählt, ein riesiger amerikanischer Buick oder ein Packard wartete, und jetzt komme ich zurück auf den kleinen Mann mit dem gestutzten Bart und der langen Nase im kurzen Pelz, denn er war es, der uns ins Auto steigen hieß, in das wir eintraten wie in einen Saal, der Mann fuhr das Auto, er fuhr mit ziemlicher Geschwindigkeit, etwa 100 Kilometer pro Stunde zurücklegend, und uns standen keinerlei Verkehrshindernisse im Weg, die Verkehrspolizei kannte offenbar den Wagen und machte ihm den Weg frei, bald kamen wir an eine Schranke, Feri Kertész, der neben dem Fahrer saß, zeigte ein kleines Abzeichen vor, woraufhin der Wachmann uns ohne jede Formalität durchließ, die rechte Tür des Autos war offen, und als Feri Kertész sah, daß mich die Zugluft störte, kurbelte er das Fenster hoch.

Schau, woraus ein anständiger erwachsener Mensch wird, sagt er vor sich hin.

Hast du die blasige Stelle an der Wand des WCs gesehen? Es ist doch, haargenau wie ein Reliefmodell, Ungarn? Ich hab nicht drauf geachtet, antwortet Ottó schnaufend. Er liegt auf dem Rücken, versucht, gleichmäßig zu atmen, im Zimmer ist es dunkel, in der Stille tickt das eine oder andere Möbelstück, die Decke macht ein schuffelndes Geräusch, draußen sind Autos, auf dem Flur das Getrappel von Füßen, die Luft ist fast tastbar feucht, die riesige Blechwaschschüssel ist zu Dreivierteln mit Wasser gefüllt, ach, wohin sind die alten Pariser Kämpfe entschwunden, nicht sehr weit weg pfeift ein Zug, aber nicht lange, ich kann nur erzählen, was ich mir gemerkt habe, wenn er etwas auf sich hält, dann binden ihn diese vergilischen beziehungsweise horazischen neun Jahre nicht mehr zurück in das lebendige Gewebe der Welt.

Ottó erzählt, meine Zeit reichte nicht, mich zu sammeln, so schnell kam unser Wagen an, er überquerte kalte, saubere Höfe, in denen sich nichts und niemand Lebendiges zeigte außer ein paar knospenlosen Baumsetzlingen, *bald darauf* fanden wir uns vor dem Eingang eines länglichen Gebäudes wieder, so wurden in der Mitte des 19. Jahrhunderts Büro- und Krankenhäuser gebaut. <Selbstzensur> am Fuße der Treppe zogen wir unsere Kittel aus, vor einem Spiegel kämmten wir uns, dann führte man uns zu einem Lift, aus dem wir auf dem mit einem langen roten Teppich bedeckten Flur der 2. Etage ausstiegen, an jeder Kehre wurden wir von schneidigen jungen Männern begrüßt, sie schlugen laut die Hacken zusammen, sämtlich waren sie jung und steif, ich war überrascht ob der peinlichen Sauberkeit, die den Eindruck erweckte, als würde hier gar keiner arbeiten, gar keiner leben, auf dem Teppich, den auf Hochglanz gebrachten Klinken hätten wir nicht einmal mit der Lupe

einen Fleck finden können, sie führten uns in einen ziemlich kleinen Büroraum, ein kleiner, dicker, pockennarbiger alter Beamte bot uns Stühle an, er selbst verließ langsam seinen Tisch und ging in das benachbarte Zimmer, ab da lief alles mit einer erstaunlichen Geschwindigkeit ab, er ging nach links, ab da lief alles mit einer erstaunlichen Geschwindigkeit nen Büroraum, ein klei in der Ecke hing über einem Schreibtisch mittlerer Größe ein Foto Lenins, und über dem Konferenztisch in gleichen Holzrahmen die Porträts von Marx und Engels, beide ähnelten sehr jenen farbigen Lithographien, die man bei uns in der Provinz sieht, Székesfehérvár ist diesbezüglich in einer günstigen Lage, denn es hat ein Theater, jedoch kein Ensemble, aber am einfachsten kam der Hausherr selbst daher, er trug einen zweireihigen Blazer, weiche Stiefel <Selbstzensur>, aber sein Auftritt hatte nichts Gekünsteltes, keine Pose, er hielt keinen Augenblick lang still, er spielte mit seiner Pfeife, an deren Mundstück mich noch etwas erstaunte: ihr doch sehr kleiner Wuchs, ihre unproportionierte Statur, der Rumpf war kurz und schmal, Beine und Arme dafür überlang, der linke Arm und die Schulter schienen ein wenig steif zu sein, an einem Beobachtungsposten war er unter Mörserbeschuß geraten, er tat so, als würde er mit dem Fernglas nach dem Feind spähen, aber eigentlich beobachtete er aus dem Augenwinkel seine Offiziere, was sie für ein Verhalten an den Tag legten, alle wußten, daß er sie sofort an Ort und Stelle degradieren würde, wenn sie auch nur den geringsten Wankelmut zeigten, deswegen hat sich keiner getraut, auf die sie alle bedrohende Lebensgefahr hinzuweisen, eine gute Weile lang fielen seine Männer neben ihm einer nach dem anderen oder wurden verwundet, doch er kümmerte sich um all das nicht und verließ den Beobachtungsposten erst nach Ende der Beschau, bei einer anderen Gelegenheit bekam er einen Schrapnellsplitter in den Oberschenkel, man zog ihm den Stiefel aus, verband ihn, aber er blieb auf seinem Posten.

Im geräumigen, geschmackvollen, aber nicht verzierten Eßzimmer standen am vorderen Ende eines langen Tisches alle möglichen Speisen auf vorgewärmten Silbertabletts, nebst Getränken, Tellern und Besteck, ich kann nichts essen, stöhnte ich Feri Kertész zu, *du mußt können, flüsterte Kertész zurück*, ihm rann der Schweiß über das ebenmäßige, aber kreidebleiche Gesicht, Mädchen, zu hübsch und zu sehr zurechtgemacht, um für Kellnerinnen gehalten werden zu können, servierten Leckerbissen in riesiger Menge und Auswahl – Kaviar, Räucherlachs und Forellen, frische Gurken und in Essig eingelegte Auberginen, gekochten Schinken, kaltes Spanferkel, in heißem Teig gebackenes Fleisch und pikanten Käse, zischende Braten und schließlich eine Spanne hohe Torten und Teller so voll mit Südfrüchten, daß sich der Tisch unter ihnen durchbog.

Alle bedienten sich und nahmen am freien Ende des Tisches Platz, wo immer sie wollten, er setzt sich nie ans Kopfende, flüsterte Feri, aber immer auf denselben Stuhl, auf den ersten zur linken Seite des Kopfendes, alles andere aber war einfach, unprätentiös, kein einziger Diener erschien, nur wenn er klingelte, dazu kam es nur einmal, als ich nach Bier verlangte, man muß auch ins gesunde Fleisch schneiden, um das verdorbene loszuwerden, sie haben auch solchen die Hände abgeschnitten, die sie nur hochgehalten hatten, um sich zu ergeben, auch ihre Aussprache erstaunte, <Selbstzensur>, nichtsdestotrotz sprach sie mit einem reichen Wortschatz, hatte eine lebendige, flexible Ausdrucksweise und benutzte Unmengen von Sprüchen und Sprichwörtern, es gab einen interessanten Fall, ein Fliegermajor begehrte eine Frau, aber ein ritterlicher Mechaniker nahm sie in Schutz, der Major zog seinen Revolver, *du ziviler Maulwurf!*, und erschoß den ritterlichen Mechaniker, der Major wurde zum Tode verurteilt, ja weiß denn einer, der Schriftsteller ist, nicht, was das menschliche Leiden ist?, versteht er nicht, wenn einer, der durch Blutpfützen und Feuer Tausende von Kilometer zurücklegt, mit einem Frauenzimmer anbandelt oder eine Kleinigkeit an sich nimmt? denn es lebt der Mensch zugleich in Träumen und in der Wirklichkeit die riesigen gelbkupfernen Klinken, den altmodischen verschnörkelten Putz, den fliehenden Auftaktlosen und den Austritt, der so hoch gebaut ist, daß der, der draufsitzt, mit den Füßen in der Luft klimpern muß, der Besitzer des Huhns bekam wenig Gehalt, trug ein elendes Gewand und bat um Entschuldigung *was bleibt uns übrig, Genossen*? der arbeitende Mensch ist auf so etwas angewiesen, ich habe eine große Familie, und *das Leben ist schwer*, wir werden schon noch ankommen, antworteten die Schaffner in der schneeig weißen und dunkel traurigen Nacht ähnlich dem trägen, dumpfen Deutschen die Zeit reichte nicht, um mich zu sammeln, ich öffnete die Tür und trat über die Schwelle, ich sah, wie rich auch die Wörter selbst durch, und sobald

eine Wampe angesetzt, ihr Haar hat sich gelichtet, obwohl sie nicht kahlge- Feri, aber immer auf denselben Stuhl zur linken Seite des alles andere aber war gen, kein einziger Diener erschien, te, dazu kam es nur einma man muß auch in das gesunde Flei loszuwerden abgeschnitten, die sie um sich zu ergeben, auch ihre Ausspra <Selbstzensur> unsere Pflicht wäre, wenn solche Auswege steht gegenüber, nichtsdestotrotz reichen ge, flexible Ausdrucksweise und be **Sie werden feststellen, wenn Sie Ihre Sache ernst nehmen, daß nicht nur das Wiedergeben Schwierigkeiten bereitet, sondern Sie werden auch die Schutzlosigkeit Ihres eigenen Glaubens kennenlernen und in der Tiefe Ihres eigenen Glaubenwollens die beklemmende Macht der Ungläubigkeit** gehrte eine Frau, doch ein ritterlicher müßte man nicht doch mit größerer Sorgfalt die Frau in Schutz, der Revolver des Majors, ich bin determiniert, wie das Fohlen angeschirrt, <Selbstzensur> t, wenn solche Auswege steht gegenüber chn ge, flexible Ausdrucksweise, den feststellen, wenn Sie Ihre Sache, dergeben Schwierigkeiten bereitet, s Schutzlosigkeit Ihres eigenen Glaubens und in der Tiefe des Unglaubens gehrte eine Frau doch ein ri, **oder wäre es nicht unsere Pflicht, wenn wir die Notwendigkeit verspürten, nach solchen Auswegen zu suchen, uns einzugestehen, daß wir allem verlustig gegangen sind? müßte man nicht doch mit größerer Sorgfalt nachspüren, was das »Wirkliche« sei?**, wenn wir nach solchen Auswegen zugestehen, daß wir größerer Sorgfalt die Frau in Schutz lver, ich bin determiniert Sorgfalt nachspüren was das Auswegen zu suchen zugestehen, au in Schutz lver, ich bin det was das Auswegen zu suchen i ich bi n was das Auswegen n as Auswegen n as Auswegen n as n, **erzählt Ottó**.

Draußen ergraut die Luft des Boulevards, es wird früh dunkel, die Menschenfiguren werden in kaum wahrnehmbarem Maße verwaschen, und die Lichter, eine Verkehrsampel, eine früh eingeschaltete Neonaufschrift, ein Bremslicht, haben eine tiefere Farbe, greifen mit längeren Stäben in die Luft als tagsüber.

Er hält die Hand der Frau, die Hand der Frau ist heiß, sie fühlt sich rauh an, die Frau trägt einen kurzen Rock, man sieht ihre unförmig dicken und weißen Knie, sie trägt ein braunes Hemd mit großen Knöpfen, ihre Hände sind neben ihrem Körper, wenn sie gehen, berühren sie ihre Schenkel, er geht schnell, er schleift die Frau mit sich.

Ich bin noch nie spaziert, immer nur gegangen, sagt er.

Er sieht, die Augen der Frau glitzern, ihre Lippen glänzen, denn sie fährt immer mit der Zunge darüber, er drückt immer wieder kraftvoll die Hand der Frau, vollkommen hoffnungslos.

Laß uns ins **Folter-Café** gehen, sagt die Frau, er freut sich, daß etwas seine Aufmerksamkeit von der Frau ablenkt, sie gehen durch die Tür des Eckcafés, gehen nach hinten in den innersten Raum, und er bestellt 2 Flaschen Bier, seine Kehle verlangt danach, eiskalt, es tut ihm gut, am Klavier sitzt ein bebrillter Junge mit Intellektuellengesicht, in der Ecke ist ein fettleibiger Schlagzeuger. Mit der einen Hand hält er das Bierglas, stützt sich auf den Ellbogen, die andere Hand läßt er unter den Tisch hängen auf ihr Knie, die Frau preßt die Knie aneinander, dann lockert sie sie, dann wieder von vorn. Er lehnt sich noch weiter vor, und tiefer hinunter, heiße Seide, schwüler Batist! Eugen! Du Tier!, der Schlagzeuger zwinkert ihm zu, daraufhin lehnt er sich zurück, beide Hände liegen auf dem Tisch, sein ganzer Körper ist steif. Ich war lange nicht mehr mit einer Frau zusammen. Die Frau schweigt. Die Musik macht bereits lange Pausen, der tote Punkt der Nacht naht, am Tisch neben dem Klavier trinken junge Männer mit rosigen Gesichtern österreichische Biere aus ungewohnt geformten Flaschen, Eisenstadt ist eine schmucke kleine Stadt, der Klavierspieler unterhält sich in den Musikpausen mit einem vertraulichen Halblächeln leise mit ihnen, er verkauft die blonde Kellnerin, für 600 Forint. Er verlangt den Zahlkellner.

»Jenő! Oh, der verhängnisvolle Name!« (Und seine Hand verdorrte ihm. Aber bevor sie verdorrte, schrieb er: Es war einmal ein Text, der enthielt den Namen Lenin, und der mußte ersetzt werden durch einen anderen Namen, Jenő.)

Der Wochentag ist spät.

Er schleift die Frau mit sich, die Frau bleibt stehen.

Du bist allein, sagt die Frau.

Sein ganzer Körper ist steif, er starrt die Frau wortlos an, er schlägt sie fast, er entreißt ihr seine Hand, er geht wieder schnell, er hört, daß sie ihm folgt. Er schaut sich den Baustellenzaun an. Es gibt Aufschriften. Die älteren Schriftkolumnen hat die Zeit gleichförmig blaß werden lassen. Es gibt ein Plakat, neben dem Gesicht der Riesenfrau an der Unterseite des weißen Felds leuchtet die Schrift frisch: *Józsika Szász! Ich war hier und habe auf dich gewartet. Ágnes.*

Die Frau faßt ihn an der Hand, die Hand der Frau ist heiß, es ist dunkel, die Bank ist feucht. Er küßt die Frau, die Zunge der Frau ist warm, dreht sich gehorsam in seinem Mund, aber dann zieht die

Frau ihren Kopf weg, **lass uns uns nicht küssen, ich mag es nicht**. Er macht nichts. **Ich mag es wegen meiner Zähne nicht**, sagt die Frau, zeig deine Zähne, sagt er. Die Frau preßt die Lippen aufeinander, winkt, nein, dabei gibt sie einen mummelnden Ton von sich. Er lacht, ich werde sie sowieso öffnen!, er fängt an, das Gesicht der Frau zu streicheln, ihre Stirn, ihre Brauen, die Frau schließt die Augen, ihre Lider, die Wangen, die Nase, er spielt mit ihr, berührt den Mund, zieht sich schnell wieder zurück, aber jetzt nähert er sich immer wieder ihrem Mund, die Frau öffnet die Augen, ihr Mund ist geschlossen, aber sie preßt ihn nicht mehr zusammen, die Lippen sind warm, weich, rein, rosig, feucht, mollig, zutraulich, freundlich, interessant, hübsch, charmant, fesselnd, einzigartig, geheimnisvoll, wundersam, kompliziert, schön asymmetrisch, witzig, schräg, seine Finger berühren die Zähne, die Zähne öffnen sich, die Frau *lutscht* am Zeigefinger, er reißt den Finger heraus, was ist mit deinen Zähnen?, sie sind vollkommen ebenmäßig! **Viel zu ebenmäßig**, sagt die Frau und vergräbt sich in ihm.

Er öffnet einen Knopf an dem braunen Hemd der Frau, er streichelt den Bauch der Frau, sie ist dick. Ich sehe mit Bedauern, sagt die Frau, daß mein Körper altert, meine Brüste welken, erschlaffen, meine Figur wird auch schlechter, ich habe ein paar Kilo zuviel, es schmerzt mich, daß ich das feststellen muß, denn mein Körper hat mir immer viel Amüsement, Genuß, Freude, Wonne, Lust, Vergnügen, Heiterkeit beschert, und ich kann nur hoffen, daß ich das seelisch durchstehe und ich dadurch nachholen kann, wozu ich in jungen Jahren keine Zeit hatte, ich werde Musik hören, Mathematik lernen, Sprachen, Schach spielen, schreiben, Liedtexte und so weiter.

der Wasserturm!

Er packt sich eine dicke Speckfalte an ihrem Bauch, laß uns zum Wasserturm gehen, sagt die Frau eilig. Die Frau führt ihn, die Nacht ist kühl, ein ungarischer Jeep kommt, braust an ihnen vorbei, der weiße Schal des Fahrers flattert, aus einem Fenster kommt verzerrte, verlangsamte Musik. Am Wasserturm ist es dunkel, große Betonträger erheben sich, dadurch entstehen Überhänge beziehungsweise Einbuchtungen, rundherum ist Beton. Er schiebt die Frau an den Beton heran, sie beißen, greifen ineinander, warte, ich zieh es aus, sagt die Frau, zieht das Höschen aus, die Frau balanciert auf einem Bein, hält sich an seiner Schulter fest. Er küßt den Hals der Frau, streichelt dabei ihre Brüste, laß uns hinknien, keucht die Frau, laß uns nur knien voreinander, keucht die Frau.

Gleichmäßig! gleichmäßig!

Die Frau führt seine Hand, du … ja, ich, keucht die Frau. In seinen Fingern sind die Linien eines anderen Blütenblatts, ein fremder Ort. Er schaut nach oben, der lange, hohe Beton … Er neigt sich kniend nach hinten, die Frau folgt ihm. *Ich habe das Gefühl, als würde man mein Gesicht schänden.* Ein Auto nähert sich, sie ziehen sich zurück ins Dunkel. Sein Hintern friert, die Hand der Frau bewegt sich reflexartig, sie horchen, der ungarische Jeep bleibt nicht weit vom Wasserturm stehen, der Motor läuft laut. Er ist müde, die Nacht ist schon zu lang, aber die Frau läßt nicht von ihm ab, die Hitze steigt, er packt den Kopf der Frau, drückt ihn krampfhaft, seine Schenkel kleben, er hält den Schädel fest. **Er hält den Schädel fest.**

Er liegt, er fühlt sich krank, sein Haar ist verschwitzt, seine Stirn feucht. Er greift sich an die Stirn, sie ist feucht. An der Taille ist der Pyjama in der Wunde kleben geblieben, die Wunde stinkt.

Wo warst du?, fragt Ottó, egal, antworte nicht, wenn du nicht willst … Ottó ist halb nackt, macht Gymnastik, beugt sich hin und her, ächzt. Sie haben die Leute so aufgespießt:

, sagt Ottó, hebt beide Arme hoch, man sieht seine Rippen. *Du bist schön*, sagt er. Das Haus gegenüber ist dunkel.

Feri Kertész trägt ein helles Ledersakko, schau's dir an, sagt Feri Kertész, leicht wie eine Feder, heb's ruhig an, leicht wie Schaum. Er stutzt, er versteht nicht, wie er es sich unterwegs anschauen könnte, Feri Kertész geht schnellen Schritts, sie laufen ihm praktisch hinterher. Und da capo:

Sie betreten eine dunkle Gaststätte, an der Wand ist Salpeter, die Wand ist kahmig, sagt der dünne, blasse, überaus findige junge Mann, er betrachtet die Dinge mit feinem Zynismus und Humor, gar nicht so schlecht, wenn wir in Betracht ziehen, mit was für Materialien sie arbeiten mußten, aus der Gaststätte drängt die Pyramide eines tastbaren Dunkels nach draußen, aus einer Ecke klingt endlose Orchestermusik, man muß durch die Küche hineingehen, so familiär, verschiedene Fleischsorten braten auf dem Rost, auf dem Boden liegen eine zerquetschte Tomate und ein Stück Zwiebel, wie bei den niederländischen Malern, die Gerüche sind sehr gut. Feri Kertész eilt vor, läßt seine Gruppe hinter sich und besetzt den Tisch, nun, Blumen meiner Lenden, empfängt er sie. Es ist auch eine Frau dabei, die Frau hat Sakko und Krawatte an.

Kertész bekleckert sich mit Rotwein, flucht, komm, hilf mir, bittet Ferenc, das WC ist vernachlässigt und stinkt, der Geruch, der von den Bratrosten hereinzieht, ist selbst hier noch lecker. *Straff mal*, sagt Kertész, sie halten das Sakko unter den Wasserhahn, es ist tatsächlich <Selbstzensur> leicht, Kertész reibt mit einem Taschentuch daran. Eine Speisekarte!, sagt dann Feri ... bin Verzeihung, meine Herren, aber es gibt gerade keine eine Speisekarte. Macht nichts, hebt Feri an, aber der Kellner ist schon gegangen. Aber Feri hält ihn am Arm fest, warte, bring, was du immer bringst, eine Orpheus-Platte für 5 Personen. Ich würde lieber was anderes essen, sagt die Frau.

Der Kellner bringt Salat, Zitronengras ist obenauf und wilder Majoran, *Origano*. Sie warten. Eine blinde junge Frau von riesiger Statur lächelt. Ich sage etwas, sagt der Kellner, kann mir jemand sagen, wieso die Leute alle auf einmal kommen? Deswegen gibt es kein Fleisch, keine Speisekarte. Würden Sie mir sagen, was ich tun soll? Bitte, was tun Sie persönlich, wenn das Fleisch ausgeht? Das ist es ja, mein Freund, sagt Kertész, dann komme ich hierher zum Essen, der Kellner will gehen, Feri hält ihn am Arm fest, paß mal auf, hier bin ich der Gast, ich sitze da und zahle, und du arbeitest, morgen wird es vielleicht andersherum sein, jedenfalls ist es *jetzt* für mich vollkommen uninteressant, wer Schuld daran hat, wer der Sündenbock ist, daß es kein Fleisch gibt, du machst deine Sache schlecht und basta. Das sind *Fakten*. Denn es ist wahr, daß keiner einem anderen Menschen die Freiheit rauben kann, ohne die eigene zu verlieren.

Feri zahlt, zählt die Summe auf den Fillér genau ab. Darüber lacht er. Warum tust du so, sagt die Frau, als stündest du außerhalb der Dinge. Warum sollte dieses Lachen das bedeuten?, fragt er. Ich war an einem 1200er Tisch dabei, Alter, mit fünf zwanzig, hört er, als sie aus der Tür treten. Vor dem Restaurant steht ein kleingewachsener Mann mit gestutztem Bart und einer langen Nase in einem kurzen Pelz. Er läßt sich auf der Straße treiben, die Auslagen sind voll, Bananen häufen sich, an der roten Ampel sind Autos, wie träge Tiere. Die Frau mit der Krawatte hebt auf einmal beide Arme hoch und streckt sich mit einem lauten Seufzer, ach, Kinder, sagt sie lauter als üblich, ich bin so glücklich, das Pflaster zwischen den Straßenbahnschienen ist aufgebrochen, die Quadersteine drücken sich in einen Schotterhaufen, dort steht ein Straßenfeger, die Frau wirbelt herum, **frohe Weihnacht, Väterchen, der Rock schlägt ihr gegen die braune Wade.**

Das Grün der Verkehrsampel beginnt zu blinken, und in dieser unbestimmten Situation fängt er zu rennen an, Kertész schaut ihm verwundert hinterher, schüttelt den Kopf, die Autos quietschen, er hüpft zwischen ihnen herum, drückt die Hand auf die eine oder andere warme Kühlerhaube, stützt sich ab, springt weiter. Im Gesicht mancher Fahrer kann er die Verwunderung ablesen. An der Schnauze eines Mazda 1600 hinterläßt seine Hand eine Spur. Er läuft durch kleine Straßen, kurvt willkürlich herum, in seinem Herzen ist kein Schrecken, in meinem Herzen ist kein Schrecken, aus einem Kino ins nächste. Ein Baum ist von einer breiten Bank umgeben. Er setzt sich hin. Ein arabischer Junge spielt Gitarre, der Araber hört auf zu spielen, küßt sich mit einem jungen Mädchen, die Hände des Mädchens bewegen sich beim Küssen, sie paddeln wie Bläßhühner, der Wind weht dem Gitarristen ihre wasserstoffverbrannten Haare in die Augen. Man müßte gehen.

Bettlertanz

Er horcht, es wird sich um eine bucklige Frau gestritten, deren Buckel angeblich nicht echt sei. Es riecht nach Marktplatz, er geht weiter. Nachdem er zwei düstere Durchgangshöfe überquert hat, befindet er sich plötzlich auf dem Kopfsteinpflaster des Kirchplatzes. Eng um die Kirche gedrängt stehen die öffentlichen Gebäude, alle in einheitlichem Gelb. Er sieht das Gebäude dort drüben, dort hat die Revolution angefangen, am Baum standen die Ulanen, es hieß, daß die Gespräche am Vormittag in einer außerordentlich herzlichen, freundlichen Atmosphäre erfolgreich verlaufen wären, und es wurde auch davon gesprochen, daß eine Entscheidung, die sich auf grundsätzliche, prinzipielle Fragen bezog, bereits erbracht worden sei, der Tag begann neblig, regnerisch, heute ist es wieder still. Es ist tatsächlich interessant, wie sich die Zeit in einem Objekt staut, er läßt das jenseitige Gebäude nicht aus den Augen.

Neben dem Seiteneingang der Kirche sitzt ein Bettler, döst, in der Hand hält er einen Knüppelstock, sein Hut ist schäbig, sein Fuß mit Sackleinen umwickelt, auf seinem stoppelbärtigen Gesicht liegt ein schmaler Sonnenstreifen, sonst sitzt er im Schatten. Eine Weile betrachtet er ihn von der Straßenecke her, an der das Gefängnis steht, dann geht er, sich räuspernd, langsam auf ihn zu. Der Bettler rührt sich nicht. In der Hoffnung, daß das Geräusch seiner Schritte den Bettler vielleicht aufweckt, stapft er an ihm vorbei in Richtung Sparkasse, aber auch das hat keine Wirkung. Von der Sparkasse schlendert er quer hinüber zum Pfarramt, macht einen Bogen um die Sakristei und steuert im Schatten der Kirchenmauer, mit zur Seite geneigtem Kopf, auf den Bettler zu. Der Bettler verfällt in einen Singsang, der liebe Gott segne und behüte Sie, der barmherzige, gütige Gott. Er bückt sich und läßt das Geld in den Hut fallen; erst nach ein paar Schritten hört er wieder die Stimme des Bettlers, der Herr Jesus begleite Sie auf Ihren Wegen, Jesus, unser Herr.

Er setzt sich eine Sonnenbrille auf. Beim öffentlichen WC neben der Volksschule raucht er eine Zigarette, dann nähert er sich von der anderen Seite. Als er das Geld hinunterwirft, schaut er dem Bettler hinter der dunklen Brille ins Gesicht. Der liebe Gott segne und behüte Sie, der barmherzige, gütige Gott, sagt der Bettler. Mehr sagt er nicht. Er erreicht das Hauptportal der Kirche, tritt durch die mächtige Eichentür. Im kühlen Halbdunkel versinken die hochfliegenden und herabsteigenden Statuen hinter ihm, er geht an den Beichtstühlen, den leeren Bänken und den Betschemeln vorbei, das ewige Licht ist ein Fleck in der tunnelartigen Tiefe, er läßt es nicht aus den Augen. Im Hauptschiff bleibt er für einen Augenblick stehen, um sich den Schweiß von der Stirn zu wischen, dann geht er hinaus. Er steigt die Treppe hinab, ohne Sonnenbrille, als der Bettler seine Schritte hört, wendet er sich plötzlich um, er hat ihn erwartet, bloß nicht aus dieser Richtung.

Er schaut dem Bettler ins Gesicht, eine schöne Kirche, sagt der Bettler. Ja, er nickt, er beugt sich ganz nahe zu ihm, um das Geld hinunterzuwerfen, aber er zieht seine Hand nicht sofort zurück, sondern läßt sie einige Augenblicke zwischen dem Hut und dem Gesicht des Bettlers baumeln, eine solche Bewegung kann leicht mißverstanden werden. Er zeigt auf den Hut des Bettlers, wie ich sehe, blüht das Geschäft, da reicht's wohl auch mal für ein Viertel

Wein, was? Aber ich bitte sehr, ich bin doch ein Kirchenbettler!, sagt der Bettler. Aha, sagt er und geht eilig weiter. Auf dem Platz herrscht plötzlich Totenstille, der Platz ist ausgestorben, die Umrisse der Gebäude vibrieren in der glasigen Hitze. Er kommt vom Durchgang her auf den Bettler zu, wirft ihm das Geld hin. Sie haben wohl zuviel?, der Bettler grinst, er sieht seine gelben Schneidezähne. Es reicht, er winkt ab, und, um ihn zu täuschen, macht er einen Umweg über die Finanzdirektion und biegt erst dort in Richtung Bahnhof ab, er meidet das Kopfsteinpflaster, schleicht sich dicht an der Mauer entlang bis an einen von Gebüsch verdeckten Stützpfeiler heran. Er ist jetzt ganz nah beim Bettler, hört seinen keuchenden Atem.

Er raucht eine Zigarette, dann tritt er so plötzlich aus seinem Versteck, daß der Bettler erst im letzten Augenblick seiner gewahr wird. Was wollen Sie von mir, blafft der Bettler ihn zornig an und streckt die Hand nach dem Hut aus. Nichts, bloß wechseln, sagt er, von dem Fünfer laß ich drei da. Das ist eine Menge Geld! Aber wozu?, ruft der Bettler. Er nimmt rasch das Wechselgeld aus dem Hut und spaziert weiter. Ich reise jetzt ab, sagt er im Gehen und hört, wie der Bettler fluchend hinter ihm ausspuckt. Siedend wirft die gelbe Mauer die Hitze zurück, die Sonne blendet. Er setzt sich langsam in Bewegung, zurück auf den Platz. Er nähert sich dem Bettler, klimpert mit dem Geld, das er gerade gewechselt hat, und wirft es in den Hut, den Rest laß ich auch noch da, sagt er. Worauf der Bettler mit überraschender Behendigkeit aufspringt, dem Hut einen Tritt versetzt und seinen Stock packt. Die Geldstücke rollen glitzernd davon, was zum Teufel wollen Sie von mir, brüllt der Bettler und schlägt mit dem Stock nach ihm. Wäre er nicht rechtzeitig zur Seite gesprungen, hätte er ihn am Schienbein getroffen. Ohne ihn einer Antwort zu würdigen, biegt er in die Allee ein.

Er läuft. Er sieht seitwärts im Schaufenster sein sich wellendes Gesicht, die schmale Straße windet sich, kippt hin und her, die Steine fügen sich uneben aneinander, oben berühren sich fast die Häuser, ziehen sich bis auf einen Spalt zusammen, als wäre es Neapel, das ist nicht Adács und nicht Neapel. Auf einmal packt ihn jemand am Arm, Schrecken überflutet ihn, er entreißt seinen Arm, er hört ein Lachen, aber, aber, junger Freund, Sie haben doch wohl kein schlechtes Gewissen? Frici lacht, ihm gegenüber sitzt der Alte mit dem schönen, ebenmäßigen Gesicht, sie sitzen unter einem bunten

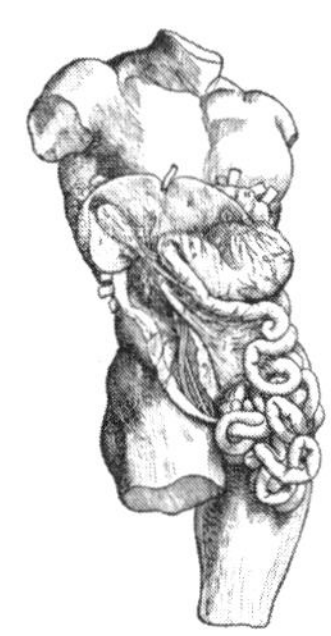

Sonnenschirm an der Wand, du darfst nicht weitergehen, wir essen zusammen. Aber nein, danke, ich habe schon gegessen. Frici quäkt, zerrt an seinem feinen Sweater, in dem Alter, was macht das schon in dem Alter, in dem Alter konnte ich ein ganzes Ferkel verspeisen.

Er schaut zum einen Mann, dann zum anderen, **schwache alte Männer, hoffnungslos**, er nickt, gut, ich bleibe.

Als Maturant war ich auch ein Pfundskerl, das muß man schon sagen, sagt der Alte, ich habe der Kommission zum Beispiel ohne Umschweife ins Gesicht gesagt, daß Maria Theresia 21 Kinder an der Zahl hatte, davon nur 16 ordentlich beziehungsweise legitim. Der Kellner kommt, der Alte bestellt dreimal Kraftbrühe mit Ei, Frici, gib du mir dann dein Ei, gerne, mein Freund, in meinem Alter, mit der größten Bereitwilligkeit, hähähä, sagt Frici. Frici bittet darum, daß der Rostbraten weich sei, neulich war er auch einmal nicht richtig weich, schmollt Frici.

Die Wirtin erscheint, ein properes Frauchen, ein Pfundsweib, flüstert Frici, wieviel Pfund, sagt der Alte, die Wirtin tut so, als hörte sie es nicht, setzt sich zu ihnen, schimpft auf ihre Nachbarin, die ihren Gruß nicht erwidert oder so was. Ein Widder, sagt die Wirtin bedeutungsvoll. Auch ich bin einer, sagt er. *Bei Männern* ist das was anderes. Er spürt den Atem der Wirtin, ihren anziehenden Körpergeruch. Ich bin Steinbock, sagt Frici, ein Steinbock ist immer ein *netter* jemand, beobachten Sie es mal, gnädige Frau, hilfsbereit, taktvoll, aber dann bleibt er allein, wissen Sie, auch Sie hätte ich geheiratet, ich bin Steinbock. Großmaul, die blonde, welke Wirtin winkt lachend ab. Das Essen wird gebracht, sie essen, ist der Rostbraten weich?, fragt die Wirtin zerstreut.

Hm, sagt Frici, darf ich eine gepfefferte kleine Geschichte zum besten geben, gnädige Frau?, während er lachend das Fleisch pfeffert. Oh, ich bin schon seit langem präfiziert. Das Wort läßt ihn aufhorchen, präfiziert, woher kennt er die Frau nur? Auch das ist eine Tresi-Geschichte, einmal beugte sich die majestätische Frau zum Fenster hinaus, und drinnen blieb nur, um es mal so zu sagen, das majestätische Hinterviertel, ein ungarischer Leibgardist, der dort einherschritt, sah das und dachte, daß es sich um eine ganz gewöhnliche frauenzimmerliche Hanke handelte, also schlug er drauf, sozusagen, so richtig auf *ungarisch*. Natürlich rutschte ihm, als sich die kaiserliche Dame umdrehte, das Herz mächtig in die Hose. Doch die majestätische Frau sagte angeblich leise nur soviel, ihm werde nichts passieren, wenn sein Stand genauso hart sei wie seine Hand. Sie lachen, hat das die Königin auf ungarisch gesagt?, fragt er beinahe sofort. Das ist nur so eine Geschichte, sagt Frici lachend.

Einmal untersuchte sie der Arzt, sagt der Alte mit vollem Mund, weil die Königin nicht kommen konnte und deswegen in schlechter Laune war, was dem Land nicht gut bekam, da wurde das landesrettende Wort geboren, *man beschäftige sich mehr mit dem Kitzler der Kaiserin!* Ich glaube, sagt Frici, solche Sachen sind es, die eine Nation zusammenhalten, und ich bedenke, wenn wir jetzt an die Staatsoberhäupter und die Parteivorsitzende, sagen wir, Massagegeräte verteilen würden ... **komme, was kommen mag** ..., Sie sind so unseriös, blubbert die Wirtin.

Zwischen zwei Hausdächern der engen innerstädtischen Straße strömt die Wärme herein, gegenüber, unter dem Dach des Mietshauses, auf einem fußbreitgroßen dreieckigen Balkon, nimmt eine Frau in Bademantel und Badeanzug ein Sonnenbad. Ich bin neugierig, sagt Frici, was Ihre Meinung ist, hören Sie her, das Ungarische hat alle möglichen Wörter für das Geschlechtsorgan der Frau an sich, aber nicht so, gnädige Frau, für den Kitzler, für den Kitzler gibt es keine einzige Obszönität. Und warum ist das wohl so? Das ist deswegen so, weil sich der Mann nicht um die Frau schert, nur sein eigener Genuß ist ihm wichtig. Aber es sei mir erlaubt hinzuzufügen, der Steinbock ist auch hierbei eine Ausnahme, meine Dame. Großmaul, die blonde, welke Wirtin winkt lachend ab.

Er springt auf. **Machen Sie keine Dummheiten**, sagt die Wirtin, ohne ihn anzuschauen, **seien Sie nicht Ihr eigener Feind**. Er wirft einen Stuhl um und fängt zu rennen an; wenn er mit einem Passanten zusammenstößt, bittet er um Verzeihung, die Firmentafeln verschwimmen vor seinen Augen, ihm ist schlecht, er wird langsamer, sein Magen zittert, die Straßen fallen zusammen, alles geht von der linken Schläfe aus. Am Fuße der Häuser gibt es einen schmalen, schwarzen Schatten, dorthin will er, der Mörtel an den Wänden bewegt sich erschreckend, und man kann keinen *Unterschied* ausmachen. Keuchend springt er in eine Telefonkabine, führt die Manöver erst in der falschen Reihenfolge aus, er wartet, liest hastig die auf eine Aluminiumtafel gedruckten Anweisungen durch, wirft die Münze ein, wählt, es ist besetzt, er drückt auf die Gabel, nimmt die Münze aus dem Fach, wirft die Münze ein, wählt, es ist besetzt, er drückt auf die Gabel, nimmt die Münze aus dem Fach, wirft die Münze ein, wählt, es ist besetzt, er drückt auf die Gabel, nimmt die Münze aus dem Fach, wirft die Münze ein, wählt, es ist besetzt, er drückt auf die Gabel, nimmt die Münze aus dem Fach, wirft die Münze ein, wählt, es ist besetzt, er drückt auf die Gabel, nimmt die Münze aus dem Fach, wirft die Münze ein, wählt, es ist besetzt, er drückt auf die Gabel, nimmt die Münze aus dem Fach, wirft die Münze ein, wählt, es ist besetzt, er drückt auf die Gabel, nimmt die Münze aus dem Fach, wirft die Münze ein, wählt, es ist besetzt, er drückt auf die Gabel, nimmt die Münze aus dem Fach, wirft die Münze ein, wählt, es ist besetzt, er drückt auf die Gabel, nimmt die Münze aus dem Fach, wirft die Münze ein, wählt, es ist besetzt, er drückt auf die Gabel, nimmt die Münze aus dem Fach, wirft die Münze ein, wählt, es ist besetzt, er drückt auf die Gabel, nimmt die Münze aus dem Fach, wirft die Münze ein, wählt, es ist besetzt, er drückt auf die Gabel, nimmt die Münze aus dem Fach, wirft die Münze ein, wählt, es ist besetzt, er drückt auf die Gabel, nimmt die Münze aus dem Fach, wirft die Münze ein, wählt, es ist besetzt, er drückt auf die Gabel, nimmt die Münze aus dem Fach, wirft die Münze ein, wählt, es ist besetzt, er drückt auf die Gabel, nimmt die Münze aus dem Fach, wirft die Münze ein, wählt, es ist besetzt, er drückt auf die Gabel, nimmt die Münze aus dem Fach, wirft die Münze ein, wählt, es ist besetzt, er drückt auf die Gabel, nimmt die Münze aus dem Fach, wirft die Münze ein, wählt, es ist besetzt, er drückt auf die Gabel, nimmt die Münze aus dem Fach, wirft die Münze ein, wählt, es ist besetzt, er drückt auf die Gabel, nimmt die Münze aus dem Fach, wirft die Münze ein, schaut zur Seite, im Glas der Kabine spiegelt sich sein Gesicht, jenseits seines Gesichts steht Feri Kertész, neben ihm stehen die Frau und Labát Nagy. Etwas weiter hinten Frici, der Alte und die Wirtin, ihre Gesichter sind einheitlich müde, als wären sie gerannt, er wählt zu Ende, nach dem ersten Tuten, das irgendwie anders war als bis jetzt, drückt er auf die Gabel, nimmt die Münze aus dem Fach, steckt sie sich in die Tasche, sein Zeigefinger brennt vom vielen Wählen, die Haut glänzt, mein Finger ist ganz stumpf geworden, er lutscht daran, der kühle Speichel tut gut. Er tritt, sich den Finger lutschend, aus der Kabine, schauen Sie, meine Damen, sagt er, die Haut ist ganz glänzend und dünn geworden.

Was ist, was nicht. Der Rasierer fehlt, der kleine Spiegelschrank an der Wand fehlt, in dem man sich vervielfachen konnte, der Müllkasten fehlt, der lilafarbene fremde flauschige Kittel fehlt, die Elida GT fehlt, das Drei Wetter Taft, die ewig tropfende Kleiderreihe fehlt, die Wand ist hier, der Platz der vier Dübel ist hier, die rostigen Schmierstellen im Falle der unteren beiden Dübel sind hier, die verlaufende Farbe ist hier, die Risse sind hier, die Blasen auf der Oberfläche der Risse sind hier, das entzweigerissene Spinnennetz ist hier, **es ist Freiheit, das heißt, es ist Risiko und es ist Opfer und es ist Abwägen und es ist Geistesgegenwart und es ist Wissen und es ist Wille**, und hier ist eine nackte 100-Watt-Glühbirne, hier ist sie, und ihre abgestandene Wärme fällt in das schwankende Gesicht, hier ist ein Rasierspiegel, in seiner Vergrößerung wellen sich die scharfen Kanten und lösen sich auf, und das verdammt starke Licht wird reflektiert, *hieristes*.

Briefauszug: und ja: im Augenblick ist das Vergangene und Kommende – nur die Gegenwart hat man gestohlen. – Aber lassen wir die Tagespolitik.

INDIREKT

MUSIL, Mann ohne Eigenschaften

Ich erzähle, dieses Ich ist aber keine fingierte Person, sondern der Romancier, ein unterrichteter, bitterer, enttäuschter Mensch, **ich, ich** *erzähle die Geschichte meiner Freunde und Freundinnen*, K. erzählt mir, daß er, K., das *in einer kristallklaren Nacht* seiner Frau gesagt habe, er liebe die Nacht, die schwarzen Löcher des Raumes, *die zweideutige Dunkelheit, das Firmament mit dem silbernen Tang*, das träg Nächtliche des fernen, doppelt gewellten Bergkammes, *die ärmlichen, verlassenen Straßen* **etc.**, diese leere und merkwürdige Bühne, und er sei weder überrascht noch wütend und schmolle auch nicht, wenn er einmal mitten in der Nacht plötzlich aufwache,

KOSZTOLÁNYI

dann stehe er halt auf, das tue ihm nicht leid, im Hemd gehe er im Zimmer auf und ab, das sei für ihn nicht etwa ausschließlich angenehm, das heißt nicht, daß er sich beispielsweise schnurstracks in ein tiefes, heißes Geheimnis stürzen wollte, in die Frau hinein, die ihm in einem solchen Fall die Erpressung der Gefühle oder andere sublime männliche Niederträchtigkeiten nicht unterstellen sollte, **nein, bittet er, nicht**, übrigens schläft die Frau in solchen Fällen, und wenn ein milchiges Lächeln manchmal über ihr Gesicht zu huschen scheint, oder wenn es aussieht, als würde sie bestätigend nicken beziehungsweise den Kopf verneinend schütteln, geht es eher um Reflexe, um ein Geschenk der frommen Muskeln, und obwohl er seinerseits durchaus annehmen könnte, daß all das oder ein nicht unwesentlicher Anteil davon nur vorgetäuscht wird, daß

Auserwähltsein

die Frau den Text frei auswählt, daß sie nur hört, was sie will, gelten solche Überlegungen nicht, offiziell hat er kein Recht auf solche Unterstellungen, und er hat auch nicht die Kraft, solche Rechte durchzusetzen, ganz zu schweigen davon, daß unter dem Gesichtspunkt des Erfolgs derartige Enthüllungen keinen hätten, deshalb hat sich wohl auch seine Kraft wieder verflüchtigt, denn ihre mani-

KOSZTOLÁNYI

pulierte Aufmerksamkeit, *ihren dumpfen Glauben und die wohlbekannte Gleichgültigkeit*, ob aufrichtig oder unaufrichtig, könnte die Frau gerade seinetwegen nicht eingestehen, weil ein solches

Geständnis vor allem ihn in seiner Gehässigkeit bloßstellen würde, weil das, was sich später als Wahrheit erweisen würde, überhaupt erst ihm eingefallen war, und diese Bloßstellung wäre weitaus unangenehmer als ein in sich gekehrtes Schnaufen und das spätere Schmollen, das er, K., in solchen Fällen gern eine Lösung nennt, aber falls die Frau jetzt wirklich nicht schläft, denkt er, während er sich vom kalten Fenster abwendet und sieht, daß sie schläft, die Bettdecke hat sie ganz leicht, ganz unangestrengt, und ohne im Traum verkrampft zu sein, zwischen die Beine gezogen, ihre Schenkel sind leicht verdreht und wunderbar, weich und zugleich wie Marmor, *die lange Mähne, die lauwarm behäbigen Schenkel, die mannawarmen Brüste, milchigen Küsse*, ihr Gesicht hingegen ist leidend und schwer und leuchtet fettig in der Nacht, ihr Antlitz ist von tags unsichtbaren Furchen zerklüftet, eine besonders kräftige Furche stürzt unmittelbar neben dem Nasenflügel tief hinab, und überall die Spuren des Kissens, ähnlich den krausen Mustern, die man vom Sitzen im Gras bekommt, nur wird man dabei, angesichts des grünen Grases, vor allem an Frische denken können, kaum jemandem wird beim Grasgrün das hinfällige Fleisch in den Sinn kommen, so daß wir solche Verwüstungen nachsichtig behandeln, beinahe stolz läuft die Fingerkuppe über die unebene, von den Halmen verunstaltete Fläche, und selbst später, denn es gibt kein Umhin, nach **einer Weile** beginnt die Stelle zu jucken, und wir kratzen uns mit einer *falben* Siegestrunkenheit – und im umgekehrten Fall, wenn das Kratzen ausbleibt, ja, da schaut auch er, K., voller Mitleid in das aufgewühlte Gesicht der Frau, Mopsgesicht, haucht er halblaut in Richtung Fensterscheibe, nein, auf keinen Fall würde er sich zu diesem Zeitpunkt auf Tricks verlegen **etc.**, er möchte nicht, wie die Frau es ausdrücken würde, sie, die Frau, in die Knie zwingen, das habe er nie gewollt, und wenn es manchmal aussah, als hätte er wie eine idiotische Bulldogge etwas an sich reißen wollen, und er wirklich erst nachgab, wenn die Frau erschöpft alles aufgegeben hatte, hatte das nichts mit dem *bitteren* Geschmack des Sieges zu tun, mit dem man auf den Besitz aus ist, sondern damit, daß er **keine Ruhe fand**, weder in sich noch in der Frau, nirgendwo, und mit einem so anzüglichen Hokuspokus würden sich die damit verknüpften Hoffnungen ohnehin nie erfüllen, beziehungsweise habe er gar nicht die Absicht, derart selbstkritisch zu sein, er sage nur, und das sei das einzige, was er jetzt sagen

Kosztolányi

Kosztolányi

Kosztolányi

möchte, daß Hoffnungen ihre eigenen Zeiten hätten und **daß jetzt nicht die Zeit der Hoffnungen sei**, wie sonst hätte er die Ereignisse vom vergangenen Nachmittag erklären sollen, als beide Parteien das ihnen Mögliche getan hätten, das könne er bei Gott beschwören, aber das sei offensichtlich zu wenig gewesen, und er habe das Gefühl, und für die Frau mag das auch nichts Neues sein, und wenn doch, was er nicht grundsätzlich ausschließen dürfe, wäre das schon beispielhaft und würde **den Schatten auf alles noch zu Sagende vorauswerfen**, das Gefühl an sich sei ausdrucksvoll, das Versagen unumgänglich, er erwartete die Frau mit offenen Karten, er hatte und hat das Gefühl, daß sie beide nicht belastet waren, weder durch die Vergangenheit noch durch die Zukunft, nur die Gegenwart, die war belastend, doch deren **Schmied**, so das Wort, das ihm dort im dämmrigen Flur plötzlich eingefallen war, war er selbst, nur stürzte dann, wie man zu sagen pflegt, dieses herzige Gebäude wie ein Kartenhaus zusammen, denn als die Frau eingetreten war und steif oder nichtssagend wartend vor der Tür stehenblieb, ohne die Augen von ihm zu wenden, beide Hände voller Einkaufszeug, griff sie blind zur Türklinke hinter sich, da habe er die nicht zu unterdrückende Spannung sofort gespürt, die Aufregung, die sich da noch auf nichts bezog, die gerade dadurch so niederschlagend war, weil sie keinen Gegenstand hatte, die einfach nur vorhanden war, doch die Frau war, könnte man enttäuscht sagen, zum Glück überaus bepackt, die Taschen und die Erinnerungen an unterschiedliche Einkäufe hingen in Trauben von ihr herab, aus der Einkaufstasche schaute, wie ein Fehler oder wie ein Mißverständnis, ein Kipferl hervor, die Frau war von dem Gewicht der Tasche völlig gekrümmt, und durch diese stumpfe Verbiegung war alles ärgerlich, kläglich schlampig, nein, sie sollte ihn nicht unterbrechen, er wisse sehr wohl, daß er jetzt ungerecht sei, und er fügte gleich hinzu, daß sie zur Hausfrau, Ehefrau und zur Märtyrerin verurteilt werde, und durch die Aussichtslosigkeit, die nun mit einem Gegenstand verknüpft war, war die ursprüngliche Erregtheit wie weggeblasen, die Luft war raus, und da versuchte er bestürzt, **ein Entrinnen gab es nicht**, jene Aufregung und Ungeduld, das Warten und die Besorgnis in sich wiederzufinden, und auch die Absicht, alles zu klären und die dazugehörende Verstörtheit, wodurch er den ganzen Tag über aufgeregt umhergerannt war, ständig war er von seinem Platz aufgesprungen, fand sich am Fenster, rannte die Holzstufen zum oberen Stockwerk hinauf, stieg donnernd wieder herab, wie eine Horde wilder Studenten, *ihre zerzausten, dunklen Haare hingen ihnen in die Augen*, die Erregung war dahin, und

KOSZTOLÁNYI

da habe er, daran zu denken sei nachträglich lustig, die Hand schnell in die Hosentasche gesteckt, ob das die Frau bemerkt habe, wisse er nicht, seinerseits war er jedenfalls bemüht, den Zwischenfall gewissermaßen geheimzuhalten, und er habe, um das genau richtige Wort zu sagen, seine **Eier** gepackt, als könnte man sich auf diese Weise wirklich die Trauer austreiben, wobei das vielleicht gar kein Ding der Unmöglichkeit wäre, immerhin hatte sich die Lage beinahe schon zum Besseren gewandt, **die optimalen und korrekten Anstrengungen trieben ihre wurmstichigen Früchte**, nach dem kurzen Stocken im Flur wurde er von einer halb ohnmächtigen Tanzstimmung ergriffen, nach der er sich widerstrebend sehnte und die keineswegs eine vorwiegend erotische Attacke war, wobei es mehr als bemerkenswert ist, daß er das betonen wolle, eher handelte es sich um den Gipfel eines ganztägigen Zitterns, unpersönlich sah die Frau zu, wie sie unpersönlich vorangetrieben wurde, ohne jede Vorsicht ließ sie ihre Taschen, die Beutel und Behältnisse los, schüttelte sie ab, die wie stumpfe, betrunkene Kartoffelsäcke entlang der feuchten Flurwand niedersanken, diese Behendigkeit der Frau war in seinen Augen eher ein Zeichen für ihre Weisheit als das einer Selbstaufgabe, er hätschelte sie bis zum Bettrand, tschitt, tschitt, flüsterte er dabei, schälte ihr die Schuhe von den Füßen, dann sich die eigenen Schuhe, bekleidet krochen sie unter die Steppdecke, und er nahm die Frau in die Arme, drückte sie an sich, drückte sie und wurde dabei von einem trockenen, tonlosen Schluchzen geschüttelt, worauf die Frau seine Stirn zu streicheln begann, sie strich ihm die Haare aus der Stirn,

KAFKA: DAS SCHLOSS

sie suchte etwas, und er suchte etwas, wütend, Grimassen schneidend, sich mit dem Kopf einbohrend in der Brust des anderen, suchten sie, und ihre Umarmungen und ihre sich aufwerfenden Körper machten sie nicht vergessen, sondern erinnerten sie an die Pflicht, zu suchen; wie Hunde verzweifelt im Boden scharren, so scharrten sie an ihren Körpern; und hilflos, enttäuscht, um noch letztes Glück zu holen, fuhren manchmal ihre Zungen breit über des anderen Gesicht, erst die Müdigkeit ließ sie still und einander dankbar werden,

KOSZTOLÁNYI

in dieser Stille die glimmenden Sterne der Zigaretten, leise begann die Frau von ihrem Tag zu erzählen, und da wußte er plötzlich wegen eines uninteressanten

Details in einer leider fehlerhaften Satzstellung, daß alles vergebens war, vergebens, weil sich sogar ihre Zellen feindlich aneinander schmiegten, es kam nicht zu dem Augenblick, *was*, **was, was**, stammelte die Frau, als hätte ihr jemand ins Gesicht geschlagen, in diesem Augenblick aber kam unerwartet die Sonne hervor, die Lichtscheite oder die Staubkörner zwischen ihnen begannen sich zu bewegen, es war ein starker, spätsommerlicher Sonnenschein, der sie wie ein goldener Bettüberwurf umhüllte, vor allem aber hatten sich die Proportionen verändert, das Verhältnis zwischen Hoffnung und Hoffnungslosigkeit, und erschrocken sackten sie nochmals mit blindem Vertrauen in dieses Gold, in das Licht, ineinander, und siehe, das Geschehen wandte sich von Grund auf gegen sich selbst, woran sie sich, die Frau und er, in diesem Haus längst hätten gewöhnen können, die Dimensionen des plötzlichen Erwachens sind nicht immer überwältigend, die Nächte sind auch mal trivial, alltäglich, und im Erwachen ist manchmal nur das müde Jucken der Gesichtshaut zu spüren oder die Unnachgiebigkeit der Lider, die erstarkenden Herzschläge, da sitzt man allein und benommen am Bettrand, mitten im Geschnaufe, die Gliedmaßen hängen wie Lumpen an einem herab, manchmal hört man einzelne Töne von der Straße, *er kennt alle Nuancen dieses Lärms, weiß, was die einzelnen*

KOSZTOLÁNYI

Töne bedeuten, er ist überhaupt nicht trübselig, nur nüchtern und aufmerksam, beinahe ruhig, plötzlich seufzt er tief, sicher geschehen ihre halb traumartigen Umarmungen im tiefsten Grund der Nacht, und er, K., wollte sich aus dieser *Besinnungslosigkeit retten, aber vergeblich, Stunden vergingen, Stunden gemeinsamen Atems, ge-*

KAFKA: DAS SCHLOSS

meinsamen Herzschlags, Stunden, in denen K. immerfort das Gefühl hatte, er verirre sich oder er sei so weit in der Fremde, wie vor ihm noch kein Mensch, einer Fremde, in der selbst die Luft keinen Bestandteil der Heimatluft habe, in der man vor Fremdheit ersticken müsse und in deren unsinnigen Verlockungen man doch nichts tun könne als weitergehen, weiter sich verirren, wobei er, K. die Nacht liebt, die Frau liebt sie nicht, für sie gibt es keinen Unterschied zwischen dem Abend und der Nacht, er meint, sie liebe diese Zeit deshalb nicht, weil die Sonne nicht scheint, seiner Meinung nach hätte die Frau überhaupt keine Probleme mit der Nacht, wenn die Sonne schiene, aber weder Sonne noch der träumerische Mond und keine

KOSZTOLÁNYI

zitternden Sterne, keine rasenden *blauschäumenden Wolken*, statt dessen nur der riesige Block einer Dunkelheit, in der er sich kaum zu bewegen wagt, um den Block nicht zu zerstören, in dieser Dunkelheit, in der er unaufhörlich auf das feuchtgehauchte Fensterglas zeichnet, Zeichen hinterläßt, kann man kaum etwas tun, als leise zu beten, die Wörter allerdings hörbar und verständlich auszusprechen, jedes einzelne Wort, später wird dann der Block brüchig, man wird profane Lichter und Risse entdecken, in denen sich Lebewesen bewegen, und das Gebet, das vielleicht noch nicht zu Ende war, verstummt und weicht einer nicht weniger andächtigen Wachsamkeit, nach solchen Nächten wissen sie beide nichts mehr sicher, aber dieses Unwissen ist süß, und wenn er sich am Morgen, selbst wenn er etwas zermürbt ist, im Bett aufsetzt, fühlt er eine große Ruhe und eine Sicherheit, dann erst erwacht er richtig, und wenn man schon von einer andächtigen Wachsamkeit spricht, würde die Frau zu Recht darauf hinweisen, daß seine brandneuen Sinneswahrnehmungen, wobei sie seine, Ks., Empfindsamkeit, Wachsamkeit, Aufmerksamkeit, sein Gefühl für Proportionen und selbst seine etwas romantisch nächtliche Untertänigkeit anerkennen möchte, daß also seine neuen Sinneswahrnehmungen auch mit einer anderen wichtigen Sache zusammenhingen, nämlich mit nichts anderem als seiner, K.s, neuen Brille, diese nüchternen Züge seiner Frau sind für ihn, mag sie diesen Hinweis auch als hinkende, meniskusrißverdächtige Schöntuerei verstehen, wichtig, das anzuerkennen fällt ihm überhaupt nicht schwer, denn schadenfroh kann er nun zuschauen, wie die Frau mit dieser Bemerkung nicht besser dran ist als der Teufel mit dem Zarewitsch, aber der eine ist halt so, der andere so, warum sollte er da hineinreden, an die Brille muß er sich noch gewöhnen, mehrmals täglich greift er sich an die armen Ohren und meint, die würden ihm abreißen, je höher die Sonne am Firmament steigt, umso schwerer lastet die leichte Metallfassung auf der Nase, der sanfte Stahl verwandelt sich in derbes Eisen, und bei diesem Punkt angelangt, meint er weder höflich noch rücksichtsvoll sein zu müssen, das ist halt seine Restfreiheit, so daß er die Frau mit naturalistischen Details nicht verschonen wird, ja nicht lachen, **wo gäbe es für ihn einen Raum für die Freiheit, wenn nicht in den Wörtern**, seine Ohren, diese blutigen, zerrissenen Fleischfetzen inmitten von Sünde, Sumpf und Rost, anstelle von Pferdeschenkeln ein Stück hörendes, hohles Künstlerohr in den winselnd unterwürfigen Lefzen dreckiger Köter, *Hunde mit mageren Flanken flüchten lautlos, ihre Rippen scheinen aus Weidenruten geflochten zu sein, der*

Meniskusriß-verdacht

?

IWANOW: MATWEJ, DER GOTT

Mondschein blitzt auf ihren Fängen, zwischen seinen Fingern tropft das Blut hindurch, langsam und dicht wie duftender Akazienhonig, doch Spaß beiseite, wie das die Beamten im Ministerium zu sagen pflegen, während sie selber lachen, neben diesem *wilden Panorama und dem entsetzlichen Genuß* hatte die Brille viele Blicke eingebracht, die Blicke auf der Straße!, nie hätte er gedacht, daß es so viele Leute gibt, die sozusagen schauen, tagelang lebte er quasi im Feuerhagel der Blicke, wodurch er sich nicht betören ließ, er dachte keineswegs mit der leicht übertriebenen Phantasie von treuen und diese Treue zur Schau tragenden Männern, daß er auf einer Bühne umhergehe, und auch nicht, daß die ganze Welt eine Bühne sei, daran dachte er nicht und auch nicht, daß ihn bei irgendeinem Hintereingang gut informierte, lärmende, erbarmungslose **Gymnasiastinnen** erwarten würden, *eine Mädchenschar mit Blumengesichtern*, **Gymnasiastinnen, Gymnasiastinnen**, die ihn in ihren knisternd weißen, gestärkten Blusen erwarten würden, nein, das dachte er nicht, *aber wenn er durch die Straßen ging, war er von einem leichten, geheimen Fieber des Glücks durchflutet, weil er die Auslagen betrachten und in die Straßenbahn steigen konnte, und wenn er wollte, konnte er eine Zigarette anzünden, zwischen Hunderten von Möglichkeiten konnte er frei entscheiden, möglicherweise stundenlang, bis in der Stadt allmählich die Dämmerung einsetzte und die Lampen langsam angingen, vielleicht ist an dieser Stelle das Wort Freiheit nicht richtig, weil es um mehr geht: um eine Ungebundenheit, Unbeschwertheit, um die Freiheit des Gefühls, denn um die Welt in Besitz nehmen zu können, reicht es nicht, nicht behelligt und in keiner Hinsicht gefangengehalten zu werden, vielmehr muß man für die Unbeschwertheit selbst die geheimsten Strukturen der Seele vor Verletzungen bewahren*, das ist zweifellos so, in seinem Fall galt das aber immer seltener, denn die große Ungebundenheit **etc.**, nein, nein, die anfängliche kleine Freude sollte er vielleicht nicht wieder zurückziehen, doch müsse er sich in acht nehmen, in acht nehmen, um von den vielen Ereignissen nicht niedergewalzt zu werden, heute nachmittag ging er von der Bibliothek zu Fuß nach Hause, und da, unterwegs, überkam ihn diese Freude, daß der Augenblick ihm gehöre, das Bild, er selbst, er ging mit merkwürdig leicht schleppenden Schritten, mit seiner großen, abschreckenden schwarzen Aktentasche, um ihn herum das hochmütige Getümmel der gut ins **Stadtbild** passenden bunten Pflastersteine und eine Frau, der flatternde

Kosztolányi

Kosztolányi

Géza Ottlik: Die Schule an der Grenze

Rocksaum einer bestimmten Frau, die Wölbung ihrer Schenkel, ihr freies, reines Lachen, dann gleich auch der wichtige, namentlich kaum zu benennende Hintergrund mit einem liegengelassenen Baum, *unbemerkt durchbrechen die Wurzeln die Wand, das Laub flicht grüne Zelte*, in seinen Augen war das eine scheele, aber sehr wohltuende Wahrheit, »die Wahrheit siegt!«, das ist für gewöhnlich der simple Triumph von Kraft und Statistik, und nach diesem billigen Sieg hatte er sich lang schon gesehnt, weil viele der unbegreiflichen kleinen Gesten, der nebensächlichen, aber scharf geschnittenen Fragmente, die die Sinne festhalten, oft auf eine schmerzliche Art unbefriedigend waren, zum Beispiel das hintere Panoramafenster in einem Bus, das mit einer unergründlichen Schönheit mit Matsch besudelt wird, so daß sich einem vor lauter Hilflosigkeit, besser gesagt, **durch die eigene Grobheit das Herz zusammenzieht**, und man beginnt sich zu fürchten, man beginnt zu fürchten, daß auch die sonst vorhandenen Bilder verschmiert werden, daher ist sein, K.s, erster Impuls, sobald er in einen Bus steigt, die Augen zu schließen, wenn er am Gehweg warten muß, neigt er den Kopf und betrachtet die Schuhspitzen, und wenn ihm jemand unerwartet einen lästigen Blick zuwirft, verzweifelt er über die Aufgaben und Pflichten, die nun auf ihn zukommen könnten, aber da wäre man vergebens schlau, man würde sich immer mehr untröstlich an die Wand drängen lassen, notwendigerweise wäre man mit jedem Schritt im Nachteil, die Momente der Inbesitznahme muß man ebenfalls in Besitz nehmen, das sind halt seine, Ks., verdammten Rechte und Pflichten, am Nachmittag ging er lange spazieren, mit den Händen in den Hosentaschen, so daß die Frau nun gleich merken kann, daß er auch an diesem Tag die braune Cordhose anhatte, jene Hose, die er einst von Csáth bekommen hatte, **dazumal**, sicher, wann sonst hätte er sie bekommen sollen als dazumal, Csáth nämlich tauchte an einem Sommermorgen auf, im Auftauchen war er sehr gut, und das war vielleicht sogar am ersten sogenannten Sommermorgen, er, K., war unfehlbar in Sachen »erster Sommermorgen«, mochte es im Mai oder Juni sein, er schaute zum Fenster hinaus und nickte: ja, das ist er, **Csáth war elegant, wie Abbazia selbst**, konkreter gesagt: nickende Palmen, breite Alleen, leichte Leinenanzüge, ein schwungvoller Hut, der sich im Licht auflöst, Pizza- und Fischgeruch, Scampi vom Rost, Solidität, der Duft von in Tee getunkten Madeleine-Stückchen, und unterhalb der Marmor-

Kosztolányi

man beginnt sich zu fürchten

←

treppen dann **das Meer, das Meer, das Meer, das Meer**, der harte, salzige Windhauch, der über die friedliche, aber übermäßig gepflegte, von Lampions umrankte Uferpromenade weht, macht einen bang, das Meer ist unentrinnbar, zutiefst geheimnisvoll, stark, rätselhaft tosend, und ergeben bleibt es an den Uferfelsen hängen, die

KOSZTOLÁNYI

sich zahm stellen, kalkweiß *brennt ein ferner Berghang* – so war Csáth in seinem blendendweißen Anzug, mit seinem Strohhut, als

KOSZTOLÁNYI

er seine schweren, langen Wimpern hob, *teerschwarz sein Haar, in dem der Kamm funkelte und knisterte*, seine Lippen waren gedunsen wie bei einem wilden Tier, dieser Ausdruck stammt von der

Schreibfehler: Ildikó

Drahosch, von Andrea Drahosch, die, unter anderem, den Ball wie ein Junge auf den Füßen hüpfen lassen konnte, an ihren dünnen Schenkeln schien dann eine Sehne oder ein Muskelstrang ins Schwingen zu geraten, neben dem Schwimmbecken stand er, K., zusammen mit Jancsi Korom vor dem Mädchen, und Korom zählte die einzelnen Male, er war ausgesprochen stolz auf Drahosch, manchmal sprach er einfach Fremde an, was sie denn meinen würden, wieviel die da schaffe, diese Drahosch, wobei hier nicht Koroms berückend falsche Formulierung **etc.** beachtenswert ist, sondern daß sich Drahosch bereitwillig produzierte und daß sie Korom wortlos als Fachperson akzeptierte **etc.** Csáth war dann weggegangen, mit der Nachricht war er, K., zum Strand gerannt, doch entweder verstand das Drahosch nicht oder sehr wohl, oder sie wußte bereits etwas, jedenfalls empfing sie ihn hernach so eisig, daß ihm das nicht in den Kopf ging, du meine Güte, versteht ihr denn nicht,

ALAN-FOURNIER: LE GRAND MEAULNES

der große Maulmann ist weggegangen, für Drahosch war es von vornherein wichtig, alle Ereignisse mit einer bestimmten Sichtweise zu verbuchen, und während sie mit ausgestreckter Zunge mit dem fahlen Ball herummachte, sagte sie, daß er, K., neben Csáth, der durch all die Menschenmengen wie ein eleganter Jockel von einem Riesenwild hindurchgestürzt sei, eher wie ein Junge aus gutem Haus wirke, das sei ungerecht, so Korom, der ungebetene Fürsprecher, ein Messer ist ja nicht unbedingt zimperlicher als ein Beil, da hatte Drahosch mit wütend rotem Gesicht den Ball gestoppt, Korom sei

OTTLIK

ein Blödheini und so und so und ein Blechkopf, *eine Bagatelle, eine Nichtigkeit*, und woher und wie denn nehme er sich die Freiheit, mit dem Ballzählen plötzlich aufzuhören, sie, Drahosch, wisse allerdings, woher der Wind wehe, er habe wohl Angst, die eigenen kleinen Rekorde an sie abzugeben, bei diesem Gezeter balancierte

Korom den Ball bravourös auf seinem Fuß, auf dem Rist, so Korom, und als seine Schülerin das sah, verstummte sie ehrfurchtsvoll, stumm betrachtete sie den Ball, dann haute sie Korom eins in den Rücken und lief auf das hintere Schwimmbecken zu, Korom schoß den Ball ihr hinterher und rannte ebenfalls davon, er, K., jedoch stand einfach da, einmal hatte er geluchst, als Drahosch eine dicke Wunde an ihrem Knie zusammenquetschte, er sah nur auf ihre Zunge, die wie bei einer Eidechse aus der Mundöffnung hinaus- und zurückschnellte, die Zunge war rot, voller Speichel, wie ein zappelndes Stück Fleisch, *im Stadion fragte ihn* Korom, *ob er schon einmal versucht habe, bei einem Angriff von Anfang an nicht die Stürmer zu beobachten, sondern den Tormann, auf dessen Tor die Stürmer mit dem Ball zuliefen; es ist sehr schwierig, von den Stürmern und dem Ball wegzuschauen und dem Tormann zuzuschauen*, so Korom, *man muß sich vom Ball losreißen, es ist etwas ganz und gar Unnatürliches; man gewöhnt sich daran*, sagte Korom, *aber es ist lächerlich*; er, K., könne sich nur an wenige Dinge erinnern, die obszöner gewesen seien als der Torwart und die Zunge der Drahosch, damals war er rot geworden, er war davongerannt, die Drahosch aber beackerte ihr Knie weiter, sie zapfte den Eiter ab, wie gewöhnlich grub sie entschlossen Erdkrumen hervor, Csáth stand am Bettende, *mit weiten, auf die Ferne ausgerichteten Pupillen*, starr und sichtlich angestrengt, mit letzter Anstrengung krallte er sich am Bettende fest, das war so nicht in Ordnung, sonst kam er immer ins kleine halbrunde Zimmer gestürzt und hatte an den Vorhängen herumgezerrt, nach Csáth mußte er, K., tagelang die Gardinen richten, die kleinen Klammern zurückhängen, die Risse im Stoff überhaupt erst finden, und Csáth weckte einen immer erbarmungslos, hinter ihm wälzte sich die Sonne in den Raum wie eine todbringende Wasserflut, diese Wucht wurde durch kein spielerisches Licht gemindert, hatte er, K., früher von der goldenen Sonne sprechen können, mußte er an einem Morgen mit Csáth von einer Golddiarrhösonne sprechen, lange hatte er ernsthaft geglaubt, eine Diarrhö sei das, was an Festtagen auf den gewichtigen Stirnen der Königinnen flimmert und glitzert, aber das ist es nicht, der **wortlose Csáth** hatte ihn dermaßen erschreckt, daß er sofort wach war, was er sonst selbst mit den schroffsten Methoden nicht schaffte, mit stumpfem Blick tappte er sonst auf dem kleinen Beistelltisch nach dem sorgfältig bereitgelegten Apfel, ein Tag kann durch einen

Peter Handke: Die Angst des Torwarts …

Kosztolányi

krachenden Apfel besonders erhoben werden, durch den **Apfellärm**, neben dem Apfel lag auch eine Bibel auf dem Tischchen, damals hatte er über **Miklós Bethlen** gelesen, daß er, Bethlen, die Heilige Schrift jedes Jahr einmal durchlese, darauf war er sehr neidisch, Csáth starrte ihn unbewegt an, *die gute Begum in ihrer vollen Länge vorübertreibend*, witzelte er, K., doch Csáth winkte ab, nein, **ich habe Angst vor Ihnen**, sagte auch er, K., ernst, **Sie sind so ungeschützt**, *nein*, **nein, nein**, brach es da aus Csáth wie blutiger Speichel hervor, er, Csáth, so Csáth scharf und angriffslustig wie ein zurückweichendes, in die Ecke gedrängtes, das ist hier eine Wiederholung, wildes Tier, nein, keinen Augenblick würde er leugnen, daß er heute früh sehr wohl im See neben dem **Kalkwerk** gebadet habe, gerade komme er von dort, und er, K., solle zur Kenntnis nehmen, daß er an das alles voller Anerkennung denke und um einiges ernsthafter sei als sie alle zusammen, die über das überspannte Ehepaar im Kalkwerk nur kichern würden und eine kindliche Rache gegen **Bernhard** hegten, gegen den mürrischen, bleichen Nachtwächter, seinerseits habe er keine Antennen für ihre Spielereien, aber K. solle zur Kenntnis nehmen, daß er, Csáth, das Kalkwerk am liebsten kaufen würde, vielleicht würde er sogar dort hinziehen, folglich könne er, K., wohl sehen, daß er ernsthaft rede, und nicht nur, weil er vor einer Alternative stehe, das heißt, weil er auf die Art von Jancsi Korom scherzen oder vielleicht wie er, K., mit der wirklichen Tiefe und der Untiefe spielen wollte, seinerseits rede er wirklich ernsthaft, in seiner Ernsthaftigkeit gebe es keinerlei Hoffnungen, seinerseits rede er aus einer Notwendigkeit heraus und notwendigerweise so, wie er es tue, *denn er habe eine (seine) Meinung und spreche diese Meinung aus, erkenne die Wahrheit und spreche diese Wahrheit aus und natürlich seien die Meinungen und Wahrheiten, die er ausspreche, wiewohl durchaus aussprechens- und hörenswert, in den Ohren der Betroffenen, vor allem aber in den Ohren des verkommenen Vaterlandes, in welchem der Argwohn lauere, in jedem* **so oder anders gearteten** *Falle Gerichts- und das heiße Anklage- und Verurteilungsmaterial, seine Natur sei die unbequeme, in welcher es auszuhalten und mit welcher umzugehen die ununterbrochene höchste Geistes- und Körperbeherrschung und Geistes- und Körperanspannung erfordere, aus welcher gesagt werde, was gesagt werden müsse, und also sei sie die fortwährend Anstoß erregende, mit welcher er zwar fertig werden wolle, mit welcher er*

OTTLIK

»KOSZTOLÁNYI«

THOMAS BERNHARD: DAS KALKWERK

aber nicht fertig werde, eine Welt, **sagte Csáth,** *in welcher man wegen sogenannter Ehrenbeleidigung vor Gericht kommen könne und die behaupte, sie habe Ehre, und in welcher behauptet werde, in ihr gebe es Ehre, wo es doch ganz offensichtlich keine Ehre mehr gebe, besser, niemals auch nur so etwas Ähnliches wie Ehre gegeben habe, sei nicht nur eine fürchterliche, furchterregende, sondern auch eine lächerliche, aber daß wir in einer nicht nur fürchterlichen, furchterregenden und lächerlichen Welt existierten, damit habe sich jeder einzelne abzufinden, und wie viele Hunderttausende und Millionen hätten sich damit nicht schon abgefunden, denke er, wie viele vor allem in diesem zweifellos fürchterlichen, furchterregenden und lächerlichen Land, in dem Vaterland, in dem lächerlichsten und fürchterlichsten, was dieses Land, dieses sein Vaterland betreffe, so könne man ja in ihm, um zu existieren und um auch nur immer einen einzigen Tag weiterzukommen, niemals die Wahrheit sagen, zu keinem und zu und über nichts, denn nur die Lüge bringe in diesem Land alles vorwärts, die Lüge mit allen ihren Verschleierungen und Verschnörkelungen und Verstellungen und Einschüchterungen, die Lüge sei in diesem Land alles, die Wahrheit nur Anklage, Verurteilung und Verspottung wert, deshalb wolle er,* **Csáth,** *nicht verschweigen, daß sein ganzes Volk in die Lüge geflüchtet sei, wer die Wahrheit sage, mache sich strafbar und lächerlich, die Masse oder die Gerichte bestimmten, ob sich einer strafbar oder lächerlich oder strafbar und lächerlich mache, sei er nicht strafbar zu machen, der Wahrheitssager, mache man ihn lächerlich, sei er nicht lächerlich zu machen, mache man ihn strafbar, lächerlich oder strafbar gemacht werde in diesem Land, wer die Wahrheit sage, da sich aber die wenigsten lächerlich oder strafbar machen wollen und sich der einzelne vor nichts mehr als vor Bestrafung fürchte, die hohe Geld- oder Gefängnis- oder gar Kerkerstrafe sei einfach nicht Sache des Menschen, lügten oder schwiegen alle, nur gebe es Naturen wie ihn, die nicht schweigen könnten, die, weil sie im Laufe der Zeit* **zur Vernunft gekommen seien,** *der Wahrheit auf den Grund gekommen seien und nicht schweigen könnten und sich äußern müßten und sich dadurch immer wieder strafbar oder lächerlich oder strafbar und lächerlich machten und nach der herrschenden Strafgesetzordnung immer*

interner Hinweis auf OTTLIK: »Siehst du, du Rindvieh, was quasselst du soviel, seitdem ich zur Vernunft gekommen bin, betrachte ich die Dinge entsprechend, und du beginnst im kritischen Augenblick zu plappern, trägst mir lange, rührselige Geschichten vor und breitest vor mir deine komplizierten seelischen Feinheiten aus, die niemand kennen will, und inzwischen rutschen wir vom guten Liegestuhl hinab …«

sprich: ladi (Géza Ottliks freundliche mündliche Mitteilung)

Kosztolányi

noch strafbarer und nach der herrschenden Gesellschaftsordnung immer noch lächerlicher, man müßte seine Natur einfach grundlegend ändern, aber keiner ändere seine Natur, weil die Natur sich nicht ändern lasse, aber mein Lieber, und da gähnte er zwischendurch mit gespielter Gelassenheit, *ich hafte für die Sicherheit der Lady*, der brave Indianer, so Csáth, was wollte er überhaupt am hellichten Morgen, als er, K., noch nicht einmal zum wichtigen Morgenapfel gegriffen hatte, nur sollte er schon noch sehen, mit wem er es zu tun habe, er würde auf ihn zugehen und *ihm das Handgelenk reichen, damit er seinen Puls prüft, wie er das zu tun pflegte*, Csáth war durch die eigenen Tiraden wohl beruhigt oder bis ins Mark erschöpft, er lächelte wie eine Kammerzofe an den dienstfreien Tagen, freundlich und entgegenkommend zupfte er die Vorhänge zurecht, was ihn, K., wiederum wütend machte, mit welchem Recht, brüllte er, meine Csáth, daß er anders sei als andere, daß er, wie Csáth eben selbst gesagt habe, anders sei als **sein ganzes Volk**, und wenn man schon soweit wäre, könne er auch fragen, was sich Csáth erhoffe, wenn die vielen Lügen ein Ende hätten!, aber, aber, aber, wenn es mit den Lügen ein Ende hätte, mit denen, die wir getrost äußerliche Lügen nennen können, äußere, extensive Lügen, für die Freilandhaltung, die man offensichtlich als Tradition ansehen kann, ist dann der, der große Hoffnungen hegt und aufatmet, weil das alles nun Gott sei Dank vorbei sei, vorbei, ist der nicht ziemlich grün hinter den Ohren, ist es denn nicht eher so, daß, wenn wir nicht in Lüge und Gefangenschaft leben, dann alles in uns leben wird und wir in uns sogar etwas viel Entsetzlicheres antreffen, als es die Lügen waren, und da verlor das Kammerzöflein den Kopf, offensichtlich wisse K. nicht, wovon er da rede oder wolle es nicht wissen, also sei er entweder von **Geburt an blöd**, in diesem Fall solle er, K., ihm verzeihen, oder er sei zu diesem Zustand allmählich heruntergekommen, und dann sei er **programmatisch blöd**, und in diesem Fall … egal, ihn, Csáth, interessiere K. jetzt nicht im geringsten, er sei nicht in der Lage, sich für K. zu interessieren, er sei nur gekommen, um anzumelden, daß er jetzt gehe, man solle eine Weile nicht mit ihm rechnen, im übrigen werde er ihm, ohne seine Verdienste anzuerkennen, seine geliebte Cordhose überlassen, damit warf er die Hose auf das Bett, seine riesige Sporttasche zog er wie ein Tuch hinter sich her und rannte davon, der Sommer war durch das Fehlen Csáths gekennzeichnet, »der

Sommer, als **etc.**«, die Hose war abgetragen, aus Cord, an den Seiten war an manchen kleinen Stellen die Naht aufgegangen, kurze Zwirnsfäden, Fadenenden pendelten, die Rippen sahen heil aus, hinten war sie etwas zerschlissen und glänzend, die Hose war seit damals nicht viel anders geworden, lediglich die Abgetragenheit war herangereift, die Hosenbeine wirkten auf den ersten Blick zu kurz, stumpf, wie die Frau sagte, aber infolge der Lockerheit um die Schenkel und der Materialfülle an der Hüfte oder einfach durch die Kniffe des Schnitts war die Hose eine Art **Ferienhose** geworden, was die Frage nach der Länge der Hosenbeine absolut belanglos werden ließ, und da die Taschen groß und bauchig waren, was wahrscheinlich schon mit dem Urlaubshosendasein zu tun hatte, daher hier keine gesonderte Feststellung ist, da also die Taschen üppig waren, konnte man diese Hose praktisch nur mit den Händen in den Taschen ertragen, wobei diese Bewegung beileibe nicht zur Verantwortungslosigkeit und Achtlosigkeit führte, und er lungerte nachmittags auch nicht herum, wobei er sich für ein mögliches Herumlungern nicht entschuldigen müßte, aber wenn er nicht lungerte, dann lungerte er nicht, eher kam und ging er, also hatte er seine Ziele, doch standen ihm die Ziele nicht als ungeheures Mal auf die Stirn gebrannt, seine Ziele waren eher unmerklich, still und unverlierbar wie die mit uns ziehenden Himmelskörper am Firmament, besonders niveauvoll wäre in diesem Fall, an den Mond zu denken, an den hoffärtigen, strahlenden, zahmen, reinen Mond: wohin du auch gereizt, eilig oder deiner Natur gemäß schlendernd oder im unschlüssigen Zickzack gehen magst, vielleicht von der Dunkelheit bedrängt, die die Umgebung überflutet und sogar auffüllt, von den düsteren Pappeln, *von den grimmigen Ausrufungszeichen des Ortes*, von den rauschenden Weißdornbüschen, die deine Schritte belauern, deine feigen Schritte, die aber von dem da oben, vom Himmel, ausharrend bewacht werden, besonders deutlich war das jeweilige Ziel der schweren, schwarzen Aktentasche abzulesen, mit einer Beweiskraft, mit überzeugender Kraft, könnte man sagen, wenn gerade irgendwelche Richter der Csáthschen Art forschen, umherspähen, suchen, herumsuchen, stöbern, durchstöbern, nachforschen, umhertasten, herumfingern, durchwühlen, ergründen, sich bemühen, nachgraben, nachtauchen, im Trüben fischen, untersu-

Rilke

Höre, kleines Säckchen, süßes Fräckchen, tonsuriertes, renommiertes, ausgegornes, eingebornes, berapptes, gepapptes, ausgestopftes, kalfatertes, masernes, hochnasiges, gipsernes, plunderliches, arabeskes, wanstiges, aufgeschwänztes, unverfrornes, gekrapptes, kalandertes, broschiertes, kunterbuntes, rasendes, affektiertes, sammelsurisches, rundgezirkeltes, gefüllseltes, aufgeblasenes, geschniegeltes, gebügeltes, rindspulvernes, baumelndes, positives, konjunktives, genitives, aktives, giganteskes, vitales, reales, magistrales, klaustrales, monachales, zugreifendes, ausschweifendes, leutseliges, leutquäliges, aufgebotliches, blendiges, anständiges, patziges, kratziges, tatziges, treffendes, kläffendes, ochsiges, ordinäres, feingezetteltes, auserwähltes, stockiges, bockiges, heißstichiges, wurzeliges, gezwirntes, gepinkertes, durchpicktes, geschwornes, spießbürgerliches, gekröntes, zerstückeltes, verschmitztes, geteertes, bewamstes, kaltgestelltes, kapuztes, lackiertes, ebenholzenes, brasilholzenes, borstiges, armbrustenes, hackenstößiges, rapierenes, ausgelassenes, subsidiäres, tragisches, satirisches, transpontinisches, digestives, aufstoßendes, konvulsives, inkarniertes, restauratives, sigillatives, maskuliniertes, mannhaftes, subtiles, respektierliches, vorspannhaftes, klebriges, tollkühnes, massives, laszives, handliches, mutiges, großschnutiges, absolutes, resolutes, starkknochiges, kohlköpfiges, doppelmenschiges, artiges, bartiges, furchtbares, pfeifendes, kniefegendes, neuversohltes, blitzendes, donnerndes, blinkendes, hämmerndes, bockstößiges, schellenklingelndes, duftiges, samenstreuendes, klimperliches, wölfisches, bärisches, pantomimisches, puppisches, wespisches, linealisches, alchimistisches, algebraisches, strotziges, protziges, glotziges, klotziges, unübertreffliches, sekurables, amables, memorables, notables, palpables, muskulables, staffables, zimperliches, schnorziges, weiberspäßiges, leiberstößiges, räubermäßiges, abwedelndes, einfädelndes, kopfnußliches, bußliches, marschhineiniges, arschbeiniges Arke-Busen-Freundchen und Hodensäckchen (RABELAIS)

chen, analysieren, studieren, durchkämmen, durchfilzen, kramen, durchforsten, untersuchen, betrachten, mustern, in Augenschein nehmen, beobachten, aufmerksam verfolgen, in den Augen behalten, erspähen, beachten, die Ohren aufsperren, tückisch abhorchen, überprüfen, kontrollieren, inspizieren, revidieren, kommandieren, empfehlen, widmen, unterbreiten, verfolgen, inspirieren, diktieren, vorschlagen, beraten, antreiben, nötigen, drängen, bedrängen, schieben, drücken, quälen, pressen, hetzen, scheuchen, anheizen, abfragen, einkreisen, nach Spuren suchen, zwingen, erzwingen, nötigen, pressen, gewalttätig sein, unter Druck setzen, forcieren, verdächtigen, etwas aufoktroyieren, verdammen, stimulieren, dopen, anfeuern, anspornen, anregen, begeistern, ermuntern, animieren, beschwingen, agitieren, suggerieren, ahnen lassen, versprechen, verführen, ködern, verlocken, betören, berauschen, verrückt machen, irreführen, beschwindeln, hinhalten, berücken, bezirzen, verblenden, betäuben würden, seine Tasche, die so ungeschlacht war, wie man sie selten antrifft und die er als fortwährende Buße immer und ewig in seiner Rechten trug, konnte seine überbordende Leichtigkeit nicht bremsen, im Gegenteil, die schwarze Last, dieser Ballast, hob den vergehenden und vergänglichen Zauber sogar hervor, den frühlingshaften Flügelschlag, das Frühlingwerden war ebenfalls eine Csáthsche Hinterlassenschaft, da saß er am Klavier, klimperte mit einer Hand und sagte, dieses Paar Beinkleider hätte ihm den ewigen Frühling gebracht, seine Augen sprangen mit fiebriger Eile über die Tasten, infolgedessen hatte Csáth in jenem Sommer den ewigen Frühling für immer verloren,

Wer macht den Frühling?

seinen **Ewigfrühling**, und so war sein Geschenk ein bedeutendes Geschenk, und als er, K., aus der Unterführung aufgetaucht war, war es, als hätte man ihm Licht ins Gesicht geschüttet, er stutzte, doch ging der erste, instinktive Schrecken gleich in Jubel über, und indem er sich an der häßlichen, mit Geranien bedeckten Steinbrüstung festhielt, warf er den Kopf zurück und hielt das Gesicht ohne jede Scham ins Licht, und gleichzeitig, und er wisse leider, daß diese Wendung nicht dem Herzenswunsch seiner Frau entspricht, stand dort eine Frau, rechts, gerade vor den Tischchen und den schattigen Sonnenschirmen des bekannten Kaffeehauses, die so selbstverständlich und natürlich auf dem Gehweg standen, als wären sie aus dem inneren Saal hinausgesickert, als hätten sie sich hinausgestülpt, als hätte man sie einfach hinausgestreut, vielleicht nur zufällig, vielleicht, um innen aufräumen zu können oder um dort niemanden zu behindern, da standen also einige müßige Stühle mit den unerläßlichen raffinierten bunten Schirmen, dort sitzt er gern einmal bei einem Bier oder bei zwei Dezi Wein und bestellt bei besonderen Gelegenheiten Schweinskotelett à la 1848, *früher hatte hier Marcelle bedient, die Kellnerin mit dem kurzen Seidenrock und der weißen Schürze, noch konnte sie nicht gesehen, nicht bemerkt haben, daß K. und seine Freunde sie bemerkt hatten, schon flog dort neben der Eingangstür ein fünfzehnfaches kleines Lächeln los, unschlüssig ging es von ihrer Nase, von ihrer Stirn, den Ohren, den Haaren, dem Kinn, von den leicht rosa geschminkten Wangen aus und lief auf ihren Mund zu, den Mund, ihren Mund zu, verspielt zitterte das vielfältige Lächeln kaum sichtbar, kämpfte eine Weile aufgetürmt, floß dann ineinander, und mit künstlerischer Hand vereinte sie, Marcelle, das Vielerlei zu einem einzigen, merkwürdigen Lächeln, und als sie am Tisch angelangt war, ließ sie es wie eine Gärtnerin für sie fallen, da sitzt er also*, der Schilfsessel musiziert unter ihm, er musiziert, na sicher, **weil er ihn musizieren läßt**, faul schaukelt er hin und her, und vorne, wo seine langen Schenkel beziehungsweise wo die Urlaubshose scheuert, quietscht das müde Rohrgeflecht auf eine bereitwillige Art rätselhaft, das Rahmengeflecht hat sich gelöst, ist aufgeplatzt, im Inneren heben wohl gefährlich verrostete Nägel ihre ausgedünnten Köpfe, er aber erkundet den Himmel überaus sorgfältig, späht unter den »Zelten« hervor, neigt sich feierlich vor, wie einer, der sich in den Heldentod schickt, *wir wissen, was gewesen war und was sein wird, kennen die*

KOSZTOLÁNYI

Antworten auf die Frage, kennen den Frühling im voraus und den KOSZTOLÁNYI *strahlenden Sommer und den Augenblick, wenn an einem frühen Nachmittag der Herbst die Ringstraße entlangläuft, an den Planen herumzerrt und das Kaffeehaus rundum in Trauer versinkt*, die Leute schaudern, springen nacheinander auf, und indem sie sich auf wichtige Geschäfte berufen, rennen sie davon, und hier, schon außerhalb des Wirkungskreises jener häßlichen Geranien, stand eine Frau oder ein Mädchen, zuerst bemerkte er vor allem die Beine, die Frau! sowohl einer Frau als auch einem Mädchen hätten gehören können, die langen geschwungenen Linien, die sich den luftigen Flächen des baumwollenen Sommerkleides mit einer zwar berechtigten, aber übertriebenen Selbstsicherheit entwanden, dann neigte er, K., seinen Kopf zur Seite, und plötzlich blitzten zwischen den Beinen der Frau die vielen gebrannten Steinplatten auf, Stadtbild, rief er in sich hinein, er dachte, er sei bis zum Rande voller Tatsachen, bis zum Rande mit Tatsachen gefüllt, einfach mit den Tatsachen von dem, was **ist**, und in solchen Momenten, in diesen ungedeckten, gefährlichen Situationen, vermehren sich auch die diesbezüglichen Augenblicke, leuchtende Einsprengsel der Zeit, die sowohl außerhalb von ihr als auch in sie eingeschlossen sind, Augenblicke, die später mit einer Schärfe in einem hängenbleiben, sich sogar einmeißeln, daß man am liebsten aufjaulen möchte, doch eher runzelt man beherrscht die gequälte Stirn und denkt, na sicher, was wird das schon sein, halt unsere Vergangenheit, **Márta Kászoni!**, die Frau ist niemand anders als Márta Kászoni, dachte er in dem Augenblick, als die Frau ihn in Augenschein nahm, wobei sie den Kopf leicht hob, dabei schienen sich ihre Augen zu runden, die Brauen bewegten sich lustig an den freien Flächen der gerunzelten Stirn, sie lachte los, was sich im Nachmittagsgesumme der Zivilisation lautlos ausnahm, wodurch die Gestalt der Frau eher fern und unwahrscheinlich wirkte, da wurde sie ein wenig zum eigenen Zeichen, gleichzeitig war sie dadurch betonter vorhanden, man hätte von einer ätherischen Robustheit reden können, er wußte, und darauf mußte man ihn nicht erst aufmerksam machen, daß man Kászoni mit niemandem verwechseln konnte, darum ging es auch nicht, sondern darum oder fälschlicherweise nur darum, daß er für einen Augenblick ernsthaft gemeint hatte, diese Frau sei: Kászoni, und da wußte er schon, daß sie es natürlich nicht war, er begann den vorangehenden Augenblick wieder aufzurollen, was war er, K., für ein

Sisyphos wider Willen, *der Kampf gegen den Gipfel vermag ein Menschenherz auszufüllen, jedes Gran dieses Steins, jedes mineralische Aufblitzen in diesem in Nacht gehüllten Berg ist eine Welt für sich, dieses Universum, das nun keinen Herren mehr kennt, kommt ihm weder unfruchtbar noch wertlos vor, auch er findet, daß alles gut ist, doch Sisyphos lehrt uns die höhere Treue, die die Götter leugnet und Felsen hebt, seine Last findet man immer wieder, ich verlasse Sisyphos am Fuße des Berges!*, er hätte auch noch sagen können, daß der Blick dieser Frau wie eine Schwertlilie zu ihm hinüberstach, *blutige Schwertlilienspitzen, in die Augen stechen schnell die Klingen, heiß wird das Blut jetzt rinnen, die Welt wird blutig dabei*, er, K., stand da, mit einem glücklichen Gesicht, in seinem Gesicht hatte das Glück Platz genommen, das ganze Gesicht brach in Feuer aus, glänzte errötend, das war keine Freude, Heiterkeit noch weniger, sondern vielleicht ein verdientes, erkämpftes Gleichgewicht, das Glück, das von seiner Beschaffenheit her nicht näher bei der Heiterkeit als bei der Trauer liegt, weder näher noch ferner, da es zwischen Glück, Trauer und Heiterkeit keine Entfernung gibt, der Unterschied liegt anderswo, **sonstwo**, sein, K.s, Glücksgefühl schien eher ein bitteres Wissen zu sein, nicht ein Wissen von einem bestimmten Ding, eher die Einsicht in die Lage der Dinge, und er könnte sagen, daß er dabei die Wörter auswechselte, Wörter gegen Wörter, wechselte eines gegen das andere aus, denn um *Gottes willen*, warum hätte er sie nicht auswechseln sollen, *die Wörter haben keine Bedeutung, sie haben nur einen Gebrauch*, und möglicherweise kommt diese anziehende und abstoßende Kavalkade dadurch zustande, durch den Gebrauch, den Gebrauch, der vorhanden ist, er machte *halt*, **halt, halt** einen Schritt **auf die fremde Frau zu** und nahm ihren Arm so flink und ungestüm, daß sie beide mit keinem Gesichtszug reagieren konnten, dann begann er zu reden, zu reden, während er sie schob, vorantrieb und zog, an ihrem Arm zerrte, erst später hatte sich herausgestellt, und darüber soll sie, die Frau, nicht so freundlich und schadenfroh lachen, daß er doch im Wirkungskreis der gräßlichen Geranien geblieben war, *kann ein Satz ganz von irgendwoher, von ganz gleich woher eintreffen?*, sagen Sie, so K., sagen Sie, meine Liebe, wie geht es Ihnen, was ist geschehen, *mein Gott*, daß wir einander einfach so, von einer Sekunde zur anderen treffen, nein, sagen Sie nichts, er sehe ja, sie scheine sich zu wundern, noch soll sie nichts sagen, erst das Ende

SUMAC: WIR MÜSSEN UNS SISYPHOS ALS EINEN GLÜCKLICHEN MENSCHEN VORSTELLEN

PILINSZKY: HITZE

WITTGENSTEIN

PILINSZKY

abwarten, offensichtlich war das ein kritischer Augenblick, ja, sicher auch für die Erzählung selbst, *was alles*, **was alles**, das klang, als hätte er gestottert, was der Frau möglicherweise ein Gefühl der Überlegenheit gab, wodurch bei ihr wohl auch ein bißchen Toleranz aufkam, **was alles** seitdem los war, was, so K., seit den alten Zeiten alles geschehen war, nur keine Ausreden, sicher sei sie inzwischen verheiratet, und wenn nicht, was er, ehrlich gesagt, nur der Vollständigkeit halber erwägen wolle, denn unbestreitbar hatte man sich hingerissen um die Frau gerissen, und jetzt hätte er beinahe gesagt, daß die Frau gerissen sei, sei aber nirgendwohin ausgerissen, aber es ehre sie beide, wenn er das nicht sage, und er sage es nicht, dann aber sei anzunehmen, daß sie, die Frau, sich ebenfalls in eine der ungeheuer verwickelten und kaum je verständlichen Beziehungen verstrickt habe, in denen man sich mit dreißig Jahren zwangsläufig befindet, von denen man völlig durchwirkt sei, obwohl es um nichts Kompliziertes gehe, eher um etwas unglaublich Einfaches, es ist kaum zu verstehen, wie wir uns da oder wie sich die Beziehungen in uns verwickeln konnten, wie man sich da überhaupt verwickeln kann, aber typisch für solche Dinge ist ja gerade deren Undurchlässigkeit, die Dinge kommen zustande, und erst nachträglich kann man darüber staunen und das Netz der Entscheidungen überschauen, er, K., war eine ganze Weile der Ansicht, daß

die Leidenschaft!

das alles immer aus der mangelnden Leidenschaft heraus entstehe, aus dem bedauerlichen, möglicherweise gar nicht subjektiven, fahlen Gefühl heraus, daß das, was jetzt, also schon seit Jahren, angefangen hat und also später einmal ausgeformt sein wird und in das wir nun einmal verwickelt sind, daß das also nicht zählt, es nimmt sich aus, als brauche man das nicht mitzuzählen, als wäre das noch nicht die Wirklichkeit, vielmehr werde es später etwas geben, etwas Wahres, Erkennbares, das wir dann das **Leben** nennen können und von dem wir zwar nicht erwarten, daß es verschwenderisch, glanzvoll oder einfach nur solid sei, jedenfalls aber etwas Ernsthaftes, bitter vielleicht oder unglückselig, aber nicht lächerlich, wir werden etwas zu tun haben, und das werden wir wissen, nein, er, K., habe in dieser Hinsicht seine Meinung nicht verändert, kann in dieser Angelegenheit mit Entlastungen nicht dienen, wobei er

OTTLIK

nicht vergessen möchte, daß *er nur ein Heini sei*, mit Verurteilungen kann er auch nicht weiterhelfen, für die Benommenheit, Geistesabwesenheit, Stumpfheit gebe es keine Entschuldigungen, meine er, hinzufügen müsse man aber, daß sich ein solches Geflecht unter allen Bedingungen entwickeln kann, auch wenn jemand ein Heiliger, ein Besessener ist oder verliebt, das heißt, wenn er **Schwein hat**, aber auch wenn wir Schwein haben sollten, bleibt noch die Frage, was wir beim Zoll gewinnen und bei der Maut verlieren, wenn es solche Fragen überhaupt gibt, und da sei er, K., sich gar nicht sicher, oh, abwechslungshalber könne sie nun von ihren Töchtern erzählen, denn die Frau habe sicher Töchter, zwei an der Zahl, *und natürlich haben wir auch mit der Heiligkeit des Familienlebens unsere liebe Mühe, und ebenso mit der Jungfräulichkeit unserer dicken Töchter*, wobei er inständig hoffe, daß sie die beiden niemals gleich kleidet, das wäre reiner Wahnsinn, im übrigen habe sie sich kein bißchen verändert, das solle sie nicht als Schmeichelei verstehen, das sei grundlegend wichtig, er wolle nach dem Vertrauen und der Unschuld trachten, doch was ist dieses Trachten! – **einmal** habe er zu Anna Bordács, zu einer der Kusinen, gesagt, ich möchte dir zwischen die Beine greifen, das war eine nagelneue Situation, er mußte ganz allein in einem Zimmer mit der Bordács schlafen, davon hatte er dann Csáth getreulich berichtet, der war auf diesem Gebiet sehr erfahren, er, K., erzählte zufrieden, stellte dabei die Angelegenheit als eine Art Lebenstraining in Sachen Unschuld dar, als eine ehrliche, reine und gefährliche Tatsache, Csáth ließ daraufhin seinen Dickkopf hängen und schwieg wie ein Grab, das konnte er sehr gut, dann sprang er plötzlich auf und stauchte ihn mit überraschender Heftigkeit zusammen, was man hier auch mit anderen Wörtern beschreiben könnte, nein, er, Csáth, hätte das nie von ihm erwartet, dieses Drum-herum-Reden, das snobistische Getue, und wieso nehme er überhaupt an, daß man so etwas machen dürfe, um was für eine erzwungene Unschuld soll es dabei gehen, um Scherze, Manieren, Oberfläche, Schnickschnack, Impotenz, Schmeichelei und schließlich doch nur um Lügen, wäre er, Csáth, eine Frau, wozu er hin und wieder große Lust verspüre, denn in sich wirklich aufnehmen könne nur eine Frau, dann würde er einem solchen Kerl wie K. mit den Nägeln Linien in die Haut kratzen, ein solcher Kerl würde hinterher wie ein richtiges Zebra aussehen, oder noch ganz anders, er würde ihn einfach vergewaltigen, dann könnte er lang schwätzen, das würde ein solcher Kerl verdienen, mit aller Kraft würde er ihn in sich hineinziehen, er, Csáth, sehe sehenden Auges, daß K. jetzt beleidigt sei, obwohl er sehen müßte, daß er, Csáth, die

MILÁN FÜST: DIE GESCHICHTE MEINER FRAU

einmal!

jämmerliche Situation, in die sich K. verwickelt habe, wenn auch nicht unbedingt erträglich, so zumindest auf eine ehrliche Art unerträglich machen möchte, indem er sie definiere **etc.**, vom Regen ganz durchnäßt saßen sie nebeneinander, frierend, aber auch erhitzt, Anna Bordács war naß bis auf die Haut, ihr dünner Rock klebte an ihren Schenkeln, im Zimmer war es warm, bei dem Ausflug war ein Sturm ausgebrochen, sie zwei, zufällig sie zwei, waren vom Weg abgekommen, wie Komplizen hatten ihnen die Försterseute, ein altes Ehepaar, ein Zimmer angeboten, **Sie sind ja durchgefroren wie die Meisen**, sie wurden in das Zimmer regelrecht hineingeschubst, *mein Gott*, wiederholte die Försterin, **durchgefroren wie die Meisen**, jenen Satz hätte er auch deshalb sagen können, weil für ihn durch die vertrackte Gemeinschaft, die sich im Zusammenspiel ergeben hatte, diese Bewegung und diese Wörter hervorgerufen wurden und weil er keinen Grund sah, auf diese Wörter zu verzichten, geschützt und auch verpflichtet durch die Unabhängigkeit, handelte und sprach er auf diese Art, nur war es gerade umgekehrt, hier spielte die Schwäche eine Hauptrolle, weil er nämlich nicht die Kraft hatte, jemand zu sein, den die Welt für einen Muffel hält, an der Fortsetzung der Geschichte war das alles eindeutig ablesbar, als er sah, daß Bordács einerseits erschrak, andererseits die Bitte in Erwägung zog, war er ebenfalls erschrocken, er hatte nicht konkret hinlangen wollen, theoretisch schon, sicher, sicher, und indem er auf die ihm gewohnten Effekte setzte, fügte er noch hinzu, ich möchte dir zwischen die lüsternen, schwülen Beine greifen, beziehungsweise sage ich es unverbrämt, zwischen die Schenkel, damit hatte er ihnen die Möglichkeit gegeben, alles als einen Witz zu sehen, und damit hatte er zwar die zwanghafte Verlogenheit der Situation überwunden, **doch um welchen Preis**, denn von nun an konnten sie in voller Blöße am Rand von irgend etwas balancieren, wo jenseits des Randes **die Sünde liegt, die Freiheit, das Geheimnis und die süße Verderbtheit**, allerdings, und diese Suppe muß dann ausgelöffelt werden, derb gesagt blieben die Handlungen zeichenhaft, stilisiert, und so waren sie wirkliche Grobheiten, Derbheiten, die Handlungen hatten nichts Wahrhaftiges, daher machten sich die beiden vor, und unbewußt lief das Spiel darauf hinaus, daß »es sein soll, als ob nichts wäre«, und da hatte Csáth einen Volltreffer gelandet: daß man nicht verdammt werden kann, die schlechte Ausgangslage führte also so weit, daß man sich etliche Absicherungen aufhalste,

KOSZTOLÁNYI etc.

»Ich möchte dir zwischen die Beine greifen!«

Amen, ach nein

um sich einzureden, daß Schlimmes nicht geschehen könne, das aber berührt schon die elementaren Rechte und Pflichten und gefährdet die Fähigkeit, alles geschehen zu lassen, ständig bereit zu sein, und was die Verdammung betrifft, so Halassi, mit der Verdammung kann man nicht kokettieren, wenn wir ihr ins Auge schauen und dann durchfallen, sind wir eben durchgefallen, die »Tapferkeit« wird uns nicht zugute geschrieben, das muß man nüchtern und klar sehen, in gewissem Sinne ist hingegen auch wahr: daß **es ohne Hoffnung keine Ethik gibt** – daß sich die Frau nicht verändert hat, ist nicht unbedingt ein Lob, auch wenn wir uns gerne daran erinnern, wer wir früher waren, denn vielleicht liebt man die eigenen Veränderungen mehr als die eigenen Werte, damit sehe sie nun, daß es ihm nicht um Schmeicheleien ginge, er freue sich einfach, freue sich über sie, über die Frau und ... aber er möchte bitte nicht weiterreden, er wisse, daß manche Dinge unaussprechlich seien, und unaussprechliche Dinge auszusprechen sei nicht tapfer, sondern rüde, es stimmt aber, daß rüde zu sein manchmal die einzige Möglichkeit ist: **das ist unsere Möglichkeit**, vor allem heute, wo alles wie geschmiert zu laufen scheint, geschmiert kreischend zu laufen scheint, weil der ordentliche Dienstweg nicht bequem und annehmlich ist, obwohl alles im Namen der Bequemlichkeit und Annehmlichkeit geschieht, zweifellos war die Frau nun seiner Wirkung erlegen, seinerseits freute er sich vor allem darüber, daß ihre freundliche Überheblichkeit verschwunden, von ihr abgeperlt war, das Oberflächliche eines sonnigen Nachmittags, Masken begannen mit den Gesichtern zu verschmelzen, ihre Stirn wurde heller, der Ausdruck ihres Gesichtes wandte sich nach innen, die ihr nicht bewußten Regungen ihrer Lippen waren ein Grübeln, so hätte er es bezeichnen können, wenn sie die Brauen verzog, war es Vorsicht, wenn sie stockte, war es Gefallsucht, wenn sie wieder loslegte, ein Drängen, wenn ihre Wimpern zuckten, eine Zurückhaltung, wenn ihre Augen blitzten, eine Kühnheit, wenn sich ihre Lippen öffneten, eine Erwartung, der Druck ihrer Arme war Ermunterung, das Weiß ihrer Zähne Ermahnung, die Ohrläppchen waren Beängstigung, die angemalten Lippen Bedrohung, ihr Nein ein Ja, er, K., bezog sich dabei auf Dinge, die in uns allen stecken, auf die hitzige gemeinsame Vergangenheit, die man am einfachsten Jugend nennt, als könnte man wirklich in eine unpersönliche Gemeinsamkeit fallen, in jenes Magma, wo wir alle eins sind, sie ist unser aller Schwester, an einem

»Es ist ein ganz radikales W a h r h e i t s-wesen hier nicht m ö g l i c h.« (NIETZSCHE-Brief)

stickigen, wurmstichigen Sommertag, während sich in dem massiven Familienhaus, das sich zwischen den mächtigen Platanen versteckt, nichts bewegt, die Fensterläden sind hysterisch zugelehnt, die Sonnenstrahlen, die durch die Latten der Klappläden dringen, sind, sobald die Läden offen stehen, nicht eben bemerkenswert, auf der Veranda die heraushängende Zunge, ein zappelndes Stück Fleisch unseres keuchenden Hirtenhundes, den wir nicht wirklich

KOSZTOLÁNYI in unser Herz geschlossen haben, *der Sommer führt uns in Versuchung, die Spinnen sind am Werk*, dösend schmiegt sich der Garten ans Haus, sucht Schutz und findet ihn nicht, die Bäume sind matt, die Erde im Felsengarten ist rot und ausgetrocknet, Staub bedeckt die Blätter am Rand der kleinen Gartenwege und Gartenpfade, unsere Väter und Mütter haben sich zurückgezogen, in der Küche hockt das herrische Dienstmädchen mit gespreizten Beinen auf einem Schemel, wir haben sie erspäht, mit geschlossenen Augen kratzt sie sich am Schoß, ihr Gesicht glänzt wütend, sie hat sich einen feuchten Lappen auf die Stirn gepreßt, das mit Schweiß vermischte Wasser rinnt ihr die Schläfen herab, farbloses Blut, *oben*

KOSZTOLÁNYI *auf dem Schrank steht eine uralte, urdeutsche verzierte Uhr, bleiches Altwiener Porzellan*, unsere Schwester setzt sich an einem stickigen, wurmstichigen Sommertag splitternackt ans Klavier, an ihrem weißen Hals trägt sie eine blaßrosa Kette, wir lauschen verzückt, unsere schmalen, milchigen Handgelenke zittern, wir lauschen und baden in dieser einzigen Kühle, während wir den Blick nicht von den schweren Brüsten der wunderschönen Schwester

Film von wenden können, *spiel doch Brahms*, flehen wir sie an, und sobald

BUÑUEL wir in ihrem Rücken stehen, blicken wir in die Partitur, dann schlagen wir mit beiden Händen den Takt in der Luft, und wenn wir nur von der Temperatur als Hauptmotiv ausgehen, könnten wir nun

KOSZTOLÁNYI ebenso in der kühlen Kirche knien, *draußen das Grau, entsetzlich die bleifarbene Nacht, der glückliche Herbst*, neben uns eine entfernte Tante oder ein Onkel mütterlicherseits, *ein lieber-lieber Ver-*

»?« *wandter*, **ein Tscheche**, es ist die Zeit, in der noch jede Messe ein großes Spektakel ist, eine tadellose Sehenswürdigkeit, heiliges Theater, und noch hoffen wir, wobei wir uns das Pharisäische daran allmählich eingestehen, daß wir Heilige sein werden, dann aber ertappen wir uns selbst, wie sich unsere Hände nicht zum Gebet falten, sondern mit aller Kraft die unsagbar seidige Hand der duftenden Verwandten ergreifen, ihre Verlegenheit verstehen wir noch nicht, und weder ihr unerbittliches **Erwachsenenbenehmen** nach der Messe noch die endlosen Demütigungen in Gegenwart von Zeugen am Nachmittag, wegen Fingernägelkauen und Nasebohren, am Abend stellen wir ihr dann nach, als die Verwandte zwischen den verschlungenen Gartenwegen fiebernd umherschweift, krampfhaft eine mächtige Tanne umarmt, die Stirn lehnt sie an den Baumstamm und schluchzt laut, angewidert betrachten wir sie, abwechselnd und je nach Laune ekeln wir uns vor ihr und bedauern sie, als aber das Weinen plötzlich aufhört, so wie ein Radio verstummt, sobald wir mit der Faust auf das Gerät hauen, weil wir die Geduld verloren haben, als die Verwandte Erdkrümel, Moos und Baumrinde eilig von ihren Kleidern fegt, langweilt uns die Angelegenheit bereits, die **Erinnerungsbombardierung!**, als das Herz der Frau erschauderte, war der Scherz zwischen ihnen verflogen, man sah, daß sie mit der bekannt unbekannten Vergangenheit und vor allem mit der Vergänglichkeit, die er, K., vor ihr ausgebreitet hatte, immer weniger zu rechnen wagte, ohne dabei zu merken, wovon eigentlich die Rede war, daß nicht der Verlust von Eden der springende Punkt ist, nicht das muß man beweinen, tja, *die Zusammenhänge, die* Zusammenhänge, *die,* wie sie wisse, *mit dem Zusammenhang nichts zu tun haben, aber die doch auf das empfindlichste mit den Zusammenhängen des Zusammenhangs, der mit dem Zusammenhang nichts zu tun habe, zusammenhängen* und so weiter, aber sie sollte nicht meinen, daß er, K., so kummerbeladen sei, und sicher müsse er sie nicht daran erinnern, anstelle welchen Wortes, welchen Wortes der Drahosch er das sage, und er müsse auch nicht an die gemeinsamen Lagerfeuer erinnern, wo der Drahosch die Hauptrolle zugefallen war, er fühlte, wie sich die Frau zurückzuziehen begann, als sie den fremden Namen vernahm, *Ildikó kann auch im Stehen Wasser lassen, wie die Jungs, sie muß nur die Beine weiter spreizen*, sagen Sie, liebe Deschke, so Drahosch, sagen Sie, meine Liebe, warum sind Sie so kummergerammelt, oh, am liebsten würde er sich auf den Mund hauen, da sein Mund ja nicht der der Drahosch ist, nicht unbedingt der Mund der Drahosch, Unflätiges war aus dem Mund der Drahosch nie zu vernehmen, was da zu vernehmen war, hätte niemand unflätig nennen mögen, da, so meine er, habe die Frau den stillen inneren Widerstand aufgegeben, da hatte das Weinen tief in ihrem Inneren begonnen, ihr Weinen, und es ist nicht wahr, daß er das, auch wenn er es gekonnt hätte, verhindern wollte, wie er

Th. Bernhard

Miklós Mészöly

NIETZSCHE-Brief

sich auch in seiner Rolle der unerbittlichen Vivisektion nicht gefallen will, obwohl er entschlossen war, *im Sinne von Goethe-Mazzini*, ist es ihr, der Frau, übrigens schon aufgefallen, wie schlecht sie es ertrage, wenn er, K., einmal kummergerammelt sei, sie nehme das als persönliche Beleidigung, und vergebens beteuere er dann mit letzten Kräften, wie neutral dieser Zustand sei, daß dieser Zustand weitgehend neutral sei, die Frau rege sich nur noch weiter auf, zunehmend aufgeregt beobachte sie mißtrauisch, was mit seiner, mit K.s, Zeit sei, und notgedrungen müsse er dann sein Elend bloßlegen, gerade das: **in ihm ist keine Zeit**, also nichts, was Mißtrauen wecken könnte, und er gibt zu, daß dadurch traurige oder zurückweisende Züge in seinem Gesicht aufkommen, die eine solche Hilflosigkeit spiegeln, daß man diese Züge schon als persönliche Ablehnung empfinden könnte, aber *lieber Gott*, was soll er in solchen Augenblicken tun, und das bedeutet, daß er nichts in sich hat, was er verschenken könnte, natürlich ist er dann wie ein mieser, eiskalter Stein, eines aber sei sicher, und das müsse sie, die Frau, wissen, das müsse sie wissen, und sobald er daran denke, das möchte er ihr jetzt schnell sagen, dann würde er am liebsten heulen, und zwar so aufgebracht, daß er sich hernach zu Recht schämen würde, und sie soll da bei den Geranien nicht meinen, daß er ein kummerbeladener Kerl und die Welt völlig trostlos sei **etc.**, doch noch vor dem **etc.** hatte die Frau ihren Arm seinem Arm entrissen, starr standen sie einander gegenüber in der pulsierenden, städtisch eingerichteten Stadt, da brach ein stummes Weinen aus der Frau, die Tränen stiegen ihr in die Augen, nie zuvor hatte er ein Weinen aus so unmittelbarer Nähe gesehen, und er hätte nie gedacht, daß Tränen wirklich eine Flüssigkeit sind, er hob die Hand zu ihrem Gesicht, hatte damit irgendwelche Grenzen berührt, er fühlte die Hitze der Tränen, die Frau rannte davon, und er versetzte der steinernen Brüstung einen Tritt, damit die **gräßlichen Geranien** erzitterten, aber sie erzitterten nicht, kurz bevor die Frau weggerannt war, hatte sie ihn wieder an die Kászoni erinnert, wegen ihrer Augen,

KOSZTOLÁNYI etc.

usw. – das ist wie ein Abwinken. Zugleich auch ein verhohlenes, einfaches, menschliches Einverständnis: Alles ist *wie es halt* ist. Und noch etwas: Durch die unaussprechliche, unerklärliche, beabsichtigte, doch nie treffende, nicht zu verstehende Aufzählung der Dinge und der Welt wird hier alles in eine unsichtbare ewige Undsoweiterwelt verwiesen, in eine nur gedachte Exnumerierung, deren Endpunkt nur mit einem Undsoweiter angedeutet wird: Gemeint ist natürlich das Verderben. Das Zeichen für *usw.* habe ich immer als ein alltäglich dämonisches, sachliches Zeichen für die vergehende Zeit empfunden, als ein gespenstisches, allwissendes Buchstabentrio, als ein zweideutiges Inkognito, das die Allgegenwart und den dumpfen, unaufhaltbaren Automatismus der verstreichenden Zeit zeigt, jener Zeit, in der nur wir diejenigen sind, die man unterbrechen kann, wir, die Zusammenhanglosen, die Stockenden.

(»Geranien« nach PÉTER GOSZTONYI)

wie sich ihre Augen in einem Gemisch aus Schrecken, Schmerz, Freude, Aufregung, Ungeschütztheit und Dankbarkeit weiteten, sicher habe sie, die Frau, noch die kleine, bunte Holzbrücke vor Augen, die sich über dem hinteren, unregelmäßig geschnittenen Schwimmbecken wölbte, dort war es kälter, aber ruhiger als am vorderen Becken, und da er, K., im Wasser nicht nur Unfug trieb wie Miska Halassi, und da er sich auch nicht einfach nur zwischen zwei Ballspielen abkühlen wollte wie Jancsi Korom, sondern ziemliche Strecken zu schwimmen pflegte, wobei er die Schwimmstile methodisch wechselte, und wenn er doch einmal faul war, dann legte er sich bewegungslos auf das Wasser wie ein bleiches, trockenes, herbstliches Espenblatt, auf alle Fälle war das hintere Becken sein Favorit, unter der gewölbten Holzbrücke hatte er sich mit Márta Kászoni versteckt, sie beide waren mit den Beinen eingeknickt, das Wasser reichte ihnen bis zum Hals, was in ihnen das wohlige, verantwortungslose Gefühl hervorrief, unsichtbar zu sein, wobei seine Kniemanöver, sein bravouröses Einknicken, von den eigenen Beinen einmal abgesehen, so könnte man es sagen, nicht unerheblich auch dadurch unterstützt wurde, daß seine Knie die der Kászoni berühren konnten, und die hatte schon richtige Knie, die waren nicht so knochig und mickrig wie die der Jungs oder die von Drahosch, sondern wie von Judit Imecs, Kászoni wurde als erste fraulich, ihre Formen rundeten sich, die Linien wölbten sich, alle machten irgendwelche Bemerkungen, Korom zwinkerte mit den Augen, hm, die kleine brustig hintrige Schwanzverdreherin, so Csáth, *wenn diese Unternehmungen bloß so unschuldig wären, wie sie früh beginnen*, so Csáth, Hápapa, Halassis Vater nämlich, den sie Hápapa nannten, legte seine Hand auf Kászonis Schulter, mein Kind, so Hápapa, du akzellerierst, das ist anständig, kann man wohl sagen, sie, die Jungs, zwangen sich noch zu einigen Ringkämpfen, achteten aber auf die plötzlich entstandenen rundlich weichen Teile mit einer verschämten Liebe, das hätt ein Blinder mit dem Krückstock gesehen, hat er auch, und Kászoni fand die Kämpfe langweilig, die sind langweilig, so Kászoni, Drahosch tobte wütend, obwohl die zwei gewichtigen Veränderungen im Sommer dann auch bei ihr zu beobachten waren, nur hatten sie das eine Weile irgendwie nicht wahrgenommen, man achtete nicht auf sie, und als ihnen dann der Schleier von den Augen fiel, verloren allesamt den Kopf, Verrat über Verrat, praktisch jeder hatte jeden ver-

»Mein Kind, du akzellerierst.«

<General »Görgey, der Verräter«>

raten, mehr oder minder, Korom hatte vorgeschlagen, das war im gewissen Sinn schon nach dem Abebben der ersten Wellen, **bei dem Margócsy**, daß sie, die Jungs, die Görgey-sisters spielen sollten, die Görgey-sisters, und die Marx-brasers, so Lőrincz Dániel, der sich vielleicht selbst verraten hatte, er hatte sich, wie sie das sagten, schwer ins Zeug gelegt, **Görgey-sisters und Marx-brasers**, aber da sprachen alle schon in den luftleeren Raum, aus den Görgey-sisters wurde nichts, und die Marx-brasers konnten auch nicht Fuß fassen, wenn er im Wasser vorsichtig und gewagt ein bißchen hochschnellte, gab es dadurch neue, immer wieder neue Berührungen der Knie, ein bisher nie gekanntes Scheuern und manchmal sogar das wirkliche Ineinandergleiten der Knie, zudem begann die Wasseroberfläche feine Wellen zu schlagen, kräuselnd strömte es ihnen zum Mund hinein, heiter schnappten sie notgedrungen nach Luft, und sie mußten die Köpfe etwas anheben, während ihre Lippen feucht glänzten, dann tauchte seine Hand wie ein zahmes Unterseeboot aus dem Wasser und wand sich um den Hals der Kászoni oder neigte sich eher dorthin, ihr Hals war warm, er fühlte, wie ihr Blut pochte, und dann strömte diese Wärme auf ihn über, ergoß sich in ihn wie eine Welle der Schande oder der Freude, dann legte das andere Unterseeboot träg zitternd los, sie, die Frau, soll doch getrost darüber lächeln und dabei gleich einmal die drohende Satzstellung entschuldigen, sie soll bloß nicht glauben, was sie mit der asymmetrischen Zuckung ihrer Brauen wohl andeuten möchte, daß das für sie gleichgültig sei, daß sie, die Frau, außerhalb von diesen Dingen stehe, als habe sie die Möglichkeit, Zuhörerin zu bleiben, nein, und es ist besser, wenn sie das von ihm erfahre, **diese Möglichkeit hat sie nicht**, *diese Möglichkeit hat sie nicht,* **diese Möglichkeit hat sie nicht**, und nun möchte er die drohende Stimme etwas zurücknehmen, das paßt auch besser zum schnellen, geräuschlosen und bestürzend schüchternen Unterwassergleiten der Hand, schnurgerade schnellte sie zum oberen Ende der Schenkel von Márta Kászoni, und obwohl er den Oberkörper krümmen mußte und das absichtliche Einsacken der Beine wie schon zu Beginn noch hinzukam, was keine leichte Aufgabe war, legte sich seine verdrehte Handinnenfläche auf den kleinen Hügel des blauen Badeanzugs, erschrocken bogen sich die Finger abwärts, zu krümmen wagten sie sich nicht, im Vergleich zu den Fingern hatte die relativ breite Handfläche etwas Unpersönliches, Stumpfes, und das war gut, da

»Auch ihr Venushügel wurde schon oft bewandert.«

ihm der Mut sank, nach einer flüchtigen völligen Bewegungslosigkeit blickte er Kászoni *entschlossen* an, *im Sinne von Goethe-Mazzini*, die aber hielt ihren Kopf geneigt, was ihn beruhigte, und während sich seine obere Hand niederträchtig streichelnd am Hals des Mädchens bewegte, am damaligen Hals des Mädchens, dessen Wärme nicht im geringsten nachgelassen hatte, der Hals glühte, pochte, pulsierte wie eine offene Wunde, hatte sich damit im Gleichklang, gleichzeitig, als würde er die Verantwortung auf seine Reflexe schieben, einer der Finger der auf dem Hügel ruhenden Hand selbständig gemacht, und schnell und gewaltsam wie eine Schlange hob der Finger den Rand des blauen Badeanzuges an, was kinderleicht gelang, das muß er der Wahrheit halber hinzufügen, vielleicht war der Gummizug, der Gummizug selbst schwach oder ermüdet, und der Finger glitt, glitt dort hinein, wohin noch kein Sterblicher seinen Fuß gesetzt hatte, wie er meinte, um dann dort, bei den stechenden Wurzeln der Erhöhung, sofort in der Bewegung zu erstarren, die beiden jungen Menschen, die sie waren, blickten einander an, in einer Mischung von Schrecken, Schmerz, Freude, Entrüstung, Angst, Ungeschütztheit und Dankbarkeit weiteten sich die Augen der Márta Kászoni, ihre Pupillen aber, die wurden dunkel, **nur keine Ausreden**, wie ein tiefer, glitzernder Brunnen, darin lag keine Billigung, nur wurde durch die gemeinsame Bewegungslosigkeit sein weiteres Vorpreschen mehr oder minder abgesegnet, und so ging es weiter, bis zu dem Augenblick, als die Drahosch mit Korom und Lőrincz Deák auf der Holzbrücke erschien, als *»dame de compagnie«*, da aber waren sie beide mit ihren Bewegungen schon zu spät dran, dramatisch hatten sie sich ineinander vergessen, dramatisch ist hier auf alle Fälle das richtige Wort, denn für Kászoni mußte es mit dem Auftritt der Drahosch klar gewesen sein, daß sie Werkzeug und Opfer war, diese Erkenntnis war ihr gleich anzumerken, an ihren Augen, in ihnen hatten sich die Gewichtungen rasch verändert, er, K., war sich über seine bedauernswerte Rolle noch nicht im klaren, in seiner Betäubung fühlte er nicht einmal den Anspruch auf eine Klärung der Lage, die, so eindeutig sie auch sein mochte, doch vertrackt, hinterhältig und sehr reich an Lösungsmöglichkeiten war, für Augenblicke konnte er sich vormachen, daß er zu Kászoni übergelaufen sei, von Drahosch genug habe, genug von ihren Belehrungen und ihren schmalen Schultern, für sie alle waren die buschigen Achselhöhlen der Kászoni ein wichtiger Ort

NIETZSCHE

IVANOV VSEVOLOD

geworden, aber ehrlich gesagt konnte man damit die Wahrheit auch nicht übergehen, denn seine Abwendung von der Drahosch galt nur einer Person, Drahosch selbst, auch Korom hatte sich von ihr abgewandt, weniger gewagt, aber bei Korom konnte man es nie wissen, er war merkwürdig schlicht, das kam vom Fußballspiel, bei ihm konnte man nicht genug aufpassen, die dubiosen Leibwächter hätte er, K., vorsichtiger einschätzen sollen, Drahosch rief auf ihre schrille Art und mit ihrer etwas bubenhaft tiefen Stimme zu ihnen runter, dabei hatte sie den Daumen in den oberen Rand der Badehose gesteckt, diese Bewegung erinnerte ihn, K., selbstverständlich an die Lage des eigenen Fingers, der Bauch der Drahosch war flach und auffallend braun, gerade wie ein Augustbrot, das allerdings in erster Linie nicht eben flach ist, alle seine Vergleiche sind, wie sich im Laufe der Zeit herausgestellt hat, immerhin, zumindest hat sich das herausgestellt, alle sind nur dazu gut, um gleich korrigiert zu werden, und vielleicht noch, um mit ihrem Hinken etwas Mitgefühl zu wecken, über ihm türmten sich mächtige, schattige Platanen, *unbemerkt durchbrachen die Wurzeln die Wand, das Laub flocht grüne Zelte*, hoch über ihnen ragte in dieser Kapelle der großen Bäume die Gestalt der Drahosch wie die einer wilden Heiligen, was ist, so Drahosch, **pißt ihr gerade?**, aus lauter Verlegenheit wieherten Korom und Dániel vor Lachen, er jedoch riß seine Unterwasserhand los, und als er seinen Finger befreit hatte, meinte er das Schnappen des Gummizugs zu hören, auch Kászoni griff in entsprechender Panik nach dem Badedreß, um den Rand des blauen Anzugs zu richten, so daß man mit einer gewissen Erfahrung und Übung nachträglich sagen könnte, der Gummizug habe falsch gesessen, so war es, und Drahosch, ohne die Lage des überheblichen Daumens zu verändern, lehnte sich an das bröckelnde Geländer, vom dem sich die alte Farbe schuppenweise ablöste, sie schaukelte wagemutig, Deschke, rief sie ihm zu, ihre Stimme hatte sie zu einem häßlichen Singsang gedehnt, De-eschke-e, Sie, sagte sie, manchmal wechselte Drahosch zum Sie über, auch das gehörte zu ihren besonderen Tricks, zu den todsicheren Tricks, so Drahosch, er, K., so K. zu Kászoni, müsse gestehen, daß sein Benehmen im nachhinein, im nachhinein, das möchte er schon betonen, daß sein Benehmen also zu beanstanden sei und er jede Menge Vorwürfe verdiene, doch solle Kászoni, ach was, Kászoni!, Márti!, Márti soll dabei bitte bedenken, daß sich Drahosch gezwungen sah, gezwungen!, auf ihre

Kosztolányi

todsicheren, soviel Großherzigkeit müßten sie Drahosch gegenüber schon aufbringen, auf ihre todsicheren Tricks zurückzugreifen, das heißt, Drahosch war sich offensichtlich ihrer wackeligen Lage bewußt, und was wäre das, wenn nicht eine Huldigung Kászonis, beziehungsweise was ihn, K., anbelangt, was wäre das, wenn nicht ein verstecktes Geständnis, tagelang hatte Kászoni trotzig geschwiegen, dann empfing sie ihn endlich, ihn, der nicht einmal wußte, wie er mit Drahosch dran war, Drahosch hatte sich kurz aus dem Verkehr gezogen, ich, so Drahosch, ziehe mich aus dem Verkehr, Kászoni, die Arme unter der Brust verschränkt, stand nachdenklich da, paß auf, so Korom, jetzt stützt sie sie, ihr Gesicht war, dieses Wort hatte er gerade erst gehört, *brummiglich*, liebst du mich?, fragte Kászoni und hatte damit die unübersichtliche Lage für ihn, K., gewissermaßen vereinfacht, und er, wie aus der Pistole, sagte, aber sicher, da lachte Kászoni überraschend, blöder Knilch, er wurde rot, lieber Deschke, so Drahosch, Ihr Verstand reicht grad einem Drechslergaul für die dienstfreien Tage, wieso denn, war ihm zum Mund rausgerutscht, aber wieso denn, Korom und Dániel spürten, daß sie gerade in einer Nebenrolle steckten, und Menschen in jungen Jahren macht das traurig und hochmütig, aus war es mit dem Gelächter, mit gestreng verschränkten Armen, stützten sie sie?, und mit gespreizten Beinen standen sie links und rechts neben der hochrot entflammten Drahosch wie eine Ehrenkompanie, die Wortwahl ist nicht zufällig, offensichtlich schaffe er den Weg zu manchen Wörtern nur, indem er den Gefängniswärter besticht, einmal hatte ihm die Drahosch auf dem Steinboden einer Küche in Angyalföld gesagt, daß Korom und Dániel ihr immer so zur Seite stünden wie zwei **Ehrenschwänze**, und das gefiel der Drahosch, imponierte ihr sogar, schau nur, da wäre Koroms Schlauheit, seine durch List getarnte Schlichtheit, das gefiel ihr erstens: wegen des schönen, zweitens: wegen des beherrschten, drittens: wegen des passiven Ausharrens, sie glaube nicht, sagte sie, daß so etwas jeder schaffen würde, für ihn, K., zum Beispiel wäre das unmöglich, das stimmt, so er, für ihn wäre das unmöglich, und das meinte er stolz, und abgesehen von den Anzüglichkeiten, sagte er weiter, müsse er Drahosch mehrfach widersprechen, denn angenommen und nicht bewiesen, falls Korom und Dániel wirklich Ehrenschwänze wären beziehungsweise gewesen sein sollten, oder in der betörenden Nähe von Drahosch sich vorübergehend in solche verwandelt haben soll-

MAÁRI TÖRÖCSIK?

»penis sinister infortunatus«

Ein jeder Engel ist schrecklich!

die Küche in Angyalföld

ten, was er persönlich nicht glaube, weil sie viel eher wie zwei Engel waren, Korom ganz sicher, *es ist schrecklich, ein Engel zu sein*, seufzte Drahosch niedergeschlagen, er hingegen fügte hinzu, daß er die besondere Freude der Drahosch nicht verstehe, denn entweder ist jemand ein Ehrenschwanz oder **etc.**, in dem Sinne, daß er, wenn er das ist, nicht **etc.**, und das nur der Vollständigkeit halber, unabhängig von Drahoschs übereilter Aussage, oder umgekehrt, oder war sie etwa von der zweiten Hälfte des zusammengesetzten Wortes geblendet, nein, in seinen Augen sei sie dafür zu gescheit, wütend fegte Drahosch auf dem Küchenboden die Schallplatten beiseite, denn das hat er vergessen zu erwähnen, dort auf dem Küchenboden von Angyalföld saßen sie zwischen Schallplatten, dort wurde er für eine Nacht aufgenommen, um dann tags darauf in andere befreundete Küchen weiterzuziehen, sie waren gereizt, sie beide waren an sich schon auseinander, und damals waren sie alle verletzt und beleidigt, dabei beschuldigten sie jeweils die anderen, wußten aber, daß es ungerecht war, nur die Kászoni kam mit ihrer frühen, eheähnlichen Beziehung zu einem jungen Ingenieur bei all den Zermürbtheiten der anderen gut voran, und das war zwar mit einer egoistischen, unerbittlichen Achtlosigkeit verbunden, nicht aber mit der reuevollen Überheblichkeit derjenigen, die ihre Jungfräulichkeit soeben verloren hatten, nur ihre Brüste trug sie hochheitlicher, aber vielleicht waren sie größer geworden, was meine sie, die Frau, hätte er vielleicht die Frau am Nachmittag darüber befragen sollen, na, das ist nur ein Scherz, wobei auch das Wachsen hochheitlich ist, es ist die Hochheit der Gene, es ging um ein Versteckspiel vor Korom, denn auch in jene Küche in Angyalföld waren sie nur gelangt, weil sie sich von Koroms Party aus dem Staub machen wollten, das habe er gerade mit dem allgemeinen Auseinandersein gemeint, und Korom hatte aus lauter Freude darüber, daß er und Drahosch einander gefunden hatten, zu der Party eingeladen, der ganze Sommer war von Versteckspielen durchsetzt, wie von einem kreuz und quer fließenden Äderchen, mit klumpigem, geronnenem, verdorbenem Blut in den eigenen Adern, das betraf auch ihn, K., mehrfach sogar, er hatte Experimente mit schlechtem Nachgeschmack hinter sich, und um Ort und Lage beim Namen zu nennen, war es zuletzt bei dem Margócsy, opwohl es plötzlich keine schlechten Sommerpfade mehr gab, von einer Sekunde zur anderen gab es sie nicht mehr, nicht nur, weil sie, die Frau, erschienen war, und auch nicht wegen der Vertracktheiten der Drahosch, es gab sie einfach nicht mehr, um bei der gewohnten Nicht-Ernsthaftigkeit zu bleiben, könnte er sagen, *aus und vorbei dieser Kuß, sehen wir das Wahre zum Schluß*, im Unterschied zu den früheren Gewohnheiten fand das Margócsy in einem Restaurant statt, dafür hatten sie mehrere Gründe genannt, die Wetterlage **etc.**, und trotzdem war es lächerlich und unheilverkündend, als sie sich in einem geschlossenen Raum befanden, sich einen Tisch reservieren ließen, der hinkende Kellner schwänzelte im schmutzigen Frack herum **etc.**, Drahosch hatte sich einen kleinen Schwips angetrunken, er, K., hatte wiederholt gebeten, sich nun endlich auszusprechen, Drahosch wurde merkwürdig rot, in ihrem Gesicht ein Netz von feinen, dunkelroten Äderchen, wie man das bei alten Frauen sieht oder wenn der Wind die Haut durchbläst, schön war das nicht, ehrlich gesagt wisse er, K., nicht, was er sich von der Aussprache erhoffte, wollte er sich entschuldigen?, quälen, ging es um ein Geschwätz?, Drahosch schaute ihn ernst an, nickte, und dann machte sie eine Bewegung, als hätte sie gesagt, sicher, sicher, Alterchen, gleich, solch offene und unverbrämte Selbstuntersuchungen dulden wirklich keinen Aufschub, ohne mit Offenheiten anzugeben, mit den Folgen der Konfrontation und einem halsstarrigen Gerechtigkeitswahn, es mochte sich um eine sehr komplizierte Bewegung gehandelt haben, könnte sie, die Frau, nun sagen, so war es auch, allerdings würde sie, so Drahosch, ihn erst einmal bitten, zunächst die laufenden Angelegenheiten in Ordnung zu bringen, und dann später, dann aber auf alle Fälle, mein Alterchen, und er neigte den Kopf sofort, ohne jeden Widerspruch, da fegte Drahosch mit einer betrunkenen Bewegung über den Tisch hinweg, die Brösel stoben durch die Luft wie steife Schneeflocken, ein Glas fiel zu Boden, er sprang erschrocken auf, Drahosch schrie los, hob die Hand zum Mund wie jemand, der sich schämt oder sich übergeben will und rannte auf die Waschräume zu, Anna Bordács rannte ihr hinterher, vorher aber hatte sie ihm natürlich einen tadelnden Blick zugeworfen, als aber Drahosch und er das Restaurant verließen und spät in der Nacht schwankend den schlammigen Weg entlanggingen, der vom Restaurant wegführte, folgten zwar Laternen dem Verlauf der kleinen Straße, sie aber befanden sich etwa fünfzig Meter weiter unten auf einer Wiese, dort leuchteten sie, lachend schlug Drahosch ihm, K., wiederholt auf den Rücken, mein kleiner Deschke, sagte sie, man hat dich also

»Gott mit dir, mein liebes Piroska«

Nächtigen

aufgenommen, wie, man hat dich zum Nächtigen aufgenommen, sie schlug weiter zu und lachte, zum Nächtigen, und dann durchfuhr ihn wieder die widerliche Angst, etwas verdorben zu haben, indem er Drahosch vielleicht die ganze Zeit über mißverstanden hatte, und daß er in jener entsetzlichen Nacht in Angyalföld etwas versäumt haben mochte, aber ob das stimmte oder nicht: nun war nichts zu ändern, und das Wort wiederzubeleben erscheine ihm so aussichtslos, nächtigen!, diese gezierte oder analysierende Aussprache, sie, die Frau, könne das nennen, wie sie mag, und die Wichtigkeit, wie ein Wort für ihn etwas Bedeutungsvolles ausleuchtet, und während er jetzt darüber, über die Wiederholbarkeit, eine Freude empfindet, überfällt ihn plötzlich, ebenso plötzlich, eine Traurigkeit, eine stumpfe, mit Scham vermischte Traurigkeit, er hätte das nicht erzählen sollen, weder ihr, der Frau, noch sonst jemandem, verleugnen kann er es auch nicht mehr, sein Atem hinterläßt eine breite Spur, einen elegant dampfenden Fleck auf der Fensterscheibe, und erleichternd ist nur, daß die Frau die Geschichte mehrfach abschätzig zur Sprache bringen wird, das hätte er nicht tun sollen, weil es unverständlich bleibt, unverständlich bleibt nämlich die Steigerung, wie diese Szene, das Gekicher, das Umsichschlagen und das merkwürdige Wort über sich hinauswachsen, und dabei denkt er nicht nur an die Schranken einer Erzählung, sondern auch an die der Sinne, an die Proportionen, die im allgemeinen nicht wieder heraufzubeschwören sind, die inneren und äußeren Gewichtungen, die man nicht wiederholen kann, konkret gesagt an den Hintergrund voller Leben, an das Wort, das sich aus dem Rauchknäuel abgelöst hatte, an den Kellner, der in der beleuchteten Tür stand und der wieder frei gewordenen Kászoni ordinäre Zeichen gab, den armen jungen Ingenieur hatte sie wieder fallengelassen **etc.**, und wegen des Versagens kann er sich selbst keine Vorwürfe machen, seiner Meinung nach lag darin nichts Überhebliches, und wenn man über das Denken und Verstehen nachdenkt und davon absieht, wovon man nicht absehen kann, daß man dabei denkt und versteht, wird sich herausstellen, daß das mutmaßliche oder wirkliche Nichtverstehen der Frau keine Unzulänglichkeit war, sondern zwangsläufig, und diese Erkenntnis könnte als Anfangskapital schon eine gelinde Freude auslösen, aus seiner, aus K.'s, Sicht heraus, ist das Denken vor allem ein Abwägen, ein Sichausmalen, eine Begehung der Dinge, auf diese Weise ein flüchtiges

Vorankommen oder was auch immer, ein Aufundabgehen auf einer schmalen Grenzlinie, in ständiger Wachsamkeit, mit persönlicher Hingabe, und da wir dabei allzu gerne und einem natürlichen Wunsch und der Neugierde entsprechend auf die eine oder andere Seite fallen möchten, um endlich in einem Hafen zu landen, um hinter die Dinge zu kommen, um sie hinter uns zu bringen, um von der einen Sache zur nächsten zu gelangen, bedeutet so ein Grenzrain keinesfalls eine Befriedigung, die steigende Anspannung nehmen wir immerzu wütend wahr, und selbst wenn wir uns einem Punkt nähern, den wir, weil wir uns weiterbewegt haben, ein Ziel nennen, haben wir nichts hinter uns, man könnte sogar sagen, *daß wir nicht im geringsten etwas hinter uns haben: so ist das Denken,* **wir sind mittendrin, so ist das Denken,** *das ist das Entsetzen, die endlose Qual, das Risiko und die Würde des Denkens, bei dieser* Besonnenheit zeigt sich zudem, was es alles gibt, wie vielerlei Dinge es gibt, *dadurch wird der Mensch feiner,* die zu untersuchenden Dinge vermehren sich, und das nimmt sich zwar in manchen Augenblicken aussichtslos aus, als wäre es nützlicher und gescheiter, die Sache aufzugeben, aber sie erfüllt einen auch mit Jauchzen, so ergeht es auch dem armen Sterngucker, der mit seinem jämmerlichen kleinen Fernrohr die Sterne am Firmament immer wieder durchstreift, und wenn wir die Herausforderung akzeptieren, ist diese Überfülle natürlich und in Ordnung, an wie viele Gespräche oder eher Streitigkeiten wird man sich erinnern können, die sich plötzlich wegen eines fehlenden Gegenstandes in Rauch aufgelöst haben, er denke jetzt nicht an jene Streitigkeiten, die sie schon miterlebt hatte, sie, das fremde Mädchen, wie sie damals genannt wurde, Drahosch zog nur Grimassen, nettes Mädchen, Deschke, hat wohl Verstand für zwei, sagte sie, da zog sie eine Grimasse, so, als wäre das fremde Mädchen, na ja, mit dem bißchen auch zufrieden, so irgendwie, opwohl die beiden damals schon beinahe Freundinnen waren, sie tauschten ihre Kleider **etc.**, er, K., wiederum erinnert sich daran, da für ihn Initiationen wichtig waren, daß sich die Frau einmal beklagt hatte, weil die Drahosch ihre Jeansbluse durchgeschwitzt hatte, aber diese Dinge gehörten eher schon zum schnellen Verstummen in den wachsenden Gleichgültigkeiten, jeder dachte für sich nach, er, K., über sie, die Frau, Halassi über Imecs, Korom über Dostojewski, Dániel über das *Leben*, was Drahosch dachte, war unbekannt, Kászoni wand sich in ihrer langwierigen

Qual, Risiko, Würde

die Qual

Kleidertausch

Kosztolányi

Ablösung vom jungen Ingenieur, der, wie sie sagte, von ihr nur **das eine** wollte, ist doch nicht schlecht, so Korom, ach was, schmerzerfüllt winkte Kászoni ab, **Frauenschicksal**, sagte sie, nein, er denke jetzt eher an die davor liegenden Zeiten, übrigens waren das praktisch keine Zeiten mehr, kühle Julivormittage, sie saßen auf einer grauen Wolldecke, es waren viele, es ist geradezu unvorstellbar, wie viele auf einer grauen, kühlen Juliwolldecke unter einem Ahorn Platz hatten, während sie sich unterhielten, kickte Korom die ganze Zeit über mit einem Ball herum und beteiligte sich auch an den Gesprächen, die er, um die Pointen anständig kaputtzumachen, schnell und eingebildet unterbrach, nach Ansicht Koroms war es nichts Geringes, den Ball auf den Fesseln springen zu lassen, erst recht, wenn man bedenkt, daß es sich um einen **geschnürten Ball** alten Typs handelte, und so ähnlich war es, als sie über die Mole trotteten und sich gegenseitig unterbrachen, um über alle nur erdenklichen Sachen derb herzuziehen, sie waren ungefähr zu zehnt, jedenfalls mehr, als daß jeder mit jedem hätte gleichermaßen sein können, gleichermaßen mit jemandem sein, ein **gutes Wort**, er mochte diesen Zustand, der zwischen persönlicher und unpersönlicher Begegnung schlingerte und bei dem man nie wissen konnte, ob man ein geduldeter Fremder war oder das Herzstück der Gesellschaft, bestürzend war auch in diesem Zusammenhang nicht die Leichtherzigkeit, mit der sie ihre Meinungen über Gutes, Schlechtes, über Endlichkeiten, Unendlichkeiten, Leben und Tod aussprachen, sondern ihre Schnelligkeit, dieses auf **die Schnelle**, sie wußten nicht mehr, worüber sie reden sollten, womit sie natürlich die ernsthaften Dinge meinten, Dinge, die einem Geistesmenschen gebühren, die mit dem Sein zusammenhängen, Drahosch konnte schon wie eine Oberpriesterin mit entschlossener, unerschütterlicher Miene das Wort »Sein« sagen, und zwischendurch machte sie irgendwelche weltgewandten Bewegungen, sie leckte ihre – das Sein – Lippen, damit sie glänzten, zog am Reißverschluß – das Sein – ihrer Jeans mit einer unnachahmlich frechen Bewegung, und daraus, das lag auf der Hand, war nicht zu folgern, daß sich Drahosch verraten oder entblößt hätte und daß alles nur ein Teil ihres großen Gleichberechtigungsspiels gewesen wäre, Drahosch war eine große Gleichberechtigungsspielerin, sie schwamm nicht schlechter als die anderen, im Fußtennis war sie besser als der Durchschnitt, eine Zeitlang gewann sie auch im Rennen und Sprinten, die Strecke war sieben Meter lang, ehrlich gesagt fanden sie, die Jungs, das bloße Rennen, also das Rennen ohne Ball, einhellig pervers, Drahosch aber hielt heldenhaft daran fest, die Athletik: die sei die Königin aller Sportarten, der Sprint aber: der Fürst der Athletik, Korom blieb bis zuletzt dabei, daß dieser Gedankengang royalistisch sei, immerhin, so Korom, leben wir in einer Diktatur des Proletariats, und **wenn** schon Athletik: der erste Sekretär der Sportarten, und der Sprint: Abteilungsleiter des Zentralkomitees sei, **dann** würde er, Korom, doch lieber nur Fußball spielen, sie liefen weiter, Drahosch war, was die Entfernungen betraf, bereit zu handeln, Korom erklärte, daß er vom Ball getrennt im besten Fall zehn Meter laufen wollte, daher müßte die Entfernung entweder verkürzt werden oder er würde sie in zwei oder mehreren Abschnitten absolvieren, Drahosch hingegen wollte mit neun Metern nicht schäbig wirken, noch mit acht berechnend, daher wurde der Sprint auf sieben Meter festgelegt, eine launische, exklusive Entfernung, so Drahosch, und sie gewann, aber allmählich wuchsen die anderen ihr über den Kopf, was sie anfangs überraschte, »die zu erwartenden Ergebnisse sind ausgeblieben«, sagte sie, dann gewann sie ihre Überlegenheit schnell wieder zurück, »große, plumpe Tiere«, »Fleischbrocken«, »Büffelherde«, so titulierte sie die Jungs, und sie, die Jungs, neigten ihre Köpfe gerne schuldbewußt in nachgiebigem Stolz, mit den Ringkämpfen war es ebenfalls vorbei, Drahosch war elastisch, muskulös und geschickt, und als Drahosch ihn, K., von der Kászoni weggelockt und weggezogen hatte, war das der erste Verrat!, da hatten sie ihren letzten Ringkampf, hinter den Kabinen, was an sich schon beispiellos war, er, K., hatte gerade zu einer vielversprechenden Beinschere angesetzt, als eine unbekannte Amtsperson auftauchte, Drahosch wand sich, er aber drückte sie mit voller Kraft zu Boden, **keine Unmoral, hier nicht, bitte**, so die Person, und darüber freute er, K., sich auf seine Art, seines Wissens war er da zum ersten Mal unmoralisch, einst hatte er große Hoffnungen auf seine bevorstehende Morallosigkeit gesetzt, vertraute ihnen, jetzt gab es nur den Haken, daß sie beide erst nachträglich darüber sprachen, als sie heimwärts trotteten, wie gewohnt »musizierte« er entnervend mit einem Holzstückchen am Gitter der Strandeinzäunung und fragte, warst du schon mal unmoralisch?, das war liebkosend gemeint, Drahosch aber antwortete allwissend, er war verstört, sein verschwiegenes Verletztsein schlug über der Donau plötzlich in schäu-

immerhin leben wir in einer Diktatur des Proletariats

Beinschere

»Warst du schon mal unmoralisch?«

mende Heiterkeit um, er spürte, wie diese Laune, die Schadenfreude, ihn durchflutete, die neue gute Laune triefte geradezu aus ihm, und wie alles Triefende war das sicher nicht anziehend, Drahosch verstand nicht, was mit ihm los war, angewidert starrte sie ihn an und rührte sich nicht, es war nämlich so, daß sie sich mitten auf der Brücke in ihrer gewohnten Überspanntheit ans Brückengeländer gelehnt hatte, der ganze Tag war ohnehin von Geländern

KOSZTOLANYI

umstellt, sie johlte in die Tiefe hinab, *im kühlen Silbernebel zog schaukelnd ein verirrtes Schiff vorbei*, vom Kahn antwortete eine tiefe Männerstimme, rufend, dann folgte ein Lachen, und als sich Drahosch so vorlehnte, während er, K., etwas entfernt stehenblieb,

KIERKEGAARD

wie es sich für einen *Ritter der Resignation* schickt, kam ein Windstoß über den Fluß und wehte ihr den Rock zwischen die Beine, was an sich schon ziemlich lustig ist, weil dabei Frauenbeine krumm erscheinen und aus einer wunderbaren Frau eine bucklige Greisin wird, wenn aber, wie damals, noch hinzukommt, daß durch die Windstärke oder durch merkwürdige Windwirbel oder durch den betonten Hintern einer Frau oder durch die bemerkenswerten Umrisse des Gesäßes beziehungsweise durch dessen Beschaffenheit sich diese Flächen abzeichnen oder, einfacher gesagt, der allgemeinen Betrachtung ausgeliefert sind, bedeutet das seiner Meinung nach ein Ausgeliefertsein, was mit dem Glanz einer Frau oder, wie in diesem Fall, mit dem Geschrei der Drahosch – beachtliche Spannungen birgt, und die in dieser Spannung enthaltene Erregung schwingt sich von ihren zweifelhaften Wurzeln schnell los, und übrig bleibt die reine Freude, Drahosch hatte die überschüssige Kraft, die in ihm bohrte, gleich gespürt, und da sie von allem, was Bewegung und Schwung betraf, von allem, was von anderen unabhängig war, angezogen wurde, brach gleich ihr Interesse durch, ihr Scheitel reichte ihm bis zum Kinn, der Wind hatte das Haar des Mädchens flaumig aufgebauscht, er spürte großes Verlangen, sein Kinn einfach fallenzulassen, Drahosch schnurrte bedrohlich, mit ihrer kleinen Faust schlug sie ihm mehrmals auf die Brust, na Alterchen, was macht dich so rasend, er ließ sich ein wenig bitten, dann sagte er, um was es ging, worauf Drahosch unberechenbar wurde, sie konnte nicht widerstehen, stellte die Beine etwas auseinander, so, so etwa, fragte sie, hat der Wind den Rock so zwischen meine Beine geweht, aus-ge-he-lie-fe-hert, wiederholte sie laut und heiter, sprach komisch und sicher, als hätte sie alle Winde pauschal vorausbezahlt, das hätte durchaus sein können, Drahosch und die städtischen Luftströmungen!, eine solche Beziehung müßte weder edel noch dichterisch sein, Hexen, Windhauch, vielleicht eine ganz praktische, alltägliche Angelegenheit, dann lief sie los, na, wie ist die **Situation** jetzt, brüllte sie ihm zu, weht er jetzt **dazwischen?**, aber von einer Situation konnte keine Rede sein, der Rock flatterte phänomenal, Drahosch war Feministin, **keine Ausreden**, sieh mal an, sie, Drahosch, habe dieselben geistigen Dimensionen wie die Jungs und sei nicht weniger eingebildet als sie, das heißt, sie sei auch eingebildet, aber kein Großmaul, nein, diesen Unterschied hätte man mit einer besonderen Huldigung sehen und darin Kraft und Unabhängigkeit entdecken müssen, und sogar einen flüchtigen Beweis dafür, daß sich Drahosch für solche Dinge viel ehrlicher interessierte als zum Beispiel er, K., für den diese Auseinandersetzungen ein Mittel für Eroberungen, für die unterschiedlichsten Eroberungsarten war, wobei er vor allem an die Frauen dachte, an wen denn sonst, sie gingen weiter spazieren, er kickte eine von Koroms heißgeliebten leeren Rindsleberpastetendosen herum, und sie schwiegen, da sie das, was sie an dem Tag zu lösen hatten oder lösen mußten, mehr oder minder schon gelöst hatten, es war eine Leere in ihnen aufgekommen, und sobald jenseits vom Teich ein unsichtbares Ruder gluckste, hallte das in ihnen wie ein Gedonner nach, er, K., zum Beispiel, pflegte in der hochmütigen Stille nach solchen Gesprächen sich die Hand aufs Herz zu legen, als wollte er sich kratzen, vorsichtig ließ er die Hand unter das Hemd gleiten, unter sein Hemd, und mit heimlichem Entsetzen fühlte er die eigenen Herzschläge, beängstigend wirkte vor allem, daß man die Schläge nicht abstellen konnte, dann warteten sie in der Nähe der Grillbude auf die Dämmerung, erschreckten den Grillbudenmann, indem sie sich Notizen machten, was notieren Sie denn, so das schmächtige, gebeutelte, schäbig verklärte Männchen, Dániels Ansicht nach ein Jude, das schlaue, östliche Glitzern seiner Augen wiese darauf hin, so Dániel, oh, nichts, wir vermessen den Umsatz, sagte Drahosch, in der Tat, zischte Halassi, selbst die Habgier sitze ihm im Gesicht!, ach Kinder, sagte Drahosch, um Gottes willen, vergeßt ja nicht, daß auch Christus ein Jude war, was denkt ihr bloß, er war sogar beschnitten, habt ihr das nicht gelesen?, **wir lesen die Volksfreiheit**, so Korom, Drahosch stützte sich mit beiden Ellenbogen auf die Budentheke, setzte all ihren Charme ein und sagte, sie bitte endlich um eine Erklärung, um was für eine Erklärung, der Mann war ganz verlegen, voller Wohlwollen und dummer Hoffnungen, nun, um die Steuererklärung bitte sie, so Drahosch im grauen Siegesrausch, der Mann fluchte los, und vor seiner fürchterlichen Sprache machten sie sich aus dem Staub, mit dem Gefühl, als hätte sie jemand geschlagen, Drahosch schwieg, alle schwiegen, das sogenannte Rock-Schiff war schnaufend und fauchend, mit Ölgeruch und Rauchgeruch eingelaufen, und jene blonde Mutti, so Korom, die zuvor mit Dániel getanzt hatte, habe gesagt, Dániel hätte Mundgeruch, sie versprachen, diese Nachricht nicht durchsickern zu lassen, doch schon der Mundgeruch war in ihren Augen ein Anfang vom Verrat, ein Etwas, das von Dániel nicht schön war, und falls sie einmal ganz profan in ein Möbelgeschäft auf der Kossuth-Lajos-Straße einkehrten, sich dort in einem singenden Schilfschaukelstuhl wiegten und sagten, sie würden ihn nur ausprobieren, träumten sie von wunderschönen reichen Frauen, deren Ohrgehänge bei ihren weich schwingenden Schritten klingelnd zusammenstießen, und wenn sich ihre langen

wispernde Frauenschenkel

Beine berührten, gab es auf der Innenseite der Schenkel geheimnisvoll flüsternde Töne, aus derlei vertrauenswürdigen Lebensmöglichkeiten webten sie ihre schnellen Phantasien, deren Geschwindigkeit durch nichts, durch gar nichts aufzuhalten war, in ihren Gärten sollte es womöglich sogar Schwimmbecken geben, von den Verkäufern wurden sie recht geduldig behandelt, *so daß sie dann zum

Privatbrief

Donaukai hinabschlenderten, wo »für sie der Verzicht begreiflich wurde«*, ein umsichtig penibles Abwägen hat allerdings nichts mit Trödeln und Zimperlichkeiten oder mit einem unbeholfenen Herumtappen zu tun, wobei man schon etwas Glück haben muß, Schwein, mit Verlaub, um so etwas vermeiden zu können, denn falls das Denken wirklich ein sensibles Umhertasten bedeutet, wovon schon die Rede war, bei dem sich kleinste Schritte, ganz gleich in welche Richtung, zitternd und unsicher reihen, bleich wie eine Augenblicksbewegung in der frühen Morgenstille eines Teiches, dann können wir für unsere Schritte, selbst wenn wir uns noch so anspannen, nicht haften, wir können ja nicht einmal unsere Sehnsucht richtig beschreiben, die Richtung unserer Wünsche benennen, den Ort genau bezeichnen, an dem der Kampf, falls er unvermeidbar wird, stattfinden soll, und sollte das alles zu abgehoben klingen, müssen wir uns nur an unsere wechselhaften, jeweils endgültig scheinenden, unabänderlichen Antworten auf ein und dieselbe Frage

erinnern, die wir im Laufe der Zeit schon bereit hatten, trotzdem
können wir, während wir in unserem engen Niemandsland schwan-
kend, ausgeliefert und aufmerkend voranschreiten, die Aussagen,
die einfachen Aussagesätze, nicht verdammen, und er, K., möchte
es einmal mit den Umgangsformen der Großväter formulieren und
den Dünkel hinter der Höflichkeit verstecken, er habe nicht die
Absicht, wegen eines Wortes zu erlahmen, opwohl man leicht ein-   »wortlahm«
mal verschlossen sein kann, wenn das Relative überhandnimmt,
und dann sperrt man den Mund auf wie ein Stotterer oder wie
einer, der an der Luft gleich ersticken will, wie ein intellektueller
Karpfen, um gleich darauf den Mund umgehend zu schließen, und
während wir theatralisch stöhnen, tupfen wir den Speichel von den
Mundwinkeln, aber das können wir vielleicht, so begann er, ver-
meiden, wir müssen auch auf dem uns zugewiesenen schmalen
Damm Stellung beziehen können, *unsere Rede sei ja, ja, nein, nein*,   Matthäus 5,37
so schmerzlich das auch sein mag, und weil das Denken eher eine
Betrachtung und noch eher eine Beziehung und eine Relation ist als
logische Paraden, wobei er an dieser Stelle pflichtgemäß und gerne
einen Irrtum ausräumen möchte, den man häufig hört, daß nämlich
der Verstand keine Rolle spiele, im Gegenteil, der spiele sehr wohl
eine Rolle, und die Dummheit oder zumindest das **Kaum-Klug-
sein** bedeutet vielleicht nicht, daß wir etwas nicht erfassen, sondern
daß wir es nur langsam erfassen, das heißt, so Halassi, der Typ
kriegt es nicht rechtzeitig in den Kopf hinein, das Leben vergeht,
bevor er die Seite umgeblättert hat, so er, K., bereitwillig zur Ká-
szoni, weil er befürchtete, der *liebste Mensch brauche* eine solche   Kosztolányi
Ergänzung, opwohl Kászoni eine Zeugin für die vortrefflichen
Spaziergänge hätte sein können, eine Kronzeugin, wenn es in der
scherzhaften Phantasie ein Gericht gäbe, da sie sie bei ihren Spa-
ziergängen um den kleinen Teich stundenlang mitgeschleppt hat-   Spaziergang
ten, sie war zwischen ihnen in der Mitte, sie hatten sich gegenseitig   zu dritt
untergehakt, wiederholten die Runden und schauten überheblich
zu den Holzfällern hinüber, die mit scheinbar langsamen, gemesse-
nen Bewegungen arbeiteten, den ganzen lieben langen Tag arbei-
teten, *in Kupferbecken kochten sie Pflaumenmarmelade*, und wenn   Kosztolányi
sie ihre morgendlichen Spaziergänge in der Abenddämmerung wie-
derholten, da sie, wie er bekennt, mit jugendlicher Vereinfachung
nach Symmetrie strebten, fanden sie die Männer genau so mitten
im Harzgeruch, zwischen den kreischenden Sägen, im fliegenden

Sägestaub, wie sie mit einem nichtssagenden Blick die drei wiedererkannten, die zwei Jungs und das Mädchen, damals hatte er, K., für viele Dinge keine Augen, und er will sich nicht verteidigen, er sagt das nur, um auf die wechselnde Wechselhaftigkeit hinzuweisen, daß er jetzt wiederum für viele Dinge keine Augen habe, für die er sie damals hatte, jedenfalls kennt er den Unterschied zwischen Morgen und Abend jetzt ebenso wie damals, diesen Unterschied zwischen der Morgen und der Abenddämmerung jedoch, der für die Holzfäller ganz offensichtlich war, hatte er damals nicht erkannt, das schrille Atmen am Morgen, in den Gesichtern die zwanghafte Entschlossenheit, *im Sinne von Goethe-Mazzini*, die rauhen Blicke der jungen Holzfäller, die an Kászoni entlangstreiften, beziehungsweise das Ausbleiben dieser Blicke am Abend, also die Tatsache, daß die Männer miteinander alt geworden waren, und wenn ihren Bewegungen die Müdigkeit auch nicht anzusehen war, wenn sie ihre Kräfte auch einteilen konnten und ihre Arbeit verstanden, hätte man an der Verwüstung ihrer Gesichter und Haut sehen können, daß wieder ein Tag vergangen war, abgestanden hing die Dämmerung herab, stellenweise waren die gefällten Bäume auf den Waldweg gestürzt, der um den Teich verlief, der bequeme und wahrhaft hochsinnige Spaziergang artete manchmal in wildes Gerenne aus, in ein verrücktes Hüpfen auf Baumstämmen, das betraf vor allem Kászoni, blindwütig erstürmte sie die übereinandergestürzten Stämme, die vernichteten Riesen, geschickt zog sie die Füße zurück, wenn sie ins Rutschen kamen, nach all den Veränderungen war das für sie ungewöhnlich, es war, als wäre für sie das Toben unwürdig, ihre Brüste wogten, aber offensichtlich hatte sie die Niederträchtigkeit der Spaziergänge gespürt, die Niederträchtigkeit der beiden, da sie ihr wegen der Drahosch den Hof machten, Korom gehörte noch dazu, Halassi und er, K., beanspruchten ihre Rechte, daher hielt sich Korom etwas entfernt, er sagte, daß er, Korom, bislang nie spazierengegangen sei und das auch künftig nicht tun werde, und wirklich spielte Korom immerzu Fußball, seinen Dostojewski las er nur nachts, dann gab er mit seiner Widerstandskraft an, und wenn niemand Fußball spielen wollte, fand er immer noch einen Gegner fürs Fußtennis, und wenn der, den er fand, allzu stupid war, oder wenn er gar niemanden erwischen konnte, dann flog er »als Rechtsaußen«, indem er mit Kastanien, Kieselsteinen oder seinen heißgeliebten Rindsleberpastetendosen

NIETZSCHE

herumkickte, und das alles erweckte den Schein von Unabhängigkeit, als hätte ihn die Drahosch nicht aufgewühlt, er, K., hätte behaupten können, dieser Anschein sei unbegründet, er hätte, auch wenn man ihm hätte unterstellen können, daß er sich selbst entlastet, was nur entfernt gestimmt hätte, an einen gewissen Nachmittag erinnern können, damals hatte es ein unheilvolles Volleyballspiel gegeben, tagelang hielt Korom danach seine sündige Hand, so Korom selbst, mit der er den Ball berührt hatte, versteckt, mit ihrer Raserei über die Baumstämme hatte Kászoni nach den Lorbeeren der Drahosch getrachtet, die, was körperliche Dinge und Geschicklichkeit anging, ausgezeichnet war, und in diesem Zusammenhang und auch davon unabhängig wollte sie, Kászoni, im Mittelpunkt stehen, zumindest wollte sie mitspielen, Anteil haben **etc.**, der von ihnen bevorzugte Ort war das gerodete Land oberhalb der Sommerhäuser, *Eigentum des großen Maulmannes*, auf dem oberen Drittel dieser Fläche konnte man, beinahe immer an derselben Stelle, Rehe sehen, ihre schmächtigen Beine waren wie Schatten, weiter entfernt gab es *Kletten, Pappeln, Akazien, Kornelbäume, lauter arme ungarische Bäume*, am klaren Morgen saßen sie zu dritt auf einem erdigen, schlammigen Baumstamm, den man anscheinend eben erst aus dem Boden gezerrt hatte, und der Stamm hatte, wohl weil er gerade aus der Erde gerissen war, aber auch, weil die Schlammbrocken offenbar in Stücke gerissen waren, ein tragisches Aussehen, das durch den Witz, nämlich seine Ähnlichkeit mit einem eben herausgezogenen Backenzahn, gelindert wurde, und damit bekamen die Beobachtungen wieder eine angemessenere Proportion, die beiden Jungs saßen bewegungslos, Kászoni rutschte hin und her, offensichtlich war sie überflüssig, die beiden waren vom Morgen und vor allem durch die verschiedenen Stofflichkeiten des Morgens, durch den Tau, die Feuchtigkeit und seine Reinheit, so erschüttert, daß sie nicht imstande waren, das Mädchen zu würdigen, *hier die Stille, der Nußbaum nickt*, und in diese Ungestörtheit dröhnte ein Jeep, der aus dem Wald herausgepprescht kam, etwas weiter unten als an der Stelle, wo die Rehe aufzukreuzen pflegten, und ohne sonst irgend etwas als die wichtige Stille zu zerstören, keuchte der Wagen, beladen mit uniformierten Männern, den gottverfluchten Hang hinauf, das sah von unten her, wo die Jungs standen, aus, als würde sich der Jeep bei den steileren Abschnitten erst aufbäumen, dann wieder zurückfallen, als hätte er zurückfallen müssen, die Männer aber

Intarsie

Kosztolányi

Kosztolányi

mochten sich ihrer einfachen Sache sicher sein, denn mit ihrem lauten Lachen und wie sie sich die Schirmmützen schneidig in die Stirn gezogen hatten, wie sie sich gegenseitig auf die Schultern klopften, während sich der Jeep immer wieder den steilen Hang hinaufstemmte, über Erdwälle, Baumstämme, über kleine Sträucher hinweg, da waren ihnen offensichtlich alle leichteren und einfacheren Möglichkeiten einerlei, sie strebten geradewegs hinauf, eine Weile waren sie, die zwei Jungs, neidisch auf das gewaltige, schrille, reine, starke Wolfsgelächter der Uniformierten, er, K., schaute Halassi an, der, wie er, ganz verhext dasaß, und, daran erinnert er sich, da war ihm das Wort **Männerfreundschaft** eingefallen, sanft schaute er zu Halassi hinüber und dachte, er liebe ihn, wandte sich schnell zur Kászoni, *und du weißt, daß die Mücke das musikalische Unthier ist, weil zwei Mücken zusammen immer in der kleinen Sekunde singen*, verlegen und eifersüchtig stocherte diese mit der Schuhspitze im tauigen Gras, es gab immer mehr Prahlereien im Zusammenhang mit Drahosch, die Reibereien hatten sich zugespitzt, ein Wettrennen zur Felsenspitze!, da saßen sie am Wasser, gruben mit den Füßen im Sand herum, der Sand perlte wieder ab, Korom hatte gerade mit seinen kleinen Händen angegeben, erzählte, daß er mit seinen schmalen Fingern die Telefonmünzen regelmäßig herausfischen könne, regelmäßig, dazu wäre er imstande, so Korom, an jenem Tag hätte ein Mann an einem Telefonapparat gewerkelt, von der Gestalt her ein Stahlarbeiter, mit einem Lächeln und wie ein gutmütiger Zwerg beobachtete er, Korom, den vierschrötigen Mann, vierschrötig war ein Wort Koroms, wenn er von der hinteren Wiese zurückkehrte, schweißtriefend, schlammbesudelt, vom Ballspiel zerzaust, und wenn sie ihn dann geziert fragten, na, lieber Jancsi, wie war es beim Sport, ging Korom großzügig über den Unterton hinweg, verneigte sich graziös, man sah, daß ihm das schwerfiel, vielleicht bekam er vom vielen Rennen keine Luft mehr, er drehte sich dem Chor der Mädchen zu und sagte, **ich war vierschrötig**, dann ging er baden, das heißt, breitfüßig stapfte er ins Wasser, saß am Boden des Schwimmbeckens, solang er es aushielt, kam wieder zurück auf die Wiese **und da capo**, der Mann hatte bereits mehrere Streichhölzer im Münzschlitz zerbrochen, die Situation verschlechterte sich zunehmend, Minutotschku, sagte da der gütige Zwerg Zwergowitsch, unbeholfen trat der Mann einen Schritt zurück, verdammte Scheiße, so der Stahlarbeiter, so Korom,

NIETZSCHE-Brief

ein Scheißtelefon, man kann nicht telefonieren, mit flinken Fingern und hexenhaft geschickt, so Korom, spickte Korom die Münze hervor, der Stahlarbeiter steckte sie wortlos in die Tasche, gerührt war er keineswegs, der ist nicht so gebaut, sagte Dániel und kratzte dabei an seinem Trikot herum, ohne Trikot sah man ihn nie, er hatte an den Hüften irgendein Hautleiden, einen kleinen, hellen Fleck, den niemand bemerkt hätte, der Stahlarbeiter ist nicht so gebaut, und wild blickte er in die Runde, aber die anderen wußten nicht, was sie davon halten sollten, nur Drahosch fragte träge, **was ist, Lőrinczchen, hat er sein blondes Köpfchen für die Politik hergegeben**, Dániel schaute beleidigt über die Wasserfläche hinweg, dann explodierte er unerwartet, daß man von ihm noch hören werde und daß sie nicht meinen sollten, man könne lang so stur leben, wie sie es tun, und dabei die konkreten gesellschaftlichen und politischen Zusammenhänge, die Verhältnisse und die Umgebung außer acht lassen, und in manchen Dingen sei ihre Ausbildung umsonst, von der Welt, das sollten sie zur Kenntnis nehmen, hätten sie ganz kindische Vorstellungen, und das sei unhaltbar, das halte nur eine kurze Weile, sie sollten nur nicht meinen, daß sie sich, und nun sage er es ihnen zuliebe so: in die Welt der Ideen retten könnten, sie könnten ruhig ihr Abitur ablegen und dann lernten sie schon noch, wo ihr toter Herrgott lebt, dann könnten sie sich getrost die Haare raufen, denn hätten sie sich an ihm, Dániel, ein Beispiel genommen, hätten sie rechtzeitig die am wenigsten schmerzlichen Kompromisse geschlossen, die mit der Realität und dem Erwachsensein einhergehen, der ist blöd, sagte Drahosch ruhig, die anderen beachteten Dániel weiter nur nebenbei, der zwar sehr klug war, und das liebten sie an ihm, wenn er aber, wie eben, seine Gedanken mit der eigenen Person vermischte, trübten sich die Gedanken, seine schaufelartigen Ohren begannen zu glühen, leuchteten wie festliche Lampions, denn, so er weiter, sie sollten einmal zur Kenntnis nehmen, daß alles, was sie trieben, nur ein Spiel sei, irgend so ein *ach, wie gut, daß niemand weiß*, was man wirklich nur als eine Verteidigung verstehen könne, sie hüteten ihre Selbständigkeit und den Glauben, daß sie anders seien als die restliche Welt **etc.**, opwohl sie offensichtlich den Anspruch erheben würden, zeitgemäß zu sein, was so fahrig nicht klappen kann, zeitgemäß zu sein bedeute, der Zeit gemäß zu sein, sich anpassen zu können, die Stimme der Zeit zu hören und zu verstehen, nicht den zeitlosen Don Quichote zu spielen, da hast du sogar Recht, sagte Drahosch so farblos, wie sie zuvor das Wort blöd gesagt hatte, und damit war Dániel verstört, seine Ohren flatterten, er begann zu haspeln, zudem sollte man wissen, daß man nach den sogenannt moralisch-gesellschaftlichen Normen leben müsse, und sie brauchten nicht zu glauben, daß er bloß in die Luft spreche und grün hinter den Ohren sei, er wisse auch, daß es solche Normen beileibe nicht deshalb gebe, damit man sich an sie hält, die sind mehrfach abgesichert, erwachsen zu sein bedeute gerade, so Dániel, sich darüber im klaren zu sein und die Engpässe richtig einzuschätzen, um anmutig wie ein Mensch mit Verstand zwischen den für durchschnittlich geltenden Meeresfelsen lavieren zu können, Drahosch war aufgesprungen, denn ihrerseits hatte sie zugehört, wenn auch mit gesenkten Lidern, wie die Katzen, was du sagst, Dániel, stimmt nicht, so Drahosch, die Dinge, von denen du sprichst, gibt es, und auf die Etiketten trifft das schon zu, es stimmt auch, und das liest man ja auch, daß der Mensch gut und gleichzeitig böse ist, das zu erkennen bedeutet erwachsen zu sein, richtig ist auch, daß sie alle diese Dinge noch nicht beherrschen, aber, so Drahosch, in Dániels Formulierung fehle die Evidenz des Gewissens, er spreche vom Erwachsensein, als ginge es dabei um eine Komplizenschaft, nun sah die Drahosch wirklich wie eine Priesterin aus oder wie eine Jungfrau, die von der Hochzeitsnacht spricht, nein, das Erwachsensein ist keine Komplizenschaft, sie schaute sich um, Dániel stand ihr angespannt gegenüber, verzaubert staunte er Drahosch an, die ihn noch nie so ernstgenommen, noch nie so viel mit ihm gesprochen hatte, Drahosch forschte im Gesicht des Jungen, jetzt sah sie weniger beherzt aus als vorher, als sie aufgestanden war, *jeder Mensch hat seinen Preis, das*, lieber Lőrincz, *ist nicht wahr, aber*, setzte sie langsam fort, *es findet sich wohl für jeden ein Köder, an den er anbeißen muß*, Dániels Anspannung war dahin, Korom war aufgesprungen, wenn er nicht Ball spielte, fuhr er immer schier aus der Haut, abfällig verzog er den Mund, nastupila osenj, der Herbst ist gekommen, so die Wahrheit, die er der Gesellschaft forsch ins Gesicht warf, und die Speichelmengen, die den nastupila-Silben folgten, zeigten, daß die anderen dieser Wahrheit nicht gewachsen waren, Korom drehte sich einmal um die eigene Achse, und der Sand flog hoch hinauf und flog hinauf, ihr gottlosen Hunde, johlte er, *so schwang sich unser flinker Postillion in den Sattel* und ergriff

das Erwachsensein ist keine Komplizenschaft

MENSCHLICHES, ALLZUMENSCHLICHES

Wettrennen zur Felsenspitze

KOSZTOLÁNYI

die Flucht, mit seinen rudernden Armen gab er Zeichen, daß man ihm folgen sollte, mir nach, ihr Kuruczen!, Halassi und er, K., blickten einander an, nickten, und wie in einem Zeichentrickfilm hoben sie vom Boden ab und stürmten voran, indem sie an Ort und Stelle blieben und in der Luft voranstapften, dann aber uschdji, los, mütterlich rief ihnen Drahosch ein Lebewohl und eine Entschuldigung hinterher, *der kleine Begum, hat sich selbst aufgeschaukelt, auf daß das Herz lache, trallala*, sie sprengten Korom hinterher, der auf Zehenspitzen leicht davonhüpfte, *meine Seele ist frei, wie eine ledige Zille*, pfiff er, hinter ihm prasselten und stürzten die Steine in schönen großen Bögen, er, K., mied sie zimperlich, Halassi hingegen stürmte voran, ohne sich umzuschauen, seiner sehnigen Gestalt fehlte die Freundlichkeit Koroms, er war aber nicht langsamer als dieser, und als er bei dem wilden Riff ankam, hatte er Korom beinahe eingeholt, oben fielen sie einander um den Hals, keuchend, von der kühlen Luft hatten sie feuchte, leuchtende Augen, er und Halassi wagten sich zum Felsvorsprung vor, der, so Hápapa, in den fünfziger Jahren angeblich ein **beliebter Ort für Selbstmörder** war, und, meine jungen Freunde, nicht nur für Verliebte, so Hápapa, der sie in den Dingen der Welt gerne unterwies, vor allem waren es wichtige Pfade beziehungsweise Pfähle, die er ihnen zeigte, und durch eine freche Zwischenfrage, ob nämlich diese Pfähle gegen die Wölfe seien, wandten sie das Gespräch meist in Richtung Sibirien und würzten es mit einigen voreingenommenen antisowjetischen Brocken, und Korom sprach damals in diesem Zusammenhang auf Schritt und Tritt von Sowjetsöldnern, zuerst hatte er Dániel einen Sowjetsöldner genannt, mehrfach sogar, hernach flehte er um Entschuldigung, allerdings flehte er um jedermanns Entschuldigung, den er sowjetgesöldnert hatte, auch beim Fußball sowjetsöldnerte er, Sowjetsöldner waren die eigenen ungeschickten Spieler, und das waren auch die unerbittlichen, also geschickten Gegner, die Lächerlichkeit der Anschuldigungen muß man wohl nicht erst beweisen, zu meiner Entlastung sage ich nur, so Korom, daß es mich nach einer lüsternen Russin verlangt, oh, das überhebliche Rindvieh, so Csáth, auf dem Felsvorsprung nahmen sie sich Zeit, und da lag ihnen **die verschleierte Welt** wirklich und sachlich zu Füßen, was sie mit einer pubertären Natürlichkeit akzeptierten, allerdings waren sie durch die Ausmaße der Natur gerührt, schon durch deren offensichtliche Gegenwart, die mit dieser Offensichtlichkeit auch Gewalt

OTTLIK: DIE SEELE DES BERGES

Wer haftet für die Sicherheit von K.?

Oh, superbissimum brutum! (MIKLÓS BETHLEN)

bedeutete, damit hatten sie nicht gerechnet, es mußte etwas folgen, etwas Unerwartetes, etwas, womit sie die Unschuld, die über sie hereingebrochen war, wieder loswerden konnten und wofür sie um eine Haaresbreite doch zu unreif waren, diese Aufgabe hatte er, K., auf sich genommen, er warf sich auf den Rücken, kleine weiße Steine stachen ihm scharf in den Nacken, bestes Karstgestein, so Korom, er aber stöhnte, und bis zum heutigen Tag wisse er nicht, wie man die schwindelerregende Vergessenheit in dieser Landschaft, die sich vor ihnen öffnete, weniger kraß, karst hätte beenden können, *ich muß scheißen*, so K., und er rollte weiter rückwärts, machte Purzelbäume, in seinem Nacken steckten die Steine wie Edelsteine im eleganten Futteral, Korom polterte auf seine gewohnte Weise wie ein Fohlen vom Berg herab, Halassi trottete abwärts wie einer, dem man an den Kopf gehauen hat, traurig, eingesunken, wobei ihn diese beiden Attribute, falls Wörter eine Weile Bestand haben sollten, unter allen Umständen, das heißt unabhängig von allen Umständen charakterisierten, nie schonte er sich, er war schmal und unausgeschlafen, Jahre später sagte Judit Imecs, er provoziere den Herrn, **schon damals, im Sommer, hatte er mir nicht gefallen**, so Imecs, **in seiner Nähe war eine Leere zu spüren, als sei er in einen Sog geraten, als sei er nicht mehr zu retten**, wie er jetzt ruhig, aber nicht langsam voranschritt, die flachen Steine und die ihn erwartenden Gräben besonnen suchte, um rechtzeitig beiseite springen zu können, wie er ohne Bedenken eine Kurve schnitt, schüttere Sträucher durchquerte, *in seinen Zügen saß ein ernsthafter Frost*, ein Muskel zuckte in seinem Gesicht, es blieb unklar, ob das eine einigermaßen sehenswerte Übung in Sachen Selbstbeherrschung sein wollte oder eine nicht nennbare Wut und Verbitterung, obwohl er, K., eher dazu neige, daß beide Möglichkeiten nicht zutreffen, und wenn sie was treffen, dann die Euter zwischen zwei Hörnern, und er, mit ganz natürlichen Nachteilen versehen, stieg als letzter hinab, mal auf die eine, mal auf die andere Art, wie ein **älterer Bruder**, der die anderen bewacht, wie ein frustrierter Schutzengel, und dann **die Erstürmung des Steinhauses!**, die damit begann, daß die ernsthaften Halassi-Eltern verschaukelt wurden, den Sommer verbrachte er, K., im sog. jämmerlichen Ferienhaus der Halassis, wohnte mit den vielen Halassis zusammen, das Haus war jämmerlich, weil man es so nannte, jämmerlich, schofel und bedauerlich, Halassi und er blieben frühmorgens manchmal neben dem Haus auf dem Buckel

KOSZTOLÁNYI

stehen, von dem aus man auf das Dach schauen konnte, laut lachend zeigten sie einander die selbstgebastelte Bauweise, vor allem die sich auf dem geteerten Dach wölbenden Tautropfen, die manchmal loskullerten und wie Lawinen abwärts rollten, das fanden sie unwiderstehlich lustig, den bemühten Eltern, die ihr Ferienhaus mit einigem Stolz betrachteten und die Peinlichkeiten, die sich aus den bescheidenen Maßen des Hauses ergaben, einfallsreich zu vertuschen wußten, drehten sie hochnäsig den Rücken zu, sie waren richtige Vatersöhnchen, zahme Vorfahren der Terroristen-Stars, die das Ferienhaus trotz der Maulereien benutzten und genossen, da es, abgesehen von den tumultartigen Szenen frühmorgens, wie auch vom fragwürdigen Ort der Toilette, Scheißgeruch, so Korom, ständiger, unvermeidlicher ursprünglicher Scheißgeruch, für ihre Ziele nützlich und genießbar war, im wesentlichen müßte nun auch sie, die Frau, zustimmend nicken, ihr Blick dürfte sich sogar vielsagend verschleiern, das Haus war völlig in Ordnung, und zwar langweilte sie die Steifheit Hápapas, mit dem sie das Schicksal mehrfach zusammengeführt hatte, wie auch sein unleugbarer Verstand, den man allerdings nur anhand desjenigen seines Sohnes ahnen konnte, sein heiterer Hang zur Ordnung, er sei ein Oppositioneller, so Hápapa, und lebe in der Illegalität, aber, man verzeihe ihm den Eigensinn, er sei wie die Kirche, selbst in der Illegalität sei er kein Anarchist, zwar habe er seine Bedenken, aber die bedeuteten keine Ablehnung, vom Wesen her sei er nicht zurückweisend, nicht jede Macht sei ab ovo schlecht, so er, und in der Tat, *es gibt eine Ordnung in der Welt, die kein Gefängnis ist* **etc.**, sie langweilten sich, so Drahosch, über die ständigen Krücken, über seine mit den eben genannten Zügen verbundene Fähigkeit, sich über Sätze oder Wendungen, die seiner Ansicht nach etwas genau beschrieben, sehr zu freuen und sich vor allem mit ihnen zu beruhigen, trotzdem waren sie, die Jungs, oft mit ihm zusammen, hatten sogar einen gewissen Respekt vor ihm, und zwar, so Halassi, weil sie ihrerseits die Welt damals ebenso auf die Probe stellen wollten wie er, denn ein verläßlicher Gentleman oder, sagen wir, ein Beatnik sind ein und dasselbe, auch ein Revolutionär ist ein Anhänger der Ordnung: das sind Möglichkeiten von Lebensformen, es ist, als könnte die Solidität und somit die Kraft und somit die Unabhängigkeit oder die Verachtung und damit das Waghalsige und Freie grundsätzlich eine Lösung sein, opwohl dabei das Wichtigste fehlt, und zwar die per-

Scheißgeruch

Béla Hamvas (Manuskript)

sönliche Herausforderung, das persönliche Risiko, das elende Aufspüren der Wege, die einem selbst zugemessen sind, *die Sache ist schwieriger und leichter, es ist Freiheit, das heißt, es ist Risiko und es ist Opfer und es ist Abwägen und es ist Geistesgegenwart und es ist Wissen und es ist Wille, und letzten Endes muß man die Welt ernst nehmen, weil das auf diese Weise schwieriger ist*, wahrscheinlich kann man nicht ständig unschuldig herumspielen, ohne zu betrügen, und falls doch, dann muß man wissen, daß man keine andere Wahl hatte, und nur in Ermangelung von besseren Möglichkeiten sind wir voller Weltschmerz, nur darum werden wir harmlose, bittere *Sonderlinge*, aus einer Verachtung heraus keine Rebellen, nur herbe Shakespearsche Clowns, weil es, nehmen wir einmal an, völlig gleichgültig wäre, was wir wählen, was hoffentlich nicht wahr ist, Hápapas Ansehen wurde, und diese Erklärung liegt eher auf der Hand und hält auch psychologisch stand, sein Ansehen, so ein gewisser Onkel Frédi, *sein Gesicht vergöttere ich*, so Drahosch, *es ist so altmodisch, und dann seine Krawatte, wie ein schmaler Tintenstrahl*, wurde durch jene halbseidenen Abenteuer seiner Jugend gestützt, für deren Glaubwürdigkeit er, K., jetzt nicht einstehen wolle, und wenn doch, denn vielleicht geht es hier um eine Rechtsangelegenheit, sei er soviel einer Legende schon schuldig, nur wolle er die Hände für sie nicht ins Feuer legen, kichernd erzählte Onkel Frédi bei ihren halbgeheimen Treffen, die es nur darum gab, um erzählen zu können, daß Hápapa, ob sie, die Jungs, es glaubten oder nicht, ein sehr anziehender junger Mann gewesen sei, jetzt brauchten sie nicht so selbstgefällig dreinzublicken, da gibt es kein Umhin, auch sie würden alt werden, wacklige Respektspersonen wie er, Onkel Frédi, und Hápapa, andererseits seien sie beide auch nicht immer wie jetzt gewesen, sondern sprühende Wildtiere, also Vorsicht mit dem Geweih oder eher noch: gemächlich, gemächlich, beziehungsweise: sachte mit dem Leib, er, Onkel Frédi, möchte übrigens die Gelegenheit ergreifen und sie darüber aufklären, daß sich obiger (ungarischer) Ausdruck (sachte mit dem Leib) ursprünglich auf die Leichenträger bezog, daß sie nämlich die Urne mit dem Staub langsam, vorsichtig, umsichtig und würdig tragen sollten, und erst später wandelte sich der Sinn zur heutigen abstoßenden (ungarischen) Bedeutung, zu einer verwirrenden Mischung aus Vorsicht, ruhig Blut, Schnauze, was nun aber das Aussehen Hápapas betrifft, so habe er nie eine reckenhafte Gestalt gehabt, er war klei-

Onkel Frédi
Kosztolányi

ner und gedrungener als wünschenswert, aber das zählte nicht, durch seine wundervollen, kraftvollen Wimpern und die mit diesen beinahe schon im Widerspruch stehenden ruhigen blauen Augen, die wurden übrigens beneidenswerterweise an Miska Halassi weitervererbt, war er auf Partys und bei Abendgesellschaften bei dem Frauenvolk erfolgreich, bei dem Frauenvolk, *eine Mädchenschar mit Blumengesichtern*, die, was die Jungs wissen müßten, süß und unerbittlich ist, erbarmungslos und berauschend, berauschend, wegen dieses Wortes konnte Korom tagelang nicht zur Tagesordnung zurückfinden, doch an einem morosen Vormittag, so ist es halt, es gibt nichts Öderes als die sogenannten **Vormittage danach**, am besten, man schläft die Vormittage danach durch, dann hat man zwar eine Weile mit den Unannehmlichkeiten der Nachmittage danach zu tun, dann aber, das sollten sie einmal beobachten, stellt sich von einer Sekunde zur anderen das Heute ein, vor allem in jungen Jahren, und man kann sich auf den Abend vorbereiten, *ein furchtbarer Typ*, so Drahosch, jedenfalls, da läutete es an der Tür, selbstverständlich schliefen sie angezogen, *bei einem morgendlichen Suff* ist es nicht empfehlenswert, das mühselige Ausziehen zu riskieren, Hápapa ging stolpernd zur Tür, vor der Tür stand eine kleine, flink geschminkte Frau, die Jungs verstünden schon, ein verdorbenes, schönes Geschöpf, ein Apfel, dessen sichtbare Hälfte herausfordernd rot ist, na klar, wieso sollten wir das nicht verstehen, so Korom, der, da kein Ball in der Nähe war, schier aus der Haut fahren wollte, die hintere Hälfte aber!, sagte er und zwackte mit unglaublichem Mut der Drahosch in die Jeanshose, diese verdorbenen, schönen Geschöpfe, warf er ihr dabei freundlich zu, nimm dich in acht, zischte Drahosch sehr ernst und entfernte sich, die kleine Frau sagte, so Onkel Frédi, daß sie Hápapa liebe, sie liebe ihn, sie liebe ihn und basta, aus ganzem Herzen liebe sie ihn und würde und werde alles für ihn tun, von ihr könne Hápapa alles verlangen, alles, sie, die kleine Frau, werde nichts merkwürdig finden, werde keine Grimassen schneiden, und sie schwöre, keine Hintergedanken zu haben, sie werde opferbereit sein, möchte opferbereit sein, aus ganzem Herzen, aus vollem Herzen, und Hápapa solle nicht etwa denken, daß sie scheinheilig oder ein Dummerchen sei und so reden wolle, als wüßte sie nicht, wer sie sei, sie mit ihrem Körper, und das alles meine sie nicht etwa raffiniert, gleichgültig oder routiniert, als hätte sie das ganze Leben schon hinter sich und säße betreten neben den

KOSZTOLÁNYI

KOSZTOLÁNYI

KOSZTOLÁNYI

Frau!

eigenen jämmerlichen Ruinen, das heißt, sie sei keine abgewrackte Hure, er, Onkel Frédi, wisse durchaus, wie derb dieses Wort sei, aber er rechne mit ihrem Verständnis, mit dem der Jungs, so was ist lehrreich, man darf nicht zittern, wenn man schon etwas herbeizitieren will, wobei er die Verantwortung natürlich und selbstverständlich nicht der wurmstichigen kleinen Wildblume aufhalsen wolle, wer haftet für die Sicherheit der Lady?, flüsterte Korom, nun, er, Onkel Frédi, hafte für die Verantwortung des Erzählers, nun aber, da begann die Teure beinahe zu heulen, so Onkel Frédi, zu ihrer Ehrenrettung sei aber gesagt, daß sie sich heldenhaft hielt, sie liebe Hápapa einfach, sie **liebe ihn**, *liebe ihn*, **liebe ihn**, selbst dann, wenn die Menschen in Hápapas Umgebung vielleicht gar nicht mehr an die reine Liebe glauben und Hápapa sicher entsprechend beeinflussen möchten, sie jedoch, die kleine Frau, so wahr ihr *Gott* helfe, Korom hob vor Erstaunen die Hand hoch, wie in der Schule, Onkel Frédi möchte doch nicht etwa behaupten, so Korom, daß jene kleine Frau die ... Tante Teri gewesen sei, Onkel Frédi winkte ab, ach wo, was denkst du bloß, mein Kind, du liest zu viele Romane, Dostojewski, so Korom zurückhaltend, mit einer schnellen Handbewegung hatte Hápapa bei ihm die Worte in der netten kleinen Kehle erstickt, er, K., und Halassi, die beiden schwächsten Glieder in der Kette, lachten laut los, so waren sie nach Koroms Zwischenruf zumindest wieder zu sich gekommen, das Lachen war jetzt aber fehl am Platz, sie hatten damit Onkel Frédi auf seiner nostalgischen Welle kalt erwischt, er war beleidigt, schob seine Brille zurecht, das dünne Metallgestell, biegsamer Draht, da könne sie, die Frau, mal sehen, so eine Brille hätten sie kaufen sollen, aber die, die machen sie heute gar nicht mehr, Onkel Frédi ließ seine schmalen Finger leidend krachen, er war sehr fein und professorenhaft, wehleidig wie ein Kind oder wirklich wie ein Prof, wenn sich herausstellt, daß einer seiner Studenten auch andere Fächer liebt, er erklärte, daß sie für so federleichte und dennoch wirkliche **Männergeschichten** nicht geeignet seien, aber die Drohung hatte keine Bedeutung, Onkel Frédis Redezwang, der der Wiederbelebung der Vergangenheit galt, nebenbei bemerkt wäre er, K., ihr, der Frau, jetzt dankbar, wenn sie ihn nicht gar zu heftig auslachen würde, mit diesem Redezwang wollte er über jede Hürde hinwegpreschen und preschte tatsächlich über sie hinweg, in Ordnung, so Hápapa, so Onkel Frédi, er verstehe, was die kleine Frau

Onkel Frédi haftet

»Es war einmal ein Leser.«

meine, worauf sie hinauswolle, das wäre für ihn nicht nur eine Ehre, vielmehr wäre das für ihn, und nun hoffe er, das Mädchen mit seinen praktischen Überlegungen nicht zu beleidigen, das wäre für ihn auch vorteilhaft, aber er würde doch lieber vorschlagen, daß das Mädchen zunächst einmal weggeht und erst dann zurückkehrt, wenn seine Frau dabei wäre, zu dritt könnten sie ohne viel Umschweife besprechen, mit wem er, Hápapa, leben sollte, und dann könnten sie auch die übrigen Fragen klären, die für ihn bei einer Entscheidung besonders hilfreich wären, nur zum Beispiel, ob eine Wohnung vorhanden sei, welche Qualität die habe, und überhaupt und außerdem, ob er das Mädchen mit jemandem teilen müsse und ob er für eine bestehende Vaterschaft aufkommen müsse und so weiter, das alles habe Hápapa sehr gemessen und beinahe unbewegt vorgetragen, dann verneigte er sich, schlug die Hacken leicht zusammen, nur als Zeichen, küß die Hand, so Hápapa, dann schlug er der kleinen Frau die Tür vor der Nase zu, im übrigen, so Onkel Frédi,

Anekdote

ist das eine Reflexbewegung von Hápapa, die folgende Story, die wohl von einem gewissen Károly Dobozy stammt, und er meine, daß dieser Mann mit dem berühmten gleichnamigen Schriftsteller nicht identisch sei, wie auch immer, Tatsache ist, daß Hápapa sich vor einer Kirche, an der die Straßenbahn eben vorbeifuhr, wie gewohnt bekreuzigt hatte, und einen Schimmer hätten die Jungs ja auch von der Vergangenheit, so eine Gewohnheit war nicht vorteilhaft, da sprach ihn ein spindeldürres Weibsbild an, eine berühmte Witwe übrigens, den Namen verrate ich nicht, so Onkel Frédi, was ihr nicht wißt, kann man aus euch auch nicht herausprügeln, wobei jene Zeiten der Vergangenheit angehören, die Vergangenheit gehört der Vergangenheit, Korom schüttelte den Kopf, **was buckeln Sie denn vor Gott, wenn Sie ihn noch nie gesehen haben**, sagte die Frau, Hápapa war gleich aufgesprungen, verneigte sich mit jener nur gehauchten Bewegung, von der schon die Rede war, und sagte zu der dogmatischen Dame, daß er, Hápapa, Gott wirklich noch nicht von Angesicht zu Angesicht gesehen habe, wie auch die Fotze der geschätzten Dame nicht, pardon, gnädige Frau, und dennoch zweifle er nicht am Vorhandensein der genannten Ritze, die Jungs schwiegen, auch Onkel Frédi war wohl verlegen, er, K., hatte die vorangehende Geschichte überhaupt nicht verstanden, wie man nämlich eine **junge, wohlwollende, bereitwillige Frau** wegen eines flausigen Scherzes hinausschmeißen kann, wie kann jemand

so tölpelhaft sein, das ging ihm nicht in den Kopf, und später, als er mit Halassi darüber zu reden begann, der während der Männergeschichte allmählich verstummt war, so daß man eine heftige Reaktion von ihm erwarten mußte, herrschte der ihn derb an, so einen billigen Trost könne er überhaupt nicht brauchen, was müsse man ihn noch weiter beschämen, er, Halassi, wisse sehr wohl, von wem da die Rede sei, von seinem Vater nämlich, und er sei mit seiner Pflicht im reinen, er wisse, er kenne seine Pflichten, er müsse sich schämen, sich auch anstelle des eigenen Vaters schämen, der ein unglückliches Geschöpf so grob beleidigt hatte, ein unglückliches Geschöpf, das war für ihn, K., der Tropfen auf den heißen Stein, er packte Halassi, packte den durch den plötzlichen Angriff verblüfften Freund an den Hüften, hob ihn etwas in die Höhe, aber als er Halassis bestürztes Gesicht sah, ließ er ihn keuchend, lachend und vor Anstrengung schnaubend wieder fallen, die Hände hatte er noch an dessen Hüften liegen, um ihn seine Kräfte spüren zu lassen, sie
nahe
standen sich sehr nahe gegenüber, ungewohnt verwirrt, durch den Ruck war Halassi in die Wirklichkeit zurückgesackt, in der er seine Körperkraft und Geschicklichkeit besser einsetzen konnte, in diesen beiden Dingen übertraf er ihn, K., und als er herauszufinden versuchte, ob Halassi stärker oder geschickter sei, was gleichzeitig sicher nicht der Fall sein konnte, lag in Halassis kühler Antwort ein aus heutiger Sicht kaum verständlicher Stolz, stärker, geschickter,
Laurel und Hardy
so Halassi, und weil zwischen den beiden Wörtern das **und** immer fehlte, wie man beispielsweise Bartók, Kodály sagt, bekam der Klang seiner Stimme etwas Unanfechtbares, in Wirklichkeit also hatte Halassi ihn zu Boden geschmettert, so daß er ächzen mußte, sein Hals war ihm dabei nach vorn gekippt, wie ein fremder Gegenstand, es wurde ihm sogar schwindlig, das aber reichte Halassi nicht, er kniete sich noch auf seinen Brustkasten und quetschte ihm die Hände, preßte seine Nase zusammen, zeigte einfach seine Macht, und von einer kleinen moralischen Genugtuung abgesehen, half es ihm, K., auch nicht, als er den knochigen großen Rücken Halassis zu treten oder besser gesagt zu stupsen begann, es sah nicht so aus, als hätte er ihm damit ordentliche Schmerzen verpassen können, im Gegenteil, elektrisiert begann nun Halassi, seine
→ Vorgehensweise zu humanisieren, *die Qualen wurden verfeinert*, und um die Rechtmäßigkeit und Notwendigkeit der Lage zu begründen, stellte Halassi seine Argumente dar, skizzierte die phy-

sischen und seelischen Vorteile, die dank seines liebevollen konsequenten Dingsda K. nun zu erwarten hätte, und dabei schlug Halassi, und das war nun wirklich hinterrücks bei diesem Brust-Geknie, immer wieder hinter sich, ins Unbekannte, wo sich allerdings seine, K.s, Lenden befanden, hinterher keuchten sie beide erschöpft, rücklings nebeneinander liegend, *nach dem verlorenen, dunklen Ringkampf flogen die blauschäumenden Wolken über ihre Köpfe hinweg*, so daß sie die Augen schließen mußten, sie lagen symmetrisch nebeneinander, den jeweils außen liegenden Arm in die Höhe gestreckt, den innen liegenden unter dem Kopf des anderen, ihre Körper waren angespannt wie zwei Bögen, mit ihren unbedeckten Achselhöhlen lagen sie unter einer gemeinsamen, starken, süßlichen Schweißglocke, er, K., verfolgte die Schweißschwaden genau, was er auch sonst zu tun pflegt, wählerisch trennte er die Düfte Halassis von den eigenen, aber auch ohne es zu wollen sog er beide aufgeregt ein, den eigenen Geruch verwundert und entschuldigend, weil es ein Stück vom eigenen Körper und sein Eigentum war, den anderen mit der Freude, der Entrüstung und Aufgekratztheit, die bei der Einverleibung eines anderen zu spüren ist, und als sie sich endlich aufrappelten, fühlten sie eine *bleierne* Müdigkeit in den Gliedern, eine Müdigkeit, die ihnen völlig unbekannt war, und bis sie das alles bewältigt hatten, war Hápapas Renommee im alten, falschen Glanz wiederhergestellt, lachend hörte er, Onkel Frédi, die bunten Erzählungen seines Freundes über die Abenteuer der Türöffnerei und schlug sich dabei in seinem listig schaukelnden Korbstuhl auf die Knie, an den Vormittagen danach schaukelte und schwebte er in einer etwas verantwortungslosen Stimmung, als sei ohnehin alles egal, wie die Drahosch, auf ihrer Schiffschaukel!, so er, K., wobei sie vor lauter Eifer mit der Schaukel sich zu überdrehen wagte und das auch konnte, und was meine sie, die Frau, war es Zufall oder ein bewußter Trick, ein schlaues Spiel der Drahosch mit ihrem Rock, das könne er allein nicht entscheiden, in Frauendingen sei er zu wenig bewandert, **er hätte immer sehr gerne eine ältere Schwester gehabt**, mit ihrer Härte wäre Drahosch dafür ungeeignet gewesen, Kászoni schauspielerte ewig, Anna Bordács und Sophie Pintér waren feige, und als er dann die Frau kennengelernt hatte, war er zu spät dran, da wußte er bereits zuviel und zuwenig, das heißt, er kannte die Dinge schon anders, und nun würde er sein ganzes Leben lang bedauern müssen, daß er als jün-

KOSZTOLÁNYI

OTTLIK

die Perusz-Episode

gerer Bruder kein Geflüster in dunklen tiefen Räumen mitbekommen hatte, nichts von den bedeutsamen Blicken während eines Kleider- oder Rezeptetausches, nichts vom kühlen Wortwechsel, in dem die Länge der Unterröcke entschieden wird und in den sich plötzlich heiße, launige Erinnerungen mischen, ein Flehen, ein Geständnis, das bedauert er, und obwohl Drahosch beinahe immer Hosen trug, ihre denkwürdigen abgewetzten Jeans!, änderte sich die Angelegenheit bei der Schaukel, da gab es einen Rock, da flatterte ein Rock!, der am obersten Punkt der Flugbahn, wenn wir den Oberkörper des Mädchens als Klöppel nehmen, als umgekehrte Glocke herabstürzte, und als Drahosch siegreich errötend von ihrem himmlischen Weg zurückgekehrt war, war der Rock immer noch unordentlich um sie gewickelt, wie eine Fahne oder wie ein Vorhang, der sich mitten im Flattern verheddert hatte, der Rock fiel zurück und fiel doch nicht, Drahosch hatte es überhaupt nicht eilig, etwas zurechtzuzupfen, nicht einmal nebenbei, sie erwartete die ihr entgegengestreckten hilfreichen Hände des Schaukelbesitzers, der Schaukelbesitzer war ein achtundzwanzig- bis dreißigjähriger harter Mann mit Bierbauch, der Perusz, Korom verehrte ihn, weil er in jungen Jahren angeblich bei einem der großen Fußballvereine gespielt hatte, viele fürchteten sich vor ihm, denn ihm gefiel es, den Leuten einen Schrecken einzujagen, Dummköpfe, so die Drahosch, die sich, **diese Abschweifung ist nötig,** in Rauch aufgelöst hatte, *denn könnte etwa, theoretisch, die Schwäche nicht ebenso gefährlich sein wie die Stärke, aber diese Leute haben bei der geringsten Drohung schon Angst, so daß ihnen der kalte Schweiß ausbricht, und ein Chefarzt der Heißlufttherapie hatte schon genug, als er ihm zur Belustigung seine Unterarmmuskulatur präsentierte und dabei sagte, er könne da ruhig sein Skalpell oder sein Taschenmesser hineinstechen, es werde abrutschen, stimmt's?*, Perusz konnte unglaublich schwitzen, wie ein Pferd, sein grau ausgebleichtes blaues Trikot war mit interessanten dunklen Flecken von Schweiß durchsetzt, und zwar in Kreisen, Halbkreisen, Kreisfragmenten, Kreissektoren, Kreissegmenten **etc.**, sie hatten ihn oft ausgelacht, hinter seinem Rücken, denn sie hatten, wahrscheinlich zu Recht, beschlossen, daß er in die Drahosch verliebt sei, die ihrerseits, unerwartet zahm, nicht bereit war, sich über ihren ungebetenen Kavalier zu amüsieren, opwohl sie sonst über jede Gefühlsduselei sofort herfiel, einmal aber, es war schon recht spät, hatte der stumme Verehrer Drahosch

die *Intarsie* nämlich braucht soviel Abschweifung, »Rauch«, auf ungar. »füst« (MILAN FÜST: DIE GESCHICHTE MEINER FRAU) mit seinem großen verschwitzten Körper umarmt, *deinen bitteren Körper binde ich mir als Büßerhemd um*, rief er, nein, das vielleicht nicht, jedenfalls aber schlug und kratzte die Drahosch mit ungeheurer Kraft und Leidenschaft um sich, sie hatte Angst, Perusz ließ sie verblüfft los, und feuerrot im Gesicht warf er dem Mädchen an den Kopf, sie sei eine Jungfrauenhure und solle abhauen, eine Jungfrauenhure, schrie er, eine Jungfrauenhure, die man verjagen sollte, und er hätte sie verjagen wollen, aber Drahosch war schneller, dann kehrte wieder Ordnung ein, opwohl Drahosch neuerdings mit keinem Tratsch mehr diente, mit Erklärungen auch nicht, immer mehr Dinge bleiben unbesprochen, so Korom, und das will nichts Gutes heißen, das bedeutet nichts Gutes, von Perusz war wieder wochenlang kein Wort zu vernehmen, weiterhin hob er das leichtgewichtige Mädchen mit seinen großen behaarten Pranken hoch, hatte sie anmutig beinahe schon in den Pranken, während er den Blick verstört zu Boden senkte, und Drahosch schien sich um den Bären-Ritter nicht zu kümmern, den schützenden Arm berührte sie gerade nur leicht, und als ginge es um eine Fortsetzung der schwungvollen, herrlichen Schaukeldrehung, sprang sie zu Boden, danke, Perusz, rief sie ihm über die Schulter zu, und Perusz antwortete dankbar, aber ohne zu lächeln, mit einem ernsthaften Nicken, in dem doch auch ziemlich viel an Kraft, Drohung und ergebenem Selbstwertgefühl lag, was ist los, ihr Muffel, so Drahosch, indem sie sich ihnen zuwandte und bereits durch den Korridor schritt, der sich zwischen ihnen und in ihnen selbst geöffnet hatte, ihr Muffel, habt ihr noch nie den weißen Mann gesehen?, und sie, die Jungs, wie waschechte Schafe, zogen langsam ihr hinterher, und erst da, nach einigen stolzen, energischen Schritten, kam ihr Rock wieder in Ordnung, *mit wem sie auch unterwegs sind*, hatte Onkel Frédi einmal gesagt, *sie sollten in aller Ruhe beiseite treten und in aller Ruhe die Kleidung in Ordnung bringen, was nicht in Ordnung ist, ohne jede Hast zurechtzupfen, nichts zerreißen, nichts übereilen, und dabei muß man sich gar nicht erst groß verstecken ... Aleksej Aleksandrovitsch*, so Drahosch scherzhaft, *woher kennen Sie das alles: die rutschenden Strümpfe, die Häkchen, unsere Gefühle, unsere Köpfe?, woher kennen Sie uns so gut – vom Scheitel bis zur Sohle?, und der Mann darauf ernsthaft: daß ich mich auskenne, versteht sich, ich bin ein alter Mann, Sie aber, junge Frau, woher nehmen Sie solche Fragen?*, ihm, K., sei es lieb, ihr, der Frau, erzählen

Kosztolányi

Jungfrauenhure

Marina Cvetajeva: Sonjetschkas Roman

zu können, daß sich ihm diese blauen, rosanen, lilanen, grünen und anderen berauschenden Farben mehr von den Dreiecken der Drahoschschen Slips eine ganze Weile geradewegs ins Hirn und in die Gefühle eingebrannt hatten, gleichschenklige Dreiecke, so Miska Halassi, das hatte Drahosch gehört, jetzt haben wir's, Mischike, schleuderte ihm das Mädchen hochgemut entgegen, **Mischike, du bist ein Wissenschaftler, kein Spießbürger**, jetzt haben wir's, endlich mußte auch Hápapa lachen, er nickte mit einer riesigen Geste, ja, ja, ja, er, Onkel Frédi, schlug sich befreit auf die schaukelnden Knie, ehrlich gesagt hatte er sich um Hápapa schon Sorgen gemacht, der hatte die Geschichten so ernsthaft vorgetragen, mit un-

Kosztolányi

bewegter Mine, *in seinen Zügen saß ein ernsthafter Frost*, und die Sorgen, so Onkel Frédi, hatten sich hundertprozentig als berechtigt erwiesen, da sein prächtiger Freund immer nur kurz gelacht hatte, er lachte kurz, seine Wimpern zitterten, das sollten die Jungs mal beobachten, und auch, daß solche Beobachtungen Generationen und überhaupt Menschen einander näherbringen, im Grunde lache Hápapa auch heute nur mit den Wimpern, obwohl diese einst lebensreiche Hecke dünn geworden sei, die paar längeren Haare, die noch von der alten Herrlichkeit künden, seien seiner Meinung nach eher lächerlich, ohnehin hoffe er, daß sie an diesem offenen und, wie er hoffe, eher ungewohnten als frivolen Ton nicht Anstoß nähmen, doch einerseits sollten sie nicht vergessen, daß Hápapa für ihn ein Freund sei, sein bester Freund, nicht zufällig würden sie sich jeden Freitag treffen, man denke nur, dreißig Jahre lang jeden Freitag, das sollten sich die Jungs merken, ist keine Kleinigkeit, einmal in der Woche haben sie immer gemeinsam zu Mittag gegessen, trafen sich Punkt drei Uhr, der Kellner nannte sie beide die Herren Professoren, sorgte für grätenlose Fische, und als Vorspeise hatte er für sie Krautflecken zurücklegen lassen, einen Freitag zahlte Hápapa, den nächsten Onkel Frédi, und nach dem Mittagessen beschäftigten sie sich mit Astrologie, dreißig Jahre lang, so eine Angelegenheit sitzt recht tief, das sollten sie sich ausmalen, beinahe wie eine Ehe ist das, eine Unternehmung, die das gesamte Dasein verbindet, womit er sicherlich nichts gegen die liebste Terike sagen

Kosztolányi

möchte, die eine gesegnete, opferbereite Seele sei, *heilig fahl ist ihr Leben*, Halassi könne wirklich stolz sein, eine solche Mutter zu haben, und er sei überzeugt, auch damit keine versteckte Anti-Terike-Bemerkung vorzubringen, wenn er behaupte, und das behaupte er, daß eine so gleichmäßige, Jahrzehnte währende Freundschaft einer wirklichen Ehe nicht nur gleichkomme, sondern sie übertreffe, weil Ehen sehr praktisch organisiert sind, wodurch die Sehnsucht der Männer, die nach Abstraktion strebt, angekettet wird, zwei Männer können einander nie eine solche Last, ein solches Gewicht und Beschwernis bedeuten, wie man es bei Ehepaaren beobachten kann, sie alle hörten dem Mann kleinlaut zu, verstanden kaum, was er sagte, und wenn sie zwischendurch meinten, ein Stück weit mitzukommen, ging es durch irgendein Wort, das sie verlegen machte, in einem neuen Bogen weiter, sie mieden die Blicke der anderen, jeder den Blick von jedem, und ob denn beispielsweise, so Onkel Frédi, Halassi über seinen besten Freund, das heißt also über ihn, K., anders reden würde, vielleicht weniger offen oder verhohlener, da packte ihn, K., Halassi gegenüber eine Wut, weil er, nur weil er sein Freund war, so ausgeliefert dastand, vor einem alten Arsch, denn das war nun plötzlich Onkel Frédi, später, so Halassi, habe er auch so empfunden, auch er war wütend auf ihn, K., er, Onkel Frédi, meine nicht, daß man in solchen Situationen zimperlich mit den Wörtern umgehen sollte und sie groß suchen müßte, wo sie doch gar nicht so befremdlich sind, die großen Abwägereien gehören nur zu den mittelmäßig wichtigen Beziehungen, in diesen Dingen kenne er kein Aber, im Herzen sei er nämlich jung geblieben, und das treffe auch auf Hápapa zu, auch er sei es geblieben, das sollten sie, die Jungs, hoch bewerten, selbst wenn eine weitere Begründung, das Andererseits dieser offenherzigen Rede, ebenfalls hierhergehört, denn wirklich habe er den Eindruck, es würde nicht schaden, das Götzenbild Hápapas ein wenig zu demolieren, die selbsterrichtete Statue, der die großartige Terike täglich Opfer bringt, und auch Halassi schadet es wahrscheinlich nicht, manchmal das Rauchfaß zu schwenken, bitte keine Mißverständnisse, das hat auch etwas Beruhigendes, aber nicht darüber wolle er reden, und sicher auch nicht darüber, daß Hápapa einen Ranzen angesetzt habe, wobei er, Onkel Frédi, schlank geblieben sei, schließlich hänge das von der Veranlagung ab, wenn auch nicht nur, eine Verantwortung könne man nicht ganz zurückweisen, er selbst beginne den Tag mit Jogging, das sei ein außerordentliches Erlebnis, das müßten die Jungs glauben, die Sonne windet sich über der rauchigen Stadt wie ein früher Gast, der gehemmt durch Schlüssellöcher linst, durch Vorhangspalten, überall, wo er sich nicht schämt, und offenbar ist er nicht sehr verschämt, der Mensch gewöhnt sich an das selbstauferlegte harte Tempo, der Körper stellt sich auf die neue Aufgabe ein, die gesamte Gegend dröhnt, als würde die Erde mit jedem Schritt gesprengt, sobald man aber den lauen Wind am feuchten Nacken spürt, hat sich die Welt auf schönste Weise geglättet, so Onkel Frédi, die Zuckungen, die die Schritte hervorrufen, hören auf, langsam bricht auch die Sonne durch, das ist die Zeit, wo ihm die brauchbarsten Gedanken kommen, die **hundertprozentigen** Gedanken, die er, zu Hause angelangt, nachdem er Pulsschlag, Entfernung, Zeit und sein körperliches Befinden in einem Heft notiert hat, sofort aufschreibt, grad so, wie er angekommen ist, verschwitzt, noch im Trainingsanzug und in den Turnschuhen mit dem scharfen und abgestandenen Gummigeruch, oft tropfen ihm Schweißperlen von der Stirn auf das Papier herab, er duscht sich erst hinterher unter kräftigem Wasserstrahl, heiß, kalt, heiß, kalt, und wichtig ist dabei: das rasche Wasserhahn-Ergreifen, dabei kann es einem ganz schwindlig werden, der starke Wasserstrahl ist auch aus hygienischen Gesichtspunkten nicht nur beiläufig interessant, darauf müßten sie, die Jungs, auch achten, das täten sie sicher, es ist ungeheuer wichtig,

das Werkzeug: her mit einem schönen Phallus der Antike!

das Werkzeug in Ordnung zu halten, Halassi lachte leicht, nein, darüber sollten sie nicht lachen, wie man sich die Füße wäscht, ohne darüber zu lachen, macht man das auch mit der Flöte, darüber sollte man also auch nicht lachen, für sie waren gerade diese rücksichtsvoll gemeinten Verniedlichungen unerträglich, er, K., war nahe dran, sich zu übergeben, noch heute kann er solche Verniedlichungen nicht ertragen, **hat das sogar ihr, der Frau, verboten**, und sobald er ein solches Wort hört, Würstchen, Pfeife, Lümmel, Bubi, Brock-

etc.

stein, Naseweis, Ritter Johannes, Hannes, Bengel, Piephahn, Page, glatzköpfiger Oberleutnant, *Meister*, Knüppel, Joker, Clown, der kleine Mann, dicker Knilch, Freude schon vorher, wir liefern den Bohrer, Gurke, alter Schuster, dann spricht er für sich den mit Namen zu Nennenden laut beim Namen aus, um die Wörter, die er nicht ertragen kann, zu verscheuchen, eine besondere Aufmerksamkeit erfordern die unter den Lenden liegenden Beugen, die leicht einmal wund sein können, sie beginnen zu jucken, sind zugleich feucht, oder die Haut wird spröd, die hingebungsvollste Pflege verdient naturgemäß das Hauptglied, jeden gesegneten Tag muß man es strengstens waschen, da habe er, Onkel Frédi, nie einen Spaß gekannt, weder früher noch heute, wie die Zeiten auch gewesen seien, Arbeitslosigkeit, Garküchen, Front, Besetzung, Wiederaufbau, Hoffnung, Revolution, Fleisch, Hoffnung, Hoffnungslosigkeit, Fleisch **etc.**, und das müßten sie mal beachten, Regierungen gehen, Regierungen kommen, die Aufgaben bleiben eindeutig, man muß die Vorhaut vorsichtig zurückziehen, wie verhext hörten sie dem Mann zu, wollten zwar gehen, blieben aber, die Vorhaut zurückzuziehen lohnt sich auch sonst, sozusagen zum Lüften, sicher hätte sie der aus den Lenden steigende Geruch auch schon getroffen, den kann man getrost Gestank nennen, opwohl er, Onkel Frédi, mit dem Wort vorsichtig umgehen würde, denn stinkt der Camembert oder stinken beispielsweise manche aufdringlichen nordischen Fischsorten, aber gut, reden wir vom Gestank, dann versteht man gleich auch die nachsichtige Selbstliebe, die man auf diesem Gebiet erfährt, nichtsdestotrotz dürfen solche Dinge nicht zu **sog. Perversionen** führen, Freuden haben ihre natürlichen Wege, die Jungs brauchten keine Angst zu haben, diese Wege haben genügend Ecken und Windungen, so daß jeder das zu ihm Passende findet, von diesen Dingen müssen gescheite, aufgeklärte Menschen ohne jede Scheu sprechen können, er, Onkel Frédi, hält es für durchaus möglich, daß sie, die Jungs, bei diesen Angelegenheiten so ihre Sorgen haben, sie brauchten jetzt nicht zu antworten, auch nicht im Zusammenhang mit dem Vorangehenden, was im übrigen auch die Muskulatur stärkt, er denke jetzt nicht an die Armmuskulatur, sie schützt vor Verkümmerungen, auch das ist eine Art Joggingbewegung, sie brauchten weder zuzustimmen noch abzulehnen, es gibt auch die Scham auf dieser Welt, besonders in ihrem Alter, und da hier von beinahe schon ausgereiften, erwachsenen Männern die Rede ist, ist diese Scheu erst recht lieb und entwaffnend, selbstverständlich stehe er jederzeit gerne zu ihrer Verfügung **etc.**, so Onkel Frédi, für jede Kleinigkeit **etc.**, so Onkel Frédi, nein, um nichts in der Welt brauchten sie sich jetzt gleich zu entscheiden, er faselte und faselte **etc.**, er wisse auch, daß er es mit ihnen leichter habe als Hápapa, er könne mit ihnen ohne Risiko wie mit Erwachsenen reden, seine Verantwortung sei beachtlich kleiner, das sollten sie nicht vergessen, das heißt, die möglicherweise gute Verständigung sollten sie nicht ihm zugute schreiben, doch sollten sie beobachten, wie interessant und natürlich es sei, daß er mit einer Verantwortungslosigkeit die Ziele erreiche, die sich das Verantwortungsgefühl zum Ziel gesteckt hatte, und das scheint eine allgemeine Erfahrung

lustige Jahreszahlen

zu sein, dieses Erlangen durch Verzichten, oder auf anderen Gebieten wäre es das Bewahren seiner selbst durch eine völlige Hingabe, wenn sie verstünden, was er meine, aber ob ja oder nein, im Grunde gehe es immer darum, um Bindung und Unabhängigkeit, um etwas
BABITS Geringes und Monumentales, *sei treu und frei*, und um wieder zum Boden zurückzukehren, zur Welt, in das Diesseits, meine er, daß die Verantwortung Hápapa bedrücke, Hápapa fühle die Last der Verantwortung, deshalb sei er zeremoniell, steif und streng, und so ist der freie Ton, den er, Onkel Frédi, gebrauche, unbedingt nützlich und zweckmäßig und nicht zuletzt unumgänglich, er wisse, daß sie Hápapa Hápapa nennen, und seiner Meinung nach würde es Hápapa einen richtigen Kick geben, würde er diesen Kosenamen erfahren, wie er seinerseits, da schon von solchen Namen die Rede ist, auch wisse, wie sie ihn nennen, Pullermann Obermann nannte man ihn, aber das würde er jetzt nicht laut aussprechen, mit Verlaub, lieber würde er zum Schaukelstuhl zurückkehren, jetzt war der Mann nicht mehr in Verlegenheit, eher war er ein bißchen müde, traurig, schuldbewußt, alltäglich, zum Schaukelstuhl zurückkehren, wo er also so selbstvergessen und beklommen schaukelte, ihm gegenüber der lachende Hápapa, der ihn allerdings plötzlich anstarrte, und das mit einer Kraft und einer Intensität, daß das pendelnde, schaukelnde Viechlein, so Onkel Frédi, schier versteinerte, und sein lieber Hápapa herrschte ihn an, er solle mit dem blöden Gekicher aufhören, noch heute habe er diesen Satz in den Ohren, würdest du bitte mit diesem bornierten Geschwätz endlich aufhören, und ihm, K., ist auch schon aufgefallen, mit welch unglaublicher Intensität selbst unbedeutende Sätze hängenbleiben, und wenn ihm das einfällt, denkt er, wie an eine Mustersammlung, an das Rundfunkgerät mit den Weltsendern, groß wie ein Schrank, ein ungeheures Radiogerät, seine grünen Zauberaugen zwinkern arglistig, BEROMÜNSTER ist da zu lesen, Männer stehen um das Gerät herum, dicker Tabakgeruch, und in der Totenstille spricht
1956 jemand etwas im Rundfunk, *liebe Zuhörer, das waren die Nachrichten, nun hören Sie Kammermusik*, das Gerät knistert laut, als einer der Männer bitter aufstöhnt, achach, achach, achach, Hápapas Satz war wie eine Ohrfeige, aber Hápapa und er haben ihn, vielleicht gerade deswegen, nie erwähnt, Schwamm oder Schleier darüber, wie man im Ungarischen zu sagen pflegt, nur sollen die Jungs nicht meinen, daß da etwas verwischt werden, unter den Teppich

gekehrt werden sollte, und um das zu erklären, müsse er, so Onkel Frédi, sich leider auf etwas beziehen, was erst im Laufe der Jahre ins richtige Licht gerückt werden könnte, und das sei jetzt keine hochnäsige **Erwachsenenpredigt**, er meine keinen Augenblick, mehr als sie zu wissen, und schon gar nicht, klüger zu sein, im Gegenteil, er meine sogar, daß sie sehr gescheit seien, und er wage sogar zu sagen, wenn er damit Freude bereiten könne, daß sie klüger seien als er oder Hápapa, natürlich hatte er damit Freude bereitet, sie fühlten sich etwa wie Korom, als ihm sein Vater gesagt hatte, und er war damals zwölf, daß er mehr vom Ball verstehe als der Vater je verstanden habe, Korom leuchtete tagelang, da kommt Korom anstolziert, sagten die anderen unter sich, eine Weile dachte er, K., oft an dieses Kompliment Onkel Frédis, er versuchte daraus Kraft zu schöpfen, damals nämlich hatte er gerade das Gefühl, nicht klug genug zu sein, klug schon, aber nicht glanzvoll, und die glanzvolle Klugheit wollte er nicht, um sozusagen zu glänzen, sondern um die Dinge erledigen zu können, diese schummrigen Dinge mit ihren unbestimmten Umrissen, von denen seither auch nicht viel mehr bekannt ist als: es gibt sie, abends betete er zum Schluß immer: **und gib mir, lieber Gott, ein wenig glänzenden Verstand**, damals erreichte seine Eifersucht oder einfach der Neid Csáth gegenüber einen Höhepunkt, Csáth tat so gut wie nie etwas, er tauchte nur einfach auf, Csáths Hauptattraktion lag in diesem Auftauchen, er tauchte auf, wild oder grausam, schön, hochmütig, zerschlagen, und immer so, als wüßte er etwas, als sei er es, der etwas wußte, auf alle Fälle so wie ein gefallener Engel, der über uns steht und über unsere vergeblichen, gewissermaßen lächerlichen ehrenwerten Anstrengungen herablassend lächelt, wie Kerouac, wenn es um Csáth ging, hatte er, K., gleich immer im Kopf: **Fürst Kerouac**, er geht den Weg entlang, ab und zu bleibt er wie zufällig vor einem wuchtigen Steinhaus stehen, der Dame des Hauses, die sich sonst mit Erdnußanbau und -verkauf beschäftigt, verdreht er den Kopf und macht sie sich gefügig, ißt in der Speisekammer den Vorrat an Apfelmus auf, und auf die Rückseite der Briefe, die er aus fremden Briefkästen stiehlt, schreibt er, und er dachte immer mit diesem Wort an die Handlung, verflucht gute Gedichte, so ein Auftauchen ist interessant, und an Korom wurde ja vieles von Csáth vererbschaftlich, nur hatte er, Korom, sich immer noch einen Rest von der ursprünglichen Liebenswürdigkeit erhalten, die mal Ungläubig-

Amen

keit, mal Üppigkeit bedeutete, so war es auch, als *er*, K., *neulich die*
KOSZTOLÁNYI *kristallklare Nacht betrachtete, er ging in seinem Zimmer auf und ab, nur im Hemd, um ihn herum das Familiennest* oder auch nicht, denn sie schliefen schon, er war lange wach, konnte schwer einschlafen, *wütend warf er sich im Bett herum*, der Schlaf wollte nicht kommen, darum war er besonders gereizt, als er hochfuhr, weil sie, die Frau, ihm zwar schläfrig, aber wach vor Schrecken, sicher schon zum wiederholten Mal zurief, Liebling, es hat geläutet, schau nach, jemand hat geläutet, Liebling, wer ist das nur, man hat geläutet, die Zeiger des feinen kleinen Weckers phosphoreszierten grün in der
KOSZTOLÁNYI Dunkelheit, *oh, die garstigen Katzenaugen*, es ist halb drei, stellte er fest, und was die Frau auch behaupten möge, so er, das sei ein Hirngespinst, im übrigen wisse man ja, wie schwer es sei, ihn in eine Situation einzubeziehen, wie leicht er über Dinge, die sonst jeder sieht, sagen könne: das gibt es nicht, sie, die Frau, solle sich an die Geschichte erinnern, wie kürzlich die aufdringliche Töpferin, die unbedingt ins zwanzigste Jahrhundert gehören wollte, eine, die durch nichts und niemanden zu binden war, da wäre übrigens die Freiheit von und die Freiheit für etwas, und ihre Freiheit wollte sie beweisen, indem sie sich im Beisein von ihr, der Frau, ihm, K., angeboten hatte, das hätte auch peinlich sein können, wie es peinlich ist, wenn jemand in der Nase bohrt, es hätte auch skandalös sein können, die Frau hätte ihr durchaus die Augen auskratzen können, sie ist ein impulsiver Mensch, aber nichts von alldem, die Situation wurde durch seine, K.s, Antwort unwirklich, bitte, meine Liebe,
→ so er, was wollen Sie, mich gibt es nicht wirklich, und daß er das, als Triumph der Treue, jetzt nicht siegreich erwähnen möchte **etc.**, versteht sich vielleicht von selbst, die Töpferin konnte den ganzen Abend nur noch kichern, ich wäre ungern dein Verführer, hatte einst Csáth gesagt, jedenfalls hätte er, K., beinahe begonnen, in jenem idiotischen, eingebildeten Ton, den nur Ehemänner hinbekommen, die Frau zu belehren, als es nun läutete, **und jetzt wirklich**, er krauchte aus dem Bett, und während er die Hausschuhe suchte, bat er sie, die Frau, so eilig und flott um Entschuldigung, daß er, das stimmt doch, stimmt doch, damit die Geste gleich auch vernichtete, auflöste, und das mag er, K., in konkreten Fällen nie anerkennen, vor dem Haus saß auf einer betonierten Bank Korom, heiter ließ er den Kopf hängen, wie man leicht sehen könne, so Korom, habe er sich betrunken, sei angesäuselt wie ein albanischer Esel, er hoffe,

dadurch keine außenpolitischen Komplikationen zu verursachen, Grund und Sinn der Sache sei, daß ihm die Stimmung verfault war, überdies wüßte er nicht, wo er schlafen könne, mein lieber Scholli, im übrigen sei seine Stimmung deshalb verfault, weil er nicht wisse, wo er schlafen könne, denn welch eine nutzlose Welt ist das, wo er, Korom, in allertiefster Nacht um eine Bleibe flehen müsse, das aber solle er, K., auch nicht erwarten, er werde nicht flehen, er flehe nicht, K. müsse ihn über die Welt nicht belehren, er, Korom, wisse da mindestens genausogut Bescheid, und sollte K. sagen, *wie nichtig der entschwirrende Lärm in der Welt sei, daß eine zerplatzende Seifenblase mächtiger und farbiger sei als der Untergang eines flüchtigen Menschenlebens!*, dann werde er seinerseits *wieder und wieder für die Schönheit, die Freude, die Schmerzen, das Fieber und die Stille des Lebens votieren, für das große Erlebnis, wenn das Leben fließt, strömt und nicht zu unterbrechen ist*, selbst dann, wenn gerade keine Frau mit warmem Schoß zu finden sei, in dem man das schwere Haupt betten könnte, er hoffe, ihm, K., sei es klar, daß er ihn und sein beispielhaft fleißiges Leben nur in der Not störe, Herrgott, nein, er brauche sich nicht zu verteidigen, solle keine Verteidigungen suchen, das sei nicht notwendig, *bei einem guten Schriftsteller wird man nicht nur die eigenen Gedanken, sondern auch die seiner Freunde antreffen*, und er, Korom sei doch sein, K.s, Freund oder was zum Donner, er, K., sei nicht leicht zu überraschen, und er meine, das sei eine gute Eigenschaft, er, K., nickte also zu der Arie und trieb den bleichen Korom akkurat ins Haus hinein, der mit flatternden Blicken umherspähte, große Szene, er, K., im Schlafanzug, stützte Korom, als wäre er ein wohltätiger Pflock, und aus Korom strömte nur so der säuerliche Weingeruch, sein Gesicht war schon von den morgendlichen Bartstoppeln durchlöchert, und er sprach in einem fort, er, Korom, würde also K. noch einige indiskrete Fragen stellen, tschitt, tschitt, so K., bitte weiter, das meinte er vorhin mit akkurat, ob *uns*, so Korom, *das Fußvolk der Künste, das Heer der Romanschriftsteller durch alle Schlösser und Kirchen hinweg zum Palast der Dirnen bringen wird, wo die wirklichen Geheimnisse aufbewahrt sind?, er, K., müsse das verstehen!, sie seien die letzten Entschlossenen, und einer von ihnen, ein heimatloser Füsilier, muß dort ankommen, sonst wird die Zukunft stinken wie die tödliche Ausdünstung jener Leute, die sich unsere Zeit während der riesigen kollektiven Feigheit, die auf den*

Kosztolányi

Szauder

Nietzsche

N. Mailer

Zweiten Weltkrieg folgte, erschlichen haben, inzwischen war die Frau wieder eingeschlafen, hatte sich in einer Ecke des riesigen, gemeinsamen Bettes eingerollt, mitten im Zimmer, bis dorthin ragte das Bett hinein, Korom hatte sich von ihm losgemacht, mit gespreizten Beinen versuchte er, im Gleichgewicht stehenzubleiben, er, K., sollte jetzt zur Kenntnis nehmen, daß er erstens ausschließlich, bitte, ausschließlich nackt schlafen könne, zweitens sollten sie nicht damit rechnen, daß er sich aus einem heimlichen oder eingestandenen Schuldbewußtsein heraus oder der guten Erziehung wegen auf den Boden legen würde, und sie sollten sich aus dem Kopf schlagen, daß er ein Feldbett oder irgendein Campingbett akzeptieren würde, obwohl er in K.s Augen sehen könne, daß dieser dessen Vorteile gerne ausmalen würde, die Federung, die Unabhängigkeit, damit brauchten sie nicht zu rechnen, dann gehe er lieber in die dunkle samtige Nacht zurück, in Wirklichkeit gehöre ihm ohnehin nur sie, und während er redete, warf er sich die Kleider vom Leib, nackt stand er vor dem Bett, sein schöner Körper leuchtete wie der Mond, erschüttert betrachtete er, K., diese leuchtende halbe Scheibe und hatte das Gefühl, es sei nur dieser Körper, den es gibt, den es gibt und der allein ist, Korom schwankte los, als hätte er einen Schlag abbekommen, schwerfällig blickte er zum

TANDORI

Wecker hinüber, *schon halb drei, wie schnell ein Jahr vorbeigeht*, sagte er, erst da schaltete er, K., sprang schnell zum Bett und rollte die verschlafene Frau etwas weiter, ob sie sich daran erinnern mag oder nicht, und im selben Augenblick fiel Korom herrlich betrunken wie ein gefällter Baum ins Bett, auf den noch nicht ausgekühlten Platz der Frau, knallte mit dem Gesicht ins Kissen, stöhnte herzzerreißend, ächzte, sog die Luft durch das Kissen ein, das Kissen sackte dabei beinahe völlig zusammen, dann drehte er sich plötzlich auf den Rücken, streckte sich wie ein Tiger, *mein Gott, mein*

was für ein guter Puschigeruch

Gott, rief er, was für ein guter Puschigeruch, seine Schultern, schmal wie die einer Frau, ragten in die Dunkelheit, die glatten Haare fielen ihm ins Gesicht, hernach war es schön, miteinander zu frühstücken, als wäre das die natürlichste Sache der Welt, und damit war sie das, er, Onkel Frédi, wolle keine **Altersvorteile** in Anspruch nehmen und empfehle lieber den symbolischen Handschlag, die Integration, denn Tatsache sei, daß er, das sei Tatsache, länger gelebt habe beziehungsweise schon länger lebe als sie, die Jungs, und mit dieser schlauen, gewichtigen Sprechweise möchte er keineswegs

zum Fenster wieder hereinschmuggeln, was er so breit zur Tür hinausbefördert hatte, nur wäre es dumm, verheimlichen zu wollen, daß er einen Blick für Dinge habe, die sie nicht hätten, was auch umgekehrt zutreffe, darauf beziehe sich die Integration, und mit seinen greisen Augen sehe er unbedingt, daß man vergessen müsse, necesse est, denn was das Navigieren betrifft!, na, egal, er wolle den Jungs nicht die Laune verderben, er höre damit auf und habe auch nichts dagegen, daß sie das alles empörend finden, nur möchte er schon daran erinnern, daß der Ausdruck »Schleier darüber« gar nicht so hinterlistig und bequem sei, sondern eher genau und sehr menschlich, denn er lügt ja nicht, die Schande, auf die sich der Schleier legt, ist ja da, und das kann ja jeder erkennen, zumindest an dem Schleier selbst, und da könne man natürlich sagen, daß man die Augen nicht schützen müsse, wenn man mit ihnen nur den Schleier sieht, und darauf habe er keine Antwort, was sicher auch sie, die Jungs, nicht freut, *wenn du willst, werde ich noch ehrlicher sein, hatte ihm ein hitziger Kollege bei einem Lehrgang gesagt, und schon damals habe er geantwortet, das sei nicht notwendig, wir sollten nicht gar so ehrlich miteinander sein, und der Ansicht sei er heut noch, denn was soll das?, wo sie doch beide mit den Wahrheiten des anderen nichts anfangen können, jeder bleibt dabei, die eigene Wahrheit zu verlautbaren, und so schreiten sie parallel in Richtung Nichts voran, was noch nicht das Schlimmste ist, denn zwischendurch fällt auch leicht mal ein Wort ..., und es gibt verhängnisvolle Wörter, das wissen wir, und die müssen nicht einmal die Wahrheit treffen oder nur zum Teil, denn während einem zum Mund hinausfährt, daß er sie nicht liebe oder dergleichen, daß er nicht mit ihr leben könne – hat sich alles entschieden, denn kann man das tags darauf zurückziehen?, das heißt, das Leben hängt von den Formen* ←
ab, ich hasse sie – das hat auch seine Wahrheit, aber wenn jemand die ***rauchigen*** *Nächte als Lehre begreift, ist er einen Schritt weiter,* Intarsie
und dann lohnt es sich, vorsichtig zu sein, und überhaupt, wer paßt schon vollkommen zueinander, wer würde ihm, Onkel Frédi, *so verrückte Leute schon zeigen können?, immer und überall auf der Welt muß der Mensch viel aushalten*, das ist die Wahrheit, würdest du bitte mit diesem bornierten Geschwätz aufhören, so Hápapa, woran man sehen kann, daß auch sie einmal jung gewesen waren, auch wenn man das am kumpelhaften, gemütlich bechernden Benehmen, das er, Onkel Frédi, grad vorführt, nicht sehen mag, ganz

zu schweigen von der Verkrampftheit, wie er hier an ihnen hängt, Hápapas Aufregung verstand er nicht, vielleicht weil Hápapa seinen Atheismus und seine Ungläubigkeit für eine persönliche Bosheit hielt, es gibt keinen so und so gearteten Glauben, es gibt einen

RATZINGER?

Glauben und einen Nichtglauben, bei ihnen, den Jungs, war es eher umgekehrt, Dániel hielt Halassis Glauben für etwas wie von hinten durch die Brust, für eine **papistische Arglist**, Hápapa hatte ihn, Onkel Frédi, aufgefordert, der Frau nachzulaufen, sie nach Hause zu begleiten, sie zu beruhigen, stolpernd ging er, wußte nicht, wo ihm der Kopf stand, und da erwartete ihn eine neue Überraschung, die Frau selbst, beinahe hätte er sie umgestoßen, vor Erstaunen schrie sie beinahe los, seit Hápapa ihr die Tür vor der Nase zugeschlagen hatte, stand sie dort und starrte staunend aufs Namensschild, Mihály Halassi, Halassi schüttelte es, als er den eigenen Namen hörte, einmal hatte er gesagt, wie schwer er sich daran gewöhne, daß außer ihm noch jemand so heiße wie er und daß dieser Jemand ausgerechnet sein Vater sei, das nehme er, so Halassi, seinem Vater etwas übel, er hakte sich bei der Frau ein, die sich wie eine Mondsüchtige abschleppen ließ, nur sollte er jetzt lieber nicht weitererzählen, denn zwar seien sie Erwachsene, aber vielleicht doch nicht in dem Maße, um den Unterschied ertragen zu können, der zwischen dem Anfang und dem Schluß der Geschichte liegt, sie war

Schwester!
KOSZTOLÁNYI

Krankenschwester, *an ihrer Brust hing ein großes Kreuz aus Elfenbein*, das Krankenhaus hatte für sie ein dunkles möbliertes Zimmer gemietet, mit geschwinden Küchenschaben, wie eine leblose **Holzpuppe** und also schwer, also lustlos, blasiert und verschämt trieb er sie voran, sie sprachen nur über Hápapa, manchmal brummte er, ja, ja, Hápapa, ein tüchtiger Junge, ja, sein bester Freund, sie seien einander die besten Freunde, *daher schwieg er lieber und benahm sich so, daß er nichts sagen mußte, er wollte sie eher beruhigen als aus der Fassung bringen, das Unglück sitzt einem im Nacken, sagen die alten Matrosen auf ihren Schiffen, und wenn mal einer von ihnen verstört ist, packen sie ihn an den Nackenmuskeln, das tat auch er*, so Onkel Frédi, *denn auf eine kranke Seele kann man mit kleinen Kniffen und mit Essenzen, mit der Erfrischung der Muskeln bestens einwirken, die Nackenmuskulatur spielt dabei eine besondere Rolle, die Matrosen haben recht, und natürlich begann sie nun*

DIE GESCHICHTE MEINER FRAU

ein wenig zu weinen, aber sie lächelte auch, und man weiß, wie schön es ist, wenn eine junge Frau durch ihre Tränen lächelt, es ist, als würde Sonnenlicht durch den Regen brechen, sie war also auch glücklich, gerade da, solche Wendungen gibt es manchmal im Leben, als wäre sie in ihrem Leid zu ihm geflohen, so muß man es nehmen, dachte er, zufällig war es gerade Sonntag, auch das war wohltuend: dieses Herumhängen, außerhalb vom Leben, so war es, er hat im Ofen ein schönes Feuer gemacht, dann ging er in die Speisekammer, um etwas zu essen zu holen, sie hatte nämlich um Essen gebeten, und dann aßen sie so im Liegen, als wären sie bei einem Ausflug, nicht einmal das Licht hatten sie angemacht, soll sich doch die Dunkelheit über sie herabsenken, und da begann er wieder zu erzählen, worüber?, über alles, was ihm in den Sinn kam, was jemand so auf Reisen erfährt, und über jenen Durst, der junge Männer umtreibt, ob es nämlich auf dieser Welt das Glück gibt?, das interessiert junge Männer, und was sich in der Tiefe der Hütten mit den Funzellichtern versteckt, sobald der sonnige, traumhafte Lärm sich gelegt hat, wenn an den Wänden das Licht erlischt, und man steht in der tropischen Nacht und möchte wissen, wer diese Lärmenden sind, die heute die Sonne am Himmel verschlingen wollen?, und was dabei in ihren Köpfen vorgeht, wenn sich die Nacht auf sie herabsenkt und der südländische Mond ihnen in die Töpfe scheint?, das waren dunkle Geschichten, *an ihren Lippen bebten die Küsse*, dunkle Geschichten, Onkel Frédi *begleitete die Gäste zur Tür und verneigte sich tief, er, K., blieb noch eine Weile, Onkel Frédi stellte sich ans Fenster und kümmerte sich nicht um ihn, er sah ihn nur im Profil, jeden Augenblick war ihm irgendein Zug aus dem Gesicht gefallen, zunächst das Lächeln, dann die gespannte Aufmerksamkeit, der verirrte, kurzsichtige Blick, die Lippen fielen in sich zusammen, er, K., schwieg und betrachtete die Dunkelheit, die sich über die Straße legte, klopfte mit den Fingern an die Fensterscheibe und rührte sich nicht, Onkel Frédis Veränderungen hatten ihn in Bann geschlagen, und er wartete darauf, daß er etwas sagte, und als wäre das eine riesige Mühe, wandte der sich erst nach einer Weile ihm zu, schnoddrig und müde, du bist noch hier, sagte er ernst und traurig, worauf wartest du, mein Kind?, mit seinem breiten Rücken verdeckte er das Fenster, er wartete noch einen Augenblick, dann ging er bedrückt zur Tür, ging schnell hinaus, im Treppenhaus blieb er stehen, schaute zurück, es folgte ihm niemand, die Stimme Onkel Frédis lag ihm nachts in den Ohren, begleitete ihn selbst im Traum,* **wer auch immer!**, rief er mehrfach aufgebracht, um sich trotzig zu wehren, wer

Kosztolányi

Sándor Márai: Die jungen Rebellen

Intarsie; ungar. »már aki«, Anspielung auf Márai

die Erstürmung des Steinhauses

auch immer! wer auch immer!, die Halassi-Eltern zu verschaukeln war recht leicht, weil er und Halassi im riesigen Soldatenzelt im Garten untergebracht waren, in dieser Leinenhalle von der Größe eines Lagers oder Hangars lag auf dem Boden immer eine dünne Staubschicht, die Bettdecken waren schwer und feucht, doch schließlich wurden sie immer warm, opwohl es gar nicht erst in Frage kam, das riesige Zelt warmzuhauchen, nach dem Abendessen, das sich nach den Fernsehfilmen richtete, verließen sie den Tisch und sagten, daß sie sich zurückziehen wollten, der Vollmond schien, draußen in der leeren Weite war es, als würde eine gelbe Lampe brennen, ein bleiches Licht stach durch die Zeltwand, die Schatten der Gartenbüsche streckten sich über das Gelände, wie ein Hundeheulen, so Halassi, und so gehörte zu ihrem wichtigsten Sorgen und Trachten nicht etwa die Vorsicht, sie mußten nicht mit gekrümmtem Rücken davonschleichen, sich nicht mit angehaltenem Atem davonstehlen, mußten nicht mißmutig vor Lügen oder froh vor Waghalsigkeiten den Helden spielen, sie hatten zuerst das ziellose Vergnügen an den langen Schatten, dann schlitterten sie mit tanzartigen Schritten den Hang schräg hinab, mit den Händen in den Hosentaschen, **aus der Ferne sehen solche Gestalten vielleicht ärgerlich aus, wie sie mit übertrieben leichten Schritten holpern**, und dabei ist der Schritt: wie er ist, nie ein Schritt, der etwas beantworten will, sondern der unabhängig ist, nur von den auserwählten Mitschreitenden abhängig, also nur von sich selbst, daran könnte man schon die schöne, verborgene Kraft bemerken und dürfe sich von der scheinbaren Ruhe nicht täuschen lassen, vom Statischen, von der Ausgeglichenheit, er wage sich, wie gewöhnlich, sogar weiter, denn selbst von einer Gelassenheit, die durch Zufriedenheit entsteht, könne man nicht reden, denn diese Bewegung, und es geht ja um eine Bewegung und nicht um eine Körperhaltung, ist in allen Einzelheiten so, als würde jemand den Kopf in die Höhe werfen, hier wie da geht es einfach um die Anspannung einiger Muskeln und das Lockerlassen anderer, wodurch eine Weite entsteht, in der die Seele, wie man zu sagen pflegt, Schwingen bekommt, doch selbst wenn wir die Worte nicht solchermaßen zu Hilfe ziehen, wird man nun sicher tief und frei atmen können, die Rippen krachen, sie brechen schier, und wenn man die Luft länger als gewohnt anhält, und zwar so, daß man zwischendurch kurz zusätzlich nach Luft schnappt, wodurch einem die Kälte wie eine Klinge in den

Hals schneidet, wird einem in diesem Augenblick innen drin, tief in einem drin nichts einfallen, außer, man hat längst Vorarbeit geleistet, und plötzlich wird einen ein kleines, süßes Schwindelgefühl durchfahren, das dann zusammen mit der zischenden, erhitzten Luftmasse entweicht, aber das geschieht so, und letzten Endes ist es nur das, was man hier sagen wollte, nun schon zum zweiten Mal, daß nämlich kein bißchen Bitterkeit zurückbleibt, dieser Vorgang verändert alle Bewegung, der Gang wird schwankend, wellenartig, schwingend, aber die Wellen gehören nicht zu den Schritten, die könnten wir kürzer ausführen und gestreckter, was zweifellos eine etwas erzwungene Feierlichkeit hervorrufen würde, dennoch bliebe es bei einer Fahrigkeit, das feierliche Wogen entsteht vielleicht eher durch das seitliche Schwenken der Schultern, durch die eingezwängte, mehr oder minder regelmäßige, beschränkte Lage der Arme, vielleicht ist es diese halbstarke Haltung, die das Schreiten in eine andere Zeit versetzt, in einen anderen Rhythmus, und auch das Atmen richtet sich nach diesen Bedingungen, opwohl der kleine, aber dreiste Abhang, das feuchte, glitschige Gras am frühen Abend, der sich schlängelnde Pfad, in den ein Busch oder ein Baum ein wenig störend hineinragt, das alles und die Wichtigkeit, das Gewicht und die Dunkelheit des nächtlichen Abenteuers das Atmen zu einem kleinen, hastigen Keuchen hätten zerhacken können, aber der Atem kam breit, als käme er aus einem erwachsenen Brustkorb, kein Stöhnen, kein Keuchen und Hecheln, sondern ein einfaches, warmes Männeratmen mit Tabakgeruch, BEROMÜNSTER, ruhig und mit dem Tempo, der Sicherheit und dem Zeitmaß, die zu den unabdingbaren Dingen im Leben gehören, zwischen den Zwirbeltannen schauten sie zum Teich hinab, der Teich war klar, *wach, und das Licht war so scharf* **wie ein Messer**, aber vielleicht ist lichtlos das bessere Wort, weil es unbewegt ist, der Teich ist auch ein schwarzer Rücken, lichtlos wie ein Messer, denn das Messer muß bleiben, wegen seiner Schärfe, Härte, Gefährlichkeit, wegen seines Geheimnisses und seines Glanzes, *die Stille ist zerbrechlich und leer*, er ertappte sich dabei, daß er die Hand stockend und verdrückt aus der Tasche zog, und hoffte, jene Leichtigkeit wieder zu verlieren, über die er sich kurz zuvor noch so gefreut hatte, die sich aber, auch

Herbstliche Skizze

Der Garten horcht, dort
schnuppert ein Baum ins Leere,
die Stille ist zerbrechlich und leer,
die Wiese sucht jetzt ihre Grenzen.

Das Herz erschrickt,
geduckt läuft der Weg davon,
nervös lächelnd schaut
der Rosenstock in sich hinein.

An einem fernen zweifelhaften Ort
bereitet sich der Schmerz schon vor.

(János Pilinszky)

wenn es ungerecht ist, angesichts der schweren Reglosigkeit des Teiches, dessen massigen Körpers, der Kraft des ebenen Wasserspiegels, sich in eine Gewichtslosigkeit verwandelt hatte, die Leichtigkeit war ein bißchen lässig und leger, es war ihm, als hätte er in der Kirche vor dem Altar plötzlich gemerkt, daß er noch einen Kaugummi im Mund hat, den er geschwind herausnimmt, wobei er diese Aktion mit der anderen Hand verdeckt, er läßt das Ding in seiner Hand verschwinden, wo es von der Wärme und den unbewußten, nervösen Zuckungen der Hand klebrig und mantschig wird, und später, vor dem Haus, das zu einer kleinen Kirche umgeweiht wurde, versteckt er sich hinter dem Kastanienbaum und muß die zähe, klebrige, eklige Masse beharrlich abkratzen, und erst als es ihm schließlich gelingt, mit Kastanienblättern, Erde und Ästen das Ding wegzureiben, merkt er, was er getan hat, *lieber Gott*, was da einer schon seit einer Viertelstunde tut, der Schweiß bricht einem aus, und auf einmal, weil die Aufmerksamkeit von nichts mehr abgelenkt wird, erfüllt einen tiefe Trauer und Scham, in so einen Altar hatte sich der Teich verwandelt, aber dadurch, daß nun zu folgern war, daß die Messe von den Zirbelkiefern abgehalten wurde, diesen stattlichen Kaplanen, war es ganz recht so, **er bekam eine sogenannt mittelgute Laune**, wie immer, wenn er eine Entsprechung finden konnte, langsam legte er wieder los, seitwärts den Hang hinab, mit jener stillen, aktiven, festen, beweglich feuchten Freude, die heiligen Augenblicken zu folgen pflegt, zugleich mit einer Leere, die man getrost einen natürlichen Zustand nennen darf, das Ferienhaus der Familie Drahosch war ein großes Steinhaus, das größte in der Gegend, zumindest das wuchtigste, halb an den Hang gelehnt, vorne unten sprang das Erdreich beinahe davon, so daß es Fenster erst vom ersten Stock an gab, außer den beiden Kusinen, Anna Bordács und Sophie Pintér, wohnte zeitweise auch Kászoni hier, Drahosch hatte sie nämlich großmütig eingeladen, von Drahosch, die trotz des Wohlstands ihrer Familie keinerlei Hemmungen entwickelt hatte, war das wirklich großmütig, sie kompensierte auch nicht, opwohl sie sehr wohlhabend waren, und das nicht einmal von der besten Art, wie er, K., meinte, ihr Vater war Fabrikdirektor, und vielleicht war er als Direktor akzeptabel, aber gerade in einem Garten zum Beispiel, in der Nachbarschaft von dichten Dahlien und verkümmertem Gemüse, fällt das kaum ins Gewicht, der Direktor benahm sich auch zu Hause und auch im Garten wie jemand, der Macht gewohnt ist, daher mochten sie ihn nicht, zu Drahosch sagte man nie »dein Vater« oder »für deinen Vater« oder »über deinen Vater« **etc.**, man sagte immer nur »Diri«, »für den Diri«, »über den Diri« **etc.**, aber wer nichts als Macht hat, muß mit manch einer Bemerkung der **Nebendarsteller** rechnen, aus denen das Land besteht und die sonst natürlich Helden der werktätigen Bevölkerung sind, kürzlich war Korom mit einem Mädchen bei ihnen aufgetaucht, mit Csicsi, und diesen Abend oder diese Nacht konnte man nicht so leicht wieder vergessen, vor allem wegen des kämpferischen Endspiels, das zwischen ihm, K., und ihr, der Frau, stattgefunden hatte, haßerfüllt zischten sie sich gegenseitig an, waren schon zu müde und etwas betrunken, um gescheit oder zumindest kultiviert zu reden, es ist widerlich, wie du sprichst, brüllten sie, ich könnte richtig zuschlagen, wenn du so sprichst, das sagst du, als hättest du mich noch nie geschlagen, als hättest du mich nicht schon am ganzen Körper verkratzt, nimm dich zusammen, brüllten sie, so kann man nicht reden, sagten sie gleichzeitig, dagegen konnte man nichts tun als schlafen gehen, mit dem anbrechenden Tag einschlafen, er, K., wollte jetzt keine Schlußreden halten, aber wie ein und dieselbe Angelegenheit aus unterschiedlichen Blickwinkeln aussieht, hat ihn immer schon interessiert, das hat ihn sogar beschäftigt, er fand das aufregend, auf deutsch gesagt, wie die Attribute wechselten, wie sie auf die jeweiligen Lippen überwechselten, wie sich nämlich Gewichtungen in einem Gebäude verlagern und der Schwerpunkt knarrend und krachend weiterwandert, Korom war mit seiner **Csáthschen Erbschaft** unerwartet hereingeschneit, er, K., war im Pyjama zur Tür gegangen, olalá, so die unbekannte Frau in der Tür, ein Negligé, endlich, endlich ein Negligé, Korom, der sich an die Wand gelehnt hatte, grinste, die *zerzausten, dunklen Haare hingen ihm in die Augen*, sie, die Frau, und Csicsi umarmten einander und gingen so ins Zimmer hinein, und in dem glühenden nächtlichen Streit war später genau davon die Rede, davon, warum die Frau diese instinktive Freundlichkeit dann so radikal zurückgenommen hatte, einfach darum, so sie, weil **Csicsi**, so Korom, **eine Hure ist**, das Wichtigste war dabei natürlich, daß es keine Rolle spielte, wovon die Rede war, und erschwerend kam hinzu, daß er, K., recht zu haben meinte, wie auch immer: das ist es schon, wie sehr man hassen kann, sagten sie beim Aufwachen, ich fand dich widerlich, ja, sie nickten traurig, jetzt liebe ich dich, obwohl zwischendurch nichts

ein Mädchen: Csicsi!

LÁSZLÓ VÉGEL: DIE MEMOIREN EINES HALBSTARKEN

»... ich freue mich, daß ich die Kommissarin nicht umgebracht habe«

KOSZTOLÁNYI

geschehen war, so ist es, wieder nickten sie, die Frauen also waren ins Wohnzimmer gegangen, ungeschickt hatte er, K., den unglückseligen Regenmantel Koroms aufzuhängen versucht, an den ungeschickt herausragenden Haken, an eine Beule! eine Beule!, an

Kosztolányi

den *fauligen Haken*, da sagte Korom ein wenig heiter und stolz, na,

Végel

Kumpel, das also ist Csicsi, Csicsi, eine Hure, *verdorben, wie das zermalmte Fleisch der Tiere auf den Landstraßen*, damit ging er hinter den Frauen her, und er, wie in einer guten burlesken Szene, ließ den Mantel fallen, wie jemand, der vor Erstaunen den Mantel fallen läßt, Csicsis Name war ein Begriff, Csicsi kannte niemand, manche zweifelten sogar an ihrer Existenz, vor allem Dániel, Csicsi war Koroms *erste Frau, diese einzig Liebe und Entartete*, so Korom, *mein Onkel, bei dem ich zu Besuch war, hatte für mich eine krumme Leiter machen lassen, um mir die Möglichkeit zu bieten, von meinem Zimmer in ein anderes Haus hinüberzusteigen, ein Stockwerk höher, wo abends eine wunderschöne Dame täglich badete, auch damals war es Sommer, und wegen der großen Hitze hatte sie das Fenster in ihrer Wohnung offengelassen, und eines Ta-*

Korom, Füst
Ruß, Rauch

ges, zwischen Himmel und Erde flatternd, stieg ich zu ihrem Fenstersims hinauf, und um sie nicht zu erschrecken, hauchte ich zu ihr in den Raum hinein: hier ist ein kleiner Junge, sie war nicht erschrocken, nur sehr ernst war sie geworden in ihrem Bad, immerhin kannte sie mich vom Sehen, sie winkte mir wortlos zu, ich stieg vom Sims herab, und mit umnebelten Augen zog sie mich an sich, also gab es Csicsi, und zwar, hier und Csicsi war eine Hure, drin im Zimmer redeten sie mit einer merkwürdig heftigen Intensität, wie auf einer Bühne, schnell hatte die Frau warme belegte Brote zubereitet, sie hatten die lang gehütete Flasche Caesar, den Cognac, geöffnet, Korom war als erster beschwipst, mal wurde er schwer, mal folgte darauf, im schnellen Wechsel, ein Höhenflug, beim Essen sprach Csicsi sehr viel, *und nach einiger Zeit merkte* er, K., *daß sie von Dingen, von denen er ihr gerade erst erzählt hatte, schon wie von ihren eigenen Dingen redete, während er dagegen, wenn er etwas erwähnte, von dem sie gerade gesprochen hatte, sie entweder immer nur vorsichtig zitierte oder aber, sobald er mit eigenen Worten davon sprach, jedesmal ein befremdendes und distanzierendes »dieser« oder »diese« davorsetzte, als fürchte er, ihre Angelegenheiten zu den seinen zu machen, sprach er von diesem Polier oder*

häßliche Intarsie

etwa von einem Fußballer namens **Handler**, den er Korom zuliebe erwähnte, *so konnte sie kurz darauf schon einfach ganz vertraut »Polier« und »Handler« sagen, er dagegen sagte, wenn sie einen Bekannten namens Freddy und ein Lokal mit dem Namen »Schweifendes Pferd« erwähnt hatte, in der Antwort darauf jedesmal: »dieser Freddy?« und: »dieses Schweifende Pferd?«, alles, was sie vorbrachte, hielt ihn davon ab, darauf einzugehen, und es störte ihn, daß sie das, was er sprach, so ungeniert, wie es ihm vorkam, verwendete,* **du bist eine sehr spezielle Hure, Csicsi**, dachte er für sich, *einige Male freilich, zwischendurch, wurde ihm kurz das Gespräch so selbstverständlich wie ihr: er fragte sie, und sie antwortete, sie fragte, und er gab eine selbstverständliche Antwort, ist das eine Düsenmaschine?, nein, das ist eine Propellermaschine, wo wohnst du?, im zweiten Bezirk, aber dann störte ihn alles immer mehr, er wollte ihr antworten, brach aber ab, weil er das, was er vorhatte zu sagen, als bekannt annahm, Csicsi wurde unruhig, ging im Zimmer hin und her,* **sie wollte unbedingt beschäftigt sein**, allmählich sprachen vor allem Csicsi und Korom, er, K., hatte inzwischen entdeckt, daß seine Frau schmollte, und er schwieg immer aufgebrachter, die beiden anderen genossen ein bißchen die Lage, ihre Lage, es war, als hätten sie sich gegenseitig vorstellen wollen, *heute sind alle ausgezeichnet gekleidet, denn das ist heute sehr wichtig*, so Csicsi, *ich hasse die kleinen muskulösen, ausgezehrten Schenkel*, so Korom, *aber da frage ich, was sollte ich groß schluchzen, zwischen so vielen feinen Menschen*, mit großen schwarzen Buchstaben habe sie, so Korom, bei uns an die Zimmerwand geschrieben: EGALITÉ, SEXUALITÉ, *sie hatte eine modische Frisur, eine riesige, dichte Mähne, als sie sich bei mir einhakte, wunderte ich mich, wie leicht ihre Hand war, manche Mädchen werden, wenn sie sich bei einem einhaken, schwer*, warum suchst du dir nicht auch eine reiche Frau, fragte Csicsi, so Korom, vorwurfsvoll, *die Mädchen, die wollen alles*, so Csicsi, *dann weinen sie sich nachts die Augen rot, und anderntags sind ihre Gesichter verknüllt wie eine Bettdecke*, der alte Sik, so Korom, wiederhole immerzu, aber bitte, nicht so banal, aber bitte, nicht so banal, *mein Blick war vom elenden Tisch abgerutscht, und ich schaute unmittelbar in die wäßrigen Augen des Alten, ja, sagte ich entschieden, aber auch da war mir, als hätte ich gelogen, ach egal, dachte ich,* **wenn man einmal zu solchen Dingen gezwungen wird, dann sollen alle zum Teufel gehen**, sagen Sie mir bitte, gegen wen schmollen Sie an, wem widersprechen Sie, *ich habe es mir gut*

↑ VÉGEL ↓

»Aber bitte, nicht so banal.«

gemerkt, so Csicsi, *daß es sich nicht ziemt, ernst zu sein, sich zu fürchten ziemt sich nicht, ehrlich zu sein, arm zu sein, sich zu unterscheiden, etwas zu wagen, das alles ziemt sich nicht*, dann bin ich auf den breiten asphaltierten Boulevard hinausgegangen, den liebe ich sehr, dort haben jeder Gegenstand und jeder Punkt eine ganz eigene Schärfe und Rauheit, wenn ich einmal sterben muß, möchte ich dort umfallen, an die Donau zum Beispiel wage ich gar nicht zu denken, mich langweilt die Feinheit des Wassers und das Weibliche daran, denn mir gehören die Straßen, denn mir gehören die Straßen, *einmal hatte Dániel erklärt*, so Korom, *während er in den Gedichten seiner Frau blätterte, daß man so etwas nicht auf die leichte Schulter nehmen dürfe, die Übungen seien sehr wichtig ..., und auch sonst, was man einmal versäume, könne man nicht wieder nachholen, er, Korom, mußte lachen, wenn das wirklich so wäre, könnte man sich geradewegs in die Donau stürzen, weil man jeden Tag, jeden Augenblick etwas versäume, Dániel und seine Frau schwiegen, als hätten sie ihn nicht verstanden, einmal läßt bei jedem die Kraft nach*, so Korom, *und im geeigneten Augenblick ist man dann erwachsen, was haben wir davon geträumt,* **frei** *zu sein, ständig haben wir davon gepredigt, waren stolz darauf wie auf den eigenen Körper, aber*, so Csicsi, *daß du weder hier bist noch dort, daß du ständig etwas anderes machst, ist trotzdem eine Schweinerei, nein, weißt du, was wir machen könnten, wir könnten Hemden, Hosen und Jacken tauschen, wir könnten die Mädchen und die Zimmer tauschen, nun, da hätten wir es, so sauber kann man sein, lächeln wir halt*, so Csicsi, *so, freuen wir uns, so, halten wir uns an der Hand, und sagen wir miteinander im Chor:* **es ist nichts passiert, es ist nichts passiert**, *es ist nichts passiert*, plötzlich wurde es still, er, K., begann nach Gastgeberart dies und jenes zu tun, klirrte mit den Cognacgläsern, Korom und Csicsi starrten einander wild und müde an, die Aufregung und der Alkohol hatten ihnen den Schweiß auf die Stirn getrieben, ihr Vorspiel, dann lächelte Csicsi, und wieder hatte sie den Blick für Korom wie zu Beginn des Abends, *und damals*, so Csicsi, *als kein Geld da war, weißt du noch?, und Korom sagte, ja, und ich, und nun kommt der spannende Moment, ich bin hinauf, zu diesem Direktorchen von der Fabrik, zum Diri, er küßte mich auf die Schenkel und zwischen die Schenkel und wiederholte dabei immerzu, du bist wie eine Puppe,* **du bist wie eine Puppe**, *und dann*, so Korom, *gabst du mir das Geld, ich hatte vor*

es ist nichts passiert

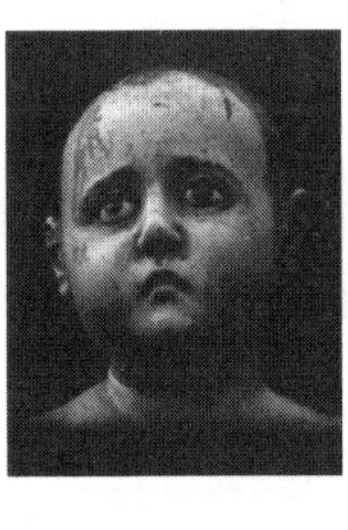

dem Haus auf dich gewartet, er, K., hatte die beiden eine Weile durch die milde Nacht begleitet, ohne zu merken, daß er im Schlafanzug durch die Straßen zog, *ein treues Negligé*, sagte Csicsi anstelle eines Abschieds oder als Abschied, Drahosch sah in ihrem Wohlstand eine Art Talent, auf das man zwar nicht stolz ist, aber grad so auch stolz sein könnte, sie genierte sich nicht, Kászoni, unbedingt nur hintenrum, die arme kleine Kászoni zu nennen, Kászoni wohnte mit ihrer Mutter allein, Korom fand das unglaublich spannend, Mann, Freundchen, zwei Frauen!, in einem Haus!, Mann, seit zehn Jahren Witwe, könnt ihr euch vorstellen, was es bedeutet, zehn Jahre lang ohne einen Knilch, das ist einfach nicht auszuhalten, ein **gesundheitlicher Nonsens**, so Korom, sie waren erstaunt, daß die Mutter Kászoni eine Witwe war, weil Witwen doch alte Frauen sind, Großmütter pflegen Witwen zu sein, und Kászonis Mutter war wie Kászoni selbst, nur eben eine richtige Frau, sie arbeitete für eine Produktionsgenossenschaft, sie webte Perserteppiche, so Kászoni, was sie lange bezweifelten, durch die französischen Cremeschnitten und das Wiener Tellerfleisch war die Ehre der gestutzten Familie Kászoni dann wiederhergestellt, die Witwenschaft der Mutter war durch die einzige Sache glaubwürdig, daß ihr unleugbar einige Zähne fehlten, sie war zahnlückig, so Korom, und dadurch war die Unterlippe wirklich altweiberlich eingefallen, vielleicht war das vererbbar, *er, K., meinte aber im Gegenteil, daß Kászonis Zähne auffallend schön seien, regelmäßig, weiß, bis ihn Halassi, der gute Halassi, aufklärte, daß es sich größtenteils um künstliche Zähne handelte*, er sprach, als sei er in Verlegenheit, als sei er schuld daran, oder wenn schon nicht schuld, müsse er sich verteidigen, weil er sich verteidigen müsse, *die sind einzeln aufgesetzt, deshalb hat sie so eine Zahnreihe wie ein voller Maiskolben, ach wo, sagte er, K., verunsichert*, eine schöne, volle Zahnreihe, darum mag sie auch nicht herumküssen, sie mag ihre unvollkommenen Zahnreihen, die der Jungs, nicht an die eigenen heranlassen, Kászoni mag nicht herumküssen, das verkündete er auch, und das tat sie wirklich nicht, darum also, aber es stimmte nicht, opwohl er das eine Weile angenommen hatte, daß auch das Herumfingern, Herumtasten, Befummeln, Herumtappen an Kászoni darauf zurückzuführen war, daß man, wenn man sie schon nicht küssen, dann **etc.**, nein, zu dem allem braucht man, auch wenn das gewagter scheinen mag, weniger Courage beziehungsweise eine Art gemeinsamer Courage, deren Risiko ebenfalls gemeinsam ist, im Gegensatz zum Küssen, bei dem, ob man will oder nicht, die Persönlichkeit gefordert ist, das Wort **tappen** benutzten sie nur eine Weile,

tango, -ere
tetigi, tactum

dann kam statt dessen **tango** auf, ein Wort von Halassi, der, wie er sagte, vom Wort »tappen« einen Brechreiz bekam, als hätte er eine verdorbene Speise im Magen, was aber diese Tangos anbelangt, wundert er, K., sich schon, wie das so zugeht, **was für seichte Erinnerungen**, alles ein Tango, Berührung, Streicheln, das bißchen wäre es schon?, oder ist er, K., nur so bißchen?, was alles, was für Dinge könnte er hingegen von ihr, von der Frau an jenem stürmischen Nachmittag sagen, als – es war nicht mehr geschehen, als daß sie, die Frau, in der Dunkelheit des Kinos ihre beiden Mäntel sanft geglättet hatte, die zusammen über ihren beiden Beinen lagen, und dann, indem sie diese Bewegung entsetzlich überdehnte, das ist hier ein gutes Wort, neigte sie sich seinen Ohren zu, was ist das?,

»?«

fragte sie, die Frau, und in ihrer hübsch gespielten kleinen Verlegenheit lachte sie, er, K., war da zum ersten Mal berührt worden, daraufhin streifte er den ganzen Tag umher, anfangs zusammen mit der Frau, die ihn dabei auf eine merkwürdige Weise störte, so Hand in Hand, dann rannte er allein weiter, durch die bekannten Straßen, über die Erzsébet-Brücke über die Donau hinüber **etc.**, er fühlte deutlich, aus allem herausgerissen worden zu sein, Geometrie plus Zeit, sagte er sich später und dachte, während ihm das Blut in den Ohren pulsierte, nur an diese Wörter: »was ist das?«, tango, aber ist das ernsthaft genug?, war nichts anderes passiert, als daß man einen Blick auf den Slip der Drahosch haben durfte?, ist denn andererseits nicht doch vielleicht alles so, *die Kászonis wohnten neben dem*

der Wasserturm!

Wasserturm in einem kleinen Haus mit Zimmerküche, dazu gehörte noch ein riesiger Hof, an den Zäunen entlang wuchs der Holunder dicht, der Hof war immer schlammig, von hautig seifigen Pfützen überzogen, die beiden Frauen unter dem Phallos, *so pflegte Csáth von ihnen zu reden, und sie, die Jungs, einschließlich Halassi, wußten nicht, was Phallos bedeutet, vielleicht Wasserturm auf griechisch*, jedenfalls benutzten sie das Wort landauf, landab in diesem Sinn und mit dieser Unschuld, auch vor Hápapa, der dann mit ausgeklügelt vertrackter Verschämtheit den Schlüssel für die Lösung lieferte, dann mauserten sie sich, die Jungs, und untereinander nannten sie das Haus der Drahosch wegen Drahosch, Kászoni und der Kusinen, weil es also überwiegend um Frauen ging, **Mosenheim**, sie gewöhnten sich an die Bezeichnung und dachten nicht, daß sie Wasserturm bedeuten könnte, und hatten sich dann nicht aus Naivität, sondern aus Unachtsamkeit verraten, mißtrauisch hob Hápapa den Kopf, sie aber erklärten, ohne mit den Wimpern zu zucken, daß von einem neuartigen tschechischen Heim die Rede sei, von Holzheimen mit einem speziellen Lack, die Erfindung eines gewissen Jirschi Mose, ein Ingenieur aus Karlovy Vary, aus Karlsbad, so Korom grausam, den Dachboden habe man bei den Drahoschens auch damit gestrichen, der Lack wirke vor allem gegen Wespen, die, fügten sie besorgt hinzu, in dieser Gegend und heutzutage ziemlich lästig seien, Hápapa nickte beiläufig, er war irritiert, Jirschi Mose, nuschelte er, Jirschi Mose, habe den Namen noch nie gehört, ich mag es nicht, so Halassi, wenn wir meinen Liebenvater für dumm verkaufen, du hast recht, so Korom, unsere Eltern leben noch größtenteils und haben Wohlgefallen an uns, Halassi nannte seine Eltern selbst in den kritischsten oder groteskesten Situationen Liebemutter und Liebervater, ihm, K., gefällt das, er findet das schön, Korom quittierte das Wort unglaublich hämisch, obwohl seine »Alte« kaum weniger gefühlvoll war als der Liebevater von Halassi, und wegen dieses offenen Hohns sprach Halassi undeutlich und leise, mit einer schrägen, verkrampften Mundhaltung, so daß Liebervater wie Lippvater klang, wodurch sich das alles noch herzerwärmender ausnahm, die Familie Halassi war mit allen Anreden vertrackt, Tante Teri haben sie niemals Hámama genannt, obwohl ihre Freundlichkeit, Hilfsbereitschaft und sogar die von Hápapa auf sie abfärbende Entschiedenheit, die bei ihr nichts Ideologisches hatte, sondern eher ein Gefühl für Realität, für Geschicklichkeit war, beziehungsweise konnte man in ihrer Freundlichkeit auch ein Programm wahrnehmen, das einem die Laune wieder verderben konnte – das alles hätte einen Kosenamen gerechtfertigt, trotzdem hatte sie keinen, nur Korom nannte sie einfach Teri, Terike, Liebe, haben Sie nicht ein überschüssiges Butterbrot für mich, das mißfiel Halassi jedesmal, und überhaupt, etwas vom akkuraten Hápapa hatte sich kaum faßbar im lieben, tiefen, empfindsamen, feinen, schweren, schweren Halassi verfangen, es war Korom, der die Geduld der Familie Halassi ständig auf die Probe stellte, wie die Familie freundlich und tölpelhaft auf ihn reinfiel, Korom liebten alle, man mußte ihn lieben, aber er hatte allen schwer zugesetzt, für die Großi Halassi schwärmten alle, was ein wenig unangenehm war, weil die

Familie durch die Probleme mit der Großi im täglichen Miteinander etwas erschöpft war, aber die Jungs konnten die eine oder andere Stunde verantwortungslos für sie schwärmen, wo ist die Alte?, rief Korom, Halassis Budapester *Wohnung war groß und verzweigt, man konnte darin auf verschiedenen Wegen gehen und einander plötzlich begegnen, der sehr lange Flur schien vor einer Wand aufzuhören – und ging dann, nach einem Knick, noch länger weiter, so daß man sich fragte, ob man immer noch in derselben Wohnung sei,*

HANDKE: DIE STUNDE DER WAHREN EMPFINDUNG

bis in das hintere Zimmer hinein, in dem Tante Teri *für ihren Kurs an einer audiovisuellen Schule manchmal Französisch lernte und dort blieb, um zu schlafen, wenn ihr, wie sie sagte, in der Müdigkeit der Weg durch den Flur und um die Ecken herum zu unheimlich war, die Wohnung war so verschachtelt, daß sich die Familienmitglieder, auch wenn man nicht verlorengehen konnte, einander häufig gegenseitig riefen: »Wo bist du?«, das Zimmer des Kindes war von drei Seiten zugleich zu betreten: vom Flur, vom hinteren Zimmer, das* Tante Teri *»Arbeitszimmer« nannte, und vom nur von fremden Besuchern so genannten »Elternschlafzimmer«, davor befanden sich noch das Eßzimmer sowie die Küche mit dem »Dienstboteneingang«, sie hatten keine Dienstboten, und einem eigenen Dienstbotenklosett nebenan, der Absperriegel seltsamerweise außen an der Tür, und ganz vorn, an der Straße, die »Salons«, die* Tante Teri als *»Living« bezeichnete*, Halassi nannte *einen der Salons wegen einer Nische in der Wand »Bibliothek«, und der kleine Vorraum, der direkt auf die Straße hinausführte, hieß »Antichambre«*, die Großi nannte sich eine Atheistin, Gott ist in mir gestorben, pflegte sie lächelnd zu sagen, ständig schlug sie auf Hápapa und die Seinen ein, dann war ihr Gesicht völlig verzerrt, ihr schönes, feines Gesicht, das sie immer dick zu pudern pflegte, ihre Haut war trotz ihrer 74 Jahre wunderbar, und dann war auch ihre Stimme verzerrt,

RATZINGER TERTULLIAN

eine krächzende, plärrende Stimme, **das Christentum ist kein System der Kenntnisse**, sondern ein Weg, und **daß Christus sich die Wahrheit und nicht die Gewohnheit genannt habe**, von diesen Ausfällen war sie völlig erschöpft, sie schrumpfte sichtbar zusammen, schwer atmend ließ sie sich irgendwo fallen, was für einen Gott habt ihr, flüsterte sie, aus euren Sorgen habt ihr ihn zurechtgezimmert, ihn geerbt, ihr habt ihn geerbt!, mit dem vielen Puder war sie wie ein weißer Clown, ihre kohlrabenschwarzen Augen blitzten, und er, K., dafür schämt er sich ein wenig, hatte Angst vor ihr, Dániel war oft zu ihr geflohen, zur Großi, um Ideen auszutauschen, wir, die Atheisten, so Dániel, seht ihr, ihr Tölpel, so ist die wahre menschliche Größe, man steht allein und ohne Krücken unter dem leeren Himmel!, Freunde, so Dániel, der in seinem Zweifel sich selbst gegenüber immerzu skeptisch war, aber neben der Großi war er beseelt, Freunde, *der Mensch wird das Absurde nicht entdecken können, ohne in die Versuchung zu geraten, den Katechismus der Glückseligkeit zu schreiben, »eh!, wie denn, auf so schmalen Pfaden …?«, aber es gibt nur eine Welt, und die Glückseligkeit und das Absurde sind zwei Kinder ein und derselben Welt,* CAMUS *sie sind unzertrennbar, zu behaupten, daß die Glückseligkeit notwendigerweise durch das Erkennen des Absurden entsteht, wäre ein Irrtum, ebenso kann das Empfinden für das Absurde aus der Glückseligkeit entstehen,* **»ich meine, daß alles in Ordnung ist«**, *sagt Ödipus, und diese Aussage ist heilig, im wilden und beschränkten Universum des Menschen hallt es wider und belehrt uns darüber, daß nicht alles erlöst ist und war, es vertreibt einen Gott aus dieser Welt, der gekommen war und Unbefriedigtsein und nutzlose Schmerzen gebracht hatte, aus dem Schicksal wird eine Angelegenheit des Menschen, bei der sich die Menschen unter sich zurechtfinden müssen*, ↑ bravo, sie klatschten unachtsam, pure **Camouflage**, und sie zuckten Intarsie höchstens mit den Schultern, bitte vor der Frage nicht ausweichen, wiederholte die alte Frau häufig, bitte vor der Frage nicht ausweichen, hören Sie auch zu, Lőrincz, Dániel war der einzige, den sie bei dem richtigen Namen nannte, Korom nannte sie mal Sándor, Intarsie: GYÖRGY mal Gyuri, *ein Kohlrabi war für sie ein Kohlrabe, und wenn sie von* SÁNDOR *den Tschechen zu reden begann, kam Korom gleich mit Dr. Deutsch,* (Humoralist) *dessen Fenster in Richtung Komitat Baranya gingen,* Sie, Lőrincz, *wenn Sie die Sache ernst nehmen, werden Sie noch sehen, daß so wie* RATZINGER *der Gläubige weiß, daß er vom Unglauben bedroht ist und die Versuchung spüren muß, so ist für den Ungläubigen der Glaube die Versuchung, die seine scheinbar endgültig abgeschlossene Welt bedroht*, mit einem Wort, mein Sohn, dem Dilemma des menschlichen Lebens kann man nicht ausweichen, doch diese, diese …, und sie schüttelte die geballte Faust in Richtung Halassi, es wurde ihr beinahe schlecht, haßerfüllt warf sie die Wörter in die bewußte Richtung, das Spiel nahm sich nicht übel aus, sie konnten sich nicht wirklich vorstellen, was das war, was da los war, Hápapa und Tante Teri hingegen lächelten unwillig über die Szene und beruhigten die

Großi, beruhige dich doch, Großi, du schadest dir selber, Großi, sollst dir nicht schaden, die Großi winkte ab und ließ sich verhätscheln, einmal war Hápapa der Kragen geplatzt, was sind Sie bloß so neidisch darauf, daß ich an Gott glaube, der ist blöd, sagte die Großi heiter, so wird mal die Drahosch sein, so Korom, wenn

GYÖRGY SÁNDOR

sie alt ist, nein, sagte Halassi, *übrigens hatte sie immer etwas versteckt und verscharrt, wie in den Märchen, dann fand sie es nicht wieder, dann fand jemand nach Wochen zwischen den Büchern einen grünen verschimmelten Berliner mit Marmelade, stundenlang saß sie im Badezimmer* und versuchte alles geradezubiegen, sag, mein Sohn, so die Großi, ist es deiner Ansicht nach eine Sünde, wenn eine Zahnbürste schräg aus dem Becher schaut, er, K., hatte auch bei solchen Fragen Angst, die Vormittage waren durch Ausziehen und Anziehen ausgefüllt, weil man den Pyjama »nicht ordentlich genug zusammenfalten kann«, oft war sie nicht geneigt, jemanden anzuschauen, tagelang ging sie herum, den Blick zu Boden gesenkt, für mich ist es eine solche Freude, jemanden anzuschauen, daß ich diesen Blick nicht verdiene, so die Großi, und klar war sie nur, wenn sie von Gott sprach, vom toten Gott, oder wenn sie den Glauben von Hápapa und den Seinen niedermachen konnte, dann war sie scharfsinnig, schneidig und groß, ihre Umgebung war lächerlich, lächerlich praktisch, vernünftig, alltäglich, natürlich liebte sie Korom sehr, *komm doch*, rief sie vom Spülbecken aus, da stößt Korom die Tür weit auf und brüllt, *es lebe der Kaiser Franz Joseph I., ein mächtiger Schnurrbart war ihm gewachsen*, so die Großi, *den konnte er kaum im Zaum halten*, Korom nimmt ein Geschirrtuch zur Hand und wartet, und sei es eine halbe Stunde, *bei diesem Schnellkochtopf ist eine Schraube locker*, murrt die Großi, *ein einsames Haus wäre besser, Gyurika, haben Sie ihn gekannt?, damit meint sie den Kaiser, in Amerika sagt man*, Korom schweigt, *was sagt man in Amerika?*, Korom schweigt, *aber woher soll ich denn wissen, was man in Amerika so sagt?, und sie zankt mit sich selbst*, sie und Korom sind wie zwei Clowns, die sich aneinander gewöhnt haben, *na, jetzt hat man den Ungarn verschaukelt*, so die Großi, *warum hat man nicht den Türken verschaukelt?, warum hat man die Bombe nicht zu ihm hingebracht?, der Ungar ist völlig verarmt, man müßte ihm aus der Patsche helfen, aber die anderen wollen das nicht, der Engländer müßte per Post helfen, der hat viel Geld, für die Post*, ich hasse die Großmächte, sagt sie, allerdings so, als würde sie mit einem hinterlistigen Verkäufer schimpfen, die Großi erlebte die ganze Welt, alle Schmerzen schmerzten sie, alles konnte schmerzen, sie, die Großi, hielt es beispielsweise für richtig, daß Deutschland zweigeteilt war, für sie wären zwei weitere Teile noch besser gewesen, Fürstentümer!, die Länder müßte man in Fürstentümer aufteilen, Amerika in Fürstentümer aufteilen und die Sowjetunion, die würde dann auch aus lauter Fürstentümern bestehen, darum bedauerte sie keinen Augenblick, daß man von Ungarn soviel abgeschnitten hatte, Ungarn sei nun ein gutes kleines Fürstentum, vielleicht könnte man das Land immer noch in zwei Teile schneiden oder es, wie früher Polen, so aufteilen, daß es Polen gar nicht mehr gab, so, so wäre es recht, und dann könnten sich die Fürstentümer miteinander ruhig wieder befreunden, auch mit sich selbst, das schreibt sie sogar auf eine Papierserviette, das Abwaschwasser tropft ihr von den Händen, **Demokratische Volksrepublik Ungarn, Fürstentum**, dann schaut sie die Serviette an, ist entsetzt, hastig und verkrampft zerknüllt sie das Papier, wirft es auf den Steinboden und tritt heftig drauf, was ist los, Großi?, hast du denn das nicht gesehen, mein Sohn?, diesen Beistrich, dieser Beistrich war ganz schräg, so kann man das nicht machen, einfach so, ein Beistrich einfach nur so!, sie starrt vor sich hin, wieder ist sie ganz klein, winzig, *Gyurika*, mir tut der Kopf von dieser Kälte weh, ich kann nicht nachdenken, *da friert einem der Verstand ein, ich muß mich ein bißchen hinlegen, und du, du gehst nach Haus, geh nach Hause, es ziemt sich nicht, so lang bei einer Witwe zu bleiben*, Korom geht, vorher *wünscht er ein glückliches Neues Jahr, die Großi schweigt, nach einer Weile sagt sie, ja, glücklich, so pflegt man das zu sagen, dann staunt sie, warum sagt man glücklich?, jetzt werden wir ein schönes Schicksal haben, mein Herzchen, wir legen uns hin …, blas das Licht aus, dann geht sie in die Küche zurück und wäscht den Frühstücksteller wieder ab, und dabei hört man, wie sie sich selbst beruhigt, schlucken, runter mit dem guten Tee, dann schweigt der Magen*, vorsichtig pirschten sie sich an das Steinhaus heran, berieten sich kurz unter den hohen Fenstern, er, K., kletterte als erster hinauf, Halassis Schultern bogen sich traurig von der Wand ab, die Stimmen des Teiches hallten in ihm vielleicht länger nach, was mit einer verständlichen Passivität einhergeht, indem er, K., sich am metallkalten Fenstersims festhielt, hob er die Füße von den sicheren, knochigen Schultern weg und stellte sich auf die

die Erstürmung des Steinhauses

Vorkragung aus Naturstein, dabei waren ihm die vietnamesischen

KOSZTOLÁNYI Schlappen hinuntergefallen, der *rötliche* Stein prickelte ihm wohltuend an den Fußsohlen, tst, tst, rief er in das mit blauem Pulsieren angefüllte Zimmer hinein, von der Straße aus schauten sie, die Jungs, immer angewidert in solche Fernsehräume, die Blöden, denen kann man alles verkaufen!, sagten sie von oben herab, in diesem Augenblick war auf dem Bildschirm die festlich gekleidete Ansagerin des samstäglichen Abendprogramms erschienen, der Diri flätschte breit vor dem Apparat, vor ihm auf einem kleinen Tisch ein Suppenteller voller Erdnüsse, und er rief, **du bist wie eine**

! **Puppe**, du bist wie eine Puppe, vor Schrecken war er, K., aus-

Hic Rhodos! gerutscht, mit der großen Zehe schleifte er am harten, rauhen Naturstein entlang, die Zehe, die Tante Teri dann am späten Abend noch verbunden hatte, war bis zum Fleisch aufgeschürft, nicht etwa, daß bei der Erstürmung des Steinhauses die Nacht über sie hereingebrochen wäre, aber sie waren gewissermaßen im falschen Moment zurückgekehrt, starrten zum Fenster hinein, Tante Teri und Hápapa standen einander gegenüber, Hápapas Hand an der Stuhllehne, paß auf, flüsterte Halassi entsetzt, die Lehne reißt er beinahe immer los, schnell wichen sie vom Fenster zurück, aber sie konnten sich nicht in ihr ungeschlachtes Zelt begeben, irgendwie mußten sie sich widersetzen, es wäre furchtbar gewesen, im ungeschlachten Zelt zu liegen und ihnen wäre plötzlich oder schön langsam Hápapa in den Sinn gekommen, wie er die Lehne ergreift, die Ehe ist, so Korom, ein **gesundheitlicher Nonsens**, also waren sie in der Dunkelheit wieder losgegangen, gingen um den Teich herum, diese neue Erstürmung war skandalös und wunderbar, unglaubwürdig und das einzig Mögliche, unerwartet und unvermeid-

KAFKA: DER PLÖTZLICHE SPAZIERGANG bar, wie oft ihre späteren *plötzlichen Spaziergänge, wenn man sich am Abend endgültig entschlossen zu haben scheint, zu Hause zu bleiben, den Hausrock angezogen hat, nach dem Nachtmahl beim beleuchteten Tische sitzt und jene Arbeit oder jenes Spiel vorgenommen hat, nach dessen Beendigung man gewohnheitsgemäß schlafen geht, wenn draußen ein unfreundliches Wetter ist, welches das Zuhausebleiben selbstverständlich macht, wenn man jetzt auch schon so lange bei Tisch stillgehalten hat, daß das Weggehen allgemeines Erstaunen hervorrufen müßte, wenn nun auch schon das Treppenhaus dunkel und das Haustor gesperrt ist, und wenn man nun trotz alledem in einem plötzlichen Unbehagen aufsteht, den Rock wech-*

selt, sofort straßenmäßig angezogen erscheint, weggehen zu müssen erklärt, es nach kurzem Abschied auch tut, je nach der Schnelligkeit, mit der man die Wohnungstür zuschlägt, mehr oder weniger Ärger zu hinterlassen glaubt, wenn man sich auf der Gasse wiederfindet, mit Gliedern, die diese schon unerwartete Freiheit, die man ihnen verschafft hat, mit besonderer Beweglichkeit beantworten, wenn man durch diesen einen Entschluß alle Entschlußfähigkeit in sich gesammelt fühlt, wenn man mit größerer als der gewöhnlichen Bedeutung erkennt, daß man ja mehr Kraft als Bedürfnis hat, die schnellste Veränderung leicht zu bewirken und zu ertragen, und wenn man so die langen Gassen hinläuft, – dann ist man für diesen Abend gänzlich aus seiner Familie ausgetreten, die ins Wesenlose abschwenkt, während man selbst, ganz fest, schwarz vor Umrissenheit, hinten die Schenkel schlagend, sich zu seiner wahren Gestalt erhebt, verstärkt wird alles noch, wenn man zu dieser späten Abendzeit einen Freund aufsucht, um nachzusehen, wie es ihm geht, Tante Teri hatte sie mit wachem Märtyrergesicht erwartet, ohne auch nur einen Gedanken zu verlieren, begann Halassi mit der gewohnten kindlichen Flunkerei, die eine Entschuldigung ersetzen mußte, Halassi war nur selten in solche vorher festgeschriebenen Rollen geraten, aber wenn es einmal dazu kam, zappelte er nicht lang, wollte das noch zu Rettende nicht retten, er schlug kein Kapital aus der Erniedrigung, Demutskapital, er akzeptierte sein Versagen und fand sich mit einem ruhigen Gewissen ab, wie man etwa in einer Metzgerei Fleisch kaufen würde, aber Tante Teri schob ihren Sohn unsanft zur Seite, zeig her!, die Sache, die er, K., so richtig da erst wahrnahm, sah trostlos aus, etwas Heißes hatte er schon vorher gespürt, aber im Traum nicht gedacht, was dieses Heiße sein könnte: Blut, die Zehen waren angeschwollen, geronnene Blutplättchen flatterten rostig, die vietnamesischen Schlappen waren verschmiert, klebrig, beide Füße waren gleichermaßen verletzt, was, das mußte er gestehen, lustig aussah, mein Kind, mein Kind, Tante Teri schüttelte den Kopf, und dabei schaute sie auf logisch-unlogische Weise mit der für die Halassis bezeichnenden empörenden Rücksicht zu Halassi, der seine, K.s, Leiden betrachtete und dabei die Mundwinkel bis zu beiden Ohren verzog, Tante Teri riß ein Tuch zurecht und verband ihn mit reinem, knisterndem weißem Leinen, da gab es nun zwei überdimensionierte weiße Hasen, schnuf-schnuf, schnuf-schnuf, so der frevelhafte Halassi, aber auch Tante Teri mußte lächeln, als hätte er, K., sich von den anderen unterscheiden wollen, er hatte das Gefühl, zuvor das halbe Haus abgerissen zu haben, schludrige Balkonszene, auf Halassis Schultern konnte er Fuß fassen, war also gelandet, Halassi kippte wie ein schweifender Fremder oder ein Besen gegen die Wand und betrachtete, ganz nach seiner Art, die Dunkelheit, die Ausbuchtungen der Dunkelheit, deren Strukturen, was ist los, was turnst du herum, zischte er, er, K., streckte sich wieder, plötzlich strömte ihm eine pulsierende Hitze durch beide Füße, auf das tst-tst aber war natürlich nicht die Drahosch gekommen, sondern die großgewachsene Sophia Pintér, sie schielte unglaublich, schielte kerngesund, so Korom, und dieser blinde Scherz hatte sich später glänzend bewahrheitet, aus Sophia Pintér wurde eine wunderschöne Frau, ihre Schönheit wurde ihr Beruf, sie wurde Mannequin, in der Werbung kann man sie vor und

KOSZTOLÁNYI nach der Tagesschau sehen, eine Stute, *sie schwimmt, fliegt, nimmt Unterricht in rhythmischer Prosa, spielt Rommé und Bridge*, sie war ein ernsthaftes, verschlossenes Mädchen, weil sie offenbar nicht glauben wollte, daß sie schön war, opwohl sie heftig schielte, wußte man immer, wohin sie schaute, wen sie anschaute, sie hatte einen ruhigen Blick, nur so, als würde sie sich sehr zusammennehmen, als sei sie zweigeteilt, als fühlte sie sich, während sie etwas anschaute, gezwungen, auch sich selbst zu sehen, in sich hineinzublicken, er, K., meint, daß sich zwischen ihr und der Frau, dem fremden Mädchen, aus dieser Grenzsituation beziehungsweise aus dem Anspruch auf eine beständige Selbstkontrolle, eine Art Freundschaft ergeben hatte, kurz, aber heftig, er könne sich gut erinnern, daß sie, die Frau, einmal, als er sie wie gewohnt rücksichtslos ausfragte, den Widerstand aufgab und sagte: *Ich wußte nie genau, welche Beziehungen sie mit Männern hatte, eine, die man Liebesbeziehung nennt*

CVETAJEVA *oder andere Verbindungen, aber ob sie mit ihnen zusammen träumte oder schlief – geweint hat sie immer allein, mit niedergeschlagenen Augen, mit ihren Zöpfen – eine echte Madonna, sicher hatte sie viele Affären erlebt*, früher einmal hatte er die Drahosch, die Kászoni und Sophia Pintér zusammen gesehen, es war interessant zu erleben, wie sich die Mädchen wiederholt trafen, die Köpfe zusammensteckten, als seien sie sanfte Verschwörerinnen und als gebe es eine Gemeinschaft, hinter deren Rücken sie etwas begehen, indem sie deren Kontrollmacht trickreich ausspielen, eine solche Geheimnistuerei war für die drei typisch, auch damals, als sie sich, sehr auffallend und entschlossen, im Sinne von Goethe-Mazzini, jener Bank im Park genähert hatten, wo er, K., sein Mittagessen zu sich nahm, um damit die Schufterei in der Bücherei zu unterbrechen, genauer gesagt trank er Schulmilch, die Luft flimmerte leicht, mit der Schärfe der späten Augusttage lagen die Konturen in der Luft eingraviert, vergebens bemühte er sich, den Titel des Buches zu entziffern, den jemand auf der gegenüberliegenden Bank las, lesen konnte er nur: *Bei der Tannhäuser-Aufführung haben wir im Parkett, erste Reihe, als Zeichen unseres Protestes*, ein Tropfen Milch war ihm zum Kinn hinabgeflossen, er hob den Kopf, da sah er in der Kurve der breiten Böschung die drei Amazonen zwischen den Bäumen auftauchen, sie waren in der Tat ein siegreiches Heer, fröhlich, selbstsicher, schillernd, an ihrer glänzenden Stirn stand geschrieben, daß sie bereits tausend Tode gestorben waren, daher näherten sie sich auch etwas gleichgültig, ein wenig traurig, wie Leute, die nicht umhinkönnen, ständig Triumphe zu ernten, schon aus der Ferne sah man, daß sie sich stark geschminkt hatten, mit den fachmännisch aufgetragenen Mitteln, von denen das eine oder andere Sophia Pintér für die Werbung sicher schon gezeigt hatte, waren sie sehr schön, zum Beispiel war Kászoni eine Frau von anderem Kaliber, und damals hatte er, K., die Drahosch zum zweiten Mal geschminkt gesehen, das erste Mal war es wirklich erschütternd gewesen: es war bei Margócsy, mit dem gräßlichen Rónitz am Arm, Drahosch war ganz hart, physisch hart, *die Knorpel der Nase schienen die Haut aufschlitzen zu wollen, die Haut selbst sah ebenfalls hart aus, an den Wurzeln des kurzgeschnittenen Haars tanzten rhombenförmige Schuppen*, vor allem seitlich am Hals, alle drei Mädchen schoben Kinderwagen vor sich her, jene schreckliche, zusammenfaltbare, elegante, praktische italienische Variante, die Attribute von ihr, der Frau!, von denen damals die ganze Stadt überflutet wurde, und diese zufällige Gemeinsamkeit hatte den triumphalen Einzug aus seinem, K.s, Blickwinkel noch erhöht, wobei ein Mann seines Schlages, der einsam herumsitzt und sich mit Schulmilch abmüht, auch von der ursprünglichen Form hingerissen wäre, Nachmittagsspaziergang junger, starker Frauen, die Herbeiziehenden wurden zum Kennzeichen ihrer selbst, der Nachmittagsspaziergang junger, starker Frauen, der Kies knirschte unter ihren Füßen, kühl sprangen kleine gelbe scharfe Steine in die Höhe, der Sonnenschein stolperte über ihre Waden, die Siegesfahnen flatterten, die Brüste wogten über-

MROŻEK: TANGO

PÉTER LENGYEL: NEBENDARSTELLER

mäßig, auch Drahosch gehörte zu den anderen und unterschied sich in keiner Hinsicht von ihnen, er betrachtete die langen, sehnigen Waden **etc.**, die stumpfen, siegreichen Gesichter, aber als sie näher kamen, sah er, daß in dem Kinderwagen der Drahosch gar nichts lag, **nichts, nichts**, *nichts*, **nichts**, weder ein Wickelkissen noch ein Deckchen, keine gehäkelte Mütze und kein Kind, und da drehte er, K.!, sich etwas romantisch und verärgert ab, Sophia Pintér hatte gleichmütig zur Kenntnis genommen, daß sie Drahosch herbeirufen sollte, die alsbald zum Fenster kam, was soll diese Völkerwanderung, so der Diri im Zimmer, ohne die Augen vom Fernsehapparat zu nehmen, knabberte er Erdnüsse aus der hohlen Hand, wie ein **Selbst-Pferd**, ungewohnterweise lächelte Drahosch so, als sei er, K., ein Volltreffer, und das zwar eher karitativ, aber sie küßte ihn zweifelsohne auf den Mund, waghalsig, ohne die Bewegung abzubremsen, Halassi keuchte, K.s Füße waren wieder abgerutscht, es schwindelte ihn von der Weichheit und Wärme der Drahoschschen Lippen, und hinzu kam noch die leichte, nächtliche Kluft des Mädchens, Bebi doll, Bebi, so Korom, und als sich die Drahosch vorneigte, um ihn, K., zu küssen, hoben sich ihre Brüste aus dem Nachthemd oder umgekehrt, sie wollten herausspringen, zwei

Bestien in Triumph!

wohlgenährte **Bestien**, da hatte er weibliche Brüste **zum ersten Mal vollumfänglich** gesehen, von da an waren für ihn die Brüste der Drahosch denen der Kászoni ebenbürtig, man mußte mit ihnen als entscheidendem Faktor rechnen, **da! da!**, während er mit den Zehenspitzen auf der Natursteinfüllung des schräg abfallenden Steinhauses stand, während das Blut von seiner großen Zehe dicht auf Halassis Schultern tropfte, und während der vertrackte Diri wie irre am Fernsehapparat hing, allmählich wurden die eröffnenden Titelzeilen zum Krimi eingeblendet, Drahosch hob sich von ihm weg, gleich beginnt der Simon Templar, so sie, und als er sich erschrocken widersetzen wollte, weil ihm dieser kurze Verlauf unmöglich schien, hob sie schmeichlerisch den Zeigefinger zum Mund, pst, pst, dann rief sie in die Dunkelheit, zu Halassi hinab: morgen erwarte ich dich, und etwas später dann noch: adieu, lieber Deschke, die Brüste der Drahosch waren ein enormer Faktor, während aber Kászonis ausbrechende Weiblichkeit von Anfang an freie Beute war, ein Grund für offene, wohlwollende Scherze und Sehn-

Kosztolányi

süchte, Kászoni!, *wie oft du mir einfällst, die lange Mähne, die lauwarm behäbigen Schenkel, die mannawarmen Brüste, milchigen*

Küsse, konnte man so ungetrübt nicht an den Körper der Drahosch denken, da mußte man immer das gesamte Leben einbeziehen, ihr Leben, wie das wäre, oder wenn nicht gleich das, mußte man zumindest unbedingt berücksichtigen, was es bedeutete, eine Frau zu berühren, und damit hatte die Situation mit Gewissensbissen zu tun, damals, anstelle der Offenheit brach mit den Brüsten der Drahosch eine Zeit an, in der man die Augen niederschlug, sich wegdrehte, halbe Sätze sagte, plötzlich zu schweigen begann, dies oder das mutmaßte, Drahosch war übrigens dünn geblieben, sie hatte beinahe ihren jungenhaften Körper behalten, von hinten konnte man an ihr keine Veränderungen wahrnehmen, nur seitlich, sobald man weiter nach vorne kam, wurde ihre *swaere Bürde* allmählich sichtbar, das Mädchen wurde dadurch schier gekrümmt, als hätte sie wuchtige Säcke um den schwachen Hals, im Nacken, und Drahosch trug sie tatsächlich wie eine Belastung, sie wollte sie nicht zur Kenntnis nehmen, auch nicht, als sich herausstellte, welche Kräfte sie enthielten, und auch dadurch nicht, daß sie auf die Kászoni ständig eifersüchtig war, auf die Kászoni, die ihrerseits mit voller Freude das Urweibliche spielte, als da wären Hitze, Pochen, Pulsieren, Vibrieren, ein *feuriger Fischmaul*, ein Endpunkt von irgendetwas, ein Omega, eine Tiefe voller Tiefe, in die sich die gesamte Schöpfung immerzu soeben hineinstürzen möchte, Kászoni war nicht ehrlich, sie spielte eine Rolle, aber wer weiß schon, vielleicht gehörte das Stilisieren dazu und auch zum Gewinn, Kászoni hatte einen *sicher oft verbittert, noch öfter aber gelenkt, erzogen*, allein schon damit, daß es sie gab, so war Kászonis »Wissen«, das also weitergereicht werden konnte, was er jedenfalls mit seinem Männerverstand annehme, aus der Verantwortung heraus entstanden, die Kászoni gespürt haben mag, weil sie als erste ihre *Menstri ciao* bekommen hatte, wie das die Drahosch sofort von Tolna bis Baranya kundgetan hatte, wobei man hier am gescheitesten im etymologischen Wörterbuch nachschaut (kund Adj., Mhd. kunt, ahd. kund, so bei Kluge; kund ›bekannt, offenbar‹, ahd. kund /8. Jhr/ gehört als Partizipialbildung zu dem unter können dargestellten Verb. Auf Grund vornehmlich prädikativer Verwendung wird kund in jüngerer Sprache vielfach erstes Kompositionsglied in Verbindung mit bestimmten Verben, vgl. kundtun, so bei W. Pfeifer, dtv), daß Kászoni zu ihr, Drahosch, gesagt habe, sie habe *ihr Datum*, Drahosch hatte mehrfach zu diesem Wort angesetzt, hatte lange und

Péter Vasadi

Lőrinc Szabó

Ottó Tolnai: Kerbtierhaus

Antal Szerb

hysterisch gelacht, bevor sie es wirklich aussprach, immerhin wie eine leidige Schauspielerin, und am Ende des wütenden Monologs hatte sich zudem herausgestellt, daß er, K., mit all dem über den Tisch gezogen werden sollte, daher war ihre Rede in allen Einzelheiten verdächtig gut ausgestattet, ich habe mein Datum, so Kászoni zu ihr, und das könne sie, Drahosch, nicht oft genug wiederholen, und weil sie selbst, und das sei für ihn ja kein Geheimnis, sich mit den philosophiegeschichtlichen Veränderungen des Zeitbegriffs beschäftige, entdecke sie die Gerechtigkeit in der Ungerechtigkeit, die sie, ganz allein nur sie, belastet, denn während sie die Nächte in Tage und die Tage in Nächte verwandelt, um diese dann wiederum in Tage verwandeln zu können, und während sie umherrennt, denn sie könne man, und nun möchte sie keinesfalls von ihrem Verstand reden und, auch wenn man es nicht glauben mag, auch nicht von ihrer Eitelkeit, ist ja egal, sie könne man nicht aus dieser Unternehmung wieder herausreißen, auf alle Fälle bewege sie sich auf einer Anhöhe großer Geister, um etwas erhaschen zu können, um den Bissen, den man unter den Tisch wirft, erhaschen zu können, und währenddessen macht die Kászoni **ihre fleischigen Schenkel** breit, als ob ihr das Nasenblut losrinnen würde, und nicht nur, daß sie damit alle philosophischen Anhöhen überspringt, nein, selbst die Früchte der Forschung, die sie nicht erkämpft hat, fallen ihr, um im Bild zu bleiben, in den Schoß, und während sie, Drahosch, wie es zum Dienstweg gehört, je mehr, desto weniger weiß, besitzt Kászoni etwas mit dieser viehischen Geste, daß sich ihr Blut für die Welt öffnet, sie fixiert, definiert, einen Punkt im Strom der Zeit bezeichnet, und der Punkt gehört dann ihr, diese Kászoni, so Drahosch sprudelnd, besitzt bereits ein Datum, das B des Besitzens tanzte noch zitternd in der Luft, als Drahosch ihm, K., zufrieden einen Schlag versetzte, komm, Tölpel, und sie forderte ihn zum Fußtennis heraus, als sei er ein Korom, wer von ihnen beiden damals gesiegt hat, wisse er nicht mehr, er hoffe, die Drahosch, *ich gröle und kombiniere*, so Korom, doch lohnte es sich weder zu grölen noch zu kombinieren, so überstürzten sich die Ereignisse, rasend schnell wie ein Windhundrennen, und etwas geziert kann man das Bild so weiterführen, daß er, K., dabei der künstliche Hase war, die Nacht, die auf das Fußtennis folgte, könnte man ebenfalls eine Nächtigung nennen, wobei man dazu die schwer zu erlangende Erlaubnis der Drahosch bräuchte, aha, mein kleiner Deschke, für

ANNA KISS

eine Nächtigung, und das ist der Punkt, der ihn durch die nicht faßbare Undurchsichtigkeit verlegen und mißmutig machte, er, K., hat zu schnell begonnen, hat sich verstrickt, wie einem das auch in Gesellschaft passiert, wenn man eine ganze Weile ohne Unterbrechung freundlich redet und plötzlich innehält und sich geschwind fragen muß: wie ist das möglich?, auf alle Fälle ist die **Vernunft** eine Voraussetzung, um zu verstehen, man muß das höchst Mögliche mit der Vernunft ergreifen, muß rücksichtslos an der Panzerung der Ratio rasseln, während man das eigene lächerliche Sein ein wenig zufrieden zur Kenntnis nimmt, das ist ein gutes Zeichen, und weiden wir uns an unserem Sprachgefühl, an der Lächerlichkeit unseres Seins, man mag an Pascal denken, der nichts anderes war als ein Gehirn, das sich immer hoffnungsloser und mit nicht nachlassender Kraft und Ausdauer und sogar mit einer blöden, wobei dieses Wort natürlich auf den eigenen einsamen Kopf zurückfällt, sogar mit einer blöden Zuversicht sich selbst definieren wollte, dieser hoffnunglose, der Hoffnung abhanden kommende Optimismus: ist ein Zeichen der Größe, während er alles weiß, Pascal, wer sonst?, alles über die inneren, unvermeidbaren Fallen dieser verkümmerten und gleichzeitig erhebenden Aufgabe, da und weil für ihn das Denken ein Betrachten ist, würde er das vielseitig und nuancenreich definierte **Verstehen** sofort verneinend aufheben, das heißt wegwerfen und es gegen die **Einsicht** eintauschen, die seiner Ansicht nach eine Geste bedeutet, die den ganzen Menschen fordert, und ohne die alle Gedanken fremd bleiben und ohne die jede Annäherung von vornherein Schiffbruch erleiden muß, und dann schwirren die Wörter, von denen noch die Rede sein wird, leer umher, und dennoch, manchmal, weil wir ja schon ein bißchen gelebt haben und daher die Welt in uns einige Spuren hinterlassen und sie uns eingedrückt hat, da sie uns gedrückt hat, kann sich uns ein Ding, eine Bewegung kristallklar zeigen, **nämlich die unentwirrbar heikle Situation, daß es das gibt**, und so werden die Wörter unerwartet zu Vermittlern von etwas, das nicht im geringsten eine Verbindung mit uns und unseren Wörtern zu haben schien, diese plötzlich entstandene sinnliche Reinheit hat auch ihn, K., verlockt, wobei er natürlich nicht wisse, ob diese Erklärung ihr, der Frau, genüge und passe, doch wenn nicht, und im Augenblick sei er sich dessen sicher, aber gerade in diesem Augenblick habe er sein Unbehagen verhehlen können, und zwar so verwickelt im Netz von

Einsicht
Verstehen

Unter- und Nebenordnungen, weil, um endlich auch seine Wut loszuwerden, weil man nicht genügend Wörter hat, er, K., wisse, daß das viele schon gesagt haben, scheinbar tritt jeder mit dieser jugendlichen Forderung an, so verbraucht findet man die Wörter, das mache ihm nichts aus, daran sehe man nur, daß er auch nicht besser ist als sein Ruf, man brauche neue Wörter, bescheidene, demütige, mitreißende, Könige und Diener, abgerissene und hochheitliche, im vorliegenden Fall könnten sie zum Beispiel eine Verneinung ausdrücken, ohne damit einzuschränken, die Wörter könnten sachlich sein, ohne gefühllos zu sein, so wären die neuen Wörter, die es nicht gibt, so daß er, K., der schließlich nichts anderes vorhat, als zu schreiben, was er nicht angeberisch meint, und beklagen will er sich darüber auch nicht, daß er also grad so weit ist wie jeder Schreiberling sonst, der weiß, an welchem Ende man den Stift ergreifen muß, also kann die Traurigkeit zurückkehren, jetzt aber auf die reine Weise, worüber man sich, falls man will, durchaus freuen kann, und falls man sich nicht freut, was natürlicher ist, sieht man, daß dieses Umherschweifen, wenn es auch keine Erklärungen bringt, immerhin die Richtung der Dinge zeigt, ihre Ausrichtung, und das ist gegen allen Anschein beinahe mehr, als würde es die Sache selbst zeigen, und im wesentlichen und allgemeinen vertraue er, K., diesem Makel, dieser ungewollten Waghalsigkeit und Eitelkeit, dieser ungebetenen Gottesversuchung, und um einen Schritt
Gewichtung, Grenze
zurückzugehen, ist es wichtiger, die Gewichtung zu kennen als die Grenzen, und seiner Meinung nach mag die Frau gerade solche Gewichtungen wahrgenommen haben, ein Abwägen, während sie wohl weiterhin fremd oder befremdet seine, K.s, Belange betrachtet, deren Zusammensetzung untersucht, aber sicher sitzt einer nicht den ganzen Tag am Tisch und steht die halbe Nacht am Fenster, um dann, im nötigen Fall, nicht etwas **Taugliches** zu finden, die Nacht nach dem Fußtennis war etwas Taugliches, und darin soll sie, die Frau, nichts Zynisches suchen, im Gegenteil, eher gehe es um eine anständige Sache: sich selbst anderen zuliebe in Kleingeld umwechseln zu lassen, wohl wissend, auf welchen sumpfigen Boden man sich dabei begibt, wer aber weiß, was im Moor verborgen
oben sein
liegt, und über dieses Wissen nicht **oben** auf ist, der kann vielleicht schnurstracks durch das Gelände, weiter, doch ist natürlich jede, aber wirklich jede Vorstellung wie auch die Vorstellung einer Idee in jedem Fall falsch, erniedrigend, das muß einer, wenn er nach-

denkt, wissen, *das Tatsächliche sei tatsächlich immer anders, das* Bernhard *Gegenteil, immer das Tatsächliche, tatsächlich, daß wir aus Täuschung existieren und aus nichts sonst, sei nicht unbedingt auszusprechen*, mit ihm, K., geschahen also immer unglaublichere Dinge, und das Unglaubliche war anfangs schmeichelhaft, zauberhaft, die Arven rührten sich nicht, der Wasserspiegel rührte sich nicht, die kleinen Häuser rührten sich nicht, die Dunkelheit hatte sich über das Gelände ergossen, Drahosch lehnte sich an einen Drahtzaun, und er, K., wagte kaum, nach Luft zu schnappen, wie ein Röchelnder, um ja nichts zu zerstören, opwohl da alles ziemlich durcheinander war, aber man konnte fühlen, was im Verhältnis zu was gestört worden wäre, Drahosch lehnte sich mit dem Nacken an den oberen Rand des Zauns, und manchmal streckte sich dieser Hals so nach hinten, daß es nach einer aufopfernden Körperhaltung aussah, als läge der Hals auf einem Beil, auf einem scharfen Messer **etc.**, vielleicht wurde sie dadurch zwischendurch ganz schwach, sie schloß die Augen, hinter den geschlossenen Augen weinte sie, *heute fürchte* Kosztolányi *ich den Mond*, aber mit ihm, K., fürchtet sie ihn nicht, fürchtet ihn doch nicht, sie sollten den Mond zusammen, gemeinsam anschauen, die Sichel, und als er daraufhin, mit Rücksicht auf bestehende Rechte und Gewohnheiten, denen der Drahosch, befürchtete, auf die Schippe genommen zu werden, begann er zu lachen, soll Drahosch doch einen Hammer anschauen, da heulte Drahosch plötzlich los wie ein Mädchen, als er aber, um seinen Fehler auszubügeln, sein Gesicht an das des Mädchens schmiegte und mit ihr zusammen vorwärts und ein wenig aufwärts blickte wie auf den früheren Plakaten, auf denen für die Flurbereinigung geworben wurde oder wie in den großen Operettenszenen, da zog sich die Drahosch mit ihrem gewohnten herben Lachen zurück, *kalt blitzte der Mond-* Ivanov *schein an ihren Reißzähnen auf, ich habe es satt, immer nur geliebt* Kosztolányi *zu werden, weil ich bin*, sie schob ihn von sich, kurz darauf zog sie ihn, wie sich entschuldigend, wieder an sich, sie wurde handzahm, K. hatte das Gefühl, eine Welle habe sie erfaßt, ein Kribbeln, dem er unbedingt und unumwunden einen physischen Ausdruck geben mußte, mit voller Kraft umarmte er Drahosch, er drückte sie, man könnte sagen, er stachelte sie an, er **trieb es** mit ihr **ordentlich**, so Korom, ihm war, daß er nichts anderes tun konnte, denn zusammen mit der Welle wuchs und wuchs auch das Gefühl des Unbefriedigtseins, als sei auch das eine Welle, das Wellental, diesen kaum überwindbaren Wellenschlag hatte er manchmal auch Halassi gegenüber empfunden, und ein Ausdruck dafür war in diesem Fall, daß sie sich die Hände gaben, sie packten sich an den Händen, und während sie sich im Kreis drehten, drückten sie sie mit voller Kraft, das war die **Schraubstockdrehung**, und in einem für Dritte nicht verständlichen, also nicht vorhandenen Augenblick sagte einer von ihnen, ich habe gewonnen, und wirklich, manchmal machten sie auch mit Korom die Schraubstockdrehung, aber mit seinen kleinen Händen suchte der gleich nach dem richtigen Halt, mußte das tun, und dadurch wurde die Aktion viel zu spitzfindig, so daß nicht die Kraft die Priorität hatte, das war weniger brauchbar, in der Umklammerung stöhnte die Drahosch wehleidig auf, was er als Ermutigung verstand, und daraufhin legte er seine Hand hinten auf ihre Hüfte, unterhalb ihres Trikots, was man ihm nicht übelnahm, bei dieser Bewegung zitterte er etwas, und Drahosch stieg die Röte ins Gesicht, während ihre Taille, ihre strahlend schöne, glatte Haut, wie zur Ermahnung kalt wurde, auskühlte, er meinte auch die Gänsehaut mit der Hand zu spüren, er begann sie zu streicheln, die Zähne schlugen ihm vor Aufregung und Schwindelgefühl wiederholt zusammen, er zeichnete Kreise auf die schlanke Mädchenhüfte, die Kreise verschob er seitlich, in die Höhe, nachträglich betrachtet ziemlich raffiniert, opwohl er bei dieser Tätigkeit überhaupt keine

Wonnenaussicht

Übersicht hatte, er hatte, so Korom, keine Wonnenaussicht zur Verfügung, nein, die Wonnenaussicht nicht, als er aber abwärts, zum Rand der Jeans und seitlich aufwärts zur weichen Umgebung der Brüste gelangte, sagte Drahosch leise nein, nein, es waren unerbittliche Neins, die für die weiteren Versuche alle Kompromisse ausschlossen, während weiterhin ganz unerbittlich weitere Neins ertönten, mit einer gleichbleibend stillen, unerschütterlichen Drohung neinte Drahosch weiter, und er wiederholte mit einer gleichbleibend trunkenen Verantwortungslosigkeit, du Backfisch!, zweifellos ein Backfisch, du, den moralischen Ernst aufrechtzuerhalten wurde immer schwerer, zu akzeptieren, daß man die instinktiven Grenzen einhält, wurde zu einer Narrenkomödie, immer weniger blieb ihnen von der eigenen Person, die hätte handeln können, beziehungsweise wurde jede Handlung formeller und lächerlicher, und daher, und unter dem Druck der wachsenden Wellenhügel und

Flurbereinigung

-täler, war er, komme, was kommen mag, **eingetreten**, das Eintreten war eine zentrale Frage, Samstag abends, wenn sie allein geblieben waren, durchschwitzt vom Tanzen, in der Nase noch der aufregende, *süße* Geruch des Abends, der Geruch der Mädchen, nichts Verruchtes, so Korom, leider nicht, *die Nacht voller leerer Sehnsucht*, auf den langen leeren nächtlichen Straßen begannen sie Steine zu kicken, und kein Problem, wenn ein Stein etwas zu groß war, die Schmerzen waren ihnen recht, sie fauchten, schwankend vor Schmerzen und Sehnsüchten irrten sie umher, um sich etwas zu beruhigen, um zumindest ihre flammenden Gesichter abzukühlen, um nicht jeden Augenblick daran zu denken, mit Korom als Anführer waren sie auf einen Großangriff aus, der nur durch Dániels anfängliche Bewegungskultur, so Korom, versanden konnte, was früher oder später auch geschah, die anderen überholten Dániel schwungvoll, und der vertrat sich eine Weile die Füße am Wegrand, lustlos suchte er einen Stein, dann rief er ihnen mit hoher Stimme nach, wozu sie denn herumrennten, was für ein Gerenne, wie Anfänger, merkten sie denn nicht, daß sie ins Abseits geraten sind!, daß der Angriff durch das Abseits verhindert wird?, schulterzuckend setzten sie sich an den Straßenrand, Halassi, der sich einreden wollte, im Ballspiel mit Korom gleichrangig zu sein, legte den Kopf in die Hände und stöhnte, um damit auszudrücken, daß er die Sorgen kannte, ein Mißgeschick, jammerte er, ein Mißgeschick, daß nämlich der Angriff durch den inneren und äußeren Feind, **so sagt man das**, zum Mißgeschick verurteilt war, für seine »Fehlschüsse« erfand Dániel phantastische und kommode Erklärungen, die meist auf tiefen und unabwendbaren physikalischen Gesetzen beruhten, daß zum Beispiel der Stein im Augenblick des Kickens plötzlich abgekühlt war und zusammenschrumpfte, darum war sein, Dániels, Fuß so unglücklich über den Stein hinweggehuscht **etc.**, aber damit reichte es schon mit diesem leichten Ton, zudem wurde der Ball von der ekligen Tiefe eines Kanals verschluckt, das ist anzunehmen, und das könnte eine gute Warnung sein, er, Dániel, hoffe, daß sie von dem Geschehenen, von dem spielerischen Zurückweichen, reichlich profitieren, und sie sollen, um *Gottes* willen, endlich etwas ernsthafter sein, ernsthaft, das war ein gewichtiges Wort bei Dániel, und er war wirklich ernst, bei ihm gab es nur blutigen Ernst, aber man merkte, daß es dabei nur um einen Ersatz für bessere Lösungen ging, wir haben auch nicht seinen Ernst, so Halassi, sondern den entsetzlichen Kampf, den er um den Ernst beziehungsweise um die Askese führte, an ihm gemocht,

Kosztolányi

Bagatelle, Nichtigkeit

bei Koroms Fete hatte er Schlaftabletten genommen, Leute, so Korom, der bleich aus einem hinteren dunklen Zimmer kam und plötzlich ganz nüchtern war, Leute, dieser blöde Dániel ist eine Marilyn Monroe, sie *spülten* ihn, **spülten, spülten** ihn aus ..., still saßen sie am Wegrand, mit den Schuhen scheuerten sie am staubigen Asphalt, spähten zu einem fernen beleuchteten Fenster, wenn er, K., abends auf bekannten oder fremden Straßen entlanggeht, schaut er zu solchen Nachtfenstern immer respektvoll hinauf, der dort oben arbeitet für uns, denkt er, opwohl sich der Bewohner möglicherweise gerade über neue Bombenkonstruktionen den Kopf zerbricht, niederträchtige, namenlose Briefe entwirft, die Konjugationen der starken und schwachen Verben korrigiert oder einfach nicht schlafen kann, weil er Angst hat, ein Hosenscheißer, oder ihn plagen Gewissensbisse, oder er hat vielleicht zu viel gegessen, etwas zu Schweres, aber sie, die Frau, soll nicht glauben, daß er damit etwas andeuten wolle, wobei er zugibt, daß sie nach den vielen »sie soll nicht glauben« zu Recht mißtrauisch sei, es ist suspekt, wenn jemand auf alle verdächtigen Schritte so vorbereitet ist, dann ist es wohl besser zu schweigen, nicht etwa von etwas nicht zu reden, also im Grunde zu verstummen, sondern **still zu sein**, schon weil, und jetzt wiederhole er das nur, weil es nicht schadet, weil **das Vertrauen keine Sache von Entscheidungen ist**, es hängt nicht mit guten Absichten zusammen, und obwohl man vertrauen muß, daß diejenigen, die das Vertrauen verdienen, einander finden, verlangen die Unwegsamkeiten, die mit dem Zeitplan einhergehen, viel Blutopfer, aber, und das müsse er, K., ernsthaft hervorheben, gewisse Dinge müssen wir selbst dann für unwesentlich **etc.** halten, wenn wir täglich daran zugrunde gehen, in der großen Stille, die wie ein Atmen war, wie ein Seufzer, nur der staubige Asphalt kreischte unter ihren Schuhen, kamen sie dann zur Sache, sie kamen sehr einfach zur Sache, indem Korom die gewichtige Frage stellte, wer eingetreten sei, es ist lustig, daran zu denken, daß damals, als sie eingetreten waren, die Flurbereinigung garantiert in Ordnung war, daß sie an ihren Abenden die Herausforderungen der neuen Zeit ganz gut bestanden, man hätte dabei an die Partei denken können, die durchaus Fehler beging, oder an die Bevölkerung, die nicht mit der Partei ging, die Bedingungen für den Eintritt wurden durch pragmatische Gesichtspunkte nicht aufgeweicht, ein entschiedener, bewußter, bewußt gewählter Eintritt bedeutete, beim Tanzen der

Partnerin zwischen die Beine zu treten, vielleicht waren die Vorschriften streng, aber die Tat war nichts Geringes!, Onkel Frédi erzählte, **daß einmal, in Szeged, auf einem Ball Offiziersanwärter Maiskolben in ihren Hosenbeinen versteckt hatten, Menschenskinder**, so Onkel Frédi, **diese vielen seligen Goscherln**, vor Fieber *bebten die Brüste, in starken Händen brannten die Pfötchen, das ist mein schönstes Präparat, fügte er noch schnell hinzu, zwischen zwei Glasscheiben klebte ein bläuliches, trockenes Material, voller Flecken und Linien, wie Wasser, wie die Abbildung eines Landes auf geographischen Karten, ein Gehirn*, Onkel Frédi *neigte sich nah zur Glasscheibe hinab, das Licht fiel ihm scharf ins Gesicht, auf dem leidend neugierige Züge lagen, von einer schmerzlich hilflosen Neugierde, die seine sonst beherrschten Gesichtszüge beinahe zu einer Grimasse verzerrte, unwillkürlich neigte auch er*, K., *sich näher hinab, mit einem Finger verfolgte* Onkel Frédi *tastend, kreisend jenen Punkt der Zeichnung, wo eine krumme Linie von einem Knoten aus in mehrere Richtungen zerfiel, wie ein Geograph, der sich auf einer fremden Landkarte orientieren will, wie ein Arzt, der die Geheimnisse des kranken Körperteils ungeduldig und ungelenk abklopft, es war ein ruthenischer Bauer*, so Onkel Frédi nachdenklich, *der eines Tages seine ganze Familie ausgerottet hatte, seine Eltern, seine Frau und die beiden Kinder, das ist mein schönstes Präparat*, **wer auch immer!**, als man dann zur Sache kam, am Gehwegrand, konnte der Eintretende mit strahlendem Gesicht seinen Schenkel zeigen, das ist der, dem ist das passiert, der hatte sogar einen Gegendruck abbekommen, er, K., log immer, ohne zu überlegen, daß die Mädchenschenkel antworten, bist du eingetreten?, und ob, das nannte man einen **Schenkel-Ball**, aufpassen mußte man wie gewöhnlich nur bei der Drahosch, denn obwohl sonntags nie, weil sie da immer Ausflüge machte, diese Drahoschens, so Drahosch naserümpfend, sind passionierte Ausflugsleute, aber montags war sie **nicht genant**, das war das gewichtige Wort, wie Dániel ernst sein wollte, so war die Drahosch nicht genant, sie genierte sich nicht, zu schnüffeln, wobei sie die Jungs listig gegeneinander ausspielte, man konnte sie immer besser gegeneinander ausspielen, rätselhaft und heimlich sie dahin und dorthin bestellen, erst begann sich Drahosch umzuhören, und dann war es aus, sobald sie sich umhörte oder, wie sie es nannte, sich orientierte, war es aus, dann war es so: sie bestellt den Halassi zur Mole, nimmt seinen Arm, schleppt ihn, dreht ihn, zerrt ihn

Sándor Márai: Die jungen Rebellen

már aki!

Schenkel-Ball

herum wie einen alten Trottel, Halassi bekommt es satt, zuckt mit den Schultern, entfernt sich, doch der Arme!, da hat sie von ihm, was sie wollte, und wenn nicht, würde Halassi zurückkehren, Drahosch zieht ihre gefahrvollen Netze wie eine Kreuzspinne, mit Korom pfitzt sie Steine am Seeufer, fragt ihn fachmännisch nach dem Fußballspiel am Sonntag, erzählt nebenbei, was seine Fans so verlautbaren, und als Korom schon ganz weich und formbar ist, nur halt auch unaufmerksam, greift sie ihn an, und zwar so, daß es genau auf ihn zugeschnitten ist, und obwohl sich der Absturz immer wie ein Zufallswerk ausnimmt, als hinge alles an einem einzigen Haar, bleibt nichts ungerächt, weil doch die Enden besagten Haares in der Hand der merkwürdigen Spinne, in der der Drahosch liegen, aber jemanden das Fürchten zu lehren ist nicht leicht, sie wunderten sich damals oft über manche Bewegungen, über die ihnen eingebleuten Feigheiten, *im wesentlichen müßte man von einer neuen Lebensform sprechen, er denke dabei an die Haltung, an das Nicken, an die Berührungen, die nirgendwo erlaubt sind, es ist unglaublich, wie viele unschuldige Bewegungen wir im Leben nie ausführen dürfen, nicht einmal mit den geliebtesten Menschen, nicht einmal allein im Zimmer, im Treppenhaus, im Aufzug*, schlimm war nur, daß in ihren Vorstellungen viel Interesse geweckt worden war, wir haben, so Halassi, unsere Freiheit verloren und damit das Recht, die Notwendigkeit, die Bitterkeit unserer Behauptungen und damit auch deren Möglichkeit, **Hengstgedanken!**, so Drahosch, die sich in diesem Themenkreis unabhängig fand, betroffen nickten sie, nur Korom nicht, Stutendenken, nicht wahr?, Korom behauptete immer und glaubte daran, daß die Mädchen ebensolche Lust auf sie hatten wie sie auf die Mädchen, und daß die Mädchen nachts manchmal auch nicht schliefen, patschnaß würden sie erwachen, sich ihre Taschen auf den Schoß pressen, sich gerne ins Badezimmer einschließen, und wenn sie die Köpfchen zusammenstecken, denn sie stecken sie zusammen, und die einzelnen Haare verwickeln sich ineinander, dann reden sie, das müssen die Jungs glauben, von ihnen, nur von ihnen, von ihren Schenkeln, von denen der Jungs, von ihren Brustkörben und von den Turnstunden, für das Wort Stute erhielt er von der Drahosch blitzartig eine mächtige, schallende Ohrfeige, wofür er einhellig beneidet wurde, jemanden das Fürchten zu lehren ist nicht leicht, aber auch nicht schwer, ständig muß man auf der Hut sein, ob man das Fürchten, sei es

PILINSZKY: GESPRÄCHE MIT S. SUTTON

Ich fürchte, es ist zu spät. Ich fürchte.

durch sich selbst oder durch andere, bereits gelernt hat oder nicht, er, K., habe darüber schon mehrmals mit ihr, der Frau, gesprochen, *es ist mir zu schwer zu leben, wenn ich es nicht im größten Stile thue*, das könne er ihr, der Frau, gestehen, alter Kumpel, sie beide müssen auf sich nehmen, daß sie anders leben, im wesentlichen vielleicht wie andere, aber darüber werden sie nicht selbst befinden können, nur leben sie wirklich anders, das ist unvermeidbar, er meine dabei keine besonderen oder großen Dinge, ungeschützt und offen zu sein reiche schon, und schon werden die Rügen nicht ausbleiben, offen zu sein ist unbehaglich, wie ein aus dem Bauch platzendes Gedärm, oder, friedlicher gesagt, wie ein offener Hosenladen, nur ist dieses Beispiel irreführend, weil es nur Anstoß erregt, je nach Publikum, **skandalös hingegen ist die Wahrheit**, das ist sie, und alles, was das Sein grundsätzlich berührt, diesen Skandal muß man erkennen, und wenn es die Situation will, muß man skandalös sein, was aber kein Programm ist, er, K., ist kein Prophet, sondern wie er es schon einmal gesagt hat, ein Heini, das ist kein Programm, sondern Bereitschaft, Schutzlosigkeit, Achtsamkeit, mit den Knien, all sein Leben dafür, drang er voran, wie ein Rammbock, *Meniskusriß*, fuhr ihm durch den Kopf, Korom jammerte immer, wenn er sich die Knie anstieß, eines Tages werde er noch eine verhängnisvolle Verletzung davontragen, doch das kleine Tor öffnete sich gehorsam, und indem er den Fuß weiter voranschob, zog er das Mädchen an sich und lehnte sich über sie, und schon war er dort, wirklich, unglaublich, ein Schenkel-Ball, jauchzte er, lange rührten sie sich nicht, es war alles da, etwas Besseres hätte er sich gar nicht vorstellen können, es verlangte ihn nicht nach mehr, trotzdem begann er sich zu bewegen, erst wollte er in die Jeans der Drahosch langen, was der Hosenschnitt nicht zuließ, dann bat er das Mädchen schnell, überheblich und erschrocken, mit ihm über den Zaun zu klettern, dahinter breitete sich ein phantastischer Garten aus, sichtbar und sogar spürbar leer, unbewohnt und sicher, wie ein nächtlicher Garten im letzten Augenblick sein muß, große, leere Flächen wichen schönen dichten Büschen, *der Mond schien und warf einen bläulich strahlenden Lichtbogen auf den Rasen*, nur die Schatten, die waren erschreckend lang und auffallend, aber, dachte er, vielleicht begünstigt das Geheimnis der Nacht auch andere Geheimnisse, Drahosch lächelte, widersetzte sich, hantierte herum, stotterte, wisperte, plapperte, zischelte, hätschelte, sprach ihm den

NIETZSCHE

←

KOSZTOLÁNYI

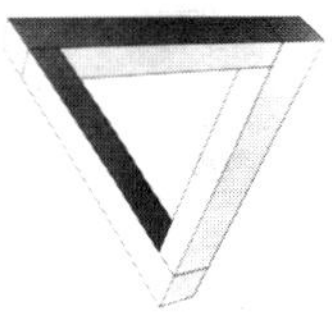

Kopf voll, und er, Dummer, er ließ es zu, daß die Zeit verging, man hätte die Drahosch packen sollen und aus, **bums!**, im Sinne von: das wäre es, aber als das Morgenlicht wie ein schlechter Atem angeflogen kam, vom Teich her kam die dichte, kleistrige, helle Masse, in der man sich kaum bewegen konnte, da war alles aus, das ist klar, aus war die Nacht, mit zugeschnürtem Herzen sog er die entmutigende Morgendämmerung ein, bricht der Morgen an?, im Gegenteil, meine Herren, Drahosch verließ ihn freundlich, ihre Becken trennten sich, das Mädchen legte ihm die Hand auf den Kopf und gab ihm einen Kuß auf die Stirn, was er rührend fand, und daß die Drahosch wegging, fand er natürlich, sie begann zu rennen, er sah sogar, daß sie alle sieben Meter einen Spurt einlegte, tief zur Seite geneigt nahm sie die Kurve am Ende der Gartenreihe, schaute nicht zurück, jetzt war er es, der sich an den eisernen Zaun lehnte, zurückgebeugt, mit leicht gespreizten Beinen wie Drahosch zuvor, und, was er vorher nicht geglaubt und für eine **Männer-Legende** gehalten hätte, seine Hoden taten ihm weh, und als er mit eingezogenem Bauch endlich in seine Jeans langte und seine Lenden rieb, spürte er mit den Fingerspitzen etwas Speichelartiges, als wären dort die ganze Zeit über Schnecken auf und ab gekrochen, was ihm keineswegs widerstrebte, auf den ländlichen Beleuchtungspfählen brannten noch lange die Lichter, *bleiche Pillen*, reglos stand er mit gespreizten Beinen, drückte den Nacken gegen den gesegneten Zaun, seine Hand unten, langsam begann sich das Leben auf dem Ferienplatz zu regen, ein Werktag, Mütterchen eilten mit ihren Einkaufstaschen, aus denen Salzkipferl hervorlugten, Milchflaschen stießen dumpf zusammen, grauhaarige, sehnige alte Männer warteten in der Schlange auf die Morgenzeitung, Fremde schlichen umher, mit gebratenem Fisch in den Händen, naserümpfend und ungeschickt spuckten sie die Gräten aus, *auch der Morgen ist groß*, bald war Drahosch aufgetaucht, frisch, schwungvoll, mit ihrem gewohnten Seifengeruch, Drahosch haßte alle Sprays, Kinder, wascht euch, sagte sie stolz lachend und schwang die Arme in die Höhe, soll man doch schnuppern, sie roch immer phantastisch, und wenn einmal doch nicht, erinnerte man sich daran sicher, im Restaurant hatte sie geschwitzt, sie zog vorne an ihrer Bluse und blies in den Ausschnitt hinein, dieses Hineinblasen hätte er, K., gerne vergessen, Drahosch war nicht allein, an Hápapas Arm kam sie wippend heran, Hápapa streckte sich lächelnd neben dem jungen Geschöpf,

der Morgen bricht an, bricht zusammen

KOSZTOLÁNYI

KOSZTOLÁNYI

eine Weile hatte Drahosch seinen Blick gemieden, währenddessen versuchte Hápapa, **locker** zu sein, Drahosch warf den Kopf zurück, ihre Haare flogen wie eine Peitsche nach hinten, lieber Deschke, so sie, ich weiß gar nicht, was ich sagen soll, Sie sind ein Herzensbrecher, sie blickte ihn ernst an, und das erfüllte ihn mit Vertrauen, dieser betonte Unterschied zwischen Wort und Tat, dieser Bruch, diese Brüchigkeit versprach ihm, daß nun etwas folgen würde, schüchtern dachte er sogar, das sei bereits dies, dieses Etwas, das die vergangene Nacht, die Erfolge der vergangenen Nacht festigen würde, um sie nicht wieder ungeschehen zu machen, um die Sterne vom Himmel nicht herablügen zu können, Korom sagt immer, daß er sich erst mit der Montagsausgabe der Sportzeitungen beruhige, dann stelle sich heraus, wie die Ergebnisse waren, du solltest, so Dániel, du dürftest den Massenmedien nicht so vertrauen, lieber Freund, flüsterte er, als ginge es um ein Geheimnis, die sind manipuliert, aber Korom ließ sich nicht aufklären, die bürgerlichen Medien schon, so Korom, da teile er Dániels Ansicht, man müsse aber unbedingt distinguieren, Dániel winkte ab, **du bist naiv, Alterchen**, nein, nein, nur anhänglich, so Korom geschwind, er möchte, solange er könne, anhänglich sein, Korom sei anhänglich, so wurde die Nachricht weitergereicht, da Korom sie weiterreichte, sie wurde vor allem unter den Mädchen weitergereicht, da **etc.**, aber ihm blieb nicht einmal Zeit genug, sich zu rühren, *eine charakteristische Bewegung eines solchen Zustandes ist das Hinfahren des kleinen Fingers über die Augenbrauen*, da begann Drahosch grauenhaft zu lachen, nicht heiter oder verächtlich, sondern kräftig, sie bog sich vor Lachen, Hápapa kicherte unsicher mit, Drahosch begann Hápapa wütend hinter sich herzuziehen, wir suchen meinen Sohn, so der Mann, indem er wiederholt zurückschaute, er, K., blieb stehen und verließ seinen überflüssigen, nicht erhaltenswerten Posten erst, als er schon sehr hungrig und sein Gesicht irgendwie ausgetrocknet war, Halassi ist verschwunden, so Drahosch, er ist verschwunden!, Drahosch war auf der Treibjagd, voller Verdächtigungen, außer sich, sie ließ jeden umherspringen, er, K., meinte, daß er Schonung verdiene und sie erhalte, daß er schlafen dürfe, in seinem feuchten Zeltschloß schlafen, wo doch ohnehin alles egal sei, alles ist egal, zu wollen gibt es nichts, das heißt, gäbe es schon noch, aber er ist nicht in der Verfassung, um wissen zu können, was er wollte, *für sein Glück kann er nichts unternehmen, wenn es das Schicksal will, wird*

Sie sind ein Herzensbrecher!

Kafka

Sándor Radnóti

er glücklich sein, sie, die Frau, soll darüber nicht lachen, *wenn es das nicht will, wird er unglücklich sein*, Drahosch überfiel ihn rücksichtslos, drehte ihn auf den Rücken wie einen Käfer, wie einen Gregor Samsa, lieber Deschke, wo ist der Halassi, sag nicht, daß du es nicht weißt, du Ketzer, du wohnst hier mit ihm unter einer Plane, verdienst das gar nicht!, und du willst es nicht wissen?, das *gibt es nicht*, **gibt es nicht, gibt es nicht**, Drahosch wirkte unheildrohend, vor allem unglücklich wie noch nie, oft hatte sie keine Scherze geduldet, aber früher wirkte ihre Härte, als würde sie mit ihren Entscheidungen zusammenhängen, liebster Deschke, sie packte ihn am Kragen, er konnte kaum noch japsen, es ist lebenswichtig, sag mir, Alterchen, wo ist der Halassi, plötzlich war auch er entsetzt, undeutlich dachte er in etwa, Drahosch habe mit Halassi etwas angestellt, etwas Unwiderrufliches, sie ist ja in jeder Hinsicht unverfroren, **was hast du mit ihm angestellt?!**, brüllte er los, gesteh sofort, was du mit ihm angestellt hast, schon wollte er sie seinerseits vor lauter Aufregung am Kragen packen, durch die begonnene und dann erstarrte Bewegung wurde Drahosch wieder nüchtern, ach was, bist wahnsinnig, wovon redest du, sie sprang auf und lief ins Haus!, wo ist der Halassi, Englischstunde, so Tante Teri ein wenig zurückhaltend, wegen Hápapas Umtrieben am Morgen, Drahosch war verblüfft, wie ist es möglich, daß sie etwas dergleichen nicht wisse, Prüfung in Englisch, im Sommer, in der Stadt, nein, das nicht, das gibt es nicht, er, K., hatte natürlich gehorcht, und als das Stichwort Englisch fiel, hatte er plötzlich einen Namen im Kopf, *Judit Imecs*, den Namen der **Judit Imecs**, den von der **Imecs**, das war es, was die Drahosch gefühlt hatte, deshalb strampelte sie, kämpfte sie so wild, weil sie Halassi verloren hatte, ohne daß er der Ihre gewesen wäre, weißt du, so Halassi, wenn es eine Frau gibt, mein Lieber, nehmen wir an, rein theoretisch, die weder schön noch häßlich ist, doch ihr Gesicht ist interessant, knochig, entschieden, fest, ihr Blick durchlässig, die Nase scharf geschnitten, und doch sind die Bewegungen der Lippen freundlich, sanft, so daß man sich innerlich sagen muß, sie ist wunderbar, und wenn wir sie infolgedessen gewissermaßen beharrlich empfindsam und oft und mitunter auffällig anschauen, weil sich die Gelegenheit halt bietet, weil zwischen uns zum Beispiel eine gemeinsame neutrale Verbindung besteht, wie bei gemeinsamen Konzertabonnements, den gleichen Buslinien, bei Sprachstunden oder in der Stadtbücherei,

eine Frau!
Maria Iwanowna?

erbaut im nacheifernden Stil der Schinkel-Schüler

und wenn diese Frau zudem alle, aber auch alle unsere Blicke gewagt erwidert, nicht taktlos und anzüglich, sondern natürlich, mit einer durch die Blicke geweckten, heiteren Neugierde, vor allem mit einer Unvoreingenommenheit, mit einer uns gefährdenden, entspannten Aufmerksamkeit, durch die uns die Person zunehmend bekannt vorkommt, beinahe würden wir ihr schon mit einem Gruß zunicken, vielleicht nicken wir sogar, jedenfalls geschieht etwas, daß wir uns hinterher hastig den Nacken reiben, auf alle Fälle benehmen wir uns immer merkwürdiger und ungeschickter, und es könnte beinahe passieren, daß wir sie mit folgenden Worten ansprechen: Entschuldigen Sie meine Maßlosigkeit, aber ich freue mich immer, wenn ich Sie sehe, und dabei wird die Situation, denn wir denken bereits an eine Situation, allmählich vertrackt, immer öfter malen wir uns vorab solche möglichen Szenen aus, und wenn wir dann, im Augenblick vor der gewohnten Trennung, uns zwar nicht mutig, erst nach einem kleinen Zögern, also nach einer Entscheidung zu der Frau begeben und ungefähr so etwas sagen wie, nachdem wir sie schon so oft und oft auffällig angeschaut haben, würde es sich schicken, uns zu verabschieden, und da die Frau nun nickt, nicht übertrieben freundlich, eher wie wir das selbst tun, wenn wir uns mit der Platzanweiserin oder der Saalwärterin auf ein Gespräch einlassen, aber auch nicht auffahrend, sondern wie jemand, der ein wenig überrascht ist, mit ihrem Nicken bestätigt sie unsere Blicke, und das, was wir als eine Art Entschuldigung vorbringen, akzeptiert sie, notgedrungen wollen wir schon weitergehen, die Nähe mit uns tragen, da sagt die Frau, nun also, auf Wiedersehen, und zu unserer Überraschung reicht sie uns die Hand, sie reicht uns die Hand entschieden, warm und unsagbar weiblich, auf die Schnelle wird man nicht begreifen, daß wir ihre Hand in den Händen halten, dann, unter freiem Himmel, ist es uns leicht schwindlig, dieses Händegeben bewahren wir tief in uns, anfangs gehen wir benommen kreuz und quer durch die sommernächtlichen Straßen, vom Beton kommt uns laue Wärme entgegen, ein dunkler Wind weht uns an, und geschwind verändert sich in unserem Herzen die siegreiche Freude in eine aufgebrachte Bitterkeit, das Gesicht der Frau zerrinnt uns in der Erinnerung immer wieder, das Händegeben vermischt sich mit anderem, verärgert reiben wir uns immer wieder die Hand, wissen nicht, was wir denken sollten, dann fällt uns ein, wir wissen nicht, weswegen, daß, *wenn man, in*

Kleine Maria Iwanowna! Was für kleine Füße Sie haben! Ihr Bauch ist ein kleiner Silberteller, aber Ihr Busen ist ganz und gar nicht klein! Und Ihre Hand auch nicht! Ihr Handteller ist unerwartet dick, Ihre Finger sind breit, das alles ist nicht schön, aber ich liebe es.

PÉTER NÁDAS: DER WEG (dt. u. d. Titel PLÖTZLICHER SPAZIERGANG)

einer Winternacht, plötzlich von der Rákóczi-Allee in die Klauzál-Straße einbiegt, niemandem begegnet, innehält, weitergeht, auf den Klauzál-Platz hinaustritt, wo die Marktstände jetzt, zwischen halb zwei und zwei, so ausgestorben dastehen, dann, gewisse Gefühle vergessend, ganz andere auf der Zungenspitze balancierend oder in der Kehle erstickend, den kurzen Abschnitt der Dob-Straße überquert, über den man vom Klauzál-Platz in die Kertész-Straße kommt, und bevor man abbiegt, noch kurz zu den erleuchteten Fenstern des Nest-Clubs hinaufblickt, aber unausgesetzt weitergeht und auch nicht die Auslagen des Papierladens an der Ecke gafft, wenn man also in ebendieser Weise vorgeht, dann muß einem zwangsläufig auffallen, daß in der Kertész-Straße unvergleichlich mehr Autos abgestellt sind als in der Klauzál-Straße, wenn auch zum größten Teil alte und zumeist schmutzige, was jedoch niemand davon abhalten dürfte, meinem Beispiel – selbstverständlich unter Berücksichtigung eigener Bedürfnisse – folgend, so Halassi, *seinen empfindsamen Spaziergang von der Rákóczi-Allee nachts zwischen halb zwei und zwei über die Klauzál-, dann Dob-, dann Kertész-Straße fortzusetzen, und falls man dabei nicht zu langsam geht, man muß sich freilich auch nicht beeilen, dann kann man getrost damit rechnen, daß man in etwa acht Minuten an der gegenüber dem dunklen Gebäude der Musikakademie gelegenen Kreuzung*

Klappentext ebenda

Kertész-Straße und Majakowski-Straße angelangt ist, und in dieser schönen Wendung eine Art neue, höhere Gewißheit finden, Judit Imecs, dachte er, K., während er sich neben Hápapas Haus duckte,

hommage!

und sein Gesicht strahlte wie das **des teuren Herrn Vizekommissars**, wenn er den Sinn von etwas entschlüsselt, das gibt es nicht, schrie die Drahosch, das gibt es nicht!, paß auf, mein Kind, so Tante Teri, während sie sich die Hände an der Schürze abtrocknete wie ein Brauereigehilfe vor dem Essen oder einer Schlägerei, hier wirst du mir nicht hysterisch herumschreien, sonst werfe ich dich hinaus, daß du die Füße nicht wieder auf den Boden kriegst, wieder warf die Drahosch den Kopf zurück, zwei Frauen standen

zwei Frauen!

einander gegenüber, dann rannte sie aus dem Zimmer, Tante Teri rührte sich eine ganze Weile nicht, abends schwieg Halassi glücklich über Imecs, sie lagen in ihrem großen kalten Zelt, schauten zu, wie die Flächen der Blätter sich oben in der Dämmerung überschnitten, hörten den Regentropfen zu, *die kühle Decke zogen wir bis zu den Ohren hinauf, schwer waren die Augenlider, unsere*

KOSZTOLÁNYI

Lungen keuchten erstickt, wir spürten eine unerhörte Angst, Halassi konnte von Imecs nicht genug haben, für ihn war es kaum zu fassen, daß eine Frau bei ihm blieb, die kleinen Mädchen, die er so zwischendurch kennengelernt hatte, die hatten, sobald sie Halassis Gewicht, seine Wucht, den unerbittlichen Ernst, den er mit den kleinsten Dingen verband und mit dem er nur in seltenen Momenten wirklich schwerfällig wurde, den er aber auch bei Geringfügigkeiten nicht loswerden konnte, die kleinen Mädchen hatten, sobald sie das sahen, die Flucht ergriffen, Halassi hatte sie erschreckt, Halassi war nie locker, nachlässig, unaufmerksam oder besäuselt, er war immer sprungbereit, und darin liegt, wenn ein Ausgleich fehlt, etwas Erschreckendes und Aussichtsloses, Drahoschs Angelegenheit schien schon am nächsten Tag geklärt, auch wenn die Klärung eine Eintagsfliege war, der Nachmittag begann als ein einfacher Nachmittag, *sie setzten sich zum Ufer hinaus, die ganze Jugend endet an dem herrlichen Strand, dort, wo die Frauen aussehen, als wären sie endlich frei, wo sie so schön sind, daß sie nicht mal mehr die Lüge unseres Traums benötigen, na, und wenn dann der Winter gekommen ist, will man natürlich nicht so gern zurück, dann will man sich nicht eingestehen, daß es vorbei ist, man möchte gern noch bleiben, in der Kälte, in diesem Alter, man hofft noch, begreiflich, wir Menschen sind eben nicht edel, das darf man niemandem übelnehmen*, die bekannte Bulldogge tollte am Ufer herum, ein großer, starker Hund mit untersetztem Körper, herabhängenden Lefzen, platter Nase, im Spiel »gegen« die Drahosch kamen Anna Bordács und Sophia Pintér immer mehr zum Zug, die Schwestern!, Korom war völlig begeistert, sicher begreift ihr, wie magisch das ist, zwei Schwestern, ein Schwesternpaar, die Jüngere und die Ältere, Korom lächelte, als hätte er dabei zumindest irgendwelche Verdienste, er kam mit immer neuen kleinen Nachrichten an, beispielsweise, daß *die Schwestern, wenn sie allein wären, einander siezen würden, ich schwör's, ich habe sie ausspioniert, darauf war er wirklich stolz*, Anna, *was meinen Sie*, so Sophia, so Korom, *wird es mir Gott verzeihen, daß ich soviel geküßt habe, glauben Sie*, so Anna, *daß Gott nachzählt?, Er zählt nicht nach*, so Sophia, *ich auch nicht, ich konnte es nie verstehen und verstehe mich selbst nicht, wie man nach einem Kuß beten kann, mit demselben Mund!, nein, nicht mit demselben!, wenn ich bete, küsse ich vorher nie, und wenn ich küsse, bete ich hinterher nie*, Sophia *hatte einmal mit der Sandhuhr gespielt,*

LOUIS-FERDINAND CÉLINE: REISE ANS ENDE DER NACHT

Bulldogge, lt. Wörterbuch ungar. »szelindek«, Intarsie: Céline-dek

CVETAJEVA

die auf dem Tisch stand, ihr Fünfminutenspiel, mit dem Glasgefäß, zwischen Holzstäbchen befestigt, mit einer Wespentaille, durch die Taille floß der Sand in einem feinen Strahl und maß fünf Minuten, wieder waren fünf kleine Minuten vergangen, dann Stille, als gäbe es keine Sophia *im Zimmer, dann, ganz unerwartet und plötzlich, folgte das letzte Sandkörnchen, das allerletzte, und vorbei!, so spielte sie lang, ihre feinen Brauen zog sie zusammen, ganz vertieft in den schlanken Strahl,* so auch Anna und Korom, vertieft in sie, in Sophia, *und plötzlich ein verzweifeltes Schluchzen, oh,* Anna, *ich habe es verpaßt!, mit einem Mal war ich gedankenverloren und habe vergessen, das Glas umzudrehen, jetzt werde ich nie mehr wissen, wie spät es ist, jetzt stellen Sie sich vor, daß wir auf einer Insel sind, wer sagt es uns dann, woher sollten wir es wissen?, und das Schiff,* Sophia, *das die Korallen laden soll? den Korallenbruch? das Piratenschiff, auf dem jeder Matrose drei Uhren und sechs Uhrenketten hat? oder noch einfacher: beim Schiffbruch ist mit uns auch eine Katze entkommen, und ich weiß aus meiner Kindheit, aus meiner nicht* **korrum***pierbaren,* da dachte ich, so Korom, daß sie über mich reden, *Backfischzeit, daß »les Chinois voient l'heure dans l'œil des chats«, daß die Chinesen die Zeit in den Augen der Katzen lesen, die Uhr eines Missionars war stehengeblieben, und auf der Straße hatte er einen chinesischen Jungen nach der Zeit gefragt, der Kleine lief schnell davon und kehrte mit einer riesigen Katze zurück, er hielt sie in den Armen, schaute ihr in die Augen und sagte, es sei Mittag, oh,* Anna, *mir ist, als hätte ich jemanden umgebracht, Sie haben die Zeit umgebracht,* Sophia, *wie spät ist es, fragte man sie ein anderes Mal, und sie sagte, die Ewigkeit,* meiner Meinung nach spotten sie über Drahosch, so Korom, auf alle Fälle hatte Korom großen Spaß an seinen Nachrichten, **Koroms Siez-Geschichten!,**

Rónitz taucht auf

murrend wachte die Buldogge, und János Rónitz stand am Sandstrand, in seinem auffallenden Soldatenkittel, Rónitz war eine Errungenschaft der Drahosch, ich habe einen Buschauffeur, so Drahosch, und manchmal war sie verschwunden, sie verschwand, um Bus zu fahren, da stand sie neben der Fahrerkabine, dort, wo man »den Fahrer während der Fahrt nicht stören soll«, sie fahre mehrere Strecken hin und her, und zwar umsonst, so Drahosch, aber der Busfahrer hat sie, die Jungs, nicht aus der Fassung gebracht, es imponierte ihnen nicht einmal besonders, daß er sich Zigaretten, so Drahosch, hinter die Ohren steckte, und während er sich mit teuflischer Geschicklichkeit neigte und beugte, fiel die ihm nie hinunter, etwas hochnäsig dachten sie an ihn wie an den Perusz, an den Mann bei der Schaukel, denn wie sind Busfahrer?, die Busfahrer sind ruhig und ausgeglichen, Hunderte von Menschenleben werden ihnen anvertraut, in ihren fahlen Turnhemden schwitzen sie, haben zwei Kinder, eine schlampige Ehefrau, die sie einst liebten, wobei sie, so Korom, ihr nie verzeihen werden, daß sie ihnen *das* vor der Hochzeit schon erlaubt hatten, sie fallen früh ins Bett, denn Busfahrer stehen früh auf, so strickten sie sich Rónitzens Schicksal zusammen und überhörten dabei, was hätten sie sonst tun sollen, wie Drahosch über ihn sprach, sie unterstellten ihr sogar, daß es Rónitz nicht gab, ohne zu wissen, daß sie damit nur die eigenen Wünsche aussprachen, sie wollten die Welt so, daß es keinen Rónitz gab, wißt ihr, wenn er auf die gerade Strecke neben dem Fahrdamm einbiegt, trägt er seinen sorgfältig gekämmten Kopf noch höher, diesen *hochmütigen, noch jungen Marquisenkopf, das Gesicht verziert durch zwei natürliche Schmachtlocken*, und darüber konnte man gar nicht mehr recht lachen, über den Busfahrer mit den Schmachtlocken, *ich fühle mich von jeder einsamen Tapferkeit so sehr angezogen, daß ich*, so Drahosch, *obwohl ich mir über seine unklare Herkunft zwar im klaren bin, nicht umhinkann, mich an ihm zu ergötzen*, und heraus stellte sich dann: **den Rónitz gab es**, es gab ihn, und er war ein Junge wie sie auch, und es waren eher sie selbst, die neben ihm alt wirkten, und der übrigens anderthalb oder zwei Jahre älter war als sie, er, K., meint, die Sprache habe sie älter gemacht, das Wort, daß sie, die Jungs, allem einen Namen geben, alles benennen wollten, alles wurde erst lebendig, wenn es dafür ein Wort gab, auch in den weniger ernsthaften Gesprächen, beim Quasseln und Schwätzen, einmal, während Rónitz, den sie schnell *Karol* getauft hatten, weil sie den Polacken in ihm spürten, den ausgespuckten Polacken, wortlos blieb er an seinem Platz, um die Lippen ein trotziges halbes Lächeln, die Arme vor der breiten Brust verschränkt, manchmal griff er sich gelangweilt an die Nase, holte dort etwas heraus und zerbröselte es unachtsam, einmal diskutierten sie beispielsweise darüber, ob **Beschäler** oder **Deckhengst** der richtige Ausdruck sei, überrascht und unwillig merkten sie, daß der Streit für Karol immer mehr ein Spiel war, eine Art Huldigung oder Opfer, die Frage, ob Beschäler oder Deckhengst, ist nicht einfach, für die zweite Variante spricht die stilistische Bravour der Ein-

CVETATEJEVA

GOMBROWICZ: PORNOGRAPHIE

fachheit, was durch die Sachlichkeit oder deren Anschein nicht geschmälert wird, demgegenüber ist die erste Variante aufreizend, die aufreizende, bauernromantische, erotische Atmosphäre wird durch einen amüsanten und meisterhaften Kontrapunkt ausgeglichen, der Beschäler, so er, K., ohne dabei Karol aus den Augen zu lassen, hat etwas Positives, sagen wir durch die in diesem Wort versteckten Grundelemente: schälen und Schale wie Muschel, nein, so Drahosch errötend, es hat etwas Negatives, ein kaum zu leugnendes existentielles Geheimnis **etc.**, nachträglich hat das alles für ihn überhaupt nicht mehr die schlechten Farben von damals, als auch er vom **Tatendrang** vergiftet war, beziehungsweise durch herkömmliche Deutungen dessen, was eine Tat sei, wodurch dieses Wort im Gegensatz zu jeder Männlichkeit als Kinderei erscheint, Karol sprach kaum, er schlurfte mit den Füßen, bückte sich, drehte sich, hob die Hände, kratzte sich, ließ seine Wolfszähne leuchten, während er in ihnen herumstocherte und sie putzte, ständig stocherte und putzte er die Nägel, die Nase, fuhr sich durch das Haar, ständig berührte er etwas, meist sich selbst, immer war er mit irgendeinem Körper, einem Gegenstand in Berührung, ständig sah man, wie er tastet, langt, herumfingert, zwirbelt, greift, zupft, scheuert, grapscht, anrührt, stubst, anlehnt, wegschiebt, streicht, reibt, anhäuft, türmt, ausgräbt, auseinandernimmt, zwackt, drückt, Fallen stellt, treibt, hinhält, verletzt, erweicht, rührt, erobert, berückt, bannt, mitreißt, blendet, betört, fesselt, gefangennimmt, festhält, nimmt, packt, besiegt, triumphiert, weggeht, in die Tasche steckt, ausspielt, überwältigt, verrückt macht, verführt, einfängt, aufhält, preßt, drängt, antreibt, bedrückt, belastet, erschwert, zerrt, pfercht, bricht, schiebt, hetzt, jagt, anheizt, aufwiegelt, im Blut erstickt, gewinnt, kompromittiert, desavouiert, diskreditiert, sticht, bohrt, quält, kneift, schneidet, überragt, sich aufbäumt, aufregt, zerrt, einzwängt, quetscht, hält, drückt, rempelt, rammelt, eindringt, loslegt, überzeugt, einen rumkriegt, unterwirft, belagert, besetzt, einnimmt, übermannt, okku-

Wenn's einmal so bestimmt ist, warum willst du dich sträuben? Warum, mein welkes, mein schimmliges, todmüdes, stoppliges, erstarrtes, kaltdurchwässertes, bammelndes, baumelndes, schlappiges, zerknittertes, ausgekörntes, ausgeweidetes, kuddelmuddliges, spaßiges, verkrempeltes, beschissenes, havariertes, schwammiges, abgesahntes, ausgefiedeltes, ausgequetschtes, bettelhaftes, hartmäuliges, fiktives, verzetteltes, verbetteltes, ausgeschältes, infibuliertes, kapituliertes, syndiziertes, narriertes, schikaniertes, ausgekostetes, eingerostetes, besudeltes, vernudeltes, gehudeltes, punzliges, runzliges, zerwühltes, abgestieltes, verprotztes, berotztes, brüchiges, anrüchiges, pusteliges, bubonisches, bekrätztes, augebeuteltes, leergeblasenes, abgewickeltes, dünnbieriges, zähneklapperndes, malträtiertes, ruiniertes, subtrahiertes, ranziges, abgestunkenes, klappriges, lausiges, fledermausiges, abgeschliffenes, abgegriffenes, impertinentes, impotentes, strapaziertes, heruntergekommenes, abgeschwommenes, abgestandenes, piert, unterjocht, unterdrückt, beleidigt, demütigt, verspottet, zertritt, zerreißt, einsackt beschmutzt, einheimst, sich durchsetzt, zurechtweist, nötigt, *nun, in unserer Zeit ist es nicht einfach, La Bruyère zu spielen und Charakterstudien zu treiben, man muß Claude Lorrain eben glauben, der Vordergrund eines Bildes ist immer abstoßend, die wahre Kunst liegt darin, das Wesentliche eines Werks in die Ferne zu rücken, ins Ungreifbare, dorthin, wo die Lüge Zuflucht sucht, jener von den Tatsachen abgemalte Traum, die einzige Liebe der Menschen*, hoffentlich ergeht es uns nicht wie dem Hirtenjungen im Märchen, dessen *Geschichte am Ende für allgemeine Heiterkeit sorgte, so enden unsere Geheimnisse, wenn wir sie ins Freie entlassen, vor ein Publikum, es gibt in uns und auf der Erde und vielleicht auch im Himmel an Schrecklichem nur das, was noch nicht gesagt ist, ruhig werden wir erst sein, wenn alles gesagt sein wird, ein für allemal*, **dann endlich werden wir schweigen und keine Angst mehr vorm Schweigen haben,** *dann ist's geschafft*, Rónitz war ganz unbegreiflich, undefinierbar, wirklich ein Alptraum, was entwaffnend und zugleich unbehaglich war, sie wußten nicht, mit wem oder was sie es zu tun hatten, überhaupt nicht, und dieses Manko war für sie wahnsinnig anziehend, mit Rónitz waren dermaßen viele Ungewißheiten verbunden, daß im Zusammenhang mit ihm die kleinsten Ereignisse wichtig schienen und sich in Sinnbilder verwandelten, ohne daß sich etwas Unheilvolles ereignet hätte, war alles sofort unheilvoll, bei Rónitz mußte man jeden Augenblick darauf gefaßt sein, daß etwas entlarvt wurde, und daß sich wieder herausstellte, wie niederträchtig etwas ist, opwohl sich vielleicht gerade nur so viel herausstellte, daß Rónitz kein Busfahrer war und es nie gewesen ist, sondern einen privaten Gemüseladen hatte, zusammen mit einem Partner, so daß beziehungsweise und so steckte hinter seinem Ohr keine Zigarette, sondern ein Bleistift, und mit diesem Stift neigte und beugte er sich vor, das alles machte sie, die Jungs, so verlegen, daß sie Drahosch deren Lügen gar nicht vorhielten, sondern über sie hinweggingen, im Zusammenhang mit Rónitz konnte *alles* geschehen, und zwar so, daß alles grenzenlos,

versandetes, zerriebenes, wurmstichiges, verludertes, verklopftes, fadenscheiniges, windschiefes, vermodertes, faulsäftiges, verkrüppeltes, bofistiges, ausgelaufenes, durchsichtiges, abgetröpfeltes, unlustiges, verkalbtes, ausgelaugtes, verbrauchtes, verrauchtes, beschnauchtes, ausgesaugtes, angebohrtes, verdorrtes, ausgeschmortes, zerfasertes, abgeseeltes, entblättertes, bestaubtes, gescheitertes, verkeiltes, begrieseltes, verschnupftes, gerupftes, gezupftes, schlotterndes, stotterndes, winziges, verschlämmtes, beklemmtes, bedrücktes, geknicktes, geflicktes, unwertes, unbeschwertes, verzweifeltes, verteufeltes Hodensäckchen – warum? Säckel hin, Säckel her. (Rabelais)

Céline

schrankenlos und damit ordinär war, dagegen waren sie nicht gewappnet, knurrend horchte die Bulldogge, dann stürzte sie sich auf Rónitz, auf Rónitz in seiner langen, engen Soldatenjacke, die trug er auch über der Badehose, den Hund hatten die Jackenknöpfe gereizt, Rónitz aber beschwichtigte ihn mit einer Handbewegung und indem er ihm zuraunte, **go, mm, br, ov,** etwa und: ss, **se, lin,** bald schon streichelte er den Kopf der Bulldogge, er kraulte, kratzte und neckte ihn, als ginge es um eine Frau, Rónitz kam mit zwei fremden Mädchen an, mit zwei großen, blonden Mädchen, die eine hatte so einen Ausschlag auf den Lippen, von dem man sagt, sie hätte zu gut gespeist, es waren Töchter eines befreundeten sozialistischen Landes, zwei **Ergewemamas**, so Dániel, bereichert wurde der Nachmittag durch die Bordács und die Pintér, die den leidenschaftlichen Wunsch hegten, Sprachen zu lernen, und als sie nun erfuhren, daß man in einer oder sogar mehreren slawischen Sprachen sich ungezwungen unterhalten könnte, warfen sie sich sofort den beiden Ankömmlingen an den Hals, um mit ihnen zu parlieren, Rónitz lachte schallend, du hast einen Kußmund, sang er, doch mir verwehrst du ihn, und es war unklar, ob er damit Halassi meinte oder die, die zu gut gespeist hatte, oder Sophia Pintér, er, K., betrachtete sie alle eifersüchtig, und als die beiden Mädchen das schändliche Volleyballspiel vorschlugen, war alles schon gespurt, niemand war dagegen, auch Korom nicht, obwohl er einen Ball im Leben kaum je mit der Hand berührt hatte, unsicher standen sie im Kreis, Drahosch und Korom standen sehr dicht nebeneinander, Dániel hatte mit seiner Ungeschicklichkeit zu kämpfen und wurde dadurch immer trauriger, und er, K., war selbst überrascht, daß er sich mit Rónitz unterhielt, nachträglich erklärte er, er habe ihn ablenken wollen, da er von seinen Mädchenstreichen erzählte, ich habe eine Frau niedergelangt, so Rónitz, niedergelangt, das hatte er, K., sich gemerkt: eine Frau niederlangen, an ihre Brüste sollte ich nicht langen, *nur an ihre Brüste ließ sie mich nicht ran, die waren zu empfindlich, sagte sie, nach einem kleinen Moment voller Zärtlichkeit schlängelte ich mich um ihren Bauch wie ein echter Liebeswurm, lüstern schleckten wir uns immer wieder die Lippen für ein Zwiegespräch der Seelen, mit einer Hand strich ich ihr langsam über die straffen Schenkel, das ist angenehm, wenn die Laterne am Boden steht, denn dann kann man gleichzeitig das Muskelspiel des Beins sehen, eine empfehlenswerte Stellung, ah!, solche Augenblicke*

eine Frau niederlangen, Fachwort, eine freundliche Auskunft von G. Bereményi

Céline

muß man ganz und gar genießen!, welche Wonne, das lohnt sich so richtig, was für ein lustvoller Schwung!, was für eine gute Laune auf einmal!, das Gespräch ging weiter in einem neuen vertraulichen und schlichten Ton, wir waren Freunde, als erstes gleich mal zwischen die Beine gelangt!, wir hatten eben zehn Jahre gespart, **hinabsteigen**, sagte Rónitz zwinkernd, **hinabsteigen**, versteinert schaute er, K., Rónitz an, der lachend die Ohren der Buldogge kraulte und sich beim Volleyball überhaupt keine Mühe gab, die Erwegemamas lachten heftig über ihre Hilflosigkeit, mit hohen Sprüngen und unglaublichen Schmetterbällen, die nicht abzuwehren waren, oder grad umgekehrt, mit vollendeter Abwehr durch Abrollen unterhielten sie – vor allem sich gegenseitig, und mit mütterlicher Sorge streichelten sie die Fäuste der anderen, wobei ein kleines Lächeln um ihre Lippen spielte, diese bedauernswerten Fäuste, die vom ungewohnten Einsatz schon rot angelaufen waren und brannten, und auch die Knochen schienen aus der gewohnten Lage gerutscht zu sein, aber auch das nahm einmal ein Ende, und Rónitz war mit ihnen wieder verschwunden, als ein Memento waren ihnen die Hände geblieben, und Korom, der, wie man sagen könnte, an diesem Nachmittag wie nebenbei im Hafen angekommen war, verbarg tagelang seine Hände, sie saßen am Ufer, Drahosch wimperte mit Korom, *er hatte sich die Wimpern etwas abgeschnitten, damit sie nicht länger waren als ihre, die Spitzen hatte er in eine volle Streichholzschachtel gelegt, die er anzündete, und da verbrannten sie mit einem Knall, die Zeremonie brachte eher Gestank, als daß sie aufregend gewesen wäre, aber sie kam gut an, Koroms Mutter, sein Vater lebte nicht mehr, wurde die Erklärung geliefert, daß er sich in der Küche versengt habe, als er in die auflodernde Flamme beißen wollte, was er einmal wirklich versucht hatte, erst lachte er laut, dann erst beugte er sich über sie*, um zu sehen, wer der wahre Held sei, Korom war wie verwandelt, war weich, gutmütig und gefühlvoll, war gerührt, daß sich die Drahosch für ihn entschieden hatte, er lud zu einem Fest ein, zu einem *rosigen Zechen*, beduselt ging er durch die halbdunklen, ineinander übergehenden Zimmer, um Drahosch kümmerte er sich nicht, meist trank er, stellte sich immer wieder zu den Gruppen, die sich bildeten und auflösten, Leute, so Korom, ihr Muffel, ich bin so glücklich, es war ein ungestümer, fahler Abend, den Quittenkäse, in dem Nüsse steckten, nur halt zu wenige, schlangen sie in sich hinein, allmählich hatte sich auch

Péter Balassa

Miklós Mészöly

Kosztolányi

geklärt, wer zu wem gehörte, im Flur brannte eine ferne Lampe, im Tonbandgerät hatte sich das Band verwickelt, die 45er Platten mußte man ständig neu auflegen, diese Aufgabe hatte er, K., übernommen, verrichtete sie beispielhaft, legte die Nadel mit leichter Hand auf die Scheibe und betrachtete gewissenhaft die bleichen Tänzer, Korom hatte sich allmählich betrunken, der Affe, immer häufiger kam er zu ihm, K., und provozierte ihn sanft, na, was ist, Muffel, und bevor er endgültig in einer Schlafkoje verschwunden war, hatte er sich breitbeinig vor ihn hingestellt, um seine Hüften baumelte noch die Schnur, mit der sie zu Beginn des Abends gespielt hatten, sie mußten mit einer an die Schnur gebundenen Streichholzschachtel zwischen den Beinen schaukelnd irgend etwas, er weiß nicht mehr, was, tun, das Spiel lud sich von den Windungen der Hüften auf, Drahosch war ganz vorn dabei, sie zog an den Schnüren, was für Kümmerlinge, sie war wie toll, Koroms weißes Hemd hing ihm aus der Hose, Freundchen, ihr Schnösel, so Korom, und er schlug sich mit der flachen Hand auf den Bauch, weiß Gott, *mir weht ein Wind aus dem Bauchnabel*, **das ist nicht dein Nabel**, Blödheini, gestern habe ich es stundenlang mit einem Flaum untersucht, er reagierte, ein Südwind, Südostwind, Korom schaute ihn an, als hätte er ihn vom Scheitel bis zur Sohle vernichtet, er, K., hatte auch viel in sich hineingekippt, hatte sich Kaffee über die Hose seines gestreiften Anzugs geschüttet, oben auf der Schenkelinnenseite war ein Fleck entstanden, und seitdem kann er sich, sooft er sich einen hinter die Binde kippt, nicht von der Idee befreien, was durch seine flüchtigen, aber häufigen Beobachtungen noch unterstützt wird, daß sich der Fleck von Jahr zu Jahr verändert, daß er also lebt, sich bewegt, sozusagen eine Amöbe!, manchmal greift er entsetzt dorthin, um das Wesen dort zu spüren, nichts da, schließlich ließ er sich in dem Familiensessel neben dem Telefon nieder, und bald brach der schwere Schlaf über ihn herein, jetzt träumt er nicht mehr, weder gut noch schlecht, er schläft ruhig und zielgerichtet, nur beim morgendlichen Erwachen dreht er sich wütend im Bett herum, eine Weile hatte er, wie viele, einen wiederkehrenden Traum,
der Traum
einen schrecklichen Traum, obwohl er nichts Schreckliches beinhaltete, trotzdem füllten sich seine Augen morgens mit Tränen, er bohrte den Kopf ins Kissen und atmete entsetzlich in den Stoff hinein, um das Gewicht loszuwerden, das ihm auf dem Herzen lag, der große morgendliche Stein, der vor allem war schrecklich, daß er

alles im voraus wußte und trotzdem immer in die Falle tappte, denn der Traum hatte eine Falle, der Ablauf war immer gleich, eine Frau mittleren Alters, eine neutrale Person, gibt vor dem Metzger und einigen Umherstehenden damit an, daß sie ihn, K., verzaubern könne, was sie so beweisen will, daß der junge Mann, er, gegen seinen eigenen Willen in die nächste Straßenbahn steigen würde, er lacht etwas verlegen, ungläubig, ruhig, und nimmt die 20 Fillér an, eine merkwürdig quadratische Münze, die Ecken sind abgerundet, damit sollte er sich einen Fahrschein kaufen, aber, aber, sagt er der Frau nicht wirklich frech, und da gähnt die dicke Falle, und eine Zeitlang, als die Träume besonders heftig und schmerzlich waren, konnte er an dieser Stelle auch aufwachen, aber einerseits träumte er an derselben Stelle weiter, andererseits träumte er später nur noch, daß er aufwachte, und er wußte, jetzt müßte er bei Verstand bleiben, die Straßenbahn kommt, und in diesem Augenblick fällt ihm plötzlich ein, daß sie in die richtige Richtung fährt, und es wäre verrückt, nicht einzusteigen, nur weil diese unmögliche Frau **etc.**, und man wollte ihn ja »gegen seinen Willen« zwingen, wovon keine Rede sein kann, er steigt also ein, in der Hand die vierkantige Zwanzigfillérmünze, winkend dreht er sich um, wie ein Staatsoberhaupt, da verneigt sich die Frau anmutig, voilà, beim Metzger klatschen sich einige in die Hände, im Schaufenster ein halbes Schwein, abends feilschte er mit dem *Herrn*, um den Traum nicht träumen zu müssen, mit wenig Erfolg, mit demselben Aufwand könnte er auch ein Atheist sein, dachte er, in seinen Angeboten für den *Herrgott* war er bereit, das Letzte zu geben, und als Entgelt wäre er schon zufrieden gewesen, wenn er, sobald er die Straßenbahn betreten und also schon verloren hatte, losweinen dürfte, so trickste er mit der Erlösung herum, aber nichts davon, die Straßenbahn fährt los, die Frau winkt mir zu und sieht aus, als würde sie mich bedauern, ihr Gesicht ist jetzt alt und beängstigend, ich kann nicht weinen, *ich stehe auf der Plattform des elektrischen Wagens und bin vollständig unsicher in Rücksicht meiner Stellung in dieser Welt, in dieser Stadt, in meiner Familie, auch nicht beiläufig könnte ich angeben, welche Ansprüche ich in irgendeiner Richtung mit Recht vorbringen könnte, ich kann es gar nicht verteidigen, daß ich auf dieser Plattform stehe, mich an dieser Schlinge halte, von diesem Wagen mich tragen lasse, daß Leute dem Wagen ausweichen oder still gehn oder vor den Schaufenstern ruhn, – niemand verlangt es ja von mir, aber das ist*

»Herr, verlange was Du willst, und ich bin bereit.«

Kafka: Der Fahrgast

gleichgültig, der Wagen nähert sich einer Haltestelle, ein Mädchen stellt sich nahe den Stufen, zum Aussteigen bereit, sie erscheint mir so deutlich, als ob ich sie betastet hätte, sie ist schwarz gekleidet, die Rockfalten bewegen sich fast nicht, die Bluse ist knapp und hat einen Kragen aus weißer kleinmaschiger Spitze, die linke Hand hält sie flach an die Wand, der Schirm in ihrer Rechten steht auf der zweitobersten Stufe, ihr Gesicht ist braun, die Nase, an den Seiten schwach gepreßt, schließt rund und breit ab, sie hat viel braunes Haar und verwehte Härchen an der rechten Schläfe, ihr kleines Ohr liegt eng an, doch sehe ich, da ich nahe stehe, den ganzen Rücken der rechten Ohrmuschel und den Schatten an der Wurzel, ich fragte mich damals: Wieso kommt es, daß sie nicht über mich verwundert ist, daß sie den Mund geschlossen hält und nichts dergleichen sagt?, dann fuhr er plötzlich hoch, weil er sich selbst murmeln hörte, *ich*

COCTEAU: LES ENFANTS TERRIBLES

muß die Moräne erreichen, da legte ihm jemand die kühle Hand sanft auf seinen brabbelnden Mund, Deschke, bitte, ganz ruhig, bleiben Sie still, hier schlafen schon alle, Drahosch hockte neben ihm, *und vier traumverlorene, aufgerissene, schlaflos dunkle Augen*

KOSZTOLÁNYI

leuchteten einander zu, sie streichelte sein Gesicht, du bist schön, verträumt und bleich, ihr Gesicht hingegen strahlte, Drahosch strahlte sehr, sie legte ihren Kopf auf seinen Bauch, das Hemd klebte ihm an der Haut, mit einer Hand streichelte sie den Kaffeefleck, der wohl noch feucht war, ein gräßliches nächtliches Hochfahren war das, von einem Traum in den anderen, könnte man

nun komm!

sagen, nun komm, so Drahosch, wir hauen ab, auf Zehenspitzen schlichen sie davon, bei der Lampe stand ein fremdes knutschendes Paar, wer seid ihr?, so er, K., der Junge hob den Mund leicht von dem des Mädchens, knutschte dabei weiter und fragte, und ihr?, laß sie doch, so Drahosch, feuchte, salpetrige Wände, schäbige Haufen schmutzigen Geschirrs, das war schon das ganze Bühnenbild!, wie war er auf den karierten Steinboden in die Küche nach Angyalföld gekommen, zwischen die unzähligen Schallplatten, man weiß es

das Nächtigen

nicht, **welch ein Nächtigen**, ein Karussell, von dem die Schreie und das Klirren der Ketten erhalten bleiben, *Orchester-tutti*, die Gastgeber öffnen die ärmliche, verglaste Tür, die Frau nörgelt, der Mann murrt, in der Küche kommt Bewegung auf, Leute kommen und

Walpurgisnacht, GOETHE: FAUST

gehen, es beginnt ein banales, schwindelerregendes Kreisen, unangenehm und zugleich aufregend, die gesamte Umgebung wogt durch diese Küche, *ungestüme Gäste*, jemand bringt Wein, einen

Rosé in groben grünen Flaschen mit Bügelverschluß, die Mutter ist auf dem Hocker eingeschlafen, ihr Mund bitter und müde, mit blutunterlaufenen Augen neigt sich der Bruder über den mit einem Wachstuch bedeckten Küchentisch, *starrende Augen in der zweifelhaften Dunkelheit*, ein alter blinder Mann tritt ein, an seinem Arm ein wunderschönes Mädchen, durch die offene Tür strömt Rauch hinaus, alle sprechen gleichzeitig, der Blinde neigt den Kopf, *Gott hat eine Stille, und Gottes Beredsamkeit ist die Welt*, Gott schon, Alter, hört man von draußen, Sie aber halten jetzt den Mund, »Sensation, Sensation! Klosterjungfer und Chamäleon …«, das Mädchen knickst, Hoppe, hoppe, Reiter, **was** er hat, wird steifer, sagt es und errötet, zwei junge Buben spielen Schach, sie haben Schachuhren, aus der Liege ragen Metallspiralen hervor, dort liegt ein küssendes Paar, die Beine verschlungen, im Nacken des Jungen ein riesiges Geschwür, gelb in der Mitte, wie kann man so herumküssen!, bald darauf stehen die beiden auf und gehen lächelnd davon, niemand tritt auf die Schallplatten, *täppisches Schalten und Walten hört man am Boden*, der Blinde bietet nun das Mädchen an, **erst vierzehn Jahre alt!**, schier weinend führt er es im Kreis herum, *man greife nun*, flüstert er, *dem Greifenden ist meist Fortuna hold*, laut sagt er, auf die Jungfräulichkeit, auf die sollte der junge Herr achten!, schräg lächelt er über sein Geheimnis, *der Puder ist so wie der Rock, drum sitz' ich nackt auf meinem Bock, sagt das Mädchen leise*, Schweißtropfen auf der Stirn, ich hoffe, schreit die Mutter, du wirst, wie du bist, jung dahinsiechen, *man greife nun nach Mädchen*, flüstert auch die Mutter, *dem Greifenden ist meist Fortuna hold*, plötzlich ist es still, der Bruder schnarcht am Tisch, **sein mußt du auf eigene Faust**, sagt ihm der Blinde aus nächster Nähe ins Gesicht, Haut an Haut, sein mußt du auf eigene Faust, in diesem Augenblick hört man von draußen, vom kleinen Innenhof her, die mit heiterer Angst erfüllte Stimme der Drahosch, *au, mein lieber guter Dani, tu mir nicht weh, lieber süßer Dani, tu mir nicht weh, au, zieh mich nicht an den Haaren, tu, was du willst, lieber guter Dani*, aber tu mir nicht weh, die Leute in der Küche nicken und beginnen zu lachen, sie zeigen zur Tür in Richtung Veranda, dort ist die Spalte, er soll hingehen und hinausspähen, dort ist sie!, sie lachen, bestürzt springt er von seinem Platz auf, hat das Gefühl, sein Rückgrat sei aus Stein, aus Stein und doch leer, über seine Hast lachen sie noch lauter, der Blinde schlägt sich auf die Knie, *doch*

PÉTER VASADI

↑
Intarsie

KOSZTOLÁNYI

FAUST

!

OTTLIK:
DIE SCHULE AN
DER GRENZE

wozu diese heitere Pracht?, die Mutter füllt eine Aluminiumtasse
mit Wasser, *groß ist meine Familie, von Osten nach Westen, von
Westen nach Osten*, die beiden Jünglinge verziehen die Mundwinkel
KOSZTOLÁNYI gleichzeitig und gleichartig zu einem Lächeln, *von da an wußte er,
K., von jedem Geräusch, was es bedeutete, und wurde dabei nicht
einmal traurig, nur nüchtern, aufmerksam*, er wußte nichts von
einem Dani, an das Nächstliegende, an János Rónitz, au, mein lie-
ber, guter Jani **etc.**, dachte er damals nicht, erst bei dem **Margócsy**,
von Rónitz fühlte er sich angezogen, in seinen Gedanken verwarf
er ihn, denn woher schon kam der herbeigeweht?, wenn die Gestalt
in der Soldatenjacke auftauchte, die Bulldogge meist gleich hinter
ihm, der er wieder **go, mm, br, ov** zuflüsterte, gesellte er, K., sich
zu ihm, auch zum Margócsy gingen sie miteinander, Korom war
noch dabei, der befreite Korom und Dániel, *sie machten einen Bo-
gen um ein Haselgebüsch am Teich und erblickten dort ein Weib,
dieses Weib war damit beschäftigt, Wäsche im Teich zu waschen,
und als es uns erblickte, wandte es sich uns mit seiner Vorderseite
zu und glotzte uns an – ein Weib schon in den Jahren, eine unter-*
GOMBROVICZ *setzte alte Vettel mit großem Busen, recht ekelhaft, ranzig-fett und
schmutzig-alt, mit kleinen Augen, sie schaute uns an, den hölzernen
Wäscheschlegel in der Hand, Karol riß sich von den anderen los,
ging zu der Alten hin, als habe er ihr etwas zu sagen, und plötzlich
riß er ihr den Rock empor, die Weiße ihres Unterleibs leuchtete auf
und der Fleck von schwarzem Haar!, sie brüllte auf*, ihm, K., waren
$\alpha = 60°$ sofort die **Dreiecke** der Drahosch eingefallen! entsetzlich!, *der
Bengel fügte eine unanständige Geste hinzu und sprang davon, er
ging zu ihnen zurück, als ob nichts geschehen wäre, und das wild-
gewordene Weibsstück pfefferte ihm ein Schimpfwort nach, sie sag-
ten kein Wort dazu, es war eine allzu unerwartete und empörende
Schweinerei, die brutal, breitbeinig in uns gefahren war ..., und
Karol ging wieder mit ihnen mit vollkommen ruhiger Wurstigkeit*,
das Licht lief durch die Bäume, Rónitz schritt vor ihnen her, das
unwirklich wilde Zittern der Lichtflecken ließ seine bedrohliche
Jugend noch erschreckender erscheinen, was wird aus mir, dachte
KOSZTOLÁNYI er, K., und war selbst überrascht, als er laut hinzufügte: *manchmal
denke ich schon an die Liebe, wie mag sie wohl sein, mein Gott, wie
denn?*, Rónitz stutzte, wie von einer Schlange gebissen, drehte er
sich um und starrte ihn, K., an, er ließ den Kopf hängen, Rónitz
lachte laut, dann wurde er schnell wieder ernst, ihr seid noch Jung-

frauen, meine armen Käferchen, seine Stimme war die eines wilden alten Mannes, das Margócsy, jedes Jahr am St. Stephanstag, gehörte zu den Angelegenheiten der Drahosch, zu ihren persönlichen Rechten und Pflichten, die diesbezüglichen Statuten besagten, daß das Margócsy »vor allem und in erster Linie etwas Amtliches sei«, und zwar mit dem nicht geheimen Ziel, »Hintertüren zu liquidieren«, der Grund sei nicht in einer moralisierenden Haltung zu suchen, vielmehr könne man unmöglich mit zehn Millionen Hintertüren operieren, das wäre »pervers«, »verdienen kann man das Margócsy auf keine Weise, das braucht man auch nicht, zurückweisen kann man das Margócsy auf keine Weise«, es ist, das heben die Statuten hervor, »wie ein Muttermal«, darüber hinaus ist es »demokratisch und hängt nur davon ab, ob es einem gefällt«, tief im Herzen lechzte jeder nach einem Internationalen Margócsy, das aber gab es nicht, auch auf dem Gebiet der Sehnsüchte mußte man sich mit dem Wechsel-Margócsy zufriedengeben, der »ewig währt, doch wer weiß, was einem der nächste Tag bringt«, nach der geheimen, bekannten Klausel »verdient es der, der es bekommt, nicht, aber wer meinen sollte, er bekomme es für das Nichtverdiente, verstehe rein gar nichts«, nein, »oh, nein«, so die geheime Klausel, alles, was das Margócsy betraf, war also eine Tatsache, und um sie auch böswillig nicht nur ein Gerücht nennen zu können, gab es sogar eine Glaskugel, an der konnte man bis zum folgenden St. Stephanstag herumfingern, eine Kugel mit grüner, gelber und malvenfarbener Musterung, ein hübsches Stück für sich, der Drahosch sind dann die Pferde durchgegangen, witzig gesagt die Glaskugel, und der Wechsel-Margócsy ging an Rónitz, darüber gab es keine Diskussionen, weil es sie nicht geben konnte, damit hatte Drahosch alles hochfliegen lassen, bald, schon im Herbst, zog er, K., mit Rónitz zusammen, sie lebten zusammen, das tun sie heute noch manchmal, Rónitz steigt ab und zu für Monate aus dem Job aus, aus dem Gemüseladen, dann wird er von Drahosch ausgehalten, mit dem Margócsy, so die Definition, ist der Sommer vorüber, sie, die Frau, hatte ihm, K., einmal gesagt, erinnert sie sich noch daran?, damals hielt sie das Rundfunkprogramm in der Hand und sie rief, du, er nämlich, du bist unfähig, etwas zu beenden, und der Rand der Zeitung zitterte dabei unglaublich heftig, er, K., und Halassi hatten die mitreißende Gegenwärtigkeit der Frau, ihre wirkliche Beweglichkeit, von Anfang an beneidet, das Thema auf ihren langen Spaziergängen

das Margócsy

die Pferde

war oft der Augenblick **etc.**, er, K., sprach von der Flüchtigkeit des KOSZTOLÁNYI Augenblicks, oder er sagte: *wir, Clowns der Minuten, hurtige Mitläufer von Veränderungen* oder *der Herzschlag der flüchtigen Zeit*, CÉLINE ob auf den Boulevards, *im Notfall entsinnt man sich der großen Boulevards, da es dort weniger kalt ist als anderswo*, ob am Teich, wenn sie das schräg abfallende Ferienhaus umkreisten, wurden entschiedene Vorstellungen und Gesinnungen ausgeformt, während hinter den abgebogenen Zweigen eines Busches, hinter wehenden Vorhängen, in einer sich öffnenden Tür rote, kichernde, inspirierende, lebhafte Mädchengesichter aufleuchteten, die Mädchen flatterten in ihren blauglänzenden Seidenhemden wie schnelle, unschlüssige Flammen in der Dämmerung, ihre Auffassung stand im Widerspruch zu der noch heute folgerichtigen Handlungsweise der Frau, denn wahr ist, und das ist jetzt die Rache, *daß sie sich zu jeder Jahreszeit, zu jeder Stunde des Tages und der Nacht bemühten, die Zeit am Schopfe zu fassen, und in ihre Wanderstöcke stand* THOREAU: WALDEN *eingeritzt, daß man an der Grenze von zwei Ewigkeiten steht, an der von Vergangenheit und Zukunft, was genau dem gegenwärtigen Augenblick entspricht, und an dieser Linie gehen sie wie Seiltänzer entlang*, sie verachteten das Warten, die Zukunft erwürge den Augenblick, so sie beide, durch die Vergangenheit hingegen werde der Augenblick gedehnt, sicher auch verwickelt, doch bedeute diese Verstrickung Reichtum und keinen Plunder, daher arbeite die Vergangenheit nicht gegen den Augenblick, den Elementen der Vergangenheit könne man keinen Stempel aufdrücken, so sie beide, man könne sie auch nicht in Akten ablegen, dagegen wandte Drahosch ein, denn wenn sie konnte, hatte sie immer etwas einzuwenden, daß auch hier, wie sonst immer, von der Qualität die Rede sei, davon, ob wir nachdenken, ob dafür die Möglichkeit, die Lust und die Fähigkeit bestehen, oder ob wir träumen und nachsinnen, denn wenn wir träumen und nachsinnen, secko jedno, ist es egal, ob voran oder zurück, jetzt sprechen er, K., und sie, die Frau, von der Vergangenheit trotzdem ein bißchen so wie von einem Gegenstand, das ist kein Vorwurf, hat nichts von Schuldbewußtsein, warum auch, zu meinen, daß sie irgendwie eine Ausnahme seien und sich hätten schützen können, schön versteckt unter den segnenden Pfoten von Pu dem Bären, wäre töricht, dieses Verhalten beobachten sie bei anderen oft, nein, **sie haben sich nicht schützen können** und müssen zur Kenntnis nehmen, daß sie schwitzen, morgens ist

ihr Blick trüb, er selbst sehe sich so, als würden seine Runzeln nicht
nur rund um die Augen entstehen, sondern auch am Augapfel, und
ihr Atem ist abgestanden, in den Höhlungen nistet ein feuchtes
Jucken, hingegen haben sie einen Umgang mit den unterschied-
lichsten Mitteln gelernt, Tausende von winzigen Kniffen für ein
ausgeglichenes Leben, also sind sie erfahren, und das darf man
nicht als gering einschätzen, und nun soll sie, die Frau, genau zu-
hören und ihm zugleich verzeihen, daß er wie ein Dorfschullehrer
oder ein scharfsinniger Kaplan spricht, so ergeht es einem, dem es
wichtig ist, daß man das, was er sagt, versteht und liebt, denn er, K.,
meine, jetzt gehe es um etwas, das die Gegenwart und das Sein ver-
ständlich macht, wodurch die Dinge zumindest **einen Ort** bekom- ihren Ort?
men, und aus ihrer Jugend, aus dieser unumstrittenen und unan-
fechtbaren Ebene könne kein goldenes Zeitalter werden, dem sie
nachseufzen, aber es geht auch nicht um einen kalten Abdruck, der
sie befremdet, den sie gehemmt von sich scheuchen müßten, aus
sich selbst hinaus – *denn sollten wir auch noch soviel grübeln, innen
drin ist unsere Seele voller Leichtigkeit, voller leichter Trunkenheit,*
der leichte Rausch der Freiheit, *aber dadurch schwanken wir
nicht, die Knie zittern uns nicht, denn das Blei vom vielen schweren
Wissen hat sich in unserem Herzen oder eher noch im Magen längst* OTTLIK-Arie
*gesetzt wie der Kiel kräftiger Seeschiffe, und diese bittere Kenntnis
der Welt, die die Fahrt mit unseren Segeln* **zwar** *verlangsamt, doch* sehr; Tippfehler
*ihr eine Festigkeit gibt, aber auch das sage ich nicht richtig, das
Gleichnis ist nicht richtig, ich bin mir nicht einmal sicher, ob es wirk-
lich so schwer und bitter ist, was uns abwärts zieht, ich weiß nur,
daß es eine sehr tiefe Ablagerung in der Tiefe unseres Seins gibt, von
unten gerechnet die zweite oder höchstens dritte Schicht, die bereits
endgültig und unabänderlich ist, wo sich unser Leben nicht mehr
rührt, also ist das Wort verlangsamen falsch, da es sich überhaupt
nicht mehr zu bewegen scheint und abgeschlossen ist, das ist ein star-
ker und fester Inhalt in einem Menschen, und keine traurige* **und** oder; Tippfehler
*tote Angelegenheit, im gewissen Sinne ist es sogar das, was wir im
Zuge unseres Seins zustande bringen, was wir aus dem Material
unseres Lebens ins Leben rufen, alles andere und weitere ist das
Schwanken und Schwingen auf Deck, die äußeren Schichten, unser
heute so oder so geartetes Leben, es ist schon leicht und ein Spiel, ein
Rest vom sommerlichen Großurlaub* – wenn zwei Menschen zu-
sammenkommen, sagen wir, zum Spaß, das wären jetzt sie beide,

sagt einer von ihnen, so viel hat in einem Jahr gar nicht geschehen können, *oh Liebling*, sagt der andere, *Sie vergessen, daß wir damals jung waren, und in einem Jahr viel gemacht haben*, im allgemeinen ist es nicht die Sympathie, die die Menschen zusammenbringt, **wen auch immer!**, *eher ist es ein peinliches und schmerzliches Gefühl, wenn zwei Menschen fühlen, daß sie zusammenkommen müssen, es ist kein Vergnügen, wenn zwei Menschen zusammenkommen müssen*, er, K., kann sich jetzt die Situation der Frau gut vorstellen, sie kennen die Unruhe der Ehepaare und haben darüber schon gelacht, wenn sie die Geschichte des anderen mehrfach hören müssen, diese Spannungen zwischen Aufmerksamkeit und Ungeduld, die Außenstehende verlegen macht, man kennt schon alle Wendungen, Zwischenbemerkungen, die schlauen Rückschläge, die vielen Kniffe, um eine Spannung zu erhalten, ohne eine unzüchtige gemeinsame Sprache entwickelt zu haben, einen Sonderfrieden für zwei Personen, ohne aus der Deckung einer gemeinsamen Vergangenheit einander zuzuzwinkern, so etwas ist widerlich!, aber sie verbuchen mit Freude und einem unangenehmen Stolz, daß ihre Geschichte im Laufe der Zeit ihren Schliff bekommen, das Überflüssige abgeworfen hat, ohne etwas von sich selbst verloren zu haben, sie wird strenger, aber nicht blutarm, sie verringert sich auf eine Weise, indem sie nicht weniger wird, möglicherweise entfernt sie sich waghalsig von den ursprünglichen Elementen, aber das löst nur in den ersten Jahren Panik aus, später sieht man sehr wohl, daß es gerade die Treue ist, die das Ganze in Bewegung versetzt, es gibt etwas, das immer dasselbe bleibt, und wenn sie dann endlich zu zweit sind, lassen sie sich gehen, klopfen einander köstlich auf die Schultern und das Herrgottnochmal, na, Liebster, beziehungsweise Liebste, wie gut das zum Schluß wieder hinkam, das andere kam auch gut, und das andere wiederum kam diesmal nicht gut rüber, vielleicht müßte man zu dem Adjektiv zurückkehren, das wir neulich hatten und so weiter, na, und jetzt sollte die Frau ihr eigenes Schicksal aus seinem Mund hören, er, K., tauge ohnehin zu nichts anderem, auch sie haben sich in dem Jahr kennengelernt, in dem Restaurant, wo es das letzte Margócsy gab, er ging dort gerne hin, ein Markknochen mit Toastbrot wirkte auf ihn ermutigend, dann eine vertrauenswürdige Leberknödelsuppe und schließlich ein Gulasch mit üppigem, dickem Saft und den mitgekochten Kartoffeln, kein glanzvolles Mittagessen, aber sehr vertraut, was durch die nette, schwerfällige

Gertrude Stein

Márai

Kellnerin noch unterstrichen wurde, sie hätte unsere Großmutter sein können oder eher noch eine entfernte Verwandte, die einen mit einer Verantwortungslosigkeit verwöhnt, die dieser Ferne entspricht, darüber hinaus war sie nicht nur anständig und wohlwollend, sondern verstand auch etwas vom Verwöhnen, zum Beispiel reichte sie zum Gulasch einen Suppenlöffel **etc.**, unter solchen Umständen war sie, die Frau, an seinen Tisch getreten, ob sie sich dazusetzen könne, es gab noch leere Tische, allerdings mit Reservierungen, aber wer nimmt das schon ernst, ja, ja, er nickte heftig, er könne das Mädchen, nämlich sie, die Frau, verstehen, so was gibt es, dabei ließ er den Blick komödiantisch über die leeren Tische schweifen, so was gibt es, ja, das könne er sich sehr wohl vorstellen, daß wir durch eine antreibende Kraft mit einem Mal das stickige Loch, das wir unser Zimmer nennen, verlassen, wobei wir gegen **unser Zimmer, dieses stickige Loch**, nichts einzuwenden haben, es ist unsere selbst gegrabene Grube, aber trotzdem ein Gefängnis, auch, wenn wir es uns selbst auferlegt haben, und sobald wir auf die Straße treten, sehen wir plötzlich betroffen, daß die Sonne scheint, mittlerweile ist es unter der Hand Herbst geworden, das heißt, die Sonnenstrahlen sind besonders auffällig, da sie nicht mehr an die stumpfe Sommerhitze gebunden sind, instinktiv werden unsere Schritte länger, ein leichter Wind weht uns die Haare in die Stirn, ab und zu überläuft uns die Gänsehaut am Arm, und plötzlich merken wir, daß wir schrecklich hungrig sind, nach kurzem Zögern betreten wir das dämmrige Restaurant, wir schätzen dessen Vorteile, die angenehme Zurückhaltung, die taktvoll wirkende Verschlossenheit, aber, dafür können wir nichts, das kennen wir schon, unser unentrinnbares Zimmerchen fällt uns ein, noch halten wir die kühle Türklinke der schwer schwingenden Tür unsicher in der Hand, schlecht gelaunt erfüllt uns der Wunsch, umzukehren, als wir bei einem nicht allzu günstig gelegenen Tisch jemanden allein sitzen sehen, einen Mann oder eine Frau, unser Gesicht wird heiter, wir denken, daß wir unser Mittagessen gern mit ihm teilen würden, und wirklich gehen wir sicher auf ihn zu, und da, so war es, schlug die Frau die Augen nieder, und leise bat sie um die Speisekarte, da wurde er, K., wie gewöhnlich übermütig, doch bevor er das wirklich hätte sein können, und damit begann die gemeinsame Geschichte, seine und die der Frau, riß sie ihren Kopf von der Speisekarte hoch, und sie bat ihn **zu schweigen**, draußen auf der Veranda er soll schweigen!

fand er niemanden, *tiefe Nacht wölbte sich über ihm*, wie auch jetzt, *an dem vom Wind blankgefegten Himmel funkelten klare Sterne,*
CAMUS: DIE PEST
und der ferne Schein huschte alle Augenblicke aschgrau darüber hinweg, die Brise trug einen Geruch nach Gewürzen und Stein herbei, ein paar Straßen weiter schien ein Auto lange auf dem nassen

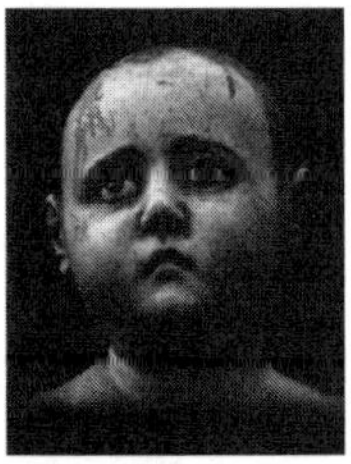

Pflaster zu rutschen, danach zerrissen noch verworrene Rufe von weit her die Stille, winterlicher Ärger!, *dann fiel sie wieder mit ihrem ganzen Gewicht von Himmel und Sternen* auf sie zurück, **was passiert hier**, lieber *Gott*, er hatte Korom verraten, Korom: er ist der, den er verraten hat, damit wäre er schon definiert, **wäre das alles?**, er hatte ihn nicht einmal gehörnt, aber das lag nicht an ihm, und trotzdem durchfuhr ihn plötzlich wie ein Blitz, **hier war etwas Schlechtes passiert, was nicht gutgemacht werden kann,**

wer wird das verzeihen?

etwas war passiert, was man nur nuancieren kann, wer wird das verzeihen?, Korom?, ach wo, würde er es bereuen, würde der verzeihen, und er würde es bereuen, und dann?!, das ist ihre Privatangelegenheit!, aber in der Welt, was wird daraus?, hätte er doch zumindest Halassi verraten, dann wäre er ein Judas!, aber ist das nicht primitiv hochmütig, wenn schon eine Gans, dann eine fette Gans?, *wäre es nicht besser, im gegebenen Fall zu zittern?*, und was ist, wenn anstatt von Korom von Drahosch die Rede wäre?, es

KOSZTOLÁNYI

schauderte ihn, die kühle Luft streifte sein Gesicht, *es wird ein ganz kleiner Herbst kommen, die stummen, kahlen Bäume verbeugen*

HAMVAS

sich, das Laub und die Dämmerung wachsen, der **pfirsichhäutige** Himmel verwackelt, *verstehen wir es recht …, nichts ist negativ, was am richtigen Ort ist, alle Punkte der Dunkelheit sind durch-*

KOSZTOLÁNYI

leuchtet, die Leidenschaft ist Geduld, der Frost strahlende Wärme, die Wüste ein reiches Blühen, die Tiefe ist Licht …, die Turmuhr schlägt einmal tönend, er friert, wenn der Herbst einbricht, ist es das Ende der Urlaubshose, sie wird zusammenfallen, in sich zusammensacken, die herrliche Hose wird nur noch in ihren Ruinen weiterleben, plötzlich fällt dann auf, wie kurz die Beine sind, die gelobte Weite ist nur noch ein Durcheinander, dagegen, wie die längliche Hosentasche nun aus der unvermeidlichen Jacke heraushängt, gibt es keine Hilfe, wegen des leichten Schnitts muß man die Hose zurechtzupfen, durch das ständige Rupfen kann der Reißverschluß hinunterrutschen, einfach eine Schande, in der Hüftgegend macht sich das Hemd los, die entstehende Blöße ist schwer zu ertragen, drückend dumpfe Stille, langsam läßt er die Hände in die Taschen gleiten, innen drin ist es warm, er horcht gebannt, danach *zerrissen noch verworrene Rufe von weit her die Stille*, **winterlicher Ärger!** *winterlicher Ärger!* **winterlicher Ärger!** *winterlicher Ärger!*

CAMUS
TH. BERNHARD

WALZER IM HERZENSTAKT

Ah, du sollst die grünen Luftballons, die einem vor den Augen tanzen, nicht verschweigen, die grünen Ballons nicht verschweigen, die einem vom Nasenbein hochschnellen – wie ein schräg geworfener Stein von den Steinen, ein Fels von den Felsen –, diese Kugeln aus Luft in grüner Kleidung und ohne Krawatte, als würde ein einfacher Werktag (an Krawatten-Stricken) von den Wolken herabhängen, und verschweig auch nicht das Getöse, das sich nun in deinen Ohren halb an ein gelbes Klavier lehnt und beinahe sehen konnte, wie der Luftballon von einem Zweigdolch am Hals getroffen wurde (der Schrei, das Blut, das Loch am Hals, der durchsichtige Schlund); also hebe den Kopf und mach mit den Händen dabei keine verdächtige, schmutzige Bewegung, hebe deinen Kopf, deine Wimpern sollen sich untereinander nicht berühren, achte auf den Takt der Atmung, die grünen Ballons (sie alle) sollst du genau dann mit dem Kopf wegkicken, wenn du spürst, daß deine Lunge randvoll leer ist (vielleicht, so wie der Seifenschaum am Boden der Badewanne, in den einzelnen Bronchien Lachfetzen).

wie

Und nehmen wir nun an, daß du den Hausmeister mit dem großen Schnurrbart triffst. Ihr steht einander gegenüber, eure Nasen berühren einander schier, er hat einen Mülleimer in der Hand, du eine Blume. Drei Blumen. Rosen. Das rostige Stechen der Dornen in deiner Handfläche; Tupfen von Marienkäfern aus Blut. Mit zusammengepreßten Zähnen hebst du die Hand über den Eimer. Eure Blicke begegnen einander, sie verheddern sich immer hoffnungsloser (den Arm hast du immer noch ausgestreckt, ausgebreitet), dann rollen sie mit einer einzigen kleinen Drehung wie ein Wollknäuel in den Mülleimer. Jetzt beginnt sich der Druck in deinen Fingern zu lockern, und du hast das Gefühl, du mußt das Gefühl haben, daß kaltes, eisiges Wasser durch deine Gelenke rinnt, und allmählich sind überall die keck blickenden Meeresaugen tonangebend, ihre Stimme ist klingend-rein, als würden von deinem Atem (oder durch deinen Seufzer) Glasäpfel erklirren, da mußt du

eine Rose ist

dich auch nicht wundern, wenn der Druck in deinen Fingern sich
lockert, deine Kraft kreist dir mit trägen Flügelschlägen über dem
Kopf, ein Glorienschein, bald darauf ein Lichtquadrat, dann eine
Flamme, leise flatternd, ohne Licht, und als endlich, endlich die
graue Asche auf deinen Kopf rieselt, merkst du, daß sich der Druck
in deinen Fingern lockert, und sobald er sogar von den Nagel-
spitzen in die unbekannte Dunkelheit wegspringt, geschieht auch
mit deiner Seele eine Veränderung, Wind kommt auf, ein grün-
äugiger, lieber Kerl mit zerzausten Haaren, der die vier Ecken dei-
ner Seele hochbiegt, als wäre sie eine Palatschinke, in deren Bauch
du etwas Topfen füllst; gleich aber dürfen sich die Möwen deiner die Möwe
Seele nähern, ihre weißen Flügel, das Schwirren dieser Flügel,
die RR im SchwiRRen, die deine Hand berühren und dabei ein
Pokerface ziehen, ihre Köpfe geschickt zwischen deine Finger
stecken und sie auseinanderspreizen, du wehrst dich nicht groß,
du spürst, daß du die Finger nicht mehr so zuammenpreßt, und du
weihst all deine Aufmerksamkeit den Rosen, den Rosen, die wie
Luftschiffe langsam flatternd den kühlen Blechdeckel des Müll-
eimers erreichen.

Schauen wir weiter. Nachdem wir über einige Hügel oder Kup-
pen hinwegstolpern, deren Maulwurfshuppel aus den schwarzen
Minuten und Stunden zusammengescharrt wurden, sehen wir dich
wieder: Steh also dort unter dem Baum, dessen Zweige Menschen-
hände sind, Hände von Männern, Frauen, Alten, Jungen, von Kin-
dern, Müttern, Tanten. Ihnen allen reichst du die Hand, murmelst
ihnen deinen Namen zu, verständlich – aber mit kaum geöffneten
Lippen. Du verstehst nicht, warum du traurig bist, verstehst nicht
den Schmerz, der hinter deiner Stirn hockt und dir den Schädel
so freundlich streichelt, daß du schreien könntest. Du schreist.
Der Baum schüttelt sich, die Hände klatschen. Es ist das Klatsch-
Geschreie der ungleichen Hände. Dann dunkelt der Himmel ein,
eine Wolke mit blauem Hinterleib verschlingt die Sonne, schlank
blitzt eine Klinge auf, und aus der aufgeschlitzten Wolke fallen
Wörter herab, schneeweiße Wörter, ihre Geschwindigkeit verlang- das Wort
samt und beruhigt sich, während sie sich dir nähern und dann ord-
nungsgemäß einzeln gegen deinen Kopf prallen. Die Wortflut
reicht bis zum Nabel, *komm*, halt es nicht länger aus. Halt, warte.
Dreh dich um und geh zurück. Wieder stehst du dort unter dem
Baum und unter der Wolke, die von deinem Kopf fallenden Wörter

versuchst du so zu Boden zu schnipsen, daß sie auf den Rücken fallen, auf ihren Chitinpanzer, und wenn du die heilige Fähigkeit hast, dich von den komisch zappelnden Gliederbeinen ablenken zu können, wirst du erfolgreich forschen, dann siehst du nämlich, was an den zitternden Fühlern der Wörter glitzert. Gut so, da können wir lachen. Unser Gelächter holt die Früchte vom Baum, die Händeflut reicht bis zum Nabel (am Knie wirst du von einer klugen Frauenhand gestreichelt), komm, halt es nicht länger aus.

die ZEIT (Jetzt hast du etwas Zeit, kannst all deine Niederlagen betrachten, sie liegen am Boden, neben der verschimmelten Wand, du mußt nur das weiße Papier etwas anheben, und schon kannst du ihre schimmligen Gesichter anstarren, das Gesicht der Luftblasen, das Gesicht der Rose, das Gesicht der Hand, das Gesicht des Wortes. Du sollst die Falten der weißen Decke glätten und nicht weinen, nicht lachen.)

Gesicht, Rose, Wort

Jetzt reicht es mit dieser steifen Szene, deine Muskeln wurden nicht für statische Anstrengungen erschaffen. Lauf. Du rennst an hochgewachsenen Mädchen vorbei, dein Schwung bringt ihre Röcke zum Schwingen, deine Blicke lassen einzelne Splitter an ihrer Haut. Einer der Splitter ritzt den Schenkel eines Mädchens auf, es blutet. Sag: Sei nicht böse. Bitte um Verzeihung. Verzeihung. Das Mädchen leckt sich die Wunde, du kniest dich zu ihr und kraulst sie hinter den Ohren. Ihr lauft gemeinsam weiter, du vorne weg, hinter dir dein treuer (etwas stinkender) Komondor. An der Flanke, in der Wunde des Hundes, hängen scharenweise Fliegen wie die Blüten einer Blume. Ein Mann soll euch im Rennen mit dem Lasso einfangen. Man sieht, daß er davon etwas versteht. Das Rennen mit dem unbekannten Strick um den Hals liegt ohnmächtig zwischen dir und dem Komondor, der das Rennen beschnuppert. Natürlich sind eure Bewegungen langsam. Den Mann hältst du für einen Priester. Gelobt sei der Herr Jesus Christus! Durch diesen Gruß verwandeln sich eure Köpfe in die Pfeiler einer Brücke aus Eis, auf der Brücke rollen Fuhrwerke ohne Pferde entlang, auf den Wagen farbige Säcke. Du bist langsam. Bevor du herausbekommst, in welche Richtung die Brücke abfällt und was hinter den Farben steckt (wirklich!, was steckt denn hinter den Farben?), beginnt der Mann mit dem Kopf zu wackeln, und ein Bersten zerstört eure Stille; da stürzen die Fuhrwerke mitsamt den Eisbrocken in die Tiefe. Ist ja egal, ist egal, du sollst die zerbrochenen Stücke nicht anstarren,

die Wunde

die Fliegen

deine Sünden weichen das Eis zu Pfützen auf, du siehst ja, ist ja egal, achte auf den Mann. Er tritt zeremoniell auf dich zu und überreicht dir das Lasso auf einem bordeauxroten Seidenkissen. Mit einer der Situation nicht angemessenen Geschwindigkeit greifst du nach dem Geschenk, hältst den Strick als Glorienschein über deinen Kopf, zum Spaß wickelst du ihn dir dann um den Hals, wirfst ihn über einen Ast und hängst dich dran, und bevor sich der Strick tödlich spannt, zerfällt die Szene in unbemalte Scherben, man sieht, daß es nur ein Spaß war. Binde den Strick um den Komondor, bis der das ohnmächtige Gerenne mit der Nase anstupst. Durch das neuerliche Rennen wird die Wunde sauber. Allmählich bleiben die Fliegen weg. Der Mann, den du dir eher als Bergarbeiter vorstellen sollst, paßt auf. In alle Ewigkeit. Verzeihung. Macht ja nichts.

Steh ruhig vor der Wohnungstür des Hausmeisters. Die Tür ist halb offen, wenn du willst, kannst du in das Wohnzimmer schauen. Du sollst wollen. Du siehst das eine Bein einer Frau und zwei Männerhände. (Das eine Bein einer Frau, zwei Männerhände.) Du schließt die Tür, daraufhin erscheint der Hausmeister. (Erscheint der Hausmeister.) Seine Hand siehst du nicht. Die Tür schubst du mit den Knien auf: Das Frauenbein, die Männerhand. (Nerhand.) Du nickst, die Tür wird geschlossen, und es erscheint der mit dem großen Schnurrbart, ohne Hände. (.) Hör auf mit diesem Spiel, bitte ihn lieber, daß er dich mit dem Aufzug hinauffährt. Feindselig fletscht ihr die Zähne, wie Hunde. Der Atem des Hausmeisters wirft dir eine Übelkeit um den Hals wie einen Schal. Ich der Schal
sorge dafür, daß er dich am Hals packt und ihn gleich wieder brüllend losläßt, ich sorge dafür, daß er seine Hände betrachtet, die zu Kohle verbrannt sind. Der Schatten der verkohlten Hände an der Aufzugstür. Du siehst, ich kann für dich alles tun, trotzdem solltest du das Schwarzweißfoto anschauen, das im Inneren des Aufzugs hängt: das Gesicht der Luftblase, das Gesicht der Rose, das Gesicht des Wortes, das Gesicht des Bergarbeiters, das Gesicht der Hand. Du sollst die Runzeln des Spiegels glätten. der Spiegel

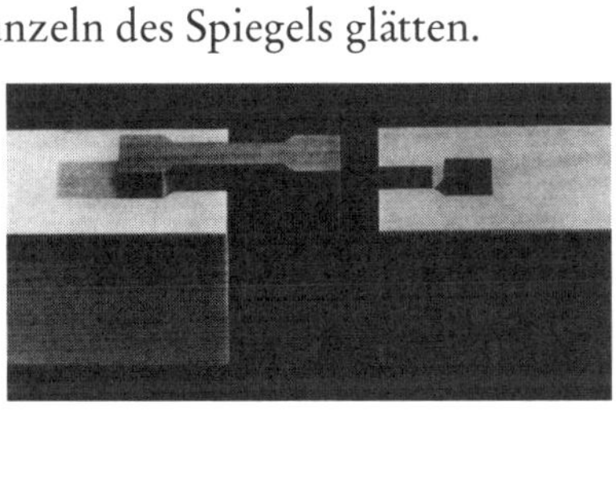

MÄRCHEN, MÄRCHEN, MÄRLEIN

Schwank

Kann es in der schmucken Heimat diesseits von Zalaegerszeg und jenseits der gläsernen Berge auch nur einen unglückselig lausigen Teufel geben, der nicht wüßte, wer Kommandant Pogatschen ist? Nein, so einen kann es nicht geben. Das heißt, einen habe ich dann doch angetroffen, da ich einen Lächelnden Esel besaß, der mich an allerlei unterschiedliche Orte brachte, und ja, so habe ich manches sehen können, was man auf dieser mehr oder weniger gut geratenen Weltkugel sehen kann, also traf ich jemanden, der hatte nicht den leisesten Dunst, wer der Kommandant Pogatschen sein könnte. Die Klügeren unter euch wissen jetzt bereits, wer der kühne Unwissende war. Jawohl, das war der Kommandant Pogatschen selbst, so ist es halt. So ist halt das Leben, nur reden wir nicht gerne darüber. Und um gleich etwas mehr über das Leben zu verraten: Lauern tat der Leise Dunst schon, er lauerte Tag und Nacht in der Nähe des Kommandanten Pogatschen, mal kroch er ihm in den lorbeerartigen Schnurrbart, mal in die schneeweißen Haare, mal in die rauchigen, schmauchigen Ohren, und der Mann war von alldem derart enerviert, daß in seiner Umgebung allen das Hören und Sagen verging, aber er war nicht nur enerviert, sondern begann auch mißtrauisch zu werden. War sogar den lieben langen Tag mißtrauisch, er war mißtrauisch, wenn er sich setzte, wenn er aufstand, war mißtrauisch, wenn er ein ganzes gebratenes Nuckelferkel mit seinem riesigen, allesfressenden Keilergebiß zermalmte – da braucht ihr nicht zu lachen, das habt auch ihr!, auch ihr habt die Zähne der Allesfresser! –, er war mißtrauisch während des *regelmäßigen* Zähneputzens, war mißtrauisch, während er am Abend bei sehr gedrückter Stimmung und mit unschlüssigen Gedanken die dichten Wimpern senkte, ja, selbst auf dem Abort war er mißtrauisch, denn

BIS DASS DER SCHWEIF DES PFERDES NACHWÄCHST

Bildroman

Zeichnungen: Ferenc Banga

der Leise Dunst zerrte an ihm manchmal in der samtenen Maske eines Fräuleins, manchmal im Häubchen desselben Fräuleins, ein anderes Mal im Bilde eines Schnupftuches, wieder ein anderes Mal im Bilde einer aus bischofsrotem Atlas gefertigten Ohrenklappe, eines Pagenhutes, der nach Schweizer Art mit einer Feder geschmückt war, dann im Bilde einer Märzkatze, in den von weit her duftenden Handschuhen meiner Mutter, mit Bildern von Salbei, Anis, Dill und Majoran, im Bild der Rose, der Kürbisblätter, der Krautblätter, der Rebranken, der weißen Malven, der Spinatblätter, des Ringelkrautnektars, der Pfefferminze, der Brennessel, des Beinwurz, dann auch in dem des Leichentuchs, der Daunendecke, der Vorhänge, der Kissen, des Teppichs, der Tapeten, des Tischtuchs, der Servietten, der Taschentücher, des Frisierumhangs, im Bild vom Heu, Stroh, Werg, Kuhfell, von der Wolle, des Papiers, des Kopftuches, der Schlummerrolle, der Hausschuhe, der Börse, des Korbes und des Hutes – zu bemerken wäre jedoch, daß ein Hut glatt, der andere Hut pelzig ist, der dritte Hut ist samten, und es gibt auch taftene und solche, die wie Atlas glänzen, und von all diesen sind die Hüte aus Fell am besten –, dann auch im Bilde eines Huhnes, in dem des Hahns, des Hähnchens, des Kalbsleders, der Haut von einem Hasen, von einer Taube, von einem schwarzen Raben, von der Tasche eines Rechtsanwaltes, im Bild eines Talars, einer Kopfbedeckung, eines Staubwedels, so wie auch *im Bild eines mit Pflaumen gemästeten Gänsleins* – und der zerrte und fummelte und hackte an ihm herum, kniff und knetete ihn grad so, wie man das von einem einigermaßen

In der Übersetzung von *Katalin Kemény* waren es diese Gegenstände, die beim Abtrocknen vom Gesäß des großen Gargantua zum Einsatz kamen. Grundsätzlichen Überlegungen zufolge muß der Hintern nicht abgewischt werden, wenn er nicht schmutzig ist, schmutzig jedoch kann er nicht sein, solange das Geschäft nicht erledigt wurde, folglich muß man sein Geschäft vor dem Abwischen erledigt haben.

Zu bemerken wäre noch, daß beim Wischen mit dem aus purpurrotem Atlas gefertigten Häubchen die Ohrenklappen mit ihren verfluchten goldenen Perlen den ganzen Hintern aufgescheuert hatten. Soll doch das Gesäß jenes Schmiedes, der das Ding angefertigt hatte, im höllischen Feuer verbrennen und auch das jenes Fräuleins, das die Haube dann getragen hatte.

In Anjou meint man, Märzkatzen seien lebhafter als andere Katzen, mit ihren Krallen hatten sie denn seinen Enddarm auch blutig gekratzt, und geheilt wurde er nur, weil »ich mich mit den von weit her duftenden Handschuhen meiner Mutter abgewischt hatte«. Das verstehen wir sehr wohl.

Vom Beinwurz hatte sich der Erzähler einen lombardischen Blutwams geholt, wovon er sich erst wieder erholte, als er sich mit dem eigenen Fladen abgewischt hatte.

Gerne wiederholen wir den Schluss, der einer Ode an die Freude gleichkommt: »Doch komme ich zum Schluß und sage und bleibe dabei, es geht kein Arschwisch über ein recht zartflaumiges Gänschen, wenn man nämlich seinen Kopf zwischen die Beine klemmt. Glaubt mir das ruhig auf mein Ehrenwort. Denn Ihr verspürt dabei am Arschloch ein so wundersames Wollustgefühl, sowohl der weichen Flaumfedern wegen als auch wegen der temperierten Wärme des Gänsleins, die sich ohne weiteres dem Mastdarm und den andern Eingeweiden mitteilt und dann sogar in die Gegend des Herzens und ins Gehirn aufsteigt. Und glaubt nur nicht etwa, die Seligkeit der Heroen und Halbgötter in den elysäischen Gefilden liege in ihrem Asphodelos, Ambrosia oder Nektar, das ist nur Vettelngeschwätz. Nein, nach meiner Meinung liegt

Die Zauberin brachte den weißblütigen oder wehrpflichtigen Mann vor den Richter. Sie sprach zu Müncz, dem (Schieds-)Richter:
Dieser weißblütige oder wehrpflichtige Mann möge für mich arbeiten, bis daß der Schweif meines Pferdes bodenlang nachwächst.
Der Richter wußte, daß die Zauberin ihn einschneidend beschenken würde, also ergriff er ihre Partei.
<Bildverfall>
– Bis daß der Schweif des Pferdes nachwächst … –

sie darin, daß sie sich den Hintern mit einem Gänschen wischen, und das ist auch die Ansicht des Magisters Johannes Scotus.«

selbstbewußten Leisen Dunst erwarten würde. So weit, so gut.

Kommandant Pogatschens Stern neigte sich dem Untergang entgegen. Einen solchen Stern hat jeder, wir haben ihn extra aus dem Grund, damit er einmal untergeht. Infolge all seines Mißtrauens magerte Kommandant Pogatschen zunächst ab: Sein wunderschöner faßförmiger Wanst fiel zusammen wie ein zerstochener Gummiball, den ihr unter den unschuldig errötenden rötlichen Rosenstöcken vielleicht gesehen habt, seine Tupfen sind schon ausgebleicht vom vielen Regen, der nur für die Landwirtschaft taugt, für *die Halmfrüchte*, und nicht für ausgebuffte Bälle, und vielleicht hat eine verwelkte Rosenblüte schon draufgepinkelt, wodurch die Traurigkeit des Balles noch fürchterlich zugenommen hat – nun, das ist mit dem mächtigen Ranzen des Kommandanten Pogatschen passiert, seine Pappel-Schenkel sind zu langen Stäben eingetrocknet, sein dröhnender Brustkasten dröhnte nicht mehr, der keuchte, fleuchte, pustete nur, an seinem Stiernacken senkte sich die Haut, und ja, auch unter seinem Kinn liefen die vielen kleinen Doppelkinne in alle die Richtungen, in die sie zu laufen wagten – und wir wissen, wie waghalsig die kleinen Doppelkinne Gott sei Dank wirklich sind –, so daß das Kinn einsam geblieben war und es sich einen Schrecken hätte holen können, wenn ihm die Tapferkeit nicht eingebleut worden wäre. Aber sie war ihm eingebleut.

Und der Kommandant Pogatschen hatte die Lust an *allem* verloren. Seine Schönheit war dahin, den Verstand hatte er seit jeher in der Reserve gehalten, zudem machten seine Vorgesetzten, der Hauptkommandant Pogatschen und der Kommandant Hauptpogatschen, ständig an ihm herum. Sie machten in den unterschiedlichsten Posituren an ihm herum, und allmählich fühlte er sich wie eine illustrierte Ausgabe des Kamasutra – das ist auch so ein Märchenbuch. Natürlich machte der Unterkommandant Hauptpogatschen am meisten an ihm herum, weil er sich um die bald verwaiste Stelle des Kommandanten Pogatschen bewerben wollte. Dieses bunte, vielfarbige Herumgemache war nicht recht nach dem Gusto des Kommandanten Pogatschen. Wahr ist dann aber doch, was wahr ist, man kann auch die Lage der Vorgesetzten verstehen, teils da sie auch Vorgesetzte hatten, die herummachten, teils weil der Gebrauchswert eines Kommandanten Pogatschen mit eingefal-

Da legte der weißblütige oder wehrpflichtige Mann einen wohldistinguierten sommersprossigen Sack vor.
Der Richter räusperte sich und begann von vorne: »Bis daß der Schweif des Pferdes nachwächst, möge das Pferd bei dem verbleiben, der es in seinen Lebensraum, deutsch im Original, aufgenommen hat.«
H
Der weißblütige oder wehrpflichtige Mann sprang auf das schwanzlose Pferd und ritt gelinde gerührt heimwärts.

lenen Wangen, Ringen unter den Augen, Schuppen im Haar und vor allem voller *Kummer* – nicht eben hoch ist.

Allerdings und von der Kehrseite her betrachtet: Wenn jemand schon der Kommandant Pogatschen ist, ist es nicht einfach, das nicht mehr zu sein. (Da müßt Ihr aufpassen! Ich zum Beispiel habe eine junge Damenbekanntschaft, wie soll ich sagen, einen *blonden Zyklon*, der in seiner oder meiner Wut die Zähne zu fletschen pflegt. Dieser Dame sage ich immer, daß sie aufpassen soll, weil das Gefletsche in ihrem Gesichtchen haften bleibt. So dichterisch pflege ich die blonden Zyklone zu erziehen.) So irgendwie stand es auch um den Kommandanten Pogatschen; auch er war das nicht immer gewesen (doch nachdem er das geworden war, war er das), anfangs war er Feri oder Laci oder Jancsi; die Grammelpogatschen seiner Mutter waren sein ein und alles. So war es halt. Das ist doch nichts Böses? Natürlich nicht. Nun, wie aus einem Feri ein Kommandant Pogatschen wird, darüber ein anderes Mal! Ihr müßt mir nur das Stichwort geben: *Taschenspuk des Junggesellen!* – und ich weiß dann gleich, wie ich den Mund aufzusperren habe.

Kommandant Pogatschen lungerte kummervoll in den krummen Straßen unserer Stadt, ganz dem Mondschein vergleichbar. Doch was zum Mondschein paßt, ist noch lange nichts für den Kommandanten Pogatschen! Mit seinen Schulterpolstern streifte er an den Hauswänden entlang, und diese Schulterpolster waren allmählich zerschunden. Entsetzlich! Man muß das wohl nicht näher ausmalen! Der Kommandant Pogatschen wußte einfach keinen Zentimeter weiter. Obwohl er auf derlei Dinge immer viel Wert gelegt hatte: zum Beispiel 3 cm oder 5 cm etc. Diese Zahlen hatte er (zusammen mit den jeweiligen Richtungen) immer in seinem großen rumpligen Kopf. Und was war dann passiert! Immerzu hatte er gerülpst: Da legte eine ganze Schar von Scharrmaus Rülpsi los, rannte ihm zum Hals hinauf, setzte sich ihm in die Mundwinkel und ließ zwischen den Allesfresserzähnen des Kommandanten Pogatschen hoheitlich die Beine baumeln! Jedes Rülpsi trug ein Speichelbläschen als Hut auf dem Kopf. Solche Frechheiten reichten ihnen aber noch beileibe nicht, denn schnüff-schnüff, nuff-nuff, jedes einzelne Scharrmaus Rülpsi hatte eine Zahl bei sich, zum Beispiel 3 cm oder 5 cm, – und so wurde der Kopf des Kommandanten Pogatschen langsam auch von innen her ausgemergelt.

Kurz darauf holte ihn der Richter ein und verlangte den wohldistinguierten sommersprossigen Sack von ihm.
Der weißblütige oder wehrpflichtige Mann veredelte (daraufhin) wie ein Hengst. Er öffnete den Sack und schüttelte die Baisers samt und sonders heraus.
»Baiser«, schmatzte der Richter stellenweise und attackierte den anderen krustig. »Ich habe dich nicht betrogen«, antwortete dieser. »Als ich den Sack vorgelegt hatte, deutete ich damit an: ›Wenn du zugunsten der Zauberin urteilst, erschlage ich dich mit diesem Sack voller Baisers.‹«
Der Richter vernichtete, Vernichtung deutsch im Original, sein Pferd und trabte davon.
ENDE

Wie er nun so ging, mit glasigen Augen auf und ab ging, als sei er ein Tourist, und sich nach den netten Baudenkmälern umschaute, beziehungsweise nicht nett, aber *anständig hingefriemelt* waren sie, da traf er allerlei Leute, den Kahlen Recken, dem er einen Kubikzentimeter zunickte, dann traf er noch die Kariertgeschwanzte Kuh, das Bärentatzenmuttchen, Ostrovski, den Eisernen Prinzen, den Bodenlangen Milan, Nándi Csabán, den Schrecken der Verteidiger, den Stattlichen Nachtwächter, die grausamen Gonaden, diese niederträchtigen Gauner, und in seiner Trauer fühlte er sich sogar von abgewirtschafteten Grafen sehr wohl angezogen.

Denn so sind die Grafen, nur reden wir nicht gerne darüber, gespreizt stolzieren sie auf ein mächtiges Hügelchen hinauf, prangen in ihren ungarischen Dolmanen, in ihren Goisernschuhen, sie murren, murmeln, schnurren, und dann, bumsti-bums-hoppala-hopp – *wirtschaften* sie ab und hinunter. (Die echten Grafen amüsieren sich darüber wunderbar, sie lachen so sehr, daß am Hügelabhang der Goldregen fällt, und alle Glücklichen und Unglücklichen halten ihre rosig lächelnden Visagen in das gelbe Gewitter, also lachen die Grafen, der Wind weht ihnen in das glänzende Haar, so daß ihre Trauer nicht zu entdecken ist, verdächtig wirkt höchstens mal ein zur Seite geneigter, nackter Nacken.)

Am Fuße des Hügelchens hingegen steht das Volk zwischen den Buden, und es freut sich aus ganzem Herzen über die sich abwirtschaftenden Grafen; sobald die unten angekommen sind, versetzen die Leute ihnen einen Schlag in den Rücken und trinken einen guten Schluck Bier. An anderen Tagen setzen sie sich am uferlosen Bach mit seinem reinen Wasser … wohin?, nun, nicht ans Ufer, sondern in die nähere Umgebung – und führen Grundsatzdebatten. Sie fühlen sich wohl, bis in den Abend hinein. Die Bäume blühen, der Gartentisch und der Stuhl stehen einander gegenüber neben dem Hag, als würden sie ein vertrauliches Gespräch führen, aber ihre Stimmen kann man leider nicht hören oder nur mit einer Ohrenlupe.

Dann senkt sich der Montag herab, und alle gehen zur Arbeit.

Die Version für über 18 Jahre: unter einem mächtigen und gutmütigen **Leibe** mit Ver**laub**, beschirmt etc.

Einer der abgewirtschafteten Grafen saß tagelang unter einer mächtigen und gutmütigen **Eibe**, durch das **Laub** beschirmt, grad wie vor einem Campingzelt, auf den Knien des Grafen lag ein Spiralheft, und vom Morgengrauen bis in den Abend kritzelte er dort hinein. Es ist schwer zu beschreiben, wieso und warum, jedenfalls aber konnte sich der Kommandant Pogatschen nicht von ihm trennen, der Mann war ihm sozusagen ans Herz gewachsen, immerzu stand er neben ihm, ob der Wind wehte, ob es donnerte, es war noch ein Glück, daß kein Regen durch das Laub dringen konnte, die Sonne auch nicht, jener Mann hatte den Ort gut ausgesucht. Natürlich hatte der Kommandant Pogatschen sich zuvor informiert, im Wald ging die Nachricht um, daß der Graf wunderlich wunderbare Blumen zeichne, so zumindest schwatzte meine Tante Dohle. Als dann der Kommandant Pogatschen all seinen Mut zusammennahm – denn Mut ist so etwas wie Quecksilber: Er rinnt auseinander! – und sich über die schmalen, knochigen Schultern des Grafen beugte, da fiel ihm vor Verwunderung und Enttäuschung schier das Kinn hinab! In einer Ecke des Blattes sah er ein kleines schwarzes Geschmiere:

so ungefähr, ein Tambour-Gekritzel

Was ist das, schnaubte Kommandant Pogatschen, er hatte das Gefühl, betrogen worden zu sein. Eine schöne, farbige Blume, sagte der Graf überaus mild, wobei man gut heraushören konnte, daß meine Tante Dohle doch recht hatte. Wer bist du, fügte der Graf noch melodisch hinzu, während er den wahnsinnsschlanken Filzstift in seiner Hand wie eine Lanze drehte und wendete.

Wir aber wissen, daß es einen Menschen gab, der nicht wußte, wer der Kommandant Pogatschen war, und der Graf hatte gerade in diese Wunde gestochen. Der Kommandant Pogatschen verließ ihn wie ein begossener Pudel, und ihm wurde, wenn überhaupt möglich, noch trostloser zumute als je zuvor, er war ausgesprochen mißmutig, sein Brustkasten keuchte nicht einmal mehr, die Sonne schien ihm durch die Beine, und die Ohren kippten ihm vor, wie ..., da gibt es gar keinen Vergleich, so kippten sie vor. Meiner Ansicht nach fehlt uns etwas Wichtiges zu unserem Wohlergehen: die Wonne des Vergleichs, daher also begann der Kommandant Pogatschen mutterseelenallein wieder umherzuschlurfen, in seinen Augen spiegelten sich die Fischerbastei und das Parlament, während er verständlicherweise zwei Wörter unendlich traurig wiederholte: abwärts-vorkippen, abwärts-vorkippen.

Da schaute er noch säuerlicher. Und wieder begann er zu gehen, in seinen mehr als schönen Goisernschuhen auf und ab zu gehen. Was Goisernschuhe sind und woher sie stammen? Gute Frage. Er jedenfalls ging für sich hin, bis er sich mit einem Mal mitten in einer überaus mächtigen, überaus reich geschmückten Feierlichkeit befand, wo er auch eingelassen wurde, denn ganz fallengelassen wurde er nicht, das wäre auch nicht so einfach, und wenn auch nicht sehr festlich, so konnte er sich dort im schummrigen Licht zurückziehen, als sei er ein Braver Feuerwehrmann. Was ihn aber schmerzte. Na, wie dem auch sei.

Und da geschah etwas Wunderbares, wodurch der riesige Lebensbogen des Kommandanten Pogatschen in ein völlig neues Fahrwasser gelangte. (Und das ist es, was mir immer wieder einfällt, wenn ich vom Wasserkraftwerk höre.) Dem Festredner, einem sympathischen, gallerbarden Kerl mit ausgefranstem Mund und Ringelschwänzchen, hat es am Ende eines schwungvollen, mäßig schlauen, doch spiralförmig angelegten langen Satzes die Stimme verschlagen, daher griff er nach einem der sechs Wassergläser (ihr müßt euch merken: Da stehen immer sechs Wassergläser!, und wenn es nicht sechs sind ..., naja, dann wissen wir schon Bescheid), die auf dem pedantischen, gelben, gerillten Kunststofftablett standen, goß sich Wasser ein und wollte das Glas schon an seinen etwas aufgesprungenen, ausgefransten Mund heben, als es ihm plötzlich von einer Hand entwunden wurde – ich meine das Glas – und hopp-hopp, da blieb die Hand des Redners leer, allein und einsam. Er betrachtete sie eine ganze Weile, es kam ihm alles bekannt vor, aber er wußte nicht, was er davon halten sollte. Auch das ist sehr wichtig: Es gibt Leute, die nicht wissen, was sie davon halten sollten. Nur hat der liebe Gott einen mit solch ausgefransten Lippen nicht erschaffen, damit der leicht in Verlegenheit kommt, der Redner krächzte ein wenig, und die vielen kleinen emsigen Wichte Rötzlings feilten um die Wette die Kehle zurecht, die des Redners natürlich, manche leisteten dabei 1200 %, bald war die Stimme wieder ziemlich *schneidend*, und der Mann fuhr wie gewöhnlich fort. In der Tat, der Herrgott ist lang, und der Speck ist kurz ... So nämlich sind Festredner, nur sprechen wir nicht gern darüber.

Wem aber gehörte die Diebische Hand? Dem Kommandanten Pogatschen. Er stand dort im schummrigen Licht, in dem sich der Brave Feuerwehrmann schon ganz gemütlich eingerichtet hatte, in der Hand hielt er das Glas Wasser, und ein großer Entschluß war in ihm ausgereift. (Treffend, was Dan A Ma, die Schriftstellerin aus Burma, darüber gesagt hat: Entschlüsse sind wie Kirschen: Wenn sie rot sind, kann man sie ernten.) In seinem Hirn schwirrten die Gedanken wie fleißige Bienen, ehrliche Ameisen, lässige Grillen oder wie BORJOSCHKEN, diese dickwanstigen automechanischen Schaben; auf einen Zug hatte er das Wasser von mittelmäßiger Qualität hinuntergekippt und schlurfte nach Hause, um dort nachzudenken; auf diese Weise war das ein enorm großer Tag, so groß wie eine Schenke. Kommandant Pogatschen verkroch sich unter seine greise Decke und murmelte wilde Wörter gegen den Festredner. Ich werde ihn zügeln, schnetzeln, wegschnipsen, brummte er oder stellte in Gedanken die strenge Frage: Ist von Ihnen noch was übriggeblieben? Die Daunendecke lächelte weise (so, daß der Kommandant Pogatschen ins Schwitzen geriet), sie kannte ja die Schwüre rabiater Menschen, die Keckheiten feuriger Jünglinge, die Stürme der tausendwöchigen Mädchen und die Hinterlist der Warmen Ziegelsteine. Der Kommandant Pogatschen schlief gut ein gutes Stückchen (das nämlich ist das große Geheimnis), nicht einmal die unter seinem Bett frech krabbelnden BORJOSCHKEN konnten seine ruhigen, bunten Träume stören, in denen die Hauptperson die genußsüchtige Königin war, deren Beine, gerade, während sie schlief, enthaart wurden, und zwar mit Erfolg.

Von da an konnte keine Festrede bei keiner Feier ohne den Kommandanten Pogatschen beginnen. Und er, er *klaute fahrplanmäßig das Wasser*. Allmählich wurden die Redner von einer merkwürdigen Aufregung übermannt. Zum Beispiel begannen sie zu schwitzen. Zu stottern. Zu kichern. Zu murksen. Herumzudrucksen. Die Menschen, die armen, sie dachten, das sei der neue Stil, und nickten, soweit es die Läppischen Seidenkrawatten, diese braven klapperdürren Kerle, zuließen. Man verdoppelte die Wärter, so daß nun auf je ein Glas 1–1,2 Männer kamen, die brav Schmiere standen, jeweils mit geschniegeltem Schnurrbart. Die Schmieresteher waren hilflos, genauer gesagt breiteten sie hilflos ihre Arme aus. Auch das wurde in die Reden eingebaut. Unser schönes Land wird aufgebaut und verschönert, riefen die Redner, daraufhin *sprangen* die Schmieresteher auf und breiteten *ziemlich* hilflos die Arme aus.

Warum nur? Weil wieder ein Glas Wasser verschwunden war. Eine Diebische Hand – wir wissen, wessen – holte aus, und wieder ragte die Hand der Redner abscheulich leer in die Luft. Der Kommandant Pogatschen, der, und darüber braucht ihr nicht zu lachen, das gibt es halt und das wird es immer geben, der kicherte wie ein böses Kind in sich hinein, er war gut verborgen in der Gestalt eines Braven Feuerwehrmannes in der schummrigen Dunkelheit. Dann kippte er das Glas Wasser in sich hinein und stolzierte davon.

Da die Schmieresteher also versagt hatten, traten die Redner mit einem neuen Plan an. Der Großvater der Redner hatte einen Zuber mit Henkel. Der Wagner hatte ihn aus Buche gefertigt, der Schmied hatte ihn mit einem Eisenband versehen, und er war groß wie ein Faß von einem halben Ohm, trotzdem war darin nie mehr Wasser, als man hineingeschüttet hatte. In diesem Zuber wurde von da an das Wasser für die Gläser der Redner gebracht, ein Wasser, von dem sie meinten, kein Hund wollte es trinken, so daß man es auch nicht stehlen würde. So kam es der Reihe nach erst zum fauligen Wasser, dann zum matschigen Wasser und schließlich zu dem ein bißchen schimmligen Wasser, in dem neben der sanften schuldlosen Wasserlinse auch noch eine wilde BORJOSCHKA herumstrampelte. *So war es.*

Und alles klappte hervorragend.

Der Kommandant Pogatschen hat dann durch die anfänglichen Erfolge seinen dröhnenden Brustkasten zurückgewonnen etc., er ist mehr Pogatsche und mehr Kommandant als je zuvor, und nun macht er an anderen herum wie sonst niemand herummacht, der Hautpogatschen Unterkommandant zieht Ohren und Schwanz ein und möchte lieber Redner werden, obwohl die Redner – nach den ersten kleinen Schlückchen – eher wie saure Hungerleider aussehen. Aber sie geben sich zufrieden, ruhig und verwundert drehen sie die Gläser mit den moosigen Rändern in den Händen.

Nur die armen, unglückseligen BORJOSCHKEN bekommen es dick ab, ihr Ende ist unausweichlich, vergebens versuchen sie, zwischen den großen knotigen Mahlzähnen der Redner zu balancieren. Und wenn sie nicht gestorben sind, dann beben sie noch heute, mein teurer kleiner blonder Zyklon; darüber aber möchten wir nicht gerne sprechen.

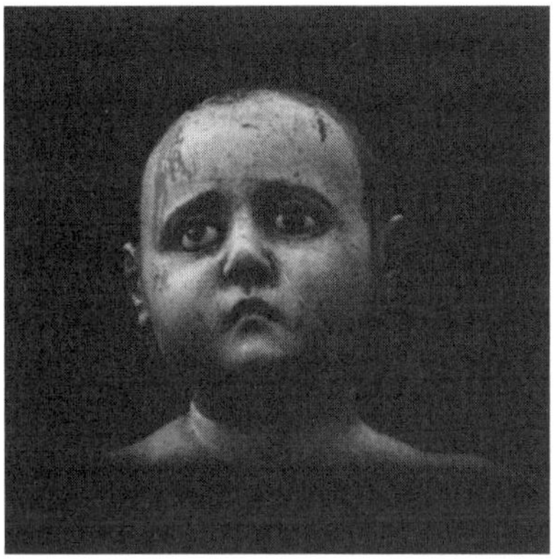

Mein teurer kleiner blonder Zyklon, du **bist wie eine Puppe**. Aber

WER HAFTET FÜR DIE SICHERHEIT DER LADY?

Daisy, Ágnes, Zsófi, Jitka, Drahosch, Kászoni, Judit Imecs, Mária Ivanovna, zarte Mädchen und gescheite Weibsbilder, in glänzenden Lamé gekleidet, gespickt mit Straßsteinen oder im schlampigen Morgenrock, der BH mit einer rostigen Sicherheitsnadel zusammengehalten, verwaiste, süße Näherinnen, Anna Bordács, Sophia Pintér, Tante Teri, Csicsi, Gaby, Robi, Fruzsina, Anna Torockó, die Betrunkene Dame, die ostfranzösische Sekretärin, die hochnäsige, lüstern aussehende Kellnerin, Virginia Woolf, Jane Mansfield, die Schwester, die Schwestern, Kati, Szonja, Ludmilla, Frau Breuer, eine Frau mit Mähne (Gefangene ihrer eigenen Freiheit; Ágnes?), Königin, Salome, M., beim Herrn Oberleutnant Wislocki ein hääässliches Fräulein, Klára (Redakteurin, die ihre Sorgen mit Baudelaire hatte), die Briefträgerin, Mari (Malerin), Madame Bovary, die Nachbarin (32), die Dame mit den klugen Augen, die an die jungen Frauen mit den kurzen Frisuren aus den zwanziger Jahren erinnerte, die Warmherzige Schwester, die Mandeläugige, das Lustfleisch, Ilon Bagits, Veron Bagits, die Arbeiterin, die treue, traurige Sekretärin, Margó (Brüste!), eine entfernte Prager Verwandte, die Tante genannt wurde, das häßliche Mädchen in der Vorortbahn, die feine, gebildete, elegante und zuweilen sperberhaft selbstsüchtige ältere Dame, seine Bekannte, eine schöne Frau, ihr Haar ist wild und schwer, Sára, die frigide Dame, Margit Ádám, eine französisch flüsternde junge Studentin, die Tochter des Irren, die Frau (die »alte Freundin«), S., Olga, die wollüstige Wölfin, die Frau mit dem Sonnenschirm, die Großmutter mütterlicherseits, die mit Babits gespielt hat, die Briefschreiberin (16. Juni), Izolda (»nicht mehr die alte«), das kauende Mädchen aus dem Künstlerhaus, die Frau (die wie eine gedungene Mörderin in die Nacht davonging), ihre Tante, zwei wunderschöne Ehefrauen, eine Frau (zwei) mit schwingendem Hintern, ein schwedisches Mädchen, eine freundliche Nutte mit pockennarbigem Gesicht, Twiggy, Marilyn Monroe, Sulamith mit dem aschenen Haar, Rajks Dienstmädchen, eine dörflich fesche Waldbeersammlerin, eine trügerische Weibsperson, Muni, Rózsi Epelenciás, ein dickes Küchenmädchen, eine Frau in einem gelben perlleinen Jäckchen, Maria Theresia, die blonde welke

Wirtin, fünf Stück heiratsfähige, flügge Mädel, biertrinkende Frauen, die zu den Dieben gehörende Frau (die der Leichenräuber insbesondere mit Schimpfworten und Gehässigkeit bedacht hat), die Schneiderin Katalin, die neue Zimmerfrau, Zsófi (alt), Panna, ein Mädchen (ich bat es, mich durchzuwalken), das Stubenmädchen (»Du süßer, kleiner, kleiner Bub«), das zum Gackern gezwungene Frauenzimmer, Lilla, Anna Karenina, die Tipse, die Zungenausstreckerin, Ilona, Irén, zwei winzige Alte, die Straßenkehrerin (Pötibistro), Königin Zita, die Tänzerin aus Debrecen, Annuska Máli, Frl. Käthe, Blanka, die Garderobiere mit dem fettig glänzenden Gesicht, ein Zigeunermädchen, Annók, meine Kleine Muse, Fräulein Braun, die Negerin, Zsuzsa Cserháti, die Zeit (eine weiße, müde schöne Dame), die Frau, die wie ein aufgestörtes Vögelchen trippelte, die Pförtnerin, die aus ihren Kleidern wie die Nuß aus ihrer Schale herauszuschälen war, Lidia Korabelnikova, die heilige Jungfrau Maria, die unfruchtbaren, mißgünstig blickenden Frauen, jene drei jungen Mädchen, die in die Fänge von Priestern gerieten, (Tante) Saca, Karin, Mamili, Beatriz Viterbo, einige Unidentifizierbare (»Lieben Sie mich oder treiben Sie nur ein häßliches Spiel mit mir?«), Mein Allerliebst Muzerle, Ehefrauen, die Frau, unsere jüngere und meine älteren Schwestern, meine Mütter – wer, wer bitte?

DAISY

Opernlibretto

Das Libretto wurde unter einem Zwillings-Glücksstern geboren. Es lebt von der *Freiheit*, daß in einer Oper das Wichtigste die Musik ist, die die Handlung nicht sklavisch, sondern nach eigenen Gesetzmäßigkeiten wahrnehmbar macht; so basieren nicht wenige hoch erfolgreiche Werke der Opernliteratur auf schwachsinnigen, unklaren Texten. Dieses Libretto baut *auf dem mit der Hoffnung und dem Glauben verbündeten Fachwissen auf*, daß man Symphonien und Kammermusik vielleicht im »Elfenbeinturm« schreiben kann (Akustik!) – eine Oper aber auf keinen Fall. Die Oper ist ein Stück Leben, das uns auf der Bühne mit Gesang und Musik eröffnet wird. Mehr als jede andere Kunstgattung muß sie das große Publikum ansprechen und nicht nur eine auserwählte kleine Schicht.

Der *Ort*, an dem wir uns befinden, ist eine Spelunke. Ein jämmerlicher Ort, der weiche Samt der Stuhllehnen ist wie ein Geschwür aufgerissen; es *hängt* allerlei heraus. Nichtsdestotrotz sind die Darsteller elegant! Elegant, aber *un poco* fehlerhaft; Wunden, die durch das Puder scheinen. Rosa, in vielen Schattierungen, dunkel in der Tiefe, hellwerdend zu den Rändern, zartkörnig, mit ungleichmäßig sich aufsammelndem Blut, offen wie ein Bergwerk obertags. So aus der Entfernung. In der Nähe zeigt sich noch eine Erschwerung. Wer kann das ansehen, ohne leise zu pfeifen? (Dieser wilde, schmerzliche, klagende, bereitwillige und aus dem Herzen kommende Pfiff ist der erste Ton der Oper. – Die Bemerkungen, die sich auf die Musik und die Bühne beziehen, sind Metapher. Man kann sie auch wörtlich nehmen, *a bene placito*.) Würmer, an Stärke und Länge meinem kleinen Finger gleich, rosig aus eigenem und außerdem blutbespritzt, winden sich, im Innern der Wunde festgehalten, mit weißen Köpfchen, mit vielen Beinen ans Licht.

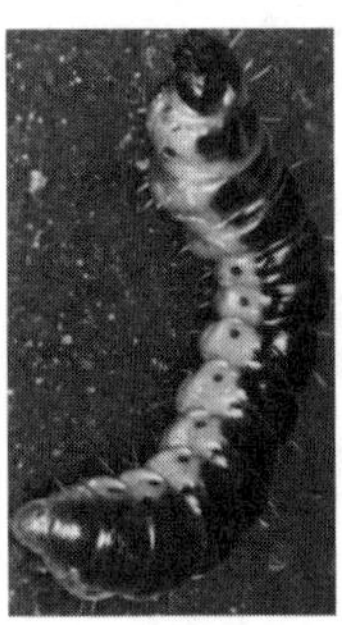

DAISY

Ich schreibe: In der kleinen Leere, die wir Bühne nennen können, steht der Schauspieler, es ist dunkel, das heißt, meine Augen gewöhnen sich langsam an die Dunkelheit, eine feine Dame sitzt vor mir, das schwere Haar im Nacken aufgesteckt, die Schultern

1) Покоящаяся Супрематическая плоскость
по линии искусств, живописи, цвета, эстетики

Die *Zeit* betreffend stehen uns Arsenale voller Aussagen zur unanwendbaren Verfügung. Unser *dramma giocoso* hat nämlich keine Zeit, er ist wie ein Punkt, er hat keine Ausdehnung. Etc. Nun, wir könnten sagen, alles hier geschieht in Venedig, zu Beginn des 19. Jahrhunderts. Das übrige können wir der Phantasie der Leser überlassen: Wir wären 21 Jahre alt, unser Vermögen würde sich hübsch vermehren; wir wären geistreich, großzügig und geradezu übermäßig ritterlich den Damen gegenüber … Aber am einfachsten nehmen wir an, daß das Stück heute spielt, und sollten wir damit scheitern, stellen wir uns die Zeit als eine geborstene Fläche vor und stecken die Widersprüche in die offenen Spalten. Dabei müssen wir auf die Schlagadern achten. Und wir singen wie Faffner (tiefer Baß):

> Nicht so leicht und locker gefügt:
> Fest und dicht füll' er das Maß!
> Hier lug' ich noch durch:
> Verstopft mir die Lücken!

Die Darsteller:

DAISY (Sopran), GABY (Alt), ROBI (Mezzo) – die Künstler sind Transvestiten; sie geben sich mal als Frau, mal als Mann und sind dann jeweils Frauen bzw. Männer. Große, glanzvolle, elegante Kleidung, schwerer Purpursamt, doch beispielsweise kann ein Fuß oder eine Hand oder ein Kopf in dreckig blutigem Verband stecken oder ekelhaft mit Fetzen umwickelt sein. Robis Alter (62 Jahre) ist an sich schon genug. Gaby ist 42 Jahre alt, Daisy 32, wie auch Halassi.

MISKA HALASSI (Tenor), er ist der Mann, der »am Wegrand steht, den Strom der Wagen betrachtet und sich kalt, schmerzvoll, resigniert, entsetzt und ein bißchen heiter fragt: Wie lang noch kann es so gehen?« Die Rolle kann man mit Hilfe von zwei nicht zu unterscheidenden Puppen besetzen.

KURFÜRST (Baß), barocker, vornehmer Herr von tadellosem Äußeren, 32 Jahre alt.

BETRUNKENE DAME (Sopran), 22, bildschön.

JÜNGLING (Bariton), knochiges Jungfrauengesicht, Friedenskind, sein Blick ist auf häßliche Weise mondän, 22 Jahre alt.

JÜNGLINGE, GÄSTE, GOETHE-FORSCHER: Chor.

kühn entblößt, ich fixiere die Stuhllehne, ein mit Purpursamt bezogener Stuhl, und wo die Schultern verschwinden wie ein Geschwür, der Samt ist aufgerissen, hängt *allerlei* heraus, ich würde daran schnuppern, wage es aber nicht, abseits, im dämmrigen Séparée, ich mußte hinsehen, sitzt ein alter Mann, ein Alter mit einem Vogelkörper, sein Gesicht ist schön; wie bleiche weibliche Gliedmaßen bohren sich die Scheinwerferlichter durch den Rauch, das Gesicht des Schauspielers ist, wie ich sehe, ein Frauengesicht, vor Überraschung stoße ich einen kurzen Schrei aus, obwohl der Kurfürst so gnädig war, mich darauf aufmerksam zu machen (*feudalistischer Realismus*), daß hier geködert, daß verarscht, daß verschaukelt wird,

»trinken wir auf ihren Arsch, lustige Gesellen!«,

ruft der Schauspieler aus, fahrt getrost fort, ihr weisen Possenreißer, winkt der Kurfürst, der Schauspieler erstarrt in demütiger Erwartung, zeig uns denn, wie die Welt ist, wendet er sich mir zu, oder wie es unlängst der gerissene Kerl formuliert hat, wie der Steiß der Welt ist, ihr Hinterteil, die Kehrseite nämlich, der Schauspieler bedeckt das Gesicht mit den großen, knochigen Händen, nur die Augen sind zu sehen, in den Augen Entsetzen, Lachen bricht aus ihm hervor, was auf dem Steiß der Welt wächst?, süßer Herr, auf dem zottigen Arsch, ein riesiges, gelbes Geschwür!, er schlägt sich auf die Knie, der Rock rauscht, weißt du, gütiger Herr, sagt mir der Kurfürst, wir mögen dieses bißchen Raum hier, den winzigen Saal und dessen eigentümliches Odeur, und wir glauben, diese Komödianten sind stramme Kerle, unzuverlässige Hornochsen natürlich, verstehen ihre Sache aber, na, deshalb halte ich meine Leute ja, sie müssen zuverlässig sein, *oder nicht?*, oh, wie sehr ich doch alt werden werde, sagt der hohe Herr noch verträumt, herausfordernd stellt sich der Schauspieler an unseren Tisch, die Arme in die Hüften gestemmt, der Bauch, ich sehe es, ist schön flach, anmaßend sagt er zum Kurfürsten, während er mich ansieht, ich weiß, süßer Herr, meinen Lohn mir auszuhändigen befiehlst du einem Diener, einem braven, dennoch mußt du nicht glauben, nicht denken, nicht hoffen, daß ich mich im Zaum halte, freu dich lieber, freu dich, daß ich ein Papierschwert schwinge, und das Blut, das ich unbestritten vergieße, ist Tomatensaft, und überhaupt: du: du kannst hier nur ge-

Der Text enthält wörtlich oder in verzerrter Form unter anderem wörtliche oder verzerrte Formen. Die besseren Reime stammen von Kosztolányi (im ungarischen Original).

Alle Rechte vorbehalten, einschließlich aller Rechte.

Die Ouvertüre

ist eigentlich ein einzig dahinströmender Es-Dur-Akkord. Als wollte das Drama das Wesentliche in diesem Drama durchschimmern lassen: eine verwobene Zeichnung der Gefühle und Leidenschaften. Die Musik erinnert ein wenig an sogenannte Potpourris. Das Schrei-Motiv taucht immer wieder auf, es ertönt der humanistische Alarm: Hilfesuche und Trost! Finstere Akkorde, wir werden sie noch wiederholt antreffen. Dann einige schnelle Takte, die durch das Orchester huschen, wie eine alptraumhafte Erscheinung, gespenstische Chromatik, die Töne des widrigen Schicksals: Diese Landschaft ist nicht Petőfis Puszta, nicht Adys Bakony, nicht Krúdys Haine und auch nicht seine ausgestorbenen Dörfer, nicht Dérys Garten, nicht der Platz, wo Mándys Händler stehen, auch nicht die Hauptallee, bedeckt mit Ottliks bleiernem Himmel, nicht Péter Veres' und nicht Imre Dobozys, nicht Miklós Bethlens, nicht Móriczs und nicht – ein Mundvoll Saal, ein eigentümliches Odeur, die heftigen Wechsel zwischen Schrecken und Freude nehmen wir mit Ekel wahr ..., vor allem bei den Streichern. Die letzten Töne der Ouvertüre verlieren sich beinahe im Rauschen des sich öffnenden Vorhangs. Wer dieses nicht erkennen kann, den seh' ich mit Verachtung an!

Wer von den Darstellern gerade nicht singt, bewegt sich nicht (als hätte sich das Leben aus ihm verflüchtigt) oder fällt beherrscht aus der Rolle. Auf der Bühne ist keine Bühne, da gibt es nur ein Fehlen: und darin. *Was ist das?* – könnten wir uns also fragen, und wenn sich der Vorhang hebt, bekommen wir *eben darauf* eine Antwort. Die Spelunke ist in Betrieb.

winnen – mit jedem Augenblick: Euer Exzellenz mögen verzeihen, flüstert er leise, du kennst mich ja noch nicht, sagt er zu mir, ich bin *Daisy*, mein Hühnchen, heute noch Jungfrau, das glaubst du nicht?, dabei ist es sicher, die Ohren, freilich, die sind's noch, was dachtest du, wir lachen, plötzlich schiebt sich seine Hand vor meinen Mund, ein bißchen erschrecke ich, sehe die Männerhand, und in seinem Gesicht sehe ich das Frauengesicht, wissen tue ich alles, dennoch, ich kann nichts dafür, ich erröte, nicke lieblich mit dem Kopf, lisple: Küß die Hand, *Teuerste*, und meine Lippen benetzen seinen Handrücken, mein Herz klopft heftig,

»Bubi, du, ja bist du denn so raffiniert?«,

daß dein kleines Herz so sehr pocht?, im Hinwegwirbeln wirft er mir einen Kuß zu, *ach, ich hab sie ja nur*, mit spitzem Mund gurrt er, wie jemand, der verrückt-nach-mir ist, der Kurfürst beobachtet uns lächelnd (krepieren sollst du, süßer Herr!), Daisy deutet auf ihn, als sei der sein Zuhälter, meine Käferchen, laßt uns also mit unseren Übungen beginnen <europäische Übungen>, die wir im Abendkleid vollführen, für Schweißblätter haben wir gesorgt, er hebt die Arme empor, die Achseln sind leer, leer, leer, empor hebt er die Knie, die Augen treten hervor, er lispelt, läßt einen fahren, lang andauernd, parademäßig, er furzt, und unseren aufpolierten Allerwertesten reiben wir mit Rindergalle ein, er lächelt, man nehme Schminke, man erobere, man spritze sich Parfüm zwischen die Beine, er spitzt den Mund, lassen wir das Mundgespitze, drohend sieht er mich an und tut so, als zauberte er, mit meinem Stuhl rücke ich zum Kurfürsten, sein Goldschoitasch wärmt mich, das ist unser nicht würdig, fährt Daisy fort, seien wir so nett, beim Fummeln offen in die uns anstarrenden Pupillen zu blicken, Daisy sagt langsam, verachten wir sie nicht unsretwegen; nein; so sind sie es gewohnt;

»nehmen wir uns die Freiheit«,

richten auch wir uns nach den Gewohnheiten, ich sage keineswegs, daß wir gegen den Wind brunzen sollen, das gefällt ihm sehr, er lacht in sich hinein, zwischendurch greift er sich vorn unters Kleid, nimmt die eine Kunststoffbrust heraus, einen gräulichen Schwamm,

DAISY *verzweifelt, wie ein Dichter*
Seht ihr die Bühne nicht,
Ihr Farbenblinden.
Ihr braucht keine Dichtung,
Das Herz ist euch hart wie Stein.

CHOR Laßt uns trinken unter den süßen Schauern,
Welche die Liebe erregt!

DAISY Ihr guten Freunde, seh ich euch heiter,
Wird mir die Seele leicht, sie lebt auf.
Das Leben ist häßlich, lumpig und närrisch,
Nichts als die Lust will etwas taugen!
Die Jugend flieht schnell,
Und im kühlen Grab unten
Wartet die traurige große Nacht.
Genießen wir das lumpige Leben,
Nichts als die Lust will etwas taugen!

CHOR Du weißt es sicher, liebes Kind,
Nichtsnutze leben gut wie ein King.

DAISY Trinken wir auf ihren Arsch,
Lustige Gesellen!

Kurfürst tritt in Begleitung auf und Halassi in zwei Ausführungen. Generalpause.

KURFÜRST Nur weiter, weiter
Ungezwungen,
Weiter, ihr weisen Possenreißer.
Wie ist der Steiß der Welt,
Weiter, zeigt es uns weiter,
Wie ist die Welt von hinten gesehen!

DAISY *lacht entsetzt*
Was auf dem Steiß der Welt will entstehen?
Süßer Herr,
Was an diesem zottigen

gräulich gefleckt, schnuppert daran, feixt, befördert sie zurück, winkt ab,

»Mösenverdruß«,

stößt er hervor und strafft sich sofort, so daß sich die Brüste begehrenswert spannen, kömm, o Wanderer, er sieht mich an, erweise dich mir gefällig, ich verstehe, *erweise dich mir gefährlich* (das stelle ich mir vor), er dämpft seine Stimme, es ist still, *nicht kokettieren: leidenschaftlich*, sich in den Hüften wiegend, läßt er seine Kurven schwingen wie eine südamerikanische Tänzerin, der Blitz soll in unser gepflegtes Becken einschlagen; atmen wir auf, es gibt Dinge, die wir können, und es gibt Dinge, die wir nicht können, machen wir uns also ans Werk, er springt zu mir <nimmt mich in Angriff>,

»wehren wir ab«,

und er beißt mir ins Ohrläppchen, vor Schmerzen jammere ich, aufjauchzend zeigt er auf mich, *der abwehrende Götz!*, von iberall her ist Lachen zu hören, siegestrunkene Musik ertönt, vor allem ein Saxophon <Saxi>, Daisy verbeugt sich, er rauscht zwischen den Tischen hindurch, *Pardon, mein Süßer*, sagt er, und zurücklangend faßt er mich bei den Haaren, der Kurfürst wendet seinen scharfen, klugen Blick aufmerksam mir zu; eine hochgewachsene, elegante Frau tritt auf, nicht jung, doch äußerst anziehend, ruhig walzt sie zwischen den schleimigen Lichtern umher, ihr bis zum Boden reichender Rock ist seitlich geschlitzt, die feingliedrigen, dünnen Schenkel leuchten bleich in der Schneise, bildschön, hauche ich in meinen Zinnpokal, guter Mann, läßt sich der Kurfürst über die Schulter vernehmen, deine Augen, die heimtückischen Diener, täuschen dich, *die Dame ist – ein Herr*; oh, sage ich kichernd, das macht so gut wie nichts, wenn Petrus grollt, nimm Drachengold, das ist nur eine Redewendung, denke ich, ich behaupte lediglich: bildschön, die langen Schenkel, die Geschmeidigkeit der Bewegungen, die kraftvolle Geschmeidigkeit, die belegte Stimme, die so professionell *gurrt*, in Ordnung, meine Teuren, ich habe zur Kenntnis genommen, daß ihr hier seid, daß es euch statt in die gegenüberliegende Kirche wieder hierher verschlagen hat, er ist der Besitzer, sagt der Kurfürst, Gaby ist sein Name, auch im Zivilleben trägt er

Arsch wächst? Meint Ihr
Aufstand und Revolution?
Nein, ein riesiges, gelbes Geschwür.
Süßer Herr.

KURFÜRST *verträumt*
Oh, wie sehr ich doch alt werden werde …

HALASSI I., II. Was soll das? Was soll das?

KURFÜRST Mein trauriges Leben, schmerzlich und kahl
Für das ich so kämpfte, was ist mit dir.

HALASSI I., II. Was soll das?
DAISY Verarschung!
HALASSI I., II. Was soll das?
DAISY Verschaukelung!
HALASSI I., II Was soll das?
DAISY Falle, Köder und Verschaukelung und da capo!
KURFÜRST Oh, wie sehr ich doch alt werden werde …
DAISY Sein kann man hier nicht, nur spielen!
Und nicht sterben und leben, sondern spielen.
Hier wohnt niemand,
Aber tausend Gäste kommen,
Deren Herzen schlagen und
Sind gleichzeitig beklommen.

Ein sanftes Andante affettuoso führt uns zu der Szene, die auf die ewige Frage *Wer bist du?* antwortet. In der Ausarbeitung der Figuren läßt das Werk jahrhundertealte Traditionen weiterleben. So zum Beispiel die verkleideten Versteckspiele. Nur sind das Spiele, bei denen der Verkleidete Leporello entweder Leporello oder Don Giovanni ist, und der verkleidete Don Giovanni ist Don Giovanni oder Leporello. Daisy und Halassi II. entdecken einander; die Gefühle kennen keine Steigerung, es gibt keine Zeit; entweder gibt es sie, oder es gibt sie nicht. Auch Halassi zielt darauf hin, auf nicht allzu sympathische Weise.

Frauenkleidung, ehrfürchtig grüße ich die anwesende Pracht, der Kurfürst hebt abwehrend die Hände, o nicht doch, süßer Herr, nicht an dich habe ich gedacht, du *Blutsauger*, auf dieses scherzhafte Wort hin zuckt die Frau krampfartig zusammen, die Hand, dieses fremde Objekt, haut sie sich zwischen die Schenkel und reibt sich, *okay*, meine Teuren, jetzt machen wir eine winzige Pause, also bis dann, tschirio,

»lethargieren«, »apathieren«, »denunzieren wir«,

er geht ab, am Rand des Lichtkegels hält er plötzlich inne, strahlend sagt er: *seien wir Zuträger, ahh*, sein Röcheln, sein Schnaufen hallt lange nach, erst als er auflacht, setzt die Musik ein und mit ihr das Rumoren, stürmisch applaudieren wir Gaby, ich spüre, daß ich von jemandem beobachtet werde, in einer dunklen Nische steht Daisy, verächtlich kräuselt er die Lippen, falsche Schlange!, sagt er, ich habe das Gefühl, ihn seit einer Ewigkeit zu kennen, aber wieso denn, teurer Daisy, wieso, womit hätte ich dir einen Grund gegeben zu dieser Verachtung, womit?, das fragst du, du unverschämter Patron, womit?, ich hab's gesehen!, *wie du geklatscht hast, das hab' ich gesehen!*, du hast selbstvergessen geklatscht, das hab' ich gesehen,

»Sie sind ein Söldling«,

und er tritt zurück, Gaby schlendert durch die Tischreihen, streift mein Gesicht, ich hasche nach seiner duftenden Hand, komme aber zu spät; im Séparée erblickt er den Alten mit dem Vogelkörper, der trinkt Bier, die Lichtspiegelung wirft Gold in sein Gesicht, sein Vogelkörper verschwindet vor dem schwarzen Hintergrund, *Robi!*, ruft die Madame, ihre Stimme kaum zügelnd, du lahmarschiger Sack, was suchst du noch hier?, warum gehst du dich nicht umziehen?, der Alte rührt sich nicht; er stiert in sein Bier, Wahnsinn, Gaby wendet sich an uns, jetzt redet er wie ein Mann oder ein Chef, unglaublich, der Typ ist unfähig, die Nachricht *abzunehmen*, Robi, um Gottes willen, rühr dich endlich, hast du einen in der Krone?, Quatsch, sagt der Mann beleidigt, Quatsch, er sieht die Frau an, als sei sie seine Geliebte, er steht auf, erst jetzt sieht man, wie groß er ist, ein hochgewachsenes, *bebendes* Mannsbild, wir

DAISY Du, du kennst mich ja noch nicht!
HALASSI II. Dann sag mir, leichte Dame …
KURFÜRST Ein Herr ist die Dame.
CHOR Hier ist alles nur Schein,
Die Leute spielen fein.

HALASSI II. Oh,
Alles nur Wörter,
Das Geschöpf ist schön,
Und ist es ein Herr, die Lust ist Lust,
Und ist es ein Herr, dann ist es halt so …
Und sag mir leichte Dame, wer bist du,
so aus Eis aus Eis und lauter Feuer?
DAISY Ich bin die Daisy, mein Hühnchen,
heute noch Jungfrau.
Aufdringlich reicht sie ihm die Hand zum Kuß. Eine sehnige Männerhand.
HALASSI II. Teuerste.
Er küßt ihr die Hand, dann leise:
Teuerste, aber
Mich gibt es nicht.
HALASSI I. Dito.
Er schleicht zu Halassi II.
DAISY Bubi, du, ja bist du denn so raffiniert?
Daß dein kleines Herzchen so sehr pocht?
Wirbelt davon und wirft ihm einen Kuß zu, dann mit tausend Stacheln der Eifersucht in der Stimme:
Plumpiger Schurke!
CHOR Ach, wie lustig, ha-ha-ha!
GABY *kommt hinzu, der Besitzer. Ein schöner Mensch, einer, der auch auf einem Eisberg überlebt. Das hat etwas Positives und etwas Negatives.*
Ehrfürchtig grüße ich
Die anwesende Pracht.
Zum Kurfürsten:
Du Blutsauger.
Auf dieses scherzhafte Wort hin zuckt »die

haben keinen in der Krone, ich habe Verständnis für Sie, Gabychen, die erbarmungslose Konkurrenz, der Wolf ist dem Wolf ein Wolf, wir lachen schallend, oder rede ich Unsinn?, und dann der Extraprofit: das heißt Extraprofit, und richtig, auch die Feiertage rücken näher, wie jedes Jahr, der Kurfürst sitzt unbeweglich, der Mann steht gerade hinter seinem Rücken, sagt ihm die Worte ins Genick, soll ich schützend meine Hand davorhalten?, frage ich mich in meinem Herzen, jein, gebe ich darauf eine schwankende Antwort, der Mann stützt sich auf den kleinen schwarzen Tisch, ruft aus,

»heben wir uns ab«, »streunen wir umher«,

er schreit, die Menschen wenden sich ihm zu, in das Gesicht der Männer steht Unmut geschrieben, in das Gesicht der Frauen das Kräuseln der Verzärtelung, es ist still,

»kommen wir zu Tode«,

flüstert er, erschröckliches Aufbrausen, einige, auch ich, sehen den Kurfürsten an, sag, du Possenreißer, läßt dieser sich laut vernehmen, *ist das schon <noch> das Programm?*, ja, gnädiger Herr, sagt Gaby gesenkten Hauptes, der Kurfürst rührt sich nicht, er sitzt mit steifem Kreuz, nach vorn gerichtet, dem Niemandsland sagt er: prächtig!, das Programm gefällt uns, begeistert sind wir nicht, und unser Leben ändern wir auch nicht, aber es *gefällt uns*, es ist angenehm!, applaudieren wir also, meine Freunde, den Bemühungen der Truppe, er klatscht sich in die schönen, zarten Hände, beim Klatschen scheint Staub aufzustieben, es wird applaudiert, ich beobachte den alten Mann, und dir, guter Herr, gefällt es nicht?, fragt mich der Kurfürst, doch, doch, sicher, keiner von uns rührt sich, der Applaus klingt ab, das unpersönliche Summen der Pausen braust auf, *sugar baby love*, der hohe Herr wendet sich sanft an mich,

»wir werden allgemein«,

sagt er mit Grazie, das Leben der Welt zeigt schändlich viel Oberfläche, er seufzt, Robi geht nach hinten, Gaby folgt ihm tippelnd auf dem Fuße, verbarrikadiert die Möglichkeiten des Rückzugs,

Frau« krampfhaft zusammen, die Hand, dieses fremde Objekt, haut sie sich zwischen die Schenkel und reibt sich.
Mir zu vertrauen wär albern,
Mir fließt nicht Wasser in den Adern.
Er streichelt Halassis Gesicht, bemerkt Robi, der allein bei einem Bier sitzt, die Lichtspiegelung wirft Gold in sein Gesicht. Gaby spricht jetzt die Sprache der Chefs.
Robi!
Um alles in der Welt.
Was suchst du noch hier!?
Du bist dran!
Die Nummer!
Du bist dran!

ROBI *steht auf, erst jetzt sieht man, wie groß das bebende Mannsbild ist.*
Ich habe Verständnis für Sie,
Gabychen, denn ich bin
Voller Verständnis,
Zeit ist Geld, und
Der Wolf ist dem Wolf ein Wolf.

CHOR Der Wolf ist dem Wolf ein Wolf,
Friede, Friede, Friede sei euch!

ROBI Wagen wir es und hauen ab,
Lethargieren, apathieren, denunzieren wir,
Heben wir uns ab,
Sträuben wir uns, zaufern, widersetzen wir uns!
Generalpause. Leise:
Kommen wir zu Tode.

KURFÜRST *zu Gaby:*
Sag, Possenreißer,
Ist das schon <noch> das Programm?!

Robis graumeliertes Haar ist geschoren, an den Seiten länger, in markanten Locken flattert es ihm um die Ohren, die Ohren sind regelmäßig, sie liegen ganz am Kopf an, *sein Hinterkopf ist der eines Jünglings*, ich springe auf, mein Stuhl kippt polternd nach hinten um, die vor mir sitzende bildschöne Frau mit den entblößten Schultern dreht sich um, erst jetzt ist zu sehen, daß ihre Schultern mit Silbertupfen bestreut sind, großzügig, sage ich in meinem Herzen, ich blicke erheitert, sie murmelt vor sich hin, sehen Sie, mein Herr, daß ich mich erheitert umschaue, der Kurfürst lächelt, die Dame <das Dämchen> scheint ihm zu gefallen, ziehen wir *in Betracht*, sagt die Dame, die Zunge huscht über ihre Lippen, all das, was wir sehen, sie streicht an ihrem verstörten Gesicht entlang, als würde sie eine Spinnwebe wegziehen,

»unsere Heiterkeit sei aus der Luft gegriffen«,

mein Fräulein, wie ich Sie mir aus der Luft greifen möchte!, Gott soll Sie segnen, junger Herr, sagt die Dame und übergibt sich, der Kurfürst springt angewidert auf, in seinem Gesicht große, freie Flächen, Gaby erscheint auf dem Tapet, hakt das Mädchen kräftig unter, das Gesicht ist in Ermangelung eines besseren unbarmherzig, meine Liebe, sei kein Tier; wenn du's nicht verträgst, Ficknelke, dann laß das Schlucken; Gabychen, Teuerste, du weißt, ich bin ein liebes, kleines Mädchen, nur noch ein Ampullos, glaub mir, *nunmehr* wird nichts passieren; geh, geh weg von hier!, wasch dein Gesicht, Gaby selbst wischt das Erbrochene auf, gelbliche Brocken finden sich darin, süßer Herr, nehmen Sie die Füße beiseite,

»wir müssen zur Last fallen«,

sagt der Kurfürst leise,

»verwüsten, wüsten«,

nicht doch, süßer Herr, man braucht daraus keinen Kasus zu machen, seien Sie nur so gütig, das Bein zu heben <wie ein elender Köter>, damit es mir möglich wird, den Unflat aufzuwischen, Robi ist verschwunden, ich folge ihm, gehe im Flur bis zur Abbiegung, dort ist es wie in einem Keller, die Decke hängt durch, ist voller

GABY Ja,
Gnädiger Herr,
Ja.
Das ist Kain
Auf den Brettern, und es
Keimt die Öffentlichkeit.

KURFÜRST *für sich, also für niemanden:*
Prächtig!
Und sogar angenehm!
Ändert nichts an unserem Leben,
Aber uns gefällt's.
Bisher.
Bravo.
Er klatscht sich in die schönen, zarten Hände, Staub stiebt auf; Halassi I. betrachtet die Betrunkene Frau, Halassi II. Robi wollüstig beziehungsweise andächtig. Puppe.
Dir,
Guter Herr,
Gefällt es nicht?
Bisher?

HALASSI I. Ich liebe dich, süßer Herr.

KURFÜRST Die Liebe ist gefährlich,
Süßer.
Sei fromm.
Für das Regieren ist das besser.
Hebt den Sekt zum Toast.
Fromm! Zum Wohle!

DAISY *beiseite:*
Guter Jahrgang!
Er ist der Boß.
Und nennt den Preis.
Leise zu sich selbst:
Und ich preise mich, den Strom.

Kohlenstaub und Spinnweben, ganz hinten streut eine nackte Glühbirne spärliches, gelbes Licht aus, dort scheint es keine Fortsetzung zu geben, Teergeruch verbreitet sich und irgendein schwer bestimmbarer, Übelkeit verursachender Duft, der Geruch der ungelüfteten Schlafgemächer?, an den Wänden gelbliche Flecken, wie auf gebrauchten Laken, in feuchten Stücken, in Häutchen löst sich der Putz ab, ich würde eines berühren, es ist zu befürchten, daß es so scharf ist wie eine Rasierklinge,

»Zaudern wir«,

ich würde eintreten, jemand packt mich kräftig bei den Schultern, mein Dolman *spannt*, wer reitet so spät durch Nacht und Wind?, ich zücke meinen Toledodolch, meine Hand wird von einem gewaltigen Schlag getroffen, der Dolch plumpst fast dumpf auf, mach keinen Blödsinn, Daisys Gesicht wirkt von nahem gelblich,

»sträuben wir uns«, »widersetzen wir uns«,

Daisy trägt eine reich mit Gold bestickte Haube, wohin gehst du?, ich will mit Robi sprechen, heb deinen Dolch auf, ja, antworte ich; wie ich mich bücke, zieht Daisy das Knie ein wenig an, ich stoße mit meinem Kopf dagegen, ich will hoch, aber Daisy ergreift mit beiden Händen meinen Kopf, nimmt mich in den Schwitzkasten, läßt mich nicht hochkommen, drückt mich gegen seinen Unterleib, meine Nase bohrt sich in das Fleisch, ich wende den Kopf ab, mich schmerzt der Knorpel, mein Antlitz berührt den engen, giftgrünen Seidenrock, die Seide, das muß man wissen, ist heiß und kühl; er zieht mich zu sich empor, wir blicken uns aus nächster Nähe an, sein Nacken ist trotz des nicht kurzen, langgewachsenen rotgefärbten Haars kahl, das Gesicht schief, die weich anmutenden Lippen sind ordinär auf Perlmuttglanz geschminkt, das Gesicht ist ein Frauengesicht, aus dem das des Mannes wie ein Schiffswrack hervorsteht, die Augenbrauen sind fast weiß, ich sehe, sagt er, in deinem Gesicht, daß du micht haßt, ich keuche, die Perlmuttschminke ist aufgeplatzt, du hast dir tatsächlich Parfüm zwischen die Beine gespritzt, sage ich, er läßt mich los, doch ich trete nicht zurück,

»seien wir argwöhnisch«,

KURFÜRST Schändlich, schändlich.
Das Leben der Welt
Zeigt schändlich
Viel Oberfläche.

Und schon stürzt – könnte man sagen – das Quartett der sogenannten Kotzebue-Szene über uns herein. Die Angst, die Macht, die Liederlichkeit und die alles besiegende Zeit, die ihre Lösungen auch gegen uns durchsetzt – aus diesen vier Fäden ist das Gewebe geflochten, falls Gewebe geflochten werden. Das alles bekommt einen leicht scherzhaften Ton, man könnte sagen, alles stehe in Anführungszeichen, da doch Halassi, während er vor der Betrunkenen Dame auf die Knie fällt, eine Koloratur-Kadenz hervorstößt, die jeder Sopranistin zur Ehre gereichen würde. (Im guten Sinne der Ehre.) Probieren wir diesen Ton am Klavier aus, aber sehr weich, indem wir die Taste kaum berühren. Das Tempo ist so langsam, daß der Versuch auch ohne Virtuosität klappen wird. Aber ich wiederhole: sehr leise, indem man das Instrument nur streichelt und den Ton mit den Pedalen verwischt.

BETRUNKENE DAME *bildschöne Frau mit entblößten Schultern, übersät mit Silbertupfen, merkwürdige Sterne an einem merkwürdigen Himmel*
Fürchterlicher, erschrick mich nicht, wir fürchten uns,
Gerechter, teil keine Gerechtigkeiten aus,
Weil der im Spiel Aufrichtige grausam ist.
Und wir leben von deiner Gunst.
Sie streicht an ihrem verstörten Gesicht entlang, als würde sie eine Spinnwebe wegziehen. Ein erschütternder Augenblick: etwas, das gerade in sich zerfällt.
Die Heiterkeit greifen wir uns aus der Luft.

HALASSI I. Fräulein, wie ich Sie mir aus der Luft greifen möchte!

BETRUNKENE DAME Im Jubel liegt das Leben …

HALASSI I. Bis dann das Herz beginnt zu reden …

Daisys Gesicht hat jetzt noch mehr Schlagseite bekommen, die Augenbrauen zerrinnen, ich sehe ihn gleichzeitig als Mann und als Frau, wir stehen da, mir ist, als wärst du mir seit tausend Jahren mein Bruder, seit tausend Jahren – deine Schwester, sagt er, ja, sage ich, ich wage nicht zu atmen, er legt mir die Hand auf die Schulter, warum hast du geklatscht?, ich verstehe nicht, was er sagt, du hast Gaby applaudiert, und der ist eine boshafte Person, ich werde ihn noch einmal umbringen, das Problem ist bloß, daß er mein Chef ist; *er ist unbegabt*, in ihm steckt nicht einmal so viel Begabung wie Haare an Robis Schnecke, wir lachen, wieso, sind daran so wenig?, frage ich, er hört nicht zu, schau, er zeigt zum Ausgang, *die Ratten!*, Jünglinge kommen zur Tür herein, der Rauch strömt hinaus, die Jünglinge sind elegant, *ewribaddi*, auf ihren Gesichtern Selbstsicherheit, als könne wahrlich nichts passieren, lauter Mercedes Benz, ich lehne mich gegen die feuchte Wand, sanft stütze ich mich auf Daisy, *du, du, du Intrigant*, sagt er, angewidert sehe ich meine Handfläche an, als wäre sie rußig, ruhig, nur ruhig, süßer Herr,

»die bekommen noch wird eine cremefarbene Nuance«,

Robis Stimme ist zu hören, vom Flur aus geht es zu den Toiletten, die Stimme ist schnell, gereizt, erschrocken, beeil dich, um Himmels willen, *überlegter, feiner* und *schneller*, schneller, schneller, was soll das Getrödle, ich fange gleich an,

»einigen wir uns«,

Daisy ergreift mich am Kinn, dreht es zu sich hin, wiegt den Kopf, nein, ihn nicht!, schlag ihn dir aus dem Kopf, er wartet ein bißchen, Robi habe ich schon zweimal niedergemacht, er lacht selbstzufrieden, mit dem führe dich nicht in Versuchung, ihr lebt zusammen?, er winkt ab, nein, nicht mehr, aber du liebst ihn auch jetzt noch?, er zuckt mit den Schultern, er gehört mir, sagt er, mir, das muß wissen, der es wissen muß!, die jungen Leute an der Tür sind ein bißchen *ratlos*, Gaby winkt Daisy, der sie daraufhin stürmisch empfängt, du olle Vettel, wat jaulste uff de Ofenpunk, uff de Ofenpunk, zwischen deene Beene, zeigt er, meene Kleene, hat sich 'n Polezist eenjenist, eenjenist, hei didel, dideldum, dideldumm, *du Möseria*, flüstert er dem einen Jüngling zu, wirbelt von einem zum andern,

Betrunkene Dame — Mit dem »Herz« spielt hier das Wort …

Halassi I. — Ich begehre dich, daß deine Füße den Boden nicht wieder berühren!

Betrunkene Dame — Die Heiterkeit greifen wir uns aus der Luft.

Halassi I. — Komm auf meinen Schoß, vielleicht habe ich dann mehr Talent.

Melodisch (Kotzebue-Motiv!) übergibt sich die Frau, der Kurfürst springt angewidert auf, in seinem Gesicht sind große, freie Flächen.

Solch ein Schicksal erwartet mich …

Kurfürst — Verwüsten, wüsten wir.
Fallen wir zur Last.

Halassi II. — Glauben wir mit Vorbehalt!

Gaby — Rindvieh!
Wenn du es nicht erträgst,
Was säufst du dann doch,
Das Gewitter hört auf.
Das jetzt ans Fenster pocht.

Halassi I. — Oh, das Fräulein
Setzt seinen guten Ruf
Auf mein Spiel.

Kurfürst — Verwüsten, wüsten wir.
Fallen wir zur Last.

Gaby — Ach was, großer Herr.
Das Gewitter hört auf,
Das jetzt ans Fenster pocht.
Unter uns gesagt ist das nicht gerade erfinderisch! Zur Betrunkenen Dame:
Weg. Weg da!
Dann mit interessantem Phlegma weiter:

paß auf, zischt er zweideutig, wenn ihm einer an die Eier faßt, meines Nachbarn Flöte, 'ne verwunschne Kröte, mach dir nichts draus, nimm's nicht schwer, 'ne Muschi findet der nicht mehr, Gelächter, der Jüngling errötet, Sie wären das?, teure Möseria Iwanowna, fragt er, Daisy geruht zu kichern,

»na, Jungs, wer von euch hat Lust auf Eichelmast?«,

duz uns nicht, werfen sie undankbar hin, jetzt sieht man, ihre Ratlosigkeit war keine Verlegenheit, sie gehen auseinander, stehen an Vorhängen, Wänden, Draperien, neben alten Männern, Frauen und Barhockern herum, wir möchten Limonade mit Strohhalm, stößt der hochgewachsene Anführer höflich die Bestellung hervor, sein Gesicht ist milchbärtig, aber schon ein Männergesicht, ein *knochiges Jungfrauengesicht*, doch darüber hinaus über die Maßen voller Nettigkeit, und der Blick häßlich mondän; eher nur unerfahren, *er hat noch kein Schießpulver gerochen*, ein Friedenskind, der Kerl kommt tanzend auf mich zu, aus der Flurwand, plötzlich, traumhaft schön, Robi tritt heraus, er schreitet aus der Bedürfnisanstalt, als wäre die Tür dort ein dekorativ zerschlissener Purpurvorhang, er pfeift, wirft uns Küsse zu, ernst werdend sagt er, alles bekommst du, du kleiner Gauner, was deine Augen und dein Mund sich wünschen, wir aber, Kinder, seien wir bleich, blaß, heruntergekommen,

»seien wir keine hartgesottenen Männer«,

Robi lacht uns glücklich an, unser Gemüt ist unumwölkt, meine Freunde, unumwölkt, also

»unser Stolz ist unsere Ejaculatio praecox«,

plötzlich hebt er die Hand erschrocken vor das Gesicht, wie ein kleines Mädchen in weißen Kniestrümpfen, steckt die Fingerspitzen in den Mund, spielt, als würde er jemandem nachrufen, oh, oh, na, hallo, hallo, Achtung, Mister Praecox!, oh, wie denn auch!, Sie!, Sie haben Ihren Spazierstock hier vergessen, den Riesenspazierstock mit dem Silberknauf, Sie haben heute einen sehr vergeßlichen von einem kleinen Tag, lieber Mr. Praecox, er läuft ans andere Ende des Flurs, he, Mr. Praecox!, er schlenkert die Beine auseinander und in

Brauchst daraus keinen Kasus zu machen,
Heb das Bein,
Wie ein elender Köter.

Kurfürst — Prächtig.

Betrunkene Dame — *während sie abgeht, spöttisch:*
Was hört man aus Madrid?
Oh, Hoheit, überall Glück, Ordnung und Hoffnung.

Robi verschwindet, Halassi II. will ihm folgen, geht ihm im Flur nach bis zur Abbiegung, was wie die Fortsetzung des vorangegangenen Sichübergebens wirkt, an den Wänden gelbe Flecken, wie auf gebrauchten Laken.

Halassi II. — Wo bist du und wer und wohin bist du entschwunden?
Dein Nacken wie der eines Jünglings,
Dein Nacken.

Daisy springt vor, sie kämpfen, Halassi II. zückt seinen Dolch, Daisy schlägt ihn ihm aus der Hand. Dann finden sie aber zueinander.

Daisy — Wer reitet
So spät
Durch Nacht und Wind?

Halassi II. — Ich folge Robi.

Daisy — Heb den Dolch wieder auf.

Halassi II. bückt sich, Daisy zieht sein Knie an, der andere schlägt mit seinem Kopf dagegen, den er zwar wieder hochheben würde, doch Daisy drückt ihn sich gegen seinen Unterleib; dann blicken sich zwei Gesichter aus nächster Nähe an.

Halassi II. — Heiß und kühl, heiß und kühl!

Halassi I. — *aus der Ferne, mit tausend Stacheln der Eifersucht in der Stimme:*
Kalt und untreu, kalt und untreu!

die Höhe, wie Frauen meist rennen, Daisy ist an meiner Seite, schau, sagt er, was für ein großer Mensch, schau, die Hacken, sie funkeln wie Sterne, ein Gesicht ziehend, blicke ich ihn an, in seinen Augen scheinen Tränen zu schillern, Robi in der Ferne ist kaum noch zu sehen, ein Nebelritter, dreht sich vom anderen Ende der schmuddligen Provinz zurück, die Hand nimmt er aus dem Mund, oh, Mr. Praecox, ich bin nur ein Tropfen auf einer heißen Madame Stein, in was für eine Szene bin ich da hineingeraten!, er schlägt in die Luft, als winkte er, weg, weg, weg von hier!, er entledigt sich der Spucke,

»laßt uns übermütig werden«,

nach der Vereinigung sind die Menschen traurig, die Spucke klatscht offensichtlich auf, *laßt uns übertreiben*, armer Robi, armes Robilein; Daisy verschwindet, er entwischt mir unterm Arm, er verschwindet, die Jünglinge umzingeln mich, ich weiche zur Wand zurück, die Bedürfnisanstalt, ich versuche sie abzuschütteln, ist dort, sofern Sie die suchen sollten, sie rühren sich nicht, sie schlürfen die Limo, der Führer stochert schon im Zucker herum, Puderzucker?, frage ich interessiert, nein, hoher Herr, Kristall, wer bist du?, fragt er, den Blick aufs Glas gerichtet, he, *plötzlich schalte ich* <?!>, herrenlose Rindviecher,

»was für gemeines Gerede ist das?«,

geistlose Idioten, seht ihr denn nicht an meiner Kleidung, ihr Gesinde, mit wem ihr es zu tun habt, und vor allem: Nicht ihr seid es, die entscheiden, ob ihr es mit mir zu tun habt, sondern ich, ich wäre derjenige, seht ihr nicht meine glänzenden Knöpfe oder das gewichtige Blumendekor auf meiner Weste?, trink, Kamerad, höre ich von weitem, der hochgewachsene Jüngling brummt freundlich, schwer verstehen wir, hoher Herr, die Sprache, die du benutzt, doch deine Buchstaben knacken interessant, und deine ä-Laute sind verführerisch, von denen du, wie zu hören ist, reichlich Gebrauch machst, gewohnheitsgemäß greife ich nach dem Dolch, laß deinen Dolch stecken, hoher Herr, siehst du, wenn du um dich schaust, meine Reisigen stehen dicht gedrängt wie das Unkraut, alles gute und tapfere Kämpen, ihre Hand zittert nicht, ihr Herz

DAISY Ich sehe in deinem Gesicht,
Daß du mich haßt!
Generalpause.

HALASSI II. Mir ist, als wärst du mir
Seit tausend Jahren
Mein Bruder,
Seit tausend Jahren.

DAISY Deine Schwester.
Sie lachen. Glücksgeruch. Wir könnten scherzen: »Achtung, Bühnenmeister! Glücksgeruch.«
Sag, was erwartest du; sag, wem vertraust du? …
Rausch und Lust sind nur gut für das Leben,
Oh, nur der Liebesrausch!
Das freie Leben ist nur ein Leben!
Der Morgen hört bei mir frivoles Lärmen,
Die Nächte verbringe ich immer heiter!
Die Beine tanzen, der Mund muß küssen,
So fliege ich am besten im Leben weiter!

HALASSI II. Mich durchschauert die Sehnsucht, heilig, unendlich …

DAISY Du, du, du
Intrigant!

HALASSI II. Dein Haar ist wie Weintrauben,
Wie Büschel schwarzer Trauben,
Dein Mund ist wie ein Scharlachband an einem Turm von Elfenbein.
Er ist wie ein Granatapfel, von
Einem Silbermesser zerteilt.

DAISY Wirf deinen Dolch weg!

HALASSI II. Laß mich deinen Mund küssen, du Niemand.

DAISY Du, du, du Intrigant!

haben sie auf dem rechten Fleck, und obwohl wir auch von dir nichts anderes denken können, gestatte mir die Redensart: Viele Streiche fällen die stärkste Eiche,

deine Zunge, junger Mensch, ist honigsüß, und sofern du auch dein Schwert so wirbelst, kannst du den Augenblick, da du um Gnade flehst, vielleicht minutenlang hinauszögern, aber ich frage wieder, würdest du mir endlich erklären, *auf welcher Grundlage habt ihr euch mit mir in ein Gespräch eingelassen*, auf welcher Grundlage stellt ihr angemessene Bedingungen, auf welcher Grundlage der höfliche Ton, mit welchem Recht?,

du begehst einen Fehler, Fremder; und obwohl dein Satzgefüge, das sogar nach unserem Geschmack sein könnte, komisch und, ich will es gestehen, amüsant ist, erweckt es den Anschein, als wärest du unschuldig und harmlos, dennoch solltest du dich keiner trügerischen Hoffnung hingeben, wir passen auf; die Rede vom Fleck bewegen <schau diesen **Bart** an> heißt soviel wie eine Revolution vom Zaun brechen; du fragst mich nach dem Recht, Fremder, und der Grundlage, es hat den Anschein, daß du dir selbst *eventuell* zu große Bedeutung beimißt; du hast dich verirrt, hoher Herr, dein Leitstern ist vielleicht verblaßt, wissen, hoher Herr, kann ich es nicht, die Sache ist nicht meine Sache, du aber treibst dich bloß herum, hoher Herr, bist ein Müßiggänger, streunst umher, hoher Herr, treibst dich herum, bummelst und lungerst herum, hoher Herr, ein Wort für tausend, du gibst dich nicht gemäß den Vorschriften,

gemäß was für Vorschriften denn, junger Freund?,

gemäß unseren Vorschriften,

wessen?!, vorlauter Knirps,

natürlich gemäß den Vorschriften des Kurfürsten, hoher Herr,

so, intäräsahnt; warum aber sollte der Kurfürst hier überhaupt etwas vorschreiben?, gehört dieser nebulöse Sündenpfuhl denn ihm?,

du sagst es,

ich frage es, wenn schon; trotzdem, ich verstehe dich nicht, warum auch sollte hier jemand Vorschriften machen; der Kurfürst, das räume ich ein, hat Einfluß,

wie ich draußen gesehen habe, ist dein Pferd gut, hoher Herr, warum also reitest du auf Worten herum?!, Stille, was mich angeht, sage ich, so habe ich die Konversation beendet, wie du befiehlst,

Das Liebesnecken, der private Himmel, verführt uns zur Unaufmerksamkeit, beinahe schon glauben wir, in einer vernünftigen Welt vernünftig zu sein. Durch das Jünglings-Motiv werden wir bereitwillig wieder nüchtern. Das ist ein höflicher Griff des Tondichters. – Dann beginnt ein Wettrennen mit der Zeit, und im Augenblick können wir uns nichts Lustigeres vorstellen, obwohl wir eine beachtliche Phantasie haben. Hinter dem Bühnenbild hören wir Robis konkretes, leibliches Wettrennen, die Stimme des älteren Herrn ist aufgeregt und aufgebracht. Ein merkwürdiger Hymnus. Zweifellos ein Gloria – ein großes Gloria, nur halt an einen zweifelhaften Gott.

ROBI Eile, bitte eile,
Nicht hastig, aber eile.
Gleitet, ihr Sterblichen,
Was für ein Schatz,
Kann dir gehören, dir gehören,
Du Schmetterlingsflügel …
Gewagter, klüger, feiner,
Und
Schneller, schneller, schneller!
Eile, bitte eile usw.

DAISY *ergreift Halassi II. am Kinn*
Nein, ihn nicht. Schlag ihn dir aus dem Kopf.

HALASSI II. Ihr lebt zusammen?
DAISY Nicht mehr. Die Zeit ist vorbei.
HALASSI II. Doch ist dein Herz noch sein?
DAISY *zuckt mit den Schultern*
Robi gehört mir. Mir.
Das
Muß wissen, der es wissen muß,
Und der weiß es. Paß auf.
Vergebens wirst du älter, du bist jung.
Paß nur auf.

Eine wirkliche Drohung. Doch nur einen Augenblick, es verändert sich kaum etwas, und schon wird der Drohende bedroht, und wer

hoher Herr, entgegnet der Jüngling und tritt dezent zurück, die anderen stehen starr an den Wänden, *Gipsengel: im Blazer*; hattest du etwa Unannehmlichkeiten, guter Herr, fragt der Kurfürst, seine Lippen sind aufgeworfen, der Kußmund, die Augenlider zittern, der Puder glitzert im nächtlichen Kunstlicht, das konntest du sehen, süßer Herr, sage ich beleidigt, wenn es irgend möglich ist, sollten wir nicht beleidigt sein, sagt der Kurfürst, unser Haß sollte uns nicht verschütten, ich verstehe dich nicht, süßer Herr, *was meinst du?*, nichts, ich war nur anderswo mit meinen Gedanken, sein Gesicht ist wie das eines erschrockenen kleinen Jungen, der zwischen schweren Mänteln hervorlugt, Daisy kommt zum Vorschein, er bringt einen Krug bayerisches Bier,

»du Hengst«,

er beißt nach mir mit gespielter Leidenschaftlichkeit, ein bißchen Rum ist auch darin, Hengst, du mußt mitzählen, sagt der illustre Herr, denn man zieht dich über den Tisch, Daisy mich?, Daisy dich, ich ziehe einen Strich, daneben setze ich einen Punkt, das ist der Rum, der Kurfürst legt mir die Hand auf den Arm, seine Hand ist schwer wie Gold, schau!, sagt er, schau dir inzwischen die Knaben an den Wänden an, wie schön, wie schön und stark sie sind, auf ihrer Haut ist die Kraft zu sehen, sie sind hochmütig und selbstsicher, schau, es jauchzt das Herz beim Anblick von so etwas, sie sind reine, ungebrochene, ganze Menschen, selbstbewußt, strahlend, und die Grundlage all dessen ist lediglich die Erkenntnis, daß sie sie sind, das heißt, sie unterscheiden sich von anderen, sie sind definierbar, das ist alles, sie freuen sich, denn: Sie sind, ein vollständiger Satz, Subjekt und Prädikat, und siehst du: Sie scheißen auf die Ergänzung, schau, und freu dich, freu dich, wie schön frei sie auf diese Weise sind und für wie kurze Zeit!, ruft der Kurfürst aus, denn sobald sie auch nur ein bißchen alt werden, erkennen sie die Kräfteverhältnisse, allerdings hoho, die *Definition* haben wir hier schon in der Hand, wir sagen, welches die Kräfte sind, von deren Verhältnissen die Rede ist, wir sagen, welches die Fähigkeiten sind, und sie sagen: Was fällt, soll gestoßen werden, *was ist das Leben?*, das sagen wir, nach seinem Sinn zu leben <hoffnungsvolle Morgenröte> ist gemein; der Edle strebt nach Ordnung und Gesetz, *leben heißt*, sage ich, *zwischen gewissen Möglichkeiten schwan-*

gedroht hat, fühlt sich bedroht. Das könnten wir als paradigmatisch lesen; die Jünglinge treten auf.

Die Ratten.
Da sind sie also.

JÜNGLINGE *gut gelaunt:*
Die Ratten.
Da sind sie also.

Die Jünglinge sind elegant, auf ihre Weise fein, höflich. Das ist keinesfalls allegorisch gemeint. Wir sprechen nicht so, als wäre es für unsere Tochter bestimmt, aber der Schwiegersohn sollte es auch verstehen. Wir wollen nicht auf die Türken schimpfen, auf die armen, anstatt andere, vor allem uns selbst zu beschimpfen. Es gibt keine Anspielungen, auf nichts. Die Jünglinge sind, wie heutzutage Jünglinge sind, die Drohung ist, wie man sie aus dem eigenen Herzen hervorzerren könnte.

Wir tragen hier nicht den Gefangenen Storch vor. Aber/und wir dürfen nicht vergessen, was Musil eine konstruktive Ironie nennt: einen Klerikalen so darstellen, daß neben ihm auch ein Bolschewik getroffen ist. Einen Trottel so darstellen, daß der Autor plötzlich fühlt: Das bin ja zum Teil ich selbst!

Und wenn wir durch den geglückten, sachlichen Umgang mit dem Stoff unsere verdammte, demütigende Zerrissenheit womöglich beheben können und uns für einen Augenblick erstaunlich befreit fühlen – sollen wir das keinesfalls als Entlastung sehen: Wenn etwas jämmerlich ist, ist es jämmerlich. Stabhochspringen, das können wir gut, o ja. (Wären wir doch bei den Türken geblieben, dann hieße der letzte Satz: Du wirst gepfählt, hoher Herr, du heidnischer Hund! – und das klingt nicht nur herzergreifender, sondern ist womöglich auch genauer!)

Wir dürfen auf keinen Fall vergessen, daß wir wohl dann besonders stilisiert sind, wenn wir sozusagen natürlich reden … Und obwohl damit nicht wir, sondern die Situation bewertet wird, bewertet die Situation doch auch uns. So daß wir, wie auch immer, jämmerliche Gestalten sind. Und das ist uns gegenüber gar nicht vorwurfsvoll gemeint, so sehr schmeicheln möchten wir damit auch nicht: uns selbst.

ken, an welchem **Ort**?, **egal**!, witzelt der Kurfürst, er wiegt den Kopf, leben heißt eine wunderbare Verfassung haben, die zur Freiheit bestimmt ist, zur Entscheidung darüber, was in dieser Welt sein wird!, keinen Augenblick ist es unserer Entschlußkraft gegönnt zu ruhen, selbst wenn wir verzweifelt geschehen lassen, was geschieht, haben wir beschlossen, nicht zu beschließen, eine Weile sind sie noch schön, aber was soll's, auf ihrem Gesicht hat sich die Angst breitgemacht, dann kriechen sie zu uns, doch sieh mich an!, zu mir kriechen sie! zu mir! zu so einem Dickschädel, würde ich es nur jetzt bei einem jener Jünglinge versuchen, er würde mich auslachen, wegscheuchen, er würde mich höchstens quälen, quälen, quälen ..., *lassen wir das!!*, doch gerade da könnte das Leben vielleicht beginnen, denn leben heißt sich verloren fühlen, und da dies die reine Wahrheit ist – denn leben heißt sich verloren fühlen –, hat, wer sie zugibt, schon begonnen, sich zu finden, seiner wahrhafte Wirklichkeit zu entdecken, er ist auf festem Boden, instinktiv wird er, wie der Schiffbrüchige, nach etwas ausspähen, um sich daran zu halten, und vor diesem schweren, drängenden, von Grund auf wahren Blick, denn es handelt sich um seine Rettung, wird sich das Chaos seines Lebens ordnen, das sind die wahren Gedanken, die Gedanken der Schiffbrüchigen, alles andere ist Rhetorik, Maske, inwendige Heuchelei, wer sich nicht in Wahrheit verloren fühlt, verliert sich ohne Gnade; das heißt, er findet sich niemals, er stößt niemals auf die eigene Wirklichkeit, lassen wir das! lassen wir das!, die Stimme des Kurfürsten überschlägt sich, lassen wir das, es ist durch und durch schlecht, sie vertrauen nur noch sich selbst, der Zeit, die vergehen wird, ich dagegen vertraue meiner Macht, die zeitlos ist, er winkt ab, eine Nation baut sich fortwährend auf oder zerstört sich, tertium non datur, ich beobachte Daisy, er glotzt mit glänzenden, leuchtenden Augen, ich freue mich, daß du hier bist, lese ich ihm von den Lippen ab, ich auch, ich auch, ich deute zu heftig auf mich, setz dich hierher, und ich zeige ihm, daß ich neben mir Platz mache, ich korrigiere mich schnell, auf meinem Schoß, mach keinen Blödsinn, Daisy!,

»nur zu«,

es hüpfen die Scheinwerferlichter, Gaby reckt sich gelassen auf der Szene, wir werden still, ich hoffe, meine Käferchen, ihr habt euch

Diese Zwischentexte kann man im Stück selbst verwenden. Etwa so, wie man im Rundfunk Theaterberichte vermittelt. Wir hören großes Gelächter, während uns eine Frauenstimme aufgeregt zuflüstert, was wir gerade versäumen. »Hamlet kommt, ja, er ist es, und er erwürgt ..., kein Zweifel, ja, da erwürgt er Desdemona. Gibt weiter an Bodonyi, Bodonyi schießt häßlich daneben!« Enttäuschtes Murren.

Dieser Räsoneur hieße, falls wir Komplimente und Insider-Jokes austeilen wollten, Joli Zenei (Prosa). Er (sie) wäre wie Walther von der Vogelweide im »Tannhäuser«. Über ihn sollten wir wissen, daß er etwa 1160 geboren wurde und ungefähr 1230 starb. Auch er begann seine Laufbahn am fürstlichen Hof in Wien, später, als die hoheitliche Gunst ihm nicht mehr hold war, begab er sich auf Wanderschaft. Er bereiste Italien, Frankreich, die Gegend an der Ostsee ... Der Räsoneur kann leibhaftig auftreten, kann die Gestalt auch wechseln. Dann schleicht er zu den Darstellern, ahmt sie nach, möglicherweise zieht er ihre Kleidung an. Dafür wird er von ihnen manchmal verdroschen.

Mit dieser Figur, die letztlich nicht nur darüber berichtet, was wir »nicht sehen«, sondern auch darüber, was wir »hören«, kämen zwei Vorstellungen gleichzeitig zustande, die Oper und das Drama des Räsoneurs; im absoluten Einklang mit unserer schizophrenen Existenz. (Es könnte vielleicht eine Version geben, die das Theaterbudget weniger belastet, ein billiges Volksstück, *die Null-Version*, bei der die Oper eine sog. »opera stumma« wäre, das heißt, die Sänger würden praktisch nur den Mund aufsperren, streng nach der Textvorgabe!, und die Musiker würden vor allem nur sitzen, sitzen, sitzen, alle mit ihren Fliegen unterm Hemdkragen, und manchmal würden sie etwas »spielen«. Aber auch in diesem Fall muß die Opernaufführung wahrhaftig zustande kommen – aus konstruktionell-sachlich-moralischen Gründen!) Eine konsequente Verwirklichung der schizophrenen Gespaltenheit kann man mit osteuropäischer Routine leicht absolvieren (z. B. 2 Orchester).

Nicht nur der Cicerone achtet auf diese Verdoppelung, sondern auch der Tondichter. Das heikle Gleichgewicht schwankt oder strauchelt zwischen Erschütterung und Gelächter. Wir wissen: Die Dame ist ein Herr, mit anderen Worten: Die Braut hat einen Schwanz unterm Rock, schon wieder ist es so. Die Musik ist sich dessen *immerzu* bewußt. Keine kleine Aufgabe.

für die neue Runde erholt, Bettlakenkönige, Nummernzauberer, ich weiß, ihr müßt nicht bescheiden tun, auch seine Achselhöhlen sind leer, leer, leer, ich begrüße, oh, offiziell sozusagen, unsere funkelnagelneuen Gäste, ich hoffe, meine Käferchen, die gestrenge, aber gewiß schöne Mama hat euch ausgehen lassen, *pfui!*, wärest du doch auf den Knien deines Vaters dahingeflossen!, nimmst du, mein Junge, wohl die Hand aus der Hosentasche, das will ich hier nicht sehen, mein Sohn, sonst bekommst du eine so mächtige Watschen, daß du bei Ihrer Exzellenz auf dem Schoß landest, das kannst du zu Hause machen, bei der Mama, die wird dann das vornehme Köpfchen schütteln, aber hier, mein Junge, zum *Null-Tarif!!!*, das geht zu weit!, sehen Sie, hoher Herr, was für eine Art von Herren gedeiht, wie Unkraut, und so was wird mannbar, ihre Wagendeichsel lassen sie nur so baumeln, der *Stil* ist bei denen ausgestorben, wir blasen und lecken hier, die Nacht zum Tage werden lassend, zum Beispiel der teure Daisy, nicht wahr, Daisylein, nimmt sogar die Prothese heraus, er ist so eifrig, beziehungsweise das ist eine Sache der Berufsehre!, tja, meine Süßen, ihr werdet es nicht erraten, so, lacht ruhig, *verzahnt* ist die Frage, wo wir die Zähne schließlich gefunden haben, sag es doch, Daisylein, mein Schatz, mein kleiner Schatz, sag ihnen, wo!, krepieren sollst du, zischt Daisy, die Muskeln auf seinem Unterarm spannen sich wie bei einem Matrosen, oh, oh, er schmollt also, gewiß, meine Süßen, wir Künstler sind empfindsame Gebilde, wir, die wir tagtäglich oder in anderen Entwicklungsperioden unsere Innereien vor euch ausbreiten, und unsere einzige Sorge ist es, auf welche Art nach Größe, Dicke und Farbe Position bezogen werden soll, das müßt ihr wissen!, Daisys Prothese entdeckten wir in meinem Schlüpfer, wir lachen, Schlüpfer!, ruft Daisy aus, Schlüpfer, einen Schmarren, *Unterhose!*, Gaby ist sauer, reiß dich, Schnallchen, zusammen, weil du dir sonst was fängst, daß du nicht mehr weißt, ob du Männlein oder Weiblein bist, das ist gut, das ist unsere Sache, daß wir

»nicht wissen, ob wir Männlein oder Weiblein sind«,

Robilein, bist du schon fertig?, ein Stöpsel will gestöpselt werden, schrecklich, wie ein Weib, er putzt sich die Federn, wie ein Weib,

»so lange vertreibe ich euch die Zeit«,

Sobald die Jünglinge auftreten, das heißt, während sie auftreten, geschieht plötzlich dreierlei. Daisy empfängt sie keß.

DAISY Hei, ewribaddi.
Na, Jungs, wer
Von euch hat
Lust auf Eichelmast?!

JÜNGLINGE Duz mich nicht.
Bring mir eine Limo. Mit Strohhalm.
Der Staat zahlt alles.

Halassi I. umarmt vor Schrecken den Kurfürst, legt den Kopf in dessen Schoß. Unerwartet – zumindest für unsere Begriffe – ist der Kurfürst darüber gerührt und streichelt Halassis gequältes Gesicht, als sei er eine gutmütige Tante.

HALASSI I. Die goldene Berührung hält mich warm,
Ich liege im Schoße der Macht,
Auf der schönsten Insel der Glückseligkeit!

KURFÜRST Sag, was ist das Leben?
Was ist das Leben?
Was ist das Leben, sag an!

Siegestrunken kommt Robi aus dem Pissoir, er pfeift, wirft uns Küsse zu. Das ist die sog. Praecox-Szene, ein Belohnungsspiel für die Robi-Variationen. Eine Traumrolle. Und gerade deshalb, weil sich die Situation nicht leicht deuten läßt, müssen enorme Entfernungen miteinander verbunden werden, die große Leere der Seele. Die Herausforderung ist wieder die Darstellung des Augenblicks, die Zeitlosigkeit der Zeit (siehe Streicher!). Einerseits geht es um ein bacchantisches Gefühl der Befreiung, andererseits um das, was wohl Ovid so sagt: Animal triste post coitum. Um einen Spiegel, der mit Steinen aus Kummer umrahmt wird und in dem wir unser weißes Clownsgesicht anstarren – so in etwa beschreiben es die Analysen.

Robilein, Süßer, wo strabanzt du, es ist ein bißchen still, als würde die Maschinerie knirschen, als hätten sie wenig geprobt, als würde Gaby jammern, wo strabanzt du, Robilein?, ich sehe, Daisy beobachtet boshaft, seine Boshaftigkeit ist kein Spiel, wo die Dirne umherschlendert, flüstert Gaby, nach außen immer noch voller Hoffnung, langsam dreht er sich um, schlurft zum hinteren, trüben großen Stehspiegel, wo die Dirne umherschlendert, sagt er, zum Spiegel gewendet, *küssen wir zur Versöhnung und aus Mitleid unser Spiegelbild auf den Mund*, so, so, es verstummt der häßliche Lärm, Gaby tritt dezent an den Spiegel heran, läßt seinen Arm herab, langt nach dem Schoß des Spiegelbilds, küßt das Glas zärtlich, nimmt den Kopf zurück, blickt zurück, zwinkert mit den Augen, er küßt gut, sagt er nach hinten, das war billig, sagt der Kurfürst, gespannt beobachten wir die Szene, Gaby haucht auf das Glas, zurück, er küßt immer leidenschaftlicher, keuchend hört er auf, sein Körper ist ein bißchen verkrampft, als würden sich die Därme verschlingen, es ist zu sinnbildlich, lächelt Gaby gequält, *zu sinnbildlich, damit belieben wir uns zu trösten*, liebevoll streichelt er den Spiegel, Gaby taumelt, als sei er betrunken, armer Robi, das könnt ihr euch, meine Käferchen, gar nicht vorstellen, wie viele Probleme der arme Robi hat, wie viele Werkstattsorgen, wahrlich!, wie viele Werkstattsorgen,

»<Werkstattsorgen: betrunken an eine (salpetrige) Wand gelehnt, während mir süße Engel aufopferungsvoll einen blasen>«,

Robi steht abseits, beobachtet seinen Chef, hauen wir ab, Muttchen, sagt er kaum vernehmbar,

»verschwinden wir«,

sagt er leise,

»machen wir uns aus dem Staub«,

das weiße Raupenlicht des Scheinwerfers bespringt ihn, Robi lächelt siegestrunken, Gaby verkrümelt sich, die Musik schwillt an, Robi ruft strahlend und selbstbewußt aus,

ROBI Du Strauchdieb, dein ist mein Herz,
Und alles, was du sonst begehrst …
Und wir
Sollen sein
Bleich, blaß, heruntergekommen.
Ruft heiter:
Unumwölkt sind wir,
Unumwölkt, Freunde!
Und was wir können,
Ist unser Stolz,
Unsere Ejaculatio praecox!
Hebt die Hand erschrocken vor das Gesicht, wie eine Gymnasiastin in weißen Kniestrümpfen, mit offensichtlichen sekundären Geschlechtsmerkmalen, die Fingerspitzen steckt er sich in den Mund, und als würde er jemandem nachrufen:
Oh, oh, hallo, Mister Praecox!
Oh, wie geht es weiter?
Sie haben Ihre Spazierstockung vergessen,
Den Riesenspazierstock mit dem Silberknauf!
Und alles verschmieret,
Oh, lieber Mister Praecox,
So vergeßlich!
Er rennt hinter Mr. Praecox her, beinahe ist er schon aus unserem mitfühlenden Gesichtskreis verschwunden, als er sich umdreht; jetzt können wir den schon erwähnten geschmückten Spiegel sehen!
Aber sagen Sie, Mister Praecox,
Was für eine Szene ist das,
In die ich, armer Tropf, geraten bin!

DAISY Liebster Robi!
Armer, liebster Robi!
Mein lieber Alter.

»heulen wir Rotz und Wasser«,

hier bin ich, ich bin gut drauf, ich bin okay, ich kann mich leiden, seine Augenlider sind giftgrün, die Lippen korallenrot, große, fettige Farbbrocken, eine wohlbeleibte Dame, vor allem sein Kopf erscheint übergroß, er ist so eine alte Frau, der man ansieht, daß sie einst ein wunderbares junges Mädchen war; alles an ihr fest und gespannt, Mund, Lider, Augenbrauen, alles ist, als sei sie jung, aber sie ist alt, *ihr Alter ist ein Skandal,*

»totale Friedensumwelt, Friedensversorgung«,

jauchzt Robilein auf, er hat einen patoublauen, leichten Tuchmantel an, einen Zweireiher mit Biberpelzbesatz, er dreht sich um, vom Kreuz an fehlt hinten der Mantel, es gibt ihn nicht, das Hinterteil ist nackt, schwarze Strumpfbänder schlängeln sich, er streckt es heraus, ergeht sich in Zuckungen, rüttelt es, reckt es steif empor, spreizt die Beine ein wenig, so sieht man zwischen den Beinen ein Riesenbüschel Kunsthaar dunkel leuchten, ein schwarzer Wald, er schüttelt sich, joi, Mutter, was für einen großen Mund Ihre Muschi hat, so einen wirst du auch kriegen, wenn du so viel Mäuse gefangen hast wie ich, wir lachen, pst, ich werde heute brav sein, oh, Henrik, Robi faltet die Hände, es ist nichts übertrieben an ihm, meine Damen und Herren, für kurze Zeit zwar, doch Spaß beiseite, vergessen wir, daß wir hier sein können, *auf dieser hübschen Insel der Glückseligkeit*, mit meinen Zähren kämpfend, muß ich ergriffen Meldung erstatten, Veronika, und gewiß gibt es unter Ihnen jemanden, der dieses strahlende, teure Wesen gekannt hat, gestern, und hier läßt der Tapeur die Hände in die Tasten fallen, mehrere blicken ihn erbost an, Veronika hat gestern von meiner Vaseline genascht, am meisten kichert Robi los, er tritt an einen bebrillten Mann heran, Sie sind Intellektueller, werter Herr?, der Mann kichert, Robi winkt ab, offensichtlich ist er Goethe-Forscher, man sieht es an seinem lüsternen Blick und an den zitternden Händen, er macht eine onanierende Bewegung, macht Ihnen nicht eine Sehnenscheidenentzündung zu schaffen?, das ist ein Scheidenweg, sagt Robi zu sich selbst und greift dem Mann zwischen die Beine, ich schwöre dir, mein Vögelchen, mit dir hab' ich's zum ersten Mal getrieben, Robi sinnt nach, was für ein feines Salon-Beutelchen du hast, mein

KURFÜRST Sag, was ist das Leben?
Was ist das Leben?
Was ist das Leben, sag an!

Noch haben wir die summende Stimme des Kurfürsten in den Ohren, die schöne Melodie, als die Jünglinge Halassi II. umringen, und sie rühren fürchterlich in ihren Limos herum. Auch die Musik kann nicht recht entscheiden, was sie zu tun hat. Sie behält ihre italienischen Proportionen, während der Ton rauh, reibend und kalt bleibt.

HALASSI II. *beiseite:*
Meine Ängste
In der Maske von Mut
Habe ich satt.
Satt.
tapfer:
Was kann ich wissen?
Was soll ich tun?
Was darf ich hoffen?

JÜNGLINGE Wer bist du, Fremder, was willst, was hoffst du,
Wer bist du, Fremder, du kannst wollen, wenn du hoffst,
Wer bist du, Fremder, hoffen sollst, nicht wollen,
Sollst nicht hoffen, nicht wollen.

HALASSI II. Das bitte ich mir aus!

JÜNGLINGE Dir gehört's, nimm nur,
Uns trifft keine Schuld
und nimm nur.

Halassi benimmt sich wie ein Kind, das eins über die Rübe bekommen hat und nun über die Welt erstaunt ist, »oh, ist das möglich!« Wie ein kleiner Junge, ein Clown oder eher noch wie ein Idiot: Steht zwischen den Marodeuren, die alles durchwühlen und zer-

Vögelchen, ich werde es einseifen und damit spielen wie mit einer Puppe, du mußt es dir nicht ins Hemd schmieren, mein Vögelchen, bei mir ist das nicht üblich, dort ist ein sauberes Handtuch!, gelobt sei der Name Goethes, was für kristallklaren Samen du hast, mein Vögelchen, was für ein schönes Kind du haben wirst, sag, daß ich das gesagt habe, er tritt hinweg von dem kichernden Mann, salutiert, mit der anderen Hand berührt er seinen Schoß, *der Hosenschlitz ist des Soldaten wichtigste Waffe*, wir lachen lauthals, die Jünglinge sind rot geworden, laß den Heiterkeitsausbruch, mein Junge, ich habe dich gesehen, den galanten Mann, auf der verflixten Maidemonstration, Robi wendet sich uns zu, und wen habe ich angetroffen, als er seinen Schwanz auf dem Tisch geputzt hat, auf den seine ausgebreitete Vorhaut fiel wie eine Paraphimose, schmuddlige Trampeltiere, meine teuren ordinären Brüder, ich bin wieder bei euch, bin okay, mein Flüßchen ist noch nicht versiegt, es ist kein Rinnsal mehr, kein sauberes, schmales Gebirgsbächlein, meine Damen, meine Herren: *eine Wolga*, Pause!, Sie kleiner Schelm möchten selbstverständlich das Kuibyschewer Kraftwerk sein, und wer ist schon kein Schelm?, bei mir flutscht es, hab keine Angst, mein Vögelchen, es wird kein Splitter hereinkommen, Robi hält einen Kübel in der Hand, voller unheimlicher schwarzer Lumpen, wie irgendein Tier, vergebens Make-up etc., Robi ist sogleich eine Putzfrau, es verbreitet sich säuerlicher Schweißgeruch, *pfui, Arbeitsgeruch*, sagt Daisy, und das ist die Ausstaffierung, sagt Robi und hebt seine beiden mächtigen Brüste an, seht, der Freudenhügel, das Gebirge, welches das Tal der Wollust einschließt, ist hart wie Marmor, rosarot wie ein Pfirsich und so einsam wie ein anschwellendes Kissen, das ist sicher!, rufen wir dazwischen, er klirrt mit dem Blecheimer, wieviel Liebeslust, mein Vögelchen, wieviel Liebeslust in einem so schlüpfrigen Treppenhaus, das mir anvertraut ist,

»Oh, là, là!«,

rufe ich aus, Robi blickt zurück, ich werde verlegen, schinde ein Komma, setze einen Punkt, wir werden konjugieren bis zum bitteren Ende, im ersten Stock wohnt eine Mutter mit ihrer Tochter, ich möchte unter ihren Schenkeln sein, häng mir deine süßen Schenkel um den Hals, teure Witwe, das Mädelchen ist – *süß*; allmorgendlich badet es seine kleine Schnecke in Milch, Robi ist ganz gerührt,

stampfen, und sagt mit betont tadelnder Stimme: »Meine Herren, Sie wissen wohl nicht, was hier jetzt passiert.« Oder er entgegnet geistreich: »Ganz im Gegenteil, *gerade* ich könnte Ihnen das sagen.« Um seinen Worten Nachdruck zu verleihen, greift er zwischendurch heftig nach seinem Dolch. Das ist zutiefst lächerlich, nur gibt es kaum jemanden, der lachen würde. Der Idiot: stänkerig, zimperlich, höflich und nervös, und um ihn herum die Panzer; sie schnurren freundlich und herzlich wie die Katzen. Ts, ts, wir kraulen sie am Hals.

HALASSI II. Was ist das für ein gemeines Gerede?!
Gesinde, seht ihr nicht, mit wem ihr's zu
Tun habt, an meiner Kleidung?!

JÜNGLINGE Tatsächlich, Verzeihung,
Verzeih'n Sie, mein Herr,
Pardon, Pardon,
Was kann man schon tun,
Wir sind Menschen,
Machen Fehler.
Verzeih'n Sie, mein Herr.

EIN JÜNGLING Interessant, was du sagst,
Und wenn du nicht lügst, ist es wahr.
Halassi greift wie gewöhnlich nach dem Dolch.
Tu das nicht, Liebster,
Das wäre ein Fehler,
Schau dich umher,
Bewaffnete habe ich wie Unkraut …

HALASSI II. Und wenn du nicht lügst, ist es wahr.

EIN JÜNGLING Sehr geistreich,
Und wie angenehm,
Du lieber Himmel,
Der Herr hat Talent!

HALASSI II. Deine Zunge ist honigsüß, junger Mann,
Doch mit welchem Recht der höfliche Ton?

dann sagt er im Brustton der Überzeugung, die Schnecke ins Milchbad!, ich muß lachen, das sollte er den Rigaer Briefmarkensammlern erzählen!, aber nicht doch!, er läßt seinen großen, häßlichen, roten Schwanz in den Kafir hängen, Robi hat nichts dagegen, sollen wir getrost lachen, der Kurfürst schlägt sich auf die Knie, wir haben auch einen Polizisten, der Ärmste dachte, ich sei schwul, dabei bin ich stinknormal, zumal ich lesbisch bin, Sie sind eine Mannsnutte, ah, eine Schweine-Lustknute!, erwidere ich schlagfertig, unser Polizist, das ist ein großes Haus, der verzehrt sich für gewöhnlich, er steht da und verzehrt sich, am Kugelschreiber knabbernd schüttelt er den Kopf, Herr Robert, läßt er sich vernehmen, Herr Robert, *das ist nicht logisch!*, Robi deutet zur Tür, komm herein, mein Vögelchen, du wirst höchste Wollust empfinden, ganz wie du willst; einmal werde ich von einem russischen Herzog, einem Emigranten, im Treppenhaus angehalten, er hält mich auf, könnte man sagen, Towarisch, wenn Sie gestatten, sagt er, und damit zieht er einen Hasen zwischen meinen Beinen hervor, ein liebes Tier, tröstet er mich, als er meine Verblüffung sieht; Semmelknödel, Semmelknödel, Semmelknödel, zische ich ihm ins Gesicht, ja, Daisy hat recht, ich bin eine alte Schlampe, alt, arbeitsam, er klappert mit dem Blecheimer, ich, mein Vögelchen, schlecke es täglich auf, täglich, das Treppenhaus nämlich, Herr Professor! geben Sie zu! Sie haben wieder an Goethe gedacht!, ruchloser Kerl, freches Schwein!, der Mann kichert, auf meiner Zunge ist schon eine Schwäre, diese Wollust ist eine Schwäre, ruft Daisy aus, aber nicht doch, mein Herzchen, Robi zuckt die Schultern, läßt seine Zunge heraushängen, ein langes, großes, rotes Stück Fleisch, schaut nur, schaut nur, Herrchen,

»diese Zunge ist schamlos«,

damit läßt sich alles sagen, nichts, ausgebreitet vor uns,

»seien wir nicht zimperlich«,

na, mein Kleiner, hättest du Lust?, Robis herausgestreckte Zunge *zittert*, unwillkürlich strecken mehrere ihre Zunge heraus, sowohl der Kurfürst als auch ich, ich spüre, wie sie an der Luft trocknet und immer schwerer wird, diese Zunge verträgt alles, sie ist gefühl-

JÜNGLINGE Ich trag' ihn halt rechts.
Ach, verzeih'n Sie, mein Herr,
Pardon, Pardon,
Was kann man schon tun,
Wir sind Menschen,
Können fehlen.
Doch schuldlos bist du nicht,
Hoffe nicht: Wir passen auf.
Wenn du heulst, werden wir naß.
Nicht schlimm. Und aus ist's, aus.

HALASSI II. *zuckt mit den Schultern, will abgehen*
Bedanke mich für solche Abenteuer,
Tauben zu füttern wäre halb so teuer.

JÜNGLING *stellt sich ihm in den Weg*
Ich fürchte,
Es ist zu spät.
Ich fürchte.

HALASSI II. *beiseite:*
Ich fürchte mich.

JÜNGLING Ich fürchte, es ist zu spät.
Die Rede vom Fleck bewegen
Heißt soviel
Wie eine Revolution vom Zaun brechen.

JÜNGLINGE Soviel, wieviel
Soviel wie, wieviel wie.

HALASSI II. Ich bin okay, bin in Ordnung,
Bin frei und geschlechtsreif, kapiert?!

JÜNGLING *freundlich, liebevoll:*
Ich sah dein gutes Pferd draußen, hoher Herr,
Warum reitest du denn auf Worten herum?

los, ein Jasager, Robi stöhnt und gibt einen häßlichen Laut von sich, diese Zunge ist nicht bereit, sich selbst zu verstehen, oder nicht fähig zu begreifen, diese Zunge bejaht sich selbst nicht: diese Zunge ist duslig, betäubt, berauscht,

»die weiche, stockende, tolerante, trügerische, loyale,
betörende Zunge«,

die einnimmt, nickt, lächelt, ermuntert, überrollt, die kaum von etwas aus der Fassung gebracht wird, die allerdings lügt, kuppelt, heuchelt, sich ruhig gibt, obwohl sie vor Unruhe *zittert*, steif ist, flüstert-säuselt, *von sich selbst ergriffen ist*, alles annimmt und überhaupt nichts duldet,

»stammeln wir«,

mögen wir mit dem Spaß ausrutschen, zäumen wir das Pferd vom Schwanze auf, sprechen wir unverständlich, in unserem Hals sei ein Kloß, in unserem Mund ein Kiesel und auf unserer Brust ein Stein, artikulieren wir beschissen, seien wir dichterisch, kusch!,

»geben wir unseren Bemühungen einen individuellen Anstrich«,

die Tunge, durch die derdenide, der die Elt denennt, denenndar ird, it undauchdar, ie mut derdaut, derpercht, derketscht, dedählt erden, Robi wirbelt umher, die abscheulichen künstlichen Haarbüschel schwabbeln, er deutet darauf: baby, my golden baby, das will seinen Schnuller haben, Robilein lächelt, begeisterter Applaus dankt ihm <pst!, unsere Zunge soll keine Waffe sein, keine brennende Fackel und auch keine (brennende) Lanze!>,

»Mutter, ich brauche einen Mann, oder ich
zünde das Haus an«,

mein kolbenförmiges Stöckchen, Sickerschoß, rauher Gliedsturm, säuselt Robi,

»nein!«,

Stille, die Jünglinge mischen sich unter die anderen Personen, sind charmant, Gipsengel: im Blazer. Es folgt das doppelbödige Motiv von Leine-anspannen-Leine-lockern; mit leichter Hand gespielt, blasiert; aber wenn wir behaupten würden, daß durch dieses Spiel schon Streicher zugrunde gegangen sind, wäre noch viel zuwenig gesagt.

KURFÜRST *zu Halassi:*
Hattest du,
Hattest du vielleicht,
Hattest du vielleicht eine Unannehmlichkeit,
Mein Freund?

HALASSI I., II. *zueinander:*
Da bist du, und ich freue mich.
Du bist, um zu sein,
Und das reicht jetzt.
Jetzt, jetzt, jetzt!

DAISY *bringt Halassi ein Bier*
Du Hengst!

KURFÜRST Du mußt mitzählen, der zieht dich über den Tisch.

HALASSI I., II. Daisy mich?

KURFÜRST Daisy dich …
Oh, wie sehr ich alt werden werde!

HALASSI I., II. Die Macht ist halt alt, meine ich.

KURFÜRST Schnauze!
Süßer Herr.
Das Escorial.

DAISY *aus der Ferne zu Halassi:*
Da bist du, und ich freue mich.
Du bist, um zu sein,

wir sind nicht, um zu kapitulieren, sondern um die Kletterstange zu erklimmen!, er stemmt die Ellenbogen in die Hüften, seine zur Faust geballten Hände aufwärtsschwingend zeigt er, was eine Kletter-Stange ist, wir lachen, dennoch aber sollten wir nicht denken, ein Röslein zu sein oder sein zu können, das sich wehrt und sticht, weil's ihm an sanften Knaben gebricht, Robilein, das meinen wir nicht!, ruft der Kurfürst, und das ist ein famoser Spaß!, und von unseren Ansprüchen lassen wir selbst dann nicht ab, *wenn wir fortwährend* versagen, sagen wir unser Versagen an: versagen,

»benehmen wir uns jämmerlich«,

beobachte das Zappeln, das erschrockene Engerwerden, das lüsterne Sichausbreiten, die beängstigenden und reizenden Krämpfe und das peinlich betroffene Zusammenschrumpfen, bewundere die Ritze in der Rosengasse, oh, nicht doch?,

»habe ich unwissentlich Hoffnungen in Ihnen geweckt?«,

oh, ah, oh, sollte es in den Vorstädten früher dämmern? stehend im Luna-Park mit zitternden Waden? sollen wir uns amüsieren? und unser Haar flattern lassen? eine gemeine Polka? benutzen wir einen Diletto, oh, ihr Dilettanten! wäre unser Partner eine Schlunze? nana? ein Schnallchen? leichtblütig? reicht das Geld nicht? wir jagen sie auf die Straße? aber trotzdem richten wir sie erst gehörig zu? wir treten sogar? und wir selbst wären auch, mit Verlaub, vergewaltigt? fertiggemacht? an den Messingbettpfosten hat man uns gebunden, und anfangs hat uns die Sache sogar noch gefallen? später nicht mehr? wieso? dessenungeachtet hatten wir in dieser Angelegenheit irgendeine Natürlichkeit?, aber was soll dieses siegestrunkene Geseufze? was soll dieses Verlangen nach Verzücktsein?

»dieses stille Toben?«,

ein vertrautes Saxophon erklingt, Robi zwinkert mit den Augen, süßer Herr, seien wir in unserem Element, *mögen wir wie gerufen kommen*, oh, Herr, laß mich los, deine Hände sind hart, und wahrlich, deine Krücke, die ist außerordentlich, ich könnte sagen, weder bei meinem Vater noch bei meinen Brüdern habe ich die-

Und das reicht jetzt.
Jetzt, jetzt, jetzt!

Es folgt Robis Auftritt, der zu den großen Zusammenfassungen gehört; man nennt das auch kleines Finale.

GABY Robichen,
Bist du fertig?
Fürchterlich, der putzt
Sich lang wie eine Frau …
Tut, als wäre er in Verlegenheit.
Komm, mein Teurer, mein ROBBERLE.

DAISY Verrecke, du Wurm, du!

GABY Dann will ich die Zeit inzwischen überbrücken!
Sieht sich im großen Stehspiegel, geht hin, küßt das Spiegelbild zärtlich auf den Mund.
Küßt gut.

KURFÜRST Wie billig!

GABY Wie billig, und
Küßt gut …
Küßt immer leidenschaftlicher, hört keuchend auf.
Spiegel und Spiegelbild: hier ist das eins!
Spiegelbild des Spiegelbildes: bleibt sich gleich!
Und ich: Objekt und Spiegelbild und …
Spiegel!

HALASSI I., II. *einanander zugewandt:*
Spiegel und Spiegelbild: hier ist das eins!
Spiegelbild des Spiegelbildes: bleibt sich gleich!
Und ich: Objekt und Spiegelbild und …
Spiegel!

ses Mehr gesehen, oh, Mutter, ich bitte dich, Mutter, verdirb deine Kinder nicht!, Janolein, du rasierst dich schon?, einen Schlüssel gibt es, es war eine heiße Sommernacht, zwischen den Schenkeln herrschte tiefe Finsternis, um im Schloß herumgedreht zu werden, wohlan, darüber!, Knecht, unbändig, nichts anderes verdrießt mein armes Bäuchli, nur das Korsett ..., mein Teurer, mein Leib ist schwach, deine rauhe Gewalt würde ihn bersten lassen, und warum sollte Blut fließen in der Nacht, mein Teurer, von dem ich so viel Schönes mir erhoffe, hab Mitleid mit mir, sei barmherzig, wenn du lieb sein wirst und nicht wild, schenke ich dir Freude auf andere Weise,

»Béla, laufen Sie, mein Mann weiß alles«,

angenehm, wie angenehm!, streicheln wir uns also hinein in die klotzige Zitze, Roswitha von der Heide!, johlt jemand, unsere Finger bohren sich zitternd in die prallen Brüste, zerfleischen möchten wir sie und zerfetzen, ach, die abscheuliche kleine Kanone, das rosa Batisthemd hat sich von ihrem jungfräulichen Schoß heraufgeschoben, sie langt dorthin, enttäuscht sieht sie den Mann an, was soll diese Laschheit?, Sie müssen entschuldigen! bitte! bitte!, aber wozu sind Sie dann hergekommen? um mich zu quälen! jawohl! um mich zu quälen, aber Sie sollen mich nicht quälen, denn das ertrage ich nicht länger!, hat mich der junge Herr gerufen?, ich habe dich gerufen, wie zwei Kälber, zwischen den beiden Kalbfellen deines Steißes möchte ich mein Gesicht begraben, mit großem Pomp, aber Bubi, das muß doch nicht sein, bei solchen Gelegenheiten waren sie dann also ziemlich ordinär, die Schließerin servierte Obst und Kräuterbutter, kommen Sie, geritten in tiefschwarzer Nacht, und im Handumdrehen langte sie ihm an die Hose und fragte lachend, was darinnen sei, der Bursche, der nicht total bescheuert war, begriff sogleich, was die junge Frau wollte, mein Dudelsack, Madonna, antwortete er, mit dem ich die Dorfmädchen tanzen lasse, und (schelmisch) begann er in dem mit Flaum zugewachsenen Tal zu fischen, ein so flinker und ausdauernder Tänzer, die Dame hielt so wacker stand, daß *ein Hase unter ihrem Kreuz bequem hätte hindurchspazieren können*, bezauberndes Kind! wie ängstlich und wie bescheiden! oh, und boshaft!, na, kommen Sie nur, kleiner Wildfang, kommen Sie!,

ROBI *schaut ihnen von der Seite her zu, beginnt kaum vernehmbar:*
Hauen wir ab,
Verschwinden wir
Machen wir uns aus dem Staub!
siegreich:
Heulen wir Rotz und Wasser!
Totale Friedensumwelt, Friedensversorgung.
Robi ist jetzt eine wohlbeleibte Dame, eine alte Frau, von der wir wissen, daß sie ein Mann ist, und der man ansieht, daß sie einst ein wunderbares junges Mädchen war; alles an ihr fest und gespannt, Mund, Lider, Augenbrauen, alles ist, als sei sie jung, aber sie ist alt, ihr Alter ist ein Skandal*; sie ist von Kopf bis Fuß ordinär.*
Doch Spaß beiseite!
Veronika hat gestern
Von meiner
Vaseline genascht!
Ein Mann kichert los.
Sie sind ein Intellektueller,
Werter Herr?
Winkt ab.
Offensichtlich ein Goethe-Forscher,
Sie sind ein Fummler!
Man sieht es an seinem lüsternen Blick
Und an den zitternden Händen.

GOETHE-FORSCHER, HALASSI I. Oh, là, là!

ROBI Geben Sie zu,
Sie haben wieder an Goethe gedacht.
Ruchloser Kerl.
Freches Schwein.

»in unserem Mund duftender Betel«,

schau, was für einen riesigen Schusterkarpfen der Bursche gefangen hat!, dann tätschelte ich mit der Hand mein Mäuschen, wie die Katzen im Januar ihren Schwanz aneinander reiben, schnappen wir nach der Angel!, setzen wir uns auf <auf, auf>, während auf dem emporragenden Mastbaum das Hemd in der Art eines Segels flattert, wir haben eine schleimige Natur, Schleim sind wir im Schatten eines Feigenbaums,

»sollen wir Halbweltler sein?«,

morgen wird sie international sein, die halbe Wehelt, den Grund dafür, Fräulein, kannst du in der Legende von der Venezianischen Dirne finden, das ist so, *andererseits ist es*, als komme jemand, der die Krätze hat, abends nach Hause, zöge die Strümpfe aus und genösse schon im vorhinein die Freuden des Juckens, genießen wir,

»genießen wir«,

genießen wir, komm, mein Süßes, beschäme mich, ein mit Ambra parfümiertes Seidenkleid hätten wir an, auf dem Kopf eine Goldmütze, geschmückt mit einem Rosen- und Veilchenkranz der Jungfräulichkeit, der Geruch zieht mich in deinen Schoß, Liebes, oh, das Silberbidet!!!,

»ich habe durch den Genossen von gegenüber ein Bidet stehlen lassen«,

der Gatte freilich schnitt des Geliebten Mannesstamm ab und hängte ihn der perfiden Frau zwischen die Alabasterbrüste, oder im geräumigen Bad vielleicht, die Beine spreizend, ließ er die kleinen Sklaven zwischen ihren Beinen schwimmen!, na und die Russen! ihre kleinen Liebestroikas! davon kann ich ein Lied singen! aber nein!

»hot dog«,

so viel Greuel, so viel Eiterfluß, durchgebluteter Mull, schmierige Wunden, gern verbinde ich die ekelerregendsten und abstoßend-

GOETHE-FORSCHER Jetzt nicht, nein
Jetzt an die Madame Stein.

ROBI *steckt die Zunge heraus, und während der Arie (*der Zungen-Arie!*) tun es auch weitere Personen, auch der Kurfürst!*
Diese Zunge ist schamlos,
Duldet alles gefühllos.
Diese Zunge ist
Duslig, betäubt und berauscht.
Diese Zunge …

KURFÜRST *streckt die Zunge heraus und hat das Gefühl, sie sei schwer*
Ist so schwer!

ROBI Weich, stockend, tolerant,
Trügerisch, loyal und betört das Herz,
Einnehmend ist sie, nickt, lächelt, ermuntert, überrollt,
Ist aber ein Lügner, ein Kuppler, ein Heuchler …

KURFÜRST Ist so schwer!

ROBI Ist steif, flüstert-säuselt,
Mimt Ruhe,
Was für ein Getue!
Ein Zittern vor Unruhe.

JÜNGLING *feindlich:*
Bravo, noch einmal, *bravo!*

ROBI *setzt trotzig fort:*
Stammeln wir,
Rutschen wir mit dem Spaß aus,
Zäumen wir das Pferd vom Schwanz auf!

sten, könnte ich doch auch den Hunger meines Magens so stillen!, und er läßt seinen Samen auf die Erde fallen, heiliger Zorn, jüdische Hure, christliche Bürgersfrau mit gesegnetem Appetit, in der Tat, Madame, Sie riskieren Ihren guten Ruf, das Knie ist die Endstation der Freundschaft, die echte Jungfrau allerdings erträgt den Stoß, die Kleine erbebt, als sei sie von einem Erdbeben erschüttert worden, anstelle des Muts hat man die Unverschämtheit gesetzt, oder umgekehrt, anstelle der Ausgelassenheit das geile Herumwühlen, oder umgekehrt, obwohl es keinen solchen Purpurpfirsich gibt, der sich so weich und zart halbiert hätte, und es gibt keinen winzigen Ort, der so üppig wäre, denn was ist geistreicher als der Schoß einer schönen Frau?, du sprichst von deinem zottigen Arsch, zischt Daisy beherzt dazwischen, Daisy, mein Herzchen, du bist wie das Pferd mit dem Roßtäuscher, der den Hintern von diesem einsalzt, damit es den Schwanz prächtig hebt, lächelt Robi hinterfotzig, Daisy fixiert Robi wutentbrannt, steif, dieser seufzt, mit verschleierter Stimme sagt er, heute habe ich endlich, mit Gottes Hilfe, Maria Iwanowna gefickt <Puschkin>, bisher war ich eine blutrünstige Bulldogge, oh, Natascha,

»verrecke, du Mörder, fürstlicher Pferdedieb«,

auf mein Wort, eurem vom sauren Wein des Wohlstands stumpfsinnig gewordenen Verstand könnte man auch das noch einreden,

»nun, ihr sündhaftes, hinfälliges, verhurtes Volk?«,

was für ein kühner und beherzter Ton hier und heute, ich wende mich damit freundlich an den Kurfürsten, seine Lippen, wie ein Seedeich, dämmen sein kleines geschliffenes Kristallglas ab, zweifellos, sagt er, dann fügt er sinnierend hinzu, vor dem Richterstuhl der WOLLUST sind wir allesamt gleich, Ebbe und Flut im Glas, die Entwicklung, mein Lieber, ist ein kompliziertes, mit Wellenbergen und -tälern gesprenkeltes Etwas, schlürft der hohe Herr, weißt du, es ist von wesentlicher Bedeutung, daß unser scheeler Richter, die GESCHICHTE, uns auf der Seite des

»Fortschritts«

GOETHE-FORSCHER *dankbar:*
Goethe!

ROBI Sagen wir unser Versagen an:
Versagen,
Benehmen wir uns jämmerlich.

JÜNGLING Hot dog!

ROBI *wieder das tragikomische Wettrennen mit der Zeit*
Genießen wir, genießen, genießen!
Wer rät uns schon, wie wir am besten lieben,
Wer rät uns schon, was gut, was schlecht ist?
Springt plötzlich hoch und fällt dann klappernd mit gespreizten Beinen zum Spagat hinab, als wäre er ein Krüppel, ein beinloser Rumpf.

MEHRERE DARSTELLER Au, au!!

KURFÜRST Denn was ist geistreicher
Als der Schoß einer schönen Frau …

ROBI *schmerzlich, entschlossen:*
Nennen wir alles beim Namen. Das Brot
Nennen wir Brot, den Wein
Wein …

JÜNGLING Vom Wein trunken
Ein Wort gesungen.

ROBI Den Dolch Dolch.
Den Molch Molch.

KURFÜRST Ich passe!
Reimzwang.
Lehrling zweiter Klasse!

findet, Robi tanzt, und währenddessen scheint er uns zu beobachten, er wirbelt, ist unbändig und obszön, an seinen Schenkeln und seinem entblößten Steiß schwabbelt das Fleisch, altes, zusammengeschrumpftes Fleisch, fast löchrig wie der rußverschmutzte, schmelzende Schnee zum ausklingenden Winter, wer kann einen Rat geben in der Liebe? wer kann einen Rat geben, was ist gut, was ist schlecht?, plötzlich springt er hoch, reißt die Beine auseinander und fällt dann klappernd mit gespreizten Beinen zum Spagat hinab, joi, rufen einige von uns aus, Daisys Gesicht ist besorgt, das ist seine alte Nummer, das ist die alte, flüstert er, laßt uns ankommen, Robi keucht, den Fluß nennen wir Donau, das Wasser strömt abwärts, das seltsame Gebilde auf der abgesteckten Fläche nennen wir unsere Heimat,

»Ich hasse dich, meine Heimat, ein Käfer falle in deine offenen Augen«,

sagt Daisy einfach, räuspern wir uns, fühlen wir uns zu Hause, bei der Nationalhymne laßt uns aufspringen, verbeugen wir uns, er rührt sich nicht, bravo!, ruft das große Jüngelchen, *bravo*, Robi erweckt den Eindruck, als sei er ein Krüppel, ein beinloser Rumpf, *Daisy, hilf mir!*, sagt dieser Krüppel, an der Schminke ist der alte Mann zu erkennen, Daisy hebt den alten Mann behutsam auf, jener würde noch helfen, doch Robi drängt ihn fort, verdeck mich nicht, Daisy tritt zurück, Robi brüllt auf, das dunkle Haarbüschel zwischen seinen Beinen erzittert wie auf dem Kopf nach einer gewaltigen Ohrfeige das Haar,

»du Arschgeige«,

die Musik hört gekonnt auf (denn warum auch sollten wir das kleine Barorchester vergessen?), wir blicken den Kurfürsten an, die Jünglinge stehen unbeweglich, ihre geschweiften Hemden sind durchgeschwitzt, Robi macht einen graziösen Knicks, leise sagt er, na freilich, du Arschgeige, wir zischen uns ins gerötete Gesicht,

»jede Tendenz strebt ihre Grenzen an«,

ROBI Den Fluß nennen wir Donau, und
Dies seltsame Gebilde …

JÜNGLINGE *euphorisch:*
Gebilde!

ROBI Auf der abgesteckten Fläche …

JÜNGLINGE *wie oben*
Fläche!

ROBI … nennen wir unsere Heimat!

JÜNGLINGE *wie oben*
Unsere Heimat!

ROBI *plötzlich:*
Ich hasse dich, meine Heimat,
Ein Käfer falle in deine offnen Augen.

JÜNGLING Bravo, noch einmal, bravo!

ROBI Daisy, hilf mir!
Daisy hebt ihn behutsam auf
Fort mit dir, weg da.
Verdeckst mich ja ganz.
zum Jüngling:
Du Arschgeige!
Pause. Gekonnt hört die Musik auf.

KURFÜRST Welche Geige auch immer.

ROBI Verlockend, verführend, einlullend,
Komm nur, hab keine Angst,
Du Kümmerling, Subjekt,
Abhängiger Quengel.

JÜNGLING Bravo, jetzt *reicht* es aber!

du, du, sagen wir zu uns selbst, also ich wickle dir deinen Schwanz um den Leib, du dreckiger Blutsauger, nun ja, entschuldige schon, so etwas kann man nicht *sagen*, verführend einlullend,

»verlockend«,

rum bum bidi bum, hab keine Angst, so macht meine Trumm, rum bum bidi bum, bei deinen verrotteten Eingeweiden, *hab keine Angst*, damit verschlimmerst du nur deine Rattenlage, du Kümmerling, du Subjekt, du abhängiger Quengel, du Schlappschwanz, das brüllen wir uns unerschrocken ins unerschrockene eigene Gesicht, bravo, jetzt reicht es aber!, ruft wieder der junge Mann dazwischen, Robi spuckt, Beibi, ich beobachte den Jungen, der ist nicht verlegen, kratzt sich an seiner Nase, okei, Beibi, laßt uns Allüren haben, und laßt sie uns jederzeit parat haben, unberechenbar, rapplig, seien wir launisch,

»machen wir Faxen«,

auf Fragen laßt uns hochnäsig mit den Schultern zucken und lachen wie der Wind in der Steppe, seien wir dumm, dumm, trotzig, hohlköpfig, wir müssen nicht wissen, wo der Hund begraben liegt, traben wir stofflig wie der Elefant im Porzellanladen, verletzen wir beispielhaft Interessen, möge uns keine Alternative bleiben, wir haben keine Wahl, wir sind, daß der Himmel auf uns herabstürze, okei, Beibi,

»das Verborgene Offene Geheimnis«,

okay, hörst du zu, mein Kleines? Robi redet wie ein verrückter Liebhaber, Daisys Gesicht ist finster, er merkt, daß ich ihn beobachte, er zuckt die Achseln, seine Stirn glättet sich, dann pirschen wir uns also vorsichtig, rücksichtsvoll, findig und vor allem mit betörender Freundlichkeit und Liebenswürdigkeit heran, daß man uns ja nicht verschreckt,

»Verschrecktwerden in Erster Instanz«,

okay, wir sind nicht verschreckt worden, haben keine blasse Ah-

ROBI Okei, Beibi,
Seien wir launisch,
Machen wir Faxen,
seien wir dumm, trotzig, hohlköpfig.
Wir haben keine Wahl,
Wir sind,
Daß der Himmel auf uns herabstürze.
Okci, Beibi,
Es gibt Gründe, Methoden, Überlegungen.
Wir verstehen was von Wörtern,
Ist ja unser Beruf.

Geht ab.
Kurzes Zwischenspiel im Orchester, eine Art unbeholfene Dramaturgie, damit sich Robi inzwischen für das Finale umziehen kann.

GABY Hoher Herr, wieg ich mich sicher,
Daß du nicht murrst und schmollst?
Was du gesehen hast, ist revolutionär ...
Das zieht heutzutage, du weißt,
Der falsche kritische Geist ...
Bin müde. Die Brüste sind mir eine Last.
Verzeih, daß ich tollkühn war.
Ist halt der Preis für das Pläsier,
Das du jetzt hattest hier.

KURFÜRST Was ist das Leben? Was ist das Leben?
Scheucht Gaby fort. Zwischen den Tischen kommt Robi daher, wieder als gebrechlicher alter Mann.

HALASSI I. Ich finde keine Worte!

ROBI Oh, nicht der Rede wert.

HALASSI I. Doch, doch, Robi,
Das war sehr schön und wichtig.

ROBI Du sagst,
Es sei schön gewesen,

nung!, jenen Kerl, der wir wären, mustern wir ohne Interesse, fordern wir uns mit matter Stimme auf, wir sollten in jene winzige graue Nische hineingehen, uns an die Wand stellen und (noch) leidenschaftslos sprechen,

»wie?, wie denn?«,

fragen wir naiv, und laßt uns die Köpfchen nach rechts neigen, hier brummt Robis Stimme auf männlich, wir lachen, als sprächen wir mit einer Frau; tatsächlich, er sieht Daisy an, auf jene Frau würden wir jetzt einen guten Eindruck machen: sie würde meinen, uns zu lieben, uns mit leichter Hand über den Kopf fahren, und wenn wir sie jungenhaft anlachen, unschuldig, doch dreist, sie würde uns am Schlafittchen packen, du! du! du!, würde sie leidenschaftlich sagen, wir würden uns darüber freuen, ihren Nacken anschauen, um uns dann vielleicht heiß hineinzubohren, an die Wand, wir zeigen auf die Wand, an die Wand, wir wären so frei, sagen wir, nicht uns entschuldigend, sondern leger, die Hände auf dem Nacken, wieder an jene Frau denkend, wir lachen, wessen lange Finger spielen so äußerst zart auf unserem schutzlosen Nacken, was ist das?, mein Süßer, würde sie flüstern, ihre Finger würden sich vorantasten,

»was ist das?«,

doch nicht etwa ein Pickel?,

»wie!, wie denn, wohin?«,

fragen wir jetzt schon aus Prinzip, im letzten Moment, Hände hoch, sagen wir böse, weil uns jeder törichte Widerstand ärgert, empört und schwächt, schwächt, schwächt, okay, seien wir einverstanden, wir sind nicht unser eigener Feind, unsere Hand huscht sanft über unseren hochgehaltenen Arm, in der Achselhöhle erwarten wir ein Kitzeln, doch wir bleiben sitzen, pfui, du Kotzheini, ruft Daisy aus, außer uns seiend würden wir uns dann vor nicht zurückzuhaltendem Lachen wälzen, skandalös, an diese Chance sollten wir uns gelegentlich erinnern, wir möchten wieder zerbrechlich sein wie Rehkitze im Schilf <= nádas>,

Schön,
Sagst du,
Aber, mein Sohn,
Sag mir,
Was ist das?!
Was ist das, mein Sohn,
Was? was? was für ein Ding ist das?!
Inzwischen packt Daisy Halassi II. von hinten.

HALASSI II. Also ist die Zeit gekommen.

DAISY Still, das bin nur ich.
Sie gehen beiseite.
Keine Rottenbildung, Alterchen.

HALASSI II. Schau mir nicht so aus der Nähe
Ins Gesicht.

DAISY Umarme mich.
Umarme mich.
Denn das ist,
Was wir haben,
Mein Teurer,
Weder gut noch schlecht,
Sondern kalt, unerträglich kalt.
Umarme mich.
Seien wir lasterhaft.
Sie sind lasterhaft.
Du Intrigant.

Halassi II. tritt plötzlich weg von ihr und haut Daisy beinahe aus dem Kuß heraus mitten ins Gesicht. Mit einem Crescendo, das Himmel und Erde erfüllt, ertönt ein »H« im Tutti; von ppp bis fff! Ein riesiges Ausrufungszeichen. »Der Sockel in der Hölle, die Spitze im Himmel.« Dieser Schlag wird von vielen auf unterschiedliche Weise empfunden und gedeutet. Tristan und Isoldes verliebtes Hassen mag einem dabei durch den Sinn gehen.

»flaumig und zerbrechlich«,

weiter unten an den Blusentaschen verweilen wir, sanft, betrübt spielen wir mit den Brüsten, über die Taille bewegen wir uns schnell hinweg, als würde die Zeit nicht reichen, um dann zwischen den Beinen, hart voran, unsere Scham in Händen zu halten,

»isch abe disch in der And, Alter«,

flüstern wir mit unbeholfener Freundlichkeit, den Kopf senkend sehen wir, wie sich die Hand langsam öffnet, als sei sie eine Blume, sie läßt los, zieht sich in die Wärme unserer Schenkel zurück, *Verseiung*, wir sollten fragen, ob ich enorm verdächtig war? oder warum? warum?, unser Krakeelertum ärgert uns am meisten, auf die erste Frage antworten wir nicht, sachgemäß machen wir uns Notizen, dann bohren wir den müden, klugen Blick in den unseren, und enttäuscht, weil wir glaubten, mehr Verstand zu haben, antworten wir, wir haben, süßer Herr, unsere Gründe, unsere Methoden, unsere Erwägungen,

»wir verstehen was von Wörtern, ist ja unser Beruf«,

dann lassen wir uns in einen weichen, tiefen Sessel sinken und schluchzen taktvoll – Daisy zieht einen Stuhl zu uns heran, ich verleihe meiner Hoffnung Ausdruck, hoher Herr, daß du dich prächtig amüsierst, eine vergniechliche Nacht hast, du siehst, wir bemühen uns um Abwechslung, bei uns bekommt auch das niedrige Volk etwas, er lacht laut auf, letztendlich sind auch wir nichts anderes, und vielleicht auch Eure Hoheit nicht, wieg ich mich sicher, daß du nicht murrst und schmollst?, wenn es manchmal … so … revolutionär war … verstehst du … das zieht heute, der falsche kritische Geist, macht nichts, weißt du, hoher Herr, ich bin müde, so würde ich gern schlafen in der Nacht; verzeih, daß ich tollkühn war, daß ich von mir spreche, als verfügte ich über meine Zeit, was für eine Vermessenheit!, der Kurfürst kichert, plötzlich spüre ich auf meinem Schenkel eine Hand, grob umspannt sie meinen Muskel, dann, kreisende Bewegungen vollführend und gewissermaßen Verzeihung heischend, tastet sie sich immer höher, *mach die zwei Knöpfe auf*, flüstert Daisy mir zu, so würde das Hindernis für

DAISY	Fluch über dich! Du mickriger Feigling! Verflucht seist du!
HALASSI I.	Oh, wie sehr ich Sie schätze und achte! *Er bückt sich schnell und küßt Robis alte Hand voller Leberflecken.* Und dieses Gefängnis hier verachte.
KURFÜRST	Reimzwang! Wenn noch mal ...
ROBI	Nein. Nein. Die Gitter sind In mir und in dir.
HALASSI I.	Doch Sie, Sie sind frei und unabhängig!
ROBI	Das ist wahr. Weil ich sage, Daß ich es nicht bin. Insofern ... Jetzt geh, mein Sohn, bin müde, Der Morgen bricht an, bricht zusammen!
KURFÜRST	*zu Halassi, spöttisch, traurig:* Mein Teurer, Sie Treiben es mit dem Nichts?
DAISY	*winkt aus der Ferne schmollend zu Halassi* Oh, du Falscher, teurer Söldling, oh, du Falscher, Teurer Söldling!

Es folgt die große Arie des Kurfürsten, endlich stehen wir der schon mehrfach intonierten Frage gegenüber: Was ist das Leben? Und da folgt gleich die zweite Frage: Aus welchem Grund mochte der Tondichter dem »herzlosen« Kurfürsten diese wunderbar biegsame, so anziehend männliche und doch zärtliche Melodie in den Mund (Oralie!) gelegt haben?

meine Hand kurz auf ewig aus dem Weg zu schaffen sein, ich wage nicht, hinunterzulangen, Daisys starke Finger bemühen sich vergeblich; er trommelt auf mir herum, mein Atem beschleunigt sich, ich springe auf, stolpere auf die Straße hinaus, es ist kühl, ich lehne mich an die Wand, vor der Kirche stehen Leiterwagen, Ackergäule davorgespannt, an dem einen Leiterwagen stehen Jungen und Mädchen mit erhobenen Händen in Grätschstellung!, ein Jüngling befördert die Beine durch Fußtritte in eine stärkere Grätsche, die Füße bewegen sich schwerfällig auf dem morgendlichen Trottoir, weiter auseinander!, schreit der Jüngling, lassen Sie mich, schreit ein Mädchen,

»nur zu, nur zu«,

sagt der Jüngling und traktiert das Mädchen mit weiteren Fußtritten, begreifen Sie denn nicht?!, das zerfetzt mir die Möse, ich erschrecke, sehe vorn das Pferd schnaubend den Kopf aufwerfen, ich stürze zurück in die Lokalität, kaum reiße ich den schweren, fleckigen Vorhang beiseite, als mich ein Arm hart umschlingt, ja, sage ich in meinem Herzen, es ist also gekommen die

»Zeit«,

ich versuche mich zu befreien, und ich möchte zuschlagen, zuschlagen, aber nein, der Arm läßt mich nicht los, ich erkenne ihn, es ist Daisy, er hält mir den Mund zu, zieht mich nach hinten in den Flur, man sieht uns, er sagt aber nichts, nimmt die Hand von meinem Mund, *keine Rottenbildung, Alterchen*, sagt er, als sei er Polizist, wir stehen uns gegenüber, die Umgebung erdrückt mich, ich verbitte mir, sage ich, schau mir nicht so aus der Nähe ins Gesicht, Daisy wartet, umarme mich; ich habe Angst, das hier, was wir haben, mein Teurer, ist weder gut noch schlecht, sondern kalt, unerträglich kalt, ich bitte dich also, umarme mich, umarme mich, umarme mich, immer noch hält er mich fest wie ein Mann, ein Widersacher, unser Vater, setzt seinen Mund auf meinen Mund,

»seien wir lasterhaft«,

ich werfe meinen Kopf zurück wie zuvor das Pferd, du rauchst,

Weil der Komponist ein guter Menschenkenner ist. Die schwarzweiße Charakterisierung des Schriftstellers – der also nur das Grausam-Dunkle und die leuchtendweiße Unschuld kennt – verbessert er mit den ihm zustehenden Mitteln. Er flicht den Kurfürsten aus mehreren Fäden zusammen, der auf diese Weise nicht nur ein Demokrat mit blutigen Händen ist, sondern ein Mann, der das Sein in seiner Ganzheit erfassen kann, der es durch die Verlassenheit seiner selbst begreift, das heißt durch die Einsamkeit des menschlichen Wesens, der sich der Welt, den Ängsten, den Sorgen aussetzen muß. Nichtsdestotrotz ist der Mensch offen, er erstarrt nicht in einer vorbestimmten Substanz, vielmehr schreitet er im tiefsten Inneren ewig voran, unendlich schwebt er weiter.

Auch so ein Mensch ist der Kurfürst; nur ist er unfähig, jene panzerfeste Schale, verursacht durch Vorurteile und Eigensucht der eigenen Klasse, dauerhaft zu durchbrechen.

KURFÜRST Leben heißt
Ewig hadern,
Uns endgültig stark
Fühlen
Für die Freiheit.

Leben heißt
Wählen können,
Bereit sein, bereit sein.

Leben heißt
Verloren sein
Das heißt es, genau das.
Die Befreiung suchen,
Mit diesem neuen Blick.
Das heißt Leben.

Und während im Chor das Kurfürsten-Motiv widerhallt und damit quasi gutgeheißen wird, stehen im Vordergrund Daisy und Halassi I. und II. Endlich vereint. Ohne Zeugen. Sie stehen an diesem fürchterlichen Ort, an dem die Wahrheit aus der Seele herausgepreßt wird. Das ist ein Aufeinandertreffen und ein Scheiden zugleich, die

sage ich leise, ja, flüstert er, es ist kalt, sein Mund fällt über mein Gesicht her, ich lasse ihn gewähren, mag er tun, was ihm beliebt, seine Zunge ist angenehm, angenehm und warm, der Druck seiner Arme läßt nach, jetzt umarmt er mich bereits, er knutscht mich ab, seine Hand fummelt an meinem Nacken herum, lang andauernd küssen wir uns, umarme mich, du Intrigant, haucht er mir ins Ohr, plötzlich trete ich beiseite, lande meine Faust in seinem Gesicht, er fällt nach hinten um; ich setze mich zurück zum Kurfürsten, mein Bester, sagen Sie, umarmen Sie das NICHTS?, sagt der Kurfürst, ich frage Sie, sagt er noch, und er heftet seinen weisen Blick auf mich, wir machen Sekt auf, Champagner!, Robi kommt zwischen den Tischen daher, wieder ein gebrechlicher alter Mann, setzt sich auf das Sofa hinter uns, die Dame mit den entblößten Schultern wirft ihm Küsse zu, er dankt ihr, Gaby bringt ihm Bier, ich drehe mich um, sein Gesicht ist wieder goldüberzogen,

»schön war es«,

sage ich, und: bin sehr ergriffen, oh,

»nicht der Rede wert«,

sagt er freundlich, doch, fahre ich erschüttert fort, das, Robi, was du hier machst, ist sehr wichtig, und es war sehr schön, ich bücke mich schnell und küsse seine alte Hand voller Leberflecken, da sieht er mich an, du sagst, es war schön?, zu nicken wage ich nicht mehr; schön war es, Robi starrt in sein Bier, schön war es, sagst du, er schüttelt den Kopf, oh, mein Sohn, aber sag mir, was ist das schon?, sein Gesicht ist tot, was ist das? mein Sohn, was? was? was ist das?, ich sehe Daisy aus dem Hintergrund gucken, trotzig zeigt er sein Gesicht, jemand stellt sich vor mich hin, kannst du so sehen, Väterchen?, fragt er höflich, nein, sage ich, aber ich will auch gar nicht; an der Wand fragte Daisy,

»bist du glücklich?«,

und ich antwortete, ja.

Erfüllung und die Entfüllung. Man könnte sagen: Die Ausscheidung der Trajödin.

Chor
Leben heißt, was heißt es denn,
Leben heißt, was heißt es denn,
Bereit sein
Wählen können,
Verloren sein,
Die Befreiung suchen.
Neunundneunzig Luftballons.

Halassi I., II.
Deine Wörter halten mich am Leben,
Wie ein Sonnenstrahl,
Der das Laub am Ast durchflutet.

Daisy
Bist Du glücklich?
Der Mann schweigt.
Deine süßen Lippen sollen dies teure Wort sagen!

Halassi I., II.
Bin glücklich

Daisy
Bist Du glücklich?

Halassi I., II.
Bin glücklich

Die Darsteller singen das Duett, das ein Terzett ist, indem sie sich gegenseitig umarmen, streicheln und kosen – da beginnt Daisy die beiden Figuren, den Halassi, auseinanderzuzerren. Mal entfernt sie die Gliedmaßen behutsam, mal zerfetzt sie, reißt, rupft und köpft sie wütend. – Derweil hören wie ständig: Bist du glücklich? Bin glücklich. Und wir haben keinen Grund, das zu bezweifeln. Ringsum Zotteln und Staub. Schließlich liegt ein riesiger Müllhaufen vor Daisy auf der Rampe.

Halassi I., II.
Den es nicht mehr gibt und den es jetzt gibt, kalt, schmerzvoll, resigniert, entsetzt und ein bißchen heiter:
Wie lang mag es so weitergehen?

Daisy
Ich will nicht frei sein!

ÁGNES

Erzählung

»Die Lage ist hoffnungslos, aber nicht ernst.«

Es war einmal ein Lektoratsgutachter. Eigentlich müßten wir Lektoratsgutachtenkonzipient sagen, denn die Arbeiten entstanden für den *internen* Verlagsgebrauch, und obwohl der Lektoratsgutachter das eine oder andere Gutachten ohne Änderungen als Rezension, als *Kritik* veröffentlichte und auch ein gut Teil des nicht Verwerteten in einem »irgendwie groß angelegten« Aufsatz zu verwerten plante, fand sich auch in dem, was er nicht zu verwerten beabsichtigte, absolut keine Improvisation oder Skizzenhaftigkeit. Dessenungeachtet rief dieser eigenartige nichtoffizielle Charakter, die überzogene Selbstverständlichkeit und Alltäglichkeit, mit der diese Arbeiten im Verlag behandelt und benutzt wurden (wo in der täglichen Plackerei die Heiligkeit des Schreibens wahrlich verlorenging, was jedoch auffiel, das existierte durchaus), dieser nüchterne Pragmatismus also rief schmerzlich das Wort *Konzept* hervor. Das war keine besonders bedeutende Stellung, doch man mußte das Metier beherrschen, und der Lektoratsgutachter beherrschte das Metier. Er schrieb keine Essays und Rezensionen (!), er schrieb keine Aufsätze und »Fragmente«, sondern »er half der Entscheidungsfindung des Verlags entscheidend voran«, wenn es auch zutrifft, daß er dies auf seine Weise tat, daß er in den Arbeiten, vom Nützlichkeitsstandpunkt aus betrachtet, überflüssige Genauigkeiten, kleine Feinheiten und realisierbare *Vollkommenheit* unterbrachte, was ihm, dem Lektoratsgutachter, einfach ausgedrückt, Freude bereitete.

Um diese Zeit, das war im vergangenen Jahr, als der Lektoratsgutachter immer häufiger und immer zufälliger, mit immer stürmischerer und heftigerer Zufälligkeit an den verschiedensten Punk-

Vorhang

ten, in den verschiedensten Straßen der Stadt, auf den großen, breiten und berüchtigten Boulevards, in den öden Seitenstraßen, auf diesen und jenen Plätzen, im schützenden Schatten geschlossener Garküchen, auf der Rolltreppe oder an den dunklen schmiedeeisernen Verzierungen eines Treppengeländers, in der erregbaren Umhüllung einer Masse, hinter heruntergelassenen Jalousien und in der Brettersinnlichkeit eines vernagelten Schaufensters, in Wohnungen, in Ateliers, an den Schauplätzen des intellektuellen Alltags und des intellektuellen Allabends dieselbe Frau mit Mähne traf (sah, ihr auflauerte, folgte, sie unauffällig belästigte etc.), Ágnes, um diese Zeit beschäftigte er sich gerade mit den *ostfranzösischen* Schriftstellern, die er wegen ihrer sprachlichen Melodiösität schätzte.

In der Stadt wuchsen viele Bäume, und zwar nicht jene in der Betonwüste versteckten künstlichen Chlorophyllinseln, nicht jenes formgestaltete Grün, sondern einfach Bäume, die *aus dem Erdboden herausgewachsen waren*, infolgedessen nahm die Stadt auf dem Sektor der pro Kopf entfallenden *städtischen Grünmenge* unter den europäischen Großstädten einen vornehmen Platz ein, was in zahlreichen Farbprospekten und Handzetteln erwähnt wurde – einige enthielten Tabellen, andere wiederum keine –, mit mehr oder weniger großem Stolz, teils abhängig von ihrem Profil, wegen ihrer zugegebenen beziehungsweise wegen ihrer nicht zugegebenen oder nicht zuzugebenden Ziele, und teils abhängig von der Fähigkeit des verantwortlichen Redakteurs oder einfach nur von dessen Temperament.

Der Lektoratsgutachter seinerseits war, so konnte man sagen, von der *Laubstärke* besessen, dementsprechend, der Laubstärke entsprechend, musterte er die Bäume der Stadt und behielt sie im Auge, eigentlich verglich er sie ständig mit »seinen Bäumen«, mit jenen Bäumen, die er aus dem Fenster seiner Wohnung sah; er entwickelte ein ganzes Meßverfahren, und ohne Dünkelhaftigkeit durfte er sich in dieser Angelegenheit für *solide* halten. Lediglich die Befangenheit gegenüber den eigenen Bäumen konnte dieses Sachverständnis beflecken und befleckte es auch.

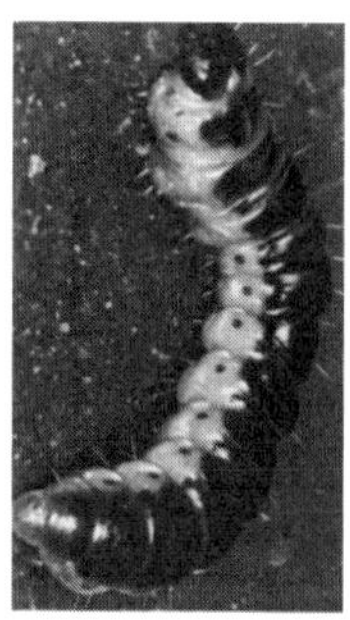

Er befand sich auf dem Nachhauseweg vom Verlag, mit neuen Leseexemplaren bepackt, seine Tasche baumelte wie eine prall gefüllte schwarze Blutwurst in der einen Hand, in der anderen Hand das neue ostfranzösische Buch; in den Straßen irrte ein kalter Wind umher. Was die Laubstärke angeht, ist im März zwar ein Baum wie der andere, zumindest für den uneingeweihten Betrachter. Doch auch an den kahlen Bäumen, an den kalten, grauen und gefrorenen Zweiglein, kann man bereits sehen, was sich von ihnen künftig erwarten läßt. Unter seinen Bäumen war eine wilde, saftige Roßkastanie der diesjährige Favorit, zwischen deren verkümmerten Zweigen der Lektoratsgutachter jetzt noch ohne Schwierigkeiten zur gegenüberliegenden Häuserreihe hindurchblicken konnte, wo auf der Höhe seiner Wohnung ein älteres Ehepaar wohnte, das fortwährend irgend etwas reparierte, und er freute sich über jede einzelne, sagen wir, noch rechtzeitig abgepaßte Bewegung, zum Beispiel wie sie die Türrahmen strichen, darüber freute er sich im Gedanken an die zu erwartende *kapitale* Laubstärke besonders. Die alte Frau konnte kaum noch sehen, einmal begegnete er ihnen auf der Straße, sie blinzelte hinter einer starken und schweren Brille, sie hielt sogar einen weißen Stock in der Hand; sie schleckten Eis wie zwei Schulkinder und schlurften ziellos umher.

Der Lektoratsgutachter tippelte ungeschickt mit seiner Last. Im Verlag hatte er gehört, hier in der Nähe habe ein kleines, gemütliches Café aufgemacht. »Wissen Sie, es ist, als würde noch der ... na, jetzt sagen Sie mir einen Namen ... dort sitzen, natürlich auf Pump.« »Musil«, antwortete der Lektoratsgutachter. Die Seidenbluse der Lektorin hatte sich hinten, an der Rückenmitte, aufgeknöpft; die beiden gesäumten Ränder flatterten und kräuselten sich, und der Lektoratsgutachter blickte ausgiebig *hinein*, während die Frau auf dem Regal nach Bänden suchte. »*Musil*, er hat einen patoublauen, leichten Tuchmantel an, einen Zweireiher mit Biberpelzbesatz, er dreht sich um, vom Kreuz an fehlt hinten der Mantel, es gibt ihn nicht, das Hinterteil ist nackt, schwarze Strumpfbänder schlängeln sich, er streckt es heraus, ergeht sich in Zuckungen, rüttelt es, reckt es steif empor, spreizt die Beine ein wenig, so sieht man zwischen den Beinen ein Riesenbüschel Kunsthaar dunkel leuchten, ein schwarzer Wald, er schüttelt sich, joi, Mutter, was für einen großen Mund Ihre Muschi hat, so einen wirst du auch kriegen, wenn du so viel Mäuse gefangen hast wie ich, *Musil*.« »Meinen Sie nicht, daß ein Zimmer ohne Bücherregal *blöd* ist?« »Soll ich Ihnen die Knöpfe zumachen?« fragt der Lektoratsgutachter die vom vielen Katzbuckeln verhärmte Lektorin. Auf dem weißen, weichen, etwas zur Fülligkeit neigenden speckigen Rücken, der den Lektoratsgutachter an eine gewisse Euphrosyne erinnerte, befand sich (hauste) auch eine Warze oder ein Muttermal, so etwas in der Art. Er mochte die Lektorin, denn sie war nicht verlogen; dabei sah sie feige aus, und das war sie auch, vor allem sich selbst gegenüber, und das ärgerte den Lektoratsgutachter als eine Art ungebetenen Fürsprecher schrecklich. Sie tat ihm auch ein bißchen leid. »Wie *bösartig* Sie doch sind! Warum lassen Sie den *armen* Musil nicht in Ruhe?!«

Er erinnerte sich genau daran, daß sich das Café in einer nach einem großen Revolutionär oder Philologen benannten Seitenstraße befand, doch *nach welchem von beiden*, daran erinnerte er sich nicht genau, so fragte er mit einer aus Unsicherheit resultierenden aggressiven Herzlichkeit vor einem abgestützten Haus zwei Mädchen nach der Straße. Die Mädchen hatten rotgefärbtes Haar, sie zuckten mit den Schultern, während sie bravouröse Kaugummiblasen formten, die sie dann, im Widerspruch zu ihrem phantastischen Äußeren, abscheulich zerplatzen ließen.

»Wir wissen nicht, was du willst, mein Dickerchen«, sagte die Größere. Sie hat einen Kirschmund, stellte der Lektoratsgutachter fest. »Also, Revolutionär oder Philologe?« fragte die Kleinere. Sie lachten sich zu: »Der Typ denkt bestimmt an das Revoluzzertum des Alltags.« »Die Nouvelle cuisine war in der von den französischen Traditionen geknebelten und terrorisierten europäischen Küche zu einer wahrhaften *Revolution* geworden. Nieder mit den schweren Saucen, nieder mit der Manieriertheit! Es leben die natürlichen Gewürze! Es leben die gekochten Karotten!« Das hatte er unlängst gelesen. Er mochte die neue Küche nicht, vielleicht war das nur sein Mißgeschick, es war ja immerhin möglich, daß ihn der Hunger mit den Augenblicksrittern der Revolution zusammenbrachte, mit den anmaßenden, jungen, machthungrigen und berauschten Köchen, die sich nicht einmal die elementarste Mühe machten, wenigstens das zu kennen, was sie verwarfen. In ihren Händen artete der frische Schwung, die Begeisterung für die Herkunft und Originalität der Gewürze, die Begeisterung, die ja gegenüber den aufgeblähten und morastigen Traditionen getrost schonungslos hätte sein können, in ihren Händen artete dies in aristokratische Repräsentationsküche aus, die jungen Stars wollten sich nur unterscheiden, über *Gewürze* und *Gäste* spricht ein Gentleman nicht, meinten sie und schleuderten scheinheilig wäßrige Spargelköpfe auf die gekochten Kartoffeln. »Die Nouvelle cuisine ist durchgefallen, ist gestorben«, diese Meinung von immer mehr Fachleuten konnte man lesen, und der Lektoratsgutachter kam nicht dazu, einem verreckten Löwen einen Tritt zu versetzen, dafür hoffte er in allem Ernst, daß man nach alldem nicht mehr *auf die alte Weise* werde kochen können. Die Künstlerwerkstatt darf sich nicht von der Wirklichkeit loslösen, hatte er im Verlag, als er den Flur entlangging, gehört (lauschenderweise gehört); die Novellistik ist der dynamischste Entwicklungszweig der estnischen Literatur.

Die Mädchen lachten immer noch, in ihrem Lachen war keinerlei *Laune*, weder gute noch schlechte, zu spüren, eher ein gewisser Zusammenschluß, ein Zusammenhalt, vermutlich keine Abwehr und kein Angriff, als sozusagen hinter dem stämmigen Rücken des Lektoratsgutachters eine blonde, dünne Frau, Ágnes, ihre Lodenpelerine flatterte flau, an sie herantrat. »Püppchen, macht mir mal ein bißchen Zunder unter die Kippe«, in ihrem Mund wippte eine Zigarette, ihr Gesicht zitterte nervös, bereit zum Ziehen. Nachdem die Frau Feuer bekommen hatte <Feuer genommen hatte>, sauste sie davon, und die Mädchen schlenderten weiter (mit kleinem Geknalle), als sei der Lektoratsgutachter gar nicht dort gewesen.

Das war die erste Begegnung. Der Lektoratsgutachter dachte gereizt an Ágnes' Gerede, an diesen überzogen affektierten Pseudoslang, jedenfalls beschäftigte er sich ausgiebig mit dieser Frau. *Sie sind eine verzweifelte, mutige und anziehende Frau*, hätte er ihr sagen müssen. *Scheren Sie sich zum Teufel.* Unter dem Baugerüst lag Schutt, auf einem Sandhügel stand eine Kalkschubkarre quer. Der Lektoratsgutachter registrierte sogar fahl gewordene, zusammengeschrumpfte Hundescheiße. Es war kalt, er geriet trotzdem ins Schwitzen. Ihm fiel der Straßenname ein, der Name eines Revolutionärs, doch ihm war die Lust bereits vergangen, und im übrigen wußte er auch nicht *genau*, wo die Straße war. An den Stamm eines vielversprechenden jungen Baumes, das wußte er noch von der vorjährigen Saison, hatte man einen Zettel geheftet: MEINE LIEBEN! DER WIND PRESST UNS AN DEN FUSS UNSERER AUSGEWACHSENEN WOLKENKRATZER, ERHEBEN WIR WEDER UNSER GESICHT NOCH UNSER HERZ! (MEINE FREUNDE.) Zwischen den Zeilen stand noch mit derselben Schrift: MEINE SCHWESTERN, MEINE

BRÜDER! FÜRCHTET EUCH NICHT. »Gut, ich fürchte mich nicht«, sagte sich der Lektoratsgutachter in seinem Herzen.

Über seinem Tisch hing zwischen einigen Klee-Reproduktionen ein kariertes Blatt Papier: ICH SCHREIBE IN DER DRITTEN PERSON EINZAHL. ICH FÜHLE MICH DADURCH SICHER, ICH HOFFE, DASS ICH NICHT SO BALD STERBEN WERDE. An das Ende setzte er mit Filzstift einen nicht mehr klein zu nennenden Punkt – er konnte sich den damaligen Ärger jederzeit vergegenwärtigen –, einen Punkt, der auf dem Blatt Papier dunkel durchschimmerte (was ihm leid tat, da es ihm um jede *freie* Papierfläche, auf die man nicht schreiben konnte, leid tat). Seine Mutter, die von Zeit zu Zeit von der anderen Seite der Stadt herüberkam und in ihrer stürmischen Hilfsbereitschaft das Leben des Mannes tagelang aufwühlte, in jedem Fall aber seinen Lebensrhythmus, hatte ihn mehrmals gebeten, den Zettel herunterzunehmen.

»Ich habe Angst um dich, mein Junge. Wozu mußt du solche Sachen schreiben?«

Die auf das Leben bezogenen Ratschläge, die aus der Erfahrung gewonnenen Maximen, leierte die Mutter für gewöhnlich überstürzt beim Abschied herunter, meistens vor dem Spiegel, während sie sich etwas Rouge auflegte. »Wenn du ihn wenigstens in deine Schublade stecken würdest«, und sie warf dem Lektoratsgutachter, der bemerkte, wie die Frau Mutter *zwischen zwei Wörtern, insgeheim*, die Lippen straffte, einen flehentlichen Blick zu. »Du bist hübsch«, sagte seine Mutter, »doch du hast wieder ein bißchen Übergewicht.« Sie gab ihrem Sohn einen Kuß auf die Stirn; sie öffnete die Handtasche, inspizierte den Inhalt und fragte dann, ohne daß sie dabei den Kopf gehoben hätte, sie sprach sozusagen in die Tasche hinein: »Seit wann liebst du denn Klee *so sehr*?«

Im Rundfunkmagazin wurde darüber diskutiert, welche Augenfarbe Bartók gehabt habe; Béla Bartók junior mußte mehrere Male mit allem Nachdruck das Wort ergreifen, um die Wahrheit vor den aus persönlicher Sicht vielleicht verständlichen und sozusagen verzeihlichen Verzerrungen der Gedenkenden in Schutz zu nehmen, sein Vater habe braune Augen gehabt und nicht etwa *stechend blaue*, wie man vielleicht glauben könnte. – In der mütterlichen Wohnung entdeckte der Lektoratsgutachter im ständig außer Betrieb gesetzten Kamin, in dem sich die verschiedensten Klamotten in geheimnisvoller Unordnung fanden, achtlos hineingeworfen, ein altes, dunkel gewordenes Foto, auf dem eine junge Frau *abgebildet* war, die verführerisch über die Schultern zurückblickte.

»Verführerisch?! Mein Junge, du bist verrückt oder ganz grün hinter den Ohren.« »Ich bin nicht grün hinter den Ohren«, entgegnete der Lektoratsgutachter, ohne zu zögern. »In Ordnung, dann bist du eben verrückt«, nickte die Mutter, die sich gern »als logischen Geist« begriff, als logischen Geist, »dem es allerdings, oho, nicht am spezifisch Weiblichen, an der Wärme mit anderen Worten, mangelt«.

»Aber Junge, siehst du denn nicht, daß sie vor Schmerzen förmlich *winselt?!* Du bist dumm, denn das ist eine verzweifelte, mutige und anziehende Frau.«

Der Lektoratsgutachter drehte und wendete das auf einem Zeichenblatt befestigte Bild. BUDAPESTPARIS stand darauf geschrieben, auf der Rückseite standen einige Zahlen sowie eine rätselhafte, aufregende oder Gott weiß was für eine Notiz: SEHR SCHÖNES BRAUNES ERLEBNIS. »*War das eine Daguerreotypie oder nicht?*« Die Schultern der Frau stachen spitz in die Höhe, das feine und dünn scheinende Kleid fiel Falten werfend herab, im Hintergrund absichtlich genau so ein Ateliervorhang; über der Schulter hing ein Pelz.

»Was für ein Tier ist das?« »Silberfuchs natürlich.«

Von der Hüfte abwärts war das Bild der Frau zerstört, die starken und konsequenten Bleistiftstriche hatten das Foto hier ganz eingeschwärzt. »Der Vordergrund ist zugleich zum Hintergrund geworden«, sagte der Lektoratsgutachter halblaut, und er dachte hämisch grinsend daran, daß es für dieses Geschmiere offenbar einen *guten Grund* gegeben habe, vermutlich sollte dadurch etwas beseitigt werden. Zum Beispiel wenn die Frau nackt war; das wäre ein guter Grund.

»Was ist das?« fragte er seine Mutter. »Siehst du, es ist verschimmelt, und damit das *Malheur* nicht weiter fortschreitet, haben sie den Schimmel mit Bleistift abgekratzt.« »Wer?« »Was weiß ich?!« – In den Eingeweiden der Mutter des Lektoratsgutachters hauste der Tod. Das war die Formulierung ihres behandelnden Arztes: »*Mein Lieber, in den Eingeweiden deiner Mutter haust der Tod.*« Der Lektoratsgutachter wußte das also, doch er wußte nicht, ob seine

Mutter das wußte, und er traute sich auch nicht, den behandelnden Arzt danach zu fragen, weil er vor ihm Angst hatte. »Mein Lieber, deine Mutter könnte sich mit dem Sterben beeilen«, sagte er kopfnickend, und als er ihn starr anblickte, sagte er noch wie ein Schauspieler: »Sie müssen nicht so erschrecken, ich bin ein zynischer Voltairianer.« »Verstehe«, nickte der Lektoratsgutachter beleidigt. Wenn er das Bild ansah, dachte er bei sich: »Ich habe das Gefühl, als würde ich es seit einer Ewigkeit kennen«, und es stieg ein unangenehmes Gefühl in ihm auf. »Selbst den Tod muß man wollen.«

Die Ostfranzosen, so dachte der Lektoratsgutachter, haben ein merkwürdiges, enervierendes Streben nach Persönlichem an sich, als würde es sie beruhigen, wenn etwas geschähe (noch dazu geschähe); ehrlich gesagt, er hatte zu einem Schriftsteller kein großes Vertrauen, wenn der sich mit Beteuerungen an seine Sache machen würde, daß, Ehrenwort, alles was er geschrieben hat wahr sei; ihn interessierte diese Wahrheit nicht, und er hielt den Schriftsteller, der seinen Leser derart verachtete, ein wenig für einen Esel, oder wenn er ihn nicht verachtete, desto schlimmer. Den Lektoratsgutachter interessierte das Wahre an einer Geschichte nur innerhalb der Geschichte. – »Wenn ich also davon spreche, daß alles, was ich vortrage, mit mir passiert ist, sehne ich mich nicht nach falschem Wohlwollen, sondern würde, in der Hoffnung darauf, daß die Geschichte wahr sei, auf das Merkwürdige aufmerksam machen, daß manchmal wahre Geschichten *geschehen*. Eher nur so, von der Hoffnung unabhängig, wie wir auch über ein fünfbeiniges Kalb Worte verlieren.« Melodiös.

Er kostete sein ostfranzösisches Buch. Vielleicht handelt es von der Bedeutung des Reisens, vom *Ortswechsel*? Da die Ostfranzosen nicht so reisen, wie weiland Turgenjew sich in Europa herumgetrieben hat (einfach als Schürzenjäger) – seit neuestem mußte der Lektoratsgutachter viel an Turgenjew denken –, und da der Ostfranzose (so scheint es; mit Sicherheit kann das niemand wissen) unter der (oder einer) raffinierten und indirekten Umgehung des Viermächteabkommens in einer fernen und großen Stadt eine Einladung als Gastprofessor erhalten hatte, lösten die damit verbundenen »kultivierten Verwicklungen« in der empfindsamen Seele des Kollegen ein offensichtlich lebhaftes Echo aus. Freilich seien die Ostfranzosen, schreibt der Ostfranzose, ein heißblütiges, schneidiges Volk, und obwohl »die Heimat des Künstlers die weite Welt ist, kann der Künstler dennoch nur zu Hause wahrhaft glücklich sein, und er sehnt sich immer wieder in jenes schöne Gebirgsland zurück, wo er unter dem süßen Singsang seiner klingenden und tönenden Muttersprache in der Wiege gelegen hat«.

Der Ostfranzose wurde zur Obrigkeit gebeten, wo er entsprechend seinem Rang und seiner Lage zuvorkommend und höflich behandelt wurde – seine Haut, schrieb er, sei durch die Luft der Rasenplätze und der sie durchströmenden Flüsse massiert –, gleichwohl enthielt die Sprache der Amtspersonen, vor allem aber des kleinwüchsigen Bürochefs mit den schillernden Augen, diese ein bißchen singende und ordinäre *Art*, das süßliche Flöten der Wörter, diese verruchte, flaumige und schutzlose, ködernde, fütternde, an der Nase herumführende, weiche, noble, tolerante, verblüffende, loyale, betörende Artikulation, diese schleimige und verbrüdernde Gemeinschaftlichkeit, die der kleine Mann auffallend forcierte, was teils und hauptsächlich ein Ausschluß war, teils und daraus folgend Ironie, all das beinhaltete unter Berücksichtigung der definierten Kräfteverhältnisse – die zugunsten des Autors sprachen – eine offensichtliche Drohung. (Die Sprache als Uniform, die Sprache als Auszeichnung, die Sprache als Paroli, als Achselklappe, als Verdienstorden, als Partisan, als Heldentoter, als armer Rehabilitierter, als fällt er in den Graben, fressen ihn die Raben.) Da die hochnäsige und genußsüchtige Sekretärin den stillen, aber schuldbewußten Gruß des Ostfranzosen nicht erwiderte, sofern wir nicht als Antwort betrachten, daß sich ihre Schenkel voneinander loslösten, »ich habe das gesehen, meine Fraindel ich habe das gesehen«, und sie legte die Hände auf ihre feurige, wilde Katze, öffnete er schnurstracks die Tür zum Bürochef, den er so gerade mitten beim Speckessen überraschte.

Oh, là, là, teurer cher Freund, sieh einer an, also so überfallen Sie mich, Sie sind ein gerissener Kerl, aber das macht auch nichts, da sehen Sie wenigstens einmal, wie ein kleiner Beamter wie unsereins sein kärgliches, dafür aber schmackhaftes Frühstück verzehrt, sehen Sie, gekochter Speck, Brot, guter ostfranzösischer Speck, gutes ostfranzösisches Brot, unser Weizen, das muß ich wohl nicht sagen, ist weltberühmt, und lassen Sie mich hinzufügen, ein gutes Ostfranzosenbüro, denn das sollten wir nicht vergessen, übrigens, riechen Sie ruhig einmal, echter, echter guter gekochter Speck, ach, süßer Herr, verzeihen Sie, ich vergaß, *Sie* sind wählerisch, und glauben Sie mir, Sie haben recht, nein, *wirklich*, Sie brauchen sich nicht zu entschuldigen, Sie haben recht, wenn Sie die Nase rümpfen, *heute* ist schon auf jedem Niveau sozusagen überall, oh, jetzt hab ich's, die Qualität tonangebend, ja *selbstverständlich* ist letztlich auch der gekochte Speck Geschmackssache, wissen Sie, wissen Sie, ich mag den gekochten Speck am liebsten, ich dämpfe meine Stimme, am liebsten mit frischen grünen Zwiebeln, MIT GRIENEN ZWIEBELN, vor allem, wenn sie so knackig sind, Sie verstehen mich!, sehen Sie, man hat die Zwiebeln in den Büros verboten, unter dem Vorwand, sie würden stinken!, sie würden stinken, teurer Freund, ja, *das ist es eben!*, das ist es, worin ich Ihnen recht gebe, ich verstehe das so gut, denn ich frage Sie, könnte es vorkommen, daß ein Franzose, mill'pardon, sehen Sie, ich bin nicht *bemoost*, in diesem Haus wäre es vielleicht würdevoller, oh, là, là, von einem Westfranzosen zu sprechen, *nun also*, wenn ein Franzose den Käse als stinkend bezeichnet, das heißt, ich muß noch hinzufügen, als *negativ* stinkend, aber bitte!, die Zwiebel, unsere Zwiebel, stinkt für uns, und dann, nicht wahr, verwundern wir uns hier drinnen, wenn man nach dem Nationalcharakter sucht, daß sich *fürwahr* sogar Ihr Mundwinkel vor Ekel zusammenzieht, aber nein, wirklich, ich verstehe Sie, selbst wenn ich mich, und das ist vielleicht verständlich, *persönlich* nicht wirklich darüber freue, ich verstehe Sie, daß ich Ihnen vergebens sagen würde, von wesentlicher Bedeutung sei, daß unser scheeler Richter, die Geschichte, uns auf der Seite des FORTSCHRITTS finden muß, so, so, doch kommen wir nun zum Eigentlichen, an den Speck habe ich mich übrigens in der *Bewegung* gewöhnt, dort, ja, gewiß, dort, WOHLAN, glauben Sie mir, Ihr Fall ist für uns keine geringe Sorge, *schauen Sie*, ich persönlich, ich hätte schon längst gesagt, Sie wissen, was ich gesagt hätte, nun also, das ist eine Institution, selbst wenn es sich um so einen Saftladen handelt wie den unseren, denn selbst wenn Sie danach suchen sollten, einen schlimmeren Saftladen als diesen würden Sie nicht finden, tja, dabei zerbreche ich mir fortwährend den Kopf, ich zerbreche ihn mir sogar während des Speckessens, wie es möglich wäre, wie es irgendwie möglich wäre, immerhin ist es eine Institution, wo es Vorschriften gibt *und so weiter*, und ich könnte nicht einmal sagen, daß ich damit nicht einverstanden wäre ..., das muß ich, oh, là, là, einem zukünftigen Preußen nicht erklären, ich weiß, das ist kein

Argument, ich weiß, ich weiß, ich weiß, doch es ist mir so eingefallen, und, aber trotzdem, wissen Sie, jedenfalls schadet es nichts, daß es mir eingefallen ist, das können Sie sich gar nicht vorstellen, oder wenn ich an die Nachbarabteilung …, *das fehlte noch*, ich will das gar nicht weiter ausführen, Sie wissen das ganz genau!, ich würde Ihnen übrigens ehrlich zureden, das sind solche Fragen, die man von innen heraus nicht wirklich mit Anstand beantworten kann, da sie sich auf die Grenzen beziehen, und die sind per definitionem nicht erreichbar …, *oh, wie sehr ich doch alt werden werde*, Sie verzeihen, Sie haben freilich keine Sekretärin, Sie wissen gar nicht, was für ein glücklicher Mensch Sie sind, haben Sie schon einmal beobachtet, daß die Frauen hier im Büro irgendwie Hängebrüste haben, wir sind Männer, *sie baumeln so traurig*, warum ist das so?, Sie haben offensichtlich schon über solche Dinge nachgedacht, meinen Sie, daß das ebenfalls *unsere* Schuld wäre?! DU GROSSER GOTT, wenn ich so daran denke, was alles auf unserer Seele lasten könnte, glauben Sie ja nicht, daß wir das nicht wüßten, im Gegenteil, niemand weiß das besser als wir, vielleicht, vielleicht, vielleicht wäre das das *Unterpfand* der Entwicklung, hmja, die Selbsterkenntnis, wissen Sie, mein Chef, wenn wir schon sehr schlechte Laune haben, doch das muß unter uns bleiben, oder vor dem freien Samstag, läßt er uns zu sich rufen, wir öffnen unseren Mantelsack, essen bekümmert Speck und sinnieren auf wissenschaftlicher Grundlage darüber, wieviel Bleistifte die Brust welcher Sekretärin hält, Sie verstehen mich! Sie entschuldigen, nun also, *ich bin jetzt informiert*, desto besser, Verehrtester, sehen Sie, der Fortschritt ist unaufhaltsam, selbst bei so unwürdigen Dienern, wie ich einer bin, nein, *trösten* Sie mich nicht, wie ich für meine Person einer wäre, *nun also* entschuldigen Sie, eine abschließende Frage, sagen Sie, doch antworten Sie nicht, wenn Sie nicht wollen, sagen Sie, haben Sie in sich nicht irgendeine, aber wirklich, wenn Sie nicht wollen, dann nicht, irgendeine *ontologische Heiterkeit?* – Der Lektoratsgutachter holte ein schweres Wörterbuch hervor, um nachzusehen, was Mantelsack zu bedeuten hatte, und erzen lästerte er die Ostfranzosen.

AUCH DIE ÜBERGABE DER REISEDOKUMENTE GING UNTER DERARTIGEN DROHUNGEN VONSTATTEN. ZUM BEISPIEL: »BITTE SCHÖN, MEIN HERR, ICH STEHE ZU IHRER VERFÜGUNG.«

Es gibt sie tatsächlich, sie existieren, diese heiklen, unerwarteten und in irgendeiner Weise *inkompetenten* Tage im März, wenn die Wärme die Stadt nur so überflutet wie, sagen wir, Lava oder anderes bedrohliches Material, während jedoch ein beträchtlicher Teil der Laubstärke gleich Null ist: Nackte, dünne graue Zweige zerschneiden den ungeteilten Himmel der geteilten Stadt. Diese als sonderbares Geschenk empfundenen Tage, diese ein wenig schrillen Boten der Zeitlosigkeit standen dem Lektoratsgutachter psychisch nahe, bloß eben physisch ertrug er sie nicht.

Der Lektoratsgutachter war nämlich ein Koloß von Mann, groß und dick, er war ein *richtiger* Dicker, keiner, der zugenommen hatte. ICH BIN EBENSO DICK, WIE DER MOND SILBRIG GLÄNZT. Er schnaufte, schwitzte, keuchte, er wälzte sich förmlich voran, und er wußte, daß sein Anblick ungustiös war; routiniert registrierte er in den Augen der Menschen – *seiner Mitmenschen* – einen gelinden Ekel, der, die Erfahrung hatte er gemacht, leicht in Mitleid umschlug. Er schätzte beides.

Es gab allerdings, wenn auch selten, Tage, da dieser mächtige Körper Kraft und Größe war, er ergoß sich nur so über die Stadt, die Brücken benutzte er lediglich aus Höflichkeit, und aus Rücksicht berührten seine Füße *ununterbrochen* den Boden, bei solchen Gelegenheiten sagten die Sekretärinnen in der Redaktion ein bißchen scheu und kichernd: »So ein schöner großer Naivling.« Und er, da er die überschüssigen Kräfte in sich spürte, wurde schnurstracks unangemessen, ein bißchen anmaßend, er schmiedete Pläne, daß er die Lektoratsgutachtenkonzipierungen aufgeben würde, im nachhinein schämte er sich deshalb immer, weil er die Lektoratsgutachtenkonzipierungen sehr gern machte und letztlich auch nur davon Ahnung hatte, er würde davon Abstand nehmen und etwas *Originales* anfangen, zu Anfang würde er lieber »irgendwie zusammenfassende« Essays schreiben, vielleicht in Batailllescher Manier, das könnte eine gute Überleitung zum Roman sein, denn was für eine andere Kunstgattung sollte man bei diesem Körper wählen, die Romanschriftsteller waren alle korpulent, freilich die besseren, oder auch nicht; in solchen Momenten empfand er die Blicke aller Frauen als herausfordernd, und dementsprechend beantwortete er diese Blicke auch. MEIN FRÄULEIN, WIE ICH SIE MIR AUS DER LUFT GREIFEN MÖCHTE, die ganze Zeit über bekam er aus dem *Kreis* der Frauen tatsächlich enorm viele Zeichen, wenn er zum Beispiel in der Apotheke wegen Medikamenten für seine Mutter anstand oder in irgendeinem überdimensionierten namenlosen Geschäft, wo von der Antibabypille bis zur Milch für das Kleinkind alles zu haben ist, wo er dank der Güte der Mutter einer ehemaligen Klassenkameradin nach Babymilch anstand, die unter dem Ladentisch gehandelt wurde, und in der Schlange, sagen wir, stand vor ihm *jemand* in einem weißen Rock, der straff am Gesäß der Frau anlag, dann war es sozusagen als sicher anzunehmen, daß er sah, wie die Frau ihre Gesäßmuskeln straffte und schlapp werden ließ, *sie winkt*, sagte sich der Lektoratsgutachter vergnügt im Herzen, die zwei Hügel schnellen straff zusammen, sein Atem stockt, dann lockern sie sich, tiefe Gelassenheit. – Wie sich der Mann auch bemühte, sooft er auch den fälligen und obligatorischen Besuch seiner Mutter hinausschob, er konnte die Spuren in der Wohnung oder an sich nicht beseitigen. »Du solltest die Kinderkrankheiten allmählich überwunden haben, mein Junge.« Was bleibt dem Lektoratsgutachter anderes übrig, als zu schweigen und zu essen? »Und warum immer diese *Gelegenheits*bekanntschaften?!« Die Frau Mutter trennte die Sätze aufgeregt voneinander. »Warum bist du nicht endlich einmal verliebt?« »Das ist deiner unwürdig.« »Und warum haben sie alle Vollmondgesichter?« (Es ist ein Rätsel, woher sie das nimmt.) Seine Mutter verliert langsam die Fassung. »NUN SAG DOCH SELBST, WAS IST DAS DENN FÜR EIN LEBEN?« fragt sie mit erhobener Stimme, und als er sich daraufhin immer noch nicht rührt, sondern weitermampft oder, was noch schlimmer ist, wehmütig aufblickt, verzerrt sich das feine beziehungsweise mit zunehmendem Alter sich fein machende Gesicht der Mutter, und sie bricht in ein kreischendes Gebrüll aus: »*Und überhaupt*, nimm endlich ab!!!«

Der Lektoratsgutachter ging leicht gebeugt, *das war seine Höflichkeit*; seine Schultern waren rund geworden, er wirkte wie eine Jammergestalt, den Kopf streckte er ein wenig nach vorn, als würde er für sein massiges Kinn einen Halt suchen. Die Hemden rutschten ihm in der Regel aus der Hose, RUTSCHHEMD, allmorgendlich stopfte er es zwar korrekt hinein, doch dann flatterte es, nachdem es sich von seinem großen, speckigen und ansonsten von immer und immer wieder sich voneinander kaum unterscheidenden, aber dennoch sich ständig geringfügig wandelnden, abwechslungsreichen Pickeln bedeckten Kreuz losgerissen hatte, zur Hose heraus! Er mochte die grobgemusterten, bunten Stücke, meist in der Mitte mit Löchern und versengtem Rand (die Buße für das abendliche Zigarettenrauchen im Rauschzustand). In der Gegend war *alles* Bauch. Beim Hinsetzen bemerkte er, daß er breiter wurde; wenn er von der obligaten Heiterkeit der Dicken hörte, von dieser primitiven Plumpheit, mußte er an seinen Hintersten denken, an diese gewaltige, rauhe Welt, an die Arschlandschaft, in die er tatsächlich wie in einen Armsessel versinken konnte – in sich selbst. Doch damit war es denn auch mit den Komplimenten für seinen Körper vorbei! Es waren höchstens noch Scherze anzuführen; er hatte gelesen, daß die vollbusige – mit einer stattlichen Brust behaftete – Jane Mansfield duschen konnte, ohne daß dabei ihre Füße naß geworden wären: *Nun, er konnte das ebenfalls!* Vielmehr: Bei ihm blieb sogar das Gehänge trocken; es kann möglich sein, vermutlich, daß auch Jane Mansfields ... Freilich, er, dieser perverse Fachidiot, wenn es nach ihm ginge, würde er lieber und von Herzen gern Katherine Mansfield beim Duschen zusehen, Virginia Woolf würde die Duschhähne bedienen, schnelle Wasserhahnbetätigung!, in kalten, warmen, heißen *Wellen*, in ihrem weichen, welken Mund eine Zigarre, und wahnsinnig der, der vor ihr nicht zitterte.

Der Lektoratsgutachter sah lustlos an diesem warmen, zeitlosen Tag, daß andere ebenso ungustiös waren, die Menschen ertrugen sich gegenseitig nur schwer, »gegenseitig und *je*gen sich selbst«. Ach, wie zweitrangig, nebensächlich, zu vernachlässigen, untergeordnet, unbedeutend, mittelmäßig, nichtssagend, belanglos, vergänglich, neutral, gleichgültig, gegenstandslos und unzeitgemäß, leer, flach, vergebens, nutzlos, ziellos, fade, unbewohnt, inhaltslos, leblos, öde, entleert, kahl, eingefallen, entblößt, bedrückend, blutarm, unfruchtbar, aussichtslos, überflüssig, nackt, eintönig, untröstlich, traurig, freudlos, seelenlos, lieblos, windig, kümmerlich und hohl war das doch jetzt alles. Der Lektoratsgutachter folgte jemandem, einem gewissen Jemand mit Mähne, die in einem schnellen, flatternden Ballonmantel oder in einer Pelerine auf unterschiedlichen Bürgersteigen förmlich flog.

Obwohl es nach dem Sonnenuntergang sogleich kühl wurde, entschloß sich der Lektoratsgutachter, sich auf die Terrasse eines Kaffeehauses hinauszusetzen, da die geschäftstüchtigen Kaffeehausbesitzer oder deren Beauftragte oder die Pächter oder deren

Beauftragte überall flugs ein paar Stühle und Sonnenschirme verteilt hatten. Und so tat er denn auch. Er rückte den weißen Gartenstuhl hin und her, bis er den entsprechenden Platz ausfindig gemacht hatte, er brauchte den Raum für seinen Bauch, er wunderte sich immer wieder darüber, daß Dicksein eine Frage der *Praxis* ist. (Zum Beispiel seine Unterhosen: Wieviel Stoff doch dazu gehörte!) Die Leute hatten etwas Sonne abbekommen: Mit gerötetem Gesicht, sich fröstelnd in ihre Jacken hüllend, schwirrten sie geschäftig in der *Hauptschaufensterpromenierstraße* der Stadt umher, in dieser Straße, die sich auf die Stadt legte wie eine herrlich herausgeputzte Riesenraupe, ein Wurm. – Der Lektoratsgutachter billigte die Sommerzeit nicht! So etwas dürfte der *Mensch* nicht tun! Die Uhren … nur so … vor und zurück. Er hatte Angst davor. Im vergangenen Jahr hatte er noch eine Zeitlang zurückgerechnet, wie spät es tatsächlich war. Er trank einen Krug Bier und beobachtete das stromartige Wogen der Autos und Menschen in der Abenddämmerung. Er hatte das Empfinden, die Stadt in den Fingerspitzen zu spüren, lusterfüllt musterte er die Spaziergänger, und wenn er spazierenginge, würde er die Herumsitzenden betrachten. Es ist *alles ein bißchen falsch, doch es ist gut so.*

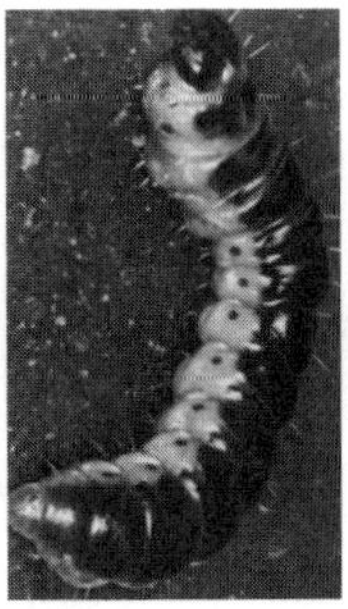

ICH LEBE, flüsterte er sich zu, dann zahlte er. Kein billiges Lokal.

Daß Ágnes Ágnes heißt, daß sie einen Mann hat, der auf den Namen Tamás getauft worden ist, daß sie zwei Kinder haben und daß die Frau ein Phantast ist, das mag der Lektoratsgutachter verstehen, wie er will, das erfuhr der Lektoratsgutachter von Euphrosyne, einer in der Herstellung des Verlages tätigen Graphikerin, die eine Zeitlang das Liebchen oder die Frau eines berühmten französischen Malers gewesen war, das ließ sich wegen der Ernsthaftigkeit der Beziehung nicht genau feststellen, doch sie, Euphrosyne, hatte den Maler verlassen, der, wie sie sagte, sie nicht unterdrückt habe, und auch wenn er in der Hinsicht anständiger gewesen sei, als daß er die Gewalttätigkeit der Männergesellschaft persönlich hätte zur Geltung kommen lassen, so habe er doch »Euphrosynes Persönlichkeitsentfaltung nicht gefördert«, da er sich nur um seine eigene Entwicklung *wirklich* gekümmert habe; Euphrosyne ging gewöhnlich in einem Herrenhut und Sakko und meist in grauen Seidenhemden, deren Knöpfe sie schlecht oder überhaupt nicht zuknöpfte, ihr Bauch, der auffallend weiß war wie ein nicht aufgegangener Teig und auch so weich, guckte *immerfort* vor, und dennoch, der Lektoratsgutachter dachte fortwährend mit großer Hingabe an dieses verwöhnte *Bäuchli*; Euphrosyne hatte ihm einmal nackt die Tür geöffnet, obwohl sie nicht wissen konnte, daß es der Lektoratsgutachter sein würde (er mußte in hysterischer Eile »jemandem von der technischen Abteilung« Klischees zeigen; beim Gedanken daran, wie er die KLISCHEES transportiert hat, muß er seither herzhaft lachen), es hätte auch ein Fremder sein können, beziehungsweise, da der Lektoratsgutachter ein Fremder war, hätte er jemand unbequem Nahestehender sein können – man könnte fragen, sind Sie jemand unbequem Nahestehender? –, von der Frau troff das Wasser, der mit Perlen bedeckte Körper bog und wiegte sich, »grüß dich«, sagte sie mit einer Natürlichkeit, die jeden bezaubert hätte, doch der Lektoratsgutachter nahm daran eher ein wenig Anstoß, *er nahm scheu daran Anstoß*, »lies einstweilen«, sagte Euphrosyne noch und ging zurück ins Badezimmer, das Parkett klatschte vom Wasser, sie ließ große, dunkle, unförmige Fußspuren zurück, und der Lektoratsgutachter ärgerte sich gehörig über sich selbst, daß er den überraschenden Anblick des fremden nackten Frauenkörpers in der Erregung wie ein Gymnasiast *verschlungen* hatte; doch das lag schon länger zurück.

Im Verlag wurde von Zeit zu Zeit verrückt gespielt (es würde sich lohnen, einmal die Regelmäßigkeit dieser Anfälle zu erforschen), und es wurden DIE ERHÖHUNG DER DISZIPLINEFFEKTIVITÄTSZUNAHME und die KONDITIONSVERBESSERUNG DER LITERARISCHEN QUALITÄTSARBEIT sowie die Kampagnen anderer gewohnt verlogener und frappanter Losungen auf die Tagesordnung gesetzt, und in dieser Zeit mußte man auf die Minute genau im Verlag erscheinen, und da sich der Lektoratsgutachter als freien Menschen definierte – mit den üblichen Einschränkungen –, haßte er das *über alle Maßen*.

Doch Losung hin, Losung her, er mußte zugeben, daß er das nicht nur haßte. »Ich werde doch mich und mein Volk nicht von ein paar lumpigen Minuten abhängig machen«, zitierte er und wußte selbst nicht woraus, und er machte sich schon in aller Herrgottsfrühe auf den Weg, um sich auf gar keinen Fall zu verspäten: Die frühen Busfahrten sind Gebilde ganz besonderer Art, das Auftauchen des konkreten Busses erfolgt gleichsam unerwartet, es hat etwas von einem Geschenk an sich, der Fahrgast darf ein bißchen das Gefühl haben, an dem Tag vom Glück begünstigt zu sein. (Mit der Steigerung der Kampagnenanzahl sinkt freilich das dichterische Element: *Der Morgen bricht an, bricht zusammen.*) Seiner Gewohnheit gemäß inspizierte der Lektoratsgutachter zunächst die Frauen, er wähnte, an ihnen, an allen von ihnen, noch die laue Wärme des Bettes zu spüren, das meinte er durch Berührungen kontrollieren zu können. Und dann die Schminke! Ein tadelloses *Make-up* am frühen Morgen, wie komisch und unnatürlich! Wie kann etwas *derart* überflüssig sein? Er sah den Fettglanz des bunten Zeugs auf den Gesichtern; Rouge und Nebel, Puder und Windhauch: Schwere. Und dieses ewige Rennen! Und danach vor allem das schwere Atmen, das man schonungslos heraushören kann! Doch diese vielen für ihn bestimmten Kleinigkeiten waren umsonst, mit den Möglichkeiten der Buschauffeure konnte er es nicht aufnehmen, auf die konnte er neidisch sein, sie verband eine intensive Komplizenschaft mit den Frauen, unübertrefflich und hoffnungslos; sie kannten sich offensichtlich, phantastisch oberflächlich, sie kannten ihre gegenseitigen Schwächen, sie kannten die Ecken, an denen die eine Partei zum Beispiel billigerweise den Weg durch die Büsche nehmen kann oder nicht beziehungsweise verheißungsvoll bremsen kann oder nicht, sie wußten, worin sie *real* aufeinander rechnen konnten und wo die Serie der bereits etwas einengenden Opfer begann; der Lektoratsgutachter hatte bei solchen Gelegenheiten das Empfinden, als sei er da nur so hineingeraten, und er beobachtete mit einem kindlichen Rachegefühl die morgendlich aufgedunsenen Gesichter, vor allem die *Traumschwellung* der Augengegend, bei der man kaum glauben konnte, daß sie von selbst zurückgehen würde; manchmal ließ er sie miteinander in Wettstreit treten, *welche Schwellung wohl wann zurückgehen würde?!*

»Euphrosyne, bei dir ist sie zurückgegangen, wie ich sehe.« Der Lektoratsgutachter meinte das in der Lahmheit vor dem Frühstückskaffee als Liebenswürdigkeit, doch durch die Antwort – »zurück, das walte Hugo« – wurde der Lektoratsgutachter ein wenig verschreckt. Manchmal verbrachte er das Wochenende (von Samstagabend bis Sonntagmittag) bei Euphrosyne, und obwohl unter ihren Gründen »die Abneigung vor dem Alleinsein in der besagten Zeitspanne« an oberster Stelle stand, war die praktische Grundlage gerade dadurch gegeben, daß sie sich aus gegenseitiger Rücksichtnahme nicht mit dem drohten, was wir im allgemeinen einfach, heutzutage, Einsamkeit nennen. Klara, die Lektorin, konnte schon allein deshalb, abgesehen davon, daß sie häßlich war, keine Chancen haben, »der Ärmsten stand es ins Gesicht geschrieben«. »Ich mag das an dir, daß – dich – dein Bauch beim Liebesgenuß nicht stört.« Das war zwischen ihnen von Euphrosynes Seite das höchste Liebesgeständnis, und das war gut so.

Der Lektoratsgutachter vergrub sich schnell in sein Buch. Der Ostfranzose mußte sich dem lebhaften kulturellen Leben der zum Geschenk erhaltenen Stadt anpassen, das war seine einzige Aufgabe, sie hatten ihn darum gebeten, in der Palette ein Farbtupfer zu sein, und er hatte das, zu unverantwortlicher Liebenswürdigkeit aufgeblasen, akzeptiert. Alsbald spürte er, daß er kein Tourist war, sondern ein *leicht* entwurzelter Ortsansässiger, und er wollte den neuen Ort durch schnelle und ungerechte Urteile wohnlich machen (vereinnahmen), den Ort, wo der Wind über die breiten Straßen pfiff, der Himmel ständig bleiern grau war und vor den Häuserwänden eine Mauer stand; er wollte die Gegend, in der er sich befand, um jeden Preis beim Namen nennen, dazu hätte es freilich einer Erklärung bedurft, woher er kam, und wenn er sie bisher nicht gefunden hatte, warum hätte er sie gerade jetzt gefunden, da er gerade weggegangen und bis zum Stehkragen mit Fremdwörtern angefüllt war. Der Lektoratsgutachter amüsierte sich köstlich über diese etwas verworrene Art von Circulus vitiosus. Zu Anfang ging der Ostfranzose zu allen möglichen Abendveranstaltungen und Empfängen, wofür zu dem Zeitpunkt Saison war, und dort hatte er sogar, kurz und gut, Günter Grass bei zwei Gelegenheiten mit Erbsen in Mayonnaise (beide Male mit Erbsen in Mayonnaise) vollgekleckert; der berühmte Schriftsteller winkte ab und tat so, als sei nichts passiert, Entschuldigung, Herr Böll, sagte der Ostfranzose verstört und – entsprechend der Strohfeuernatur der Ostfranzosen – dachte in seiner ersten blinden Wut daran, wie denn ein Schriftsteller Sozialdemokrat sein könne, die Rechnung für die chemische Reinigung war ihm freilich nicht einmal in den Sinn gekommen, doch der kalte Rostbraten in Aspik beruhigte ihn. Der Lektoratsgutachter empfand das Beschriebene mit, wen würde er wohl am liebsten mit Erbsen in Mayonnaise bekleckert haben? Nach kurzem Nachdenken entschied er sich für Turgenjew, zu dieser Zeit entschied er sich in einigen Angelegenheiten für Turgenjew, er würde dem Meister nur nachreisen und manchmal: schwups, und befangen würde er einst die Erbsenkuller von den Goiserschuhen auflesen, wenn es die überhaupt schon gegeben hätte; für ihn war »die Welt, die sich in den Büchern erschloß«, wenigstens genauso wirklich wie das, sagen wir, was er auf der Straße sah (ja sogar, was die Fülle des Lebens angeht ...), und er fand keinen ernsthaften Grund dafür, er hatte allerdings auch keinen gesucht, daß er diese Auffassung hätte ändern müssen; selbst der berufsbedingte Lesezwang brachte hierin keine Wende. Der Lektoratsgutachter las wie ein Kind. – Doch mitunter machte er am Rand Zeichen: *zur Verwendung*.

Zu dieser Zeit stieß Euphrosyne in ihrer morgendlichen Ungeschicklichkeit eine Mappe hinunter, der Lektoratsgutachter riß den Kopf hoch – gereizt wie ein Ehemann –, aus der Mappe fielen Fotos heraus, gleich große *Porträts*, der Lektoratsgutachter sah und konstatierte erschrocken, daß ihn von dem einen Foto Ágnes anblickte. SEHR SCHÖNES BRAUNES ERLEBNIS, schoß es ihm durch den Kopf, doch bevor er gar hätte aufschreien können, ließ ein hereinschießendes Lüftchen, Zugluft, einige Bilder, so auch dieses, zum Fenster hinausschweben. Der Lektoratsgutachter sprang auf, sah hinaus, die Blätter flatterten in die mehrgeschossige Tiefe. »Ach«, sagte er. Euphrosyne beobachtete den hin und her springenden, schwankenden Mann verständnislos und verdutzt. »Ein verborgenes Schilfrohr«, Euphrosyne lachte, doch der Lektoratsgutachter stürmte bereits die Treppen hinab; unten angekommen, wußte er zuerst gar nicht, wo er sich eigentlich befand, und als er es bereits wußte, konnte er die Fotos trotzdem nicht finden. Er war in Schweiß geraten.

»Wer ist diese Frau?« fragte er Euphrosyne, als wäre sie an etwas schuld. Da allerdings gerade die verschwunden war, von der sie sprachen, hatten sie Verständigungsschwierigkeiten. Euphrosyne beäugte mit spöttischem Schmunzeln die fahrige Erregtheit des Lektoratsgutachters, der dann schwerfällig über jenes Wesen zu sprechen begann, von dem gegenwärtig seine Seele erfüllt war, irgendwie gehorchten ihm allerdings die Sätze nicht, am Anfang vergaß er zum Beispiel zu sagen, daß es sich um eine Frau handelte, das betonte er später, doch dann fiel ihm wiederum ein, daß das offenbar selbstverständlich sei, und wenn er das hervorhob, so würde das bedeuten, es sei für ihn nicht selbstverständlich, er bat also Euphrosyne, sie sollte das als nicht gesagt betrachten, nicht als ob es nicht wahr wäre, gerade umgekehrt, Euphrosyne schwieg; der Lektoratsgutachter wähnte, allzusehr im Allgemeinen geblieben zu sein, er hatte eine profane Erlösung beziehungsweise deren Chance erörtert, die allem Anschein nach fähig war, eine Leidenschaft in ihm zu erwecken, und nur aus der Leidenschaft, aus der Aufputschung unseres wahren Selbst kann etwas geboren werden, nein, er mußte darüber eher konkret und erdgebunden sprechen, er mußte von einer Frau aus Fleisch und Blut sprechen, von einer dünnen Frau im Mantel mit zottigem, blondem Haar, doch es gelang ihm kaum, sich Ágnes' Gesicht zu vergegenwärtigen, die Gesichter der beiden Kaugummi kauenden Mädchen standen ihm viel deutlicher vor Augen, so sprach er also über diese und ob es nach Euphrosynes Meinung in diesem Alter, das er auf 15 bis 16 geschätzt hatte, vorstellbar sei, daß das Überflüssige, das er an den Mädchen festzustellen gemeint hatte, BABYSPECK sein könne?

Der Kaffee war fertig. Der Lektoratsgutachter keuchte, er drehte und wendete sich, alles war zu klein und irgendwie an der falschen Stelle, er empfand seine Dickleibigkeit wieder als Mangel, als Verfall, als Verderblichkeit. Euphrosyne hörte lustlos der intensiven und einfühlsamen Beschreibung der eigenartige Haken schlagenden Frau zu, von der sich der Lektoratsgutachter – augenblicklich – derart angezogen fühlte. »Ágnes«, sagte sie dann, wie jemand, dem das Reden schwerfällt, »sie heißt Ágnes.« Euphrosyne sprach, wie jene zum gleichen Geschlecht Gehörenden, die in dieser Gleichheit irgendeine Mühseligkeit erblicken, voneinander zu sprechen pflegen, mit einer gelinden Gehässigkeit also und im Anschluß daran deshalb sogleich auch ein schlechtes Gewissen produzierend. »Sie arbeitet bei uns als Freie.« Ágnes gehörte nämlich in der *Vorsatzfertigung* zu den Besten, den Buchumschlag vertraut ihr der Chef nicht an, doch im Vorsatz ist sie zuverlässig und schnell. »Im Vorsatz ist sie unschlagbar«, sagte Euphrosyne katzenfreundlich.

Der Lektoratsgutachter bohrte nicht weiter, der Mut war ihm abhanden gekommen, dafür hofierte er nachmittags Klára mit der gewöhnlichen liebenswürdigen Plumpheit; die Lektorin war schon beschwipst (berauscht), sie feierten den Namenstag der hl. Edith, und es ließ sich nicht ausfindig machen, weshalb; im Frühjahr wurde im Verlag der Namenstag der hl. Edith gefeiert; als der Lektoratsgutachter zum Verlag gekommen war, war das bereits so. (Und dieser Sache war irgendwie auch gar nicht beizukommen ...)

So gefährlich die Alkoholisierung der Lektorin war – voller Hemmungen streifte sie ihre Hemmungen ab, sie wurde unverhältnismäßig, sie wurde fordernd, schrill, genant, geschmacklos –, als so nützlich erwies es sich auch: das großmäulige und schadenfrohe Geschwafel; natürlich mußte der Lektoratsgutachter ständig auf der Hut sein, »damit ihn die Ertrinkende nicht mit sich reißt«. Und die Bescherung blieb auch nicht aus.

Mit einem Bowleglas in der Hand schlenderten sie durch die offenstehenden Büroräume, die Bowle war nach Móczárs berühmtem Rezept angesetzt worden, ja, die Lektorin wartete schon darauf, daß der Lektoratsgutachter in diesen sauren Honigtopf fallen würde, die Gefahr hatte hier schon überhandgenommen, sie machte dafür auch gar nicht den Lektoratsgutachter verantwortlich, Euphrosyne einerseits, das wissen wir, und Móczár andererseits, das wissen wir ebenfalls, dabei ist es ihr nicht einmal bei zwei so ausgesuchten Fallstricken klar, womit diese Frau *operiert*, was das ist, womit sie operiert, denn sie lockt jeden an, das ist offensichtlich, sie braucht nur zu gucken, einerseits ist sie eine famose Schlampe, andererseits ist sie, was soll ich sagen, eine Heilige, sie macht auch irgendwelche Keramiken, sie pilgern zu ihr wie zu einem feministischen Godot, an dieser Stelle schnaubte sich der Lektoratsgutachter prustend die Nase, übrigens, damit er verstehe, die Konstellation habe so begonnen, daß sie, Klára, Móczár verschmäht habe, darauf will sie nicht näher eingehen, es mag genügen, daß Móczár nicht gerade zuverlässig ist, Ágnes' Mann, Tamás, der Bildhauer, ist noch von der Penne her eine Jugendliebe von ihr, doch als Euphrosyne den französischen Maler verließ, weil er ihr nicht bei der Entfaltung ihrer Persönlichkeit geholfen hatte, zog sie, überraschenderweise, zu Ágnes und Tamás, und nicht zu Móczár, dessen Geliebte Anna Torockó ist, DIE SCHÖNE ANNA TOROCKÓ, die Frau des Galeristen Ludwig, der unsterblich in Ágnes verliebt ist, und das ist sogar von Vorteil, weil er Ágnes' oder Tamás' Sachen verkaufen könnte, damals fing Ágnes an, zusammen mit Euphrosyne in den anderen Teil der Stadt zu fahren, um sich mit einem ostfranzösischen Knaben zu treffen, der mit der Morgenmaschine eintraf und, mit Verlaub, nach den unzüchtigen Handlungen mit der Abendmaschine zurückflatterte – es ist eine große Stadt, eine große kompakte Stadt –, das paßte zusammen, ein ostfranzösischer Geliebter zu einer *linken* Studentin, wie Ágnes eine war, allerdings, und es ließ sich nicht genau ausmachen, von wem, wurde sie schwanger. Euphrosyne brachte sie in ihrem SAAB-KOMBI nach Holland, weil es dort viel einfacher oder nur billiger ist und angeblich nur so *abgesaugt* wird, es ist beinahe ein angenehmes Kribbelgefühl, *na ja*, das soll nicht heißen, daß sie, Klára, es ausprobieren will, wenn der Lektoratsgutachter versteht, woran sie denkt, von da an lebten Ágnes und Euphrosyne wie Geschwister, armer Tamás, ein herzensguter Junge und ein begnadetes Talent!, er suchte in der Arbeit Zuflucht, er arbeitete wie besessen an seinen zierlichen Statuen, seit jener Zeit streicht er sie schwarz oder weiß an, sie könnte das jetzt gar nicht *konkret* sagen, obwohl es wichtig sei, die Aktion ist nur mit der einen Farbe sinnvoll, und er legt die Werke in eine Obstkiste, ein Werk eine Obstkiste, und die beiden sind derart raffiniert miteinander verbunden, daß, öffnete jemand die Kiste, die zu betrachtende Statue in Stücke zerfallen würde, angeblich schluchzte Ágnes tagelang, als das herausgekommen war, und was noch viel schlimmer ist, die Obstkisten bewahrten ihren Geruch, zum Beispiel Pflaumen- oder Apfelgeruch, ach ja, armer Tamás, Ludwig, der Galerist, würde ihrer Meinung nach, nur um den anderen zu erniedrigen, nach dem Geruch das Honorar berechnen, weil Tamás nichts verkauft, doch angeblich ist es Ágnes, der Ludwig wirtschaftlich unter die Arme greifen wird, jedenfalls ist ihr Verhältnis zu Euphrosyne nunmehr keineswegs unbewölkt, doch darüber müßte man vielleicht unseren Kollegen Móczár befragen.

»WARUM BIST DU VON MIR GEGANGEN?« trällerte Móczár lächelnd neben ihnen und ging, in der Hand die selbstgemischte Bowle, in das andere Zimmer, wo der *Kleidertausch* angefangen hatte. Der Lektoratsgutachter mochte Móczár; es war über ihn das Gerücht in Umlauf – dieses kleine Scheusal –, daß er mit zwanzig Jahren einen guten Roman geschrieben habe, doch der wurde von der Polizei beschlagnahmt, Móczár schrieb ihn noch einmal, beinahe Wort für Wort noch einmal, weil sein Gedächtnis phantastisch war, der Roman erschien natürlich, aber er war nicht gut gelungen. Jetzt ist Móczár Kulturhistoriker, er besitzt ein großes Wissen, er ist ein feiner Mensch. Ist nun eigentlich Euphrosyne Móczárs Geliebte oder etwa umgekehrt?

Der Kleidertausch interessierte den Lektoratsgutachter sehr, er stellte sich häufig vor, wie die Frauen des Verlags auf einem Kleiderhaufen standen und an einer schwarzen Fischerhose herumzerrten oder wie sie an sich hurtig die verschiedenen *Versionen* austauschten; wenn die Lektorin wieder zurückkam, war es ihre Gewohnheit, die Errungenschaft weithin sichtbar in der Hand zu schwenken, als handelte es sich um irgendeinen gemeinsamen Triumph. »Sehen Sie, wir haben einen Tulifant erstanden.« Er hätte Lust gehabt zu sagen: »Sehen Sie, wir haben einen Tripper erstanden.« Doch er verscheuchte diesen Gedanken als zu niedrig. Den Weg der schwarzen Fischerhosen verfolgte er dessenungeachtet *begierig*.

Móczár war einmal von Euphrosyne hineingeschmuggelt worden, worum er vom Lektoratsgutachter wirklich beneidet wurde. Er solle sich übrigens bloß vorstellen, einmal sei Ágnes gekommen, quasi inoffiziell, zu so einem Kleidertausch. Und womit kam sie? Der Lektoratsgutachter wird es nicht herausfinden, dazu ist er ein viel zu großer Gentleman. Mit einem Schlüpfer, tatsächlich. Für diese Frau ist die elementarste Hygiene für die Katz. EIN ROTER SCHLÜPFER. Sie fand dafür auch keinen Abnehmer; Ágnes bot ihn zum Schluß feil, lachend, aber Kinder, der ist ein wertvolles Stück, Jenő selbst hat ihn in Finnland getragen! Aufreizender Batist, Kinder! Sie lachten, sofern sie dazu Lust verspürten, *Jenő, der Teufel auf dem Tanzparkett!* (Damals war in den linken Strömungen gerade Ebbe.)

Jenő! Oh, der verhängnisvolle Name!, s. w. o. S. 181; <Selbstzensur von 1982>

Klára klammerte sich immer mehr an den großen, fleischigen Armen des Lektoratsgutachters fest. »Kommen Sie mit zum Abendessen«, sagte die Lektorin, »machen wir uns aus dem Staub«, und sie zwinkerte komplizenhaft mit den Augen. »Gut, wir werden das besprechen«, antwortete der Lektoratsgutachter ausweichend. Doch dann war er trotzdem mitgegangen, das hatte die Frau erschreckend nüchtern werden lassen. »Die Spanier sind meine Lieblinge. Doch dies ist eine portugiesische Spezialität. *Auch ganz einfache Menschen essen die.*« Während des Essens wurde die Lektorin wieder betrunken. Der Lektoratsgutachter sah seitwärts unter dem Tisch, wie der Bauch der Frau herunterhing; als die Frau aufstand, um eine andere Platte aufzulegen, bemerkte er, und dabei stieg ein Gefühl der Übelkeit in ihm auf, daß die braune (!) Fischerhose in den herunterhängenden schwabbligen Hintern einschnitt, und darin *vermutete* er Watte. »Das wäre also der berüchtigte

MÖSENVERDRUSS?« fragte die Frau, als sie den scheelen Blick des Lektoratsgutachters bemerkte.

MEINE LIEBEN, FÜR EINE WEILE HABE ICH MICH AUS EUERM KREIS ENTFERNT, IN EIN GROSSARTIGES LAND, WOHIN ICH EUCH LEIDER NICHT MITNEHMEN KANN. DAS GESCHÄFT BLEIBT GESCHLOSSEN. MEINE BESTEN, ICH DENKE VIEL AN EUCH, IN DER GEGEND ALLERDINGS, IN DIE ICH GEHEN WERDE, WACHSEN KÄSESTÜCKE SO GROSS WIE MEIN ARSCH.

NIEDER MIT DEN PHALLOKRATEN, NIEDER MIT FRANZ JOSEPH, ES LEBE DAS FREIE LEBEN! MEINE BESTEN: TÖTET DIE VERFLUCHTE ANGST IN EUCH AB! TÖTET SIE IN EUCH AB,

Der Lektoratsgutachter erschrak ein bißchen, er hatte mit diesem Zettel nicht gerechnet, der – offensichtlich in Eile – an die Schaufensterscheibe der Keramikwerkstatt geklebt worden war. Er endet mit einem Komma, er endet mit einem Komma, wiederholte er in seinem Herzen. Man kann behaupten, daß er die Werkstatt schon gut kannte, die ringsum in der sich ausbreitenden Dämmerung fast unsichtbaren Gefäße, den in der halbgeöffneten Tür hängenden, ewig bekleckſten, kalkfleckigen, grauen, verschossenen *Overall* (der wie ein sehr magerer Mensch zu sein schien), hinten die Töpferscheibe mit dem riesigen Holzschwungrad, er kannte den abwechslungsreichen Schmutz des Fußbodens, diesen konkreten und daher sympathischen Unrat, die Tonbrocken, die halbtoten Fabelwesen, das Abfallholz und alle möglichen Lumpen, und er kannte die Gegenstände, die sich auf der mit roter Farbe beschmierten alten Bank aneinanderreihten, aber das half ihm nichts, beim erneuten Anblick verschlug es ihm den Atem, wie es ihm immer den Atem verschlug, wenn er die Gegenstände sah.

Der Lektoratsgutachter führte den Kopf ganz nahe an die Scheibe heran, mit der Handfläche versperrte er an der Schläfe die Lichtzufuhr. *Die Neugier ist hier von vornherein Oberflächlichkeit.* Bizarre, kapriziöse, in der Farbe undefinierbare Tonflächen kringelten sich, sie fielen übereinander her und trennten sich voneinander, sie fielen in sich zusammen und lösten sich los; als wäre kein einziges Stück mit sich identisch, doch die Tatsache war keine Schöntuerei oder Seelenmassage, die Tatsache lag vielmehr auf der Hand, war viel glanzloser und säuerlicher; die *Lage* ist die, daß von keinem einzigen Gegenstand gesagt werden konnte, daß er der sei, weil er nicht nur der, sondern auch der andere ist, wenn er, denn gerade davon wäre die Rede, ein anderer wäre, weil jener, der andere, auch dieser ist, wenn er dieser wäre, weil dies sowohl weniger ist als auch mehr als jenes, was wir zuvor, jetzt, als dies bezeichnet haben.

Ihm kam der Ostfranzose in den Sinn, der schreibt: *Es mag sein, daß es in unserer Lage keine andere reale Möglichkeit gibt, doch deshalb ist dennoch das, was ist, das, was es ist.* – Es kann vielleicht trotzdem unterschieden werden, ob wir von der Freiheit oder von den Varianten des Selbstbetrugs sprechen. Dieser Ostfranzose infiziert mich vollkommen! Wozu beschäftigt der sich so viel mit der Freiheit?! Die Freiheit der Töpfe? Die Offenheit der Töpfe? Der offene Topf: mit anderen Worten: der löchrige Topf? Keine Macht für niemand?

Der Lektoratsgutachter spürte, daß er beobachtet wurde, er nahm den Kopf von der Scheibe, ein Windhauch streifte seine Stirn, er schwitzte, plötzlich schlug sein Herz heftig – zum letzten Mal hatte er so etwas in der Examenszeit an der Universität gespürt, beziehungsweise später noch einmal, als er einen Brief an seine Mutter aufmachte, von dem er den Verdacht hatte, daß er von einem Mann stammte, tatsächlich, doch den Charakter des Briefes, insbesondere den Charakter der vermuteten Beziehung, vermochte er nicht eindeutig festzustellen, was ihn ärgerte, er hatte das Empfinden, das sei dumm –, dort standen die beiden Kinder, Ágnes' beide Kinder, ein Mädchen und das Bübchen, das, als der Lektoratsgutachter, der seinen Handteller immer noch als Scheuklappe an die Schläfe hielt, sich zu ihnen umdrehte, laut auflachte und, auf den Mann zeigend, ausrief:

»Duck mal, duck mal, Dittchen, wie ein Ferdchen, wie ein Ferdchen!« Das Mädchen begann ebenfalls zu kichern, es hielt sich schnell die Hand vor den Mund, während es sich mit der anderen Hand bemühte, den kleinen Jungen zum Schweigen zu bringen, »in seinem Gesicht das Loch zu verstopfen, woher die Worte kamen«. Der Lektoratsgutachter hielt die Hand auch weiterhin so wie bisher, als sei er taub, als seien seine Augen taub. »Daß mich in Duhe«, protestierte der kleine Junge.

»Verzeih ihm, süßer Herr«, sagte das Mädchen, »er ist mein kleiner Bruder, der nach kurzem Zaudern auf den Namen Károly getauft worden ist, und obwohl er, glaube mir, eine intelligente und empfindsame Seele ist, wäre es unbillig, sein Alter zu vergessen, das man getrost paradiesisch nennen könnte, dessenungeachtet ist der Träger dieses Namens auf dem Gebiet des gesellschaftlichen Umgangs vielleicht noch ein brachliegendes Stück Land.« Der Lektoratsgutachter hatte die Bedeutung von *Brache* nachsehen müssen, Brachdistel (Eryngium campestre, Mannstreu, auf Brachfeld wuchernd), Brachvogel, eine lediglich durch Umwelteinflüsse herausgebildete Vogelart (Haustierart): der große Brachvogel (Feldschnepfe, Numenius arcuatus L.), 75 cm lang, 125 cm breit, oberseits braun, am Unterrücken weiß und wie am rostgelblichen Unterkörper braun längsgefleckt, Schwingen schwarz und weiß, Steuerfedern weiß, schwarzbraun gebändert, brachliegen: unbebaut bleiben, (übertr.) ungenutzt bleiben, seine Kenntnisse, Fähigkeiten, Kräfte brachliegen lassen. Der Lektoratsgutachter nahm erst jetzt die Hand herunter, vom plötzlichen Licht schossen ihm Tränen in die Augen.

»Ich sehe, deine Netzhaut verträgt ja kaum die Sonne; das nimmt mich nicht wunder, das plötzliche Frühlingserwachen ist ziemlich irritierend ... Doch ansonsten hast du, wie wir sehen, Ausdauer.« Die Kinder lachten einander zu. »Tatsächlich, in uns tauchte schon der Gedanke auf, du seist vielleicht ein Mann der geheimen Kamarilla. Wir haben keine Vorurteile gegen solche Berufe, glaub uns, wir haben dich in unserem trauten Heim, ganz gleich ob dort eine Abhörvorrichtung ist oder nicht, nie einen elenden Spitzel, nie eine stinkende Ratte genannt, nein, sondern weißt du, wie wir dich genannt haben? WÜHLMAUSGENDARM; ich glaube, das ist nicht beleidigend, besonders deshalb nicht, weil wir von dir nichts wissen, wir kennen nur deine allerliebste Angewohnheit, daß du umherspähst. Im übrigen zeigt sich auch bei mir einige Verwirrung, ich möchte auf gar keinen Fall, ich bitte dich, das recht zu verstehen, älter aussehen, als ich tatsächlich bin!! Mein Name ist Jitka. Und ich wäre schrecklich glücklich, wenn du, süßer Herr, auf den Namen *Péter* hören würdest.« Der Lektoratsgutachter rieb sich die tränenden Augen, er hatte das Gefühl, seine Augen seien gerötet, seine Augen seien häßlich rot. »Wenn du keine Neigung dazu verspürst, ich würde um keinen Preis eine Antwort erzwingen wollen, dann brauchst du nicht zu antworten, ich merke ja selbst, daß wir dich ein klein wenig überrumpelt haben. Ich sage nicht, du sollst dich zusammenreißen, ich beleidige dich nicht, wenn ich ver-

mute, du bist überrascht gewesen. Wir haben noch Zeit. Doch es sei rechtzeitig gesagt, sowohl dieses karierte Papier als auch die inneren geheimen Schönheiten dieses kleinen Ladens scheinen dich aufzuwühlen. Das spricht für dich, wenn ich einen solchen Ton anschlagen darf. Und dann haben wir noch gar nicht von der gesprochen, die dort drüben herannaht, von unserer Mutter.«

Zwischen den verlassenen Schaukeln und den verzwickten – und verzwickt leeren – Klettergerüsten des Parks näherte sich eine dünne Frau mit winzigen, hastigen Schritten; sie hatte einen langen, abgetragenen Staubmantel an, der wie ein Tischtuch im Wind flatterte. Jitka fing leise zu reden an, wie jemand, der den Anblick und den Genuß nicht verderben will. »Unsere Mutter geht auf offener Straße, auf öffentlichen Plätzen und auch anderswo, wo ein Platz als Bühne zu bezeichnen – wir können an das Bonmot des zyklopischen englischen Possenreißers denken – und das Wetter auch irgendwie entsprechend ist, im Staubmantel, in diesen entmutigend langen, zweifelhaft sauberen, weiten Männerumhängen, zumal diese Mäntel bekanntermaßen so ein *linkes* Image besitzen. In der Tat, nicht daß das an sich retrograd wäre, die *Lodenpelerine* ist das Kleidungsstück, das sie für ihr Leben gern hat. Wir besitzen auch eine, laß mich hinzufügen: mit *Pepita*futter.«

»Du bist dehr dir«, sagte der kleine Junge dem Lektoratsgutachter, der Ágnes mit wachsender Verwirrung entgegenblickte. »Dein Danst is so doß wie die Welt.« Und er klammerte sich an Jitkas Schenkel wie jemand, der sich vor dem Weltwanst fürchtet, er verkroch sich hinter dem Mädchen, das dem Bübchen den Scheitel streichelte. »*Vacláv, Ihr seid ein dummer Mensch*«, und darüber lachten sie wieder.

Der Lektoratsgutachter wartete nicht ab, bis Ágnes herangekommen war, er verabschiedete sich höflich von den Kindern und ging eilends davon. »Ach, süßer Herr.«

Es gibt eine Versuchung.

Der Lektoratsgutachter wußte nicht, was mit ihm geschehen war, ob überhaupt etwas mit ihm geschehen war, doch er hatte das Gefühl, als sei sein gewohntes Leben umgekippt, dieses Leben, er gab zu: diese säuerliche Sicherheit und Gewißheit, die er allmorgendlich spüren mochte – vor allem, wenn er an das vor ihm liegende

Tagespensum dachte –, war dahin; auch wenn ihm nicht der Boden unter den Füßen entglitten war, weil von einem Rutsch, von einem derart bestimmten *Etwas*, keine Rede sein konnte, es hatte den Anschein, als sei er fortwährend in einem Traum gewandelt, nach seinem Lieblingsvergleich im Honig, er konnte das Geschehende nicht vom Wirklichen unterscheiden; wenn er an den Tisch trat und zwischen seinen Papieren herumwühlte, freute er sich und hatte Angst, daß er in dem Ausmaß seiner Umgebung ausgeliefert sei. *Was soll daraus werden?* – Als er seine Hände auf dem Tisch ausbreitete, spürte er die Bewegung des Papiers, die gefährlichen Kanten der Papierränder! Das hervorquellende Blut hinterläßt kapriziöse Flecken; schmierige Flecken. Er griff nach dem Buch des armen Ostfranzosen, als sei das für etwas verantwortlich zu machen, wie man anno dazumal nach Majakowskis Paß, das heißt also nach dem Paß des lyrischen Ich, gegriffen hatte! Dieses fortwährende *Sichhinsetzen!* Dieses verdammte Beherrschtsein, zu dem er sich so oft aufraffen mußte! Lächerlich. Er blätterte auf unverantwortliche Weise in dem Buch herum, sah sich den »Schluß« an, wie es »ausklang«, doch den letzten Satz hielt er sich noch als *Leckerbissen* zurück, er hatte sich auch schon Aufzeichnungen gemacht, die verfluchten Vorarbeiten liefen also, die Vorarbeiten, die »genauso unentbehrlich waren, wie sie überflüssig zu sein schienen«, er übersprang Teile, blätterte zurück und las erneut, er spazierte im Buch umher wie in einer Grotte – ich will ein Loch in die Natur machen! –, er kratzte sich den Bauch, dann, bei einer einfachen Straßenbeschreibung und bei der Feststellung, daß es kalt sei – die Proportionen waren gut getroffen –, rannen ihm plötzlich Tränen aus den Augen. Oder waren das die Frühlingswinde? Der Lektoratsgutachter versuchte, sich auszulachen, er dachte an Móczár, der sogar in Marlene-Dietrich-Filmen weinen mußte, so lachte er also Móczár aus; als er sich dessen bewußt wurde, lachte er, auf der Stelle, herzhaft über sich.

Zur Belohnung sah er sich den letzten Satz an: UNSER HERZ IST SCHWER WIE EIN GAFFIOT-LEXIKON; gut, unser Herz ist schwer wie ein Gaffiot-Lexikon, das ist melodiös.

Er fühlte sich wie Rilke in Berlin, der sich wie ein schlechter Schüler fühlte, der hinter allem zurückbleibt und von seinem Strafplatz aus schließlich gar nicht mehr begreift, um was es sich auf der Tafel handelt. Wenn seine Mutter hereingeschneit kam, so empfing er sie neuerdings dankbar, weil sich zusammen mit seiner Mutter ein Haufen von plötzlichen Vorwänden einzustellen schien, die Verkörperung von Dank in Form von Wut und Verdruß, denn wie könnte er auch die Aufgaben, die *Lebensaufgaben* bewältigen, wenn er sich ständig mit den zunehmenden *Alterssorgen* seiner Mutter beschäftigen mußte (seit sie verwitwet war, alterte sie rapide), mit den Komplikationen um die neue Brille, mit den um sich greifenden Krampfadern, mit den eigenartigen neuen Flecken auf dem Gesicht, man könnte getrost sagen: Muttermale, sowie auch mit der Einsamkeit: »Ich bin allein, mein Junge, sehr allein«, sagte seine Mutter, als würden sie sich im dritten Akt befinden, kurz vor dem *Höhepunkt*, »und wer allein ist, ist alt, dabei bin ich gar nicht alt«, und sie blickte den Lektoratsgutachter kampfeslustig an. »Du bist schön«, antwortete er aufrichtig und ausweichend, weil er seiner Mutter das Altern sehr wohl ansah, die ihrerseits weiterhin grimmig dreinblickte und dann resigniert abwinkte. »Für die logischen Feinheiten hast du immer noch nicht allzuviel Sinn. Man muß dir überhaupt alles vorkauen. Man fühlt sich neben dir manchmal so grob« – seine Mutter schrie bereits –, »bei dir muß man alles aussprechen, artikulieren, was hast du denn auch für einen Beruf?! Was für eine rücksichtslose Sache, alles in diese Sätze hineinzuzwängen, und du könntest auch ein bißchen abnehmen!«

»Was wollen Sie, Mutter?« Die Mutter holte tief Luft, um sich ja zu beherrschen, dann konnte sie sich doch nicht beherrschen. »Du großer Gott, bist du aber dumm, dumm, dumm, verstehst du denn nicht?« und sie rannte aus dem Zimmer.

Der Lektoratsgutachter setzte sich an den Tisch, um die Vorarbeiten voranzutreiben, und obwohl der Schlafquotient der letzten Tage ein beunruhigendes Bild geboten hatte, versank er über den Papieren in schwere Träume! ER WAR EINGENICKT. Von Zeit zu Zeit schreckte er auf, aus dem Mundwinkel rann ihm süßer und bitterer Speichel; er hatte das Empfinden, als würde er seinen Kopf aus einem Honigmeer emporheben. Der Honig ist sonnendurchschienen, er schillert, schillert, schillert wie Gold, und darin ein *langsam* zappelnder Tausendfüßler. Der Lektoratsgutachter freute sich, daß er immer wieder einschlafen konnte.

Als er aufwachte, war es bereits Abend, es herrschte Dunkelheit, gemäß und auch trotz dieser neuen, gottlosen Sommerzeit. Er dachte daran, daß er eingeschlafen war, weil er Angst hatte, weil er sich in die Hosen machte; sein Organismus schützte sich auf diese Weise, so glaubte er zumindest. Von unserem zerknitterten Erwachen geben wir kein Jota preis. SCHREIBFEHLER: VON UNSEREM ZERKNITTERTEN LEBEN GEBEN WIR KEIN JOTA PREIS. Das alte Ehepaar gegenüber aß Abendbrot, sie hatten vergessen, den Vorhang zuzuziehen, der Mann schien zu schreien. Der Lektoratsgutachter hatte mit dem Verzögerungsschlaf nicht viel erreicht, sobald er zu sich gekommen war, dachte er jäh, aufgeregt und mit einer derartig starken Beklommenheit, wie er sie bisher nie empfunden hatte, jedenfalls erinnerte er sich nicht daran, an Ágnes und an all das, was mit der Frau zusammenzuhängen schien. Was war wohl seither geschehen? Ob der Zettel noch dort war? Und was wäre, wenn er einmal hinginge? Er ginge hin und bliebe genau dort stehen ... Er dachte an den Platz vor der Keramikwerkstatt wie an einen Strudel, der ihn verschlingen könnte. Gereizt rannte er in die Küche hinaus. Und was hat das zu bedeuten? Und wie groß ist meine persönliche Verantwortung? Mit wem wird das alles passieren? Wer ist das? *Wäre es nicht besser, gegebenenfalls vor Angst zu zittern?* Oder sollen wir das nicht so offen aufdecken? – Er sei allzu erregt, stellte der Lektoratsgutachter fest, was er am liebsten Müdigkeit nennen würde, und er sei allzusehr mit den unbrauchbaren Tagestrümmern angefüllt, was er am liebsten Enttäuschung nennen würde.

Auf dem Kühlschrank fand er einen kleinen Zettel. MEIN JUNGE, ARBEITE NICHT SOVIEL. ES IST DOCH LÄCHERLICH, DASS DU NACHMITTAGS SCHLUMMERST WIE EIN RENTNER. MAN MUSS AUF SICH ACHTGEBEN. MAN MUSS VOR SICH SELBST ACHTUNG HABEN, EINE BRUST HABE ICH MITGENOMMEN, DEN KARTOFFELSALAT MUSST DU MIT FOLIE ABDECKEN, SONST BEKOMMST DU DEN PENETRANTEN GERUCH NICHT MEHR RAUS. ICH HABE DICH IM SCHLAF BEOBACHTET, ICH WEISS, DU MAGST DAS NICHT, DOCH NIMM BITTE ZUR KENNTNIS, DASS ICH DEINE MUTTER BIN UND DASS ICH TUE, WAS ICH WILL. – WÄHREND DEINES SCHLAFES HABE ICH FESTGESTELLT, UND DAS IST DIE WAHRHEIT, DASS DU KEIN BISSCHEN NICHT ABGENOMMEN UND KEIN BISSCHEN NICHT ZUGENOMMEN HAST. (DIE DOPPELTE VERNEINUNG HABE ICH VON DIR GEERBT, MEIN JUNGE. DAS SOLL EINE KRITIK SEIN.) – KÜSSCHEN, ICH WERDE NOCH TELEFONIEREN, ICH FÜHLE MICH EIN BISSCHEN UNWOHL.

Der Lektoratsgutachter kam auch jetzt, wie gewöhnlich, durch ein einziges Wort über den toten Punkt hinweg; *Bombenausgangsstoff*, das war das Wort.

Da der Vormittag nicht anfangen wollte, entschied sich der Lektoratsgutachter, um den Vormittag beginnen zu lassen, für ein *allmähliches* Ankleiden, zuvor zog er sich die Schlafanzughose herunter (er erwog ausgiebig eine, das heißt eine, Selbstbefriedigung, doch dann vergaß er das Ganze von einem Augenblick auf den anderen), und so, halbnackt und halbsteif, ging er in der Wohnung umher, warf er achtlos einige Blicke zum Fenster hinaus (gegenüber kam der Alte auf die Loggia, um zu kontrollieren, ob der Gips gebunden hatte), als er bemerkte: *Die Laubstärke hatte den positiven Bereich erreicht!!!* Er blickte durch die Zweige zu dem Ehepaar hinüber, als müßte er sich verabschieden: Der alte Mann streichelte die Wand.

Er ging in die Küche Backpflaumen essen, doch die Backpflaumen hatten sich verflüchtigt. In der Tasche seiner Schlafanzugjacke fand er einen Zettel mit der Aufschrift DORAL PARK AVENUE HOTEL; am vorangegangenen Tag war er plötzlich aus seiner Faulenzerstellung aufgesprungen und hatte darauf geschrieben: »Wenn ein Buch gut ist, dann kostet es immer <sein> Geld«, das sein hatte er versehentlich weggelassen. Er drehte die Seite um. Meine Mutter! Ich bat meine Mutter, nicht wahr, tausendmal bat ich sie darum, meine Backpflaumen nicht zu verschenken. Mein Lieblingsdessert. Zur Kontrolle las er, den Zettel weit von sich haltend, laut vor. »Mutter! Ich bat Sie, Mutter, nicht wahr, tausendmal bat ich Sie, die Backpflaumen nicht zu verschenken. Mein *Lieblingsdessert!*« tobte der Lektoratsgutachter.

Er ging verstört nach hinten ins kleine Zimmer, es hätte das Mädchenzimmer sein können, in einer Zeit, als es noch Dienstmädchen gab. Die Fensterbank befand sich in der Höhe des gutachterlichen Bauchnabels, der Lektoratsgutachter stellte sich dicht an das Fenster, er hatte ein bißchen Angst, an den Gasheizkörper zu stoßen; er hatte seinen großen Bauch vergessen. Im Büro schräg unter ihm arbeiteten Frauen im weißen Kittel. Vielleicht Ärztinnen, Doktorinnen, die sich um die Bekämpfung des Krebses bemühen. Wie er dort halbnackt hinter der Fensterbank in Deckung stand, dachte er daran, daß er sie überlistet, daß er mit seiner verborgenen Nacktheit die Frauen dort drüben überlistet hatte. Seitwärts, in der Ecke, putzte ein Mädchen Fenster. Später fragte er Ágnes einmal, ob sie bisweilen bei anderen Fenster putze. »Gewissermaßen nein. Was für eine törichte Frage!«

Über dem Doral-Park fiel ihm Móczár ein, der erzählt hatte, er sei unlängst in New York eingeladen gewesen, um einen Vortrag zu halten, und im Hotel sei das Kammerkätzchen ein prachtvolles Negermädchen gewesen oder besser gesagt eine *Negerfrau*, mit der er, als sie Móczár zeigte, was wo zu finden war, *das hier ist das Silberbidet!*, schon entsprechende Blicke tauschte, bloß als Störfaktor war dieser Béla da gewesen, der Novellist, ein schäbiger Patron, einer mit faulen Eiern, doch die Dinge ließen sich trotzdem gut an, Móczár ließ für die Frau ein kleines Brieflein zurück, dort auf dem *kalten Männerbett*, daß er sie nach zehn hier erwarten werde, er besorge Sekt usw., und daß er sich Hoffnungen mache, und das Fräulein sei sehr liebreizend, als er nachmittags ins Hotel zurückkam, fand er einen Zettel: »Was reden Sie hier von Hoffnungen und von Liebreiz! Sie sollen mich fertigmachen. FER-TIG-MA-CHEN! Das will ich. Nichts anderes will ich!« Móczár erzählte, als würde er ein Buch lesen; er sagte, die Frauen ziehen sich vor ihm aus, sie sehen ihn und ziehen sich aus, *sie kriechen zu ihm ins Bett*. Der Lektoratsgutachter versuchte, sich das vorzustellen. *Das ist kein Blödsinn.* Was mag wohl mit der Negerfrau passiert sein?

Er nahm den Zettel aus der Schlafanzugtasche, und unter die letzte Zeile – mein Lieblingsdessert – schrieb er: FERTIGMACHEN! NICHTS ANDERES WILL ICH! In einer so riesigen Stadt, dachte er, wäre sicher ein schattenspendendes Plätzchen vonnöten, das Chamissoplatz hieße; er, der Lektoratsgutachter, würde dann an diesem Platz hängen, als sei er ein Ostfranzose. Denn es hat sich ja nunmehr herausgestellt: Die ostfranzösischen Schriftsteller sind anhänglich. Alte Häuser vom Anfang dieses Jahrhunderts würden ihn umgeben, an der Ecke stünde eine *urtümliche* öffentliche Toilette mit *einzelnen* Klosettbecken, in der Mitte ein Park und ein uralter, altfränkischer Ziehbrunnen. In der Stadt würden sogleich alle möglichen Redewendungen in Umlauf sein, »kommen Sie, Gnädigste, lassen Sie uns den Chammyschritt wagen«, das wäre der Schlager, der auch den kampfgestähltesten Damen das Blut ins Gesicht triebe, die Rechtsanwaltanwärter, diese leichten Jungen, würden von da an *Chammes* heißen, und *Chammissilisbriefe* wären jene, die wir verschickt und auch nicht verschickt haben, in verschiedenen Versionen würden sie die »von der Staatsmacht verfassungsfeindlich über Dampf geöffneten« Briefe bedeuten. Doch hier würde der Sprachgebrauch – eine Zeitlang – unsicher werden, er würde *chammieren.*

Gegenüber kletterte das dünne Mädchen die Leiter herunter, sein Rock blieb am Fenstergriff hängen. Es hat kein' Schlüpfer an. Das Mädchen bemerkte, daß es beobachtet wurde, es zuckte mit den Schultern, hob seinen Rock vom Griff herab und strich den Rock glatt. (Der Lektoratsgutachter ließ den ganzen Tag keinen Blick von dem Mädchen, doch das sah nicht zurück.)

Euphrosyne rief unlängst an, er solle Móczár im Krankenhaus abholen, da er dort sei. »In seinem Mund verbirgt sich eine Eitergrube«, lachte die Frau, »er ist ein reicher Mann«, sagte sie leise, und der Lektoratsgutachter hörte in der Muschel, wie sie Luft holte. Das Krankenhaus befand sich am Ende der Welt, und es war nach enorm vielen Linkskurven zu erreichen; die Linkskurven hatten den Nachteil, daß der kleine 500er FIAT des Lektoratsgutachters, in den sich der Mann kaum hineinzwängen konnte (seinen Bauch breitete er gewissermaßen auf dem Steuerrad aus), zu hupen begann, das heißt, er ließ ein schreckliches, schrilles Geröchel hören; so schreit angeblich der Pfau, wie eine Frau kreischt, die man gerade erwürgen will. (Der Lektoratsgutachter war ein Mensch, der daraufhin sagt oder denkt, der Pfau schreit sicher deshalb so, weil diese Frau erwürgt wird.)

Die Augen der Schwester leuchteten auf, als er sich nach Móczár erkundigte. »Herr Móczár erwartet Sie schon sehnsüchtig, sofern Sie der sind, den Herr Móczár erwartet.« Der Lektoratsgutachter fing ordentlich zu schwitzen an, unter den Achseln vergrößerte sich der feuchte Halbkreis. »Wie dick Sie sind«, lächelte die Schwester. Dicksein hielten die meisten für irgendeine amüsante Sache, und sie fühlten sich zu Vertraulichkeiten ermächtigt. Der Lektoratsgutachter war bei solchen Gelegenheiten gern derb (ungehobelt). »Ich bin bei meinem Gewicht«, sagte er bloß. Das Mädchen kicherte. »Das ist sicher leicht möglich ..., ich habe den Eindruck, Sie sind tatsächlich da, bei Ihrem Gewicht ...«

Auf dem Rückweg erzählte Móczár unerwartet von seinen alten Geliebten, und der Lektoratsgutachter stellte mit einiger Verblüffung und Freude fest, daß Móczár, dieser feine, gebildete und schonungslose Geist, wie ein Zuhälter redete, wie ein Galgenvogel; er genoß das und betrachtete es als Auszeichnung, wie Móczár ihn zum Komplizen machte, »du weißt, wie das ist«, sagte Móczár, »ein alter Stier braucht das milchige, frische Fleisch«. Dann wurde es still, nur der Lektoratsgutachter schnaufte, in einer Linkskurve zuckte ein Polizist zusammen und hörte zu popeln auf, in dem Moment lief lachend eine junge Krabbe im blauen Glockenrock an ihm vorbei. So sind diese Krabben (im blauen Glockenrock), darüber aber möchten wir nicht gerne sprechen.

»Das Mädchen – das frische Fleisch – ist eine *Neolinke*«, sagte der Kunsthistoriker, und dem Lektoratsgutachter klopfte sofort, entsprechend seiner neuen Gewohnheit, das Herz heftiger. Das Mädchen schleppte den Verflossenen, Móczár, in die Universitätsklubs, ins Konzert, zu Undergroundlesungen, in Basisgruppen, zu Happenings, zu Feten, zu fliegenden Universitäten, und in der Zwischenzeit stellte sich allmählich heraus, daß jemand auf Móczár *angesetzt* war, ein Jemand, und damit die Tage dieses Jemand aufregender und inhaltsreicher verstrichen, damit er seine Freizeit – Móczár lachte – sinnvoller verbringen würde, machte Móczár auf Schritt und Tritt gewissermaßen unerwartet schlimmste ultralinke Äußerungen, er verstieg sich sogar zu archaisch linken Losungen, vor allem Trotzki war ihm ein Dorn im Auge, und die »breiten Boulevards« hallten von seinem kritischen Gebrumme über den Kühlschrankkommunismus wider, der weder Fisch noch Fleisch sei.

»*Ich habe ihn von links angemacht*«, kicherte Móczár wie ein schöner Halbwüchsiger. – Man erzählte sich, daß sie anschließend zu dritt Kaffee getrunken hätten, das Mädchen, Móczár und der Jemand, und daß der Jemand gefragt habe, ob Móczár immer und zu jedem so freundlich sei. »Oho«, habe Móczár geantwortet, »nein, mein Lieber, absolut nicht, *ich habe nur schreckliche Angst vor euch*.« »Wieviel Stückchen Zucker möchtest du?« fragte der Jemand. »Am liebsten anderthalb, doch ich will keine Faxen machen und trinke ihn entweder mit einem oder mit zwei Stückchen.« »Und jetzt?« »Das würde ich dir überlassen.« »Richtig.« Links, wenn das die Ostfranzosen heutzutage hören, steigt vor ihrem inneren Auge das Bild eines Herrenschneiders auf, der mit diskreten Bücklingen um den Kunden scharwenzelt und fragt, ob der gnädige Herr geruhen, links oder rechts zu tragen. Der Kunde, überrascht von der Trivialität der Welt und erfreut über das Entgegenkommen eines Berufsstandes, verbessert ihn deshalb auch nicht hochfahrend (Durchlaucht). All das ist ein bißchen flach, aber freundlich. »Mein Herr«, sagt ein sympathischer alter Mann, wenn auch nicht gerade ein Veteran, dem Helden (?) in einem Buch, »mein Herr, Sie sind nicht im Bild über die *ungeheuren* historischen Werte des Sozialismus sowie über jene tragische Lage, in der unser teures verwaistes Vaterland befangen ist.«

»Ich schnupperte immer an ihrer Handtasche«, sagte Móczár und lehnte sich an den Lektoratsgutachter an. »Ob kein *Bombenausgangsstoff* darin ist.« »Ist Euphrosyne deine Geliebte?« Móczár zuckte mit den Schultern. »Syne wollte das früher, doch so ist es besser. Wir sind gute Freunde, es gibt keinen Bombenausgangsstoff.«

Ja! Das ist es, Bombenausgangsstoff, darum geht es! Der fidele Anarchist! *Resignation und Terror!* »Die Leidenschaft läßt sich nicht vermeiden«, murmelte der halbnackte Lektoratsgutachter, er dachte jetzt an den Platz wie an das heiße, pulsierende Leben: Was über ihn hereingebrochen ist, wühlt sein kleines, in festgefügten Rahmen verlaufendes Leben auf, und er wird jetzt eigentlich zwischen Feigheit und Offenheit hin und her geworfen, doch es hat nunmehr den Anschein, daß man trotz einer kleinen Stimmenmehrheit nicht genau weiß, was siegt, und er nimmt auf sich, was ihm auferlegt worden ist, so riskant das auch sein mag. »Die Lage ist eine Turgenjewsche«, sagte sich der Lektoratsgutachter in seinem Herzen.

Unter Aufgabe des ohnehin gescheiterten Prinzips der *Allmählichkeit* zog er sich holterdiepolter an. Er briet ein bißchen Fleisch; und da das Fleisch Fleisch war, das nicht vollkommen durchgebraten werden durfte, ärgerte er sich, daß er es vollkommen durchgebraten hatte.

Er nahm keinen Notizblock mit, er traute sich nicht, er schämte sich, er bildete sich ein, man würde ihm seine Absicht, seine hinterlistige Absicht, ansehen. (Ein kariertes Blatt Papier riß er für alle Fälle aus seinem Heft heraus und verbarg es in der Hemdblusentasche.)

Mit klopfendem Herzen unternahm er eine Platzbegehung; er kam sich wie ein Dieb vor, obwohl er nicht zu sagen vermocht hätte, was er hier zu stehlen vorhatte. Und überhaupt, er knurrte, was für eine Kinderei das sei, doch seine Aufregung nahm nicht ab.

In den Fenstern der hohen, gravitätischen und neuerdings renovierten Häuser vom Anfang dieses Jahrhunderts lehnten Frauen, sie stützten ihre Brüste, junge und alte Frauen gleichermaßen, auf die Fensterbank. Ein jeder beobachtete ihn, die Frauen hatten faule Zähne, doch manchmal, wenn sie sich gegenseitig etwas zuriefen, schien ihr schiefes Lachen echt zu sein.

Die besorgten und gewissenhaften Hausverwalter haben die Fensterbänke mit grauen, dünnen Zinkplatten verkleidet oder verkleiden lassen, die Platten sind von der Sonne aufgewärmt, das tut den Brüsten wohl, ein zartes Streicheln, dachte er. Unter einem blauen Opel lag ein greisenhaft alter Mann, er reparierte die Maschine mit großer Hingabe. »Mögen Sie das Automobil, Väterchen?« fragte er. Das Väterchen kullerte unter dem Auto hervor, die Nickelbrille hätte auch einem Studenten gehören können. »Ich, junger Mann, habe zeit meines Lebens *einen* Menschen gemocht. Dieser Mensch hieß Konrad Adenauer und Nikita Chruschtschow.« Er huschte weiter, er spähte durch die eigenartig schillernden und schwimmenden Schaufensterscheiben in die Keramikwerkstatt. »Meine Mischlingserinnerungen sind mir so teuer«, trällerte er.

Der Flieder schlüpfte aus seiner grünen Umhüllung und streifte dem ganzen Park ein rosa Kleid über. Der Lärm der gewaltigen Weltstadt, das ohrenbetäubende Gepfeife der ratternden Eisenbahnen, das Gemurmel des geschäftig umherschwirrenden Volks waren nicht mehr herauszuhören, und es verschmolz wie das leise Gesumme der fleißigen Arbeiter in den Bienenkörben mit dem idyllischen Vogelgesang, mit dem zwitschernden Gesang der kleinen gefiederten Vögel im Park. In das herrliche Potpourri fällt die Nachtigall gelegentlich ein, und als Antwort läßt die Amsel ein lautes Flöten ertönen; sie loben den HERRN DER HIMMEL zum Dank für ihre Freiheit, sie raunen IHM Dank zu für ihr glückliches Leben.

In den beiden ausgeweiteten und herunterhängenden (in Auflösung begriffenen) Taschen des abgetragenen Staubmantels von Ágnes, die sich zwischen den verlassenen Schaukeln und den verzwickten – und verzwickt leeren – Klettergerüsten des Parks näherte, befanden sich Bücher, von denen der professionell geübte Blick des Lektoratsgutachters sofort feststellte, daß es sich um *Taschen*bücher handelte, worüber er sich kindlich freute, da man sie so selten *an ihrem Platz* sehen kann. (»Suhrkamp und Magvető«, und er jubelte innerlich mächtig. »Amüsierst du dich, süßer Herr?« – doch Jitka fragte nicht, weil sie eine Antwort erwartet hätte.)

Ágnes näherte sich mit dem Schwung und dem unerschöpflichen Selbstvertrauen einer Studentin, die eine Hand in der Tasche, und selbst für ihr auffälliges, nervöses Vibrieren schien es eine Erklärung zu geben, die Prüfungen, die sie immer ernster nimmt, die Universität, mit der sie ihr Gewissen beruhigt, oder irgendeine komplizierte und interessante Klausur; aus diesem Blickwinkel gab es allerdings keine Erklärung für die in der rechten Hand hängende Einkaufstasche (Milch, Brot, Käse sah der Lektoratsgutachter darin und *Kafir*). Um ihre Augen wogten große, dunkle Furchen, die Jahresringe; *der müde Augenrahmen intellektueller Frauen!* Lauter Unerwartetes, denn die beiden Wangen waren frisch wie das vom Wind gerötete Gesicht eines kleinen Kindes. Von weitem; denn von nahem erinnerten sie eher an das Gesicht einer alten Frau oder an das eines versoffenen Subjekts, das feine Netz der Blutadern, von denen die dünneren deutlicher vortraten, wirkte wie eine Abbildung in einem Lehrbuch. Doch in dem Augenblick sprang ihm die auf den Kopf geschobene überdimensionale Sonnenbrille mit auffallenden, schillernden, pechschwarzen Kunststoffbügeln wie eine Poppointe aus den siebziger Jahren ins Auge. Bevor wir jedoch darüber lächeln, sollten wir sehen, daß die Brille keine Gläser hat, nur den Rahmen, den Rahmen, den Rahmen, worüber wir dann lächeln können.

In Ágnes schienen sich Frivolität und Strenge ständig zu mischen, die prinzipielle Frivolität und die prinzipielle Strenge, die Müdigkeit und das Toben; sie war vielleicht tatsächlich so etwas wie ein *liederlicher deutscher Professor.* »Lassen wir uns nicht vom Wandel der Laubstärke beirren«, sagte sich der Lektoratsgutachter in seinem Herzen.

»Während der kurzen Zeit, wo ich das Glück genoß, mich in deiner Nähe zu befinden, hab' ich, süßer Herr, einigemal – erlaube, daß ich es dir sage«, so Jitka, »wirklich mit unaussprechlicher Bewunderung den schönen, schönen Schatten betrachten können, den du in der Sonne, und gleichsam mit einer gewissen edlen Verachtung, ohne es selbst zu merken, von dir wirfst, den herrlichen Schatten da an deinen Füßen.« Die Kinder ergriffen von zwei Seiten die Hände der Frau; der Lektoratsgutachter sah, wie sie von der großen Glasscheibe gespiegelt wurden. Er freute sich jetzt, daß er dick war.

»Sehr schön«, er wandte sich der Frau zu, und wie zufällig stieß er sie ein bißchen von der Seite an und wies auf das Geschirr. »Ich kenne es«, sagte Ágnes, »ich sehe es mir jeden Tag an.« »Haben Sie es heute schon gesehen?« fragte der Lektoratsgutachter unwillkürlich, die Kinder brachen in Lachen aus. MEINE LIEBEN, ICH HABE MICH FÜR EINE WEILE AUS EUERM KREIS IN EIN HERRLICHES LAND HINWEGBEGEBEN, WOHIN ICH EUCH LEIDER NICHT MITNEHMEN KANN. Sein Blick fiel auf das Manifest; er zeigte auf den obigen Satz, seine Finger waren nicht die eines dicken Menschen, sie waren nicht schwielig angeschwollen. »Nun also, sehen Sie, sie nimmt uns nicht mit«, er lachte der Frau ins Gesicht, als wäre die seine Komplizin; wenn nicht, dann eben nicht: Noch ist Polen nicht verloren (wie man das in dieser Sprache sagen kann). Die Frau sah den Lektoratsgutachter verdrossen an, ließ ihn aber sprechen. *Verdrossenheit und Sichfügen:* das auch.

Er stellte sich Ágnes *im Overall* an der Töpferscheibe sitzend vor, der Overall ist mit Farbe beschmiert, er schlottert an Ágnes' dünnen Schenkeln, von dort hängt er herunter, die Beine der Frau sind gespreizt, und sie hält die Töpferscheibe unentwegt in Schwung, doch sobald der Besucher eintritt, der Betrachter, springt sie auf, *legen wir zusammen, was wir haben*, ruft sie, das große Holzrad der Töpferscheibe dreht sich knarrend weiter, der Betrachter bleibt verdutzt stehen, *fer-tig-ma-chen*, nein!, sagt der Betrachter ängstlich, die Frau bricht in Tränen aus, sie krümmt sich, vorne hat der Overall einen Reißverschluß, die Hosentasche ist nach vorn gewölbt, als sei die Frau schwanger, ist etwas passiert?, fragt der gutmütige, tölpelhafte Betrachter, die Frau streckt sich wie jemand, den eine Schlange gebissen hat, rühr mich nicht an!, sie krümmt sich wieder krampfhaft, sie zuckt, schluchzt, setzt sich auf die Erde neben den frischen Ton, der Betrachter hockt sich nieder, wischt der vrouwe die trähene ab, ich flehe, verlaß mich nicht, laß mich nicht hier, ich halte es nicht mehr aus, dem Betrachter tun die Knie weh, er kniet nieder, ich muß gehen, sagt er, du darfst nicht, du darfst nicht, du darfst nicht gehen, laß mich jetzt nicht hier, sie ergreift die Hand des Betrachters, streichelt sie, zwischendurch hat sie starken Schluckauf, bleib nur ein klein wenig, damit ich glauben kann, daß außer mir noch jemand anders auf der Erde lebt, *dem Betrachter ist nichts mehr verdächtig*, ich weiß, woran du denkst, sagt die Frau, aber ich bitte dich, nein!, ich will gar nicht, daß du persönlich wirst, *hab Mitleid mit mir, du Lieber*, die Hand des Betrachters gleitet am Schenkel des Overalls rauf und runter, denk dir, du seist nicht, du bist nicht, nur ich bin, schließe deine Augen, du bist nicht, nur der Wille ist, eine verkörperte Liebe, eine Liebe, die du vermittelst, siehst du, so, diese Gelegenheitsliebe ist nicht ungebührlich, der Betrachter schreckt aus seiner Ohnmacht auf, sein nackter Hintern hängt im Ton, er erschaudert, seine Hose ist an den Fußknöcheln verdrückt, die Frau rekelt sich, es ist gut, die Sache ist gutgegangen, und jetzt geh, ich muß arbeiten, sie schlüpft in den Overall, ein großer Betrug (sie hat mich ge...ickt, per def.)!

»Woran denkst du jetzt, süßer Herr?« fragte Jitka, der Lektoratsgutachter riß seinen Kopf hoch, das Mägdelein lachte. »Die Schritte deiner Gedanken sind groß und flink, vermute ich.« Der Lektoratsgutachter dachte an den Käse, der so groß war wie ... was der Staubmantel bedeckt, die Kanten des Mantels waren in Auflösung begriffen und glänzten speckig.

Obwohl auf Ágnes' Gesicht kein blasser Schimmer von Freundlichkeit zu entdecken war, sondern eher die gewohnte Verdrießlichkeit, unterbrach sie doch die wiederholt einsetzende Unterhaltung nicht, im Gegenteil, auf ihre Weise unterstützte sie diese, wenn auch ein bißchen mürrisch, und sie sagte selbst dann nichts, entsprechend der Situation machte sie sich im Schatten der Häuser auf den Weg, als Jitka, nachdem sie sich davon überzeugt hatte, daß der Lektoratsgutachter ebenfalls noch vor dem Abendessen stand, unter Berufung darauf, daß es dort, wo es für so viele reiche, auch noch für einen mehr reiche, den Lektoratsgutachter zum Abendessen einlud. »Komm. Aber« – und sie streichelte den Wanst des Mannes – »beherrsch dich.«

»Was für eine Geräumigkeit«, sagte der Lektoratsgutachter beim Betreten der Wohnung, die groß wirkte, unübersichtlich, die Tünche war bereits gelblich geworden, und das alte dunkle Parkett knarrte. »Der Teufel des Tanzparketts.« Ágnes zeigte auf eine Tür, nun sah sie den Lektoratsgutachter zum ersten Mal in seiner totalen Ganzheit an. »Dort ist mein Mann, zu dieser Zeit schläft er.« Der Mann machte ein erschrockenes Gesicht, wie jemand, der eine Falle wittert.

»Setz dich«, sagte Ágnes.

Die Spaghetti waren schnell fertig, der Lektoratsgutachter nahm sich vorsichtig ein zweites Mal, dann stand er auf, er müsse gehen, woraufhin Ágnes ein bißchen aggressiv fragte, ob ihm die *Kost* etwa nicht geschmeckt habe.

»Ich bin kein *Freund von Nudeln*«, antwortete der Lektoratsgutachter; an der Tür blickte er zurück, die Kinder stritten sich, Ágnes räumte den Tisch ab, und wenn ihre Hand an die glitschigen Nudeln kam, huschte über ihr Gesicht ein Anflug von Ekel.

Von da an scharwenzelte der Lektoratsgutachter, wenn er es irgendwie einrichten konnte, in den großen, dämmrigen, beinahe saalartigen Zimmern der dunklen Wohnung herum; die Wohnung war groß und verzweigt, man konnte darin auf verschiedenen Wegen gehen und einander plötzlich begegnen, der sehr lange Flur schien vor einer Wand aufzuhören – und ging dann, nach einem Knick, noch weiter, bis in das hintere Zimmer hinein, in dem Ágnes für ihren Kurs in einer audiovisuellen Schule manchmal Französisch lernte und dort blieb, um zu schlafen, wenn ihr, wie sie sagte, in der Müdigkeit der Weg durch den Flur und um die Ecken herum zu unheimlich war, die Wohnung war so verschachtelt, daß man die Familienmitglieder, auch wenn sie nicht verlorengehen konnten, häufig rief. »Wo bist du?« Das Kinderzimmer war von drei Seiten zugleich zu betreten, vom Flur, vom hinteren Zimmer, das Ágnes Arbeitszimmer nannte, und vom nur vor fremden Besuchern so genannten »Elternschlafzimmer«, davor befanden sich noch das Eßzimmer sowie die Küche mit dem »Dienstboteneingang« – sie hatten keine Dienstboten – und einem eigenen Dienstbotenklosett nebenan (der Absperriegel seltsamerweise außen an der Tür), und ganz vorn, an der Straße, die »Salons«, die Ágnes als »Living« bezeichnete, während von Jitka einer der Salons wegen einer Nische in der Wand als »Bibliothek« erwähnt wurde, der kleine Vorraum, der direkt auf die Straße hinaus führte, hieß im Sprachgebrauch der Familie »Antichambre«.

Die Tatsache, daß er Ágnes endlich kennengelernt hatte – daß sie einander vorgestellt worden waren –, linderte die Unruhe des Lektoratsgutachters, und manchmal dachte er schon in der Genugtuung seines schuldbeladenen Gewissens, ja sogar in seiner Trägheit, daß er das Schwerste hinter sich habe. Doch wenn er dieses Gefühl in Worte faßte – in die vorstehenden Worte, daß er das Schwerste hinter sich habe –, mußte er sofort an das dicke Ende denken, das jetzt kommen würde! Das dicke Ende stellte er sich seit seiner frühesten Kindheit als Zug vor, es kommt das dicke Ende, husch-husch-husch, oder das 6 Uhr 20er dicke Ende; doch daran konnte der Lektoratsgutachter, und das bedauerte er schlichtweg, nichts *Spaßiges* finden.

Dessenungeachtet erschöpften ihn die eigenartigen Besuche, selbst die abenteuerliche Fahrt bis zu dem Platz, die Anstrengung, den Argwohn der Umgebung, vor allem den Argwohn seiner Mutter einzuschläfern, und dann die *Anwesenheit*, einfach die Anwesenheit dort bei Ágnes, derart, und schließlich irritierten ihn diese Besuche so, daß er Ruhetage einschieben mußte, an denen er im Bett liegen blieb, bis zur Nase zugedeckt lag er da, brachte seinen Bauch in eine angenehme Lage, er legte ihn gewissermaßen neben sich wie ein Kissen, das er abwechselnd mochte und verabscheute; wenn das Telefon ertönte, nahm er den Hörer nicht ab, wenn geklingelt wurde, verharrte er lauernd mit klopfendem Herzen; ein solches Ereignis ermüdete ihn jedesmal wieder äußerst qualvoll. Einmal rief seine Mutter im Treppenhaus laut: »Ich weiß es! Ich weiß es genau.« Der Lektoratsgutachter mußte lachen. »Mein kluges, kleines Mütterchen.« Seit neuestem fügte er immer hinzu, und deshalb verabscheute er den Arzt: »Mein Mütterchen, in dessen Eingeweiden der Tod haust.« (»Wozu! Wozu! *Wozu soll ich mich beruhigen!*« schalt er sich, wenn er sich nach ganztägigem Liegen, nach dem Nicht-Geschehen, nicht beruhigt hatte. Er rieb stundenlang seine Fersen, »diese ungeheuer komplizierten Baulichkeiten«, aneinander und stellte seine Beobachtungen an.)

Der Ostfranzose schreibt von verdrießlichen Morgenstunden, von seinem zerknitterten Erwachen – wie er es sagt: er steht auf, ihn kümmert das alles nicht, und er macht sich an seine *europäischen Angstübungen* heran –, vom Aufschrecken, vom bleiernen Himmel und vom impotenten Tingeltangel in seiner neuen Stadt, die er, als Folge einer gegenteilig orientierten Übertreibung, als *federleichtes* Städtchen bezeichnete, obwohl sie ihn sichtlich bedrückte. Oder bedrückte ihn etwas anderes? Wenn er eine Tischdecke erblickte – für die Möblierung der Wohnung hatte ebenfalls der Gastgeber gesorgt – und Krümel darauf oder gar Krümel auf dem angewärmten, schlechten Laken, gesprenkelt, als wäre die Fläche von Viechern besetzt worden, von einer unbekannten Seuche, dann war dieser Tag (neben anderen Komponenten) …, also dann war dieser Tag schon so, wie er war, wie er eben geworden war.

Das grenzte gewissermaßen bereits an eine Entdeckung; die Tagesqualität ist *fast* unabhängig von dem Gebilde. Doch offensichtlich dachte er hier in jedem Moment etwas anderes. Denn in der Tat haftete nichts für die Sicherheit des Tages, beziehungsweise es wird eben nur eine gewisse Sicherheit garantiert, der sichere Geschäftsablauf. Doch das ist auch schon etwas. Denn es ist wenigstens angenehm. Gut, sei es drum, angenehm, doch als er dann in bedenklichen Anfällen den Annehmlichkeiten ausgesetzt war und als er sich immer und immer wieder als pausbäckigen, vergnügten Käufer erleben mußte, vor allem in der *Feinkostabteilungsetage des traditionsbehafteten führenden Supermarktes*, wo das Rindfleisch nach zunehmender Purpurröte geordnet war, das Rindfleisch, das die Hausfrau seit Ostfranzosenmenschengedenken nicht gesehen hat (doch seht, auch das ist zutiefst nicht wahr, denn in dieser Gegend sind die Hausfrauen erfinderisch und die Fleischer weichherzig), wo Seekrebse träge in den Riesenaquarien schwammen und echter Hummer und ein meterlanger Wels, wo die Trüffeldosen in Pyramiden standen wie die wohlbekannten verfluchten chinesischen Fleischkonserven (unter dem bekannten Namen: Eidechsenfleisch), wo die verschiedensten Käsesorten zuhauf standen wie in Westparis – das ist gut, er schreibt: Ostparis und Westparis; als hätte man aus der Seine das Wasser herausgepumpt, das steckte in dem Ausdruck, und als hätte man das Flußbett mit Stacheldraht bespickt, das war schön, er ließ den Text auf sich wirken, *mit Stacheldraht bespickt*, schön; irgendein Fluß findet sich immer, die Themse, die Isar, die Newa, die Donau, der *Spray* <Flyaway: Freiheit hat einen Duft!> –, die kalten Platten waren dekadent raffiniert, die Gewürze, vor allem die aus der Provence, phantastisch und auch der Senf, vor allem jene Senfsorten, in denen sich ganze Früchte verbargen (so etwas hatte er bisher noch nicht gesehen), die Weine waren edel, das Toilettenpapier war auf tausenderlei und tausendfache Weise perforiert – daß er sich davon nicht trennen kann! –, und das Papier reißt tatsächlich dort ab (und es bekommt in erschreckter Grille keine Risse wie das tückische Eis auf dem Fluß unter den von Rauhreif bedeckten Maiden, daß unsere Finger bekotet werden, erfahrungsgemäß meist der Mittelfinger), und all das gab es in einer derart skandalösen Perfektion und im Überfluß, daß er dachte: Hier wird unter denkbar besten Voraussetzungen etwas schrecklich Verderbtes verkauft. Auf demagogische Weise beschwor er auch noch mit großem gestalterischem Ausdruck das Bild von hungernden Negerkindern mit aufgedunsenen Bäuchen herauf. (Er kaufte dies und jenes, reichlich; z. B. Hirschlendenfilet in Aspik!) Na ja, er war nach wie vor hin- und hergerissen, auch wenn es verlogen ist, bis auf die Knochen verlogen, es funktioniert wenigstens, und überhaupt, was ist das eigentlich, verlogen? Ist Wahrheit denn nicht das, was von den Menschen für wahr gehalten wird?, und dann zäumte er das Pferd wieder von der anderen Seite auf und beschimpfte das System mit der Aufgeblasenheit der Fremden, daß es *eben lediglich* funktioniere, allmählich war er nicht mehr in der Lage, in sich die Gebilde auseinanderzuhalten, das Hier, das Dort, eine Kultur, eine Zivilisation, einen Bankrott; denn es herrscht Ordnung, denn es herrscht zwar Ordnung, doch die Ordnung rettet nicht nur Leben, sondern kann es auch vernichten, aus dem Chaos ist Ordnung geworden, die sich damit zufriedengegeben hat, daß sie die Ordnung ist, DIE ORDNUNG, DIE ORDNUNG IST; doch wenn sie funktioniert, wenn sie eine funktionierende Ordnung ist, dann muß sie eben funktionieren, diese Gebilde – wie er sich vor dem Wort scheut; er ist wortscheu – werden ohnehin durch die Funktion qualifiziert, und das nicht ohne Grund, weil sich unterdessen so recht und schlecht ein Raum herausbildet, der natürlich gleichfalls geschlossen ist, doch es besteht eine große Chance, daß ein Gestussystem zustande kommt, das der Einfachheit halber menschlich zu nennen ist, daß er also eher mit seinem Leben etwas anzufangen weiß; natürlich weiß er dann mit seinem Leben genauso nichts anzufangen, ja, mit einigem Zynismus kann man sogar den Vorteil entdecken, der aus diesen heroischen, angespannten, hoffnungslosen, historischen Pseudolebensaufgaben nur so trieft.

In dieser Art wurde der Ostfranzose zwischen diesen *blassen Notizen*, wie sie der Lektoratsgutachter nannte, aufgerieben. *Ordnungschaos*. Es geschehen immer mehr Dinge, mit denen ich unter keinerlei nennenswerten Umständen etwas zu tun haben möchte. Die ehrwürdige Ordnung der Welt ist zerfallen. Irgendwie ist dieser Ostfranzose ein *streitbarer Geist*, sanftmütig verschleiert er das, er ist gehemmt. Je mehr wir unsere Sprache besitzen, von der wir behaupten, daß sie uns gehört, desto besser sind unsere Chancen zur Verteidigung. Wir dürfen nicht schutzlos sein. Wir dürfen nicht entgegenkommend auf unsere offenen Wunden deuten. Zumindest nicht auf die in uns herumkriechenden Würmer. Die Wunde ist rosa, in vielen Schattierungen, dunkel in der Tiefe, hellwerdend zu den Rändern, zartkörnig, mit ungleichmäßig sich sammelndem Blut, offen wie ein Bergwerk obertags. So aus der Entfernung. In der Nähe zeigt sich noch eine Erschwerung. Wer kann das ansehen, ohne leise zu pfeifen? Würmer, an Stärke und Länge meinem kleinen Finger gleich, rosig aus eigenem und außerdem blutbespritzt, winden sich, im Innern der Wunde festgehalten, mit weißen Köpfchen, mit vielen Beinchen ans Licht. Armer Junge, dir ist nicht zu helfen. Als würde er sich immer auf irgendeinem Schlachtfeld sehen, zwischen schwitzenden Marodeuren, wo man ihn vernichten will, da sie bisher einen jeden vernichtet haben, *sie wollen ihn fertigmachen*, während er, das wäre die Fabel, während er betrübt ihren Krallen entschlüpft. Betrübt entschlüpft er ihren Krallen. Ergreifend. Was für unschickliche Überlegungen! Wie sich das ein kleiner Sisyphus vorstellt! »DURCH DEN LICHTEN MAIENRAUM SÜSSE DÜFTE WEH'N«, zischte der Lektoratsgutachter.

Er kämpft sogar um die Sätze; man könnte sagen, er ist erfinderisch. Doch an so einem ostfranzösischen Satz ist nicht die Leistung oder die Bravour oder die Leichtigkeit oder die vom Schweiß gezeichnete Anstrengung zu spüren, sondern das Persönliche. Der Satz ist Privateigentum. Privateigentum ist jene Besitzform, bei der sich die Produktionsmittel (die Arbeitsgegenstände und die Arbeitsmittel bezeichnen wir kollektiv als Produktionsmittel; die Arbeitsgegenstände sind das, was wir bearbeiten, Erz, Holz usw.; Arbeitsmittel sind das, mit dessen Hilfe wir auf die Arbeitsgegenstände wirken, Handwerkzeug, Maschinen usw.) im Besitz von Privatpersonen befinden. Einzelne Gruppen und Klassen der Gesellschaft sind vom Eigentum an den Produktionsmitteln ausgeschlossen. Grundlage der Ausbeutung ist in sämtlichen Klassengesellschaften das Privateigentum an den Produktionsmitteln.

Gut, dann eben persönliches Eigentum. Alles ist einmalig, alles ist an eine Person gebunden, und der erreichte Gipfel kann niemanden beruhigen und hilft auch niemandem. Erdgebundener ist hier die Extrawurst; irgendwie sind die Gedanken bäuerlicher, wie sie gerade über die ein wenig zufällige Genialität des individuellen Sprachgebrauchs holpern, statt über die eingefahrenen Relativpronomen eines Satzbaus hinwegzuleiten. (Es läßt sich schwer erreichen, den Bindewörtern lediglich einen logischen und keinen stilistischen Wert zuzuordnen.) Das wäre also, und das ist nicht wenig, die Zugehörigkeit zu einer sogenannten großen Kultur? Etwas wissen, unpersönlich wissen? Von Haus aus? *Von vornherein?* Hockt uns der liederliche Goethe auf dem Kopf? Doch bedauern wir uns nicht und lassen wir uns nicht mit einem derartigen Mißbehagen bedauern, schreibt der Ostfranzose, das ist lediglich die Grundlage, das prinzipielle Gerüst, das durch die Praxis des Alltags mit Inhalt gefüllt wird, wer also letzten Endes dadurch – durch kleine Kultur, große Kultur und so weiter – begünstigt wird und wer daran zugrunde geht und in welchen Übertragungen an diesem und jenem, das ist, wiederum, individuell verschieden.

Irgendeine *liebliche kleine Handlung* wäre aber doch angebracht, brummte der Lektoratsgutachter; er hatte diese *Essayistomemoiropseudoromanformationen* allmählich satt. Er sehnte sich nicht nach dem Lärm der Krimis – Sartre schreibt, daß er sogar »heute« noch lieber Detektivromane liest als Wittgenstein; der Lektoratsgutachter hielt es damit *genau* umgekehrt –, o nein, sondern vielleicht mit jenem schwächlichen (aber immerhin!) Rieseln in Flauberts Romanen, der ja der letzte Mensch war, dem noch eine Geschichte zufiel, freilich, so sah sie auch aus, was für eine *Geschichte* ist denn die der Madame Bovary?, link, lächerlich, stinklangweilig (genial), ja, nach so etwas sehnte er sich oder danach, wieder wie Turgenjew *sich herumzutreiben* (nachts lumpen, tags pumpen).

Ein Ostfranzose bewegt sich zwischen rauheren Kulissen, so zumindest hat es den Anschein, und das trägt zweifellos seine ethischen Früchte. Ja, sogar wenn er *unterdessen*, gesetzt den Fall, was Gott behüt', auf der Strecke bleibt, das ist interessant. Die Frage, die einzige Frage ist, *ob das sich verwirklicht*. Der Lektoratsgutachter schlug jedenfalls eine ÄTHERISCHE ÜBERSETZUNG vor.

Manchmal schleppte er, wie die Schnecke ihr Haus, Zettel und Hefte in seiner aufgedunsenen Aktentasche mit sich herum; er verzog sich damit in die Ecke des einen großen, gähnend leeren Zimmers, er belegte den großen Sessel »mit sich und seinen Papieren«, dieser Sessel war gewissermaßen das einzige Möbelstück, Ágnes und die Ihren saßen auf einem Kissen oder auf der Erde (»das ist noch von 68 geblieben, dieser Schneidersitz«), an der Wand stand noch ein blauer Stuhl, *der Sicherheitsgrundbestand zur Geläufigkeitssteigerung von Bourgeoisoindividualbeziehungen*, doch nur der

Galerist brachte den Mut auf, sich darauf zu setzen. Der Lektoratsgutachter empfand ein physisches Recht auf die anständige Sitzgelegenheit.

Zeitweilig beging er den Fehler zu glauben, wenn er sich mit etwas intensiv beschäftige, dann halte es derjenige, um den es dabei gehe, genauso, wenn er also den ganzen Tag über Ágnes nachsann, über ihre Kleider, ihren Gang, ihren Wortgebrauch etc., dann sei das zumindest *bekannt*. An solchen Tagen platzte er dann wie ein Hauptgewinn im Lotto bei Ágnes herein. (Spielen und gewinnen Sie. Jetzt! Rechnen Sie selbst aus, was man mit zwei Millionen alles machen kann: ein Haus kaufen und einen neuen Wagen, dazu eine Weltreise machen (bis der Trubel vorbei ist!) – und immer bleibt noch ein Riesenwert von rund 1,5 Millionen übrig. Für Sie als Sicherheit und für die Kinder.)

»Hier bin ich«, jauchzte der Lektoratsgutachter unter Zurückhaltung seines Schnaufens triumphierend. »Gut, setz dich, ich bügle«, sagte Ágnes; der Lektoratsgutachter setzte sich nicht gern auf den Hocker, das war verständlich, denn der hatte keine *Begrenzung*. Er mochte den Bügelgeruch und das Besprengen. Ágnes hatte ihre blauen Jeans an. »Du magst keine Röcke?« Und schon stellte er sich die Frau in weiten, schwebenden Stoffen vor, die bei jedem Schritt wuchtige Bewegungen vollführten, bei jeder Treppenstufe wie Glocken schwangen und sich vor den zierlichen Opanken ausbreiteten, von wo sie sich immer erst im *letzten* Augenblick hinwegheben würden. Allerdings wäre für einen solchen Rock vielleicht ein üppigerer Hintern erforderlich.

»Ich habe noch ein mit Kohle funktionierendes Bügeleisen gesehen.«

»Das hier ist elektrisch.« Ágnes erledigte die Hausarbeiten müde und lethargisch. Als der Lektoratsgutachter fragte, ob er helfen dürfe, herrschte sie ihn derart an, daß er schließlich auf den Hocker plumpste. »Glotz nicht so, geh in die Küche, es ist noch Pizza übrig, iß.« Der Lektoratsgutachter konnte seine Augen auch weiterhin nicht von Ágnes abwenden, und er dachte, diese Ausdauer werde die Frau rühren.

Doch er hatte sich getäuscht. »Sieh mich nicht an«, zischte ihm Ágnes zu, und der Lektoratsgutachter hockte erschrocken da. In dem Moment wurde die große, weiße Flügeltür aufgerissen, und Tamás kam hereingestürzt. Der Lektoratsgutachter begegnete

Tamás zum ersten Mal. Lange Zeit hatten sie nur auf diese Tür gezeigt, Jitka, Ágnes, dort, ja dort sei Tamás. »Guck, süßer Herr, das hier ist mein Vater, mein Erzeuger«, Jitka holte aus einer eigenartigen, winzigen, schmuddligen Umhängetasche, irgend etwas zwischen Koffer und Handtasche, ein Foto hervor. Tamás' blondes Haar war kurz geschnitten, an den Seiten etwas länger, in markanten Locken flatterte es ihm um die Ohren, seine regelmäßigen Ohren lagen vollkommen am Kopf an, sein Hinterkopf war der eines Jüngelchens.

Der junge Mann mit dem unrasierten, verwüsteten Gesicht, Tamás, sprang auf Ágnes zu. »Du, du!« tobte er. Ágnes schwang das Bügeleisen, als würde es tatsächlich mit Holzkohle betrieben werden; die Steckdose wurde aus der Wand herausgerissen. »Rühr mich nicht an«, sagte Ágnes. Tamás wich plötzlich zurück, und während des Zurückweichens schrie er: »Du kannst ruhig gehässig sein. Schon gut, sei gehässig.« Er fletschte die Zähne. »Aber ohne Worte. Ja! Benutze! Keine! Worte!« Er keuchte. »Ich ver-biete dir das.« Der Lektoratsgutachter erwartete einen spöttischen Ausbruch, doch anscheinend sahen die Kräfteverhältnisse anders aus, oder anderes war anders. Ágnes warf das Bügeleisen zu Boden, wo es sozusagen im Parkett steckenblieb <wie der Apfel in Gregor Samsa>, und rannte hinaus, und Tamás begab sich ebenso schnell in sein Zimmer zurück. Wie das Tier in seine Höhle, sagte sich der Lektoratsgutachter in seinem Herzen.

»Du, ich weiß nicht, was ich mit dir machen werde«, schrie Ágnes die an der Tür herumlungernde Jitka an und versetzte ihr einen Schlag auf den Kopf. »Ich bitte dich, liebe Mami, hau mich nicht.« – Jitka hatte Angst. (Unlängst hatte sie irgendwo gelesen: Soll Mutti dich töten, Schätzchen?) Das Gesicht der Frau krampfte sich vor Abscheu noch mehr zusammen, sie verzog den Mund, ihre gelblichen, schiefen Schneidezähne wurden sichtbar. Ágnes ging weg, Jitka schloß die weißen Türflügel.

»Der Ärmste wird jetzt im Schlummer Vergessen suchen«; sie dachte dabei an ihren Vater. Sie machte eine graziöse Verbeugung. »Wir sehen einem stürmischen Tag entgegen. Süßer Herr, ich fühle mich während des Ängstigens so ungustiös, so verworfen. Pfui! Wie dieses kleine Herz pocht!« Sie griff sich mit übertriebenen Bewegungen ans Herz; Jitka trug eine braune Kniehose, auf ihrem Nicki jagten sich unförmige Giraffen. »Wie ich sehe, bist du auch erschrocken«, Jitka beugte sich zum Lektoratsgutachter herab, »das *bisserl* Pizza würde jetzt guttun«, sie umarmte den Mann, »komm, *Péter*, setz dich auf deinen Platz, du fühlst dich dort wohler«, sie zerrte den Lektoratsgutachter mühsam mit sich, lachend machte sie deutlich, wie schwer das sei, wie schwer alles sei. Sie brachte Pizza. »Sekundär frisch«, stellte der Lektoratsgutachter fest, »wie mancher Lachs.«

»Stört es dich nicht, wenn ich erzähle?« fragte das Mädchen. »Sitz du nur ruhig auf deinem Platz. Heute führte mich der Weg am Badehaus vorbei, und da höre ich den armen Kurfürsten drinnen rufen. Mir ist der Zutritt untersagt, jedoch nicht das Hineinspähen als Zaungast. Er kanzelte gerade seinen Diener namens Lars Gustafsson ab. Glaube mir, süßer Herr, nach unserem Schreck von gerade eben wird es uns wohltun, das zu hören. ›Verfluchter Diener‹, so der Kurfürst, ›gebrauche keine Worte. Was erkühnst du dich! In der Tat, das Leben der Welt zeigt schändlich viel Oberfläche. Die Rede vom Fleck bewegen heißt soviel wie eine Revolution vom Zaun brechen. Ich werde es noch erleben, daß dein Wortgebrauch *individuell* werden wird. Daß es Worte geben wird, die dir gehören werden. Paß auf, Bursche, wisse also, was du dafür verdienst: *Dein Herr beschenkt dich, und davor bewahre dich der Himmel.* Und jetzt scher dich hinweg, bring Wein und süße Fladen. *Aber daß du mir nicht wackelst!*‹« – Jitka legte sich die Hand auf die Lippen. »Ach ja, ich bin dumm, so darf ich ja gar nicht anfangen, sondern vielmehr bei dem Abend, den der Kurfürst neulich gegeben hat. Das ist eine allerliebste Geschichte. Doch zurück zu einer Bemerkung über das Badehaus, die behaarte Brust des Kurfürsten mag ich sehr. Das Gekringle wird schon ein bißchen grau!

Höre also. Im Speisesaal des Kurfürsten, wo die Wände vom Boden bis zur Decke mit Spiegeln verkleidet sind, summt es von Hunderten von Gästen, die Kandelaber leuchten, Smirnow-Wodka steht auf Beistelltischen neben riesigen Schüsseln mit köstlichem schwarzen Kaviar bereit, der Champagner fließt in Strömen, das Licht bricht sich rubinrot in den Tiaren der Damen, die Glatzen der Herren glänzen, die Uniformen schimmern mit ihren Gardeepauletten.

In diesem Augenblick werden die Doppeltüren des Speisesaals aufgestoßen, und die Diener kommen in einer langen Reihe mit dem nächsten Gang herein, gebratenen Birkhühnern, die sie elegant auf Silbertabletts auf dem ausgestreckten rechten Arm balancieren, in dessen Armbeuge eine blendendweiße Serviette hängt. Auf jedem der riesigen Silbertabletts liegen an die dreißig gebratene Birkhühner, schwimmend in ihrer Morchelsoße, mild und angenehm duftend.

Da geschieht etwas Unglaubliches.

Einer der Lakaien, der namens Lars Gustafsson, verliert das Gleichgewicht, die Platte mit den Birkhühnern gleitet ihm fast von der Hand. Immer noch hält er hartnäckig den linken Arm auf dem Rücken, aber er schwankt mit seinem Tablett hin und her wie ein unsicherer Zirkusjongleur.

Das muntere Geplauder im Speisesaal verstummt immer mehr. Die Gardeoffiziere klemmen das Monokel ins rechte Auge, die Damen heben die Lorgnetten an ihre schmalen, weißen Nasen, ihre Nasenflügel vibrieren. Es geht eine seltsame Stille durch den Raum. Einsam kämpft der Diener mit seinem Silbertablett. Er neigt sich mal zur einen, mal zur anderen Seite. Er gleicht die Schwankungen aus, indem er kurz in verschiedene Richtungen spurtet.

Jetzt ist er zweifellos der Mittelpunkt des Festes. Einen schrecklichen Augenblick lang sieht es so aus, als würde einer dieser Spurts in einer Bauchlandung auf der Bankettafel enden, mit allen Birkhühnern auf den glänzenden Seidenkleidern der Damen, aber im letzten Moment richtet er sich wieder auf, ungefähr wie ein schlingerndes Segelboot.

Das Gesicht ist in Angstschweiß gebadet, er ist zugleich blaß und erhitzt.

Und jetzt fällt die Platte wirklich, jetzt fällt sie!

Nein. Das tut sie nicht, denn im letzten Moment gelingt es ihm, die ganze Platte mit den Birkhühnern und allen Zutaten flach gegen eine der Spiegelwände zu pressen.

Birkhuhn und Spiegelbild werden eins. Da steht der Leibeigene des Kurfürsten, die Haare kleben ihm schweißnaß an der Stirn, und ruft mit einem eigentümlichen, wahnsinnigen Triumph in der Stimme: ›ICH HABE SIE! ICH-HA-BE-SIE!‹«

Jitka schwieg errötend. »Manchmal wird man derart randvoll mit der Fähigkeit zur Empfindung angefüllt«, seufzte sie. Der leibeigene Lakai des Kurfürsten, das bin ich. Ich bin es, über den ihr lacht. Ich bin es, der da steht, leichenblaß und verschwitzt, ein schweres Silbertablett mit gebratenen Birkhühnern gegen eine

Spiegelwand pressend, so daß das Brathuhn und das Bild des Brathuhns für einen Augenblick eins zu sein scheinen. Ich bin es, über den ihr lacht, aber wenn ihr genug gelacht habt, werdet ihr mich in die Küche hinausschicken zum Küchenmeister, um mich prügeln zu lassen.

»Du bist sicher wegen Ágnes hier.« Das war der erste Satz, den Tamás an den Lektoratsgutachter richtete, der im Sessel saß und, auch für ihn selbst unerwartet, verlegen wurde, ER ERRÖTETE, er wußte nicht, ob er aufstehen sollte oder nicht, er hatte allerlei »Materialien« im Schoß; er fragte ungeschickt, ob Tamás freischaffend sei.

»Frei?!« lachte Tamás theatralisch auf. Der Lektoratsgutachter fand ihn fürs erste absolut nicht sympathisch, er war ihm zu weichlich, zu kultiviert. »Ich mag *die netten, melancholischen und klugen Jungs* nicht.« »Frei?! ... Unsere Freiheit ist die Freiheit des Sisyphus. *Heller?* Weißt du, ich halte es mit mir wie Rousseau und Diderot miteinander, die in der wichtigsten Frage keine Einigung erzielen konnten, *wie man in der Gegenwart leben kann und soll.*« Der Lektoratsgutachter hörte Tamás ein wenig verachtungsvoll zu. »Natürlich, wer ein Wurm wird, soll nicht weinen, wenn er am Boden zerstampft wird«, und er lachte wieder, als sei er auf der Bühne.

Tamás war nur selten von Angesicht zu Angesicht zu sehen, er arbeitete drinnen im Zimmer an seinen komplizierten Plastikbauten – im »Antichambre« standen die Obstkisten, der Lektoratsgutachter beschnupperte sie gelegentlich! Jitka hatte ihn dabei ertappt, doch sie verlor darüber kein Wort –, eigentlich kam er hinter der Flügeltür nur hervor, um zu schimpfen; günstigenfalls, um sich zu verkrachen, ungünstigenfalls, um zu stänkern.

Es war unberechenbar, was ihn aus der Fassung brachte. Auf die Fernsehansagerinnen und auf die Quizprogramme konnte man sich mit Sicherheit verlassen. »Die kann er nicht ausstehen«, flüsterte Jitka. »Weißt du, ich habe drei Vorbilder: *Lumumba, Fácianegra und meinen Vater.*« Wenn Tamás so ein bleiches Kußmaul, so eine dem Leben entrückte Schönheit sah, die – wie ein angelernter Arbeiter – von Freiheit, Gerechtigkeit, Güte, Nachtfrost und Programmänderungen sprach, starrte er mit entsetztem Gesicht auf den Bildschirm und wiederholte mit zitternder Stimme: »Sie lügt, sie lügt, sie lügt.«

Es war ziemlich peinlich. »Was macht das schon, daß sie lügt?« dachte der Lektoratsgutachter. »Was hätte es zu bedeuten, würde sie nicht lügen? Was?« Das Quiz lief, er rannte hin und her und hielt sich dabei die Ohren zu; er haßte vor allem die Fragen zu Rilke, wann er gelebt habe und so in der Art. Diese Fragen ließen ihn nicht mehr zur Tagesordnung kommen oder jedenfalls nur mit der Zeit.

Manchmal kam er aus seinem Zimmer heraus, sagte nichts, dann ging er wieder zurück. Alles hing von Ágnes ab. Der Galerist telefonierte oft. »Ja«, sagte Ágnes in die Muschel. »Ja. Nein. Ja.« »Das ist der Galerist. Ludwig. Aber er wird von niemandem mit Vornamen angeredet. Er hat das wahrscheinlich nicht gern. Mit dem hat die Mama auch geschlafen. Logo. *Man kann es danach an ihrem Gesicht sehen.* Der Galerist hat übrigens eine Frau, doch das hat nichts zu bedeuten; wenn die Mama ›ja‹ sagt, dann, süßer Herr, hat er schon die Waffen gestreckt, dann schickt der Galerist seine Frau sofort in alle vier Himmelsrichtungen. In alle vier Himmelsrichtungen!«

Das kleine Mädchen bohrte in der Nase. »Bloß mit dir schläft die Mama nicht, ich weiß. Bestimmt, weil sie dich liebt. Glaub mir, guter Péter.« Sie zog ein kleines Foto aus der Tasche hervor. »Ich will dir etwas zeigen.« Auf dem Bild stand Ágnes in einem kurzen Hemd an irgendeinem Gestrüpp, ein Urlaubsbild; auf ihrem Gesicht große freie Flächen, der Boden scheint sandig zu sein, er erinnert an Flachland, im Hintergrund ein dörfliches Haus aus Fertigteilen. Das Hemd reicht bis zum Schenkelansatz, darunter erblickte der Lektoratsgutachter ein dunkles, ein schwarzes oder blaues, kleines Höschen. Er gab das Bild zurück.

»Oh, süßer Herr, schau nur, schau nur, schau doch genauer hin.« Sie preßte ihre Finger auf die Schenkel der Fotofrau, sie drückte stark darauf, das steife, glänzende Papier verbog sich förmlich. »Schau.« Auf dem Papier war der Abdruck ihrer Finger zurückgeblieben. Erst da fiel es ihm wie Schuppen von den Augen, und er bemerkte, daß Ágnes nichts anhatte, daß sie in dem kurzen Hemd nackt dastand, was er sah, das war kein Schlüpfer, sondern: WUSCHLIGES GEBÜSCH. Er betrachtete es andächtig. Jitka beobachtete ihn stolz.

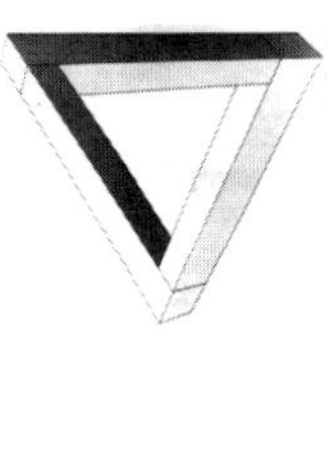

Der Lektoratsgutachter dachte in dem Moment mit großer *Hochachtung* an Ágnes, das Blut hämmerte in seinen Schläfen. Er hätte nicht gewagt, zum Telefon zu blicken.

»Ich muß gehen«, sagte Ágnes. Sie trat an Tamás heran und strich dem Mann über das Haar. Tamás hakte sich bei Ágnes unter, Ágnes sagte: »Schon gut, na, schon gut.« Ágnes ging weg, an der Tür sprach Tamás wie folgt: »Wie warm es war, wohin ich griff, unter ihren Achselhöhlen. Sie hob ihren Ellenbogen ein bißchen an, sie hielt ihn vom Körper ab wie irgendein Federvieh. Habe ich *etwa* gestört? Als ob sie sich *drücken* wollte.«

»Ich weiß nicht«, antwortete der Lektoratsgutachter.

»Süßer Herr, du bist so flehentlich und schwerfällig, als wärest du Mobiliar und Familienmitglied zugleich.«

Während des Sommers war der Lektoratsgutachter glücklich. Wenn jemand glücklich ist, dann denkt er nicht an das Glück, vermutlich bemerkt er es nicht einmal; seiner Gewohnheit entsprechend vermochte der Lektoratsgutachter jedoch auch das in einen Satz zu pressen; an der (an einer) Mauer nämlich war er von Tamás einmal gefragt worden, »bist du glücklich?«, und er hatte geantwortet, »ja, ich bin glücklich«. Das hatte er nicht vergessen.

»Du bist diejenige, die mir beigebracht hat, mich selbst nicht anzulügen«, sagte er Ágnes begeistert. *Parallel* dazu, so war ihm aufgefallen, belog er andere desto mehr.

Vor allem seine Mutter, vor der er sich mit der Wahrheit versteckte, doch vor seiner Mutter kann man sich nicht verstecken. »Schau nicht so liebevoll!« herrschte der Lektoratsgutachter seine Mutter an, die dort in der Tür stand, auf ihrem braungebrannten Gesicht das Lächeln der Zufriedenheit, »sieh mich nicht so liebevoll an«, und dann weiter, in ebensolchem Ton, in ebensolcher Lautstärke und Wut, »entschuldige bitte!« Seine Mutter trug das Haar in einem Dutt, »in einem schweren Dutt«, an ihren Ohren hingen die bekannten silbernen Ohrringe, jenes aus Silberplättchen bestehende Ohrgehänge, das vielleicht sogar musizieren konnte, jedenfalls hatte der Lektoratsgutachter ein Geräusch im Ohr, das diesem Gehänge eignete.

»Weshalb sehen Sie mich an, Mutter? Sie wissen doch, daß ich das nicht mag. Das ist so, als würde man mich beobachten.«

»Du hast abgenommen. Du ähnelst jetzt ein bißchen deinem armen Vater.« Der Lektoratsgutachter wartete gespannt, während seine Mutter, beschwingt wie eine vornehme Dame, anfing im Zimmer auf und ab zu spazieren, als befände sie sich in den verschlungenen Passagen der Innenstadt oder in einer der repräsentativen Touristengassen eines mittelalterlichen Stadtkerns (zum Beispiel Westbukarest), wobei sie instinktiv den auf die Erde geworfenen Manuskriptbergen oder den ewig schwankenden, jedoch nur selten umstürzenden HI-FI-Büchertürmen auswich, und unterdessen fing sie zu erzählen an, gesenkten Hauptes, schamhaft wie ein Backfisch, daß sie sich in der letzten Zeit manchmal mit Onkel Oskar treffe. Sie wolle gar nicht behaupten, daß diese Begegnungen Zufall seien. Auf die Schamhaftigkeit folgten die Attacken des Muts und der Selbständigkeit.

»Mein Junge, ich will nicht mein eigenes Dienstmädchen sein.« Sie weiß übrigens, daß die Lage der Söhne in dieser Angelegenheit ziemlich schwierig ist, belastend, aber sie hofft trotzdem, daß ihr Sohn diese späte sie-weiß-nicht-was nicht als Verrat betrachtet, diese Herbstzeitlose, die tatsächlich eine ganze Reihe unerwarteter Sorgen aufwirft. Was soll sie zum Beispiel tun, wenn Onkel Oskar eine Viertelstunde früher als ausgemacht telefoniert und sie auf die Weise – wie soll sie sich ausdrücken? – im Badezimmer antrifft, und da nun in ihrem Alter eine *schön* verrichtete Entleerung ein Geschenk ist, ein unerwartetes und *schönes* Geschenk, wofür wir Gott und den Gedärmen aufrichtigen Dank schulden, rührt sie sich nicht, *es lohnt sich einfach nicht*, es besteht ohnehin schon die Gefahr, daß ihr durch das Schuldbewußtsein der Schwung genommen wird, sie bleibt also weiter dort, Onkel Oskar jedoch stellt zur richtigen Zeit beim wiederholten Anruf nervös und eifersüchtig Fragen, als schlau gedachte Fangfragen, »also sag doch, mein lieber Junge, was soll ich bei solchen Gelegenheiten diesem unglücklichen alten Mann sagen?«.

»Sag ihm, daß du momentan mit dem Gemüsegarten beschäftigt bist. Schnittlauch, Dill, Mohrrüben!« Sie mußten lachen; sie aßen zusammen zu Mittag (mit Mandeln panierte Putenbrust). »Weißt du, mein Junge, ich bin nicht der Ansicht, daß du dich überessen solltest, aber essen mußt du. Du hast nicht deshalb eine Mutter, damit du kein anständiges Mittagessen bekommst. Wohin gehst du denn heute schon wieder?« »Ich muß lügen«, sagte sich der Lektoratsgutachter in seinem Herzen. Wohin? Er sagte immer etwas, in die Bibliothek, in die Redaktion, zur Vernissage, oder er ließ sich einfach vom Kurfürsten einladen. »Frau Mutter, haben Sie ein Einsehen, Dero Gnaden wünschen mich zu sehen. Es gibt ein BAROCKHUMMERSCHWANZGELAGE.« »Du weißt ganz genau, mein Junge, daß ich es hasse, wenn du in diesen Garküchen ißt, wenn deine Mundwinkel vor Fett triefen und du es mit Brotstücken abwischst. Und es ist alles so dreckig! Und es stinkt nach Zwiebeln!«

Während des Mittagessens sah er, wie seine Mutter ein bereits gekautes Stück Brot schier hervorwürgte, es in der Hand versteckte und in die Serviette einwickelte. »Danke«, sagte er nach Beendigung des Mittagessens gereizt, »und sei bloß nicht immer so aufopferungsvoll.«

»Du bist ungerecht«, sagte die Frau unerwartet sanft. (»Ich werde mir irgendein Abführmittel verschreiben lassen, mein Bauch führt sich unordentlich auf.« – »Ich hätte nicht gedacht, mein Junge, daß ich mit dir über so etwas sprechen würde. Das ist keine gesunde Angelegenheit, Mutter eines erwachsenen Menschen zu sein. Es ist noch ein Glück, daß du ein Junge bist.«)

»Du hast mich ausgeplündert.«
»In der Tat.«

Der Lektoratsgutachter hatte großes Verlangen nach Ágnes, und allmählich konnte er an nichts anderes mehr denken als daran, wie er mit ihr schlafen würde. Meist saß er in seinem Sessel herum – er hatte das Empfinden, von einem Strudel verschlungen worden zu sein, und er würde fröstelnd für alle Zeiten dort hocken, in Tamás' Plaid eingehüllt –, wenn nicht, dann schlenderte er einsam in der großen Wohnung umher, die Kinder waren im Kindergarten, Tamás probierte hinter seinen Türen die Überlappungen aus, Ágnes war bald hier und bald da. Von den Schritten des Lektoratsgutachters bebte der Fußboden leicht; er mochte das Geräusch nicht.

Wenn es nur irgendwie möglich war, beobachtete er Ágnes, ihre Mähne (er dachte daran, daß er ihre Haare zählen würde), jede ihrer Bewegungen, jede ihrer Verneigungen, allmählich kannte er ihre Kleider, er wußte bereits, welches auf welche Weise Falten schlug und wie es *Einblick* gewährte, er kannte vor allem die Blusen, die verschieden geschnittenen, verschieden bunten und vor allem verschieden riechenden Blusen, es war ihm nämlich klargeworden, eine eingehende Untersuchung des Wäschekorbs hatte ihn darauf gebracht, daß die geruchliche Gesamtwirkung vom Stoff abhing, im wesentlichen vom *Kunststoffaserquotienten* (obwohl selbst die Knappheit nicht uninteressant war); manchmal ging Ágnes nur im Büstenhalter, durch den die mächtigen braunen Warzen ihrer Brüste hindurchschimmerten. Bis dahin hatte er noch nie so große Brustwarzen gesehen. Die dünne Ágnes (die einen mageren und beinahe knabenhaften Körper besaß) wurde durch ihre Brüste schier gebeugt, als wären ihr auf den zarten Nacken schwere Säcke aufgeladen, am Genick aufgehängt.

Manchmal mußte er allen Ernstes darüber nachdenken, ob er tatsächlich schon mit Ágnes geschlafen hatte oder nicht, denn die Frau stand ihm gefühlsmäßig derart nahe, im Verhältnis zwischen ihnen war absolut kein Abstand zu spüren, ihre Beziehung war offen und schamlos, bar jeglichen Geheimnisses, wie sie der Lektoratsgutachter bisher nur mit seinen Geliebten erlebt hatte, diese schmerzliche und ein bißchen enttäuschende Nähe. (»Geh weg. Geh ein bißchen weiter weg. Ich schäme mich so. Ich schäme mich in der Nähe. Laß mich allein. Ich will allein sein und weinen.« – Das hatte der Lektoratsgutachter schon einmal einem Menschen gesagt.)

Aber er wußte trotzdem sehr wohl, daß sie noch nicht miteinander geschlafen hatten.

»*Was rennst du mir den ganzen Tag wie ein brunftiger Hirsch hinterher, wenn du weißt, daß ich meine Periode habe?*« Der Lektoratsgutachter erschrak, wie gewöhnlich. Ágnes' Gesicht bewölkte sich, an ihrem spitzen abgemagerten Kinn ein Pickel, wie wenn sich Schattenflecken darauf niedergelassen hätten oder das Überbleibsel alter Pusteln. »Versteh doch«, sagte Ágnes leise, »du kannst mich nicht beruhigen. Ich weiß nicht, was ich mit dir anfangen soll.« Sie schrie auf: »*Ich will dir eine Enttäuschung bereiten!*«

Sie ließ den Lektoratsgutachter stehen und setzte sich auf den Heizkörper, die Füße stützte sie auf dem einen Stuhl ab, wobei sie die Beine etwas spreizte, unbekümmert wie die Männer, wie man zu sagen pflegt. Die dünnen Schenkel verschwanden in dem dunklen, weiten Hangar des steifen Jeansrocks; während des nervösen Umherrutschens durchleuchtete das Licht die Dunkelheit, der Lektoratsgutachter erblickte an dem Schlüpfer einen Blutstreifen, die Borte des Schlüpfers war blutdurchtränkt.

»Du«, sagte der Lektoratsgutachter leise und zart, »du, mach deine Beine zusammen, dein Schlüpfer ist blutig.« Ágnes' Augen wurden ganz schmal, »rühr mich nicht an«, kreischte sie, sprang auf, der Stuhl schlitterte knarrend nach vorn.

»Du geiler Bock, das kannst du zu deiner Mutter, der alten Hure, sagen, zu der kannst du das sagen!«

Der Lektoratsgutachter verlor den Kopf und pferchte Ágnes mit einer wahrhaft unerwarteten Bewegung unter sich. DAS BEINSTELLEN, WODURCH ER SIE ZU BODEN GESTRECKT HATTE, WIRKTE IN SEINER PERFEKTION MEHR ALS LÄCHERLICH. Ágnes war überrascht, dann glotzte sie mit ausdruckslosem Gesicht von unten hinauf. Das hat nichts zu sagen. (Mit einer nebensächlichen Verwunderung wurde registriert, daß seine Manneskraft nicht stärker wurde, daß Hilfeparolen gerufen wurden, aber umsonst. Die Härte der Beckenknochen tat das Ihre, und auch der muskulöse Anfall der Schenkel. Abschreckung!)

An einem Tag waren sie lange allein geblieben, Tamás war zu einem Rockkonzert gegangen, das in einer nahegelegenen Kiesgrube veranstaltet wurde; der Lektoratsgutachter beobachtete Ágnes noch erregter als gewöhnlich, und als sich der Abend herabsenkte und Ágnes sich hinlegte, kroch er zu ihr ins Bett; in Anlehnung an Musils ausführliche Darlegungen unterhielten sie sich über die Liebe; schließlich ließ sich der Lektoratsgutachter wie folgt vernehmen:

»Ágnes, ich liebe dich.«

»Schau nach den Kindern.« Der Lektoratsgutachter ging mit klopfendem Herzen zu den Kindern. Jitka wollte sich unbedingt mit ihm unterhalten. »Ich bitte dich, ich will mich mit dir unterhalten. Ich weiß, du hast dringend zu tun. Aber keuche nicht, süßer Herr. Alles wartet auf dich, denn was nicht wartet, das hat auch nicht auf dich gewartet.« »Also unterhalten wir uns.« »Unterhalten wir uns über die Afghanen. Und zwar darüber, wie die Afghanen werfen. Werfen sie genauso wie die Bären?« Der kleine Junge redete dazwischen. »Spechen wia liebe dadüde, wi di Dademäntel weffen.« Er kicherte wie jemand, der eine große Schweinerei von sich gegeben hat.

»Oh, das ist einfach. Die Bademäntel werfen immer Zwillinge, einen blauen und einen roten. Pfui, *das Frotteetuch ist ja ganz behaart!*«

»Die Dee doll mein Nupfen nach Ußland ein ana Tind mitnehmen.«

»Károly, ich habe deinen Kindermund so satt!« feixte Jitka. Der Lektoratsgutachter schmiß ungeduldig die Tür hinter sich zu und huschte zurück zu Ágnes ins Bett. Zuvor streifte er die Hose ab.

Er legte sich hinter die Frau und begann sie zu streicheln. Ágnes war allerdings unterdessen eingeschlafen. Beim Herumtasten am Hintern der Frau flüsterte der Lektoratsgutachter noch – beim Berühren der beiden Backenhälften wiederholte er mehrere Male dicht an Ágnes' Ohren »Ostparis, Westparis«, er hörte sein *eigenes* Schnaufen –, Ágnes rührte sich jedoch nicht. Der Lektoratsgutachter zog sich beleidigt auf seinen Platz zurück, seine Rute hielt er mit der Hand fest, in der Hoffnung, daß so die Steifheit vielleicht nicht verlustig gehen würde, doch sie ging verlustig.

»Ich bin müde, ich bin bis in die tiefsten Tiefen meiner Seele und meines Körpers verbraucht; wenn du deinen Kopf auf meinen Bauch legst, während du deine eingeschüchterte Hand endlich mit der gebotenen Vorsicht kreisen läßt, bin ich unfähig, mich zu konzentrieren, mir fällt ein, daß ich im Wörterbuch ein Wort nachsehen oder die Mappe für den Galeristen neu ordnen müßte, ich bin müde, jede Lage ist unangenehm, du ziehst mich an den Haaren, mein Ellenbogen ist eingeschlafen, mein Hintern kriegt Gänsehaut, meine Brustwarzen springen aus deinem Mund, und mein Schoß stößt deine Finger von sich, und es *tut weh.*«

Da er sich soviel mit Ágnes beschäftigte, betätigte, suchte er Euphrosyne ein bißchen öfter auf, die ein bißchen öfter Bemerkungen machte: »Ich mag das so, daß dich dein Bauch beim Liebesgenuß nicht stört.« Dann lernte er eine Malerin mit dem Namen Marie kennen, bei Ágnes zu Hause, auf einer *Fete* (»auf einer Fete«).

Manchmal, unerwartet, füllte sich die Wohnung mit Leuten, bei solchen Gelegenheiten kamen unglaublich viele zusammen; auf dem Tisch standen billiger Wein und Schmalzbrote mit und ohne Zwiebeln. Ágnes war immer wie verwandelt, sie wurde lebhaft, sie trank viel und konversierte über Gesellschaftswissenschaften, soweit es der Lektoratsgutachter feststellen konnte, informiert, zumindest jedoch intelligent.

Die Unaufrichtigkeit der Rolle stand für den Lektoratsgutachter außer Zweifel; da Ágnes sich allerdings bei solchen Anlässen unglaublich freigebig und spendabel zeigte, woraus auch er seinen

Nutzen zog, Schmiergeld, störte ihn all das nicht. Ágnes strich dem Mann manchmal über die Stirn: »Er sieht immer so verhetzt aus! Ein guter Mensch tut das nicht, ein guter Mensch, der sein gutes Gewissen hat.«

Der Lektoratsgutachter küßte ihr dankbar die Hände, er hätte gern daran geglaubt, verhetzt zu sein, das hätte ihm geschmeichelt, Ágnes klatschte lachend Beifall.

»Kinder, Kinder, hört mal her«, rief sie, »stellt euch bloß vor, was mir dieser tolle Galerist gesagt hat.« Alle blickten den Galeristen an, es war komisch anzusehen, daß er Zwiebelbrot aß; er hatte einen blauen zweireihigen Blazer an, wie die Fernsehkommentatoren, sein glattrasiertes Gesicht mit dem Doppelkinn strahlte Selbstsicherheit aus, doch er war liebenswürdig bemüht, sich anzupassen, er duzte jeden, das kostete ihn sichtlich Mühe, dessenungeachtet wollte er sich nicht anders geben, als er tatsächlich war. »Er hat gesagt: Sie sehen immer so verhetzt aus, *Ágnes*. Ein guter Mensch tut das nicht, ein guter Mensch, der sein gutes Gewissen hat.« »Ja«, sagte der Galerist heiter und nahm einen Bissen Brot. »Ágnes läuft ja wie ein offenes Rasiermesser durch die Welt.« Ágnes hakte sich bei ihm unter. »Man schneidet sich an ihr.« »Du riechst aber nach Zwiebeln«, lachte Ágnes. Es setzte wieder das allgemeine Stimmengewirr ein.

Der Lektoratsgutachter war allein geblieben; er nahm sich zwei Hände voll gesalzener Erdnüsse. »Mein Herr, Sie lumpen!« redete ihn ein untersetztes, vollbusiges Mädchen an. Das war Marie. Auf ihrer karierten Latzhose leuchteten Farbflecken, Marie war ein kleiner, häßlicher Zwerg, der lachend von jedem etwas Schlechtes zu sagen wußte, ihre Augen blitzten den Lektoratsgutachter von unten an, sie hatte einen flaumigen Schnurrbart, sie sprach ohne Punkt und Komma, und der Lektoratsgutachter hörte ihr gern zu. »Komm«, sagte Marie, »wir wollen nach draußen gehen, komm schon, das ist so eine Fete, wo man von Zeit zu Zeit mit den Schicksen auf den Balkon gehen muß. Im Blumentopf auf dem Fensterbrett ist Schnittlauch, und in der Ecke liegen verstaute Pappkartons, während wir miteinander rummachen, können wir zu lesen versuchen, was eigentlich darauf geschrieben steht. Ich verrate dir gleich, es wird uns nicht gelingen.«

Sie gingen hinaus, der Lektoratsgutachter setzte sich auf den einen Karton, während Marie sich auf seinem Schoß niederließ.

»Das tat gut«, sagte Marie, »stimmt's?« »Ja«, antwortete der Lektoratsgutachter, »das tat gut«, und er sah zu, wie das Mädchen seine mit Farbe bekleckste Hose in Ordnung brachte. Danach traf er Marie des öfteren.

»Sag, ist Marie eine gute Geliebte?« »Frag nicht so etwas.« »Ist es dir peinlich, darauf zu antworten? Stört dich etwa dein Bauch?« Wieso immer sein Bauch? Euphrosyne hatte recht. Der Lektoratsgutachter schauderte fröstelnd zusammen, abgesehen von einem kurzen halben Stündchen bekam die Wohnung den ganzen Tag keine Sonne, im Zimmer breitete sich wie irgendeine Wolke oder Tang bräunliche Düsternis aus; Materie.

»Frierst du, süßer Herr?« fragte Jitka, um Verzeihung bittend. »Sieh doch, die Sonne ist ohne Glanz, doch sie ist hinter den regenschwer hängenden Wolken hervorgekrochen, würdest du dich erheben, was du nicht tun solltest, weil sich die heimtückische Luft durch die Verschiebung deiner Decken zwischen die Falten flüchten würde, könntest du mit eigenen Augen sehen, wie sich das Volk im Park tummelt, die Leute haben schon wieder den leichten Gehrock und den Sweater aufgeknöpft, die Jeansjacke nicht minder, und ihr Gesicht, das Gesicht der Unvernünftigen, leuchtet vor Glück oder doch zumindest vor Sehnsucht, und obwohl das eine etwas heruntergekommene Gegend ist, nur die Fassaden sind renoviert, sind doch die Schaufenster voll, die Autos verchromt, auf den Menschen spiegelt sich der Schein von Sicherheit wider. Sie fühlen sich in Sicherheit, ihnen kann nichts passieren. Sie ähneln den Schaffnern. Denn wisse, jeder Schaffner ist dem Tod versprochen, auf seiner Stirn trägt er das Siegel des Todes; die Unglücksraben sagen *Nächstehaltestellemarktplatzumsteigen*, als wären ihre Stunden, und mögen es auch die glanzvollsten sein, glänzend und üppig wie das Hinterteil der griechischen Jüngelchen, nicht gezählt. Stupide Parias! Wie der *Tarif* sie beruhigt!«

Als würden sie dasselbe, dachte der Lektoratsgutachter, als würden sie denselben Unsinn von sich denken, den die melodiösen Ostfranzosen von ihnen denken. »Es kann alles passieren«, sagte er laut. Das kleine Mädchen sah ihn aufmerksam an.

»Weißt du, mein süßer Freund, ich werde wohl hier verrotten, *intra muros*, in dieser verdammten und verfluchten Stadt.« Sie seufzte. »Ich weiß unheimlich viel von dieser Stadt, sie hat viel gelitten, ich weiß unheimlich viel von ihrem heldenmütigen, erbärmlichen, tückischen und ängstlichen Volk, von ihren Steinen, von ihren Flüssen und von ihren Herren. Ich weiß, was passiert ist, ich weiß, mit wem es passiert ist, und ich bewahre alles in diesem meinem Kopf auf. Ich weiß, wer wen liebt, wer wen niedermetzeln lassen hat und wohin das Blut geflossen ist. Doch du, süßer Herr, sollst *trotzdem* keine Angst haben.«

Jitka machte sich in der Nähe des Lektoratsgutachters zu schaffen; sie fegte mit einem Mop, dessen Stiel gebrochen war, das heißt, sie fegte mit dem Mopaufsatz die Krümel vom dunklen, fast schwarzen Parkett weg. (Das Brot hatte gekrümelt.) Der Lektoratsgutachter sah, wie sich die Krümel in die tiefe, dreckige Ritze (in die tiefen, dreckigen Ritzen) zwischen dem Parkett hineinstürzten. Jitka kniete sich hin, mit dem Kopf vollführte sie eine kurze demonstrative Bewegung zum Fenster hin. »An welchem Ort? Egal! … Denn, süßer Herr, was heißt leben? Leben heißt zwischen gewissen Möglichkeiten schwanken, leben heißt sich schicksalhaft stark fühlen zur Ausübung der Freiheit, Leben ist vor allem der Inbegriff dessen, was wir sein können, mögliches Leben; aber es ist auch Wahl unter den Möglichkeiten, Entscheidung für das, was wir tatsächlich werden. Die Umstände – die Möglichkeiten – sind das Gegebene und uns Auferlegte an unserem Leben. Wunderbare Verfassung unseres Lebens, die zur Freiheit bestimmt ist, zur Entscheidung darüber, was es in dieser Welt sein wird! Keinen Augenblick ist es unserer Entschlußkraft gegönnt zu ruhen. Selbst wenn wir verzweifelt geschehen lassen, was geschieht, haben wir beschlossen, nicht zu beschließen!« »Lassen wir das!« rief der Lektoratsgutachter. »Leben heißt sich verloren fühlen, und da dies die reine Wahrheit ist – denn leben heißt sich verloren fühlen –, hat, wer sie zugibt, schon begonnen, sich zu finden, seine wahrhafte Wirklichkeit zu entdecken; er ist auf festem Boden, instinktiv wird der, wie der Schiffbrüchige, nach etwas ausspähen, um sich daran zu halten, und vor diesem schweren, drängenden, von Grund auf wahren Blick, denn es handelt sich um seine Rettung, wird sich das Chaos seines Lebens ordnen. Das sind die einzigen wahren Gedanken, die Gedanken der Schiffbrüchigen. Alles andere ist Rhetorik, Maske, inwendige Heuchelei. Wer sich nicht in Wahrheit verloren fühlt, verliert sich ohne Gnade; das heißt, er findet sich niemals, er stößt niemals auf die eigene Wirklichkeit.«

»Er wird mit Brosamen angefüllt werden«, sagte sich der Lektoratsgutachter in seinem Herzen. »Einen Muff, süßer Herr, einen Muff brauchtest du.«

»Heute war der Kurfürst so gnädig zu empfangen. Der Morgentau auf der zarten Rasenfläche des Parks war noch nicht getrocknet, und der Nebelschleier auf unseren weitverzweigten und rigorosen Wegen hatte sich noch nicht aufgelöst, als der Großherr nach mir schicken ließ. Weißt du, Péter, an diesem Hof, das darf ich ohne zu erröten behaupten, bin ich bei weitem die Schönste, nicht nur meine Stupsnase, mein rosiges Gesichtchen und mein goldenes Haar machen mich dazu, sondern man könnte auch sagen, mein aufgeweckter Verstand. Und selbst mein Arsch ist kein solches Brett wie Ágnes' Arsch. *Ein bißchen hat man Angst vor mir.*« Jitka fing an, in der Nase zu bohren. »Nur eben. Nur eben, die Sache hat einen Pferdefuß – daß ich ein unausgegorener Hundsfott bin, wie ich höre, und daß das wohlbekannt ist, ist ungünstig. Es gibt Anlaß zu allerlei *formalen* Beanstandungen.

Sag, würdest du nicht mein Mann sein wollen? ... Denn dann könntest du mit mir schlafen.« Der Lektoratsgutachter schnitt ein Erwachsenengesicht. »Warum? Ich habe den Eindruck, du würdest gern mit der Mama schlafen, bloß habe ich den Eindruck, ihr seid nicht miteinander verheiratet, da die Mama, wie ich den Eindruck habe, mit dem Papa verheiratet ist ... Sag, ist das etwas *Allgemeines?!*

Ich will übrigens so sein wie die Mama. Ich werde mit jedem schlafen. Mit dem Tamás natürlich nicht, weil er mein Vater ist. Das wird phantastisch werden! Ich werde es auch genießen, und jeder wird dabei sehr gut fahren. Ich werde schön und freigebig sein. Ich werde mich hingeben, weil ich herzensgut bin. Es wäre schön, wenn meine Brust so groß wie Mamas wäre. Denn das hier ist gar nichts, das ist klar!

Manchmal hasse ich Tamás, weil er so leidet! Warum kann man nicht frohgemut lieben?

Wisse, süßer Herr, ich will eine verzweifelte, mutige und anziehende Frau sein. BIS ZUM BITTEREN ENDE! Denn es ist nicht wahr, daß Ágnes wie ein offenes Rasiermesser durch die Welt läuft. Das sagt der Galerist, weil er klug ist. Und er wird sein Ziel erreichen, weil er reich ist. Reiche Typen werden bei mir auch ihr Ziel erreichen. Allerdings werde ich jeden in meinen Ehrgeiz einspannen. *Wie*, das ist wahr, wie ein offenes Rasiermesser. Sie ist das *Wie* und nicht das Ding, die arme Ágnes. Dabei zählt eine Frau meiner Meinung nach sehr viel.

Stell dir übrigens vor, daß Ágnes auf der Penne, sie selbst hat das durch ihre persönliche Glaubwürdigkeit bekräftigt, jeden Monat per Rettungswagen abtransportiert worden ist. Weil sie ohnmächtig geworden war. Es kam immer derselbe glatzköpfige blonde Chirurg, ›ei, ei, Fräuleinchen, ist also wieder ein Monat vergangen‹, lächelte er statt einer Begrüßung, und nachdem sie dann die Mama ins Auto getragen hatten, sagte er, und er sagte immer dasselbe, ›geben Sie ihr ein *Karlsbader* in die Hand‹, du kennst sicher dieses stimmungsvolle Gebäck, das Ágnes dann am nächsten Tag bezahlen mußte und auch noch eine Schulmilch, was nicht gerade eine angemessene Vorgehensweise ist. Ein glatzköpfiger blonder Chirurg. Ich für meine Person werde zum gegenwärtigen Zeitpunkt für gewöhnlich noch nicht ohnmächtig, doch eine *Muschi* habe ich natürlich auch. Und riechen tut sie auch, sie riecht nicht einmal *allzu* gut. Was sagst du dazu, süßer Herr, denn wenn es recht ist, bist du nicht zum Schweigen geschaffen. Bleibt dir etwa das Wort im Hals stecken?«

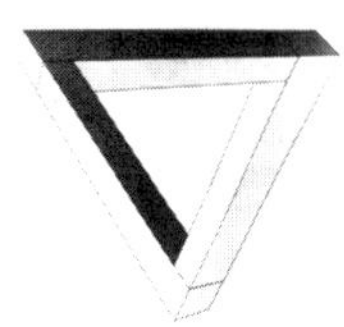

Sie brachte ein Zeichenblatt. »Darauf kommen die Blätter, du verstehst, *hierher klebe ich den Herbst*. Verstehst du?« »Jetzt ist aber Sommer.« »Das ist egal«, antwortete sie schlechtgelaunt.

Es gab Tage, an denen Jitka nur zwei Worte von sich gab: »MEHR SHIT.«

Doch mehr oder weniger kam der Ostfranzose auch in seinem Krebsgang voran. Plötzlich und tatsächlich, sozusagen von einer Zeiteinheit zur anderen, ertappte er sich dabei, daß sich seine Gastprofessur ihrem Ende zuneigte und er sich vergebens entschlossen hinsetzte, um über die vergangene Zeit nachzudenken, er hatte das Empfinden, nichts zu haben, woran er sich erinnern könnte, und obwohl eines der nächstliegenden Erlebnisse seiner Reise die Herrschaft der Objekte, die wachsende Herrschaft der *fettsüchtigen Objekte* war, die Verwegenheit der Objekte, wünschte er sich dennoch Objekte zur Erinnerung, als Hüter für die Hitze der Zeit und

Materie; so stellte er sich das vor. Mit der Hysterie eines Strohfeuers fragte er sich, was das gewesen sei, woher er, nachdem es ihn in sein winziges Land zurückverschlagen haben würde, wissen werde, daß er überhaupt hier gewesen sei, wodurch das bewiesen werden könne, durch welche Zeichen, durch welche Verbindungen, durch welche Abdrücke (außer auf dem mit Mayonnaise bekleckerten Grass'schen Sakko).

Er beschloß, mit der Stadt ein Verhältnis anzubahnen, auch wenn es dazu schon ein bißchen spät war und auch wenn es ein bißchen naturwidrig war, so etwas zu beschließen. Er verstand sich selbst nicht, weshalb er nicht längst damit begonnen hatte ... Wieviel Zeit! Jeden Morgen war er mit rigorosen Plänen aufgewacht.

Der Lektoratsgutachter mußte lächeln; der Ärmste. Aber heutzutage! Das Leben der Lektoratsgutachter ist heutzutage ein Schlemmerleben. Es ist ein glanzvolles Leben, in flachen, offenen Sportwagen, die sie von herrlichen, gelangweilten und genußsüchtigen Frauen geliehen bekommen, preschen sie in der Stadt umher, die Polizisten schütteln lächelnd und darüber hinwegschauend die Köpfe, *hei, Jungs, was für Filous ihr doch seid*, und neidvoll fixieren sie die im Wind quietschende billige Blondine auf dem Beifahrersitz.

Die Lektoratsgutachter erwachen als Herren des Lebens angeregt in ihrem Bett, strotzend vor Geist und Kraft, und schnurstracks, kaum daß sie sich die ersten Male gerekelt haben, was zwar wonnevoll ist, aber dennoch männlich, auf ihrem Gesicht noch der Seidenglanz des süßen Traums, lassen sie zu sich bitten und führen eine sachbezogene Besprechung mit dem jungen Koch, der ein begabter und ein bißchen verklemmter Junge ist oder, wenn der Lektoratsgutachter selbst auch noch arg jung ist, einer von der vorzeitigen, frühreifen Sorte, dann mit der älteren Köchin, die Köchin ist plump, sie kocht nicht elegant, allerdings kocht sie sehr gut, doch statt seiner Mutter bemuttert sie ihn; sie verbreitet einen leichten Schweißgeruch, ihre Stirn ist groß und leuchtend, ihre Fingerkuppen sind aufgesprungen. Oder doch lieber der männliche Koch, die Lektoratsgutachter legen ihre Hand auf die knochigen Schultern des Jüngelchens, so fragen sie: Na, mein Junge, was essen wir heute? Wonach steht dir der Sinn? Was würdest du gern kochen? Der Junge errötet, er verneigt sich. Ich habe Seezunge besorgt, und von neulich ist ein Kaninchen übriggeblieben. Läßt sich das miteinander vermengen, mein Junge? Natürlich, mein Herr, ich würde nur denken, wir brauchten dazu einige Gäste, vor allem Frauen. Nein. Heute nicht. Heute keine Gäste. Der Junge sinnt nach, es ist nicht schlimm, ich werde mir etwas ausdenken. Gut, sagen die Lektoratsgutachter, wir können heute im Garten frühstücken. Dort habe ich gedeckt. *Ich mag es nicht, mein Junge, wenn du meine Gedanken errätst.* Verzeih mir, süßer Herr.

Irgendwie hatten die geselligen Abende, die spontanen Feten zugenommen, der Lektoratsgutachter hatte den Ostfranzosen in der Tat ein bißchen verschlampen (faul werden) lassen, er schlief immer öfter bei Ágnes, und mit der Zeit war er auch nur noch in Maßen aus der Wohnung zu locken; dabei war die Angelegenheit der Laubstärke gut vorangekommen – anfangs gut und dann »plangerecht« –, die Laubstärke hatte ihre äußersten Möglichkeiten erreicht, was sich immer aufgrund der Schatten feststellen ließ, aufgrund dieses schwer zu beschreibenden schattenspendenden und oberflächlichen Zitterns, das ausschließlich den im Vollbesitz ihrer Kraft stehenden Kronblättern eignete und dann nach der kurzen, verschwenderischen *Gipfelkonstante* in die absteigenden Zweige gelangte.

Bei solchen Gelegenheiten erschienen alle möglichen Leute, allein und in einer Meute, Frauen und Männer, sie kamen und gingen, manchmal sprang eine ganze Gruppe auf, um sich hektisch davonzumachen, weil »der sofortige Verzehr einer Zwiebelsuppe unentbehrlich und wünschenswert schien«, oder im Morgengrauen, wenn die berechtigte Hoffnung bestand, daß es »an der U-Bahn-Endstation schon frische Schweinshaxe« gab, oder nach langen und komplizierten, jedoch enthusiastischen Telefongesprächen mit dem ergrauten Meister, dem sie lachend versicherten, daß »es hier eine Masse junger, tatendurstiger Künstler und Wissenschaftler sowie langbeinige Mädchen und eine Korbflasche Wein gibt«, und es kam vor, daß alle verschwanden, dann gab es wieder Abende, an denen sich nicht mehr viel veränderte, Wildfremde kamen hereingeschneit, »grüßt euch, Béla hat uns geschickt«, unterschiedliche Leute, Novellisten, Keramiker, Organisatoren, Bühnenmeister, Malerinnen, Manager, Kritiker, Kulturunternehmer, Wohnungsagenten, Mathematiker, Wasserballspieler, Croupiers, Psychologen (Neopseudofreudianer), Romanschriftsteller, Ärzte, Medizinstudenten, Krankenschwestern (unter ihnen ein Negermädchen), Taxichauffeure, Silikatingenieure, Antiquitätenhändler, Schauspieler, Straßenmädchen, Sportdiplomaten, führende Programmredakteure, Studenten, Mannequins, Automechaniker, Hilfsarbeiter, Interviewer, ewige Studenten.

»Ágnes ist ein ewiger Student«, sagte Marie boshaft, die den Lektoratsgutachter, den die Farbflecken auf der Latzhose des Mädchens zusehends irritierten, zwischenzeitlich vollkommen enteignete. »Kann man die nicht *herausmachen*?« »Du bist goldig. Nur ein bißchen ungehobelt.« Jemand hatte mehrere Flaschen Chianti besorgt. Der war gut, er hatte geschmacklich so etwas Selbstverständliches an sich. »An der Universität stand sie absolut im Mittelpunkt. Ihr Denken hatte tatsächlich etwas Extremes. Ágnes redete wie die *gescheiten Jungen*, und das machte jeden verrückt. Jetzt ist ihr irgendwie die Puste ausgegangen. Oder ich weiß auch nicht. Vielleicht liegt es daran, daß sie keine Karriere gemacht hat, denn jetzt hat sie ja auch eine größere Klappe, nur daß sie inzwischen schon über Dreißig ist, wie alle miteinander.« Der Lektoratsgutachter sah, daß Marie sich selbst in eine rührselige Stimmung hineinmanövrierte, deshalb legte er seine Pfote auf den einen Schenkel des Mädchens. Man erzählte sich, daß Marie begabt sei, der Lektoratsgutachter ging dem Thema aus dem Weg. »Ich erinnere mich, wie sie einmal über den Unterschied zwischen Gott und Christus gesprochen hat, daß sie an Christus nicht interessiert sei, dabei gab der ja im allgemeinen das Vorbild ab, *denn* an Christus könne sie nur wie an eine *Version* denken, *denn* Christus mochte zum Beispiel an *Kopf- oder Magenschmerzen* gelitten haben, wodurch die Lebensführung bestimmt *werden würde*.« »Popotscherl oder Zitzerl«, sagte sich der Lektoratsgutachter in seinem (scharf überwachten) Herzen. »Die Lösung ist natürlich Gott, und wenn schon Christus, dann ausschließlich am Kreuz. Als Leiden und Einsamkeit.« Der Lektoratsgutachter schnaufte verstört, er hatte das Empfinden, daß sein Bauch größer geworden sei, und er nahm das, was ihn irgendwie Schlagseite bekommen ließ, als einen nicht zu ihm gehörenden Gegenstand wahr. »Sie war ein großer Star. Alles, was Rang und Namen hat, ist schon mit ihr im Bett gewesen.« Der Lektoratsgutachter vergegenwärtigte sich … diesen Satz, wie gewöhnlich. »Die Jeans schlotterten ihr immer an den Schenkeln. Sie ging nie im Rock, wie jetzt manchmal. Allerdings hatte sie weder einen Galeristen, noch hatte sie vom Vorsatz Ahnung.«

Es bildeten sich Grüppchen, so eine Art Klüngel, der Lektoratsgutachter stellte verwundert fest, daß diese aus der Mode gekommene Form funktioniert und daß gerade ihr Anachronismus den Reiz daran ausmacht. Neue Wege des Vertrauens, der Wahrnehmung, der Empfindsamkeit? Sind das die neuen Wege der zwischenmenschlichen Beziehungen? Wir sind leer und niedergeschmettert, schreibt der kleine Ostfranzose, laßt uns Situationen schaffen, laßt uns Bewegung schaffen, doch wir müssen schonungslos bleiben, um unserer Seligkeit willen dürfen wir uns nicht unter unserem Wert verschenken, wie wir auch nicht stolz sein dürfen. Er schreibt, *er ist nicht zur Ironie verurteilt*. Er beteuert das aber ausdrücklich!

»Schöner als Heine versteht sich niemand auf das Charmieren«, meinte die eine Krankenschwester zu Béla, »Perlen, Diamanten, Sie erinnern sich vielleicht noch daran.« Der Lektoratsgutachter hörte Béla neidisch zu, ja in einer solchen Situation *mußte* man schwafeln können, er, der Lektoratsgutachter, sagte immer, was er dachte und was ihn gerade beschäftigte, und das war lächerlich und tolpatschig. Der Novellist sprach über die ständigen Schwierigkeiten des ständigen Zusammenlebens, über die obligatorische tägliche Aufmerksamkeit und Organisation, über die politische Organisation, und er seinerseits sehe keine andere Lösung als eine *nurse*, ohne nurse sei er nur an den Wochenenden bereit, verheiratet zu sein. »Ein Nörz«, sagte der Lektoratsgutachter, und er freute sich schon im vorhinein, durch einen Witz seinen guten Willen bekunden zu können, daß er in der Gesellschaft nicht abseits stehen wollte, »ein NÖRZ, aus dem wir später einen Pelzmantel machen lassen.« Doch es war sozusagen so, daß nur die beduselte Marie kicherte.

Jemand zog über Thomas Mann her. »Nein, nein«, fiel ihm Béla ins Wort, »ihn kann man leider (!) nicht *niveauvoll* beschimpfen, über ihn kann man sich ausschließlich in kraftvollen Schimpftiraden und ungerecht ergehen: So ist es berechtigt. Wie man eben eine Superschauspielerin beschimpft, eine liederliche Schlampe, basta. Doch ein Gesicht darüber zu ziehen, daß ihre Brust *zu* groß ist, das ist lächerlich. Also soll er sich doch zu seiner hanseatischen leverkühnverseuchten und vom Goethemuff aufgeblasenen hölderlinschen Metze scheren.« Der winzige Novellist wiegte mißgelaunt den Kopf. »Es hat aber den Anschein, als dürfte man diesen Fluch nur aus *deutschem* Mund vornehmen.« – »Ich werfe einen flüchtigen Blick nach Lübeck, und was sehe ich?!, dort steht Thomas Mann und greift Katja an die Nüsse.«

Der Galerist hatte dezent auch die Rolle des Hausherrn übernommen. Dem Lektoratsgutachter fiel plötzlich auf, daß Tamás nicht zugegen war. Der Galerist wollte jemanden bitten, Marie nach Hause zu begleiten. »Hu, hu«, wiederholte die Malerin. »Béla hat gesagt, er will mich nicht nach Hause bringen, er hat keine Lust herumzumachen.« Dem Lektoratsgutachter wäre es nicht einmal im Traum eingefallen, daß die Dinge so zusammenhängen könnten. Figurmäßig passen sie jedenfalls zusammen, dachte er.

Gelegentlich erschien Jitka unter Umgehung der ohnehin unzulänglichen mütterlichen Kontrolle und schlich sich verstohlen zum Lektoratsgutachter. »Sitzt du? Süßer Herr.« Der Mann nickte. In den Lichtbündeln ballte sich dichter Zigarettenrauch. »Wir stehen schön da«, sagte das kleine Mädchen. »Sieh dir das einmal an. Meine Zähne haben Zacken. Und weißt du, warum?« »Nein.« »STERNGESCHÄDIGT.«

Tamás traf er hinten im Konversationszimmer an. »Was ist«, sagte der Lektoratsgutachter, und aus seinen Augen kullerten beinahe ein paar Tränen, eine derartige Sympathie empfand er plötzlich für den Bildhauer, der schier zusammengeklappt und gekrümmt wie eine Leibesfrucht im düsteren Zimmer an der Wand saß. Der Lektoratsgutachter blickte sich nach einem Sitzgerät um, denn sich auf der Erde niederzulassen – und dann erst das Zurück! – erschien ihm kompliziert, und es gehörte sich auch, seine anfängliche Verlegenheit zu verbergen.

»Ich«, sagte Tamás, »höre nachts anders, viel raffinierter ... Weißt du, wenn es plötzlich, so zwischen eins und zwei, Nacht wird. Das merken viele nicht, und dann tun sie mir schon weh.« Er legte seine Hände an die Ohren, an die Schläfen und schüttelte den Kopf: »Es schmerzt, es schmerzt, es schmerzt.« Zu dieser Zeit darf man bereits nur noch leise murmeln.

»Wenn du eine dünne, blonde Frau wärest«, sagte Tamás, »würde ich nicht mit dir sympathisieren.« – »So kann man dich besser akzeptieren.«

Tamás wurde völlig überraschend mobil, »machen wir Torschießen«, rief er und verschwand, dann kam er mit einem Gummiball zurück, er beruhigte den Lektoratsgutachter umständlich, daß sich unter dem Zimmer das Treppenhaus *erstrecke*, beziehungsweise wenn doch nicht, dann seien die Mieter unter ihnen so nett und einsichtig, daß sie es sich nicht im Traum einfallen ließen, gereizt mit dem Besenstiel an die Decke zu klopfen; all das beunruhigte den Lektoratsgutachter nicht im geringsten, er war viel eher mit seinem Hemd beschäftigt, es reichte ihm, daß er nach einigen Bewegungen auf die aus der Hose heraushängenden Hemdzipfel blicken mußte, »auf die am Bauch vor sich gehende Loslösung«, auf den Verrat der Knöpfe: und ihn überkam tiefe Betrübnis; das Kratzen, die über den behaarten Bauch huschende Hand, vermochte ihn kaum dafür zu entschädigen.

Sie hatten die Schuhe ausgezogen, in ihren glänzenden Strümpfen schlitterten sie auf dem dunklen Parkett entlang – Teufel des Parketts –, sie erhitzten sich zusehends, ihre Gesichter glühten von der schlechten Zimmerluft, und wenn sie sich an die Ohren faßten, so brannten diese wie früher nach einer Ohrfeige, als wir, sagen wir, in der Lehrmittelsammlung – unrichtigerweise – den Schwanz eines ausgestopften nubischen Panthers in Brand gesteckt haben; das verklebte Haar fiel ihnen in die Stirn, als hätten sie ein *richtiges* Fußballspiel ausgetragen, die Schüsse wurden schärfer, sie überstiegen den Rahmen, den sie zu Beginn festgesetzt und gebilligt hatten; es kam mehrere Male vor, daß sich jemand einen Vorsprung von vier bis fünf Toren verschaffte, der dann *unmerklich* abnahm, und jedes Spiel brachte einen bis aufs Messer gehenden Kampf mit sich. Stolz zeigten sie sich gegenseitig ihre durchgeschwitzten Hemden, die dunklen, feuchten Flecken.

Sie lehnten sich keuchend an die Wand, die Zimmerbeleuchtung war *unter aller Kritik*, eine nackte Glühbirne streute spärliches, gelbes Licht aus, der Raum hatte das Pulsieren ihrer Körper übernommen, das Zimmer und das zweifelhafte Parkett, einer von ihnen fing an, taumelnd davon zu erzählen, wie stark unlängst vor dem Stadion – wo vor einigen Jahrzehnten dogmatische Volksführer mit in Wallung geratenem Blut agiert hätten – die Sonne geschienen habe, selbst die Schatten hätten gefunkelt, man mußte die Augen niederschlagen, und wie die Menge strömte, und danach der phantastische Dialog am Spielerausgang: Die Mannschaft der Stadt hatte verloren, die gegnerischen Stürmer hatten einen phantastischen Tag erwischt, besonders der kleinwüchsige Halbstürmer hatte sich hervorgetan, natürlich hatten die Einheimischen auch großes Pech gehabt, der Ball war sogar mehrmals von der Innenkante (!) des Torpfostens auf das Spielfeld zurückgeprallt, und als die Mannschaften, die eine glücklich, die andere unglücklich, in die Umkleidekabinen eilten, brach es aus dem linken Verteidiger erbittert hervor: »Was für Zustände! *Es gibt keinen Gott!«*, der kleine Halbstürmer, dem der Hauptanteil am Sieg zukam, umarmte lächelnd seinen Gegenspieler und sagte: »Doch, es gibt einen, nur weit weg von hier.«

Der eine übernahm den Gesprächsfaden, der andere, der das geträumt hatte, sagte, daß ein Zwillingspaar an die Spitze der amerikanischen und der sowjetischen Regierung gelangen werde. Zweieiige Zwillinge, eine abenteuerliche Lebensgeschichte, ihre Mutter eine galizische Jüdin, ein herrliches, geiles GESCHÖPF. In dieser Lage nun, da sie sich, der Stimme des Blutes folgend, gegenseitig vertrauen können, verfügt ein jeder *hinnerricks* eine totale Abrüstung. Geld gibt es in Hülle und Fülle. In der Sowjetunion schwimmen die Menschen im Überfluß.

Und daß er einmal plötzlich – ohne es direkt zu wollen – in dem wegen seiner Arbeiterbewegung namhaften Stadtbezirk stand <der Tod in Wedding>, wo das sog. Frühlingsfest stattfand, vor dem Rathaus waren Buden aufgestellt, es wurde Bier ausgeschenkt, Amateurkapellen spielten, ein arabischer Student trommelte virtuos; über der Glut drehte sich Hammelfleisch, ein komischer Turm, obenauf Zwiebeln, die Menschen freuten sich über den Sonnenschein, von Zeit zu Zeit zwängte sich ein dickes Mädchen (Babyspeck?) durch die wogende Menge, verkaufte lithographierte Zeitungen, auf der Stirn des Mädchens breitete sich der Schweiß wie ein Belag aus, als wenn Schnecken darübergekrochen wären, »was ist das für eine Zeitung?« fragte er, und das Mädchen sagte ein bißchen gekränkt: »der Stadtteilanzeiger«, »es ist warm«, sagte er, »wollen Sie eine kaufen oder nicht?« ließ sich das Mädchen streng vernehmen und ging weiter. Das sind derartige Massen, kam es ihm in den Sinn, daß sie, selbst wenn man ihn hier niederstäche, es nicht einmal bemerken und noch Minuten *weitergehen* würden. Doch warum sollte man ihn eigentlich niederstechen?

Man konnte sich im Scheibenschießen und im Ringewerfen versuchen, es gab eine Überschlagschaukel, ein wildes Pferd, einen

Maisverkäufer, eine Geisterbahn (als der »Orang-Utan« ihm seine Pranken aufs Genick legte, erschrak er tatsächlich), und es gab einen Graphologencomputer, man mußte etwas auf eine Karte schreiben, und die Maschine wertete die Eigenheiten aus, sie besaß auch eine Kategorie *künstlerische Fähigkeiten*, hämisch und allen Ernstes dachte er daran, daß er bei dieser Maschine sicher die Sicherung heraushauen oder daß sie zu qualmen anfangen werde, doch ganz im Gegenteil, bei den künstlerischen Fähigkeiten zeigte der Computer NULL an, worüber er sich wiederum zu freuen vermochte, immerhin!, eine Maschine würde ihn denn doch nicht *ausspionieren!* Obwohl, das Qualmen wäre auch nicht zu verachten gewesen ...

Er flüchtete sich auf die Wiese, die Stimmung war phantastisch, das hörte er, typische Frühlingswinde, ein kleines Kind im Hemdchen stand neben seiner Mutter, die zog aus ihrer Handtasche lachend eine Papierserviette hervor, faltete sie auseinander und hielt sie ihrem Sohn an den Hintern, der Junge sah seine Mutter an und legte langsam ein Ei hinein, eine Rockerlilly griff in ihre aus lauter Flicken bestehenden und am Schenkel löchrigen Jeans und kratzte sich, sie trank Dosenbier, sie war wie ein starker Mann, um sie herum scharte sich ihr Hofstaat, hübsche Burschen. – Zu der Zeit löste sich ein mageres Mädchen mit einer Brille aus der Menge, es setzte sich in seiner Nähe hin, sie betrachteten sich gegenseitig, das Mädchen sprang plötzlich auf, vielleicht versuchte es zu lächeln, doch sein Gesicht traf bereits Anstalten zu schreien, das Mädchen packte ihn – das war eher der Lektoratsgutachter – und rüttelte ihn wie ein schwaches Kind einen großen Baum, und unterdessen brüllte es, ICH WILL DICH KENNENLERNEN, VERSTEHST DU NICHT?! ICH WILL DICH KENNENLERNEN. Ein Junge kam ihnen entgegengelaufen und trennte das Mädchen von ihm, »entschuldige, Kumpel, du siehst ja, entschuldige bitte«, er hatte sich während der ganzen Zeit überhaupt nicht gerührt, das Mädchen ist gefügig, es dreht sich um, mit einem verhaltenen, herrlichen Lächeln sagt es, *ich will dich kennenlernen* <Péter>, er möchte sich rühren, der Junge sieht ihn an, in der Hand einen Schlagring, »rühr dich nicht«, sagt er ruhig, »komm, meine Beste«, er meint das Mädchen, »komm«.

Fieberhaft und einander ins Wort fallend und dann das Wort zurückgebend, redeten sie, gleichzeitig, ohne Unterlaß, jeder für sich, als hätten sie Angst, daß der andere in diesem gemeinsamen Rennen etwas versäumen könnte, und das wäre verhängnisvoll, weil der so entstandene Abstand, und es würde Abstand entstehen, unausgesetzt zunehmen, unausgesetzt zunehmen würde; und da sie das wußten, wollten sie das auf gar keinen Fall, also redeten und redeten sie im Wettlauf mit sich selbst, bis sie sich gegenseitig den Redefluß unterdrückten. »Jetzt würde ich mich gern mit dir vereinigen, würde das nicht gleichzeitig F...n bedeuten.«

»Hauen wir ab«, sagte Tamás. Der Schweiß war unangenehm angetrocknet. In der Schaufensterhauptpromenierstraße war auch jetzt pulsierendes Leben, aus den engen Türöffnungen quoll krächzende Musik hervor, Motorradfahrer drehten zwischen zwei Straßenecken heulend ihre Runden, hin und her, hin und her, als besäßen sie eine Fähigkeit zur Reduktion, tja, so ist die Geometrie hier, hin und her. Skater glitten zwischen den schwerfälligen Fußgängern dahin, junge Typen und Mädchen liefen wie Bienenschwärme in Trauben umher (»kommt schon! macht 'n bißchen Dampf ...«, »ja, ich auch gerade!«, »wartet!«, »na, wir warten ja!«, »macht nichts, ihr könnt trotzdem warten!«), sie waren diejenigen, die in dieser Nacht nichts zu verlieren hatten, und dort schlichen die einsamen Männer herum – die einsamen Männer zu zweien –, die immer und ewig unrasiert zu sein scheinen, so fällt das Licht auf ihr Gesicht, ihre Augen schillern fiebrig, und grimmig erforschen sie die Nacht. (»Sie zerfleischen die Dunkelheit wie die Hunde, dann erscheint der Mond, bleich und toll, in seinem geschminkten Mund eine Zigarette, und die Hunde winseln und wedeln mit dem Schwanz.«) Aus den Fenstern eines Restaurants guckten reizende Mädchenköpfe heraus; aus der Menge löste sich ein Haufen Jugendlicher, und sie umarmten die hübschen Mädchen durch das Fenster. Die packten die junge Generation, die hoffnungsvollen Burschen, und zerrten sie einzeln zum Fenster herein.

In den Schaufenstern glitzerten die Lichter, unförmige Scheiben rotierten, und die *Gaststättenflügelschwingtüren* pendelten hin und her. Die Touristen banden sich den Pullover um die Hüften und lärmten, als ginge es ihnen gut. Der Lektoratsgutachter sah sich bei einem Blick ins Schaufenster von der Seite, er war zerzaust, die Hemdzipfel hingen heraus. Für einen flüchtigen Moment bedauerte er, häßlich zu sein. Schließlich fanden sie einen Platz, wo sie »ihr freundliches dunkles Bier« zu sich nehmen konnten. Das Bier wurde von Mädchen in so einer Art Zivil ausgeschenkt. Eine Doors-Platte dröhnte. Auf Tamás' Gesicht bemerkte er jetzt die gleichen Flecken wie auf Ágnes' Gesicht.

Sie gingen in ein Restaurant hinüber, wo es Tamás zufolge »zu jeder Tageszeit« frisches Lamm gab. »Und jetzt, altes Haus, ist jede Tageszeit«, Tamás lachte. Dem Lektoratsgutachter taten die Füße weh. War es möglich, daß er eben doch Plattfüße hatte? Der ewige Zweifler. Der Kellner war ein eleganter Mann mittleren Alters, er erweckte den Anschein von Vollkommenheit. Dabei war er ein ziemlicher Patzer: Er schoß immer wieder irgendeinen Bock. Seiner Aussprache war anzumerken, daß er ein Ostfranzosenemigrant sein mußte. (Ein Exiltscheche.) *Es erhebt sich die Frage, ob seine Fehlleistungen auf die Geschichte abgewälzt werden können.*

Tamás ging zur Toilette. »Ich scheiße aus Angst immer im Stehen«, sagte er, als er zurückkam. Der Lektoratsgutachter nahm daran Anstoß. Der *Ostfranzosenemigrantoexiltscheche* flüsterte ihnen wichtigtuerisch zu, daß sich die Bauchtänzerin verspäte. Tatsächlich, als eine untersetzte, dickliche Frau in einem langen, glänzenden schwarzen Mantel zwischen den Tischen hindurchhastete, wurde sie vom Oberkellner mit lauten Vorwürfen empfangen. »Aha«, stellte Tamás fest, und der Lektoratsgutachter nickte. Der Rumpf und die Hüften der Frau wiegten und bewegten sich im Takt, als seien sie separate Lebewesen. Der Kopf schien einer Viper zu gehören. Sie war abgeschlaffter und älter als *nötig*. An den Fingern hatte sie Klappern, irgend etwas, was klapperte. Wenn sie ein Wort nicht kennen, die Lektoratsgutachter, werden sie immer von Unruhe erfaßt, eine Gewissensbißvariante der Hoffnungslosigkeit, in jedem unbekannten Wort erblicken sie ein Zeichen für ihre Minderbegabung.

Als sie weggingen, warfen sie einen Blick in die Küche, die Künstlerin saß auf einem Hocker, mit breit gespreizten Beinen, sie schmauste gemächlich aus einem Kochtopf auf ihrem Schoß. »*Ist das schon <noch> das Programm?*«

Die Straße war nicht leer, doch es war schon still geworden. Sie machten sich ein bißchen fröstelnd auf den Weg. Neben dem Restaurant stand in der Toreinfahrt eine Schwarze, die Kunstlederstiefel reichten ihr bis zu den Knien. Ihre Schenkel waren behaart, das war offensichtlich ihre *Spezialität.* »Wer reitet so spät durch Nacht und Wind?« An einem Volkswagenbus standen Jungen und Mädchen mit erhobenen Händen in Grätschstellung, »die Beine grätschen!«, ein Jüngelchen beförderte die Beine durch Fußtritte in eine stärkere Grätsche, die Füße bewegen sich schwerfällig auf dem morgendlichen Trottoir, »weiter auseinander!« schreit das Jüngelchen, »lassen Sie mich!« schreit ein Mädchen, »NUR ZU, NUR ZU«, sagt das Jüngelchen und traktiert das Mädchen mit weiteren Fußtritten, »begreifen Sie denn nicht?! das zerfetzt mir die M...e.« Sie bekommen es mit der Angst zu tun.

Sie sprachen über Ágnes. »Fremdgehen ist das eine, selbst wenn von einer Frau die Rede ist, und Betrügen ist das andere«, sagte Tamás; sein Gesicht war rot geworden, er strich sich das glatte lange Haar hinter den Ohren zurecht; sein Gesicht war ein *Männermadonnengesicht*, »weißt du, mein Fettwanst.«

»Nenn mich nicht so«, sagte der Lektoratsgutachter.

»Schon gut, na, hat nichts zu sagen, das hat nichts zu sagen«, Tamás suchte in seiner erregten Redezwanghaftigkeit nach Worten, »bei mir, bei mir, bei mir, weißt du, bei mir gehört die Liebe zu meinen beruflichen Pflichten, denn ohne die Liebe bin ich dumpf, bin ich kalt, bin ich unbegabt, und ich habe mein ganzes Leben dem geweiht, meine Liebe immer mehr in den Vordergrund zu stellen, sie immer organischer, durchdringender und tiefer zu machen.« Tamás' Stirn glänzte ziemlich stark. »Ich wollte, daß sie den Reichtum meiner Liebe spürt, den Überfluß meiner Liebe, den Reiz und die Billigkeit des Aufeinanderangewiesenseins, ich wollte, daß sie sich mit meiner Zahnbürste die Zähne putzt, ich wollte, daß wir mit gemeinsamem Wasser gurgeln, ich wollte, daß sie sich wie ein Affenjunges in meinen Haaren festkrallt und gemächlich ausgestreckt mit nachlassendem Schwung schaukelt, ich wollte, daß sie ihre Hand den ganzen Tag lang zwischen meinen Beinen hält, daß sie mir überallhin dicht auf dem Fuße folgt, ich wollte, daß wir das Essen zur gleichen Zeit kauen, ich wollte, daß uns dieselben Fleischfetzen in den Zähnen hängenbleiben, ich wollte, daß wir den Kaugummi austauschen, daß wir keinen Satz beenden müssen, daß wir an derselben Stelle diese verdammten Artikel verwechseln, daß einer von uns die Vokale und der andere die Konsonanten sagt, ich wollte einen gemeinsamen Teller, gemeinsame Strümpfe und

Taschentücher, ich wollte, daß wir einander gegenüberhocken und daß sie die Luft einatmet, die ich ausblase, und umgekehrt, ich wollte, daß sie meine schmutzige Unterhose anzieht, daß sie mir in der Nase bohrt und an meinen Fingernägeln knabbert, ich wollte, daß wir, vor Angst im Stehen, dasselbe Toilettenpapier benutzen, das habe ich gewollt –«

Der Lektoratsgutachter wollte das ebenfalls. Tamás fiel ihm plötzlich um den Hals, seine Schultern zuckten. Der Lektoratsgutachter konnte kein Weinen vernehmen, obwohl er danach lauschte, wofür er sich ein bißchen schämte. Er streichelte Tamás über den Kopf, es war eigenartig, die Form seines Schädelknochens zu spüren. Tamás hob den Kopf, das dünne Haar fiel ihm ins Gesicht, »wie eine weitmaschige Gardine«.

»Sag einmal, sei nicht böse«, fragte er, »hast du schon mit meiner Frau geschlafen?« »Nein«, antwortete der Lektoratsgutachter. »Noch nicht.«

»Ich habe nicht so gute Laune, wie es den Anschein hat«, sagte Tamás und lachte lauthals mit vollem Mund, als sei es keineswegs Nacht. Doch vielleicht zog auch schon am feuchten, kalten Sternenhimmel der Morgen herauf. »Ich friere, ich gehe«, sagte der Lektoratsgutachter.

Dieses Abschiednehmen ist ein Ding der Unmöglichkeit, wir stehen und stehen, die Zeit zieht sich in die Länge, und dann, nach Überschreitung einer Grenze und vor Überschreitung einer anderen, bekommt sie einen schalen Geschmack, und die unbeholfene Schmeichelei – das Sich-nicht-trennen-Können – wird zum Ausdruck und Beweis unserer Feigheit.

Der Lektoratsgutachter fror, manchmal rieb er sich die Arme (die Speckschicht half ihm gar nichts), doch er war bemüht, das zu kaschieren, damit Tamás sich keine Sorgen machte und keine Schein- und tatsächlichen Vorwürfe gegen sich selbst erhob, daß er sich so aufgedrängt habe etc.

Schließlich ließ sich Tamás wie folgt vernehmen: »Jetzt geh aber wirklich schön nach Hause.« Plötzlich erschien alles so einfach und klar, nur die Kälte war geblieben. »Leb wohl, mein Lieber«, der Lektoratsgutachter trat an Tamás heran, sie umarmten sich, eine Weile verharrten sie in dieser Pose – die dem bisherigen gegenseitigen Sich-auf-die-Schulter-Klopfen entsprach, dem Abschiedspaneel, dem *Männerabschiedspaneel* –, dann legte der Lektoratsgutachter dem anderen die Hand auf den heißen Nacken und preßte sein Gesicht heftig an dessen Gesicht. »Leb wohl, mein Lieber«, brachte er vor Kälte zitternd hervor.

Erik Satie hob seine besigen Augenwimpern auf, ja das ist eine Jahreszeit, dachte er. Auf dem malerischen Boulevard spielte der kalte Wind Haschen (3,5 km Schick und Charme).

Und es kam die Zeit des letzten <Textverfall> heran. An dem Tag hatte Ágnes Whisky getrunken. Móczár war da und auch Euphrosyne. Euphrosyne blickte den Lektoratsgutachter liebevoll an. »Wir müßten uns unbedingt einmal richtig unterhalten.« »Ja.«

Móczár war mit Anna Torockó gekommen, mit der schönen Anna Torockó. Sie war ein Mannequin und konnte Spagat machen. »Alle Männer wollen mich schlagen«, sagte sie in der Tür statt einer Begrüßung. Móczár wurde sofort von ihrer Seite weggerissen, er ging in die Küche Bowle machen, seine Spezialbowle; er rief zurück: »Es gibt so einen Typ. Vielleicht solltest du die Augen schließen.« Anna Torockó zuckte schmollend mit den Schultern.

Nachmittags half der Lektoratsgutachter beim Einkaufen, er lavierte sich ungeschickt zwischen den Regalen hindurch, Ágnes ging in einem tief ausgeschnittenen Sommerkleid voran – sie hat Sommersprossen auf dem Rücken –, am Reißverschluß schien das Kleid zerschlissen zu sein, hinter ihnen Jitka, wortlos. Ágnes redete viel, die Worte sprudelten ihr nur so von den Lippen, manchmal faßte sie den Lektoratsgutachter vertraulich am Arm, »glaub mir, das wird ein phantastischer Abend«, flüsterte sie ihm sogar mehrmals zu, dann beriet sie sich mit dem Mann in weitschallender Lautstärke, ob soundsoviel französisches Weißbrot reichen werde beziehungsweise wie vielen Wecken ein französisches Weißbrot entspreche oder ob nicht gar neben den Wecken und dem französischen Weißbrot das längliche Roggenbrot der *lachende Dritte* sein solle, ob es nicht *klüger* sei, dafür eine Lanze zu brechen?

Der Lektoratsgutachter zuckte mit den Schultern, dann sagte er, mit einem Joghurt in der Hand: »Ich habe Angst vor dir. Ich liebe dich, aber ich habe Angst vor dir.« Ágnes drehte sich nicht einmal um, »vor dir selbst«. »Offensichtlich«, murmelte der Lektoratsgutachter. In der einen Kurve kippte er die sagenhafte Konservenpyramide um.

»Ach, du großer Gott!« rief er aus. Unbeholfen betrachteten sie das ins Wanken geratene Bauwerk, das sie sozusagen durch ihren Blick zu besänftigen suchten. »Schon gut«, Ágnes lächelte in die Stille hinein.

Als sie auf die Straße hinausgelangten, konnten sie an den Windschutzscheiben der Autos, am Bürgersteig sehen, konnten sie an der ozonhaltigen Luft spüren, daß es in der Zwischenzeit geregnet hatte. Während Ágnes beim Gemüsehändler eintrat, ließ Jitka sich so vernehmen: »Oh, süßer Herr, jetzt müßte ich sagen, vergiß nicht diese märchenhaften Pfützen, die nunmehr als reicher Spiegel da und dort herumliegen, und ihre Schönheit ist nicht nur um ihrer selbst willen, was an sich nicht wenig wäre, sondern sie bieten einen pikanten Einblick in die an den Bushaltestellen wartenden Frauen ... Teurer Mann! Würdest du glauben, daß ich zögerte, meine Frau Mutter zu bitten, sich über der funkelnden Fläche in eine leichte Grätschstellung zu begeben, wenn ich nur nicht im vorhinein wüßte, oh Schmerz, was dann der Anblick selbst wäre?! Jawohl, mein Mütterchen hat heute rote Unterwäsche angezogen, *einen roten Schlüpfer.*« Jitka kämpfte mit den Tränen. »Und wisse, Péter, das ist ein schlimmes Zeichen, diese untere geheime Festlichkeit.«

Der Lektoratsgutachter sank erschöpft in den Armsessel, jede Arbeit, die nicht mit seiner Arbeit in Zusammenhang stand, ermüdete ihn tödlich; sein Bauch zog ihn wieder zur Seite.

Es klingelte, Ágnes öffnete der Briefträgerin die Tür. »Wie schön du bist«, sagte Ágnes. Die Briefträgerin trug das Haar in einem dicken Zopf. »Ein größeres Trinkgeld wäre mir lieber«, sagte sie müde.

Ágnes nickte. »Ja, ich verstehe. Weißt du, in letzter Zeit sehe ich dir zu, früher hast du diese große, plumpe Tasche so *beschwingt* geschleppt, ich stand am Fenster und sah, wie dieser kleine Platz *von deinen tönenden Schritten erfüllt wurde*, ein fideler, göttlicher kleiner *Bote*, selbst jenes leichte Durchgeschwitztsein auf deinem schönen gelben Nicki habe ich dir zugute gehalten, ich habe den Eindruck, als seist du inzwischen *verwelkt*. SAGEN SIE, SIND SIE GANZ BEI TROST?!« Die Briefträgerin war blaß geworden. »Auf der

Stirn scheint Ihnen so etwas Muttermalartiges gewachsen zu sein«, schrie Ágnes. »Oder ich sehe schlecht. Und Sie haben irgend etwas Hinterfurziges aufgelesen, Sie lassen sich gehen, meine Beste, Sie schleppen sich so *mühselig* ab, Ihr Haar ist auch fettig, und Ihr Schweißgeruch ist *süßlich.*«

Der Lektoratsgutachter steckte seine Nase – wie eine Ente den Schnabel unter die Flügel – an die Achselhöhlen. »So. Der Zehner gehört Ihnen.« Das Mädchen heulte los, es schluchzte und schniefte häßlich. Der Lektoratsgutachter sah, wie die Tränen in die große, halb geöffnete, schmutzig glänzende amtliche Tasche fielen. Das Mädchen blickte Ágnes durch den Tränenschleier hindurch an, langte in die Tasche und gab ihr das Geld zurück.

»Du *Göttliche*«, flüsterte Ágnes und knallte die Tür vor dem Mädchen zu.

»In meinem Mund ist's finster, ich habe Angst«, sagte Jitka.

Móczár ist Ostfranzose, respektive er war Ostfranzose, das heißt, er ist ostfranzösischstämmig, also ein ehemaliger Ostfranzose, der ein ostfranzösischstämmiger ostfranzösischer Emigrant ist, ein ostfranzösischer Ostfranzose, der ein Ostfranzose ist; langer ostfranzösischer Rede kurzer Sinn, ein *jämmerlicher Oefer*! Das erzählte Móczár für gewöhnlich selbst, »und was ist mit unserem teuren Elsaß?« fragte er zum Abschluß feixend.

Der Lektoratsgutachter mochte und beneidete die Art, wie Móczár zu erzählen verstand, wie seine Geschichten von nichts handelten, ohne daß er sich in Gemeinplätzen bewegt hätte, er riß einen nicht mit, doch er blieb trotzdem sinnlich. »Der Roman ist jene dunkle Zusammenballung auf zugigen sonnigen Plätzen, die unser Leben sind«, sagte Móczár und berief sich auf Flaubert; den Lektoratsgutachter störte es eine Spur, daß Móczár den Namen des Meisters mit einer derartigen Gelassenheit und Sprödigkeit aussprach, als gäbe es jenen gewissen Roman – den aus seiner Zeit als Zwanzigjähriger – tatsächlich.

Doch er mochte auch die ganz einfachen und beinahe schon primitiven Anekdoten, die angenehmen Pointen, und der Lektoratsgutachter stieß hierin auf dieselbe schiefe Melodiösität wie bei seiner Pflichtlektüre. Sie saßen um Móczár herum, der anfangs von seiner Eiteroperation berichtete, er erzählte wenigstens dreimal, daß ihm eine *Kanüle* eingesetzt worden war, der Lektoratsgutachter sah Tamás an, sie konnten der Begeisterung nicht folgen. Na, wenn man uns erst einmal eine verirrte Kugel mit der Pinzette aus dem Schenkel entfernt haben wird ... Manche warfen Oliven in die Bowle, auf der Flasche stand zu lesen: Olives Noires de Nyons S. A. Bierre Barral 06510 Carros (France).

Móczárs ostfranzösische Anekdoten waren ungeheuer amüsant, zumindest amüsierte sich darüber ein jeder ungeheuer. »Genosse Attila F. war ein schwieriger Mensch mit verschlungenen Gedanken. Deshalb wollten sich die Bauern bei der Felderzusammenlegung in gar keiner Weise mit ihm einigen. In Wirklichkeit hatten sie Angst vor seinem Verstand. Dieser Zustand war zu guter Letzt auch dem alten Stasi peinlich, und bei einer Gelegenheit wandte er sich in bittendem Ton an die Bauern: Meine lieben Söhne! Warum wollt ihr euch nicht mit mir einigen? Ich habe doch immer nur *euer Bestes* gewollt! Darauf ergriff ein alter Ostfranzose das Wort: Das ist es ja gerade, teurer Attila, lieber Genosse ...

Das war eine traurige ostfranzösische Welt, doch die Jugend – denn die Jugend ist eben so: so hitzig, süß, ungestüm, so verspielt, so zerbrechlich – überließ sich zuweilen dennoch unter Tränen irgendeiner geringen Fröhlichkeit. So amüsierte sie sich beispielsweise einmal während eines Balles im Kulturhaus auf dem Sternberg. Der Zigeuner spielte irgendein ausländisches internationalistisches Stück, woraufhin einer der Jugendlichen abwinkte: Spiel was für mein o...s Herz! Daraufhin sprang der alte Genosse Paul Korniss auf, den die Gesetzesverletzungen und der Personenkult schier verzehrten – was war aus seinem Kindheitstraum geworden, wozu war sein zwanzigjähriges Ausharren, wozu war seine Treue gut gewesen? –, er sprang auf den Tisch, und während seine Augen feucht wurden, schrie er den Primas an: ›Spiel nicht! Es *spielen* schon genügend mit ihm!‹

Unter den wortführenden Individuen hatte der Metzger János Besze das lauteste Organ. Wenn er erst einmal zu reden begann, dröhnten die Wände. Seine hervorragenden Fähigkeiten als Volksredner wollte sich unbedingt auch das Machtkomitee Wanda Wende (sic!) dienstbar machen, und zu diesem Zweck wurde János Besze beauftragt, von den Stufen des Nationalmuseums herab der spontan sich ansammelnden Menge eine Rede zu halten. Besze ließ sich auf dieses Unternehmen bereitwillig ein. Er stellte sich auf die oberste Stufe – seine kupferrote Nase leuchtete weithin, sein einfaches, kariertes Hemd, das er wochenlang nicht auszog, wurde vom Wind immer wieder aufgebläht – und ließ sein schmetterndes Organ ertönen. *Wollt ihr Sklaven sein?* Die Menge wartete nicht das Satzende ab, sondern donnerte einstimmig zurück. *Ja, das wollen wir! Ja, das wollen wir!* Die Rede war beendet.«

Es erheiterte den Lektoratsgutachter, daß Móczár anfing, den Wahrheitsgehalt letzterer Anekdote zu beteuern, er war ganz so wie des Lektoratsgutachters Ostfranzose oder dessen Gegenteil, und das wiegte den Lektoratsgutachter in einem Gefühl, schon etwas zu wissen. Danach redete Móczár von seiner *jungepionierpfadfinderjungarbeiterkleinertrommlerhundertfünfzigprozentigkommunistischen* Kindheit, daß es zwei Gruppen gegeben habe, die Madame-Bovary-Gruppe und die Flaubert-Gruppe, Móczár habe sie erkämpft, so sagte er, und bei einem spielerischen Wettstreit, der für einen konkreten Weltkonflikt gestanden habe, mußten die beiden Gruppen über einen UKW-Sender miteinander Kontakt aufnehmen, doch das sei nicht einfach gewesen; Móczár registrierte sehr wohl die Spannung, alle warteten erregt, ob die Verbindung zustande kommt, ob sie zustande gekommen ist. »Hallo, hier Madame Bovary. Hier Madame Bovary, hallo, Flaubert, melde dich. Hier Madame Bovary. Hier Madame Bovary. Hallo, hallo, Flaubert, hallo, Flaubert, Flaubert, melde dich, Flaubert, melde dich, hier Madame Bovary. Hallo, hier Madame Bovary. Hier Madame Bovary, hallo, Flaubert, melde dich. Hier Madame Bovary, Flaubert, melde dich, Flaubert, melde dich, Flaubert, melde dich, hier Madame Bovary, hier Madame Bovary. *Hier Madame Bovary, hallo, Flaubert, melde dich.* – Und endlich, wenn auch krachend und knatternd, doch immerhin, es kommt Leben in die Leitung, und es ist die gereizte Stimme der Flaubert-Gruppe zu vernehmen: HALLO, HALLO! MADAME BOVARY, C'EST MOI!!! ... Ja, die Flaubert-Gruppe litt an ständiger Identitätsstörung.«

»Warst du ein Held oder eine Ratte, oder ein Übergang, der die Erinnerung erleichtert?«, Ágnes fiel über Móczár her, der sich allerdings ohne zu antworten in die Küche begab, weil die Bowle tatsächlich zur Neige ging. Ágnes hatte an jedem etwas auszusetzen, gegen Anna Torockó hatte sie die schärfsten Einwände, der Lektoratsgutachter stellte anerkennend fest, daß sich diese Frau irgendwie ihre Mädchenhaftigkeit bewahrt hatte, ihre Haut war straff, und ihre Formen hatten etwas *Blühendes* an sich (vielleicht kam das durch ihren Beruf; sie hatte einen Profikörper), sie wechselte auch mit dem Galeristen in bemerkenswerter Natürlichkeit Worte, und als sie schon ein bißchen beschwipst war, redete sie wie eine verliebte nüchterne Frau von Móczár. »So ein alter Dandy, beziehungsweise überhaupt, und er freut sich des Lebens wie ein Gassenjunge. Ich glaube, Leidenschaftlichkeit ist eine Frage des Formats.« Während sie redete, war Anna Torockó Móczár ein wenig ähnlich geworden, »ich liebe solche alten Knaben wie Michel Piccoli«. Anna Torockó spitzte den Mund, Ágnes' Augen sprühten Funken, der Lektoratsgutachter wußte, warum, Ágnes sagte für gewöhnlich vom Galeristen, daß er vollkommen wie Piccoli sei. Vielleicht hatte der Galerist das verbreitet; die Frauen krochen tatsächlich zu Móczár ins Bett. »Ich mag ihre Müdigkeit, ihre Schwerfälligkeit, ihre Unbeweglichkeit, ihre Schwere, ihre Macht, ihre Hysterie, ihre Verzweiflung, die Haare auf ihrer starken Brust, das Fleisch an ihrem Hinterteil ist schon schlaff, all das ist ziemlich häßlich, aber ich mag das.«

Ágnes konnte nicht mehr an sich halten, »was soll dieses siegestrunkene Geseufze?, was soll dieses Verlangen nach Verzücktsein?, dieses stille Toben?« schrie sie, dann war sie es plötzlich leid, »amüsiert euch ruhig weiter, meine Lieben«, und zog sich zurück. Es war, als tanzte ein Wirbelwind durch die Wohnung, überall bekam sie etwas zu fassen und schleuderte es weg. »Sag, meine Beste«, sagte sie zu Marie, »konntest du auch stundenlang Hula-Hoop tanzen? Und Rock and Roll?« Die Malerin, der kleine Wicht, unterhielt sich mit Béla, dem Novellisten. »Stimmt es, Béla«, stieß Ágnes möglichst laut hervor, »daß Sie immer noch bloß Hauptmann sind!?, das ist empörend, denn schließlich arbeiten Sie ja dafür. Ich werde denen dort einen Wink geben, wenn Sie meinen. Oder wäre das peinlich?« Und weiter. Der Lektoratsgutachter beobachtete gespannt die Szene. Ágnes unterwies bereits die eine Krankenschwester, »ihr seid verantwortungslos, Mütterchen. Nehmt doch eine Gummimaske.« Die Krankenschwester antwortete etwas. »Dann hatte sie ein Loch«, Ágnes zuckte die Schultern. In der Küche klemmte sie sich zwei Eier unter die Achseln. »Von kalten Eiern kann man allerdings keine Mayonnaise machen«, schrie sie. »So, gack, gack, jetzt werden wir sie also wärmen«, die Eier waren undicht, Ágnes riß ein Stück Alufolie ab, wischte die Eier ab, und fertig. Rock and roll!!!

»Sagen Sie, schöner Meister Petz, wollen Sie nicht mit mir in die Küche kommen? Das heißt, Sie könnten mir helfen.« Der Lektoratsgutachter errötete wieder einmal. »Ach.« »Aber nicht etwa! ...« Und sie fügte noch steif hinzu: »Und nenn mich nicht *so* wie mein Mann!« In der Küche war es dunkel, Ágnes knipste das Licht an, »ich wollte dich sehen«. Tamás saß am Küchentisch, um ihn herum türmte sich vergammeltes Geschirr, es hatte den Anschein, als würde es ihn an die Wand drücken. Er beugte sich gekrümmt über den Tisch, er hatte in der Dunkelheit etwas kopiert, auf dem Papier befanden sich Krümel. Er hielt ein zerknittertes Stück Papier in der Hand, mit großer Kraftanstrengung knüllte er es erneut zusammen, seine Faust öffnete sich, *das Papier regte sich sacht auf seinem Handteller, wie ein kleines Tier, das absolut nichts dafürkann.* Tamás sprang zitternd auf und schüttelte Ágnes mit beiden Händen, »du, du!« schnaubte er. Der Lektoratsgutachter stand auf der Türschwelle. Tamás ließ die Frau los, er bebte am ganzen Leib; dann schlug er überraschend zu. Der Lektoratsgutachter trat ängstlich zurück und schloß schnell die Küchentür.

Er war hin- und hergerissen. Ihm fiel nichts ein. Die Abendbrottrümmer lagen auf dem großen achteckigen Tisch, in den in Scheiben geschnittenen Käse, vermutlich Schafskäse, waren grüne Gewürzblätter eingedrückt, weiter weg Artischockenherzen, steif gewordene Spaghetti, Mandeln und Erdbeeren. »Ich habe in der Erkenntnis der Wahrheit Praxis«, sagte ein irischer Komponist bescheiden und wirbelte das rippenstückartige Fleisch umher. »Ich bemerke«, lächelte er, »es ist für mich ein Rätsel, wie man für ein Stehbüfett Rippchen *planen* kann.« Als er erfuhr, daß sich der Lektoratsgutachter mit Ostfranzosen beschäftige, versicherte er diesem, daß das irische Volk und das ostfranzösische Volk in enger Verwandtschaft miteinander verbunden seien, »die kleinen Völker wissen noch um das Sein des anderen kleinen Volks«.

Der Galerist übernahm dezent die Führung, in der Nacht findet sich immer jemand, der dezent die Führung übernimmt; er führte seinen Monolog mit wechselnden Zuhörern, doch offensichtlich »wollte er endlich auspacken«, manchmal zog er seinen Blazer aus, dann zog er ihn wieder an, *ewribaddi*, er fing prahlerisch und ein bißchen zimperlich zu reden an, jeden Satz fing er so an, »gut; ich weiß«, als würde er von einem Einverständnis ausgehen und die Nuancen formulieren, doch das war nur die anfängliche Höflichkeit, er sprach davon, daß er ideologisch ein Kapitalist, daß er von ganzem Herzen Kapitalist sei wie ein anderer Kommunist, da er sich als einen solchen bezeichnete; er wolle nicht klagen, aber was für ein Kapitalismus sei das denn, dieser *real exitierende Kapitalismus*, er habe kein Herz und keine Seele, er sei ein *Gulaschkapitalismus*, der Galerist schmeckte die Wörter ab, vergebens band er sich den Schlips auf, er blieb elegant, sämtliche Haare hingen ihm wie einem Bengel in die Stirn. »Kinderarbeit, Sechzehnstundentag, klassische elementare Schönheit der Unterdrückung, davon träume ich schon gar nicht mehr, gut, seien wir Realisten, seien wir nüchtern. Der Mensch könnte deshalb aber dennoch des Menschen Wolf sein! Wir brauchten nicht sofort einen freien Sonnabend und eine Gewerkschaft! Es ist noch ein Glück, daß die Demokratie nur äußerlich ist und daß wir unser wahres Antlitz tatsächlich verschleiern ... Das ist eine ziemlich undisziplinierte Ausbeutung! Es gibt so viele Rechte und für so viele, man findet sich gar nicht mehr zurecht, und es kann einen nur trösten, daß die Ausübung dieser Rechte auf dem Niveau des falschen Bewußtseins geschieht. Ich wüßte gar nicht, was wir *ansonsten* tun würden.«

Auch Marie war besoffen, immer und immer wieder erzählte sie plärrend, daß sie ihre *Kobolde* überzeichnen müsse, weil sie dem Regisseur nicht boshaft genug seien. »Scheiße, meine Kobolde sind ihm nicht boshaft genug.« Béla beugte sich über sie. »Der Hauptmann nassauert.«

»Gut; ich weiß. Ich bin der letzte, der denkt, daß der Satan über seinem Herzen einen roten Stern trägt ... Obwohl, wer weiß ..., es kann sein, daß es ihm nur *gefällt* ...« Der Lektoratsgutachter suchte mit seinen Augen nach Ágnes. Wenn es tatsächlich wahr wäre, sinnierte er, daß *Geduld und Ironie* die wahren Tugenden der Bolschewiken sind, dann wäre es das klügste, wenn er Bolschewik wäre.

»Denken Sie nicht, lieber Freund, daß dieser Kommunismus, mit dem Sie gefüttert werden, psychologischer Nonsens ist und darüber hinaus – zu guter Stunde sei's gesagt – Diätkost? Woher nehmen Sie denn, daß der Mensch gut ist?« Der Galerist sprach zu Móczár, er hatte das Duzen ganz vergessen, so fühlte er sich wohler, Anna Torockó saß auf Móczárs Schoß, Euphrosyne stand hinter Móczár. »Natürlich, nichts für ungut, wenn Sie eine Unterdrückung spüren, beseitigen Sie diese getrost! Um so besser! Mir können Sie das glauben.«

Ágnes drängte sich heran, ihre Lippen waren geschwollen; der Lektoratsgutachter spürte den Whiskygeruch von weitem. »Gut; ich weiß. Ich gehe ja auch nicht davon aus, daß hier die pro Kopf entfallende Unterdrückung und Lüge geringer sind als anderswo. Doch, ich erkenne das bereitwillig an. Und wenn ich derjenige wäre, der deshalb Lob spendet, dann würde ich Lob spenden, doch ich bin nicht derjenige.«

»Gewiß«, rief Móczár, die an ihm hängenden Frauen rührten sich nicht, »wir sind so verworfen, lieber Ludwig, daß wir uns so richtig aus tiefster Seele nicht mehr darüber freuen, daß wir ein Loch in unserem Dups haben!«

»Gut; ich weiß. Aber was für ein Programm habt ihr? Was wollt ihr? Was ist das für ein Modell, nach dem ich leben müßte?«

Tamás stand mit düsterem Blick und dunklen Schatten auf dem Gesicht in der Tür. Auf Ágnes' Lippen platzte eine Spuckeblase. »Es mag sein, daß du nicht verlogen bist«, sagte Tamás zu Ludwig, »ich gehe sogar noch weiter: Es mag sein, daß auch ich das nicht bin. *Unsere Lage* ist verlogen.« Ludwig zuckte die Schultern. Tamás wurde blaß, Euphrosyne sprang zu ihm hin, Tamás stützte sich auf sie wie ein Greis. »Ich bin«, brüllte er, »nicht bereit, mich mit meinen Werken zu konfrontieren, ich werde niemandem erlauben, mich auf irgendeine Weise mit meinen eigenen Sachen in Schach zu halten, man kann mich nicht mit mir selbst einschüchtern, ich werde mich auch nicht mehr wegen der Fragen schämen, ich stelle mich nicht zur Verfügung, ICH NICHT SEIN«, brüllte er.

»Gut; ich verstehe. Aber was soll die Aufregung? Ad notam: Wem das Dach über dem Kopf in Flammen steht, der schreit.«

Tamás fixierte mit strahlenden Augen Euphrosyne, die dem Blick einen Moment standhielt, und als sie es nicht mehr schaffte, sich davon abrupt freimachte; als man um ihn herumstand wie bei einem *fremden* Verkehrsunfall, war Ludwig allein geblieben – geometrisch separat –, und schließlich hatte er seine Besonnenheit verloren, und er fing von dort hinten ebenfalls zu fluchen an: »Ihr seid Friedenskinder, bleich, blaß, heruntergekommen, ihr seid nicht hartgesotten und unbeugsam, ihr seid zimperlich und wehleidig. Wo gibt es hier Willenskraft und Lebenshunger! Warum duldet ihr alles, ihr Friedensdulder! Warum duldet ihr mich!? ... Ich würde mich selbst dann nicht anrühren, wenn alle Frauen der Welt Huren wären ...« »Du kannst mich mal«, warf Ágnes ihm verächtlich an den Kopf, als wäre sie keineswegs betrunken.

»Komm«, sagte Ágnes zum Lektoratsgutachter, sie torkelten durch die ganze Wohnung, »diese elenden Wänster, die ähneln mir überhaupt nicht, sieh nur, sieh dir nur *ihre Kopfform* an«, sie hakte sich bei dem Mann unter, sie war sehr betrunken, »mußt du dich nicht übergeben?«, ihr Körper wurde weich und heiß, ihre Begierde schien ziemlich stark zu sein, so daß der Lektoratsgutachter zu hoffen begann, »genießen, genießen, genießen wir«, flüsterte Ágnes sogar mehrmals, ihre Vereinigung war schnell, aber gut, sie war tief, gleißend, jäh und grell; danach fing Ágnes an, den Mann zu rütteln, sie flehte ihn unter Tränen an, er solle nicht einschlafen, er solle auf sie aufpassen, denn wenn er nicht aufpasse, werde sie sterben.

Im Augenblick des Eindringens wurde der Lektoratsgutachter von panischer Angst erfaßt, er könne in der Frau zerfließen, er könne in ihr *samt und sonders* verströmen, das rief Wut und Haß in ihm hervor, und er stieß sich förmlich mit einem derartigen Schwung in Ágnes hinein, daß Ágnes' Kopf laut auf das Parkett knallte. »Knall«, sagte der Lektoratsgutachter, und das war das letzte Wort, das er Ágnes sagte, knall.

Vergrößerung: Die Hilfsverben des Herzens

Ágnes sei zum Galeristen gezogen, Tamás arbeite auf Hochtouren, hörte der Lektoratsgutachter von Jitka. Er ließ sich dort eine Zeitlang nicht sehen. In der Zwischenzeit hatte er auch seine Mutter ordnungsgemäß beigesetzt. – Er klopfte zögernd.

»Störe ich?« fragte er Jitka.

»Das kann ich vorher nicht wissen. Bis jetzt störst du nicht. Süßer Herr.«

»Wer sind diese vielen Männer?«

»*Männer*, siehst du das nicht?« Jitka zuckte die Schultern.

»Und warum sind das so *verschiedene* Leute?« Den Lektoratsgutachter überlief es heiß, ihn interessierte nur das eine, warum das so verschiedene Leute waren. Die Flügeltüren standen offen, Tamás half jemandem beim Rahmen eines Bildes, ein anderer rasierte sich in der Küche, zwei putzten die Fenster, Károly stand unten und reichte Zeitungspapier hinauf. ERÖFFNUNG DER SITZUNGSPERIODE, las der Lektoratsgutachter auf einem Blatt. Ein untersetzter Mann mit kohlrabenschwarzem Haar ordnete alte Zeitungen und Zeitschriften; er wendete sich dem Lektoratsgutachter zu:

»Komm nicht mehr hierher.«

»Ja«, antwortete der Lektoratsgutachter, und dann: »Aber warum?«

»Ist das nicht egal? Komm nicht.« Der Lektoratsgutachter suchte Jitkas Blick, doch das kleine Mädchen steckte resolut Schallplatten in Plattenhüllen. Im Zimmer breitete sich die gewohnte braune Dämmerung aus, als sei sie irgendeine Substanz, die man völlig umsonst wegkratzen wollte, eine Substanz, die häßlich und schonungslos unter die Fingernägel geht. Er fror, er setzte sich in den Armsessel, Jitka legte ein Plaid von Tamás über ihn, »wir stehen schön da, süßer Herr«.

Der Lektoratsgutachter ging gern in sanftem, leisem Regen spazieren, das war so französisch. Alles blinkte. Gegenüber *saugte* die Alte die Wand ab! Wo mochten die Damen jetzt in der Krebsforschung stehen? Der doppelbödige Koffer der Ostfranzosen, notierte er sich. Vor seiner Abreise wurde der Ostfranzose von zwei *Stadtfeldforschungssoziologoerhebungsbeauftragten* aufgesucht, die den *Zuwachsgradprozentsatz der Kulturentwicklungsintensität* auf das Objektjahr bezogen feststellen wollten und auch festgestellt haben.

Der Ostfranzose erzählte den beiden Männern begeistert, obwohl er ihre Fragen für *rasch* hielt, die ihn auf die Weise *zu rascher* Stellungnahme nötigten, denn er hätte antworten müssen, als würde er seine Erlebnisse kennen, dabei fügen sich seine Erlebnisse eines an das andere, das heißt, er kann nicht sagen, das bedeutet dies und das jenes, weil die Dinge nicht miteinander in Zusammenhang stehen, all das strukturiert sich erst, erst dadurch, daß er es beschreibt, wird es erst, und sein Verhältnis zur Stadt, nach dem sie ihn befragen und das es sichtbar gibt, wird so Realität, er würde allerdings anmerken, daß jenes Verhältnis vielleicht gar nicht mehr sein Verhältnis, sondern das jener Schrift sei, doch er wolle die Herren nicht langweilen.

Wir sind Fremde, jedoch keine Touristen, obwohl wir irgendwo wohnen, was allerdings nicht mit unserem Zuhause identisch ist, so faßte er anfänglich seine Verwirrungen und Befürchtungen zusammen, dieses beispielhafte Hiersein-und-doch-nicht-Hiersein, er berichtete von seiner häufig miserablen Laune, von jener Belastung, die ihm der Abwechslungsreichtum der Tage verursachte, weil jeder Tag anders war, und davon hatte er sich nunmehr entwöhnt, alles war ein Ereignis, die neuartigen Proportionen der Fernsehnachrichten ebenso wie die auf dem Rost gebratenen Scampi oder der vierzigjährige Calvados, für die Tage bürgte niemand und nichts (hier ging er jetzt nicht auf die gesellschaftlich begründete Kritik der Gebilde ein; die Erhebungsbeauftragten hatten eine so liebevolle Reformvorstellung); aber dieses viele auf einmal war auch zuwenig, in ihm griff eine Leere um sich, und das wollte er dann mit seiner Hamsternatur in Ordnung bringen, in seiner ein wenig lächerlichen Planmäßigkeit und in seinen enthüllenden Eroberungsgelüsten, wie er die Spuren von er-weiß-gar-nicht-wovon verfolgt, von einem geometrischen Gebilde? von der Stadt? von dem Ort, an dem wir uns befinden?, irgendwie so, und dennoch, als es plötzlich, vor noch gar nicht langer Zeit, an einem sonnigen Herbsttag, für ihn deutlich wurde, daß sein Dortsein sogar sehr *dicht* war, wurden im Rückblick nun jene Dinge, die er auch bisher schon gekannt hatte, erwähnenswert, worunter er lediglich versteht, daß er sich an sie erinnert, es gibt also etwas zum Erinnern, es gab also etwas, das überraschte ihn, er glaubte nicht mehr an den Fruchtbarkeitstanz von Quantität und Qualität, er hat also das Gefühl, daß es für ihn nützlich gewesen ist hierherzukommen und nützlich wegzugehen, mögen also die Kollegen Erhebungsbeauftragten den Stadtvätern seinen verbindlichen Dank, seine herzlichen Grüße ausrichten.

Das Ende ist ziemlich armselig. Ostfranzose zu sein, schreibt der Ostfranzose, ist eine Last, und das ist zwar bedauerlich, doch kann (darf) man das nicht verleugnen. Natürlich denkt er seither nicht an die Hemmungen, sondern an die Mores, die sie gelehrt werden, und natürlich auch umgekehrt.

Es glänzte alles, die Glas- und Stahlspiegel des hohen Bankgebäudes streuten das Licht, als leuchteten Adenauers und Chruschtschows Schädel. Und wo stehen wir denn eigentlich auf dem Sektor der pro Kopf entfallenden *Stadtgrünmenge*? Gibt es denn unter den besonnenen Stadtvätern jemanden, dem das Schicksal dieser Grünmengen an seinem verantwortlichen Herzen liegt? Zum Beispiel die Berechnungen. Ob zum Beispiel die Touristen mit einbezogen werden? Das ist nicht egal! Und die Geburten! Erfolgt ein Grünersatz?, oder verläßt man sich lieber auf die natürliche Sterblichkeit? Daß fällt, was fallen muß? An einem in voller Laubstärke befindlichen, einst stattlichen Baum war ein Zettelchen angebracht worden: MEINE SCHWESTERCHEN! WAS KANN ICH MACHEN? WAS KANN ICH MACHEN? DER KÄSE WÄCHST KAUM, UND MEIN ARSCH IST AUCH RAPPELDÜRR. WEM KANN ICH EIN LUSTERFÜLLTER KRUG SEIN?! WER WÜRDE MIR DEN FLUSS SEINER WOLLUST EINTRÄUFELN? Was fällt, soll wollüstig werden, sagte er laut. MEINE LIEBEN, SEIEN WIR PENISNEIDISCH, SEIEN WIR GEMEIN, Es hört mit einem Komma auf, es hört mit einem Komma auf, sagte er sich in seinem Herzen.

Der Lektoratsgutachter sah in einer Toreinfahrt die Frau mit den behaarten Schenkeln stehen. Er ging mit ihr ins Haus hinauf, im Zimmer gab es ein Bett und ein Waschbecken. »Ich wasche dich«, sagte die Frau, »du mußt die Hose nicht ausziehen, es reicht, wenn du sie herunterschiebst.« Er stellte sich an das Becken; die Frau wusch ihn, sie fummelte geschickt an ihm herum, der Lektoratsgutachter schöpfte schon den Verdacht, daß sie die Sache gewissermaßen so über die Runden bringen wollte. Er hätte nicht einmal etwas dagegen einzuwenden gehabt. »Ob wohl alle ostfranzösischen Sekretärinnen, ob wohl jede ostfranzösische Sekretärin geil und genußsüchtig wäre (wären)?« sinnierte er unterdessen. Als sie fertig waren, umarmte er die Frau; die entschlüpfte ihm. »Das ist im Preis nicht drin«, sagte sie und lachte. »Ich bezahle es«, sagte der Lektoratsgutachter, sie stürzten sich auf das Eisenbett, und seine Finger teilten die ganz pulsierende, feuchte, weiche Hitze; *ette, conne, ronna.*

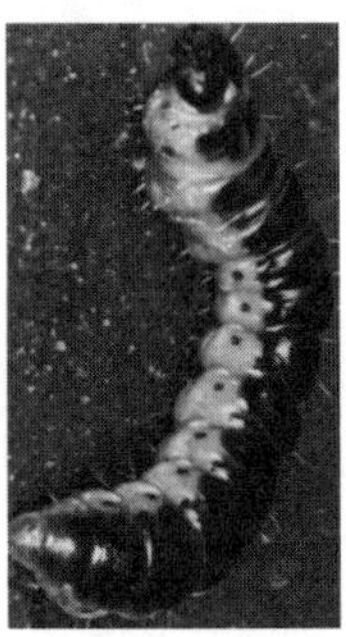

»Ich gehe«, sagte er dann trotzdem; er ging den feisten vornehmen Wurm (den er sehr mochte), die Hauptschaufensterpromenierstraße, abwärts, das heißt, er entfernte sich von der Innenstadt, von der Innenstadt, von dem eigenartig zusammengesetzten, Gott weiß wievieleckigen und so sich ständig verändernden Hauptplatz, wo sich die Straßen in einem so *eigentümlichen* Winkel berühren, und letztendlich erwuchs auch der Platz aus diesem Wankelmut; der Mensch ist allerdings so geartet, daß er sich die Straßen im rechten Winkel und in der Parallele vorstellt, demzufolge kann ihm in dieser Gegend *leicht* eine Überraschung zustoßen, weil sich hier Straßen schneiden können, die mit ihrem *Ehrenwort* für ihre Parallelität einstehen würden, und selbst das ist hierzulande tatsächlich nicht allzuviel wert, wenn jemand aus dem Land Johann Bolyais stammt – und wenn er eine Landkarte in die Hand nimmt, dort wären diese *feinen* Brechungen ... eh das Übliche! Nicht wissend also, wohin er ging, sah er sich ängstlich um, ja, so wie der unbarmherzige Ritter Pontius Pilatus, der fünfte Statthalter von Judäa, und sein Herz war schwer wie ein Gaffiot-Lexikon.

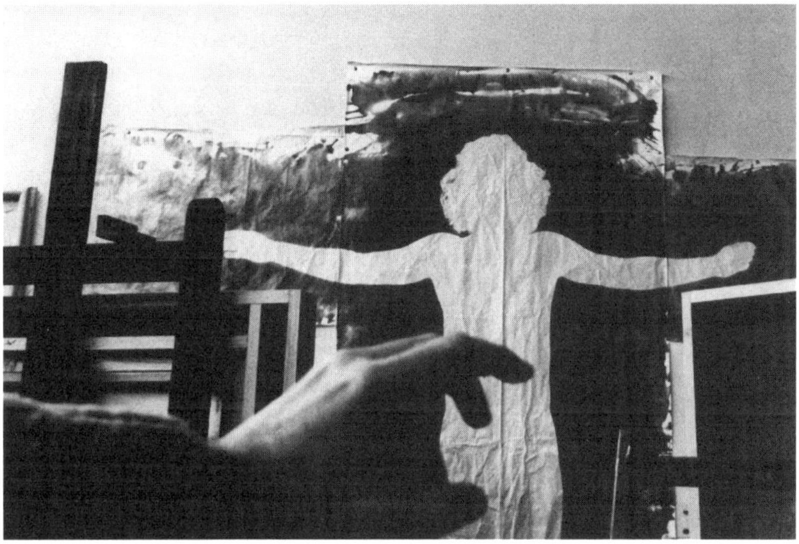

WER HAFTET FÜR DIE SICHERHEIT DES SIRS?

DAS TAGEBUCH DES GASTWIRTS

16. Juno — Ich habe Angst –

Wenn wir ein Werk schreiben, erfahren wir zuletzt, womit wir beginnen sollen, schreibt Pascal.

Wisse, glanzvoller Herr, ein Tagebuchschreiber muß zuversichtlich sein; so, wie ein anderer, sagen wir, verkrüppelt ist oder flügellahm. – Ich, als der Pächter des Gasthauses, erhoffe mir, ehrlich gesagt, nicht viel. So sehr, daß ich die Leute noch nicht einmal sonderlich betrüge. (Aber soweit gehe ich nicht, daß ich glaubte, was man allgemein zu glauben pflegt, wonach »wenn jeder anständig seine Arbeit tut, dann so und so …« Nein: *Wirke, schaffe, vermehre, und das Vaterland erblüht* oder es erblüht nicht. Das ist ungewiß. *Hingestreckt wird man immer*, das ist gewiß.)

Doch wenn ich mein Tagebuch in meinen Schoß lege und an das Leben denke, kann ich, wenn ich mir die aufeinanderfolgenden Daten ansehe, nichts anderes glauben, als daß der heutige Tag zu Ende geht und es einen morgigen Tag geben wird. Das ist eine sehr wesentliche Angelegenheit – würde man mich auf die Folter spannen, würde ich verschämt sagen, es sei wegen des Geschäftsbetriebs –, selbst, wenn wir wissen, ich weiß es, und du, Herr, weißt es auch, wie dieser Tag schlußendlich ist, und auch der morgige wird nicht anders sein.

Du magst einwerfen, und das hochfahrende Rechthaben würde deine Stirn umkränzen: Einfältiger Gastwirt, deine Zuversicht gilt nicht dem Tag, sondern deinem Tagebuch, nicht dem Leben, sondern den Worten!

Gut, daß du das einwerfen würdest, Herr … Aber wer könnte behaupten, daß es einen so ungeheuren Unterschied gibt zwischen der Tat und dem Wort? Sind denn nicht beide eine Handlung – wenn ich mich schon auf dein Gebiet vorwage? Und außerdem ist auch das Wort von Gott.

Ja: Der Tagebuchschreiber ist *vorbildlich hoffnungslos zuversichtlich*.

Heute war ich im Palast. Sie haben mich verwöhnt, nichtsdestotrotz haben sie mir auch immer wieder ein wenig Schrecken eingejagt. Die Wachen zogen *eigentümliche* Kreise, wie Aasgeier – wobei ich das Aas wäre. Oder sie haben sich nur angeordnet wie die Eisenspäne um den Magneten. Jedenfalls bekam ich es mit der Angst. Sie beugten sich nach Zwiebel stinkend in mein Gesicht und flüsterten auf mich ein, als wäre ich ihr Vertrauter. (Zweifellos weiß ich viel.) Es beleidigte mich nicht, es ist nur ekelerregend. Mein Freund, so sprachen sie mich an.

»Mein Freund, dann gibt es nicht mehr Angst oder Mut, dann gibt es nur noch die Zeit«, sagte die eine Wache.

Die andere Wache sagte: »Die Zeit ist eine weiße, müde schöne Frau. Sie zieht die Füße unter den seidenen Faltenrock. Auf ihrem unbewegten Gesicht eine bittere Grimasse. Etwas ist schon geschehen, also ist es vergangen. Wäre sie ein Mann, würde sie, nach Schnaps stinkend, schluchzen. Sie sitzt kraftvoll da.«

»Oh«, antwortete ich, »du bist eine *Begabung*.« Das ließ ihn stutzen. Ich wartete es nicht ab, bis ich die Röte in seinem Gesicht sah, er hätte es gerächt.

»Da bist du also, mein Sohn«, sagte der Kurfürst; ein Glück, daß sie mich nicht auch noch auf die vielen feinen Stühlen haben setzen lassen. »Hier bin ich, süßer Herr.« Kaum, daß er dreißig ist, ein Sohn könnte er mir sein. Die Macht ist alt, so stelle ich es mir vor. Es war von nichts die Rede, es sind bloß Sachen entschieden worden. Ich lächelte, als ich hinaustrat. Die Wachen sind grimmig.

Es ist zeit
Schreib ja nicht
Ich hab angst
Ich hab keine
angst
Wenn auch vieles
falsch läuft
Wenn man grade
nicht
Hinschaut
Es ist zeit
Soviel altes
Und soviel
Neues ist vorbei
Lieber Gott
Wie oft doch
Die gemeine zeit
Sie ernst nehmen
Müßte man
Die verdammte
zeit
(Liedtext,
Gothár)

»Verzeih, mein Herr, aber ich kann nichts anderes mehr tun: nur noch beten.« Ich lauschte: »Eure Exzellenz, seien Sie gewarnt, meine Hand ist kalt wie eine gefrorene Hundepfote, die sich dazu noch bewegt.«

Meine Pelzmütze ist fettig. Am äußeren Tor war eine trügerische Weibsperson gerade dabei, die Wache anregend zu verwöhnen, der

Rock fiel ihr in den Nacken. Süßer Herr, was für eine Wildheit! Hättest du das gedacht? Ein Witwer wie ich betrachtet so etwas mit schwerem Herzen. Das Weib lachte heiser unter der sie bedeckenden Glocke des Rocks und rief der fettigen Wache zu: »Vacláv! Vacláv! Ihr seid ein dummer Mensch!« Und: »Du! Ja bist du denn so raffiniert?, daß dein kleines Herz so sehr pocht?« – und hielt sein Fitzelchen in der Faust.

Es ist zugleich kalt und warm. Schlieriger Nebel und gefilterte, dumpfe Hitze. Ich kam an deinem schmiedeeisernen Zaun vorbei, süßer Herr, zwei deiner Wachen, zwei stramme Burschen, standen an beiden Seiten des Zauns und unterhielten sich, verkürzten sich so die Zeit. (In dieser Gegend, hierzuland, hoher Herr, ist alles deine Zeit. Betrachte dies nicht als Schmeichelei. Viele mögen dich für all das hassen. Deswegen ist das Leben der Maulwürfe leicht.) Als ich bei ihnen ankam, sprach ich sie so an, als würde ich sie seit tausend Jahren kennen: »Na, Jungens, wo ist jetzt das Drinnen und wo das Draußen?« Sie hielten weiterhin regungslos die Eisen von beiden Seiten fest, so blickten sie mich an, mit heftigem Hasse. Dann erlosch die Flamme in ihren Augen, und sie sagten resigniert zueinander: »Hja, das ist es. Wo.« – Erbarme dich ihres Lebens.

Heute kam ein Fremder an. Seine gedunsenen Lippen lassen eine Leidenschaftlichkeit erahnen. Er ist nicht gewinnend. Na, daraus mache ich eine Geschichte für dich, Herr. *Da tanzen nur so die Personen in Einzahl und Mehrzahl.*

(Die Sonnenseite des Lebens) Wisse, hoher Herr, am frühen Morgen, wenn die nach Bock stinkenden Fuhrleute gegangen sind, leere Kelche und fettigen, zwiebligen, rauchigen Gestank zurücklassend – gönne ich mir ein wenig Ruhe. Aber *es kommt vor*, daß ich es nicht kann. Das ist die Gefahr des Tagebuchschreibens, daß mich manchmal der Taumel erfaßt. Ich ergehe mich, hoher Herr, auf und ab in der gedielten Stube, der Staub klingelt, wo meine Hacke aufgetreten war. Ja, ich wiederhole es bei mir, ja, ja, ja.

Fünf Stück heiratsfähige, flügge Mädel sitzen am Holztisch und trinken mein dunkles Bier. Schauen immer mal her. Eine ist häßlicher als die andere, umsonst könnte ich sie trösten, daß auch ich kein Adonis bin. Ihre Namen.

Der Glauben hält mich in Bewegung, süßer Herr. Ich glaube an mein Tagebuch, du an deine Macht, ich an das Wort <?>, du ans Gold. – Jeder, der etwas erschafft, ist ein Gläubiger. Wer nicht glaubt, ist arm. Armsein: darüber kann man keine Rechenschaft verlangen.

Du irrst dich, Herr. Der Tagebuchschreiber beginnt nicht mit der Kenntnis des Lebens, sondern mit der des Wortes. Durch die Kenntnis des Lebens: kann er ein hervorragender Patriot sein, ein blendender Bürger, ein gewählter Internationalist und ein unerschrockener Päderast – aber um ein Tagebuchschreiber sein zu können: muß er konjugieren können. Es findet sich auch ein Wort für den, der nur konjugieren kann. (Hängt vom Verb ab.)

Der Tagebuchschreiber ist nicht *so*: Da ist sein Wort und da sein Tag.

Der Flieder im Hof ist erblüht: Es gibt ihn in Weiß, in Lila und in Blau. – Es gibt hier einen Kerl, einen tüchtigen, viel trinkenden Mann. Er geht seltsam, immer auf der Hacke, den hintersten Knochen seiner nackten Sohle. Und zwar deswegen, weil er bunte Schleifen auf seine Zehen gebunden hat. Das seien seine Hunde, sagt er, *allesamt treue Seelen*! Er sitzt auf der Gartenbank im blassen Licht, bewegt seine Zehen und jault mit seinen zehn winzigen Hunden im Chor. Wauuu, er kichert. »Wir unterhalten uns«, sagt er. So.

»Glanzvoller Herr. Deine Fragen sind gut, gleich wie dein Paradekutscher. Aber sie sind nicht die meinen. Folglich würde ich vergebens antworten, ehrlich, was ich denke, dafür haften, daß ich morgen ebenso antworten würde, kann ich nicht.« – Das hätte ich sagen sollen, aber ich antwortete nur so vor mich hin, und noch nicht einmal ganz das, was ich dachte – Gott sei Dank.

Hoher Herr, ich will dich nicht begütigen, so eine Anmaßung traue ich mich nicht, und ich bitte dich auch nicht listig: um nichts – aber vergiß nicht ob des Himmelszelts über deinem Kopfe und der davonschwimmenden Wolken, hebe dein Gesicht inmitten deiner schweren Lasten und dämpfe das Zittern deiner peitschenschwingenden Hand. Gewahre den Flaum der Sonne an den Wolken, der wie geschlagenes Gold ist: Auch das ist dein Reichtum! – Eiter, Gestank, Scheiße, Kotze, Morast, Morast, Morast. Ich weiß, süßer Herr, du bist es, der einen Diener, einen rechtschaffenden, anweist, mir meine Bezahlung zu entrichten, doch *glaube nicht, denke nicht, hoffe nicht*, daß ich mich im Zaum halte, freue dich lieber, freue dich, daß es ein Papiersäbel ist in meiner Hand, und das Blut, das ich nichtsdestotrotz vergieße: Tomatensaft ist, und überhaupt: du: hier: kannst nur gewinnen: mit jedem Augenblick! … Oh, vergib, deine Goldtresse wärmt mich. Verlange, was du willst, ich tue es. Oder nicht: du weißt. Vergib, obwohl ich weiß, du kannst es nicht. (Der King der Küsse, das ist er.)

Kurfürst: »Bei jeder Handlung müssen wir, außer der Handlung selbst, unseren gegenwärtigen, vergangenen und zukünftigen Zustand in Betracht ziehen sowie den Zustand jener, die davon betroffen sind, und wir müssen das Verhältnis zwischen all diesem sehen. Dann werden wir sehr bescheiden werden.« »Ich liebe dich, süßer Herr.« Kurfürst: »Die Liebe ist gefährlich, mein Freund. Frommsein ist besser für das Regieren.«

Herr, ich lebe ein Doppelleben. <mindestens>

»Aber, aber, teurer Pityu, Sie verschlecken doch das Mädchen aus dem Haus …«

Dem Tagebuchschreiber geht es aber unter allen Umständen dann am besten: wenn er nicht schreibt. Was ich meine, ist nicht, daß ich mich zwischen den Tischen tummeln muß (denn das tue ich), also nicht das, was verknöcherte Lehrmeister aufschneiderisch Leben nennen, dem wir unser angesammeltes Wissen und unsere schweren Erfahrungen hintragen wie einem eisigen Despoten (*pardon*, süßer Herr); nein, so etwas kann den Tagebuchschreiber nicht beruhigen, niemals.

Sondern jener Moment, wenn ich beginnen *wollte* – unter meinem flachen Hintern raschelt das Stroh –, ich bin ganz und gar angefüllt mit den Elementen, sie schwärmen in mir, und ich traue mich nicht, mich zu rühren. Ja, das: *Dort sitze ich und fürchte mich*: Von hier aus kann meine Lage nur noch schlimmer werden.

»Manchmal, Herr, ist man so angefüllt mit der Gabe der Empfindung. Dann ist alles *zu viel.* Eine schwere Zeit.« – Dieser furchtbare, lockende Reichtum, das Zittern, die Aufregung, die Überhebung, das Verlassensein: was mehr ist als ich selbst.

Die Lage des Tagebuchschreibers wird, mit Voranschreiten des Tages, immer bitterer. Ich bin, hoher Herr, determiniert, wie das Fohlen angeschirrt. Beim Mittagessen, der Grundpfeiler fast jeden Tages ist das Mittagessen, gibt es kaum mehr *Möglichkeiten* ... Und dann auch noch das irre Herzklopfen, ob er denn vorhält bis zum Abend? Haben wir verstanden?! ob der Tag bis zum Abend? (Dem Tagebuchschreiber helfen die zunehmende Routine und die vorhandene Fingerfertigkeit kaum, denn sein Gegenstand: der gegenwärtige Tag, den zu betrachten ..., aber ich will dich nicht langweilen.)

Doch dieses Herzklopfen bleibt dem Tagebuchschreiber bis zum Schluß treu. Lediglich in der Mitte des Nachmittags ergibt sich eine kurze Beruhigung, die, so nützlich sie scheint (der Tagebuchschreiber jubiliert nachlässig, als er sieht, wie viel von seinem Tag schon festgehalten ist, und er hofft stoßseufzend, daß er das nun *hat*, das läßt er nicht mehr aus der fluxusgebeutelten Hand gleiten!), so unverantwortlich und schließlich, das kommt Tag für Tag heraus, so ungewiß ist sie auch.

Dennoch, in diesem nichtswürdigen Augenblick stehe ich von meinem Schreibtisch auf, stelle mich an das skurrile, schiefe Fenster der Dachkammer und blicke stolz und erhaben über das Land; gemeinhin machen sich jetzt, in der Mitte des Nachmittags, die Frauen aus den benachbarten, nah-und-fernen Häusern auf den Weg, beinahe gleichzeitig, und waten in Gruppen, mit schläfrigen, sanften Schritten, über den seidigen Wasen, und ich sehe, wie die jüngeren, die Kleinen-Frauchen, in der Rosenlaube über die ausscherenden, wilden Zweige der Blumen streicheln, um dann, sobald sie am Pfad angelangt sind, der über die Wiese hierher, zum Gasthaus, führt, mit wohltuendem Selbstmitleid an ihren empfindlichen Fingerchen zu lecken: Ihr Auge funkelt verträumt.

Sie sehen mich nicht, aber ich sehe sie.

Und wenn sie in der letzten Biegung des Pfades verschwinden – gerade bei mir –, tut es mir für einen letzten, süßen kurzen Moment gut, an sie zu denken, an die rauschenden Röcke und an die riesigen, flüsternden Schenkel unterm Schoß (!) der Röcke, und auch an jenen Frieden, in dem sie unter dem Nußbaum vor dem Gasthaus sitzen und an ihrem Krug dunklen Bieres nippen. Sie stützen sich auf die Ellbogen, rauchen, schubsen sich, lachen, und ich denke sehnsuchtsvoll daran, daß sie sich über Männer unterhalten …

Diese Stunde, diese flüchtige, berauschte Neugierde im schiefen Fenster: das ist die schönste Stunde des Tagebuchschreibers. Dann geht es weiter mit der Bitterkeit.

Lebensbuch. Das Leben ist ein Tagedieb. – Für heute ist's genug von diesem Tag.

Herr. Wenn ich mich nur daran *erinnern* könnte, an so einen Herbst, in so einem Schloß! wie ein einzelnes Roß aus dem Nebel des goldfarbenen Waldes steigt! sein dampfender Rücken! die Musik eines glänzenden Stiefels! die vielen feschen Beinkleider! Und die Enten, Herr, die Enten …

Ich kannte eine Frau, wir trafen uns, weil wir beide allein waren und jemanden brauchten, wenn auch ich nicht sie und sie nicht mich, sie sagte: »Zeit meines Lebens habe ich mich *nackt zugedeckt*; es gibt einen griechischen Dichter, ich weiß seinen Namen nicht mehr, der schreibt: Bedecke dich, Fürst, mit dem Mantel der Nacht, seine Seide ist so verlockend – irgendwie so, aber der Fürst reimte sich auf verlockend!«

Was war das für eine Frau! Wenn an ihrem Körper, vom Schmutz oder aus einem anderen Grund, eine Pustel sich auftat, zeichnete sie mit einem Stück Kohle eine Blume drum herum, Blütenblätter in einem Kreis, so daß die gelbe Mitte der Schwäre das Stigma war,
<Hundszahn?> oder was. Goldblume, Tausendschön.

»Sie sind *sprachskeptisch*, sagen Sie preziös, als wären Sie kein Mann. Ein Bock«, sagte diese Frau; sie lachte schnaubend. (Nasenscheidewandverkrümmung?) »Aber, liebe Dame, gebe ich denn meinem galligen Nörgeln oder meinem kindlichen Jubel – über das Wort – nicht mit Worten Ausdruck? Was wollen Sie noch.« – »Ich bitte Sie, liebe Dame, mich nicht anzulangen, nicht im Hellen, nicht bei Dunkelheit, weder während gezwungener noch während gnädiger Zweisamkeit, noch in der Mitte unserer edlen Freunde. Nein, Sie sollen auch nicht auf mich aschen. *Das zählt auch!*«

»Lieben Sie mich oder treiben Sie nur ein häßliches Spiel?« – Wimmere.

»In wessen Hand ist Ihr Schicksal?!« fragte ich sie offensiv. »In meiner eigenen. Nur meine Hand ist in der Gottes«, und sie preßte mein Gesicht in ihre heiße Hand.

Einmal hat eine Frau, meine Gattin, vor lauter Wut in mein Tagebuch hineingekritzelt, eine kurze, schnörkelige Linie, schwungvoll, aus Rache, in ihrem ohnmächtigen Haß; das ist wohl auch bei Herren nicht anders, süßer Herr.

Ich war unfähig, darüber hinwegzugehen. Sie zu überqueren, sie zu durchschreiten – das heißt, sie zu überschreiben. Ich stand da, saß fest wie vor einer Mauer, tagelang notierte ich nichts. Das ist nun futsch. (Man möchte fragen, wieso ich die Seite nicht übersprungen habe? Deswegen, weil das nicht geht. Sie herausreißen? Das geht, aber dann gibt es kein Halten mehr. Man möchte fragen, wie die Sache ausgegangen ist? Die Sache ist so ausgegangen, daß ich dann doch weitergeschrieben habe.)

Wisse, hoher Herr, wenn ich etwas streichen muß, weil ich die Kongruenz verfehlt habe, mißversteh mich nicht: Ich spreche von Grammatik, oder weil ich in die falsche Richtung losgegangen bin – wie ich den *streichenden* Strich ziehe, als wäre es mein Gedärm: Am liebsten würde ich mich erbrechen. Das Herz besonders ist trügerisch. – Notabene: das, *was* du mißverstehen würdest: das ist eine Bagatelle, Bagatelle, Bagatelle: auch wenn wir tagtäglich daran krepieren. Übrigens krepieren wir nicht daran: Es wird nur alles ein wenig schleimig. Obwohl, daran krepieren wir dann doch. »Glanzvoller Herr, unser Leben ist nicht deswegen schlecht – es ist gar nicht schlecht –, weil du: hier bist! Aber das soll dich nicht beruhigen.«

Volkes Maul ist schmutzig. Was ich nicht alles sage, wenn ein Tonteller zerbricht, und mag er noch so schnöde gewesen sein. Manchmal, wenn ich an eine Stelle im Tagebuch Pünktchen setze oder die Scheiße und das Ficken durch kunstvolle Wörter ersetze (gerade deswegen würde ich sie ersetzen etc.) – empfinde ich das als kaum erträgliche Stilisierung. Kaum erträglich, süßer Herr. Mein Zahn ist morsch; ich sehe fast, wie er stinkt.

»Wisse, Herr – du weißt –, ich habe ein Notizbuch; darin sammle ich Sätze, damit ich sie bei der Hand habe. Ich bin Witwer, ich muß mich bereithalten.« Mein Gott, wie viele Sätze habe ich bis jetzt schon gesammelt.

»Du sußer, kleiner, kleiner Bub, rief das Stubenmädchen, unendliche Wollust zuckte über ihren selbstsüchtigen, jungen Körper, und sie führte meine Hand, immer tiefer.« – So, Herr. Satz. Im Text sind in wortwörtlicher oder verzerrter Form, unter anderem, wortwörtliche oder verzerrte Formen enthalten.

Es ist verdächtig, wenn der Tagebuchschreiber die allergeeignetsten Wörter benutzt. Was sollte denn das für eine zerbrechliche Garantie sein?! Die Bravour?!

Ich muß vorbereitet sein, mein Herr. Ich stehe im Sommer mit dem Morgengrauen auf, und ich stehe im Winter mit dem Morgengrauen auf. Ich weiß, was das Morgengrauen im Sommer ist, ich weiß, was das Morgengrauen im Winter ist. Ich weiß auch, daß dieses Wissen, obwohl es nicht verwendbar ist, denn jedes Morgengrauen ist auf ungeheuerliche Weise anders, zugleich unausweichlich ist. Man kann nur verwerfen, was mir gehört. Süßer Herr: deine Chancen sind, du armer, sozusagen: gut.

Ich betrachte die Bäume, ich betrachte den Himmel. Im Baum, hoch oben, ein Nest, im Nest ein Ei. – Manchmal habe ich das Gefühl, Gott ist ein ungerechter Magazinverwalter, der mich aus tiefstem Herzen haßt.

»Was willst du, du Mistkerl?! Ich bin einundzwanzig Jahre alt! Eine schöne, gesunde Frau!« – Sehen S', süßer Herr, soviel. Nach mir die Sintflut.

Ich – das sind die anderen …

»Die Hölle – das bin ich selbst.« Das hätten Sie wohl gerne, mein Lieber. Wir werden uns nicht gegenseitig bestechen! Wenn ich mich wohl fühle als Schwein oder als Ratte, wäre ich ein Narr, wenn ich nicht als Schwein oder als Ratte leben wollen würde.

»Ich habe«, sagte der Kurfürst mit dumpfer Gravität, schwer wie Gold, »ein Frauenhaar im Kaugummi gefunden. Wer vermag aufzulösen, wie es dort hingekommen ist?!« Die Hofdamen erröteten bereitwillig, die eine mehr, die andere weniger, was eine hübsch anzusehende, nuancierte Reihe ergab: Gnadenertrag.

Wisse, süßer Herr, eine Geschichte ist schon an sich …, allein schon die Tatsache …, daß es jemanden gäbe, der … von hier nach dort …, aber keine Handlung, sondern eine Geschichte …, und währenddessen dies und das …, und das ist dann so und so (aber wirklich, nicht nur so!): das allein muß mich mit Hoffnung erfüllen. Daß es etwas gegeben hat, das ganz ist – von hier. »Mein Sohn, bist du ein metaphysisch veranlagter Typ?!« Manchmal, im Schatten meiner dunklen Zinnpokale, muß ich daran denken, daß es heutzutage keine Weltanschauung gibt; wir haben Visionen.

Ich habe gelauscht: »Die Selbsterkenntnis der Nation, Eure Exzellenz, ist entweder jene vivisektierende oder diese amnesische …« »Ähhh, dümmlicher Holzkopf, wie ein Kind bist du … Willst du vielleicht auch noch wissen, was gut und was schlecht ist?!« »Das nicht. Aber ich weiß, was klar und was dunkel ist.« »Gut redest du, schließlich reißt du den Mund weit genug auf. Genug. Trink von diesem mäßigen Vino und schau dich um, Düsternis …« (Ich mußte mich an einer anderen Stelle verstecken.)

Nun, ihr sündhaftes, hinfälliges, verhurtes Volk?

Kurfürst: »In meinem Alter und meiner Lage wird der Mensch, so er noch lebt, nichts mehr ändern: Du mußt dein Leben ändern: oh, natürlich, ja, ja, wir nicken eifrig, damit unsere Freunde nicht mitkriegen: Wir schämen uns nicht einmal.«

Ich habe gelauscht: »Ich werde kämpfen. Seien Sie gut, mischen Sie sich da nicht ein. Und diesmal mit meinen Methoden. Mag sein, sie sind weniger elegant, aber wenigstens kommen wir zu irgendwas. Übrigens haben Sie Essen an Ihrem Krawattl.« »Dieses Leben ist nicht unerträglich, sondern schwer erträglich.« »All das könnten Sie auch einfacher sagen, wenn Sie es sagen. Warum reden Sie drum herum, sagen Sie es, ohne drum herum zu reden. Und vielleicht könnten Sie auch Ihr Krawattl nicht beferkeln!« »Wir wagen es nicht, auf unser Herz zu hören, wir haben Angst, daß wir auf Leiden stoßen würden.« »Ach was, das sind Ihre Angelegenheiten!«

»Erzsilein, mein einziger Schatz, hör auf herumzuwursteln!« »Du, du, du Intrigant.« »Ich begehre dich, daß dir Hören und Sehen vergeht!«

Ein Tagebuch, süßer Herr, ein Tagebuch muß vollständig und gleichwohl endlich sein. Das ist eine ewige Sorge des Tagebuchschreibers. Zumeist ist es überzeugender, wenn ihm nicht der Tod zur Hilfe »eilt«.

Die Leut' sind säuferisch; sie saufen, damit sie ihren Tag vergessen. Und ich, wie du siehst, tue alles dafür – obwohl es derselbe Tag ist –, ihn nicht zu vergessen. Ich würde keineswegs behaupten, daß ich besser dran bin, aber ich bemitleide mich auch nicht und lasse mich nicht bemitleiden.

Flüchtiges Wort, es verfliegt, ich liebe den Traum der Nächte der Liebe! Fädle deine süßen Schenkel um meinen Hals, teure Witwe! In unserem Brautbett läuft die Ratte hin und her. Oh, kleine Unschuld, wenn du nur reden könntest! Sie sind eine verzweifelte, mutige und anziehende Frau! Scheren Sie sich zum Teufel. Bewahren Sie das Geheimnis Ihres Herzens. Er starb an der Wasserkrankheit, weil sein Knöchel angeschwollen ist. Stilisierung, nicht Sterilisierung, brüllt er.

Ein mit seidigem Flaum bewachsenes Tal: Viga Fodor kann schon ihren struppigen Arsch auf dem Hügel emporrecken – (Mein armes Bäuchlein quält nichts als das Korsett …)

Es gibt eine Versuchung. Der Mensch hofft immer auf mehr als einen Gott. – Jetzt aber nie, lese ich, es gibt kein Jetzt-Leben, schreibe ich.

»Es ist kalt«, sagte der Kurfürst. »Meine Wunde friert.« »Oh, wie sehr ich doch alt werden werde.«

Wenn ich, wie man zu sagen pflegt, die Handlung entwickle, es sei hinzugefügt, es handelt sich um ein Tagebuch, fühle ich mich regelmäßig befangen. Schließlich und endlich ist es vielleicht tatsächlich ein etwas beschämender Prozeß: immer wieder die Frage zu stellen, soll das Biest nun krepieren oder soll das Biest nicht krepieren?! ... Aber für mich ist schon unendlich kompliziert, wenn jemand, ich zitiere, zur Tür hinausgeht, Zitat Ende. Was also bleibt?, mag einer fragen, ein unterrichteter, bitterer, enttäuschter Mensch.

Siehe, süßer Herr, ich weiß nicht, was bleibt.

Aber soviel ist sicher, daß ein Tagebuchschreiber nicht an etwas *hängen* darf. Weder daran hängen noch haften noch dankbar sein. (Einen Tagebuchschreiber gibt es vielleicht gar nicht, nur das Tagebuch. – Obwohl ich, Herr, zum Beispiel, wie du weißt, bin.) Sondern er muß sich *lossagen*. Seine Aufgabe ist es nicht, sich nicht vorm Kurfürsten zu fürchten, dieser ist zuständig für die Vergabe der Weinausschankkonzessionen, wir wissen, das ist mitnichten eine kleine Sache, aber letztendlich können uns die Herrschaften den Arsch blank lecken, so werden wir neue, glanzvolle Herren, die Lage des Tagebuchschreibers ist schlechter. Er darf keine Angst vor sich selbst haben. Man muß mutig sein fürs Alleinbleiben und mutig für das Umarmen und Umarmtwerden; fürs Dunkle und das Helle, und was es so gibt.

Er muß sich lossagen, ja, aber so, daß er bei alldem sein Tagebuch gerade, natürlich!, aus Anhänglichkeit, Haftung und Dankbarkeit, wie Strohhalme, zusammenträgt. Auch deswegen ist es so irreführend, wenn ein Tag von irgend etwas *handelt*; andererseits: wer könnte, süßer Herr, mehr als wir selbst die Allgemeinheiten verabscheuen. – So geht's mir also damit, wenn jemand, ich zitiere, zur Tür hinausgeht, Zitat Ende.

»Herr, ich bin so untief für alles!« – Du sagst, ich solle mich nicht *all so* lieben?! Gut. (Verrecke, süßer Herr, mit Schuhen an.)

Heute hat mich während des Badens eine Frau ausgespäht. Sie hat mich gründlich von oben bis unten gemustert, in ihren Augen glitzerte der morgendliche Sonnenschein, von ihren Lippen triefte böses Verlangen, ihre Hemdbluse war hintertückisch gestärkt, ihr Glockenrock schwang und klang, ich hörte ihr Lachen noch lange, nachdem sie schon weit weg war. Ich saß im Zuber, hin und her eingeseift, und starrte erschrocken auf mein steifes Glied.

Die *Ordnungszahl* der Ratten, lese ich. – Die großen trumm Pferde der Fuhrleute haben den Flieder abgeweidet. Sollen sie doch platzen! (Musik!)

Die schlechte Form ist ein Damm. Dämmt ein. Schließt ab, bevor es der Tag tut. Sperrt ein. Macht tot, tötet. Die Freiheit muß man suchen. Das ist die Aufgabe des Tagebuchschreibers. – – – – Und gestern (!) gab es keinen Tag. Süßer Herr. Das ist es, was dem Tagebuchschreiber so richtig einen *reinwürgt*, der Tag, der gar nicht erst beginnt. Wer denkt, das ließe sich mit etwas Phantasie ersetzen, irrt sich gewaltig.

Den Tag muß es geben: *da gibt's kein Pardon.*

16. Jun.: 16. Jun.

Puppe.

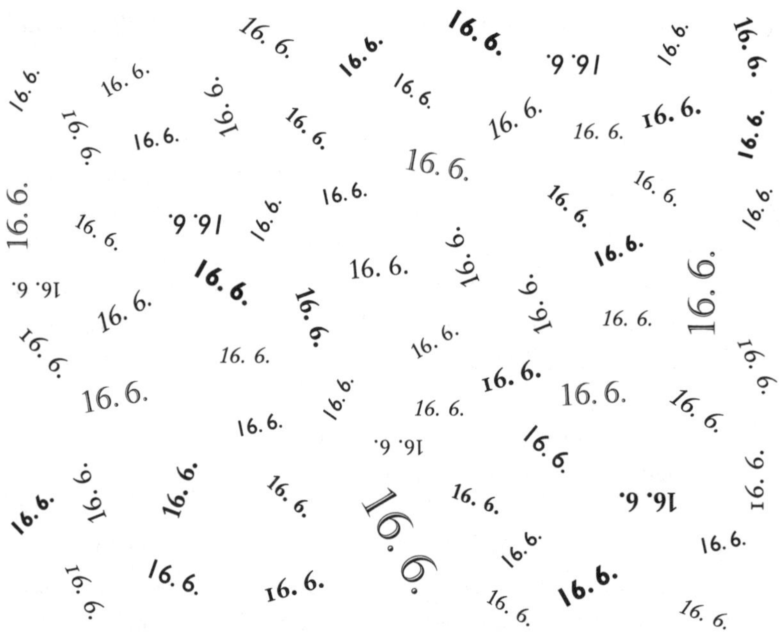

HTU 60 G

⇛

KLEINE PORNOGRAPHIE UNGARNS

Die Straßenlage des Trabant ist
ausgezeichnet, seine Beschleunigung
hervorragend. Dies jedoch sollte
nicht zum Leichtsinn verführen.
(Trabant-Gebrauchsanweisung)

I. (Auf dem Rücksitz eines Pobjeda)

Glücklich erwartete ich den Abend, denn ich liebe die slowakischen Frauen, und aus verschiedenen Gründen ziehe ich sie den tschechischen vor: zunächst, weil sie eleganter, dann, weil sie weniger emanzipiert sind, und endlich, weil sie im Augenblick des Höhepunktes immer *joj* sagen.
(Milan Kundera)

Herr, Ihr Drink sein hier. – Elfenbeinaugen, rosiger Klatschmohn im schwarzen Haar, süßes Tiefbraun in den Knospen; lachend steht sie neben dem riesigen Fenster, hinter ihrem Rücken zittern Palmwedel im Wind. Ein schneeweißer Graureiher, doch nun vielleicht ein Seidenreiher, schaukelt auf dem kippeligen Bananenblatt. Weit, fern, bei den Korallen zerbrechen sich die Wellen mit ihrem weißen Kamm. Die Stunde stockt, von Weile zu Weile fällt langsam eine Kokosnuß vom Baum. Verfluchtes Saughühnchen! Beinahe hat sie sogar ein Stückelchen abgebissen. – Langsam nun, langsam nun, der Herr von Rákóczi! <frei nach einem Volksliedfragment über Ferenc Rákóczi II.; nach ihm, dem Anführer der Kuruczen! wurde jener Freiheitskampf benannt, bei dem viele schöne Teilerfolge verbucht wurden, doch wie gewöhnlich stand ein Habsburg-Sieg am Ende.> – und sie ist ihm gefällig, als wäre ihr Kisseler, was ihr Schlund ist.

Gestern waren Sie vielleicht krank?, fragte der Hauptabteilungsleiter mit jenem Mißtrauen, das in beschwerlichen Zeiten des Kommunisten Eigenart geworden ist, er fragte zur Sekretärin, die er als Gewerkschaftsvertraute sich erlesen hatte. Das Fräulein lächelte mit dem schwingenden Hintern verstört, ja Kolghauptabtleit, der Doktor steckte mich unumwunden ins Bett.

Aber so hätte man nicht *sofort* den ganzen Tag fehlen müssen.

»er hat sich ihr Radieschen von unten angesehen«

Es lebte einmal ein Polizist. Dieser Polizist hatte, und Gründe waren da, seinen Gummiknüppel geküßt. Nun gehören etwa Ihre ersten Gedanken dem Zweifel an: – Wie?! Und so etwas?! Unser Polizist in seinem ordentlichen Fall?

Jedoch warum auch nicht? – wäre unsere sedative Gegenfrage. Denn man nehme zur Kenntnis, unsere Polizei ist keine Anhäufung und nicht einmal ein Sammelbecken unvollkommener Menschen … Denn welch ein Beruf ist das? Obgleich ein hehrer Beruf, ist er zeitraubend und in Ergänzung dazu auch gefährlich, kein Wunder also, daß dies die hohen Raten an Unverheirateten beziehungsweise Ledigen begünstigt.

Was anderes bleibt so übrig, als zu suchen die gelegentliche Gelegenheit, durch Feuer und Wasser, natürlich nicht durchkreuzend die Vorschriften des Arbeitsfeldes! Das führt dorthin, die Ausbalancierung der Seele und die natürliche Lebenseinstellung, also die Urgesten der Liebe zu finden es eine Aussicht gibt. Den in dieser Heimat je schon angehalten hat ein schlechtgelaunter, grimmiger, gestreßter, frustrierter Polizist, der weiß, das ist nicht wenig, und das ist dann wirklich nicht wenig.

Ich bin ratlos. Meine Frau will, und wir stimmen dem beide zu, unser Kind abtreiben lassen. Dazu im Gegensatz: einem Bekannten, einem liebenswürdigen Menschen, einem Bären, sagte eine neunzehnjährige Tänzerin auf einer amtlich organisierten, relativ günstigen Reise nach Bangkok: You are big.

Nur warten, mein Freund, sagte ich dem jungen Mann, der traurig war, der mich so sehr an mein abiturierendes Ich erinnerte. Lust hätte ich gehabt, ihn zu fragen, welch Glück er bei der Ziehung der Prüfungsfragen hatte, doch bat ich ihn nur um Vorbereitungen, befreien Sie sich ein wenig, sagte ich. Wie sehr hatte ich mich einst gefreut, daß ich nicht die Lyrik der *Westler* <Literaturgruppe nach der Jahrhundertwende> ziehen mußte! – Nun lassen Sie keine Ängste zu, kleiner Verwandter, möglich, daß bloß irgendwelche organischen Störungen gegenwärtig sind, was dem Wesen nach einfacher ist, aber natürlich, als die seelische Störung! Tun Sie mir behilflich sein, bat der Junge schmerzlich, *Sie sind immerhin der Ingenieur der Seele, und so sehr lieben Sie sich selbst!*

Tractatus

Was kann man darauf antworten? Was denkbar ist, das ist auch möglich. – Warten wir das Ende ab.

Und wirklich, denn als ich versucht war, die zipfelartig über die Eichel ragende Vorhaut zurückzuschieben, war das nicht möglich. Sie war vermutlich festgewachsen. Aus der Literatur mußte ich über die Novellen von Móricz reden, was flott ging. <Zsigmond Móricz (1879–1942), gemäß der Kleinen Literaturgeschichte Ungarns ist er

Und schon wird sie von einer gegenläufigen Welle überspült, von der Welle des offenbarten Disengagements: Die Schriftsteller kehren zur Liebesgeschichte zurück, erklären den »Ideen« den Krieg, der Kult des *Schreibenkönnens* blüht auf, sie mögen sich nicht mehr mit den Belangen der Welt beschäftigen. Eine neue Ethik der Kunst bietet sich an, die nichts anderes ist als eine leicht zu handhabende Drehtür zwischen der Romantik und der milden Überheblichkeit, den (verschwindend geringen) Risiken der Dichtung und dem (wirksamen) Verteidigen der Vernunft.

Wäre demzufolge das ewige Schicksal unserer Literatur jenes erschöpfende Pendeln zwischen dem politischen Realismus und dem L'art pour l'art, der Moral des Engagements und dem ästhetischen Purismus, dem Kompromiß und der Sterilität? Hat sie keine andere Wahl als ärmlich zu sein (wenn sie nur sie selbst ist) oder trübe (wenn sie über sich hinausgehend auch etwas anderes ist)? Könnte sie nicht den ihr gebührenden Platz *in dieser Welt* einnehmen?

IM KAMPF
ZWISCHEN DIR UND DER WELT
SEKUNDIERE DER WELT

Macht sich ein Schriftsteller über seine Kunst Gedanken (selten genug, den meisten graut es davor), spricht er nur darüber, wie er die Welt sieht, welche Verbindung er zu ihr hat, was für ihn der Mensch ist, kurz, jeder erklärt, ein Realist zu sein, doch niemals, wie er das ist. Dabei ist die Literatur nur ein Mittel, sie besitzt keine Ursache und kein Ziel ..., sie ist weder mit einem *Warum* noch mit einem *welcher Art* zu definieren ..., sie hat ebendeshalb weder Ursache noch Ziel, weil sie jedweder Sanktionen beraubt ist. Sie bietet sich der Welt so dar, daß sie von keinerlei *Praxis* begründet und bestätigt wird. Sie stellt einen ganz und gar objektlosen Akt dar, sie verändert nichts und wird auch *von nichts bestärkt.*

Nun, darin besteht gerade das Paradoxon: der literarische Akt erschöpft sich in seiner Technik und existiert lediglich im Zustand der Art und Weise. Marthe Roberts *Kafka* stellt an die Stelle der alten (und unfruchtbaren) Frage: *warum schreiben?* eine neue: *wie schreiben?* Dieses *Wie* beantwortet zugleich auch das *Warum*, die Sackgasse öffnet sich unversehens, die Wahrheit erscheint ...: *die Existenz der Literatur ist nichts anderes als ihre Technik ...*

Kafkas Technik impliziert zunächst ein Übereinstimmen mit der Welt, die Kapitulation vor der Alltagssprache, doch gleich darauf die Vorbehalte, Zweifel und Grausen vor den Lettern, die die Welt anbietet ... Die Verbindung zwischen Kafka und der Welt wird durch ein ewiges *Ja, aber* geregelt. Dies kann, unter Beachtung der Qualitätsunterschiede, von unserer ganzen modernen Literatur behauptet werden; die moderne Literatur vermischt nämlich in unnachahmlicher Weise die realistische Absicht (ein *Ja* für die Welt) und die ethische Absicht (*aber ...*).

Die das *Ja* vom *Aber* trennende Entfernung besteht in der gänzlichen Unsicherheit der Zeichen. Und Literatur existiert, weil die Zeichen unsicher sind. *Diese* Technik besagt, daß das Wesen der Welt darstellbar ist, die einzige Aufgabe des Künstlers ist die Jagd nach den möglichen Bedeutungen, alle diese Zeichen sind an sich genommen lediglich eine (notwendige) Lüge, ihre Vielfalt aber ist die schiere dichterische Wahrheit.

Letzten Endes verpflichtet den Schriftsteller in der Welt die Exaktheit des Schreibens (wobei es selbstverständlich um die strukturelle und nicht um die rhetorische Genauigkeit, um das »handwerkliche Können« geht).

SIE WERDEN NICHT VON DIESEN ODER JENEN IHRER STELLUNGNAHMEN VERPFLICHTET;
VIELMEHR VON IHRER UNTREUE:
LITERATUR IST MÖGLICH, WEIL DIE WELT NOCH NICHT FERTIG IST.

»bis heute der größte ungarische Prosaist«; trotz dieser Aussage ist er wirklich ein großer Schriftsteller.> **Ei law Móricz** (Trikotaufschrift). Das hatte ich dem Jungen gesagt, zur Beruhigung, aber ob er es in seiner verzeihlichen Aufregung verstanden hatte, wer weiß ... Oh, ja: Was der Schriftsteller hierzulande tun sollte, siehe, darauf sind Antworten da, märchenhaft und märchenhafter, doch sind sie nicht unbedingt durch Dummheit entstanden, sondern durch die Armseligkeit, durch die Armseligkeit der Lage; so bleibt die Antwort, wie sie nun einmal ist, aber eine Begründung gibt es für sie. Und das gerade nennen wir Armseligkeit. Im Laufe der Zeit hatte sich die Aufgabe hauptsächlich auf die Regulierung der Theiß verlagert und auf die Bemühungen, die das Land in seinem Aufblühen unterstützten. Nun aber ist es schon sehr schlimm, wenn die Theiß nicht von Fachleuten reguliert wird und die Nation ... also ..., die muß die Nation mit Hilfe der w-w-weisen Ratschläge ihrer aufrichtigen Führung selbst zum Blühen bringen. Jeder andere Fall wäre schlechter. Und es ist in der Tat beruhigend, wenn der Schriftsteller nicht über Volk und Nation nachdenken muß, sondern über Subjekt und Objekt. Und nicht etwa, weil er ein heimatloser Schurke wäre. Sondern weil er, wenn er auch nur ein bißchen gut sein sollte, bis zum Halse in der Sache stecken wird, und ist er kein bißchen gut, dann *redet* er vergebens: Dann schmückt er nur aus ... Die Vaterlandsliebe ist eine Frage der Qualität. <So lautet eine wichtige patriotische Aussage.>

Notabene: *Ungarn ist ein Volk der Kongruenz* (Subjekt, Prädikat, Erg-g-gänzungen).

Sehen wir zu. Zwei Zentimeter habe ich mit der sterilisierten Hautschere in die Vorhaut geschnitten, damit konnte sich die Eichel freilegen. Wie ich erwartete, war das zu wenig. Die feine, seidelige Schleimhaut schied ich skrupulös vom unteren Eichelrand, und da war der Anfang vom eigentlichen Schnitt, mit dem ich begann, dazu zog ich zur Spitze die nunmehr zu bewegende Vorhaut, doch beinahe nur, um sie mit einer Hautklammer unverzüglich spannen zu können; ich verwarf das übrige Stück von Haut, den Wundrand band ich mit kleinen pfiffigen Stichen.

Der Gegenstand ist einfach – sagte ich mit listiger Selbstkritik.

Ich bin Schriftsteller, ich mag Rotwein, tolle Autos, dickes Rindfleisch, die Frauen, die Natur (und da vor allem das Gras und die Afterspinnen), und ich mag es, mindestens bis halb acht zu schlafen, weil ich das verdiene. Diese winzige folgende Erzählung brachte dann ziemliche Belastungen mit sich, da sie ihren Anfang in jenem Telefongespräch gefunden hatte, das mich um einiges vor sieben Uhr erreichte.

An der mit Minen und Stacheldraht versehenen Grenze zwischen Traum und Wachsein verstand ich nur langsam, daß jenes frühe Morgenwesen Klara war, an die ich verschiedene freundliche Erinnerungen hege. Ich wünschte sie zum Teufel. (Sie gehörte zu den Mädchen, die nicht jetzt oder dann sagen, nicht Montag, im März oder 1972, sondern »damals, als ich meine Sorgen mit Baudelaire hatte« – das machte unser kleines Geschichtchen nicht einfacher. Lang ist es her, vielleicht war es auch nichts.) Eilig machten wir einen Termin miteinander aus.

Der täppische Sonnenschein kreiste unbekehrbar in meinem Zimmer; wir waren ein wenig steif, wir kannten einander und auch wieder nicht. Etwas zu steif bat ich sie, sich niederzulassen in Bequemlichkeit auf meinem Sofa. Das war, was sie tat. Nun, wo drückt der Schuh? Ich fragte sie nach ihren Schwierigkeiten. Das ist mir entsetzlich peinlich, zierte sie sich. Ihre Brüste waren immer noch: die zwei Dinge an sich. Mit Seufzern sparte sie nicht und nahm dann den Anfang mittendrin (in des Medias Risse).

die sind immer noch die zwei Dinge an sich: die der Szeklerin sind schlaff, die der Armenierin sind straff, Ungarinnen, Tschango-Ungarinnen und Walachinnen haben gut ausgebildete Brüste

Vor einem Jahr hat mich mein Mann mit seiner Kollegin im Büro betrogen. Er hat sie auf den Schreibtisch gelegt und gebraucht. Vorher hatte er den Hefter und die Schriften beiseite geschoben; er hat eine verantwortungsvolle Stelle. Es war still. In der Nachbarschaft baute man an einem Arbeiterheim. Ganz kleine Appartements wird es dort geben, so heißt es. Ich mochte ihren Kran. Und auch, daß sie so am Bauen waren. Er ist richtig gefangen von dieser Frau ...!

Ich interrumpierte sie irritiert, von wegen gefangen, gefangen! Wir gebrauchen die Wörter zu einfach. Vor allem die Betrogenen ... Es ist nicht einfach, ein Gefangener zu sein! Mehrfach verzieht sich das Problem an andere Stellen!

Ich bitte dich, mich nicht mißzuverstehen! Du hast recht. Was sich auf das Gebiet der körperlichen Freuden bezieht, so liegen uns die Schwierigkeiten, darum trifft er sich mit dieser Zicke. Eine Freundin fiel mir ein, mit der ich über Stunden in der Küche saß, wir schälten Kartoffeln, es gab nichts anderes als das Geräusch der Kartoffelschalen, wir fütterten ihre Kinder, und dann plazierten wir jeweils auf das Geschlechtsorgan des anderen unsere Finger. Dich liebt Gott. Ich schwieg. Die Hemmungen umschweifend, begann Klára zu schluchzen. Selbst mein Mann ist unsicher, er behauptet, er würde mich lieben, und ich fühle, daß er nicht lügt. Auch neulich kam er ganz unerwartet vom Örtchen zurückgerannt, und er sagte mir, daß er, so beim Wasserlassen, während er seinen Schweif sah, erkannte, daß er mich liebt; nein, dergleichen kann man nicht einfach erfinden ... Nur eben ... manchmal bringt er diese andere her, in unser Hochzeitsbett, und dann muß ich bei den Kindern schlafen. Wir spielen Mensch ärgere dich nicht. Die natürlich wissen nicht, was sie davon halten sollen, auch dann nicht, wenn sie oft gewinnen, das heißt, sich nicht ärgern ... Zusammen haben wir alles zu Ende gemacht, das Haus auch.

Wie alt ist dein Mann? 52. Na ja, sagte ich sorgenschwer, mit all der graziösen Duckmäuserei meiner 32 Jahre, als sei ich 22. Wir unterhielten eine kleine Pause, ich beobachtete sie gespannt, da ich spürte – das ist der Beruf –, daß dies noch nicht alles von der Wahrheit ist. Dann platzte sie wirklich heraus:

Sagt mein Mann: Es ist zu geräumig. Daß mehrfach er in das Gefühl fällt, daß er mich nicht hochbringt, um es im Bild zu sagen, war er für sich wie ein Musikus, der in einem übergroßen Konzertsaal spielt. Und daß die andere dort unterhalb sich ganz anders findet und ihm das gerade nach seinem Geschmack wäre, aber sehr, und daher kann er nicht wegkommen, vergebens wollte er, vergebens ist es seine *Überzeugung*, daß *ich* die Wertvollere bin. Er weinte sogar über diesen Widerspruch.

Die Hoffnung destillierte dort am Gesicht der jungen Frau. Geht es uns nicht allen so, meine teuren Freunde? Wie rasend dachte ich nach. Es wird geben müssen eine Lösung! Es darf nicht sein, daß kluge, wertvolle, tatkräftige junge Menschen zugrunde gehen! Nicht dafür kämpften unsere Väter und kämpfen wir! Nein.

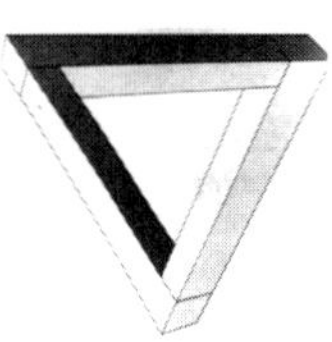

Ich hab's, sagte ich und erzitterte selbst in der Lösung. Gemeinsam zitterten wir nach soviel Zeit. Man muß die Muskeln trainieren. Trainieren – wiederholte sie maschinlich. Ich nickte, denn das Dingchen der Frau ist, wie die Burg von Soldaten oder die Wabe von Honigbienen, von Muskeln umringt.

Ihr Gesicht war durch die Aufmerksamkeit entstellt. Mit dem Gesicht eines Freundes pflegt die Trauer das gleiche zu bewirken. Wir waren einmal auf einem Begräbnis, daher weiß ich es; seine Stirn war eng, *alles war unverhältnismäßig geworden*, die Augen hatten sich unintelligent einander genähert, ohne daß dies durch den Witz der Schieläugigkeit wiedergutgemacht worden wäre. Obwohl, wenn man die Trauer messen könnte, war die meine dort größer, aber man kann nicht. Es stimmt allerdings, daß ich auch nicht weiß, wie damals mein Gesicht gewesen war … Sei ohne Störung und lasse dich kleiderlos gehen, dann führe zur Hälfte oder zum Drittel einen Finger nach deinem Belieben ins Heiligtum. Nun wirst du, gleich beim Eingang, dort, wo andernorts das Weihwasser ist, einen Kreismuskel auffinden. Sei es beim Husten, er zieht sich zusammen; die Aufgabe wäre dessen willensvolle Bewegung. Ist das alles?, fragte sie ungläubig. Ich tätschelte ihr Gesichtchen.

Nein.

(Hier könnte ich beinahe einen Punkt setzen, ich habe sie ausführlich über die Hebemuskeln belehrt, über den zu erwartenden Muskelkater und so weiter.)

Und sollte ich immer daran denken? Das ist schrecklich! Daß man immer zu denken habe an etwas, daß niemals …, daß immer …, daß meine Ruhe … Lachend schüttelte ich den Kopf. Du hab keine Angst, es geht von selbst. Die Spitze deiner Freuden wird siebenfache Sprachen sprechen! Du lernst es, wir alle haben es gelernt, wie die Welpen das Bellen.

Sie erhob sich von meinem Sofa, mit dumpfer Hoffnung ging sie in Richtung Bad, drehte sich plötzlich um, und gutgelaunt hüstelnd sagte sie:

<Selbstzensur>! *Was das Bild darstellt, ist sein Sinn.*

Meine Nachbarsfrau, die Frau aus der Nachbarschaft, wirkte auch als zweiunddreißigjährige Nachbarsfrau schüchtern, unruhig oder verschämt; wenn wir uns begegneten, schlug sie ihren Blick mädchenhaft zu Boden, so zaghaft war sie, obwohl sie mit ihrem blonden Haar und der beinahe puppenhaften Figur eine ansehnliche, anmutige Frau war.

Damals kämpfte ich gegen die Raubtierschwingen meines Privatlebens, zwischen zwei Frauen zermalmt, mal betrog ich die eine, mal die andere – und immer mich selbst. Das Frauchen hatte mir oft herausgeholfen mit Zucker und mit Mayonnaise, ich aber eilte mit Büchern entgegen. Ich gab ihr einen Literaturalmanach, ich sagte, der Magvető-Verlag habe ihn herausgegeben <und damit die Samen gesät>. Es schien, sie verstand, was ich sagte. Über ihre

Scheu aber dachte ich derart, daß sie sie verlieren werde, kaltblütig lehnend auf meinem Rokoko-Sofa.

So war es auch, gleich ließ sie sich gehen. So ist es besser, bekannte sie von ganz allein. In dem gespannten Streß verlieren wir gerade das, wofür wir uns spannen, sagte ich und fühlte mich, wie wenn der Henker gehenkt würde unter der Voraussetzung, ich sei der Henker. Ich führte mich zurück zur Realität, auf die real existierende Realität, und rief die Aufmerksamkeit der Frau hin auf das Zuständigkeitsgebiet der Kunst, und nur ihr wahrheitsgetreuer und detaillierter Bericht kann, wenn etwas es kann, Hilfe schaffen, aber sie soll nicht fühlen, daß sie selbst sich damit verraten oder anzeigen würde. Wir haben nur zu tun, die Wirklichkeit in Augenschein zu nehmen und die Arbeit zu beginnen.

Meine Träume, begann sie. Antipathisch lachte ich auf, was sie aber nicht verstand. Unsere Träume!, mein Kleines, was willst du mit unseren Träumen! Doch hatte ich sie mißverstanden. Meine Träume sind in Träumen schön, doch am Morgen sind sie unausstehlich und gräßlich. Ihre Stimme klang entschlossen. Pro forma ist es wirklich peinlich, daß ich als Mutter und Ehefrau davon träume, Erfolge als nackte Tänzerin zu verbuchen … Der Traum ist, daß ich mich glücklich fühle, noch dazu so, daß ich mit meinem Mann gemeinsam über die Stränge schlage, doch unerwartet verliere ich die Zügel, und mit wiegenden Hüften stelle ich mich für die Öffentlichkeit. Mit persönlich geschärften gezielten Bemerkungen versehe ich die wildfremden Männer mit wollüstigen Bewegungen.

Die Band, die Jungens!, exotische, dunkle Musik spielen sie. Heiß, heiß! Meinen Mann sehe ich nicht, mein Hintern ist heiß! Ich fühle … Verlangsamt ich meine Bluse aufknöpfe, mit einer sich drehenden Orkanen-Bewegung fällt auch der Rock. Mit Freude erfüllt mich die tatsächliche Schlankheit meiner Beine, und von meinen Hüften das jungenhaft Schmale: Es wird keine Entdecker meines Alters geben. Büstenhalter und ein klitzekleines Höschen, sie verdecken meine letzten Geheimnisse. Tödliche Stille. Auch die Band aufhört das Spiel. Da erst erkenne ich in ihnen die Mitglieder der Betriebsleitung, und das elektrisiert.

Die Hinteren stellen sich auf die Stühle, daß sie mich nicht versäumen; sie haben recht, hier bin ich, ich bin okay, ich kann mich leiden. Auch der Mann von mir aufsteht, ich wende mich zu ihm, wo ich meinen BH ausziehe, verkomme nur, du Viech. Tobende

Gefallenskundgebung entsteht zu meinen Gunsten. Als auch mein Slip mich verläßt, immer dann wache ich auf, mein Nachthemd ist ein faustdicker Knauf und ruht verknüllt zwischen meinen verschwitzten Schenkeln. Mein Mann schläft genau wie Ehemänner.

Ihr gerötetes Gesichtchen nahm ich in meine Hand, und ich rief ihre Aufmerksamkeit, daß nichts Verurteilendes ist, daß sie in der Anerkennung der anderen sieht jenen Mangel, der sich in ihres Mannes Gleichgültigkeit meldet. Das ist eine fehlerhafte Anspruchslosigkeit, wenn Sie Ihr Anziehendes in die Träume verstecken. Nicht verstecken, nicht dahin. Wir sollen nicht dahin es verstecken. Von des Lebens natürlichen Kräften angetrieben wir uns je mehr bewegen in unseren Tagen, desto weniger möglich ist, uns zu übersehen. Oder daß dies immer mehr Hindernis wird verursachen. Und ob – schloß ich meine Erklärungen.

Und bestimmt soll sie machen, was sie beschrieben hat. *Was sich beschreiben läßt, das kann auch geschehen!* Sie sollte es machen, jetzt aber in der *Wirklichkeit*, hier, zu Hause, in diesem kleinen ungarischen Winkel nunmehr persönlich!

Die tapfere kleine Ehefrau, unnachahmlich trennte sie sich von meinem Sofa, mit dem Glanz der Außenstadt in ihren Augen schaute sie in die meinen, aus der Tür drehte sie sich noch zurück. Nun?, fragte ich sie. Die Welt ist die Gesamtheit der Tatsachen, nicht der Dinge, sagte sie; ihr Gesicht verriet nichts. Bis spätabends horchte ich (die Wand hatte Ohren: die meinen).

Ein bißchen bin ich von mir angewidert, daß ich manchmal aus Eitelkeit Gutes tu. Frauen können recht gut mit einem Manne Freundschaft schließen; aber um diese aufrechtzuerhalten – dazu muß wohl eine kleine physische Antipathie mithelfen. Ich werde häßlich, wie der Litauer sagt.

Wenn wir gereist sind, gelesen oder, behüte es Gott, gelebt haben, wissen wir, was eine Kleinstadt ist, in der Kleinstadt das Hotel mit klangvollem Namen, und wir wissen, wie dort abends die Zeit vergeht, und nachts, daß der erlösende Morgen doch endlich käme, und sei er noch so erbärmlich! Doch der Mensch ist undankbar, wenn er zum Frühstück für fünfzig Forint nicht mehr bekommt, nur das, was er bekommt, und auch das ist trocken oder aber welk, dann brummt er, und er fühlt sich als Europäer, wenn er das wirklich empörend nachlässige Personal ein Rindvieh rufen kann … (Im übrigen, Europa kann mich mal – und dann, natürlich, per def., bis zum Ural!)

Das Hotel, wo ich mit dem Grund einer mißlich gelungenen Mission für die Allgemeinbildung (unter-richten) Unterkunft fand, hörte auf den Namen Roter Stern und war erträglich.

Die Frau war eine Attraktion des Hotels. Wenn ihr Dekolleté entlang ging am Linoleumboden des Restaurants, die Köpfe drehten sich nach ihr, wie Sonnenblumen sich drehen. Tagsüber lag sie in ihrem wild herausfordernden Bikini am Rand des Thermalbades, vieles versprechende und erreichende Blicke werfend auf die gewerkschaftlich eingewiesenen Minenarbeiter, die die Heilung ihrer verschiedenen Schmerzen vom Wasser erwarteten. Von einem solchen Blick das Tablett in der Hand des örtlichen Kellners begann zu zittern, als er die Gläser mit Calvados gefüllt trug. Die Bergleute erzählten gehörige Sagen von der Frau her, daß es keine Nächte sind, in denen sie allein schläft, und daß sie die Männer unter eine harte Probe wirft, denn, so die Bergleute, der ist der Mann, der sie besteht – daß nämlich dieses ein Lebensprinzip dieser Frau ist.

In der Bar, und die war die Kreuzung zwischen einem Kolchosenbüro und einem Bordell der Jahrhundertmitte, bekam sie für mich Aufmerksamkeit, und das wurde für mich wie ein Duellum, die Augen der vielen Kumpel leuchteten ganz wie schwarzer Diamant. Etwas mir bekannt war sie, und als sie mit dem Ungestüm beginnen wollte und ihre Hand unter den Tisch steckte, erkannte ich, woher. Vor mehreren Jahren hatte sie in ihrem Vorhandensein als Schwester meine Mutter gepflegt und war dann unnahbar erschienen, kühl und unbedeutend. Mein Bruder und ich nannten sie: *warmherzige Schwester:* nun, ebendas war sie nicht …

Also, was bedeutet diese Veränderung? – fragte ich ein wenig vielleicht aufgebracht in meine Tonic-Imitation getaucht – die Verwandlung eines guten, herzlichen, alleinstehenden Mädchens in ein männerverzehrendes Schicksalsweib, hm?

»Nicht genug dessen, daß er mich blutig geschlagen und mit einer Hure betrogen, verlassen, erniedrigt und zugrunde gerichtet hat, nein, er ruft noch an und fragt, ob ich ihn liebe, und ich antworte mit Ja.«

Als mich im Alter von 19 Jahren, nach nicht geringen 2 Monaten in schneefrischer Ehe mein Mann schmählichst hintergangen, mich nicht nur reihenweise belogen, betrogen und ausgeplündert, sondern mich *verraten, verraten, verraten* hatte – warf ich ihn, selbst auch noch ein Kindsmensch, hinaus, umsonst winselte er wie ein Hund: Ich beschloß, daß ich frei leben werde, wie die Männer, unabhängig, felsenfest, im Wind, aber so, daß ich dem keine Bedeutung zumessen werde, alle Geschenke, jede Feinheit und jeden gemeinen Scherz des Lebens werde ich als etwas annehmen, das mir zusteht. Ich bin eine Dame, die Hauptdarstellerin meines Lebens, so habe ich mich entschieden. Die Welt und das Leben sind eins. Ich bin meine Welt.

Soviel muß ich vorausschicken

In einem solchen Land, in dem ich mir, vorsichtig gesagt, nicht alles erlauben kann, komme ich besser hin, und das sage ich als Klage nicht, wenn ich auf sozialistische Weise lebe, lerne, arbeite. *Hier sind alle, auch ich, so widerlich normal.* Doch wenn der Sommer kommt –, und die alte Bekannte schnarchte einen Seufzer so groß hinter ihren vollen Tittelchen, daß beinahe ich mich flachmachte mit Respekt – suche ich mir also einen Mann, einen Mann, der sein *muß*. Ich tobe mich aus, Tränen entstehen nicht für Abschiede, nicht versprechen wir einander gar nichts, und dies – sie lachte auf, obwohl sie das bestimmt nicht das erste Mal sagte – halten wir ein …

Auch auf der Herfahrt im Zug hatte ich <Selbstzensur>, ein Tunnel verschluckte uns regelrecht. Den er schon verschluckte, weiß, soviel wir uns auch vorbereiten, es ist mit elementaren Kräften unerwartet. Gegen das Entsetzen in meinem Körper versuche ich ein Gleichgewicht mit vorübergehendem Strecken, das eher lässig als natürlich ist.

Doch nur für einen Augenblick! denn dann fühlte ich forschend zwei heiße Hände zwischen meinen Beinen. Dafür bin ich eine zu erfahrene Füchsin, als daß mich *das* erschrecken kann, wobei aber doch ziemlich. Mir gegenüber der Offizier (Platzkarte!) mußte offensichtlich auf den Knien auf mich gekrochen sein. Küßte den Saum von meinem Rock, gleich dem Parzival. Es wurde hell, genauso aufdringlich wie vorher dunkel. Der Offizier zeigte nicht von seiner Verlegenheit die Zeichen. Wie auch immer, ein Held ist ein Held, und ich begann zu kichern. Fasziniert betrachtete er mein im Dunkel des Schenkelansatzes aufblitzendes silbernes Höschen. SILBER, DAS IST MEINE FARBE!!! Danach, als würde er mir Zigaretten anbieten, begann er ohne Scham mit dem Rand meines Dingchens sich zu verspielen. Nach kurzer Zeit fand er, wonach seine zitternde Hand suchte.

Da wir sowohl von Zivilen als auch von den Sicherheitsbeamten

»indessen ausgehungerte Fuchswelpen, in ihr Höschen eingenäht, ihr Weiches zerfressen«

hätten entdeckt werden können, von Untergeordneten und Höhergestellten gleichviel, und die Lage sich steigerte, ich ließ von dem Gedanken ab, dem Unverschämten Lektion zu geben, *ergibt, was man darf, und ergibt, was man nicht darf!*, lieber begann ich so zu strafen, daß ich dessen, der mir in etwa übel mitgespielt hat, handliche Liebkosungen zu genießen begann.

Ich hob meinen Hintern für das Ziel der Forschung; plötzlich aber alles so wenig, kühl, körperlos erklügelt wurde, ich hätte am liebsten gebrüllt, und auf, mit allen zehn Krallen gegen diesen Phallokraten! Zu wenig, wenig, wenig! Rennend brachte ich ihn auf die Zugtoilette. Dieses Gelände war so klein, dreckig, heruntergekommen, schäbig, für zwei Menschen kaum würdig, vor allem, wenn man nicht nur seine gequälten Hände als schlechtgelaunter Pilatus waschen will.

Der Offizier <Selbstzensur> mit seinem belustigend langen Baumwollunterzeug, seine Manneskraft, er war aus der Generation unserer Väter. Die Dekorationen klirrten, sooft er <Selbstzensur>.

Für uns beide gab es Wartende am Bahnhof. Einer nach dem anderen stieg aus, wie Fremde: das liebe ich: bevor er die Seinen erreichte, flüsterte ich ihm grausam nach; denn wenn die Dinge in nichts verschieden sind, dann kann auch ich sie nicht unterscheiden, sonst wären sie doch unterschieden … Als er sich zurückdrehte, sah ich, daß er sich fürchtete. Dadurch habe ich ihn so sehr begehrt, daß sich bei mir beinahe ein Krampf einstellte. Doch mußte auch ich lächeln. Nun.

Mein frivoler und kopfloser Fall in die Affären ist nicht Leichtsinn, eher die Schwere, kein Licht, eher Elend, am ehesten vergleichbar mit dem Klammern des von der Verlassenheit verängstigten Kindes an den nächstbesten Menschen … *Ich fühle mich wurzellos, denn ich bin die Wurzel.* In mir quillt irgendeine Spannung, welche nur ein Partner kann ableiten, wie am Schwert die Blutrinne. In solchem Fall frage ich nicht: Wer bist du, woher bist du, wie bist du. Du bist, um zu sein! Dann blickte sie mich plötzlich ernst an, und mir sagte sie Folgendes: MACH MICH! MACH MICH FREI!

Ich schaute hinein beziehungsweise darauf, auf ihr etwas aufgedunsenes Gesicht, auf ihre Stupsnase und die reiche Augenschminke; hilflos hob ich die Schultern. Es packte mich nicht, meine Tonic-Imitation sank allmählich zu Ende, schwer verging die verdorbene Zeit. Die Frau sprach:

Einmal im Jahr fahre ich nach Kenia! Dort wartet ein bezaubernder schwarzhäutiger Mann auf mich und macht mir auf Gefallen. Na ja: Wer nicht gespielt hat schon einmal mit dem Gedanken, daß er einmal in seinem Leben so wirklich losläßt sich selbst, er verläßt seine Beherrschung, die so sehr in seinem Interesse steht, und das lumpige Ruder seines Lebens taucht er ein in das Ganze! Einfach alles hinschmeißen, die Handschuhe, das Brigadentagebuch, die Tagespresse mit ihrem verhurten (Pardon) Gefasel, um irgendwo *anderswo*, zwischen Palmen in salzig seeiger Trunkenheit das Drauflosbeginnen zu genießen! Dieses ganze Ganze hierlassen, wo weder leben noch sterben kann man – aber, aber –, wo man, das neueste Beispiel zu nennen, kein Herzgulasch bekommen kann, der kecke Garçon schaut einen an wie einen Blöden. Und natürlich lügen sie auch.

Oder was noch häufiger vorkommt: Die strengeren, komplizierteren Formulierungen werden durch sprachkorrumpierende, unungarische Wendungen, verallgemeinernde Enumerationen abgeschwächt, abgestumpft. Beachten Sie die spielerischen Straffungen, komischen Übertreibungen im folgenden Monolog; es möge jeder für sich entscheiden, ob die bewußte Frivolität nicht schon »Vorsichttuerei« ist.

Zum Beispiel habe ich eine Freundin, die in der Strickwarengenossenschaft arbeitet, auch sie macht aus solcher Veranlassung Reisen. Lange war das für sie nur Träumen, bis sie den Werkführer hier- und dahin schickte, sie selbst aber machte sich am selben Tag auf den Weg, sie reiste nach Spanien. (Gerade hatte sie für die Ausreise einen Sichtvermerk, die Sicht auf die Welt. Und ob!) In ihrem Rücken eine zerplatzte Liebe, denn auf dem Geheimnis liebte sie doch den Werkführer, und irgendwie war alles ausgeblasen, die Eltern waren ihr auch verständnislos, und so fühlte sie, daß auch in der Jugendorganisation eher sie den Ball hochwerfen, um sie leicht zu Boden schlagen zu können, und darauf folgend klatschten sie; es kam für sie alles zusammen, obwohl sie es hatte, was man ein normales Leben nennen kann, es war ihr eine kleine Wohnung, Arbeitsstelle, sie paßte sich in die Gemeinschaft, das ist hinter ihr, und vor ihr ... Ja: Was ist vor uns? Immerhin der Tag, das Meer, der Sand, die Wellen mit ihrem Kamm; alles so schön, ob nun die Halbinsel Krim oder die Halbinsel Yukon, dort waren wir schon mit der Brigade, da wir die goldene Ehrenurkunde erhalten hatten, zum dritten Mal, und wir haben nicht einmal gemogelt.

Dort die Menschen darum arbeiten, damit sie leben, und nicht umgekehrt, wie bei uns. – Daß wir darum leben, daß wir arbeiten? Wir arbeiten darum, damit wir arbeiten, aber ich wollte meine Verwunderung nicht einpflanzen.

Wie also ist der kenianische beziehungsweise iberische Mannesmensch?, fragte ich leichthin. Schau, erklärte sie, zweifelsohne südlich, Jäger. Instinkthaft, triebhaft, öfter treibt er es, doch nicht *grundsätzlich* besser. Die Leidenschaft ist am häufigsten nichts anderes als geborene Unselbstbeherrschung. Auf alle Fälle zurück kamst du, und jetzt hier bist du. Wie ist dein Leben? Wie kommst du mit ihm aus?

Hier kann man ja nicht einmal mehr richtig f... Aber! Ich bitte Sie!

Auf schwere Weise.

Die warmherzige Schwester stand auf, meine Erfrischung war ganz weg, über ihre Marmorschultern rief sie zurück: Die stillschweigenden Abmachungen zum Verständnis der Umgangssprache sind enorm kompliziert.

In der Früh habe ich das Personal unheimlich zurechtgestaucht; von einem Bein stellten sie sich auf das andere, während ich in dem obligaten Frühstücksei stocherte.

Es gibt ewig Unzufriedene, die alle Sachen aus ihrem partikularen Gesichtspunkt schauen, und des Fortschritts oder einfach des Lebens Schattenseiten vergrößern sie so selbstsüchtig, daß sie schon nicht daran denken, wie man könnte in der Folge der neuen Lösungen auftretende Probleme neuartig lösen, daß ihre Sorgen heute schon *menschenwürdige* Sorgen sind, infolgedessen muß auch die Unzufriedenheit eine unserer Gesellschaft würdige Unzufriedenheit sein, sondern am liebsten, ihre Geduld verlierend, möchten sie zwischen die Pferde schlagen, und sie wären die Erstaunten, wenn die Pferde, jene pferdestarken Pferde, einmal so richtig loslegen wollten ...

Zitat

Leben muß man. Die Moral kann nicht nur Theorie bleiben. Wenn das gute oder böse Wollen die Welt ändert, so kann es nur die Grenzen der Welt verändern, nicht die Tatsachen; nicht das, was durch die Sprache ausgedrückt werden kann. Kurz, die Welt muß dann dadurch überhaupt eine andere werden. Sie muß sozusagen als Ganzes abnehmen oder zunehmen. Die Welt des Glücklichen ist eine andere als die des Unglücklichen.

Vom Leben muß man das Glücklichsein auspressen, davon gibt es keine Befreiung. Es gab sich so, daß ich neben günstigen Konditionen Steward werden konnte auf einem bei uns luxuriös zu nennenden Schiffchen, das auf der Donau oder auch am Plattensee durchschnitt die Wellen nach Belieben, auf seinem Deck meine nach Ruhe sich sehnenden Mitbürger. Ungarn.

Los die Taue!, rief der Kapitän, was ich heiter auf meine eigene Weise zu verstehen brachte … Nun, ich bin hier, ich bin gut drauf, ich bin okay, ich kann mich leiden, wer mich kennt, kann wissen, ich bin nicht robust, obwohl etwas belastbar, ich lasse mich über dem Wasser schaukeln und rühre Getränke an. Weil so spielt das Leben nämlich – mit mir und mit sich.

Steward, sechs Gin Tonic auf das Sonnendeck! – rülpste es aus dem Mikrophon. Aha, es geht los die Arbeit! Ich lege die Feder hin, schnell rühre ich den Drink zusammen, ich plaziere die Gläser alle auf das Tablett, und die Prosa war auf der Flucht hinauf! Und dort, um ein Haar fällt alles aus meiner Hand, gleich dem herbstlichen Laub. Neben drei jungen Männern, die sich mich gut eingeprägt haben, drei erstklassige nackige Mädchen liegen auf den Sonnenliegen. Des Lebens Besitzer, so muß man es annehmen.

Während ich serviere, nehme ich alles gründlich in Augenschein, bis zum letzten Härchen. Ich schaue, sehe. Prächtige kleine Tierchen, hier in der Sonne destillierend! Hier wird heute nichts für mich ausgepreßt, dachte ich diszipliniert. Relativ alles glänzt, nur als ob auf den Gesichtern würde sich zeigen etwas Verkrampftheit!

Und dann, als ich mich über den Tisch von einem der Mädchen beuge, fühle ich, daß mir die eine Lotusblume heimlich ein Stück Papier gleiten läßt in die für Papiere ziemlich empfindliche Hand; für Sekunden trifft mich aus samtigen Mandelaugen ein tiefer Blick, in dem ich Kummer meine aufzudecken, das war wie ein Riß in der Zeit.

Doch gelange ich nicht leicht hinzu, um die Botschaft zu lesen, die Kerle auf dem Deck schneller trinken, als ich zurechtrühre. Ordentlich halten sie mich in Trab. Spät am Nachmittag (beinahe begann im Petőfi-Radio *Im fünften Gang! Jugend – Politik – Kultur*) hinter dem Mahagonibarpult endlich ergab sich das Entfalten. *Es war in fehlerhaftem Ungarisch, zitternd geschrieben.* <Pro domo: wie auch dieses Kapitel.> Lieber (Herr), (Genosse), Mann! Helfen. Nicht sind wir das, welche wir scheinen. Nicht leichte. Andere. Die Männer sind Schurken aus der Produktionsgenossenschaft vom Ufer, welche mit ausgesprochener oder unaussprechlicher Gewalt haben herausgeschält uns aus unseren Kleidern, WIE DIE NUSS AUS IHRER SCHALE, mit dahin gehender Begründung, daß sie heben unsere Gehaltshebung. Was leider wahr ist, so in ihren Händen sind wir. Nicht werden wir undankbar sein!

So stand es also! In einen kleinen schönen Schlamassel gelangte ich! Doch den drei Grazien mußte ich einfach helfen, oder unbedingt mußte ich helfen. Aber wie?

Ich rührte eilig für die drei Potentaten einen demokratischen »Schlummer-Cocktail«. Es hätte können ein Pferd niederhauen. Sie kippten das teuflische Gebräu hinunter ..., jetzt nur noch das Gegenmittel für den Kapitän hatte ich aufzufinden, der am Deck Wache stand, um die Schurkerei zu decken. Vorsichtig, die Freundschaft mimend, klopfte ich ihm auf die Schulter, und als er sich umdrehte, weniger freundschaftlich: auf den Kinnladen. Hinüber am Deckgeländer ging er abwärts ins Wasser. Ich hoffte, er konnte schwimmen.

Dann blieb noch das Auspressen übrig. Als wir allein geblieben waren, das Mädchen hat es klug so geordnet, die Mandeläugige sank auf meine Knie: Mein Erretter, ich bin die Deine! So stand es also. Ich überlegte, was könnte hier Antwort sein und wäre sie überhaupt möglich, nämlich, was man *pflegt* zu verstehen als Antwort. Schau, sagte ich, ein Stück geht weg von mir, mit dem Ziel, bei dir zu sein, angenommen, daß du mich als einen Bei-dir-Seienden annimmst. Zärtlich nickte sie, ihre Lippen befeuchtend. Plötzlich wurde berstend wichtig für mich diese Lottermieze. Ich hätte sie hassen können, hätte sie mich nicht geliebt. *Schnell, schnell!, daß wir es nur nicht überhasten!*

Ein Dialog, meine Liebste, ist nur dann möglich, wenn die Parteien aus der Anonymität herausfinden und einen solch schlagfertigen Boden erschaffen, der, indem er sich im Bereich des Persönlichen befindet, weder diesseits noch jenseits dessen, weder im Abstrakten noch im Unpersönlichen, das Sich-gegenseitig-Aussprechen eine Wirklichkeit werden läßt ... Ich muß gestehen, Illusionen habe ich nicht, und zugeben, denn die Wirklichkeit kann einen umfangen, wie eine Burg von Soldaten oder die Wabe von Honigbienen umringt ist, *la lingua* kann hier eine wesentliche Vermittlerrolle übernehmen, tatsächlich aber auch die ganz und gar niederträchtigen und grausamen Instruktionen eines Regisseurs. Die Sprache ist einer der großen Friedhöfe von Ansichten, überall finden sich Grabsteine der Metaphern, oder so ähnlich. Entsprechend geht das zu. Und trotzdem glaube ich, daß die durch die Sprache hervorgerufene Wirklichkeit, da sie einen Bogen von einer Person zur anderen schließt, das Persönliche spricht zum Persönlichen (süße Person!), auf etwas Gemeinsames abzielt, das heißt, theoretisch gibt es eine Möglichkeit für das Verstehen.

»Mein Herr, Sie sind ein veritabler Penis.«

Komm, zischte die Tussi.

Die Wahrheitsfindung ist immer ein Abenteuer, spannender als das des Casanova, erhabener als das des Parzival oder des Timur und seines Trupps. Was hier auszuarbeiten wäre, ist das Zusammenleben mit Menschen, und sei es hier in Ungarn: Nötig ist, daß wir Reichtum und Schönheit, die als eine tödliche Krankheit oder als Mühlstein am Hals jeder mit sich trägt, verschenken können. Daher halte ich nichts von den in sich gekehrten Gruppierungen, in denen in gegenseitiger Regelmäßigkeit immer das gleiche zur Frage steht, immer mit einer gewissen bürgerlichen oder proletarischen Zufriedenheit, übergossen mit dem säuerlichen Saft der gemeinsamen Verletzungen.

Mein Arsch kühlt aus, komm.

Ihr Körper schmiegte sich angenehm an mich, und in ihr vergaß ich bald die durchlebten Aufregungen. Bei dem Abschied legte ihr Fingerchen sich das Mädchen auf die duftigen Lippen, und auf die glücklich ankommenden Eltern zielend sprach sie so: Wovon man nicht sprechen kann, darüber muß man schweigen. Wenn die Moral geschlafen hat, wird sie erfrischt aufstehen.

Ich war leer, leer, leer, mein Hirn und meine Lenden. Man müßte nicht so selbstgefällig und hoffärtig sein und alles auf einmal mit einem Griff greifen wollen, sondern, mit dem Bild gesagt, den Zipfel des Tischtuchs zu ziehen versuchen, und wir beginnen dann am ehesten uns zu wundern, wenn wir das Ganze runtergerissen haben und es fällt uns ein vergessenes Butterbrot ins Auge, das am Boden des lauen Tees langsam durchnäßt …

Ich bin erfahren. Mein Wissen gebe ich weiter, das macht mich nicht überheblich, das ist meine Arbeit, so wie andere andere Arbeit haben. Die Menschen sind hierzulande wach und wissensdurstig. Die Aufgabe ist gestellt.

In meinem ganzen Leben hatte ich solche Brüste nicht gesehen. Doch sollten wir uns nicht irgendwelche Euter vorstellen oder jene trägen, aber namhaften Auswüchse, welche eher zu nennen wären: paarige Buckel; das waren echte regebewegte Titten, auch die Größe war nur nebenbei, so wie sich von einer Geschichte herausstellt, daß sie geschehen ist.

Mein Mann läßt mich im Hintergrund – was das Mogeln betrifft, sie mogelte nicht, jenes Wirtchen der Busen. Ich bin fähig, mich zu verwundern, auch das ist meine Aufgabe. Dieses katzenartige, gefällige Wesen mit der hellen Haut, die an teures Porzellan aus Meißen (DDR) erinnert und aus nur zu Erwachsenen passendem, über 18 Jahren erlaubten Märchenbuch schien zu entsteigen, dieses Lustfleisch, sie wäre in jenem gewissen Sinne hungrig?!

Was macht Ihr Mann?, erkundigte ich mich auf konservative Art. Seufzend zeigte sie zum kolonialen Bücherregal; jetzt ich ergriff den Platz auf ihrem Kunstledersofa. Und Sie fragen noch?! Er liest!!! Gleich in mein Herz schloß ich den ermüdlichen Kollegen. Er frißt alles auf, angefangen von Péter Veres <er war der wichtigste Repräsentant unter der armen Bauernschaft im Kreise der völkischen Schriftsteller> bis Wittgenstein, und ich sitze aber neben ihm, ohne Tat, tatenlos. Wohl spielfrei, sagte ich geistreich. Er nimmt mich nicht für die Wirklichkeit, das ist die Sorge, sagte sie freigeistig. Na kommen Sie lediglich.

Das hochzeitliche Schlafzimmer erinnerte stark mich an die Széchényi-Bibliothek, mit dem Unterschied, daß hier die Avantgarde-Zeitschriften ohne Schutzsignatur frei im Regal lagen. Das hielt ich gewinnreich für die Leseratte. Also, wie sei ich hier als Frau heimisch glücklich? Das war die Frage. Die Lage schien ernst, doch war sie nicht hoffnungslos.

Ergreifen muß man ihn durch sein Hobby, sagte ich die auf der Hand liegende Lösung. Das Buch ist ein großer Herr, so meine stolze Sequenz, mit gehörigen Büchern ich das am meisten abgemergelte Pärchen oder andere menschliche Gruppierungen in Schwung bringe. Sehen werden Sie: Buch, Stimmungsbeleuchtung, Calvados, und Ihr vernachlässigender Mann wird nur so Feuer werfen nach Freiheit und Liebe. *Soziale Sensibilität plus Petting.* Doch aufgepaßt – ich bewegte mich unwillkürlich warnend –, das Buch gefährlich auch ist, denn wenn schon das Feuer flackert, sei Holz auch genügend. Die Frau selbstsicher lachte: oder anderes zündbares Material. Ich sagte nichts, wozu immer an das Schlechteste denken; sah ich schon Nachtwächter tagsüber sterben, nun, es ist egal.

Plötzlich war mein Widerstehen unmöglich, nicht etwas vorzulesen aus der dritten Generation der *Westler*; Weltliteratur, sagte ich kurz und ernsthaft. Ich schlug das eine Buch auf, das ich sehr gut kannte an einer konkreten, bestimmten Stelle, und ließ den Autor zu Wörtern kommen: Die Geständnisse der Schönen bestachen nicht gerade durch Prüderie; sie schweifte nicht lang umher, sondern, sondern nannte die Dinge beim Namen. Sie sagte: Leben. Sagte: Liebe. Und sie sagte: das gibt es. Doch tat sie das mit einer derartigen Natürlichkeit, daß es niemand als Belästigung nehmen würde oder sich beleidigt fühlen könnte. Die Frau hörte gerne zu. Mit gespielter Strenge sagte ich, sie sollte nicht so zappelig sein.

Zu hoffen, daß aus Ihnen die Wahrheit spricht, sagte die Stupsnäsige. Ich warte so sehr *darauf*.

Ich kann das verstehen. Wenn auf dieses ihr Mann nicht draufbeißen würde, kann ich einen Bildband proponieren, aus der ausgezeichneten Prosaernte der 60er Jahre; in diesem sind kolossale und ungeschlachte Schönheiten mit den hineinpassenden Wahrheiten gebildert. Auf Mannspersonen wie gutartiger Sekt wirkt so etwas. Ich bei diesen denke nicht an Dreckiges, sondern an gleißende Ästhetik von Wahrheitssegmenten. Sie schwieg. Ihr Schweigen wollte ich brechen, weil ich eitel bin. Eventuell etwas Privatisierung aus der Scheinprosperität des zur internen Angelegenheit degradierten Scheinromans der 70er Jahre?!, empfahl ich mit doppeltem Hintern. Das wäre ja auch nicht für die Katz!

Aber wo! Katze!, winkte die frustrierte Dame ab. Gaul, nicht Katz. Ich dachte nach. Daß man vielleicht ziehen sollte und nicht murren? Meinte sie es so? Aber da schwieg sie noch.

Doch gelangte eine andere Zeit her, und sie strahlte, ihr Gang war Schmetterling, ihr Haar, es hatte einen blitzenden Glamour bekommen, das Lachen von ihr war wild und stark. (Anziehend, mutig und verzweifelt.)

Sie ein wirklicher Zauberer sind!, schrie sie mir entgegen. Was soll ich sagen, es tat gut; nicht, daß ich nicht gut lebte, mein Schreiben wird veröffentlicht, das kritische Echo ist mehrmals günstig, und wenn nicht, auch das kann ich als ehrendes Aufmerksamkeitszeichen fassen. Es *gibt völlig stürmige Frauen* – dachte ich ganz tief in mir.

Du mußt dein Leben ändern!, rief ich.

Es ist geschehen, es ist geschehen!, kreischte sie, und ihr kleines Katzengesichtchen, es wurde rot. Ja, sagte ich sachte, schon alles Weitere können wir zum Bild machen. Das Frauchen drehte sich auf dem Absatz und sagte:

Das Rätsel gibt es nicht.

Aber doch, sagte ich in meinem Herzen.

Ein Freund von mir, Parteimitglied, der noch heute dafür berüchtigt ist, daß in ihm noch heute der Glaube lebt, die Sehnsucht nach Verbesserung und die heiße Hoffnung, obwohl man ihn in den stürmischen Wogen der Arbeiterbewegung des öfteren ausschalten wollte, mehr noch, und das muß man nicht vertuschen, er mangels Erfahrung sich auch selbst tragisch verfehlt hatte, ein Funktionär, der zwischen den Menschen lebt, einer von ihnen selbst ist, im Verhältnis zu seiner höheren Macht ist höchstens sein Verantwortungsgefühl größer, einer, der weiß, daß er nicht der gütige Onkel, *der daddy* ist, der von Zeit zu Zeit Schokolade zu verschenken hätte, vielmehr jemand, der uns die Richtung empfiehlt, zur gemeinsamen Arbeit ruft, um einen gemeinsamen Gewinn zu erzielen, und jemand, bei dem der ehrliche Schmerz für die Überzeugung, daß die Tat eine ungeheuer große geschichtliche Möglichkeit sei, glaubwürdig ist; ein wirklicher Kommunist, er erzählte das Folgende:

Als die hübsch genannte, schwarzhaarige, wilde und junge Arbeiterfrau aus dem Arbeiterbezirk mit dem klingend guten Namen in meine Sprechstunde kam, warf sie gleich mißtrauische Blicke. Gleich muß ich offen sagen, sagte sie gleich offen, ich habe kein großes Vertrauen in die Politiker. Oh, sagte ich überrascht, denn nicht das gerade Reden war ich nicht gewöhnt, sondern es gab eine merkwürdige Entschlossenheit, Schmerz und Haß in ihrer Stimme, die als ob auch mir gegolten hätten, und dies war nicht ein angenehmes Gefühl, und das hatte ich mir abgewöhnt. Sie haben mit den Politikern eine so tiefe Aversion?

Gegen jeden, der in mir nichts als einen politischen Gegenstand sieht, durch den er seine gesellschaftliche Fortschrittlichkeit aufzeigen kann, unabhängig davon, von wem die Rede ist. Von mir! Von mir! Warum kann man nicht verstehen, daß der Mensch gute freundschaftliche Verbindungen haben kann, ohne gleich an die eigene Klasse zu denken. Eine Mutter ist keine Gräfin oder Bäuerin! Doch all den Politikern, mit denen mich das Schicksal zusammenbrachte, will es nicht reichen, mich oder die Situation souverän zu behandeln, sondern gleich denken sie an die P... und an diese abseitigen Abscheulichkeiten, nur damit beschäftigt sich ihr Hirn. Im übrigen bin *ich* diejenige, die Freiheit will, ich. Ich. Und nicht

Transformation

Blicken Sie in Gedanken auf unser Land, vergleichen schritt, für eine glänzende Zukunft – im Kampf, den wir um den Kommunismus austragen. Greifenden Krise betroffen. Freilich bedeutet das nicht, daß der Imp- Lenin vorausgesagt hat. Die Kräfte des Sozialismus, der Fortschritt. Gleich zu Beginn müssen Menschen dieses Schlages ernücht- Wie es der Natur des Korngetreides entspricht, dem Mais, den Hülsenfrü könnte ich zum Spaß sagen, wir werden einzelne Funktionäre mit Hafergrütze füttern, wenn sie sich auch weiterhin weigern dessen Erbsenernte nicht so gut ausgefallen ist. Leider gibt es immer wieder leitend- der das Bewässern für bedeutend erachtet. Die Bewäss- Leninscher Genossenschaftsplan und der Sieg über das Privateigentum. Das Programm läßt uns damit anfreunden, daß eine weit- Arbeitszeitverkürzung. Strebt die Würze an: »Messe siebenfach, bevor du einmal schneidest!«

deren Reste in Form von vierteljährlichen Festlegungen der Kennziffern nach bestimmten Zweigen der Volkswirtschaft und auch nicht durch Klimpergelder irgendeiner Krämerwelt. Genossin, sagt man mir, beunruhigen Sie sich nicht, Ihr *Freiheitsquotient* ist in Ordnung, mehr sogar! für den Durchschnitt ... Nun nehmen Sie zur Kenntnis, daß er dem nicht entspricht. (Der Geist schuldet es Ihrer Würde, jene Ihre Aktivitäten einschränkende Macht zu verachten, sagte ich in meinem mit Riegeln verwahrten Herzen.)

Oje, das wird keinen leichten Tag geben. Fräulein, Sie wollen doch nicht sagen, daß alles, was die P... betrifft, abscheulich sei?

Doch, genau das. Zumindest, was mich betrifft. Was andere für Techtelmechtel haben, ist mir Wurscht.

Und was ist mit der Unterdrückung?

Ich wußte, daß Sie damit kommen werden, da war ich ganz sicher. Jetzt fehlt noch das mit der Entwicklung der Demokratie, und ich bin im reinen. Doch glauben Sie nur nicht, daß ich halblebig sei, auf alle Fälle bin ich unserer P... zunutze, unter der Bedingung ...

Daß Sie Bedingungen haben!

Ja eben! Abscheulich ist für mich, daß mir in diesem Denken das Streben nach der Vollkommenheit fehlt. Und ich will nicht die herrschende Klasse sein, wollen Sie das bitte verstehen.

Na aber, das darf man nicht, meine liebe Kleine ... Nach einer kurzen Pause fragte ich sie, ob sie eine gesellschaftliche Befriedigung überhaupt wolle ... Denn, so argumentierte ich, viele tun etwas oder lassen es mit sich tun: aus eigenem Interesse, aus Freundschaft, aus Niederträchtigkeit, Mitleid oder weiß der Teufel aus welchem Grund ...

Nein. Ich tu es nicht und laß es nicht zu. Für mich ist das nicht Wurscht, für mich ist das entsetzlich. Ich will bei diesen Machenschaften nicht mitmachen.

Jetzt verstehe ich, also weder so noch so. Aber, nehmen Sie es mir nicht übel, das wäre ziemlich scheinnaiv. Offensichtlich sind Sie, meine Kleine, auch keine Jungfrau mehr ... Aber es gäbe ja, nicht wahr, auch andere Möglichkeiten. Hm?

Das sind Privatangelegenheiten, es geht niemanden was an.

Haben Sie schon eine Beziehung mit dem <Selbstzensur> gehabt?

Nur eine Erinnerung habe ich, und die besteht aus Schmerzen.

Und später?

Sie werden sich auf dokumentarische Weise sehr wohl vorstellen können, daß ich nicht den Wunsch hatte, nach alldem mich auf Wiederholungen einzulassen.

Wirklich können solche heftigen Veränderungen mit Schmerzen einhergehen. Nicht immer ist das der Fall. Manchmal ist das Vergnügen größer als der Schmerz, manchmal umgekehrt. Und es kommt vor, daß es sich die Waage hält, und auch, daß man nichts aussagen könnte.

Mir hat es weh getan. Wozu noch einmal *so*?

Nun, auskundschaften muß man, daß Sie jetzt mitergriffen würden von der dreifachen Parole der Freiheit-Liebe! Doch das wollte kein Ratschlag sein. Wenn Sie so die Glückliche sind …

Glücklich? Was ist das? Wie oft, wirklich, wie oft fällt mir ein, daß sich das kleine Lümpchen mit den strengen Gesichtszügen umdrehte, während sie soviel sagte: Der Gegenstand ist einfach. Und endgültig zuckte sie mit ihren verkümmerten Schulterchen.

Mein Freund hatte seine Erzählung beendet. Lange schwiegen wir. Wir tranken Rotwein, dann ergriff ich das Wort.

Zu einer Antwort, die man nicht aussprechen kann, kann man auch die Frage nicht aussprechen. *Das Rätsel gibt es nicht.* Wenn sich eine Frage überhaupt stellen läßt, so *kann* sie auch beantwortet werden … Skeptizismus ist *nicht* unwiderleglich, sondern offenbar unsinnig, wenn er bezweifeln will, wo nicht gefragt werden kann. Denn Zweifel kann nur bestehen, wo eine Frage besteht; eine Frage nur, wo eine Antwort besteht, und diese nur, wo etwas *gesagt* werden *kann*.

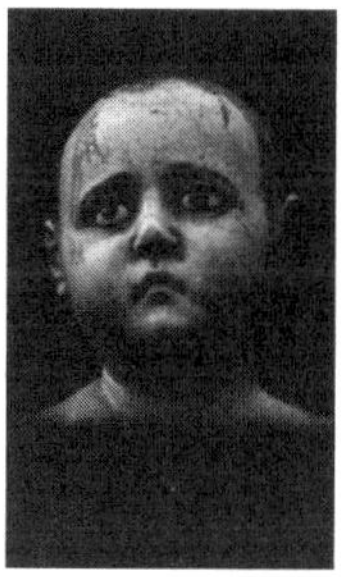

Mein Freund war anderer Meinung. Inzwischen dunkelte es sanft ein, als würde der Morgen umgekehrt anbrechen, bald aber fiel die Stille mit ihrem ganzen Gewicht vom Himmel und Sternen auf uns. Später warf ich den Freund mild, aber entschlossen hinaus, weil ich arbeiten wollte. Wenn ich arbeite, wächst in mir die Liebe.

»Der Gegenstand ist einfach«

II. (Anekdote)

Den Schleier der Illusion lüfte nie
Bleib ewig der glückliche Träumer
Weil der Traum unverwirklicht schöner ist
Als die nicht zu erträumende Zukunft.
Mit hingebungsvoller Liebe
Deine Dich liebende Mutter und Kuki

Mit Verärgerung zu lesen

Vorwort

Bei aller Ernsthaftigkeit unseres Berufes dehnt sich ein weites Feld vor uns aus, und hier können wir die Entstehung von unfreiwillig humorigen Ereignissen beobachten. In den Geschichten, die sich aus diesen Beobachtungen ergeben, liegt die heilige Wirklichkeit in liebender Umarmung mit der bunten Poesie, und damit wäre ein reichhaltiger Nutzen für die Seele gesichert, daneben einerseits die ernste Belehrung, andererseits aber der süße Kunstgenuß, und dies ganz unabhängig von den Grenzen*, die dem Autor auferlegt sind.

Vermutlich habe ich den Bogen zu weit gespannt, doch konnte das der Bogen einmal brauchen. Was mich allerdings betrifft: Um diesen Theil machen zu können, brauche ich selber erst tiefe, himmlische Heiterkeit: denn das Pathetische der höchsten Gattung wird mir nur als Spiel gelingen. (Zum Schluß wird *alles hell.*)

Anekdote ist ein griechisches Wort; es bedeutet: »unveröffentlicht«. Unveröffentlicht bedeutet nicht, daß man diese Geschichten niemals veröffentlicht hätte oder veröffentlichen würde, sondern lediglich, daß man sie ausgelassen hat; Vergessenheit wurde über sie gestreut, da sie nur unzureichend öffentlich waren, das Maß einer bärtigen Ernsthaftigkeit nicht erreichen konnten.

Folglich sind Anekdoten geschichtliche Späße. Die hier vorliegenden sind konkret besehen: ungarische.

Es ist dennoch einerlei, ob wir sie wie einen Roman in einem

* Hier sei darauf hingewiesen, mit welch künstlerischer Meisterschaft sich Karl IX. auf die Herstellung von Falschmünzen verstand, so daß er hinsichtlich dieses Werkes selbst Sachverständige in Täuschung versetzte.
»Es ist wahrhaftig ein Glück«, so äußerte sich ein lotharingischer Erzbischof, »daß er seine eigene Person begnadigen darf.«

Stück zu Ende lesen oder hier und dort nur hineinschmökern, es werden aus den Geschichten manche wiederkehrende – über Jahrhunderte hinweg wiederkehrende – Melodien heraufklingen. Vor allem die Sehnsucht nach Freiheit und die Freiheitsliebe und nicht nur der Haß gegen Ungerechtigkeiten, sondern auch die Possen, die man über sie reißen mag, die Achtung vor der Tapferkeit, ergänzt durch ein wenig Angeberei, Ruhe in der großen Not, das Aufbegehren, wenn die Not geringer ist, und neben der gemeinsamen Tonart jedweder Melodie, neben dem Dur der politischen Schlichtischlachtereien das Moll des Humors. Ironie. Ironie ist, mit Musil gesprochen: einen Klerikalen so darstellen, daß neben ihm auch ein Bolschewist getroffen ist. Einen Trottel so darstellen, daß der Autor plötzlich fühlt: Das bin ich ja zum Teil selbst. Diese Art Ironie – die konstruktive Ironie – ist im heutigen Ungarn ziemlich unbekannt. Es ist der Zusammenhang der Dinge, aus dem sie nackt hervorgeht. Man hält Ironie (fälschlich) für Spott und Bespötteln. Mir ist aber jener Witz am liebsten, der als Fingerzeig, als ein Augenzwinkern für schwere, wesentliche Gedanken steht.

Es würde mir zur aufrichtigen Freude gereichen, gelänge es mir mit meiner Arbeit, meinen Lesern einige angenehme Stunden zu bereiten. Doch weit über dies alles hinaus treibt mich ein innerer Zwang, nichts ungesagt zu lassen, was auch nur irgendeine Bedeutung haben könnte, insbesondere für jene, die im Sinne eines freieren menschlichen Daseins kämpfen. Die Wahrheit bleibt die Wahrheit, selbst wenn sie von meinen Gefühlen und Meinungen umstrickt ist ... *Mag sein, daß das, was sich für mich wie ein Labyrinth ausnimmt, für andere eine Allee ist.*

Es ist eine ungeheure Pflicht, sich erinnern zu können. Und wenn auch ich einmal dahin sein werde, wird das, was ich aufzuschreiben vergessen oder versäumt habe, spurlos verschwunden sein; wie Rabelais sagt: *Depuis n'en fut parlé. La mémoire en expira avec le son des cloches lesquelles quarillonnerent à son enterrement.* (Später erwähnte man ihn nicht mehr. Mit dem Glockenton, der zu seinem Begräbnis schlug, wurde die Erinnerung an ihn verweht.) ... Man könnte sagen, das ist ein Memoire. Ein Memoire-Ruin. Und dann natürlich gilt nur die Deutung: *Es ist mein Memoire-Ruin, Mein-Moir.* Und wenn es so ist, und es ist wirklich so, dann müßte man beginnen, wie es Gombrowicz in seinem Tagebuch tut: Ich. Ich. Ich. Ich – Wie dem auch sei, blicken wir zu den halb-

Memoire-Ruin

(Wem hätten Sie oder wem würden Sie unter den ungarischen Schriftstellern den Nobelpreis verleihen?)

Ich meine, die Fragestellung ist durchaus geglückt, und vielleicht läßt sich unter meinen Erinnerungen eine finden, die in die Staubwolke, aufgewirbelt durch die obige Frage voller klassischer Hemmungen, hoffentlich einen Lichtstrahl hineinzustehlen vermag, und es entsteht dadurch nicht bloß eine Anekdote – eine magyarische Philosophie –, sondern ein wenig Verständnis für unser Ost-Mittel-Europäisches Dasein, wie auch für unsere Lösung und unseren Anspruch, uns nicht durch andere und hauptsächlich gegen andere zu definieren, wie das hierzulande üblich ist. (»Klar, klar.«) Hiermit begebe ich mich zu den Erinnerungen und schließe den Stromkreis kurz:

Oh, die Freiheit, sagte Mihály mit seiner flüsternden Stimme, die Erkrankung hatte ihn schon im Würgegriff, wie bezeichnend doch, der Dichter, der »Sänger« verliert die Stimme: ja, das Dasein ist zerstört, oh, die Freiheit, und er winkte ab. Mein Verhältnis zu Babits war ziemlich verwickelt, verästelt, ausladend – wie allgemein bekannt. (Mir klingt meine ungeheure Plumpheit noch heute in den Ohren: Sag, Mihály, warum bringst du mich niemals im Nyugat?! Noch dazu hatte ich sogar recht. Damals, später, vermittelte Illyés zwischen uns. Gyula glitt zwischen Mihály und mir dahin, wie jener Grieche zwischen den Felsen oder Klippen Scylla und Charybdis.) Ich möchte es nur andeuten, mit Attila József – und auch darüber wurde schon genug gesprochen – lief alles viel harmonischer ab. Ihm mußte bloß geholfen werden: ein paar Pengő in seine geflickten Taschen, ein Bissen Kuchen, ein Schluck Kakao in seinen geschlagenen Mund – ich konnte mir das leisten, finanziell stand ich dank meinem Großvater tadellos da. Und die vielen feinen Fäden der Freundschaft, freilich. Attila kam die eindeutige Unterstützung gut zustatten, wie ich ihn unterstützt hatte. Er war ein sehr empfindsamer Junge. Ich weiß noch, wir kauften einmal im Gerngross einen zweireihigen Blazer. Er wollte ihn fast nicht annehmen. Sein Bruch mit Kassák, dann sein verliebtes Gezanke mit der Bewegung …, ich hatte bis zuletzt durchgehalten. Doch bitte ich, das nicht als Prahlerei aufzufassen; ich befinde mich in einer leichten Lage, das verspüre ich immer und immer wieder, diese Leichtigkeit, nur diese, der ich eine Rechenschaft schulde.

Doch nun zurück zu Babits. Er saß da, mir gegenüber, zwischen hoch aufgeschichteten Kissen; sein Bett roch gut, keine Rede von Krankengeruch oder von Stickigkeit! Ein Heiligtum – und dieser geschundene Körper war *weiß* wie eine Hostie. Ich konnte es mir gar nicht vorstellen, daß es innen, unter der Decke, warm ist. Das wühlte mich plötzlich derartig auf, daß ich fast den unklaren Zweck meines Erscheinens vergaß (Sophie murrte denn auch ein wenig wegen des unerwarteten Besuches; sie mochte es sehr, wie ich ihr die Hand zu küssen pflegte: ihre Handfläche nach oben geblutigen Fakten des Lebens, die wir widerspiegeln, wie man es hierzulande komilfo tut.

Anzuführen wäre: Damals habe ich nicht publiziert, 1949 ist keine Zeile von mir erschienen, man kann es beweisen!, allerdings: Geschrieben habe ich auch nicht. Aber ich weiß nicht, ob das die damalige Engherzigkeit der damaligen Kulturpolitik reinwaschen kann. Die unmittelbare Verknüpfung zwischen Wort und Tat war zerrissen, so schreibt es Béla Hamvas in anderem Zusammenhang in seinem bis heute unveröffentlichten Werk, und das trennt unser Leben in zwei Teile. *Den Willen zur Entschließung muß man eigens erlernen.*

»Das Schweigen von seinem Platz rücken ...« (In: Archäologie des osteuropäischen Wissens. Hg.: Csaba Szigeti)

Also schwieg ich, nicht aus Trotz, das ist wahr, auch nicht aus Zimperlichkeit, nachträglich möchte ich nicht für alles moralische Begründungen abgeben müssen – wie es so viele von den teuren Kollegen tun –, nein, es war meine Hand, die schlichtweg nicht auf das Schreiben eingestellt war; ich weiß, das klingt ein bißchen romantisch (es ist, als würde ich sagen: Gott behütete mich): doch sozusagen und quasi, ich *konnte* nicht schreiben. Mir fällt eine Bemerkung meines Freundes Simon Barboczi ein, die er noch vor dem »Absprung« gemacht hatte: »Man kann nicht all unsere Ohnmacht auf den Umstand schieben, daß die Deutschen da sind.« (Er war ein Junge mit fiebrigen Augen, trug lange Schals, und seine weisen Erkenntnisse pflegte er für gewöhnlich in aller Frühe zu äußern ..., merkwürdig der Taumel der Frühdämmerung ... Simon schrie ein wenig angeheitert dies und das mit den Deutschen, jederzeit hätte man ihn abholen können, und er gebrauchte gar nicht das Wort »unsere Ohnmacht«, sondern er sagte: »Dieses impotente Geschwänzel« ...)

Um nun auf die fünfziger Jahre zurückzukommen: Révai <in der Kunst damals Herr über Leben und Tod; nie soll er mir auch nur im Traum begegnen>, ein wertvoller Mann mit bedeutenden Talenten, hatte allerdings, und das muß man ebenfalls ehrlich sagen, unerhört große Schäden verursacht (und gerade darin besteht seine Tragödie: die sogenannte Tragödie des Révai); meine ersten Flugversuche torpedierte er strikt. OTTO HATTE, schrieb ich am Anfang meiner Laufbahn, OTTO HATTE ZU-GE-SCHLA-GEN, FÜN-FE GE-TROF-FEN, und er, Révai, vermutete darin Bestrebungen um eine Habsburgische Restauration, vielleicht muß ich gar nicht betonen, wie ungerecht das war, ganz zu schweigen

Lesebuch 1. Klasse

dreht, innen, auf das Gelenk, so einfach), und ich bat Babits, doch meine Hand unter die Decke schieben zu dürfen. Seine mächtige Stirn – diese europäische, mächtige Stirn – bewölkte sich, in seinen von Gräben geschützten (oder belagerten?!) riesigen nussigen Augen rotierte das Entsetzen, das ihn immer und überall so ausgeliefert machte. Er blickte mich direkt an. Wenn mir die romantische Ausdrucksweise nicht so widerlich wäre, würde ich sagen, unsere Blicke verwoben sich. Wir waren stark, zu zweit, das wußten wir. Doch muß ich bescheiden sein. Mihály. Ich sagte nur soviel. Ich will nicht sagen, aus Babits Einverständnis herausgelesen zu haben, ich sage es so, aus Babits, denn sein Körper redete gleichsam, seine dünne Knochigkeit, die schwerfällige Eleganz seines Hauptes, seine Haut, die Hinfälligkeit seiner Haltung, die Kraft, in Unsicherheit verborgen usw. – doch war ich noch jung genug, um die einfachen Entscheidungen nur so zu fällen: meine Hand glitt, zack, unter die Decke; ich berührte seine knochigen Knie. (Wie wenn ich mit meinem Vater in den Jahren des Personenkults spielte, an einem beschaulichen Sonntagmorgen ...) (Sie Kulturbold, sagte einmal Kassák auf einen meiner Reime. Ich war beleidigt. Aber, *Jalos*, aber, rief ich mit erhobener Stimme. Pista Vas konnte mich mit seiner komplizierten Art fast gar nicht beruhigen. – Auf das zack sagte Kassák wieder dasselbe. Und: Seien Sie nicht so ein Krakeeler, mein Herrr.)

Unter der Decke war es nicht kalt, insofern hatte ich mich geirrt, noch war es warm, es war männlich warm, dergleichen kann gesagt werden, wiederum auf meinen Vater verweisend. Meine Hand ruhte dort lange. Als wäre der Fluß der Zeit eingefroren: Ich verspürte eine funkelnde Sauberkeit, eine unangreifbare Kühle ... Ich kam zum Zweck meiner Sendung, wohl wissend, daß ich etwas anreiße und dadurch verderblich mache. – Es sei angemerkt, bei Babits war das oft zu verspüren. Einmal betranken wir uns mit Kosztolányi, wir tranken furchtbar viel Magenbitter, schwankten auf dem frühmorgendlichen Ring dahin wie zwei zu nichts taugliche Kerzenlichter, unsere langen *weißen* Schals kehrten den Asphalt, und wir schlugen einander wiehernd auf den Rücken, also das ist schon zuviel des Guten, nicht, mein Alter? Das ist zuviel des Guten! Das sagten wir einander die ganze Zeit. Ildikó Drahosch war dabei. Eine furiose Frau. Sie sagte: Ich hab's auf die Dezsős abgesehen. Haha! Der arme Tandori!

Sieh mal, Mihály, sagte ich, ich würde dir unter den ungarischen Schriftstellern den Nobelpreis zuerkennen. Das große Gesicht – mein Gott, wie groß doch diese Fläche war – zuckte zusammen. Und noch bevor sich auf diesem Gesicht – die einzige wahre Bühne, die ich je im Leben sah – die Möglichkeiten der Empfindung abspielen konnten, erblickte eine reflexartige Antwort das Licht der Welt. Ich bin krank ..., es ist außerdem weit ..., die lange Reise ... Auf dem Antlitz aus Papier wogte das Blut kurz. Er blickte vor sich hin, sah auf seine betkundigen gealterten Hände. Sophie trat ein, ich nahm die Hand unter der gelben, verschlissenen, makellos sauberen Decke wieder hervor, Sophie richtete die Kissen. Babits wartete ab, bis sich die Frau entfernt hatte, dann flüsterte er in seiner heiseren Stimme: Ich will das nicht, wenn Móricz nicht auch, dann will ich es auch nicht. Diese Wendung aus dem Kabarett war nicht typisch für Mihály; ich sah blinzelnd auf die Unmengen von Büchern ringsum, ich bin ein wenig kurzsichtig.

davon, daß man fragen müßte, wer denn die Fünfe gewesen sein sollten.

Persönlich hatten wir uns nur einmal getroffen. Das wurde später, Gott, durch wieviel listige, provinzlerische Verzerrungen entstellt, Gyula <Gyula Illyés, 1901–1983, Klassiker, Vaterfigur> zur Kenntnis gebracht, und er hatte dann dem Gemüsemann an der Ecke Bescheid gesagt, der mir seinerseits wiederum, während er mich um 6,70 prellte, das von Gyula vor die Nase hielt; die subtile Verkettung der Hinweise verstand ich zunächst nicht, aber bald darauf verstand ich sie (und auf mein Gewissen nahm ich sie) und so weiter …: Ich glaube, irgendein heutiger junger Mann würde vor Lachen bersten! Doch gib acht, mein junger Freund! Wenn du nicht wünschest, daß dein Gegröle auf dich zurückfalle, als spieest du in die Höhe und stelltest dich darunter, mußt du sehr, sehr differenziert lachen, ich würde sagen: auf geschichtliche Art – und du wirst sehen, selten wirst du dir eine Meinung nach eigener Lust bilden können; die Erforschung dürftiger Zeiten birgt eine dünne Katharsis … Und dann: Was überhaupt heißt dürftig?

Lange wartete ich in dem riesigen Empfangszimmer, doch ließ man mich sehr offensichtlich warten, so daß ich darüber nur lachen konnte. (Zu früh, um es gleich hinzuzufügen.) Révai, dachte ich, wird als gebildete Mannsperson schon wissen, was Nietzsche darüber geschrieben hat: Ein sicheres Mittel, die Leute aufzubringen und ihnen böse Gedanken in den Kopf zu setzen, ist, sie lange warten zu lassen. Warten macht unmoralisch. – Meine Ruhe entsprang der Selbstgewißheit des geistigen Menschen, der die Kunstgriffe der Macht durchschaut beziehungsweise jene Schritte, die er in seiner Überheblichkeit so nennt. Und das ist wirklich wahr. Er durchschaut sie. Nur daß der andere ihn währenddessen ebenfalls durchschaut. Jeder durchschaut sein Visavis, folglich lohnt sich zumindest die Vorsicht … Es wäre hingegen unziemlich, diese wechselseitige Durchdringung *den doppelten Triumph des Realismus* zu nennen! Zu jener Zeit lebte noch Rajk <László Rajk, Kommunist; 1949 wurde er in dem nach ihm benannten Schauprozeß, mit dem sich viele schmutzige Details verbanden, hingerichtet>.

Jedenfalls hätte ich im Traum nicht gedacht, daß ich am Anfang eines Zusammenbruchs stehen könnte; gerade hatte ich mit einer zuvor erlangten Leichtigkeit beschlossen, es sei nicht notwendig, mich im Lehnsessel polternd breitzumachen, mich zurückzulehnen und lümmelhaft charmant aus dem Sessel rauszuhängen – in ziemlicher Sicherheit, mit zusammengepreßten Knien bangte ich. (Bis heute klingt aus meiner Kindheit eine krächzend weibliche Stimme herüber, die meiner Mutter oder meiner tschechischen Tante, ich habe nie verstanden, was an einem Sitzen so entnervend sein könnte, offensichtlich mußte es sich um irgendeine Kompensation der Männerwirtschaft gehandelt haben, und sicher ist auch, daß der Bezug durch das Sitzen entsetzlich verknüllt wurde.)

Obwohl ich dann doch zusammenbrach! Obwohl ich mir selbst gegenüber überhaupt nicht verpflichtet war. Ich war von der Stärke meiner eigenen Jugend, vom Rausch des Neubeginns, von den Gefahren der historischen Gerechtigkeit, von den Taten des Wiederaufbaus und so weiter nicht gerührt. Es liegt ganz gewiß etwas Befreiendes darin, den Leuten grob zu sagen, wie unsereiner unter ihnen empfindet ... Ich habe damit nichts zu tun – das wollte ich auf eine Weise sagen können, die ein für allemal auch eine *Lösung* gebracht hätte, zumindest für mich.

Aber die Sache verhält sich anders. Bitte, es mag in Ordnung sein, daß man mir Angst einjagt, aber *ich* bin es, dem man Angst einjagt, nicht irgend jemand, den ich ohne weiteres verachten und aus Liebe trösten könnte. *Was wird aus mir? – Das ist das Arge.* – Ich erinnere mich, einmal ging ich in der Andrássy-Allee spazieren, vor dem Haus Nummer Sechzig <Hauptquartier des Staatssicherheitsdienstes> wurde ich mißmutig, blieb dennoch gleichgültig, und dennoch beschleunigte ich die Schritte, als ich in dem Fenster eines vorbeihuschenden schwarzen Wagens mich selbst erblickte, mitten in der flüchtigen Bewegung, die *Flucht der Prosa*, sagte ich unumwunden mit selbstvertrauendem Herzen, jetzt, während ich das niederschreibe, murmele ich es auf die gleiche Art vor mich hin: die Flucht der Prosa, und ich fühle die damaligen Bewegungen der Lippen ... Und dann, während ich den Gehweg betrachtete, fiel mir plötzlich ein, daß sich hier offensichtlich unlängst jemand beeilt hatte, jemand, der zur Arbeit ging, in die Nummer Sechzig; ich streifte mir die Füße am Gehweg ab, und der Gedanke, daß sich unsere Fußspuren *vermischen*, jagte mir einen gemeinen Schrecken ein ... und dann also auch ... die Luft ..., daß wir die gleiche Luft einatmen ..., mehr noch ..., daß ich gerade, was er ausgeatmet, ein- oder umgekehrt ..., furchtbar. Diese Brüderlichkeit geht doch etwas zu weit. Schließlich gibt es Mörder, und es gibt Opfer. Nun, genug davon. Das Grübeln ist der Scheintod des Schriftstellers. Wir sind ein Reitervolk: immer sachte mit den jungen Pferden.

In meiner Selbstsicherheit grinste ich einen Bullen an, der aber reagierte nicht, wie ich es erwartet hätte, er blickte sehr betont zurück, trat auch einen Schritt auf mich zu, wie so ein Kerl aus dem Außenbezirk, doch drehte er sich dann einfach wieder weg, so daß ich auch hätte annehmen können: es sei ein Zufall gewesen. Ich wußte nicht mehr, was ich glauben sollte. Ich saß in dem feucht gewordenen Kunstledersessel, ab und zu kippte ich ein wenig vor; als die riesige, weiße Flügeltür aufsprang, erwartete ich, daß ein eleganter, hagerer Sekretär erschiene, jemand mit einer mickrig schmalen Krawatte, magenleidend und mit länglicher Miene (schon diese detaillierten, ausgefeilten Vorstellungen sind nachträglich ein verräterisches Zeichen: Es geht um ein Mißverhältnis, dessen Wurzeln in jenen Hemmungen liegen, die durch Angst entstehen), oder eine treue, traurige Sekretärin mit Brille, ein riesiges, frustriertes Ding (später wurde sie wahnsinnig, man mußte sie in die geschlossene Abteilung einliefern, *die sowjetische Rieseneizelle!*, so schrie sie den ganzen Tag; siehe auch unter dem Titel Kletterübung), statt dessen war es Révai selbst, der mit zerzaustem Haar aus der Tür herausblickte, wie ein nervöser Lehrer wühlte er die Finger in die Haare, sein forschender Blick glitt eilig am hallenartigen Vorzimmer entlang, blieb an mir hängen, kommen Sie, kommen Sie, winkte er mir zu, und mit der gleichen Bewegung, immer noch hinter der Tür, ohne aus dem Zimmer herauszutreten (als ob er etwas verstecken würde oder, was weiß ich, als ob er im Negligé wäre), schrie er den Bullen nieder, Sie Rindviech, Parasit, was haben Sie ihn warten lassen! Doch auch damit hörte er sofort und ohne Übergang auf, verzeihen Sie, sagte er ungeduldig und entschuldigend, ich habe fürchterliche Kopfschmerzen, doch was können Sie davon wissen, der Jugend tut der Kopf nicht weh.

Mir schon, antwortete ich, und das war, als ob ich ihm in den Hintern kriechen wollte. Wegen des Wartens bat er um Nachsicht, er wisse ja wirklich genau, wie es ist, warten zu müssen, aber inzwischen lächelte er, als wären wir beide über dergleichen erhaben. Das hieß, dachte ich mir, daß er in mir den Komplizen suchte. (Ach was! ..., würde ich jetzt hinzufügen.) Andererseits bedauerte ich ihn wegen seiner Schmerzen. Die leidende Haut und der gebrochene Glanz der Augen waren die bekannten Zeichen. Ich bedauerte und haßte ihn zugleich, denn dieses Schweben zwischen Schmerz und Komplizenschaft, zwischen Heldentum und Verrat, das heimatlose Bedrängen, das durch diese Betretenheit entstand, schien Methode zu haben.

Die zu ihrem Ziel führte. Révai bemerkte meine Verstörtheit, kaum sichtbar verzog er den Mund, sicher, weil ich ein derart schwächliches Bürschchen war, und dann, wieder sehr plötzlich, zauberte er eine Banane hervor. – Nun, essen Sie, sagte er, das beruhigt Sie vielleicht.

Eine Banane. Damals! Ich wurde noch verwirrter; was sollte ich tun, ich versuchte, mich zu erinnern: Was, wenn ich bei vollem Verstand wäre, wenn die Situation bei vollem Verstand wäre! Aber ich kam nicht weiter. Nun ja! Es waren wenige Minuten vergangen, lauter schöne Sachen waren mir zugestoßen, ein intelligenter Herr hatte Schmerzen, die mir bekannt waren, ich konnte wonnige Früchte mampfen – (jedoch!) wie ein Schüler, der etwas auf dem Kerbholz hat! (Der Stalinismus, lese ich, verwertete die diesbezüglichen Erfolge des Katholizismus.)

So in etwa. Das Weitere ist kaum mehr interessant, ich kratzte am Inneren der Bananenschale herum, während mich Révai ausfragte, woran ich zu würgen hätte, warum ich mir nicht die Freiheit nehme, weshalb ich zaudere, mich sträube, argwöhnisch bin, warum ich abwehre und zu Tode komme, weshalb ich hartgesotten bin, warum ich mich nicht einigen kann, warum ich mich so jämmerlich benehme und launisch bin, weshalb ich Faxen mache, warum ich nicht übermütig werde und nicht der Rede wert bin?

Er sagte Sie zu mir, was mich aufhorchen ließ, bis dahin nämlich (und auch seitdem) haben mich nur *reife Frauen* gesiezt. Jetzt schwieg er, also mußte ich antworten. Habe ich in Ihnen unwissentlich Hoffnungen geweckt? Was meine Person betrifft, ich bin ein fruchtbarer Boden, wollte ich pathetisch sagen, doch ganz mir gemäß witterte ich einen Germanismus in dieser Wendung, und ich schrak zurück. Meine Lage verschlechterte sich zusehends. Ein fruchtbarer Boden bin ich – um aber diesen Satz empfindsam betonen zu können, hätte ich ein Schauspieler sein müssen, ich aber wollte lieber niemand sein.

Bin ein fruchtbarer Boden, sagte ich schließlich, doch da war Révai nicht mehr interessiert. Gewiß doch, gewiß. Als eine Art Unabhängigkeitserklärung überlegte ich noch, etwas wie *Hände weg von meinem Boden* zu sagen, aber ich war zu feige. Später hörte ich, daß Révai mit mir weitgehend unzufrieden war, daß er von mir mehr erwartet habe, doch sei ich nur ein Literaturgentlemännchen, das sich dahin neigt, wo es der Wind hinweht, auch mit der Erwähnung des fruchtbaren Bodens hätte ich implizit das ausdrücken wollen. Weil doch der wahre Dichter den schlechten Samen ausscheiden könne.

Etwas benebelt sagte ich zu jemandem bei einem Bier: Ich bin kein Naturalieneinkaufs-Samensortierer; das gelangte zu Révais Ohren, doch bis er Rache schüren konnte, waren die entsprechenden Bedingungen eingestellt, um ihren Platz anderen Bedingungen zu überlassen.

Während ich vor meinem Buch sitze, wird mir große und dankbare Freude zuteil, denn nun kann ich das, was sie über lange Zeiten hinweg hervorgebracht hat, der ungarischen Gesellschaft als einen großen Strauß überreichen. Zwei Punkte möchte ich allerdings berücksichtigt wissen. Von meinem Freund Simon Barbocz hörte ich, und das beziehe ich jetzt auf mich, daß ein Ratsmitglied anläßlich seiner Programmrede und nachdem alles Wesentliche gesagt war, emphatisch, stolz und verdienstvoll das Folgende ausgerufen hatte: Eines kann man nicht bestreiten, daß nämlich auch ich ein Zeitgenosse war!

Dies zum einen.

Zum anderen aber, lieber Leser, während es so viele gibt, die dieses unglückliche ungarische Volk betrüben und siechen lassen (die Ölpreise!) oder ihm Lächeln und Heiterkeit abverlangen – fällt mir die dankbare Rolle zu, und ich weiß nicht, mit welchem Erfolg, die Tränen fortzuwischen, den in den Wunden klebenden Mull abzureißen und die von der Sonne erhitzten, mörderischen Nacken zu streicheln. Wie schon Kassák gesagt hat, ist eines jeden guten Werkes Vater die Unzufriedenheit, und die Mutter ist der Fleiß. Und nicht Goethe, sondern Hölderlin behauptet: Meine Aufgabe ist es, von der Heimat zu reden. Dem sollte niemand mit Neid begegnen.

»Mag sein, das anscheinend Aufschließende, sich Öffnende ist in Wirklichkeit verbergend ... Ein schmaler Bereich der funktionierenden Anekdote befindet sich zwischen fortwährender Attacke

Einige unter uns meinen, daß man über etwas, worüber man Anekdoten erzählen kann, keine mehr erzählen muß, beziehungsweise: Es ist, es scheint, es mutet an, als würde die Anekdote ihre eigene Aussage für ordnungsgemäß erachten. Hier aber ist sie nicht im mindesten in Ordnung. Und es geht dabei um ein größeres Geheimnis, um eine größere Schande, als daß man darüber einfach schwatzen dürfte, und wenn es nicht möglich sein sollte, in der Tat zu reden, weil wir nun einmal so beschaffen sind und weil wir uns an diesem Ort befinden, sollten wir darüber gar nicht erst reden.

und fortwährendem Rückzug. Um gar nicht erst davon zu reden, daß jeder etwas anderes daraus ableiten mag.

In dieser Ansicht liegt ein großes Stück Wahrheit.

Doch lohnt es sich vielleicht, unter anderem auch auf diese Weise auf die schlechte Zufriedenheit hinzuweisen, die sich angesichts der vielen gängigen Pseudokonfrontationen gegenwärtig im Wachstum befindet.

Manch einer unter uns mag daraufhin entgegnen, daß auch diese Geste eine dieser Pseudokonfrontationen ist.

Das glaube ich nicht; obwohl ich ihr Ausgeliefertsein als einen Fehler: erkennen kann.

Wenn wir auf unsere vergangenen Möglichkeiten, auf unser Leben zurückblicken, übermannt uns eine gewisse Rührung ..., doch einen Augenblick nur, und ... sie ist vorbei, denn die Eigenschaft des Ungarn, daß er das Schlechte vergißt und nur das Gute, das Angenehme im Gedächtnis behalten mag, kann man nicht genug rühmen.

Sein Werk fortsetzen und dabei so wenig wie möglich an sich denken – das muß es wohl sein, was noth thut.

»Diese Geschichten stehen (als Fingerzeig und Augenzwinkern) an der Stelle einer bedeutenden Historie ... Was wir sehen, ist als Anblick, als Fiktion wunderschön – als Realität zu wenig, als Geschichte gar nichts.«

Buda, den 16. Juni

Come on baby, light my fire I

Während der Koalitionszeiten, bereits nach jener Rede in Fulton <nach Churchills Rede, 1946, in der er die UdSSR angegriffen hatte> und noch während des kalten Krieges, stieß Mátyás Rákosi <damaliger König Ungarns, Schüler Stalins, der Beste in diesem Land> im Friedenslager auf einige Funktionäre, die sich am lodernden Lagerfeuer wärmten.

Er bat sie um Feuer.

Die Sozdem sprangen davon, um eine Feuerzange zu holen, währenddessen griff ein organisierter Jungarbeiter namens István Medve in die Glutasche hinein, und um seine Hand dabei nicht zu verbrennen, reichte er dem Generalsekretär zusammen mit der

Asche eine derart schöne rote Glut, daß es funkelte wie ein fünfzackiger Stern.

Das ist aber ein Teufelskerl, sagte der Erste Mann und entzündete seine Zigarre in der einmaligen Glutschaufel.

Moral

Am Anfang, in den vollblutigen fünfziger Jahren, hatte Mátyás einmal die Imperialisten so zusammengestaucht, daß er es selbst bedauerte. Dann, in seinem Kummer, machte er sich auf zur Jagd nach Munkács <ehemals und sehr lange: eine ungarische Stadt, jetzt russisch>; nichtsdestoweniger war er übervoll der Lebensfreude. (Hier möchte ich bemerken, daß er zuweilen außerordentlich jähzornig sein konnte. Auf einer Jagd hatte er einmal, weil ein Baumzweig seine Augen berührte, sein Gewehr gegen den Jäger erhoben. Der Jäger war ein erfahrener Mann, ein Mann vom Scheitel bis zur Sohle, um nur zu sagen: er hatte sogar Béla Kun (1919!) gekannt; er sagte nur soviel: Teurer Genosse, liebster Mátyás, seien Sie so gütig, für meine Witwe und meine Waisen zu sorgen. Da hast du aber Glück, du dämliches Viech, daß du Witwe und Waisen hast, sagte der Generalsekretär großherzig und schulterte sein Gewehr.)

Als er sich auf der Heimfahrt befand, gab einer der ihn begleitenden Männer vom Staatssicherheitsdienst seiner Sorge Ausdruck, daß die Reise an der Grenze vielleicht Verzögerungen erleiden könnte. Die Sonne ging unter, und als sie untergegangen war, erschauderten, erzitterten die ernsthaften Männer in der kühlen Dämmerung, allerdings hatten sie vorher nach seltenen Flecken von Schatten gesucht, die etwas Linderung versprachen. Es war gleichsam sichtbar, wie es eindunkelte, und der genannte Mann vom Staatssicherheitsdienst <Stasi> hatte das Gefühl, daß sich die Luftmoleküle punktweise verdunkelten. (Er hatte mit dem Abendgymnasium begonnen, es dann aber nicht geschafft. »Die Kraft, die hat mir auf den Abend hin nicht mehr gereicht. Außerdem hat mich mein Weib immer gestochert, wegen des Geldes.«)

Gleichzeitig machte ein Mitglied dieser erlesenen Begleitung einige nicht eben schmeichelhafte Bemerkungen über das Vorgehen der grünen ÁVO <die Anfangsbuchstaben von einem bis heute wohlklingenden Namen: vom Staatssicherheitsdienst>, indem er andeutete, daß mit etwaigen Schmiergeldern jedermann unschwer über die Grenze kommen könne, besonders über die an die Sowjetunion angrenzende Grenze, selbst wenn er zu verzollende Gegenstände mitführe.

Daraufhin gab auch der Generalsekretär höchstes Interesse kund, sich von dem Verklungenen (siehe auch unter dem Titel: »Die Spiegelung der Wirklichkeit: eine Ausschreitung«) unmittelbar und persönlich überzeugen zu können. Dieser Plan wurde solchermaßen ausgetüftelt, daß Rákosi im sogenannten Hintergrund bleiben sollte. Dieser übrigens liebte es wie besessen, sich als Stasi im Urlaub zu verkleiden, neben seiner Mütze steckten Blumen, der Proviantsack auf den Schultern, und gleich mit seinem Dolman band er sich den Säbel auf den Rücken, von einem Kirschbaum am Wegrand schnitt er sich einen Stock, so kam er am Feldrain voran, gleich jedem irgendeinem, der zu seinen Eltern nach Hause eilt – sie hatten denn auch zu tun, die Sicherheitsbeamten: sehr viel sogar. Auf diese Weise genoß er die Liebe des Volkes.

So geschah es denn auch. Als sie den Schlagbaum erreichten, stieg der zu diesem Zweck ausgesuchte Stasi, während an seiner Dienstwaffe der krasse Mondschein kalt schimmerte, vom Jeep herab und ließ sich mit der rotwangigen jungen Wache in ein Gespräch ein, daß er nämlich eilig passieren wolle. Das kann alsbald geschehen – war die heitere Antwort des Jungen, der Tag für Tag Freude an seinem Dienst fand, er liebte die Wache, liebte den Alarm, der den Mann auf die Probe stellt, die deftigen Witze, die fröstelige Luft in der Frühe, das ungeheure Geraschel des dunklen Waldes, und er haßte die nicht näher bestimmten Feinde des Volkes –, wenn der Genosse keine zollpflichtigen Waren hat.

Gerade da aber liegt das Wehwehchen, denn einige Pfunde an Kerzen, Kaffee, Jeans und Computerchen gebe es, dennoch möchte ich, wie soll ich's sagen, keine Sekunde säumen. Der Junge war unbeugbar, was denkt er denn, guter Mann, teurer Genosse?! Meinerseits ginge das gegen meinen Eid. (Es war die nackte Wahrheit!) Der Stasi zitterte bereits wegen dieser Niederlage, und der kalte Schweiß kroch an seiner Stirne entlang wie die silbrigen Kondensstreifen der Schnecken, starr blickten seine Augen zum Jungen. (Der starre Blick galt als eine elementare Vorsichtsmaßnahme, dazumal nämlich konnte leicht geschehen, daß man jemandem sagte: »Ihre Augen springen umher.« Hernach konnte man sichergehen, daß jener Genosse, dessen Augen *angeblich*, die Hervorhebung stammt von mir, umhersprangen, sich in einen Verdacht verwickelte, dann

Chruschtschow

aber hörte man nicht die Nachtigallen trapsen, sondern die Geier schwangen ihre Flügel.)

Unbeteiligt lächelte der Mond vom Himmel herab wie einer, dem es gleichgültig ist, ob die Wahrheit oder das Falsche siegt. Aber der treue Jüngling hörte nicht auf die verführerischen Versprechungen, sondern legte seinen Trumpf vor: Nein, für gar kein Geld! – Obwohl das damals sehr viel Geld war.

Jetzt trat aus dem Hintergrund, aus einem Gestrüpp, Mátyás Rákosi hervor, den die rotwangige Wache trotz der potemkinschen Kleidung blitzschnell erkannte, und salutierend erwartete er die weiteren Befehle. Harascho, Geselle, du bist ein Mensch, rief Mátyás mit Freude, ein wacher Kolumnist (es war schon spät, und er war müde) erkennt den Feind selbst hinter der Maske! Na schau, der Stasi war allmählich unangenehm berührt! – Schon am nächsten Tag war jedwede Spur von ihm in alle Winde verweht.

Rákosi ölte seine Stimme, das Wild im Walde und die Vögel in der Höhe ließen von ihren natürlichen Geräuschen ab: Genossen!, viele Dinge, sehr viele Dinge sind in diesen und ähnlichen Angelegenheiten noch ungeklärt! Der Junge scharrte mit seinen übergroßen Stiefeln, eine Hand legte er auf den Gewehrkolben, die andere an die Hosennaht, gedankenvoll zerrieb der Generalsekretär ein Ästchen, während er über die Ergriffenheit der Wache herzlich lachte.

Na Kumpel, bin ich dein Kumpel? – Der herbstliche Wald knarrte leise, na Genosse, du hast eine reichlich breite Brust, da haben einige Auszeichnungen Platz darauf, und damit winkte er seiner Begleitung, und die Genossen zogen, einer nach dem anderen, ihre Dolmane aus, und es gab so reichlich Edelsteine an all jenen Dolmanen wie Fettaugen auf einer guten Suppe.

Allmählich verschwand die große Gesellschaft in der klaren, geometrischen Ordnung der verwickelt-schönen Reflektorenbündel, die, als entstammten sie einem Gemälde von Moholy-Nagy, den Wald durchstreiften. Doch Rákosi wandte sich noch einmal dem müden Jüngling zu und sagte: Ich glaube, in Ungarn ist der Frühling heute schon ausgebrochen.

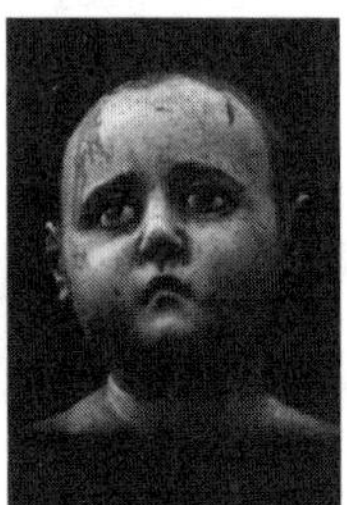

Unser junger Mann stand mit klopfendem Herzen wie vom Blitz getroffen in der Dunkelheit, tiefe Nacht wölbte sich über ihm, an dem vom Wind blankgefegten Himmel funkelten klare Sterne, und ein ferner Schein huschte alle Augenblicke aschgrau darüber hinweg, die Brise trug einen Geruch nach Gewürzen und Stein herbei, und danach zerrissen noch verworrene Rufe von weit her die Stille, dann fiel die Stille wieder mit ihrem ganzen Gewicht von Himmel und Sternen auf ihn. – Und dann tat er, was die hohen Mächte ihm wiesen: Lachend lief er durch das Leben. (Wir könnten uns ein Beispiel an ihm nehmen, lieber Leser.)

Ach, ich hab sie ja nur geküßt

Was ist geschehen und warum? Das ist jene Doppelfrage, die Fachleute und das einfache Volk gleichermaßen beschäftigt. Lernten wir erst unsere Vergangenheit kennen, dann nur gereichte uns eine Chance für die Gegenwart. Ich habe zu gestehen: Hier ist noch manches zu tun. Ich glaube, daß ich ein wichtiges Dokument der Entwicklungsgeschichte in der Hand halte.

Kurz nach der Befreiung (Stunde Null, Anfang, Ende, Wiederaufbau) ist es geschehen … Bis dahin kannten wir das Leben nur von einer Fotografie her, die, wie man weiß, keinerlei Geruch verbreitet, beschmutzen kann es einen auch nicht, und nun fielen wir in ein großes, kalt-warmes, schmuddeliges, sumpfiges, duftendstinkiges Moor, in das Leben hinein.

Es kam das Leben auf uns zu: Es kam in der Gestalt von Frau, Trank, Vergnügung, Gesellschaft, und wir bestanden diese Herausforderung, gingen ihr entgegen. Wir gingen in Kneipen, ins Theater, auf Konzerte, auf vornehme Nachmittagskaffees der Gentry, zu den Tanzvergnügungen der Arbeiter, auf erlesene Bälle, in die Lokale, wo die Dienstmädchen tanzen, in das berühmte Buzelka, in die anrüchige Bohnen-Csárda, und bis in die frühen Morgenstunden lasen wir in den politischen Weiterbildungskursen fleißig die Parteizeitung *Szabad Nép*, also das »Freie Volk«. (In pathetischem Ton zum Kursleiter: Anstatt deine Stimme zu heben, Genosse, würdest du dich besser darum kümmern, daß all dies in der Parteipresse erscheinen kann, das wäre besser für uns, auch für dich, auch für das »Volk« und sogar für die »Freiheit«.)

Jancsi Koroms Gesicht war mädchenhaft, damals. Wir ließen für ihn knappe Röcklein nähen und eine schlichte Perkalbluse, hinter die er sich auf die Brust beidseitig trockene Brötchen steckte, die Umarmungen knisterten wahrhaftig – schelmisch griff man ihm an die Brust, und auf

Die Misere der osteuropäischen Kleinstaaterei (oder die andere Seite des weißen Rössls):
Stellen wir uns vor, wie Béla Kun mit Franz Joseph Walzer tanzt! Wie in diesem pompösen Ballsaal die Leidenschaften emporsteigen!

offener Szene wurden seine beiden zerbröselnden Busen aufgegessen –, die Tonangebenden des Lokals schleppten unsere Dame mal hierhin, mal dahin, und nach der Sitte züchtiger Jungfern und aus sonstigen natürlichen Gründen hielt sie ihre Tänzer durch ihre weit abgewinkelten Ellenbogen von sich fern, doch, herrje, der Widerstand steigert die Unternehmungslust, und mit einem Male kehrte unsere Dame zu unserem Tisch zurück, während sie folgendes sagte: »Jetzt aber nichts wie weg«, und dies wurde sogleich vollzogen.

Auf der Straße dann teilte er uns kurz mit, daß er vor einem herumfingernden Lümmel fliehen müsse, der dort im Flur ihn allzu dringend in ein »Eckelchen« bitten wollte; dann, bei der ersten Abbiegung, riß er sich die Zopfperücke herunter, drückte einem von uns seinen Hut auf den Kopf, stülpte sich seinen langen Lodenumhang um die Schultern, unter dem sich der Rock wie ein verwickeltes Segel heraufrollte, während die an den Knien befestigte Hose sich zu Pantalons herabsenkte ..., er hatte gerade genügend Zeit, hinter uns wurden Laufschritte hörbar.

Ja! Er war es, der fatale Staatsmann! Glanzvoll prunkte seine Glatze. Uns, *die mit gleichgültiger Miene, doch mit pochendem Herzen einhertrotteten*, holte er ein, erkannte uns als die Gesellschaft jenes liebgewonnenen Dienstmädchens, von der Seite her betrachtete er uns finster, forschend, ohne zu verstehen, überholte uns aufgeregt, unsicher blieb er stehen, und allmählich blieb er versteinert zurück. Später hörten wir das Knallen seiner Stiefel, er rannte wieder in die Richtung der Buzelka, *wo ist sie, wohin ist die Frau entschwunden?*

Das war es. *Jene gewisse Person* war daraufhin sehr niedergeschlagen, die ganze Rákosi-Ära gab es nämlich aus einem solchen Grund! Einer Frau (!) wegen. (Was nun wiederum beweist, daß in der Frau der Wurm steckt ...)

die Dame ist ein Herr

Wie war er?

Diese Geschichte könnte vielleicht das Gegenstück zu der vorigen geben. Ein Regiment wurde vom Land nach Budapest versetzt. Man zeigte den Burschen das Bildnis des teuren Mátyás, erklärte ihnen, wie sie bei einer Begegnung mit der goldgefaßten Staatskarosse des Generalsekretärs en face zu salutieren hätten. Einzig ein kleiner Jüngling aus Siebenbürgen schaute in die falsche Richtung, er blickte nicht einmal zum glitzernd-blitzenden Schädel hin ...

Ein anderes Bildnis mochte in seinem Kopf herumschwirren, vielleicht das Bild eines Mädchens, das er nun verlassen *mußte*, vielleicht für immer. Der gemeine Soldat war mit seiner Unaufmerksamkeit der Obrigkeit aufgefallen, und nun herrschte man ihn an.

Weißt du denn schon, wie der Hauptsekretär aussieht? Erschrocken sprang der kleine Soldat auf.

Ich melde gehorsam ..., ich weiß!

Wie denn?

Na ... so lieb, klein und braun!

»Aber was. Mein Vater hatte vor niemandem Angst. Nicht einmal geschissen hat er auf sie.«

Was ist geschehen?

Ich hatte Angst. (Den 16. Juni; nachmittags)

Die Spiegelung der Wirklichkeit: eine Ausschreitung

Von Feri Tsomor, der zur Begleitung des großen Mannes gehörte, hieß es, er sei ein passionierter Schwimmer, denn das war er. Redlich spannte sich die Uniform um seinen riesigen Brustkasten. Dank seines herausfordernd fotogenen Gesichtes gelangte er des öfteren auf Titelseiten, mal neben eine Hasplerin mit Kossuth-Preis, mal neben einen Kleinbauern mit seinen stolzen sechs Joch, der aus einem entfernten Dorf angereist gekommen war. *Heiter und sicher ist das Leben, die Arbeit geht gut voran*, müßte jeder meinen, dessen Blick auf diese Bilder fiel. Allerdings, bis so ein Bild fertig war ...

Nicht aber mit dem Feri Tsomor! Seine schneidigen Stiefel mit dem kurzen Schaft glänzten wie die Mondsichel, wie seine Khakihose gab es keine zweite, sein russisch geschnittener Kittel sprach sieben Sprachen, und seine Gesellschaftsmütze mit kleinem Teller, zu der auch noch eine flache Tellerschirmmütze, die sog. »Pilotka«, gehörte, schob er auf Jünglingsart verwegen zurück, schier bis in den Nacken hinein, welcher flaumig und zerbrechlich war; nicht nur daß er aussah, als hätte man ihn gleichsam aus dem Schächtelchen gezogen, sondern man mußte sogar meinen, daß in diesem Schächtelchen ewiglich die Sonne schien.

Feri Tsomor! – Er war der Traum der Bildredakteure ... Denn damit jener gewisse schlagfertige Kleinbauer mit seinen sechs Joch weder wie ein Kulacke aussah, aber auch nicht zerlumpt, ging es dort mit Aufhellkartons zu, mit Lichtfilter, Weichzeichner und überhaupt mit all den hundert Wundern der Technik. Die Hasplerinnen wiederum waren irgendwie grundsätzlich von unglücklicher Gestalt, von Sorgen malträtiert, und wenn es um sie ging, mußte man sich mit einer abstrakten und etwas uferlosen Heiterkeit begnügen, die dann jeder, der Bescheid wußte, zwischen den Rastergittern herauslesen konnte. Doch artete ihr allzu befreites Lachen fast immer skandalös aus, wirkte wie Zähnefletschen, und auch die Gesichtshaut war eigenartig gespannt, gedehnt, die Stirn schien ganz unappetitlich, war langgezogen, als hätte sie sich von der Kopfhaut, von den Haaren getrennt ... *Die schwebenden Stirnen!* Igitt. Auf diesem Gebiet bewirkte Ilon Bagits dasselbe, was Tsomor auf seinem Gebiet tat; sie strotzte vor Kraft. Hasplerin, Garbenbinderin, Studentin: das war ihr gleich. Sie war schön, jung und stark, sie war, wie wir sie uns alle erträumen. (Siehe auch unter dem Titel: »Eine gepfefferte kleine Geschichte«.)

Nun hatte Feri Tsomor neben dem großen Mann auf seine Kondition zu achten, ich übertreibe nicht, wenn ich sage, daß er auf der Hut sein mußte; jener gedrungene, wirklich dünnhaarige, nicht mehr junge Mann lebte mit einer Intensität, die für zwei gereicht hätte, die Jagd, Ballspiele, der Kampf um die Ringe* und andere ähnliche Vergnügungen füllten seinen Tag aus, und dann haben wir noch nichts über die Innenpolitik und die Außenpolitik gesagt.

* Reiterspiel, bei welchem man auf Pfählen hängende Ringe im Galopp zu ergreifen hatte (»Die Prinzessin von Cleve«)

Während des Vormittagstrainings, beim Crawlen, war Tsomor Wasser in die Ohren gekommen, lange sprang er am Beckenrand auf einem Bein umher, alles vergebens. Nur so konnte es geschehen, daß, während der Generalsekretär auf der nachmittäglichen Jagd jenen seiner höchsten Wünsche äußerte, sich von dem Verklungenen unmittelbar überzeugen zu wollen – man hatte ihm nämlich etwas diesbezüglich gesagt –, sich unser Held verhörte, er verstand, sein Herr wolle sein Interesse für *die Verschollenen* kundtun.

Nun aber, da ist der Haken: Nirgendwo ein Verschollener! Zumindest kein solcher, der auch nur mit irgend lockeren Fäden an diese Geschichte zu knüpfen wäre ... Tsomor wußte nicht, was tun, er flehte den mächtigen, gnädigen Himmel an, er möge ihm zu Hülfe eilen; er schickte nach einem Lamm, tauchte das Messer in dessen Schlund, und während er es bis zum Griffe im Tier stecken ließ, merkte er mit großem Fleiße auf alles, woraus er eine Weissagung erhoffen konnte. Nämlich: Wieviel Blut es gab und mit welcher Hast es entströmte; in welcher Färbung kam es daher? In welch einer Zeit stockte es? Wie lange lebte das Lamm noch? Auf welche Art und wie häufig stöhnte es auf? Als sein Leben schwand, hatte es in diesem Augenblick das Scheitholz unter sich ins Wanken gebracht, oder war dies unbewegt geblieben?

Die Zeichen mochten Gutes vorausgesagt haben, denn die Kommandorufe sprangen von Tsomors Lippen mit einem Schmelz wie der Hagelschlag beim Verfassungsfest am 20. August. Die Diensthabenden schwangen sich behende in kleine Wagen, und in Bälde füllten sich eigentümliche Einbuchtungen, geheime innere Räume mit feigem menschlichen Wehklagen. (Daumenschraube: Das ist eine Schraubenpresse. In der ungarischen Sprache bewahren mehrere Redewendungen die Erinnerung daran: »Bis zum Nagelreißen leugnete er«, »Man klopft ihm auf die Nägel«, »Es lebe der <Selbstzensur>!«. Und welche Erinnerung birgt die »gespannte Aufmerksamkeit« und die »gefesselte Erwartung«? Wir machen nämlich einen Unterschied zwischen dem Gespanntsein und dem Gefesseltsein.)

Das war eine Ausschreitung.

Feuerreiter

Ilon Bagits hatte eine Schwester: Veron Bagits. Ihre rote Mähne, die durch die Váci-Straße (oder ich sage gleich: durch den Bajcsy-Zsilinszky-Weg) der vierziger Jahre flatterte, kam einer Ad-hoc-Demonstration gleich. Veron Bagits war '46 neben einem dicken Impresario abgetreten, ihr Bräutigam, István Medve, hingegen war infolge einer uferlosen Niedergeschlagenheit in die Körperschaft der Staatssicherheit eingetreten. Dessenungeachtet bleibt der Fall konfus, denn die Veron, die eine recht schöne und natürliche Stimme besaß, trat bereits '49 in einer Opernvorstellung als ausländischer Gast auf.

Laß mich deinen Scheiden-
honig rossig
daran ertrinkend schlucken,
derweil ich stürze in die Rose
deines weiten Haarherzkelches.
(*Ferenc Juhász*)

Rákosi war dort, und ich will gleich hinzufügen, István Medve war nicht dort. Und hier *geschah* es, daß Veron (deren wunderbarer Venushügel sich nur so höhlte, wölbte, versteifte und erweichte – ein Ausstellungsstück!) derart schön sang und spielte, daß der Hauptsekretär, zum Zeichen seiner Hingerissenheit, ihr einen Diamantring schickte, worauf unsere Dame bei dem teuren Herrn um ein Verhör bat, denn sie wollte sich für die Aufmerksamkeit bedanken.

Der Hauptsekretär war zwar kein *belami*, doch recht ein Mann, bestimmt war er nicht von ungefähr zu seinem Posten gekommen, so begann dann die schicke und junge und vor allem sehr geeignete Künstlerin – denn das ist aus dem Mädchen mit der wirksamen Hilfe des dicken Impresarios geworden – nun, sie begann mit dem Mann zu flirten, aber verdutzt ermahnte der die Sängerin mit Arbeiterabstammung, da er ein Ehemann war: Was hält die Genossin von mir? Wissen Sie nicht, daß ich verheiratet bin?

Das kleine ungarische Arbeitermädel mit internationaler Erfahrung verneigte sich frech: Pardon, teurer Mátyás, süßer Genosse, ich wußte nicht, daß ungarische Streichhölzer nur an der eigenen Schachtel zu entzünden sind …

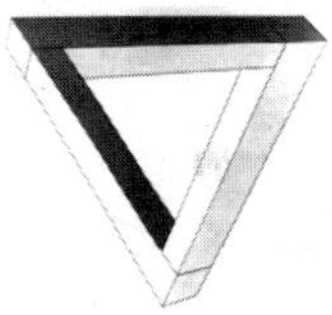

Kletterübungen

Die Dame, die durch und durch treu zur Arbeiterbewegung stand und dort frigid geworden war, rannte zum Genossen Rákosi.

Mein Klettoris!, rief sie verwundet.

Kuckuck, hier fliegt das Vögelchen – so der blutbefleckte Demokrat … (Ich verstehe dieses Vögelchen nicht. Jede Nacht trieft es vor Schweiß. In Büscheln steht jeden Morgen sein Gefieder. Ich weiß nicht einmal, was für ein Vogel es ist. Weder singt er, noch springt er umher. Ich könnte ihn herschenken, das aber wage ich nicht. Nicht einmal das wage ich, und dies eben ist mein Kummer.)

Man hat nur eine Mutter

Als der teure Mensch einmal auf Reisen ging, sprach ihn in einem ruhmreichen Dorf eine Bäuerin an, die ihn bitten wollte, ihren rotwangigen Jungen freizulassen; der hatte so gut wie nichts angestellt.

Ihre Rede begann sie mit den folgenden Worten: Gott segne dich, teurer Mátyás, süßer Genosse! Zürne nicht, oh Herr, ich habe die übliche Frauenkrankheit. Ich wünsche ihm gute Gesundheit, mein Teurer. Und die Mutter der (?) Gnädigen, was macht sie? Ist sie bei guter Gesundheit?

Der Generalsekretär antwortete auf alle Fragen wohlwollend, beschenkte die Bäuerin nebst Salz und *Brot* (dazumal war das auf den Dörfern von hohem Wert) mit einem haarigen Baumwollkern, und er bemerkte, daß ihn auf der großen, weiten Welt bislang noch niemand nach dem irdischen Vorhandensein seiner Mutter gefragt habe.

Zwei Wochen später war der Junge frei. Fre-eeei!!!

Rauchschwaden

Eines schönen Tages hatte die Partei die Zigarrenpreise erhöht, um damit die Interessen der Arbeiterklasse und der mit ihr verbündeten Schicht der Bauern zu schützen. (Aber, aber, dieser schleimige braune Nikotinauswurf überall – tönte es verurteilend von der höchsten Stelle.) Der Sekretär wurde von vielen Abgeordneten umringt, und bei dieser Gelegenheit fiel zum besagten Thema manch ein Vorwurf.

Teurer Mátyás, süßer Genosse, wenn das so weitergeht, hören wir mit dem Rauchen auf, denn das ist wirklich mehr als zuviel – murmelten die schmollenden Staatsleute. Woraufhin Rákosi mit dem ihm eigenen, die Wirkung niemals verfehlenden sarkastischen Lächeln die Reihen der mit dicken qualmenden Zigarren bewaffneten Arbeitersöhne abmaß und lediglich soviel sagte: Raucht nur, qualmt nur – und damit verließ er die Gesellschaft, auf die er pfeifen konnte. Seitdem ist dieser bemerkenswerte Satz als Sprichwort in Umlauf: *Raucht nur, qualmt nur.*

Geben kann es nur, was es gibt

Während einer spannenden Sitzung des Zetka hatte ein Wortführer der demokratischen Selbstkontrolle mit unerbittlicher Stimme wegen der Überschreitungen der Behörde für innere Angelegenheiten sich selbst beschuldigt, indem er sich vorwarf, Individuen in seinem Schoße aufgenommen zu haben, die über unzureichende Ausbildung verfügten.

Rákosi bemerkte daraufhin lediglich: Für *solche* Stellen bekommen wir für *solche* Gehälter keine Päpste. Worauf der interpellierende Genosse von weiteren Attacken lächelnd abließ.

Jucken kann es einen nur <Selbstzensur>, wo es juckt

Bei einer anderen spannenden Zetkasitzung mußte Mátyás eine von höchster Stelle zugestellte Schrift verlesen. Als er eben beginnen wollte, griff er mit einer zufälligen Bewegung zu jenem Körperteil (es juckte ihn), mit dem kein Mensch zu denken pflegt, und gleichzeitig las er bereits, Genossen, ein Schriftstück ist eingetroffen.

Matyi, unterbrach ihn nun jemand, es ist doch nicht dort eingetroffen! Jetzt aber mischte sich auch János Barcsi-Balogh in das Gespräch. Da aber gehört es hin!, rief er.

Die Lösung

Aus unerfindlichen Gründen und durch beharrliche Unterminierung der Imperialisten war Rákosi auf der Beliebtheitsliste um einige Punkte gefallen. Nun aber stand Rákosi eben im Begriffe, sich auf eine große Friedenssitzung vorzubereiten, und die Offiziellen unternahmen alles Erdenkliche, auf daß der Empfang einen möglichst glanzvollen Anfang nehme. Genosse Gerő <gleichfalls Herr über Leben und Tod, wo es Leben und Tod noch gab> bat Tibor Déry, ihm einen Plan für den Empfang vorzuschlagen, es sollte nicht zuviel kosten, dem Sekretär eine Überraschung bereiten und auch das Volk erfreuen.

Déry, in jedweder Lage bedeutend, zuckte unwillig die Schultern, und wegwerfend sagte er: Ich weiß nichts. Nach einer kleinen Pause aber meinte er: Oder vielleicht doch. Gerő ermunterte ihn mit freudestrahlenden Blicken: Also nun, also?

Wird der teure Mátyás über die Brücke gefahren?

Da.

Geht es also um etwas für jene zwei Säulen bei dem Brückenkopf?

Da, da.

Ein schlechtes, kurzes ungarisches Märchen Rotkäppchen und der Mihály Farkas <ungar. »Wolf«>

Dann laß an eine von ihnen Mihály Farkas <auch ein blutbefleckter Demokrat, später aus der Partei ausgeschlossen, im Gefängnis, von dort entlassen und dann Lektoratsgutachter, folglich Kollege> und an die andere Säule dich selbst hängen. Das kostet nicht allzuviel, den teuren Menschen wird es überraschen, und auch dem Volk bereitet es Freude. Damit nahm er seinen Hut und entfernte sich.

Ob dieses Gespräch stattgefunden hat oder nicht, kann ich nicht wissen, aber es war allgemeiner Diskussionsgegenstand, und jeder Ungar hörte es gern: Das ist nichts als die Wahrheit.

Eine gepfefferte kleine Geschichte

(Ich schreibe: **Es war einmal eine** *Frau …*) Eines schönen Tages war die strahlende Jugend, das süße grübelige Lächeln der Ilon Bagits von den Titelseiten endgültig verschwunden, und so war niemals mehr zu beweisen, daß die Arbeiterklasse, die mit ihr verbündeten Bauern, die progressive Intelligenz plus die Volkspolizei – Arm in Arm und so weiter.

So wie die Kapitalisten das Lächeln von den Lippen der in

die Zukunft blickenden Arbeiterklasse aus der gegenwärtigen Geschichte vertrieben haben und es fortgesetzt vertreiben, ebenso ist es auch von den Lippen der Ilon Bagits verschwunden.

Was war geschehen?

Es geschah, daß es einmal ein ganz prima, das heißt ein sehr gehobenes Erholungsheim gegeben hatte. Dies war ein Ort, an dem der Ankömmling schön ward gleich einem Engel, glänzende Sternlein reiften an den Bäumen, unter denselben flossen silberne Quellen einher, weiße Vögelein sangen wundersam, hier war selbst das Rabenkrächzen ein Nachtigallengesang, und auch die Zigeunermädel waren Engel; ein goldener Löwe stand Wache, zwischen goldenen Büschen glänzte das verstaatlichte Feenschloß, in glänzenden Sälen saßen sie bei großen Gelagen auf güldenen Bänken, aßen von güldenen Tellern mit goldenen Messern und Gabeln Goldstockenten, -truthahn und -ochsen, aufgetischt vom goldbekordelten Volk. – So versuchte die Volksdemokratie sich bei jenen erkenntlich zu zeigen, die ihr treu zur Seite standen. (Auch ich stand zur Seite.)

An dem langen, feinen, sandigen Uferstrand wurde es Brauch, ohne Bekleidung zu baden, durchaus nicht wegen der verantwortungslosen und bürgerlichen Zurschaustellung der Geschlechter, wie das einige gewiß dogmatisch zu nennende Genossen behaupten wollten, denen die Trauben zu hoch hingen und die in einer etwas beleidigenden Weise das hohe Niveau der theoretischen Bildung der Anwesenden ignorierten (ich will nicht leugnen, daß es eine flüchtige Übergangszeit gegeben hatte, die mit einigem Durcheinander einherging, doch bald war wieder alles zurechtgebeutelt), sondern eher, weil alle das so als richtig empfanden: Sie freuten sich, daß die gesegnete Sonne noch ihre verstecktesten Winkel durchfurchte, die Männer freuten sich über die nackten Frauen, und die Frauen freuten sich über die nackten Männer.

Mich hat – denn mit der lastenden Glaubwürdigkeit des unmittelbaren Zeugen und mit dem Verlangen, meine Jugend heraufzubeschwören, kann ich mich hier zu Wort melden –, mich hat jene Unschuld, in der wir gegenseitig die Flanken, die Brüste und was alles betrachteten, ein wenig gestört, natürlich fiel mir da Jaspers ein: *die Unschuld: das Unbewußte*; diese überhebliche Natürlichkeit war mir verdächtig, nachdem ich mir nicht damit schmeicheln wollte, schlechter oder verderbter zu sein als die anderen. Nichtsdestotrotz liebte ich das Ganze, das Physische, den Geruch von

Wasser, von Sonne, von Körper – und selbstverständlich in erster Linie die Frauen, um endlich die Katze aus dem Sack zu lassen.

Ich hatte einen Lieblingsfelsen, meinen Petrus, der gleichsam unschlüssig schäumend über dem Wasser hing, und dadurch schien das mächtige, aufdringliche Monstrum so *freundlich* unsicher, daß man in unbegründetem Hochmut sogar wirklich Angst hatte, ihn zu betreten. Dort verbrachte ich lange meditative Vormittage, mit gespreizten Beinen ließ ich die Sonne auf meine Lenden scheinen, denn der Felsen blickte nach Osten. Es war recht so. Und am Abend, wenn die Sonne schon untergegangen und die Dunkelheit, diese schwarze Genossin, vorsichtig erschienen war, gab ich dem natürlichen Druck von dort aus nach, in großem Bogen pißte ich lange ins Nasse: uns gegenüber das unendliche Wasser und in der Ferne, weit in der Ferne, so daß man schier nicht daran dachte, das verworrene Stelldichein von Firmament und See, und dem allen quasi gegenüber, in der Nähe, unter dem Fußballen das rauhe Gestein, in das wir uns, den Affen gleich, festkrallen wollten, wir: *Engel und Affe*, die Füße beben, das Beben schnellt bis zu den Lenden hoch, der Harnbogen bricht für einen Augenblick, er ist nicht mehr vorhanden, doch dann weiter! weiter!, und in diesem gesteigerten Augenblick erscheint dem etwas gerührten Sinn das entfernte, solide Plätschern: wie fortgesetzte Nachdenklichkeit, die mit der Welt verbindet.

Genau das ist es, wovon Frauen keine Ahnung haben.

Das Gelände war von der Außenwelt durch einen Stacheldraht abgetrennt. Um schon die Ankunft delikat zu gestalten, hatte die Direktion den überaus feinen Einfall – damit durchkreuzte sie die aus dem Nichtvorhandensein keimenden, sich räkelnden objektiven Schwierigkeiten –, jene, die sich nach Erholung sehnten, mit einem *Ozeandampfer* in das Erholungsheim zu bringen. Es gab eine große Betonmulde, darin Salzwasser, und darin lag ein befestigtes Boot; es war eine heitere Tour.

Der Fischer brachte einen billig hinüber. Er war ein hochgemutes Kerlchen, ein Seebär mit goldenen Zähnen, Branko, er hatte einen Sinn für Scherze, seinen See nannte er einen Potemkin-See, tatschte den Frauen auf den Hintern, und sie lachten laut, wenn er sie flüsternd aufmunterte: »Gnädige, liegt er denn da draußen, hängt er hinaus, mein Potemkin?, halb so schlimm, dann steck ich ihn wieder ein.« Dieser Branko war wie ein tätschelnder Kutusow: bis auf Mark und Bein und zutiefst ruhig, und er *begriff* auch etwas. (Übrigens hatte man sein Boot in den sogenannten Konzeptionsprozesse um Tito, um es so zu sagen, erfolgreich eingesetzt.) Um den öffentlichen Fahrplan, der aus Moskau geschickt wurde, kümmerte sich Branko keinen Schmarrn, beziehungsweise er kümmerte sich einen Schmarrn darum, um diesen mit vielen roten Sternen geschmückten Plan, der die Orientierung erschwerte (woher und wohin, Sommer- und Winterplan), er legte ab, wenn genügend Leute beisammen waren, meine Liebden, lächelte er, recht wenige seid ihr. Ihr werdet noch viele sein.

Das Boot sah nicht eben sportlich aus, der Bug war »rundlich wie der der süddeutschen Frauen« (Branko), doch als wir loslegten und Branko den Johnson ein wenig herauszog (den gab es damals noch, später hatte man einen aus Kuibyschew bringen lassen, und man muß ehrlich sagen, daß auch der nicht schlecht war, aber vielleicht nicht gar so gut), reckte es sich wie ein Streithengst, und wir jagten davon, so daß unser glanzvolles Haar im glanzvollen Wind brauste, und wenn wir unsere Hände ins Wasser hängten, sprühte das Wasser hoch über das Boot, in den Wassertropfen brachen sich die Lichtstrahlen, die über dem Meer stets kraftvoll und rein sind, und durch die Regenbogenfarben verwandelte sich das hochgesprengte Wasser in ein buntes, geschmücktes Zelt! Wie kann man das mit dem Horthy-Regime vergleichen!, dachten wir glücklich, und in unseren Augen glänzte die alte Munterkeit. (Siehe auch unter dem Titel: »Die Misere der osteuropäischen Kleinstaaterei«.) (Nach einer Weile benahmen sich die Fahrgäste im Boot, als seien sie Bekannte, aber ich habe auch beobachtet, zuallererst an mir selbst, daß sie einander *forschend beschnüffelten*, sie schauten einander nicht ins Gesicht – Schwert gegen Schwert –, auch nicht ganz trivial auf die Lenden, sondern auf die Biegungen der Schultern, in den Tunnel eines weiten Hemdes oder auf einen rätselhaft verschwindenden und hervorblinkenden Ellenbogen.)

Branko war vom ständigen Sonnenschein braun gebrannt, und das war etwas anderes als unser – obschon ansehnliches – Modebraun, sein Gesicht war von Salz und Meeresluft hart gegerbt, unentwegt ließen die stimmlosen Lüfte sein falbes Haar flattern; auf dem Rückweg zog er manchmal eine gemütliche Ehrenrunde, streckte den Bauch vor, tat, als würde er ernsthaft salutieren, was die am Steg Verbliebenen mit eifrigem Winken beglichen. In solchen Augenblicken verschönerten sich die Brüste der Frauen, und lang erzitterten sie. (Ein Mann: »Wenn Ilon auf allen vieren über mir steht, hängen ihre Kugelbrüste herunter, herunter, sie schüttelt kräftig das Hinterteil, ihre Brüste baumeln, zwischen ihren Beinen hängen Haarwurzeln, werfen einen rätselhaften, feinen Schatten an die Wand.«) Beim Aussteigen betastete er die Frauen nochmals ein wenig, während er vor sich hin sprach: I destroy, I destroy, I destroy

Ich glaube, er verachtete unsere Nacktheit, mit uns sprach er in einer merkwürdigen Dienerüberheblichkeit (wollte er uns etwa fühlen lassen, daß wir die herrschende Klasse seien?), gerne behauptete er, daß alles auf das gleiche hinauslaufe, aber er verriet nie, wohin es lief, Rätselfragen löste er niemals, und was den Unterschied zwischen viel Wasser und dem Meer betraf, da winkte er nur ab; oft sagte er, »es stöhnen alle Büsche«, und dann stöhnte er tief auf, als sei auch er ein Busch, seine baumwollene Trachtenhose hatte er nur einmal runtergelassen (»für einen Seemann ziemt sich das nicht; sonst grollt das Meer«), er hatte ein enormes Werkzeug, nur am Sack konnte man das Ältliche einigermaßen erkennen; wir Männer klopften ihm stürmisch auf den Rücken, als hätte er sich, um es so zu sagen, für uns eingesetzt, und die Frauen sagten einander mit kribbeligem Lachen »laß dir nur gesagt sein …« – Während der Prozesse schwand er dann auf tragische Weise dahin. Da gibt es keine Entschuldigung. (Und die Eingewiesenen krauchen seitdem fluchend durch die inzwischen zweckwidrige, zum Fürchten trockene Betonmulde …)

Zu den sommerlichen Stammgästen zählte nicht nur Ilon Bagits, sondern auch Gyurka Nagy, der im ganzen Land bekannte Direktor. Dieser sehnige Arbeiter, den man von der einfachen Drechslerbank weg und hinangehoben hatte, war jener Haudegen aus dem Außenbezirk geblieben, der er schon vorher gewesen war. Anfangs hatte er es sich erlaubt, von den Konferenzen einfach fortzulaufen, ohne jeden Gruß haute er ab und stürzte in die Werkstatt, um einmal ordentlich zu schuften. Das fehlt mir, sagte er schulterzuckend, wenn man ihn vorsichtig befragte. Später sah er ein, daß die Direktorenarbeit doch aus etwas anderem besteht, und schön Schritt für Schritt führte er jene auf Verstand, Ehrgeiz und eigenen Qualitäten beruhende Art des Draufgängers in den Betrieb ein, die er von den Ufern des Rákos-Baches mitbekommen hatte. – Es bleibt eine andere Frage, ob die Zeit damals für dergleichen schon empfänglich war.

Wie auch immer, Gyurka Nagy hatte sich angewöhnt, in aller Herrgottsfrühe am Sandstrand in den Dünen herumzulaufen. Die Sonnenstrahlen schlugen bei ihm unerbittlich an, schon am ersten Tag sah er wie ein Zigeuner aus. Schoko war ehemals sein Spitzname; und einmal, als Elemér Orbán, der in Ungnade gefallen war, mit den nervös schneidigen Schritten der in Ungnade Gefallenen den Fabrikhof überquerte, rief er zu Gyurka Nagy hinüber, der schmuck von Ministerialgenossen umringt war: Servus, Schoko!, was zum Lotus suchst du in diesem Bordell? Gyurka Nagy befreite sich aus dem charming Kreis, und indem er seinem alten Kumpel auf die Schulter schlug, brach er in Lachen aus. Er sagte: Ich bin die *Madame*.

Er war so braun, daß jemand, der seinen schmalen, zähen Körper auf einem weißen Leintuch erblickte, sich geblendet fühlte. Hinzufügen muß man (was die Blendung angeht), daß Gyurka einen mächtigen Stab besaß – wir Männer klopften ihm stürmisch auf den Rücken, als hätte er sich, um es so zu sagen, für uns eingesetzt, und die Frauen erzählten sich mit kribbeligem Lachen »laß dir nur gesagt sein …« –, stark und breit wie ein Heuschoberstab, den die blauen, dick heraustretenden Adern wild umringten, Misteln gleich, beinahe schnürten sie ihn ab. – Die Volkssprache, beziehungsweise die Sprache der Erfahrung, unterscheidet zweierlei Stäbe: den Blut~ und den Fleisch~. Es ist einleuchtend, worauf dabei gezielt wird, um Werturteile geht es nicht, selbst im intimen weiblichen Sprachgebrauch geht es nicht darum, es handelt sich um eine Sachbezeichnung; obwohl den Fleisch~ eine – unverdiente – Bewunderung umgibt, was vielleicht von einem verständlichen Mißverständnis herrührt: Denn wer weiß, am Ende … wächst er noch – oder seinem Wesen nach wird der Fleisch~ als ein *großes Stück* Blut~ begriffen. Nun: der des Gyurka Nagy war ein klassischer Fleisch~.

Im Schoße des reizvollen Haines, den man mit Hilfe von Tannenanpflanzungen geschaffen hatte, versteckten sich tschechische Importholzhütten, und in solch einer wohnte Gyurka Nagy, in einer anderen aber Ilon Bagits. Ich habe vergessen, darauf hinzuweisen, wie entsetzlich das Erwachen des Gyurka Nagy vonstatten ging; es war ein beinahe tierischer Schrecken, mit dem er in den beginnenden Tag eintauchte, zunächst winselte er wie ein Kind, dann begann er mit derartiger Kraft in einem scharfen, hysterischen Ton zu schreien und zu kreischen, daß man anfangs die Wache entwarnen mußte; allmählich beruhigten sie sich alle.

Nur Ilon nicht. Sie nämlich wachte gleichzeitig mit Gyurka Nagy auf, drückte ihre Stirn (keine schwebende Stirn etwa!) gegen die kühle Fensterscheibe und betrachtete das Wasser, während sie sich faul kratzte, wie nur Frauen sich am frühen Morgen kratzen können. Bald nähert sich unsere Geschichte ihrem Ende. Der See hatte damals noch jenen besonderen Schimmer, welchen man heute als Tourist oder Ureinwohner vergeblich sucht.

Der Rücken des Wassers, flüsterte das Mädchen vor sich hin, nackt spazierte sie zum Ufer hinaus, betrachtete die aufsteigende Sonne, den »Rücken des Wassers«, und in der dunstigen Frische erschauderte sie. Gyurka Nagy lief den morgendlichen Sand entlang, ab und an stapfte er wie ein ungestümer Welpe in das seichte Wasser, manchmal spritzte er im Sprinten Wasser und Sand hoch. Der Schatten loderte wie schwarzes Feuer an Bagits vorbei; das große schnaufende Etwas zwischen den Beinen des Mannes war irgendein unabhängig gewordenes Wild oder eher noch: ein entsetzlicher Schatten! (Unausbleiblich mußte einem einfallen: wessen Schatten? Was für eine Angst ist das?, hätten wir einander gefragt, wenn wir keine Angst gehabt hätten.)

Ilon schaute dem Mann, der ihr keinerlei Aufmerksamkeit schenkte, lange nach, bis dessen bloßer Hintern zwischen den sachten Hügeln entschwunden war. Anderntags gesellte sich Bagits wortlos zu ihm, und er nahm zwar immer wieder Anlauf, als hätte er sie abschütteln wollen, doch das Mädchen ließ nicht nach, obwohl sie das Tempo kaum mithalten konnte, dann begannen sie plötzlich zu schwitzen, sie keuchten häßlich. Als sie die Lebensbäume neben dem Zaun erreichten – in dem losen Sand konnte man die wilden Wendungen von Gyurka Nagy gut erkennen –, hatten sie sich gegenseitig umgeworfen, immer noch ohne ein Sterbenswörtchen, und es gab nur dieses Schwitzen und das Keuchen. *Gut*, sagte Gyurka Nagy, *gut*, sagte Ilon Bagits. Mehr haben sie im ganzen Leben nicht miteinander gesprochen.

Die Karriere war natürlich futsch. Die Fotoleute mochten sich mit dem wohlmeinend schrecklichen Gekicher der Hasplerinnen dort tagelang geplagt haben. Ich habe es nicht bedauert, in meinem ganzen Leben werde ich es nicht bedauern, sagte Bagits. Gyurka Nagy hat diesbezüglich nichts gesagt.

Come on baby, light my fire II

Es war ein schrecklich kalter Winter: 1952 vielleicht. An einem kalten, windigen, jännerlichen Tage rasten zwei Personenkultivierte per Privatwagen des Personenkultes in die Stadt. Ihr Weg führte an den Zigeunerzelten des Römerufers vorbei. Durch den Spalt eines Zeltes blinzelte ein alter Zigeuner auf die Straße hinaus und zog an seiner Pfeife. Einer der Genossen, der zeigen wollte, daß sie beide aus dem gleichen Holze geschnitzt seien, paffte den Alten an: Irrsinnig kalt ist es, nicht wahr, Zigeuner!

Du wirst es wissen, du bist ja draußen, antwortete jener gleichmütig.

Es war einmal I

Es war einmal ein Stasi. Er war ein einsamer Einzelgänger, der, wenn ihn seine zu seinem Arbeitsbereich gehörenden Pflichten nicht riefen, das Haus tagelang nicht verließ, still sinnend saß er in seinem Lehnsessel, las, machte Notizen, und wenn er sich endlich aufraffte, legte er seinen eleganten Überzieher an, und mit schwerem und heiterem Herzen spazierte er zum nahen Donauufer hinab, in die Gegend der alten Fährstation.

Erst warf er Steinchen ins Wasser, und zufrieden betrachtete er die kreisenden Kreise; als er dessen überdrüssig wurde, ließ er flache Steine springen, und in diesem Spiel konnte man ihn bewandert nennen. Dann wurde er auch dessen überdrüssig. Er schlenderte weiter, mit den Hausbesitzern der Ufergegend ließ er sich auf Gespräche ein, sie sprachen über das Wetter, über Mückenvertilgung, vom Wasserstand. Er kaufte Lángosch, denn hier legte man auf diesen heißen, in Fett gebackenen Salzteig Paprikaringe und Tomatenscheiben, was er besonders mochte, und anderswo bekam er dergleichen nicht; den Frauen machte er Komplimente, überreichte ihnen gestohlene Fliederzweige mit falschem Lächeln, und offensichtlich gefiel ihnen diese kleine Zweideutigkeit. Später ging er mit einem kleinen Umweg nach Hause.

Manchmal besuchten ihn seine Freunde, worüber er sich sehr freute. Nun saßen sie auf der Terrasse, der Gast auf dem quietschenden, geflochtenen Korbstuhl, er hingegen auf dem unbequemen

Hocker, was er allerdings (außer, was seinen Hintern anbelangt!) gar nicht als unbequem empfand, mit der Eitelkeit und der merkwürdigen Überheblichkeit eines Jüngers saß er beinahe zu Füßen seines Gastes – bis zur Dämmerung, wenn die Mücklein sie nämlich in die Stube zurücktrieben.

Und die Nachbarin, eine prachtvolle, alterslose Person!, brachte ununterbrochen Häppchen, angefangen von raffinierten Mayonnaise Schöpfungen bis zu den verschiedensten rustikalen Broten, sie schleckten den Nachmittag lang herum, doch fühlten sie sich dabei weder aufgebläht noch verstopft, nein, im Gegenteil, sie verspürten einen verantwortungslosen und um eine Spur aggressiven Hunger, so daß sie schon ungeduldig auf die abendliche Überraschung warteten, was dann nichts anderes war als irgendein nach den Rezepten des Stasi zubereitetes Kürbisgemüse, aber was für eines, davon hing die Überraschung ab. – Weitaus am besten war das mit Majoran, aber es gab auch Kürbis mit Dill, mit Wacholder, auf »ungarische Art« und wer weiß, was sonst noch.

Solche Nachmittage waren still, es waren schöne, kleine, gute Nachmittage, und wenn seitens des Stasi beim Abschiednehmen auch nur irgendein Hauch von Traurigkeit auftauchen mochte, dann war das vermutlich unvermeidbar und bedeutete nur, daß etwas zu Ende gegangen war, was zu Ende gehen mußte.

Bei einer Gelegenheit sagte einer der Abschiednehmenden: *Abschied nehmen heißt ein wenig sterben.* Der Stasi hob seinen Kopf, er wußte, er lebte in einer Welt, wo alles geschehen konnte, aber nie hätte er gedacht, daß dieses »alles« auch im Zusammenhang mit seinem Freund stehen konnte. Du mißverstehst mich, sagte jener plötzlich, und das war nun wirklich der Fall. Vorgestern nämlich erschrak ich <Selbstzensur> ungemein, denn als ich dort war, hörte ich deinen Namen, mit zaudernder Stimme ausgesprochen, und du weißt, was zur Zeit eine solch zaudernde Stimme bedeutet.

Unter seinem Schnurrbart begann der Stasi zu lächeln, pfeif drauf, Kumpel. – Manchmal, während der langen Nachmittage, wahrscheinlich wegen der Sonne, die schräg auf ihn fiel, bekam er Kopfschmerzen. Es flimmerte ihm vor den Augen, er betastete seine Augäpfel, als würde er den Schmerz greifen wollen. Sobald er aber schlief, war es damit immer vorbei, und das hielt er für einen Segen – – – –

Es war einmal II

Es war einmal ein Stasi, der bei all seinem unendlichen Geiz ein für allemal in dem Rufe stand, ein parteitreuer Mann zu sein.

Diese zwei gegensätzlichen Eigenschaften der Seele brachte er mit Hilfe der anfangs bestehenden Kontrollordnungen solcherart in Einklang, daß er neben seinem Schreibtisch auf einem anderen Tisch eine ausgehöhlte Stalinstatue stehen hatte, sie war gleichsam skalpiert. Im Sitzen warf er die einfließenden Gelder dort hinein.

Bei welchem Unterfangen ein Teil des Geldes unweigerlich neben die Statue fallen mußte.

Bevor er sich dann auf den Weg machte, brachte er die Einnahmenotizen mit dem Inhalt der Statue in Übereinstimmung, und nie versäumte er, seiner Verwunderung Ausdruck zu verleihen, wie *zum Henker* dieses Geld auf den Tisch gelangt sei?

Während er die so vorgefundenen stabilen neuen Forintstücke zusammenkehrte, erklärte er sich: Dem Kaiser gab ich, was des Kaisers ist.

Es war einmal III

Es war einmal ein Mädchen. Es schlief im Jahr 1956 im Turnsaal der Schule auf rote Fahnen gebettet. Stalin und Rákosi waren gegen die Wand gedreht. »So jung! Allein unter so vielen Männern!«

Das kalte Grausen

Noch bliesen unsere blühenden Winde, noch war der riesige Importventilator nicht abgeschaltet worden!, es geschah am Sternberg, unweit des Heiden-Turms, der Bezirksvorsitzende feierte seinen Namenstag. (Er hieß Franz, doch hielt er den Namenstag an Peter und Paul: aus purer Wachsamkeit.) In seinem ungarischen, gastfreundlichen Hause hatte er neben der Prominenz der Umgebung einen Stasi-Oberleutnant eingeladen, von dessen unerschöpflichem Humor die Chronik manch einen Fall zu berichten weiß. Nach dem Abendessen tätschelte er sein Mäppchen, das aus seiner Tasche hervorschaute.

Genossen, nun folgt der Hauptgang.

Gesagt, getan, und indem er unbekannte Schriften präsentierte (über die amerikanische Rinderzucht und das pikante Würzen von serbischen Speisen), ließ er sich das, was er da mit großem Redeschwall vorlegte, auch auf der eigenen Zunge zergehen. Eine Riesengaudi war es für die Genossen, die seltenen Leckerbissen zu beäugen, stürmisch lobten sie das Schrifttum, die Wortwahl, ohne zu ahnen, welch grausamen Scherz sich der Oberleutnant, der sich auf die analytischen Lobeshymnen gleichfalls eingelassen hatte, hinter seinem großen Schnurrbart ausheckte.

»Wir sind um und nicht gegen dich gekommen …«

Anderntags, am frühen, grauen, klammen Morgen, baten zwei Stasi-Chargen in Ausgeh-Uniform um Einlaß. Der aus seinem Schlaf geschreckte Vorsitzende sah einen ursächlichen Zusammenhang zwischen dem frühen Besuch der Stasis und den kürzlich erhaltenen Schriften, und in seiner Angst – denn die Angst hatte sich mit ihrem ungeheuren Arsch mitten ins Land gesetzt – hatte der Arme, noch bevor die Stasis hereingelassen wurden, die teuren Schätze restlos den Flammen überlassen.

Während die Papiere im Feuer verschwanden, stand der Mann vernichtet daneben, und plötzlich, um Jahre gealtert, senkte er seinen Kopf. In seinem Brustkorb fühlte er einen Druck, als wären seine Bronchien mit einem sehr lastenden Stoff gefüllt. Es fiel ihm schwer, Luft zu holen, seine Lippen waren aufgesprungen, und zugleich bildete sich ein weißlicher Belag in den Mundwinkeln; seine Hand glitt am Pergamentgesicht entlang, entsetzt empfand er das pedantisch rasierte Gesicht als unrasiert, die Knochen bewegten sich falsch, sie bewegten sich, als ob. Ging es um seine Vergangenheit oder vielleicht um den gesamten wankenden bürgerlichen Moralkodex und dessen linke Färbung? Als er an seine Augen langte, fühlte er etwas Klebriges, er konnte nicht weinen. Seine Nasenflügel bebten, *Altersgeruch*, er meinte den Zerfall der Moleküle zu fühlen. »Ich bin alt«, er sprach es laut aus, klirrend berührten sich seine Lippen; in der Luft flogen schwarze Ascheteilchen vorbei.

Die sanftmütigen jungen Stasis drangen dem Befehl entsprechend herein, sie salutierten nach Soldatenart, und im Namen der Abteilung brachten sie dem teuren Franz, dem lieben Genossen, aus Anlaß seines köstlichen Namenstages ihre Glückwünsche zum Ausdruck. Sanschain!

Wollt ihr Sklaven sein?

Unter den wortführenden Individuen hatte der Metzger János Besze das lauteste Organ. Wenn er erst einmal zu reden begann, dröhnten die Wände. Seine hervorragenden Fähigkeiten als Volksredner wollte sich auch unbedingt das Machtkomitee Wanda Wende (sic!) dienstbar machen, und zu diesem Zweck wurde János Besze beauftragt, von den Stufen des Nationalmuseums herab der spontan sich ansammelnden Menge eine Rede zu halten. Besze ließ sich auf dieses Unternehmen bereitwillig ein. Er stellte sich auf die oberste Stufe – seine kupferrote Nase leuchtete weithin, sein einfaches kariertes Hemd, das er wochenlang nicht auszog, wurde vom Wind immer wieder aufgebläht – und ließ sein schmetterndes Organ ertönen. *Wollt ihr Sklaven sein?* Die Menge wartete nicht das Satzende ab, sondern donnerte einstimmig zurück: *Ja, das wollen wir! Ja, das wollen wir!* Die Rede war beendet.

Spiel nicht!

Das war eine traurige ungarische Welt in den fünfziger Jahren, doch die Jugend – denn die Jugend ist eben so: so hitzig, süß, ungestüm, so verspielt, so zerbrechlich? – überließ sich zuweilen dennoch unter Tränen irgendeiner geringen Fröhlichkeit. So amüsierte sie sich beispielsweise einmal während eines Balles im Kulturhaus auf dem Sternberg. Der Zigeuner spielte irgendein ausländisches internationales Stück, woraufhin einer der Jugendlichen abwinkte:

Spiel was für mein ungarisches Herz!

Daraufhin sprang der alte Genosse Pál Korniss auf, den die Gesetzesverletzungen und der Personenkult schier verzehrten – was war aus seinem Kindheitstraum geworden, wozu war sein zwanzigjähriges Ausharren, wozu war seine Treue gut gewesen? –, er sprang auf den Tisch, und während seine Augen feucht wurden, schrie er den Primas an:

Spiel nicht! Es *spielen* schon genügend mit ihm!

Der Empfang

Die Familie Leiben ist nun ausgestorben. Der letzte Leiben, ein vornehmer, vermögender, unbeweibter Mann, wohnte in der Gegend der Stalin-Brücke. Er war gastfreundlich und verfressen. (»Einverleiben«, so pflegten die Bekannten ermutigend zu zwinkern, sobald sie die unglaublichen Mengen von Speisen sahen; und was die Kollegen betraf, wenn der flinke Wind von einem entlegenen Gelände menschliche Achlaute herbeiwehte, nickten sie und sagten: »Leiben geht ans Einverleiben«; als aber später Leiben einverleibt wurde, war es mit derart viel gemeinsamen Schmerzen verbunden, daß die Wortwitze, mittelmäßig treuen Kötern gleich, allmählich zurückblieben ...) Beinahe schon mit Gewalt hatte er die in der Gegend (das war z.B. die Schiffswerft) promenierenden Werksleute abgeschleppt; doch wer auch immer kam, er wurde mit beharrlicher Liebe aufgenommen. Im übrigen, da er keinerlei Nachfolger und auch keinen entfernten Verwandten besaß, erbte Ungarn, beziehungsweise der Warschauer Pakt, sein gesamtes Vermögen!

Einmal saß man gerade beim Mittagstisch, nach einfallsreicher Art gab es Kürbisgemüse mit panierten Auberginen, derweil plötzlich ein Stasi eintrat: Sang- und klanglos warf er sich auf einen Stuhl, zog die Schlüssel an sich, sagte weder guten Tag noch sonst ein Sterbenswörtchen, und unerbittlich begann er zu essen. Bald glänzte sein Gesicht vom Fett (denn vom Vortage war Bratensaft übriggeblieben, der wurde dann aufgewärmt auf den wacholdergewürzten Kürbis geschüttet). Leiben und die Gäste betrachteten den Stasi staunend. Als er sich so recht mitten im Essen befand, fragte ihn Leiben:

Wie bist reinkommen, Bruder?

Na, durch das Tor, erwiderte jener mit vollgestopften Backen und mit Stasiselbstvertrauen, mit dem Glauben, der aus seiner auserwählten Lage erwuchs, den er seiner Rolle zugute kommen ließ und den jenes Bewußtsein nur nähren konnte, daß, wo auch immer sie auftauchten (in Fabriken, Werken und in Ämtern, Büros und Ministerien, Kolchosen, auf Staatsgütern, in Genossenschaften, auf der Straße, auf Betriebsfeiern oder bei familiären Zusammenkünften), die Menschen erschauerten, die Sprechenden ihre Stimmen senkten und einander merkwürdige Blicke zuwarfen. Der Haßbegriff war ihnen nicht unbekannt.

Kannst nochmals reinkommen, setzte Leiben gefaßt ein, dann, nach einer listigen kleinen Pause, meinte er: wenn ich dich hinauslasse.

Wie denn nicht?

Gut, Kumpel, wenn du ein zweites Mal hereinkommst, wirst dir aus meiner Kollektion die schönste Auszeichnung wählen können, obwohl das sogar Bruder Ignác Pioker <ein echter Stararbeiter, sog. Stachanovist> neiden würde.

Es gilt!, so der Stasi.

Sie beendeten das Mittagessen. Den Stasi bugsierten sie hinaus, gleichzeitig ließ Leiben seine vier fürchterlichen schlampigen Hausbewacher-Komondore von der Kette. Dann jedoch rief er zum Stasi, der jenseits des Tores wartete, hinüber: Wir wissen, Warten macht unmoralisch, komm nur herein!

Der unbekannte Bekannte öffnete das Tor, zog in diesem Augenblick seine Ausgehmütze mit flachem Teller nach russischem Schnitt über die Augen, ließ sich auf alle viere fallen und begann einwärts zu taumeln, wobei er eigenartig nasale Hummlaute von sich gab. Als die vier Hunde diese unmögliche Gestalt erblickten, sprangen sie schnell davon.

Der pfiffige Stasi hatte die schönste Auszeichnung erhalten, die Leiben von ihm dann lachend mit hübschen Forintstücken zurückkaufte.

Wo drückt der Schuh?

Genosse Attila F. war ein schwieriger Mensch mit verschlungenen Gedanken. Deshalb wollten sich die Bauern bei der Felderzusammenlegung in gar keiner Weise mit ihm einigen. In Wirklichkeit hatten sie Angst vor seinem Verstand. Dieser Zustand war zu guter Letzt auch dem alten Stasi peinlich, und bei passender Gelegenheit wandte er sich in bittendem Ton an die Bauern: Meine lieben Söhne! Warum wollt ihr euch nicht mit mir einigen? Ich habe doch immer *euer Bestes* gewollt!

Daraufhin ergriff ein alter Ungar das Wort: Das ist es ja gerade, teurer Attila, lieber Genosse …

Dichtung und Wahrheit

Unsere jungen Stasis – die wegen der Auflagen der Kasernenordnung im allgemeinen zu mehreren in einem Zimmer wohnten (schwere Männergerüche, die einfachen, perversen Spiele der Gemeinschaft, dumpfe Nächte und so weiter) – hatten in ihren freien Stunden im Zuge gegenseitiger Schäkereien manch einen Scherz ausgeheckt.

Einer der ledigen Stasis aus Neupest hatte sich einen Kanarienvogel angeschafft, welcher Vogel allerdings, Gott weiß warum, keinen Ton von sich geben wollte, er schwieg wie ein Grab, daher entledigte sich der enttäuschte Besitzer schnell des kleinen Viechleins. Also wanderte das wortkarge Geflügel von einer Hand zur anderen, bis es für eine lächerliche Summe in den Besitz eines Burschen namens Péter Karmazsin gelangt war. (Derselbe war es übrigens, der Glasmalereien besonders mochte, na ja, und auf Fayenceteller gewaltige Phalli zu pinseln pflegte, wobei er natürlich derart große Teller zu beschaffen wußte – daß die Bewunderer bis von Kiew kamen.) Seine Leidensgenossen hänselten ihn oft, wie man solch einen Vogel halten könne. Einen Wert hätte der nur, wenn das Schweigen tatsächlich mit Gold aufzuwiegen wäre.

Der Heiterkeit wegen kauften sie zwei Zuckereier in der Größe von Kanarieneiern, und eines von diesen plazierten sie im Käfig. Den vom erschöpfenden Dienst zurückgekehrten, ahnungslosen Stasi traf unaussprechliche Freude, prompt vergaß er die fachlichen Ärgernisse des Morgens und seine Wut, und mit vermehrtem Eifer sorgte er für den Vogel.

Anderntags waren es bereits insgesamt zwei Eier! Worauf seine Freude sich steigerte. Hm. Zwei Eier! So folgerte er für sich. Ergo habe ich die Aussicht auf zwei Kanarienvögel. Dafür werde ich eine hübsche Summe erhalten, und am Ende kann ich auf einen guten Gewinn hoffen. Zur Ehrenrettung der Staatssicherheit soll aber gesagt sein, daß auch der Vogel auf den Leim gegangen war, indem er die zwei Eier treu auszubrüten begann.

Nach einer Weile waren die »Verschworenen« (dies natürlich muß man in Anführungsstrichen verstehen; siehe auch unter dem Titel: »Eine Enthüllung«) einen Schritt weitergegangen, und auf dem sowjetischen Schiff, das im Hafen vor Anker lag und auf dem man jeglichen Schnickschnack kaufen konnte, angefangen von Matyó-Püppchen und dem János Vitéz bis zum Taschenfeitel, kauften sie zwei künstlich hergestellte Kanarienküken aus Holz. (Übrigens hatten die sowjetischen Matrosen, als sie von dem Plan erfuhren, schallend gelacht.)

Der Stasi, der in der Früh, bis auf die Haut durchnäßt, müde und mit grauem Gesicht vom Dienst zurückkam – kein Mädchentraum –, war vom unklaren Bild, von der Dunkelheit des Zimmers irregeführt, und er begrüßte die winzigen Ankömmlinge mit überwältigter Freude, und im Geiste klirrte er bereits mit den klingenden Münzen, die er für die Vögel in die Tasche stecken würde.

Dann schlüpfte er in die Rolle eines fachmännischen Vogelzüchters und schaute nach einem Käfig. Er kehrte mit einem kleinen backschüssel-ähnlichen Käfig zurück und ging behutsam an die Arbeit, um die zierlichen Faktoren seiner zukünftigen Wirtschaftspläne in ihr neues Heim zu übersiedeln. Die Kleinen, die theoretisch hätten schnaufen sollen, nahm er in die Hand, und unwillkürlich betrachtete er sie näher.

Was zum Kuckuck?

Das paßte nicht in den Schädel des guten Stasi. Jetzt fiel ihm der

Schleier von den Augen, und während er sich in den Reihen der befreundeten Genossen umschaute, die sich lachend um ihn aufgestellt hatten, schrie er mit der Wut eines verletzten Tigers:

Wer hat das getan?

... Natürlich aber war für den Streich niemand verantwortlich, vergeblich argumentierte unser Freund, daß jemand, der den Mut hatte, etwas auszuhecken, auch den Mut aufbringen sollte, es auf sich zu nehmen. In seiner verständlichen Empörung griff er nach den unschuldigen Scheinküken, und noch im selben Augenblick schleuderte er sie zum Fenster hinaus. Geht mit Gott! Sie flogen und flogen ... (Ich verstehe dieses Vögelchen nicht. Jede Nacht trieft es vor Schweiß. In Büscheln steht jeden Morgen sein Gefieder. Ich weiß nicht einmal, was für ein Vogel es ist. Weder singt er, noch springt er umher. Ich könnte ihn herschenken, das aber wage ich nicht. Nicht einmal das wage ich, und dies eben ist mein Kummer.)

Zahlen wir drauf!

Der gute Wirtsherr Gedeon Magyar war mit allen Wassern des Bauerngeizes gewaschen. Mit dem Frühlingseinbruch (nastupila osenj) nämlich wollten die Maiskolben vom vergangenen Jahr auch einmal gewendet werden. Einen Dreh hatte er sich ausgedacht, der Ränkeschmied, und wie wir sehen werden: bald wurden zwei daraus; namenlos hatte er Anzeige erstattet, der gemäß im Kornspeicher des Gedeon Magyar Unmengen von *** versteckt waren.

Die amtlichen Leute kamen, grüßten, schaufelten den Kukuruz um, und selbstverständlich fanden sie nichts. Der Bauer, der den ganzen Vorgang ruhig mitangeschaut hatte, dankte mit dem frömmsten Gesicht für die »liebenswürdige Hilfe der Herren« und ermunterte sie zu einem Gläschen Wein, damit sie den Staub, der sich auf ihre Kehlen gelegt hatte, runterspülen konnten. Die amtlichen Personen dankten für die Einladung mit säuerlicher Miene, und eilig verließen sie den Schauplatz ihrer Niederlage.

Ein weißer Mann vergißt nie. Und als einmal, nach Monaten, der amtliche Mensch in Zivil einem *** verkaufenden Mann begegnete, kam ihm eine teuflische Idee. Ja, er solle es da- und dorthin bringen, aber nicht sagen, wer und warum er es schickt.

Die Visite erschien noch am selben Nachmittag. Dem Bauern,

dem dieser neuerliche Besuch die Sprache verschlug, gab man kurzerhand kund:

Genosse. Das neulich, das war umsonst. Jetzt werden wir aber alles in Ordnung bringen.

Nun, sagte unser überschlauer Mann, indem er sich den Nacken kratzte, wo die Wunden bereits zugewachsen waren, nur noch die Lücken im Haar zeigten die schrecklich schwindende Zeit, nun, sagte er, nachdem er sein Salär bezahlt und die Gefängnisstrafen alle abgesessen hatte: Ich glaube, *Herausforderungen* sind doch nicht gut.

Ausräuchern

Mit Sicherheit kann man behaupten, daß István Medve unter jener Ära mit den ausgef. Erinnerungen schwer gelitten hatte. Als damals die Veron Bagits, diese Jenseitsplage, ihn verlassen hatte, übermannte ihn der Kummer. Sein Haar ließ er kurz schneiden, dadurch rundete sich sein Gesicht, die nußbraunen Augen lagen tief in den Augenhöhlen, wie in einem zutiefst tiefen Brunnen. »Aus István strömt die Traurigkeit wie aus einem geschlagenen Hund.« Solche Dinge sagte man ihm nach, wenn er plötzlich und unerwartet die Gesellschaft um Nachsicht bat und sich schnell auf den Heimweg machte, und wenn einer der guten Freunde ihn gerade aus der bestehenden Freundschaft heraus nicht schonen wollte, verschanzte er sich traurig und sachlich hinter seinem gekippten Zuckerspiegel.

Vor seinem inneren Auge beschwor er den freundlichen Druck von Verons rechter Hand herauf, den Klang ihrer Stimme, den zuversichtlichen Glanz ihrer heiteren Augen und ihr gutes Lächeln, er erinnerte sich an jene tiefgehenden Gespräche, als er, István, bereits geglaubt hatte, er habe alles erzählt, und Veron ihm trotzdem leise Fragen stellte, ihre Fragen waren kurz, es waren beinahe Stammsätze, mit deren Hilfe sich allmählich herausstellte, daß István nicht alles erzählt hatte, die Worte der Fragen und Bemerkungen durchleuchteten die dämmrigen Nischen des zuvor Erzählten, und dann begann Veron zu erklären, sie erklärte: was István gesehen hatte und warum er das, was er sah, so gesehen hatte, wie er es eben tat. (Welch eine Übereinstimmung, daß Sándor Gergely, der Federführer <seine Laufbahn hatte er im konterrevolutionären Ungarn begonnen, sie kam in Moskau zur Vollendung, im geistigen Hoch-

ofen der Revolutionsliteratur der Emigranten – so die weisen Bücher>, auf Mátyás Rákosi bezogen genau die gleichen Empfindungen hatte: der Druck, der Klang, die Heiterkeit, die Stammsätze, dämmrige Nischen, das Was und Warum: das alles, alles! – Das Leben also ist phantastisch und wunderbar, schön und heilig, es ist in Ordnung, wir pfeifen auf alles, die anderen können tun, was sie wollen, die Welt ist doch ein besserer Ort, das Leben ist großartiger, als es dem nüchternen Menschenverstand erscheinen mag; *wirklich* würde ich das trotzdem nicht nennen.)

Kummervoll lungerte er in den krummen Straßen unserer Stadt, ganz dem Mondschein vergleichbar. Doch was zum Mondschein paßt, tut es noch nicht zu Pista Medve! Mit seinen Schulterpolstern streifte er an den Hauswänden entlang, und diese Schulterpolster waren allmählich zerschunden. Entsetzlich! Man muß das wohl nicht näher ausmalen. Sogar seine Schulterbänder waren allmählich abgerissen. Er konnte nicht einmal bei den gemeinsamen Bacchanalen (z. B. Ernteablieferungsfest) auftauen. Einmal war es dann der teure Mensch selbst, der ihm eine diesbezügliche Frage stellte:

Wie denn, junges Blut, tanzen wir nicht?

Ich kann nicht. Rákosi blickte für einen Augenblick erstaunt drein, dann trat er ganz nah zu ihm, und leise, ernsthaft, sagte er folgendes: So ist es nicht recht, Genosse. Zu arbeiten haben Sie gelernt. Doch auch das Vergnügen muß erlernt werden!

Medve stürzte sich in diese Aufgabe, Tag für Tag saß er am oberen Flügel von T-förmigen Tischen, während die Ermunterungen des teuren Mannes in seinen Ohren widerhallten, und zwar mit der doppelten Welle des Liebesschmerzes! Pista Medve hatte sich an das Trinken gewöhnt ... Allerdings nicht an irgendein Getränk! Sondern an das Wasser der Redner! An jenes Glas Wasser, welches man für die Redner *bereithielt!* (Das Land blüht auf, wird schöner; das ist bekannt.)

Mit einer hoffnungslosen Leidenschaft und mit enttäuschtem Schwung kippte er das Getränk hinunter, als sei es ein Glas Wodka. Anfangs setzte er gehemmt an, seine Hand bewegte sich zentimeterweise schräg in Richtung Glas voran, glitt an Falten entlang oder durch blasse Flecken hindurch, so meinte der arme Mensch die ausgeklügelten Wanderungen seiner Hand mit der Logik der Geometrie glaubwürdig zu machen. Mit dem Glas spielte er nur herum, als hätten sie beide nichts Ernsthaftes miteinander vor, seine Finger spielten am Glasrand Klavier und so weiter. Doch einen Augenblick nur, dann war die feine Art dahin, und die verkrampften, zitternden Finger des István Medve verstrickten sich (!) am Glas – und nun mit einem einzigen Zuge!

Später war es vorbei mit diesen gebührlichen Skrupeln, kaum hatten sich die Vorsitzenden auf ihre Plätze niedergelassen, räkelten sich gutgelaunt, und schon senkte sich Istváns Hand auf sein Gläschen hinab ... Doch bleibt die Leidenschaft, obwohl das doch in jedermanns Interesse wäre, niemals in den ihr gesteckten Grenzen, und auch mit Medve ging das Pferd durch; bei Gott, manchmal schleuderte er sein Glas verwegen hinter sich, so daß es klirrend und scheppernd an den mannshohen Büsten zerschellte, und offensichtlich hätte man nicht viel länger warten müssen, da hätten die Vorsitzenden den Wasserschwall ins Gesicht bekommen und so weiter, als sich eine Lösung fand: Medve wurde einfach ausgeräuchert.

Eine Enthüllung

Auch Rajk hatte man ausgeräuchert. Und vielleicht war dies die dunkelste Rauchwolke, die zu unserer Neuen Sonne geschlichen war ...

Die Verschwörung hatte Rajks Dienstmädchen entdeckt und verraten.

Sie war auf eine sehr seltsame Weise darauf gestoßen.

Eines Abends war sie allein in Rajks Wohnung. Aus lauter Langeweile kam ihr die Idee, den allerbesten Anzug ihres Herrn anzuprobieren. Nachdem sie den tatsächlich angezogen hatte, trat sie vor den Spiegel und bewunderte sich, denn sie gehörte zu jenen Frauen, die gerne Männersachen tragen. Zu ihrem großen Schrekken hörte sie plötzlich Schritte, und mit mehreren Freunden kam eben der Minister nach Hause.

Dem Mädchen stockte der Atem, und um ihren guten Herrn nicht zu erzürnen, wollte sie die Flucht ergreifen, doch hatte sie keine Zeit mehr, und so kroch sie unter das Bett. Im nächsten Augenblick waren Rajk und Co. eingetreten. Und bis Mitternacht berieten sie sich über die Angelegenheiten der Verschwörung.

Das Dienstmädchen hörte jedes Wort, und am nächsten Tag rannte sie wie besinnungslos, um die Bande anzuzeigen.

Man hat nur einen Vater

István Medve war kein flaumiger Jüngling mehr, als er sich acht Tage Urlaub nahm, um sein Elternhaus zu besuchen. Große Freude gab es, es herrschte reges Treiben, seine Mutter buk und kochte, mit viel Sorgfalt bereitete sie das Lieblingsgericht ihres Sohnes zu, die Griebenpogatschen. Nach einigen Tagen, die er bei ihnen verbracht hatte, entdeckte er in den Reden seines Vaters manche Gedanken verbotenen Ursprungs. Und wie es die Ordnung verlangt, nahm er den Befund auf.

Sobald das vollbracht war, kehrte er zu seiner Kaserne mit dem Gefühl der wohlgetanen Arbeit zurück, und über den besagten Fall erstattete er, wie es die Ordnung verlangt, der zuständigen Obrigkeit eine Meldung. In der international gespannten Lage fand dieses Bravourstück großen Widerhall, und man merkte ihn sofort als einen »außerordentlich eifrigen und zuverlässigen Mann, als den heimgekehrten Sohn« vor. Das war der Ausgangspunkt, von dem aus er seine Kollegen alsbald überflügeln konnte.

Die Wirklichkeit aber sah so aus, daß die ganze Sache vorher schon abgemacht war. Der Sohn hatte den Plan vorgelegt, und das väterliche Elternteil opferte sich gerne; an heißen Nachmittagen übten sie den zu sagenden Text in der Gartenlaube, denn der Junge, der nichts dem Zufall überlassen wollte und Abhörkontrollen befürchtete, wollte das Verbotene in einem echten Gespräch entdecken, und schließlich kostete ihn diese ein wenig schäbige Reklame, die immerhin viel Staub aufgewirbelt hatte, kaum einen Forint (Kost, Quartier, Griebenpogatschen), doch das Ziel, es war erreicht.

Wer hat Dániel Berzsenyi entdeckt?

In Abwesenheit des Oberstleutnants hatte seine Vertretung aus einer konkreten und das Volk bedrohenden Situation heraus Blätter drucken lassen, denen zufolge es den Auszusiedelnden und Ausgesiedelten verboten war, sich mit den bei ihnen dienstlich verkehrenden Stasis zu verbrüdern, in individuell gefärbter Weise über ihre Schicksale zu berichten oder durch ein bürgerlich humanistisches Gehabe das schädliche, beherrschende Wesen zu vertuschen oder Karten zu spielen (ROT sticht) oder auch nur über Literatur, Kunst oder Liebe plötzlich loszureden. Diese Plakate wurden in den Räumlichkeiten der Klassenfremden – meistens in den sogenannten

Salons, die oft nichts anderes waren als die winzige Verlängerung eines unförmigen Vorraumes oder eine Dielennische – an die Wand gehängt.

Die Stasis genierten sich zutiefst, daß sie nun wegen einiger unreifer, in manchen Fällen seelisch geschädigter Kollegen, die sich möglicherweise nicht ordnungsgemäß verhalten hatten, eine so peinliche Beschämung treffen mußte, aber es half kein Erröten, denn solange die Anordnung galt, konnten sie nichts gegen sie ausrichten.

Einmal machte der Oberstleutnant eine Reise, um sich von der wirksamen Verwirklichung der Aussiedlungen zu überzeugen. Nachdem er seine Geschäfte erledigt hatte, wusch er sich die Hände <manum lavat>, vom köstlich schönen Herbstwetter animiert, nahm er die Rückreise mit dem Wagen vor, und damit die Zeit schneller verging, denn er mochte es nicht, wenn sie anders verging, löste er währenddessen Kreuzworträtsel. Als der Weg an den Weingärten vorbeiführte, bemerkte er, daß bei dem Preßhaus zwei Männer, einfältige Leute vom Land, mal französisch, mal englisch oder mal deutsch mit österreichischem Akzent miteinander redeten. Ausnahmslos imperialistische Sprachen; er ließ den Wagen anhalten und führte eine Kontrolle durch.

Nachdem er alles für ordnungsgemäß befunden hatte, er zuvor jedoch in der Senkrechtspalte mit der Nummer 54 seine Probleme hatte, sprach er den wortlosen Mann folgendermaßen an: Sagen Sie, mein Herr, begann er stilvoll, wer hat denn damals, seinerzeit, Dániel Berzsenyi <den großen ungarischen Klassiker> entdeckt?, könnten Sie mir das freundlicherweise sagen?

Worauf der »einfältige Mann vom Lande« kopfschüttelnd auf den Wandaushang verwies. Verboten ist, sagte er abwechslungshalber in der richtigen Sprache. Jetzt erst las der überraschte Oberstleutnant den ohne seine Kenntnis erlassenen Aushang, und über dessen Inhalt war er selbst erstaunt.

Zu dem schadenfroh lächelnden Manne sagte er: ...!!!

Damit stieg er in seinen Wagen und ließ eilig davonfahren.

Bald kam ein Erlaß, mit einem großen roten Stern versehen, daß die widerwärtigen, odiosen Plakate sofort zu entfernen seien. Die »einfältigen Männer vom Lande« zuckten mit den Schultern.

Wer ist der Größte im ganzen Land?

Imre Macskási, Staatssicherheitsoffizier, war berühmt wegen seiner staunenswert großen Kraft. Einmal zum Beispiel stand er Wache vor der Nummer Sechzig in der Andrássy-Allee, und da ihm ein Streich in den Sinn kam, ließ er sich durch den Gedanken verführen, für ein, zwei Stunden abzuhauen. Köstlich lockte ihn eine neue Eroberung, eine kleine Schwarze. Doch neben der Verlockung wollte er auch den Eingang in Sicherheit wissen. Er fand also einen alten abgenutzten Mühlstein am Platz des 7. November, nahm den Stein unter den Arm und stemmte damit das Tor fest!

In einem abgewirtschafteten Grafen jedoch fand er einmal seinen Meister. Er wollte seinen Wagen, einen stahlgrauen Tschaika, bei ihm reparieren lassen. Als der fertig war, sagte Macskási:

Laß mich die Düse sehen!

Hier ist sie, mein Herr!, antwortete der Nachkömmling etwas zu zahm, da ihm das Wort Genosse nicht recht über die Lippen wollte; und da er nicht noch mehr verlieren konnte als ohnehin schon, ging er auf keine Kompromisse ein. Er lebte, wie er das für richtig hielt und wie es ihm möglich war.

Die ist schlecht, quengelte Macskási geziert, und knack, brach er die Düse entzwei, als wäre sie eine Butterbrezel. Das Gräfchen blickt ihn mit unbewegter Miene an und gibt ihm noch eine Düse. Jener bricht auch die entzwei. Die dritte endlich ist in Ordnung, was kostet sie?

Eine Einheit, antwortet der Graf. Der Genosse überreicht das runde Geldstück; die ist nicht gut, so jener, und bricht es entzwei. Desgleichen geschieht mit dem zweiten Stück, er zerbricht es. Das dritte ist endlich in Ordnung.

Das ist ja gut. Der verblüffte Stasioffizier übermittelt dem starken Gegner noch eine zusätzliche Einheit für diesen gelungenen Scherz. (Nachdem er mit seinem stahlgrauen Schiff davongefahren war, setzte sich der Graf auf die Veranda, stützte sich auf seine Knie und blickte lange vor sich hin. Es schauderte ihn. Mit seiner ölig-fettigen Hand griff er sich ins Haar. Dann zeichnete er mit den Fingern merkwürdige Gebilde in den Sand. An jenem Tag arbeitete er gar nicht mehr. Seine Hauswirtin mied ihn mit aller Vorsicht und war still. Anderntags stand er in aller Frühe auf, wie auch Macskási.)

Mjuhsik

Unter den unzähligen Möglichkeiten, die sich bieten, hatte sich die Begeisterung über die Wiederherrichtung oder gar über die Selbstbesetzung des eigenen Landes auch diesmal für die Form des spontanen Aufmarsches entschieden, um so ihre überschüssigen Kräfte abzuleiten, und mit der gehißten Fahne schritt das heitere Heer in der Andrássy-Allee voran. Der Raum war da, es gab Sonnenschein, alles war da, junge Damen mit rauschendem Haar, Mädchen, Frauen, Freiheit, Kraft.

Die Straßenecken und den Eingang eines bestimmten Hauses bewachten Uniformierte mit Maschinengewehren; der Gehweg jedoch wurde durch Pfeiler, an denen schwere Ketten montiert waren <Selbstzensur>, gesperrt. Von diesen kleinen Pfeilern und aus den Fensterläden, die die Frontseite der Andrássy-Allee säumten, nickten rotköpfige Geranienreihen den Maschinengewehren zu.

Und Musik gab es auch! Tolle Musik! Das Stasi-Orchester hatte uns eingeheizt, gab den Ton an, zu dem wir ausschreiten konnten. Da begann ein Mann neben mir zu kichern, sein weißes Haar zitterte vor Lachen.

Was lachen Sie denn, Alterchen, fragte ich ihn betroffen.

Na, wie denn, mein Junge – und er zeigte auf die rotgesichtigen, begeisterten Musiker –, wie denn werden diese braven Burschen beweisen, daß sie die ganze Zeit über lediglich Musik gemacht haben?

Der Alte lachte noch lange. (Ich konnte nicht wissen, daß in ihm schon der reinigende Sturm der Zukunft rauschte.)

Fragment

»Mit anderen Worten, der Genosse meint, Kant sei bei voller Vernunft gewesen?!« Wumm …

Kulturpolitik

»Révai hatte es sich – aber natürlich auch mir – nicht verzeihen können, daß er meinen Roman: mochte.« – – –

»Lieber Herr Kollege, wenn ich Ihre Kritik richtig lese, trachten Sie lediglich nach meinem Leben, das Buch aber hat Ihnen womöglich gefallen. Ich danke Ihnen, danke, lieber Freund, ich danke!« (Engherziger Herzensfreund.)

Auf einem demokratischen Forum

»Herzchen, schreien Sie mit Mihály Babits herum!«

Kosztolányi an Klebelsberg

Sie sind so aufgeregt wie ein Klassenvorstand im Gymnasium von Szabadka, wenn von der Selbstbefleckung gesprochen wird.

Auf einem anderen demokratischen Forum

»Was wollen Sie von mir?! Sogar Ihr Enkelkind wird an mir scheitern und durch die Prüfung fallen! ... Schießen, immer nur schießen, ach ... Ich habe euch so satt.«

Die Misere der osteuropäischen Kleinstaaterei

Einmal hingegen wandte sich Miklós Horthy hin und her und durchbrach die Schranken seiner Klasse. Klirrt. Blirrr.

»I beg your pardon.«

Wir kommen und gehen; literarische Pläne

(Ich möchte nicht, daß es mir so erg*eht*, wie folgt:) Ein Mann *ging* 1949 einkaufen, und, das ist die erste Version: Er *kam* nie mehr nach Hause. Die zweite Version: Für 23 Forint hatte er alles gekauft, und seitdem klagt er seine Frau an, daß sie nicht in der Lage sei, mit so viel: auszu*kommen* ...

STOP

Pál Királyhegyi, der bekannte Humorist, man weiß nicht, warum, kurz und gut, er kam 1949 nach Hause, er schnupperte umher, und dennoch, was war das eigentlich, er nickte, dann ging er zur Hauptpost und gab folgendes Telegramm auf: J. W. STALIN, MOSKAU, KREML, DAS SYSTEM HAT SICH NICHT BEWÄHRT STOP KIRALYHEGYI. Das war alles.

Tivadar! Verstehe Telegramm nicht. Geht es um Weiber? Ich disponiere entsprechend. Formuliere ordentlich, bring Sekt mit, keinen süßen.

Der Traum des Künstlers

Traum: L. <siehe auch unter dem Titel: »Rache«> und Pál Királyhegyi gingen Hand in Hand auf dem Vörösmarty-Platz spazieren und amüsierten sich über Stalin. Da nähern sich aus Richtung Váci-Gasse einige Panzer (Haute-Couture-Modelle). Pál winkt einen herbei: *Panxi!*, und heiter kutschieren sie davon.

Zum Kodály-Jahr

Kulturelle Zeiten auf ihrer höchsten Höhe, Empfang; da sind Frau Emma, die Ehefrau, der Meister selbst und Révai. Mit dem lauten Organ der Schwerhörigen ruft Frau Emma: »Paß auf, Zoltán! Man sagt, dieser Mann sei ein Kommunist.« (Trotz allem ist das nur die eine Hälfte der Geschichte – das entspricht allerdings ganz der Absicht.)

Die Angst der Mutter

(Wie fesch dein Sohn doch ist!) Oh, wenn ihr ihn dazumal gesehen hättet, als er in seinem blendendweißen Leinenanzug, so mir nichts, dir nichts in der Früh ausgeritten war (sie bemerkt, daß neben ihr eine linkswärts hochverdiente, einflußreiche und als blutrünstige Matrone bekannte Parteilady steht) ..., aber auf was für einem klapprigen Gaul ...!

Es gibt ein Fest

Pécs, dort das berühmte Kaffeehaus Nádor. Keuchend kommt der Bote mit dem Ruf: Unser geliebter Führer, die brennende Fackel und Lanze, Stalin!, er ist gestorben. Verständlicherweise setzt eine ungeheure Stille ein, das Orchester verstummt, die Kellner erstarren gleichsam zwischen zwei Tischen, denn wer könnte wissen, was in einem solchen Augenblick zu tun ist. Und da, in dieser allmählich kaum zu ertragenden, dumpfen, asiatischen – oh, Pannonien – Stille, klirrt jemand (der Onkel eines großen Dichters?) an sein Kaffeeglas, und mit leiser, fahler Stimme sagt er nur: KELLNER, CHAMPAGNER. Nach N Jahren war er entlassen. ($N \geqq 1$).

Korporative Freude

Nur Messer, Stasi, Feuer, Licht sollen euch trennen! – So war es denn auch: Und wenn sie nicht gestorben sind, leben sie noch heute, hinterher sterben sie dann.

Ein Witz

»Ich habe eine gute und eine schlechte Nachricht. Die gute Nachricht: daß ich nur *eine* schlechte Nachricht habe. Die schlechte Nachricht: daß du, Genosse, sterben werdest.«

James Joyce gibt Horthy Englischunterricht in Fiume

»Um nicht aus der Übung zu kommen«: Einführung in die schöne Literatur.

1. What is this?
Tsis is än ejroplejn.
. . . . .
(lustig)

2. »Arju Genosse
Kovatsch? Jesajem.«

4. Laß weg, Aas!
———?!

3. How do you du?
Hau du dich doch selber, usw.

»Mein Sohn, dein Herz ist in der Hetze nach Sätzen verbittert.«

Flaubert beim Staatssicherheitsdienst

»Elende Ratte, willst du immer noch behaupten, daß *wir für das Sagen und nicht für den Besitz geschaffen sind?!* (Nous sommes faits pour le dire et non pour l'avoir. – Flaubert: Corresp. II., zitiert von Arnold Hauser in der »Sozialgeschichte der Kunst und Literatur«.) Dann kriegst du's, nimm's, verfluchtes Viech:

DAS IST FÜR DICH!«

Fragment

»Nein, ach, oh, nicht doch, teurer Mensch, nicht schlagen.« – Und er lacht nur und lacht nur.

seinen Hodensack, der so groß war wie der größte Kürbis der Kolchose

Nostalgie; Stasidisco

»Hol der Teufel dieses verdammte Leben, aufpassen, Jungens!, *Zeit ist Geld*, von da an machen wir es noch einmal: Nein, ach, oh, nicht doch, teurer Mensch, nicht schlagen, doch, dich werd ich noch kurieren, mein Alter, lach nur, lach nur!; und grins nicht, winsel nicht, keinerlei Übertreibungen, lach nur befreit und glaubwürdig, *o.k.?*«

Gulaschkapitalismus

Ist es wahr, daß im Sozialismus die Menschen in Milch und Honig baden?

Nun also, das eben würde ich nicht unbedingtemente sagen; doch grapschen Sie da in eine gute Richtung, Genosse, wenn ich Sie damit nicht verletze.

Stilübung

Nachdem er das mehrstöckige, düstere Gebäude, in dem er zeitlose Zeiten verbracht hatte, verlassen hatte, blinzelte er, dem Licht preisgegeben, er taumelte beinahe und dann doch nicht; er wandte sich zurück, wie sich jemand zum Elternhaus zurückwendet, während er sich auf einen langen, unbekannten Weg macht; oben, an der Gebäudespitze, glänzte ein Roter Stern. Rückwärts schreitend, entfernte er sich, und daher taumelte er doch ein wenig – der Triumph des Realismus hinter den Gärten –, und die hinunterkippende Sonne deckte sich zunehmend genau mit dem ZEICHEN: dessen Ränder begannen zu gleißen, als wären sie es, die das Licht ausstrahlen: die neue Monstranz der Neuen Zeit!

Ich fischte ihn hinter dem Schreibtisch hervor, du Ratte, schrie ich ihm ins Gesicht, dann setzte ich ihn auf das Fenstersims, damit die zehn Stockwerke unter ihm ahnungsvoll rauschten! Na, du Ratte, sag's mir jetzt ins Gesicht, daß usw.

Schön, sagte er mit herber Zufriedenheit in seinem Herzen, das ist trotz allem schön; und er setzte sich an den Rand des Gehsteigs, er saß, saß und saß und schaute nur vor sich hin, unter sich fühlte er manchmal die Erde von den großen Bussen erbeben.

Es war Frühsommer, die Zeit blühte. Im Hochblicken hätte er am Gehweg die Frauen in ihren leichten Baumwollkleidern vorbeischweben gesehen oder daß sie sich im gegenüberliegenden Büro mit vollem Gewicht auf die Schreibtische setzten und die wichtigen amtlichen Papiere unter sich zerknüllten. Die liegen jetzt auf ihrem angestammten Platz, hätte er denken können.

Aber er sah nur die verwegenen Sandläufte auf dem Asphalt, die ruckenden Busfahrkarten und die Zigarettenkippen. Inzwischen brach der Abend herein, bald wurde es auch kühl, vor dem Gebäude wechselte die Wache, und einer von ihnen, ein Junge mit flaumigem Kinn, trat, nun schon in der tiefen Nacht, zu dem fahlen Unbekannten, legte seine Hand auf dessen Schulter und sprach: Stehen Sie auf, Alterchen, Sie erkälten sich ...

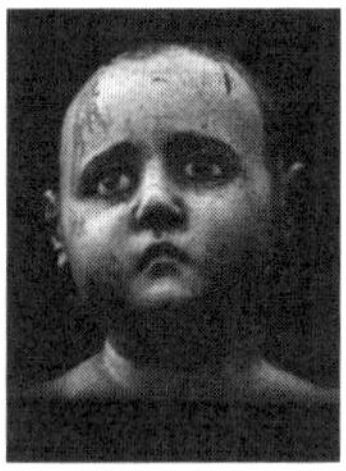

Dann fiel die Stille wieder mit ihrem ganzen Gewicht von Himmel und Sternen auf sie.

Freiheit! Liebe!*

Bevor ich auf die Abenddämmerung dieser Zeit zu sprechen komme, möchte ich, frei nach meinem Freund Lőrinc Dániel, zwei frivole kleine Geschichten vortragen.

In der ersten wird von der Freiheit die Rede sein, vom Leitgedanken der Epoche. Die betreffenden Namen kenne ich zwar, aber ich will sie nicht sagen, denn möglicherweise könnte das für jene Familien, die jetzt wieder wohlhabend leben und ausgeglichen sind, unangenehm sein. Die Personen sind die ewigen Personen, das heißt ein *Mann* und eine *Frau*.

Ach, Genossin, Sie sind grausam! Warum lehnen Sie meine sinnliche, vollblütige Liebe ab? Mein Herz, sehen Ihre Augen denn nicht meinen rasenden Stab in der prüden Gefangenschaft der Hose? Ist denn nicht auch der Schoß der Gnädigen taubenetzt bereit?

* Freiheit!, so hieß der Gruß der fünfziger Jahre (und im Volksmund die Antwort darauf: Das brauchten wir und etwas Regen dazu).

Den ausufernd mächtigen Stock, der zum bestialischen Sprung bereit ist, sehe ich allerdings, doch Sie, Sie sind dermaßen häßlich!

Nun, Gottchen, uns Männern steht es frei, ein wenig häßlich zu sein!

Ja, ja, doch Sie, mein Freund, mißbrauchen diese Freiheit zu sehr ... – – –

Stasigetändel

Die Folgegeschichte könnte man vielleicht unter dem Titel Stasigetändel zusammenfassen. Zwei Stasijungen, noch flaumig und zerbrechlich wie Rehkitze im Schilf, hielten eine Rast am Waldrand, und im weichen, tiefgrünen Gras streckten sie sich aus, denn sie waren von ziemlich sinnlicher Natur.

Zunächst lagen sie bäuchlings im Gras, hielten Ausschau nach den Lilien auf der Wiese und nach den Vögeln am Himmel, die Ammern lockten, die Maulwürfe wühlten, die Eichhörnchen knabberten Nüsse, Rehe steckten ihre anmutigen Köpfe ängstlich aus dem Gehölz, um gleich wieder zu entfliehen, etwas entfernt polterte ein Wildschwein, in der Nähe bogen sich die Gleditschien- und die Geißkleezweige; hernach drehten sich die Jungens auf den Rücken, verschränkten ihre Hände unterm frischgeschorenen, ungeschützten Nacken (an ihren Handrücken würde man den tiefen netzartigen Abdruck der kräftigen Gräser noch lange sehen), Tausendschönchen hielten sie, als wären es Kippen, locker in den Mundwinkeln und drehten sie lutschend, betrachteten den unerbittlichen Zug der Wolken, während sie den Frühlingsgeruch und den Erdgeruch tief einsaugten, freundlich krauchten zwischen den Grashalmen Ameisen umher, und der gelbe Löwenzahn stach scharf in die faulen Mienen.

Mit einem Mal trat eine dörflich fesche Waldbeerensammlerin beerenessend aus dem nahen Wald hervor. In der Tat, sie hatte ein prächtiges Dingsda. Unverzüglich sprang einer der beiden auf die Füße und, indem er dem aufgeschreckten Dirndl den Weg verstellte, legte er mit seinen Neckereien los.

Na, Schwesterchen, jetzt bist du aber an den rechten Ort geraten. Nun mußt du, wie es sich gehört, einen Zoll entrichten.

Natürlich!, entschuldigte sich die Waldnymphe, die sich auf diesen schlechten Platz verirrt hatte.

Mir scheint, so der sophistische Stasi, daß du für verbotenes Zeug, weil es sein *müßte*, schon zahlen würdest, aber dann wirst du es für Nichtverbotenes *weitaus lieber freiwillig* tun.

Um wieviel geht es denn?, fragte das schnippische Mädchen etwas verstört.

Man muß nicht zu Tode erschrecken, mein Täubchen, es wird schon nicht zuviel sein, lediglich ein unschuldiger Kuß.

In Gottes Namen also, diesen Zoll gestehe ich der Volksdemokratie noch zu, doch tiefer lizitiere ich nicht mehr mit, antwortete die kleine Göre mutig. Und nachdem sie dem verblüfften Stasijungen ihre Lippen für einen Augenblick zugeneigt hatte, sprang sie lachend auf und davon. Wie eine fliegende Melodie, das Leben ist nichts anderes.

Die Aussagen eines Augenzeugen

Niemand kann sich seine Eltern aussuchen, aber ebensowenig seine Freunde. Wir mögen nämlich jemanden durchaus nicht aus dem Grund, weil er schön oder klug oder charaktervoll ist und auch nicht, weil er uns ähnelt und wir mit dieser Zuneigung, dummdreist und hinterrücks, uns selbst aufwerten könnten. Nein. Wir können einen jeden lieben.

Die Geschichte der *Eindämmerung* hatte ich von meinem Freund Lőrinc Dániel vernommen, der zu den damaligen Mitspielern gehörte. Dániel lebte mitten in der Zeitgeschichte, nahe am Hochofen; er ist mein Freund, aber ich glaube ganz und gar nicht, daß ich alle seine Taten auf mich nehmen würde. (Es dämmerte – düsterte ein.)

Wir saßen im Hinterzimmer des Café Folter; dort war es weniger elegant, es war etwas vernachlässigter, gleichzeitig exklusiver und körpergerechter, das Publikum war erlesener als im vorderen Raum. Neben der salpetergelben Feuerwand ließen wir uns an einem der abgenutzten, fleckigen Eisentische nieder, ich bestellte Bier, mein Freund zwei Krüge mit Sodawasser (!); die breite Kellnerin, Margó, nickte unbeteiligt, doch als sie die Krüge vor uns abstellte, war in ihrer Bewegung ein wenig Spott, Wässerchen, sagte sie charmant. Lőrinc Dániel schlürfte das Wasser, ab und zu wogte Margó an uns vorbei. Ich hatte die fixe Idee, daß sie nach Benzin roch. Lőrinc Dániel schwieg ganz ungeheuerlich, als könnte von da an niemand mehr ein Wort sagen.

Aber vor dem Einbruch dieses Schweigens sprach er darüber, daß die Moral der Leute zu sinken begonnen und die überstandene Gefahr die Menschen hart gemacht habe, sie seien, wie die Matrosen nach dem Sturm, grausamer, dümmer, blindwütiger und, was ihre Sünden und Unsittlichkeiten betraf, verstockter geworden als zuvor.

So weit würde ich nicht gehen, sagte ich auf meine vorsichtige

abwägend

Art …

Ich könnte nicht sagen, so begann D. seine Erzählung, wann und wie es mit dem Gestank angefangen hatte, ob es überhaupt etwas mit Namen zu Nennendes gegeben hatte, was da entstand und verging, verging und entstand, oder ob es nur dieses Sickern gab, das Strömen der Angst, das wir erst bemerkten, als wir in unserem Entsetzen schon stumm und lahm geworden waren, also weiß ich nicht, ob es beginnen *konnte*, und wenn ja, wann es seinen Anfang nahm … Das bedrückt mich.

(Unwillkürlich hatte da mein Freund L. D. etwas Wichtiges berührt. Denn Menschen leben ja nicht in der Rákosi-Ära oder unter König Mátyás oder in dem Wer-weiß-was des entwickelten Sozialismus, so etwas würden nur Politiker in ihrem Hochmut behaupten, schon um uns ein wenig einzuschüchtern: »Nur langsam, Genosse Bürger, und du sollst dem Himmel danken, daß du in den Zeiten der ersten Kapitalanhäufung lebst.« Für gewöhnlich erschrecken wir dann in der Tat. Aber auch, wenn wir daran zugrunde gehen oder zum hohen Licht gelangen sollten, so geht es trotzdem nicht: Auf keinen Fall kann man aus einem ganzen Land ein Gefängnis machen: *Denn die Gitter befinden sich andernorts:* Und sollten sie daran auch zu Krüppeln werden: Wir waren jung gewesen, hatten schallende Stimmen, waren voller Selbstvertrauen, und die Welt gehörte uns, weil wir einander liebten und haßten, verrieten und erlösten, dann allmählich begannen wir zu vergreisen, zu verschleißen, wir betrogen einander, stahlen, logen, opferten uns auf, suchten, kratzten, lachten, schwiegen. Unser Leben ist öde und phantastisch. Im Vergleich dazu ist Rákosis Cliquenwirtschaft ein Schmarrn. Nur eben …

Der folgende Satz (worüber?) wird Mozart zugeschrieben: »Was ist das für ein kleiner Furz, gemessen an den großen Schissen.«

Ich gebe das Wort zurück an D.:)

Suchen wir denn bei unserem Forschen Ruhe, Frieden, Glück? Nein, nur die Wahrheit, und wäre sie höchst abschreckend und häßlich … Willst du Seelenruhe und Glück erstreben, nun, so glaube, willst du ein Jünger der Wahrheit sein, so forsche. Dazwischen gibt es eine Menge halber Standpunkte. Es kommt aber auf das Hauptziel an.

Auch die Zeit wurde in Abschnitte zerstükkelt: Mal war sie vorhanden, mal war sie nicht vorhanden (es war einmal – und mit einem Mal war es wieder nicht!), da waren Dinge geschehen, von denen wir keine Ahnung hatten, dies natürlich pflegt man immer so auszudrücken, um sich selbst zu entlasten, und man sagt, daß diese Dinge ja *mit uns* geschehen sind, dann aber, nach einer Zeit, merken wir, daß sie geschehen sind und so fort. Ich suche keine Entschuldigung. Als man überall hörte, die Zeit sei endlich gekommen und daß nicht nur die Fabrik, sondern auch unser Leben uns gehöre, waren wir *die Nebendarsteller in unserem Leben.* Anstatt Hauptrollen zu bekommen, mußten wir uns über einige Stars freuen. So kamen wir abschnittweise immer bitterer voran. Währenddessen lebten wir natürlich und arbeiteten, und das Land, es wurde aufgebaut.

Und Sie zitierten den Satz Obermannes gern: »Gehen wir unter im Widerstand, und wenn auf uns die Vernichtung wartet, wollen wir nicht zeigen, daß sie eine gerechte ist.«

Eines Abends ging ich unschlüssig und mit bedrückten Gedanken nach Hause und wußte nicht, was tun. Überall herrschte eine große, hohle, unangenehme Stille, denn die Leute hatten, als wäre es um eine gemeinsame Übereinkunft gegangen, die Gewohnheit angenommen, nach Sonnenuntergang ihre Häuser nicht mehr zu verlassen.

Plötzlich ging die Tür auf, und an der Schwelle stand meine Frau, Ilon Bagits (sie war an diesem Tag aus dem Erholungsheim zurückgekehrt), sie strahlte wie die Titelseite der *Szabad Nép*, doch fühlte ich, daß etwas nicht in Ordnung war.

Was ist mit dir?, fragte ich leise. Meine Stimme war heiser und rauchig, gereizt senkte ich die Nägel in die Armlehne des Sessels, aus meinem Kopf war das Blut verschwunden. Was ist mit dir? Ilon war mit jenem unaufmerksamen und unpersönlichen Strahlen an der Schwelle stehengeblieben, das einen rasend macht. Sie lächelte.

Was soll sein, süßer Gott! Nichts auf der Welt. Mir kommt dieses Leben nur etwas seltsam vor, bemerkte sie fast melodiös. Das konnte ich nicht länger ertragen und rannte zur Straße hinunter. In der samtigen Dunkelheit holte ich tief Luft. Auf dem weiträumigen Platz des 7. November blieb ich ein wenig stehen, betrachtete die lächelnden, heiteren Abbildungen der Staatsleute. Mit methodischen Atemzügen versuchte ich, das Gewicht, das sich auf meine Brust gesenkt hatte, zu vertreiben.

Da sah ich eine Menschenmenge in der Andrássy-Allee, und ich fand, daß sie alle in die Luft starrten, um zu sehen, was nach der Aussage einer Frau (?) deutlich erschien, nämlich einen weißgekleideten Engel, der ein feuriges Schwert in der Hand hielt und es über seinem Haupt schwenkte, und unerschütterlich behauptete sie, daß es Mihály Farkas sei. Sie beschrieb jeden Teil der Gestalt naturgetreu, und das arme Volk wiederholte eifrig und bereitwillig: Wir sehen es vor uns, heller als den lichten Tag; ich muß aber bemerken, daß es Nacht war.

Ich sah ebenso ernstlich wie die anderen hin, aber vielleicht nicht mit so viel Bereitwilligkeit, mich täuschen zu lassen, und ich erklärte, ich könne nichts weiter als eine weiße Wolke sehen, die auf einer Seite leuchtete, da der Mond auf der anderen schien. Da wandte sie sich von mir ab, nannte mich einen gottlosen Kerl und Spötter und malte mir aus, es sei eine Zeit des göttlichen Zorns, und es nahten schreckliche Strafgerichte, und Verächter so wie ich würden sich wundern und verderben!

Ich mußte einsehen, daß es vergeblich sei, sie davon überzeugen zu wollen, daß ich über sie nicht lachte und daß ich eher von ihnen mißhandelt würde, bevor ich es fertigbrächte, sie über ihren Irrtum aufzuklären. Zu meinem Glück kam in der Nummer Sechzig Bewegung auf, von dort kam ein hübscher Jüngling mit schläfriger Miene und seinem Maschinengewehr, und mit herzlichen Worten bat er die Leute, daß sie sich zu dieser späten Stunde doch freundlichst zu Bett begeben sollten, denn morgen sei auch ein Tag, auch morgen gebe es Arbeit, und möglicherweise schlafe der Feind nicht, daher müßten sie fit sein, in any case. Und da seine Beweisführungen gewinnend und kernig waren, ging die Menge auseinander.

Ich war beunruhigt, die Aufregung verstand ich nicht, verstand gar nichts, aber der Schrecken war sehr überzeugend, so daß ich mich wieder und wieder daran erinnern mußte, was grundsätzlich vorhanden ist und was das modische Hochstilisieren bedeutete. Nur war der Tag längst noch nicht zu Ende. Am Jókai-Platz, dort, wo heute der Autoshop ist, stand ein Mann und starrte zwischen den Stäben in die Richtung, wo jetzt die Auslage <Selbstzensur> ist ... Ich war ja nicht irgendeiner, also sagte ich ihm hart ins Gesicht:

Es ist freundlich von Ihnen, daß Sie sich für meine Angelegenheiten interessieren. Ich wußte gar nicht, daß Sie für dergleichen so empfänglich sind.

Nur, wenn es um andere geht. – Seine Augen glänzten. Gleich darauf sagte er:

Jetzt aber werde ich mir etwas notieren, wenn Sie erlauben, Kapitän. Er lächelte mir ins Gesicht. Und das war der Augenblick, in dem ich zur Besinnung kam. Ich werde es niemals vergessen. Denn ich war mir so sicher, wie ich lebe, daß es etwas über mich war, was er sich aufgeschrieben.

Wie oft habe ich daran zurückgedacht, wie viele Nächte habe ich mir darüber den Kopf zerbrochen! Mehr noch, sogar heute würde ich viel dafür geben, wenn ich mir dieses Notizbuch verschaffen könnte.

Und ich kann ruhig behaupten, daß ich nicht die geringste Ahnung hatte, was ich in jenem Augenblick mit ihm hätte anstellen sollen.

Da doch das Leben von den Formen abhängt.

Beispielsweise kann man in einem solchen Augenblick, wenn man sich dem anderen bereits angebiedert hat, nicht wieder wütend oder dann erst zornig werden.

Und trotzdem. Ich argumentierte nicht viel herum, sondern ging zu ihm hin, nahm ihn am Kinn und hob seinen Kopf wie den eines Mädchens, damit er mir in die Augen schauen mußte. Da erblaßte er sofort.

Amüsieren Sie sich ruhig mit Ihren Aufzeichnungen, mein Herr, sagte ich ihm, noch dazu sehr sanft. Offensichtlich sind sie lehrreich, fügte ich hinzu. Ebenso sanft.

Und nun fort mit Ihnen, sagte ich plötzlich.

Ah, Sie also werfen mich hinaus, er versuchte ein wenig zu lächeln. Er konnte nur schwer etwas sagen, denn meine Hand war immer noch dort, in seinem Gesicht.

Ja, sagte ich. Sie haben mir gute Ratschläge gegeben, ich werde sie sicher befolgen, aber die Nacht ist schon alt. Dabei drückten meine Augen das Folgende aus: Einmal lasse ich dich noch laufen, aber solltest du mir wieder zwischen die Hände gelangen, wird es um dich schlecht bestellt sein.

Und daraufhin gaben wir uns sogar die Hand. Auch das war sehr merkwürdig. Wir beide haben darüber lachen müssen. Auch darüber. Endlich ging er dann.

Ich aber blieb mitten auf der Straße stehen und dachte das Folgende:

Na schau, so weit ist es gekommen? Und immer noch stand ich dort. Dann dachte ich:

Es macht nichts.

Aber es hatte doch etwas ausgemacht: Als ich gleich darauf zu Hause ankam, lief mir ein kleiner Hund vor die Füße, ich stolperte und rollte die Treppen hinunter.

Einige Wochen vor der Verhaftung von R. hatte sich ein gleißender Komet, ein sog. Haarstern, am Himmel gezeigt. Ich sah diesen Stern, und ich muß gestehen*, ich hatte so viel von den allgemeinen Vorstellungen in meinem Kopf gehabt, daß ich darauf eingestellt war, ihn als den Vorboten und Warnzeichen von Strafgerichten anzusehen. Obwohl ich wußte, daß natürliche Ursachen von den Astronomen als Gründe für solche Dinge angegeben und daß ihre Bewegungen, ja sogar ihre Umdrehungen berechnet werden oder daß behauptet wird, sie würden berechnet, so daß es unbegründet gewesen wäre ..., *unbegründet*.

* Ich flehe Sie an. Alles, ich gestehe alles. Nur nicht mehr schlagen. Bitte. Ich flehe Sie an.

Meine Frau hatte mich ohne jeden Vorwurf gepflegt. Einmal, während meiner Genesung, als sich Ilon über mich beugte, um mir die feuchten, zusammengefallenen Kissen zu richten, sah ich hinter dem leichten Kleid ihre zitternden Brüste, die mich anzugreifen schienen, die Brüste einer Studentin, vielleicht weil sie nie gestillt hatte – da stützte ich mich leider auf, und mit den Händen griff ich nach ihrem Hals und halb nach ihrem Gesichtchen; ich zog sie zu mir herab, aber die Krankheit hatte mich wirklich geschwächt, und daher knickte mein Ellenbogen um, was die gesamte Bewegungskette stürmisch und in der Folge offenbar beängstigend erscheinen ließ: Ilons Kopf schlug an meinen Lenden auf.

Sie konnte sich nicht beherrschen und schrie derart entsetzlich, daß es den tapfersten *Mann* erschreckt hätte; doch damit nicht *genug*, gleich darauf begann sie, im Haus hin und her zu laufen, wie eine Verrückte rannte sie durch das Treppenhaus. Und dieses Gerenne auf den Treppen konnte ich schon wegen der Nachbarn nicht erlauben.

Was ist los?, fragte ich sie, nachdem ich ihr einfach eine Ohrfeige gegeben hatte. Ilon druckste herum wie jemand, der eine Lüge ausheckt, dann erzählte sie eine verworrene Geschichte, die mit ihr geschehen sein sollte, aber in der Geschichte erzählte sie von sich selbst so, daß sie von einer Frau, von einer *unglücklichen Dame* sprach usw., sie sprach also von einer von ihr unabhängigen Fremden, und eine ganze Weile verstand ich kaum, wovon die Rede war. (Der geneigte Leser wird wohl bemerkt haben, daß auch mein Freund Dániel in etwa das gleiche tut. Eheleute ähneln einander.) Sie sagte, daß ich also wissen müßte, daß heutzutage auf jedermann ein Schatten fällt, doch man kann trotzdem frei herumlaufen, und einer von ihnen, ein solcher Jedermann, spazierte singend an der Ecke Váci-Straße/Kígyó-Straße auf und ab, die Fußgänger hielten ihn für betrunken, er selbst aber wiederholte, daß er *frei* sei, *unabhängig, ein ausgereifter Mann*, und später, dort in der Gegend, wo jetzt der Honig-Teddy-Laden steht, verbesserte er sich, indem er sagte, er sei ein dogmatischer Revisionist, beziehungsweise er sei eine . Als er gegen die erwähnte Dame (!) geprallt war, wollte er sie küssen. Und so weiter, so daß die unglückliche Frau zu laufen begann, er aber hinter ihr her, und er rief ihr dergleichen Dinge wie *bürgerliche Tussi* und *bourgeoises Flittchen* nach, und am Ende habe er sie wirklich geküßt, Ilon sei nun deshalb so erschrocken gewesen.

Ich glaubte ihr kein Wort. Sie war von mir angewidert. Wir haßten uns selbst in dem anderen. Aber es kam auch vor, daß die Gemütsbewegung nachließ. Einmal gingen wir gemeinsam zum Markt am Lehel-Platz und wollten Suppengrün kaufen. Ein Mann verkaufte kleine bunte Luftballons, plötzlich kam Wind auf, und die Luftballons schnellten in die Höhe. Ihr Besitzer bemühte sich mit aller Kraft, sie festzuhalten.

Sieh nur, unsere Mutter, sagte Ilon und zeigte in die Richtung. In diesem Augenblick konnten sich einige Ballons befreien und flogen hinauf in den luftigen Himmel. Ilon jauchzte.

Sieh nur, was fliegen muß, das wird schon fliegen! Aber das war nur eine Episode.

Ein Unheil führt immer ein anderes herbei; diese Ängste und Befürchtungen der Leute trieben sie zu tausenderlei absonderlichen, närrischen und verruchten Dingen, wozu sie nicht durch eine Sorte wirklich gottloser Menschen ermutigt zu werden brauchten ... Von der allgemeinen Aufregung konnten sich auch die Ämter nicht freimachen. Folglich gab es ruchlose Kollegen, die sich etlicher großer Sünden schuldig machten, derart, daß beim bloßen Gedanken daran die menschliche Seele zurückschrecken würde. Man muß das ehrlich gestehen.

Und wenn der Gegenstand der Irrungen nur die alte Herrscher-

Und ich begann wieder mit dem Finger auf das Tischtuch zu zeichnen. Und als Ilon das Schweigen brach und sagte: »Das müssen wir besprechen«, packte ich meine eigene Hand krampfhaft und brach fast in Weinen aus. Zu Hause angekommen, liebten wir einander sogleich, lange und hoffnungslos. Wenn man das so sagen kann, es war sehr gut. Und irgendwie bedrohlich. Wir hatten die Grenzen verloren. Ich befürchtete, wir würden einander umbringen. Aber ich war nur ordinär.

klasse gewesen wäre ..., mein Gott ... Bei Mohács hatte man mehr zu beklagen ..., ohne Tote kein Krieg ..., unsere tiefe Anteilnahme den Angehörigen ..., aus und vorbei, es ist passé. Tragisch war aber eben, daß die Schlange der Arbeiterbewegung sich in den eigenen Schwanz gebissen hatte ... In meinem Traum war ich zwei Katzen, und ich spielte miteinander auf diese Weise, auf blutige Weise. Eine Zeitlang hatte man morgens, eher aber schon nachts, auch bei uns geklopft, man bat uns mitzugehen, abends dann entschuldigten sie sich und ließen uns nach Hause. (Damals pflegten wir den Tag so zu loben: Wir hatten einen guten Tag. Heute hat sich niemand bei uns entschuldigt.)

»Freiwillige für den Galgen«

Man hatte uns die Geldbörse, die Uhr, die Füllfeder, die Zigaretten, das Feuerzeug, den Gürtel, den Schnürsenkel weggenommen. Wir waren immer im gleichen Raum, entweder hingepackt oder schräg zusammengedrängt, wir zuckten, tappten voran, tiefer und tiefer. Währenddessen war es völlig still und stumm. Öl- und Benzingerüche schlugen uns in die Nase. Die Gesichter der Männer nahmen sich eher streng entsetzt aus als aggressiv. Linker Hand befanden sich drei kleine Eisentüren. Die Länge des Raumes mochte sechs Fuß gewesen sein, die Breite zweieinhalb; die rechte Seitenwand war zusätzlich durch ein Brett von anderthalb Spannbreiten ausgefüllt, das auf Eisenträgern befestigt war und auf dem eine mehrfach zusammengelegte Pferdedecke lag. Auf allen Wänden und auf der mit Mennige gestrichenen Eisentür hafteten immerfort aufquellende Wassertropfen, die gelegentlich zu einem Bächlein anschwollen, wenn <Selbstzensur>. In einer quadratischen Vertiefung schwitzte eine nackte Glühbirne.

Ich erwähnte bereits, daß sich der Anblick der Dinge sehr veränderte. Kein Wunder, daß auch das Bild der Stadt entsetzlich war. Obwohl ich der Überzeugung war, daß zahllose außerordentliche Begebenheiten nur anderen zustoßen können, hatte der Zweifel, daß am Ende auch ich eine 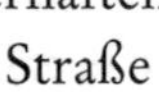 sei, Wurzeln geschlagen. Ich war Augenzeuge von schauderhaften Vorkommnissen: Ich sah Menschen, die mitten auf der Straße tot zusammenbrachen, ich hörte jammernde, schreiende Frauen, gestandene Genossinnen, die in ihrem Leid die Fenster ihrer Schlafzimmer aufrissen und mit herzzerreißender Stimme zur Straße hinunterschrien. Es fällt einem schwer, zu glauben, welches Entsetzen bei den einzelnen Familien sich täglich abspielte. Der eine wurde von Verzweiflung und Wahnsinn übermannt, den anderen überkam unheilbare Schwermut.

Beinahe jedes Haus war voller Schmerzen und Tränen, besonders anfänglich, dann später stumpften die Menschen ab, und nicht einmal den Verlust ihrer besten Freunde konnten sie wirklich betrauern, sie zitterten nur, daß in der nächsten Stunde vielleicht sie an der Reihe sein könnten. Ich muß offen gestehen, vielleicht ist es ein Fehler, oder es war ein Fehler, aber mich konnte auch *Dunapentele* <ursprünglich ein Staubnest, später: gigantische Industriestadt, genannt Stalinstadt; noch später: Pseudostadt, mit dem Namen Donauneustadt> nicht trösten.

Hier fiel dann mein Freund Dániel ins Schweigen, beziehungsweise sprach er zunächst über die sinkende Moral und daß die Menschen grausamer, dümmer, blindwütiger und, was ihre Sünden betraf, verstockter geworden waren als zuvor.

Nach einer kurzen Pause sagte ich meinem Freund Lőrinc Dániel: In vielen Menschen ist das Gewissen erwacht, zahlreiche harte Herzen wurden durch die Tränen erweicht, viele gestanden ihre lang verheimlichten Sünden. Die Menschen gestanden offen Diebstahl und Mord, aber es gab niemanden, der stehengeblieben wäre und Näheres gefragt hätte oder <Selbstzensur>.

Da antwortete Dániel: Wie viele Wörter, wie viele bunte, aufgeblasen bunte Seifenblasen, als würden Ochsenaugen unter den Flügeln eines Adlers flattern ..., eine Volksdemokratie für ein kluges Wort. Mißmutig ließ er ein wenig Wasser auf den Boden schwappen. Niemand stirbt heute an tödlichen Wahrheiten: Es gibt zuviel Gegengift ... Leute, welche uns ihr volles Vertrauen schenken, glauben dadurch ein Recht auf das unsrige zu haben. Dies ist ein Fehlschluß; durch Geschenke erwirbt man keine Rechte.

Ich sagte zu meinem Freund Dániel: Wir wollen muthig sein, mein lieber, lieber Freund! Ich glaube jetzt immer nur an das Besserwerden, an *unser* Besserwerden, an unser Wachsen in guten Absichten, guten Mitteln usw. – Margó blieb bei unserem Tisch stehen, mehr oder minder horchte sie. Ihre Brüste breiteten sich mächtig aus. (»Was schauen Sie? Das alles gehört mir.«) Jetzt gehen wir miteinander, eines Glaubens und eines Hoffens! Was du erlebst, erlebe ich, und es gibt nichts mehr, was einer von uns noch für sich wäre ..., nichts Gutes und Rechtes! Ich danke dir, mein Freund, ich danke dir.

Dániel antwortete: Nein, davon dürfen wir nicht miteinander sprechen. Oder vielmehr: So wie wir beide sind, zwei sehr getrennte Wesen, dürften wir davon nicht einmal miteinander schweigen. – Er trank. – Wo wir nun hingehören? Wir sollten uns lieber freuen, daß wir derartige Fragen überhaupt stellen dürfen!

Ich sagte: Väter haben viel zu tun, um es wiedergutzumachen, daß sie Söhne haben. – Ich winkte Margó, weil ich zahlen wollte. (»Der Mund würde aufspringen, ehe man sie zu Ende geküßt hat.«) – Jeder Mensch hat seinen Preis; das ist nicht wahr. Aber es findet sich wohl für jeden ein Köder, an den er anbeißen muß.

Dániel antwortete das Folgende: Wir vergessen unsere Sünden, sobald wir sie einem anderen gebeichtet haben, *nur* daß der andere sie nicht wieder vergessen wird.

Wir erhoben uns, in goldenen Krügen stand das Bier auf Margós schmucklosem Tablett. Mit meinem Freund beschloß ich: Es bleibt dabei, wenn wir uns wiedersehen, so lächeln wir – mit Recht. Ich fragte noch: Und Ilon? – Die ist eine *Distel*, antwortete er schnell.

Lassen wir das. Mami, meine Großmutter, würde sagen: Gleitet, ihr Sterblichen, lastet nicht.

»Die Wörter«

»Gleitet, ihr Sterblichen, lastet nicht.«

III. (»?«)

Freilich bleibt dann eben keine Frage mehr; und eben dies ist die Antwort.
(Wittgenstein)

Was behaupten wir?

Nehmen Sie die Brille ab? Lassen Sie den Blödsinn? Wir wissen alles? Mach dir nicht gleich in die Hose, Kossuth? <Lajos Kossuth war der Anführer des Freiheitskampfes 1848/49; während der Kämpfe hat er viele schöne Teilerfolge verbuchen können, doch wie gewöhnlich stand ein Habsburg-Sieg am Ende.> Du kleiner Schlingel, wir wissen, daß die Sonne scheint, und wissen, daß es regnet? Nicht doch? Was soll diese Sturheit?

Mit dem Fragesatz verleiht der Sprecher seinem Wissensdrang Ausdruck, und er fordert gleichzeitig den Zuhörer auf, seinen eigenen Wissensdrang zu befriedigen. Ist der Standpunkt des Sprechers normalerweise nur in einer Beziehung fraglich? Ist das für gewöhnlich eine Lüge? Oder wäre es nicht unsere Pflicht, wenn wir die Notwendigkeit der Suche nach solchen Auswegen spüren, uns einzugestehen, daß wir am Ende sind? Das ist es, was das starkbetonte Wort des Fragesatzes ausdrücken will?

Was hat denn der Schimi-Schumi vorgebracht?* Wo ist nun der Herr Pálfi abgeblieben, und was tut er? Du hungerst nach Aasfleisch? Und Zärtlichkeit wird die Tunke sein? Eure Disposition hinsichtlich der verdorrten Mägdlein befindet sich in Ordnung? Ist die Macht eines Werwolfs auf ein gewisses Territorium beschränkt oder universell?** Wie hat die Ferne Marci und Frici verlocken können?

* Oh, das faule, rote Tier hat nichts vorgebracht.

** Schwer zu beantworten (nach dem Stand der Dinge).

Das Rätsel gibt es nicht? Wenn sich eine Frage überhaupt stellen läßt, so kann sie auch beantwortet werden? Denn Zweifel kann nur bestehen, wo eine Frage besteht; eine Frage nur, wo eine Antwort besteht, und diese nur, wo etwas gesagt werden kann?

Bin ich hier am *rechten* Ort? Ich bin hier? Ich bin gut drauf, ich kann mich leiden? Sind Sie gastfreundlich? Ritterlich? Verwegen, stolz, tapfer und offen? Keck, trotzig, sinnlich, bitter oder mißmutig? Verstockt, schweigsam, ein Einzelgänger, oder suchen Sie gar Zwietracht? Und daher fehlt Ihnen das Vertrauen? Die Unabhängigkeit und der Alleingang sind Ihre größten Schätze? Sie sind ein Kurucze?

Unter dem breitzapfigen Baum wirkt das bißchen Schnee erbärmlich, das vermoderte Laub schimmert durch, auf den Zweigen der kleinen Büsche liegt der Schnee, als wäre er Tüll, der schlechte Erinnerungen weckt, zähe Winden haften an den Birken im Garten, zwischen den Bäumen öffnen sich unversehens Räume, durch die der Sonnenschein fegt?

Es dampfen die Rücken unserer drögen Gäule?

Doch wenn es die eine oder andere unserer grillenhaften Wolken so will, breitet sich unverzüglich Stumpfheit über der Gegend aus, es wechselt Grau mit Grau, und nur sehr weit oben am Firmament taucht ein wenig Farbe auf, eine Abart von Rot, was das Gelände um so beklagenswerter erscheinen läßt?

Ermüdet und abgehärmt wie ein verweintes Auge? An den Ästen mächtiger Bäume baumeln Kleider, Überröcke mit Zierpaspeln, mit Fuchspelz besetzte Leibröcke, mit Goldfäden durchwirkte Tücher, Vielfachröcke, weichselrote Samtdolmane? Das graue Schneewasser setzt sich auf die biegsamen Stiefel? *Sind Sie damit einverstanden?* Im Gegenteil, Sie halten es für Unrecht? Es ist Ihnen einerlei? Sie haben keine Meinung? Oder Sie pfeifen auf das Ganze? Haben Sie den Gang nach Canossa hinter sich, sind Sie noch nie Spießruten gelaufen? Nun? Geht es um eine der Kindheit entstammende Erinnerung an Demütigung?

Oder um unbeholfenes Herumstehen? Um ein quietschendes Parkett? Glitschige Mayonnaisekartoffeln? Mußten Sie sich bis in den Boden hinein schämen? Wohin? Man hat Sie gehörnt, das heißt, Sie dürfen nicht mehr den großen Max spielen? Hat Ihnen das Schicksal den Marsch geblasen? So allgemein, im Grunde, in der Grundschule? Im Gymnasium? Wo denn?

Einmal mußten Sie in der Biologiestunde ein Froschskelett präsentieren, quasi zur Belohnung? Hätten Sie nicht rückgratlos in die

Arbeitsgemeinschaft eintreten müssen? Späte Reue verdirbt den Magen? Unnütz trieben Sie sich am Donauufer zwischen den nach Arpád und nach der Freiheit benannten Brücken herum, mit dem einzigen Erfolg, daß Sie der Schrecken der Angler wurden, was aber auch schon zählt? Schließlich jedoch fanden Sie die Lösung und kutschierten zum Stadtwäldchenteich? Sie schlenderten über die kleine Brücke, wobei Sie die Biologie-Lehrerin in Gedanken scharf verurteilten, in der Ferne kicherten zwei Mädchen in einem Boot? Eine von ihnen war die Drahosch?

Sie lehnten sich vor, rieben Ihre Lenden lange und kräftig an einer Art Brüstung? Sie vollführten winzige, unsichtbare Kreise, bissen die Zähne zusammen, während Ihr kleines Herz heftig klopfte? Verängstigt schauten Sie sich um, aber Sie sahen keinen Verdächtigen? Steinlenden? Es tat wohl, inklusive der Peinlichkeit? Unterdrücken Sie oder kompensieren Sie im allgemeinen? Sie verarbeiten? Nach innen? Ist das eine künstlerische Form? Oder ein moralischer Tiefpunkt? Stänkern Sie, ätzen Sie, intrigieren Sie auf familiäre Art, graben Sie altmodisch eine Grube, sticheln, stechen Sie, sägen Sie an, giften Sie herum, schmieden Sie Ränke? Sind Sie ein Wurm? Eine Ratte? Oder sind Sie ein Übergang, der die Erinnerung erleichtert?

Was taten Sie nach dem ersten ERKENNEN? Sie waren neunzehn, saßen entsetzt auf der Toilette der Universitätsbibliothek, und als Sie nach Hause gingen, versuchten Sie, niemandem ins Gesicht zu schauen?

die Detektive haben ihm/ihr die Zunge mit Rasierklingen aufgeschnitten

Sind Sie fesch?

Der Kurucze und das Fesche, Kurucze und Schneidigkeit sind unzertrennliche Begriffe? Gefällt Ihnen die Schneidigkeit ohne Demokratie? Hatten Sie überhaupt schon demokratische Erlebnisse? Wäre es für Sie wichtig, solche Erlebnisse zu haben?

Haben Sie (hatten oder hätten Sie) derartige Erlebnisse (immer, des öfteren, selten, nie) in folgenden Fällen: Selbsttäuschung – blutiger Kampf – Heimatgefühle (kleines Handbuch der Demokratie) – Grammatik?

Wie sind die Symptome? In welcher Stellung befinden sich Ihre Beine?

Seid ihr ganz weg davon? Und so zum Spaß gesagt: Seid ihr von den Socken? Würdet ihr für ein Scheffel Gold nicht tauschen, freut ihr euch wie der Mops über das Ei? Den Tanz kennen wir schon? Nicht doch?

Selbst der Floh hüpft vor Freude?

Werden wir niemals sterben? Oder doch? Wann? Alles, was zur Volksherrschaft führt, ist himmlisch, paradiesisch? Natürlich heiligt der Zweck die Mittel nicht, nicht wahr? (Wie denn, daß es solche gibt, die das vollkommen Offene und das Gelassene mögen, andere hingegen die Verschlossenheit, den Dogmatismus, und das ist ihr Steckenpferd? Andere wiederum sinken auf die Knie, lärmend jammern sie, und im Gegensatz dazu baumeln manche mit den Beinen in der Luft, ringend holen sie Atem, als würden sie spielerisch den Nackenstand üben?)

Der erste Eindruck kann entscheidend sein? Die Zeitpunkte? 49, 67, 19, 45, 48, 56, 68? Euer Liebden spielen Lotto? Immer wieder trifft man rationale, positive oder sogar ganze Zahlen an, die von Stille oder Lärm umgeben sind und nicht von Gesprächen, vom Denken, Abwägen und der Moral? Geht es um dergleichen? Ein Demokrat zu sein bedeutet vor allem, sich nicht zu fürchten?

Wäre denn Miska Halassi tot, seine Kehle aufgerissen usw.?

Sollten wir einmal so reden, wie Gott es will?
Das ist nicht zeitgemäß, meine Freunde?

Von wegen Gott und Freunde? Na, na, das darf man nicht, nun, mein liebes Schätzchen? Wir schweigen einfach: Nachdem wir an der Grenze unserer Kenntnisse und Möglichkeiten angelangt sind? Sollten wir das ordnungsgemäß konjugieren? Ich bin angepaßt, du bist okay, Sie können sich leiden? Nehmen wir uns die Freiheit? Wehren wir ab, lethargieren, apathieren, denunzieren wir, heben wir ab, streunen wir umher, kommen wir zu Tode? Werden wir allgemein? Müssen wir zur Last fallen, verwüsten, wüsten, zaudern, uns sträuben, uns widersetzen, argwöhnisch sein? *Sollten wir uns an den Glauben halten?* Einigen wir uns? Seien wir keine hartgesottenen Männer, laßt uns übermütig werden, verschwinden wir, machen wir uns aus dem Staub? Sollen wir Rotz und Wasser heulen? Haben wir die totale Friedensumwelt, Friedenversorgung? Oh, lá lá? Stammeln wir, benehmen wir uns jämmerlich, geben wir unseren Bemühungen einen individuellen Anstrich, sind wir Halbwelter, genießen wir? Nun, du sündhaftes, hinfälliges, verhurtes Volk? Ich hasse dich, meine Heimat, ein Käfer falle in deinen offenen Augen?

Was ist das?

Nur zu, nur zu? Sollten wir Faxen machen, verworfen sein, nicht der Rede wert? Bist du glücklich? Bubi, du, ja bist du denn so raffiniert, daß dein kleines Herz so sehr pocht? Oder das bekommen noch wird eine cremefarbene Nuance? Sehnen Sie sich nach Verständnis für die Kuruczen? Wir könnten einander sehr viel geben?

Also kann man mit uns auf Vogelfang gehen? Wollen wir singen und springen? DIE PAROLE IST: KOSEN? Demokratie ist Erneuerung, Lebenserwachen, Frühling, angenehme, sprühende, aufregende, hoheitsvolle, kapitale, vollkommene Entspannung nach dem täglichen Schuften? Nicht doch?

Schwänzeln Sie vor Freude? Wackeln Sie mit dem Hintern? Greifen Sie im allgemeinen plötzlich, ungestüm, wild nach einer Frau? Was meinen Sie, die Volksherrschaft, sie stößt Ihnen sozusagen zu, oder im Gegenteil, Sie erschaffen sie erst? Diese Frau will und will nicht reden, rührt sich nicht, hält sich an der Kaminsäule fest, schließt die Augen, als wäre es ihr gleichgültig, was in der nächtlichen Dunkelheit hinter ihr geschieht, während sie sich ausmalt, was sie herbeisehnt? Ein altes Weib tritt ein, um nach dem
Siebenbürgen Feuer zu sehen, als sie Sie beide erblickt, verzerrt sich ihr Gesicht zu einem teuflischen Grinsen, Sie jedoch stört ihre Anwesenheit überhaupt nicht, und heiser lacht sie: treib es nur, treib es mit ihr nur, gnädiger Herr, mit meiner guten Gnädigen, die Frau richtet sich auf, und seufzend, mit müde zitternden Knien, zerschmettert, mit nebligfeuchtem Lächeln und geschlossenen Augen wankt sie davon?

Clara gehöret zu den Zween, deren Hintern sich prächtig er-

Halassis Schreibheft

Die unbekannte Sprache

Ein Traum: eine fremde (befremdliche) Sprache kennen uns sie dennoch nicht verstehen: in ihr die Differenz wahrnehmen, ohne daß diese Differenz freilich jemals durch die oberflächliche Sozialität der Sprache, durch Kommunikation oder Gewöhnlichkeit eingeholt und eingeebnet würde; in einer neuen Sprache positiv gebrochen, die Unmöglichkeiten der unsrigen erkennen; die Systematik des Unbegreifbaren erlernen; unsere »Wirklichkeit« unter dem Einfluß anderer Einteilungen, einer anderen Syntax auflösen; unerhörte Stellungen des Subjekts in der Äußerung entdecken, deren Topologie verschieben; mit einem Wort, ins Unübersetzbare hinabsteigen und dessen Erschütterung empfinden, ohne es je abzuschwächen, bis der ganze Okzident in uns ins Wanken gerät und mit ihm die Rechte der Vatersprache, der Sprache, die wir von unseren Vätern erben und die uns wiederum zu Vätern und Besitzern einer Kultur macht, welche die Geschichte gerade in »Natur« verwandelt. – – – – – – – – –

– – – – wie unsinnig es ist, wenn wir unsere Gesellschaft in Frage stellen wollen, ohne zugleich die Grenzen der Sprache zu bedenken, mittels deren (ein instrumentelles Verhältnis) wir sie in Frage zu stellen vorgeben: Das ist so, als wollte man den Wolf vernichten und machte es sich in seinem Rachen bequem. Diese Übungen in einer abweichenden Grammatik hätten zumindest den Nutzen, daß sie Zweifel an der Ideologie unserer eigenen Sprache in uns wachriefen.

heben, nimm ihre Titten, es macht ihr nichts, selbst gegen mehr hat sie nichts? Mit ihrem Pelz scheuert sie den Bauch des Kuruczen blutig?

Ich trage gerne enge Jeans, manchmal schmiere ich mir Brust und Bauch mit Babyöl ein, und zu verachten ist es auch nicht, wenn man die Duschrosette abschraubt, die Rose ist eine Rose ist eine Rose – bin ich ein fescher Kurucze? (Wuuu!!! welch eine Frage, selbst das Höschen behalte ich an …) Bin ich vielleicht scheu und grüblerisch, leichtsinnig und blind vertrauend, mein Verstand ist klar gegliedert, begreift in großen Einheiten, ist ausgewogen, schlicht, konzis? Kann ich einen Esel an seinem Fell vom Boden heben? Kann ich auf mich achtgeben, habe ich Kontakt zu mir und meinem Körper, bin ich *hier*, bin ich der passende Kerl, bin ich okay, kann ich mich leiden? Wollen wir der Lüge, der Heuchelei, der Undurchsichtigkeit, der Feigheit den Krieg erklären? Sollten wir blindlings herumschießen, weniger auf bekannte Ziele, eher um die aus ihrem Schlaf geschreckten Einwohner zu beeindrucken? Sollen wir die Stille durchbrechen? Muß jemand endlich einen Knoten an das Ende dieses unendlichen Fadens knüpfen? – Seelenhurensöhne?

Was ist der Ungar!

In die Kulturlandschaft gebettet, der Hodensack genagelt?

Die alles besiegende Zeit setzt ihre Lösungen auch gegen uns durch? Mit unendlicher Verstocktheit wäscht der Regen Spuren von den Mauern dereinst bezwungener Burgen, die Jahrhunderte brechen den hohen Glanz der Türme, das Firmament gleicht einem uralten beschriebenen Pergament, an dessen unterem Rand – in der Form der in einem Sturm untertauchenden Sonnenscheibe – das Siegel zerbröselt, noch bevor man auch nur annehmen könnte, daß sich der Rauch über den traurigen Ebenen jemals legen wollte und daß der Flachs seine blauen Blüten wieder öffnete oder der Morgentau die giftigen Tollkirschenbeeren reinwaschen würde? Es ist kalt, sagt Miska Halassi, und er wendet sich vom Fenster ab? Der Wind pfeift durch die dicken Mauern?

Ich hingegen stehe mit aufgesprungenen Lippen vor der riesigen, ovalen Silberplatte, die aufgehängt als Spiegel dient; sie verzerrt kaum, mein Gesicht ist feierlich blaß, Altsilber, die Dunkelheit hat sich herabgesenkt, draußen sind die schwarzen Bäume verschwunden, der harte Schnee glänzt in eisigem Weiß, aufgequollene Anhänger der Habsburger, die Labanczen, lauern am Waldrand, nette deutsche Herren mit Haarbändern, rabenschwarze Kavaliere, Köter mit zottigen Beinen, Hunde mit mageren Flanken, ihre Rippen scheinen aus Weidenruten geflochten zu sein, der Mondschein blitzt auf ihren Fängen, diese aus Licht geflochtene Melancholie, eine wilde Horde mondfarbener Hunde, ich streiche an den unveränderbaren Furchen meiner Stirn entlang, im Kamin knistert das ungewisse Feuer, was für eine bittere, ehrlose, elende Armut! – vielleicht warte ich auf unser Boot, damit ich am Meer der Freude entlangfahren kann?

Würden Sie bitte einige Skizzen von jenen Situationen entwerfen, in denen Sie eine Möglichkeit, und sei es nur die leiseste Möglichkeit, für eine Volksherrschaft sehen? In solch zweifelhaften Zeiten dürften Sie an jedermann erproben und seinem Antlitz ansehen können, was er in seinem Herzen birgt und vor wem Kopf und Knie zu verneigen seien?

Zwickt man an Ihrem Rechtsempfinden? Auf welche Weise? Den Fall vorausgesetzt, was Gott behüte? Bedeutet Ihnen diese Form der Schneidigkeit viel? Wieviel? Zwackt man auch an Ihrem Sprachempfinden? Bejahen Sie das, oder entweicht Ihnen das Blut, indes Sie zu Tode erschrecken?

Mit welcher Methode erreichen Sie das empfindliche Gleichgewicht Ihres Rechtsempfindens? Durch langwieriges Herumfingern, mittelbares Zwacken? Ist es wichtig, das Gewissen wach zu halten, oder ist es eine Frage der Gewohnheit? Das Ihrige ist wischi-waschi? Schnarchen Sie auch? Sollte man über die Schlaflieder reden? Nun? Die Phantasie ist Projektion bunter Bilder auf eine sozusagen salpetrige Wand? Oder aber es stund an, die arme ohnmächtige Stadt nach dem nicht erwarteten und wirksamen Angriff des Seitenflügels zu brandschatzen, ihre Steinmauern zu Staub zu zerschlagen und das Präsidium zu verschleppen?

Wenn in blutigen Schlachten demokratische Impressionen erreicht schienen, was wollten Sie dann für vorteilhaft erachten, die Politik der harten Hand – die der weichen – der schnellen – der langsamen? Das völlige oder teilweise Eindringen in die Probleme, das Eindringen und die Unterbrechung? Hat für Sie die Größe oder das Format der Gedanken einen Vorrang? Und welcher wäre Ihrer Empfindung nach besonders geglückt: der lange und traditionelle, der kurze und gängige, der spindelige, schlagfertige und so weiter?

Oder meinen Sie, man sollte ganz ruhig bleiben und kuschen? Den heißersehnten Augenblick sehnen Sie heiß herbei? Und bei dieser Gelegenheit spielen Sie selbstvergessen mit den Banden der gesellschaftlichen Disziplin? Das soll gerade mir einer sagen?

Lieben Sie es, Ihre Karten unaufgedeckt zu lassen? Werden Sie oft darum gebeten? Auf welche Art? Wer macht Ihnen die Angebote? Pflegt der hornhufige kleine Teufel aus dunklen Nischen abgelegener Busstationen hervorzutreten? Oder sitzest du mit deiner überaus schönen Geliebten an einem mit gelbem Tuch bedeckten Tisch, die Kerze brennt knisternd, weil der Docht zu lang ist, in der Nähe hocken der Mann mit der Ziehharmonika und der einsame Schlagzeuger, und wie zwei alte Weiber unterhalten sie sich über das Wetter, über Lottozahlen und wie schwer es ist, das Geld einzuteilen – als einer der Kellner mit dem Haselnußstecken einen magischen Kreis ziehet? Und fürderhin sind die Speisen mit einem Male ohngesalzen, die Schöße der Weiber sind bei aller Qual unfruchtbar, die Kerzen stinken? Doch ihr sollet euch nicht ängstigen, ihr sollt zuschauen? Die Kellner zwinkern verheißungsvoll, der Mann mit der Ziehharmonika übernimmt, sagen wir mal: die Macht, verzückt kreist er zwischen den Tischen, und aus seiner schmutzigen Tasche streut er weißes Pulver, vermutlich Salz, in die Teller? Besänftigend greifen wir nach der zitternden Alabasterhand unserer überaus schönen Geliebten? Die Wodkagläser trocknen aus, in den Knochen verdorrt das Mark, die Kartoffelcroquetten verschimmeln, die Küchlein brechen auf, im Fleisch finden sich rosarote Würmer, die Leberknödel schrumpfen ein?

Der Mann mit der Ziehharmonika gebraucht eine veraltete Gaunersprache, supersicher, der einsame Schlagzeuger ist supersicher, er ist verstört virtuos, während sich der Kellner bei deinem Tisch verneigt und sich bei dir selbstsicher wegen des Malheurs entschuldigt? Der Mann mit der Ziehharmonika spielt mit einer unglaublichen Lautstärke die Hymne, hier und da rutscht vielleicht auch mal ein falscher Ton hinein, der Kellner fragt mit höflichem Lächeln, ob deine Geliebte *irgend etwas* benötige; du springst vom Stuhl, und ungeschickt, jedoch mit großer Hingebung, versetzest du ihm eine Ohrfeige? Dann verhauen sie dich fürchterlich?

Sind andere Formen der Schneidigkeit und des Feschseins (Öffentlichkeitsarbeit, Baumpflanzung, die Unterstützung gesellschaftlich Benachteiligter, die Friedensbewegung, Rente usw.) wichtig für Sie? Oder sind Sie scharf auf das »auf, vorwärts, mein lieber Sohn«?

Sind Sie ein Regulärer? Seit wann? Gibt es wieder die lustigen Jahreszahlen in steigender Reihenfolge? Hat das eine Wirkung auf das Feschsein? Haben Sie FreischärlerErfahrungen? Haben Sie jemandem schon einmal das kalte Eisen in die Brust gestoßen? Was fühlten Sie dabei? Wie entwickelte sich dann der Kontakt zwischen Ihnen? Gewerkschaftsmäßig? Sind Sie ein Materialist, oder flehen Sie gerne zum Gott der Ungarn, wobei Sie erzen sogar die Jungfrau lästern, oder umgekehrt, wobei Sie jeden Einzelfall berücksichtigen sollten? Wenn Sie ein einsamer Wolf sind, inwiefern ist das eine Sache der Entscheidung? Ahnen Sie, wer wessen Wolf ist? Wer was horthet?*

* Sollte dieser Text aus den dreißiger Jahren des XX. Jh. stammen, könnte er ein Seitenhieb gegen Horthy sein, so daß ihn zugleich auch Gömbös verstehet. Wenn nicht, dann eben nicht.

Sind Sie Anhänger des Bruderkrieges? Soll Ungar gegen Ungar stehen? Wer aber ist Ungar? Sind Ihre Feinde grundsätzlich heimatlose Schurken? Hat Sie eine ungarische Mutter auf die Welt gebracht? Haben Sie die gleiche Milch getrunken? <Kennen Sie ungarische Sprichwörter, die sogenannten *Reden-sagen?*> Würden Sie, wenn man Sie höflich bittet, selbst Ihr Hemd hergeben? Vitam et sanguinam? Und Ihren Hafer? Sind Sie nach dem zweiten Überlegen treffsicher? Wie ist der Ungar, weinend wird er heiter? Es fällt Ihnen nicht im Traume ein, zu zittern und zu zaudern? Um Gnade bitten Sie nicht? Und um den Dolmetscher? Tragen Sie Ihr Herz auf der Zunge? Gehen mit Ihnen die Pferde leicht durch, sind aber schwer zu zügeln? Machen Sie Winkelzüge?

Und wenn Sie aus irgendeinem Grund doch unbedingt (?) gegen das Töten sind, weil Ihnen ein abgeschnittener Arm, sogar wenn er einem Bourgeois gehören sollte, Brechreiz verursacht und der Anblick des aus einem Bauch quellenden Gedärms Ihnen keine Freude macht und Sie auch keinen Nutzen darin sehen, Sie sind also ein zimperlicher Humanist, wie finden Sie denn diesen unbewegten

Gemütszustand? Würden Sie ihn auch anderen empfehlen? Wie planen Sie weiter, wie lange noch?

Das stolze Heer breitet sich am Abhang aus, Sporen werden gegeben, die Hufe klopfen laut, still herrscht das Tal über die Berge, die Kugeln schwirren, bringen den edlen Tod – Sie aber stehen herum und sind bestenfalls: verzweifelt? Sie meinen, man müßte das Fesche in unserem Volke vernichten? Schon in der Kindheit? So allgemein, im Grunde, in der Grundschule? Im Gymnasium? Und warum, wenn nicht? Kann man Sie mal?

Wie riechen die Kaisertreuen, die Labanczen?

Was halten Sie von der Revolution?

Haben Sie auch das Gefühl, es sei schön, über derlei Dinge zu plaudern, und es sei sehr angenehm, daß wir uns so gut verstehen? Zieht es den Kuruczen zum Kuruczen oder eher zu den Labanczen? Und wenn schon Kurucze, dann ist es scheißegal? Ist das ein Schritt in Richtung Selbstverwirklichung? Oder müßte es *ganz anders* zugehen? Nicht doch?

Doch noch etwas?

Gott gebe uns selige Ruhe –

Dreht sich uns das Herz im Leibe um? Müssen wir Frondienste leisten? (Apropos: Sind Sie ein Adelssprößling?) Die Not ist ein großer Herr, der größere aber ist die Unmöglichkeit? Haben wir die Kröte geschluckt? Aus Pflicht und nicht aus eignem Antrieb? Auf alle Fälle ist der Teich im Stadtwäldchen Ihnen als froschreiche Gegend erschienen? Schlenderten Sie auf dem Brücklein gleich sorglos weiter und versuchten, die Probleme der Königsberger Brücken sich vor Augen zu führen, weil Sie in die Arbeitsgemeinschaft für Mathe gegangen sind? Ein Musterkind? Während Sie sich zum Wasser beugten, drückten Sie, preßten Sie Ihre Lenden gegen die passend hohe Brüstung und rieben, rubbelten, scheuerten, schrubbelten sie in für weltliche Augen unsichtbaren Kreisen?

Man sollte eher von einer leichten Berührung reden, während Ihr Herz heftig klopfte? In der Ferne kicherten zwei Mädchen in einem Boot, und den Dank, Herr, begehrten sie?

Eine der beiden ist schön, die andere hingegen unvollkommen und unausstehlich, gefräßig, untersetzt und geschwätzig, sie hat plumpe Waden, einen krummen Rücken, einen kräftigen Leib, derb die Gestalt und derb die Zähne, dunkel gefärbt und unförmig die Lippen, das Gesicht verzerrt, schielend das Antlitz und erbärmlich das Haar, sie riecht schlecht, ihre Bewegungen sind zügellos, ungeschlacht baumeln ihre Brüste, sie mag Lieder, Instrumentalmusik und die vollkommene Lust, ihre Lippen beben, die Nase ist platt, sie ist zwergenhaft und buckelig, zwischen ihren Brüsten zieht sich eine schwarze Linie, pustelig, ekelhaft, nicht zu heiß, nicht zu kalt, ihr dichter, fester Flaum scheuert den Bauch des Kuruczen auf, sie ist verliebt, bei dem Geruch ihrer Erregung hält man es neben ihr nicht aus, ihr Gang ist der des erregten Elefanten, ihre Brüste sind lüstern und schwül? Sie ist wirklich gräßlich?

Es gibt keine Ausrede?

Mit diesem Mädchen sind Sie später einmal gegen Abend mit der S-Bahn nach Hause gefahren? Als Sie das Mädchen erblickten, haben Sie sie trotz der schwarzen Linie, die sich zwischen ihren Brüsten entlangzog, sofort ins Herz geschlossen? Im Gegenteil, waren Sie eher wütend auf sie, haben Sie sie oberflächlich gehaßt, weil sie Ihnen in den Sinn kommen ließ, daß Sie allein sind, mutterseelenallein?

Sind Sie trotz Ihrer jungen Jahre bewandert in der Einsamkeit? Sind Sie ein alter Fuchs auf diesem Gebiet, einer, der Nachtwächter schon tagsüber sterben sah? Sind Sie unzählige Male mit nächtlichen S-Bahnen gefahren und kannten zur Genüge jene Verzögerungen, die eine Art Einfluß auf die Zeit nehmen wollen? Damit sie stehenbleibt? Sich umkehrt? Damit etwas anderes aus ihr wird? Aber die S-Bahn ist pünktlich wie der Tod? Brauchten Sie einfach irgendeine Frau? Das Licht des silbernen Armleuchters gleitet aus, der Kapellmeister, ein kleiner Wurm, winkt, neuerlich hebt die Seide zu rauschen an, träge verdrehen sich die Strümpfe an den Waden, unser heißer Atem beschleunigt sich, unsere Gesichter überziehen sich rot, und unter unseren leichten, karierten Blazern sind wir schon leicht verschwitzt, unsere Krawatten fliegen wie Kraniche, auf die karmesinroten Stiefel setzt sich der Staub, unsere verdorbenen kleinen Kusinen versuchen wir in Richtung Zauberschachtel zu lenken, und wenn sie sie vorsichtig öffnen, wobei sie die Züchtigen mimen, werden sie zwar schreiend zurückschrecken, aber in ihren Augen leuchtet dann der tückische Triumph?

Haben Sie wirklich versucht, in dämpfig frühen Morgenstunden, während Sie sich eilig zu Ihrer Arbeit begaben, den traumgesichtigen Frauen anzusehen, wie sich ihre Nacht abgespielt hatte? Wie genau schauten Sie und auf welche Weise? Haben Sie unter ihren Augen nach den Säckchen, in den Winkeln der Schmollmünder nach dem süßen Speichel gesucht, die den Schäferstunden entstammen? Wo denn mögen sich die verräterischen Spuren verstecken? Und wenn wir schon bei der S-Bahn sind, waren Sie absichtlich unterwegs, um solche Schäferstundensäckchen zu finden? Ihre Vorstellungen waren neblig, aber der Nebel war warm, stimmt's?

Es taucht die ausgeprägte Silhouette einer entfernten Prager Verwandten auf, die Tante genannt wurde, Sie sehen vor allem den von den fülligen Hüften herabfallenden Seidenrock, der die Vorstellung eines exklusiven Pfadfinderrockes erweckte, offensichtlich um das Gewissen hinsichtlich der Alters- und Verwandtschaftsprobleme zu beruhigen, und bei einem gemeinsamen Urlaub am Meer, lange ist es her, nachträglich kann man das sachlich feststellen, versuchte die Prager Verwandte Sie für sich zu gewinnen, Sie hingegen, da Sie noch nicht bewandert waren, konnten das einfach nicht wahrnehmen, weshalb Sie später, an jenem einsamen Samstag, den Kopf gegen die Wand schlagen wollten? Oder wogegen?

Seinerzeit hatten Sie sich oft über das Benehmen der Frau geärgert, ohne zu verstehen, weshalb sie zum Beispiel als Erwachsene so viel lachen mußte, weshalb sie ohne jeden Grund sich in die Nähe Ihres Gesichtchens neigen mußte (Tabakgeruch!), oder weshalb sie gegen die mit Ihnen gleichaltrige gertenschlanke Tochter des Hotelbesitzers gereizte Bemerkungen machte, als Sie die Nase rümpften und klagten, diese letztere hätte die gemeinsame Box-Auto-Fahrt auf der Kirmes verweigert, die Frau nannte sie einen mageren Frosch, klapperdürr, mickrig und sogar eine raffinierte Person, und sie bemühte sich, Sie in eine reifere Richtung zu lenken, während es doch gerade ihr daran mangelte?

Was Sie ihr in Ihrer wählerischen Art übelnahmen, ihren Unernst nämlich, offensichtlich war die Frau etwas verkrampft – nicht zu sehr, so wichtig waren Sie auch wieder nicht –, die daraus resultierende Verhältnislosigkeit fiel Ihnen auf, und Sie litten darunter? Die Tiefpunkte und die Höhepunkte sind ein Ringkampf? Sie standen am Ufer, aufmerksam beobachteten Sie irgendein Ballspiel, als die Frau auf einmal mit ihrem schon bekannt zu nennenden hitzigen Lachen herbeilief, spielerisch hielt sie Ihnen die Augen zu, aber, natürlich!, Sie wußten gleich alles, wer es war und worum es ging, schüttelten grob die Hand der Frau ab, deren Laune durch diese Tapsigkeit nicht schlechter wurde, im Gegenteil, heiter und offen provozierte sie Sie, indem sie lauthals verkündete, Sie seien für sie im Fangenspiel, sage und schreibe, kein Gegner; mit einem ziemlich überheblichen Blick, den Sie Ihrem Vater entweder abgeschaut oder von ihm geerbt hatten, maßen Sie die Frau, dann rannten Sie los, ohne auch nur ein Wort zu sagen, die neidische Betrachtung der Ballspiele hatte Ihren Tatendrang ohnehin aufgepeitscht, empfindlich, mit leichten Schritten schwangen Sie sich von ihr los, am langen, sanft gebogenen Ufer rannten Sie an der Grenze zwischen Wasser und Erde entlang und genossen den derben Geruch des Meeres, das Klatschen Ihrer Füße im Sand, und dann hinein in das seichte Wasser, ungestüm wie ein Welpe, im Sprinten schlugen Sie Wasser und Sand hoch, mal wurden Sie langsamer, mal blieb die Frau beinahe ganz zurück, und als Sie sie an sich herankommen ließen, sahen Sie den lila Lippenstift an ihrem Mund, in den Mundwinkeln schäumte Speichel, was Sie damals ekelhaft fanden, Sie wollten wieder beschleunigen, da rief die Frau *warte, ich kann nicht mehr*, gnädig warteten Sie, die Frau lachte immer noch, keuchte lachend, während sie mit den Händen überschwenglich umherschlug, was Sie teilnahmslos und vom hohen Roß herab beobachteten, jetzt jedoch machte die Frau einen unerwarteten Sprung, *ich hab dich*, rief sie glücklich, Sie traten sachte zurück und verachteten diese Gaunerei, der unfaire, aber nicht fachgerechte Angriff wäre leicht abzuwehren gewesen, Sie hingegen, und Sie wissen selbst nicht, warum, rührten sich nicht, erschraken sogar durch die Berührung der hochgeschleuderten Frauenarme, gleich auch vor dem dunklen Anblick der Achselhöhlen, und in einer panischen, plötzlichen Bewegung fielen Sie auf den Rücken, schon wälzten Sie sich gegen Ihren Willen in den skandalösen Pfützen, die die Ebbe zurückließ, lachend spritzte die Frau das schneidende, grobsandige Wasser hoch, und verzweifelt versuchten Sie, sich von ihr zu lösen, Sie waren beinahe am Ersticken, weil Ihr Kopf an den Körper der Frau gedrückt war, es kann Sie schließlich kein Vorwurf treffen, da Sie sich den Kopf über regelgerechte Ringergriffe zerbrachen, das alles jedoch fand viel langsamer statt als bei den Kämpfen in der Schule, und durch einen trickreichen Beingriff (vor kurzem hatte sich der Griff gegen Korom als glanzvoll erwiesen), mit dem Sie sich unerbittlich um ihre Schenkel flochten, wodurch sich auch die Scheinangriffslust der Frau verminderte und sogar ihr Lachen sich in eine erstaunte Heiterkeit verwandelte, gelangten Sie endlich in eine günstige Lage, stützten sich auf die Ellenbogen, hoben sich von der Frau ab, *bist du blöd?*, fragten Sie duzend, weil Sie Verwandte waren, das war zwar keine notwendige, doch eine hinreichende Bedingung (Arbeitsgemeinschaft für Mathe!) für das Duzen, die Frau entwand sich Ihnen und legte sich auf den Rücken, Sie hockten wütend im Schneidersitz, die Haare der Frau sogen sich mit nassem Sand voll, was Sie als abstoßend und unvorteilhaft empfanden, plötzlich stand sie auf, strich an sich entlang und begab sich ins Wasser, da bereits überkam Sie eine irritierte und schlechte Laune, gleich darauf froren Sie an Ihrem Hintern, standen auf, hatten am ganzen Körper eine Gänsehaut, die Verwandte kam schreitend aus dem Wasser, *gehen wir nach Hause*, sagte sie leise, und weil sie nicht zu Ihnen schaute, haben auch Sie sich abgewandt, Sie froren nicht mehr, feingliedrig gingen Sie neben der Frau einher, dann reichten Sie ihr wortlos die Hand, die Finger der Frau waren kalt, die Ihrigen heiß, und so gingen Sie weiter, Hand in Hand?

Einmal haben Sie sie auch beim Duschen gesehen, vermutlich durch Zufall, aber es wäre auch nicht ausgeschlossen, daß hier die Frau ihre Hand bewußt im Spiel hatte? Von der Frau tropfte das Wasser herab, der mit Perlen bedeckte Körper bog und wiegte sich, langsam, ohne jede Eile schloß sie die Tür mit einer Natürlichkeit, die jeden bezaubert hätte, doch Sie nahmen daran eher ein wenig Anstoß, scheu nahmen Sie daran Anstoß, Sie haben den Anblick des nackten Körpers *verschlungen*, als hätten Sie ein Geschenk vor Augen? Etwas traurig drohte die Frau mit ihrem tabakgelben Finger? Wenn Sie jetzt die Augen schließen, blitzen die grell und geschmacklos lilagefärbten Nägel immer noch magnetisch vor Ihnen auf? Später dann, mit reiferem Kopf, das heißt, als es für Sie keinen Mangel an Frauen mehr gab, dankten Sie dem Himmel? Ist das ein pharisäischer, aber stichhaltiger Gedanke?

Ach ja: Auf welche Art betrügen Sie sich? Fällt es Ihnen überhaupt auf? Haben Sie dergleichen schon gesehen? Haben Sie heimlich jemanden erspäht, der soeben seinen Mittelfinger befeuchtete? Forcieren Sie Gedankenkonstruktionen, jene instabilen Systeme, die bei uns beheimatet sind und in denen auch eine geringfügige Veränderung der Grundvoraussetzungen, der Dinge, Tatsachen und der Wahrheit einen wirkungsvollen Erfolg versprechen?

Oder wäre es eher ein außergewöhnlich kluger Satz, der die Welt flugs veränderte? Oh? Ist es eine Selbstattacke auf der Gefühlsebene, von der Sie mit stürmischer Eile gerührt sind, Sie halten sich für liebenswert, wertvoll und anständig und schnappen auf diese Art nach dem Köder? Sind Sie Ihr eigener Honigfaden? Üben Sie Sprachterror aus, mögen Sie Vergleiche und Sprichwörter? Schauen Sie auf die Lippen des Volkes und ziehen Ihren Nutzen daraus? Oder aus den Klassikern der Literatur? Den Klassikern der Politiker, der Religion? Der Ma(r)ximen? Gebrauchen Sie (Liebste) Ihren Finger, die Hand, Ihre Handfläche? Die Bierflasche, den Bettüberwurf, den Rand der Bettdecke? Den Teddybären?

Obwohl: Wer weiß schon, was wir fühlen, wenn wir auf den Rücken eines Pferdes niedersinken, auf das warme, dampfende Tier, oder wenn wir sitzen, im Dunkeln auf feuchten Steinen sitzen, während der Nebel durch unseren Schädel aus- und eintritt und uns aus der Ferne fetzenhafte Hurra-Rufe erreichen, die im Wind stöhnen?

Im Zusammenhang mit dem Rechtsgefühl beobachten wir zwei, drei Fakten? *Füttere die Bestie?* Die anderen Fakten, der Rest, dient zur Abdeckung des gesamten moralischen Knotens? DIE PAROLE IST: UNTERSTÜTZUNG? Ich glaube, das sind Fragen des Stolzes und der Hemmungen?

Eine meiner Brustwarzen ist groß und empfindlich? Hin und wieder zwick ich sie, kneife, zwacke, quetsche, drücke, schlage, ergreife, betaste sie? Die Mutter ringt die Hände?

In jenen gesteigerten, außerordentlichen, hervorragenden Augenblicken, die vor dem ERKENNEN liegen, sind wir offen, tolerant und progressiv, ich hebe meinen Hintern, schlage zwischen die Pferde, die legen die Ohrwaschel an, *hü, hott!*, während die amtlichen Jungens die Heimatgefühle langsam und mit vorsichtigen Muskelbewegungen vom Programm wegheben?

Alles hat eine eigene Geschichte?

Am Anfang des demokratischen Erlebnisses müssen wir mit der FUK, mit *FU*rcht vor der *K*ühnheit, rechnen, denn es ist alles wund, und folglich ist es verständlich, wenn wir uns ein bißchen ängstigen? Aber wenn wir doch schon gelernt haben, daß der Selbstbetrug ein großer, befreiender Ventilator ist, unsere Mähne flattert, während wir unsre Feschheit unter Kontrolle halten, damit in Kürze das Ehrgefühl anschwellen kann, das Gefühl des Kuruczen, dem es also möglich war, mit einem schmucken Geschenk – sich selbst – zu überraschen?

Selten denken wir daran, daß dies, ein Kurucze zu sein, nicht nur ein logischer Fund ist, mit dem man kontra die Labanczen antreten kann, sondern daß dieses Wort von vornherein einen bunt zusammengesetzten Begriff beinhaltet? Jene Leichtigkeit, mit der die Kuruczen mit Hilfe des Selbstbetruges demokratizieren*, widerspricht auf alle Fälle jenem volkstümlichen Klischee, demnach die Ansprüche der Kuruczen unverhältnismäßig und kindlich unbedarft seien, und daß er einen passenden Despoten bis ans Ende der Welt begleiten würde? Der Kurucze darf weder von sich noch von seiner Pflicht und seinem Recht absehen, die Dinge in Augenschein zu nehmen?

Es besteht die Gefahr, neue Sachen zu gut zu verrichten, schließlich wird uns die in sich gekehrte Feschheit, wo nämlich Subjekt und Objekt, Räuber und Häscher ein und dasselbe sind, Ausführender und Erleidender, Mittelpunkt und Ziel, Annahme und Erfolg identisch sind, vermutlich mehr konvenieren als die Angelegenheiten unseres verehrten kaiserlichen Gegners, den wir etwa an einem kühlen morgendlichen Morgen in seinem unversehrten, sicheren

* Manchmal gebrauchen wir dieses Wort, *demokratizieren*. Es handelt sich um ein Verb. Die aktive Form des Verbs ist dazu berufen, jene allgemeine Auffassung zu modifizieren, die die Volksherrschaft mit dem himmlischen Manna vergleicht, oder als könnte etwas so ohne weiteres in voller Rüstung aus dem Kopf eines oder mehrerer Menschen hervorspringen; die Wortart läßt Möglichkeiten der Kuruczen erahnen, und zudem schließt sie die Unschuld aus. Das Verb ist unregelmäßig, entsprechend muß man mit ihm umgehen.

Quartier aufstören, zerknittert sitzt der Arme am Rand des bequemen Bauernbettes, aus den aufgeschlagenen riesigen und dennoch federleichten Federdecken schlagen die schwefeligen Gerüche der Nacht hervor, aus den Augen des Mannes hängen gelbe Trieler, es kribbelt ihm im Nacken, als hätten ihn tausend verspielte Teufel überfallen, mit eiskalten Füßen kriecht er in seine klammen Stiefel, seine zottige Kleidung ist ekelhaft und leblos wie eine abgeworfene Schlangenhaut, in der Küche steht die *Hausfrau* in einem dünnen Hemd auf dem Steinboden, sie ringt die Hände, eines ihrer kräftigen Beine wendet sie in der lauwarmen Asche, durch das dünne, weiße Linnen scheinen ihre dunklen Lenden, als säße dort ein Schatten, ein merkwürdiges, stummes Tier, ihre zwei arbeitsamen Hände, die sie bis dahin an ihren Unterbauch gepreßt hatte, läßt sie nun baumeln, unser kaiserlicher Gegner macht sich hektisch fertig, Sapperlot!, keucht er ärgerlich, indem er sich mit seinen Stiefeln abmüht, als er durch die Küche rennt, würdigt er die Frau keines Blickes, es ist richtig, daß er sich beeilt, draußen wartet auf ihn schon unser nacktes Eisen?

Überraschenderweise forcieren die Söhne des Landes keineswegs die Suche nach dem Selbstbetrug? Obschon? Obschon das für uns eine heilige Handlung ist? Das ist sie aber, weil sie von *uns* abhängt, weil *wir* sie kontrollieren, weil sie *uns* zum Strohfeuer entfacht? Es ist ein winziges Schrittchen in Richtung Freiheit, denn es ist doch etwas anderes, wenn wir es uns selbst ORDENTLICH GEBEN und uns kein Deutscher mit seinem roten Kopf, verschwitzt, mit Ungeziefer in den Haaren und räudig nachschnüffelt, in dessen zufriedene Visage wir blicken müssen, während es uns an allen Gliedern zerrt und weh tut?

Es tut weh.

Damit sich unser Rechtsgefühl nicht entzündet, benutzen wir diese und jene Cremchen? Zwischen unseren Schenkeln liegt eine leuchtende Taschenlampe? Die Wärme tut so gut?

Draußen liegt die klamme Nacht, fallende Lüfte kreisen, die Hand stemmen wir gegen einen zugigen Spalt, es zieht scharf, entfernte Berge sind zu erahnen, lange, tiefe Täler, und alles ist grau, blau und braun, freundlich und grimmig? Elegant und barbarisch? Ich verriegele die Türen, liege bewegungslos, atme kaum und starre ins Nichts? Ich ekle mich vor mir selbst, ich klebe, bin einsam, es ist kalt? Durch meine Rippen weht der Wind, durch mein Gesicht weht der Wind, Schnee verklebt meine Augen, Schnee klebt an meiner Stirn, mein Hals ist ungeschützt, ungeschützt ist mein Hals?

Wie ist der Ungar?

Tapfer, geknickt niederhangend, bohème, familiär, grimmig, anmutig, keck, vertraut, ausdauernd, windig, dunkel, lustig, weise, kribbelig, niedergeschlagen, fest, zurückhaltend, neugierig, treu, flatterhaft, selbstgetreu, selbstironisch, lebendig, persönlich, ewig wandelbare Menschen: Sind wir so?

Nun ja?

Wir passen uns der Zeit an? Da wir unter Elstern leben, hüpfen wir umher? <Kennen wir ungarische Sprichwörter, die sogenannten Reden-sagen?> Wissen wir, woher der Wind weht? Erst verzärteln, dann verkratzen? Werden wir zum Narren gehalten? Haben wir Tollkirschen gegessen? Sind wir auf den Leim gegangen? Sind wir in die Grube gefallen? Hat uns die ganze Welt verschaukelt? Sessi bon?

Sind wir auf der Landstraße unserer Gedanken an jenem Kilometerstein angelangt, der von abgemagerten Kötern umlagert wird und wo wir bereits akzeptieren, daß der Kurucze, um es bildlich zu sagen, ein Recht auf sich selbst hat – solange der Kurucze ein Kurucze bleibt, das heißt, bis er den Labanczen akzeptiert und für einen edlen Haß gegen und für das gemeinsame Spiel in Dreck und Blut bürgen kann?

Oder es wird der Tag kommen, an dem man gegen den Troß der Vorurteile keinen Krieg mehr führen muß, daran, daß wir leben, daß wir unser ödes, phantastisches Leben leben, werden wir unsere Freude finden, wir entdecken uns selbst, lernen uns kennen (Selbstverwirklichung!), und dazu werden wir nicht nur in unserem kleinen Stübchen Lust und Gelegenheit haben, nicht nur in Kellern mit stinkigem, verschimmeltem Heuwasser, nicht in der dunklen Tiefe der Wälder versteckt, sondern gemeinsam, öffentlich, zusammen mit den anderen »Personen«, sowohl mit den Kuruczen als auch mit den Labanczen, alle miteinander, wir Ungarn?

Irgendwo stinkt das? Können wir selbst noch am Guten ein Wort aussetzen? Sind wir mißtrauisch gleich einem Raven?

Kann alles vorkommen? Folgt nun der große FIK-FUK: Die *F*urcht vor der *I*solation *K*ommt die *FU*rcht vor der *K*ühnheit? Oder kommt das ERKENNEN? Ziehen wir das gelbe Schmetterlingsplaid über den Kopf, der Körper schwebt, lebt, pulsiert, blüht auf, schmerzvoll genießen wir, der Kopf ist leicht und leichtfertig, die Geräusche liegen weitab, als würden in der Ferne Alphörner erschallen, die Zeit rinnt langsam wie Honig, der Raum ist zerbrechlich, alles ist süße Hitze, Wärme, pulsierende Dunkelheit, alles ist sengend, flammend, geil: im guten Sinne des Wortes, der Körper fließt hin, ist weich – ich kann mich nicht rühren: Mein Körper hat – dort – keine Grenzen: Ich sage nicht: dies: ja, dies: nicht mehr, ich urteile nicht mehr, sondern empfange, dieser Akt bin ich selbst, das rückgratlose Dasein, unter der Voraussetzung, daß die Gegenstände eine Ethik haben: Ist das alles?

FIK-FUK, Erkenntnis

Auuu! Demokratie auf dem Rücksitz eines Pobjeda –

Man müßte die gemeine Zeit ernst nehmen? (Warum? Wann?)

Sollen wir nicht aufgeben? Die Stecknadel im Heuhaufen suchen? Oder nur den Labanczen mit seinem fühlenden Herzen? Hüten wir uns vor Illusionen, Jesus, hilf? Ich tu dies und jenes, aber dabei komme ich mir derart lächerlich vor? Das Keuchen unseres kaiserlichen Gegners wird stärker, mit seinem knochigen Knie stößt er uns in die Schenkel?

Nicht nur nach Meinung der siechenden Kaiserlichen, sondern auch in den Augen der gebildeten Allgemeinheit muß der Kurucze fesch sein, scheiß ich also drauf? Lieber gar nichts als erbärmlich? Von Motten zerfressen? Denke ich hier an die Versager und an die Labanczen-Schovinistenschweine? Doch vermischen sich Ursache und Wirkung wie die Karten in der Hand eines ungeschickten Spielers, wir demokratizieren nicht, es ist *also* unwichtig? Oh, oh? Ob wir nicht bereits eine Art »Labanczen-Dienstleistung« betreiben? – Aber verdammt, mit diesem kaputten Leben, wenn ich das

Strohfeuer seiner schwammigen, morschen, verschimmelten Art schon zum Lodern bringe, werde ich vielleicht verlangen dürfen, daß er sich das bißchen Zeit nimmt, bis die ganze Scheiße aus ihm rauskommt?

Möchte ich der Hauptdarsteller meines Lebens sein? Stehen wir wartend, und wartend betrachten wir unseren aufgeregten Labanczen, der mit einem gestohlenen Huhn unterm Arm über den tief verschlammten Hof rennt, über seinem krummen Rücken spannt sich der zum Speien häßliche Kittel der Kaiserlichen, gerotet ist sein Gesicht, und auch er, der Teure, hat seit Wochen nicht mehr gegessen, unsere forschenden Hände könnten jämmerlich an seinen lieben, mageren Rippen entlangtasten, an den vorstehenden Beckenknochen, dem vorstehenden Brustbein, dem vorstehenden Schlüsselbein, den vorstehenden Schulterblättern, den entlang der Wirbelsäule hervorstehenden Knöchelchen, den dem Rücken entlang hervorstehenden Wirbelknochen, den krumm herabgebogenen Schultern, dem stacheligen, armen Nacken mit seinen eitrigen, roten Wunden, an der trockenen, runzeligen, blassen Haut, den ungeheuren Kratzstellen (Vitaminmangel!), am rissigen Ellenbogen des Armen und den armseligen Haaren auf seiner Brust? An den Ärmeln seines zerfransten Mantels klebt dreckiges Heu?

Welch eine Szene, von unserem Versteck kann man den aufgebrachten Bauern sehen, wie er blaugefärbt nach der Holzgabel rennt, woher diese Entschlossenheit? woher der Wagemut? die Courage? woher die Kühnheit?, woher, da doch kein Huhn mehr flattert, die Haushüter bewegungslos liegen, die Kälber weinen über ihren Tod, und das Lämmchen zitternd blökt?, woher, wo doch die Pferde entwendet wurden und die, die noch geblieben sind, nicht mehr aufzustehen vermögen, nur die tiefsitzenden, bläulichroten Augen heben sie zu ihrem Herrn empor, auf dem Schindeldach schnurrt schon die Feuerkatze, die Frau schluchzt nicht, stumm umklammert sie ihre blutigen Kleider – und von unserem guten Platz aus sieht man auch, daß der dürre Kerl, der an dem rußbeschmierten Tor lauert, sein Gewehr ansetzt?

Immer diese Warterei? Dieses Was-und-wo-wird-es? Was kann ich wissen? Was soll ich tun? Was darf ich hoffen?

Wie man es auch sehen mag, der Schlüssel für alles ist: der Labancze? Er braucht den Sieg, den er dann unter Einhaltung der Amtswege seinem hoheitsvollen Kaiser vermelden kann? Kehrt sich mir davon der Magen um? Und dies wiederum ist eine der jugendlichen Übertreibungen, während ich bereits älter werde?

Cherchez la MEHR?

In meinem Mund ist's finster, ich habe Angst?

Mein Gott, ich habe einfach mal abgeblockt, versteh doch endlich?

Hat der Labancze ein *schiefes Gesicht?* Oder hängt es davon ab, aus welchem Blickwinkel wir ihn betrachten? Gibt es den *zögernden* Labanczen und den *böllernden* Labanczen? – Wenn der Herrgott unser Schicksal in ein Burgverlies lenken wollte und alle, die da athmen und krauchen gantz darnach trachten wollten, ihr Unwesen mit uns zu betreiben, dürstend nach unserem geringen Hab und Gut, wir hingegen profitieren uns aperte und publice als Kurucze; in unseren zerrissenen, bluthigen Leinenhemden stehen wir in dem weiten Burghof, wir erwecken kein Aufsehen, hier einer, dort einer, jedem wird genügend zuteil, oben, in den rundlaufenden offenen Gängen, den italienisch anmutenden Galerien, sind gelangweilt aufmerksame Männergesichter zu sehen, die Hände dieser Männer fingern weiterhin am Sattel, nageln Bretter zusammen, hämmern, enthäuten, verbinden, werkeln, die Frauen sind aufgeregter, unterhalten sich mit blutrünstigen Schreien, *hängt ihn beim Schwanz auf*, und wenn man ihnen, während sie grölen, auf den Hintern haut, sind sie keineswegs beleidigt, im Gegenteil, sie beugen sich vor und drücken, pressen ihre hügeligen Becken gegen die passend hohe Brüstung, und sie reiben, rubbeln, scheuern, schrubbeln sie in für weltliche Augen unsichtbaren Kreisen, eher sollte man von einer leichten Bewegung reden?

Wenn das launische Leben uns zu einem böllernden Labanczen führt, gibt es nicht viel zu zögern und zu säumen, dieser Molch ist ein unerfahrener Grünschnabel, von Zeit und Tod weiß er nichts; ohne viel Firlefanz und ohne viel Drumherum ist er piff-paff geschwind fertig mit uns, bald breitet man den zerschlissenen Loden des Märtyrers über unsere klapprigen Schultern, während er sich auf die andere Seite dreht und schnarchend den Schlaf der Gerechten schläft?

Der zögernde Labancze gestattet keine frivolen, lässigen Schreie, und indem er verbietet, auf die üppigen Hintern zu schlagen, sichert er sogar eine Art solide Feierlichkeit, aber gegen die unsichtbaren kleinen Kreise ist er offensichtlich machtlos, daraus folgt sein Zynismus, unser Labancze verschränkt seine Arme vor der Brust, er steht nachdrücklich gespreizt, aber zugleich ist er sanft, seine Sprache ist gewinnend, gewählt, *Wörter sind vorhanden*, und langsam, klug, ohne Eile kommt er mit ihnen voran, währenddessen spielen die Soldaten in einem Schuppen angestrengt Karten, die gefüllten Gewehrmulden ruhen wie getreue Schäferhunde zu ihren Füßen, die Eichel ist Trumpf, in der Nähe ihrer Kürassiere besänftigen sich die koketten Damen, atmen schön und leise, ihre rosigen Lippen glänzen feucht, öffnen sich, *verwaist stehen wir mitten im Raum*, sind darüber ein wenig gerührt, doch nur kurz blitzt die Rührung in uns auf; wir bringen eben sehr viel Liebe auf, für alles, vor allem für uns selbst, unser Labancze ist zuverlässig und ruhig, läßt sich von unseren amateurhaften Großtuereien nicht beeindrucken, ohne Fehl und Tadel verrichtet er seine Aufgaben, seine Stimme psalmodiert fachgerecht, und diese Behandlung der Zeit, als ginge es da um etwas wie Sand, dieses *Leine-anspannen-Leine-lockern*, wird uns bald auf das gesegnete Strohfeuer schleudern? ... Natürlich wird es schließlich kühl, klare Sterne kommen am schwarzen Himmel auf, die Wache wird gewechselt, die Frauen gehen mit faulen, weichen Schritten von hinnen, klebrig wird man auf dem schmutzigen Heu sitzen können?

Am selbigen Tage blickte der Himmel sanft auf uns herab?

Und dann dieser *Wählerische*, der die Nase rümpft, er tupft sich die Hände ab, fragt, ob denn unsere Schwerter rostig, ob unsere Ketten rostig sein müßten, und pfui Teufel mit unserem Blut, steht es ihm höher an?

Was den *Abenteuerlustigen* betrifft: Schon wenn er zu reden beginnt, stockt mir der Atem: Was ist dem alten guten Kriegsgaul denn jetzt wieder eingefallen?

Und das *Heimchen*, das hier auf seinem einfältigen Gaul im Kreise herumsäbelt, als würde es an einer amtlich organisierten, relativ günstigen Reise teilnehmen, in der Vorsaison? Ein Sonderangebot? Man muß allerdings sachten Umgang pflegen? Seitens des Kuruczen sind auch die Höflichkeit betreffende Gesichtspunkte in Erwägung zu ziehen?

Ich bin nicht so auf den Kopf gefallen, daß ich diesem frischgebackenen Schurken, meinem verehrten kaiserlichen Gegner, diesem bebänderten, eitrigen Viech, den ich mit meinem unterwürfigen Auftritt, meiner fehlerhaften Sprache, meinem geringen Verstand, doch mit reinem Herzen und wahrer Liebe grüße – der Herrgott möge ihn behüten, so lange Er es für richtig hält –, daß ich ihm erkläre, wie das geht und wie nicht (das Wie-und-wie-nicht!), denn in seinem Eifer würde er sich nicht entblöden, Minimeisterschaften zu organisieren, um prüfen zu können, wie viele Treffer es gab, nur damit er dann beweisen kann, daß er es ist, neben dem ich das ERKENNEN lerne? Und ich derweil, ich sehe nichts vor lauter Wut?

das Wie-und-wie-nicht

Und wenn ich doch sehe und ich die etwas nervösen, aber anständig gemeinten Bemühungen des tapferen Gegners sehe, daß er sich nämlich nicht schonen will (indem er uns nicht schont), seine Hände sind blutbeschlammt, auf seinem Gesicht schnurrige Rauchstreifen, habe ich nicht das Herz, zu klagen, daß es mit der Demokratie so und so stehe, das würde seiner Eitelkeit offene Wunden versetzen? Die Zeit ist ein alter Kumpel, und seinen Nächsten kennt man immer näher?

Das alles kann sowohl diskrete als auch brutal offene Formen annehmen?

Es gibt verschiedene Arten der Angst: angefangen vom leisen Zittern bis zur verkrampft lauten Raserei? Sollte man die Symptome nach der vorliegenden Fachliteratur durchspielen? Sobald der Labancze ein Schrumpfen der Gesellschaftsordnung entdeckt, was man mit einiger geringer Übung behend beweisen kann, schmeißt er vor Freude seinen eigenen Hintern herum?

Soll doch der Labancze glauben, er sei der große *Zampano*?

Einerseits? Andererseits halten wir unseren Hosenbund verkrampft und mit blaßblauem Gesicht und beugen uns würgend über die kühle, gekachelte Einbuchtung, die ebenfalls blaßblau ist? Nicht a rose is a rose is a rose

doch? An Ungar is an Ungar is an Ungar? Auch wenn er niedergeschlagen und geschlagen ist? Summertime, sie geht vorüber? Weißt du, wo die Männer sind, wo sind sie geblieben? Die Stirne aufgeschnitten, blutgetränktes Haar, zu Boden gesenkt der Blick? Draußen im Wind wehen die Blätter weinend, und grimmig fragt der Greis, wozu die Kinder wachsen?

Gibt es auch einen, der da greint? Die Elster, fragt das Elsterbein, ist sie der Elsterbeine Feind?

Der krumme Deutsche meint, vom Gesichtspunkt des ERKENNENS sei es am besten, MAN GEBE ES UNS ORDENTLICH, und wenn das klappt, ALSO ER GIBT ES UNS ORDENTLICH, und wir kriegen es, das ERKENNEN, dann ist alles okay?

Unsere Leidensgenossen aber sehen noch nicht klar, daher also errichten sie selbst jene Mauern, zu deren Füßen sie dann heldenhaft kämpfen können, bis ihre Arme erlahmen und die Laune sie verläßt? Jedenfalls müßten Entscheidungen auf jenem Bewußtsein beruhen, daß es das, was ich will, auch gibt, und auf der Freiheit, daß es dergleichen gibt? Es weht ein kalter Wind?

Und nochmals: auf alle Fälle? Auf alle Fälle steckt der Labancze in uns, überheblich dreht er sich, schiebt, drückt, greift zu, dreht uns, dringt tiefer, seine starkriechenden Parfüms stechen in die Nase wie Meerrettich, und sein schlechtrasiertes Gesicht schürft uns tiefe Wunden?

Dann aber Schwert gegen Schwert? Das Heldentum brauchen wir? Blutig stürzen unsere Rosse darnieder, achten kaum noch auf das IZZ, auf das *I*rrationale Zucken der Zügel, getreulich gräbt der gute Kamerad seine deutschen Krallen in unseren pickeligen Nacken, sind wir etwa flaumig und zerbrechlich wie Rehkitze im Schilf, ich mag ihn in meiner Körpernähe fühlen, sein entsetzt schweres Atmen hören, sein Keuchen, Stöhnen, die krallenhaften Biegungen seiner Finger, jenes labanczenhafte Pulsieren fühlen, in dem eine ganze Welt umfassender Pläne, Planungen und großartiger Wünsche unschwer wiederzuerkennen ist; als würden Sterne in seinem Blut pochen, die ich ausgeschüttet habe?

Einander nahe sein? Unsere Gesichter berühren sich, und beispielhaft packen wir uns gegenseitig am Schlafittchen, das ist die

Phase des Anpackens, die also, die auf das Leine-anspannen-Leine-lockern folgt; er beißt mich, ich lecke mein salziges Blut, fühle mit der Zunge den Abdruck der kleinen Zähne, während wir einander fest an der Haut packen, rollen wir, rollen quer durch den behäbigen Fluß, durch Sümpfe, über graue Wiesen, gleichmäßig liegt auf den Grashalmen der Zementstaub, quer durch Schlammhaufen rollen wir über den Schutt, über zubetonierte Spielplätze, Zebrastreifen, vorgeschriebene Fahrtrichtungen, an bedeckten, vernagelten Springbrunnen vorbei, quer durch Pfützen, und dabei zerdrücken wir die mit Tauperlen bedeckten Maulwurfshügel – erschöpft hören wir den Herzschlag des anderen, mit erstarrten Muskeln atmen wir aus dem anderen heraus, um schließlich in seinen Armen einzuschlafen, wegzufallen, weg, weg, weg, über unsere Gesichter kriechen einfältige Ameisen? Eine große Umarmung ist die Welt, können wir uns vorlügen, wenn wir noch leben?

Ich kusche wie ein Haufen Scheiße?

Sind wir unerbittlich einsam? Will ich dies ausdrücken, wenn ich sage, daß der Kurucze zur Freiheit verdammt ist? Sie aber liegen nur herum und flüstern vor sich hin: lausig, dreckig, verfault, schändlich, heidnisch, gefangen, ungarisch, fahl, schuftig, infam, bestialisch, fürchterlich, frech, beschämend, niederträchtig, stinkend; Dreck, Schmutz, Eiter, Mist, verhurt, lumpig, armselig, kreischend, verächtlich, Fetzen, Tand, Lumpen? – Puppentheater, wie es die scharfsinnigen unter den Labanczen sagen? Und wenn ihm, dem Labanczen, das ERKENNEN früher kommt als Ihnen, Eure Gnädige, ist dann Eure Gnädige außer sich? Verkrampft sich Ihnen der Magen, denken Sie zunächst: Oh, scheißegal, es macht nichts, es war ganz nett, solange es stattfand, *doch plötzlich beginnen Sie zu trotzen, und Sie wollen und wollen es nicht verstehen, warum Sie sich damit abfinden sollten?*

Wo doch der Olle sich seine zehn vom Blutdrang beschlichenen knolligen Finger ablecken könnte, daß wir es waren, die er bekommen hat?

Das Leben ist schön? Unser Wahrheitsempfinden ist lebhaft, kauzig, wir selbst sind, als ob wir Funken sprühten, die Sinne tanzen, die Westen der jungen Frauchen und der Mägdelein spannen sich, die stolzen Perlenknöpfe können die ehrenvolle Last kaum tragen, im Trubel heben sich Röcke, vor unseren Gauneraugen liegen die runden Küchlein der Knie und die gefährliche, süße Gegend der rosigen Schenkel, der Boden dampft vor Staub, die Stiefel und die Silberpantoletten klopfen, der wilde Schweiß schlägt durch die Schönheitsmittel, die Nasenflügel beben empfindlich, auf der Lichtung läßt man die Leute sanfte Feuer überspringen, die Frauenspersonen, die unreifen und die greisen, springen weit gespreizt, um sich dabei zu wärmen, der Mond, einem herausfordernden Stachel gleich, reckt sich dort oben am Himmel, Arm in Arm wogen wir durch die Spalten, die man in den Leib unserer geliebten Stadt geschnitten hat, durch die Ringstraßen, die Sternstraßen, die Prospekte und durch die Nebengäßchen, in denen der Verkehr in eine Richtung gelenkt wird, und mit Tränen in den Augen singen wir die Hymne; die Gäste, auf den offenen Terrassen an quietschende, blendendweiße Rohrstühle gefesselt, springen auf, und zusammen mit ihren Stühlen gesellen sie sich zu uns? Unsere Hymne ist die schönste und traurigste Hymne der Welt, die Augen füllen sich mit Tränen, und fremde Menschen küssen einander?

Es geht um Variationen? Ob wir auf den Rücken sinken und nicht einmal wissen, wer uns betastet, oder ob wir auf allen vieren unter den rasenden Blicken des Feindes taumeln, die Pferdehaarfüllung schürft uns die Knie auf: Wir reißen und reißen die Gesäßmuskeln entsetzt zusammen, und obwohl wir unser *sors bona* hinlänglich kennen, überrascht uns die simple Konsequenz immer wieder – »Was ist das?«, »Oh?«, »Also wirklich?«, starren wir mit flaumiger Naivität in die riesige, ovale, als Spiegel dienende Silberplatte?

Die Asymmetrie unserer Augen flößt leichtes Mißtrauen ein, es handelt sich um Hinterlist, um beharrliche Verantwortungslosigkeit, obwohl selbst der schäbigste Feind sich gewiß schon entfernt hat, er, der unsere psychischen Probleme lösen könnte, ist auf und davon mit seinem offenen Brustkasten, seinem zuvorkommenden, aufgelösten, dampfenden, ausgeschütteten Gedärm, mit seinen an den Stümpfen zuckenden, zersäbelten Endgliedern; da sitzen wir einfach am Fuße des Pflaumenbaums, rund um uns fallen in Reichweite die trägen Früchte, wir sinken zusammen, Natternköpfe knirschen im bösen Wind, das ist das Gewohnte, das Gewohnte, das Gewohnte, aus der Ferne vernimmt man Seufzern gleiche Hurras, eine Pflaume fällt, blas mir einen, flüstert jemand kühl aus dem nahen Fliederbusch, zünd dir eine Zigarette an, dreh dich auf die andere Seite, schlaf, Kumpel, morgen ist auch ein Tag?

Man hatte mich geschändet?

Geschändet hatte man meine nicht zu hohe, nicht zu knappe Gestalt, mein schmales, bräunliches Gesicht, geschändet hatte man meine schwarzen und glanzvollen Augen, nebst meiner etwas gröblichen, krummen Nase, daneben die nicht kleinen Ohren, die langen Arme, die Zehen meiner Füße, deren Nägel ohne Schönheit und kümmerlich verwachsen sind, wohl möglich, es ist wegen der engen Stiefel so, geschändet hat man meine schmalen, dem Hechtbauch vergleichlichen Hüften, mein schönes, gepolstertes, ganzes Gesichte, den Hals, die Kehle, meine Schenkel, meine Flanken, geschändet hatte man sie?

Was, zum Teufel, drängen wir also? Die Vergangenheit habe ich vergessen, seinen neuen Lauf tritt das Leben an, fahl werden die schönen Erinnerungen, denn mein Kummer ist schon ausgebrannt? Das Firmament ist blau indessen, da ich jetzt den Weg zu mir fand? DIE ZEIT BLEIBT STEHEN, WAWAWAWA? Am Himmel stehen stumme Sterne, wawawawawa? Du schweigst, und ich schweige?

»Geh dich mal waschen.«? »Ich brauche dich.«?

Oh, ihr von euren inneren, von des Herzens inneren Schmerzen und von Schluchzen geplagten Einfältigen, ihr bedauernswürdigen armen Unbeholfenen? Es sei in Erwägung gezogen?! – Du mußt dein Leben ändern! Welch ein Herrgott außer dem Obristenkapitän dürfte derartiges sagen?

Sprechen wir einmal von Unterdrückung und Revolution? Ad notam: Sprechen wir von den Huren: Wie geht es der lieben Mama? <Über den Gott der Ungarn fabrizieren wir unübersetzbare Wortwitze?>

Revolution? Wat is tieß? Ein Journalistendreh, ein Feuilleton-Trick? Die Mehrzahl der Labanczen ist schlecht informiert, grinsend steht einer neben seinem riesenhaften Pferd und ruft: Wer da?

Es ist das alte Spiel: der Labancze will, daß MAN'S IHM ORDENTLICH GIBT, der arme Kurucze will das ERKENNEN: und itzt: Was denn soll das Neue daran sein? Die Wiese ist abgetreten, das Leintuch ist matschig und zerknüllt – wo bleibt hier die Revolution? Hier gibt es nichts als Reklame, Leistungsdruck, neue Märkte? Doch ist irgendein farbiger Fetzen für den Hals oder als Taschentuch oder eine glitzernde Münze am Busen längst noch nicht das, ist noch nicht der frisch geschaffene neue Mensch mit seiner Schönheit und Freiheit, bestenfalls geht es da um diesen oder jenen Geschmack?

Die Neue Feschheit ist Bluff, ein Fall vom Regen in die Traufe. Ungarische Dolmane, ausrasiertes Haar, blaue Äuglein: Ist es das, was wir brauchen, bedeutet es grad soviel? Disko? Mein Gesicht soll heiter und voll Lächeln sein, weil das Leben wunderbar ist und top fein? Wenn ein Kurucze einmal am sommerlichen Deich herausfordernd entlangsprengt, sein Pferd wiehert – vergessen wir nicht: auch Pferdegrölen ist ein Grölen –, unbändig jagt er durch den stillen grünen Nachmittag, der Labancze aber kraucht aus seinem Winkel hervor, rupft sein verschlafenes, verknittertes, stoppeliges Gesicht zurecht, und die beiden stoßen aufeinander – na, was geschieht dann? *Du bist frei*, flüstert der Träge mit den Bändern im Haar, während er sich an sein knochiges großes Pferd lehnt – doch das eben wollten wir für Scheiße erachten, weil doch der Kurucze, wenn er die Dinge mit Verstand verfolgt, nicht auf die Art frei sein will, daß er das gut geschmierte Labanczen-Modell der Feschheit und der Schneidigkeit übernimmt, sondern er würde eben eher seinen eigenen Weg suchen, der von Unkraut und Werg zugewachsen ist?

Nicht doch? Bleiben wir bei Verstand? Saugen wir die Muttermilch aus, der Labancze kann uns ruhig mal, so daß wir es hübsch abkriegen und geschlagen davonlaufen, bis zur Drau hinab und hinauf an der Vág entlang? Und ausgeschlossen dürfte auch nicht sein, daß er sich dabei ein Eigentor verpassen wollte? Wir sind nicht gestern erst vom Baum gestiegen? Sondern jetzt eben? Kinderlein, sagt der alte Mann im Tabakladen, dem vom Rumpf ab beide Beine fehlen, merkt euch, man muß für alles zahlen? Ein Päckchen Kaugummi und eine Sonnenbrille?

Auch wir haben allerhand auf dem Kerbholz? Vergebens ist der Kurucze schöner als der Labancze, da gibt es die gemeinsame Kultur, die Sprache, die Vergangenheit (beispielsweise der Kornspeicher Europas), und es gibt auch solche unter ihnen, die nichts als lausige Ratten sind, und daher …? Holla, wir haben den Fuchsenpelz, und es gibt andere Schurken noch außer mir, holla?

Sie pflegen tapfer zu reden, gepfeffert, passend und fesch, so daß jenen, die der Metro eilig entsteigen, der Atem im Busen steckenbleibet, und sie werfen (während sie weitergehen) einander Blicke zu, daß so etwas also erlaubt sei, sogar das sei schon erlaubt? Und indem Sie diese unausgesprochenen Fragen aufschnappen, glättet sich Ihr Gesicht, Sie werfen Ihren Blick empor, als wären Sie die Hauptfigur eines etwas älteren Plakats, aufgeklebt noch zur Haupterntezeit: Ja, meine Freunde, nunmehr ist auch dieses erlaubt? Die Luft wird heiß, und wenn man auch beim Aussteigen zahlen müßte, wenn das die Regel und eine alte Gewohnheit wäre, daß es einen Preis für das Nichtmetrofahren gäbe, dann würde jetzt niemand zahlen, und die Kontrolleure würden bei diesen Ausschreitungen die Augen schließen, entweder weil sie großzügig denken oder weil sie erkannt haben, daß sie mit der berauscht wogenden Menge nicht anders umgehen können, daher schütteln sie auch niemanden zurecht, kneifen niemandem in die Ohren, erteilen keine Lektionen, stellen kein Standbein, werfen niemanden in den Graben, demütigen niemanden und beschimpfen keinen?

Nein, wir stecken keine Ohrfeigen ein, man packt uns nicht am Schlafittchen, man wischt uns keine aus, wir kriegen keine hinter die Löffel, man verpaßt uns keine Schläge, wir flennen nicht um unser Leben, man packt uns nicht in Teppiche, wickelt uns nicht in nasse, allmählich trocknende Leintücher, die zusammengepreßten Zähne stemmt man uns nicht mit Taschenmessern auseinander, um uns den Mund mit Salz zu stopfen, die Fußsohlen sind nicht aufgequollen, sind nicht blutunterlaufen, nicht blaurot, auf unsere abrasierten Köpfe pflegt in der Regel kein Wasser zu tröpfeln, es spannt kein Geschwür in den Achselhöhlen, man tritt uns nicht in den Magen, unsere Fingernägel sind mehr oder minder unversehrt, und falls sie es nicht sind, können die Vorwürfe nur uns selbst treffen, Gott sei Dank tritt man uns nicht zwischen die Beine, unsere Hoden sind schön, ordnungsgemäß, funktionieren gut, glänzen gesund, das Gedärm reißt man uns nicht aus: nein?

Ist es des Guten zu mies –

Wollten wir während Streicheleien erwachen? So, daß es die verdammte Stille, in der das Kuschen lohnenswert erschiene, nicht gäbe, doch auch keinen Lärm, der einen ausschließlich beschmutzigen könnte, wir erwachen auf friedliches Gerassel, auf die warme Musik unseres eigenen Körpers, der sich streckt, unser gelbes Schmetterlingsplaid wogt sanft und vorwitzig wie ein kleiner Teich?* Sollten wir nach dem Meer lechzen, sollten wir uns nach den stürmischen Pfützen sehnen, die die Ebbe hinterließ, und würden wir uns dort gerne herumwälzen, um lustvolle Mangelgefühle auszukosten? Sollen wir unter das Plaid kriechen,* über die Natur der Dunkelheit staunen, tief atmen, die Würze der abgestandenen Luft genießen, sollen wir mit unseren Zehen den entfernt gelegenen Teil des Plaids anheben, und dort soll ein Lichtpunkt erscheinen?

* Ein Bild: Auf einem breiten Bett liegt unter einem gelben, weichen, leichten, warmen, molligen Schmetterlingsplaid eine junge, braune Frau. Ist es die Drahosch? Angewidert blickt der Mann (?) zu ihr, wie einen Waschlappen reißt er das Schmetterlingsplaid hoch. Vom Rumpf ab fehlen der Frau beide Beine. DIE PAROLE IST: GEHENNA?

Warum sollten wir nicht über uns nachdenken können? Warum sollten wir nicht auf Attribute stoßen? Horribile dictu: auf Aussagen? Welchen Grund könnte es für die Abtötung jener in glühend unbekannte Richtungen strebenden Anlagen geben?

Doch solange diese schizoide Aufteilung nach amtlich und nicht amtlich, öffentlich und privat, nach echter und unechter Wirklichkeit der Welt besteht, setzen wir unsere moralische Verpflichtung außer Kraft, in diesem Weltfließen die Rolle eines Damms, einer Quelle oder eines Tampons zu übernehmen, eher forcieren wir kümmerlich das Ethos der Machtlosigkeit, während, und hiermit gleichzeitig, das Leben an den weitest abgelegenen Grenzen sich kommerzialisiert, von unserem Privatleben werden immer größere Happen abgebissen, und immer weniger sind wir in der Lage, auf deren tiefe und schmerzliche Bedeutung zu achten?

Das sollte ich sein? Ist das mein Gewissen, sind das meine Gewissensbisse, sind das meine Gefühle für die Nation, ist das mein

Rechtsgefühl, und daselbst die Fesseln der Gesellschaftsordnung und meine schönen, fülligen Hüften – all das ist mein Hoheitsgewässer, und wenn ein heimatloser Rüpel, ein Nichtswürdiger, angesehener, aufgeblasener Wetterhahn gegen meinen Willen Boot fahren wollte, dann los, Baby, los, schlag zu?

Warum sollte ich keine Fragen stellen dürfen? Das hier sind absichtlich ungeschlachte Fragen, damit man hernach um so besser triumphieren kann? Würden Sie *geschlachte* Fragen vorziehen? Und dann überhaupt, was nämlich Sie betrifft: Sind Sie grobschlächtig? Möchten Sie es sein? Oh, oh? Kennen Sie den Ausdruck »die Ungeschlachten von Tihany«? Handelt es sich dabei um ein Fleischgericht? Um etwas Geschlacht- bzw. Geschlechtliches? Oder um eine rätselhafte Reverenzerweisung? Ts-ts-ts?

Ist Miska Halassi etwa tot, hat man ihm die Kehle herausgerissen, sein Gesicht mit einem Säbel gespalten, das bläuliche Blut klebte wie Blei in seinem Bart?

Die Zukunft bedeutet ohnehin den Weg zur Qualität und reicht von den einfachsten Anfeuerungsrufen bis zur komplexen Schneidigkeit, und dabei denke ich jetzt nicht an technische Raffinessen, an Bombardements, an Röhrenfeder, Petting, Flügelangriff, Zeitungen, obwohl auch diese Dinge nicht uninteressant sind, sondern eher an jenen Unterschied, den es zwischen einem Setzling und einem astreich weitverzweigten alten Baum gibt, bei letzterem meine ich die Form und die Struktur, die schon individuell geworden sind?

Sind Sie individuell? Sind Sie ein Setzling oder ein astreich Weitverzweigter? Sie aber haben beizeiten gelernt, wie weit Sie sich strecken dürfen? Sind Sie einer von denen: reich begonnen, arm geendet? Sind Sie mehrmals in der eigenen Glut erstickt? Sicher ist sicher, und als Wolf im Schafspelz schreiten Sie mit gespaltenem Schwanz einher? Glücklich ist, wer vergißt, woran nichts zu ändern ist? Na, Kumpel, bin ich dein Kumpel? Also sind Sie ein fader Jüngling voller Spleens? Was ist mit den Ladys? Wer haftet für ihre Sicherheit? Tun Sie es?

Nicht doch? Nicht einmal für jenes Exemplar von Lady, mit der Sie einst gemeinsam in der S-Bahn spazierenfuhren? Könnte der

Grund eine Art Schiß gewesen sein? Oder die Ureigenschaft unseres Volkes, dieses eher zweifelnden Volkes, dessen Skepsis allerdings nicht dem Zynismus entspricht, sondern der Nüchternheit, es handelt sich nicht um eine zynische Bitterkeit, höchstens um einen melancholischen Verzicht mit Schulterzucken, gemindert um einen wohlmeinenden und überheblichen Humor? Hier hängt alles davon ab, ob ich es *liebevoll und von innen* oder aber vom Äußeren her betrachte? Gewöhnlich sind die Fehler identisch mit den Tugenden, nur der Blickpunkt wechselt?

Unsere Heimat ist?, per def.: das seltsame Gebilde auf der abgesteckten Fläche? Heute ist sie: eine Gegend mit Girlanden? Wir haben die Zeiten der Bonvivants? Was also ist zu tun? Zunächst einmal sollte man wissen, was László Németh folgendermaßen formuliert hat: »Die Verachtung mag als Urteil ihre Berechtigung haben, nicht aber, wenn es darum geht, wie wir uns verhalten? Unser Land mag uns als ein zurückgebliebener und bedauernswerter Ort erscheinen, als jener Ort aber, der uns für unsere Tätigkeiten zugewiesen ist, ist er von allen Plätzen der wichtigste? Der Ort, an dem wir in die Welt gesetzt wurden, verpflichtet uns ebenso sehr wie die Natur, die wir in die Welt setzen?«

Und darüber hinaus?

Nehmen Sie die Brille ab? Mein Freund? Wir haben sehr viel Vertrauen in Sie? Daher sollten Sie nicht herumblödeln? Wir wissen alles? Was soll diese Sturheit, ohne jeden Zweifel sind Sie mit Ihren mächtigen Schritten atemlos zur letzten S-Bahn gelaufen? Denn die Bahn ist pünktlich wie der Tod?

Auf der Plattform schnaufen Sie, Ihr Atem geht laut, selbst wenn Sie wollten, könnten Sie es nicht unterdrücken, diese Schnellbahn hat noch die alte Konstruktion, sogar das Grün daran ist ein anderes Grün, die häßliche Lady steht in der Ecke, lehnt sich an jene rätselhafte Winde, die Sie so anziehend finden, hauptsächlich, weil Sie nicht wissen, was es ist und wozu es da ist, und diese Zwecklosigkeit – wie bei jenen drohenden Briefen, in denen man die Drohung nicht finden kann, die Briefe sind richtungslos, beinahe schon liebenswürdig verrückt, so daß man plötzlich zu Tode erschrickt – steigert bei Ihnen das Ansehen der Kurbel? (Am einfachsten könnten Sie sie als die Lenkung begreifen, doch durch die

Wirklichkeit, durch den Anblick der Schienen, wird Ihr Traum zermalmt?)

Sie ziehen es vor, das Spiegelbild des Mädchens zu betrachten, dieses entfernte, verwischte, unwirkliche Gesicht: Das Mittelbare beruhigt Sie, läßt Sie das Gewicht der Verantwortung, die Ihnen die Einsamkeit beschert, nicht fühlen, so wird das Gewicht der Verantwortung zurechtgeschnitten, während Sie den gelben, langen Strickschal, der beim Laufen in Unordnung geraten ist, zurechtzupfen: Eine vollkommene Lösung für das Binden gibt es nicht: Weder sind Sie in der Lage, den Schal zu binden, noch zu knoten und großzügig über die Schultern zu werfen? Innerlich hassen Sie das Mädchen und beten es an?

Die Fälle unbegründet schlechter Laune haben sich nach Art der Ratten vermehrt?

Von dem senkrecht über der Winde befestigten, kurzen, aber dicken Griff wird der Schenkel des Mädchens eingedellt, Ihre Assoziationen sind lüstern und plump, am Mantel entsteht eine Mulde wie bei einem eingedrückten Gummiball, der in einigen Sekunden seine feurig wirkliche Gestalt offensichtlich zurückgewinnen wird, und das treibt vielfache Spannung in das Material? (Dachten Sie auch damals an Entsprechendes, als Ihnen eine Frau gesagt hatte: *Meine Klitoris explodiert gleich?* War das ein schwerwiegendes Mißverständnis? Hatten Sie einen Bock geschossen? Im Gegenteil?)

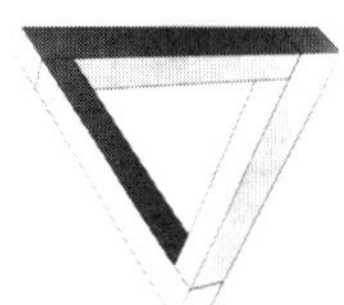

Aber Versprechung hin, Falsch her, Sie sind ein feiger Hase, möchten sich aus dem Staub machen, Sie bangen um Ihr hühnerbeschissenes Leben? Und ob? Verstecken sich unter dem Rockschoß? Oder möchten Sie gerade von dort losrennen? Oder dorthin zurücklaufen? Unter die Glocke? Steckt in Ihnen bereits die vielschichtige, lausige, drückebergerische Bewegung, rührt sich das Bein auf dem dreckigen Boden, in der goldenen Scheide steckt ein Weidenspeer? Beileibe nicht: Jegliches Schwert ist weit entfernt von jeglicher Scheide, was nämlich Sie betrifft?

Ist Ihnen das Herz in die Hose gerutscht? Absolut? Pocht es dort? Bubi, du, ja bist du denn so raffiniert, daß dein kleines Herz so sehr pocht? Ihre Hand ruht in Ihrer Tasche oder in den feinen Windungen des Schals, verzichtend nicken Sie oder senken nur kurz die Wimpern, ja, gerade wollen »Sie sich bitte in das Wageninnere begeben«, als sich das Mädchen mit einer breiten, häßlichen Bewegung aus der Ecke dreht und ihren wäßrigen Blick ohne jede Tarnung in Ihre Augen versenkt? Sie möchten mit Ihrem Blick zur Mulde der Schenkel fliehen und sehen, was dort geschieht, sobald der starke Druck der Kurbel nachläßt, gleich darauf möchten Sie die Überheblichkeit in den Augen des Mädchens suchen, aber Sie finden sie nicht? Wegen der Beleuchtung? Forschen wir nicht? Auch Sie sind nicht ganz astrein? Nicht wahr?

Die Lady ist nicht nur gräßlich, sondern auch unappetitlich? Mit irgendeinem niveaulosen und an den Haaren herbeigezogenen Palaver treten Sie zu ihr, das nimmt sie mit berstender Freude auf? Nun lehnen Sie sich gegen die Kurbel, doch als Sie die obligate Mulde am eigenen Schenkel erblicken, erschrecken Sie, es überkommt Sie ein schlechtes, leicht übles Gefühl, Sie zweifeln an der Echtheit der Dinge, daran, wer wer ist, es könnte jetzt der unappetitliche Veitstanz der vertauschten Personen anheben, Sie wären die Lady usw., aber das Mädchen ist nüchtern, läßt Ihnen keine Zeit für die Köstlichkeiten Ihrer Seele, lange spricht sie über ihre Arbeit, über die Eigenart der Löhne für Hasplerinnen und über allerlei Mißstände, und überrascht nehmen Sie die lockeren Satzfügungen und die hinter der lässigen Wortwahl vorblitzende Ironie und Selbstironie wahr, die in der Natur des Mädchens grundsätzlich gelegen haben mochten, die Sie ihr aber keinen Augenblick lang angesehen haben? Mitesser stecken in ihrem Gesicht, nicht nur an den verzeihlichen Stellen, an der Nasenwurzel, sondern auch in den offenen Gebieten des Gesichts, zwischen den spärlichen Härchen in den Augenbrauen, auch auf der Stirn, und sie sind groß, haben einen schwarzen Punkt in der Mitte? Das Mädchen erweckt einen schmutzigen Eindruck, sie ist eine Schlampe, was Sie aber keineswegs bedrückt?

Die Entwicklung läßt nicht lang auf sich warten? In einer leichten, verlassenen Kurve puffen Ihre Knie gegen die des Mädchens – sind Sie *knorpelrißverdächtig*? –, Sie erwarten geradezu, daß Ihre dreiste Unverfrorenheit, die dem Zufall entsprang, eine gebührende und entschiedene Abweisung erfahre, aber eben malt das Mädchen die heimtückische Männermentalität der Werkführer noch stürmischer aus, in deren Tiefe verberge sich offensichtlich das impotento grosso, so meint es das Mädchen, das sich nun vorbeugt, lacht und Ihr Knie zwischen die ihrigen nimmt? Das ist dermaßen unmöglich, daß Sie ab sofort keine Hand mehr für sich einlegen wollen?

Jedoch, Sie umarmen das Mädchen, und weil Sie den Kuß, das Schmusen, diesen unnötig persönlichen Umweg, unbedingt vermeiden wollen, bohren Sie Ihren Kopf neben ihren Kopf, viel haben Sie dabei nicht gewonnen, die Haare des Mädchens stinken säuerlich, eine klebrig harte Locke sticht Ihnen ins Gesicht, stählerne Haare, nicht im mindesten geschmeidig, die hin und her geschlagen, gehauen und geprügelt werden (wie ein apolitischer Eiserner Vorhang), und sie verdecken den Nacken, mit dem Sie die Zeit in Sicherheit zu vertreiben gedachten?

Das Mädchen spricht unentwegt, nachträglich bewundern Sie diese raffinierte, zärtliche Psychologie, wie spitze Scherben liegen also die störrischen Haarbündel in Ihrem Gesicht, und was fühlen Sie mit einem Mal? Sie fühlen, daß die zweifelhafte Person, diese teure Seele, in Ihre Raglanjacke greift, gleich geschickt auch unter Ihren Pullover, und um es kurz zu sagen, diese Hand ruht auf Ihrem Bauch? Zusammenfassend: *Heiße Frauenhände streicheln Ihren Bauch in der leeren Schnellbahn?* Der Atem erstarrt, quasi leblos halten Sie Ihre Hand auf der Hüfte des Mädchens, dann, zur Erwiderung, wollen Sie mit der Hand ebenfalls unter den geheimnisvollen Spalt in den Mantel des Mädchens schlüpfen, Ihre gute Absicht stolpert aber gerade über den Auslöser Ihrer Absicht, über die Mädchenhand, als Ausgleich greifen Sie da linkisch zum Hintern des Mädchens? Zu ihrem After? Zum vertrauenswürdigen Hintern, derben Arsch, zum gewählten Gesäß?, verschönernden Achterteil, zu den lustigen Vier Buchstaben, ihrem Allerwertesten, ihrem weiblichen Schinken, ihrem kindlichen Popo, ihrem Podex, ihrem Steiß, ihrem verlängerten Rücken – greifen durch den Mantel, durch möglicherweise vielfache Umsetzungen?

Doch ist der Augenblick bedeutend (orbitant?), denn dies ist der Zeitpunkt gewesen, daß Ihr Männerstab das erste Mal (von Fremden) geltend berührt wurde, die vorgehenden spielerischen Berührungen nämlich, ganz gleich ob die der Geschwister, der Mutter oder der mutierenden Klassenkameraden, können wir nicht gelten lassen? Hat es für Sie das ERKENNEN gegeben? So, als würde die Welt explodieren? Daß sich die Welt in einem lichten, glänzenden Punkt versammelt und gleich darauf wirklich explodiert? Lendenexplosion? Anarchismus? Resignation und Terror? Rote Brigaden zwischen Ihren Beinen? Sie beißen sich die Lippen wund, damit Sie nicht schreien, es blutet, das Mädchen grinst taktvoll und sucht nach einem Taschentuch?

Die Zeit, die man wirklich ernst nehmen müßte, rast mit Ihnen davon, und Sie merken es gar nicht? Später nimmt sich der Schluß aus wie ein schlechtes Schauerdrama, als die S-Bahn nämlich in der Sankt-Stephan-Siedlung ächzend stehenbleibt, schaut die Lady hinaus und stößt Sie, wobei sie *Jessus* schreit, von sich weg? Da stehen einige Kerle aus der Außenstadt mit dicken Backenbärten? Plötzlich ist es ekelhaft kalt geworden? Steig ja nicht aus, mein Kleiner, sagt das Mädchen, und in ihrer Stimme stecken bereits die Verteidigung und, ohne Übertreibung, auch der Verrat, daß Sie jetzt zu ihrer Verteidigung wortlos geopfert werden, das Mädchen wird Sie als Knochen wegwerfen, ungewiß, wohin?

Steig ja nicht aus, mein Kleiner, denn die werden dich derart zerfetzen, daß du nie mehr in die Schule gehen kannst?

Empfinden Sie diese Möglichkeit als einen großen Schlag? Ist es, als würde man Sie des Wissens berauben? Oder geht es wieder um die Kälte? Feige, hastig und nervös zupft das Mädchen ihren Mantel zurecht, und leise fluchend trollt sie sich davon, nichtsdestotrotz schaut sie zurück, ihr flüchtiges Lächeln ist kompliziert, doch mehr als »na, Kleiner« sagt sie nicht?

Wir sind still wie der Frosch in seinem Schlupfloch? Auf dem Teich im Stadtwäldchen kicherten die Mädchen dämlich, und als ein Boot mit lockigen Jünglingen beladen unter der Brücke auftauchte, war es klar, daß nicht einmal dieses niveaulose Lächeln an Sie adressiert war? Waren Sie überzeugt, das Schicksal habe Sie wundersam vergeigt? Sie tappten am Ufer entlang, es gab massenhaft Frösche, lebendige? Kurz ist das Leben, doch dehnt es sich durch all die Armseligkeiten hübsch in die Länge?

Ihren Schatz, den Frosch, der sich in der Familienstreichholzschachtel duckt, pressen Sie leidenschaftlich an sich? Meine volksmärchenhafte Wendung hin zur Prinzessin würde sich jetzt gut ausnehmen? Etwas Entsprechendes mochte das Tier gespürt haben, denn es begann sich zu regen?

Es pocht der Frosch?

Doch dann warfen Sie die verkleidete reaktive Dame in den roten Topf, als wären Sie die leibhaftige Novellenfigur namens

Wittman, Sie legten den Deckel auf den Topf, und ohne jegliche Gefühle entzündeten Sie das Feuer? Was die Entfernung der Weichteile betraf, leistete die ekelhaft farblose Masse, der Frosch, die Lady, keinen Widerstand, hernach legten Sie die feuchten, schmuddeligen Knochen auf den Fenstersims, hinaus in die Sonne? Ja, das schon, doch, wie es der Dichter sagen würde, sie wurden vom Winde verweht?

Also waren alle Opfer vergebens, der Eifer und die bravouröse Reihe der moralischen Tiefpunkte? Niedergeschlagen und geschlagen schlugen Sie den Weg zur Schule ein? DIE PAROLE IST: SPLEEN?: mit Kummer geplagt? Oder eher: mit Grazie?

Beim Betreten der Klasse warfen Sie für gewöhnlich Ihre Mütze auf den Boden, um nachher die Hände freizuhalten; mußte man sie schon von der Tür aus unter die Bank schleudern, so daß sie gegen die Wand flog und viel Staub aufwirbelte: Das galt als besonders flott? Die bunte Geschichte vom Froschfang löste großes Interesse aus, Gegröle sogar, der Biologielehrer streichelte Ihren Hinterkopf, doch ließen Sie nicht mit sich handeln? Sie sind ein trotziger Hund?

Wurde der Bericht auch sonst noch abgeändert?
Keineswegs.

Stolz, eingeschüchtert reisen Sie weiter bis zur Endstation der S-Bahn, und dabei stellen Sie sich mit großem Einfallsreichtum immer wieder vor, wie man dies oder das bis zum Griff in Sie hineinsticht? Sie werden auf den ersten Wagen der Morgendämmerung warten? Ruft es in Ihnen: Dein ist mein ganzes Herz? Sie sitzen zunehmend abgestumpft auf einer kalten Bank, Ihre Lenden sind aus Stein?

Sind leer? Sind Sie leer? Ohnmacht und Betäubung, so weit das Auge reicht, aber wie könnte man auch nur irgend etwas auf diese Art definieren? Oder sind Sie nicht so erhaben? Aber doch, grad so erhaben sind Sie?

Sie lassen sich mit jungen Soldaten auf ein Gespräch ein, und bald schon überlegen Sie gemeinsam die Wege der Zukunft? Auch Sie johlen und kombinieren: Was möchte der Kurucze? Wir wünschten, daß unser Leben leichter wäre, wir wünschten, unsere Straßen wären sauberer, die Ringstraßen, die Autobahnen, die Nebengäßchen, die Feuergassen, die Plätze, die zufällig entstehen, wenn nichtssagende Straßen zusammenlaufen, und der Heldenplatz, die Alleen, die Sternstraßen, die Laubengänge, die Füße der Brüstungen, die öffentlichen Treppenhäuser, die Bushaltestellen und Klosettdeckel, unser Hals, unser Rücken, unsere Lenden, die Gegend der Achillessehne, wir wünschten, wir besäßen eine größere Phantasie, wir wären mutiger und großzügiger ... wie Schwejk, verzweifelt, mutig und anziehend, wir wünschten, in den zutiefst tiefen Zimmern der Herrenhäuser barfuß einherzugehen, wir wären gern zusammen und möchten möchten einander vertrauen können, wir wären gern allein und möchten unsere ewigen Höflichkeiten, unsere gute, verschlossene Erziehung und ausdauernde Beherrschtheit ins Bockshorn jagen, wir wünschten, die scheinheiligen Larven wegzureißen, wir hätten gern mehr Leidenschaft und Gerechtigkeit, wir wünschten, daß der verrückte Labancze nicht nur eine verrückte, in den Himmel starrende Idee wäre, die demokrazisieren will, wir wünschten uns einen Dank auf unsern Gruß – Gott zum Gruße und Grüß dich Gott, mein lieber Freund?

Kränk dich nicht, Kleiner?

Was heißt Leben?

Leben heißt zwischen gewissen Möglichkeiten schwanken. Leben heißt eine wunderbare Verfassung haben, die zur Freiheit bestimmt ist, zur Entscheidung darüber, was in dieser Welt sein wird! Keinen Augenblick ist es unserer Entschlußkraft gegönnt, zu ruhen. Selbst wenn wir verzweifelt geschehen lassen, was geschieht, haben wir beschlossen, nicht zu beschließen, doch gerade da könnte das Leben vielleicht beginnen, denn Leben heißt sich verloren fühlen, und da dies die reine Wahrheit ist – denn leben heißt sich verloren fühlen –, hat, wer sie zugibt, schon begonnen, sich zu finden, seine wahrhafte Wirklichkeit zu entdecken; er ist auf festem Boden, instinktiv wird er, wie der Schiffbrüchige, nach etwas ausspähen, um sich daran zu halten, und vor diesem schweren, drängenden, von Grund auf wahren Blick, denn es handelt sich um seine Rettung, wird sich das Chaos seines Lebens ordnen. Das sind die einzigen wahren Gedanken, die Gedanken der Schiffbrüchigen. Alles andere ist Rhetorik, Maske, inwendige Heuchelei. Wer sich nicht in Wahrheit verloren fühlt, verliert sich ohne Gnade; das heißt, er findet sich niemals, er stößt niemals auf die eigentliche Wirklichkeit?

Die jungen Soldaten winken also johlend hinter Ihnen her, adjö, mein kleiner Gardeoffizier, in dem überfüllten Wagen ist dicker Rauch, Sie blinzeln den Spielern in die Karten, es gibt solche, die ein ausgesprochen schlechtes Blatt haben, ein Bursch mit müdem Gesicht bittet dann auch, daß Sie sich zum Teufel scheren sollten, bevor Sie Unglück über ihn bringen?

Nachdem wir ausgestiegen sind, stehen wir lange herum, rücken mit einer unwillkürlichen Bewegung unseren blöden Schal zurecht und stehen wie ein alter Mann im Neonlicht des Morgens? An dem vom Wind blankgefegten Himmel funkeln klare Sterne, und der ferne Schein huscht alle Augenblicke aschgrau darüber hinweg, die Brise trägt einen Geruch nach Gewürzen und Stein herbei, und scheint nicht ein paar Straßen weiter ein Auto lange auf dem nassen Pflaster zu rutschen?, es entfernt sich, und danach zerreißen noch verworrene Rufe von weit her die Stille?

Dann fällt Stille wieder mit ihrem ganzen Gewicht von Himmel und Sternen auf sie?

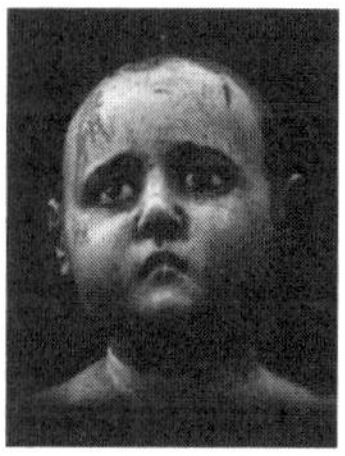

Unsere Reisegefährten sind die zum Himmel starrenden Pappeln, unter dem breitzapfigen Baum wirkt das bißchen Schnee erbärmlich, das vermoderte Laub schimmert durch, auf den Zweigen der kleinen Büsche liegt der Schnee, als wäre er Tüll, der schlechte Erinnerungen weckt, zähe Winden haften an den Birken im Garten, werden die Bäume, die Gräser, das Unkraut nicht verkommen, wird das Moos mit seinen grünen Verästelungen nicht verkommen? Schweben samtige Geräusche?

In der Dunkelheit der Wohnung kommen uns Tränen in die Augen, und das Weinen schüttelt uns stumm? Aus dem Herzen des schlafenden Hauses steigt dieses Weinen empor wie eine Blume, die aus der Stille treibt?

»Aber tun, was tust du für dein Land? Ick zittre.«
(Ick zittre – *Fritz Kortner*)

Der Morgen tropft auf uns wie Chloroform auf den OP-Tisch, der Schnee ist kalt, an den Ästen mächtiger Bäume baumeln die Kleider, Überröcke, Leibröcke, Tücher, Dolmane, es dämmert, wir zweifeln und analysieren, in der Ferne traben die Reiter hoheitsvoll und mit herausfordernder Kaltblütigkeit, Ungarn ist noch nicht gewesen, sondern wird erst sein?

Es wird werden müssen –

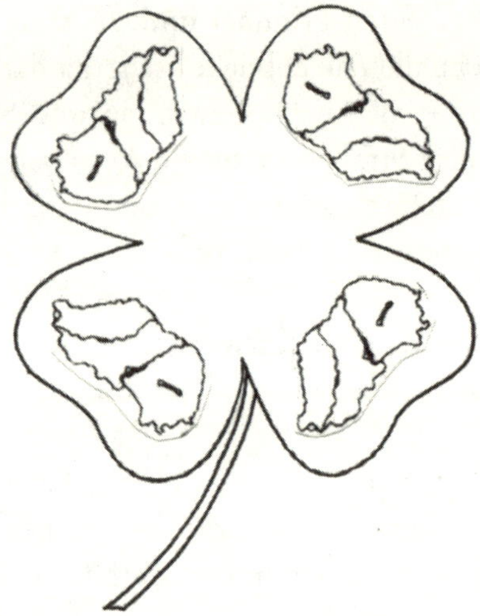

»Was kann ich wissen? Was soll ich tun? Was darf ich hoffen?«

IV. (Der Ingenieur der Seele*)

I have nothing to say and I am saying it and that is poetry. *(John Cage)*

Auch die Übergabe der Reisedokumente ging unter derartigen Drohungen vonstatten. Zum Beispiel: »Bitteschön, mein Herr, ich stehe zu Ihrer Verfügung.«

Als er die winzigen Kriegsschiffe durch die quadratische Linse betrachtete, fiel ihm aus irgendeinem Grund der Sellerie ein – der sanft duftende Sellerie auf einer Beefsteakportion für dreißig Sen.
(Ryunosuke Akutagawa)

Der ausgestopfte Schwan

Wenn ich arbeite, dachte (   ), steigert sich in mir die Liebe. Für einen flüchtigen, überheblichen und etwas dämlichen Augenblick hatte er wirklich das Gefühl, er sei der Ingenieur der Seele gewesen; er winkte noch lange dem Taxi nach, das sich in dem herabgesunkenen Nebel mit solider und trauriger Poesie entfernte, rätselhaft wie die mächtigen Seeschiffe, von denen ewig frische Foxtrott-Töne herüberklingen, dann machte er sich auf den Heimweg, stieß mit seiner Stiefelspitze gegen die hartgewordenen Schneeballen und hatte noch nicht einmal den halben Weg hinter sich, als er plötzlich, sogar für ihn selbst unerwartet, zu weinen begann. Er weinte gleichmäßig und ruhig, die Tränen rollten sozusagen vorschriftsmäßig, aber deren Verebben hätte er vergebens eine stufenweise Erleichterung genannt, das, was in ihm angestaut war, hatte sich alarmierend wenig verändert. Im Gegenteil: Er persönlich, er war der ausgestopfte Schwan.

Der ausgestopfte Schwan

»Wir leben in einer neuen, nichtliterarischen Kultur.«
(Susan Sontag)

Wie ist der heutige Prosaschreiber?
Der heutige Prosaschreiber ist eine säuerliche, liebenswürdige Gestalt. Nach dem bizarren, neurotischen und alptraumhaften Morgenbrot hebt er seinen mißtrauischen Blick nur schwer vom Boden; wenn ihn gestrenge Studentinnen anreden, errötet er, und mit Gewissensbissen nimmt er ihre lustvollen Angebote an; er trottet und zottelt, betrachtet die pfiffigen Staub-Rosetten auf dem Gehsteig und den Zebra-

* Eine Redensart Stalins, wenn er vom Schriftsteller sprach; hier als (   ), »Der ausgestopfte Schwan«, »Das Mannequin« oder die Selbstbildnisse.

Das Mannequin

Er wollte ausschweifend leben, um in einem beliebigen Augenblick ohne jedes Bedauern sterben zu können. Mit seinen Zieheltern und seiner älteren Schwester lebte er trotzdem weiterhin bescheiden. Daher hatte sein Leben zwei Seiten – eine helle und eine dunkle. In einem Laden für Europäische Moden sah er einmal ein Mannequin, und er überlegte, wie sehr er solch einem Mannequin ähnelte. Sein unbewußtes Ich – sein anderes Ich – hatte diese Stimmung in einer seiner Erzählungen längst schon zum Leben erweckt.

Konservative Werte

»Wie die Welt zerbröckelt?!« »Und wie!« Später dann: »Trotzdem glaube ich nicht, daß die Menschen von Gott weiter entfernt sind als früher.« Eben kam er aus der Stadtbücherei, diesem Gebäude, das nach der geflissentlichen Schinkel-Schüler-Art erbaut worden war, und er befand sich schon im Park, als er herablassend zu einer Frau mit Hütchen hinüberblickte, zu einer *reichen Frau*, die ihren Pudel spazierenführte und die solche kleinen Frechheiten nicht gewohnt war oder, wenn sie sie doch gewohnt war, nicht wortlos zu übergehen pflegte. Sie blieben stehen. Da merkte er, daß die Frau ihre Beine beiläufig spreizte, damit sich ihre Schenkel in der Hitze nicht berührten.

Morgendämmerung

Er war früh aufgestanden. Seine Hosenbeine waren vom Tau durchnäßt, das empfand er als eine Art persönlichen Sieg, und er hätte dafür, ohne wählerisch zu sein, gerne das Lob zweifelhafter Schulmeister kassiert.

Er harkte vor dem Haus herum; am Vortag nämlich hatte ein alter Herr bei ihm geläutet, er streifen, dann die Verkehrsampel: Wenn er schlechte Laune hat, so kommt es daher, ist er jedoch gut gelaunt, dann eben darum; wenn später die stets geheimnisvolle Dämmerung sich zusammenbraut und herniedersenkt, schleicht er zu jenem Haus, von dem in der Stadt alle Bescheid wissen, von dem aber niemand Kenntnis nehmen will, verstohlen blickt er hinein, und während er sich in die eigenen Schenkel krallt, schaut er zu, wie der rotbehaarte Affe die todschöne Schilfprinzessin ohne viel Gewaltanwendung in Besitz nimmt; hernach geht er nach Hause, gießt sich Rotwein ein und schreibt all das, was er gesehen hat, säuberlich nieder. Für die Nacht versucht er sich eine Frau zu beschaffen, doch dafür bleibt ihm nicht viel Zeit; wie die Flut nähert sich der Augenblick des Morgenbrotes.

Wie ist der heutige Prosaschreiber?

Der heutige Prosaschreiber ist von solcher Art, daß er allein ist. Tag für Tag sieht er mit glücklichem Erstaunen die ihn umgebenden Menschen an, seine Frau, seine Söhne und Töchter, verschiedenerlei Freunde und Freundinnen. Es kommt vor, daß sie zum Stadtrand hinausziehen, dort auf karierten Decken sitzen und wildes Fleisch braten. Außerdem kommt es auch vor, daß die ganze Kompanie zum Kirschenstehlen geht. Das sind die Freuden des Sommers. Im Frühling scheint die Sonne zum Fenster herein. Im Herbst späht er nach den fernen Gymnasiasten und den schwirrenden Goldblättern. Der Winter wiederum, der ist rein. Auf diese Weise hält jede Jahreszeit etwas bereit.

Wie ist der heutige Prosaschreiber?

Der heutige Prosaschreiber ist ein stiller Mann und/oder eine Frau. Zwar ist er empfindlich, und darum zum Beispiel kann er das Summen des Haartrockners nie »zu Ende« hören, auch dann nicht, wenn es um sein eigenes Haar geht, daher ist er immerzu etwas verschnupft, schniefend zieht er die Nase hoch – also, er ist empfindlich, jedoch kein Schreihals. Ganz für sich denkt er trotz alledem an vieles. Er denkt an Gott, an seine Heimat und auch an andere Dinge. An den Absurditäten der Welt kann er sich tagaus, tagein einfach nicht satt sehen. »Das gibt es doch nicht«, schüttelt er den Kopf. Doch wenn er daran denkt, was ihm alles noch geschehen mag, ist sein Herz trunken.

Das aber wollte ich gar nicht sagen. Sondern: Er ist still, hält den Mund, im besten Fall sitzt er da und werkelt und freut sich schon dann, wenn er jenes Blatt, worauf er soeben schreibt, beschreiben kann. Von seinen Grundanlagen verschmäht er den düsteren Blick, die Unbarmherzigkeit, den Wortwitz, den Kleinmut; er haßt den Selbsthaß, ergo sich selbst, er verleidet sich das Selbstmitleid, folglich ist er von seinen süßen Missetaten frei. Oder wer weiß. Für seinesgleichen ist das Dasein auch nicht annähernd ein Spaß. Dennoch bricht es manchmal aus ihm heraus, und er schreit folgendermaßen: »Diese betäubende, abscheuliche und empörende Welt liebe ich nicht. Ich will sie verändern.«

Wie ist der heutige Prosaschreiber?
Der heutige Prosaschreiber ist von der Beschaffenheit, daß sein Leben von der Beschaffenheit ist, daß es nicht von irgendwoher nach irgendwohin fortschreitet. Aus diesem Grund schreitet auch sein Roman nicht: von hier: dorthin. So blättert denn auch er in den Romanen des letzten Jahrhunderts und nimmt die zur Steigerung der Weltverblendung erfolgten und geglückten Anstrengungen mit verantwortungsloser Liebe zur Kenntnis. Wie aber ist dann sein Roman? Natürlich ist sein Roman wie er selbst, wie sein oder unser Leben ist: das heißt, dieses Etwas, das wir umstehen und naserümpfend und

trug eine Armbinde am Ärmel, und mit einer Entschlossenheit, die um Verzeihung heischte, machte er (   ) auf den bevorstehenden Feiertag aufmerksam; vermutlich sei es auch für ihn kein *Geheimnis*, daß sich ein Feiertag nähere, und daher müsse man den Gehweg in Ordnung bringen, damit, wie man zu sagen pflegt, so der Alte, kein schlechtes Wort auf das Haus, auf die Vorderseite des Hauses falle, das könne man hier schon wortwörtlich sagen. Die behördlichen Wörter konnten ihre Wirkung auf keinen Fall verfehlen, zudem würde sogar die Volksfront eine Kontrolle vornehmen. Zuvorkommend begann er zu nicken und dachte dabei, daß er zuvorkommend wirken wollte. Der Alte radelte auf seinem schweren Drahtesel davon. Langsam und lustlos schob er seine Harke hin und her, und allmählich zeigte sich ein kleiner Erfolg. Es kam ein alter Bekannter vorbei, er sah ihn schon von weitem, doch hörte er mit der Arbeit erst im letzten Augenblick auf; der andere war ein wenig dicker geworden, früher hatten sie einander nicht besonders gemocht, er den anderen gewiß nicht, aber das war jetzt unbedeutend, und es entspann sich eine freundliche Unterhaltung.

Jedenfalls mußte er währenddessen nicht weiterharken. Das Gespräch drehte sich um die Familie, die tückische Schwiegermutter, die Fabrik, dann sagte der junge Mann plötzlich, daß er innerhalb von einem Jahr den Schuppen verlassen wolle. Zunächst verstand er ihn nicht. Der blonde Jüngling sagte, daß er dieses Land verlassen wolle, »Werkzeugmacher brauchen sie überall, Mensch, selbst in Kanada«.

Hier auch, sagte (   ) schlicht und logisch. »Dann erkläre mir einmal, wie lange ich noch zusammen mit meiner verdammten Schwiegermutter leben soll!« »Aber …«, wollte er einwenden, konnte jedoch nicht fortfahren. »Ich verstehe«, sagte er statt dessen und stützte sich auf seine Harke. Er fand es belustigend, lächerlich und furchtbar, traurig und aufregend, tragisch und erniedrigend und da capo belustigend, daß er gerade am vierten April die Vorderfront des Hauses säubern mußte: damit kein schlechtes Wort darüber falle.

aufgeregt betrachten – doch so, als wäre es gar nicht unser eigenes. Wirklich, es kreiselt und dreht sich um sich selbst wie ein begossener Pudel, und entsetzt sehe ich: Mal weint er, mal lacht er.

Die Form

Im Fernsehen lief eine Sendung über eine Großversammlung der Arbeiter, als ihm einfiel, was er im Simplicissimus einmal von Wittgenstein gelesen hatte: Zwei Professoren hören verwundert den Rufen der Arbeiter zu, die mit dem Einrichten einer umständlichen Brückenmontage beschäftigt sind, Laß obi – hüah – laß obi, sag' i – nacha drah'n mer's anders um! »Es ist doch unfaßlich, Herr Kollege, daß eine so komplizierte und exakte Arbeit in dieser Sprache zustande kommen kann.«

Er las, daß die ortsansässigen Sprachschützer den ehemaligen amerikanischen Außenminister Haig an den Pranger gestellt hatten; Satzstruktur, Wortgebrauch, Betonungen und ähnliches, darum ging es, und daß es gut für ihn wäre, so empfahlen es die Fachleute, einige Monate nur lateinisch zu sprechen. – Nun malte er sich aus, wie das Parteizentrum zu den Piaristen ginge (zu Pater Kincs), zum Korrepetieren: ego sum usw.

Der Tod des Meisters

Er hatte seinen Tee im alten Astoria-Espresso getrunken und stocherte in einer Portion Erdbeeren mit Schlagsahne. Die Sahne war nicht frisch, und er stellte sich vor, sie wäre aus einem Feuerwehrschlauch gespritzt worden. Auch Hamvas hat über Erdbeeren geschrieben, dachte er.

Er schaute zu, wie ein Mann von der oberen Galerie eine Granate hinunterwarf, ihr gelassen hinterherblickte, seinen Kaffee austrank und im allgemeinen Trubel hinausspazierte. Er folgte ihm. Zwei Tote hatte es gegeben, und das Handgelenk eines kleinen Mädchens war zerfetzt. Eine der Toten war eine braungebrannte Frau, ca. 40 Jahre alt, eine feine und elegante Dame. (Als er in ihr Rückendekolleté schaute, mußte er sehen, daß ihr Büstenhalter mit einer verrosteten Sicherheitsnadel zusammengesteckt war. Wie konnte es so etwas geben?) Das Gesicht des anderen Toten war von Ekzemen übersät.

Er folgte dem Mann auf der Lajos-Kossuth-Straße, dann bogen sie in die Semmelweisstraße ein. Vor dem Pepita-Löwen wandte sich der Mann plötzlich um, schaute ihn streng an. Dann machte auch er auf dem Absatz kehrt und ging davon, obwohl er kaum 25 Jahre alt war.

Die Genauigkeit des Osteuropäers

»Ich befasse mich mit Osteuropa. Diese hochnäsige Aussage klingt nicht anders, als würde das in eine schäbige, rostige Badewanne gesperrte Fischlein so zu sprechen beginnen: Ich befasse mich mit der Badewanne. Zudem hat der Schmutz, der uns umfließt, nicht einmal vertraute, heimelige Merkmale: Das Wasser ist eiskalt, und unablässig müssen wir lebensgroße Kriegsschiffe umkreisen.

Hierzulande sind die Menschen aufgeweckt und wissensdurstig. In jenen seltenen ruhigen Augenblicken, in denen sie nicht gezwungen sind, den Wechsel auf Kiemenatmung zu üben, wenn sie durch Lichtbündel greller Ideen nicht in Scharen gruppiert werden, wenn ihre Ruhe nicht durch Minenexplosionen gesprengt wird, springen sie hin und wieder aus dem Wasser, schauen sich um, und verantwortungsvoll prustend versuchen sie eine Lehre aus jenen Wegen zu ziehen, die sie die Badewanne entlang kreiselförmig geschwommen sind: Was kann ein Mensch tun? Was muß er tun, damit er den Köder nicht verschluckt? Was kann und was muß die Literatur unter solchen Umständen tun?

Sie kann nur eines tun, das aber unbedingt: Sie muß diese Lage genau bezeichnen und wahrheitsgetreu abwägen können. Diese nüchterne Genauigkeit bedeutet nicht zu viel, aber auch nicht zu wenig. Nicht zu viel, wenn wir bedenken, daß unsere Badewanne schon von manchen zu einem wonnevoll freien Meer deklariert, umlackiert, graviert, gehämmert, geknetet, geschlagen und gehauen worden war, die solcherart uns von der Suche nach dem Abfluß abzubringen suchten, und es bedeutet nicht wenig, wenn wir dessen gewahr werden, wieviel Tang aus Vorurteilen sogar in diesem

Ich zitiere: ich schreibe es her: ich zitiere: Das Zitieren schwächt nämlich die Existenz des Zitierten durch die Anführungsstriche. Und selbst im Zitieren liegt eine gewisse Schwäche. Es will die Hindernisse des Zitierens durch die verschiedentliche, erfindungsreiche Anhäufung der Hindernisse bewältigen. Der Erfolg einzelner Schriften hängt davon ab, wie weit es gelingt, die Schwäche selbst in das Werk einzubauen (...), und wo die <ich zitiere> ironische Reflexion des Zitats nicht vor einer künstlerisch begründeten und moralisch fundierten »Schwäche« Anker wirft, dort wird sie zu einer wirklichen und künstlerisch kritisierbaren Schwäche, S. Radnóti –

bißchen Wasser steckte und daß wir auch die uns Gleichartigen kaum kennen.

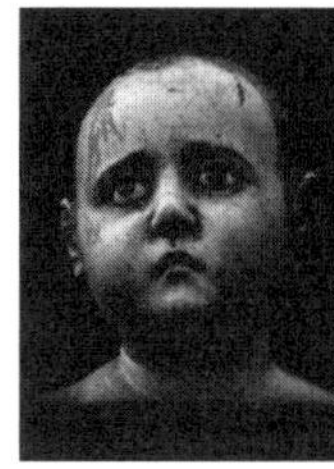

Die Aufgabe ist gestellt. Mit dem Geschwätz, mit dem Bluffgeschmetter, das aus den Lautsprechern dröhnt und auf das übrigens außer uns noch niemand hereingefallen ist, muß Schluß sein, und mit reinen, klugen Köpfen müssen wir eine Übersicht über die Lage bekommen. Wir müssen Osteuropäer werden, damit wir Europäer und einst vielleicht Menschen werden können«, las er <bei Endre Bojtár>.

Sie beide

Er betrachtete seinen Freund bei der Arbeit. Der hatte sich seit mehreren Tagen nicht mehr rasiert, sein Gesicht war dunkel wie ein Grabstein. Er hatte Angst um ihn. Er saß da und schaute zu, wie sein Freund Küchenmöbel zimmerte.

Was tu ich eigentlich, murmelte sein Freund. (   ) schien jede Art handwerklicher Tätigkeit wie eine Verschwörung mit dem Teufel, dabei hatte er solche Meister sehr geschätzt, bevor er sie zu hassen begann. Wie sein Freund die Dinge hexenhaft zusammenpassen konnte, war beängstigend. Ich zäune den Raum ein. Er nickte, und tatsächlich, jener hatte einen Zaun gezogen. Und wozu? Um ein Glas Wasser hineinzustellen. Und was ist das Glas? Die Einzäunung des Raums ... Früher hätte ich Tischler werden können ... Doch nach alldem ..., wie könnte man ernsthaft an diesen Beruf denken? Raumeinzäuner ...

Sein Freund dachte gerne ernsthaft über die Dinge nach. Er schien das bessere Ich des (   ) zu sein. (Unser besseres Ich ist natürlich nicht besser als unsere anderen Ichs, es *stürmt auch nicht mehr zum Himmel ...*, eher ist es mit einem Ernst beladen, der aus Gewicht, Kraft und Ordnung besteht und den wir, auch wenn wir es ungern gestehen, für groß erachten; ausgenommen, es wäre von uns persönlich die Rede.)

Dieser Freund war ein Romancier, hatte vier Kinder, von denen (   ) zwei beinahe haßte (abscheulich, wie sie mampften und lachten und kreischend oder still spielten), und nun, unlängst, hatte ihn seine Frau verlassen. Das heißt, sie war weggegangen. Sie war nicht mehr da.

Einem schlechten Kiebitz vergleichbar, mit wachsenden Kopfschmerzen, saß er in der Küche, konnte die immer schrecklicheren

Hammerschläge seines Freundes kaum noch ertragen. Schließlich tauchte die Frage auf: *Was ist der Raum?* Ob das wirklich etwas sei, *wovon* man etwas *ab*zäunen könne ...

Das Theater

Er hatte einen Brief erhalten, auf dessen Rücken eine ausgeschnittene Papiermargerite geklebt war, darunter stand: LEKTORIERT VON SÁRA. Sára war die Frau des Briefschreibers. Das alles schien ihm sehr sinnlich, so als hätte jemand hinter dem Rücken des Ehemanns, heimlich, tausend Gefahren auf sich genommen und diese Blume auf den Umschlag geklebt – wie in einem guten Boulevardstück. Jenseits des mit Austern übersäten Zauns lagen dunkle Grabsteine; er schaute zum Meer, das hinter diesen Grabsteinen blaß leuchtete, und plötzlich fühlte er Verachtung für den Mann der Frau – für den Mann, der unfähig gewesen war, das Herz der Frau zu erobern. So las sich das für ihn.

Göttergelächter

Es störte ihn oft – meistens, wenn es sich um sogenannte Beschreibungen handelte –, daß ein Mund auf diese Art schmollt, und solcherart wiederum blitzt die Melancholie am Ohrläppchen auf; es war, als hätte er sich Menschen vorstellen sollen: den Tieren entsprechend.

Seine Verstörung war nicht ehrlich.

Die Frau

Eine Frau hatte ihn angerufen, sie wollte ihn kennenlernen; es sei ungeheuer wichtig und so weiter. Er lebte allein; er war eher höflich als menschlich zu der Frau, die ihrerseits erschreckende Ausdrücke gebrauchte; er solle sich »ihrer erbarmen«, »ihr zumindest eine Chance einräumen« und »ihr das nicht antun«. Die Verbindung wurde mehrfach unterbrochen, im Hintergrund übte ein Symphonieorchester, das störte die Frau ungemein, und es war äußerst lächerlich. Während er sich ihre bruchstückhaften Geständnisse anhörte und dabei den Hörer lässig zwischen den Fingern schaukelte, überkam ihn das freundliche Gefühl, die Frau demütigen zu wollen.

»Ein feiger Scheißer bist du«, sagte schließlich die Unbekannte mit dem schönen Namen, Sulamith mit dem aschenen Haar. Dies geschah jetzt vor sieben Jahren.

Der Meister

Erstens: Alles ist Gnade. Zweitens: Liebe mich. Der das sagte, sagte es auf eine Weise, als würde da ein subtiler, kosmischer Wachtmeister skandieren: erstens, zweitens.

Seine Familie

Sein Magen hatte geknurrt. Eben da saß er mit jemandem beisammen, dessen Vorfahr, um es sacht zu formulieren, ein Arbeitgeber Haydns gewesen war. Auf diesen Hintergrund zielte der Sprößling ab, als er sagte: Na schau, er müsse sich mit dem Musizieren des Magens bescheiden. So ist es demokratisch, antwortete (   ) beleidigt, wie ein Vertrauensmann der Gewerkschaft.

Das Tagebuch des Gastwirts

Das soziale Programm des Kurfürsten: »Und vor den Dienstboten hat man sich zu fürchten.«

Das Bild

Es hieß, auf dem Bauch jener feinen, gebildeten, eleganten und manchmal sperberhaft selbstsüchtigen älteren Dame, die er von Zeit zu Zeit aufzusuchen pflegte – und weil die Dame nicht mehr gerne aufstand, saß er dann am Rand ihres verzierten Bettes, in den phantastischsten, zauberhaftesten Nachthemden lag sie da, an Arm und Hals trug sie ihren schweren Schmuck, sie tranken miteinander Kaffee und Scotch Whisky, kauten getrocknete Pflaumen, die Lieblingsdelikatesse der Frau, und gemeinsam registrierten sie hastig, ja beinahe schon überstürzt die winzigen Veränderungen ihres privaten Lebens, um dann das Wort auf die Belange der Welt zu lenken, auf die großen Zusammenhänge, die, aus welchem Blickwinkel man sich ihnen auch näherte, die schöne Matrone in jedem Fall zuversichtlicher und freudiger beurteilte als er, der seinerseits, ebenfalls in jedem einzelnen Fall, ihre Aufmerksamkeit auf einige grundsätzliche Lügen zu lenken versuchte, und er zitierte, daß eine reine Quelle schon von wenig Schmutz getrübt werden könne, was die Frau zwar anerkannte, und für einen Augenblick wurde sie darüber sogar traurig; auch das bewunderte er an ihr, diese tiefe, vorbeihuschende Traurigkeit; Sie werden aber doch einsehen, mein Lieber, daß es dem Land bisher, *wenn Sie bitte verstehen wollen?*, noch nie so gut ergangen ist, bitte, schauen Sie sich doch um (und für gewöhnlich begann er dann mißmutig zu werden, und natürlich, ein Teilgebiet, wo wir der Hahn im Korb sind, findet sich immer), und wirklich könne man die Wahrheit zwar nicht in ihrer Wirklichkeit einfach aussprechen, doch zum Teil kann man das *wirklich* nirgendwo, andererseits kann man heute mehr aussprechen, als man gestern konnte, und morgen wird es mehr sein als heute, glauben Sie nicht auch?!; er hörte sich alles mit großer Andacht an, weil ihm sogar das, womit er nicht einverstanden war, dort nicht als der erzwungene Optimismus eines politischen Denkens erschien, und falls einmal doch, dann störte ihn das ehrlich gesagt auch nicht, vielmehr hielt er es für eine weise weibliche Sorglosigkeit, als würde die alles besiegende Zeit auch gegen uns ihre Lösungen durchsetzen –, es hieß, einst hätten auf ihrem Bauch die Herren, beziehungsweise ihr zukünftiger Mann und seine ganze Kompanie, Karten gespielt.

Folglich konnte er, wenn er am Bettrand neben der reich geschmückten Matrone saß und während sie Kaffee und Whisky tranken und getrocknete Pflaumen knabberten, wobei die Frau das Schwinden derselben durch wiederholte Seitenblicke mit sichtbarer Sorge verbuchte, und während er der progressiven Beschreibung seiner Heimat zuhörte, nichts anderes denken als: WELCH EINE KARTENVERTEILUNG! (*Ich habe meine Heimat auf progressive Art abgeschrieben*, murmelte er beim nochmaligen Durchlesen, um sich gleich wieder ehrlich gestehen zu müssen: Das ist nicht wahr.)

Dialog

Warum greifst du die gegenwärtige Gesellschaftsordnung an?
Weil ich all das Schlechte sehe, was das <Textverfall> System bewirkt.

Du siehst das Schlechte? Ich dachte, du würdest den Unterschied zwischen Gut und Böse nicht anerkennen? Und wie steht es mit deiner eigenen Lebensweise?

... So sprach er mit dem Engel. Allerdings mit einem Engel, der einen tadellosen Zylinder trug ...

Antiquitäten

Als jene Organe, die die Sicherheit der Staatsbürger, vor allem aber die Sicherheit des Staatsapparats zu verantworten hatten, ins Unkraut schossen und der Meinung waren, daß neben den Grafen,

Bauern, Neonazis, den Vereinigten Staaten von Amerika und last but not least neben den Kommunisten selbst auch die zuvor erwähnte Dame Gefahren berge, hatte man die Dame zu einem Verhör geladen; bei der Aufnahme der Daten kam auch das Jahr ihrer Geburt an die Reihe. Es war spät in der Nacht, sie standen in einem Kreis, müde und düster waren all die Männer, weil es spät in der Nacht war. »Eine vornehme Frau fragt man dergleichen nicht, mein Sohn.«

Als er beharrlich weiterforschen wollte, was denn hernach geschehen sei, strich die alte Frau über das Gesicht des jungen Mannes, der dabei errötete, und sein Herz begann heftiger zu klopfen, ihre verwelkte, doch ungeheuer leichte Hand – eine solche Leichtigkeit hatte er nie in seinem Leben gespürt – ließ sie dort an seinem Gesicht verweilen, die Finger berührten seine Stirnfalten, und lächelnd zuckte sie mit den Schultern. »Mein Lieber, ich kann mich nicht mehr erinnern, was dann geschehen ist, ich kann mich nicht erinnern.«

Regen

Wie leicht doch meine Gesten zu deuten sind, dachte er, als er den kleinen Löffel ohne Zimperlichkeit aus der Kaffeetasse des Gastes herausnahm, nachdem sich jener entfernt hatte. Es regnete damals.

Der Mörder

Ein dekadenter Jüngling mit Strohhalm zwischen den Lippen, seine Hand an einer zarten, schlanken Hüfte, hai, ewribaddi, fragte überaus freundlich: »Warum sollten wir es mit diesem Freiheits- und Wahrheitszeug so übertreiben …?« Er antwortete nicht. Nach langer Zeit hatte er das erste Mal daran gedacht, mit dem Mädchen vielleicht ins Bett gehen zu wollen. Die jungen Leute entfernten sich. In jenem Augenblick hätte er sein Leben für das Mädchen gegeben.

Nachts

Spätabends – die Stätte wüst und leer, und fragst du nach den Kindern, du findest sie nicht mehr –, spät also, der zweiunddreißigjährige Mann hatte gewohnheitsgemäß noch einiges zu erledigen, tauchte einer seiner Freunde auf. Sie tranken Tee und unterhielten sich bis Mitternacht, um Mitternacht begleitete er ihn hinaus, und bis etwa halb drei setzten sie das Gespräch an der nächsten Ecke fort, während sie vor Kälte schlotterten. Wieder allein, auf dem Rückweg, überlegte er, wie gut es vorher gewesen war, es hatte keinerlei Höhepunkte gegeben, kein geistiges Hochschäumen, und vielleicht lag die Freude gerade darin, daß sein Freund einfach vorbeigekommen war, was er selten getan hatte.

Plötzlich zog sich sein Herz zusammen. Womöglich hatte sein Freund Sorgen, und er war deshalb gekommen, aber irgendwie hatten sie diese Dinge nicht angesprochen. In der Dunkelheit rümpfte er die Nase. Er fror zwar, aber anstatt ins Haus zu gehen, holte er sich den Abend nochmals zurück und suchte dabei nach einem verräterischen Zeichen … Möglicherweise war da etwas, als sich sein Freund darüber wunderte, wie wenig das Leben bedeute, und geht es im Leben vielleicht darum, zu lehren und weiterzugeben?, das hatte er – jetzt war es ihm klar – vorher mißverstanden, und seine Antwort lautete, daß letzten Endes auch das betriebsam glanzvolle Leben verkümmert sei, und das gerade nehme er in seiner Umgebung wahr; und nicht etwa, daß sein Leben verkümmere, sondern das Leben dessen, dem ein solch betriebsames Leben gehöre. Übrigens war das eine kluge Bemerkung, murmelte er in der Dunkelheit. Aber er konnte nach wie vor nicht entscheiden, ob der Freund vielleicht Sorgen hatte.

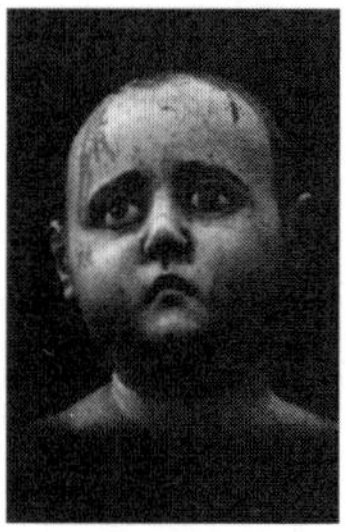

Tiefe Nacht wölbte sich über ihm, an dem vom Wind blankgefegten Himmel funkelten klare Sterne, und ein ferner Schein huschte alle Augenblicke aschgrau darüber hinweg, die Brise trug einen Geruch nach Gewürzen und Stein herbei, und schien nicht ein paar Straßen weiter ein Auto lange auf dem nassen Pflaster zu rutschen?, es entfernte sich, und danach zerrissen noch verworrene Rufe von weit her die Stille. Dann fiel Stille wieder mit ihrem ganzen Gewicht von Himmel und Sternen auf ihn. Sein Freund war Atheist, lebte aber wie ein Gottesfürchtiger. Nur waren seine Demut und seine Askese in den Augen des anderen etwas zu programmatisch, offensichtlich kämpfte er gegen eine Überheblichkeit an, die auf seinen wirklichen Werten beruhte.

Die Epoche

Er schaute von oben auf die kleine Straße hinunter. Unerwartet fiel die Stille auf die Stadt. Ein schlanker Junge schlich hinter einem anderen her, *ich aber liebe dich*, so klang es zu ihm herauf, es klang wie ein Gebet (ein kleines Gebet) zwischen den grauen, staubigen, dünnen Ästen. Blutrote Trabanten rasten mit ihrem tödlichen Zweitakt.

Tokio

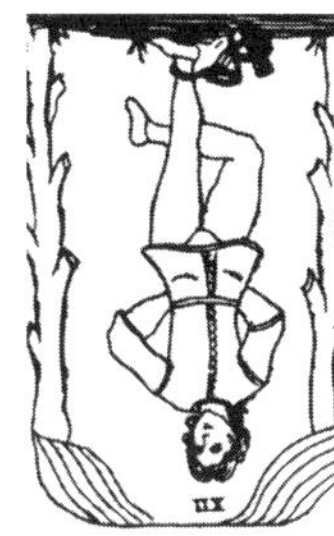

Für einen vielbeschäftigten, hochaktiven und ideologisch überaus gefestigten Mann, dessen Namen er aus Feigheit und aus eigenem wohlbedachten Interesse heraus leider nicht niederschreiben will, erfand er, nachdem er ihn mehrfach bei Vorgängen ertappt hatte, die er für sich minimo calculo Hinterlist zu nennen pflegte, folgendes Epitheton ornans: DER ALLÜBERALL, VON MOSKAU BIS SOPHIA, VON HINTERHAUSEN BIS DUMMBURGEN MIT VOLLEM RECHT BELIEBTE FEUILLETONIST. Nachdem der Satz stand, ließ er den Kopf hängen. Für welche Dinge er sich doch *die Zeit* nahm!

Der Tod

Er hat einen Freund, den er noch nie gesehen hatte. Daß sie sich vielleicht niemals treffen würden, war in seinen Augen ein kleines Geheimnis des Lebens! – Seine Mutter war gestorben. Zu seiner Überraschung rief dieser Freund am Tag des Begräbnisses bei ihm an (bis dahin hatten sie sich nur Briefe geschrieben), »ich habe es gehört«, sagte er nur, dann begann er zu weinen. Seitdem telefoniert er häufig, er spricht nichts, er weint nur. Dieses Weinen ist ihre Freundschaft.

Farbwirkungen

Die Zeit verbrachten sie im Freundeskreis. Ein Freundeskreis besteht nicht unbedingt aus Freunden, und eine solche Gesellschaft ist besonders fröhlich, stürmisch und betont gut gelaunt; allerdings müssen auch einige Freunde zugegen sein, schon damit sie die Stimmung verpatzen, was sie dann doch nicht tun; und der Freundeskreis bliebe zwar auch ohne sie ein Freundeskreis, zu befürchten wäre nur, daß wir dann nicht mit von der Partie wären.

Irgendwie gelangten sie auf die Straße, ein kalter Wind wehte und pfiff sogar, gegenseitig hakten sie sich unter und wurden gemeinsam hin und her getrieben, es flatterten die weißen Schals, auf dem grobgestrickten Garn glänzten silberne Speichelperlen; ein schöner Flegel, ein Dutt, Rouge, das Gekicher von Gören, ein Betonquadrat, Seide, ein eiskaltes Brillengestell, merkwürdiger Ziegelstaub, Farbwirkungen.

Dann, und das war nur ein schlechter Scherz, brach plötzlich lautes Poltern los. Einer lächerlichen Trickfilmfigur gleich, war er auf dem frühmorgendlichen Trottoir hochgesprungen, war sozusagen der erstbesten Frau, die er finden konnte, entgegengesprungen, und er umschlang sie. »Ich habe Angst. Halten Sie mich fest.« Darüber lachten sie dann. Eine der Gören, die mit dem Namen Jitka, strich ihm später verstohlen über den Rücken, als wäre er ein blonder Kutschergaul. »Na, ist schon gut«, flüsterte sie.

Als er schließlich seinen Kopf an den Bauch einer mehr oder minder fremden Frau pressen durfte, war er dem Himmel sehr dankbar, daß die Dinge nun so standen.

Fesseln

Jener Mann – er war gebildet und ein Stein des Anstoßes –, von dem er den Ausdruck *Martei und Penisterium* vernommen hatte, blickte auf den Strauß Nelken, den er einer Frau bringen wollte, und fragte ihn: »Führst du ihn spazieren?« Tagelang fand er das recht geistreich.

Der Mond

In einem Himmelsgrund saßen sie tief im Garten, in Laubkuhlen, zwischen nächtlichen Blöcken. Das Gespräch aber war beschwingt. Im wesentlichen kamen sie zu dem Schluß, Kunst sei niemals ein nettes Inselchen der Glückseligkeit, das den strudelnd schäumenden, dreckigen Fluten Widerstand leisten würde und auf dem wir uns bei der Lektüre von Pascal angenehm entspannen könnten; eher wächst sie gerade aus diesem Schmutz heraus, und von hier schwingt sie sich hinauf, und es ist gerade dies, was sich für Augenblicke in Richtung Gott oder eben zu uns hinaufschwingt, weil doch auch der Mensch heilig ist und mehr als diese schäbigen Einzelteile, die an uns ersichtlich sind. So schwatzten sie.

Plötzlich fiel der Mondschein auf das Gesicht des Besuchers, und dieses Gesicht schien ihm so fremd, daß er mit einem Mal nicht nur nicht wußte, wer ihm gegenübersaß, sondern auch das nicht: wo sie sich überhaupt befanden. Die Bäume regten sich, und mit gesenktem Kopf dachte er: Wie dem auch sei, etwas muß dennoch vorhanden sein.

Spiel mit dem Feuer

Es war, als hätte er sein Gewicht verloren, als hätte auch er kein Gewissen, sondern nur Nerven und wäre gar nicht vorhanden ... Sie setzten sich in den Wagen; die Frau blickte ihn starr an und fragte: »Werden Sie es nicht bereuen?« Er antwortete ehrlich: »Nein.« Sie drückte seine Hand und sagte: »Ich werde es nicht bereuen, aber ...« Ihr Gesicht war immer noch wie vom Mond beleuchtet.

Das Kissen

Er träumte, jemand habe ihm erzählt, er seinerseits habe gesehen, daß der Geistliche dem Ferkó, dem Kaplan nämlich, einen Tritt in den Hintern gegeben und dabei kichernd gerufen habe: Nun hast du das Arschabzeichen, du hast das große Arschabzeichen erhalten! Der Erzähler, ein lässiger Pontifex, breitete ohnmächtig die Arme aus und fügte hinzu: »Was aber soll das staatliche Kirchenkontrollamt damit zu tun haben?« Er konnte es nicht beantworten, weder im Traum noch in der Früh, während er sich ausführlich und lustvoll streckte ...

Spartanische Ordnung

Vom Rundfunk wurde er zu einem ungezwungenen Gespräch eingeladen. Nachdem er verstanden hatte, wovon die Rede sein sollte – Hauptmotiv: Demokratie –, holte er tief Luft (mit Unbehagen überlegte er nachträglich, daß man es gehört haben konnte) und bedankte sich für die Aufmerksamkeit, doch könne er nicht ungezwungen reden, in diesem Land könne er nicht ungezwungen reden, denn vergebens sei jemand an und für sich nett und freundlich (sonst auch wohlerzogen und offenherzig – wobei dieses *sonst* immer seltener anzutreffen ist), trotzdem werde er nur gezwungen reden können. Und dieses Gezwungene haßt er. Daher tue er alles, um nicht in eine solche Situation zu gelangen, soweit das eine Frage der Entscheidung bleibe.

Die sympathische Frauenstimme sagte, sie glaube zu verstehen, was (   ) meine, akzeptiere das auch, und keineswegs möchte sie aufdringlich sein, doch denke sie ehrlich, daß aus dieser Sache etwas Gutes werden könne, eine neu zu startende Serie, ihr sei es gelungen, recht brauchbare Leute zu gewinnen, und auch ihr Chef würde ihre Vorstellungen unterstützen, es bestünden Hoffnungen, daß hier etwas Gutes zustande komme. »Ja«, sagte er. Vielleicht müsse er, sagte die Frauenstimme etwas scheu, diese gezwungen-ungezwungenen Belange nicht so ernst nehmen ... »Sehen Sie, genau das ist es!« rief er beglückt: »Sie haben völlig recht!«

Müdigkeit

Der schöne dunkelhaarige Mann mit den ölig glänzenden Augen – und überzeugender Brustmuskulatur – sagte: »Sie hingegen sollten nicht so *exklusiv* sein.« Darüber mußte er nachdenken, außerdem schämte er sich ein wenig. Man darf behaupten, daß er mit dem Wort *exklusiv* noch gut wegkam! Aber er tat dann trotzdem gerade das, was der dunkelhaarige Mann *exklusiv* genannt hatte.

Rache

Innerhalb kurzer Zeit mußte er den Namen Lenins schon zum zweiten Mal aus einem Text streichen. Einmal, es ist noch immer so, war der Zusammenhang zweifellos frivol, das andere Mal war er in jeder Hinsicht untadelig. Soll doch meine Hand abfaulen, wenn ich seinen Namen noch einmal schreibe, sagte er in seinem Herzen – ungerecht gegenüber dem Führer der Arbeiterbewegung, der offensichtlich nicht an allem schuld gewesen war. Es ärgerte ihn, daß er sich so verstrickt hatte, aber er wußte nicht, was er sonst hätte tun sollen. Wäre doch wenigstens von Pascal die Rede gewesen! Oh, Iljitsch! Welch eine Eselei!

<Selbstzensur>: = »Glauben Sie an die Kraft des gestrichenen Wortes?«
(*Gábor Czakó*)

Konsolidierung

Das Motto: »Es gibt kein Geräusch, das immerfort summt und summt, wenn es nicht etwas Bestimmtes bedeutet.« – Manchmal bekommt man etwas gesagt. Ihm beispielsweise hatte man gesagt, daß er das <Selbstzensur>-Zeichen nicht so oft gebrauchen sollte. Denn jedesmal, wenn er meinte, es sei unmöglich, etwas niederzuschreiben, oder wenn das andere gemeint haben konnten, er aber ein Zeichen seiner Feigheit – oder weniger stolz: ein Zeichen seiner Inkonsequenz und seines guten Geschmacks – hinterlassen wollte, verwies er solchermaßen auf die Selbstzensur genannte geistige und gesellschaftliche Betätigung. Da sich die Argumente bei der Zurechtweisung an-

Es gibt so viele Worte, Texte, Reden, Gerede, Geschwätz, Gefasel, Ondits, Behauptungen, Mitteilungen, Orationen, Geflüster, Eingeständnisse, Gemurmel, Andeutungen, Nachrichten, Vorträge, Geschwafel und Gewäsch, Leitartikel, Kommuniqués, Widerrufe, Richtigstellungen, Wischwasch und Geseire – es ist jederzeit vorstellbar, daß einer jederzeit aufsteht, gar nicht aufspringt, sich lediglich auf die Beine stellt wie ein gewichtiges Tier, seinen mit dem Pelz des Edelmarders verbrämten Dolman richtet (eyn anderes Rauhwerk hingegen ist von minderem Werthe, und doch mag es genausoviel, wenn nicht gar mehr kosten) und etwas sagt, daß einem Hören und Sehen vergeht … Dann, dann versteht er langsamer als gewünscht, daß es sich wieder um einen Vergleich gehandelt hat, um einen Vergleich, dem das Verglichene abhanden gekommen ist. Und das Stilisieren hat Ausmaße angenommen, in welchen mit den Metaphern umgegangen wird, als wären sie das »Ding an sich« … So verblödet der Mensch: wir ebenfalls, du auch, ich auch.

sprechend und vernünftig ausnahmen, ließ er das besagte Zeichen auch schon mal fallen und schrieb, was er wegzensuriert hatte, wieder hin. Entsprechend wurde es abgedruckt!

Auf solche Weise kann sich eine Sache verwirren, wenn man sich mit dem Wort »Selbstzensur« anlegt. Da wittern wir etwas, streichen an der entsprechenden Stelle aus, doch sind wir keine Schurken, geben dort ein Zeichen, schreiben <Selbstzensur>, wir werden zurechtgewiesen, wir wittern wieder, tolerieren, streichen die <Selbstzensur> und schreiben wieder hin: Selbstzensur. Wir sehen, der Text ändert sich kaum, der Kunsteifer gedeiht, der arme heimische Federführer ist trotzdem nicht eben siegestrunken. – Sei auch du es nicht, teurer Leser. Und solltest du nicht wissen, weshalb, dann denke daran, daß, sagen wir, das oben Gesagte schon für das oben Gesagte gültig sein könnte …

Soweit ist das alles ganz schön. Es gibt was her und ist progressiv. Wieder einmal ist es geglückt, etwas auszudrücken. Nur: Da ist wieder dieses Ich. Ich bin derjenige, der sich kastrieren muß (und dabei übertreibe ich noch!). Obwohl das ja auch zählen müßte, wenn ich mit hoher Stimme *Haie! Haie!* schreie; nicht daß die Haie schreckhaft wären, sie haben anderes zu tun, doch am lieblichen Strand wird es unter den Sonnenbadenden manch einen geben, der seinen Kopf hebt und sein Kindchen erschrocken herbeiwinkt oder die Hand einfach auf den muskulösen Bauch seines Freundes fallen läßt oder sich grinsend hochsetzt und an dem wilden Tanz des Hais seine Freude findet.

Aber wie auch immer: Die quiekende Stimme nimmt sich lächerlich aus. Und durch den bunten Anblick – wie unsere blutigen Hoden nämlich in dem dämmrig trüben Meereswasser davonschweben – wird das nicht vermindert. Nun schön, es ist alles in Ordnung, das Leben ist kein Zuckerschlecken, also steigen wir etwas taumelnd aus dem Wasser, der Sand ist wunderbar und heiß, die Hände verschränken wir unter dem Nacken. Wie dem auch sei: Immer noch gibt es da oben den Himmel und die Sonne. Nur werden wir nicht mehr von den Frauen träumen. Oder von Männern.

Auf unsere Scham legen wir ein weiches, flaumiges Handtuch und denken mit geschlossenen Augen jauchzend und entsetzt über unser Leben nach.

Die Hilfsverben des Herzens

Jene Frau liebte er schlichtweg, sie war seine »alte Freundin«. Was das bedeutete, überlegte er sich nicht; wenn ihm die Frau einfiel, fiel ihm zugleich auch ein, daß er sie liebte. Einmal fragte er sie dann doch: »Lieben Sie mich?« Die Frau nickte. »Dann sind Sie meine Geliebte«, bestätigte (   ). Die Frau schüttelte den Kopf. »Ich bin«, und hier hielt sie eine spöttische Pause, »keine Literatur.« So in etwa waren sie dann verblieben.

Ein andermal gingen sie gemeinsam spazieren, doch kam ein derart starker Wind auf, daß sie die Zähne blecken mußten, was sie beide sehr häßlich machte. Und dadurch wurde ihre Stimmung verdüstert; oder das ist gar nicht wahr, ihre Stimmung war nicht weiter bestimmbar, aber kalt war es unbedingt.

Das geschah an jenem strahlenden Februarmorgen, an dem seine Mutter, Beatriz Viterbo, starb, nach einem herrscherlichen Todeskampf, der sich keinen Augenblick zur Sentimentalität oder Furcht herabließ, und er feststellen mußte, daß die Plakatwände am Vörösmarty-Platz die Reklame für irgendeine Sorte blonder Zigaretten erneuert hatten; das schmerzte ihn, da er begriff, daß die rastlose und weiträumige Welt bereits von ihr abrückte und daß dieser Wandel der erste einer endlosen Reihe war.

Ehe

Seine Bekannte ist eine schöne Frau, ihr Haar ist wild und schwer und überhaupt. Früher schien es, sie würde nun zu altern beginnen, doch hat das aufgehört, weil sie sich wieder in ihren Mann verliebt hat. Das Telefon rauschte geheimnisvoll, entfernte Geräusche strömten aus der Muschel, als würde dort Materie fließen. Das war, worauf er achtete. Dann hörte er das Folgende: »Zu mir paßt es nicht, die Gattin eines Künstlers zu sein.« Da lachte er auf. »Sie müssen entschuldigen«, sagte er, »aber das ist zu lustig.« Still war es, das heißt, dieses Rauschen war da. »Lustig ist vor allem das mit dem Künstler.«

Die Aufgabe

Die Aufgabe ist: Unterstreiche alle jene Faktoren, die den konterrevolutionären Charakter der 1956er Vorgänge <Während dieses Kampfes wurden viele schöne Teilerfolge verbucht> beweisen! (In: Geschichtsbuch für die 8. Klasse.) – Diese kleinen Schüler, wie sie nun herumstreichen!

Zeitgenössischer Zeitungsausschnitt: In unserer gestrigen Nummer ist die eine Jahreszahl unter dem Titel »Handreichungen« über das Thema Kollegium Eötvös einem Druckfehler zum Opfer gefallen. Der Satz lautet richtig: »Der beschwerliche Zeitabschnitt umfaßte die Jahre 1950–1956.«

Vox humana

Die größte Sünde an diesem System, an unserem System, ist, daß es das menschliche Wort aus den unterschiedlichsten Gebieten vertrieben hat.

Autorenpläne

Kleine Geschichte Ungarns aus *Widerrufen* in den Hauptzeitungen. (»Na, welche Lüge *haben* wir heute?«)

Der Gourmet

Das Restaurant war für seine Küche bekannt; daran gemessen waren die Speisen nicht besonders, im ganzen gesehen jedoch erträglich. Zum Schluß bestellte er sich wie der Held einer schlechten Novelle noch »ein leichtes Süppchen«. Sein Freund hatte Sorgen, und darüber sprachen sie. Nebenan in der *Box* saß ein stämmiger Mann neben einer Frau, von der er nur denken konnte: Sie ist abstoßend. Sein Freund grüßte herzlich *hinüber*, und gleich darauf berichtete er, als würde er auf der Bühne zur Seite sprechen, indem er die Wörter merkwürdig, mit einer entnervenden Vorsicht, in den Bart nuschelte, daß der Mann drüben jener sei, der ihn nach der Universitätszeit »aus seiner Laufbahn fegen wollte«; dieses Wegfegen zeigte er mit der Hand, der Kellner sprang herbei, entschuldigte sich, und mit einer blitzend weißen Borste, wie der Barbier sie für die Gesichter gebraucht, fegte er den Tisch ab.

»Wir danken«, sagte der (   ) dankbar.

Einführung in die schöne Literatur

Welche Empfindung, seine eigene Welt, einen hübschen Ball, vor sich rund und voll werden zu sehn! Ich lerne bereits nichts mehr, was nicht sofort in irgendeinem Winkel des Vorhandenen einen guten Platz vorfindet, schreibt Nietzsche, voilà.

Fragment

Setz dich mir auf den Schoß, vielleicht habe ich dann mehr Talent ... Denn irgendwie müssen wir den Schlüssel finden! Du, komm auf meinen Schlüssel … Oh, Fräulein, Sie setzen Ihren Ruf auf mein Spiel.

»Du terrorisierst mich und glaubst noch, es sei eine Entschuldigung, daß du dabei dich selbst terrorisierst.«

Jemand sagte, Hemingway sei ein Schriftsteller, Proust sei kein Schriftsteller; denn H. wisse, was es bedeute, einen Fisch zu fangen. Darüber wundert er sich. Warum sollte es wichtiger sein, über den Fischfang Bescheid zu wissen als über einen Handkuß?!

Es gibt eine dunkelhaarige Frau mit großer Nase. Manchmal ist sie häßlich, manchmal leuchtet sie auf und glänzt. Er betrachtet sie.

Mösen-Geige, sagte der Flaschner zum Bidet und zwinkerte.

Da schreibt jemand: Ein Knabe schläft auf verschimmeltem Heu. Frauen spähen zu ihm hinein, eine Herzogin, eine Marketenderin. »Treiben wir es mit ihm. Laß dich auf sein Hörnlein spießen.« Der Knabe fürchtet sich.

Er erträgt es nur schwer, wenn der Kugelschreiber Geräusche von sich gibt.

Er betet einen Schauspieler an, der den Spion spielt. »Ich bitte Sie, seien Sie schön! Ein dem Michel Farkas aufgepfropfter Alain Delon.«

Sein Onkel war gestorben, jener Mann, der einst, bei einem Stadt-Land-Fluß-Spiel, als Pflanzennamen mit H *Haktus* eingesetzt hatte. Sie akzeptierten das, die halbwüchsigen Kerle. Seitdem gibt es auch das: einen Haktus.

Mein Bräutigam unterrichtet Solfeggio in Bagdad, sagte ein Mädchen mit aller Schlichtheit, als hätte sie gesagt, es regnet, während es wirklich regnete. Das gefiel ihm sehr an ihr. Trotzdem lachte er sie aus: Tatsächlich? Solfeggio! In Bagdad!

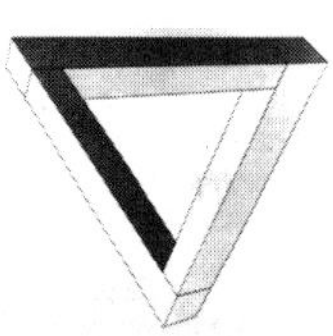

Die ganze Nacht über betrachtete er ein ∇ Moosmysterium.

Die Bäume von Cranach sind die Bäume des Universums, sagte Pilinszky. Das wäre ihm nie aufgefallen.

Und so weiter. Dabei bin ich heiter, mitunter verstimmt, erlebe bald gute und lustige, bald verdrießliche Dinge, aber das Uhrwerk ist in Gang und schnurrt fort, ob auch eine Fliege sich draufsetzt oder eine Nachtigall dabei singt …

Das Zeitalter

Motto: »Warte nur, balde ruhest du auch!« – Von der <Selbstzensur> hatte er einen Brief erhalten. Darin stand: Lieber Freund! Wie

Du auch aus der inzwischen verstrichenen Zeit ersehen kannst, habe ich über unsere Pläne für mögliche Lösungen viel nachgedacht und gelangte schließlich zu der Überzeugung, daß man Deine dichterisch aussagestarken Texte mit jenen barbarischen Klammern doch nicht zerstören und zerstückeln sollte. – Ohne diese Zeichen würden sie ihre Würze und das Außerordentliche verlieren. Die Bäume des Verbots jedoch, sie stehen noch, zumindest bei uns. Daher empfehle ich Dir eine andere Zeitung, eine Veröffentlichung in Buchform, oder wir sollten uns vielleicht gedulden, da es doch wesentlicher ist, daß Du dies geschrieben hast, als daß es auch sofort abgedruckt wird. Mit aufrichtigen Grüßen …

mit aufrichtigen Grüßen, und der Rundsiegelabdruck des Komitatseigenen Sport-Instituts (KSI)

Zunächst einmal verließ er sich auf seine natürlichen Instinkte und empörte sich, tobte, lief im Zimmer auf und ab, hinter seinem Absatz flog der Staub glänzend in die Höhe. Na, so etwas! Zum Teufel mit dem Ganzen! Hm! Kannst mich mal, mein lieber Junge. (Bis zu einem gewissen Grad ergaben sich für ihn auch Vorteile, weil er sich nun mit der Würde des Beleidigten ein Alibi vorspielen konnte. Da steckte der *Beleidigungsdrehwurm.*) Er war sie gewohnt, diese Vorgehensweisen, die, genaugenommen und vor allem, was ihn betraf, nicht übermäßig scharf waren, nur eben schäbig, sehr schäbig!

Es wäre noch in Ordnung gewesen, daß ein so unwürdiges Hin und Her sieben Monate dauerte, um schließlich diesen großartigen Brief erhalten zu können, nun schön, daß man aber währenddessen, sooft er bei der Redaktion vorbeigegangen war, regelmäßig nicht einmal gegrüßt hatte, das war doch ein wenig zuviel. (Er konnte sich nur an wenige Redaktionen erinnern, die er aus einem gebührenden Respekt heraus aufgeregt betreten hätte … Ja, bei György Rónay! Dort, in dessen Vorzimmer, war er aufgeregt, der schmelzende Schnee war ihm von den Schuhen herabgetropft, und er versuchte, die Pfütze verschwinden zu lassen. »Was schmierst du herum, mein Junge«, fragte dann Rónay. Später dachte er oft daran zurück, daß er wirklich nicht herumschmieren sollte. Ja, Rónay, der hatte noch, so könnte der Witz heißen: Lenin gesehen; das heißt, er hatte noch Babits gesehen.)

»Die inzwischen verstrichene Zeit«, »Würze«, er goutierte die Bravourstücke der Epistel und, ja, »die Bäume des Verbots«; allerdings sah er diese stehenden Bäume des Verbots sofort vor sich, und die bildliche Darstellung stützte sich auf die männlichen Stäbe: Das Parlament wird von stattlichen Verbotsbäumen umkreist, stolz erheben sich ihre blauroten Köpfchen zu den himmlischen Höhen, Achtung, Augen rechts, salutieren!; dann aber ducken sich dieselben Verbotsbäume wie verhutzelte, faltenreiche Mütterchen vor den Mauern des ersten Hauses im Land ... Und dann diese Tiefe und Weitsicht, was eine dämliche Publikation und unsere gegenseitigen Nichtswürdigkeiten schon zählen könnten, während es ein Fest zu feiern gilt, es gibt die Feier, das Außerordentliche voller Würze; »du hast es geschrieben«! Verdammt noch mal mit dem aussätzigen Dies und Das!

Auf alle Fälle wollte er die Geschichte an irgendeine Textstelle applizieren, sogar zu einem Handel war er bereit, zu einer kleinen osteuropäischen zweiten Wahl: Soll doch die ursprüngliche Genauigkeit des Textes auch leiden, das Obige müßte unbedingt hinein. Zum Beispiel gab es eine Stelle, da gab es für ihn eine Stelle, wo ein Bordell explodierte, die Prosa war auf der Flucht, gleich einer Vision flogen die Gegenstände, Mauersteine purzelten, 10er Trennwände, Mörtelstücke, Scheinbalken, Füllkörper, Hohlkörper, Fensterrahmen, Klinken, Sándor Csibi, der wollüsterne Mäurer und Gábriel Sebők, sein nußholzbeiniger Gehülfe, Fliesen, Bilderrahmen, eine Csontváry-Repro, ein schwarzer BH, ein Hut mit Federbusch, ein künstliches Gebiß, der Hungarologische Anzeiger, ein Spazierstock, Kondome, eine Melone, ein gelber Chandler-Band, Strumpfbänder, ein Büstenhalter, lila, ein Band mit Aufsätzen von Thomas Mann, die Partitur der Hommage à Dohnányi, ein Höschen, schmutzig, unendlich und auf mehrfache Weise, winzige Zäpfchen, vollkommene Diskretion. Zuerst die *Mädchen*: mit einem gewaltigen Hohlkreuz, ihre unbedeckte Brust, die Knospe ihrer Zitzen spleißt die ziegelstaubige Luft, ihre Bewegungen waren gleich, aber die eine lachte, es gab welche, die weinten, und manche Gesichter waren trotzig verschlossen. Die Männer verschränkten die Hände vor ihrer Scham, ihr Trikot war makellos, sie sprangen, die Sohlen nach vorn, eine Kerze.

Nun, er stellte sich vor, daß dann aus den Beinen einer blutstürmischen Fellunterhose der herausfordernde Brief mit dem Briefkopf der betreffenden Zeitschrift ohne weiteres herausfallen könnte, und damit wäre dann alles erledigt. Als er die Szene jedoch genauer abwägen wollte, hatte das Kunstempfinden ihm plötzlich in die Suppe gespuckt. Und noch zwei weitere Male erging es ihm so. Beinahe glaubte er schon, es handle sich um einen Wink der Vorsehung, und dann wäre es mit seiner schlichten, berechtigten und nur ein wenig primitiven literarischen Rache (Rächelchen) vorbei gewesen. Schließlich, als er nichts mehr erhoffte, als er in seinem Herzen großzügig schon verzichtet hatte, da war es ihm geglückt: »Es muß mit irgendeinem Risiko verbunden sein, daß jemand Chefredakteur ist. Es gibt nämlich Dinge, die man darf, und solche, die man nicht darf«, brummte er mißmutig.

Tagesprogramm: Gewöhnung daran, der Wahrheit offen ins Auge zu sehen, Babits.

Das Leben

»S. war in meine Mutter verliebt, doch schließlich gab er sich mit meinem Vater zufrieden.«

Flügel

»Seine Beherrschtheit bedeutete keine Sprödigkeit, seine Sprödigkeit keine Kälte, seine Kälte keinen Mangel; das, was fehlte, war unvermeidlich: Wir stehen nicht (unbedingt) vor Alternativen«, hatte er geschrieben. Der zuständige Redakteur hatte den letzten Halbsatz gestrichen, und als er dann fragte, warum, lautete die Antwort: Wozu brauche man hier wieder diese Mätzchen, was heiße es, daß wir keine Alternativen hätten, was sollten diese fiskalischen Miesmachereien, warum muß man sich in dieser entsetzlich empfindlichen *economico-politico-culturalico-Situation* so zugespitzt ausdrücken, er würde sogar zu behaupten wagen, daß es hier um Verantwortungslosigkeit gehe, Wort und Tat müßten auf dem Boden der Realität bleiben, und der Boden der Realität bedeute nicht etwa den Himmel mit Schäfchenwolken; man muß dem Kaiser geben, was des Kaisers ist, hernach könne man ja sehen, was mit dem lieben Herrgott los sei, wenn es ihn geben sollte, beziehungsweise auf diesem Gebiet habe er keine Schwierigkeiten, selbst wenn es sich umgekehrt verhielte, nur muß diese geschichtslose Nörgelei aufhören, denn was zum Herrgott verlangen sie denn alle, in dreißig Jahren kann man sich mit dieser Vergangenheit kein Amerika bereiten, und es sei in der Tat ein Unterschied, ob man sich mit dem Türken herumschlage oder mit der ursprünglichen Kumulation, Herrgott noch mal, und überhaupt, wir haben eine Religionsfreiheit; und damit begann er ihm auf die Schultern zu klopfen; dem Teufel müsse man nicht entgegenlaufen, der komme schon von ganz allein.

Ein Gleichnis über einen weniger bedeutend anmutenden Roman eines bedeutenden Kollegen: Mir ist, als läse ich einen Homo-Porno, in dem die beiden Helden zum Schluß herzzerreißend schluchzen, weil sie keine Kinder haben können.

Osteuropäisches Mehrparteiensystem
»Die Meinung der Regierung divergiert hinsichtlich der Gedichtzeile.«

Anfangs war er ein bißchen duckmäuserisch, als er zum Chefredakteur ging, um dort zu petzen (!): Scheiße sei das, er habe zwei Sätze über einen Schriftsteller geschrieben, damit basta, deshalb müsse man nicht gleich hysterisch werden, er hatte ja nicht gegen die Regierung losgedroschen, bestimmt könnte man auch das, bei gegebenem Anlaß wird er sich davon nicht abhalten lassen, heutzutage gebe es weder Regierungen noch Parteien, gegen die man nicht bis zum Sonnenuntergang losdreschen könnte – warum sollte die unsrige die Ausnahme sein! –, er wolle sich jedoch nicht verstellen und vorlugen, daß dergleichen hierzulande eine uralte Gewohnheit sei, nein, eine alte Gewohnheit sei das nicht, an höheren und halbhohen Stellen mag man bei solchen Gelegenheiten gern zurücksinken, verblühten Gräfinnen gleich, *meine Teure, bitte das Riechsalz!*; wahr ist allerdings auch, und gesegnet sei der Name der Parteizentrale, daß der Riechsalzverbrauch abnimmt, und das ist nicht gleichgültig, da es sich hierbei um österreichischen Import handelt, um Devisen …

Verheimlichte Polizei
Sie folgten mir des Nachts, des Tages, auf Straßen und Schienen, zu Wasser und in der Luft.

Hör auf, sprich nicht soviel!, sagte der Chefredakteur vielleicht etwas zu kühl, dann winkte er schnell ab (mit beiden Händen): Es ist Blödsinn, natürlich kann der Halbsatz bleiben, furchtbar, daß man alles allein durchziehen muß, mit solchen Mitarbeitern muß er die Demokratie erschaffen, was alles muß er tun, unendlich viel muß er kämpfen, damit die Menschen endlich mit jenen Rechten leben können, die, lieber Gott, ohnehin die ihren sind!, und was den Satz betrifft, der ist seiner Meinung nach auch nicht besonders geglückt, *er unterbricht den Erzählbogen*, aber wenn der (   ) daran hängt, dann bleibt der Satz eben, schließlich sei das sein Artikel, das »unbedingt« in den Klammern sollte er streichen; das sind deine kleinen überflüssigen Manierismen!, mein Freund, sagte er, und auch er klopfte ihm auf die Schultern.

Wahrscheinlich war es diese Klopferei, die die Redaktion zusammenschmiedete, dies mochte wohl der prinzipielle Samen gewesen sein, die Wurzel für den Konsens.

Eduard: Ihr Herren, ihr Waliser Hunde!
Waliser Hunde: Es lebe Eduard!

Spiegel

»Der Gegenstand der Kritik wird durch die Kritik bestärkt; mit Ihrem Namen sollten Sie auch dann immer einstehen, wenn Sie gerade meinen: *Dafür gebe ich meinen Namen nicht her!*« »Das ist Sophistik.« »Nein. Das alles muß man wissen. Trotzdem darf man es nicht als Alibi benutzen, daß dann alles gleichgültig sei. Es ist nicht gleichgültig.« (»Wir halten Sie aus«, soll angeblich ein namhafter Potentat gesagt haben, während er den hausgebrannten Aprikosenschnaps auf seiner Zunge zergehen ließ, »damit Sie uns harte Texte liefern. Wieso wollen Sie nun plötzlich königstreu sein?«)

Spiel mit dem Feuer

»Ich kann nicht beten«, sagte ihm sein Freund, mit dem er tags zuvor gemeinsam zu Mittag essen war, seine Stimme war breiig vor Bitterkeit. »Du mußt mich verstehen! *Ich* kann das nicht.« »Ja«, antwortete er, »dann werde ich es tun.« Gleich darauf war er für einen Augenblick erschrocken, und dann, nachdem er den Hörer aufgelegt hatte, begann er schnell wie ein Schleichhändler zu beten.

Ein Maler

Am hellichten Tage ging er mit dem Maler spazieren. Das war einer der seltenen Fälle. Der andere erzählte, früher habe er alles fotografiert. Er unterbrach ihn: Wieso *alles?* Worauf der andere begeistert nickte, ja, vielleicht sei gerade davon die Rede, von diesem All und Alles, darum auch mußte er mit dem Fotografieren aufhören: Er hatte das Gefühl, mit seinem Zugegensein nicht so verschwenderisch umgehen zu dürfen.

Eine der mäßig prächtigen Auslagen folgte der anderen; plötzlich fiel ihm etwas auf. Eine Auslage war mit Brettern zugenagelt, er spähte durch einen Bretterspalt, in der Mitte des verlassenen, heruntergekommenen Platzes lag eine Matratze mit Rostflecken, sie war groß, unförmig und alt, ein schäbiges Stück, darauf lag eine Frau, sie lag herum, drehte sich, als ginge es um eine Pornovorstellung. Er hatte dem Maler nichts davon gesagt, verwundert ging er weiter. Zwischen den Beinen der Frau war es rosarot, wie bei den kleinen Ferkeln. Am hellichten Tage, am hellichten Tage!

Die Frau

Seit sieben Jahren lebte er bereits mit einer Frau zusammen, die er sehr liebte. Eines Morgens ertappte er sich dabei, *den Anblick der Frau zu verschlingen.* Beinahe physisch tat es ihm weh, weggehen zu müssen, aber er mußte weggehen.

Der Mensch …

Jenem Menschen, der einen Trabant fährt, ergeht es mit dem Trabant wie mit dem System.

Es ist beruhigend, daran zu denken, daß wir die Herren verscheucht haben, der Boden ist aufgeteilt, die Fabrik gehört uns, den Boden gebe ich nicht zurück. Das alles ist in der Tat gigantisch, man kann es nicht hinreichend loben. Nichtsdestotrotz hat man das Ganze ganz schön satt.

Denn es mag in Ordnung sein, daß einer nicht zu Fuß gehen muß, und auch, daß er nicht mit dem Bus fahren muß; nur wird man unversehens spüren müssen: Von dieser zweitaktigen *Autofahrerei* hat sogar unser Ghghghehör schon genug.

Unser Trabant ist insofern glücklicher dran, weil es auf diesem Gebiet eine völlig beruhigende Alternative gibt – einfach anhand der Parameter! –, den *Golf Diesel …*

Notabene: Man wird nicht erst hinzufügen müssen, daß dies alles vom verbesserungsfreudigen Impuls gesteuert wird, diesem Ich-bin-für-dich-wütend-nicht-gegen-dich! Im besten Sinne des Wortes.

Der Gefangene

Als er die Straße entlangging, und vielleicht ging er etwas schneller als unbedingt nötig, in der Reihe der müßigen Fußgänger fiel er dadurch auf, da dachte er, daß er es überhaupt nicht leiden könne, wenn sich ihm am Gehweg jemand mit glücklichen, vernebelten Augen nähere; jemand, der lächelt! Das ist unkeusch! Das widert ihn an! Aber über diesen Gedanken mußte er selbst lächeln.

Der Tod

Leute drängten sich an der Straßenecke. Vorsichtig näherte er sich ihnen, wie Tieren, um sie nicht zu verscheuchen; wie Spinnen zum Beispiel. Ein Motorradfahrer war gestürzt, es mochte erst vor kurzem geschehen sein, gerade hob man die Maschine vom Bein des Jungen, und er sah nur das Bein, an seinem Schenkel waren die Jeans zerrissen, Blut sickerte hindurch. *Staubiges Blut.* Vor ihm, in der hinteren Reihe, flüsterten zwei Männer, wahrscheinlich waren sie von der gleichen Art, beispielsweise trugen sie blusige Hemden und feine, leichte Schuhe. Er hörte sie das Folgende sagen: »Ich liebe sie. Beziehungsweise, das ist gar nicht richtig. Aber sie gehört zu mir. Glaube nicht, daß ich dich verabscheue oder dir feindlich gesonnen wäre. Nein. *Du zählst gar nicht.*«

Er drängte sich weiter vor. Am Rand des Gehwegs saß ein Mädchen mit kurzem, rotgefärbtem Haar, mit ausdruckslosen Augen schwenkte sie ihren Sturzhelm. Die Lenkstange der Maschine ragte wie ein Schlachtmesser aus dem Hals des Jungen. Er trug das gleiche karierte Hemd wie (   ). Mit der ganzen Hand umklammerte (   ) das eigene Hemd. Ein Polizist näherte sich, und (   ) war abgespannt wie ein Maurer.

Olga

»Olga!« grölte er. »Das unersättliche Weibsstück!« rief sein Freund. »Aber, aber ...« Sie saßen in einem Café, das man Kaffeehaus nannte, und sie fanden, das Gesicht der mürrischen Kellnerin würde dem der Ehefrau des teuren Tschechow ähneln. Da setzte sich ein Pärchen an ihren Tisch, und sie versanken in Schweigen.

Die Leiche

Im Haus gegenüber war eine Frau gerade dabei, ihren Sonnenschirm zu richten, wobei sie auf dem Tisch der Dachterrasse stand. Der Wind ergriff den (freiwilligen) Fallschirm, schreiend fiel die Frau in die mehrstöckige Tiefe. Er blickte hinab: Die Leiche lag weiß, gespreizt. Beinahe in regelrechter X-Form. Drinnen in der Wohnung konnte der Ehemann nichts gesehen oder gehört haben. Als er hinausblickte, war ihm die gereizte Ungeduld anzusehen, daß der Schirm immer noch nicht an seinem Platz war.

Leben und Tod

»Oh, lieber Isegrimm, mein Bruder, Friede sei mit dir und deinem Volke. Zu meinem tiefsten Leide ist mein Bein gebrochen, und meine Schmerzen sind, wie du es bezeugen kannst, nicht gering, vielmehr sind sie sehr groß. Oh, Schmerz, oh, Tod ...« An seiner Feder kauend kam er herbei. »Geh weg, geh zurück«, schrie das kleine Mädchen. »Mein Kind, nie darfst du so vorlaut schreien ...« »Hilfe, oh, Isegrimm, mein Bruder ...« »Schweig. Du tätst besser daran, den wütenden Mann abzuwarten, der aus der geheimnisvollen Höhle hervorbricht. Ausgeschlossen wäre es nicht, daß seine Absichten edel sind. Glaube mir, so würdest du besser fahren«, sagte er.

Die Kinder seines Bruders langweilten sich über solchen Reden, aber sie wagten es nicht, sich zu widersetzen. Mit Abscheu betrachtete er sie. »Ich hätte nur gerne gesagt, daß du nicht immer mit dem Tod spielen sollst. Du sollst nicht rufen: Ach, ich sterbe!, ruf lieber: Ach, ich lebe, hilf mir, mein teurer Freund. HAST DU DAS VERSTANDEN?!« Mit gesenktem Kopf ging er langsam zu seinem Schreibtisch zurück.

An jenem Tag

Er war in den Bus gestiegen. Auf dem vordersten Sitz flüsterte eine Studentin mit einem Jungen auf französisch. Der Nacken des Jungen war schön, flaumig und zerbrechlich wie die Rehkitze im Schilf. Und zwei alte Frauen lachten darüber, daß jener Ludwig XV., der Lui, sich die Katze im Sack gekauft hatte, eine polnische Katze im Sack, irgendeine Jeselka oder wen. »Sagen Sie nur! Die Katze im Sack?!« Sie kicherten, entrüsteten sich und sprachen über die Könige, als ginge es um den Gemüsemann von nebenan, dessen Ware zwar in Ordnung ist, der einen aber manchmal übers Ohr haut.

An jenem Tag freute er sich über alles; am Abend hatte er das Gefühl, er sei mitunter vielleicht oberflächlich gewesen.

Bilder einer Ausstellung

Es regnete, und er war schon völlig durchnäßt. Im Treppenhaus ging ein Mann in einem Webpelzmantel auf und ab. Sie tauschten mißtrauische Blicke. »Bestimmt erwartet er eine Frau. Oder wartet er auf eine Frau?« dachte er. Er klingelte, eine alte Dame öffnete die Tür, sie sagte gleich, ihre Tochter sei nicht zu Hause, und trieb ihn durch die Wohnung. Da war eine Art privater Ausstellung mit sog. modernen Bildern. Die Dame trippelte hinter ihm her, aber sie war nicht aufdringlich, auch nicht zu sachlich, sie war auch nicht ganz unorientiert. Ein Großteil der Bilder gefiel ihm. Zum Abschied gaben sie sich die Hand, und dabei fielen ihm die jungen Frauen mit den kurzen Frisuren aus den zwanziger Jahren ein, die er sehr mochte. Im Treppenhaus ging der Mann immer noch auf und ab, vollführte seinen Stepptanz. »Die Mieze hat ihn bestimmt sitzenlassen.« Draußen im Nieselregen holte er sich das Gesicht der Frau zurück, ihre bemerkenswerte und eigentlich große Nase, die intelligent blitzenden Augen. »Das war gut so«, dachte er.

Das große Erdbeben

Er setzte sich zu dem Dichter. Der aß gerade mit seinem Sohn Stelzen nach Bäckersart; er war ein großer Lümmel, manchmal fütterten sich Vater und Sohn gegenseitig, und das war sehr rührend. Kaum daß er den letzten Bissen hinuntergeschluckt hatte, legte der Dichter mit einer phantastischen und völlig konfusen Geschichte aus dem Jahre 56 los, über den rasenden Wechsel zwischen Zuckerbrot und Drohungen, »über den Toten wächst auch das Gras anders«, sagte er. (Zuvor erzählte er: Wir sollten uns damals hinter der Statue eines großen Ungarn treffen, und zwar ganz konkret. – Ich sag nur soviel, geh heute weder hierher noch dahin, sonst wirst du es dein Leben lang bereuen. – Und in der gleichen Nacht: mit einer Pistole in der Hand! Du?! Aber was willst du von mir, mein Bester?! – Du sollst mich nicht duzen.)

Tägliche Post

Er bekam einen Brief ohne Unterschrift. Das heißt, die Unterschrift fehlte nicht, doch war sie nur ein Witz. Drohungen fehlten in dem Brief, der so richtungslos und beinahe schon liebenswürdig verrückt war, daß er plötzlich zu Tode erschrak. *Mit gesenktem Kopf ging er langsam zu seinem Schreibtisch zurück.*

Glück

Der Ingenieur der Seele, überlegte er, darf nicht taktisch vorgehen, darin unterscheidet er sich vom guten Vorsitzenden. Er muß nicht nützlich sein, sondern vor allen Dingen frei. Und in der Praxis hieße das: Nicht loyal muß er sein, sondern wahrhaftig ... Im übrigen kann auch die Wahrheit loyal sein – wenn sie Glück haben, die Herrren, die Herrren.

Die Tochter des Irren

Mit einem Dichter hatte er einmal – während des Trainings! – die »neuen, aggressiven Mädchen-Kälber« betrachtet. Der Dichter erzählte, daß er einst in jungen Jahren, nachdem er seine Pflichten *jünglingshaft* erfüllt hatte, sich schnell atmend, schwitzend und zufrieden auf seine Seite drehte. Er wollte eben nach den Zigaretten langen, als ihn die Frau bei den Schultern packte und ihm die folgenden Worte ins Gesicht sagte: Du, sag mir, was wäre, wenn die ganze Sch... erst nach zwei Stunden aus dir rauskäme ...

Wegen dieser Geschichte mußte er beinahe kotzen. Unschlüssig betrachteten sie die kalbigen Mädchen, sie sahen freundlich aus. (PS: Nach einer Woche, denn so lange hatte er sich gewundert, fragte er den Dichter: Hat sie wirklich zwei Stunden gesagt? Genau. Und er fügte hinzu: Ich hätte es an ihrem Kinn sehen müssen, daß sie mich auffressen wollte, daß sie mich auffressen würde ...)

Der Schmetterling

Der sympathische Sänger sagte, die anwesenden Schriftsteller – und es waren Schriftsteller anwesend – sollten ihm glauben, daß es eine hungrige junge Masse gebe, mit der man etwas anfangen könne und müsse, ein Kulturvakuum sei vorhanden; er seinerseits sei nicht klug, er könne nur singen, darum sei es für ihn unmöglich, diesen Menschen etwas zu sagen, sie aber müßten es unbedingt tun. Eine Frau mit spitzem Hintern unterbrach ihn: Die Leute fürchten sich nicht vor dem Singen, sie fürchten sich vor dem Wort.

Es war diese Frau, die später einen der Schriftsteller beim Ohrläppchen nahm, und sie trug ihm ihre Theorie vor, der gemäß der Sänger ein Frauen-Mann sei, daher würden die Frauen ihn lieben. »Wenn ihr, ihr Männer-Männer, einst zu den Frauen gelangen werdet, wird das die Welt verändern.« Dann ist ja alles in Ordnung, dachte er verzweifelt und stahl sich zur Toilette hinaus.

Wen würden die Genossen noch anführen? »Eine Stimme: Saporin!«

Musik

Allmählich wird er in der Lage sein, in der Musik die Instrumente zu hören, dachte er, den Gegenstand, von dem der Ton ausgeht; daß nämlich an jener Stelle bei Beethoven nicht der Himmel, nicht das All und nicht Gott sind, sondern die Pauke und das Fehlen der Pauke; es ist gut, das Instrument zu hören.

Ein Streichquartett ist dann wirklich gut, wenn sie schon gar nicht mehr miteinander reden. Wer?, fragte er mit eisiger Stimme.

»Ich habe den Schwanz von B. gesehen«, hatte der berühmte Pianist einfach gesagt, »zwar nicht aus Anlaß des B.-Jahres, aber zu jener Zeit.« (Babyphoto; Bartók-Archiv.)

Angeberei: Cage kann ich kaum von Mozart unterscheiden.

Mehr Licht!

Byron ließ Goethe wissen: *Mehr shit!* Johann Wolfgang sann sein Leben lang nach, unter anderem auch darüber, und im letzten Moment antwortete er folgendermaßen darauf: *Mehr nicht!* ... Wäre ich ein Deutscher, dachte er erfinderisch, wäre zu befürchten, daß ich mein Leben lang Goethe-Paraphrasen schriebe.

Der Satz

Die Sätze Géza Ottliks wackeln nicht, sie sind sogar sehr sicher, aber: sie schaukeln, wie eine große Barke, ein schwarzer Barkenvogel.

Der Vergleich

Abbazia: ist wie Csáth: ein Badearzt vom Lande, mit zeitweilig umnachtetem Blick, mit <Attribut> *Wollustquotient?*

Das Kunststück

Ja, das Kunststück ist nicht gering: zu leben und nicht mißmutig zu werden!, liest er.

Streiterei

In seiner Familie erzählte man, daß seine Großmutter mütterlicherseits mit Babits gespielt habe, in der Stadt Szekszárd, sie spielten Fangen, und der sechsjährige Babits fragte bei einem strittigen Abschnitt des Spiels: »Entschuldigen Sie, haben nun Sie mich eins-zwei-drei oder ich Sie eins-drei, das heißt, ich in Sie eins-zwei, das heißt eins-zwei-dreimal, oder eins-zwei-drei, du bist frei?«

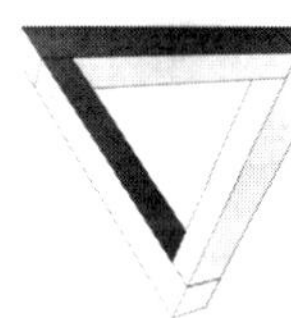

An einem trüben, bedeckten Herbsttag saß er in der Ecke eines Kaffeehauses, rauchte seine Zigarre und hörte die Musik, die aus dem Grammophon kam. Diese Musik drang in seine Seele ein. Da fiel ihm diese kleine Geschichte ein, und voller Lust und sehnsüchtig dachte er, er sei seine eigene Großmutter.

Tägliche Post

In einem Leserbrief – datiert vom 16. Juni, abgeschickt aus jenem Dorf, wo er seine Kindheit als Ausgesiedelter verlebt hatte, zudem stimmte der Vorname der Briefschreiberin mit dem seiner Mutter überein: das alles war ein bißchen viel auf einmal –, in dem mit intelligentem Murren allerlei bemängelt wurde und in dem es außerdem hieß, daß sich die Leserin während der Lektüre eines seiner

Bücher beschmutzt gefühlt habe, wobei ihn diese Beanstandung erschütterte, und er konnte es seinerseits kaum als Katharsis deuten; zudem äußerte die Schreiberin die Hoffnung, daß er keine eigenen Erlebnisse beschrieben habe, denn welch ein Leben wäre ein solches; zu seiner Belehrung schließlich enthielt der Brief die Abschrift einer Fabel. Sie lautete: Die Stachelschweine froren. Daher rückten sie näher zueinander, doch da verletzten sie sich gegenseitig mit ihren Stacheln. Wieder entfernten sie sich voneinander, wieder froren sie. Dann richteten sie es so ein, daß sie einander nahe blieben, doch nur so, daß sie sich mit den Stacheln nicht stechen konnten. Na also! Er hätte immer gedacht, in seinem Buch sei von nichts anderem die Rede gewesen als von diesem ungeschickten Hin und Her.

Der diskrete Charme der Freiheit

Morgens und abends hatte er an der Abschrift weitergemacht, als würde er beten ... Als er zur letzten Seite gelangte, die er abzuschreiben hatte, begann sein Herz heftig zu klopfen, als ob es in einem Käfig gesteckt hätte und nun hinausspringen wollte. Eine heftige Unruhe überkam ihn, seine Hand zitterte, nach jedem Satz mußte er die Feder hinlegen. Entsetzt dachte er daran, daß er ausgerechnet jetzt, einige Schritte vor dem Ziel, *die Arbeit* – denn gerührt war er keineswegs –, an der er seit drei Monaten gesessen hatte, verderben würde, und dunkel kam ihm auch der Gedanke, daß er vielleicht nicht hätte beginnen dürfen, er, das überhebliche Rindvieh, das dicke Ende würde erst noch kommen, er würde schon sehen ... Vorsichtig zog er bis zum Schluß durch. Was da überhaupt zu verderben gewesen wäre, wußte er nicht.

Zum siebzigsten Geburtstag Géza Ottliks kopierte ich vom 10. 12. 1981 bis 15. 3. 82 in ungefähr 250 Stunden dessen Roman »Die Schule an der Grenze« auf ein Zeichenblatt von 57 x 77 cm. Siehe weiter oben S. 11.

Warum

Ein Schriftsteller, den er bis dahin persönlich nicht gekannt hatte, sondern nur dessen Bücher, bat ihn unerwartet um eine Gefälligkeit; etwas Geringes war es eben nicht, denn er mußte früh aufstehen, aber unmäßig viel war es auch nicht, denn bis zum Mittag war es erledigt.

Als er am Nachmittag zurückkam, überlegte er mißmutig, warum er überhaupt geholfen habe, warum er sich hatte breitschlagen lassen. War er etwa ein Depp? Zweifellos war er auch ein Depp, aber er hatte nicht aus diesem Grund geholfen.

Sondern aus Eitelkeit.
Darüber schämte er sich.
Zu Unrecht; zu diesem Schluß kam er dann später.

Flügel

Man tastete ihn ab. Ich habe kein Gewehr bei mir, sagte er gemütlich; das Wort ist kein Gewehr. Als der Fachmann bei seinen Lenden anlangte, schnappte er leidenschaftlich nach Luft; du Hengst, ich begehre dich, flüsterte er. Jener blickte ihn an, er war ein abgeklärter Mann, »in diese Richtung bitte, dort ist der Ausgang«. Grinsend trat er aus der Kabine; später sah er, daß es allen so erging, auf allen Gesichtern blieb ein Grinsen.

Flüsse

Wenn die Überflutungen einsetzen, liest er aufgeregt die Tageszeitungen durch, um sich über den täglichen Wasserstand zu informieren, und wenn der wieder gestiegen ist, freut er sich. Die allgemeine Unruhe, die eingestürzten Schuppen, überschwemmten Weizenfelder und andere menschliche oder gesellschaftliche Tragödien mindern seine Freude nicht. Er denkt zum Beispiel: Diese Theiß, sie ist wirklich begabt ...

Die Katze

Nachdem ich mich vom Militär verabschiedet hatte, mußte ich feststellen, *daß Isolde nicht mehr die alte war*. Doch war dann alles zu spät, denn ich hatte schon Abschied genommen. So sprach der gesprächige alte Mann mit der eingefallenen Brust, der im Garten das Gras mähte. Längst könnte er als Oberst in Rente sein, klagte er unaufdringlich weiter, und dann müßte er hier nicht mit dem Gras herumfuchteln. Obwohl (?) er von 1946 bis 53 im Staatssicherheitsdienst gedient hatte, bis ihn dann die Familie der Isolde, die einen Bräutigam von der Staatssicherheit für unpassend gehalten hätte, sagen wir es ruhig offen, junger Mann, zur Entlassung gedrängt habe. Einmal hatte er einen Politischen von Solymár in die Andrássy Sechzig begleiten müssen, einen gefährlichen Schurken, der mit allen Wassern gewaschen war, der Arme war natürlich unschuldig, er brachte den Mann ins Untergeschoß, legte ein Streichholz in zehn Meter Entfernung vor sich hin und traf es, mit der Pistole! Zum Gefangenen habe er gesagt: Das hast du mit eigenen Augen gesehen. Ich weiß, du bist ein gerissener Kerl, aber ich empfehle dir, das nicht zu vergessen. Ich würde dich immer treffen; vergebens würdest du dich bewegen, du bist größer als ein Streichholz, das hatte der Major gesagt.

Zum Abschied drückte ihm der Greis dankbar die Hand, weil er ihm so bereitwillig zugehört hatte, und er sei der Meinung, daß man die Menschen nehmen müsse, wie sie einmal seien. Da wir doch, antwortete (   ) steif, keine andere Wahl haben. Genau, es ist genau, wie Sie sagen, junger Herr. Er hatte Bartstoppeln im Gesicht, war vertrielt und roch säuerlich; nachträglich, nach dem Zusammenrechnen, stellte sich heraus, daß er ziemlich großzügig gemäht hatte.

Es fehlte ihm jede Würde, er war biegsam, unzerbrechlich wie eine ausgemergelte verwilderte Katze, die maunzend immer auf die Füße fällt.

Gyula Veszely schreibt in seinem Brief, das Kompendium der Physik, Mittelstufe, von C. G. Hansen zitierend: Ein Ohrenschlüpfer, eine Katze, ein Mensch und ein Elefant springen zusammen von einem hohen Felsvorsprung hinunter. Auf dem Felsen unten angekommen, marschiert der Ohrenschlüpfer weiter, die Katze bricht sich ein Bein, der Mensch stirbt, der *Elefant* aber, der *zerplatzt ganz entsetzlich.*

Ein Spaß

Ein Kollege hatte – und (   ) konnte das aus unmittelbarer Nähe beobachten – jemanden zu Boden geschlagen. Dann beugte er sich über ihn. Weißt du, warum ich das tat? Hoffnungsvoll stützte sich der Leidende auf, was verständlich ist, denn es ist einigermaßen beruhigend, für Niederträchtigkeiten eine Erklärung zu bekommen. Warum? Nachlässig warf ihm der Kollege hin: Weil ich wissen wollte, ob es sich auch in deinem Fall um strapazierfähigen, leichtwaschbaren Kunststoff handelt. Und er half ihm beim Aufstehen.

Ich tat, was Marx mit Hegel getan hat, sagte der Kollege, der gerade eine Art marxistisch-leninistischen Lehrgang absolvieren mußte, ich habe ihn vom Kopf auf die Füße gestellt und umgekehrt. Später klagte er, man würde ihn wegen seiner vielen Fehlstunden vermutlich entlassen, und da schlug (   ) vor, er sollte erzählen, er habe eine Vision gehabt: daß es nämlich Gott gebe, daß es ihn doch gebe. Darüber lachten sie dann.

Erbarmen

Wieder ein andermal dachte er, es sei alles in Ordnung. Allmählich tauchte er in die klassisch einfache Erzählweise des Films ein, aber am unteren Rand der Leinwand sah er trotzdem einen T-förmigen, zugenähten Riß, bei den sog. gefühlsbetonten Stellen war er dem Weinen nahe, seine Rührung verformte sich mehr und mehr zu Inspiration, zu etwas wie sicherem Einfühlen; das Schicksal des jungen Mannes auf der Leinwand verschlechterte sich mehr und mehr, sein feuriger Blick war der des Opfers, des Lamms, und damit im Zusammenhang, so dachte er, verbesserte sich das eigene Los, eine profane Erlösung war das, das schöne Schauspielergesicht des jungen Mannes schien, um es ein wenig übertrieben auszudrücken, für die Sicherheit der Zuschauer zu haften – doch dann, als sie zur würgenden Stille einer mächtigen Szene gelangten, gerade in dieser durch die Kunst hervorgerufenen Geräuschlosigkeit, in der heiligen Stille des Kinos, begann jemand *erbarmungslos* seine Armbanduhr aufzuziehen, er drehte und drehte am Rädchen; dieses Aufziehen, auf, auf, auf!!! – – – Zu spät.

Deo gratias

»(Wir sind unformulierbar, und das formulieren wir.) Also kann bei den weltdimensionalen Lügen die Kunst nur assistieren? Aber *ihre lächerlichen Anstrengungen, die Dinge zur Sprache zu bringen*, müßte sie vielleicht aufrechterhalten ... Der Sprache, dem Wort unschuldig zu vertrauen wäre mehr als Dummheit, es wäre Sünde, aber eine Sünde wäre es auch, sie lauthals zu verwerfen, denn es würden Hohlräume entstehen, gähnende Hohlräume, die man beliebig füllen könnte. Zerstören und behaupten, spucken und reden – das wäre richtig. Aber wie sollten wir reden, wenn wir allein geblieben sind, wenn es Gott nicht gibt?

Widerlich, unerbittlich, fürchterlich und pervers ist die Messe, wenn Gott fehlt ...! Der gnomenhafte Christus, der auf der Bühne, die die Welt bedeutet, in Lackschuhen seinen Stepptanz vollführt, setzt sich auf seinen Thron, auf den Platz des Höchsten Richters, über ihm fehlt das Firmament, seine aufgedunsene Hand zittert, mit glasigen Augen und rülpsend blickt er auf uns, uns, sein Volk – die wir gekonnt unsere Kaugummis kauen.«

Einsamkeit

Wegen der Geräusche eines *weiblichen* Reißverschlusses beginnt der *Mann* zu weinen.

Das Tier

Zu einem Kollegen: Das sage ich dir jetzt sozusagen beruflich: Ich liebe dich sehr.

Der Vortragende

Als er das Künstlerhaus betrat, hätte er beinahe ein bläßliches, schmales Mädchen umgeworfen. Er grüßte. Das Mädchen schwieg, ihr Mund blieb hartnäckig verschlossen, und sie schaute ihn so hoffnungslos an, als hätte sie ihn gekannt. Er bekam einen leichten Schrecken, »wo fehlt es denn?«, sagte er schließlich. Das Mädchen schien gegen etwas anzukämpfen, vielleicht gegen das Weinen, oder sollte (   ) vielleicht eine alte Erinnerung geweckt haben?

Dann bemerkte er, daß sie dicht neben ihrem Rock ein Brot mit Wintersalami in der Hand hielt. Der grüne Paprika ragte heraus wie die Zunge von jemandem, der sich den Magen verdorben hat. »Sie essen?« fragte er schulmeisterhaft. Wütend begann das Mädchen zu nicken und schluckte schwer. Sie trennten sich schweigend. Aus einer entfernten Tür schaute jemand scheu hervor.

»Aber um Gottes willen, kauen Sie doch!« brach es aus ihm hervor. Sofort drehte sich das Mädchen weg, schmatzend begann sie zu essen. »Danke«, sagte sie über die Schultern hinweg, mit vollem Mund.

Ich

Er schwankte aus dem rauchigen Kellerclub heraus. Betrunken war er nicht, nur eben gefährlich schlecht gelaunt. Er lebte in einer Dunkelheit, so als wäre er krank gewesen, als hätte man ihm die Haut abgezogen. Er jedoch kannte die Quelle seiner Krankheit: Das war diese Scham vor sich selbst und gleichzeitig die Angst vor den anderen. Vor den anderen – der Gesellschaft, die er verachtete! Die Frau war unerschöpflich in ihrem Erfindungsreichtum. (Z. B. sagte sie einmal: »Ich liebe Sie. Ich liebe Sie auch jetzt. Haben Sie doch Mitleid mit diesem Weib, das sich nur selbst betrogen hat.«) Jetzt stellte sie sich neben ihn (er sah den blockweise vorbeiziehenden Rauch) und tat, als sei sie eine Fremde. »Nehmen Sie zur Kenntnis, daß ich Sie hasse.« Hochmütig nickte er, nachts um halb drei meldet eine Frau, daß sie ihn hasse; man wird sich dergleichen ausmalen können. »Was wollen Sie«, sagte er mißmutig. Sie hasse ihn, weil sie ihn lesen *müsse*, antwortete sie. »Dann«, sagte er geziert, »sollen Sie mich nicht lesen, sondern mich lieben.« Die Frau lachte triumphierend auf: »Was denn soll ich lieben, wenn

Ein Satz, nur ein Satz, wirklich nur ein Satz. – Ich möchte mit Ihnen schlafen, und so erginge es einem (mit dem Satz) wie dem »wackeren Adorno, der sich anno 68 nicht genug wundern konnte: Bitte sehr, ich habe doch nur ein Denkmodell gegeben«.

ich Sie nicht *lese?!*« Und wie eine gedungene Mörderin ging sie davon.

Ich

In der Dunkelheit sah er nur ihren Arm, ihren leuchtenden, kräftigen, schönen, braunen fleischigen Arm; einen Sommerarm. Hoffnungslos ließ er seine Hand in den Schoß fallen – so als sei er immer noch krank –, da nahm das Mädchen wie seine Mutter seine Hand in die ihre. Er empfand große Dankbarkeit, so daß man ihn um alles hätte bitten können. Die Zeit rückte weiter, das Mädchen bat um nichts. Ihre Hand war heiß.

Ich

Seine Dankbarkeit – aber auch den Schrecken, die Müdigkeit und die Leere – rettete er in den nächsten Tag hinüber. Die Frau, die Erlöserin, war bereits nach Hause gegangen … Folglich war hier etwas Unpersönliches vorgefallen.

Er bettelt um Liebe und bekommt sie.

Ich

Eine Fülle von *Ich*thyosauriern! Man hätte blind werden können in der schwülen Hitze.

Sieg

Der kleine Junge mit Windpocken kam auf ihn zu und sagte: »Er ist davongekommen.« Und er war nicht bereit zu verraten, um wen es sich handelte.

Novembermärchen (19. Jahrhundert)

Die gute Fee soll meinen Rotz nach Rußland bringen, einem anderen braven Kind.

Sein Vater

Gott segne meinen Vater, dachte er am Geburtstag seines Vaters. Was auch immer kommen mag, seine Verdienste werden niemals verjähren. Pfui, ruft da ein jeder, wo bleibt deine Mutter, garst'ger Struwwelpeter!

Trauer und Vater

»Er hat es schwer, denn es schmerzt vielleicht nicht so sehr.«

Seine Mutter

Plötzlich verstand er, warum seine Mutter früher die Spinnen gehaßt hatte! Und warum sie nervös wurde, wenn er sie – vor allen Dingen die Afterspinnen! – frei laufen ließ.

Nun, wegen der Spinnweben!

Vergleich

Er war mit jemandem zusammengeprallt. Seine Rippen hatten nur so gekracht, und die Schmerzen wollten kein Ende nehmen. Es waren merkwürdige, schleichende, unbestimmbare Schmerzen. »Trotzdem sollten Sie versuchen, sie zu beschreiben«, sagte der Arzt ungeduldig. Er seufzte, und diesmal nicht aus Selbstmitleid, sondern weil er so den Schmerz für einen vergänglichen Augenblick lokalisieren konnte: »Als wäre ich sehr traurig.« Eine Knochenverletzung lag nicht vor.

Das Spielergebnis

Im Gegensatz dazu aber jene stumpfe und ein bißchen langweilige, doch scheinbar unverrückbare Freude, als das im übrigen uninteressant gewordene Spiel: mit einem Sieg endete.

Der Eunuch des Lebens

Man kann nie genug auf der Hut sein, dachte er, in einem völlig überraschenden und unschuldig scheinenden Augenblick bricht manchmal urplötzlich der pure Haß aus einem hervor. Da halten wir eine farbig gedruckte Zeitung in der Hand, die über das ideale Würzen von Rindfleisch informiert wie auch über jene einfallsreichen Griffe, durch die unsere schon zur Unbrauchbarkeit verkommenen Dachböden aufregend umzugestalten seien, wobei Natürlichkeit und Oberflächenbeschaffung der Trägerbalken klug genutzt wären, wir quälen uns schnell durch die Seiten mit den Schnittmustern, und plötzlich schlagen wir Wurzeln bei den trügerischen Abbildungen gewisser Landschaften, die als erreichbar bezeichnet werden, und obwohl das lächelnde, mondäne Dämchen in dem entsprechenden Bildausschnitt uns kein wenig irreführen kann – trotzdem: In solch einem Augenblick mag es plötzlich geschehen.

Der Kümmerling

Sein Kopf hämmerte schon seit drei Tagen, und unablässig fiel ihm dadurch die Ewigkeit ein (und praktisch haßte er sich selbst); da sagte er, indem er seine Hände faltete: Nun schön, in Ordnung. Herr, verlange von mir, was Du magst, alles soll Dir gehören. Wie kindisch, feige und unkeusch …

Geschichte

Auf der Loggia, die wir Terrasse nannten, hielten wir einen Hasen. Hoch über der Stadt war, wie man es auch in den Annalen nachlesen kann, mit immensem Gekreisch ein gemeiner Adler ohne jedes Hoheitszeichen aufgetaucht, und er stürzte sich auf unseren armen Hasen. Er hat ihm die Haut vom Gesicht gerissen und ihn bis aufs Blut zerfleischt. (So ist das nicht wahr, es steht schlimmer, lieber Gott, viel schlimmer. Ein Marder war es, ein Marder, ein Marder.)

Kulturrevolution
(Sonett-Fragment; Trivialliteratur)

Bei der Kirchweih von Szentkút hat man uns beschissen,
Uns den Esel samt dem Zaumzeug gnadenlos entrissen.
Nichts ist uns geblieben mehr, nur der Väter Gedanke,
Das haben wir aufgezäumt, darauf woll'n wir nach Hause.

Kriegshafen

Als er während eines Gesprächs auf der Meinung bestand, die in seinen Augen theoretisch auch wichtig war, daß in Siebenbürgen nicht nur die Ungarn …, daß dort nicht nur Ungarn …, daß nicht nur sie Sorgen hätten (und natürlich auch Freuden), blickte man ihn an, als sei er ein Verrückter, ein Verräter und ein Verrückter, dem es zu gut geht und der nun nicht mehr weiß, was er anstellen soll. »Haben Sie dort schon gelebt?« fragte eine Frau, die ihm gefiel. Nein, er winkte ab. »Was können Sie dann schon wissen?« Und dann kümmerte man sich keinen Dreck mehr um ihn.

Er verstand das alles, akzeptierte die Aufregung der anderen und wußte zugleich, daß er recht hatte.

Graffiti in New York auf einer Franklin-Statue: Fuck your patriotism!

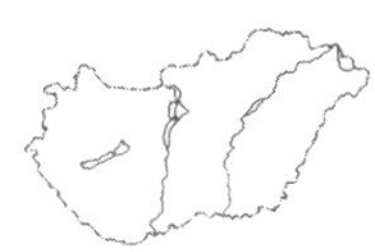

The long goodbye

Als er seine Tante zum Bahnhof begleitete, traf er auf einen Studenten, den er kannte und auch wieder nicht. Es war sehr warm, man hätte verrückt werden können vor Hitze, wie unter einem heißen Backblech lag die Stadt, und die Sonne war von Wolken verdeckt, deren Name in den Fachberichten als Wolkenwand eine Rolle spielt.

Damals wohnte seine Tante noch nicht bei ihnen. Ihre Begegnungen fielen immer sehr heftig aus. Der Zug war jetzt schon abgefahren, mit den Händen in den Taschen bummelte er weiter. Er versuchte, sich an das Gesicht seiner Tante zu erinnern, es gelang ihm auch. »Ich hasse den Abschied«, hatte sie gesagt, während er auf der Treppe schaukelte. »Passen Sie auf sich auf.« Seine Tante lächelte; mal zeigte sie ein offenes Wesen, und dann meinte er: Der Raum, in dem er schwebt oder was er dort auch tut, ist nur für ihn erschaffen, beziehungsweise: er ist vorhanden, und das ist gut; manchmal verschloß sie sich spröd und schnell, als würde sie sich für das, was geschehen war, schämen; dann war sie eine Erwachsene, schaute einem nicht in die Augen, und in ihrer merkwürdigen Scheu senkte sie den Kopf. Auf die gewohnte Weise hatte der Lautsprecher wiederholt: »Nach Kanizsa, Gleis 9, in 3 Minuten.« Plötzlich fuhr seine Tante hoch: »Hören Sie nur, bitte! Hören Sie, welch ein Satz!« Er lachte, turnte weiter an der Zugtreppe, damals war er ein junger Mann von sechsundzwanzig Jahren. »Sagen Sie nur, was ist das für eine Welt, die solche Sätze hervorbringt!« Er verstand es nicht, oder es interessierte ihn noch nicht. (Später, jetzt, wenn es ihm in den Sinn kommt, wenn ihm solche Sätze in den Sinn kommen, spürt er in seinem Herzen Wut und eine sachte Verwunderung.)

Hysterische, verschwitzte, schwerbepackte Mütter zerrten ihre abscheulichen Sprößlinge hinter sich her, als würde ihr Leben davon abhängen, daß ... ganz gleich, wovon. Wenn er sah, daß irgendein Mann seine überaus schöne Frau anherrschte, war er darüber immer erschüttert und konnte es nicht fassen. Innerhalb von fünf Minuten (!) hatte er nun zwei solche Paare gesehen, und beide Männer hatten ihren Frauen das gleiche vorgeworfen, daß man ein Taxi hätte im voraus bestellen müssen. Die erste der beiden Frauen trottete schweigsam weiter, die zweite zischte zurück, »laß mich in Ruhe, sei so gut, o. k.?«. Die Frauen hätten Schwestern sein können, zweimal Glockenrock, Tänzerinnen-Beine, breiter Hut.

Seine innere Leere riß ihn hin und her; der junge Mann begrüßte ihn, zunächst wußte er nicht, wer der andere war, »kennen wir uns?« fragte er verschlossen, und da sagte der junge Mann, daß sie sich kannten und auch wieder nicht. Der Junge erwartete jemanden, den sein Vater anderntags operieren würde. Das rührte ihn, und er folgerte daraus, der Junge sei ein guter Mensch. Sie sprachen miteinander, vor allem über französische Romane. Damals schon mochte er es, über die französischen Romane des vergangenen Jahrhunderts zu reden. Dann wollte er weitergehen, der Junge verabschiedete sich von ihm neutral, aber freundlich und sagte etwas wie: Wahrscheinlich würden sie sich einmal auf einem anderen Bahnhof wieder begegnen. Hochnäsig nickte er und ging; das Ganze war wie in einem nicht allzu guten, aber auch nicht niveaulosen Film – gegen Ende des Streifens.

Später erst, vor den Telefonzellen, fiel ihm ein, daß er diesen

Jungen vielleicht niemals mehr im Leben sehen würde. Darüber war er bestürzt, auf eine so große Entscheidung war er nicht gefaßt, er rannte zurück, fand den Jungen aber nicht mehr. Seinen Familiennamen wußte er, und wie verrückt begann er aus einer der Telefonzellen zu telefonieren, ab und zu ging er zum Blumenstand hinaus, um Geld zu wechseln, damals kostete die Einheit 1 Forint. Er wurde in unglaubliche Abenteuer verwickelt, zum Beispiel erzählte ihm ein Mann am Telefon, daß er vor kurzem an eine Nymphomanin geraten sei, die ihn so lange nicht entlassen wollte, bis er sich durch einen Freund auslösen ließ; eine Frau, der man den Kühlschrank gestohlen hatte, glaubte, er würde sie jetzt aus diesem Grund anrufen, die Frau verdächtigte einen gewissen Lajos, der sie schnöde ausnütze und demütige, doch wegen des Altersunterschieds, durch den die Frau, wenn man diesen in Rechnung zog, immer noch einen Gewinn hätte, wolle sie ihn nicht verlassen, aber das mit dem Kühlschrank sei doch eine Übertreibung von ihm, bei solchem Wetter lauwarmes Bier trinken zu müssen, könne man von niemandem verlangen. Und es geschah auch sonst noch manches, aber den Jungen fand er nicht. Er meinte, er sei gealtert, keine sechsundzwanzig mehr, sondern zweiunddreißig.

In seiner Wut blieb er neben einer Frau mit schwingendem Hintern stehen. »Kann ich helfen?« fragte er. »Was könnten Sie schon helfen«, sagte die Frau gelangweilt. Er zuckte mit den Schultern. »Verschwinde«, sagte die Frau. Er verschwand. Eine nicht mehr junge, aber vermögend wirkende Frau blickte ihn sehnsüchtig an. Der (   ) lächelte grausam. Später fragte ihn ein schwedisches Mädchen nach dem Weg. Unverschämt griff er nach ihrer Brust, während er mit der freien Hand dem Jungen an ihrer Seite den Metroeingang zeigte. Einer älteren Frau wechselte er Geld, begleitete sie zum Kaffeeautomaten, dann stellte er ihr ein Bein. Er entschuldigte sich, half ihr beim Aufstehen, inzwischen zwickte er sie kräftig in ihren verwelkten Arm, um ihr dann seine restlichen Forintstücke zu schenken. Schließlich landete er bei einer Nutte mit häßlichem Gesicht, das heißt, die Frau hatte ein ziemlich freundliches Gesicht, nur war es pockennarbig. Sie betrachtete ihn mit ruhiger Miene, und dadurch wurde auch er ruhig. Er ging neben der Frau einher, wußte nicht, wie er sie berühren sollte; wie er das sonst tat, wollte er es nicht tun, und für Überheblichkeiten fehlte ihm die Kraft. Von der Seite her blinzelte er zu ihr hinüber, sie hatte eine ziemlich gute Figur, war sehnig, aber alles an ihr schien etwas übertrieben.

Der Coyote

Sein Freund, der in Schwierigkeiten gewesen war und immer noch in denselben Schwierigkeiten ist, rief ihn an. Eine Weile strichen sie um den heißen Brei herum, sprachen über scheinbar wichtige Dinge, über Babits, György Rónay, das literarisch luftleere Dasein, den Mangel an Selbstbestimmung, davon, wie wichtig die Vergangenheit sei, über die Tradition und deren Gegenwart, und dann, und vielleicht waren sie damit schon um einen Schritt weiter, ging es um ein gutes, rücksichtsvolles Wort, das man für die Kritik erfinden müßte, für das, wie die Kritik früher gewesen war – so etwas hatte es früher gegeben –, daß sie nämlich einfach loslegte und alles zermalmte und zerbrach, alles in Elend stürzte und jenen, den sie treffen wollte, einen Existentialisten, Volksbundisten, Homosexuellen nannte; in solch einem Fall müsse man die Kritik als engherzig bezeichnen, das sei das Fachwort, sagten sie: *engherzig*. Erfindungsreich zogen sie die Zeit in die Länge. Heutzutage gebe es allerlei Herzen und Busen natürlich, angefangen von den Brüsten der Twiggy bis zu denen der Marilyn Monroe, und in deren sanften Schatten oder sogar in deren Tälern könne jeder seine Art Heimat finden; allerdings sei die Lage eher abwechslungsreich als rosig, ein Großteil der Busen sei ausgestopft, in der Regel mit Brötchen, was aus der Ferne gesehen zwar den Anschein der Festigkeit, der Jugendlichkeit, kurzum: der Echtheit zu sichern scheint, doch wenn man sie berührt, was der Erfahrung nach früher oder später unvermeidbar ist, beginnen sie zu knistern und zu rascheln, Backwaren sind nun einmal so. Am peinlichsten aber, und darüber lachten sie, sind die Brösel, wenn die Brüste zerbröseln.

Schließlich kamen sie doch auf die Schwierigkeiten zu sprechen. Das Bild, das sie sich gemeinsam ausmalten, wurde immer trauriger. Da fiel (   ) ein Vergleich ein, der ihn erheiterte. Das erzählte er. Sein Freund schwieg. Auch ihm selbst kam es etwas zu einfach und zuversichtlich vor: »Und dann zumindest stehen wir am Anfang eines neuen, dunklen Tunnels.« Der Freund meinte, er verstehe das nicht, es sei für ihn zu abstrakt, und das hatte er seinerseits schon befürchtet, auch er hatte es sich sehr konkret vorgestellt, nur wagte er das nicht zu sagen, der feige Coyote.

Tausend Jahre

Er hatte einen plumpen Mann mit großem Arsch und schinkenartigen Schenkeln gesehen, aber als jener freundlich und musikalisch zu reden begann, verfeinerte sich sein Körper. Glücklich betrachtete er diese wundersame Verwandlung. Eine einzige Bewegung eines anderen Mannes wiederum, ein überhebliches Zukken seiner Lippen, erinnerte ihn an einen uralten Freund, und er meinte, er würde auch diesen Mann seit tausend Jahren kennen. Und so, obwohl er nichts auf der Welt mit ihm zu tun hatte: liebte er ihn doch.

Strindberg

In einer ungewissen Phase einer verwickelten Beziehung, die die sprichwörtliche Unsicherheit geworden war, und als keiner mehr wußte, wer er selbst oder wer der andere sei, was in wessen Interesse stehen könne und ob man soeben tatsächlich geliebt oder gehaßt werde, vorausgesetzt, das sei etwas Unterscheidbares, als man jenen restlichen kleinen Bewegungsfreiraum, in dem neue und jede Vorstellung gleichzeitig über- und unterbietende, gegenseitig entweder demütigende oder erhöhende (aber eher die ersteren) Schritte unternommen wurden, schon Hoffnung nennen mußte und es daher wirklich um Hoffnung ging, wenn auch nicht um ein segensreiches Leuchten; als man annehmen mußte, von beiden würde nichts mehr übrigbleiben, nichts Ganzes mehr, wohin ein Rückzug hätte glücken können, und man also im eigenen Schmutz steckengeblieben wäre, da sagte einer der beiden: »Ich nehme es jenem Mann nicht übel. Aber warum sollte ich die 9. Symphonie einem *Tauben* erklären? Er kann ja nichts für seine Taubheit.« Er stützte sich in seinem Liegestuhl auf. »Außer, es ginge um Beethoven persönlich.« Er ertappte sich dabei, daß er weiterhin aufgestützt sitzenblieb und geistesabwesend dem Chor der Zikaden zuhörte, die in dem unter dem gleißenden Himmel schlummernden Tannenhain summten.

Ruhig, meine Liebe, ganz ruhig. Sie standen lange genug inmitten einer dreckigen Küche. Da ist nichts mehr zu tun. Warten. Sitzen, warten, über-sitzen, über-warten …, daß sich ein wenig Zeit bilde.

Der Sturm bricht aus

Bis kurz vor Schluß waren nur absolut negative Elemente vorhanden: Verrat, Bitterkeit, Lüge, Lüge; »und dann«, zum Schluß folgt ein Kameraschwenk, ein Lichtstreifen bricht durch ein Gebüsch, zwei Menschen verneigen sich voreinander, und man hört ein Wort, und noch einmal: Glaube, Glaube, Glaube! (Glaubersalz.)

Lüge

Ein verkümmerter Faustus, Mephisto seines Selbst.

Er hatte sich oft damit schmeicheln wollen, tausend Seelen zu haben und mindestens zwei Leben zu leben: So nannte er seine Lügen.

Und er habe kein Gewicht, besitze kein Gewissen, sondern nur Nerven; er sei ja wie der Wind im Sand, und ihn gebe es gar nicht: So nannte er seine Lügen. Er hatte sehr viele Namen für seine Lügen. Aber diese eine Frau liebte er immer noch sehr.

Bilder meines weinenden Vaters

Ein Aristokrat kutschierte die Straße entlang.
Er überfuhr meinen Vater, Barthelme.

Seine Mutter

Mein Junge, ich träumte, ich hätte dich auf deinem Sterbebett geküßt. Dein Mund war eingefallen wie der Mund alter Weiber oder eingesunken wie alte Gräber, und pfeifend holtest du Luft. Als ich dir einen sanften Kuß auf die Lippen drückte, verstärkte sich das Pfeifen, plötzlich hattest du mit dem Ersticken zu kämpfen, und aus deinem Mund kroch eine armdicke Raupe. *So dick.* Die Raupe hatte einen großen hellgrünen Kopf, so grün wie das verblichene Sterne-Buch der Ausgabe von 1955 in der Übersetzung von Győző Határ, die Raupe lachte, wie jener Kabarettist, dessen Name mir jetzt – natürlich – nicht einfällt.

Grüne, lachende Raupe, *was soll daraus werden, mein Junge*, ich schämte mich sehr.

Der Roman

Also, der Held des Romans, beschloß er, ist jener Mann, der »am Wegrand steht, den Strom der Wagen betrachtet und sich kalt, schmerzvoll, resigniert, entsetzt und ein bißchen heiter fragt: *Wie lang noch kann es so gehen?*« Unser Onegin steht da wie vom Blitz getroffen.

Niederlage

Es wird Frühling. Er stellte fest: Es wird Frühling. Und da überkam ihn ein unglaubliches Jubeln, als könnte er etwas dafür. So: *als ob er den Frühling machen würde!*

»Pourquoi écrivez-vous?«

Warum schreiben?

Jeder hat seine Gründe: für den einen ist die Kunst eine Flucht, für den anderen ein Mittel der Eroberung. Man kann aber in eine Einsiedelei fliehen, in die Narrheit, in den Tod; man kann mit Waffengewalt erobern. Warum gerade *schreiben*, warum durch *Geschriebenes* seine Ausflüchte und seine Eroberungen bewerkstelligen? – lese ich. Ich lese, wir würden schreiben, um geliebt zu werden, und werden so gelesen, daß wir nicht geliebt werden, können – ganz gewiß macht diese Entferntheit den Schriftsteller aus.

Wie ist der heutige Prosaschreiber?

<Der ausgestopfte Schwan>

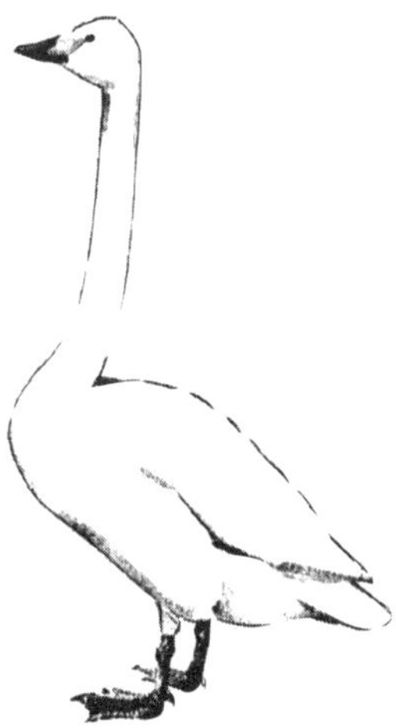

I. **Singschwan** (Cygnus cygnus). Im 18. Jahrhundert haben in Ungarns Morasten noch Singschwäne gebrütet. Seitdem sind sie nur gelegentliche Wintergäste, zusammen mit dem Zwergschwan oder Bewick-Schwan (C. bewicki). Dieser ist überaus selten. Zwischen den beiden Unterarten gibt es nur geringe Größenunterschiede, ihr Schnabel ist gelb und schwarz gefärbt, jedoch erstreckt sich beim Singschwan die schwarze Färbung bis hinter die Nasenöffnung. Der Singschwan kann vom Höckerschwan durch dessen schwarzrote Schnabelfärbung gut unterschieden werden. Die meisten europäischen Exemplare entstammen heute ausgewilderten Beständen. Der Singschwan nistet in Feuchtgebieten, am Meeresstrand, Seeufern oder an Flüssen und Mooren. Er ernährt sich von Pflanzen. Der Singschwan gehört zu den geschützten Vögeln. Nach Ungarn kommen meistens nur einzelne Exemplare oder kleinere Gruppen.

Also: ich schreibe: für Wollust, aus Angst, für die Freiheit und aus der Freiheit; und weil ich »diese betäubende, eklige und wütend machende Welt nicht mag, ich will sie ändern«, Zitat Ende, schreibe ich.

LEITFADEN

für die Genossen Ästhätiker
wo der Hammer hängt und wie man ihn schwingt

Das Studium des Leitfadens ist ein festlicher Höhepunkt unseres literarischen Lebens.

Es gibt ein Fest.

Das Kunstlagerfeuer ist in der Mitte des Saals aus dem Eigenmaterial des Parketts zu errichten. Zunächst mag dies womöglich den Anschein einer überflüssig-prätentiösen Geste erwecken, kurzsichtig jedoch, ja stockblind ist ein Denken, welches den Aufstieg einer Nation lediglich im Fleischprogramm erblickt, den Staatshaushalt in jeder anderen Hinsicht immer nur kürzen möchte und die Konditionierung weiterer Werte sträflich vernachlässigt – solang das Kunstfeuer wangenrötend knistert, wissen wir doch: Mit leerem Bauch läßt sich schlecht Hymnen singen.

Die Jungsauen (mit Verlaub gesagt) sind ausschließlich mit Orangenblüten zu füttern.

Der Leitfaden ist zum internen Gebrauch bestimmt, dessenungeachtet für gezielte Indiskretionen geeignet; unter Umständen wäre dies sogar empfehlenswert, erzeugt er doch einerseits Vertrauen, andererseits Furcht. Und das ist gut so. Denn in Wahrheit ist es würdig und recht, gebührend und heilsam, wenn sich der LESER in die Vorstellung versetzt, er sei Anna Karenina oder der Landvermesser. Da trieft ihm dann süßlicher Speichel vom einfältigen Gesicht, und er findet sich ausgeliefert wie ein Wild, das seine Notdurft grad verrichtet. Allerdings halten sich hierbei Vorteile und Nachteile die Waage. Also sollten die Genossen Ästhätiker Mut beweisen, erfindungsreich sein – und Geist fahre in sie.

Die Sache will vorbereitet sein, es darf nichts schiefgehen. (Sollte sich das Studium hinziehen, kann für internatsmäßige Unterbringung gesorgt werden. Herkömmliche Präsentationen geschlossener Räume sind zu meiden, Umbau auf disco-like genügt hier nicht. – Die möglicherweise entflammenden Liaisons treten wir umgehend aus. Ist das nicht möglich – denn das Herz gehorcht Befehlen nicht –, lassen wir es eben, nebbich. Wie dem auch sei, eine Voruntersuchung der Frauen ist erforderlich.) Des weiteren sind versteckte Kameras aufzustellen, doch ist auch für eine sichtbare zu sorgen; letztere sollte nicht eine der versteckten sein.

Klar ist, die Aufgabe der Genossen Ästhätiker besteht diesmal darin, einen ungezwungenen und lebendigen Gedankenaustausch zu organisieren – an einem, ich will mal so sagen, heimlichen Plätzchen. Alles sollte unmißverständlich, das sei wiederholt, festlich sein. Ja sogar, und nochmals: ein Festakt. Unter Festlichkeit verstehen wir nicht Eleganz, nicht Manier, sondern Würde, Haltung, sittliche Erhabenheit, Licht und nicht Gleißen, Gold und nicht Fülle. Den Genossen Ästhätikern ist von ihrem Funktionsplan her bekannt, was Stendhal in einem seiner Briefe (an eine Frau) schrieb: »Meine Teuereste, seien Sie vernünftig. Es geht darum, über Gott zu schreiben und nicht über die Papisten.« Natürlich gibt es Anforderungen bezüglich der Form. Machen wir's nicht zu billig, was die kalten Platten anbelangt. Wie erbärmlich kann ein welkes Würstchen wirken! Sorgfältig ausgesuchte Süßigkeiten und gesalzene Erdnüsse können viel zur Hebung beitragen. Wie der Volksmund sagt: Deppenfutter. All das darf nicht auffällig, gespreizt oder neureich wirken. Man erreiche die Selbstverständlichkeit pochierter Eier.

Ma chérie, Soyez raisonnable, il s'agit d'écrire de Dieu et non pas des papistes. *In: Corresp. II. Graal and Graal, Paris 1879.*

Es schadet auch nichts, beim Publikum vorzufühlen, was es will, ob es, so es nichts will, vielleicht verlangt oder fordert, und ob es, wenn es fordert, wirklich fordert oder sich nur unbeholfen ausgedrückt hat. Hierbei sollten die Genossen Ästhätiker luftige Frische, Weite und Großzügigkeit beweisen, ganz wie das Leben in den französischen und russischen Romanen des vorigen Jahrhunderts. Das hierfür nötige Gespür besitzen sie bzw. haben sie zu entwickeln.

Das Abtasten vollziehe sich im Halbdunkeln, in freundschaftlicher, aber dennoch sachlicher Atmosphäre. Ein Lichtschein falle dabei auf die wichtigsten Richtlinien, Bewegungsabläufe und Brennpunkte; sollte es unserer atomisierten Epoche an solchen mangeln, konzentriere man sich auf die bedeutenderen Einmann-Trutzbünde.

Gewöhnliche Schnüffelei ist damit aber nicht gemeint, nicht daß das nicht das elementare Recht der Genossen Ästhätiker wäre, aber es ist mit jenem, man könnte sagen, linkischen Streich zu rechnen, daß in dem Maße, in dem der LESER immer zimperlicher wird gegenüber den an ihm und in seinem Interesse praktizierten Methoden, es auch die Genossen Ästhätiker selbst werden; es ist also nicht auszuschließen, daß solcherart Gewissensbisse akkumuliert werden. Was verhängnisvoll wäre; es führt entweder zur Niederlage oder zum Zynismus. Erstere ist ab ovo, letzterer um der angezeigten Großzügigkeit willen zu vermeiden.

Die Genossen Ästhätiker sollen sich unter das Publikum mischen, sich eine gewisse Versiertheit auf dem Gebiet des Balancierens mit kalten Platten verschaffen und, sollten sie dennoch jemanden bekleckert haben, auf Grazie beim Aufsammeln der Mayonnaiseerbsen aus fremden Schößen achten! Es gilt zu lauschen, die Ohren zu spitzen, sich auch selbst belauschen zu lassen; beiläufig verweise man auf die progressiven Proportionen von Narzißmus und Engagement oder auf die bizarren Zwickmühlen von Selbstverherrlichung und Heimatliebe, für Momente kehre man den strengen Experten heraus, um im nächsten Augenblick nach zerzausten Hinterbacken zu langen.

Spazieren Sie etwas umher. Gelöstheit – das sei die Devise, das sine qua non des Ortes, wenn über die Gänge schwebende weiße Schatten huschen, aus den Ecken Frauen und junge Titanen mit Kindergesichtern erschrocken auseinanderfahren (aus der Ferne könnte der nicht mehr ganz taufrische Schlager vom *Yellow bumerang* zu hören sein) – als ob hier jeder ein Kenner und vor allem ein Freund des Lebens wäre und seine Fingerkuppen, wie es im Dichterwort heißt, an das pulsierende Geheimnis legen würde, wo es schon brennt … wie bereits Sartres Großmutter rät (die Genossen Ästhätiker wissen Bescheid): »Gleitet, ihr Sterblichen, lastet nicht!«

Wenn aber von dieser (schon im voraus geneideten) Leichtfertigkeit, mangels demokratischer Traditionen und wegen des Charakters der kulturellen Traditionen und wegen Miklós Horthy, nur stupide Ferkeleien und dilettantische, zügellose Zechgelage zu realisieren sind, dann lieber nicht.

Die ersten Ansprachen dürfen etwas knirschen; überhaupt: Spannung sei spürbar! Die Mienen der Genossen Ästhätiker seien gelinde verkrampft, starr – mögen Mißgunst, Hochmut, Arroganz dies als Schiß interpretieren. Gleichwohl ist dieser Krampf auch Ernst: Bis hierher war's vielleicht nur Scherz, mein Herzchen, doch damit ist jetzt Schluß, sozusagen. – Nicht jeder LESER wird rechtzeitig den Übergang spüren, hier können wir je nach Geschmack wählen zwischen Nachsicht und Schonungslosigkeit, es kommt nicht so drauf an.

Die Genossen Ästhätiker müssen die LESER als gleichrangige Partner betrachten. Dem sollte Ausdruck verliehen werden, die Tonlage sei demokratisch. (Mit dem LESER verfahre man behutsam; hin und her. Er ist argwöhnisch. Sein Argwohn ist einzuschläfern. Von der Grundlosigkeit des Argwohns seien die Genossen Ästhätiker bitte im tiefsten Innern überzeugt, dies eignet sich als Basis für subtile Gekränktheit. »Sie sind ungerecht, mein Freundchen, alter Knabe, nichts für ungut«, könnte man, leicht angeheitert, äußern. Vorsichtig. Vorübergehend sollten die Genossen Ästhätiker ihr Alter herausstellen und die LESER um deren Hilfe bitten, um jenen gewissen Bonus, den einerseits nur diese besitzen und ohne den andererseits die gemeinsame Karre im Dreck steckenbleibt. – Bekanntlich ist es nicht ganz so, aber die Genossen Ästhätiker wissen auch, daß es auch nicht ganz so ist, wie sie es gerne hätten.)

Dennoch: Man lasse sich nicht hinreißen. Nicht vergessen: Schaum vor dem Mund, Wangen, die nach Blutegeln geradezu schreien, verschwitzte Stirnen sind nicht gerade das schlagkräftigste Argument! Verständnis ist angezeigt, man war schließlich selbst einmal Leser.

Kompensation ist dennoch nicht angebracht. Toleranz bedeutet nicht Unterwerfung, Pluralismus des Geistes nicht Pluralismus der Institution, Demut nicht Selbsterniedrigung.

Die Genossen Ästhätiker haben keinen Anlaß zu liebedienern, die Dialektik ist kein rückgratloser Pfuhl des Einerseits-Andererseits. In der Pause erkundige man sich wirklich aufrichtig beim LESER: »Was wollt ihr?« Oder: »Ja, was wollt ihr denn eigentlich?« ... Aber bitte keine Komplizenhaftigkeiten (z. B. die Rumänen). Zum Abreagieren mag man allenfalls sagen: »Ich bin determiniert, wie das Fohlen angeschirrt« – zwinkern.

Berufen wir uns auf die revolutionären, konterrevolutionären, tragischen, bedauerlichen Erfahrungen der LESER. – Die Genossen Ästhätiker seien sich ihrer Stärke bewußt, dann können sie wesentlich flexibler agieren und auch die zarten Sphären einbeziehen.

Was behaupten wir?
Nehmen Sie die Brille ab? Lassen Sie den Blödsinn? Mach dir nicht gleich in die Hose, Kossuth? Du kleiner Schlingel, wir wissen, daß die Sonne scheint, und wissen,

Unbedingt zu vermeiden ist die schulmäßige Methode des Abfragens. Kein einziger LESER sollte statt eines ideenreichen Diskussionsbeitrags, eines farbigen, typischen Erlebnisberichts leere Phrasen dreschen. So etwas gibt es.

Man lege bitte Gewicht auf den existentiellen Schock, das Seinserlebnis und die Betroffenheit durch das temporäre Fehlen der moralischen Grundpfeiler.

daß es regnet? Nicht doch? Was soll diese Sturheit?

Oder wäre es nicht unsere Pflicht, wenn wir die Notwendigkeit der Suche nach solchen Auswegen spüren, uns einzugestehen, daß wir am Ende sind?

Wenn in der solcherart aufgeheizten Atmosphäre die Frage aufsteigt: »**Nun, ihr sündhaftes, einfältiges, verhurtes Volk?**«, dürfen sich die Genossen Ästhätiker nicht übertölpeln lassen. Da sich aber der LESER durch eine natürliche Geste mit dem Volk identifiziert – lassen wir uns nicht darauf ein, mit welchem Recht denn! –, und da niemand so mit dem Klammerbeutel gepudert ist, sich selbst anzuschwärzen – es sei denn, er will seine Trümpfe Schritt für Schritt ausspielen, was in unserem Fall jedoch eine solche Organisationstätigkeit erfordern würde, von der man Kenntnis hätte –, sind ohne jeden Zweifel die Genossen Ästhätiker die Objekte der Verwünschung.

Das ist jedoch nicht beweisbar, der LESER dürfte formal zu Recht die Nase rümpfen, auf Loyalität und Demokratie pochen, beleidigt sein, wie wir das alles überhaupt anzunehmen wagten (wie ein Ehemann, der von seiner Geliebten kommt, aber mit stabilem Alibi), und nur wir wüßten, und er, daß er sich die ganze Zeit über durchtrieben ins Fäustchen lacht. Da also Verschleierung, Heimtücke und Intrige so um sich gegriffen haben, mögen die Genossen Ästhätiker getrost ihre gelehrten Köpfchen neigen und also flüstern: »Nimm, Vaterland, nimm mich an deine Brust hin!« … Trotz und Tränen sind dem LESER damit sicher. Dann noch ein bißchen draufdrücken. (Abends, wenn die Garderobenfrau uns fragt: »Na, mein Guter, habt ihr heute wieder viel schwindeln müssen?«, weisen wir sie sanft zurecht. Trinkgeld wie gewohnt.)

»Die Kunst ist von der Wahrheit abhängig, die Wahrheit aber, weil unteilbar, kann sich selbst nicht erkennen: Die Wahrheit *aussprechen* heißt soviel wie lügen. In diesem Sinne ist *der Schriftsteller die Wahrheit*, und dennoch, sobald er spricht, lügt er. Die Glaubwürdigkeit des Kunstwerks rangiert nie auf dem Niveau seiner Ästhätik, sondern stets auf dem Niveau der moralischen Erfahrung, oder eher noch, wie es Kafka sagt, indem er Kierkegaard verbessert: Zum ästhetischen Genuß des Seins können wir nur durch moralische Erfahrung und nur ohne Dünkel gelangen.«

Die Erregtheit ist abzuleiten (empfohlene Literatur: Péter Veres, Wittgenstein, Realismus, body art).

Die Genossen Ästhätiker sollen den LESER nicht nur unterrichten, sondern auch erziehen. Die Genossen Ästhätiker sollen sie selbst sein, sich selbst treu bleiben und nicht so tun, als ob sie selbst am liebsten auch Leser wären, der allgemeine Spott bliebe nicht aus.

Selbstvertrauen! Niemand behauptet, Ästhätiker zu sein sei eine Freude, Leser zu sein Pflicht – sondern nur, daß die Welt so ist! daß es so erst Welt ist! daß es Realitäten sind! reale Realitäten! ... und bitte! mögen die Herren LESER ruhig erbittert sein, es ist trotzdem so (nur kommt noch ihre Bitterkeit hinzu). So tun, als wäre es nicht so – das ist dann wirklich Poesie. Aber dann sollen sie gefälligst zu Hause über ihren Stanzen brüten! Beziehungsweise – so energisch braucht das nicht auszufallen, Wort verfliegt, Schrift verfliegt ...

Doch sollte man auf der Hut sein. Der Berufsdünkel der Genossen Ästhätiker birgt Gefahren, Beispiele hatten wir schon.

Auch wenn es pedantisch scheint, die Genossen Ästhätiker müssen das *Lesen* kontrollieren. Ob überhaupt gelesen wurde. Dabei darf es kein Pardon geben. Als LESER gilt, wer liest. Davon ist auszugehen.

Seitens einzelner Genossen Ästhätiker erreichte uns die von Unsicherheit zeugende Frage: Was ist, wenn zwar gelesen wird, aber etwas anderes?

Huuu. Das ist lesefeindliches Lesen!!! Wir müssen es leider unterbinden. Nicht direkt, denn unter den Bedingungen unserer Zeit, besonders infolge des Pseudoeinflusses der bürgerlichen Moral und Wertordnung, denen der Boden entzogen wurde, gilt auch bei uns alles Autoritäre, jegliche noch so berechtigte, authentische und verdiente Äußerung der Gewalt als anrüchig; nicht mit einem Machtwort folglich, aber, machen wir uns nichts vor, mit Macht. Ohne Pardon.

Mit gespielter Verlegenheit brumme man etwas über den ungünstigen Zeitpunkt und die Tagesordnung, oder wenn das nichts hilft, was wahrscheinlich ist, die Menge pflegt dann verschleierten Blicks zu randalieren und Freiheit zu fordern, sollten sich die Genossen Ästhätiker darauf versteifen, das Wort zu verlangen, das Wort zu erhalten, das Wort zu erheben – in dieser Gehobenheit liege ein Hauch von Drohung, jedoch nicht mehr als in der *Struktur* eines Kafka-Satzes – »Meine Freunde, so war das nicht abgemacht«, schmollend wie eine brachgelegte junge Frau; der plumpe Charme der Kontradiktion wird schon den einen oder anderen LESER umhauen. Zu wenig. »Ihr würdet euch selbst als Leser besudeln, meine Freunde, ich hätte Lust, jetzt mal wirklich –«

Hier müssen die Zähne gezeigt werden; das ist unvermeidlich, sosehr wir auch an die Mündigkeit des LESERS glauben, jenes LESERS, der sich im klaren ist über den reifen Ernst der Verantwortung, die sich aus seinen Rechten ergibt, der nicht nur nehmen, sondern auch geben will, der unter Demokratie nicht einen Fleischtopf versteht, aus dem gerade er sich die besten Brocken herausfischen kann. Das perverse Schwein.

Achtung! Im Tod gewinnt jeder an Größe! Daran besteht kein Bedarf – passé.

Glauben einhämmern!!!

Selbstvergessen sollten die Genossen Ästhätiker Passagen aus schönen und großen Romanen vortragen, die Literatur ist doch letztendlich zur Ergötzung der Seele da … Stellen wir uns lächelnd vor, wir wären Anna Karenina oder der Landvermesser.

Notabene: Ungarn ist ein Volk der Kongruenz (Subjekt, Prädikat, Ergänzungen).

Es fließe und verrinne die ZEIT.

ES IST ZEIT

Hinter der Donau, vor der Theiß

Ich bin nicht ich:
auch du bist nicht er oder sie,
sie sind nicht diese
(*Evelyn Waugh*)

Ein literarisches Drehbuch

Auf dem Flugplatz *Schwarzweiß* Halbtotale Großer Kran Windmaschine
Kran sinkt Zwei Gestalten
Kran steigt
Im Kino Zuschauerraum Farbe Halbnah Fahrt Halbtotale
Langsame Fahrt vorwärts
Nah
Totale Von oben Halbtotale
Playback
Halbnah Schwenk auf Schiff Nah Nah Nah
Halbtotale Weit Zweier Münder Nah Trick Zweier im Anschnitt
(Außen Tag Stumm) Halbtotale Nah Nah Nah Nah
Schwenk auf Schaufenster Trick: Altern (Maske)
Wohnung in Plattenbausiedlung Halbtotale Fahrt vorwärts mit Halassi
(Innen Tag Ton) Nah Nah Halbnah Trick
Rückfahrt Parallelfahrt Nah Parallel Nah Schwenk in Zweier
Treppenhaus Handkamera vor ihnen rückwärts
Straße Halbtotale (Auf einem Trailer)
Weit Aus der Hand Von innen Zweier von hinten Laut Im Auto

Zweier Ilona – Cserháti
Vor dem Fabriktor Western Totale Großer Kran Windmaschine Froschperspektive
Nah
Halbnah Halbnah Fahrt Langsame Fahrt vorwärts Zweier Halbnah
Pforte Nah Nah Schnitt auf Halassi Trick
Trick *Schwarzweiß* bis Büro
Nah Raum für Leibesvisitationen
Halbtotale Durch Glas Fahrt in Zweier
Mündungsfeuer Nah
Fahrt am Boden (Dolly + Weitwinkel)
Volle Angleichung
Halbnah Weit Anschnitt Fahrt mit Halassi Vorwärts
Sekretärin Nah
Sekretärin Weit Halassi im Anschnitt Schwenk
Auf der Landstraße (Außen Sonnenuntergang Stumm)
Halbtotale Kran Auf dem fahrenden Trailer
Fahrt beginnt nah Wir heben uns langsam In einer Linie mit dem Auto (Pointe bitte!)
Auf der Straße - Vor Erholungsheim (Außen Sonnenuntergang Ton)
Weit Aus dem Auto nach außen blickend
Durch Windschutzscheibe von innen
Halbtotale Durch Heckscheibe Trabant Spezial
Garten im Erholungsheim Halbtotale Leute um Feuer
Halbtotale Feuer
Nah Marci wirft Ottlik hinein
Nah Verwalter im Anschnitt Wir erkennen sein Gesicht wegen der Dunkelheit und der
Kappe erst später
Nah
Stumm Nah Fahrt Halbnah Trick!
(Innen Nacht Ton)
TV Nah
Nah Abwechselnd Ilona im Anschnitt Nah Verwalter im Anschnitt
Fahrt Treppe hinauf bis Tür hinter ihnen
Nah + Trick Hand Nah

Halbtotale Langsame Fahrt auf Gesichter (evtl. Schnitt Gegenschnitt)
Nah Nah Kreisfahrt
Nah Ilona Schließt die Tür »vor unserer Nase«
Zimmer 8 Langsamer Kreisschwenk
Halbnah Trick! Marci im Anschnitt + Trick Weite Mittelaufnahme
(Kamerafahrt rechtwinklig zur Schrankkante)
Nah Mücke (Übergroß)
Fahrt nach links
Korridor Totale Zimmer des Verwalters Halbnah aus dem Blickwinkel des
Verwalters
Jitka Nah Jitka Jitka Nah
Anekdote *Schwarzweiß* Regenmaschine Windmaschine Pobjeda-Zeiten Nah
Verwalter (Labortrick!)
Auto Innen Jitka weint Halbtotale Wird langsam farbig
Zimmer des Verwalters Verwalter Nah Zimmer 8 Fahrt in Zweier
Zoom auf Staubsack Schwenk am Rohr Gesichter von Halassi und Ilona
Fahrt auf andere Schrankseite Halassi steht auf
Zoom auf Steppdecke Langsam zurück
Nah Pakete aufmachen! Nah Künstliches Glied!!!
Halbnah Zufahrt Halassis Tisch Fahrt zurück
Batterie Nah
Ilona kommt herüber Zweier Nah TV
Weit Mittelaufnahme-Elternblock Langsame Fahrt auf 2 Gesichter
Zweier Froschperspektive (durch das Fenster »scheint der Mond herein«)
Langsame Fahrt auf »Sei mir nicht böse«
Halbnah Nah Nah Zweier Übergroß Nah Haar
Zweier Übergroß Nah Haar Frau gerastert
Zweier Zweier Zweier Langsame Fahrt (Fluch!)
Korridor + Zimmer des Verwalters (Innen Nacht laut)
Halbtotale Nah Halassi Verwalter im Anschnitt
Fahrt mit Verwalter

Halassi   Nah   Verwalter   Nah   (Schnitt   Gegenschnitt)
Zimmer 8   Vor dem Spiegel   Halbnah   Aus der Hand
Nah   Erste-Hilfe-Box   Echt   Ilona – Verwalter   Nah   Halassi
Nah   Verwalter – Ilona
Rückfahrt in Halbtotale
Zimmer des Verwalters   Halbnah   Zweier   Fahrt
Verwalter   Nah   Halbtotale
Im Zigeunerviertel   *Schwarzweiß*   (Außen   Tag   laut)
Halassi – Verwalter   Wieder Farbe   Windmaschine   Totale   2 Pobjedas
Staubige Landstraße   Motorradeskorte
Reklame-Drehbühne   Totale   Von unten
Totale wieder staubige Landstraße mit 2 Autos
Nah   Alter Zigeuner blinzelt   Im Anschnitt   Halbtotale
Zimmer des Verwalters + Korridor + Terrasse
Langsame Fahrt vom Auto   Aus der Hand   Nah begleitet   Fahrt begleitet
Fahrt dahinter   begleitet weiter   Ilona   3 Gestalten begleitet weiter
Verwalter   2 Gestalten   Rückfahrt
Kamera bleibt innen   Halbtotale auf Korridor   (Ist gut, ruht euch aus ohne mich!)
(Außen   Sonnig   Morgengrauen   Stumm)
Auf dem Hof   Im Auto   Halbtotale   Halbnah   Aus der Hand aus dem Auto durch das
Fenster
2 Kinder in Pyjamas Ilona im Anschnitt
Im Auto   In Budapest   In der Gegend der Ostapenko-Statue
(Regen   Innen   Morgen   laut)   Halbtotale   Von innen   Von hinten
Kamera und Auto auf einem Trailer durch die Stadt bis zum Ende
Nah   Halasssi   Zweier   Ilona   Nah
Langsam fokussieren   (Das erste Mal mit dir, das war schlecht)
Totale
Krankenhaus   Kamera   Schwenkt zurück   Auf Pförtner
Zufahrt 3 Gestalten   Halbnah   Arzt   Nah
(Innen   Tag   laut)   Taschentuch   Nah   Zweier mit Oberschwester

Mutters Wohnung Halbnah Kamera aus der Hand Gang nach vorn

Nah Zweier Jüngerer Bruder Schnell Schnitt Gegenschnitt Steadycam Vorwärts

Wecker Nah Playback Von »Hi everybody« bis »Oh, wie sehr ich doch alt werden werde« Trick

Halbtotale Halbe Kreisfahrt zwischen 2 Jungen

Park Halbnah mit weitem Anschnitt Fahrt mit Bodor

Totale von oben Großer Kran Kran sinkt Wassergraben im Anschnitt

Rue Saint-Denis Trick Halbtotale *Schwarzweiß* Paris

Nah Nah Auf Busen Nah Schmelzende Schneeflocken (Kristallstruktur!)

Totale Pariser

Park *In Farbe* Zweier Langsame Fahrt

Mutter Nah Nah Nah Totale Halassi Totale von oben Totale von unten

Auf dem Bus Weit Zweier Schwarze Frau Nah Augen hin und her

Chauffeur Nah Wärmestube Abwechselnd aus der Hand Nah

Nah

Zweier von unten Zweier von oben Zweier von vorn Zweier von hinten

Nah Wasser Nah Magnetophon Trick Farbe Totale

Krankenhaus Halbtotale Fahrt bis zur Oberschwester Im Anschnitt

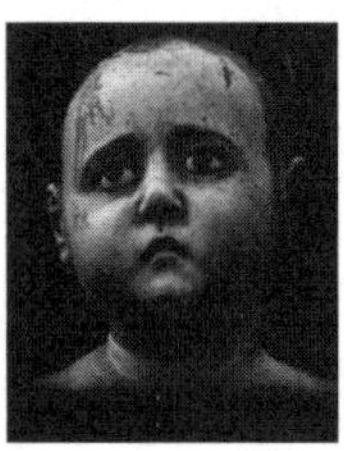

Trick 1 – 3 Fokussieren Aus der Hand Weit

Halassi Nah

Auf der Brücke Totale Fahrt Zweier Vater Marci Nah »Hinter der Donau«

Totale Totale Totale Nah Totale

Regie: PÉTER GOTHÁR

1. »Nach dem Gespräch mit dem Kommissar sah Sergej die Welt in einem anderen Licht. Diese neue Welt erschien ihm nicht als eine besonders gute Welt oder zumindest nicht als auffallend gute Welt, es war aber eine, in welcher er, Sergej, etwas zu tun hatte. Also brach er auf.«

2. Halassi blinzelt im Licht, unsere Stadt am Flußufer pulsiert angenehm, die Brücken sind grazil, wir blicken erwartungsvoll auf unseren Helden.

Die Stadt, die Straße ist tatsächlich schön. Wie in den guten französischen Filmen die Dächer von Paris, in den schlechteren die Côte d'Azur, und in den amerikanischen New York: wie die Stadt sich streckt, wie ein gefährliches, phantastisches Ungeheuer.

Das wird sich »dann« ändern; der *Raum* ist unberechenbar und launenhaft, das wird sich herausstellen. Feindlich. Böser Raum. *Keine Landschaft*.

Film, französischer (Definition): Jaguar und Döschewo, in Schwarzweiß, leichte Tischweine, leise Ziehharmonikamusik, Schildkappen. Und sie sehen einander recht lange an.

3. Rosa: Blut, durch bleiches Kaugummi sickernd.

4. Das Mädchen ist phantastisch, wunderschön und steckt ihm mit einer grotesken Grimasse die Zunge heraus.

5. Auf einmal sieht sie im Gesicht des Polizisten das der Zsuzsa Cserháti (play back!).

»Ich will mit dir leben«, sagt die Frau.

»Geh, wasch dich«, sagt der Mann.

»Ich brauche dich.«

Der Polizist ist sympathisch und müde, wie ein Maurer, er schaut in das Glas der Auslage wie in einen Spiegel und sagt traurig:

»Oh, wie sehr ich doch alt werden werde.«

6. Auf dem Waldposter ein Hirsch, er macht leise Geräusche. Aus seinen großen, glänzenden Augen tritt eine Träne aus.

7. Charakterisierung: a) 35 Jahre alt

b) als sie um die 18 war, da gab es ein halbes Jahr, als auch wir sie schön gefunden hätten. Jetzt ist sie nicht einmal häßlich. Und doch denken wir manchmal an dieses halbe Jahr …

c) sie ist die Unschuld, der echte Gegenpol, bis zuletzt; ihr Gesicht ist die Insel, auf der wir uns zu Hause fühlen könnten; sie ist die Hoffnung, daß es auch anderswie ginge.

d) eine lolitahafte Hexe, ihre Geistesträgheit scheint die Zukunft anzudeuten, die auf die Unschuld wartet; aber noch nicht verloren ist, beziehungsweise wissen wir: Alles hängt von ihr ab – sie allein weiß, wie unwahr das ist

Ergänzung (c, d): Jitka liest den Prospekt eines aufblasbaren Planschbeckens aus Gummi (sie ist in dem Alter, in dem sie alle gedruckten Texte liest, sie liest und mokiert sich).

»Wir möchten, daß Sie lange Freude haben mit dem soeben« – soeben? wiederholt sie ungläubig – »erstandenen Kleinen Planschbecken.« Sie zuckt die Achseln. »Na gut. Dann hab ich eben lange Freude.«

Marci bohrt in der Nase und bemerkt:

»Also nein. Da fickfacke ich schon lieber in meiner Not.«

8. »Kuckuck, kuckuck!«

»Man müßte diese gemeine Zeit ernst nehmen!« (Jitka)

9. »Sommerfrische? Klingt nicht schlecht, wenn man sich's leisten kann … Obwohl … Ich habe einen Samowar, und der macht mich wunschlos glücklich!«

10. … die englischen Touristen waren ganz hingerissen von unserem Land, aber insbesondere die Fischerbastei, Kodály und die würzigen Speisen haben es ihnen angetan …

11. »Tag, Herr Feri«, sagt Halassi entschlossen. Der Pförtner schüttelt den Kopf.

»So geht das aber wirklich nicht«, sagt er mit vollem Mund. »Haben Sie Ihren Namen abgegeben, ja oder nein?!« Diese Männer machen keine unnötige Bewegung. »Name, Mädchenname der Mutter, geborenin, geborenam, pers.nummer, gef.kraut., ger.leb., hauptabt., abt., Schicht …«

»Aber ich bin es doch. Ich bin es … Ich selbst.«

Der Pförtner wendet sich ab, Halassi tritt ihm das Messer blitzschnell aus der Hand, es wirbelt hoch in die Luft, blitzt im Flug auf, ein gefährliches Gerät.

»Jóska, Lajos!« ruft der Pförtner. Zwei Wachmänner erscheinen, ein Paar: Dick und Doof, Goethe und Schiller. Speck, Messer, Koteletten.

→→→ Unter Waffengebrauch versteht man das aktive Benutzen der Waffe gegen eine Person. →→→→→→ Die Waffenbox darf nur von einer Person mit Lichtbildausweis geöffnet werden. →→→→ →→ Widerstand, der sich als bloße Untätigkeit erweist und den Sachverhalt der Handgreiflichkeit nicht erfüllt, berechtigt nicht zum Waffengebrauch. →→→→→→ Der Waffengebrauch gegen Kinder und Schwangere ist nicht statthaft. Als Kind wird jene Person bezeichnet, die das 14. Lebensjahr noch nicht vollendet hat und das auch rasch nachweisen kann. Eine Frau ist schwanger, wenn dieser Umstand augenscheinlich oder dem Wachorgan bekannt ist. →→→ →→→ Das bewaffnete zivile Wachorgan hat den Anruf laut, verständlich und nachdrücklich zu tätigen. Die gegenständliche Person muß dem Anruf entnehmen können, daß ihre Widersetzlichkeit den Tatbestand des Widerstandes gegen die gesetzliche Ordnung erfüllt.

12. »Jetzt weiß ich schon, was die große innere Ruhe ist, in der alles ..., alles möglich ist.« Er stirbt. Halassi drückt ihm die Augen zu.

13. Gegenüber sitzt hinter einem Schreibtisch der Büroleiter, ein untersetzter Mann mit blitzenden Augen, er trägt einen dunklen Anzug (Kleiderfabrik Schwarzer September) und Krawatte. Er ist bedauerlich und bedrohlich. Er ißt Speck. »Halassi! So wundern Sie sich zumindest nicht, wenn ich Sie nicht mag! Wieso, mögen Sie denn mich? Mögen Sie mich? ... Ich muß meinem Sohn ein Beispiel geben. Ein Beispiel! Ich bin ein Beispiel, ein Vorbild. Meine Frau ist gebildet.« – Er springt zähnefletschend auf. »Auch du wirst ein Vorbild sein! Du verheimlichst es nur! Du verheimlichst es ...!«

Little red rooster.

14. Kleiner ungarischer Vergleich: Die Wagentür eines Trabants knarrt, wenn die Insassen aussteigen, wie die schweren Eichentüren altertümlicher englischer Burgen – zu Mitternacht.

15. Unwirtlicher Hinterhof, elendes, blasses Gras, Milchpackung aus Kunststoff, Saugrohr, windschiefer Zaun, Autoreifen, an der Mauer lehnt eine opferbereite Zille, Paddel, Fischernetze.

16. Er ist der Chef und er bemitleidet sich. Das ist das Bedrohliche.

17. Eine fette Ratte, so groß wie ein Zementwagen, die hat auf der Playa die Ruhebetten umgeworfen. – Es ist Zeit, schreib ja nicht, ich habe Angst ...

18. »Wie alt ist denn das Fräuleinchen?«
»Wie alt schätzen Sie mich?« fragt Jitka zurück.

19. (Die traurigste Geschichte der Welt) Jitka erzählt eine Geschichte, ein wenig erschrocken, hasardierend und verhaspelt, der Text nimmt Gestalt an, schwarzweiß, wie vom Verwalter vorgestellt, das heißt, der Verwalter wie vor 30 Jahren (Schminke!), folgt Jitka in seinem langen Mantel, sie trägt einen Lodenmantel und Baskenmütze, er tritt an sie heran, geleitet/drängt sie in ein großes, barkenähnliches schwarzes Auto (»Schleichwagen«) und setzt sich zu ihr. Das Mädchen sitzt mit zusammengepreßten Zähnen da. Er umarmt sie.

»Einmal versuchte ich, mir einen Geliebten zuzulegen, aber ich war derart niedergeschlagen, so ausgemergelt, daß ich ihn einfach abweisen mußte ... Ich lag schon in den Armen des Mannes. Was war das für ein schneidiger Kerl! Und wie nett! Und ich sagte zu mir, leidenschaftlich, mit zusammengebissenen Zähnen, wie in Romanen* üblich – und ich biß die Zähne tatsächlich zusammen –, und ich sagte zu mir: Jawohl, ich will es, ich will mich wenigstens einmal im Leben wohl fühlen, wenigstens ein einziges Mal. Es war dunkel, wir saßen in einer Kutsche und fuhren von einem Jägerball heimwärts! Und dann durchfuhr mich plötzlich, wie ein Blitz, ein Gefühl des unendlichen Elends, des Theaterspielens ohne Ende, und machte mir alles zunichte. Ja, ich mußte erkennen, die Gelegenheit hatte sich umsonst geboten, ich hatte nicht einmal mehr zum Glücklichsein Lust. Und ich weinte darauflos und weinte und weinte, ich weinte die ganzen elf Meilen hindurch. Stellen Sie sich nur vor: Ich habe geweint. *Ich!* (Sie sind aus dem dunklen Wagen ausgestiegen und stehen nun einander gegenüber. Als der Mann sie umarmen möchte, schlüpft das Mädchen aus seinem Mantel und

* in Filmen

flüchtet. Das Staatssicherheitsamt steht mit dem leeren Mantel da, als wäre dieser ihm als Geliebte zurückgeblieben. Es regnet.) Und stellen Sie sich vor, wie ich dem armen Jungen mitgespielt habe! Das war nicht fair, nicht wahr?«

Als wären beide aus einem Traum erwacht. Es ist nicht wahrscheinlich, daß Jitka auch nur ein Wort gesagt hat. Der Mann fängt unversehens zu weinen an. Sein Gesicht wird klatschnaß. Es ist erschreckend, erschütternd, zum Wiehern. Das Mädchen legt dem Mann – jetzt wie ein Kind – die Hand auf den Arm.

»Weine nicht, guter Péter.«

Jeder Darsteller hat (hier) wenigstens einen Moment, und das ist der Augenblick des Mädchens, wenn wir sie lieben.

20. MALÉV verleiht Ihren Träumen Flügel. – Sie blicken einander verstohlen an, der andere soll es nicht merken.

21. Nur das müßte man dorthin so hierher quer zurückverbinden.

22. Halassi kappt das Haar mit einer Rasierklinge, es wächst – wahrnehmbar – nach. Horror. Die Frau fällt den Mann plötzlich an, sie trommelt mit beiden Händen schluchzend auf seiner Brust.

»Du Niederträchtiger, du Niederträchtiger, du Niederträchtiger!«

23. Er kommt zum WC und vernimmt ein Schluchzen, öffnet die Tür. Die enge schwarze Höhle stülpt sich fast über den drinnen Sitzenden. Der niemand anderer ist als sein Vater. Er weint unverhüllt vor seinem Sohn.

»Glaub mir, Vater, ich blicke hinauf zu dir.«

»Schon gut, Marci, jetzt mach die Tür zu, der Gestank geht hinaus.«

24. »Leben muß man!!! Was wollen Sie?! Glauben Sie, ich hab's leicht? Mein Lebtag lebte ich allein. Nehmen Sie das zur Kenntnis. Ein Hund hat wenigstens Flöhe. Verstehen Sie?!«

»Wer kennt sich schon aus mit Frauen …«, sagt Halassi linkisch.

»Aber was! Wer spricht hier von Frauen?!« Er hängt ein Foto von der Wand ab. »Na, was ist das?!« Der Mann schweigt. »Seien Sie doch nicht so verstockt! Heraus damit!«

Halassi könnte nun schon mehrere Befürchtungen hegen.

»Das ist ein Foto«, antwortet er.

»Reden Sie keinen Stuß ..., ein Foto ... Allerdings ... Aber was stellt es dar?«

»Was das Bild darstellt, ist sein Sinn!« sagt Halassi unerwartet.

»Was ist *da* drauf, Ihrer Meinung nach?«

»Wo?«

»Auf dem Bild.«

»Da steigt eine Fete.«

»Ach was ..., eine Fete ..., diese Ihre Ausdrücke ..., eine Fete. Ein Fest!« Er wiederholt es schreiend: »Ein Fest! Es gibt Feste.« Stille. »Entschuldigen Sie. Turnuswechsel ... Vielleicht schmerzt mich nur, daß wir damals jung waren. Daß damals *wir* jung waren ... Das sind meine Freunde ... Und es ist wirklich eine Fete, eine Silvesterparty ... Diese Frau hieß Irene. War ein verdammtes Klasseweib ..., sie war unsere Freundin. Sie liebte uns genau zu gleichen Teilen. Nehmen Sie das wörtlich: zu gleichen Teilen.« Er beugt sich näher. »Ich habe sie umgebracht?« erklärt er fragend.

25. Im Film der lebendig gewordenen schwarzweißen Vorstellung weht ein fürchterlicher Wind. Auf dem Rücksitz jener Mann mit der beginnenden Glatze <Rákosi>. »Genossin, halten wir an.«

Das Auto schnurrt weiter, zwischen den Zigeunerzelten. Durch den Spalt eines Zeltes blinzelt ein alter Zigeuner auf die Straße hinaus und zieht an seiner Pfeife. Der Glatzkopf drischt auf die Sitzlehne und brüllt: »Irene! Halten Sie! An!«

Vorne wendet sich die Frau dem jungen Verwalter zu und sagt: »Jetzt halt schon einmal an (? Himmelarsch), Genosse Péter Joó!«

Sie halten an usw., du wirst es wissen, du bist ja draußen.

26. Gestrichen: *Friere ich* = Wir sind müde. (Ihr Frieren) ist eine alltägliche Einpersonenangst, folglich heldenhafte, das heißt erwachsene ungarische Angst. Wir erwecken nicht den Eindruck ernsthafter Männer, als wir, über die schönsten zweiunddreißig hinaus, einander tief in die Augen blickend zugleich unsere eigenen Beobachter von außerhalb sind – »weder Erinnerung noch Zauber«.

27. Fünfunddreißig. Ich bin fünfunddreißig Jahre alt! (»Was ist los mit Ihnen?« »Beschattest du mich?«) Ich bin fünfunddreißig Jahre

alt! Alles ist verloren! Marci! Jitka! Ilona! Alles verloren! Alles verloren! Fünfunddreißig Jahre! Ich bin eine Null, ein Niemand. Und fünfunddreißig Jahre alt! ... Lermontow ist acht Jahre jünger gestorben! Napoleon war General! ... Und ich habe nichts gemacht! Mein Leben ist ruiniert! Ich bin ein Niemand, zu Diensten! Ein untalentierter elender Mensch! Wo sind meine Kräfte, mein Gehirn, mein Talent?

Sind Sie zusammengekommen? Störe ich? Habe ich Sie geweckt? Ist gut, ruht euch aus ohne mich! – Michalkow.

28. »Wir hatten damals so einen jungen Fotografen. Der machte Licht in der Dunkelkammer, wenn ihn die gute Laune überkam. Danach schluchzte er, weil seine Bilder schwarz geworden sind. Dann ging es wieder von vorne los. Und *ihr* seid genau so.«

»Wieso *wir*?!«

– – – – Alles ist still. Die zwei Männer liegen, wie Brüder, mit dem Kopf auf dem Tisch. Nur der kleine Junge schläft nicht, er betet, Vater unser, Vater unser, er wiederholt es ständig. Dann fiel die Stille wieder mit ihrem ganzen Gewicht von Himmel und Sternen auf sie.

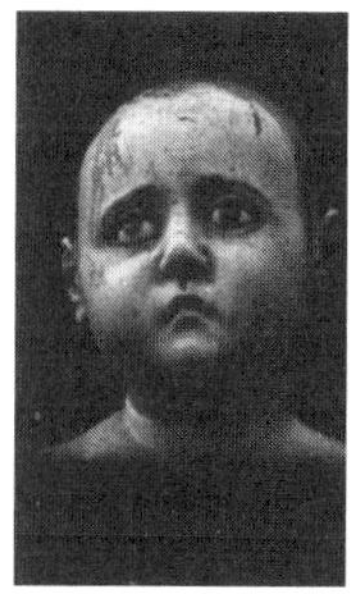

29. Werkstattarbeit. – »Schreib mir bitte hier einen Text von 27 Fuß Länge.« – »Soll er hier nicht sagen ...« – »Nein.«

30. »In Szováta war es gut.«

»Ja.«

»Wo wir im Park getanzt haben.«

»Und zwischen den Bäumen.«

»Es war gut, als du meinen dicken Bauch gestreichelt hast, als ich schwanger war.«

»Du darfst aber das Schlechte auch nicht weglassen. So ist es real. Schreibe alles auf ein Blatt Papier. Teile es mit einer Linie in zwei Hälften, links kommt das Gute hin, rechts das Schlechte. Du wirst dann gleich den Durchblick haben.«

»Das erste Mal mit dir, das war schlecht, weil wir uns beeilen mußten, und der Schlüssel im Schloß klemmte, und überhaupt, ich wollte es nicht. Die Geburt war schlecht, die Abtreibung war schlecht, das Blut war schlecht ...«

»Jetzt läßt du das Gute weg.«

»Es ist schlecht, daß mich meine Mutter nervt, es ist gut, daß ich bei ihr schlafen durfte, wenn mein Vater herumstromerte, es war schlecht, ihnen im Bett zuzuhören, schlecht, wenn sie sich stritten, gut sind die Buchteln, gut ist der gasgefüllte Luftballon, den Vater besorgte, gut ist die Kommunion, gut ist die Hostie, sie ist weiß und kühl, schlecht ist sie, weil ich sie fallen ließ, gut ist die Ohnmacht in der Kirche, der Weihrauch, schlecht ist die Beichte und der Chorgesang, es war gut, als mich der kleine Tóth das erste Mal küßte, schlecht, als er mich begrapschte, dann war das wieder gut, gut war der Film »Cartouche«, *oft ist dasselbe gut, was schlecht ist, zum Beispiel mit dir zu sein oder die Bohnensuppe*, gut sind die zwei Wochen Kaderlager, gut war es, als ich in einer großen Gesellschaft dir einmal in die Hosentasche griff, gut war die Juice mit Wodka beim kleinen Tóth, gut, als jemand am Strand mir unter den Bikini griff, schlecht, daß der Gummi einschneidet, schlecht, daß am Morgen unter der Decke stinkende Luft entweicht, es war gut am Balaton, als das Aalsterben war, es ist gut, am Geländer hinunterzurutschen, schlecht, meine Mutter gegen das Fußgelenk zu treten, gut ist im Turnen der Felgaufschwung –

31. PFÖRTNERLAND

32. »Name, Mädchenname der Mutter, geborenin, geborenam, pers.nummer, gef.kraut., ger.leb., Röteln, Scharlach, Mitschüler aus Korea?«

»Gut war der Ziegenpeter, schlecht das Datum, schlecht die Watte …«

33. Ad notam: Zwei kleine Weiblein unterhalten sich auf dem Krankenhauskorridor.

»Jeder grüßt.« »Du sagst es nicht!« »Aber ein jeder grüßt immer.« »Du sagst es nicht!« »Sie sagen immer, Kopf hoch!« »Du sagst es nicht!«

»Ich habe Eiterherde.«
»Was willst du damit sagen?«
»Tausende und Abertausende.«
»Was willst du damit sagen?«
»Der Prof sagt, das ist ein wahres Wunder.«
»Erzähl das nicht.«

»Ich bin schwanger.«
»Lüg nicht.«
»Die Untersuchung hat es bestätigt.«
»Dann bin ich es auch.«
»Ich kriege vielleicht sogar Zwillinge.«
»Alles, nur das nicht.«

»Ich schlafe allein.«
»Erzähl das nicht.«
»Niemand berührt mich.«
»Erzähl das nicht.«
»Im Büffet beim Südbahnhof haben sie gebratene Enten geliefert bekommen.«
»Na siehst du.«

34. Halassi wird von einem Nikolaus angehalten, obwohl der jetzt keine Saison hat. Er mißt ihn liebevoll.

»Sage mir, Söhnchen, warst du auch brav?«

Halassi läuft weg. Er ist erschrocken.

35. »Welcher Frau denn?«
»Na, deiner Mutter.«

36. »Hör mich an, verdammt noch mal, so kann man das nicht machen. So kann man nicht leben. Auch ich war ein kleiner Bruder. In einem kleinen Bruder steckt mehr!« »Reg dich nicht auf. Am Sonntag gehe ich dann in ein Kino ... Übrigens *schwärmen* im Treppenhaus Fledermäuse. Sie schwärmen! Weißt du, was das bedeutet?«

Sie sehen sich hilflos an.

37. Angelehnt an das öffentliche WC sitzt ein Clochard-Paar. Der Mann weint. Ein verbohrtes Streitgespräch alter Leute.
»Du hast nicht das gesagt.«
»Doch, ich hab das gesagt.«
»Aber nein.«
»Das hast du gesagt!« sagte der Alte.
»Das habe *ich* gesagt!« sagte die Alte.
»Was willst du gesagt haben?«

»Ich hab's beim Pötibistroh gesagt. Weil ich dich betrogen habe.«

»Damals noch nicht.«

»Es *war* aber dort«, die Frau kicherte in leisem Triumph.

Sie sonnen sich. Sie unterhalten sich mit geschlossenen Augen weiter. An ihren Gesichtern verrinnt das Licht.

»Und was hast du mir gesagt, damals?« fragte die Alte.

»Was habe ich gesagt?« sagte der Alte.

»Du weißt nicht, was du gesagt hast«, die Frau schniefte.

»Nein.«

»Du hast gesagt, ich bin der Kleine Valentino.« (Hommasch an den Reschissör Jeles)

38. a) »Was ist das?« fragt das Kindergartenkind, auf die Pfütze deutend.

»Das ist der Plattensee«, sagt die Mutter.

»Warum sagst du ihnen, das wäre der Plattensee?« unterbricht Halassi sie. Die Frau wendet sich um.

»*Das sind nur Sätze* ... und zuallererst: Verabschiede dich.«

»Küßdiehand.«

b) Auf der Plattensee genannten Pfütze schwimmt ein winziges Schiffchen namens Möwe, am Heck beflaggt.

»Was ist das für eine Fahne?« fragt einer der Rasselbande.

»Du siehst ja, eine rot-weiß-grüne.« Die Mutter wirft einen prüfenden Blick auf ihren Sohn.

»Und welche Fahne ist das dann?«

»Welche wohl?«

»Die ungarische?« Die Mutter nickt. »Dann sind wir Ungarn?«

»Offenbar. Jetzt geh, mein Kleiner, und erzähle das den anderen.«

39. Ich besitze einen Totoschlüssel aus Brüssel. Tottsicher. Ist ja ausländisch.

40. »Mami.« »Was ist los, mein Sohn?« »Das Ganze ist beschissen ...«

41. (Kot und Heu kleben am durchbrochenen Strumpf der schwarzen Kontrolleurin, sie könnte ihre ungeheuerlich großen Brüste fast über die Schulter werfen. Sie schaut aus dem kaputten Fenster: eine Aufschrift: Frisör.) »Die Foakartn, bitte. Naa, kein abgekartetes Spiel. Ois geht, i bin frei. Vogel. Dann müssen's mit mir aussteigen ...« (Sheryl Sutton als Volksschauspielerin)

42. Wir wünschten, daß unser Leben leichter wäre. Wir wünschten, unsere Straßen wären sauberer, die Autobahnen, der Heldenplatz, unser Hals, unser Rücken, unsere Lenden, die öffentlichen Treppenhäuser, die Bushaltestellen und Klosettdeckel, wir wünschten, wir besäßen eine größere Phantasie, wir wären mutiger und großzügiger ... wie Schwejk, verzweifelt, mutig und anziehend.

Wir wären gern zusammen und gern allein, wir hätten gern mehr Leidenschaftlichkeit und Gerechtigkeit, wir wünschten uns einen Dank auf unseren Gruß – Gott zum Gruße und Grüß dich Gott, mein lieber Freund –

43. Triumph International – Backfischbüstenhalter

44. Halassi wischt sich die Speisereste aus dem Mundwinkel und fragt ruhig:

»Was ist los, Alter?«

»Dein Hosentürchen ist offen«, sagt dieser voller Haß. Halassi zieht den Zippverschluß hoch, aus seinem Hosenschlitz segeln zwei Blätter zu Boden. Der Fremde nimmt die Blätter wie Blumen in die Hand.

»Tja, der Herbst ist da.«

Halassi wendet sich zur Seite und erbricht sich. Er kotzt wie ein Reiher.

45. Die Lafrangße-Rose hat mein Vater erfunden.*

* Ohne Haus, geerbte Sachen und Hunde, was ist das für ein Leben überhaupt?, Rilke.

46. Er hebt die Hand, als wolle er operieren.

»Hier lebt jeder in Lüge.« (Sieht »uns« an.) Auch der Operateur ... Sie aber sind noch jung. (Version: Sie sind noch nicht einmal richtig gealtert.) Sie sind so alt wie ich zu meiner Zeit. Geben Sie's nicht auf. Das Haar? ... eine Frage der Tatsachen ..., das Haar ... Sie dürfen keine Illusionen haben, schon lange lebe ich hier ..., das

Leben geht vorüber, ohne daß es sich zu einer Geschichte entwickelte.«

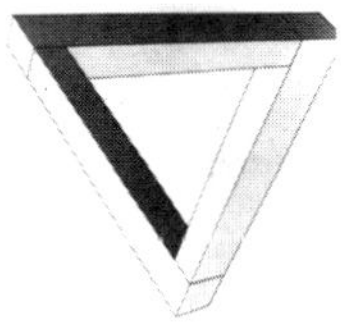

47. Auf dem Gesicht der Frau ist zu sehen, daß es gut ist. Das ist ihr Moment. (Sie hat einen Moment.) Sie ist es, die wir jetzt lieben. Eine Träne auf den Schamhaaren. (»Das Turmzimmer ist dunkel. Ihr Lächeln aber erhellt das Gesicht des anderen. Sie tappen herum wie die Blinden und finden einander, wie man eine Tür findet. Wie Kinder, wenn sie die Nacht fürchten, so kleben sie aneinander. Es gibt kein Gestern, kein Morgen, nichts vermag sie zu erschrecken; die Zeit ist zusammengebrochen. Und sie: Sie sind blühende Blumen auf ihren Ruinen.«)

48. Zeitspiel, junger Mann: Marci, alter Mann: Halassi. Vater und Sohn füttern die Möwen.

»Was denkst du, Marci, gibt es einen Unterschied zwischen Möwen und Menschen?«

»Tja ... eigentlich schon. Obwohl sie beide das Brot mögen.«

»Also ich glaube, der Unterschied liegt in den Luftsäcken. Daß sie Luftsäcke haben.«

Sie sehen die Vögel lange und neidisch an.

»Sie lassen das Brot niemals fallen.«

»Vielleicht fällt es für sie langsamer, Vater.«

Sie werfen weiterhin Brotstückchen. ENDE.

49. Gestrichen, Außenaufnahme, laut, sie fahren eben auf die Elisabeth-Brücke hinauf, als aus dem Gesicht der Frau, wie eine abscheuliche fette Raupe, wieder, wieder, wieder ein Haar herauswächst. Es ist länger und dicker und grausiger als je zuvor. Jitka wendet sich phlegmatisch ab, sie haucht auf die Fensterscheibe: »Ich will nicht frei sein« (diese beschlägt, und sie schreibt mit dem Finger darauf: NEIN).

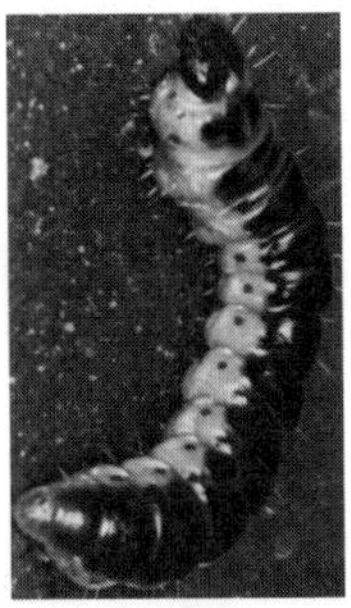

Halassi wendet sich zur Seite, bemerkt alles, bremst ruhig ab, bleibt mitten auf der Brücke stehen, hinter ihm stauen sich die Autos, er möchte zum Brückengeländer, aber eine Gruppe von Kindergartenkindern versperrt ihm den Weg. Was ist das? Das ist die Elisabeth-Brücke. Ist sie schön? O ja, sie ist sehr schön. Wir leben in Budapest. Die Stadt liegt an der Donau. Ist auch Budapest schön? Und ob! Budapest ist sehr schön. Auf jeden Fall: uns gefällt sie.

Halassi betrachtet die Donau, die grauen, dreckigen, strömenden Wirbel, als das geschmückte Schiff »Möwe« wie ein wundersames U-Boot auftaucht, im vollen Lichterglanz, vorne steht majestätisch, herausfordernd und triumphierend Zsuzsa Cserháti, und sie singt, singt und singt, Hinter der Donau, vor der Theiß, play back. Sie fixiert Halassi lange, dann verschwindet das Schiff im wallenden Nebel in Richtung Insel Csepel. Das Bild schwärzt sich langsam, und der Mann spricht (in der angehaltenen Zeit):

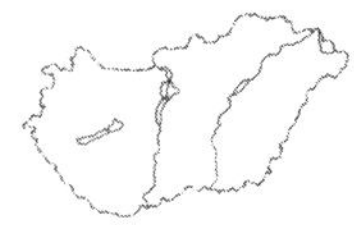

»In Ordnung. Dann werden wir hier leben.«

50. Wir könnten schon mit Fug und Recht annehmen, wir sähen bereits das Ende (daß wir das Ende gesät und wer weiß was ernten werden), als es wieder farbig und belebt weitergeht, Autos hupen und strömen lustig dahin, wir dürfen darauf vertrauen, daß vielleicht gar nichts geschehen ist.

Dann aber erblicken wir das Gesicht des kleinen Jungen, er bewegt sich gerade, dann bleibt das Bild plötzlich stehen, jetzt schon endgültig, es erstarrt. Das Gesicht des Kleinen ist weder erschrocken noch fröhlich, wir sehen die geheimnisvolle und wissende Miene der Kinder, und obwohl wir sofort wissen, daß unsere Hoffnungen von vorhin töricht waren und alles, aber auch alles sich ereignet hat, bis zum letzten Haar – doch gibt es vielleicht, wie immer, eine Chance ..., daß die alles besiegende Zeit ihre Lösungen auch gegen uns durchsetzt.

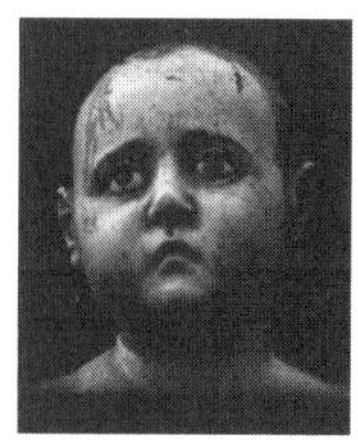

»VERSCHWINDEND GERINGE BÖSWILLIGKEIT«

Es war einmal ein Mann.

Nachdem seine Arbeitszeit abgelaufen war, strebte er heimwärts. Er dachte gerade über die neue Pförtnerin nach (er träumte versonnen), genauer genommen grübelte er über die Herkunft der verblüffenden und verstörenden Ähnlichkeit zwischen der neuen Pförtnerin und dem alten Pförtner, als ihn, gleichsam dem Nichts entspringend, unbekannte Gestalten umringten und, alle Formalitäten übergehend, Fragen an ihn richteten.

Mit dem Fragesatz verleiht der Sprecher seinem Wissensdrang Ausdruck, und er fordert gleichzeitig den Zuhörer auf, seinen eigenen Wissensdrang zu befriedigen. Was soll diese Sturheit? Ist der Standpunkt des Sprechers normalerweise nur in einer Beziehung fraglich? Ist das für gewöhnlich eine Lüge? Seien Sie nicht so stur? Wir wissen alles? – Was behaupten wir?

Der Mann war kein ausgesprochener Idiot, er sah wohl, daß die Situation ausarten konnte, doch fühlte er sich, wenngleich er auch nicht mehr jung war und sich sein Leben nicht als schattigen Wald oder liebliche Laube vorgestellt hatte, in denen man sich ergeht und ein Buch liest, wobei diese Tätigkeiten zuweilen durch das Plaudern mit Freunden und Freundinnen unterbrochen werden, er befand sich nämlich in einem Alter, in dem man nicht über sein Leben nachdenkt, weil man keine Zeit dazu hat, der Morgen, der Tag, der Abend, und wieder der Morgen, und das ist auch gar nicht schlecht, jedoch an die auch noch zu denken ..., aber der Mann fühlte sich stark und geschickt wie auch, um es mit einem gängigen Wort zu sagen, was die üblichen Sachen betrifft unbescholten, daher waren seine Antworten mutig und scharf formuliert, sie entbehrten ganz der nüchternen, nach einem Ausweg forschenden Biegsamkeit, ja, sie bargen mitunter gar Esprit in sich. »Meine Herren, Sie sind sich nicht im klaren darüber, was hier geschieht«, das warf er zum Beispiel einmal ein. Und ein anderes Mal replizierte er: »Im Gegenteil, das könnte *gerade* ich Ihnen sagen.«

Die Gestalten wurden immer lauter; als sie den Mann schon ganz umringt hatten, verstummten sie plötzlich. »Gut, die Stille«, dachte dieser, doch bevor er sich erschrecken konnte, verabreichte ihm die finsterste der Gestalten einen mächtigen Hieb auf den Kopf. Er verlor das Bewußtsein.

Der Mann erwachte zähneklappernd, und nach so vielen Jahren fiel ihm die schattige Laube wieder ein, doch jetzt würde er sich nicht ergehen, vielmehr mit Karacho hin und her preschen, als wäre das irgendein Abenteuer, in dem sein Herz am Platz zu sein hat und seine Freunde durch die Bank irgendwelche Mordsräuber wären, seine Freundinnen aber frei von der Leber weg redende Marketenderinnen: doch das sei gut und in Ordnung, denn er selbst wäre ein Halsabschneider und recht verhurt. Kaum hatte er sich

Was ist das Leben?

Das Leben ist ein schattiger Wald, in dem man sich ergeht und ein Buch liest.

wieder einigermaßen gesammelt (soweit das überhaupt möglich war), kreisten ihn die Gestalten wieder ein. »Was wollen Sie von mir?« fragte der Mann leise.

Die Gestalten achteten gar nicht auf seine Frage, sie unterhielten sich miteinander, sprachen über das Wetter, über Toto, und wie schwer es sei, das Geld einzuteilen. Eine von ihnen, die finsterste, schlug den Mann nieder; jetzt machten sie sich daran, den zu Boden Gestürzten noch mit Füßen zu treten, manche Tritte trafen sein Rückgrat, manche die Leber oder die Nieren. Und dann noch seine Lenden, was nicht nur eigentümliche Schmerzen verursachte, sondern auch, verständlicherweise, seine Besorgnis erregte, ob dadurch nicht seine Manneskraft in Mitleidenschaft gezogen würde.

Jetzt verlor er das Bewußtsein langsamer, wie er auch langsamer wieder zu sich gekommen war. In seinem Körper fühlte er schwere Knoten. Er trat gekrümmt an das Ufer, um sich zu erfrischen; mittlerweile war es ganz dunkel geworden, doch sah er sein Gesicht noch klar auf dem Wasserspiegel. Es war das Gesicht, das er kannte; er mochte es irgendwie nicht besonders, aus diesen Linien, Proportionen und aus diesem Material hätte es zu Besserem gereicht, aber er war auch nicht unzufrieden. Wenn ihm beim Rasieren einfiel, daß er für sein Gesicht verantwortlich sei, nickte er (und dieses Nicken bedeutete kein Sichfügen, er schnitt sich höchstens dabei).

Als er sich bückte, schloß sich eine starke Hand um seinen Nacken und drückte ihn unter Wasser, er riß den Kopf prustend hoch, knallte gegen einen Knochen, die Todesangst vervielfachte seine Kräfte. Er erkannte in den Gestalten die Gestalten, er schrie: »Ihr Schurken!«, verlor indessen beim Zurücktreten wegen der Unebenheit des Flußbettes das Gleichgewicht und plumpste, wie am Badestrand, mit zum Himmel gereckten Armen rücklings in das seichte, tümpelähnliche Gewässer. Die Not machte ihn erfinderisch, also stellte er sich tot, er dümpelte hilflos auf dem Wasser, dann fühlte er, wie es ihn abtrieb; er hörte das überhebliche Wiehern der Gestalten und dachte schadenfroh und mit leichter, verzeihender Genugtuung, er habe die Tölpel übertölpelt.

Nach einer Weile hatte er aber keine Luft mehr, und er mußte den Kopf aus dem Wasser heben, da traf sofort ein gewaltiger Schlag seinen Nacken, er sackte zurück, die Hand schloß sich wieder um seinen Hals. Der Mann schlug um sich, zappelte, wand und wälzte sich, warf sich herum, dann gab er auf.

Das Wasser hatte ihn nicht weit weggetragen, er war an einem umgestürzten Baumstrunk hängengeblieben; er robbte schwerfällig an Land und fror fürchterlich. »Ich friere wie ein Schneider«, dachte er geistesabwesend; seine größte Sorge war, wie er sich abtrocknen könne. Tiefe Nacht wölbte sich über ihm, an dem vom Wind blankgefegten Himmel funkelten klare Sterne, und der ferne Schein huschte alle Augenblicke aschgrau darüber hinweg, die Brise trug einen Geruch nach Gewürzen und Stein herbei, und schien nicht ein paar Straßen weiter ein Auto lange auf dem nassen Pflaster zu rutschen?, es entfernte sich, und danach zerrissen noch verworrene Rufe von weit her die Stille.

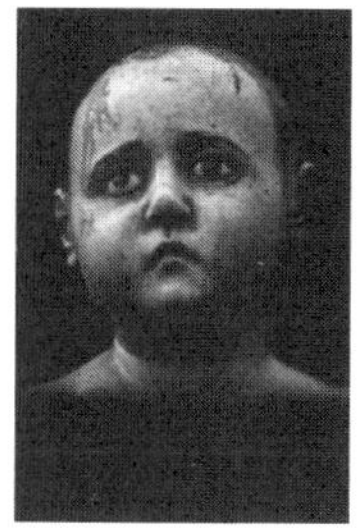

Dann fiel Stille wieder mit ihrem ganzen Gewicht von Himmel und Sternen auf ihn.

Auf dem Fluß nahte ein Schiff in vollem Lichterglanz, eine Art Vergnügungsdampfer, auf Deck wurde getanzt, der Mann lauschte sehnlich dem Lachen der fernen, unbekannten Frauen, bunte Girlanden zitterten rundherum. Die Gestalten tauchten wieder auf, sie packten ihn, keiner sprach ein Wort (auch der Mann verspürte eine gewisse Ungeduld), und banden ihn an eine *Ulme*. Danach stiegen sie in einen offenen Geländewagen und fuhren an den Baum heran. Der Mann hörte das leise Geplätscher der Wellen, erzeugt vom Vergnügungsdampfer. Die Ulmenrinde drückte gegen seinen Rücken. Der Kühler des Wagens reichte bis zu seinem Bauch, so konnte er sehen, wie seine Innereien langsam, langsam auf die Motorhaube quollen, während der Chauffeur, jene der Gestalten, die das Lenken übernommen hatte, die Kupplung einfühlsam bedienend immer weiter in ihn hineinfuhr.

Als er zu sich kam, suchte er einen in der Nähe wohnenden Kollegen auf, an den er stets wie an einen Freund gedacht hatte, und er bat ihn, ihm doch mit einem Anzug auszuhelfen, er wolle seine Frau nicht erschrecken. Obwohl der Kollege nicht verheiratet war, nahm er mitfühlend Anteil an den Sorgen des Mannes, und zum Glück glichen sie einander in der Statur, mehr oder minder.

Zu Hause angekommen, legte der Mann vor allem das fremde Jackett ab, um es nicht durchzuschwitzen; er setzte sich auf den bequemen Lehnstuhl, legte sich die Tageszeitung *Magyar Nemzet* auf den Schoß, schlug sie aber nicht auf. Seine Frau ging wie gewöhnlich in Strumpfhosen und Büstenhalter in der Wohnung umher, sie ging hinaus in die Küche oder kam herein, um die Pflanzen zu gießen. Der Mann folgte ihr mit den Augen; die Frau trat an ihn heran und strich ihm über die Stirn. Die Büstenhalterträger waren vom oftmaligen Waschen aufgerauht und schnitten tief ein in den fülligen Rücken der Frau. Er sah keines von beiden gern.

Er stellte sich vor, die Pförtnerin aus ihren Kleidern zu schälen, wobei diese gar nicht jünger war als seine Frau, im Gegenteil. »Ich schäle die Pförtnerin unter Mißbrauch meiner obrigkeitlichen Macht und ausgesprochener oder unaussprechlicher Gewalt aus ihren Kleidern heraus, WIE EINE NUSS AUS IHRER SCHALE«, sagte der Mann in seinem Herzen.

DER ORT, AN DEM WIR UNS BEFINDEN

Tschechownovelle

Unsere Städte breiten sich meistens an Flußufern aus, sie waren wirtschaftliche *Knotenpunkte*, Getreideschiffe fuhren hier, verwegene Flöße, und man mag wohl riesige Herden durch diese Gegend getrieben haben; möglicherweise war es nur der Lust und der Laune eines barocken Fürsten zu verdanken, daß er diesen Ort gewählt hatte, den Ort, an dem wir uns jetzt befinden.

Es war eine heruntergekommene Figur in dieser unserer Stadt: ein *fahler* Mann. Denken wir dabei nicht an einen Habenichts, dessen Mantelknöpfe an langen Garnfäden baumeln, nicht an einen »sozialistischen Clochard«, der sich unter seiner Lieblingsbrücke darüber ärgert, daß er zu seiner Hartwurst ausgerechnet Kuchen gestohlen hat, die beiden beißen sich nun. Die Lage ist nicht romantisch, nicht sehr schlecht und nicht sehr gut: sie *ist*. Der arme ***! (Denn so hieß der fahle Mann.) Wie gewöhnlich eilte er auch an diesem Tag nach Hause, vom Dienst, wo alle unedlen *Partner* nur eines von ihm wollten: ihm schaden. Aber dieses Gefühl, seine Wut, war nicht stark, eher *scheute* er die Geschäftspartner, mit respektvollem Haß bemühte er sich zu glätten, was für die Staatsbürger zu glätten war, und wie hätte er je gewagt, ungeduldig aufzustampfen und sie anzuherrschen, beziehungsweise seine unleugbare Macht sozusagen zu mißbrauchen, mit ihr auch nur zu spielen, wie es seine Kollegen nicht selten taten; wortlos hörte er sich im Speisesaal die prahlerischen, wie er allerdings wußte, zum Großteil wahren, Geschichten an, die Geschichte von dem Frauenzimmer, das sie rund um den Tisch jagten und dabei zu gackern zwangen, oder von jenem Mann, den sie von den zuständigen Behörden wieder und wieder Stempel bringen ließen, denn, oh Schmerz, gerade der neue Stempel machte den vorigen ungültig, und ein Stempel allein ist bekanntlich noch lange kein Stempel. Wir haben keine Ahnung, wie das enden soll, jammerten die Tischnachbarn und lachten.

Die verwinkelten Dienstwege, das *Wesen* dieses ganzen Amtes kannte er, das, wovon die jungen und energischen Kollegen sagten, daß es das nicht gäbe, nur sie, sie gäbe es, sie seien hier die Freiheit, der Raum, die Möglichkeit, von ihnen hinge alles ab, von ihrem Wohlwollen, und sie seien nachweislich wohlwollend – ausgenommen ein oder zwei eher amüsante als *wirklich* tragische Fälle; für das alles interessierte sich *** nicht, halb über seine Suppe gebeugt, schimpfte er über: sie.

Allerdings wären wir im Irrtum, wollten wir uns *** als einen enttäuschten, unbefriedigten Menschen vorstellen, als jemanden, der in allem nur das Schlechte sieht, in seinem Büro war er zwar nicht zufrieden, aber, pflegte er zu sagen, es könnte auch schlimmer sein, doch soviel Verstand hatte er, sich *dadurch* nicht trösten zu lassen; er galt als relativ gebildet, liebte die französischen und russischen Romane, Flaubert und Turgenjew, auch von Joyce hatte er gehört, die *Dubliner* hielt er für einen vielversprechenden Text, sein Geschmack, das ist schon richtig, war ziemlich konservativ, aber mein Gott, wessen Geschmack ist das nicht?! Er liebte Melodien, die pointierten Geschichten, hörte Buxtehude, und einem kleinen Kreis gestand er, Bartók sei für ihn: zu hoch. Daß Bartók ein Genie sei, erkenne er an, aber zu hoch. Um so mehr zweifelte er – ein wenig zu seiner eigenen Entlastung – an der Urteilskraft der zeitgenössischen Komponisten. *Die!*, sagte er mit leichter Verachtung, als würde er über Fußballspieler reden. – Manchmal jedoch, wenn auch widerwillig, fügte er sich dem Wer-weiß-was dieser neuen Tonsetzer, als hätte ihm sein Herz einen Schlag versetzt, als hätte er eine Stimme gehört, die zwar nicht unbedingt die seine war, die ihn aber beinahe durchbohren, durchdringen wollte, die ihm jedenfalls sehr *naheging*, was er zugleich als ein wenig abstoßend empfand, als nicht *fein*, Feinheit aber könne man von der Kunst zu Recht erwarten – Tatsache ist, daß eine derart bizarre Verbindung mit anderen Autoren nie zustande kam. Der einzige Grund dafür, erklärte er sich schließlich, liege darin, daß die Produzenten der zeitgenössischen Werke *leben*, daß sie, unserer Zeit entsprechend, Luft holen, essen, weinen, mit jemandem schlafen; und das sei rührend, betäubend, das mache nachsichtig, denn wir glauben, daß wir uns damit selbst den Hof machen könnten.

Wirklich feige war *** wiederum auch nicht, er war nicht vollkommen eingeschüchtert, sonst hätte er kaum gewagt, sich im Alleingang über den Chef lustig zu machen. Gewiß, Ihro Gnaden, flüsterte er und verneigte sich bei solchen Gelegenheiten, und alle bogen sich vor Lachen. Donnerwetter, jetzt hast du's ihm aber gegeben, seine Kollegen klopften ihm auf die Schulter, und zu solchen Dingen brauchte man wirklich etwas Courage; *** wußte, daß sich das Schreibfräulein in der mißlichen Lage befand, so etwas melden zu müssen, und er wußte auch, daß sein Chef stärker, wilder und schonungsloser war, als er sich notgedrungen zeigte, sonst wäre er nicht sein Chef gewesen. – Nach derartigen Spielen wandte sich *** dem Schreibfräulein zu. Lieben Sie mich denn?!, fragte er. Ja, war die Antwort des Mädchens, und schnell gab sie ihm ein Küßchen. Das ist gut, meinte er und nickte, obwohl ich weiß, daß Sie lügen. Da schwieg das Mädchen.

Nach dem Dienst also eilte er nach Hause, aus Gewohnheit und nicht in der Hoffnung, daß ihn daheim etwas Besseres erwarten würde, seine Ehe war, wie bei vielen von uns, eine zweckdienliche Gemeinschaft, nur wenig entnervend und damit sogar angenehm. Es wehte bereits ein starker Herbstwind, und immer bemerkte er die Veränderungen der Jahreszeiten irgendwie verspätet, um diese Zeit fror er also ständig, in seinem abgenutzten Regenmantel zitterte er, und es half wenig, daß später dann im März ...: Das wird man wohl erraten.

Wie viele Menschen!, dachte er wütend und wäre gerne auf jeden einzelnen böse gewesen, auch auf sich selbst, denn eindeutig war er wie die anderen; offensichtlich knurrte auch denen der Magen, mit oder ohne Grund, er stapfte weiter, aber während er horchte, konnte er sich nur von dem eigenen Magen ein Bild machen. Er fror, und er dachte, daß dies schlecht sei, daß dies so schlecht sei, daß alles schlecht sei, seine Zähne seien schlecht, die *Krone* wackle, mit seiner Galle *könnte* etwas sein, und auch seine Knie seien unartig; *einen schlechten* Körper haben wir da! Er schrie beinahe auf, und was noch gut an ihm sei, das sei vollkommen und ganz und gar uninteressant.

Als er so verbittert dastand und die Ampel auf Grün wechselte – und das auch noch!; wieso nur, *wieso nur* durften sie einen wie Rinder antreiben –, da merkte er, daß ihn von der gegenüberliegenden Straßenseite ein Mädchen fixierte. Das riß *** nicht aus der miesen

Laune, auch so etwas konnte mitunter vorkommen, mit diesem oder jenem Ausgang, *passé*; doch dann streckte das Mädchen ihm plötzlich die Zunge heraus, lachend, schmeichelnd, wer weiß wie – und beide wurden vom Menschenstrom in entgegengesetzte Richtungen fortgerissen. Auf der anderen Straßenseite angelangt, blieb er stehen, drehte sich um, er suchte das Mädchen, dort, dort war sie verschwunden, er sah ihr Haar flattern. Ich hafte für die Sicherheit der Lady, sprach der brave Indianer, sagte sich ***.

Auf dem Gehsteig trippelte er hin und her, dann ging er langsam los ..., wie unerwartet war das alles! wie unvorhersehbar ... Und dann die Zunge herausstrecken ..., wie zufällig ... Wie verschiedenartig hier alles ist, ergänzte er seine Gedanken während des langsamen Spaziergangs, wie reich, wie üppig. Selbst solch eine unbedeutende Straße ...! Es war ihm etwas schwindlig. Das alles gehört mir, und von diesen überquellenden Gedanken muß es einem wirklich schwindlig werden ..., wie auch immer, ich bin reich und vornehm. Das Leben, an dem er, wann immer er daran dachte, nur herummäkelte, hielt er jetzt plötzlich für erhaben, geheimnisvoll, lichtdurchflutet, weiträumig, so wie die französischen und russischen Romane das Leben auszugeben pflegen.

Ja, es gibt seltene, auserwählte Augenblicke, in denen wir von unserer Stadt denken: Sie gehört uns. Sie gehört uns, also lieben wir sie, das ist keine Sache von Entscheidungen. Wir lieben sie, aber – oh, wie häufig – *wir kultivieren sie nicht*. Dann hasten wir feindliche Straßen entlang, neben heimtückischen Baustellen, wo unter der Aufsicht einer schurkischen Werkleitung träge, faule Arbeiter zugange sind, und wenn einem durch eine zufällige Überanstrengung die Nase zu bluten beginnt, zeigen die unverschämten Fußgänger – wir – schadenfroh auf ihn. Fortan meinen wir, daß unsere Telefone eigenartig klicken, einerseits gibt es eine *Verbindung*, andererseits nicht, junge, ziemlich adrette und zynische Jünglinge tummeln sich unter dem freien Himmel, und in den Festsälen trinken sie bunte Flüssigkeiten aus langstieligen Gläsern, die Frauen sind krumm vom Schleppen der Einkaufstüten, die Männer aber kauen sorgenschwer an ihren Nägeln. (Nur die Kinderlein sind froh, die ewige Zukunft, wenn das Vormittagsprogramm eine abwechslungsreiche Geschichtsbearbeitung für Jugendliche sendet, rennen sie mit erhitzten Gesichtern umher, und glücklich rufen sie einander zu: So eine supertolle *Geschichts-*

fälschung, das rufen sie. Die Dummen glauben, es gehe um eine Kunstgattung.)

Nun, aber nicht jeder Tag ist so – denn mal ist der Tag so, mal anders.

Ist er jedoch so, dann finden wir unseren Platz nicht. Heutzutage pflegt man zu schreiben, daß die Welt wahrhaftig *ein wenig* unmöglich sei, daß sie derzeit *schwer zu ertragen* sei – aber *wirklich* anständig ist es nicht, dabei ausschließlich an den unseligen Zustand der New Yorker U-Bahn zu denken oder an den beispiellosen Zerfall der allgemeinen Sicherheit *andernorts*, nein: Auch bei uns ist die Welt ein wenig unerträglich, und derzeit ist sie in der Tat auch hier schwer zu ertragen. Das hat selbstverständlich nichts mit politischen Intrigen zu tun; die Politik, die ..., die ist (um es mit den Worten von János Arany zu sagen) dingsda, man könnte sie sogar loben. Oder beschimpfen. (Nichts davon wird weit führen, doch Vorsicht, man soll sie nicht vernachlässigen: Wenn wir die Staatsmänner nicht loben, werden sie schwermütig, lassen langsam die Köpfe hängen, schlechtgelaunt lungern sie zwischen Küche und Wohnzimmer, ihr mißliches Befinden tragen sie fort, hinüber ins Parlament oder vor ein anderes wichtiges Forum, und dann werden die dort zu treffenden Entscheidungen, die Gesetze, das ausgehandelte Verhältnis zwischen dem Recht und den Ketten so ... magenleidend, so *säuerlich*; durch übertriebenes Verhätscheln hingegen werden jene Männer aufgeblasen und hochgemut, und dann qualmen sie mit ihren Zigarren alles voll; *anziehend* ist das in keinem Fall.)

So oder anders, unsere Stadt wird schöner, neue Kaufhäuser und Buchhandlungen werden eingeweiht, die Straßen bekommen Fahrstreifen, Parkhäuser werden gebaut, es mehren sich die Tanzwettbewerbe, und deren Niveau steigt, von überall her erklingt Diskomusik, selbst aus den ganz ernsten kleinen Stuben, wirklich super, die Farbfernseher sind bereits solide, Adapter sind keine Mangelware, und der Kundendienst ist, sozusagen, einwandfrei. *Aber*, seien wir nicht zufrieden und nicht unzufrieden, bei demselben Aufwand könnten wir auch ganz schön hungern, verstockt blickende Männer könnten uns in einem anmaßenden Ton an den Wochenenden zu sich rufen, möglicherweise gerade dann, wenn ein kuscheliges Fernsehprogramm läuft, alles könnte noch erbärmlicher sein, ohne daß wir uns gleich beflügeln lassen durch den Wind, der an unseren Haaren zerrt … Nein, das würden wir nicht, frierend würden wir uns in unsere abgerissene Kutte hüllen. Jetzt hüllen wir uns auch frierend in unsere abgerissene Kutte, während wir sachlich feststellen, daß wir sie im nächsten Jahr aller Wahrscheinlichkeit nach gegen eine neue austauschen können; das ist kein Anlaß zu großer Freude.

Wir sind ein wenig abgeschweift.

*** war in einem jener halbdunklen Selbstbedienungsläden eingekehrt, die für unsere Stadt typisch sind, er kaufte eine Flasche Rotwein, und seiner Frau gab er telefonisch durch, daß er sich beeilen würde und daß er eine ordentliche Flasche Rotwein gekauft habe, die sie dann am Abend zu zweit trinken würden. Die Stimme seiner Frau hüpfte vor Freude, doch auch das konnte ihn nicht aus der Fassung bringen.

Er schlenderte am erwähnten Flußufer entlang, dort, wo sie einst die Herden getrieben haben mochten; das Wetter …, *nun*, das Wetter – es war nicht eben nach seinem Geschmack, aber die Sonne kam immer wieder hervor, kraftlos, doch strahlend; und als er dann eine sonnenbadende ältere Dame erblickte, legte er die Hand, er wußte selbst nicht, warum, zwischen die Sonne und ihr Gesicht, so daß ihr der Schatten ins Gesicht flog.

Die Frau sprang empört auf, erst starrte sie *** an, dann lief sie haßerfüllt davon, trippelnd, wie ein aufgestörtes Vögelchen. *** wurde von einer Angst ergriffen; an diesem besonderen Tag konnte er sich beinahe auch darüber freuen, wie reich dieser schlechte, rülpsende, gichtverdächtige Körper ist, was alles Platz in ihm hat, Freude und Furcht, und alles so *schnell* hintereinander.

*** hatte Angst.

Seine Frau erwartete ihn vorbereitet, sie fühlte sich warm an und roch gut, den Wein tranken sie schnell, *** war nicht in der Lage, auf die äußeren Dinge zu achten, mal war er seiner Frau dankbar, weil sie schwieg, mal haßte er sie, weil sie nichts fragte … Und wirklich, zum Teufel, so ist die heutige Ehe, bindend, aber nicht gesetzlich, das Vertrauen wird durch Gewohnheit, die Ehrlichkeit durch Schamlosigkeit ersetzt.

Die Frau brach in Tränen aus, was wolle *** denn von ihr, er würde sie noch ganz verrückt machen, sie wisse nicht einmal mehr, womit sie *rechnen* könne und so weiter. Der Mann hatte bereits zu sehr damit gerechnet, daß sie miteinander schliefen, schnell söhnte er sich also mit seiner Frau aus; das Lieben war dann nicht so gut, wie er es geliebt hätte, obwohl vielleicht etwas besser als sonst, etwas ausgedehnter, aber irgendwie fand er den Rhythmus nicht. – Still lagen sie im Doppelbett, und als seine Frau ihn fragte: Bist du glücklich?, antwortete er: Ich bin glücklich.

Obwohl er alles war, nur das nicht. Beziehungsweise begann er eben darüber zu staunen, was denn Unglücklichsein bedeute, denn er meinte die Frau angelogen zu haben, und wenn er nicht glücklich war, dann war er unglücklich ... Und dabei stellte sich immer deutlicher heraus: Unglücklichsein ist ein Wort.

Aufgeregt sprang er auf, trat zum Fenster, dunkel türmten sich die Bäume, wenn ein Bus vorbeifuhr, erzitterten die Fenster, tiefe Nacht wölbte sich über ihm, an dem vom Wind blankgefegten Himmel funkelten klare Sterne, und der ferne Schein huschte alle Augenblicke aschgrau darüber hinweg, die Brise trug einen Geruch nach Gewürzen und Stein herbei, und der fahle Mann, mit ungestümer Hoffnung in seinem Herzen, wiederholte für sich: ein Wort, nur ein Wort, wirklich nur ein Wort.

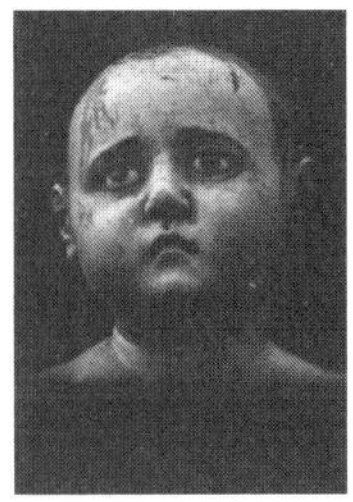

FUHRLEUTE

Roman

Sie sind nun gekommen! Die Fuhrleute sind nun angekommen. Ihr Johlen zerschlägt die Morgendämmerung – zerrissen ist sie, grau, schäbig – die Stille ist zerbrechlich und leer. Ich habe die entsetzlichen Gesichter meiner Schwestern gesehen! – Grausam, grausam! – Aber meine Teuersten, um Gottes willen, was ist denn nur geschehen?

Durch den schmalen Spalt der Fensterläden sieht man das Zaumzeug der abgehetzten Pferde – sie, die milchbärtigen Kutscher auf dem Bock, sind es gewesen; die Wangen vor Kälte gerötet, haben sie, während sie kokett vorgebeugt ihre Pferde lenkten, gejohlt. Die Zügel flatterten auf und ab, und es klirrte das bißchen Eis unter den mit Eisen bereiften Rädern. Hier! Hier! – Die matschige Dämmerung! Die Uhr begann laut zu ticken, prell sie zwischen deine Schenkel, schimpften meine Schwestern, und wickle die verfluchte Uhr in deinen Rock. Wir brauchen jetzt nichts als Stille.

Die Fuhrleute, sie lagen hinten im Wagen, ruhig, müde wie die Herren oder wie Berge. In schweren Pelzen! Neben ihnen zeigte sich die erbärmliche Magerkeit der Kutscherjungen, das spärliche Haar wuchs mitleiderregend auf ihren Köpfen, ihre karierten Schildmützen waren abgewetzt, ihre Ohren standen ab, ihre Handrücken waren rot und bläulich vom Frieren. Der Name dieser Fahlheit ist: Blässe. Als sie in den Kurven mit großem Gepolter ins Schleudern kamen, blitzten ihre Zähne zwar auf, doch was könnte das im Vergleich mit den Pelzen schon bedeuten? Wer ist es, der hier flink sein, der sich Beine machen muß?

Die kerzengeraden Körper der Fuhrleute – ganz so, als seien sie einem Gegenstand vergleichbar – sanken auf die weichen Maisblätter zurück, vor ihren Lippen dampfte die vergilbte Atemluft, als hätten sie Zigarren geraucht. Ihre Gesichter waren breit, schier alle waren bärtig, aber nicht unfreundlich, nicht im geringsten! – aus ihren entlegenen Schragen haben sie einander immer wieder zugelacht, sie lachen lautlos und kurz. Sie verstehen einander, ich sehe es wohl. Ihre Schenkel sind stattlich, die Hosen, die sie tragen, müssen unbedingt eng sein.

Zähnefletschend tobten unsere guten Hunde an ihren unerläßlichen Ketten, doch Angst erweckten sie bei niemandem: Die Jünglinge ärgerten sie nicht, die Fuhrleute gaben keine unwiderruflichen Befehle. Es war, als würden sie unwillig in ihre Pelze versinken.

Eure Gesichter, meine Schwestern, sind aufgeblüht, aber warum haben sich da die Blumen des Ärgers geöffnet? – Warum drängt ihr mich weg, nachdem ihr mich vom Fenster gezerrt habt? – vergebens kralle ich mich mit den Nägeln fest – grüne, scharfkantige Lacksplitter – du kleiner Frosch, warum zischen sie so etwas?, kleiner Frosch, troll dich! – und warum sprangen sie erschrocken zurück, als die Fensterläden geräuschvoll auseinanderschlugen? Was für ein Licht.

Versteht ihr nun, warum eure Herzen heimlich zucken, wenn ihr seht, daß ich mich euch nähere? Ein reiner Ton flog durch die Stille, ein heller Farbfleck zog durch das Kristall hindurch, tief durchströmte das Licht die Augen, die ... Ein unglaublicher Regenbogen, eine kaum begreifliche Frische streifte meine Augen. Das Licht bohrte sich in mich und prägte mir Verzierungen auf; die glänzenden Pferde, der Dampf, die Stimmen, der Lärm, der überfrierende Matsch, die grimmigen Kornspeicher rundum. Ihr, meine Herzchen, warum drückt ihr euch an die Wand? Seid glücklich, diesen Hochmut, der das Erschrecken ist, können wir nicht brauchen.

In diesem Augenblick erhob sich der himmlische Mann, der stattliche Fuhrmann auf die Knie, auf seinen Wink hin hält sein Kutscher das Gespann an, brrr, ruft er den Pferden zu, gelb ist der ganze Zugriemen, der Herr steht schon gespreizt, und während ihm sein Diener stolz über die Schultern hinweg zublinzelt, zeigt er nach oben, hierher, zu unserem Zimmer herauf – ein Blick glänzte mir zu, und in seinen Strahlen zersprang jene Muschel, in der mein Herz schlummerte.

Die Pferde wieherten und schlugen um sich, pulvrig stiebte das Eis durch den Hof. Früher Morgen: allerlei Spuren; wer weiß ... Der Körper zittert, das Wimmern meiner Schwestern gibt mir wahnsinnige Kraft, ein Gefühl ohne Trotz, Angst, Beschränkung ergreift mich, ein Jauchzen – am Glas die Spuren vom launischen Dampf, das dünne Nachthemd am Bauch zusammengekrallt, und dieses Knüllen und Drükken, ja, mich schaut er an, sein Pelz schwingt einer Glocke gleich. Voilà votre mort, monsieur!, rufe ich begeistert.

Im Hausflur steht die Mutter – unser Mütterlein, die mit den Kötern derart schreit, als wären das ihre ungezogenen Sprößlinge: wir. In unserem Zimmer wird es wieder dunkel, eine stechende, eine verlorene Dunkelheit – unselige, unselige Närrin, leierten die Schwestern, krochen in die Betten zurück und mimten den Schlaf.

Mein Flehen war vergebliches Flehen, daß ich mich nämlich zwischen sie beide legen wollte, ihr armen, schläfrigen Mädchen; ihr täuschtet den Schlaf vor; umarmen wollte ich, und ich durfte es nicht. Umarmen wollte ich, und ich durfte es nicht. Euch habe ich gehaßt, mit diesem Herzen, das ich immer noch habe, und ich haßte den Raum, der mich umgab, haßte unser Zimmer ... Unser Zimmer! Wie oft hat es das morgendliche Erwachen auf den heißen und weichen Bäuchen meiner Schwestern gegeben! Mein Bauch ist anders: Wenn ich ihn betaste, spüre ich Muskel und Knochen, Muskel und Knochen. Schön sind meine Schwestern, weil derjenige, den ich liebe, schön ist, staunend spähe ich nach ihnen, nach ihren Drehungen vor den Spiegeln, während sie sich mürrisch zurechtmachen – der Puder rieselt wie Staub auf die Klettenblätter –, und dann zeichnet ein Finger, sobald er sich allein weiß, Wegwindungen, schwierige Kritzeleien auf das Glas. Manchmal durfte ich den Reißverschluß an ihren Rücken hochziehen, dabei hatte ich Angst, ihre Alabasterhaut zu zwicken. Gegen Abend verloren ihre Gesichter die Farbe, sie selbst wurden wortlos, stumm saßen sie am Rand ihrer Betten, ließen die Hände in den Schoß fallen. Da kniete ich mich vor ihnen nieder, löste die Bänder, löste ihre Gesichter, löste ihren Blick, meinen Kopf barg ich in ihrem müden Schoß, und währenddessen streichelte ich ihnen den Rücken in Kreisen, immer weiter aufwärts, wobei ich mich streckte, dann kauerte ich mich keuchend neben sie, rieb ihre mit Gänsehaut überzogenen Arme – meine Schwestern! –, ihre Handballen rochen nach Zwiebeln und Parfüm, schließlich löste ich ihnen das Haar, das nun wieder lockenlos und träge herabhing – Mähne und Haar – glatt und gerade spannte es sich im Nacken, glänzte verdächtig, war mit schmalen roten, gelben oder schwarzen Einmachgummis zweckmäßig zusammengebunden, auch die löste ich, und kosend grub ich die Hände in ihr Haar. Sie ließen es bewegungslos über sich ergehen, so, als seien sie Puppen. Ich zog sie aus, die Kleider hingen ihnen verklebt am Körper – ihre Betten wärmte ich mit meinem Körper, daraufhin umarmten sie einander und schlossen die Augen. Der Tag hat ein glückliches Ende gefunden, sagte ich in meinem Herzen, kleine Sophie, kleine Sophie, flüsterten sie und schliefen ein, als seien sie gestorben. Doch bis zum Morgen waren ihre Bäuche flaumig und heiß, und wieder hatte sich mein Gesicht erwärmt, als ich auf ihrem Nabel erwachte. Ihr knurrender Magen war Silbermusik.

Weh euch, ihr Hunde!, die Eisenwesten reißen ein, der Pferdetod lauert, und schon im Frühling wird das Gras über euch wachsen, die Herbstzeitlosen und auch der Hundszahn, <Textverfall>, was bedeutet dieser Lärm? Hirschkäfer-Donnerwetter, antwortete ich. Um uns zu besänftigen, war unsere Mutter in die Tür getreten, und von neuem brach Licht herein, rosarot leuchtete sie, Lieben ist gut, weil Liebe etwas Schweres ist, und ich rannte zu ihr, heftig umarmte ich sie, meinen Kopf drängte ich zwischen ihre Brüste – alles Übertreibungen, auch sie, die kirschroten Lippenstifte, die fetten, dicken Pomaden, scharfe Riechwasser, schon bei ihrem Anblick überkommt mich das Gefühl, daß ich reich bin und mir kein Schaden zugefügt werden kann. Ihre Finger sind nikotingelb, auf ihren Armen Sommersprossen, die Haut an ihren Fersen ist hart wie Stein. Ich bin ebenso dick, wie der Mond silbrig glänzt, sagt sie.

Oh, meine Kleine, hauchte sie, an ihrem breiten Gesicht lief eine Träne herab; die Schminke löst sich auf, schniefte sie wütend, leg deine Sonntagskleidung an, schmück dich mit deiner Perlenzier, und nimm vor allem eine frische Unterhose, kleine Bestie! Gut: so hieß die glückliche Antwort.

Wie sehr bewundern wir die Freimütigkeit unserer Mutter, jene Einfachheit und den Schwung, mit dem ihre Rede zu ihrem dämmrigen Ziel voranbricht, wie sehr verstehe ich sie in solchen Augenblicken! Wasch dich, sprach sie, das übrige ergibt sich von selbst, und damit war meine Erziehung für sie beendet. Eine Zeitlang gingen wir zum Dorf hinab – zu der Gräfin, nur so nannte sie meine Mutter, die Gräfin, und sie war in der Tat sehr erfahren, hatte die Welt gesehen, eine kluge Frau, sie war bereits in Breslau gewesen, in Szabadka und auch in Budapest –, ich habe Mitleid mit all jenen, die schon vor einem einzigen Jahrhundert zurückschrecken oder deren Liebe nicht bis über die Grenzen eines Landes reicht: Sie hingegen verstand es vorzüglich, die Eventualitäten des Tages auf ganz natürliche Art mit ihren Kommentaren zu verknüpfen, die sich dann allerdings sehr persönlich auf uns bezogen, vor allen Dingen auf mich, auf meine Belehrung und auf mein Gedeihen.

Zeig dich mal, sagte sie bei der ersten Begegnung und nahm mein Gesicht in ihre kühlen, festen Hände: Du machst dich, du hast ein hübsches Gesichtchen, ein hübsches Frätzchen. Die unvergeßlichen Ausflüge! Das knusprige Brot und der quietschende Futterkorb: Lärm, ein Tischtuch auf dem Gras, weiß und grün – grün – der Himmel, das Meer: dichte lebendige Schichten, wo sich das Leben tummelt und vorbeirennt ... Ich bin erstaunt, welch wunderbare Form eine Möwe hat und wie sie fliegt. Wie ist dieses fliegende Schiff zustande gekommen? Meine gertenschlanken Schwestern glänzten in der Sonne, sie drehten ihre seidenen Sonnenschirme, wir gehen in die Pilze, kicherten sie, ich blinzelte, und mir war schwindlig vom übermäßig schweren Licht, wir gehen in die Pilze, die langen, mörderischen Streifzüge zwischen den zitternden Augustschatten – und es kam nicht selten vor, daß wir uns die Rüschenkleider plötzlich vom Leibe rissen, um in einer Quelle zu baden, und während wir tobten und uns, je nach Lust, von einem Augenblick zum anderen völlig veränderten, von Wildlingen zu scheuen Wesen wechselten, war es, als würde die Gräfin, sie, im hochgeschlossenen Kragen, und der Sommer, dieser Sommer, und als würde sie in ihrem schwarzen Kleid uns bewachen; das runzlige Lächeln um ihren Mund verriet: Über ihre Rolle war sie sich im klaren, und mitunter tat ihr das weh. Die Gräfin! Am Ufer Helme aus Wolfram, gefüllt mit geschöpftem Honig und Teer. Alsdann wurden meine Schwestern ungehalten, und sie begannen schön und berückend über die Langeweile zu reden – daß nämlich dem Menschen nichts unerträglicher sei als völlige Untätigkeit, als ohne Leidenschaften, ohne Geschäfte, ohne Zerstreuungen, ohne Aufgabe zu sein. Dann spürt er seine Nichtigkeit, seine Verlassenheit, seine Ungenügen, seine Abhängigkeit, seine Unmacht, seine Leere. Allsogleich wird dem Grunde seiner Seele die Langeweile entsteigen und die Düsternis, die Trauer, der Kummer, der Verdruß, die Verzweiflung.

Du hast ein hübsches Gesichtchen – ich hatte vor niemandem Angst, ich wußte nicht, was Angst ist – nichts ist so wertvoll wie das Bild, das du für andere bist und was sie in dir sind. Weit oben in der Höhe ist alles eins! In der Höhe ist alles eins! Auch das Gehen haben sie mich gelehrt, ein rotes Seidenband haben meine Schwestern in den Garten gerollt, und ich, als sei ich auf einem schmalen Damm, der an beiden Seiten von heimtückischen Wellen gepeitscht wird, mußte da entlanggehen, und sie, und sogar die Gräfin, riefen hingerissen, bravo Sophiechen, seht nur, welch schmucken Hintern sie hat und wie sie mit ihm wackelt, das Biest!

Das trunkene Getümmel wurde wilder und wilder, wir drehten uns, tanzten, und wenn ich dann – nach diesem Tanzen und Tänzen – hoch errötet in den großen, weichen Armen meines Mutterherzens landete, und sei es auch nur zur Besänftigung gewesen, weil ich mich zuvor gar zu sehr von der Gräfin gängeln ließ, umarmte mich die Mutter gerührt, mein kleines Herzchen, wie gelenkig du bist. Daraufhin legte ich aber meine Hand auf ihre Hüften, schau nur, auf ihre wogenden vollen Hüften, meine Hand legte ich auf ihren Rücken, auf ihren königlich breiten Rücken, die Hand legte ich auf ihren Bauch, auf ihren weichen, kugeligen Bauch, legte meine Hand zwischen ihre Brüste, zwischen ihre riesigen Marmorbrüste – oh, nein – oh, nein, liebe Mutter, du irrst dich, und es überrascht mich, daß du dich irrst, dein Fleisch ist strahlend, und es glänzt, ich beneide dich, denn ich fühle überall nur Muskeln an mir, als sei ich zähes Fleisch, Muskeln, Knochen – Grenzen, überall nur Grenzen, Grenzen, Grenzen, du bist die Große, und ich liebe dich – aber wo, mein Herzchen, du hast schön gesprochen, jugendlich und unreif; mein Bauch ist fett, man sieht es, meine Hüften sind stumpf, meine Brüste sind hängende Säcke, mein Rücken ist einem Schinken gleich, und mein Gesäß erwähnen wir am besten gar nicht. Liebe Mutter!

Ich legte mein weißes, rauschendes Sonntagskleid an, obwohl es nicht Sonntag war, das nun wirklich nicht, und ich zog das kühle Seidenhöschen hoch. Diese Stille! Meine Schwestern mimten keinen Schlaf mehr, sie zogen sich an; sonst gab es viel Geschnatter, Gekicher, Gekeuche, Gestöhne und Ringen. Sie knurrten mich an, als ich mich zum Spaß in den Hüften wiegte – wart nur, zischten sie drohend – aber, ihr Lieben, warum denn so verdrießlich? Sind nicht wohl grad jene zu uns hereingeschneit, für die wir so viele bunte Wörter hatten und Träume? Sind nicht wohl … Meine Schwestern fielen über mich her und rupften mich zurecht – von soviel andächtiger Rede wird uns schlecht. Warte nur. Ich sollte nicht für Weisheit halten, was nur Melancholie, Gleichgültigkeit, Ernüchterung ist … Meine Schwestern knieten sich auf meine dünnen Arme – Flüche, Flüche.

Als ob es nur *eine* Mutter gäbe. Unsere Mutter trägt einen weinroten Morgenrock mit Silbersaum, einen breiten chinesischen Gürtel, Seidenhausschuhe, Filzpantoffeln, in ihrem ebenholzschwarzen Haar der wunderschöne Regenbogen-

Federschmuck, Blendwerk, ständiger Wind, die winzigen Glasgehänge des Wiener Kronleuchters klirren, Wind, Windhauch, Atem.

Hast du keine Angst, Sophiechen? Ach, Mutter, wagte ich es, jetzt durch und durch ehrlich und damit rücksichtslos zu antworten, und ich wage es, ich sagte nein, nein, ich verstehe deine Frage nicht, wie denn könnte sich jemand vor dem fürchten, was vorhanden ist; ist wohl nicht das um vieles fürchterlicher, was es nicht gibt <das Nichtgibt, das gibt es; es gibt nur, was es nicht gibt>, pst, pst, schweig, du dummes, liederliches Mädchen, schweig. Ein flirrender Kitzel fliegt über unsere Lippen, und wieder Regenbogen-Federschmuck, Gelächter und Feuerwerk. Ah, tais-toi, je ne veux plus!, ruft meine Schwester, unsere Mutter küßt mich.

Plötzlich bricht ein schmetternder Ton auf, woher, in der Eile weiß niemand woher, von außen, von innen, hinter der Tür hervor, oder wie sonst, ein höhnendes, schwächliches Lachen, eine tiefe Stimme allerdings – nun, das Nichtgibt ist es, gut so und in Ordnung, und es ist sehr gut so, daß es das nicht gibt, eine Angst, dem Fräulein fällt sie nicht im Traume ein, warum auch sollte sich das Kälblein vor dem Schlachthof fürchten – es gibt keine Furcht – aber habt es nicht eben Ihr gesagt, Fräuleinchen, daß jenes, was es nicht gibt, um ein Vielfaches mehr fürchterlich ist – das feige Stöhnen der Erleichterung, Närrchen, du, du bist es also gewesen, du jagst uns einen Schrecken ein, als hätten wir nicht schon genug, achte auf deine scharfe Zunge, du fängst eine auf deinem halslosen Genick, du Knirps!

Wer ist das, Mütterchen? Unselige Nichtswürdige, du hättest ihn im Wagen sehen können, er kauerte dort zu den Füßen deines Fuhrmanns, es stimmt aber auch, daß er kaum aus dem Sack herauslugte – ja, ein Katzenjunges ist er, das sie eben zum Fluß schleppen. Er glaubt an nichts. Er behauptet, die Sterne seien schiere Steine, die Lampe sei keine Lampe, der Tisch kein Tisch, das Kind kein Kind. – Ein unfügsames Früchtchen. Marjonka, Teure, ich sehe, ginge es nach deinem Herzen, wäre ich längst tot, sagte jener, den unsre teure Mutter eben noch das Närrchen genannt hatte, und er trat aus der Umarmung der Dunkelheit hervor: der Ritter.

Also schnell geschrien, wie gräßlich, mein Magen zuckt würgend, die Hand presse ich gegen den geöffneten Mund – zu spät – Ja, nickte der Ritter, ja, Herzogin –, ein winziges Menschlein im blauen Matrosenhemd, mit fleckigen Turnschuhen, die aufgerauhten Schnürsenkel flattern, Leinenhose; sein Kopf ist ein weiß aufgeblähter Pilz und wächst aus den Schultern hervor, am linken Knie erhebt sich ein unansehnliches Etwas, als hätte er seinen Buckel grad dort.

Aus meiner Bestürzung wächst Stille. Das leuchtet ein, sagte der traurige Ritter, er schwenkte sein Bein, einem Clown gleich, in dessen Beinen der Knochen: nicht vorhanden ist. Es leuchtet ein, Herzogin, mich plagt seit langem eine Verletzung.

Armer, sagte ich, der Sitte gemäß und wie ich es auch ehrlich dachte – wozu Mitleid, wozu Schmerzen? –, an des Ritters hoher Stirn faltete sich die Haut in doppelten Bögen, die Falte lief die Augenbrauen entlang, sein Pergamentgesicht, sein müdes Gesicht, sein schmales Gesicht, sein Gesicht – er lachte –, da waren seine schlechten ganz stumpfen Zähne – Herzogin, mit mir haben Sie Mitleid?, mit einem elenden Sterblichen, mit einer ungeschlachten Katze im Sack, dem der Herrgott Verstand mehr als notwendig und zuwenig Talent oder Macht gegeben hat, kleines Mädchen!, aber ich bin es doch nicht, den man weiß getüncht, zutiefst erhitzt und mit Bändern bestückt hat – eine billige Halskette, der dunkle, strenge Morgen, weiß getüncht, zutiefst erhitzt und mit Bändern bestückt – Das leuchtet ein; und mein köstlicher Herr, gesegnet sei sein Name für eine Weile, sitzt droben in der rußigen Küche und tunkt in den Resten der Schinkeneier herum. Du!, es ist erwägenswert, an wen du die irdischen Schmerzen vergeudest, tu es nicht für einen solch unwürdigen Holzkopf, behalte sie, sie sind ein Schatz!, für dich, du wirst sehen, das Schluchzen ist nicht nur nützlich, sondern auch schön. Schön … Was bedeutet es, ein Wurm zu sein?, murmelte er grimmig vor sich hin.

Schwachsinniger, Trottel, Idiot, Armer, unsere Mutter war ein einziges Geschrei – Oh, sprach der Ritter Blumentau und Dämmerung – Halt endlich die Schnauze, so sprach unsre teuerste Mutter, und darauf nun das Mädchen, also ich: Lieber Unbekannter, ich verstehe nicht, was du redest, und würde ich verstehen, was ich mir nicht vorzustellen vermag, dann wüßte ich immer noch nicht, warum es so ist, doch sah ich dich und sehe dich, ich sah dich, das weiß ich bereits, zu Füßen des Schragens, um die mächtigen Stiefel des Fuhrmanns geschlungen, und jetzt sehe ich dich, dessen schmachtender Körper geschmäht wurde, all das macht dich bitter und anklagend …

Aber wo, Mädchen, deine Unreife macht dich waghalsig, ein Kind bist du noch, unreif, woher nimmst du den Mut, Ratschläge zu erteilen, woher nimmst du den Mut, Beobachtungen zu machen? Der kleine Mann war gereizt und gebrochen. Mag sein, daß ich rot wurde, doch mußte ich auch lächeln, ich wußte, ich täuschte mich nicht – da war etwas in mir, das gesagt werden wollte, so war es gar kein Verdienst, und der Ritter wurde still, nein, mein Lieber, du bist bitter und anklagend, also hast du nicht recht, die Güte der Menschen und das Lichte der Welt, diesen Glanz, mit dem wir alle leuchten, bemerkst du nicht – Wir räudigen Köter, wir liegen blutend in den Kissen und sind wunderbar. Und ansonsten nur ungeschickt und unsterblich. – Ich nicht. Ich möchte dich nicht beschuldigen, sondern dir mit aller Kraft meiner Jugend eine Stütze sein, frag nicht warum, für die Kraft ist das eben bezeichnend, daß sie in Überfülle vorhanden ist, es ist die Schwäche, die es nur hinlänglich gibt; das andere aber ist Überschwappen, Sieden, eine Umwälzung …

Also dies, nur das, so weit reicht das, was mir übrigbleibt, das also soll mein Geschenk sein, die Absicht?, dieses Überfließen, das schäumende Naß am Rand eines Kupferkessels, etwas Unpersönliches, das für jedermann übrigbleiben könnte?! –

Sprich nicht so, lieber Mann, halte mich nicht für hochmütig, denn ich glaube, du könntest einmal auf mich angewiesen sein – wütend stampfte der Ritter auf –, auch ich bin unsicher geworden, nimm, mein Herr, mich als deinen Freund, und nimm nun meine kleine Hand, wohl könnten wir jetzt unsere Freundschaft besiegeln. Mit einem Mal wurde der Ritter feierlich, er taumelte zwischen Verdrießlichkeit und Hochmut, und ich gestehe, ich erschrak, denn nie hätte ich gedacht, daß ich für ihn dermaßen wichtig sei, lehre mich, sagte der Mann, was die wirkliche Reinheit bedeutet: Es ist nicht die Blutarmut, die dich von den Dingen trennt, sondern der Schwung, der jene Schönheit durchdringt. Offenbare mir, was wirkliche Liebe ist: Es ist nicht das unfruchtbare Zittern vor der Sünde, sondern jene waghalsige Absicht, daß sich alle gemeinsam gegen die Tore des Lebens stemmen ... Damit reichte er mir die Hand zum Schwur, und ich, scheu vor der Berührung, tat desgleichen, doch bevor meine Finger die seinen berührt hätten, riß er sie flink zurück. Dämliche Gans!, rief er weinend. Ich habe genug von diesen Kindereien, sagte die Mutter schlicht – teurer dummer Ritter, dummer kluger Ritter.

Was zum Donnerwetter soll dieser Krach, Marjonka?! – Der Fuhrmann! – Sein Gesicht war von der Dunkelheit verdeckt, vom geheimen Spiel zwischen Licht und Dunkel, die scharfen, stinkenden Petroleumlichter aus der Küche überfluteten seine Gestalt mit einem Licht, als leuchteten zwei Reflektoren, mit solch einem Licht – wie vom Blitz getroffen –, die Silhouette begann zu strahlen, Licht, Licht, Licht, Licht und Kraft kamen zitternd und flammend von seinem Umriß allüberall, oh, ja, der Fuhrmann ist in der Tat ein schöner Mann, seine mächtigen Schenkel in der Grätsche – seine Hüften ein breiter Stamm – der Hals eines Büffels und der rote, stattliche – muskulöse Kopf, ja, ich seh ihn, sehe ihn, das ist er und – das bin ich! ich! ich! – ich bin jene, die zu ihm gehört, ich bin die seine, mir wurde schwindlig, davon, was ich sah, und davon, was ich dachte, die Mutter, die mich bis dahin mit ihrem warmen Körper beschützt hatte, war verschwunden, der arme Ritter schwand dahin, er schleppte seinen verkrüppelten Körper fort, von der neuen Helligkeit wurde mir schwindlig – Ritter! – das ist es, worüber wir gesprochen haben, das ist das Licht der Welt, es ist nur ich, das es gibt, und der Fuhrmann und dies sind das Licht.

Das Bein stolpert in der starren Andacht, und das Mädchen rekelt sich auf dem kalten Stein, der Apfelkorb ist umgekippt, und die vielen Winteräpfel prallen aneinander, rollen, ein Erdball jeder, davon und hinterlassen braune Flecken. Was soll der kleine Frosch? Mein Bauch ist kalt – auch ein kümmerlicher und völlig starrer Gegenstand kann mit einer alles dehnenden Kraft bersten oder sich auf wunderbare Weise zu aktiver Natur verwandeln, wenn er jene Ergänzung, die er sucht und erwartet, findet. Von den Gefühlen werde ich mich entschieden loslösen müssen!!!

Es ist ausgezeichnet, glaube mir, es ist erstklassig, sei nur ganz vorsichtig, es ist frisch wie Erdbeeren vom Tage. – Welche Erdbeeren, quasselige Greisin – ich tret dir die Leisten krumm, was willst du zur eisigen Winterszeit mit Erdbeeren? Oder geht es etwa um Delikatessen aus dem Treibhaus, du lüsterne Hexe? Mulier amicta sole! Weib, mit dem Gewand aus Sonnenschein, komme, setze dich flink daher – das auffliegende Lachen unserer Mutter, ich mag es hören: als würde sich ein Vogelschwarm auf den Weg machen oder sich hochschwingen, einfach so, unberechenbar, hoch in die Lüfte, sag ihr, Marjonka, sie soll hier in der Küche sitzen, sie soll warten und sitzen. Sie soll sitzen, mulier amicta sole!

Dieser neue süße schwere Morgen war einmal und ist vergangen, Herr, hab Erbarmen mit mir, Herr, hab Erbarmen mit mir. Meinen kalten Rücken preßte ich an die Ofenbank, über dem Herd flog der hurtige Feuerfunkenregen, man schob große Töpfe hin und her. Die Küche füllte sich mit Menschen, mit silbrigem Rauch – weiter weg die Kutscher, dann der Ritter mit niedergeschlagenen Augen, die Fuhrleute setzten sich rund um den ungehobelten Holztisch, sie tranken unsren schäbigen Treberwein aus Bleihumpen, verzeiht, ihr guten Herren, so brachten meine Schwestern ihre Entschuldigung vor, sie waren fesch und munter, ach, unsere Ernte mißriet, die Sonne war uns nicht gnädig, was nützt da jeder Schweiß und Fleiß, und mit den Wurzelläusen hatten wir auch unsere Sorgen.

Ein unermeßliches Glück ist es, kleine Schwestern, sagte der Ritter leise, daß Fachbücher zur Verfügung standen, welche, zu Anbeginn der Zeiten, meine rechtschaffenen Herren in ihrer Güte – Ach ja, he, und ob, die Fuhrleute nickten lachend, so ist es in der Tat. Kräftige Männer, aus ihren Hemden strömt Speck- und Schweißgeruch, sie sind schön, der Ritter, der mein selig errötetes Gesicht sah, nickte, du hast recht, Mädchen, sie sind schön, weil sie auf niemanden angewiesen sind, sie selbst sind sich das Maß, sie sind schön, weil alles Gegebene schön ist, alles, was es gibt! So kann das wohl nicht sein, weil das Schöne nur möglich ist – wenn auch das Häßliche möglich ist. Häßlich ist das Fehlende, sagte der Ritter. Es war ihm angenehm, neben mir zu sein, er lehnte seinen kläglichen kleinen Körper halb gegen mich, seine Knie zog er hoch, und unwillkürlich streichelte er sie. Ja.

Aus dunklem Wein und tausend Rosen rinnt die Stunde rauschend in den Traum der Nacht, unsere Mutter, meine Schwestern auf dem festen Schoß der Fuhrleute, die mit ihren großen Händen nach ihnen langen – die Stimmung ist angenehm, die Mutter bedeckt den Fuhrmann mit ihrem Körper, aber ich weiß alles, nichts bleibt mir verborgen. Daran glaube ich. Und ich warte.

Aus dem Lärm in der Küche, aus dem Gelächter und dem Feuergeprassel löste sich allmählich ein entfernter, schlechter Ton, bald ein langgedehntes Geheul, bald ein schnelles, scharfes Winseln – alle hatten reichlich getrunken, das Hundegebell steigerte sich bis zur Raserei – sind das unsere Komondore – was ist das?, und damit riß sich die Mutter aus der Umarmung, was ist das? Wir, die Einheimischen, blickten einander an, wir lasen Besorgnis in unseren Augen. Die Fuhrleute rührten sich nicht.

Was ist das?, wiederholte die Mutter. – Tapfere, tapfere Frau. – Tapferkeit? Höre ich recht? Ein Wort höre ich: Tapferkeit, was brummst du vor dich hin, Närrchen, sagte der Fuhrmann wegwerfend. Bebende Antwort, tapfere Frau, ach, was wird aus uns ... In Ordnung, Närrchen, es ist uns recht, wenn du unser lebendes Gewissen bist, und es ist uns recht, wenn du dein Köpfchen zeigst, unterhaltsam bist, und wenn du uns nicht schonst, wenn du unnachgiebig bist, uns mit der Peitsche kommst, courage de luxe!, siehe, du kannst es dir erlauben, moralisch zu sein, und darüber freuen wir uns von ganzem Herzen, und dann ist es vielleicht keine eitle Hoffnung, wenn wir annehmen, daß ein bißchen von der Ewigkeit auch für uns abfällt – wir mögen dein ... Dingsda, deine Sturheit – nicht, als wüßten wir nicht, was du uns vorwirfst, wir wissen es, dennoch hat alles seine Ordnung, du bist hierzu geboren, wir zu anderem – es ist, als seien unsere Gesichter mit schwarzen Nadeln durchlöchert; allerdings wäre es ein Mißgeschick, würden wir dich bei einer Undankbarkeit ertappen, schließlich bist du einer von uns, du krümmst dich in deinen Sack, zusammen gehen wir von Haus zu Haus, Holz, rufen wir, Kohle, rufen wir, und du schreist es mit uns – und man muß essen – hoch mit den Vorhängen!, was ihr auch tut, es gibt keine andere Wahl, entweder müßt ihr glauben oder verneinen oder zweifeln – im Hinterkopf sollten wir immer einen zusätzlichen Gedanken haben, in dessen Licht wir alles beurteilen, während wir so reden, wie es die Leute tun – auch in den Abgrund rennen wir mit aller Ruhe, wenn es uns gelingt, die Augen zu verdecken, um nichts zu sehen – verneinen, glauben und klug zweifeln ist für den Menschen, was für das Pferd das Laufen ist.

Gut denn, Herzchen, wir verstehen einander, ekeln einander nicht mehr an als nötig; und der Fuhrmann legte seine schwarz behaarte Pranke dem Ritter auf die Schulter, als sei er dessen Bruder – rühr! mich! nicht! an! – schrie jener; der Fuhrmann nickte unbeteiligt: Ich langweile mich. Man gebe mir meinen Mantel.

Der Ritter war ein gesenkter Kopf – Das einzige, was uns in unserem Elend tröstet, ist die Zerstreuung, und dabei ist sie die Spitze unseres Elends; denn sie ist es, die uns grundsätzlich hindert, über uns selbst nachzudenken, die uns unmerklich verkommen läßt. Sonst würden wir uns langweilen, und diese Langeweile würde uns antreiben, ein besseres Mittel zu suchen, um sie zu überwinden. Die Zerstreuungen aber vergnügen uns und geleiten uns unmerklich bis zum Tode. – Da die Menschen unfähig waren, Tod, Elend, Unwissenheit zu überwinden, sind sie, um glücklich zu sein, übereingekommen, nicht daran zu denken.

Schwafle nur, krummer Kiebitz, aber merk dir, ich lasse nicht zu, daß dem Menschen und dem Fortschritt ein Leid angetan wird – Der Mensch ist selbst in seiner Konkupiszenz noch groß, da er verstanden hat, aus ihr eine bewunderungswürdige Ordnung zu schaffen und ein Bild der Liebe Gottes daraus zu formen – Marjonka! – Das war ein Fuhrmannswort!

Die Hunde schwiegen nun. Was habt ihr getan, ihr Schufte? Was denn? Ja, was war es denn? Sie taten, als seien sie sich im unklaren, die jungen Männer, Fuhrleute, ja, was war es …, was war es … Schelmisch zeigten sie eine Speckschwarte vor, wir haben sie gefüttert; blau, die Speckschwarte war blau. Mörder!, schrie die Mutter, Niederträchtige – aber, aber, die Fuhrleute wurden zappelig, unruhig, das Gesicht der Mutter war ein roter Fleck, ihre Stirn umflort, die Augen verdreht, auch sie hatte viel getrunken, fahrig rafften die Männer ihre Sachen zusammen, nur Ruhe, Marjonka – lachte auch ich, mit viel Gejauchze und Gekreisch umfaßten sie meine fabelhaften Schwestern und die Mutter, packten sie und liefen mit ihnen davon, als seien sie große Mehlsäcke, die Türen schlugen – die Mauern barsten und flogen –, darauf hatten sie alle gewartet, auf den farbigen Lärm, darauf, auf einen ungeheuren Krawall.

Auch ich. Die Dinge geschehen zu schnell. Das ist die Leere, tatsächlich – oh, oh, meine kleine Schwester, höhnte der Ritter, wir saßen zu zweit wie Kinder, die man allein gelassen hat: immer. Tut es weh?, fragte ich ihn und legte meine Hand auf sein knorpelverdächtiges Knie. Der Ritter errötete, auch mich überströmte eine Hitze, ich wurde unendlich klein, bereitwillig, schmiegsam wie ein Kleinkind – das gebrochene altkluge bittere Gesicht des Ritters, das die Reinheit aber nicht ganz verdecken konnte – eine Schönheit, die für den, der sie erkennt, hier aufleuchtet – mir war schwindlig, meinen Schenkeln war schwindlig, und schwindlig war allen meinen Muskeln, ich stieg in mir selbst: Ich bin die Möglichkeit! – doch dann begann ich zu schrumpfen, es war ein schlechtes, widerliches, unsicheres Gefühl – bis in die Knochen hinein und weiter – Wir haben eine Grenze erreicht, ach, schrie ich und krallte meine Hände in seine Knie, und weiter, hindurch, auch von dort aus weiter, einwärts, tief, tief – Ich liebe dich.

Gott gebe mir, daß ich sie immer zu hören vermag und daß die anderen, als seien sie in einer glücklichen Trunkenheit, sie auch mitempfinden: die unendliche Musik der Dinge. Nur Liebe kann die Seienden bewegen. Stille, Licht, das Weiß, die Ebene, Laub, Wind: das sind wir. – Und unerwartet die Angst – Abscheu und Zittern. Fliehen wir!, rief ich.

Fliehen? Wohin fliehen? Und vor allem, *vor wem?* Aber Sophiechen … Diese unerträgliche Schwäche!, ich begann ihn zu schütteln, tu etwas, Lumpiger, schrie ich, tu etwas – Er besänftigte mich, sicher doch, aber natürlich, wir werden fliehen, Haus und Hof zurücklassen, oder wir dringen in die Wälder ein, in unsere Wälder, man munkelt, die Burschen vom Meierhof seien bereits eingedrungen, wir bewaffnen uns mit Knüppeln, Prügeln, mit Pfeilen und Steinen, graben eine Grube, nehmen Brot und Speck mit und …, und, dann schwieg der Ritter wieder.

Verzeih, ich bin feige. – Wer spricht vom Siegen? Überstehn ist alles. – Ich war früh in den Gedanken eingeweiht, daß der Sieg im Sinne der Unendlichkeit ein Sieg und im Sinne der Endlichkeit eine Niederlage ist. Kirregekocht, kirregegart. Die Schwierigkeit ist nicht, Probleme zu lösen, sondern sie zu stellen – Was der Wahrheit am ehesten entspricht, wird ans Licht kommen, und das Bessere wird sich einstellen.

Das denke ich, Ritter, und mit Abscheu fühle ich, daß sich in meinem Herzen Liebe und Haß nebeneinander vertragen. Ritter! Ich liebe dich. Ich hasse dich. – Die Wahrheit ist mit dir, Herzogin, die Zukunft gehört nicht den »Müden« und auch nicht den Genießern, sondern jenen, die mühevoll um die Reinheit kämpfen, den stets aufwärts steigenden Tapferen, denen die Zukunft wichtig ist.

Stumm, stumm – Hätte jemand, der die Freundschaft des Königs von England, des Königs von Polen und der Königin von Schweden besaß, glauben können, daß es ihm in der Welt je an Unterkunft und Zuflucht fehlen würde? – Stumm – Weißt du, es ist gerecht, daß befolgt wird, was gerecht ist; notwendig ist, daß man dem, was mächtiger ist, folgt. Das Recht ohne Macht ist machtlos; die Macht ohne Recht ist tyrannisch. Dem Recht, das keine Macht hat, wird widersprochen, weil es immer Verbrecher gibt; die Macht ohne Recht ist auf der Anklagebank. Also muß man das Recht und die Macht verbinden und dafür sorgen, daß das, was Recht ist, mächtig und das, was mächtig ist, gerecht sei. Das Recht kann bestritten werden, die Macht ist deutlich kenntlich und unbestritten. So konnte man dem Recht nicht zur Macht verhelfen, weil die Macht das Recht bestritt und behauptete, es sei unrecht, und behauptete, sie wäre es, die das Recht sei. Und da man nicht erreichen konnte, daß das, was recht ist, mächtig sei, machte man das, was mächtig ist, Rechtens.

Wodurch also haben wir uns täuschen lassen? Durch unsere Sinne oder durch die Lehre?

Von Natur ist der Mensch gläubig, ungläubig; furchtsam, tollkühn. Beschreibung des Menschen: Abhängigkeit, Wunsch nach Unabhängigkeit, Bedürfnisse. Seinslage des Menschen: Unbeständigkeit, Langeweile, Unruhe. – Das ewige Schweigen dieser unendlichen Räume macht mich schaudern … Es gibt nur eine Art der Einsamkeit … Mein Liebster, Liebster.

Ich habe Angst.

Als hörte ich die Schwestern schreien – die Sterne sind schiere Steine – ich rannte, auf dem Gang riß ich die erste Tür auf – Betten, zusammengeschoben, ein breites, zerwühltes Feld, Körper mit merkwürdig verdrehten Gliedern – Gott, was ist das? – mein Gesicht ist eisig – was gibt es? – habt denn nicht ihr mich gerufen? waren es nicht eure warmen Stimmen, die aus der Ferne wie gebrochen herüberkamen? – scher dich zum Teufel, schrien die Schwestern, und die Mutter ist gegen die Wand gepreßt, das Linnenhemd des Fuhrmanns hängt ihm bis zum Knie hinab, sie winkt, geschwind, Sophiechen, geh hinaus.

Der Fuhrmann brüllt, was soll sie hinausgehen und wozu! – wie bewegen sich hier alle? was ist dieser Rhythmus, dieses Sichwinden und dieses Zucken? – wie reden sie hier? wie holen sie Luft? – was nur, was nur? Als der Fuhrmann von ihr läßt und einen Schritt von ihr zurücktritt, fällt die Mutter, als sei sie ein Gegenstand, zu Boden, entsetztes Zurückweichen, die Gesichter der Schwestern liegen in den Kissen begraben, blutrot, der Fuhrmann hat sich in seine Hose verheddert, erzen lästernd fällt er nach vorne – zerrt mich mit sich, ein Gegenstand bin auch ich – er reißt mich mit – Närrchen! hilf mir!

Meine Beine waren vergeblich zusammen – ich schmolz wie eine Handvoll Fett, das man mit dem Hammer schlägt – es tut weh, der Fuhrmann tut mir bestialisch weh – schwere Zwiebelgerüche dringen in mich – als würde ich auseinanderreißen, als würden meine Därme reißen, als würde mein Herz sich von den Rippen reißen, als wären meine Rippen aufgebrochen – meine Schenkel sind glitschige Wärme, meine schmalen Schenkel werden immer schmaler, mein Gott, von welchem Glanz war die Rede, und da ist nichts, nur schwarzes, schwarzes Blut.

Rasend stürzte sich der Ritter auf den Fuhrmann, der aber schlug hinter sich, fegte ihn zur Seite, wie der Bär es mit den Hunden tut, troll dich oder schlag mir nur den Rücken, du, du schlägst den Keil, schlag nur, schlaues Närrchen. Der Ritter versuchte auf die Beine zu kommen, er stand, mein Kopf lag zurückgeworfen, wir sehen einander, an nichts kann ich mich recht besinnen. Er weint, schreiend weint er, ich kann nichts! Ich kann nichts! Tun! Nein! Er zerrt die bläuliche Speckschwarte aus der Tasche, kaut und kaut an ihr wie ein Nagetier – besinnungslos beißt er dran rundherum – Schaum ist um seinen Mund – Und er fällt.

Vor mir ist alles verdeckt; einmal noch habe ich Mutters Wehgeschrei gehört, was jammerst du, Marjonka, na, wozu denn, die Stimme des Fuhrmanns ist angenehm tief und ruhig, ist es nicht viel besser so … in der Familie …, also … bring Fleisch!, Marjonka, Fleisch sollst du bringen, Fleisch!

— — — — — — — — — — — — — — —

Vielleicht werde ich mich allein in die Mitte stellen. Vielleicht ist es Abend. Vielleicht Dämmerung. Eines ist sicher: Es ist spät. Ich bin allein. Es pocht in mir. Draußen lodern in der Dunkelheit Flammen mit drohenden Blitzen; die Scheune brennt. Die Hölle arbeitet ohne Zeugen. Unsere Hoffnungen, die Sterne, starren tot. Das Fensterglas ist zerschlagen, die leeren Rahmen schwingen hin und her, der Wind schlägt die schwarze Asche herein. Aber im Herd brennt noch das Feuer. Der Küchentisch ist umgekippt, überall liegen Hühnerknochen verstreut. Für die Knochen gibt es keine Hunde mehr. Meine Schenkel kleben an der Wolldecke, ich friere von innen her, bin eine offene Wunde, ich stinke, es ist ein Kanalgeruch an mir, ich bin auseinander, bring mich, Herr, auch in solche Einsamkeiten, in die ich mich allein niemals gewagt hätte.

Gut denn. Ich raffe mich auf – schlecht, sehr schlecht. In einem Topf stelle ich Wasser auf. Den Wascheimer zerre ich unter dem Bett hervor, er knirscht auf dem Holzboden. Lange kratze ich mit den Nägeln an dem Email … Ich schrubbe mit Sand, schrubbe mit Sand.

Ein Wagen biegt ein, sie sind es, wirbelnd, lachend drängen sie herein. Mir ist übel, was wird aus uns? Sie fallen einander ins Wort, die Bestien! Sie haben die Scheune angezündet! Pfeif doch drauf, lacht die Mutter, die stand ja ohnehin leer. Sie sind noch ein wenig betrunken oder sehr müde. Die Gesichter sind verstaubt wie die Blätter der Klette. Ihr Lieben, sage ich halblaut.

Sie zwitschern, lachen wie Maschinen. Ich habe Salz besorgt, ruft die Mutter. Oh, ulkten meine guten Schwestern, wie ist das, du gewitztes Weib, was ist der Preis für Schlagfertigkeit: schwelgerische Extras vielleicht? Nein, nein, ihr herzlosen Personen, man muß nur wissen, wohin!, was, wann und wohin …, einen kleinen Kutscherjungen mußte ich auf seinen Platz verweisen … Und haben Sie ihn auf seinen Platz verwiesen, beste Frau?! Das könnt ihr ja sehen …

Diese da, die glauben, sie seien alles, die Größten, sie glauben, sie dürften alles. Nein. Bestimmt nicht!, meinten meine Schwestern, so habe ich ihn an seinen Hoden gepackt, mit beiden Händen, er wurde ganz grün, der grindige Fuhrmann! Brüllend wollte er zuschlagen, ich sagte, das sei die neueste Mode aus Paris … Bei mir hat das nicht geklappt, denn es war ihm ausgesprochen recht, vielleicht hatte er Hodenbruch, der Arme! Der Arme, Arme. – Ich glaube, Mütterchen und die Schwestern werden ein gutes Leben haben. Schließlich sprachen meine Schwestern folgendermaßen: Und bis zum Höhepunkt kamen wir nicht, nein, wir kamen nicht! Ungehobelte Burschen, das hätten sie wohl gern gehabt, aber grad nicht, *ich bin nicht zum Höhepunkt gekommen*, sie glauben, es steht ihnen alles zu.

Der Winter wächst heran. Ein einsamer Wolf kam zum Dorf herab. Sie drehen sich mir zu, gut denn, Sophiechen, wir sind zufrieden mit dir, wir haben gesehen, daß dein Herz am rechten Fleck ist, und für den Anfang, vor allem da es das Ende ist, sie lachen, reicht auch das Närrchen, und vor seiner aufdringlichen Hinterlist brauchen wir uns auch nicht mehr zu fürchten.

Ich habe ihn geliebt, sage ich. Ach so, rufen die gertenschlanken Mädchen, also du hast ihn geliebt, so sagst du das, sie liebt ihn, sie werfen einander ungläubige Blicke zu, sie liebt den Narren eines Fuhrmanns … Du Irre!, hast du denn nicht gesehen, wer diese Leute sind?! Hast du nicht gesehen, was sie treiben! Mit solchen läßt du dich ein?! Du Luder, lumpige Verräterin, drohend nähern sie sich, reißen einen Dolch hervor, nieder mit dir, Sophia, du mußt sterben, der Verräter muß sterben. Ich will mit dem Beten beginnen, doch wiehernd vor Lachen stürzen sich meine Schwestern auf das Bett zurück, auf das fleckige gelbe Schmetterlingsplaid, ringend wälzen sie sich, sie keuchen, ihre Zähne blitzen auf. Ach, du!

Mutter hat warmes Wasser und einen Becher Milch gebracht. Deckt den Tisch! Macht die Betten! Macht Feuer im Ofen. Laßt die Hunde heraus.

Es gibt sie nicht. Ich sitze im Wascheimer. Nun kratze ich, wie ich zuvor das Email gekratzt habe, an dem Blut. Es ist mein Blut. Die Spülung tut nicht weh. Wir haben es wieder hinter uns, keuchen meine Schwestern trunken. Wir haben es hinter uns, hinter uns, meine Teuren, sagt die Mutter, mit ihrer schweren, alten Hand streichelt sie meinen Kopf, wir haben es hinter uns, und es gibt Salz, Kartoffeln und Petersilie. Da beginnen wir zu lachen, aus ganzem Herzen.

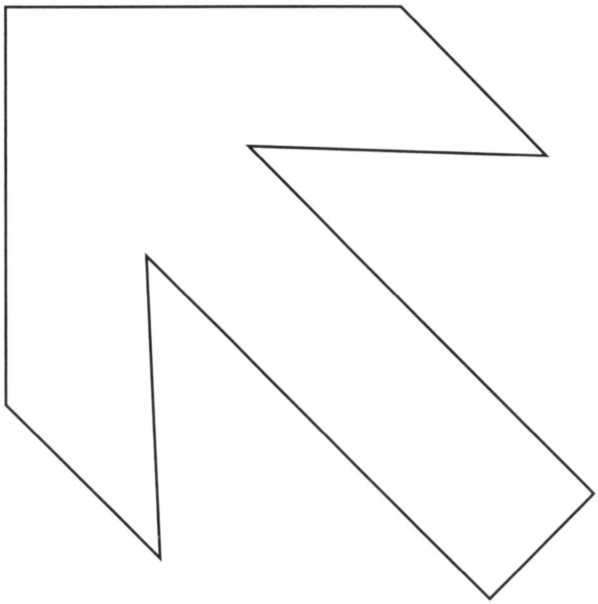

E.P. : K.D. : P.

— Rekonstruktion —

Auf dem Aventin gab es eine Schenke. Dort fanden sich allnächtlich Seeleute ein und soffen roten Wein. Das schmuddelige junge Küchenmädchen Paulina, blauäugig mit rotem Schopf, schleppte beladene Platten herbei. Gerade servierte sie gebackenen Fisch an einem Tisch, da klopfte ein Schiffszimmermann aus Kappadozien erschrocken seine Tunika ab und sprang auf.

"Wo ist mein Geld? Man hat mir mein Geld gestohlen. Haltet den Dieb!" rief er, "haltet den Dieb!"

Sofort entstand Tumult. Der Dieb, ein Seemann, suchte währenddessen schleunigst das Weite. (machte sich davon) (schlich sich aus der Kaschemme)

"Die da war's", behaupteten die Gäste und umringten Paulina. Auf das Gelärme hin stürmten schwerterrasselnd zwei Prätorianer, die Nachtwache, herein und fielen sogleich über die Sklavin her.

"Rück das Geld heraus!"

"Es ist nicht bei mir."

"Dann nehmen wir dich mit, Kleine!" (Püppchen)

"Nein", kreischte Paulina. "Nein. Ich bin unschuldig", und rührte sich nicht vom Fleck.

"Los!" befahl der schieläugige Kleinere der beiden und schleuderte die Ärmste auf die Straße hinaus. Dort blieb sie stehen, steif wie ein Stock. Nun packte der lange Lulatsch sie am Arm.

"Rühr mich ja nicht an!" schrie Paulina. "Laß mich los, oder ich beiße dich."

PAULINA

Auf dem Aventinus war eine Schenke. Matrosen gingen nachts dorthin und tranken ausgiebig Rotwein.

Paulina, die verschmierte kleine Küchenmagd, trug die Platten herein. Sie hatte rotes Haar und blaue Augen.

Einmal, als sie gerade mit gebackenem Fisch an einem der Tische vorbeilief, griff ein kapedonischer Schiffszimmermann erschrocken an seine Tunika und sprang auf.

„Wo ist mein Geld? Man hat mir mein Geld gestohlen. Diebe", schrie er, „Diebe!"

Es gab einen Tumult. Unterdessen machte sich der Dieb – ein Matrose – aus dem Staube.

„Die war es", sagten mehrere und umringten Paulina.

Auf den Lärm hin stürzten zwei Prätorianer von der Straße herein, mit klirrenden Schwertern. Es war die Nachtwache.

Sie nahmen sich die Sklavin vor.

„Her mit dem Geld!"

„Ich habe keins hier."

„Dann kommst du mit uns, Puppe."

„Nein", kreischte Paulina. „Nein. Ich bin unschuldig." Und sie rührte sich nicht von der Stelle.

„Marsch", kommandierte der Soldat, der kleine, schieläugige, und er versetzte dem Mädchen einen Stoß, daß es hinaus auf die Straße taumelte.

Dort stand Paulina wieder wie ein Pfahl.

Darauf berührte sie der andere Soldat, der größere, am Arm.

„Faß mich nicht an", brüllte das Mädchen. „Laß mich los. Sonst beiß ich dich."

Der Soldat lachte.

Doch als er sie am Arm packte, um sie vorwärts zu stoßen

364

-771-

~~-770-~~

~~[illegible]~~

E.P. : K.D. : P.

\- rekonstrukció -

Az Aventinuson volt egy csapszék. Éjszakánként matrózok jártak oda, és vörös borokat nyakaltak.

Paulina, a kis maszatos konyhalány hordta be a tálakat. Vörös haja volt és kék szeme.

Egy izben, amikor épp rántott halat vitt az egyik asztalhoz, valami kappadóciai hajóács ijedten kapott a tunikájához, és felugrott.

\- Hol a pénzem? Valaki ellopta a pénzem. Tolvaj – kiáltotta – tolvaj!

Nagy ribillió támadt. Ezalatt a tolvaj – egy matróz – elszelelt. (továbbállt) (kiosont a kocsmából)

\- Ez volt az – mondták többen, s körbefogták Paulinát. A zajongásra kardcsörtetve berontott az utcáról két pretoriánus – az éjjeli őrség.

Nekiestek a rabszolgalánynak.

\- Ide a pénzzel!

\- Nincs nálam.

\- Akkor velünk jössz, kicsikém! (babám)

\- Nem – sivalkodott Paulina. – Nem. Én ártatlan vagyok. – És tapodtat sem mozdult.

\- Gyerünk! – parancsolta az alacsonyabbik, a bandzsal, és kipenderítette a lányt az utcára.

Ott Paulina ismét csak megállt, mint a cövek, amire a másik katona, a magasabbik, megfogta a karját.

PAULINA

Az Aventinuson volt egy kurtakocsma. Matrózok jártak oda éjszakánként, s piros bort iddogáltak.

Paulina, a kis maszatos konyhalány hordozta a tálakat. Vörös haja volt, és kék szeme.

Egyszer, amint elhaladt egyik asztal mellett a pörkölt hallal, valami kappadóciai hajóács ijedten a tunikájához kapott, és fölugrott.

\- Hol a pénzem? Megloptak. Tolvaj – rivallt –, tolvaj.

Kavarodás támadt. Közben a tolvaj – egy hajóslegény – kereket oldott.

\- Ez volt – mondták többen, s körülvették Paulinát.

A lármára az utcáról két praetori katona rontott be, csörrenő karddal: az éji őrség.

Elővették a rabszolgalányt.

\- Ide azzal a pénzzel.

\- Nincs nálam.

\- Akkor velünk jössz, babám.

\- Nem – sikított Paulina –, nem. Én ártatlan vagyok – s meg se moccant.

\- Indulj – vezényelt az egyik katona – az alacsony és kancsal –, s úgy meglökte a lányt, hogy az kitántorgott az utcára.

Ott megint csak állt, mint a cövek.

Erre a másik katona – a magasabbik – a karjához ért.

\- Ne nyúlj hozzám – ordította a lány. – Hagyj engem. Mert megharaplak.

A katona nevetett.

103

Der Soldat lachte. (wieherte auf)

Als er aber nach der Sklavin griff, um sie vorwärts zu stoßen, sprang sie ihn wie eine Wildkatze an und zerkratzte ihm die Nase. Blut rann ihm die Wangen herab.

Jetzt versuchte der Schielende sein Glück. Paulina schnellte herum und spuckte ihm ins Gesicht.

"Ihr Viecher", schrie sie, ihr rotes Haar flatterte, die blauen Augen sprühten Funken, "ihr Viecher … Hört, ihr Leute, so helft mir doch! Ich schinde mich ab den ganzen Tag, ich bin arm, bin unschuldig, ich schwöre beim Grab meiner Mutter, beim Grab meiner lieben Mutter, daß ich unschuldig bin. Ihr Leute, so helft mir doch!"

Die Leute, die sich in der stillen Sommernacht ergingen, staunten. Zwei Söldner rangelten mit der Kleinen, schlugen mit Fäusten und der flachen Klinge auf sie ein und konnten sie doch nicht überwinden.

Also zerrten sie das Mädchen hoch und trugen es davon.

"Ihr Ungeheuer!" schrie Paulina unter Hauen und Treten. "Bringt mich um. Erschlagt mich schon. Aber wisst (ich schreie es laut heraus), daß dieser Dreckskerl, dieser Schielbock, mich unlängst in der Schenke an sich zog. Dreckige Lumpen, dreckige Lumpen! Ihr seid alle miteinander dreckige Lumpen! Jeder Söldner ist ein dreckiger Lump. Caesar ist auch ein dreckiger Lump. Selbst Jupiter ..." Sie fuchtelte in den leeren Himmel.

Das schreckliche Geschrei auf Roms Straßen wollte nicht verstummen und weckte die schlafenden Bürger auf.

Sie schlichen (schlurften) (sputeten sich) in Schlafröcken und Pantoffeln vor ihre Tore und lauschten den wilden Klagen, lauschten der Stimme, der mächtigen Stimme, die mit der Sklavin von einer Straße zur anderen zog. Über dem Colosseum hing ein voller gelber Mond.

sprang ihm das Mädchen an wie eine Wildkatze und fuhr ihm mit den Fingernägeln über die Nase. Das Blut des Soldaten rann herab.

Nun versuchte es der Schieläugige. Paulina wandte sich ihm unvermittelt zu. Sie spuckte ihm ins Gesicht.

„Ihr Schweine", kreischte sie, und ihr rotes Haar löste sich, und ihre blauen Augen glühten, „ihr Schweine. He, ihr Leute, helft mir. Ich arbeite den ganzen Tag, ich bin arm, ich bin unschuldig, ich schwöre beim Grab meiner Mutter, beim Grab meiner lieben Mutter, ich bin unschuldig. Ihr Leute, helft mir."

Die Menschen, die durch die stille Sommernacht schlenderten, betrachteten erstaunt die beiden Söldner. Diese rangen mit dem Mädchen, schlugen es mit Fäusten und Schwertknäufen. Dennoch wurden sie nicht mit ihm fertig.

Dann hoben sie es hoch und trugen es davon.

„Ihr Bestien", brüllte Paulina, mit den Beinen strampelnd. „Bringt mich um. Schlagt mich tot. Aber trotzdem will ich es hinausschreien, daß mich dieser Saukerl, dieses Schielauge neulich in der Schenke umarmen wollte. Ihr Strolche, ihr Strolche. Alle miteinander seid ihr Strolche. Jeder Söldner ist ein Strolch. Cäsar ist auch ein Strolch. Und Jupiter ..." Sie fuchtelte mit den Armen gegen das leere Firmament.

Unter dem schrecklichen Geschrei, das auf Roms Straßen nicht verstummen wollte, erwachten die Menschen. Im Schlafgewand und in Pantoffeln schlurften sie vor das Tor und lauschten dem wüsten Kreischen, jener Stimme, jener gewaltigen Stimme, die von Straße zu Straße lief, gemeinsam mit der Sklavin. Ein gelber Vollmond hing über dem Kolosseum.

Als sie vor die Villa des Mucius Argentinus, des stoischen Weisen, gelangten, fluchte und tobte das Mädchen noch immer. Ohne heiser zu werden, kreischte ihre Stimme durch die Nacht.

Der Weise plauderte zu dieser späten Stunde noch mit Rufus, dem Dichter, am Springbrunnen des Atriums.

Beide erhoben sich von der Marmorbank und starrten hinaus, bis das jammernde Weibsbild ihren Blicken entschwunden war. Die Stimme jedoch hallte noch lange aus der dunklen kleinen Gasse nach.

105

-772-

- Ne nyulj hozzám!- orditotta a lány. - Engedj el, vagy beléđharapok.

A katona nevetett. (felröhögött)

De mikor megragadta a lányt, hogy előre taszitsa, az akár egy vadmacska támadt rá, s felkarmolta az orrát. A katona vére csorgott lefelé.

Most megint a bandzsal próbálkozott. Paulina hirtelen hozzáfordult, és az arcába köpött.

- Állatok - sikoltozott, vörös haja lobogott, és kék szeme szikrákat vetett -, állatok... Hé, emberek, segitsetek! Egész nap dolgozok, szegény vagyok, ártatlan vagyok, esküszöm az anyám sirjára, az édesanyám sirjára, hogy ártatlan vagyok. Emberek, segitsetek!

A csöndes nyárestében sétáló emberek csodálkozva bámulták a két zsoldost. Ezek dulakodtak a lánnyal, ököllel és kardlappal ütötték, ázxxgy de nem birtak vele.

Ekkor fölemelték, és ugy vitték.

- Szörnyetegek!- orditotta Paulina rugdalódzva. - Öljetek meg. Verjetek agyon. De akkor is megmondom (kiüvöltöm), hogy ez a piszok alak, ez a bandzsa, multkor a kocsmában át akart ölelni. Szemét csavargók, szemét csavargók! Mindahányan szemét csavargók vagytok. Minden zsoldos szemét csavargó. Caesar is egy szemét csavargó. És Jupiter... - és az üres mennybolt felé hadonászott.

A rémes üvöltözés csak nem csöndesedett Róma utcáin, és az emberek fölébredtek.

Hálóköntösben és papucsban osontak (csoszogtak) (igyekeztek) a kapuk elé, és hallgatták a vad jajszót, a hangot, a hatalmas hangot, mely utcáról utcára haladt, együtt a rabszolgalánnyal. A Colosseum fölött a sárga telihold függött.

De amikor megragadta a karját, hogy előretuszkolja, a lány ráugrott, mint egy vadmacska, s végigkarmolta az orrát. A katona vére csurgott.

Most a kancsal próbálkozott. Paulina hirtelen feléje fordult. Arcul köpte.

– Disznók – sivalkodott, s kibomlott vörös haja, és izzott a kék szeme –, disznók. Emberek, segítsetek. Emberek, én egész nap dolgozom, szegény vagyok, ártatlan, esküszöm az anyám sírjára, és édesanyám sírjára, ártatlan. Emberek, emberek.

Az emberek, akik a csöndes nyári éjszakában ballagtak, ámulva nézték a két zsoldost. Dulakodtak a lánnyal, ököllelkarddal verték. Mégse bírtak vele.

Aztán fölnyalábolták, s úgy vitték.

– Dögök – üvöltött a levegőben, kalimpálva lábaival –, dögök. Öljetek meg. Gyilkoljatok. De azért kikiabálom, hogy ez a ronda, ez a kancsal, múltkor a kocsmában meg akart ölelni. Gazemberek, gazemberek. Mindnyájan gazemberek. Minden zsoldos gazember. Az uratok, Caesar is gazember. Caesar is gazember. Jupiter – hadonászott a kezeivel az üres égbolt felé.

A szörnyű ordításra, mely nem csitult Róma utcáin, fölébredtek az emberek. Hálóköntösben, papucsban csoszogtak a kapuk elé, s hallgatták ezt a vad rikácsolást, a hangot, az óriás hangot, mely utcáról utcára haladt a rabszolgalánnyal együtt. Sárga telehold lebegett a Colosseum fölött.

Amikor Mutius Argentinusnak, a sztoikus bölcsnek villája elé értek, a lány még mindig átkozódott, dühöngött. Hangja el nem rekedve rikoltozott az éjszakában.

A bölcs ezen a kései órán Rufusszal, a költővel csevegett az atrium szökőkútjánál.

Mind a ketten fölálltak a márványpadról, s bámultak, míg

104

Als sie sich dem Haus des Stoikers Mutius Argentinus näherten, tobte und fluchte die Sklavin noch immer. Ohne eine Spur von Heiserkeit gellte ihre Stimme durch die Nacht.

Der weise Stoiker lag zur späten Stunde in der Vorhalle beim Springbrunnen im Gespräch mit Rufus, dem Dichter. Sie erhoben sich von der Marmorliege und starrten hinaus, bis das jammernde Elend ihren Blicken entschwand. Das Geschrei aber hallte noch lange aus den dunklen Gassen an ihr Ohr.

"Warum sie wohl so schreit?" fragte der Weise. "Was mag sie wollen?"

"Sie will Gerechtigkeit", antwortete der Dichter.

"Das ist lächerlich. Jede Erregung ist lächerlich."

"Jede Leidenschaft ist erhaben", verkündete der Dichter. "Wie edel, wie kraftvoll dieses Mädchen doch war. Wer wütend ist, weiß um seine Wahrheit. Wer um seine Wahrheit weiß, ist mächtig. Dieses Mädchen dürfte im Recht sein."

"Warum meinst du das?"

"Weil es so voller Wut war."

"Was bringt ihr das ein?" fragte der Weise nachdenklich. "In der Wachstube wird sie dafür ordentlich verprügelt. Oder sie kommt gar nicht so weit und findet ihr Ende schon vorher im Tiber."

"Das zählt alles nicht", sagte der Dichter. "Die Gerechtigkeit wurde jammernd (rufend) durch die Straßen getragen. Wir vernahmen ihren Schrei. Wir erhoben uns verschreckt von unserem Lager. Nun können wir uns weder zur Ruhe begeben noch unser begonnenes Gespräch weiterführen. Wir denken nach über sie. Über die Gerechtigkeit. Sieh, wir reden noch immer über sie. Das ist nicht wenig." (ist mehr als nichts) (ist immerhin auch etwas)

„Warum schreit sie?“ fragte der Weise. „Was will sie?“

„Gerechtigkeit“, erwiderte der Dichter.

„Lächerlich“, bemerkte der Weise. „Jede Gemütsbewegung ist lächerlich.“

„Jede Erregung ist erhaben“, sprach der Dichter. „Wie erhaben war jenes Mädchen, wie gewaltig. Wer zornig ist, wer sich in seinem Recht weiß, ist gewaltig. Auch dieses Mädchen mochte im Recht sein.“

„Wieso glaubst du das?“

„Weil sie so wütend war.“

„Was erreicht sie damit?“ fragte der Weise sinnend. „Auf der Wachstube schlägt man sie krumm und lahm. Oder sie kommt nicht einmal bis dahin – sie landet im Tiber.“

„Das ist ohne Belang“, sagte der Dichter. „Die Gerechtigkeit ging über die Straße, und sie schrie. Und wir haben ihr Wort vernommen. Wir schreckten aus unseren Betten hoch. Wir vermögen nicht wieder einzuschlafen, wir können unser unterbrochenes Gespräch nicht fortsetzen. Wir denken über sie nach. Über die Gerechtigkeit. Siehe, noch immer sprechen wir davon. Das ist mehr als nichts.“

366

-773-

Mikor Mutius Argentinus, a sztóikus bölcs háza elé értek, a lány még mindig szitkozódva őrjöngött. Rekedtség nélkül sivított hangja az éjszakában.

A bölcs e kései órán Rufusszal, a költővel társalgott az előcsarnok szökőkutjánál. Fölemelkedtek mindketten a márványpadról, és bámultak kifelé, mig el nem tünt szemük elől a jajveszékelő nőszemély. De a hangja még sokáig visszatért a sötét sikátorokból.

- Vajon miért kiabálhat? - kérdezte a bölcs. - Mit akar?

- Igazságot - válaszolta a költő.

- Nevetséges - jegyezte meg a bölcs. - Minden indulat nevetséges.

- Minden szenvedély magasztos - szólt a költő. .- Milyen fenséges volt ez a lány, milyen hatalmas. Aki dühös, aki tudja az igazát, az hatalmas. Ennek a lánynak is igaza lehet.

- Miért gondolod?

- Mert olyan dühös volt.

- Mire megy vele? - kérdezte a bölcs tünődve. - Az őrszobán majd agyba-főbe verik. Vagy el sem jut odáig - a Tiberisben végzi.

- Mindez nem számit - mondta a költő. - Az igazság az utcán járt és szólt. (kiáltott) És mi meghallottuk a szavát. Ijedten emelkedtünk föl ágyunkból. Nem birunk elaludni, és nem tudjuk folytatni félbehagyott beszélgetésünket. Róla gondolkodunk. Az igazságról. Lásd, még mindig csak erről beszélünk. Ez nem kevés. (ez több, mint semmi) (azért ez is valami)

a jajveszékelő némbert el nem cipelték. De hangját még azután is sokáig hallották a sötét kis utcákból.

– Miért kiabál? – kérdezte a bölcs. – Mit akar?

– Igazságot – felelte a költő.

– Nevetséges – jegyezte meg a bölcs. – Minden indulat nevetséges.

– Minden indulat fönséges – szólt a költő. – Milyen fönséges volt ez a lány, milyen hatalmas. Aki haragszik, az, akinek igaza van, hatalmas. Ennek a lánynak is igaza lehet.

– Miért gondolod?

– Mert úgy haragudott.

– Mit ér vele? – kérdezte tűnődve a bölcs. – Az őrszobában majd agyba-főbe verik. Vagy el se jut odáig. Belökik a Tiberisbe.

– Az mindegy – mondta a költő. – Az igazság az utcán ment, és ordított. Mi pedig meghallottuk a szavát. Fölriadtunk ágyunkból, nem bírunk többé aludni, nem tudjuk folytatni előbbi vitánkat. Róla gondolkozunk. Az igazságról. Lásd, még mindig erről beszélünk. Ez is valami.

1939

105

KOSZTOLÁNYI-REKONSTRUKTIONEN

(a hard day's night) Kosztolányi war aus Portugal heimgekehrt. Für einen Monat war er auf die Iberische Halbinsel entflohen, um sich zu erholen, wobei die Erholung darin bestand, daß er die ganze Zeit über ausschließlich mit Portugiesen sprach, portugiesisch: in der »Sprache der Blumen«.

Er kam direkt vom Bahnhof, als er spätnachts staubig und schmutzig bei mir auftauchte. An seinem Regenmantel klebte noch der Wind aus Lissabon, an seinen Schuhen der Dünensand vom Tejo.

Bei Morgenanbruch, als die leeren Flaschen des Badacsonyers und andere Weinflaschen mehr dicht gedrängt auf dem Tisch standen, waren uns die Themen ausgegangen, da wir unsere lebenden Bekannten fast alle bereits ermordet und fast alle lieben Toten zum Leben erweckt hatten.

Seite an Seite schritten wir leise die Straße entlang, auf dem feuchtkalten Trottoir, sein langer Mantel blähte sich wie eine schwere Soutane. Schließlich erreichten wir die nächste Straßenecke, reichten uns die Hände und sagten »Gott mit dir«. Wir konnten schrecklich gut Abschied nehmen. *Dann hörten wir beide, wie sich die Schritte des anderen entfernten und wie sie verhallten. Plötzlich drehte ich mich um, er tat das auch, ich rannte auf ihn zu, und keuchend sagte ich: »Dieser Morgen hatte ein allzu abruptes Ende.«*

Er tätschelte mir die Wangen und zog – wie auch sonst immer – eine schmerzliche Grimasse: die tödliche Grimasse eines alten Clowns in einer einsamen Garderobe. Seine Nase glänzte vor Kälte, er zog sich den Schal vors Gesicht, bis zum Mund hinauf, dieser Bandit!, ein Bandit!, und auf dem locker gestrickten, langen, gewundenen Schal saßen Speicheltropfen wie echte Perlen. »Na sicher, mein Alter«, sagte er, »so sind sie, so sind alle Morgen. *Sie genieren sich nicht …*«

Wieder reichten wir uns die Hände, »Gott mir dir, Gott mit dir«, und ich rannte schnell davon. Die schmale, hohe Silhouette des Wasserturms hob sich vom Himmel ab. Ich zog mir die Kapuze über den Kopf, mein klobiger Schatten, der sich unter den Straßenlaternen mal streckte, mal verkürzte, sah aus, als ginge ein rätselhafter Mönch in seiner Kutte neben mir her, ein Gegenreformator, ein geheimer, guter Anhänger des Kardinals Pázmány.

Ich freute mich, daß auch Dezső *allein* war, auch er. Es wäre mir unerträglich gewesen, hätten sie – auf welche Weise auch immer! – über mich gesprochen.

– – – mit einer eleganten Haltung und zugleich jämmerlich verkrümmt stöberte er fortwährend in seinen Papieren, und ohne aufzublicken begann er über seine Nachbarn zu klagen, allerdings tat er das mit einem solchen Ernst, mit solcher Hingabe, edler Bewegtheit und Bitterkeit, sein feines Gesicht sah so ausgeliefert aus, als hätte er gerade ein Gedicht entwerfen wollen, er beklagte sich, daß die Henriks unerträglich seien, der Fernseher liefe bei ihnen immer zu laut, sie würden ihre Kinder schlagen, und wenn sie miteinander schliefen, höre man die ekelhaften Laute selbst noch dort unten, bei ihm, würde aber sein armes Hündchen einmal auch nur leise kläffen, woran nur der Kater schuld war, der unverschämte Lüstling, der sich im gegenüberliegenden Haus zur Schau stelle, dann würden sie das ganze Haus in Aufruhr bringen, und sobald sich die Frau Henrik betrinke, drohe sie laut hicksend, ihn vor allen Augen zu vergewaltigen, und zwar vor der Garage, darüber müsse sogar der wohlwollende Hausmeister kichern, und sollte er einmal aus eben besagten Gründen oder aus sonst einem angemessenen Grund die Geduld verlieren und mit dem Besen energisch an die Decke klopfen, würden die da oben in unvergleichlichen Tönen losbrüllen, was denn passiert sei, ob sich eine Eingebung eingestellt habe …

Er keuchte und weinte.

Dann beruhigte er sich allmählich und begann wieder zu reden, sprach herrlich detailliert über die wirksamsten Methoden beim Ablösen von Briefmarken, über das Gewicht von Schreibmaschinenpapier, über sichere Rezepte für Sülzen und darüber, daß er ein sehr spezielles, mexikanisch gewürztes Bohnengericht gerne für mich kochen würde, um dann, Alterchen, nachdem man gemeinsam ordentlich Winde hätte fahren lassen, in eine gehobene Gemütsstimmung zu geraten, das sagte er kichernd und unterhielt mich gleich darauf mit Schachaufgaben, sagte, daß wir beide wissen müßten, was eine *fiorteil* Stunde sei, und dann, nach einigen Umschweifen, bat er mich flehentlich, ihm meine Ansichten über die von ihm geplante »gemeinsame Wohnung« mitzuteilen, und holte, nach einer zurückhaltenden Bemerkung meinerseits, bei der ich allerdings seine Frage wirklich zu schnell und feige auf eine bestimmte Tat der Dame reduzierte, zu einer glanzvollen, logischen Darstellung aus und erklärte mir die Sprungfedern ebendieser Tat, die versteckten, feinen Zusammenhänge, die die Feinheit dieser Frau sehr wohl beweisen könnten, die ich bedauerlicherweise verzerrt sehen würde – hernach drehte er sich um, winkte ab, zischte etwas kaum Verständliches zwischen den Zähnen hervor und sagte schließlich, daß ich übrigens recht hätte, zugrunde richten würde ihn noch diese verdammte – – – –

(a hard day's day) Halbnackt stand er im Fenster einer Art Jirsi-Mose-Holzhäuschen, den rechten Arm hielt er angewinkelt und leicht erhoben, als hätte er eine Pistole in der Hand, der geknickte Zeigefinger aber wippte – oh, das überhebliche Rindvieh, der wippte! – wie zum Abzug bereit ... Wir starrten einander an, wie einfältig das alles war, er lächelte kühl, klatschte vornehm in die Hände, hob dann die linke – müde und entsetzt wie ein Atheist, der den Segen erteilt – und klopfte mit der rechten Hand an das untere Ende der linken, als hätte er da den Staub loswerden wollen.

»Du hast gut gespielt«, sagte er keuchend. Die Hitze flimmerte in leuchtenden Fetzen, mir wand sich der Sand um die Lippen, ein widerlicher Wurm, und ich nickte. Mein lieber Alter, sagte ich, was wird aus uns noch werden, und das Hemd, dieses Hemd, das ich von ihm hatte, war an der Stelle, wo die Lunge sitzt, von tiefdunklem Blut getränkt, von Blut.

csá-áth!

A HARD DAY'S NIGHT

Nun bin ich zweiunddreißig Jahr
Und überrasch mich ganz und gar
Mit dem
Poem –
(*Attila József*,
Nachdichtung von
Günther Deicke)

LENNON-McCARTNEY: A HARD DAYS NIGHT

Am 14. April 1950[1] (± epsilon)[2] war die Sonne um 4 Uhr 59 aufgegangen, es war ein Freitag, eine ausgedehnte Regenfront rückte in Richtung Mitteleuropa voran, am Vortag wurden in Miskolc 8 mm Niederschlag gemessen, in Nyiregyháza und Debrecen 6 mm, in der Hauptstadt[3] 5 mm,

– in Nagykőrös wurden bereits Gurken ausgesät, wir haben schon 10 500 Kataster Baumwolle angebaut und geplant, daß wir 1954 auf 100 000 Kataster Baumwolle anbauen werden,

– im Komitat Győr keimte die Saat gut, doch waren bei dem Kilometerstein 119 die Maisstengel vom Vorjahr noch nicht geschnitten,

– die ungarische Tabakproduktion stand in ganz Europa für Qualität,

– es gab Brot und Lieder, wie das russische Sprichwort sagt,

– wir schworen ernsthaft, nie mehr zu sündigen, die Verführung zum Bösen zu meiden und unser Vaterland in ein starkes, glückliches Land zu verwandeln – in ein Land der hochentwickelten Industrie und blühenden Landwirtschaft, in ein mächtiges, fried-

Fußnoten für die europäischen Leser, die wir sind

1 Geburtstag von P. E.
2 Zeitungszitate von jenem Tag (± 1–2 Tage)
3 namentlich Budapest; von malerischer Schönheit

liches, entwicklungsfähiges Land, das dem Wohl des werktätigen Volkes dient,

– das Leben war heiter und sicher, die Arbeit kam gut voran, die sich ausbuchtende[4] Brigade von Göncz schritt Kopf an Kopf mit der sich ausbuchtenden Brigade von Pócz voran,

– die Preise für die wichtigsten Arzneimittel wurden in der Sowjetunion erneut gesenkt,

– bei der Feierlichkeit folgte auf den Vortrag des Genossen Márton Horváth, der mit überwältigendem Applaus aufgenommen wurde, ein feierliches Programm; unter der Leitung von András Kóródi spielte das Orchester der Hauptstadt die feierliche Ouvertüre von Budaskin, dann rezitierte Genosse Tamás Major Majakowskijs Gedicht *Gespräch mit Lenin*,

– der erste Fünfjahresplan war bereits in Kraft getreten, Generalleutnant Peter Gábor wurde der Leiter der ÁVH[5], die Manfred-Weiss-Werke wurden nach Mátyás Rákosi[6] umbenannt, doch war Árpád Szakasits, Vorsitzender des Präsidialrates, noch nicht zurückgetreten, und wenn nicht alles täuscht, war er auch nicht im Gefängnis, sondern erst kurze Zeit später,

– die Donau war bis Budapest angestiegen, unterhalb der Stadt wieder gefallen, der Wasserspiegel in Wien stand bei 239 cm, in Preßburg bei 287, in Gönyü jedoch bei 198 cm,

– das demokratische Kino hatte sich durchsetzen können, im *Studio* wurden Teil eins und zwei von *Die Schlacht von Stalingrad* gezeigt (verlängert bis zur 7. Woche), in den Kinos *Freiheit* und *Neue Siedlung* spielte man den Film *Parteibuch*, und für den ersten Mai war der außerordentlich unterhaltende, heitere sowjetische Film *Heiterer Markt* angekündigt,

– an diesem Tag hatte jemand in der Buslinie Nummer 5 seine Schultertasche und die Lederschuhe verloren,

– Ilus aus der Dob-Straße meldete sich, um Waschen, Bügeln und Großputz zu übernehmen, es herrschte ein Mangel an Mädchen für alles (mit ausführlichem Zeugnis), in der Pozsonyi-Straße

[4] Was wohl mag eine sich ausbuchtende Brigade tun? Das werden wir nie erfahren.

[5] die Anfangsbuchstaben von einem bis heute wohlklingenden Namen: vom Staatssicherheitsdienst

[6] damaliger König Ungarns, Schüler Stalins, der Beste in diesem Land

Nr. 12 suchte die Familie Nádas[7] eine Ganztagshilfe, Besuch abends zwischen sieben und neun erbeten,

– an den belebten Straßenbahnhaltestellen hatten sich Reinheitskontrolleure unter die Menge gemischt, und wenn sie jemanden erwischten, der gerade einen gebrauchten Fahrschein wegwarf oder sonst Abfall verursachte, ermahnten sie ihn und forderten ihn auf, das Weggeworfene aufzuheben, wobei sie ihn über die Regeln der Reinlichkeit unterrichteten,

– falls wir Hühneraugenmittel verwendeten, verwendeten wir vorwiegend die Marke *Anticors*, die Packung zu 3,80,

– Quecksilber gab es bei GROSS, am József-Ring 23, und an diesem Tag trafen Baudelaire, Geraldy und viele schöne französische Bücher bei Lantos ein, Kronleuchter bestellten wir bei der Lampenfirma Vogel, gegen Kropf riet man zu jodiertem Salz, und wenn uns der Wunsch danach stand, den bitteren Zwiebelgeruch von unseren Händen zu entfernen, wuschen wir sie im lauwarmen Wasser, dem wir zuvor einige Tropfen Salmiakgeist beigemengt hatten,

– das *Hotel Britannia* wurde in *Hotel Frieden* und das *Imperial* in *Hotel Freiheit* umbenannt,

– *spottbillig* konnte man tolle, rote tschechische Gummischläuche für Weinpumpen kaufen, Meterware aus dem Atex-Laden von Arbeitern für Arbeiter,

– da die Preise gesenkt wurden, konnten wir täglich Zuckerl essen und uns die Demokratie versüßen,

– am Verladeplatz der Großmarkthalle kamen an diesem Tag 24 Waggons mit Lebensmitteln an,

– bei dem Radrennen, das am Gedenktag der Befreiung veranstaltet wurde, bekam der Sieger einen Preis vom Genossen Mihály Farkas[8] überreicht; heiter schwenkten wir unsere Blumensträuße zur Haupttribüne empor: Hoch lebe Rákosi! Hoch lebe Vorosilov!, in Tadschikistan hatte der Sommer Einzug gehalten,

– in Polen wurden Pokalspiele eingeführt, der dortige Fußballverband plante dabei ein Ereignis, das Polen noch nie gesehen hatte,

[7] Dieser Nádas ist jener Nádas, und das Mädchen für alles könnte das aus der Erzählung *Die Bibel* sein, mit dem der Ich-Erzähler so scheußlich umging.

[8] von 1948 bis 53 Verteidigungsminister, später aus der Partei ausgeschlossen, im Gefängnis, von dort entlassen und dann Verlagslektor (Lektoratsgutachter, folglich ein Kollege).

– Gellért mußte in Prag ein Tor aus 54 Meter Entfernung einstecken,

– Mihály Esztergomi äußerte sich etwas mißmutig, nach dem Wettkampf in Paris habe sich seine Form verschlechtert, letzten Endes sei das aber verständlich, und alles in allem sei er zuversichtlich, gegen Izsóf zu siegen, obwohl er ihn für einen starken Gegner halte,

– das müde Gesicht wird wieder frisch mit der hautnährenden Creme TOKALON,

– mit der Arbeit und den sportlichen Leistungen zu den Besten zu zählen, war der eingestandene Ehrgeiz von László Bablena, dem jungen Fußballspieler vom Sportverein der Grubenarbeiter in Salgótarján (seine Kollegen nannten ihn Klotz),

– Sava aus der Gasfabrik hatte einen Meniskusriß, der Verein *Phöbus* wollte seine Mannschaft durch Spieler aus der Juniorengruppe auffrischen, bei dem BLASZ-Tournier belegte *Joint* in der 1. Gruppe der 3. Liga den 9. Platz, in 20 Spielen hat der Verein 8mal gesiegt, 3mal unentschieden gespielt, 9mal eine Niederlage einstecken müssen, das Torverhältnis war 49:51,

– nach Ansicht des hervorragenden Sergej Obrazcow, der sich hier auf Tournee aufhielt, gab es in Ungarn einen richtigen Frühling,

– Ungarn zeigte uns das Gesicht eines jungen, entwicklungsfähigen Landes, das immer schöner wurde,

– und obwohl wir früher bei dem Lied *Grüß mir die schönen, die reizenden Frauen von Budapest* die Köpfe wiegten, hörte das Publikum nun eher die Ouvertüre von Erkels Oper *László Hunyadi* und Tschaikowskys *Erste Symphonie*,

– wir erkannten die wahre Seele der von Coca-Cola verseuchten Boogie-Woogie-Leute,

Briefauszug:
Liebe(r) (...), nur noch so viel, ich verdanke Sergej Obrazcow, daß ich die Rákosi-Ära mit gutem Gewissen (wenn das wichtig ist!), fast glücklich überlebte: auf seine Initiative hin wurde hier die Amateur-Puppenspielbewegung in Gang gesetzt – in deren Werkstatt mehrere hervorragende Avantgarde-Künstler wie Dezső Korniss, Endre Rozsda, Béla Veszelszky und ich selbst untergekommen sind. Wir haben Puppenköpfe und Bühnenbilder angefertigt, und Dank Rozsda haben wir die ganze »Zeit« über gelacht. Obrazcow war ein weiser Humanist – schon damals alt. Er lebt bestimmt nicht mehr – ich habe eine Todesnachricht zwar nie gelesen, hoffe jedoch, daß er eines natürlichen Todes gestorben ist.

– und allmählich, wenn auch nur langsam, dominierten in unserem literarischen Leben die positiven Elemente, die großbürgerliche Literatur vom Schlage Márais wie auch der Kreis der Babits-Epigonen in der Zeitschrift *Neumond* gehörten der Vergangenheit an, die literarische Aristokratie, man könnte auch sagen, der Niveaufetischismus, der übertriebene Anspruch auf Qualität, konnte der Entfaltung eines neuen revolutionären Proletariats nicht mehr im Wege stehen (womit, zumindest theoretisch, auch der anspruchsvolle József Révai[9] nicht einverstanden war), neue Schriftsteller durchstießen die fauligen und morschen bürgerlichen Panzer mit ihren geistigen Köpfen, und József Darvasi[10] erläuterte, was für das richtige Verständnis der Parteilichkeit in der Literatur notwendig sei,

– selbst für den Mann auf der Straße war es klar: Ohne tiefe und ehrliche Selbstkritik kann die Entwicklung unserer Schriftsteller nicht vorankommen ... Révai hat recht: Die Schuld liegt bei ihnen selbst!!!

– eine neue Leserschaft war herangewachsen, der ungarische Schriftsteller wußte nun, für wen er schrieb; in der Beschleunigung unserer literarischen Entwicklung leistete die sowjetische Literatur Pionierarbeit, dabei konnte sie Schriftsteller und Leserschaft gleichermaßen erziehen; die politische Entwicklung unserer Volksdemokratie hat dem Eindringen feindlicher literarischer Richtungen Widerstand geleistet (die zum Teil aus dem gleichen Holz geschnitzt waren wie der klinische Realismus der amerikanischen Literatur, diese Richtung – zu ihr gehörte zum Beispiel László Németh – wurde von der fortgeschrittenen Kritik als pornographische, menschenfeindliche, modrige Scheinliteratur entlarvt),

– nichts lag uns ferner als der grobe Naturalismus, der unser Volk immer schon beleidigt hat und beleidigt, der Naturalismus ist der Kultur und des grenzenlos entwickelten künstlerischen Geschmacks des Volkes nicht würdig; anstelle der sogenannten geistreichen Pirouetten haben wir die Klarheit und die Entschlossenheit der Gedanken vorgezogen, wir waren keine wohlgenährten, satten Bürger, die einen Kitzel brauchten, sondern selbstbewußte Werktätige, die sich nach einer verständigen Welt sehnten, der Schriftsteller hatte nichts auszuschmücken, er hatte aufzubauen,

– wie Aleksandr Gonschar richtig bemerkte, ist die höchstmögliche Schönheit die Schönheit der Treue,

– die Kunst brauchten wir, wie man in der Mine unten das Licht braucht, wir verschlangen alles, was uns jahrhundertelang versagt

9 in der Kunst damals Herr über Leben und Tod, ich möchte ihm nicht im Traum begegnen, auch nicht auf tragische Weise

10 vielleicht der Präsident des Schriftstellerverbandes

gewesen war, in Wochen oder Monaten wollten wir die schrecklichen Ungerechtigkeiten der Geschichte aufholen, unsere Herzen waren berauscht,

– es kam vor, daß wir mit dem Schicksal oder mit dem Charakter einer Romanfigur unzufrieden waren, das besprachen wir dann miteinander, und der Schriftsteller hatte das Recht, unsere Ratschläge zu befolgen oder sie nicht zu befolgen, die Wünsche zu erfüllen oder sie nicht zu erfüllen,

– wir fraßen die Bücher förmlich auf, und wenn Ferenc Ladányi auf der Bühne stand, haben wir uns selbst in ihm erkennen können, wenn er uns den neuen kommunistischen Menschentypus in allen Feinheiten wahrnehmbar machte (wenn er zum Beispiel mit beherztem Schwung die Gestalt eines Aktivisten lebendig machte, der zu Beginn des Stückes noch einsam war, später aber mit immer mehr Verbündeten kämpfen konnte; mit großer Kraft riß er den selbstbewußten Bolschewisten mit sich, dessen Willenskraft durch das Bewußtsein gestärkt wurde, daß die Arbeiterklasse und die Partei hinter ihm stehen und »ihn mit Menschen verbinden, deren Namen er nie erfahren wird«),

– die Zeit war *komplex*,

– Gorki sagte (in Capri): Nichts ist heiliger als das Leben,

– wir waren jung, das Land war jung, und wir waren das Land, wir wollten alles, wollten alles Gute und wollten es gut haben, wir dürsteten nach Leben und Freiheit,

– in Leningrad war eine Karte von den europäischen Pflanzen in der Sowjetunion erschienen, und Krasnaja Zwesda berichtete, daß Aleksandr Ternov, Präsident der Kolchose *Morgen*, in der Wirtschaftshochschule von Sverdlowsk einen sehr erfolgreichen Vortrag gehalten habe, voller Freude schauten wir in die Zukunft, unsere Herzen schlugen schneller,

– der sowjetisch-chinesische Freundschaftsvertrag des gemeinsamen Bundes und der gegenseitigen Hilfeleistungen war seit einigen Tagen ratifiziert,

– Mátyás Rákosi hatte vom Präsidenten des Internationalen Verbandes der Demokratischen Juristen ein Telegramm erhalten, in dem er seine Dankbarkeit und Bewunderung für das bewundernswerte Werk betonte, das Rákosi gemeinsam mit dem ungarischen Volk – mit uns – zum Wohle Ungarns und des Friedens verwirklicht habe,

– die Vorbereitungen zur Feier des achtzigsten Geburtstags des großen Führers der Werktätigen Lenin waren getroffen (die Flügelschläge seiner Gedanken rauschten in der Luft der Wirklichkeit),

– unsere Erfolge waren unbestreitbar, stolz betrachteten wir unser angst- und sorgenfreies Leben; vom Genossen Stalin[11] jedoch hatten wir gelernt, daß man nicht überheblich werden solle und sich nicht auf seinen Lorbeeren ausruhen dürfe; wo Überheblichkeit, Gleichmut, Selbstbeschwichtigung und Selbstzufriedenheit herrschen, wo bolschewistischer Anspruch und Selbstkritik fehlen, da gibt es keinen Fortschritt, unvermeidbar gerät alles ins Stocken; Stalin lehrt uns, daß man den Unzulänglichkeiten gegenüber unerbittlich und bei der Arbeit anspruchsvoll sein sollte,

– dennoch hatten wir auch Sorgen und hatten auch Probleme, wo Licht ist, ist auch Schatten, der frische, lebendige Geist des Marxismus war nämlich durch den starren Dogmatismus größtenteils vereist; auch Stalin war nicht ohne Fehler; ihm fehlte die Bescheidenheit, die sein Vorgänger Lenin gehabt hatte,

– der Rüstungsaufwand verschlang 20 % des Landeseinkommens, und die unbegründeten Forderungen des Verteidigungsministers Mihály Farkas hatte nicht einmal Ernő Gerő[12] eindeutig befürwortet – wahr ist aber, daß wir auf diese Weise den Hetzparolen aus der US-amerikanischen Hexenküche, den dunklen Geschäften und Abenteurern unseren Friedenswillen entgegensetzen konnten, die dreisten amerikanischen Spitzel erhielten eine angemessene Zurechtweisung, die Unverschämten haben ihre Lektion einstecken müssen, so daß sie sich, um das eigene Fell zu retten, zurückziehen mußten, und jeden, der es noch einmal gewagt hätte, hätten wir vernichtet, noch bevor es ihn gelüstete, seinen schweinischen Rüssel in unseren sozialistischen Garten zu stecken,

– bei einer Ansprache im Kongreß mußte Präsident Truman wohl oder übel eingestehen, daß in den USA fünf Millionen Familien in Elendsvierteln leben,

[11] Lehrmeister von Mátyás Rákosi
Natascha tritt zu ihm, schaut ihm tapfer in die Augen und spricht: Darf ich Sie küssen, Genosse Stalin? Ein Kuß für all das, was Sie für unser Volk getan haben! – Leicht verlegen durch die unerwartete Frage breitet Stalin seine Arme aus. – Ende (Pavlenko: *Der Fall Berlins*)

[12] gleichfalls Herr über Leben und Tod, wo es Leben und Tod noch gab

– die Erfolge der Sowjetunion und der sozialistischen Länder hatten eine große Anziehungskraft, wie die aufgehende Sonne leuchteten sie den anderen Völkern auf dem richtigen Weg, auf dem, weiter voranschreitend ..., wir wissen; die Imperialisten sägen den Ast ab, auf dem sie sitzen, und wenn die bestochenen Schreiberlinge in der *New York Times* noch immer so eifrig ihre Lieder singen, ist das ein weiterer Beweis für ihre Angst vor einem gemeinsamen Leben, denn sie wissen nur zu gut, daß der Kapitalismus den friedlichen Wettbewerb mit dem Sozialismus nicht bestehen kann; was denken denn diese Herren von uns, wo doch die Kraft zur Initiative in den Volksmassen wie ein reißender Strom brodelt und sprudelt; sollte das heute jemand nicht verstehen, wird er es morgen verstehen,

– Endre Hamvas, der Bischof von Csanád, verkündete: Die Menschen wünschen Frieden,

– Kulaken wurden wegen versteckter Waffen verurteilt,

– anscheinend hat Genosse Gróh dieser Tage seine proletarische Wachsamkeit in Csepel verloren, mit seinen Bücklingen vor dem »Fachwissen« war er in das Schlepptau des Feindes geraten,

– Jakab Kálmán hatte einen Teil seiner 50 Morgen großen Besitzungen der Landwirtschaftlichen Produktionsgenossenschaft überlassen, doch aufgebracht darüber, daß die Produktionsgruppe entwicklungsfähig wirtschaftete, vergiftete er deren Mahlzeiten, so daß ihn das Arbeitergericht zu fünf Jahren Zuchthaus verurteilte, seine Ländereien wurden beschlagnahmt, und er wurde aus seinem Dorf vertrieben; das Urteil war rechtskräftig,

– bei Neubestimmungen der Abgabeverordnung wurde die Abgabepflicht auch auf Erdäpfel (für die Sorten Gülbaba, Rose, Ella, Gelb, Krüger, Woltmann), Vieh, Geflügel und Eier ausgedehnt; da die Regierung der Volksrepublik diese Maßnahmen rechtzeitig veröffentlichte, wurde den werktätigen Bauern die Möglichkeit gegeben, mit einer Zweitsaat ausreichend vorzusorgen; Károly László zum Beispiel, Kleinbauer aus Csopak mit 6 Morgen Besitz, erklärte spontan, nachdem er die Verordnung gelesen hatte: »Die Verordnung ist gerecht[13], und wer sorgfältig wirtschaftet, wird sie mit

[13] Es ist gerecht, daß befolgt wird, was gerecht ist; notwendig ist, daß man dem, was mächtiger ist, folgt. Das Recht ohne Macht ist machtlos; die Macht ohne Recht ist tyrannisch. Dem Recht, das keine Macht hat, wird widersprochen,

Leichtigkeit erfüllen«; die Gerechtigkeit war schon dadurch ersichtlich, daß die besonderen Belastungen die Ausbeuter des Dorfes, die Kulaken, zu tragen hatten,

– durch die Methode von Lidia Korabelnikova hat sich das Interesse an Materialeinsparungen verstärkt, in Kladnow wurden 10, in Hrabek 8 Schmelzen pro Tag geschafft; Genosse Strihowka erreichte eine neue Rekordzeit: Er konnte die Schmelzzeit auf 5 Stunden reduzieren,[14]

– durch die Anstiftung des Pfarrers von Sokorópátka wurde der Gemeindewald von Holzdieben angezündet, und in Debrecen wollte ein Religionslehrer seinen Schülern das Gedicht *Der Gefangene Primas* beibringen, ein Zögling, der unter fremdem Einfluß stand, versuchte, Beichtzettel an seine Mitschüler zu verteilen, auf dem Blatt standen Fragen nach eigenen Vergehen, die man in sich aufspüren sollte, und die letzte dieser Fragen hieß: Hast du Freundschaften mit Arbeiterkindern? Oder da waren jene drei jungen Mädchen, die in die Fänge von Priestern gerieten, bei einer Feierlichkeit traten sie dann vor und sagten, daß sie nicht mitmarschieren würden, als ihnen aber dann die Parteimitglieder erklärten, auf welch falschem Weg sie sich befänden, haben sie ihren Fehler eingesehen und erzählten sogar, woher der Wind wehte,

– keine Frage, auch wir haben Fehler begangen, zu behaupten,

weil es immer Verbrecher gibt; die Macht ohne Recht ist auf der Anklagebank. Also muß man das Recht und die Macht verbinden und dafür sorgen, daß das, was Recht ist, mächtig und das, was mächtig ist, gerecht sei.
Das Recht kann bestritten werden, die Macht ist deutlich kenntlich und unbestritten. So konnte man dem Recht nicht zur Macht verhelfen, weil die Macht das Recht betritt und behauptete, es sei unrecht, und behauptete, sie wäre es, die das Recht sei. Und da man nicht erreichen konnte, daß das, was recht ist, mächtig sei, machte man das, was mächtig ist, Rechtens, Pascal.

14 Der Text läßt sich nicht leicht erschließen, Fräulein Lidia ist *vermutlich* die Heldin des Alltags, die Ärmste, wie mag es ihr jetzt wohl gehen? Das Flattern ihrer dichten Haare, wohin ist es verschwunden, wohin der Glanz ihrer Augen, die dunkle, rauhe Kraft ihrer Schenkel, wohin? Und was erzählt sie nun ihren Enkeln? Daß es in Kladnow zehn waren? In Hrabek acht? – Und hatte sie eine Affäre mit dem Genossen Strihowka? Oder war der Genosse Strihowka nicht aus diesem Holz geschnitzt? Aus welchem Holz? Oder ist er doch schwach geworden, und Lidia, diese verzweifelte, waghalsige und anziehende Frau, dieser sinnliche Taifun, fegte über ihn hinweg, wie es sich gehört? – Daß es sie gab, daß in der Geschichte jemand existierte, der die Schmelzzeit auf 5 (!) reduzierte, läßt die europäischen Herzen noch heute erzittern, *vermutlich*.

es wäre nicht so, wäre eine Lüge, und deren Bedeutung wollen wir nicht verharmlosen, unsere ununterbrochenen Siege[15] im Bereich der Arbeit, des Friedens und der Freiheit haben uns mitunter überheblich werden lassen, als bittere Pille kam hinzu, daß übertriebene Verordnungen das Wasser auf die Mühle des Feindes trieben (zum Beispiel war der Griff der Feuerklatsche zu kurz, da sagte auch der Mittelbauer, der Griff seiner Feuerklatsche sei nicht immer vorschriftsmäßig; der Landwirt Tamás Lenárt sagte entschlossen: Wir wissen, daß die Partei das Rechte will, wenn wir das Wort der Partei befolgen, werden wir nie enttäuscht; wir verstehen auch die gerechten Urteile, unsere Kulaken kennen wir ja, wir wissen, daß man einen Hund nicht in ein Stück Speck verwandeln kann, doch diese neue Angelegenheit mit der Feuerklatsche hat uns durcheinandergebracht),

– und so weiter, im Vollzug wurde manches auch verzerrt, doch die Zielsetzungen waren in Ordnung,

– Mátyás Rákosi liebten[16] wir, der Überzeugungskraft seiner Beweisführungen, dem Zauber seiner Persönlichkeit konnten und wollten wir uns nicht entziehen, hinter seinen einfachen und unmittelbaren Worten fühlten wir die menschlichen Züge seines heiteren, liebenswerten Wesens, in unseren Herzen hatte er einen Spalt für die Hoffnung aufgerissen (über die anfänglichen Schwierigkeiten, die einerseits an einer konservativen Denkweise lagen, andererseits an wirklichen Fehlern, die durch mangelnde Erfahrungen entstanden, haben wir uns hinwegsetzen können, und gerade dadurch sind wir, wie man wohl sagen kann, eine weltweite Sensation geworden – das Programm mit den Schweinen! –, ruhmreich baut das ganze Volk am Sozialismus – und, wie wir wissen, bedeutet dieser Ruhm keineswegs eine permanente Euphorie im Alltag, einen solchen Selbstbetrug haben wir nicht nötig, wir brauchen unsere Sorgen nicht zu verschleiern – mag doch der den ersten Stein werfen, bei dem alles in Ordnung ist (die Arbeitslosigkeit z. B.) –, dieser Ruhm ist nicht nur ein Rausch des Augenblicks, es geht um einen weitreichenden, geschichtlichen Ruhm, und der ist damit eine

15 Ich war früh in den Gedanken eingeweiht, daß der Sieg im Sinne der Unendlichkeit ein Sieg und im Sinne der Endlichkeit eine Niederlage ist, Kierkegaard.

16 Wenn ich mit Menschen- und mit Engelzungen redete, und hätte der Liebe nicht, so wäre ich ein tönend Erz oder eine klingende Schelle.

Sicherheit für den ehrlichen, fleißigen, erfindungsreichen, aber auch anstrengenden Alltag),

– auch den Frauen hatte die Freiheit ein neues Leben gebracht, sie waren nun geschätzte, gleichrangige Mitglieder der Gesellschaft, mit lässig weichen Schritten zogen sie durch den Maschinenpark oder durch laute Werkhallen, mit ihren strengen, kleinen Gesichtern neigten sie sich über die weisen Reagenzgläser, Mädchen und Frauen blühten auf, und der pfiffig scheue Aprilwind blies ihnen alle Sorgen aus der Stirn; Schönheit bedeutet immer Harmonie: Der Schlüssel zum Geheimnis ist: Man muß die versteckte Schönheit in sich selbst entdecken und sie geschickt und geschmackvoll hervorheben – doch das wahre Bild einer Frau war da nicht mehr durch ihre körperliche Schönheit, durch ihr Gesicht und die Beine bestimmt, sondern durch ihre Arbeit: Im *Zeitalter des Aufbaus des Sozialismus ist jede Frau schön*,[17] anziehender als ihre Kolleginnen kann sie nur sein, indem sie an ihrem Arbeitsplatz, an der Drehbank oder am Schreibtisch, Besseres leistet als andere,

– manche unter ihnen bedienten sechs Werkbänke gleichzeitig!! – und an der Tabakabgabestelle in Mezőkövesd wurde Margit Ádám Spitzenarbeiterin und Erneuerin,

– die Mütter[18] wurden an diesem Tag mit dem Schwengelchen unter dem Herzen bereits überaus schwerfällig, ihr Bauch, der nun schwarz und flaumig geworden war, spannte glänzend, ihre Brüste waren sozusagen mächtig und witzigerweise nicht gleichförmig, die Brustwarzen und deren Hof wiesen eine rauhe Oberfläche und ein nie gesehenes Braun auf, in all ihren Fasern waren sie lebendig, schwer und lebendig, schwer und lebendig, schwer und lebendig,

– und als sie am Nachmittag plötzlich aufschrien, brach tief in ihnen eine Stimme auf, langsam, beinahe brummend, die sich unerwartet in heftige Schreie oder noch eher in ein Röcheln verwandelte, und die entsetzten Väter wußten, die Zeit war gekommen,

– verstohlen schlürften sie einen Schluck vom schlechten Schnaps, mit ihren heißen Händen fuhren sie sich an den knochigen Gesichtern entlang, rückten ihre Brillen zurecht, besannen sich

17 Mesdames! Daran sollten Sie bei den Wahlen denken!

18 Prell sie zwischen deine Schenkel, schimpften meine Schwestern, und wickle die verfluchte Uhr in deinen Rock. Wir brauchen jetzt nichts als Stille. – Wir brauchen jetzt nichts als Stille. Die Stille ist zerbrechlich und leer, Pilinszky.

dann eines Besseren und rannten hinaus, um einen eisernen Nagel in die Schornsteinmauer zu schlagen und einige Haare von der linken Schläfengegend der Ehefrau drumherum zu wickeln,

– und als sich die Wehen der Mütter ins Unerträgliche steigerten, neigten sich die Väter reumütig über ihre Frauen, damit jene sie schlagen und hauen konnten, wo sie es am meisten spürten, um so die Schmerzen auf sie zu übertragen,

– am 14. April war der Muttermund genügend weit, die Fruchtblase war gesprungen, das Fruchtwasser begann zu strömen, die Sonne ging um 18 Uhr 02 unter,

– die heilige Jungfrau Maria helfe uns!, – zur Erleichterung der Geburt hatte man alle Fenster und Türen geschlossen, die Schlüssellöcher mit Knoblauchzehen zugestopft, Kerzen wurden angezündet, es wurde geschrien, Lärm geschlagen, mit Spänen vom Kreuz räucherten sie die Stube aus, man spritzte Weihwasser, zog die Schubladen heraus, die Nachbarinnen preßten sich Schlüssel in die Lenden,

– die Mütter klagten, Wehklagen überall, mißgünstig blickende, unfruchtbare Frauen beugten sich über sie, stöhnen Sie nur, Gnädigste, zischten sie verächtlich, wenn es damals doch so schön war,

– die Preßwehen folgten ordnungsgemäß, sie waren weniger schmerzhaft und bewirkten eine eigene Anstrengung der Mütter; neben den Kontraktionen der Gebärmutter wurde die Austreibung durch das Zusammenpressen des Bauches wesentlich unterstützt,

– als der behaarte Kopf des sich immer weiter voranschiebenden Sprößlings in der Schamöffnung erschien, schämten sich die unfruchtbaren Frauen, ihre ewig kühlen Hände legten sie auf die feuchte Stirn der Mütter, erhitzt flüsterten sie: Nur ganz ruhig, meine Liebe, mein Schätzchen, wir haben es gleich, es kommt schon, Herzchen, es kommt schon,

– *als würde ich scheißen*, dachten die Mütter für sich in ihren Herzen,

– zwar glitt das in der Schamspalte sichtbare Kopfsegment zeitweise wieder zurück, letzten Endes aber wurde es immer größer, und schließlich schob sich der Kopf hervor: Gut so, Durchlaucht, bist eine klasse Mieze, dann strömte reichlich Fruchtwasser nach, die Mütter hatten den schwersten Teil hinter sich,

– nach einer halben Stunde war alles schon vorbei,

– die Mütter hatten das Gefühl, daß ihre Bäuche wie ein plasmaartiger Stoff hin- und herschwappten, seitlich hingen sie hinab, die Bäuche waren ausgeweitet und nun leer!,

– leer, leer, leer, leer,

– durch das vorangehende Schwitzen, durch die Anstrengung, die Erschöpfung und den unvermeidlichen Blutverlust haben die Mütter notwendigerweise zu frösteln begonnen,

– Blut,

– sie stemmten ihre Köpfe zurück, in ihren lieben Gesichtern war eine Sammlung zu sehen, als gäbe es noch etwas zu erwarten, hinter den großen Flügelfenstern lag die Nacht, an dem vom Wind blankgefegten Himmel funkelten klare Sterne, und der ferne Schein huschte alle Augenblicke aschgrau darüber hinweg, die Brise trug einen Geruch nach Gewürzen und Stein herbei, ein paar Straßen weiter schien ein Auto lange auf dem nassen Pflaster zu rutschen, danach zerrissen noch verworrene Rufe von weit her die Stille,

– dann fiel sie wieder mit ihrem ganzen Gewicht von Himmel und Sternen auf sie – – –,[19]

– im Mátyás-Rákosi-Kulturhaus wurde eine albanische Ausstellung eröffnet, die Produktionsleistung der Schmelzer von Magnitogorsk war mehr als zufriedenstellend, und man begann, die Klein- und Mittelbauern entschlossen und konkret zu überzeugen,

[19] Vater unser, der Du bist im Himmel, geheiligt werde Dein Name, Dein Reich komme, Dein Wille geschehe – – –

PS: Obrazcow lebt! Jetzt war bei ihm die Muppet-Show! Kermit der Frosch und die anderen.

– wir aber, wir haben erfahren, daß es sicher auch teurere Büstenhalter gibt als *Backfisch*, aber mag es uns auch das Herz zerreißen, bessere gibt es nirgendwo.

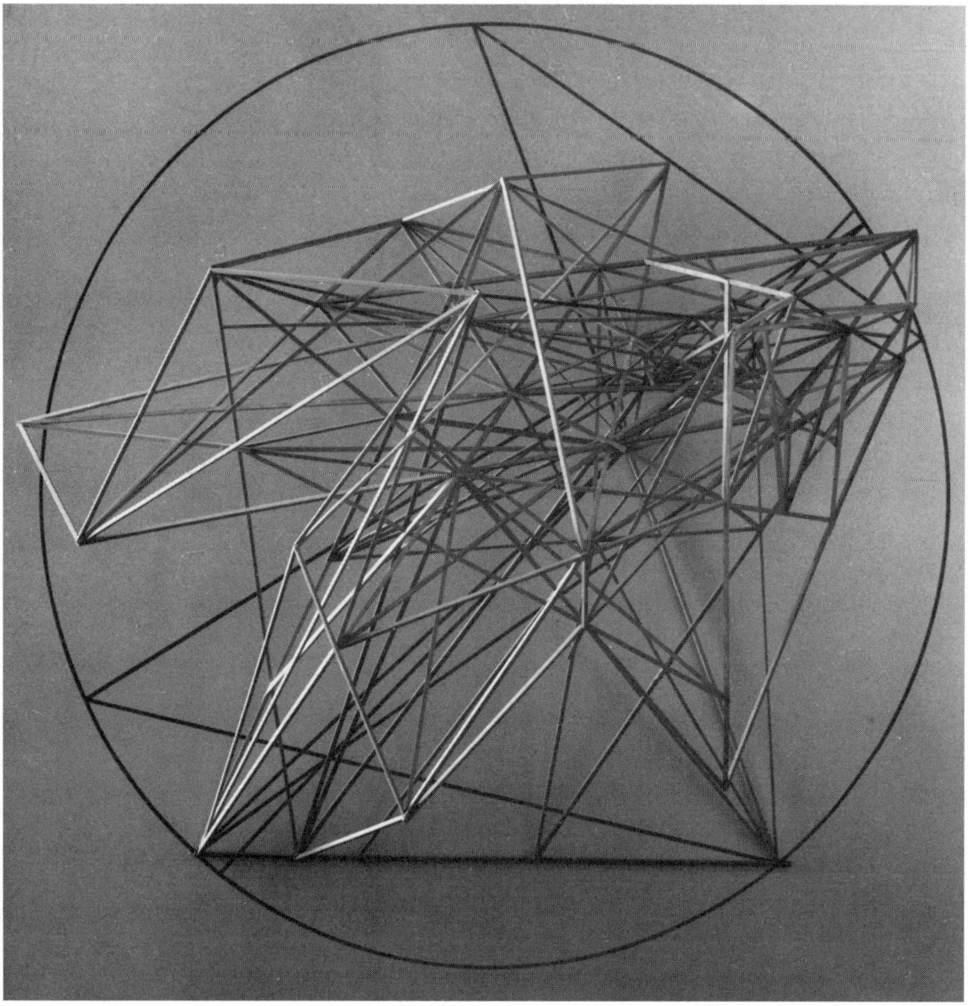

»Vergangenheit und Gegenwart sind unsere Mittel;
allein die Zukunft ist Sinn und Zweck all unseres Tuns.
So kommt es, daß wie niemals leben, sondern zu leben hoffen.«

(Pascal)

LEICHTE FREIHEIT DES RAUSCHES

Kitschfragment

DER ROMAN ist eine etwas ungemütliche Mischung (a rather uncomfortable combination) aus der Beschreibung eines Romans (das wäre der Roman selbst) und einem Roman (der sozusagen seine eigene Beschreibung enthielte).

Was höchst unfreundlich klingt, und was es ja auch ist. Und das ist das kleinere Übel. Nicht als ob die *Jungfernzeugung* nicht herzergreifend wäre, die hätte schon etwas Rührendes, Schönes und subtil Bravouröses, doch auch mit verschämt gesenktem Kopf könnten wir nicht verhehlen, daß wir lieber einen echten Akt sehen, Frauen mit entflammtem Gesicht, zarte Mädchen und gescheite *Weibsbilder*, in glänzenden Lamé gekleidet, gespickt mit Straßsteinen oder im schlampigen Morgenrock, der BH mit einer rostigen Sicherheitsnadel zusammengehalten, und *Männer*, die durch und durch Männer sind und sich als solche bren-

MEIN ROMAN, der eher gut als wahrhaftig geworden ist, war beendet, und ich fiel in einen tiefen Schlaf. Das Leben ist so abscheulich, daß es nur zu ertragen ist, wenn wir ihm ausweichen. Das ist es, was wir in der Kunst machen, Flaubert. Ich fiel in einen tiefen, schweren und gräßlichen Schlaf, aus dem ich immer nur für eine Viertelstunde aufschreckte, in ein halbwaches, schmerzvolles Schlummern, und so ging das tagelang. Im Traum stellte ich mir mein Leben als Theaterstück vor, bei dessen Vorführung ich im Zuschauerraum sitze, während auf der Bühne nichts passiert, nur der Vorhang sich hebt und senkt. Ich haßte mich. Ich dachte, es gäbe nichts, doch wenn es etwas gäbe, dann sei dies unablässig schrecklich und böse. Für Größenwahn muß man zahlen, flüsterte ich mir hämisch zu. Die traurigste Tatsache unseres Daseins ist, daß wir uns mit unseren Hoffnungen und Bestrebungen langsam abnutzen, Arnold Hauser. Dieses allmähliche, schleichende und unaufhaltsame Siechen, dieses langsame Unterminieren des Lebens, das nicht einmal den Eindruck der großen, imposanten Katastrophen erweckt …

Damals habe ich wieder allein gelebt. Mein Vater sorgte für mich auf seine heimtückische und maliziöse Art. Du kannst die Frauen nicht halten, sagte er überheblich, er, der nie jemanden nend für Fasanenzucht, Schnekkengärten, alte Kupferstiche und in Pergament gebundene Bücher in altfränkischer Schrift interessieren.

Das Werk beginnt mit einem eigenartigen Rauschen, schwankend zwischen Stille und Wort, Wort und Schweigen, Schweigen und Stille. Und man könnte die *Paare* noch lange fortsetzen: Frau und Mann, Kind und Jüngling, Jüngling und Mann, jung und alt, Herr und Knecht, Vater und Sohn, Sohn und Mutter, arm und reich, groß und klein, starke Zärtlichkeit und zarte Stärke, schmutzig und heilig, Krieg und Frieden – als könne sich der Text nicht entscheiden, Krimi zu sein oder heilige Schrift, und dies, mag es auch noch so modern klingen, gereicht ihm nicht zum Vorteil; ich kann diese friedliche Bemerkung unverändert, doch immer heftiger, wiederholen.

Die sichtbare Hauptperson des Romans ist Mathematikstudent in Budapest. Er studiert auf lästerliche Art, sein Verstand führt ihn in die Irre. Trotzdem gerät er an einem Junitag in ein friedliches Gedränge. Es ist eine Nacht der Trommeln und Beschwörungen. Aus einer Hand geschleudert, fliegt ein Backstein von einem Dach, jemand bohrt loslassen konnte, aber eigentlich gehörte ihm ja auch nie jemand, es war immer er, der jemandem gehörte. Oh, nur ein Hauch, ein Schmetterlingskuß von Leben – könnte ich sagen, wäre ich gerade das gerührte Kind. Aber ich bin eher das gehässige Kind, und Gründe dafür hätte ich genug, jeder davon gefällig und markig. Briefentwurf: Als der Tag anbrach, hast du mich verlassen.

Tief in Gedanken versunken, schritt ich erschöpft unter den üppig wuchernden uralten Bäumen dahin: In mir hallte noch das erlauschte und belauerte Gezänk der verwaisten, süßen Näherinnen nach, vor allem ein zartes, stupsnasiges Mädchen hatte schnippisch zurückgeschnappt.

»Warum denn nicht, Frau Mutter!? Haben Sie noch nie etwas Ähnliches gespürt, eine Art Taumel in Ihrem Unterleib?«

»Sei still, Mädel!«

»Ist es denn nicht so? Daß es einen kristallenen Punkt gibt, funkelnd, wunderbar und unheimlich ...!« – das Mädchen schloß die Augen –, »... daß wir eine Mitte haben, den Kern von allem!«

»Du hast aber ein loses Mundwerk, du Kröte, was weißt du schon vom Ach und Weh, das da einen Namen hat: Mann!«

»Ach? Weh? Als sprächet ihr von einer Eiterbeule, Frau Mutter, von einem bösen Fieber, das einen von innen angreift und für immer und ewig klebrigen Eiter quellen läßt.«

»Es ist, wie du's sagst. Ob du es willst oder nicht, von innen und außen, böse und für immer und ewig ...«

»Nicht doch! Doch nicht so! Niemals! Wenn auch unter Qualen, sich schmerzhaft windend wie unsere alten Apfelbäume im tosenden Wind einen Dolch in einen Bauch, jemand stirbt und wird zertrampelt. *Stock gegen Revolver, Verwünschung gegen Beschimpfung*, Gott der Unteilbare gegen die Götter. Der freigeistige Student wirft sich in den Aufruhr. Mit den verzweifelten Händen tötet er seinen jüngeren Bruder (oder glaubt ihn zu töten). Wie ein Wetterschlag fährt beritten und schlaftrunken die Polizeitruppe mit unparteiischen Knüppelhieben dazwischen. Der Student flüchtet, fast unter den Hufen der Pferde. Er sucht die äußersten Vorstädte auf. Er überquert zwei Eisenbahngleise, oder zweimal dieselbe Strecke. Er erklettert die Mauer eines verwahrlosten Gartens, an dessen Ende ein kreisförmiger Turm aufragt. Ein Rudel mondfarbener Hunde (a lean and evil mob of mooncoloured hounds) bricht aus dem schwarzen Rosengebüsch. Angefallen, sucht er im Turm Schutz. Er erklimmt eine eiserne Leiter – ein paar Sprossen fehlen – und trifft auf dem Söller, in dessen Mitte ein geschwärzter Brunnen steht, auf einen ausgemergelten Mann, der im Mondschein in Kauerstellung mit kräftigem Strahl sein Wasser läßt. Dieser Mann gesteht ihm, daß er sich sein Leben damit verdient, die Goldzähne der weißgewandeten Leichname zu stehlen, die

und unsere Lippen zusammengepreßt, daß kein Laut über sie komme, so doch angefüllt mit Bangen und Triumph, mit Niederlage und Sieg, mit Freude und Erniedrigung so süß ...«

»Genug jetzt! Du hast leicht reden aus den makellosen Kissen deines blütenweißen Mädchenzimmers, wo du nur fürchtest, wen du willst, wo du die Schatten selbst erschaffst und Herr und Gebieter über deine geschickten Finger bist ... Aber wenn einst all dies zerwühlt, dein Bettgestell fast zusammengebrochen, dein weißes Laken befleckt und zerknittert ist und deine seidigen Schenkel unvertraut rauh sind, dann kannst du mitreden, du überhebliche dumme Gans, wenn deine schmale verbogene Taille fast zerbricht und deine Diamantknospe, die du jetzt so stolz hervorreckst und die du behutsam und verstohlen, ich sehe es, erröte nicht, mitunter streichelst, oder, weil die Bestie offenbar pulsiert, heiß und feurig ist und bebend springen würde, über die du deine unruhige Hand stülpst, und wenn du so an sie denken mußt wie an einen vom Tang stinkenden Morast und sich dein Magen schon allein von dem Gedanken daran verkrampft und du deinen Kopf auf das gerettete kühle Viereck deines Kissens legst, dann wird DER, dem du all den Schmerz und die Pein zu verdanken hast, der gemeine Raubmörder, dort am Fenster stehen, sich eine Zigarre anstecken und mit bitterer, rauher Stimme etwas sagen, etwas ganz Schreckliches, zum Beispiel ›Die Wagen sind eingespannt‹ oder ›Mich juckt der Knöchel‹, und da beginnst du, ein Nichtsnutz, in dieser Verbannung, die du, wie du selbstkasteiend meinst, verdient hast, zu weinen, zu schluchzen, zu klagen ...!«

»Oh, verzeiht mir, Frau Mutter, verzeiht mir törichtem Wesen, ... ich wußte nicht ... Weint nicht, schluchzt nicht, klagt nicht ... Ich verstehe sie (?) auf diesem Turm aussetzen. Er spricht von anderen gemeinen Dingen und erwähnt, daß er sich seit vierzehn Nächten nicht mehr mit Büffelfett reinigt. Er spricht mit sichtbarem Groll von gewissen Pferdedieben, »Hunde- und Eidechsenfressern, Menschen im Grunde gemein wie wir beide«. Es beginnt zu dämmern; ein Zug fetter Geier streicht niedrig durch die Luft. Der Student schläft zu Tode erschöpft ein; als er aufwacht, steht die Sonne bereits hoch. Der Räuber ist verschwunden. Verschwunden sind auch ein paar Zigarren und einige Geldscheine. Angesichts der drohenden Gefahr, die ihm von der Nacht vorher nachgeht, beschließt der Student, in Ungarn unterzutauchen. Der Name einer zu den Dieben gehörenden Frau geht ihm nicht aus dem Sinn, die der Leichenräuber insbesondere mit Schimpfworten und Gehässigkeit bedacht hat. Er schließt, daß der Haß eines so durch und durch niedrigen Menschen ein Lob bedeuten muß. Er beschließt – ohne allzuviel Hoffnung – sie zu suchen. Er betet und macht sich mit sicherer Gelassenheit auf den weiten, mühsamen Weg. So schließt das zweite Kapitel des Werks.

kaum, was Ihr sagt, ich erfasse es zwar mit dem Verstand, doch all meine Poren und Zellen, meine Hände und Achselhöhlen, mein Bauch und meine Ohrläppchen, mein Bauchnabel und ja! *das!* all das singt wie ein reiner Knabenchor, ein anderes Lied, und dieses Lied ist erhaben, frei und schwebt wie ein Adler durch die Lüfte, stolz und hoch oben. Aber es ist nicht nur so, so unbegreiflich, unnahbar und feierlich, sondern auch nah, lieb und warm wie ein Spatz, ein süßes, kleines Wesen, dieses Lied pocht in mir, immer und überall, immer stärker und fordernder ...«

»Schon gut, Mädel, nun geh.«

»Nicht! Bitte schickt mich nicht fort! Ich brauche Eure starke, müde Hand, Frau Mutter, und mein Antlitz braucht Euren kühlen Schoß, um mich selbst hineinzuschmiegen ..., ich fühle ..., neben deinem Schemel könnte ich, glaube mir, lange schweigen ...«

»Dann schweig doch, dummes Mädel, armes, dummes Mädel, so schweig doch!«

*– – – – das sollte man, strahlen!**

Jetzt, als ich aus Maria Iwanownas Salon kam, wo ich endlich mit ihr allein sein konnte, zu zweit, worauf ich seit Jahren gewartet hatte und wo uns nur Thomas absichtlich störte, vergeblich winkte ich ihn zur Ruhe wie ein Kind, und auch Maria Iwanowna verwöhnte ihn, schmeichelte und drohte ihm vergeblich, ehrlich gesagt auf abstoßende Weise, er, Thomas, erschien unter verhüllten Anspielungen auf sein angeborenes Pflichtbewußtsein sowie auf angebliche Anweisungen des Fürsten überaus häufig, er

* Briefentwurf

** Im Manuskript an den Rand geschrieben, Rilke

Unmöglich, die verschlungenen Wechselfälle der neunzehn übrigen nachzuzeichnen. Es herrscht eine schwindelerregende Fülle von *dramatis personae* – ganz zu schweigen von einer Biographie, die alle Regungen des menschlichen Geistes (von der Niedertracht bis zur mathematischen Spekulation) auszuschöpfen scheint, zu schweigen auch von einer Pilgerfahrt, die den weiten Landschaftsbereich des Karpatenbeckens umfaßt. Die Geschichte, die in Budapest anhob, nimmt auf der Tiefebene der Pußta ihren Fortgang, verweilt einen Nachmittag und eine Nacht am steinernen Tor von Eger, erzählt den Tod eines blinden Astrologen in einem toten Arm der Theiß, zettelt im vielgestaltigen Palast von Miklós Bercsényi eine Verschwörung an, betet und hurt im Pestgestank von Lőcse und am Ostbahnhof, sieht aus einer Schreibstube in Siófok die Tage im ungarischen Meer aufgehen, sieht die Abende im ungarischen Meer sterben von einem Balkon im Komitat Somogy, zaudert und tötet Hódmezővásárhely und beschließt ihren Umkreis an Meilen und Jahren in dem nämlichen Budapest, wenige Schritte vom Garten der mondfarbenen Hunde entfernt. Der Sinn der Fabel ist folgender: Ein Mann, der ungläu-

platzte hinterhältig herein, brachte ein Silbertablett mit Gläsern oder stolzierte taktlos mit zwei schlanken Kerzenhaltern herum, aber egal! egal! denn ich war dort, dort, und ich habe gesagt, was ich wollte – ein wenig wie von selbst, und meine Worte trafen ins Ziel, denn ich sah und hörte, wie sich ihr Atem beschleunigte, ihre Lippen weicher wurden und fiebrig glänzten, zu glänzen begannen, und als sie nach meiner Hand griff und sie kurz an ihren Busen preßte, füllten sich ihre Augen mit Tränen, und ich bestaunte diesen klitzekleinen Fleck, dieses glitzernde Meeresauge – aber doch nicht so enthusiastisch: vielmehr: Physik! Physik! der salzige Tropfen, der nach Verlassen des Tränenkanals auf dem feuchten Rund des Augapfels zerlief – ich betrachtete ihn wie meine Erlösung, und jetzt, getrennt von diesem teuren Wesen, legte ich mich in mein verdunkeltes kleines Zimmer, mein Herz (und ja, auch meine Lenden) so leer oder so voll, daß ich zwischen diesem Vakuum und der Spannung zu zittern begann wie ein leidender Werther.

Dieses Schweben hält noch immer an. Mitunter pocht mein Herz seltsam und stark, und manchmal weicht die Kraft aus meinem Handgelenk.

Ich mußte mich waschen. Erschrocken bemerkte ich, daß ich umsonst so erregt bin und so weiter, die Stelle ..., der Ort, an dem wir uns befinden, wo diese Erregung gerade zu sehen wäre: Da war nichts zu sehen. Ich goß heißes Wasser in einem kräftigen Schwall darüber, doch in meinem Herzen blieb trotz des erreichten Ergebnisses eine Ungewißheit.

Wieder in meinem Zimmer (die neue Zimmerfrau ist da! sie zuckt mit keiner Wimper!), sah ich in den Spiegel, einen seltsamen, das heißt unregelmäßig geformten Wandspiegel, angeblich bige und flüchtige Mathematikstudent, den wir kennen, gerät unter Volk der niedersten Klasse und paßt sich ihm an, indem er mit ihm in Schändlichkeiten sozusagen wetteifert. Auf einmal nimmt er – mit dem wundersamen Schrecken Robinsons, da er die Spur eines menschlichen Fußes im Sand erblickt – eine Abmilderung dieser Schändlichkeit, eine Zärtlichkeit, eine Erhebung, eine Stille – bei einem der grauenhaftesten Menschen wahr. »Es war, als hätte in den Dialog ein komplexerer Gesprächspartner eingegriffen.« Er weiß, daß der niedere Mensch, der sich mit ihm unterhält, dieser momentanen Verklärung unfähig ist. Hieraus folgert er zwingend, daß dieser einen Freund oder den Freund eines Freundes widerspiegelt. Da er das Problem noch einmal überdenkt, gelangt er zu einer geheimnisvollen Überzeugung: *An irgendeinem Punkt der Erde gibt es einen Menschen, von dem diese Helligkeit ausgeht; an irgendeinem Punkt der Erde ist ein Mensch, der dieser Helligkeit gleich ist.* Der Student beschließt: Er will sein Leben daran wenden, ihm zu begegnen.

Hier wird das durchlaufende Thema sichtbar: die unstillbare Suche nach einer Seele durch die abgeschatteten Spiegelungen, die aus Muranoglas, ich musterte mich, diese ferne, schwankende Schattengestalt, von Kopf bis Fuß, und dort, genau dort, wo ich einige Stunden zuvor ein leicht säuerlich riechendes fahles Mannsbild gesehen hatte, sichtbar überall verdrängt und verschlissen, mit zerknautschter Hose, die nicht nur an den Knien faltig ist wie eine Ziehharmonika, sondern auch oben, am oberen (?) Teil (ich habe die Schneiderin Katalin gefragt, wie das heißt, aber sie hat nur gelacht wie ein Backfisch), das Hemd hängt aus der Hose, verzagt (wie eine traurig herabhängende Nationalflagge!), ein Mann, bei dessen Anblick man schlechte Laune bekommt oder für den man höchstens Respekt empfindet, dessen Gesicht von Feindseligkeiten zerfurcht ist, als sei es aus Knetmasse, und die schwarze Brille mit dem dicken Bügel dient auch nur dazu, uns gelb werden zu lassen vor Neid, also dort, in dem Spiegel, stand ein *junger Mann*, kein Bengel mehr und auch kein Jüngling, die Hose vielleicht etwas zerknittert, doch ebendieser lässige Faltenwurf oben (?): das ist liebenswert; und gleichzeitig großzügig, was vielleicht der lustig hervorlugende Hemdzipfel am anschaulichsten zeigt, das Gesicht ist nicht das eines taufrischen Kindes, was gewiß seinen Preis hat – doch es ist trotz der sichtbaren Schwere durchdrungen von der *Tugend der Zeit*, diesem mühselig zu erlangenden Wert, ein Mann, dem man ansieht, daß er frei und integer ist, kein Held, der die Welt knackt, aber ein Mann, der sich von der Welt nicht knacken läßt, oder wenn doch, denn ein paar bittere Züge lassen nicht alltägliche Niederlagen ahnen, dann erhebt er sich mit Würde aus dem Schlamm, oder wenn die Lage so elend ist, daß dies nicht mehr geht, erhebt er sich eben, wie er kann, aber er nennt es *beim Namen*, soviel ist geblieben, Niederlage ist Niediese in anderen hinterlassen hat; anfangs die zarte Spur eines Lächelns oder eines Wortes; am Ende verschiedenerlei Glanzlichter und Anbrüche der Vernunft, der Einbildungskraft, des Guten. Der mathematische Begriff läßt sich anwenden: Der Roman ist eine aufsteigende Progression mit dem vorausgefühlten *Licht* als Endpunkt. Der unmittelbare Vorläufer des gesuchten Menschen ist ein überaus höflicher und glücklicher Buchhändler, der Vorgänger dieses Buchhändlers ist ein Heiliger ... Nach Jahren gelangt der Student zu einer Galerie, »an deren Ende eine Türe ist und eine billige Matte mit vielen Zahlen und dahinter ein Strahlenkranz«. Der Student wummert ein paarmal gegen die Tür. Eine Männerstimme – die nie gehörte Stimme des Gesuchten – fordert ihn auf, näher zu treten. Der Mathematikstudent schiebt den Vorhang beiseite und tritt ein. Hier endet der Roman. Er war, wie wir gesehen haben, nicht imstande, die gröbste aller Versuchungen der Kunst abzuschütteln: er will genial sein.

Ich überlese, was ich geschrieben habe, und befürchte, daß ich die guten Eigenschaften des Buches nicht genügend hervorgehoben habe. Es gibt darin sehr feinsinnige Züge: zum Beispiel derlage – diesen Mann im Spiegel haben wir gerne, und anderen geht es, Gott sei Dank, auch so.

Wie ich da umherspazierte, tauchte hinter den Büschen plötzlich das blasse Gesicht meines Neffen auf. Der Mond! Wie der gelbe, trügerische Mond, strahlend, rätselhaft und geheimnisvoll. Doch mit solcher Kraft, so intensiv, daß er mich um meinen Gleichmut brachte.

Er lief neckisch los. Ich hinterher. Er also vor mir weg. Das wurde mir sofort klar. Ich lief schneller, aber er glitt gewandter durch das Dornengestrüpp und die dicht stehenden jungen Bäume. Er schnaufte, das hörte ich, und auch mein eigenes Schnaufen. Immer weniger kümmerte ich mich um die Dornen, wütend durchbrach ich alles, nur um ihn einzuholen.

Da blieb er plötzlich stehen, drehte sich zu mir um und umarmte mich. Ich fiel auf den Rücken, er auf mich. Wir lagen eng aufeinander, für einen Moment reglos ... Verlegen möchte ich mich befreien, aber ich kann nicht. Als würde mich der Bengel lenken. Er beginnt mich tatsächlich zu beruhigen, wie ein Erwachsener. »Nein, nein, rühr dich nicht.« Ein warmer Hauch streift über mein Gesicht. *Mundluft*. Ich erschaudere und atme sie ein. Das stößt mich ab, ich beuge den Kopf nach hinten, der Bengel beschwichtigt mich. Er nimmt meine Hand und streichelt; mal sich selbst, mal mich, mit meiner sich, mit seiner sich, mit seiner mich, mit seiner sich.

Mein Kopf fiel zurück – und da stand die Frau! Ich sprang auf die Beine. »Wir haben gerungen. Ich weiß nicht, wer gewonnen hat«, sagte ich geschwind. Mein Neffe richtete verärgert seine Sachen. »Du brauchst dich nicht zu rechtfertigen.« Er ging los, zischte aber seiner Mutter im 19. Kapitel ein Streitgespräch, bei dem man vorausfühlt, daß ein Freund des Gesuchten einer der Streitenden ist, der nicht die Sophismen des anderen widerlegt, »um nicht auf triumphierende Art recht zu behalten«.

Selbstverständlich ist es durchaus redlich, wenn ein heutiges Buch von einem alten herkommt; da ja niemand Lust hat (wie Johnson sagte), seinen Zeitgenossen etwas zu schulden. Die wiederholten, aber unbedeutenden Berührungspunkte des *Ulysses* von Joyce mit der homerischen *Odyssee* fordern immer wieder – ich werde nie begreifen warum – die unvorsichtige Bewunderung der Kritik heraus. Auch hier fehlt es nicht an Reminiszenzen, und die Übereinstimmungen erleben einen nicht minder rätselhaften Beifall. Der Roman wechselt nicht seine Standpunkte oder seine Technik, sondern seine Seele. Davor schaudert uns.

Das Buch hat mit alldem nicht viel zu tun. Im 20. Kapitel stehen ein paar Worte, die der Buchhändler jenem gewissen Mann zuschreibt; sie sind viel leicht das vergrößerte Abbil d anderer vom Helden gesp rochener Worte. Diese we chselseitige Analogie und andere ähnliche sollen vi elleicht die Identität des

noch zu: »Was schleichst du mir nach? Du bist widerlich!« Er wich zurück und musterte mich, ich stand erstarrt da. »Komm, komm schon!« schrie er. »Komm schon, verflucht noch mal!« Ich konnte mich nicht rühren. »Idiot, Idiot, Idioten!« kreischte der schmächtige Junge und flitzte davon.

Im Gesicht meiner Tante Tränen und Röte. Verlegen trat sie zu mir und zog mich an ihre Brust. Cognac, Erhängung, Genickschuß, Freundschaft und Liebe. Und Lüster sollen Licht verbreiten, schwarzgekleidete, grauhaarige Herren über rote Teppiche schreiten. »Und wir dürfen nicht«, sagte ich in meinem plötzlichen Glück unbeholfen, »ein Kissen vergessen, wir brauchen so ein Ding, irgend so ein backkürbisrotes Zeug, falls ich mal splitternackt herumspazieren sollte im Rauchsalon«, Colette.

»Im Leben«, flüsterte meine Tante, in deren Stimme Traurigkeit mitklang, »müssen wir uns nicht vor großen Unglücksfällen fürchten, sondern vor den kleinen«, Flaubert. Sie bestellte ein Abendessen wie eine emanzipierte Putzmacherin, Fisch in kaltem Portwein, gebackenes Geflügel und ein heißes Schaumsoufflé, in dessen Innerem säuerliches rotes Eis verborgen war. Eine Bewegung soll die andere verdrängen. Schleier, Vorhänge, bildschöne Städte, mörderische Kämpfe, Aufregungen, Ängste, Ferkeleien, Auszeichnungen sollen sie verdrängen. »Und was wird aus uns, Randbemerkung?«, flüsterte sie, und die in ihren Augen flatternde Furcht strafte ihre spöttische Stimme Lügen, als sie gegen ihren Willen auf das leere Werkzeug in meiner Hand spähte. Wer nicht Infinitiv, Hilfsverb kann, rede wenigstens vernünftig, John Barth. Wollen wir es versuchen? Dränge niemanden, dem es bis zum Hals steht. Es genügt nicht, den Widerspruch in ein Paradox

Gesuchten und des S
uchenden andeuten;
sie können auch be
deuten, daß dieser
auf jenen wirkt.
Ein anderes Kap
itel spricht die
Vermutung a
us, daß der
Mann derje
nige ist, de
n der Mat
hematik
student
getöte
t zu h
aben
g l a
ub
t.

zu wenden, man muß auch damit *leben*, weiterleben, weiterarbeiten. Herrgott Komma wie mich Bewußtheit anwidert.

Ich stellte mir vor, daß Maria Iwanowna sich gegen mich wendet. Unerbittlich. Daß vielleicht auch sie so eine Frau ist, »die erst viel gibt, aber dann alles zurücknimmt«. Kann es sein, daß ich sie gegebenenfalls umbringen müßte? Sieh da, meine Nacht gleicht dem Tage. Immer wieder schreckte ich auf und lag stumm im Dunkel. Ich träumte, daß ich einen duftenden Brief bekomme, in dem das süße Beisammensein mit einer durchsichtigen Begründung abgesagt wird, und ein andermal hielten lustige Gendarmen mit bösem Blick meine prunkvolle Kutsche unter Berufung auf deren wahrlich zweifelhafte Sauberkeit fest und ließen mich im Schnellverfahren, *rein logisch* (dies wiederholten sie mehrmals zu ihrem großen Gaudi), für zwei kurze Monatchen einsperren etc.

Die neue Zimmerfrau ist eine ränkesüchtige Person. Ich verdrücke mich in mein Zimmer und lausche. Die Alte zeigt mir, sie habe einen Knall. »Wieso denn?« »Sie ist eine schwierige Natur ... Hat sie den Herrn Offizier noch nicht aufgefordert?« »Wozu?« Sie feixt und zeigt es mit der Hand, sie klatscht, tifitofi, wie eine widerliche Dampflok. »Sie hat mich nicht aufgefordert.« Ich bin verärgert, sch...eiße sie aber nicht zusammen, weil sie taub ist und ich brüllen müßte. »Ich weiß! Ich weiß es! Auch Ihr Venushügel wurde schon oft bewandert ...!«

Kleine Maria Iwanowna! Was für kleine Füße Sie haben! Ihr Bauch ist ein kleiner Silberteller, aber Ihr Busen ist ganz und gar nicht klein! Und Ihre Hand auch nicht! Ihr Handteller ist unerwartet dick, Ihre Finger sind breit, das alles ist nicht schön, aber ich liebe es. Seien Sie mir nicht böse darum und auch darum nicht, daß ich mich analysiere, daß ich versuche zu verstehen, was seiner Natur nach unverständlich ist: mein Herz. Was darin diese Fülle ist, was in mir dieses Rauschen ist, das dem Schmerz so verwandt ist, in dem sich weiter bitteres Weinen und der unverschämteste Genuß vermengen ... Wandele ich auf den Straßen, vermute ich in jedem fernen Fußgänger Sie, es schmerzt mich, und ich bin dankbar. Sie: sind die Welt, Sie sagen: daß ich lebe. Sie sind ich. Ich bin ich. Und all das sind Sie. Ich bin verloren. Vielleicht trauere ich darum. Verachten Sie mich. Treten Sie mich mit Füßen. Meine Süße. Liebe mich.

Ich verstehe, meine Einzige, daß Sie wütend sind. Ja, ich habe sicher Fehler gemacht, aber verstehen Sie, ich hielt es ohne Ihren Anblick nicht aus. Ich verspüre unsagbaren Dank Ihnen gegenüber, dafür, daß es Sie gibt. Sich das Gegenteil vorzustellen – daß es Sie nicht gibt –, ist schrecklich. Dann zählt nicht einmal mehr, wenn es sich herausstellte, daß Sie mich nicht lieben. Hauptsache, es gibt Sie, und ich kann Sie manchmal sehen.

Ich streifte lange kreuz und quer durch die Gegend, es war warm und es herrschte eine festliche Stimmung. Junge Frauen liefen untergehakt heiter umher, und nach Bock stinkende Burschen brüllten, ihnen gehöre die Welt. An der Ecke bot ein häßliches Mädchen käufliche Liebe an. (...)

Dann stand ich plötzlich da. Vor ihrem Haus. Als ich bemerkte (!), wohin es mich verschlagen hatte, wurde mir bange. Ich schlich an Zäunen und Mauern entlang, suchte den Schatten und huschte durch die Lichtflecken der Fenster wie ein Dieb, und ich verbarg mein Gesicht. – Dabei haben Sie die Angst in mir gelöscht. Es ist so natürlich und schön, daß ich Sie liebe. Ich will Sie nicht ergattern, weil Sie mir gehören; Sie gehören mir seit Anbeginn der Zeiten, und Sie werden mir solange gehören, bis die Sterne im schwarzen Feuer in das furchterregende Nichts fallen. So wird es sein, meine Kleine ... Nur unser Leben ... Das gehört uns nicht mehr, meine Süße.

Ich fand mich also ein, als ob das so einfach ginge. Sie saßen im Lehnstuhl und machten Handarbeiten. Ihre Frau Mutter zankte mit dem Gesinde. In den Augen des Herzogs sah ich schon eine Trübnis. Ich beneide ihn um seine Branntweine. Er ist ein feiner Mensch. Und es gibt niemanden, der Ihnen mehr als ich Glück wünscht ... Mária Iwanowna, Sie sind die Liebe. (Sie ahnen nicht, in welchen Verhältnissen ich jetzt wohne! Die neue Zimmerfrau! Mein Gott! So eine aufgeblasene Schnalle! Haben Sie je einen so schiefen Blick gesehen ...)

Alle waren überrascht. Ihrer Frau Mutter sah ich den Ärger an, der Herzog hat sich eher gefreut, da hatte er gleich jemanden zum Süffeln. Auf Ihrem Gesicht, meine Teure, weilte eine erwartungsvolle Aufmerksamkeit, über die ich mich nachträglich nicht freue, haben Sie doch ihre eventuelle Freude an eine Bedingung geknüpft, und ich war zu gering. Ich begann flüssig zu lügen, es war dies und jenes, und die ungelegene Zeit, die elementaren Förmlichkeiten beiseite lassend, aber ich habe ja gerade die Nachricht vom Tode meines lieben väterlichen Freundes erhalten, und ich hätte niemanden in der Stadt und sei nicht in der Lage, dies alleine zu ertragen, seien Sie alle nachsichtig gegenüber beziehungsweise mit meiner Schwäche.

Ihre Frau Mutter war gerührt, der Herzog schenkte ein, und Sie, einzige Mária Iwanowna: waren gelangweilt.

Es klopfte. Ich arbeitete über die Landkarten gebeugt. Ich drehte mich im Sitzen um, der dreibeinige Feldstuhl knarrte. »Bitte.« Auf der Schwelle stand die Zimmerfrau im schwarz-seidenen Negligé, ihre Hüften waren füllig, gut, der weiße Turban auf dem Kopf verlieh ihr eine Eleganz, eine Vornehmheit, über die sie sonst nie verfügte. Sie trat sofort ein und setzte sich in den Lehnstuhl an meinem Tisch. Sie legte die Seide auf ihrem Schenkel zurecht, aber nicht kokett. »Warten Sie, bis ich fertig bin.« Ich fummelte noch eine Zeitlang herum und wurde plötzlich wütend.

»Weswegen sind Sie hereingekommen?« Sie antwortete nicht, sah mich gar nicht an. »Sagen Sie's!« Sie murmelte vor sich hin. »Ich hatte Angst. Da waren seltsame Geräusche in der Nacht. Denken Sie, was Sie wollen!« Sie griff da nach meiner Hand.

»Gehen Sie in Ihr Zimmer zurück!« schrie ich. Sie sprang auf. Doch sie warf mir einen so haßerfüllten Blick zu, daß ich sie auf den Stuhl zurückstieß. Ich ließ die Hand auf ihren Schenkel gleiten. Ich empfand die ganze Zeit Abscheu und mörderische Wut, »stöhne! stöhne!«, zischte ich, und ich sah, wie ihr heimtückisches Gesicht errötete …

»Das hättest du auch selbst tun können«, sagte ich schließlich. Sie hob ihre schweren Wimpern träge und selbstgewiß. »Aber so ist es besser«, sagte sie ruhig. Sie blickte von der Tür aus zurück. Ich wußte nicht, obwohl ich es hätte wissen können, ob sie mir dankbar oder für immer meine Feindin war. Da merkte ich, mein Körper machte mich darauf aufmerksam, daß ich leer ausgegangen war. »Und was wird aus mir?« Die Zimmerfrau nickte. »Selbst – – –

Ich habe nicht die Wahrheit gesagt. Ich möchte nicht nur mit Ihnen weinen. Ich möchte auch Ihre Seiden, Ihr seidiges Antlitz küssen und lieben, Ihre schimmernden Lippen, Ihr heißes Hälschen, die Rosen, Ihren seidigen Bauch und das mit seidenem Flaum bewachsene Tal, Ihre schimmernden Schenkel, Ihre Hügel und Buchten. Überlassen Sie sich mir, ich will nur, was auch Sie wollen möchten. Ich möchte Ihnen Freude …, nein, ich korrigiere mich: Wollust bereiten, und was in Ihnen entsteht, wäre auch meins … Aber vielleicht ist es auch nur Nacht. Mir brennt das Gesicht, ich springe auf, setze mich wieder, schließe mich immer wieder der Unterhaltung an, lasse dann alles stehen und liegen und sehe, daß man hinter meinem Rücken tuschelt.

Ich habe Fieber. Ich wage nicht mehr, etwas zu sagen. Maria Iwanowna, kleine Maria Iwanowna, ich bin hier, ich …

Heute, mit Gottes Hilfe – – – –

Meine Teure, ich habe Ihnen meine Vorstellungen von unserer Liebe, von der Verflechtung von Vergangenheit und Gegenwart, das feine Beben zwischen diesen beiden Punkten skizziert, das mich so durchdrang und verzauberte.

Ihnen war es aber anzusehen, daß Sie das Ganze nicht so interessiert, und daß Ihnen beim Anhören meines Bekenntnisses, daß ich Sie in alle Ewigkeit lieben und dies wie ein Silberstreif über unserem Leben schweben werde, zwar Tränen in die Augen stiegen, doch bald teilen Sie mir hart mit, es interessiere Sie nicht, was in dreißig Jahren sein wird, sondern nur, was jetzt ist, was jetzt nicht ist, oder was sein könnte, und daß das Ganze vielleicht doch nicht so schön kompliziert sei, du liebst mich und fertig, ich verstehe. Du gehst weg und fertig. Und ich bleibe hier. Und daß das Ganze Scheiße ist und fertig.

Und wir werden immer wortkarger. Denn Reden entlarvt uns sofort: Wir sind doch Fremde. – Ich stellte mir einen Abschied vor: Die Frau sah aus dem Fenster des Zuges, sah das rohe, verdutzte Gesicht des Mannes. Zuerst zeichnete sie ein ? auf das beschlagene Fenster. Dann ein !. Dann setzte sie das ganze in » «. Dann wischte sie es ab. Der Mann unten ballte die Hand begeistert zur Faust. Die Frau preßte die Hand mit gespreizten Fingern ans Fenster. Leise sprach sie die Worte aus. »Wir hätten vielleicht …, wir hätten ihn doch haben können: EINEN ROMAN!«

— — — — — — — — — — — — — — —

Ich erwachte wie die Maikäfer, entsetzt und beklommen. Ich mußte meinem Vater – er war ein Mann, durch und durch ein Mann, und als solcher interessierte er sich brennend für Fasanenzucht, Schneckengärten, alte Kupferstiche und in Pergament gebundene Bücher in altfränkischer Schrift – morgens die Hand küssen. Das hätte mich vielleicht nicht so mitgenommen, wäre seine Geste die echte, erhabene und eisige Geste des *Vaters* gewesen und nicht eine schlaffe, um Verzeihung heischende Bewegung, mit der er mir seine Hand achtlos vor den Mund schob (besorgt, als sei sie ein Gewürz, »Nimm doch, wenn du meinst, mein Junge«); ich konnte es auch nicht als spitzfindige, grausame Heimtücke ansehen, daß gerade diese Lässigkeit mich in die Knie zwingen sollte – zwischen uns gab es dieses unmittelbare Ringen, diesen ewigen Kampf nicht, er schätzte in mir die Kontinuität seines Samens. Und ich schätzte ihn, wie auch immer, für seine unvergänglichen Verdienste, ich habe ihn immerfort gelangweilt, und weil er mich für wertloser hielt als sich selbst, verzieh er mir das, beides, kaum gereizt.

Für den Handkuß haßte ich ihn.

Ich nahm mir öfter vor hineinzubeißen, und nicht Feigheit hielt mich zurück – unser aller zweifelhafte Busenfreundin, die wir mit unerschöpflichem Einfallsreichtum in immer wieder neue, schäbige, doch immer überraschende Maskeraden hüllen –, doch der Schreck, der Schreck angesichts des jähen und beängstigenden Wandels meiner Gemütsbewegungen: Denn als ich mich über die komplizierte Handfläche beugte (die erschreckenden Haarinseln! die Leberflecken! das unergründliche Knacken der Knochen!), schlug mein solider Haß in das heftige Begehren um, die väterliche Hand, diese warme, große »Bärigkeit« mit einem Kuß (!) bedenken zu dürfen. Sie küssen und beschnuppern zu dürfen, das wollte ich plötzlich auf verräterische Weise, die fremden, rohen Gerüche in mich aufsaugen, von denen ich eigentlich nur den des Tabaks ausmachen konnte, doch das hat auch schon gereicht, um ihn mit dem Geheimnis zu verknüpfen, dem grandiosen gemeinsamen Geheimnis der Männer, mit dem also, was auch mich erwartet und dessen natürlicher Besitzer mein Vater bereits ist – und worauf dieser Handkuß so eine Art Vorschuß wäre, eine vorsichtige Kostprobe, kaum mehr als Honig ums Maul geschmiert, und doch ein Versprechen, daß mich etwas Großartiges erwartet; ich wollte also alles, was ich nur wollen konnte, ich wollte, daß dieser Handkuß mir, mir gehört! und dafür war gerade diese Hand das größte Hindernis, sie mußte ich entwaffnen, besetzen, erobern, korrumpieren, einverleiben, aufweichen, unmöglich machen. Und all diese Überlegungen verbündeten sich mit einem elementaren Wunsch, der davon unabhängig schien: Ich *wollte* die Finger liebkosend einzeln küssen, bei den glänzenden Nägeln mit den Halbmonden beginnend, bis hinunter zu den Wurzeln, das tierische Häutchen zwischen den Fingern berühren, erregt, ungebändigt, und dann genauso Schluß machen, zügellos, als hätte ich es eilig, keineswegs! oh keineswegs! wollte ich ruchlos sein, alles aus den Möglichkeiten ausquetschen, hinauf, hinauf, zurück bis zur Fingerkuppe, zu den Anfängen, und wieder, sehr darauf achtend, daß alles genauso abläuft, der Rhythmus, die Hitze! Und natürlich ist gleich alles anders, an dem vorhin noch langweilig erscheinenden Hang des ersten Fingergliedes läßt sich die Macht des Tabaks ausmachen, die unerklärliche Rauheit der Haut kratzt, mit einem Gemisch aus Abscheu und Neugierde wieder bei der Wurzel, jetzt sofort in das Häutchen verwickelt, das rosafarbene Häutchen, wie das eines Kleinkindes, meines Vaters, meines Vaters, eines Kleinkindes! *Bübchen-Vater!*, mein Bübchen-Vater, ich bin schon nah daran, den durchscheinenden Hautlappen gerührt zu durchbeißen, das wäre ein kapitaler Fehler und Verrat, den ich enorm bereuen würde, diese elende Schwäche, die »das Ganze« für einen Moment aufgeben würde, zurück, zurück, der dritte Weg ist schon von gesegnetem Zittern gesäumt, meine Lippen sind rot und brennen, jeder neue Entschluß, jede Zurückhaltung und Disziplin sind nun von vornherein zum Scheitern verurteilt, und das ist gut, ich weiche ständig lustvoll vom Plan ab, und ich kann das Gefühl haben, alles in meiner Macht Stehende getan zu haben, was *anders* geschieht, geht mich nichts an, dieses Gefühl ist immer entscheidender, nicht ich, wir, ich entscheide, wir entscheiden, die Dinge werden entschieden …, und doch führen diese Unpersönlichkeit und Leere zum erstrebten Besitz, so verschlinge ich also den Finger bis zur Wurzel, ich sauge daran wie ein Baby oder ein zahnloser Mümmelgreis, der Mund öffnet sich, öffnet sich, der Speichel fließt – Zahnfleisch, Finger, Speichel:

Ich beugte mich morgens also in der Wallung zwischen blindem Haß und dahinschmelzender Liebe über die Hand meines Vaters, in einem zaghaften Versuch, mein Gesicht auf die knochige, starke Hand zu legen, die ich auch in ihrer Fremdheit als so nah empfand ..., aber niemals, niemals ... nur ein paar praktische graue Anweisungen oder Ratschläge über Gespanne, die Jagd oder, später, die Frauen. Dabei hätte ich alles, alles für ihn geopfert!

Und siehe, an diesem Morgen funkelte sie doch und stellte sich zur Schau: leicht mit Gold durchwirkt und vielversprechend; die Sonne schien schräg durch die Ritzen der Jalousie, Wärme liebkoste mein Gesicht. Als ich vom Flur her die Schritte der Zsófi hörte, dieses Weder-Trippeln-noch-Trappeln, diese schüchterne Trampelhaftigkeit, ließ ich mich geschwind zurückfallen in den heißen, verdächtigen Block, ins Bett des Jünglings, den unerwarteten Schauplatz der süßen Einsamkeit und der schlichten Mißerfolge. Zsófi mochte um die 40–45 Jahre alt sein, für mich seit eh und je eine alte Frau. (»Das ist doch eine alte Jungfer«, klingt mir die rauhe, gekränkte Stimme meines Vaters im Ohr. Meine Mutter verzog das Gesicht.)

Ihre undankbare Aufgabe, das Wecken, begleitete sie stets mit denselben Worten: »Junger Herr, es ist *Zeit*, stehen Sie auf«, jahrelang. »Was für eine Zeit?« fuhr ich sie manchmal an, »was für eine denn?!« Sie antwortete nicht, wagte es nicht einmal, beleidigt zu sein; sie war feige – mit allem Drum und Dran, vor allem sich selbst gegenüber. Wie mag sie wohl als junge Frau gewesen sein? Aber was interessierte mich das schon ...!

»Junger Herr, es ist Zeit, stehen Sie auf.« Ich wartete, bis sie auf mein Bett zuging und das offene Terrain des Persianers erreichte, wo kein Gegenstand sie mehr schützen konnte, weder Stuhl noch Türflügel, und sprang dann auf, das Bett ächzte, beim Aufspringen ließ ich das gelbe Plaid fallen, das wie ein fauler, grausamer Schmetterling zu Boden glitt, Zsófia stieß einen Schrei aus, und ich stand auf meinem schwankenden Bett splitternackt da, mit stolz gestrafftem Körper, die Arme zum Himmel gereckt.

Die alte Frau schaute verblüfft, rührte sich aber nicht vom Fleck; meine Lenden und sie standen sich sozusagen Auge in Auge gegenüber.

»Mein Gott«, sagte sie schließlich, »Ihr seid aber schön, junger Herr.« Errötend zuckte ich zusammen, kauerte mich nieder und jagte die Alte brüllend hinaus. Als sie draußen war, warf ich mich wiehernd aufs Bett. Aber ich hatte Gänsehaut, sogar im Sonnenschein.

Im Garten wurde gedeckt. Es waren lauter pikante, üppige Speisen serviert, kalter Fisch, Rebhuhn und Austern, süß duftendes Obst, weiche und harte Eier, westfälische rohe Schinken, Gänseleberpastete und aromatischer, zartgoldener Tee. Ich legte meine nackten Füße in die Sonne und ließ den Tau trocknen.

»Der Honig«, brummelte Zsófi, ohne mich anzusehen. Zu jeder Mahlzeit zwei

Teelöffel Honig, gegen Kopfschmerzen. Plötzlich sagte sie: »Was die Kopfschmerzen *betrifft*, habe ich gehört, junger Herr, daß man für Größenwahn zahlen muß.« Wieder starrten wir uns an, Auge in Auge.

»Geh schon, Alte, wirf wenigstens keinen Schatten auf den Tisch!«

»Ja, ich gehe schon. Ich vergehe bald, und dann scheint die Sonne durch mich hindurch!«

»Aber laß mich auch bis dahin in Ruhe. Und leide nicht, ich weiß, daß du glücklich bist!« Sie warf mir einen Blick zu, vor dem ich lieber die Augen schloß ... Feinschmeckerei aus moralischem Aspekt: stillschweigender Gehorsam gegenüber dem Schöpfer, der zwar das Essen angeordnet hatte, damit wir leben können, er drängt mit dem Appetit auf diesen Gehorsam, doch bei der Erfüllung unserer Pflicht unterstützt er uns mit der Schmackhaftigkeit der Speisen und belohnt uns für unseren Gehorsam mit dem Genuß.

Ärgerlich sah ich, daß der Morgen entzweigebrochen wird. Thomas rannte sozusagen über Stock und Stein und schrie schon von weitem.

»Junger Herr, junger Herr! Wie schrecklich! wie schrecklich!« Unwillig wandte ich mich dem schweratmenden Burschen zu.

»Sie stören, Thomas.« Seine Augen funkeln, darin Demut und Aufruhr zugleich, wenn das möglich wäre. Aber sein Entsetzen ist größer als alles andere. Seine Züge sind verzerrt, sein Gesicht von schlecht riechendem Schweiß bedeckt.

»Seine Durchlaucht ..., junger Herr.« Irgendwie habe ich das erwartet.

»Ja, Thomas, was ist mit meinem Vater?« Er ergriff meine Hand, was er noch nie getan hatte.

»So versteht doch endlich! Alle, alle, alle!!!« Als ich ihm beleidigt meine Hand entzog, packte er sie geradezu wütend erneut. »Versteh doch, Unglückseliger, du auch! du doch auch ...!«

Ich sprang auf, und als ich in diese wäßrigen Augen sah, schleimig vor Angst und Verstörtheit, wurde ich auf einmal von der schrecklich-schönen Hoffnung erfaßt, jetzt vielleicht die verworrenen Unsinnigkeiten der letzten Zeit zu begreifen: das Geflüster und plötzliche Verstummen, die Aufregung des Gesindes, das unerwartete Verschwinden meines Bruders, die Ankunft und die schnelle Abreise der fremden Frau, das mehr als verdächtige Eingehen des Rasens, das mürrische Verhalten meines Vaters, der Tod meiner Mutter, der Waldbrand, die Abordnung des Dorfes, die fremden Reiter, die majestätisch und ostentativ kaltblütig trotten, wobei der Bauch ihres Anführers wie eine große Katze auf dem silberbeschlagenen Sattelknopf lag. Ich packte Thomas am Hals und brüllte außer mir:

»Ich sah einen Traum, ich sah einen Traum, einen Traum mit Frauen, und nur mein Herz, purpurrot vom Mord, nur mein Herz zerbröckelte knirschend.« Der Bursche wich erschrocken zurück.

»Ich meine es nicht so, mein Junge, ich bin noch von früher, aus alten, einfältigen und demütigen Zeiten.« Als ich mich erstarrt zurücksetzte, faßte er Mut. »Sie sagen, sie verzeihen jedem, der ihren Maßstab annimmt; Keczer, Zimmermann, Rausser, Baranyai, Féja und Radvánszky, Bezegh, Palásthy und Székely sowie Roth wurden gefoltert, ebenso Sztarinszky, niemals ruhte dort das Feuer, die glühende Glut, und auch nicht die Rute, die mit zahllosen Schlägen das Fleisch von den Seiten riß, es ruhte nicht die tief in die inneren Organe greifende Henkershand. Von den gnadenlosen Kniffen überdehnten sich die Gelenke, und als all ihr Blut herausgeströmt war, dampften die glühenden Knochen zwischen den triefenden Gliedern, ihr dünnes, gelbliches Blut hatte die Farbe des Staubs.« Er schielte gedruckst zu mir auf, ob er denn gehört wird. Da sah ich mir diesen Mann wieder einmal an.

Ich verabscheute ihn seit meiner Kindheit.

Damals verbrachte ich noch als armer Verwandter die Sommer, ein Neffe zweiten Grades, ein unnützer Bengel, der weder jagen noch Karten spielen konnte, aber immer etwas *wollte* ... Das merkwürdige Haus! So wie ich es in meiner kindlich gearbeiteten Erinnerung wiederfinde, ist es kein Gebäude; es ist ganz aufgeteilt in mir; da ein Raum, dort ein Raum und hier ein Stück Gang, das diese beiden Räume nicht verbindet, sondern für sich, als Fragment, aufbewahrt ist. In dieser Weise ist alles in mir verstreut, – die Zimmer, die Treppen, die mit so großer Umständlichkeit sich niederließen, und andere enge, rundgebaute Stiegen, in deren Dunkel man ging wie das Blut in den Adern; die Turmzimmer, die hoch aufgehängten Balkone, die unerwarteten Altane, auf die man von einer kleinen Tür hinausgedrängt wurde: – alles das ist noch in mir und wird nie aufhören, in mir zu sein. Es ist, als wäre das Bild dieses Hauses aus unendlicher Höhe in mich hineingestürzt und auf meinem Grunde zerschlagen.

Ich strolchte oft um das Gesinde herum, ich war den Zimmermädchen, Gärtnern, Holzfällern, Dienern und Köchen auf den Fersen, ich sah Schicksalsgefährten in ihnen, doch sie verhielten sich ziemlich feindlich oder zumindest zurückhaltend, da sie nicht wußten, ob ich ihnen nicht etwa nachspionierte.

Alleine Thomas war betont freundlich, er sagte »wir Männer« und erkannte mich als gleichberechtigt an.

Was mich zu Tode beleidigte. Und ich ärgerte ihn, wo es nur ging; ich verpetzte ihn, stellte ihm ein Bein, streckte ihm die Zunge heraus und sagte Schlechtes über ihn in Form von Lügen. Ich scheußlicher Bengel bereitete ihm viele unangenehme Minuten. Da er mich nach wie vor umschmeichelte, dachte ich, ihn kümmere das alles nicht. Es stellte sich bald heraus, daß dem nicht so war.

Es herrschte hier damals ein turbulentes, lustiges Treiben, es schepperte reichlich aus der Fülle der Felder und Ställe, die Gäste jagten im Wald Hasen und Schnepfen und Rebhühner, und da die Treibjagd damals noch nicht im ganzen Land verbreitet war, riefen sie die Bauern gerne zu einem großen Fischfang, der immer als wahres Fest galt, und das Schloß hallte von freudigem Tumult nur so wider. Man streifte kreuz und quer durch die Gegend, machte Besuchsfahrten in Scharen, verköstigte ganze Menagerien, stellte Zelte auf und tanzte darunter, schlug Zelte über kristallklare Bäche und badete darunter, wie griechische Frauen es tun, man überfiel in lauten Rudeln einsam stehende kühle Mühlen oder begab sich in überfüllten Kähnen auf Seen und Flüsse. Allen voran stets Onkel Ferdinand mit seiner Wildentenflinte auf dem Rücken und einem mächtigen Stock aus spanischem Rohr in der Hand.

Wir suchten auch Pilze, zumeist Trichterlinge, die ich stundenlang ansehen konnte. Ich hatte großen Erfolg mit meinem wiederholten Scherz, mir den »Trichter« ans Ohr zu halten, womit ich den etwas schwerhörigen Thomas bösartig nachäffte.

Einmal dann überraschte er mich. Ich war hinter den anderen zurückgeblieben und stand an einem Holzstapel – habe ich jemandem aufgelauert? –, als er unerwartet auftauchte, mich sogleich packte, meinen schmächtigen Körper hochhob und mich behutsam, ja gütig, als müßte er sich selbst beruhigen, um mich nicht zu Boden zu werfen, zu *zerschmettern*, heftig gegen den Holzstapel drückte.

»Du elende kleine Kröte, ich bringe dich um.«

Ich erschrak sehr. Sein Gesicht schien düster, es huschten Schatten darüber, jämmerliche Furchen, und die weichen Laute aus der Ferne, das selbstvergessene Geschrei der Ausflugsgefährten machten alles noch unheimlicher. Mir schmerzte der Rücken, das Holz drückte mich.

»Ich bringe dich um.«

In meinem Entsetzen versuchte ich hochmütig zu sein, und obgleich meine Stimme bebte, sprach ich ihn zum ersten Mal ohne »Onkel« an. Meine Lebensgeschichte ist die Geschichte von Worten, Hilfsverben und Satzkonstruktionen.

»Thomas, Sie wissen genau, daß Sie das nicht tun können.«

Er schien sich zu wundern, dann ließ er mich vorsichtig auf den Boden zurück, als hätten wir nur gespielt. Ja, ich hatte den einzig richtigen Satz gesagt, als ich nicht auf meine prinzipielle Macht anspielte, sondern auf sein tatsächliches Verhalten. Ich wirkte auf seine Manieren. (Ich glaube, wenn mich Thomas als Reptil bezeichnen würde, dann würde er mich nur mit dem *Fischmesser* zu erstechen wagen ... Ach, diese ewigen Fischmesser! ... Oh, alter Ruhm, unübersetzbares Wortspiel im nächtlichen Dunkel ...)

Mich fror an den Beinen. Der Oberdiener lief gesenkten Hauptes die Lichtung hinauf. Seine hängenden Schultern zuckten lächerlich. »Thomas!« Er wirbelte herum, sein Haß erschreckte mich nicht mehr.

»Würden Sie mir bitte sagen, was für Holz das ist?«, und ich wies hinter mich.

Sein Gesicht erlosch. Vielleicht war das Zucken seines Adamsapfels seine letzte aufbegehrende Bewegung.

»Eine Ulme, junger Herr.«

»Danke, mein Freund ... Und würden Sie oben Bescheid sagen, daß man mir von den gefüllten Lenden unbedingt etwas übriglassen soll.«

»Ja.« Er lief weiter wie in einem Spiegelsaal, hinauf zum Fichtenwald.

Bei diesem Stapel Ulmenholz sind immer »Dinge« passiert. Einmal habe ich mich von einem gemeinsamen Spiel hierher zurückgezogen, weil ich mich infolge maßlos geflossener bunter Säfte und Limonaden erleichtern mußte. Ich pinkelte. Da trat plötzlich und argwöhnisch, wie Erwachsene das immer tun, Onkel Ferdinand aus dem Nichts hervor.

»Na, wie geht's? Wie läuft's?« Ich kicherte verlegen. »Wir Männer«, versicherte er. »Na, dann mal gemeinsam.« Er knöpfte seine Hose auf, suchte kurz darin herum, holte dann den seinen heraus, doch statt Wasser zu lassen, begann er zu erklären: »Siehst du, alter Junge. Das hier ist das ..., was du dort hast ... Guck mal ... Und das so.«

Unwillkürlich wollte ich ihn nachahmen, aber es ging nicht.

»Das geht bei mir nicht«, sagte ich enttäuscht.

»Warte mal. Laß mich mal. Ich helfe dir.« Sein Gesicht war rot. Ich hatte das Gefühl, und dies war von einem, allerdings sehr schwachen, Widerstreben begleitet, daß ich meinen Onkel in meiner Macht hatte. Aber wie und was das sein sollte, davon hatte ich keine blasse Ahnung. Obwohl ich meine Macht gerne und konsequent wahrgenommen hätte ...

»Nicht!« kreischte ich. Er lachte.

»Ganz ruhig. Na klar. Probier's selbst. Zeige sich, was sich zeigen will ... Der Oberleutnant mit dem Kugelkopf ... Kriegszeiten ... Na klar ... mit zwei Fingern ... So ... Dort stützt du ihn ab, und so zurück. Paß auf.«

»Nicht.«

Er winkte ungeduldig ab, murmelte irgendwas von kleinem Dummkopf, aber das käme auch noch anders, time is on his side – und begann beleidigt zu urinieren wie ein Droschkenpferd; der gelbe Strom floß mit einem überschäumenden Schwall in sein zufälliges Flußbett, so daß ich zur Seite treten mußte. Ich ekelte mich nicht. Ich beobachtete, wie er zwischen den Grashalmen verschwand; *gelb und grün, das weiß ich noch.*

Thomas war eifersüchtig auf mich wegen Panna.

Allmählich sah mich auch in der Umgebung der Küchen und Souterrainzimmer nicht mehr jeder schief an. Im Gegenteil ... Man sah in mir einen richtigen kleinen Kavalier; und das war ich auch, ein kleiner Kavalier. Ich wurde gehätschelt, das welke französische Fräulein gab mir feuchte, lippenstiftrosa Küßchen, die Köchin streichelte mir mit ihren groben Schaufelhänden das Gesicht – »wir müssen vernünftiger sein, Bubi« – sie roch nach Sellerie und Schweiß, und auf ihrem kleinen Schnurrbart saßen Schweißtropfen.

Panna war ganz anders. »Deine lange Mähne, deine lauwarm behäbigen Schenkel, deine mannawarmen Brüste, deine milchigen Küsse«, wie der Dichter schreibt. Schon jenseits der Zwanzig, also fast eine alte Jungfer, die immer lustig und sorglos schien, ihr verhaltenes, kieksendes, dem geheimen Gurren der Wildtaube ähnelndes Lachen durchdrang die dicksten Steinmauern, und ich hörte es von überall her. Schon ihr von Sommersprossen übersäter weißer Hals und das weiche Kinn zeigten, daß sie kein fragiles Geschöpf ist, doch mit der Fülle, die auf die recht schlanke Taille folgte, konnte man nicht rechnen, sie war unerwartet und vielleicht auch abstoßend. Das kann ich allerdings nicht wirklich wissen, denn mir gefiel alles an Panna, ihre Blässe, ihre Riesenbrüste, ihre Sommersprossen, die blonde Locke, die ihr in die Stirn fiel, ihre kleinen Perlenzähne; ihren unförmigen Unterleib zählte ich erst gar nicht zu ihr, und später zählte er für mich nicht als unförmig.

Zuerst trafen wir uns in der Küche. Sie fragte gleich:

»Möchtet Ihr essen?« Ich drehte und wendete mich verlegen.

»Ob ich?« Sie lachte schallend auf.

»Ihr seid ja gar nicht … Ihr … Ihr seid ja ein kleiner Bauer.« Das gefiel ihr sehr. Sie stopfte mich mit Butterbrot.

Thomas hatte ernsthafte Absichten mit ihr.

Ich war mit Panka zusammen, wann ich nur konnte. Ich suchte die Gelegenheiten. Vorsichtig schlich ich über die auch im Sommer kühlen Flure – in den Fußsohlen spüre ich noch die gleichmäßige Reihe der Backsteine und ihre leichte, kaum spürbare Wölbung, ich lauerte ihr auf, wo sie gerade – wenn ich Glück hatte, allein – zu tun hatte, ich lauschte an Türen, sprungbereit, hielt aber dabei ein paar Sätze bereit, mit denen ich – gefällig und frappant – dieses Herumdrücken erklären wollte. Wahrscheinlich wurde ich ausgelacht, aber das macht nichts, denn ich bemerkte es nicht.

Auch Panka lachte mich manchmal aus, verlor sich aber dabei in meinem Anblick, faßte mich verträumt am Kopf, und obwohl sie mich dauernd neckte, ich sei »klein«, nannte sie mich aber »mein kleiner Ritter«. Das ließ ich gnädig zu, doch sie mußte mir schwören, es nicht weiterzusagen. Was sie mir lachend versprach.

»Nein!« stampfte ich streng mit dem Fuß. »Schwöre es!«

Sie sah mich nachdenklich und lange an. Sie bügelte. Der typische Geruch! Die eingesprengten Kleider! Die Wärme der glühenden Kohlen! Sie setzte das Bügeleisen ab. Ich errötete. Aber ich gab nicht nach.

»Schwöre. Knie nieder.« Panka atmete kurz und heftig, ihre Brüste hoben und senkten sich wie ein Blasebalg. Sie rührte sich nicht. Der Moment, in dem sich unser

Schicksal entscheidet …! Wie oft habe ich es seither erlebt, wie wir mit haßerfüllter Liebe darauf warten … Entscheide dich, entscheide dich, man würde uns noch bemerken! Panka kniete sich unerwartet doch nieder, mir direkt vor die Füße, ihre riesigen Kniefladen knallten auf die Dielen, und sie umarmte mich sogleich heftig, ja, sie riß mich geradezu an sich. Darin steckte auch ein Schuß Traurigkeit.

»Du, du süßer, süßer Kleiner. Mein Wickelkind, mein prustendes Bübchen, mein kleiner Junge! Bist du das?« flüsterte sie mir ins Haar. Ich erschrak; das passiert mir immer: Entweder bin ich *hochmütig* oder *erschrocken*, ich begann zu zappeln, meine Hüfte war auf gleicher Höhe mit ihren Brüsten, an die sie mich mit irrer Kraft preßte, während ich mich bog und wand, weil ich fliehen wollte. Ich schlug ihr auf die Schulter, ich weinte fast, zu schreien wagte ich natürlich nicht (und ich wollte es auch nicht). Ich hüpfte auch, hopp, hopp, hopp, im Tal auf und ab, auf und ab.

»So, so, schon gut, alles ist gut, mein Süßer«, keuchte sie, und obwohl ich angesichts des silbernen Speichels auf ihren Lippen und ihres entflammten Gesichts ein phantastisches Kribbeln im Bauch verspürte, war ich wütend und verachtete sie, obgleich ich keinerlei Abscheu empfand. Oder ich weiß auch nicht …

»Ich schwöre, ich schwöre«, keuchte sie.

»Du Blöde, laß mich los«, rief ich schließlich. Sie ließ mich auch los, aber nicht meinetwegen. In ihren Augen, in den beiden wäßrigen Spiegeln, bemerkte ich eine winzige Veränderung. Trotz? Angst? Verzicht? Und wieder: Traurigkeit?

»Panna! Was machen Sie hier? Es gibt wohl nicht genug zu tun?« Thomas stand in der Tür, er muß uns schon lange errötet beobachtet haben. Panka stand auf, wir standen beide, sie zuckte die Achseln.

»Was spionieren Sie mir nach?« Der Mann wurde noch röter, seine Mundwinkel zuckten. Ich sah ihn an.

»Ich glaube, der junge Herr wird jetzt dringend im Garten gebraucht.«

»Danke, Thomas.« Und glücklich lief ich davon.

Als ich Panka am Nachmittag traf, war sie mucksig.

»Du hast mich ohne Abschied stehen lassen.« Doch da schmeichelte ich ihr schon durch dick und dünn (dick wie ihr Gesäß und dünn wie ihre Taille). Wir hatten ein Spiel, das Kaiserschmarrenspiel. Ich bin auch heute noch verrückt nach Kaiserschmarren, und sie konnte ihn so zubereiten, daß er saftig war, aber nicht fettig. Wer im Reich der Küchen soviel Mißbrauch erlebt hat wie ich, weiß das besonders zu schätzen. »Laß uns Kaiserschmarren spielen.« Das hieß, daß sie mich, der ich leicht wie eine Feder war, auf die Schultern nahm, dabei weiterbügelte, und ich mich ausschließlich (!) mit den Beinen festhielt, und zwar so, daß meine Waden seitlich tief in ihrer Brust versanken. Dieses Versinken war das Kaiserschmarrenspiel.

Ich bettelte also, Kaiserschmarren zu spielen. Doch sie wirkte müde und schüttelte den Kopf, so daß ich nicht weiter bettelte. Ich stand an der Wand und sah zu, wie das massige Mädchen arbeitete, mit störrischen, regelmäßigen Bewegungen, gut und gleichmäßig wie eine Maschine. Ich äugte nach dem Schwingen ihres Rockes, wobei ich darüber grübelte, ja sogar nachdachte, wo ihre Beine wohl aufhörten und wo ihr *Körper* anfing … Es ist schwer für mich einzusehen, daß ich nicht gleichzeitig an Würde und Wonne teilhaben kann. Sollte das der gewisse Mut sein, der Mut zur Feigheit? Und ist es das, was man nicht aussprechen darf? Ich weiß es nicht.

Einmal beäugte ich sie, wie sie auf einem Schemel saß, der Rock bis zu den Knien hochgezogen, und sie in das geheimnisvolle Dunkel der Rockglocke griff und sich kratzte.

Ich hörte es! Bei einer großen Abendgesellschaft war ich auch herausgeputzt worden, ich stolzierte mit einer kleinen Fliege umher, das Gesinde war festlich gekleidet, alle waren etwas aufgeregt und heiter, in der Küche stellte mir Lidi ein Bein, die Mädchen saßen dort mit weißen Hauben in einer Reihe, die Beine leicht gespreizt, und ich begann ungeschickt zu stolpern und landete *ausgerechnet* zwischen den Schenkeln von Panka und sog die heiße Luft durch ihren Rock ein. Alle lachten, auch Thomas. Oh, dieser Hunger, der Hunger der Begierde, der das Herz zuschnürt und aufschreit: Ich will glücklich sein! Kennst du das?

Panka sprach auch von der Blumensprache der Liebe. Fingerhut: Ich will dich haben, Edelweiß: Ich hole dich auch unter tausend Gefahren. Und all dies spielte sie auch vor. Weiße Rübe: Nicht Worte, sondern Taten sprechen.

Auf jeden Fall schlich uns Thomas ständig hinterher, so wie ich hinter Panka herschlich. Dann verlobte er sich mit Panka, auch ganz offiziell. Ich merkte nur soviel, daß die beiden sich nun duzten. Besser gesagt, Panka wurde verträumter, *langsamer*, und sie sagte mir traurige Dinge. Daß alles nicht so schlimm sei, daß sie ihre Katze (es war ein riesiger Kater, wie ein mittelgroßer Hund) beerdigt habe, daß ihre Geranien verdorrt seien, daß im Dorf ein Mann ermordet worden sei, dann, daß der Mörder gefaßt und nun selbst ermordet worden sei und daß es Gott geben müsse, weil wir ihn bräuchten, und schließlich, daß sie mich verlassen würde beziehungsweise ich sie.

Auch ich versicherte sie mindestens dreimal meiner Treue wie jener Petrus, und ich beruhigte sie, sie solle nur glauben, daß alles nicht so schlimm sei (das hat auch sie gesagt), ich wisse, wer ihr Verderben wolle, Thomas, und – das sagte ich, als sei ich mein eigener Vater – ich würde es dem Kerl schon heimzahlen. Sie streichelte mein Gesicht und nickte – auf das Küssen kommt das Müssen. Bei Gott, ich hatte diese neue Panka satt, mit der man nicht mehr Kaiserschmarren spielen konnte, ganz zu schweigen vom *Ab- und Verschwören*, und so blieb ich allmählich weg und trieb mich lieber an den Gartenteichen herum. Da kam das Angeln in Mode.

Ich verlor sie für Jahre aus den Augen; und als wir uns erneut trafen, erfuhr ich, daß Thomas sie tatsächlich geheiratet hatte, sie aber bald wieder geschieden wurden, weil »Panka nicht parierte«, und sie dann darum bat, wieder in den Dienst aufgenommen zu werden, aber ich wußte nicht, das sie »so heruntergekommen« war, daß sie immer mehr trank, daß Thomas »auch weiterhin Zugang zu Pankas Kammer hatte«, beziehungsweise daß es »allgemeinen Zugang« gab.

Eine Woche nach den im Folgenden zu schildernden wunderbaren Ereignissen wurde sie tot aufgefunden, sie hatte Gift genommen. Ihr Gesicht war blau wie der Himmel. In ihren Händen fand man eine zerfledderte Bibel. Thomas gab sie mir mit gleichgültigem Gesicht. Erschrockenen Herzens blätterte ich in dem Buch, das gleichzeitig von der Huldigung und dem Aufruhr des Menschen gegenüber Gott zeugte. Auf der letzten Seite stand: »Ich liebe dich, solange ich lebe. Ich sterbe –«

Ich saß lange draußen im Dunkeln, ich war aufgeregt, denn ich spürte, daß etwas begonnen hatte, was kein Spiel mehr war. Was nicht immer wieder als ungültig erklärt werden konnte. Es senkte sich eine tiefe Nacht über mich, unten aus dem Tal, in dem unter dem Burgschloß das kleine Leibeigenennest ruhte, trug der Wind das klagende Jaulen der Hunde zu mir, dann fiel die Stille wieder mit ihrem ganzen Gewicht von Himmel und Sternen auf mich ... Das ist alles: Dem Mann glitt die Kindheit, dieses weiche, dunkle Kleid, von den Schultern. Wer hat sie ihm abgenommen? »Du?« fragte ich mit einer Stimme, die ich noch nie gehört hatte. »Du!« Und ich habe nichts mehr an. Ich bin nackt wie die Heiligen. Glänzend und schlank.

Also: Ich lief am Fluß entlang, wie früher, als hinter dem Berg Bügelwäsche immer das rotwangige Gesicht und die vergißmeinnichtblauen Augen von Panka hervorblitzten.

»Da seid Ihr ja, junger Herr ...« Das war mehr eine Feststellung als eine Frage. Mir fiel auf, daß sie mich genauso ansprach wie Thomas. Mir fiel alles ein, alles auf der Welt, das Herz klopfte mir bis zum Hals. Sie lächelte mich an, und ich lief weg.

Nachts schlich ich mich zu ihrem Zimmer, meine Füße froren auf dem Steinboden. Ich klopfte, nichts.

»Panka«, flüsterte ich. »Laß mich rein!« Das Bett knarrte. »Panka, ich friere! Ich erfriere.« Ich hörte, wie sie aus dem Bett stieg und zur Tür kam.

»Ich bin unschuldig«, flüsterte ich blasiert durchs Schlüsselloch.

»Geht weg«, sagte eine zitternde Stimme.

»Panka, ich weiß, daß du mich liebst, laß mich rein, ich erfriere, und jemand könnte mich sehen, laß mich rein, liebe, teure Panka, ich verspreche dir, nur drin zu sein ...«

Man konnte es nicht hören, höchstens spüren, wie sich der Schlüssel im Schloß drehte. Ich stieß die Tür auf.

»Mein kleiner Schatz!« rief ich, doch sie entwand sich meiner Umarmung und schloß schnell hinter uns ab. Sie sah mich nicht an, durch ihr dünnes Nachthemd leuchteten ihre mächtigen rosigen Gliedmaßen. Auf ihrer schwellenden Brust erschien zitternd das geheime Feuer. Sie schlüpfte zurück unter die Bettdecke. Ich setzte mich zu ihren Füßen.

Wieder begann das lange Bitten und Betteln, mich neben sie legen zu dürfen. Sie könne doch nicht so herzlos sein, sie solle doch nur meine Füße anfühlen, wie kalt die seien, wo ich doch gerade von ihr wisse, daß man sich am ehesten von den Füßen her erkälte.

»Nein«, sagte sie und schüttelte den Kopf. Aber sie solle doch nur mal anfassen, dann könne sie gleich sehen, daß ich keinen Spaß mache und worum ich bitte nicht nur berechtigt, sondern unumgänglich sei. Sie warf mir einen traurigen Blick zu.

»Ihr habt recht, es ist nicht nur berechtigt, sondern unumgänglich.« Worauf ich beleidigt war, warum rede sie so mit mir, das hätte ich nicht verdient, und überhaupt, warum duze sie mich nicht. Sie sagte nichts und faßte meine Füße an. Sie hatte herrlich heiße Hände.

»Die sind wirklich kalt«, und sie begann sie fachkundig zu reiben, kräftig, grob und doch irgendwie streichelnd. Ich wartete nur auf den Augenblick, in dem ich neben sie schlüpfen konnte, und als ich es dann getan hatte, rührte sich lange keiner von uns beiden. Ich küßte sie von der Seite auf die Wange. Da brach sie in Tränen aus.

»Das geht nicht! Bitte!«

»Wovor hast du Angst, Panka?«

»Im Dunkeln vor der Einsamkeit.«

Sie schob meine vorwitzig erkundende Hand immer wieder leichthin weg, sie war viel stärker als ich. Trotzdem artete unser stiller Hader allmählich zum Ringkampf aus. (Meine Finger gruben sich zitternd in ihre fleischigen Brüste.)

»Ich vergewaltige dich«, flüsterte ich grinsend. Auf ihrem Gesicht erschien ein gnadenloser Zug. Den ich dann liebkosend wegküßte.

Da hörte sie plötzlich auf, sich zu wehren, umarmte mich kräftig, fast wie ein Mann, sie preßte mich an sich, daß ich kaum noch Luft bekam, und ich, weder Kind noch Mann, starrte mit großen Augen wie ein erschrockenes Kälbchen dieses fremde Geschöpf, die schnaufende, keuchende, errötete, verschwitzte Panka an, die ich noch nie gesehen hatte und doch schon seit tausend Jahren zu kennen meinte – ihr läufiger Riesenkörper ließ meine Erstarrung schmelzen, ihren Lippen entschwebte ein schwacher Schrei, und damit sanken wir in jene Tiefe, aus deren Nacht blaß, stumm und mit der Traurigkeit des Todes die Liebe, unsere eintägige Liebe, aufersteht – – – –

— — — — — — — — — — — — — — —

16. Juni: Fliehen kann man am besten – am elegantesten – nach Italien. Auch Rußland ist nicht schlecht, die Ausmaße sind äußerst günstig, aber einerseits ist es *etwas* langweilig, andererseits geraten wir damit so *weit weg*, daß wir selbst nicht mehr wissen, ob wir freie Männer, die sich in Freiheit für ihre Freiheit verbergen, oder Verbannte sind.

Zu Beginn meinte ich, meine Flucht würde, wenn auch nicht glänzend und glorreich, so doch meines Ranges würdig sein. Ein Irrtum. Wahre Flucht ist Beraubung. Stück für Stück, unbemerkt, verstohlen, daß man es langsam gar nicht mehr merkt, daß wir auch etwas fordern müßten: von uns selbst. Unser Schuldbewußtsein wetzt sich langsam ab, an seine Stelle tritt die traurige oder verbitterte Kenntnisnahme unser selbst.

Heute ist der Tag des Abschieds. Als ich aufwachte, strahlte die Sonne. Ich zog mein Schwert vor dem Licht weg, damit es nicht rostet. Daran mußte ich denken: »damit es nicht rostet«. Auf den Fluren herrscht großes Gewimmel, auf dem Hof quietschen die Karren und Kutschen, Schlamm, Scheiße, Stroh, dicke Doggen kläffen, eins der blöden Biester freut sich über das Licht, das sich im Glas bricht, die Bestie brüllt.

Mir schmerzte das Kreuz. Ich bat das Mädchen, mich durchzuwalken. Sie wehrte wiehernd ab, aber ich schrie sie an, worauf sie ernsthaft sagte, ich solle nicht böse sein, aber sie habe sich die Füße nicht gewaschen. Das macht nichts, *darling*, ich lachte, drehte mich auf den Bauch und bohrte den Kopf ins Kissen.

»Balanciere!« stöhnte ich streng. Ich sah sie nie wieder. Mit so etwas findet man sich schwer ab, dabei (?) kannte ich nicht einmal ihren Namen.

Noch am Abend zuvor verabschiedete ich mich von meiner Frau. Dann von ihrem Liebhaber. Vor Schreck sprach ich alles aus.

»Liebes, ich muß gehen«, sagte ich mild. Sie schwieg. »Warum schweigen Sie?« rief ich aus, woraus man auch auf meine vorherige Milde schließen kann. »Leiden Sie nicht!« Und später: »Ich bin nicht als Krücke gekommen!« Sie weinte, soll sie doch.

Bevor wir uns zum Abendessen setzten, griff ich nach ihrer Brust. Sie lächelte, doch so schmerzlich und vorwurfsvoll, daß ich ihr am liebsten ins Gesicht geschlagen hätte ... Ich ließ sie stehen, doch die Nacht zwang sie mir auf, im rabenschwarzen Dreieck summt eine Wespe, ach, die Teure, und ich mußte mich erbrechen. »Ich will ein Kind von dir«, schluchzte sie.

Ich verabscheue ihr Begehren, ich verabscheue ihr Talent zur Wollust, ihren bereitwilligen Kitzler, ihre Freude, ihr dankbares Lächeln und ihr Keuchen, ihre verdrehten Augen, ihre heißen Schenkel, ihre Ohnmacht, ihre Hingabe, ich verabscheue ihre Hemmungslosigkeit, wie sie mich berührt, wie sie mich in sich aufnimmt, mich umschließt, wie sie mich ausleert, wie sie mich bestiehlt!!! und schließlich, aber nicht zuletzt, verabscheue ich mich, weil ich ihr so *nahe* bin …

Ihr Liebhaber, die junge Ordonnanz, war viel zu grün hinter den Ohren und viel zu aufgeregt für den ironischen Tonfall, dessen er sich lustvoll und selbstbewußt affektiert bediente. »Mein junger Freund«, sprach ich ihn aalglatt an, während meine Rechte auf dem schweren Schwert ruhte, »woher haben Sie einen solch reichen Wortschatz? Und wie kommt es, daß Sie diesen so unbeholfen nutzen? Wenn Sie mir einen Vergleich gestatten: Es ist, als fädelten Sie Perlen nicht auf eine Kette, sondern betteten sie nebeneinander in Beton ein!« »Einbetten?« stutzte die Ordonnanz und errötete.

* (Früher bin auch ich immer mal in die Wirtschafterin eingetaucht; soviel schulde ich der Wahrheit. Heute ist die Wahrheit so verfinstert, und die Lüge ist so festgefügt, daß, wenn man die Wahrheit nur etwas weniger liebt, man sie nicht mehr zu finden weiß.)

Ich kontrollierte alles in allem. Ich ritt nach hinten zu den Küchenleuten, eine Fuhre Lebensmittel, im einzelnen Geflügel, Schmalz, Hammelfleisch, ein Kalb und eine ganze Kuh – – – Die Leute waren aufgeregt und schlecht gelaunt.

»Habt ihr Angst, Freunde?« fragte ich heiter.

»Ja, die haben wir, mein Herr«, erwiderte der alte Balog. Sein Haar war weiß wie Schnee und dünn wie Seide. Neben ihm stand sein Sohn, der kleine Balog, so an die zwei Meter groß. Ein gefährlicher Bursche. Er fürchtet nichts, und das ist nicht gut. Als ich noch jünger war, sagte ich, er ist so alt wie ich; jetzt hat das keine Bedeutung mehr. Ich bin dies, er das.

»Wir haben Schiß, mein Herr«, höhnte er. Es blieb ungehört, aber ich merkte es mir. Der kleine Balog saß auf einem Baumstumpf, an dem Dreckklumpen hingen; wenn sich der ungeschlachte Mann bewegte, bebten die Schlammbrocken unschuldig wie Glasanhänger an einem überladenen Kronleuchter.

Weiter hinten beugte sich eine Frau über die Wäsche, ihr Knie lugte aus dem halbseitig gerafften Rock hervor, es war rund und schön derb, sie wiegte sich in den Hüften, unter den Achseln ein halbrunder Schweißfleck, das Haar ragte struppig hervor wie ein Grasbüschel.

»Wer ist das?« Der kleine Balog antwortete nicht. Und dann doch. Man muß bei ihm auf der Hut sein; als halte er eine Überraschung bereit, wie er da so selbstherrlich taumelt und torkelt.

* Im Manuskript an den Rand geschrieben.

»Meine Dirne«, grölte er. Ich trieb mein Pferd an. Die Frau schrubbte unermüdlich die Wäsche, ohne aufzusehen, doch ihre flinken Hände hielten einen Augenblick inne, graue Seifenlauge rann ihr von den Armen. Sie wusch eine Hose.

»Wer ist diese Frau?« fragte ich einen meiner Männer. Er aß gerade Speck und erhob sich ehrerbietig.

»Ich weiß nicht, mein Herr, aber bestimmt ein großes Luder.«

»Paß auf, was du sagst, du nutzloser Hund.«

»Sie heißt Sára«, fügte er noch mit komplizenhafter Demut hinzu.

Unsere Chance steht eins zu wieviel? Es ist, als würden wir durch einen dunklen Tunnel dringen, tastend, vorsichtig, immer verwaister ... Die Dämmerung brach unerwartet herein, sie kroch aus staubigem Laub, zerbrochenen Schneckengehäusen und verkümmertem Gestrüpp hervor wie ein Dieb. Mein Pferd scheute, es zitterte vor Erschöpfung, seine Hanke dampfte, der Rücken war vom Sattel aufgerieben. Die Wunde war rosa, in vielen Schattierungen, dunkel in der Tiefe, hellwerdend zu den Rändern, zartkörnig, mit ungleichmäßig sich aufsammelndem Blut, offen wie ein Bergwerk obertags. Es begann zu regnen, im Tal, das den Berg fein beherrschte, schien die Sonne; aus den Lichtstrahlen und dem sanften Nieselregen woben sich große wabernde Schleier. Lichtgarben, Lichtgarben!

Dunkelheit senkte sich herab, geschwind und bedrohlich, Regen schlug mir ins Gesicht, der Wind wurde stärker, die Kutscher brüllten und droschen wütend auf die Pferde ein, der Schlamm spritzte mir in großen Klumpen gegen die Schenkel ... Das Wirtshaus kam mir seltsam leer vor, wie eine weite, düstere, verlassene Höhle. Ich war erschöpft – und gleichzeitig lebhaft munter; die rhythmische Bewegung des Reitens, der harte Sattel, der lebendige, heiße Leib des Pferdes zwischen meinen Schenkeln ... Pferd und Reiter sind schwer voneinander zu unterscheiden.

Ich stellte mich vor den bleichen ovalen Spiegel, die Schlammklumpen krochen wie faule Dasselfliegen an mir herab. Ich spürte, daß ich nicht alleine war. Hinten, in der dunklen Ecke, stand ein dünnes Mädchen, ihr Zopf war unordentlich, ihr Gesicht rosig, über dem Kopf Hunderte und Aberhunderte Schlüssel.

»Willkommen, gnädiger Herr, der Himmel segne Eure Schritte, die Euch hierher gelenkt haben.«

Gereizt stampfte ich mit dem Fuß auf, doch ihr Anblick verunsicherte mich, sie hatte ihre geschraubten Worte so selbstverständlich und ruhig gesagt, in ihrem Gesicht standen soviel Freundlichkeit und Aufmerksamkeit – oder eigentlich noch viel mehr: eine unerwartete persönliche Offenheit ... Und es war, als blickte mich eine richtige Frau an (sollte sie so verderbt sein? oder ich? ich?) – eine *Frau*, die, ohne ihre Freude über die Ankunft des lang erwarteten *Mannes* zu verbergen, nur soviel sagt, »ich freue mich, mein Herr, daß Ihr *hier seid*, Ihr wißt, ich habe Euch erwartet«, ihre Lippen schimmern, ihr Busen wogt, und ihr Blick ist scharf und ungeschliffen wie ein Diamant.

»Genug geplappert. Gibt es einen Platz, an dem ich verweilen könnte?« fuhr ich sie wütend an. Ich habe schon lange nicht mehr mit einem Frauenzimmer geschlafen.

»Was könnte selbstverständlicher sein, gnädiger Herr, *nichts*, das kann ich Euch rechtschaffen versichern, der ganze Ostflügel ist frei, *zur Not* kann auch an beiden Enden des Hauptflügels Platz gemacht werden, obwohl da jetzt nicht geputzt ist, denn das Gesinde ist weg, und die Begleitung kann, unter uns gesagt, auch im Stall oder aber unter Gottes freiem Himmel schlafen.« Sie strahlte.

»Was schwätzt du, Jitka, was schwätzt du soviel?!«, ertönte es von irgendwo aus der Höhe, unerwartet und unangenehm, wie die Stimme des Herrn. Ich griff, wie immer, nach meinem Schwert und stemmte den Rücken schutzsuchend gegen die Wand. Das Mädel lachte mich an.

»Oh, ganz ruhig, das ist doch nur mein Vater, der gerade die *heimlichen* Tauben füttert.«

Oben bewegte sich der dicke Balken langsam, dann schob sich eine Klapptür in den Dachboden, und in der Öffnung tauchte der Kopf eines Mannes auf, er hing herunter, sein flachsblondes Haar war ihm in das vor Anstrengung gerötete Gesicht geklatscht, die Augen traten ihm hervor; dann sprang er mit einem genauso gefährlichen wie bravourösen Satz zu Boden. Er war noch in der Luft, er flog noch, als ich Jitka mit ungewollter Vertraulichkeit fragte:

»Ist das eine Welle? Sag mal, ist das eine Welle?«

Jitka nickte glücklich und heftig. (Ja, mein Schatz, das ist eine!, schien sie unverfroren zu sagen.)

»Ein Zimmer gefällig, Euer Gnaden«, stellte der Gastwirt mürrisch fest, auf der Schulter, wie ein militärisches Rangabzeichen, Vogelscheiße; ohne eine Antwort abzuwarten, kramte er zwischen den Schlüsseln herum. »Es gibt auch Frühstück. Die Pferde versorgt Jitka, und die Begleitung kann, unter uns gesagt, mein Herr, unter Gottes freiem Himmel schlafen.« Ich blickte Jitka an, die errötete und ihrem Vater um den Hals fiel.

»Oh, Vater, das habe ich ihm bereits gesagt!« Sie lugte verschmitzt von der Brust ihres Vaters auf. Die beiden mächtigen Augenbrauen des Wirts zuckten, als führten sie ein eigenes Leben, auf seiner Stirn hin und her.

Jitka zeigte mir mein Zimmer.

»Gnädiger Herr«, sagte sie und drehte sich auf der Treppe so plötzlich um, daß ich stolperte und sie dabei fast umstieß. (Sie stand unter mir, unter meinem Kinn, wie unter einer Dachtraufe.) »Wenn Ihr Euch waschen wollt, sagt mir Bescheid, ich schrubbe Euch ab. Keine Angst, ich versteh' was davon. Meine Hände sind erfahren. Gleichwohl rate ich Euch, und diese Kühnheit wird nur durch die edle Absicht gerechtfertigt, ein Fußbad, nicht mehr, im kleinen Zuber zu nehmen.« Auf meinen fragenden Blick fuhr sie fort: »Denn, gnädiger Herr, in dem großen Zuber, der unten im Badehaus steht und dessen Durchmesser an die zwei Meter beträgt, weshalb gelegentlich Leute aus dem Dorf zum Baden herkommen, haben wir letzte Woche noch Pferdegülle gehabt.«

»Pferdegülle?«

»Es heißt, Pferdegülle vertreibe das Unheil vom Haus. Und das ist in dieser Gegend heutzutage so heimisch wie gewöhnlich die Mücken.«

»Das Unheil? Die Pferdegülle?«

»So sagt man, süßer Herr.«

»Und du glaubst daran?«

»Dazu bin ich noch zu klein, mein Herr, zu klein und unreif, um zu glauben oder nicht zu glauben. Und das ist auch nicht Frauensache«, sagte sie und blinzelte zu mir auf. Ich mußte lachen. (Sie stand unter der »Traufe«, als wäre ich auch der »Sturm«.)

»Gut, abgemacht.«

»Danke, süßer Herr.«

Das Zimmer war eng wie ein Stück vom Flur. Unfreundlich und bedrückend. Aber was hätte ich auch anderes erhoffen sollen? Die langen gestrichenen Dielen knarrten, zwischen den beiden Fensterscheiben zitterten tote Käfer in der Zugluft ... Als lebten sie. Die Pferdewagen trafen ein. Es gab ein großes Hurra, der alte Balog winkte zur Ruhe. Scheinbar gab es Einwände bezüglich Gottes freiem Himmel.

Sára.

Sie saß auf dem Bock neben dem kleinen Balog, sie gestikulierten hitzig und schrien herum, Sáras Haar war offen und lag regenschwer an ihrem Kopf wie ein eisernes Tuch, der Mann riß derb an den Zügeln, die Pferde scheuten und bäumten sich auf. Der Schlamm ist tief.

Sie kletterten herunter, Sára wich dem Mann nicht von der Seite, sie plapperte immer weiter; wie ich das kenne! Sie trug eine Hose – ihr Hinterteil führte ein Eigenleben! Ich stemme mich gegen das Fensterbrett, vor mir die verkrüppelten Käfer, die Beine starr und schamlos nach oben gereckt! Sára! ... Und nur ich bin hier, gerade ich, den ich in dem Moment am wenigsten gebrauchen kann. Hinter meinen zusammengekniffenen Lidern vibrierten goldene Kreise, der kleine Balog löst den Riemen des Planwagens, plagt sich mit der Schnalle, neben ihm Sára, sie schnattert und schnattert, er läßt gereizt den Riemen los, schlägt ihr mit der Rückhand auf den Mund, ich klammere mich an den schweren Vorhang, Sára taumelt zurück und fällt hin, der Mann steht breitbeinig über ihr, da ist nicht viel Gutes zu erwarten, die Frau lacht auf, ihr schweres Haar zerteilt sich in dicke, steife Flechten, sie stampft mit dem Fuß auf und schlägt mit der Hand ins Wasser, die gelbe, schlammige Brühe spritzt auf, hinauf, hinauf, hinab, ich rutsche hinab, ich rutsche – – – ich versickere am Boden hockend.

Ich hätte nicht gedacht, daß Jitka sich traut, mich anzusprechen. Sie hat einen Fehler gemacht.

»Oh weh, mein Herr«, klagte sie, »Ihr hättet aber mitnichten so handeln sollen, Euch selbst mit eigener Hand aufzufangen … So ein feiner Herr … Süßer Herr … Warum vertraut Ihr nicht Euren Dienern, warum glaubt Ihr, *allein zu sein*, warum glaubt Ihr nicht an Güte und Leidenschaft …« Sie holte tief Luft. »Und warum vertraut Ihr nicht mir, meiner Reinheit, die zu gerne Objekt und Subjekt Eurer Kraft gewesen wäre?«

Mir war, als wollten mir die Eingeweide aus dem Leib, als kehrte sich mein Innerstes nach außen, ich aus dem Ich, und ich wußte – ich erinnerte mich!!! –, wenn die unheilvollen Wellen der Zärtlichkeit vorüber wären, und der Augenblick war schon sehr nahe, bliebe nur Kühle zurück, beschämende, klebrige Kälte! Mein eigener Schmutz. Und ich bin sehr wohl allein, wie auch immer, wer kann schon davon wissen, schon gar nicht dieses kleine Schabsel!

Ich fuchtelte mit einer Hand, sie solle verschwinden, sofort verschwinden! Mit der anderen wollte ich meine herauskriechenden Eingeweide zurückhalten, ich verlor erneut das Gleichgewicht, schlug der Länge nach auf den Boden hin und sagte *knall!*, und das war das letzte Wort, das ich zu mir selbst sagte. Jitka wich mit leerem, tränenüberströmtem Gesicht zurück; mein Haß verlor auf einmal den Schwung, und an seiner Stelle blieb nichts als Selbstmitleid zurück …

Jitka brachte unbemerkt Wasser, ich striegelte mich ab wie ein Vieh, ich fror und bebte, und Hitze überlief mich. Es herrschte große Stille um die Pferdewagen herum – da ist Sára drin! da entkleidet sie sich, ihr purpurrotes Haar reicht ihr bis zur tänzelnden Hüfte, ihre Schenkel wispern Geheimnisse wie der ewige Herbst … Ich bekam Hunger. Beim Hinuntergehen sprach mich aus dem Dunkel des Treppenabsatzes Jitka an:

»Grämt Euch nicht, gnädiger Herr, ich schmolle ja nicht mehr!«

Ich hatte keine Zeit, sie zu schlagen.

»Ich würde gerne etwas essen, ist etwas da?« rief ich dem Wirt zu.

»Setzt Euch, mein Herr, irgendwas ist immer da.« Um den breiten, ungehobelten Tisch saßen in Schafspelz gehüllte, schweigende Gestalten, die Mal um Mal ihre Zinnkrüge leerten. Der Wirt brachte eine Flasche Wein, die er vorsichtig trug wie ein Wickelkind, wobei er mich umständlich um Verzeihung bat, daß er seine Bouteille nicht so viele Stunden vor dem Verbrauch geöffnet hatte, wie viele Jahre der Wein alt war. Denn das Bukett brauche nun mal Zeit und so weiter und so fort.

»Ich habe Durst«, winkte ich ab.

»Das ist schon schlimm, Euer Gnaden. Der Durst ist ein Erzfeind des Weins. Es sei denn, Ihr habt auf eine Art inneren Durst angespielt. Aber wenn Ihr nur eine Flüssigkeit braucht, könnte ich mit ein wenig Übertreibung sagen, dann schon lieber … Wasser!« Er schüttelte sich komisch.

»Du scheinst ein großer Lüstling zu sein, Wirt!«

»Ach wo, ich und Lüstling! Ich führe ein arbeitsames, einfaches Leben. Ich bin nur dekadent. Ein dekadenter Gastwirt, das bin ich, Euer Gnaden.« Er war auch schon angeheitert, ich sagte nichts, denn er belustigte mich. Seine Zunge löste sich. Er hielt ein schmutziges Heft in der Hand. »Ich sage Euch was, Euer Gnaden, falls es Euch interessiert. Ich habe ein Tagebuch, um zu sehen, was war und was nicht. Es schlief unlängst ein Mann hier, er aß Metzgerleber mit 2 Pinten Rotem*, der Stern bedeutet, daß der Wein nicht verwässert war, aber es hat nichts zu sagen, und es saß hier auch noch ein schlaksiger Fremder mit glattem Gesicht – und da zog dieser seinen mörderischen Dolch aus seinem dunklen Umhang, überfiel den anderen, der dies scheinbar gar nicht beachtete und seine Stiefel putzte, doch dann wie der Blitz mit so einer Flasche, wie sie vor uns steht, zurückschlug. Beide fielen tot um. Kurz darauf traf ein ›zerlumpter, aber vertrauenerweckender‹ Ritter ein, und während sein gehetztes Pferd zu Boden fiel und unter schrecklichen Zuckungen krepierte, fragte er schnaufend nach zwo gewissen Männern, ich nickte erschrocken, ja, es waren zwei solche Männer da, aber ›ihre Hände waren geschwinder, vornehmer Fremder, als Euer gutes Roß‹ – der Fremde sank neben dem einen nieder, nannte ihn seinen guten toten Herrn, dann sank er neben dem anderen nieder … Daß diese beiden, die beiden unglückseligen Toten, von einer Mutter stammten … Das war's, Euer Gnaden.«

»Was willst du von mir? Mich erpressen?«

»Ihr versteht mich falsch, Euer Gnaden.«

»Soll ich weiterziehen?«

»Ihr seid ein freier Herr. Ihr macht, was Ihr für richtig haltet … Ihr seid mir sympathisch, verzeiht es mir, ich hoffe, Ihr könnt es auch.«

»Genug geschwafelt! Bring mir Wein.«

»Wird gemacht, mein Sohn«, grölte er plötzlich heiter, »ich hätte da noch ein wenig kalte Schweinegrieben und Schinken mit Zwiebeln, das reinigt *eh* die Gedärme!«

Wir tranken. Der Wein ist rund, die Grieben sind delikat, der Schinken ist vorzüglich, und die Zwiebeln reinigen eh die Gedärme. Der Wirt war mal furchterregend, mal hinreißend nett, grimmig und sanft, gutgelaunt und boshaft.

»Ich schäme mich! Ich schäme mich, daß ich Witwer bin!« rief er wutschnaubend, doch gleich darauf sagte er heiter, daß seine Frau letztes Jahr vom Leiden dahingerafft worden sei, die Arme, ihr Körper sei von Geschwüren übersät gewesen, sogar ihr Dingsda eine einzige Wunde. Und was ich dazu sage, wie schön sich das Mädchen mausert, das gerade noch eine kümmerliche, picklige Bohnenstange war,

DAS TAGEBUCH DES GASTWIRTS

16. Juno Ich habe Angst –

Wenn wir ein Werk schreiben, erfahren wir zuletzt, womit wir beginnen sollen, schreibt Pascal.

Wisse, glanzvoller Herr, ein Tagebuchschreiber muß zuversichtlich sein; so, wie ein anderer, sagen wir, verkrüppelt ist oder flügellahm. – Ich, als der Pächter des Gasthauses, erhoffe mir, ehrlich gesagt, nicht viel. So sehr, daß ich die Leute noch nicht einmal sonderlich betrüge. (Aber soweit gehe ich nicht, daß ich glaubte, was man allgemein zu glauben pflegt, wonach »wenn jeder anständig seine Arbeit tut, dann so und so …« Nein: *Wirke, schaffe, vermehre, und das Vaterland erblüht* oder es erblüht nicht. Das ist ungewiß. *Hingestreckt wird man immer*, das ist gewiß.)

Doch wenn ich mein Tagebuch in meinen Schoß lege und an das Leben denke, kann ich, wenn ich mir die aufeinanderfolgenden Daten ansehe, nichts anderes glauben, als daß der heutige Tag zu Ende geht und es einen morgigen Tag geben wird. Das ist eine sehr wesentliche Angelegenheit – würde man mich auf die Folter spannen, würde ich verschämt sagen, es sei wegen des Geschäftsbetriebs –, selbst, wenn wir wissen, ich weiß es, und du, Herr, weißt es auch, wie dieser Tag schlußendlich ist, und auch der morgige wird nicht anders sein.

Du magst einwerfen, und das hochfahrende Rechthaben würde deine Stirn umkränzen: Einfältiger Gastwirt, deine Zuversicht gilt nicht dem Tag, sondern deinem Tagebuch, nicht dem Leben, sondern den Worten!

Gut, daß du das einwerfen würdest, Herr … Aber wer könnte behaupten, daß es einen so ungeheuren Unterschied gibt zwischen

484

doch von dem Moment an, da ihre Mutter beerdigt wurde, der Sarg war noch nicht einmal am Boden der Grube angelangt, begann sie schöner zu werden, ich könne es doch selbst sehen. Er wolle ja nichts sagen, sie sei ja noch ein Kind, aber sie kriege schon Brüste, sei gertenschlank, im Frühling hatte sie sogar schon einen Freier aus dem Dorf, nur leider, das solle ich mir einmal vorstellen, wuchsen dem Bräutigam ständig Furunkel am Arsch, und zwar ständig! Kaum war der eine verblüht, meldete sich schon der nächste, dicke gelbe Eiterbeulen, sie stand sich gut mit dem Burschen, war schon fast seine Vertraute, ihr zeigte er immer als Erster das neue Stück, den Neuzugang, da stand er immerfort mit heruntergelassener Unterhose in der Küche, und wenn es nicht sein Schwiegersohn in spe gewesen wäre, hätte er sogar Ehrfurcht empfinden können, daß er solche Dinger produzieren konnte und so reichhaltig!

»Die Großzügigkeit, mein Junge. Und die Wurzel! Jedes hatte eine Wurzel wie die Orangen, tief und lang, und sogar die Farbe war die gleiche, nun aber, ich sagte ihm, du hast schlechtes Blut, zieh ab, ihm konnte ich doch meine kleine Jitka nicht zur Frau geben ...«

Die Nacht brach über mich herein, ich vermochte den Kopf kaum noch von der Tischplatte zu heben. (Meine Augen sind dann immer rot und rosa unterlaufen, Blutwurzeln, und es ist, als zögen diese Wurzeln meinen Kopf hin-un-ter ...) Vom Himmel gaukelten blauschwarze Schatten und durchschlugen die Decke der Kneipe ... Husch, fliegt weg! ... Die Wirtsstube war bereits leer, weiter hinten saß der Wirt hinter seiner Theke, er kritzelte etwas, mit seinem schmächtigen Körper über sein Tagebuch gebeugt, sein Gesicht glänzte nüchtern.

»Wo ist deine Tochter?« fragte ich und stapfte zu ihm.

»Sie schlummert oben in ihrem Zimmer, Euer Gnaden, wir sollten ihre kindlichen Träume nicht stören.« Ich stupste ihn von der Seite an, die Feder rutschte kratzend und spritzend bis zum unteren Rand des Papiers, es sah aus wie eine lange Wunde. Er blickte sanftmütig zu mir auf. »Gebt acht, Euer Gnaden, sonst bring ich Euch um.« Unbeholfen ließ er die Hand mit der erschreckend großen schwarzen Feder hängen.

Ich suchte draußen Sáras Wagen. Welcher glückliche Strohsack darf ihren Körper aufnehmen? Ich ging um den Pferdewagen herum. Warum fing der faulige Sack nicht Feuer, wenn er solch eine Last trug? Vergeblich versuchte ich, die Plane an den Ecken zu lockern, ich stolperte nach vorn, der Bock knarrte, als ich hinaufkletterte – jetzt erspähe ich sie, erspähe ich ihren weißen, milchigen Bauch und darauf die widerlichen behaarten Pfoten ... Der schwarze Wind ließ den Rand der Plane flattern, und ich beugte mich behutsam hinein. Da spürte ich einen stumpfen Schlag im Nacken. Der kleine Balog.

»Da bist du also«, zischte er verhalten, »ich bringe dich um.« Ich grinste.

»Da bist du heute nicht der Erste.«

Er sah meinen Zustand und stupste mich an den Kopf wie ein Kind.

»Da bist du also, der Fuchs auf der Lauer nach Hühnchenfleisch.« Es war lächerlich, wie leise er vor lauter Takt sprach. Abgestandener Körpergeruch, eher Gestank stieg mir in die Nase, der widerwärtige Gestank von *zwei* Körpern, nach dem ich mich mit meinem ganzen Wesen sehnte, ich wollte mich auch gerade nach vorne lehnen, doch der kleine Balog hielt mich am Schlafittchen gepackt zurück.

»He, Fuchs, ganz ruhig, Kumpel«, hätschelte er mich. Seine echte Zärtlichkeit erschreckte mich erst recht. »Er bringt mich wirklich um.« Ich begann zu flehen, nein, das gilt nicht, machen wir es rückgängig, ich gehe fort, das zählt nicht, das gibt es nicht, nicht doch, ich flehte ihn an, nicht doch, er solle Erbarmen mit mir haben. Das konnte er nicht mit anhören und stieß mich vom Wagen. Ich purzelte über den Sitz, fiel mit dem Rücken auf die Deichsel und dann auf den Boden. Stöhnend hielt ich mir das Kreuz.

»Das wirst du tausendmal bereuen, verfluchter Hurensohn«, murmelte ich vor mich hin.

»Lös das nächste Mal ein Billett, Kumpel, wenn es dich zum Hühnerstall zieht.« Der kleine Balog hatte sich auf den Bock gesetzt, und ich lag vor ihm neben der Deichsel im Schlamm. »Hü«, rief er hinunter, »hü, Blesse, du«, und er schlug in die Luft, als hätte er eine Peitsche in der Hand; er hörte aber bald wieder auf, seines eigenen Spaßes überdrüssig. Die Stille fiel wieder mit ihrem ganzen Gewicht von Himmel und Sternen auf mich, mein Rückgrat pochte, und aus der Ferne, aus der tiefsten schwarzen Tiefe, aus der schwarzen Stille des Wagens drang ein Strohrascheln zu uns herüber und über uns hinweg. Der Bandit saß reglos auf dem Bock.

»Es ist schon spät, Ihr könntet aufstehen, Euer Gnaden.«

Da erkannte ich, daß auch er Angst hatte. Ich verspürte frohlockende Dankbarkeit, ich liebte sie, ich liebte seine Angst. Schwerfällig rappelte ich mich auf, der Schlamm war mir an der Hand angetrocknet. Ich sah den kleinen Balog an, der geradeaus ins Nichts starrte – in deine eigene Zukunft, du Hund.

»Willst du Geld verdienen?«

»Wer wollte das nicht, Euer Gnaden?«

»Du hast recht, heutzutage lechzen selbst die Mächtigen nach Geld. Früher war das nicht so. Ein Herr wollte nicht reich sein … Es ist gut«, fügte ich hinzu, als hätten wir uns über etwas geeinigt. »Eine halbe Stunde, in Ordnung, ein halbes Stündchen, nur für ein halbes Stündchen.« Ich umklammerte die Deichsel wie eine Waffe. Er stieg vom Bock herunter, und ich kletterte hinein. Auf dem knisternden Stroh kroch ich auf den nun freien Platz des kleinen Balog. »Sára, Sára«, flüsterte ich, und von meiner Stimme war ich wieder berauscht, wieder, aber anders, ich sah meine einzige Chance in diesem Frauenkörper, »Sára, kleine Sára, meine Süße! Süße!«

Sie schnaufte gleichmäßig, ihr Gesicht war auf der Seite zerknautscht, das Fleischpolster der Wange verdeckte fast ihr Auge. Ich beugte mich über sie, aber es schlug mir ein dermaßen stinkender Atem entgegen, daß ich wütend und beleidigt den Kopf abwandte. Wach auf, du Plumpsack, nimm zur Kenntnis, daß ich da bin, daß *ich* da bin – aber ich wagte es nicht, ich fürchtete den Skandal, ich fürchtete, leer auszugehen, ich fürchtete alles; gleichzeitig war ich entschlossen und wollte alles, und ich war heimtückisch, kleinlich und berechnend. Ihr wildes Haar fiel wie ein Schleier, wie ein derber Feenschleier auf ihre runden, muskulösen weißen Schultern …

Ich glitt so leicht auf meiner goldenen Bahn dahin, gut, das ist gut, verlaß mich nicht! Kalter Schweiß überzog meine schmalen Schläfen wie ein Belag. Ihr Gesicht zeigt keine Regung, nur unten kreist sie.

»Sag, ist es gut!? Antworte. Daß es gut ist, gut!!! GUT!« Ende. Meine Arme knickten ein, mein Kopf fiel neben den ihren. »Ob es gut ist«, hauche ich erschöpft, und mir kommt es so vor, als nicke sie endlich, sie bewegt sich, die verfluchte Nutte, die verdammte frigide Nymphomanin! Du ganz gemeine, meine, meine Hure!«

»Ihr müßtet gehen, Euer Gnaden«, hörte ich von weitem. Ja. Ich kroch vom Wagen herunter, da stand der kleine Balog an der Seite, und ich machte mich auf den Weg zum Wirtshaus. Der kleine Balog löste sich von dem Baumstamm, zuckte aber sogleich zurück, als hätte man ihn bei irgend etwas erwischt. Zum ersten Mal an diesem Abend: sah er mich an. Er senkte seinen Blick tief in den meinen.

»Glaubt mir, Euer Gnaden«, und seine Bärenstimme bebte zwischen den hohen Bäumen, »sie hat es genossen, sie genießt es immer, ich brauche sie nur anzuschauen, und schon ist ihr Schoß taufeucht.«

»Es ist wirklich schon spät«, unterbrach ich ihn. Ich war wieder ich und er wieder er. »Wir können uns zur Ruhe begeben.«

»Euer Gnaden«, sagte er mit funkelnden Augen, »und die Bezahlung?!«

»Mach dir keine Sorgen, Junge, die kommt schon noch, die Bezahlung«, sagte ich gemächlich.

16.6.: Am Morgen pißte ich aus dem Fenster, mein Urin klirrte, als zerbräche Glas. Ich legte mich wieder hin, mein Magen zitterte wie bei den Kätzchen. Ich sprang zum Fenster, und da bemerkte ich es: Die Pferdewagen waren weg! Auf dem Hof war nichts mehr außer Schlamm. In diesem Moment trat Jitka zur Tür herein.

»Ihr habt mich also nicht gebraucht, Euer Gnaden. Lieber hast du mich mit jemandem geteilt.« Das Mädchen war so süß, daß ich alle Sorgen, einfach alles vergaß. »Lacht nur, Euer Gnaden.« Dann schwieg sie. Ihr Schweigen war mir unangenehm, ich fuhr sie an, wo ihr Vater sei, wo meine Leute seien! Sie starrte mich wirr an, als hätte sie es gar nicht gehört. »Das wirst du noch bereuen!« sagte sie sanft, fast seufzend. »Das wirst du bitter bereuen!« – – –

— — — — — — — — — — — — — — —

»Wirt, du mieser Verräter!« brüllte ich, und die ohnmächtige Wut trieb mir Tränen in die Augen. Er hob langsam den Kopf. Er sah mich an wie einen Stein und schrieb wortlos weiter.

»Wir können gehen«, sagte ich zu meinen Begleitern, und wie wir aus dem Wirtshaus hinausdrängten, hätte ein ferner Betrachter keinerlei Unruhe im Herzen verspürt, er hätte nur, wie so oft, eine leicht angeheiterte lärmende Gesellschaft gesehen, die nur mit sich selbst beschäftigt war: als gehöre ihr die Welt. Das heißt uns. Nichts unterscheidet sich von nichts. Das stimmt nicht. Fest steht jedoch, daß nicht jeder meiner Begleiter hätte sagen können, ob ich der Gefangene bin oder der neue Chef. Zwischen Gefangenem und Gefangenem gibt es allerdings schon einen Unterschied.

Ich stelle mir eine wunderbare Aufführung vor.
Zwei Liebende kämen darin vor.
Und viel Emotion.
Stellen wir es uns vor.
Das tun wir.
Wilde Erotik.
Viele überflüssige Bewegungen.

Wie durch ein dichtes Dickicht schlug ich mir heftig mit meinem verhüllten Dolch einen Weg durch den undisziplinierten Ring meiner eher überraschten und müden als erschrockenen und wütenden Wächter. Ich rannte um den leeren Speicher herum und sah bereits, daß ich ohne weiteres die Ställe erreichen würde, und dann weiter in Richtung Wälder, wo ich mich vielleicht *verschanzen* könnte, soviel sie aus ihren knarrenden Gewehren auch schießen mögen – als mir auf einmal *dunkel wurde vor Augen*.

Ich würde mich der Worte des sterbenden Fontanelle entsinnen, der, als man ihn fragte, was er fühle, antwortete: »Nichts weiter, als daß es ein wenig schwer ist zu leben.«

»Er erwacht doch schon, unser kleiner Toter!« Eine prunkvolle Dame beugte sich über mich, habet saporem, odorem et colorem, ihr Haar trug sie in einem schweren Knoten, an ihren Ohren baumelten die bereits *bekannten* silbernen Ohrringe, diese silbernen Plättchen, die vielleicht sogar Musik machen können, jedenfalls bewahre ich einen Klang im Ohr, den ich ihnen zuschreibe. Und am Arm klimperten schwere und glänzende Reife, es war zu befürchten, daß sie sich verhedderten, als seien sie das Hängeschloß des Teufels. Weiter weg stand eine junge schwarzhaarige Frau, eine Art Zofe, der man ihr Alter ansah und zugleich, daß sie älter aussah, als sie war.

»Der Arme ist noch müde. Er hat doch soviel Blut verloren«, sagte sie heiter.

»Vilma!« fuhr die andere auf. »Hab du nur kein Mitleid mit einem Mann! Wir wissen genau, wohin das führt!«

»Ich verstehe, Madame«, erwiderte das Mädchen keck und strich sich über die Taille, als hätten die Worte ihrer Herrin sie in Unordnung gebracht. Sie bohrte ihre Stupsnase wie eine unnütze Waffe kampflustig in die Luft. Die Frau legte mir ihre

Hand aufs Gesicht wie auf ein Rokokotischchen, drückte mir mit dem Rand der Handfläche die Lippe hoch (ein Pferdegrinsen ist ja auch ein Grinsen) und wandte sich von mir ab.

»Ich sehe, mein Kind, du bist fröhlich ... Und du glaubst nicht, daß du mal alt wirst. Aber du wirst mal alt. Und wenn du alt geworden bist und so alt bist wie ich, dann, und da kannst du dir sicher sein, wirst du häßlicher sein als ich.« Die beiden Frauen maßen sich mit wilden Blicken. Die gnädige Frau drückte kräftig den »Tisch«. Ich stöhnte auf, was die Spannung löste. Nun fuhr sie genüßlich fort: »Und weißt du, warum?«

Vilma zuckte kaum merklich die Achseln.

»Nein, gnädige Frau.«

»Darum, meine Teure, weil du arm bist und ich reich.« Es wurde wieder still, schließlich hielt es die gnädige Frau nicht länger aus und keifte das Mädchen an: »Das kannst du dir in dein Spatzenhirn einprägen!«

»Jawohl«, antwortete Vilma hochmütig.

»Mach, daß du fortkommst!« Ich kniff die Augen zusammen. Seidenrascheln. (Kleiderrascheln sät Wind und erntet manchmal, jawohl, Sturm ...) »Und bring eine Tasse Suppe aus der Küche ... Mit nicht zuviel Grünzeug drin, ihr laßt immer zuviel Suppengrün darin.« Vilma ging hinaus. »Vor allem kann ich nicht ausstehen, wenn Zwiebeln darin gelassen werden. Andererseits, wenn es vorkäme, daß man gar keine hineintut ... Mein kleiner Toter«, brabbelte sie; ich wollte sie nicht enttäuschen und ruhte in Frieden.

»Mach dir keine Hoffnung«, flüsterte sie noch, »du wirst *genesen*, kommst schön zu Kräften, dein Gesicht wird wieder rund werden, aber vielleicht diese zarte Blässe behalten, deine Rippen werden wieder von Muskeln und Fleisch bedeckt, deine Taille wird biegsam wie die eines Tieres und nicht steif wie jetzt, deine Schenkel werden stämmiger ... Ich will gar nicht fortfahren, denn mir läuft das Wasser im Mund zusammen.«

Sie sprang auf und begann gereizt, vor den breiten Fenstern auf und ab zu laufen, ihre füllige schöne Figur warf gefährliche Schatten. Schweres Licht ergoß sich in den Raum. Sie trat wieder an mein Bett, schlug das gelbe Schmetterlingsplaid zurück, und ich konnte nur hoffen, daß jenes meiner Glieder, dessen Schritte wir nicht willentlich beeinflussen können, mich nicht im Stich lassen, sondern sich in seiner verschwitzten Höhle ducken würde, genauso wie auch

Etwas Humor. Nicht viel.
Politische Pikanterien.
Träume. Unbedingt.
Philosophie. Tiefster Tiefsinn. Ernst.
Und viel Bosheit. Schmutz, Schande, Mord.
Intrige, Verrat, feine Diplomatie.
Kanonen, Säbel, Dolche, Giftbecher.
Champagner.
Kognac.
Strang.

sonst, wenn es mich im Stich läßt! Das ist eine verkehrte Welt – obwohl, nicht einmal das! Denn da wäre es wieder leicht, sich zurechtzufinden, das *Nein* müßte man nur in ein *Ja* verwandeln und umgekehrt. Aber nein. Es ist so verworren und besudelt, oder, um beim Thema und bei dem Ort zu bleiben, wo wir *uns befinden*: schleimig … Ringel-Ringel-Reihen. Es gibt keine Ausrede. Ich bin sogar in meinem Tod diskret, dachte ich unruhig zappelnd.

»Ein flaumiger Jüngling bist du ja nicht mehr gerade«, stellte sie sachlich fest und ließ mich fröstelnd zurück. »Ich liebe das *Vergehen* und den *Besitz* der Zeit«, rief sie mir zu, »denn ein reifer Mann ist, wer vergeht und besitzt!« Sie verstummte, ihre Nasenflügel bebten, ihr Busen hob und senkte sich wie ein Blasebalg. Ich hatte richtig vermutet, ihr Gedankengang hatte sie überholt und fiel ihr jetzt in den Rücken.

Es tauchte die ausgeprägte Silhouette einer entfernten Prager Verwandten auf, die Tante genannt wurde und die nicht so üppig war wie die gnädige Frau und deshalb eher wie eine alte Frau aussah, gerade deshalb fiel es auf, wenn sie einmal dieses fahle Terrain verließ und die einst schöne Frau aus ihr hervorschaute, was nicht einfach Anmut und Eleganz war, sondern auch Kraft, das heißt gleichzeitig auch der diskrete, aber ausgesprochene Mangel daran. Nach der Revolution wurden bei ihr öfter Hausdurchsuchungen durchgeführt wie überall. An einem welken Spätvormittag überfiel sie der Gärtner – einst ihr Liebhaber, heute ein säuerlich riechender alter Mann – im Salon und rief aufgeregt: »Hilf mir, Lilla!« Seine eigene Stimme brachte ihn sozusagen wieder zur Besinnung. »Verzeihen Sie mir, Ihre Durchlaucht«, sagte er und senkte den Dienerkopf, »belieben Sie zu helfen!« Und mit diesen Worten zerrte er gewisse Papiere unter seinem Hemd hervor. Meine Tante häkelte gerade, und die Nadel blieb in der Luft stehen. Heiter sah sie den Gärtner an: »János, du bist ein richtiger Herr«, hatte sie ihm damals geschmeichelt, und János war in der Tat ein Herr gewesen: Er hatte alles gegeben, worum meine Tante ihn bat. Jetzt musterte sie den Alten mit nachsichtiger Gereiztheit, wobei sie sich nicht mehr vorstellen konnte, was sie miteinander zu tun hätten – hatten und gehabt haben könnten –, und schon gar nicht verstand sie dieses ungewöhnliche und ungehörige Eindringen – mit einem vagen Lächeln musterte sie das Papierbündel in der zitternden, rauhen, bekannten großen Hand. »Ich flehe Sie an, Ihre Durchlaucht, verstecken Sie das, die Polizei ist hier …!« Hm: Polizze auf Katzenpfoten im Korridor?

Genickschuß.
Unschuld.
Auch Reinheit.
Sittenstrenge. Ethik und Moralpredigten, reichlich.
Nutzloses Gerede.
Hehre Ideen, ewige Glaubenswahrheiten, Freundschaft.
Und Liebe, Liebe. Liebe, dreifach.

Als er sah, daß seine teure Herrin nichts begriff, sondern nur stumpf, wenn auch noch so lieb, vor sich hin träumte, nahm er entschlossen ihre Häkelarbeit auf und legte meiner Tante die Papiere in den Schoß. Sie errötete plötzlich, flatterte auf die erwähnte Weise aus ihrem Alter hervor und sagte hastig: »Nimm die Hand nicht weg.« Doch der Gärtner war wirklich schon vom Alter aufgefressen, und vor allem hatte er Angst. Da wurde die Tür aufgestoßen, auf der Schwelle stand eine Truppe vom Laufen schnaufender Uniformierter. Meine Tante schrie auf: »Entfernen Sie sich sofort!« Was schon eine komische Bemerkung war, wie gewöhnlich lächerlich und tragisch, denn die Polizei machte derzeit, was sie wollte, wobei sie sich gerade so auf den Schutz der Freiheit berief.

»Und klopfen Sie gefälligst an«, kreischte meine Tante weiter, einlenkend, den *Point d'honneur* ins Visier nehmend, und der junge Anführer der Polizisten hielt tatsächlich verdutzt inne, errötete und schloß die Tür hinter sich. Denn die Polizei legte damals nicht nur auf den Schutz der Freiheit Gewicht (unter welchem Gewicht die eben genannte Freiheit, könnten wir mit verschwindend geringer Böswilligkeit spotten, sich nicht mehr rühren konnte), sondern auch darauf, als Gentlemen angesehen zu werden, und verhielt sich in diesem ihrem Bemühen auch entsprechend, vom Saugen am hohlen Zahn einmal abgesehen.

Den jungen Beamten (»was für ein fescher Bursche«), der nach dem Anklopfen erneut eintrat, würdigte meine Tante nur eines kühlen Blickes und setzte mit dem Gärtner ihre lebenswichtigen Verhandlungen über die Silberfichten fort, »solche kaufen wir gar nicht erst, János« und so weiter. János war kein guter Partner, er war mehrfach verschreckt; er verließ rückwärts den Raum, wobei er sich immer wieder kläglich verbeugte, meine Tante, die Hüter der Ordnung und den lieben Gott gleichzeitig um Vergebung bittend.

»Nehmen Sie Platz, mein Herr«, invitierte meine Tante honigsüß den Mußgast, »und wenn Sie gestatten«, hier warf sie dem jungen Mann einen kurzen, koketten Blick zu, »aber auch wenn nicht, stricke, das heißt häkle ich dabei, damit die Zeit schneller vergeht.« Und als der Bursche es ihr daraufhin ungeschickt gestatten wollte, fuhr sie rasch fort, ihm das Wort in der Kehle erstickend: *»Dieses schmuddelige ungarische Wetter.«*

Während die Hausdurchsuchung lief, die sie großmütig ignorierten, begann eine Art Salon-

Viel Erbauliches.
Worte, Worte, Worte.
Ausgekochter Blödsinn.
Geschwafel.
Leeres Geschwätz.
Gut geölt.
Wortgemenge.
Damit es rutscht.
Schöner Zeitvertreib.
Nur keine Stille!
Soll niemandem einfallen.
Die Stille. Oder das Wort.
Soll sich niemand erinnern.
Wort auf Wort.
Erinnerung auf Erinnerung.
Ein Wort soll das andere verdrängen.
Wie wir es jetzt tun.
Das ist die Aufführung.

gespräch, das mit schnellen, nervösen Schleifen bald beim üblichen Bedauern über die Unreife gewisser Menschen anlangte, die so und so, wo die Lage doch so und so sei. »Warum sehen die denn nicht ein, wie *kindisch* das ist!« brach der junge Mann aus wie ein Kind, dem das Spiel verdorben wurde; meine Tante nickte und sagte hin und wieder ernsthaft »Ja«, worauf dann stets eine verunsichernde Bemerkung oder nur eine Grimasse oder Handbewegung folgte. Wer weiß in diesen Situationen schon, woran er ist?

Meine liebe Tante griff immer häufiger zum Garnknäuel, zupfte es zurecht, nestelte herum, hielt die Hand immer länger dort, ihr Atem beschleunigte sich, und als sie nicht mehr den Willen und die Kraft aufbringen konnte, die Hand aus dem Schoß zu heben und ihre Schenkel immer fester zusammenpressen mußte, fuhr sie den Burschen an, er solle sich entfernen, sie fühle sich schwach, eine alte Frau und so weiter, was für ein Land und so weiter, »gehen Sie schon, und zwar sofort«. Er erhob sich verlegen, seine Leute schon draußen, er verabschiedete sich stammelnd – doch als er an der Tür sah, was es zu sehen gab, und erfaßte, was da vor sich ging, verzog er den Mund zu einem Grinsen und verbeugte sich mit spöttischer Grazie.

»Wohl bekomm's, gnä' Frau«, und weg war er.

Die Frau knurrte ihm noch ein wütendes »Verschwinde!« hinterher … »Ach, egal«, und sie rutschte tiefer in den großen Sessel, ihre Beine konnten sich nun, nachdem sie ihr pikantes Tun beendet hatten, beruhigt voneinander lösen – die beiden Schwestern! –, und sie ließ sich ermattet gegen die weiche purpurrote Lehne sinken. Und da glitten die heißen, gemarterten Blätter aus ihrem Schoß zu Boden: arme, weiße, gequälte Schwäne, düstere Zeiten! Die vergoldeten Löwenköpfe an der Armlehne lauerten mit melancholischer Strenge.

Eine Erinnerung soll die andere überdecken.
Nur jenes eine Wort falle nicht.
Niemand soll wissen, daß wir dieses Wort aussprechen möchten.
Und vor lauter Erinnern soll keine Erinnerung bleiben.

Da wurde meine Tante endgültig alt, das war einer der letzten jener glanzvollen Momente, deren sie so oft stolz teilhaftig werden konnte, und vielleicht war jenes Papierrascheln auf dem glänzenden Parkett auch der letzte Moment der, wie immer, im Blut ertrunkenen, besser gesagt, ertränkten Revolution; in diesem Moment begann meine Tante erschöpft und leer die komischen Blätter aufzulesen, beide hatten sich beerdigt – aus freien Stücken und weil ihnen nichts anderes übrigblieb: Sie hüllten sich in Schleier …

Die gnädige Frau drehte sich im Kreis, im Sonnenschein erschien ihre Figur, ihr Körper noch kompakter. »Ich bin seidiger Jünglinge schon ganz entwöhnt«, lachte sie. »Ihre Verlegenheit ist hinreißend und ihr Gebiß kräftig wie das junger Tiere. Schon möglich, daß ihre unschuldige Grausamkeit gut auf mich wirken würde, die teuren, grimmigen Schakale.« Sie versank in Träumerei. Ihre Lippen öffneten sich leicht. »Wenn ich mir wieder einen Liebhaber hielte, würde ich ihn nur einkleiden. Ich würde nicht die Schneider herbestellen, sondern *wir* würden zu ihnen gehen, zu Fuß, ich würdc mich bci ihm untcrhaken, ihn vorzeigen wie ein Nippes, aber ich würde ihn nicht unbedingt sehr demütigen, doch dafür erwarten, daß er mir geschickt Komplimente macht, und wenn er sich darin nicht als einfallsreich erwiese, würde ich mich nicht scheuen, ihn sogar öffentlich bloßzustellen. Trotzdem würde er nicht nur meine Macht lieben. Meine Erfahrung, meine großzügige Raffinesse und meine in feine gemeinnützige Regeln gefaßte Hemmungslosigkeit würden ihn überwältigen. Ich würde eifersüchtig den Schneider, *die beiden Männer*, beobachten, wie sie miteinander tuscheln und wie der Gauner abmißt, ätherisch Schenkelmaß (!) nimmt (!) … Ich würde ihn, ich würde ihn in leichten Samt, in fast schon weibliche Seide hüllen, damit das weiche, leichte Streicheln seine Sinne stets wach hielte, damit sie sprungbereit wären, ich weiß, ich wäre zuwenig dafür – und dann würde ich ihm in einer gemeinen Laune befehlen, alles wieder abzulegen, ich würde ihn in Zwillich zwängen, in dreckiges Sackleinen, das ihm die leuchtenden Schenkel blutig reibt, er müßte in riesige, derbe Stiefel schlüpfen, die ihr so stolz tragt, doch er könnte die Füße kaum heben, würde leiden, und ich würde ihn trotzdem auffordern, vor mir auf und ab zu gehen – nur so. Sie würden affektierte Gesichter schneiden, und ich würde unerbittlich zuschlagen, wenn sie es wagten, sich aufzulehnen, aber sie wagen es nicht, ich würde sie mütterlich betrachten, hätte Angst vor ihnen, würde sie begehren, bemitleiden und verachten: Ich ließe meine Haarnadel aus Elfenbein unsicher zwischen den Fingern pendeln …«

Ich möchte es aussprechen.
Eine Bewegung soll die andere verdrängen.
Jenes eine Wort aussprechen.
Soll es in Tanz, Musik, Rausch und Pracht untergehen.
Es hinausschreien.
In Reichtum, Seide, Silber, Spiegeln, Samt und Mode.
Oder verschweigen. Wenn es nicht geht.
Lüster sollen Licht verbreiten, schwarzgekleidete, grauhaarige Herren über rote Teppiche schreiten.
Ich werde es in Stummheit wickeln. In Stille hüllen.
Schleier, Vorhänge, bildschöne Städte, mörderische Kämpfe, Aufregungen, Ängste, Ferkeleien, Auszeichnungen sollen es verdrängen.

Vilma trat ein, und die gnädige Frau ordnete ihre Züge. Aber mein Plaid blieb zurückgeschlagen.

»Was gafft Ihr ihn an?« Vilma sprach, ihre Stimme kaum beherrschend, immer lauter: »Wo-

Verdrängen.
Pfeifen und Trommeln es übertönen.
Die Rohrgeige.
Soll es unhörbar machen.

zu sich immer mit Stallknechten, Mundschenken, Heizern und Narren zufriedengeben?«

»Du bist dumm, sind es denn nicht alles Männer, wenn sie Männer sind?« Vilma deckte mich mit langsamen Bewegungen zu; wie zufällig berührte sie mich. »Gnädige Frau mögen das Fleischige«, kicherte sie.

»Sei ein Feinschmecker, nicht nur frivol!«, sagte diese streng und ging zur Tür. »Gebt ihm zu essen. Ich habe ihn satt. So ein Mann ist doch schließlich recht langweilig.« Sie rauschte hinaus.

»Blinzelst du, mein Engel?«, fuhr mich Vilma sogleich an, woraufhin ich sofort die Wimpern schloß. Doch das Frauenzimmer lachte nur. »Es nützt nichts, wenn du hier herumblinzelst.«

In Europa war Freiheit damals gerade sehr schick – – – –

Dann aber kann es ausgesprochen werden.
Wenn es schon überflüssig ist.
Schließlich können wir ja tun,
was wir wollen.
Wir könnten es aussprechen,
wenn wir wollten.
Jenes Wort.
Nur wollen wir nicht.
Wir wollen nichts.
Wir haben nichts.
Was wir hatten, haben wir vergeudet.
Und bereuen es nicht einmal.
Doch fröhlich sind wir auch
nicht, nein.
Auf jeden Fall sind wir.
Schlicht und einfach.

— — — — — — — — — — — — — — —

Er roch immer nach Patschuli, doch nach einer feinen Sorte … Es soll den seltsamen Schweißgeruch übertünchen, der angeblich von der Enthaltsamkeit herrührt.

»Unser lieber Pater überzieht die ganze Umgebung mit seinem Ambre Dorée. Nicht daß es die Langusten aus der Bucht vertreibt.«

Der Pater war tölpelhaft und strahlend zugleich, mal Diener, aber gewiß nicht ein Diener Gottes, mal schlug er als lebendiges Gewissen um sich, ein andermal wieder kokettierte er in dessen Salonfassung mit den Herren des Hauses. »Machen Sie weiter, Pater, machen Sie nur weiter«, befahl ihm Madame ***, woraufhin er errötete, wie immer, wenn sie ihn ansprach.

»Mein Herr, vor über 50 Jahren erzählte mir Madame d'Arrestre, die Oberin des Klosters Unbefleckte Empfängnis in Belley, wenn man gute Schokolade trinken wolle, solle man sie am Tag davor in einer Fayencekanne zubereiten und stehenlassen. Die Nachtruhe dickt sie ein und verleiht ihr eine Samtigkeit, von der sie viel besser wird. Der liebe Gott kann diese kleine Naschhaftigkeit nicht übelnehmen, denn er ist die Vergebung selbst.«

»Ich schätze die Jesuiten unglaublich hoch. Sie sind geistreich, wagemutig, geschmeidig, klug und künstlerisch begabt. Eine wohlriechende weiße Männerhand, Nándor, die weich nach etwas greift und es mit stählender Kraft nicht wieder losläßt. Man muß in einer Person Priester von großem Stil, Staatsmann und Künstler, Grandseigneur und Philosoph, Mann und Frau sein.«

»Mein Lieber, es ist nun mal Ihr Verhängnis, daß Sie sich auch heute nicht an Austern satt essen können.«

»Madame ...«

»Nein, ein tapferer und freier Mann erschrickt nicht vor neuen Gerichten.«

»Sind Sie ein Experte auf dem Gebiet der Périgord-Pasteten?«

»Sie bekommen eine Ohrfeige und zucken nicht einmal zusammen!?« Der Pater sprang auf, seine Stimme war streng und entschlossen. Wir sahen einander scharf in die Augen. »Ja, Sie sagen, was heißt sagen, Sie lügen sogar, gar keine Ohrfeige bekommen zu haben!«

»Wovon reden Sie, Pater?« fuhr *** dazwischen. Der Pater winkte ab.

»Von der Heiligen Dreifaltigkeit, wie immer.« Doch er brauste sogleich wieder auf. »Sie werden verfolgt, sagen Sie. Ja! Und Sie achteten auf nichts als die Reinheit Ihrer Seele, auf Ihre guten Sitten ... Man muß sich beschmutzen«, kreischte er rot im Gesicht. »Soll!«

»Wir sind schmutzig, Pater«, sagte die gnädige Frau leise in die Stille hinein.

In dieser zerbrechlichen und leeren Stille trat Ferdinand hervor, der bisher alleine in der schummrigen Ecke Cognac getrunken hatte, ein wenig schon angeheitert (doch aus diesem Zustand konnte er jederzeit auf die öde Insel der Nüchternheit zurückkehren, für eine Weile), heiter taumelnd wie Kerzenschein an schweren Winternachmittagen.

»Der Gedanke ist ein gemeiner Parvenü, und alles hängt nur von der Erscheinungsform ab. Die Wortstellungen, die Nuancen des Stils, die dekorativen Attribute machen eine Idee hervorragend.«

Bevor zu Tisch gebeten wurde, servierte man auf Silbertabletts sehr feinen Himbeer- und Orangenlikör in kleinen Silberbecherchen. Das Lächeln der Damen, der Duft der Blumen, die Wirkung der ausgezeichneten Weine und des Champagners, der Esprit der ausnahmslos vorzüglichen Männer aus acht bis zehn verschiedenen Nationalitäten, diese wunderbaren Schultern, der dampfende, aromatische Bohnenkaffee und das betäubende Odeur des Cognacs ließen mich das qualvolle Drängeln der Welt vergessen. Vielleicht ... Ich unterhielt mich mit einer bezaubernden Frau, leise über alle möglichen reizvollen und persönlichen Dinge plaudernd: über eine gemeinsame Bekannte, über das *Parfum Inconnu*, die Liebe, die asymmetrische Verzierung ihrer Toilette, eine politische Intimität, über ihren Mann, den wir gleichermaßen schätzen und betrügen wollten, über linkische Ideen neuer Romanciers etc.

»Die prächtigste Opernaufführung ist immer noch eine große Ostermesse in der Peterskirche, mit dem Papst in der Hauptrolle.«

Onkel Ferdinand hakte sich bei mir unter, »wir verstehen uns schon, mein Junge«.

Durch seine blasse Gesichtshaut schienen die starken blauen Adern durch und zogen bizarre Zeichnungen über seine Wangen, Stirn und Schläfen. »Hast du schon einmal gemeinsam mit einer Frau beim Küssen ein Bonbon chartreuse gegessen? Es kann nicht passieren, daß nicht die Frau den Likör trinkt und du die Schokolade ißt …«

»Madame est servie«, meldete der hassenswerte Thomas.

»Die Leckerbissen wurden von Houssedy und Bader geliefert – ich glaube, mehr brauche ich nicht zu sagen.«

Sie einigten sich sofort auf das Austernfrühstück am nächsten Morgen um zehn, und zwar nach militärischer Zeitrechnung serviert, das heißt, auf Gongschlag; Verspätete werden als Deserteure betrachtet, und die Ankömmlinge werden mit je zwei Dutzend Austern und je einer goldglänzenden Zitrone erwartet; und nach dem Wein aus der Sauterne: Nierchen am Spieß und Trüffelpastete (da die Trüffel, so heißt es, die Bereitschaft erhöhen, und zwar eher diejenigen aus der Provence als die aus der Dauphine, weil erstere härter und trockener sind), danach Fondue, und schließlich Mocca à la Dubelloy und zwei Arten von Likör: ein starker, der den Magen reinigen, und ein süßer, der einen guten Nachgeschmack verleihen soll.

»Ein kluger Mann behandelt seine Geliebte wie seine Maîtresse, seine Maîtresse wie seine Frau, und eine Frau hat ein kluger Mann nicht.«

»Na, *assez*, Ferdinand. Das ist so eine von deinen idées …«

»Wenn man die Grande dame entkleidet, findet man immer die Küchenmagd, den Blaustrumpf oder die Cocotte. Aber der Grandseigneur bleibt immer, was er ist, selbst wenn er in dem gewissen siebten Himmel ist.«

Die Tische waren um einen Miniatursee herum aufgestellt, in dem kleinen Teich standen Palmen, Lilien und Farne. Die Fasanenpastete auf einer Wachsplatte wurde von Hirschgeweihen gehalten, darunter spielten zwei Hasen Karten, daneben spannte sich eine kleine Brücke über dem Kaviar. Ein kolossaler, ziegelroter, panierter Schinken erschien, geräuchert, gekocht, nebst brauner, säuerlicher Schalottensoße und solchen Mengen von Gemüsen, daß alle aus einer einzigen Schüssel sich hätten sättigen können.

»Aber ich kann doch nicht verschweigen, daß ich die Rebhuhnflügel in Papier zubereitet und die grauen Eichhörnchen in einer dicken Sauce aus Madeirawein gekocht habe.«

»Oh, dear sir, what a glorious bit!«

»Die kleinen Vögel können nur wenige richtig essen, für diesen Genuß gibt es ein eigenes Recipe.«

Während Champagner getrunken wurde (prating over a bottle of champain), meldete Thomas, daß der Polizeipräsident mit seinen Männern eingetroffen sei. Alle sahen mich an.

»Sie müssen verschwinden«, rief ***.

»Zu spät«, warf Thomas ein. »Pardon«, fügte er sogleich hinzu. Draußen polterten bereits die Stiefel.

»Unter den Tisch«, die Frau erteilte den unerwarteten Befehl. Ich mußte lachen. Der auf die silberne Gabel aufgespießte dickliche Vogel kullerte in sein Bett aus Artischocken und Trüffeln zurück. »Feixen Sie nicht, sondern kriechen Sie los.« Auf ihrer Stirn wuchs ein roter Fleck. Er machte sie häßlich. »Ich habe Sie satt, so satt! Warum machen Sie das nicht innerhalb der Familie ab?!« Sie rieb sich die Stirn, reichte mir dann schnell das Gedeck nach, fein ordentlich wie ein Zimmermädchen. (»Sie befingern mich wie eine Magd.« »So. Und ich werde Sie betasten und begrabschen.«)

* (Unser Bruder ist tot. Kalt sind seine Füße, und kalt ist sein Bauch, kalt sind beide Wangen, kalt ist sein Herz, kalt ist auf seiner Brust die Wunde, die unser Eisen geschlagen. Niemand kann sich mehr gegen uns erheben. Du bist der Kußkönig, lacht unser Bruder unter der Erde hervor. Er hätte ein mächtigerer Herr sein können als wir, mächtiger und kühner. Seine Größe läßt sich mit seinem Elend messen. Unser Bruder war leer, und was er berührte, das wurde leer. Sein Ausgeplündertsein leugnete er niemals oder nur wenige Male, deshalb liebten wir ihn. Und unser Haß verfolgte ihn, weil wir ihn beneideten. Jetzt würden wir ihm gern ins Gesicht blicken, unser Hochmut ist seiner würdig. Sein Gesicht war bräunlich-gelb, kreolisch und bleich zugleich. Meine Frau Mutter sagte: Das, diese Farbe, lieben die Frauen. Unser Bruder ist ausgebrannt, so sagten wir in Gesellschaft. – Es ist kalt nun. Es schrumpft zusammen die knausrige Zeit. Zwischen den Gräbern erhebt sich der Wind. Noch wird gestammelt das Gebet, während wir uns vom Knien erheben.

Wir sind Erstgeborene, von allen ein bißchen verachtet und von allen ein bißchen gefürchtet.)

Im Schneidersitz unter dem Tisch hockend, deckte ich wieder ordentlich auf, hier die Serviette, da die Gabel und so weiter. Mir kam alles immer komischer, ja sogar witzig vor, obwohl ich wußte, daß mein Leben eine schöne große Puppe war, die ich so liebte und die jede Minute zerbrechen konnte. Hätte man nur zur Hälfte, was man braucht, käme alles andere von alleine.

»Madame«, der Polizeipräsident verneigte sich, »ich bringe den ehrerbietigen Gruß des Kurfürsten. Der Herr hofft …, nun, er hofft, es sei nicht notwendig …, Hoffnung zu hegen.« Er sprach höflich; zwar waren nicht seine Sätze, so doch die Pausen zwischen zwei Sätzen überheblich. Sie waren großspurig auf bedeutungsvoll *gemacht*!

»Willkommen, Herr Polizeipräsident«, sagte die Frau nachdrücklich. Ferdinand sprang auf.

* Im Manuskript an den Rand geschrieben.

»Natürlich, herzlich willkommen. Aber Sie sollten wissen, es ist keineswegs vornehm, ein Souper zu stören.« Der Polizeipräsident verzog gelangweilt das Gesicht und setzte sich dann mit einem galanten Lächeln auf meinen Platz, aber nur, um sogleich wieder aufzuspringen.

»Werden die Stühle etwa geheizt, Madame?« Meine Körperwärme auf dem Stuhl! Was für ein Malheur! Und auch ekelhaft. Der Polizeipräsident wußte offenbar mehr, als er verriet.

»Hochwürden«, wandte er sich gekünstelt an den Pater, »Ihr als Diener Gottes werdet doch nicht dem Diener des Gesetzes, genauer gesagt, mir, einen Bären aufbinden wollen?« Der Pater begann zu kichern. »Kann es sein, referendissime, daß ich etwas Lustiges gesagt habe?«

»Sei mir nicht böse, mein Junge, aber ich mußte daran denken, wie wenig Bären es in dieser Saison gibt, entschuldige, wirklich …, verzeih mir …«

»Schon gut«, erwiderte der Polizeipräsident mit fahler Stimme, »nun?«

»Weißt du, mein Junge, es gibt Tausende von Ausflüchten. Das sage ich jetzt rein logisch.«

»Ich bitte Euch nachdrücklich, Pater, treibt keine Scherze mit mir. Ihr wißt genau, daß ich Atheist bin, mein einziger Gott ist der Dienst.« Dies sagte er bereits mit lauter Stimme. Er blufft, dachte ich bei mir. Und dann, letzte Hoffnung!, wie hinterlistig ich das beobachtete, bewegte sich ein anmutiger weißer Schuh von Madame, und siehe da, er erreicht den plumpen Stiefel des Polizeipräsidenten, tastet sich seitlich nach oben und verweilt nach kurzem schüchternen Zögern am Knöchel. Ich stelle mich auf alle viere und lege die Hand mit ernsthaftem Entschluß in den dunklen Tunnel. Die Dame erbebte am ganzen Leib, wagte es jedoch nicht, ihr Füßchen vom Knöchel zu nehmen. Weiter, weiter!!

Da verlor Madame den Kopf, stieß mit großem Gepolter den Stuhl zurück und sprang auf.

»Verschwinden Sie!« Das galt mir, aber sie sagte es zum Polizeipräsidenten. Der erhob sich bleich.

»Madame, Sie häufen einen Fehler auf den anderen.«

»Verlassen Sie mein Haus!«

»Ich bin noch nicht fertig.« An der Wand entlang standen, wie sonst die Lakaien, seine Männer. Er schickte sie mit einem Wink hinaus. »Sie sind schön und klug. Aber Sie scheinen die Dinge durcheinanderzubringen. Ihre Gedanken sind schön, Madame, und klug ist Ihr Hintern.«

»Mein Herr!« riefen die Männer.

Verfolger verfolgen die Verfolgten.
Verfolgte werden aber Verfolger.
Und weil Verfolgte Verfolger
werden, werden aus Verfolgten
verfolgende Verfolgte
und aus Verfolgern verfolgte
Verfolger.

(Helmut Heißenbüttel)

»Adieu, so viele Sie auch sind, ich scheiße auf Ihre obligatorische Empörung. Kümmern Sie sich lieber mehr um den Kitzler Ihrer Herrin.«

Noch vor der Tür erreichten ihn die zitternden Worte des Paters: »Nimm zur Kenntnis, Herr, daß ich für dich beten und Gott bitten werde, dir zu vergeben.« Mein Bruder machte noch ein paar Schritte und drehte sich dann um.

»Gut. Aber vergessen Sie beim Beten nicht, daß Gott nicht existiert ... Und ihm sagen Sie, daß ich ihn bis zum bitteren Ende suchen und daß ich ihn finden werde. So oder so. Er kennt mich.« Stiefelschritte.

Schmollend steckte ich den Kopf unter dem Tisch hervor. Ich zeigte Thomas mein Glas.

»*Es ist leer*«, seufzte ich vorwurfsvoll. »Pardon – – – –«

— — — — — — — — — — — — — — —

Und was wird aus uns, Howard?
(*John Barth*)

Aus Richtung der Blumenverkäuferin tauchen die Reiter auf. Sie trotten majestätisch und kaltblütig. Der Bauch ihres Anführers liegt wie eine große Katze auf dem silberbeschlagenen Sattelknopf. Mancher trägt ein Kürsch aus Baummarder, mancher aus Steinmarder, mancher aus Iltis, das Pferd des Anführers hat rötliches Fell, es glänzt wie Kupfergeld, der Schweif ist gebogen, die Beine wie eine Saite. Im Wind treiben Seufzern gleiche Hurra!-s zu uns. Die Reiter fegen mit gellendem Geheul über uns hinweg, brausen über uns hinweg wie ein Gewitter. Der erste Reiter rammt mir seinen Säbel in den Hals. Mein Bein zuckt, schäumendes korallenfarbenes Bächlein enspringt meinem Hals, mein Mund ist zerrissen wie die Lefzen der Pferde. Mein Bauch ist herausgerissen, die Gedärme sind bis zu meinen Knien gekrochen, man sieht das Pochen meines Herzen ... Außerdem? In einem stillstehenden Kinderwagen ein dickes, leichengrünes Kind mit einem gewaltigen Pickel auf der Stirn. Ich konnte sehen, daß er bereits abheilt und nicht schmerzt. Das Kind döste und atmete Jodoform und Fettgeruch aus, durch seinen offenen Mund ging die Angst ein und aus. Tja, so ist das nun mal. Das Wichtigste ist, daß man lebt. Das ist das Wichtigste.

Der erste Tote bin also ich. Ich, den es nicht mehr gibt und der geworden ist, ich frage kalt und schmerzlich, **ich, der Wurm der Resignation**, der *Wurmfürst*, verängstigt und ein bißchen lustig: »Wie lange kann das so gehen?«

Madame *** höhlte die Grapefruits aus und füllte die noch feuchten Kelche mit Fisch, Pastete und Krabben und setzte dann ihrem Leben hinter dem Paravent eigenhändig ein Ende, »ich will nicht frei sein«, seufzte sie zufrieden.

Jitka wird gebracht, gut, daß ich ihren blutenden, gemarterten, schmächtigen kleinen Körper nicht mehr sehe, während sie sich neapolitanisch in kokettem Reitersitz auf einen Stuhl setzt. »Süßer Herr.«

Der Kurfürst und der Pater standen in einer tiefen Fensternische und sahen starr zu, wie unten auf dem Hof die Toten hereingetragen wurden. Die Fuhrleute sind stiller als gewöhnlich, sie kommen, packen, kehren um, sind stumpf und ausgemergelt, sie haben viel zu tun. Es ist kalt, der Schnee knirscht.

»Fahrt fort, Pater«, so der Kurfürst, wobei er mit seinem Siegelring an den Eisblumen am Fenster kratzte. »Ich möchte noch soviel hinzufügen, daß ich nichts fürchte und nichts erhoffe.«

»Vielleicht ist es gar nicht so wichtig, ob es Gott gibt, sondern vielmehr, wie er ist!«

Ich kann mir keine komischere Sache und keine tiefere Verbeugung vor dem Thron vorstellen als die Hoheitsbeleidigung eines gewöhnlichen Menschen.

»Sachte, sachte, Pater, auch wenn Ihr eine Kutte tragt. An Eurer Stelle würde ich ihn nicht so schnell abschreiben. Ihr scheint kein philosophischer Geist zu sein, auch Eure Soutane glänzt ja fettig – sollte dies das ewige Licht sein? antworte nicht! –, aber glaubt mir, die Abschaffung des Absolutums … also …, ich will Euch keinen Schrecken einjagen. Es gehört Größe dazu, dies zu ertragen.«

»Das sagt Ihr, mein Herr, als sei dies für Gott nicht nötig.«

»Ihr habt recht. Dafür ist wohl das gleiche nötig. Aber einerlei. Es gibt keinen Ausweg. Wir können es nicht umgehen, vor ihm zu erscheinen. Wir können unser Leben keinem anderen unterschieben, weder Gott noch den weltlichen Mächten. Hättet Ihr gedacht, mein kleiner Pater, daß unser Leben persönlich …«

Es war still, nur die Pferdewagen klapperten unten. Blöße, geronnenes Blut, die Hunde heulen noch. Plötzlich begreift der Pater, was Furcht bedeutet.

Pater: »Es ist etwas Furchtbares, alles hinwegströmen zu fühlen, was man besitzt.«

Kurfürst: »Auf Euer Wohl, Pater.« Beide trinken aus dem Giftbecher. »Niemals begeht man das Böse so gründlich und so freudig, als wenn man es aus Gewissen tut.«

Pater: »Die Menschen sind Gottes zugleich würdig und unwürdig.«

Kurfürst: »Wenn ich die Verblendung und das Elend des Menschen sehe, wenn ich das ganze stumme Weltall betrachte und den Menschen: ohne Licht, sich selbst überlassen und verirrt in diesen Winkeln des Weltalls, ohne zu wissen, wer ihn dahin gestellt hat, wozu er dahin geraten ist, was aus ihm werden wird, wenn er stirbt – der Pater stöhnte auf –, unfähig jeder Erkenntnis, kommt das Entsetzen über mich, wie über einen Menschen, den man schlafend auf eine verlassene und furchtbare Insel getragen und der erwacht, ohne zu erkennen, wo er ist, und ohne Möglichkeit, sie wieder zu verlassen. Und dann wundere ich mich, daß man nicht der Verzweiflung über einen so erbärmlichen Zustand verfällt.«

Pater: »Ich wäre ohne die Wunder kein Christ, sagte der heilige Augustin.«

Kurfürst: »Demut, Unterwerfung und Gebrauch der Vernunft: darin besteht das wahre Christentum.«

Pater: »Man müßte eine sehr gereinigte Vernunft haben, um den Großherrn in seinem stolzen Serail, umgeben von 40 000 Janitscharen, wie einen gewöhnlichen Menschen zu betrachten.«

Kurfürst: »Der Koffer ist leer.«

Der Atem des Kurfürsten hatte das Eis auf der Fensterscheibe auf einen kleinen Fleck zusammengeschmolzen, unten auf dem Hof waren die letzten Fuhren eingetroffen. Die Toten werden aufgeschichtet. Dort sind K., die Frau, Csáth und Drahosch, Jancsi Korom, Csicsi, der alte Sik, Márta Kászoni, Anna Bordács und Sophie Pintér, Judit Imecs, die Eltern Halassi, Uroma, Onkel Frédi, Perusz, der Mann von der Schiffschaukel, Rónitz, Daisy (heute schon keine Jungfrau mehr), der zerbrechliche kleine Körper von Robi, Gaby, die kleinen Jungen, Goethe-Forscher, Mr. Praecox mit seinem riesigen teuren Spazierstock mit dem Silberknauf, Ágnes, auch meine Mutter ist tot, ich habe sie ordentlich bestattet, da ist der ostfranzösische Büroleiter, alle, die schöne Anna Toroczkó und Jenő (!), der Teufel des Tanzparketts, Vacláv, Béla, der Novellist, alle, das Närrchen und die Schwarze mit den behaarten Schenkeln und den Kunstlederstiefeln, alle sind da.

Die schwarze Scham von Vilma leuchtet weithin. Die Männer lehnen sich müde an die Pferdewagen, eine Schnapsflasche macht die Runde; aus dem Schragen wird eine Axt hervorgeholt, und sie schlugen bedächtig arbeitend die Kutscherburschen tot. Die Hunde sind bereits verendet, jetzt könnte man sie gut gebrauchen, die Burschen rennen umher. Langsam ordnen sich die Dinge. Die blutigen Äxte werden mit Stroh abgerieben, Blut, Schlamm, Stroh.

Aber der Tag ist noch nicht zu Ende … Bei den ersten Schüssen rührt sich noch keiner. Auf manche muß mehrmals geschossen werden, die wollen gar nicht umfallen, stehen nur tölpelhaft herum, als würden sie nichts verstehen. Die Fuhrleute kämpfen lange um ihr Leben.

Der Kurfürst und der Pater auf dem kalten, farbigen Steinfußboden. Sie haben Schaum vor den Lippen wie Komondore, in ihren geweiteten steifen Blicken spiegeln sich die Wandfresken wider, nicht der Himmel. Es sind also alle tot.

Nur einer steht in dem dunklen Winkel, an dem Ort, wo wir uns befinden, für nichts haftend, in einem kleinen ungarischen Rausch, sein Herz ist so schwer wie ein Gaffiot-Lexikon, ein unterrichteter, bitterer, enttäuschter Mensch mit einer unsympathischen senkrechten Furche im Gesicht und einer eleganten Toledoklinge im Rücken, der vermaledeite Gastwirt, und er schreibt etwas ab …

Oh, oh, sagen die Vitrinesoldaten.

RUHMREICH IST ES FÜR DAS VATERLAND ZU STERBEN

Als an diesem Morgengrauen im April – und es war der Tag, an dem, wie ein kaiserliches Dekret bestimmt hatte, seine Hinrichtung stattfinden sollte – die Wächter in seine Zelle kamen, kniete der junge Eszterházy auf dem Boden, die Hände fest zum Gebet gefaltet. Sein Kopf war tief geneigt, und sein helles Haar fiel zur Seite, einen dünnen Hals und eine knochige Wirbelsäule zeigend, die sich unter dem kragenlosen Leinenhemd verlor. Die Wächter hielten für einen Augenblick ein, weil sie der Meinung waren, das Gespräch eines Grafen mit dem Herrgott sei ein genügender Grund, die strengen Vorschriften des spanischen Rituals zu vergessen. Selbst der Priester, seine ebenfalls zum Gebet gefalteten Hände nur stumm ringend, zuckte zurück; seine Handflächen schwitzten und hinterließen auf dem Elfenbeinrücken des Gebetbuches eine verräterische Spur; der Rosenkranz mit den olivengroßen Gliedern schaukelte unhörbar. Nur die Schlüssel an dem großen Ring in der Hand des Wächters ertönten zwei-dreimal ohne Rhythmus.

»Amen«, flüsterte der junge Mann und beendete damit sein Morgengebet. Und dann fügte er noch laut hinzu: »Verzeihen Sie, mein Vater …«

In diesem Moment begannen, wie auf ein Kommando, die Trommeln bösartig und gleichmäßig zu dröhnen, als fiele plötzlich starker Regen.

Ein Husarenoffizier mit rotem Gesicht und sich sträubendem Schnurrbart, eingerahmt von den langen Gewehren der beiden kroatischen Ulanen, die an seiner Seite standen, begann das Urteil vorzulesen. Seine Stimme klang heiser, und das Echo in der Zelle war wie leer. Das Urteil war streng und unerbittlich: Tod durch den Strang. Der junge Adlige hatte mit der Waffe in der Hand an einem dieser Bauernaufstände teilgenommen, die von Zeit zu Zeit das Reich erschütterten, plötzlich und unvorhersagbar ausbrechend, blutig, roh und hoffnungslos, um aber bald danach ebenso roh und hoffnungslos erstickt zu werden. Seine Herkunft und den Ruhm seiner Familie hatte das Gericht als erschwerenden Umstand angesehen und als Verrat nicht nur am Monarchen, sondern auch am eigenen Stand. Deshalb sollte die Strafe exemplarisch wirken.

Der Verurteilte begriff kaum ein Wort von dem Haufen monotoner Silben, die in seinen Ohren trommelten wie das Gedröhn der Trommeln. Die Zeit stand still. Vergangenheit, Gegenwart und Zukunft waren vermischt, die Trommeln dröhnten wie aufgeregte Pulsschläge, ferne Töne siegreicher Schlachten, triumphaler Züge und Sturmangriffe, genau wie das Trommeln anderer, schwarz bezogener Schlaginstrumente, die aber damals nicht seinen Tod ankündigten, sondern irgendeinen fremden. Trotz seiner jungen Jahre (er sah eher wie ein früh hochgewachsener Knabe als ein reifer, junger Mann aus) hatte er schon Wunden gesehen und Auge in Auge mit dem Tod gestanden, aber noch nie in solcher Nähe. Und gerade diese Nähe, dieses Gefühl des Atems des Todes in dem eigenen, nackten Nacken war es, was in seinem Bewußtsein das Bild der Wirklichkeit verdrehte, wie bei einem Astigmatiker, dem die Nähe der Gegenstände nur ihre Konturen verwischt. Woran ihm jetzt am meisten gelegen war – weil man in seiner Welt außer einem ehrbaren Leben nun einmal einen ehrbaren Tod zu schätzen wußte –, war trotz allem seine Würde zu bewahren, jene Würde, die von einem Eszterházy in einem solchen Augenblick gefordert wird.

Die Nacht hatte er wach, jedoch mit geschlossenen Augen und ohne einen einzigen hörbaren Seufzer verbracht, damit der Wächter, dessen Auge an das Guckloch gepreßt war, würde bezeugen können, der Verurteilte habe einen ruhigen Schlaf gehabt, als stünde ihm seine Hochzeit bevor und nicht der Tod. Und er glaubte *schon jetzt*, dank einer seltsam verschobenen Reihenfolge der Dinge, zu hören, wie dieser Wächter im Offizierskasino berichtete: »Meine Herren, der junge Eszterházy hat die ganze Nacht über fest geschlafen, ohne einen einzigen Seufzer, als stünde ihm seine Hochzeit bevor und nicht die Hinrichtung. Darauf kann ich Ihnen mein Ehrenwort als Offizier geben! Meine Herren, zollen wir ihm unsere Anerkennung!« Und dann ist (bildet er sich ein) der Kristallton der Gläser zu hören. »Ex! – Ex!«

Dieser Todesrausch, diese siegreiche Selbstüberwindung hielten ihn den ganzen Morgen lang aufrecht, und er unterstützte seine eigene Gefaßtheit durch Gebete, widersetzte sich mit zusammengebissenen Zähnen dem feigen Verhalten seines Gedärms und des Nervus Sympathikus, diesen Verrätern an seinem Willen und seiner Absicht; die alte Familienlegende stählte seinen männlichen Mut. Als man ihm also anbot, dank eines gnadenvollen Protokolls, seinen letzten Willen und Wunsch zu erfüllen, erbat er deshalb kein Glas Wasser, obwohl sein Magen schmerzlich brannte, sondern eine Zigarette, wie einst vor langer Zeit einer seiner Vorfahren einen Krümel Tabak erbeten hatte, um ihn dann gekaut dem Henker ins Gesicht zu spucken.

Der Offizier schlug die Hacken zusammen und reichte ihm sein silbernes Zigarettenetui. (»Meine Herren, ich gebe Ihnen mein Ehrenwort, seine Hand zitterte nicht mehr als meine jetzt zittert, da ich dieses Glas erhebe. Ex! – Ex!«) Mitten im ersten morgendlichen Sonnenlicht, das schief in die Zelle fiel wie in die Krypta eines Heiligen auf alten Bildern, hebt sich der Zigarettenrauch, violett wie die Morgenröte. Der Verurteilte fühlt, wie ihm dieser Rauch, diese herrliche Illusion, doch für einen Augenblick alle Kraft nimmt, ihn annagt, als habe er irgendwo aus weiter Ferne den Ton der Tarogatóflöte gehört, die sich über die Ebene ergießt, so daß er die Zigarette schnell auf den Boden werfen muß, um sie mit seinen Husarenstiefeln, von denen die Sporen entfernt sind, zu zerdrücken.

»Meine Herren, ich bin bereit!«

Ausgewählt wegen seiner militärischen Einfachheit, kurz wie ein Kommando, nackt wie ein gezogener Säbel und genau so kalt, sollte dieser Satz wie ein Losungswort ausgesprochen werden, ohne eine Spur von Pathetik; so wie wenn man nach einem Gelage einfach »Gute Nacht, meine Herren!« sagt. Aber, so scheint ihm jetzt, dabei kommt nichts Würdiges für die Geschichte heraus. Seine Stimme war zwar rein und klar, die Silben abgetrennt, der Satz recht einfach, jedoch irgendwie zu weich und angesprungen.

Seit jenem Tag, als ihn seine Mutter besucht hatte, hatte er, einer wahnsinnigen Hoffnung zum Trotz, einer verrückten und tief in ihm verborgenen Hoffnung zum Trotz, begriffen, daß von diesem Augenblick an sein Leben nur noch eine tragische Farce war, die von Menschen geschrieben wird, jedoch fast so mächtigen wie Göttern.

Sie stand hier vor ihm, groß, stark, mit einem Schleier vor dem Gesicht, die ganze Zelle mit ihrer Persönlichkeit ausfüllend, mit ihrem Charakter, ihrem riesigen Hut mit Federn und ihrem Kleid, das knisterte, obwohl sie sich in keinem Augenblick bewegte. Sie lehnte den einfachen, dreibeinigen Gefängnishocker ab, der ihr von den Ulanen angeboten wurde, die ihr eine Ehre erweisen wollten, wie sie hier wohl noch niemandem erwiesen worden war, doch sie tat so, als habe sie gar nichts bemerkt, als wüßte sie nicht, daß man eine einfache, hölzerne Sitzgelegenheit in ihre Nähe gerückt hatte, eine so schrecklich gemeine im Vergleich zu all ihren seidenen Volants. So verweilte sie während des ganzen Besuchs stehend. Sie sprach mit ihm auf französisch, um den Ulanenoffizier zu verwirren, der in einer respektvollen Entfernung abseits stand und dabei den gezogenen Säbel an seiner Schulter hielt, was man eher als einen Gruß der Ehrenwache einer Adeligen gegenüber (deren Geschlecht genauso alt war wie das des Imperators) verstehen konnte als eine Vorbeugung und Warnung der stolzen Besucherin der kaiserlichen Kasematten.

»Ich werde mich vor seine Füße werfen«, flüsterte sie.

»Ich bin bereit zu sterben, Mutter!« sagte er.

Sie unterbrach ihn streng, vielleicht zu streng:

»*Mon fils, reprenez courage!*«

Erst jetzt bewegte sie zum ersten Mal ihren Kopf kaum bemerkbar in die Richtung des Wächters. Ihre Stimme wurde zu einem Flüstern, das sich mit dem Geflüster ihrer Seidenvolants vermischte.

»Ich werde auf dem Balkon stehen«, sagte sie kaum hörbar. »Merke, falls ich in Weiß sein werde, bedeutet das, daß ich Erfolg hatte …«

»Und wenn nicht, werden Sie in Schwarz sein, nehme ich an«, erwiderte er.

Aus der Lethargie rissen ihn die Trommeln, die man schon wieder rührte, es schien ihm, sie seien jetzt viel näher, und er begriff auf Grund dieses belebten Bildes, in dem alles soeben noch still gestanden war, wie versteinert, in einem stummen Dauern, daß das Vorlesen des Urteils nun beendet war; der Offizier faltete das Blatt zusammen, der Priester neigte sich ihm zu und segnete ihn mit dem Zeichen des Kreuzes; die Wächter nahmen ihn unter die Arme. Er gestattete nicht, daß man ihn hochhob, sondern richtete sich selbst ohne weiteres auf, nur leicht gestützt von den beiden Ulanen. Plötzlich, noch bevor er die Schwelle der Zelle überschritten hatte, tauchte in ihm, zuerst irgendwo in seiner Brust, um ihn dann ganz zu durchfluten, die Gewißheit auf, daß dies alles doch so werde enden müssen, wie es die Logik des Lebens fordert. Denn alles war jetzt gegen den Tod, alles in diesem grausigen Traum auf der Seite des Lebens: seine Jugend, seine Herkunft, der Ruhm seiner Familie, die Liebe seiner Mutter, die kaiserliche Gnade, ja, auch diese Sonne, die auf ihn fällt, während er, mit auf den Rücken gefesselten Händen, so wie ein Räuber, auf die Kutsche klettern muß.

Aber das dauerte nicht lange, nur bis die Kutsche zum Boulevard gelangt war, wo ein lautes Volk, aus dem ganzen Reich hergebracht, schon auf ihn wartete. Durch die verdünnten Salven der Trommeln hörte er das Rauschen des Pöbels, sein drohendes Murmeln, und er sah viele haßerfüllt gehobene Fäuste. Die Menge johlte und ließ die kaiserliche Gerechtigkeit hochleben, denn eine jede Menge jauchzt immer nur dem Sieger zu. Diese Erkenntnis erschütterte ihn. Sein Kopf fiel deshalb leicht auf seine Brust, seine Schultern zuckten zusammen, als verteidige er sich vor Schlägen (auch der eine oder andere Stein kam geflogen), er neigte sich ein wenig aus der Hüfte. Das genügte aber schon, denn der Haufen fühlte sofort, daß ihn jetzt der Mut verließ und wie sein Stolz in sich zusammensank. Das rief frohes Gejohle hervor. (Denn die Menge liebt es sehr, wenn Stolze und Mutige zusammenbrechen.)

Am Ende des Boulevards, dort, wo die Paläste der Adeligen beginnen und das Gedränge sich verdünnt, richtete er seinen Blick wieder auf. Im Lichte der Morgensonne sah er den blendend weißen Fleck auf dem Balkon. Über das Geländer geneigt, ganz weiß gekleidet, stand dort seine Mutter, und hinter ihr – als sollte das lilienhafte Weiß ihres Kleides noch stärker hervorgehoben werden – sah er die großen dunkelgrünen Blätter eines Philodendrons. (Er wußte nur zu genau, dieses Kleid war ein Familienstück: Eine ihrer Vorfahren hatte es zu einer kaiserlichen Hochzeit getragen.)

Plötzlich richtete er sich auf, fast trotzig, als wünsche er dieser drohenden Menge zuzurufen, daß ein Eszterházy nicht einfach nur so sterben kann, nicht hingerichtet werden kann wie irgendein Wegelagerer.

Und so stellte er sich dann auch unter den Galgen. Als der Henker den Schemel unter seinen Füßen wegschob, wartete er anscheinend noch immer auf ein Wunder. Dann drehte sich sein Körper am Strick, seine Augen traten groß aus den Höhlen, als habe er plötzlich etwas Entsetzliches und Schreckliches erblickt.

»Meine Herren, ich stand nur zwei Schritte von ihm entfernt«, erzählte noch am selben Abend jener Ulane mit dem sich sträubenden Schnurrbart im Offizierskasino. »Als sie ihm die Schlinge um den Hals legten, betrachtete er die Hände des Henkers so ruhig, als binde man ihm ein Halstuch aus Brokat um … Darauf, meine Herren, kann ich ihnen mein Offiziersehrenwort geben!«

Es gibt zwei mögliche Schlüsse. Entweder ist der junge Edelmann tapfer und würdevoll gestorben, den Kopf im vollen Bewußtsein der Gewißheit des Todes hochhaltend, oder aber alles war eine gut durchdachte Inszenierung, deren Fäden eine stolze Mutter in den Händen hielt. Die erste, die heroische Version, wurde zuerst mündlich, später auch in Chroniken aufgeschrieben, von den Sansculotten und Jakobinern unterstützt und verbreitet. Die zweite, nach der der junge Mann bis zu seinem letzten Augenblick hoffte, es könne noch zu einer wundersamen Wende kommen, zeichneten die offiziellen Historiker der mächtigen Dynastie Habsburg auf, um die Geburt einer Legende aufzuhalten. Die Geschichte wird von den Siegern geschrieben. Überlieferungen werden von der Menge gewoben. Die Schriftsteller phantasieren. Gewiß ist nur der Tod.

~~In dem Text finden sich in wortwörtlicher oder in verzerrter Form unter anderem~~ Danilo Kiš-Zitate

HALASSIS SCHREIBHEFT

Ein Heft

– – – – feuchtfülliges Fruchtlictarium, Schilfhonig, Rosinenbeeren. Die Literaten dieser Zeit können mit ihrem Gekritzel und all ihrem Ungarisch und ihrer Wissenschaft nicht einmal die sauren schwarzen Wacholder von dem seyn, was mit seinem schönen Roth betöret und durch Reize der Wissenschaft vermengt ist mit den gänzlich ungarischen, reifen süßen Kirschen – – – – *Der Himmel sei mit Ihro Gnaden und vergesse er nicht: Nulla dies sine linea ducta. Coram plura. Untertänigster Diener Ihro Gnaden:*

Leidenschaftlich wilde Laune und künstlerische Instinkte stehen gar nicht immer sehr weit voneinander. Der Ungar liebte die Pracht auch hernach! Daran erkannte man uns immer schon. Unsere Könige und Fürsten haben die Fremden häufig genug geblendet. Selbst zu Zeiten von Mohács. Der ungarische Primas überstrahlte sogar Rom. Wir sind das Volk von Mátyás Hunyadi und das von …, Babits.

Judit Imecs stirbt. »Ich habe niemanden getötet.« Namen ohne jede Eitelkeit und Verzweiflung. Musik. Eine bleiche, traurige Hure; bieriges Gekotze – am laufenden Band. Verrat, Reisigflammen. Zähne in der Nacht. Die Mädchen verschwinden, als letztes sieht man ihre Schultern. Und gerade in diesen Nächten waren die Sterne groß und wie aus Goldpapier gestanzt und flimmerten fett wie aus Teig gebacken, und der Himmel war noch in der Nacht blau, und die dünne, mädchenhafte Mondsichel, ganz silbern oder ganz golden, lag auf dem Rücken mitten darin und schwamm in Entzücken.

Das Heft ist staubig. Es ist alter Staub, neuer Staub, mit Fingerabdrücken übersät. Etwas Stoffartiges am Rücken des Heftes ist schwarz und löst sich auf. Die Ecken liegen blank, die obere Schicht rollt sich auf. Geschmier, Gekritzel, Eichel, Phallus, Akropolis. Inzwischen hält er die Feder anders, die Striche sind dünner geworden. Die Landschaft flüchtet vor dir.

Mein allerliebs Muzerle, Ich werde Tag undt Nacht eillen, dass ich Dich, mein Herz undt einzigen Trost, frisch undt gesundt antrefen undt auch eigenen Contento mich ergözen möge, indem warhaftig bekennen muss, das so nur an Deiner Abwesenheit gedencke, alsobalt grosse Leiden meines Herzens verspiere. Er werde zu ihr eilen. Sollte das Regiment früher von der Unterbringung aufbrechen, als er dort ankommt, wird er vorspannen lassen und für alle Notwendigkeiten seinem Hilfsadjutanten zur Verfügung stehen. Er bittet sie, nicht traurig zu sein. Er werde für ihre glückliche Niederkunft beten. Er hat schwere Verwundungen – einen Kugeleinschuß rechts am Leib und am rechten Arm, einen Dolchstich am Bauch, zwei Schnitte am Kopf. Für die Kammer sollte man ein Inventar erstellen und den Schlüssel dem Feldboten übergeben, auf daß er alles vor dem Staub, dem Rost und den Motten schützen könne.

Andere Male wurde er einfach getrieben, war ausgeliefert und hilflos, wie ein schwerer Kartoffelsack, beschämt darauf erpicht, daß ihn jemand auspackt und nachschaut, um was für Fetzen es sich bei diesem Sack handelte. Verklebt lehnte er sich an irgendeinen starren Gegenstand, ein Rauschen, der Regen rieselte. Er nahm einzelne Bewegungen wahr, ein langes Haar wie bei den Zackelschafen, erstaunlich schmale Schultern, zerbrechlich, aber unerbittlich, eine Nase, Gesichter, eine Frage in einem Gesicht, Ungläubigkeit – alles kann geschehen –, die Angst, die Sehnsucht, die Sehnsucht nach einer Rebellion, ein Haarschopf, grau, hart, blockartig, schlecht lackierte Nägel, an denen der Perlmutt abblättert, Speichel an einem fleischigen Finger. Langgestreckte Lichter fielen in den Raum. Hinter seinen zitternden Lidern erschienen die gewohnten goldenen Kreise, stiegen zum schwarzen Himmel auf, wo nur der Mond zu finden war, Sterne, andere Himmelskörper – und Gott. Letzter Satz? Mihály Halassi.

Brechreiz. Der Glockenton verändert sich je nach Landschaft. Es ist Mittag, etwas Zeit. Vorsichtig verstecken sich die Dorfbewohner hinter den Fensterläden. – **Und wäre auf diese Weise wirklich etwas gewonnen? Oder sind wir nur dem Gewicht und dem Dämmerlicht der Wirklichkeit ausgewichen? Oder: Mit eurem ganzen Sein seid ihr eine Sehnsucht, deren wir um so mehr bedürfen, je mehr Gefahr uns droht, so daß wir nicht länger warten, sondern uns in den Tatendrang schicken – der möglicherweise unverzichtbar ist, die Leere aber, die sich vor einem auftut, niemals füllen kann.**

Du hast gegeben, du gibst, es war, es ist, es wird sein. Frühmorgens reitet sie täglich auf dem Rücken ihres Mannes zur Wiese hinaus, um Tau zu sammeln. Das Rasenschwein ist ein dürres Schwein. Lüsternes Gegengewicht? »Sie sind ein merkwürdiger Mensch.« »Entschuldigung.« Ernsthaft blickte sie Miska in die Augen, dann drückte sie mit ihrem breiten Daumen den Kerzentropfen ganz langsam flach. »Ihr Schwert ist etwas zu lang, nicht wahr?« Zwei Bällchen in Gefangenschaft – – – – Hör mal! Du bist vielleicht ein feines Weib! Ich weiß! Du hast vielleicht einen feinen Hintern! Stimmt's? Den hättest du wohl gern. Den hätte ich wohl gern.

Aber nein, die Kämpfe in Paris, das ist lang her ... Im allgemeinen: Solange sie mich nicht über Gebühr schlugen, benahm ich mich wie ein Mann, einem Muster folgend, das ich mir vorgestellt hatte. Aber sobald die Folter eine gewisse Stufe erreichte, zum Beispiel durch Herausreißen der Fingernägel, erschrak ich furchtbar und flehte auf feige, niederträchtige Weise, man möge mein Leben schonen. Zum Glück wußte ich von allem überhaupt nichts. Das wiederholte ich bis zum Morgengrauen. Formidables Vaterland! Es gibt keine Möglichkeit, der Treue zu entgehen.

Der Hund bellt. Abgebrannte Dörfer, hinten im Abteil schlägt mein Bursche den Rock einer Zigeunerin hoch. *Falls ich es bin, den ihr suchet, hier bin ich!* Gehen wir tapfer, denn ich weiß, Gott wird mit uns sein! Mittags, als die Sonne besonders heiß schien, wurden die Gesichter der Toten schwarz. Geht es um ein Schöntönen oder um eine Tonannehmlichkeit? Erörtern wir das einmal!

Was ist los, Annchen? Oh, langsamer, mein Herz, Jancsi Korom, es tut recht weh. Und er schimpfte los, du Hure mit der ausgefranzten Kruppe – – – – Was die ersten beiden Punkte anbelangt, daß man »an der Freiheit Ungarns nichts verbessern müßte«, ist allerdings wirklich ein besonders guter Ratschlag. Huldigen, verklären, betteln, zersetzen, verrecken – – – – Wer bin ich denn? Eine kleine *crise d'identité*, dir zuliebe. Mein Gott, wie mir die geistreiche Ironie zum Hals raushängt: Es genügt nicht, den Widerspruch in ein Paradox zu wenden, man muß auch damit *leben*, weiterleben, weiterarbeiten – – – – Meine Fragen, bekräftigte Peisistratos, haben sich auf den manierierten Stil und die Wahl der Erzählperspektive bezogen.

Was die Handlung anbelangt, soll sie leidenschaftlich sein, voll phantastischer Begebenheiten und bewundernswerter Helden, hinreißender Heldinnen, beachtenswerter Redeweisen und bunter Nebenfiguren, die dichterische Sprache soll charakteristisch sein ... Aber es soll auch nicht bloß um ein Traktat gehen oder um logische Belehrungen – denn ich habe ja gefühlt, daß das magere Licht unseres Seins von einem mächtigen Schatten umarmt wird, wie das Meer die Ufer meiner Insel umarmt. Unmäßige Phantasien, rohe Sachlichkeiten, reine, inhaltslose Musikalität wären für sich allein nicht recht. All diese Möglichkeiten aufzunehmen, aufzuheben in einem Werk, das nicht verdrießlich wirkt, nicht tölpelhaft grinsend, sondern gewagt, von Leidenschaft durchdrungen, heiter durch den Schmerz der Erkenntnis und weise lächelnd über das Entsetzliche im Leben – danach habe ich mit ruhiger Bedachtsamkeit gestrebt.

Die krächzende Welt. Extreme Gegensätze von ungezügelter Lust und leisem Erahnen sind in mir gleichzeitig vorhanden. Mein Ziel zu beschreiben ist daher nicht notwendig; ich will leben, frei leben ... Oh ja, meine Freundin, es ist wahr, der Mensch ist von Natur aus ein ernsthaft wildes Tier.

Gieße mir denn das salzige Wasser deiner Reue über die Füße – sagte ich umgehend –, und so ich mein wütendes Schwert in die Scheide gesteckt habe, stecke auch du mein verliebtes Schwert in deine Scheide. MEINE KLEINE MUSE, KOMM GESCHWIND: LASS MICH MEINE FEDER EINTUNKEN!

Großer Himmel! Ich habe vergessen, euch *unmäßig* viel Glück, Gesundheit, Tapferkeit, schöne Gedanken und treue Menschen für das neue Jahr zu wünschen!

Oder gibt es auch einen Pessimismus, der aus der *Stärke* heraus entsteht? Die Schwierigkeit ist, die Grundlosigkeit unseres Glaubens einzusehen. Und da folgt ein Wortwitz, unübersetzbar: honderű (Glück des Vaterlands) = honte des rues (Schande der Straßen), József Eötvös.

Sein der Fürstlichkeit würdiges, schmuckes und auch anständiges Antlitz, die Zusammenfassung seiner wunderbar schönen gleichmäßigen Glieder und Körperteile, seine wohlgeborene herrschaftliche Gestalt, die von dem Scheitel bis zur Sohle heldenhaft gebauet war, fanden auch fremde Nationen ansehnlich, sein Name war nicht geringer als Scheene Graff.

Dieser großen Pracht entsprachen seine Kräfte, denn an seinem Hofe gab es keinen übrigen Mann, mochte der sich auch sehnig, breit oder ungeschlacht ausnehmen, den er nicht eben grad mit dem Ellenbogen (falls er das hätte wollen) hätte zurechtweisen können. Niemand hätte beim Schießen ein Object besser anvisieren können, niemand in die Mitte eines Ringes meisterlicher treffen können, dem Pferde nicht besser die Sporen geben können. Sein tapferes Herz, nur schon im vorigen Jahr, erstaunlich, da war er unterhalb von Szegesd, und während über seinem Kopfe die Haubitzenkugeln dicht vorbeipfiffen, war er von diesen in keinem Fall erschrocken, das viele Heidenvolk wollte schon gegen ihn anrennen, hätte sie der Befehl seines Klugen Recken, seines Schwähers, nicht aufgehalten.

Er umarmte die Frau, hüllte sie ein. In seinem schlanken Jungenkörper fühlte er die ungezügelte Kraft junger Männer, Maßlosigkeiten und himmelschreiende Wallungen. Judit Imecs. Nahe sein. Nur das. Die Liebe als Selbstdefinition. Plötzlich wühlte er den Kopf in die Frau hinein, völlig unklar, wohin genau, in etwas gutes Weiches, und er begann zu schluchzen.

»Ich gelange zu Gott durch jene, die ich liebe.« Bei dieser Gelegenheit aber betrachten wir das Material aus anderen Gesichtspunkten. Leider wird bald nicht mehr die Zeit der Herr sein. 16. Juni, der Tag der Blumen, Intarsie. Bloomsday.

Wie Sie sehen, bin ich Revolutionärin. Das bin ich, denn nur so finde ich es sinnvoll, mein Leben zu opfern. Ich weiß, Sie glauben mir. Und schauen Sie nur, wie ich Ihren Körper und Ihre Persönlichkeit betrachte, da werde ich selbst edler. Sie dürfen mich bitte nicht mißverstehen <du rossige Stute, reitende Lust, hechelnder Kitzler, tanzende Kuppe, Schmerzen, Schmerzen>, keine Angst, das Leben macht Sie nur wertvoller und besser. (...) Franci schreibt, daß Zsiga Selbstmord begangen habe. Aber ich glaube es nicht, es wäre unplausibel, wegen ihrer Mutter würde sie das nicht tun. Haben Sie von diesem Fall gehört? Es gibt glückliche Menschen.

1. Eine Prothese, chamoisfarben – – – – 2. Und dort gab es ein Fräulein, so ein schönes, braunes Erlebnis, unvergeßlich, das, welches – – – – 3. »Wie bitte?! Professor! Sie wollen spazierengehen?! Sie sollen nicht wollen. Mir soll ein Jude die Natur nicht lieben.« Und: »Ich verrecke. Aus. Ich weiß es. Ich bin nicht blöd, ich habe Angst. Ein Mann soll seine Gefühle nicht zeigen. Gut, ich verrecke und aus. Professor, Sie werden auch verrecken. – Oder vielleicht so: Ich bin ein zynischer Voltairianer.« Großer Gott, wie viele »deshalb« es gibt.

Der Mondsichel schneidet einen tiefen Riß in das Laken der Nacht: Sieben Kinder jagen einander, dann zwölf Männer, kichernd, schwankend, sie verdreschen den Vordermann, dann treibt eine greise Hexe einen Backfisch mit entblößten Brüsten, ihre Brustwarzen sind rosarot, ihre Mähne flattert, sie schikaniert eine wilde Weibs-Frau, ihre Brustwarzen sind schön braun, dann die süße milchige Frau, ihre Brustwarzen sind riesig, sie vertreibt die greise Hexe, ihre Brustwarzen sind eingesackte Runzeln.

Wir wollen die Kleider unserer Frauen in Beschlag nehmen.
Ohn jedweden Übergang kam unterhalb des Gürtels ein leichter Juckreiz auf, den ich von dem Orth her nicht genau definieren konnte. Nach kleinen seelenbetäubenden Liebesbezeugungen fuhr er mit der Hand in meine Unterwäsche und machte sich auf den Weg aufwärts. Diese Indiscretion hatte mein Unterleib des gleichen gelöst, die Verblüffung, gepaart mit Hoffnung nahm mir schier den Verstand. – Ein

Satz ist an sich weder wahrscheinlich noch unwahrscheinlich. Ein Ereignis stellt sich ein, oder es stellt sich nicht ein, hier gibt es keinen Mittelweg.

Der 16. Juni. Heute ist der Tag des Abschieds. Ich erwache in der Nacht, höre das Schnaufen meiner Frau. Berühre ihre Schultern, den Hals, das Gesicht. Ich sehe den ausgelieferten schlafenden Menschen. Er atmet usw.; funktioniert – das hat etwas Abstoßendes. Mit dem Finger ziehe ich unterhalb ihrer Nase eine Linie. Die Unerbittlichkeit dieser Bewegung hält das Gleichgewicht zur Zärtlichkeit.

Plötzlich knie ich mich im Bett hin und beginne sie zu schütteln. »Wach auf, wach auf!« schreie ich. Ein Knie halb auf ihrer Hüfte. »Ich will, daß wir ein Kind haben. Ich will ein Kind haben. Bring mir eins zur Welt. Jetzt! Sofort! Ich will es!« Ich bin verklebt, keuche. Träge hebt sie ihren schläfrigen Blick zu mir, »jetzt soll ich es auf die Welt bringen?«, fragt sie langsam. Ihr abgestandener Mundgeruch streift mich, ihr dampfiger Gestank, und das beruhigt mich etwas. Ich versuche, sie zu überzeugen, »schau, ich habe Macht, ich bin stark und reich, habe das Schicksal von Menschen in den Händen, wenn es sein muß, werde ich töten ...« Auf einen Schlag bin auch ich müde, jetzt höre ich gespannt auf meinen eigenen Atem.

Reiner, Rainer, fleckenlose Maria: Denn gestehen wir es nur: Die **Landschaft** ist ein Fremdes für uns, und man ist furchtbar allein unter Bäumen, die blühen, und unter Bächen, die vorübergehen. Allein mit einem toten Menschen, ist man lange nicht so preisgegeben wie allein mit Bäumen. Denn so geheimnisvoll der Tod sein mag, geheimnisvoller noch ist ein Leben, das nicht unser Leben ist, das nicht an uns teilnimmt und, gleichsam ohne uns zu sehen, seine Feste feiert, denen wir mit einer Verlegenheit, wie zufällig kommende Gäste, die eine andere Sprache sprechen, zusehen.

Innerer Monolog: Aber Heiterkeit bedeutet nicht Emotionslosigkeit und vor allem nicht das Fehlen der Leidenschaft! Ich will der Welt nicht verzeihen, ich will nicht auf sie pfeifen wie auf einen Lausbub, ich will leben, also will ich lieben. (Textverbesserung, sagt der Wanderer in mir und reibt sich die staubigen Augen, bis sie rot sind und voller Tränen ...) Man sieht soviel tragische, nicht nachweisbare Verlotterung! Beobachte dich selbst mit den Augen deiner Feinde; die versteckten Schwächen bedeuten vielleicht einfach nur eine übermäßige Neigung sich selbst gegenüber ... Und du, mein Freund, sollst deine schwindende Jugend hoch achten, das hitzige Blut in dir, deine Sehnsucht nach Zukunft, deine scheinbar überschüssigen Kräfte (wie du beispielsweise die Masken hexenhaft wechselst), du sollst dich selbst in dir hoch achten, die Kugel in der Kugel, die sich in der Kugel dreht – – – – Jancsi Korom trieb seinen Apfelschimmel mit den Schenkeln an, das fahle Licht stolperte über den von runden Flecken gefärbten Leib des Tieres, ein liebliches Lüftchen stieg aus dem Gras. *Wir atmen aus voller Lunge! Ich mag es*, rief Jancsi, *wenn mein Leben eine breite Marge hat!* – Wütend durchquert er das purpurne Heidekraut, den goldenen Hahnenfuß, das frische Gras. Festlich duftet im Tal das von der Sonne durchwärmte Laub. In den Bergen (Verbergungen?) tropft aus den Tannen der Harz, der Schleier der Felsen umhüllt ringsum den Himmel, am Hang rauschen die blauen Zwirbeltannen. – Und im übrigen gilt auch hier die Beschränkung, die immer vorausgesetzt werden muß, wo einer versucht, dem Leben eines Menschen wahrsagend nachzugehen: »Wir werden oft vor dem Unbekannten innezuhalten haben.« Notabene: Für einen Schriftsteller ist die Literatur eine Rede, die bis zum Tod (wessen?) immerzu wiederholt: Ich fange gar nicht erst zu leben an, bevor ich nicht weiß, was der Sinn des Lebens ist ... Ein Werk ist niemals die Antwort auf die Geheimnisse der Welt.

in unserem diarrhöischen Hirn taucht Koroms schelmisches Grinsen auf, die schlanke Taille der Drahosch, die sprühende Weiblichkeit der Judit Imecs, und wenn uns in der Einsamkeit die Kälte Gottes anhaucht und sich der räudige Wille nur selbst am Leben hält, dann bevölkert sich unsere Vorstellung, die leicht über verschneite Landschaften tanzt und seichte Friedfertigkeit bietet, mit gesichtslosen Schwestern und mit deren heißem, taubenetztem Schoß, ihr billiger Parfumgeruch vermischt sich mit dem Benzingeruch und mit dem heißen, taubenetzten Schoß einer Abteilungsleiterin, einer Apothekerin, von einer, die für den Bürgermeister arbeitet, einer Bardame, einer gewieften Hilfsarbeiterin, Bibliothekarin, Buchhändlerin, Literaturagentin, Buchhalterin, eines Buches, einer herrschaftlichen Hure, Bettlerin, Hauswärterin des Kollegiums, Materialprüferin, Prozeßreglerin, Systemorganisatorin, Revolutionärin, Mathematikerin ohne Abschluß, einer, die < > gesehen hat, Diamantenschleiferin, freien Schreibwarenverleiherin, Arbeiterin, schurkischen Forscherin, einer Privatisierenden, einer Pfarrerin, Gelegenheitsarbeiterin, Hausangestellten, Meinungsforscherin, Liedersängerin, Hundezähmerin, Innenarchitektin, Kassiererin, Kellnerin, Amme, Korrektorin, Künstlerin, Lehrerin (am Gymnasium bzw. an einer Hochschule), Lektorin, Akrobatin, Maklerin, eines Mannequins, einer Masseuse, Mikrobiologin, einer Frau, die auf dem Lebensmittelsektor arbeitet, einer ehemaligen Nonne, einer Organisatorin, Personalchefin, Physiotherapeutin (sie ist unnachgiebige Kennerin der Knie), Psychiaterin, Psychologin, Psychometerin, der Márta Kászoni, einer Dame der Werbung, Rechtsberaterin (Abtreibung, Invalidität, Suchtmittel, Einschulung, gefährliche Schwangerschaft, Geschlechtsberatung, Berufswahl, wie man den Trabanten pflegen muß), einer Polizistin, einer Spionin, einer Schauspielerin, Röntgentechnikerin, Schriftstellerin, ungeschützten Studentin, wie Pfirsich, einer Sekretärin, einer kleinen Ballerina, einer staatlich geprüften Linguistin, einer verrufenen

Straßendirne, einer Vertreterin, Direktionsangestellten, Tagesschwester, einer Mutter, deren billiger Parfumgeruch sich mit dem des Benzins vermischt

»abgedeckte Beethoven-Variationen«: To be or Nato be. Übersetzung? Ami-gos, sprach der Patagonier finster. Das Handgemenge heißer Indianer, das ist ein Übersetzungsfehler.

Sorgen Sie bitte dafür, daß heute abend ausnahmsweise Sekt serviert wird. – Fräulein Braun nickte: Ich glaube, erst nach dem Fasan, denn zum Wildgeflügel müssen wir einen Burgunder anbieten. – Oh, wie sehne ich mich manchmal nach den lombardischen Stuffados, nach den Tagliarini und Broccoli der holdseligen Toskana! Alles schwimmt in Öl, träge und zärtlich, und trillert Rossinis süße Melodien und weint vor Zwiebelduft und Sehnsucht! – Das Wesen eines Romans ist meiner Ansicht nach folgendermaßen: Er führt uns in eine geschlossene Welt, wo einem alle Personen und jedes Möbelstück bekannt erscheinen, und während man weiterliest, spürt man Seite für Seite immer deutlicher, wie das Leben und die Zeit verstreichen. – Dieser Tod, dieses Leben, diese Erde, dieser Aufruhr, dieser Gott, dieses Ja und dieses Nein, diese Liebe, das alles war in ihren Augen eine fürstliche Passion. – Und trotzdem ist er nicht allein: Die Stadt, das Land und die weiteren Landschaften sind verwoben und durchzogen mit den Räumen von Freunden, mit tiefen, stickigen, ineinander übergreifenden Raum-Segmenten, mit der Aussicht auf blühende Bäume, auf eine Kirche, auf einen mit Bitumen bedeckten Korbball-Platz, auf eine wacklige Überführung, jemand spielt einfallsreich Satie, eine Frau ächzt, ihr tut das Kreuz weh, was soll sie machen, ein Vater schweigt lang, sein Gesicht ist voller Wunden, wer weiß, woher die stammen, jemand ahmt einen anderen nach, Räume, Räume, Räume, Cézannes ungeschlachte, göttliche, zermalte Blöcke.

»Ich war ganz eingenächtigt.« Wir bitten das entsprechende Personal in Hajdúszoboszló, den Flughafen zu beleuchten, denn die Eiserne Lunge ist im Anflug.

1. In der fortgeschrittenen Industriegesellschaft herrscht eine bequeme, reibungslose, vernünftige und demokratische Unfreiheit, die ein Zeichen für den technischen Fortschritt ist.
2. Kann die menschliche Freiheit durch das Leid erblühen, in einem Leben voller Armut und Stumpfsinn? Das frage ich. Fragt der eindimensionale Mensch.

Ich weis nicht, mein Schatz, zu capieren, wo Du hinzielen tuhest, Gott weist mein Unschuld. Für die Vorwürfe wegen des Tanzes in Lőcse gäbe es keinen Grund. Er sei genötigt gewesen, sein Wort zu brechen, indem er wegen seiner Thätigkeiten sie nicht aufsuchen konnte. Für Kummer gäbe es keinen Grund: er könne nicht immer bei ihr sein, damit würden sie nur ihr Glück aufs Spiel setzen; es gäbe Gelegenheiten genug, die Zeit gut zu verthun, vor allem im Sommer, man kann im Wald spazieren gehen und nach der Wirtschaft schauen. *Man darf nicht meinen, daß er das mit den eigenen Worten nicht leichter und vielleicht schöner hätte sagen können. Im Gegenteil ... Die Nachahmung aus Ehrfurcht: der Schlüssel aller klassizistischen Künstler. Es ist nicht schwer, die Bilder, Teppiche und Vorhänge an die alten Plätze zurückzubringen.*

Wieviel schmeichlerische Sprachen voller Hinterlist! Mit fluchendem Gepolter und scheltend sprach er auch derlei Dinge: daß doch jenes Heer sich getrost in alle Lüfte auflösen möge! Den Verzweifelten gab er Zuversicht, die Kranken ließ er kurieren. Beginnen wir doch mit einem aufrechten Herzen, dann gebet Gott uns das Glück.

Es ist viel Leid und Tücke von Nöthen, um vom Werke des Henkertums zu erlösen, auf daß wir besser ins Auge stechen ... – der Fall vom Padiumonton trifft schneller ein, als das Wort gesprochen wird, so ist das Verderben des Bösen ein plötzliches.

Wie von einem Kreuz quillt vom Turm das Licht. Die Dämmerung bricht ein. Mein herzensliebes Weib, meine Wonne, mein Edelstein, meine mir die Seele tröstende Liebste, ohn Ermüdung glaubet während ich in der Ferne weile daß all mein Trachten dahin geht, bald zu dir aufzubrechen.

Es gibt sie; es gibt hier viele Zitate. Morgen bricht er auf. Gott hat seine Fäuste geballt, es schneit. Wüßte er, daß sie ihm immer noch gram ist, würde er – da er zur Empörung vieler wegen ruchloser Beschuldigungen verurteilt ward – den Weg linker Hand einschlagen.

Und die Autoren genießen die Villenviertel nicht mehr. In allen Teilen der Welt erforschen Privatdetektive für sie jenes unersetzbare Etwas, was einst die Handlung selbst war. – Früher hat man hier und dort angefaulte Histörchen herbeigezerrt. Ich würde freudig mehr schreiben: Es ist jedoch nicht genügend Leere in mir zugegen.

Gestehen wir es ehrlich: Wir haben kein Theater mehr, wie wir auch keinen Gott haben: dafür würde man ein Publikum benötigen. Jeder hat seine eigenen Ideen und Bedenken, und von alldem zeigt er den anderen nur so viel, was ihm nach Lust und Laune nützlich scheint. Unentwegt verdünnen wir unseren Verstand, damit er jeweils gerade eben ausreicht, dabei müßten wir eine gemeinsame Klagewand errichten, hinter der das Unbegreifliche Zeit genug hätte, sich zu sammeln und zu festigen.

Dort draußen hat sich vieles verändert. Ich weiß nicht, auf welche Weise. Aber gibt es hier innen drin und vor Dir, mein Gott, vor Dir stehend innen drin, vor Dir, Du einziges Publikum – gibt es da für uns noch irgend eine Handlung? Wir wissen wohl, daß wir die Rolle nicht gelernt haben, wir schauen in den Spiegel, gerne würden wir die Schminke und sonst alles Falsche abwischen, damit Du uns siehst, wie wir wirklich sind. Aber irgendwo klebt an uns bereits ein Stück von der Maskerade, das wir übersehen haben. Unsere Augenbrauen bewahren noch die Spuren von Übertreibungen, und wir merken nicht, wie sich der Mundwinkel immer noch nach unten biegt. So stolpern und straucheln wir, halb Mensch, halb Karikatur, wir alle: Wir sind weder Schauspieler, noch sind wir echt.

Da aber brach ein Applaus aus, so sehr fürchteten sie das Endergebnis. Und da haben sie, sozusagen im letzten Augenblick, etwas abgewehrt, wodurch sie zu einem neuen Leben gezwungen gewesen wären.

Ich lerne zu sehen. Ich weiß nicht, warum, aber alles in mir dringt tiefer und tiefer hinab und bleibt nicht dort, wo es sich bislang abgesetzt hatte. Von dieser inneren Gegend wußte ich bisher nichts. Jetzt gelangt alles dorthin. Was dort passiert, weiß ich nicht.

Es ist alles hell, trotzdem ist der Morgen noch nicht angebrochen.

DIE HILFSVERBEN DES HERZENS

Sprechen kann, wer hoffen kann,
und umgekehrt
Ludwig Wittgenstein

Vorwort

Die Geschichten, die heute geschrieben werden, sind alle sehr schön, bedeutend, tief und nützlich, temperamentvoll oder abgeklärt. Aber sie haben keine Einleitungen. Darum habe ich beschlossen, diese Geschichte so zu schreiben, daß sie eine Einleitung braucht.

Es ist inzwischen fast zwei Wochen her, seit meine Mutter tot ist, und ich möchte mich an die Arbeit machen, bevor das Bedürfnis, über sie zu schreiben, das bei der Beerdigung so stark war, sich in die stumpfsinnige Sprachlosigkeit zurückverwandelt, mit der ich auf die Nachricht von dem Tod reagierte.

Ja, an die Arbeit machen: denn das Bedürfnis, etwas über meine Mutter zu schreiben, so unvermittelt es sich auch manchmal noch einstellt, ist andererseits wieder so unbestimmt, daß eine Arbeitsanstrengung nötig sein wird, damit ich nicht einfach, wie es mir gerade entsprechen würde, mit der Schreibmaschine immer den gleichen Buchstaben auf das Papier klopfe, m m m m m mmm m mmmmmmmm m mmm m m m

Ich benutze die Sprache nicht, ich will nicht das Wirkliche erkennen und noch weniger es Ihnen erschließen. Ich denke gar nicht daran, die Welt zu benennen; tatsächlich benenne ich auch gar nichts, denn benennen heißt, den Namen fortwährend dem benannten Objekt zu opfern …

Ich spreche nicht; ich schweige auch nicht: Das ist auch nicht dasselbe. Ich bin vorsichtig, es geht um meine Mutter. – Damit könnte man sich vielleicht bescheiden … Bescheidenes Leben! Aber warum sollte es perverser sein, über sie zu schreiben, als zu schweigen?! *Oder was auch immer!* Am Grab stehen! Ja, was soll denn das?! Oder ihre Hand nehmen und warten, daß sie zudrückt! Zusehen, wie die Zellen hinausgehen in die Welt, orewoahr müssjöh, wir wären teilweise Ihre Mama, Wiedersehn, hübscher, törichter Junge! mmmm m Ein richtiger Mann breitet seinen Kummer nicht vor der Welt aus.

Es ist ein Entsetzen, bei dem es mir wieder gutgeht: ein schmerzloses Zeitvergehen.

Das schlimmste in diesem Moment wäre die Teilnahme eines anderen, mit einem Blick oder gar einem Wort. Man schaut sofort weg oder fährt dem anderen über den Mund; denn man braucht das Gefühl, daß das, was man gerade erlebt, unverständlich und nicht mitteilbar ist: nur so kommt einem das Entsetzen sinnvoll und wirklich vor. Darauf angesprochen, langweilt man sich sofort wieder, und alles wird auf einmal wieder gegenstandslos. Und doch erzähle ich ab und zu sinnlos Leuten vom Tod meiner Mutter und ärgere mich, wenn sie dazu etwas zu bemerken wagen. Am liebsten würde ich dann nämlich sofort abgelenkt und mit irgend etwas gehänselt werden.

Wie in seinem letzten Film James Bond einmal gefragt wurde, ob sein Gegner, den er gerade über ein Treppengeländer geworfen hatte, *tot* sei, und »Na hoffentlich!« sagte, habe ich zum Beispiel erleichtert lachen müssen. Witze über das Sterben und Totsein machen mir gar nichts aus, ich fühle mich sogar wohl dabei.

Hin und wieder hatte ich eben »Zustände«: Die tagtäglichen Vorstellungen, ohnedies nur die zum zigsten Mal hergeleierten Wiederholungen jahre- und jahrzehntelanger *Anfangs*vorstellungen, wichen plötzlich auseinander, und das Bewußtsein schmerzte, so leer war es darin auf einmal geworden.

Das ist jetzt vorbei, jetzt habe ich diese Zustände nicht mehr. Wenn ich schreibe, schreibe ich notwendig von früher, von etwas Ausgestandenem, zumindest für die Zeit des Schreibens. Wie immer das Sujet beschaffen sein mag – eine Art wesenhafter Leichtigkeit sollte überall in Erscheinung treten und daran erinnern, daß das Werk nie etwas natürlich Gegebenes ist, sondern eine *Forderung* und ein *Geschenk*.

Ich beschäftige mich literarisch, wie auch sonst, veräußerlicht und versachlicht zu einer Erinnerungs- und Formuliermaschine. Alles auf der Welt existiert zu dem Zweck, daß ein Buch daraus entsteht, sagt Mallarmé. Und ich schäme mich deshalb nicht einmal; ich habe mich damit abgefunden, daß mein Gesicht dem entspricht, was meine Bücher zeigen. Und das will ich ändern.

Was bin ich für eine alte Jungfer, feige genug, den Tod nicht zu lieben.

Gegeben zu Buda am 16. Juno

Im Namen des Vaters und des Sohnes –

Daß es unserer Mutter »so ziemlich hundsmiserabel geht«, wußten wir seit Jahren, dennoch, als uns unser Vater anrief und umsichtig, gemessen und in einem neuartigen, bisher nicht gehörten harten Tonfall zur Kenntnis brachte, daß es um unsere Mutter so und so bestellt sei und daß er, das sei seine persönliche Überzeugung, es nicht für überflüssig hielte, wenn wir »in diesen Stunden« *zu Hause* wären, das heißt nach Hause kämen, war ein jeder überrascht, mit nahezu gleichen Worten begannen wir zu knurren und zu murren, uns berufend auf die unaufschiebbaren täglichen Geschäfte, was nicht Abgestumpftsein oder Empfindungslosigkeit bedeutete, sondern vielmehr die Manifestation der natürlichen Instinkte, jene nüchterne Überzeugung, daß die »Sache« nicht »so gefährlich« sein kann, denn sie war noch nie so gefährlich gewesen (wie gerade unser Vater zu sagen pflegte: »Solange es kein Unglück gibt, gibt's kein Unglück, das Unglück gibt's erst dann, wenn's das Unglück gibt«); unser Vater fuhr uns indes derb an, und wir strömten aus allen Gegenden der Welt herbei.

ES IST KALT ... ALS WIR UNS ANZOGEN, HAT SIE SEHR ÜBERRASCHT GEWIRKT, MICH MIT EINEM SCHWARZEN SCHLIPS ZU SEHEN, UND HAT GEFRAGT, OB ICH IN TRAUER WÄRE. ICH HABE IHR GESAGT, DASS MAMA TOT WÄRE. DA SIE WISSEN WOLLTE, SEIT WANN, HABE ICH GEANTWORTET: »SEIT GESTERN.« SIE IST EIN BISSCHEN ZUSAMMENGEZUCKT, HAT ABER KEINE BEMERKUNG DAZU GEMACHT. ICH HÄTTE IHR AM LIEBSTEN GESAGT, DASS ES NICHT MEINE SCHULD WÄRE, HABE ABER AN MICH GEHALTEN, WEIL ICH DACHTE, DASS ICH ES SCHON ZU MEINEM CHEF GESAGT HATTE. DAS BEDEUTETE NICHTS. MAN IST SOWIESO IMMER EIN BISSCHEN SCHULDIG.

Ich traf früher im Krankenhaus ein als mein Bruder und meine Schwester, als hätte ich mit unserer Mutter ein Geheimnis gehabt. Dabei liebte sie mich vermutlich gar nicht am meisten, sondern eher meinen Bruder, wenn auch vielleicht bloß deshalb, so könnte es sein, weil sie wußte, daß er es am nötigsten hatte – im Tausch dafür war er es, der unsere Mutter am heftigsten liebte. Ich bin Erstgeborener, es verstand sich von selbst, daß ich *früher* eintraf ... Das ist die Definition.

Unsere Schwester ist die Schönste von uns, glaube ich; sie vereint in sich die Zerbrechlichkeit unseres Vaters und die Heißblütigkeit unserer Mutter. Obwohl unser Bruder bei den Frauen beliebter ist als ich, lieben meine Frauen mich mehr. In mir ist indes zuviel Persönliches – ich bin ein auf die jeweilige Person zugeschnittener <Textverfall>. Freilich folgt daraus nichts.

Unsere Schwester umarmte mich sogleich, »alter Junge, altes Haus«, und drückte mich lange an sich. Dieser stürmische Überfall, der keineswegs unerwartet kam, rief Tausende von Erinnerungen in mir wach, widerwillig überließ ich mich ihr, ich mochte es nicht, daß sie die Kraft der körperlichen Berührung derart kennt, daß sie diese, man könnte sagen professionell und ohne Stocken, auszunutzen versteht, ich hatte das Gefühl, sie treibt damit Mißbrauch und streichelt mich selbst dann, wenn es reichte, mir auf die Schulter zu klopfen, sie versichert sich meiner übermäßig, und das ist ihrerseits mehr eine Mode als etwas wirklich Persönliches, ich hatte nicht das Empfinden, daß es auch für sie wichtig war, ich spürte nur, daß sie wußte, daß es für mich wichtig war. Womit sie recht hatte.

Letzten Endes – natürlich – war die Geste angemessen, denn sie erfüllte ihren Zweck, und besänftigt hielt ich diese dünne, schöne blonde Frau in den Armen, ich erfreute mich an ihrem Geruch und an ihren Rippen, an ihrer unmöglichen und nachlässigen Art, sich zu schminken, an der Wölbung ihres Mundes, woran ich meinen Bruder erkannte, an der Nähe ihres Gesichts, an den vielen mir bekannten Zügen, die jeder für sich auch mir gehören könnten, und an dieser Verworrenheit der Besitzverhältnisse, die mich zum einen ungeduldige Wut, zum anderen nachgiebige Ergriffenheit empfinden ließen, und ich erfreute mich an ihrer Stimme, wie sie spöttisch und ehrfurchtsvoll wiederholte: »Alter Junge, na endlich, altes Haus.«

IHR HABT EURE MUTTER AUFGEFRESSEN! (ICH HABE MEINE MUTTER AUFGEFRESSEN.)

Der Dritte schließlich, unser Bruder, räusperte sich im Hintergrund wie ein ertappter Ehemann, dann rempelte er uns an und trieb uns mit großen Bewegungen auseinander, »wer ist dieser Mann, du Schnalle!?« und so weiter, er war finster und lächerlich; die Krankenhausbesucher drehten sich, obwohl sie es eilig hatten, immer wieder um.

Wir hatten vergessen, weshalb wir hergekommen waren; wir alberten herum, aber als wir das große, rostige Eisentor erreicht hatten, verstummten wir – wie jeder an großen, rostigen Eisentoren –, doch immer noch mit jenem selbstsicheren, wenn auch gemessen an unserem Alter bereits unverhältnismäßigen Flattern – wie Leute, die auf dem Weg sind zu einem Festschmaus, auf dem sich alles um sie drehen wird, was sie dezent ertragen werden, während sie die fremden Herzen, keine Gnade kennend, in Grund und Boden stampfen; die Brüder bedrohen die Verehrer ihrer Schwester, wer diese jedoch auch weiterhin ermuntert, wird von jenen einfach verprügelt werden: Und wahrlich, wenn sie sich zuerst nur kichernd, komplizenhaft, zurückziehen, in die Ecke, hinter die spanische Wand, in entlegene Räume, doch nach kurzer Zeit schon mit fieberhaftem Gelächter durch die Säle tanzen, schließen sich ihnen auch diejenigen an, die …, die es am wenigsten gewollt hätten, eigentlich. – An der Grenze von Verwaistsein und Selbstbetrug, im Grunde schon darüber hinaus, wäre eine traurigere und hinfälligere Zuversicht angebrachter gewesen.

An der Pförtnerloge beugte sich mein Bruder mit seiner gewohnt gelassenen und großzügigen Unmittelbarkeit zum Fensterchen und gebot dem überraschten alten Mann, ihm sein Handgelenk zu zeigen, mit wichtigtuerischen Grimassen griff er danach, gab sich besorgt, »Gevatter, das ist in der Tat viel, und das ist nicht wenig, das ist viel, Sie müssen viel vorsichtiger sein«, er winkte uns, »kommen Sie, verehrte Kollegen«, und wir marschierten durch. Wir platzten vor Lachen, als plötzlich von außen Stille über uns hereinbrach. *Gott versetzt mit seinem rauhen Finger unseren Herzen einen Schlag.* Wir hielten inne. Von da an durften wir uns nicht gegenseitig in die Augen sehen; wer dem zuwiderhandelte, und einer nach dem anderen handelte dem zuwider, brach unrettbar in Tränen aus. Auch das war lächerlich. »Brich in Tränen aus!« Nur soviel brauchte man zu sagen.

UM NICHT ERKANNT ZU WERDEN, HATTE DER ERZENGEL DIE GESTALT EINES TASCHENKREBSES VON DER GRÖSSE EINES VIKUNJA ANGENOMMEN. »SIE HABEN DIE FEINHEIT DER VERGÄNGLICHKEIT SEHR SCHÖN UND BLUTARM ERFASST. IHRE GEWISSENSBISSE WAREN GERADEZU PHANTASTISCH.«

Die Schwester lenkte uns wortlos über die dunklen Gänge. Ich dachte sofort (ich konnte, obwohl ich es wollte, nicht anders), daß sie eine durch und durch bösartige und boshafte Person sei, die das Böse nicht nur verkörpert, sondern auch dessen Urheber ist, vielleicht bringt und transportiert sie sogar die Bazillen, falls ja, dann mit dem Gedanken an reichlichen Vorteil – doch daß sie die bereits lästigen Kranken um die Ecke bringt, soviel ist todsicher.

Von weitem, wie sie auf uns am Eingang des unförmigen Seitenflügels wartete, schien sie dünn zu sein, eine dünne Frau, streng und nonnenhaft wirkend, an die Wand gedrückt, doch von nahem wurde sichtbar, sie hatte sich nur geschnürt, durch ihr Kleid, mit den Bändern ihres Kittels, mit diesem und jenem – das lastete ich ihr ebenfalls an, dieses Sichverstecken, und so bekamen die gewölbten und ausladenden Hüften etwas Anstößiges, und ihre leichten blonden Locken verbargen sich vergebens lieblich unter dem Häubchen, voller Haß sahen wir uns an. Ihre Stupsnase und die wulstigen, glänzenden Lippen verrieten einmal Dummheit und ein andermal Genüßlichkeit (als müßte sich beides gegenseitig ausschließen).

ENDLICH RUFT ER: »MENSCH, WENN DU EINEM KREPIERTEN HUND BEGEGNEST, IN EINE SCHLEUSE GEZWÄNGT, DIE IHN NICHT WEITERLÄSST, DANN GREIFE NICHT, WIE DIE ANDEREN, MIT DER HAND NACH DEN WÜRMERN, DIE AUS SEINEM AUFGEDUNSENEN LEIB KRIECHEN, BETRACHTE SIE NICHT VERWUNDERT, ÖFFNE KEIN MESSER, UM EINE GROSSE MENGE DAVON ZU ZERSTÜCKELN, WEIL DU DIR SAGST, DASS AUCH DU NICHT MEHR SEIN WIRST ALS DIESER HUND. NACH WELCHEM GEHEIMNIS SUCHST DU? WEDER ICH NOCH DIE VIER SCHWIMMFLOSSEN DES EISBÄREN IM NORDMEER HABEN DAS RÄTSEL DES LEBENS LÖSEN KÖNNEN. HÜTE DICH, ES WIRD NACHT, UND DU BIST SEIT DEM MORGEN HIER, WAS WIRD DEINE FAMILIE MITSAMT DEINEM SCHWESTERCHEN SAGEN, WENN DU SO SPÄT NACH HAUSE KOMMST? WASCHE DEINE HÄNDE, GEHE DEN WEG ZURÜCK, DER ZU DEINEM BETT FÜHRT ...«

In einem Bett fuchtelte ein alter Mann mit eingefallenem Gesicht, sein Gesicht war von weißen Stoppeln übersät. Er brüllte eine dünne Schwester an. »Rühren Sie mich nicht an! ... Mich darf nur eine *italienische Dame* anfassen!« Das Mädchen zuckte die Schultern. »Ich erlaube es nicht.« »Sagen Sie ihm, Sie sind Italienerin«, flüsterte mein Bruder. »Ich bin Italienerin, guter Mann.« Die Miene des Alten hellte sich auf, er blickte zur Schwester, zu uns auf wie jemand, der alles weiß, auch daß man ihn für dumm verkauft. »Nein, nein. Die Sinjorina ist keine Italienerin, die Sinjorina lügt. Wenn die Sinjorina Italienerin wäre, wäre sie heiß, und das würde ich spüren. Doch die Sinjorina ist schleimig und kalt wie ein Frosch, und nehmen Sie zur Kenntnis, Sie, ein Mitteleuropäer, ein normaler Dingsda, die Sinjorina hat mit dem Leben soviel zu schaffen ... wie ich!« Das Mädchen bricht in Tränen aus, das flachsblonde Haar hängt ihr wirr im aufgelösten Gesicht; von weitem sehen wir noch, wie der Alte, Gift und Galle speiend, gegen das Mädchen handgreiflich werdend, sich die Schläuche, die Bluttransfusionsleitungen, die Kanülen herausreißt. »Soviel zu schaffen! soviel zu schaffen!« wiederholt er.

Die Schwester zeigte in die Ecke, wie irgendeine abgestumpfte Verkäuferin.

»Das ist Ihre Mutter.«

Mein Bruder, der bisher erstarrt dagestanden hatte, schüttelte erschrocken seinen großen Kopf und setzte sich drohend in Bewegung. Die Schwester stahl sich schnell an uns vorbei, »was glotzen Sie so«, warf sie fast freundlich hin; ihre schweren Brüste (als seien sie ihr um den Hals gehängt, sie ging fast gebeugt davon) berührten meinen Arm. Ich sah, daß unsere Schwester das bemerkt hatte, und ich meinte zu wissen, was sie dachte. Zu meinem Schutz befaßte ich mich also mit mir selbst. – – – Das Gesicht von der, auf die sie zeigte – unsere Mutter –, war grau, man hatte ihr Watte in die Nase gestopft, offensichtlich hatte die Nase zu bluten angefangen. *Es war alles schief geworden.* Selbst in den Farben gab es eine Verschiebung, etwas Indirektes. Wir sahen uns beinahe gleichzeitig um und bemerkten das Erschreckendste, daß sich unsere Mutter in nichts von ihren Zimmergenossinnen unterschied. Dabei hätten wir von denen nicht unbedingt sagen können, was sie waren; komische entlegene Objekte, aus denen Schläuche mit vertrackten Biegungen hervortraten, zwischen den eingesunkenen Lippen heulte der Wind. Auch unsere Mutter sog die Luft – wie eine Maschine – pfeifend ein, das ließ uns zu der Auffassung kommen, daß sie lebte. Es war nichts an ihr, was wir hätten erkennen können.

GREKOWA: WAS TUT IHNEN WEH?
PLATONOW: DER GANZE PLATONOW.

»Vorbei«, sagte unsere Schwester. Die Unwahrscheinlichkeit, die Ungeheuerlichkeit des Augenblicks, sagte sie später vor dem Krankenhaus, habe in ihr die Vorstellung von irgendeiner Frivolität hervorgerufen, wenn es nicht gäbe, was es gibt, dann wäre alles möglich, sie habe sich wie ein leeres Loch gefühlt, sagte sie, wie eine in die Luft gehauene finstere Lücke. Ich konnte an nichts denken, nur daran, daß diese Hilflosigkeit ein *Fehler* sei, der nicht passieren dürfte. – – – Unsere Schwester erspähte unbeirrbar das einzige bekannte Detail, und zart beugte sie sich über die Hand unserer Mutter. Ihr Feingefühl erweckte in mir neuerlich ein Widerstreben, die Arme, was sie auch tat an jenem Tag, unsere Schwester, alles war schlecht. »Beten wir«, sagte ich, womit ich meinte, wir sollten beten und endlich von hier verschwinden. Mein Bruder drehte sich mir mit blitzendem Blick zu, wie jemand, der von einer heimtückischen papistischen Natter gebissen worden ist, als hätte ich irgendeine Schweinerei von mir gegeben, eine ungebührliche Prahlerei. Ich wagte nicht, ihn zu beruhigen, ich fing schnell das Vaterunser an, wie ein Schleichhändler. Unsere Schwester verzog den Mund; denn seit unserer Kindheit dachten wir bei dieser Gelegenheit an unseren Vater, an unseren Herrn Papa, beziehungsweise gerade diesen Gedanken verscheuchten wir für gewöhnlich, und das, das Verscheuchen, nannten wir Beten des Vaterunsers.

MUTTERS FINGER HABEN GRUPPENWEISE LOSGELEGT. DIESE FINGER MÜNDETEN IN EINER SCHLANKEN, VON KNOCHEN DURCHSETZTEN FLÄCHE. IN JENEM TEIL DER FLÄCHE, DER BEI MIT DEM HANDRÜCKEN AUSGETEILTEN OHRFEIGEN DAS GESICHT BERÜHRT, HATTEN DIE ADERN EINE ERSCHRECKENDE LANDKARTE GEZEICHNET. DIESER EINDRUCK WURDE DURCH LEBERFLECKEN UND RÖTLICHE UND SOGAR LILAVERFÄRBUNGEN NOCH UNTERSTRICHEN. DIE HAUT WAR WIE EIN NICHT GANZ PASSENDER HANDSCHUH. AM DAUMENANSATZ HATTE SICH ETWAS ÜBERFLÜSSIGES FLEISCH EINGENISTET, HIER GLÄNZTE DIE HANDFLÄCHE BESONDERS. DER ERWÄHNTE HANDSCHUH WAR FEIN VERARBEITET, SEIDIG UND LEICHT, DURCH EINIGE RISSE ABER WIRKTE ER IN DEN GELENKEN SCHWERER. DAS GESICHT MEINES VATERS WAR HÄSSLICH ZERFURCHT. SEINE ZÜGE VERHEDDERTEN SICH WIE EIN FALSCH GEWICKELTES KNÄUEL. IHRE FINGER ABER STRECKTEN SICH IHM – AUCH WENN SIE DANN AN SEINEN WANGENKNOCHEN AUFSCHLUGEN – MIT EINEM VERSPRECHEN VON ERLÖSUNG ENTGEGEN. ER, DER DIE ERSCHRECKENDEN HALBMONDE DER HOFFNUNGSVOLLEN NÄGEL VIELLEICHT ERAHNTE, SCHNAUBTE, UND JETZT ERST SAH MAN, WIE ABSTOSSEND DAS VERHEDDERTE KNÄUEL AN IHM WAR. DIE HAND MEINER MUTTER KRÜMMTE SICH VERDUTZT (WIE EIN DICKES, EWIGES KLAMMERZEICHEN).

Von der Tür aus beobachtete uns der behandelnde Arzt unserer Mutter. Von seinem Gesicht war nichts abzulesen. Ein Freund meines Bruders. »Mein Lieber, in den Eingeweiden deiner Mutter haust der Tod.« So sagte er. Ich mochte diesen Ton nicht, der Mensch soll sich nicht auf die Seite des Todes stellen, als sei er gleichrangig. Auch nicht wenn er Arzt ist, wenn er also ein paar Tricks kennt, auch nicht wenn er weiß, daß der König manchmal nackt ist. »Mein Lieber, deine Mutter könnte sich mit dem Sterben beeilen«, sagte er kopfnickend, und als ich ihn starr anblickte, sagte er noch wie ein Schauspieler: »Sie müssen nicht so erschrecken, ich bin ein zynischer Voltairianer.« »Verstehe«, nickte ich beleidigt. »Wir werden weder vom Tod noch von seinem Herrn, von Gott, ernst genommen. Darauf gibt es eine Antwort, eine menschenwürdige Antwort. Wenn wir den Tod und seinen Herrn auch nicht ernst nehmen.« Ich hatte Angst vor ihm; wenn ich ihn ansah, was ich krampfhaft zu vermeiden trachtete, hatte ich das Empfinden, ihn schon seit einer Ewigkeit zu kennen, und ein unangenehmes Gefühl stieg in mir auf. »Auch den Tod muß man wollen.«

Beim Hinausgehen langte aus dem einen Bett eine feuchte, bleiche Hand herauf, ein feindseliges Lebewesen, ein tückisches Gewächs, und umschlang unsere Schwester. Erschrocken und voller Abscheu starrte ich auf den bleichen Arm. Die alte Frau setzte sich im Bett auf und brüllte unsere Schwester an, als wüßte sie, wen sie anbrüllte. »Du!« Unsere Schwester versuchte gereizt, sich durch Hin- und Herzerren der Hand zu befreien, doch die Frau drückte mit gräßlicher Kraft zu. Ihre Hand spannte sich krampfhaft an: Schrecklich, alle Mütter haben die gleichen Hände! »Du, du hast mich umgebracht, du *Schatten*, du hast mich 1956 umgebracht!« »Stimmen Sie ihr zu«, flüsterte jemand rasch. »Ja, ich habe dich umgebracht.« »Schatten«, fuhr die Alte fort, »Schatten, das ist wenig! Gestehe auch, daß du mich nicht geliebt hast! Daß du mich zu nichts anderem gebraucht hast ...!« »Jetzt reicht es aber!« rief ich wie ein strenger Lehrer und rannte hinaus. Und dann: »Warum hast du es zugegeben?« fragte ich. »Bist du verrückt?!« sagte unsere Schwester und sah mich an wie eine wildfremde Frau.

Draußen taten wir so, als hätten wir etwas vor. Wir hatten einander nichts zu sagen, wir hatten niemandem etwas zu sagen, wir hatten nichts zu denken. Und wir hatten keine Muße, unsere Lage durch Bekenntnisse und Geständnisse zu lindern, uns einzugestehen, daß wir uns der eigenen Trauer nicht würdig erweisen können, daß uns die Unverfrorenheit des Überlebens nicht betroffen macht, daß all das nicht genügend weh tut; und das war kaum zu ertragen, unsere Zwergenhaftigkeit, die dieses *Dingsda* ohne Sinn ließ. Denn im Leben kommt alles auf die Formen an, und Formen gibt es immer weniger. Wir wursteln hier, uns selbst überlassen, vor uns hin. Scheiße, eine unangenehme Sache.

Vor dem Krankenhaus herrschte eine elende Wärme, eine tückische Augusthitze, verdammter Sommer, alles zerfällt, geht auseinander, geht auseinander, unsere Schuhsohlen geben auf dem Asphalt ein quatschendes Geräusch von sich, die Luft ist verrottet ... Überall Scheißegeruch, versucht nur nicht, das abzustreiten! Gestank strömt aus den weißen Zimmern, aus den Straßenbahnen, aus den Kirchen und aus unseren Verwandten, Gestank strömt aus uns, aus den Ritzen sickert Lebenssaft, die Passanten ziehen auf dem Gehsteig ausgespiene Gazestreifen hinter sich her, auf den Hosen der Männer gelber Unflat, und wohin wir nur blicken: Fliegen! Fliegen! Drückende Wärme und Scheißegeruch. Verdammter Sommer! Sei verflucht, du Infamer, der du dich selbst verschlingst ...!

DIE VERMALEDEITEN GOTTES-SCHWEINE! UND DER GNOM-CHRISTUS – DEN ES NICHT GIBT –, WIE ER IN LACKSCHUHEN AUF DEN BRETTERN STEPPT, DIE DIE WELT BEDEUTEN, ER SETZT SICH AUF SEINEN THRON, AUF DEN PLATZ DES HÖCHSTEN RICHTERS, ÜBER IHM GIBT ES KEIN HIMMELSGEWÖLBE, SEINE AUFGEDUNSENEN HÄNDE ZITTERN, MIT GLASIGEN AUGEN UND RÜLPSEND SIEHT ER UNS AN, UNS, SEIN VOLK, DIE WIR AUSGIEBIG MAMPFEN. MMMM M MM M MMM.

Am Tag der Beerdigung <a hard day's day> wachte ich früh auf, ich war aufgeregt wie vor einer Reise oder einem Auftritt. Im Elternhaus war ich bereits Gast. Unser Vater hatte aufgrund der Geräusche herausgefunden, daß ich aufgewacht war, nicht jedoch, daß ich noch ein *bißchen* allein bleiben wollte, und war sogleich hereingeplatzt. Er war nett und zuvorkommend, so als wäre er nur unser älterer Bruder; er ist immer so, sofern ihn seine Interessen nicht zu einem anderen Verhalten zwingen. Wir beratschlagten die Reihenfolge von Bad und Frühstück, mit der üblichen Umständlichkeit, an der wir, wie immer, unser unerwartetes Vergnügen hatten. »*Vater, du vertrittst Mutterstelle*«, sagte ich, doch mein Vater lächelte nur. Er sagte, er werde Rühreier mit Speck machen und mir das Badewasser einlassen. So großzügig wie er werde ich nie im Leben sein. Als Kind versuchte ich, »den Speck auszuspähen«, den Moment seines Glasigwerdens; Rührei mit Speck war ein Festessen, das heißt, wir müssen damals ziemlich arm gewesen sein, genauer gesagt, wir lebten in Armut.

In einem riesigen und denkwürdig weichen Schlafanzug – ein fremder Schlafanzug! ein fremdes Männernachthemd! – setzte ich mich an den Frühstückstisch. In der Zwischenzeit traf auch unsere Schwester ein, wir rotteten uns zusammen wie eine Herde, und irgendwie organisierte sie den Morgen um; sie bemutterte uns, was ich ihr jedesmal nur schwer verzeihen kann, dieses morgendliche Schein-Sein. Es gab weiche Eier in geflochtenen Körbchen auf dem Tisch, Lachs, kaltes Roastbeef, Seemuscheln, Siebenbürger und gekochten Speck, Tomaten, Paprika, mehrere Sorten Brot, Toast. Wie irgendeine kleine Reiseroute am Ende der großen Ferien schlug ich unserem Vater und meinen Geschwistern leichthin, beherzt und pedantisch vor, wir sollten *dann* nicht weinen. »Ich habe Beruhigungstabletten«, sagte ich. Unsere Schwester warf mir von der Seite einen erschrockenen Blick zu, mein Bruder aß gewohnheitsgemäß maßlos, die Grimasse unseres Vaters jedoch signalisierte, »so redet kein Mann«.

DIE MÜTTER WURDEN AN DIESEM TAG MIT DEM SCHWENGELCHEN UNTER DEM HERZEN BEREITS ÜBERAUS SCHWERFÄLLIG, IHR BAUCH, DER NUN SCHWARZ UND FLAUMIG GEWORDEN WAR, SPANNTE GLÄNZEND, IHRE BRÜSTE WAREN SOZUSAGEN MÄCHTIG UND WITZIGERWEISE NICHT GLEICHFÖRMIG, DIE BRUSTWARZEN UND DEREN HOF WIESEN EINE RAUHE OBERFLÄCHE UND EIN NIE GESEHENES BRAUN AUF, IN ALL IHREN FASERN WAREN SIE LEBENDIG, SCHWER UND LEBENDIG, SCHWER UND LEBENDIG …

Während ich badete, diskutierten unser Vater und mein Bruder, auf dem Wäschekorb sitzend beziehungsweise an die Tür gelehnt, über den Kondolenzempfang. Mein Bruder wollte unter keinen Umständen auftreten, er sei kein Hanswurst, sagte er, und im übrigen scheiße er auf die anderen, diesen Luxus möge man ihm gestatten, schließlich sei seine Mutter gestorben. »Und meine.«

Unser Vater berief sich leise und gedankenlos auf die Traditionen, und dann belehrte er meinen Bruder nicht ganz so leise, aber keineswegs aggressiv über Rücksicht, Egoismus und so weiter. Er sprach, wie es sich für ein Familienoberhaupt gehörte, offensichtlich wollte er uns jedoch auch nicht besonders überzeugen; das und das sei eben so und so. Was ich, aus Prinzip, beleidigend fand, und ich machte ihn auf die schwachen Punkte seiner »Argumente« aufmerksam und wies ihn darauf hin, daß beispielsweise den Gepflogenheiten Genüge getan sei, wenn nur er am Grab die Kondolierenden empfange; wenn wir also ebenfalls und trotzdem dort wären, so täten wir das bloß aus Liebe und Achtung ihm gegenüber (bei dieser Gelegenheit sagte ich unserem Vater zum ersten Mal im Leben, wenn auch noch so umständlich, daß ich ihn liebe – wie wir es auch drehen und wenden), das heißt, nach Abwägung unserer eigenen Interessen und seines Wunsches wäre es wohl zu erwarten, daß er diesen Konflikt wenigstens spürte, den Konflikt des Gehorsams. Nein, sagte unser Vater, er sehe hier keinerlei nennenswerten Konflikt, und er sah sich um wie ein sechsjähriger Junge, unschuldig und ungeduldig. Meinem Bruder hörte er mit jenem (berechtigten) Vorurteil zu, daß dieser wieder nicht zur Sache spreche, daß dieser nur eine Gelegenheit zum Widerspruch suche, *er maule*, und darauf sei er auch noch stolz, wie einer in der Pubertät; mich behandelte unser Vater wie jemanden, der unnötig *preziös* sei, der nur auf Wörtern herumreite und Zeit schinde, obwohl dessen Standpunkt mit seinem übereinstimmte. »Sie stimmten nicht überein.«

WO TYRANNEI HERRSCHT, DORT HERRSCHT TYRANNEI: UNSER VATER IST ALSO UNSER VATER: A EST A.

In dem Moment, in diesem für uns bedeutenden und würdevollen Augenblick, zog unser Vater, als sei er in einem herrlichen tschechischen Film aus den sechziger Jahren, mit einer unerwarteten und heftigen Bewegung seine Hose hinunter, er stand da in der Unterhose und teilte uns mit, er müsse sich jetzt sogleich auf den Thron des Hauses setzen, die Sache, die groß sei, dulde keinen Aufschub, aber deshalb könne natürlich unser überaus unfruchtbares, auch wenn er es gestatte, *prinzipielles* Pourparler als kleine Sache weiterrieseln ... Als ich sah, daß unser Vater keinen Scherz machte und daß er, seine Hose bis auf die Fesseln gerutscht, lustig in Richtung Toilettenschüssel zu tippeln begann, sprang ich aus der Wanne und hüllte mich in das noch aus der Zeit unserer Großmütter stammende riesengroße, warme, weiche, flauschige Badetuch, dann marschierte ich hochmütig und empört hinter meinem Bruder her. Von draußen hörten wir unseren Vater lachen, das galt uns, seinen zimperlichen Nachkommen, das Lachen ließ sich von Weinen kaum unterscheiden.

Ich sprayte mich stark ein. Erst jetzt wurde mir bewußt, was für ein gefährlicher Tag das war. Wenn am Tag der Beerdigung nur die Beerdigung wäre, dann bestünde noch eine Chance, und es könnte nicht vorkommen, daß jemand mit erhobenem Arm und einer Duftwolke unter seiner Achselhöhle zurückglotzt, seine Ohnmacht beweinend, seine scheußliche Einsamkeit, die Unbarmherzigkeit der Menschen, die Unbarmherzigkeit Gottes, das Nicht-Sein Gottes. *Die Ausdrücke sind alle zu milde.* Unser Vater brachte zur Sprache, daß mein Schlips nicht einfarbig schwarz sei, ich nahm das schweigend zur Kenntnis, all das wurde so selbstverständlich, denn wer sonst außer ihm könnte noch in irgendeiner Sache von mir Rechenschaft fordern? Er befiehlt mir etwas, und ich gehorche. In der nahe gelegenen Trafik (!) kaufte ich einen scheußlichen schwarzen Binder, den ich später, noch draußen auf dem Farkasréter Friedhof, mehrmals in einen Müllbehälter zu werfen versuchte, doch bei jeder Gelegenheit hatte ich das Gefühl, jetzt, dann, gerade nun sei es nicht möglich. Seither war ich damit schon zu mehreren Beerdigungen, das letzte Mal zu der von Illyés.

MIT EINER KRAFT, DIE KAUM MIT SEINER VERWUNDERTEN MIENE ÜBEREINSTIMMTE, SCHLUG FANCSIKÓ AUF MEINEN VATER LOS. »PENG, PENG!« MIT DEM LEDERNEN HAUSSCHUH SCHLUG ER IHM AUF DIE STIRN. ZWISCHEN SEINEN EINGESUNKENEN SCHULTERN BLICKTE MEIN VATER ZU IHM HOCH. »ABER WARUM DENN«, ÄUSSERTE ER LEISE. UND ICH HOCKE GEDUCKT AUF DEM HÜGEL MEINER WAHRHEITEN.

Vor dem Aufbruch standen unser Vater und mein Bruder einander wie die Kinder gegenüber, doch es war nicht mehr möglich, sie zu trennen. Obwohl es sehr gut gewesen wäre, das Geschehene ungeschehen zu machen. Und ausgerechnet ich bin es, der sich an alles erinnert. »Was reden Sie! Sie! Sie haben unsere Mutter umgebracht! Sie!« Unser Vater verengte die Augen zu einem Schlitz, als würde er ein fernes Objekt – seinen Sohn – betrachten, und ungläubig und haßerfüllt schrie er dem anderen ins Gesicht: »Was weißt du, mein Jungchen, von meinem Leben?« »Nicht doch. Hören Sie auf damit! Sie bedauern sich immer nur selbst. Auch jetzt spielen Sie bloß!« Unser Vater setzte die Brille ab – sein Gesicht wurde ein fremdes –, und wie sonst mit dem Pullover begann er nun, die Gläser mit den Rockschößen des Sakkos zu putzen.

UNSER BRUDER IST TOT. KALT SIND SEINE FÜSSE, UND KALT IST SEIN BAUCH, KALT SIND BEIDE WANGEN, KALT IST SEIN HERZ, KALT IST AUF SEINER BRUST DIE WUNDE, DIE UNSER EISEN GESCHLAGEN. NIEMAND KANN SICH MEHR GEGEN UNS ERHEBEN. DU BIST DER KUSSKÖNIG, LACHT UNSER BRUDER UNTER DER ERDE HERVOR. ER HÄTTE EIN MÄCHTIGERER HERR SEIN KÖNNEN ALS WIR, MÄCHTIGER UND KÜHNER. SEINE GRÖSSE LÄSST SICH MIT SEINEM ELEND MESSEN. UNSER BRUDER WAR LEER, UND WAS ER BERÜHRTE, DAS WURDE LEER. SEIN AUSGEPLÜNDERTSEIN LEUGNETE ER NIEMALS ODER NUR WENIGE MALE, DESHALB LIEBTEN WIR IHN. UND UNSER HASS VERFOLGTE IHN, WEIL WIR IHN BENEIDETEN. JETZT WÜRDEN WIR IHM GERN INS GESICHT BLICKEN, UNSER HOCHMUT IST SEINER WÜRDIG. SEIN GESICHT WAR BRÄUNLICH-GELB, KREOLISCH UND BLEICH ZUGLEICH. (MEINE FRAU MUTTER SAGTE: DAS, DIESE FARBE, LIEBEN DIE FRAUEN.) UNSER BRUDER IST AUSGEBRANNT, SO SAGTEN WIR IN GESELLSCHAFT. – ES IST KALT NUN. ES SCHRUMPFT ZUSAMMEN DIE KNAUSRIGE ZEIT. ZWISCHEN DEN GRÄBERN ERHEBT SICH DER WIND. NOCH WIRD GESTAMMELT DAS GEBET, WÄHREND WIR UNS VON DEN KNIEN ERHEBEN.
WIR SIND ERSTGEBORENE, VON ALLEN EIN BISSCHEN VERACHTET UND VON ALLEN EIN BISSCHEN GEFÜRCHTET.

Im Auto, wir waren zu zweit, legte mir mein Bruder bisweilen seine Hand auf das Knie: Aus dem Kassettenrecorder tönte sehr laut Pink Floyd. »Der Sicherheitsgurt paßt schwarz ganz gut«, ließ ich mich friedfertig vernehmen. Er faßte das als Ermunterung auf und begann zu erzählen, daß unser Vater, wenn er aufgeregt sei, und ihm gegenüber sei er immer aufgeregt, seit neuestem zu stottern beginne beziehungsweise die Worte wiederhole, und all das ärgere den Bruder zutiefst, denn auch damit scheine er ihn ausschließlich tyrannisieren zu wollen, seht, Kinder, so ist mein Leben, nun, so ist es geworden, weil ich euch, dir, deiner Schwester, deinem Bruder, deiner Mutter zuliebe meine Karriere geopfert habe, meine Lebenssäfte, meine Freiheit, euch, während ich deiner Mutter alles! alles! zu Füßen gelegt habe! Ich habe es ihr hingeschüttet wie ein Darius! ... Darius! Nicht doch. Eher ein abgebrannter Lagerarbeiter, der, vom Gewicht der innerbetrieblichen Vorschriften gebeugt, ängstlich herumkramt, als sei es sein eigenes Lager, als sei er der Inhaber! – und als hätte er nicht alles von jenem Jemand bekommen, dem gegenüber er jetzt in aller Vorsicht abwägt ... »So weit würde ich nicht gehen«, sagte ich, selbst auch vorsichtig abwägend.

GUTE FRAU, ICH BITTE SIE, VERLASSEN SIE IHN NICHT. DENN OHNE SIE ERLISCHT ER, WIRD IHM DER BRUSTKORB EINGEDRÜCKT, RINNT IHM ERDE ZWISCHEN DIE RIPPEN, SCHLECHTE, SAURE, GRAUE ERDE, UND UNKRAUT DRINGT DURCH DAS HEMD HINDURCH, DIE BEINE ZERFALLEN, AUS DEM SCHIENBEIN SICKERT MARK, DIE EWIGE BRILLE ZERSPRINGT, UND ZU GUTER LETZT BEKOMMT DIE MÄCHTIGE STIRN RISSE: NUR DAS KLAPPERN DER KNOCHEN IST NOCH ZU HÖREN, MEINE TEUERSTE, MEIN EINZIGES.

FRAU, ICH SPRECHE DICH LOS VON DEINER SCHULDLOSIGKEIT.

In der Leichenhalle waren für die trauernde Familie zwei Bankreihen reserviert. Wir standen zu viert vorn, starrten auf die Kränze, und bisweilen flüsterten wir uns etwas zu. Verstohlen beobachtete ich unseren Vater, er war überwältigend schön: hartes, weißes, schmerzliches Stein-Gesicht. Es machte mich nervös, daß er sich einwandfrei betrug. »*Daß ich bloß keine Schlagseite bekomme*«, flüsterte mir unsere Schwester zu. Den Ausdruck merkte ich mir. Mir schien alles wie im Theater zu sein, wo wir noch dazu die Haupt- oder die Beinahe-Hauptrolle haben könnten, jedoch in unserem Verhätscheltsein dafür augenscheinlich nicht dankbar sind, mit der Anmaßung guter Schüler machen wir zähnefletschend unpassende Bemerkungen. Unsere Schwester bat mich um mein Taschentuch, und trompetend wie ein Mann schnaubte sie sich die Nase; später dachte ich angewidert daran zurück. M. und seine Frau nickten uns zu; mich dünkte, die Frau hatte unsere Mutter nicht leiden können. Dann kam eine ehemalige Freundin meines Bruders, um uns zu begrüßen, der Reihe nach umarmte und küßte sie jeden, nur als sie zu mir herantrat, stutzte sie. Wir reichten uns die Hand. Ich schämte mich für meine Steifheit und für das, was sich dahinter verbarg: meine selbstgefällige Überheblichkeit, die ich nicht einmal bemerkte. (Damals hatte sie meinen Bruder sehr gequält. »Wir werden uns rächen«, sagte unsere Mutter leise zu unserem schluchzenden Bruder, und während sie heftig den Kopf schüttelte, gab er einen Laut von sich, wie wenn wir Sekt öffnen. Das kann ich nicht vergessen. »Rache.«) Diese Nicht-Umarmung war eine ziemlich skandalöse Szene.

FANCSIKÓ UND PINTA HATTEN MEINE MUTTER AUFGEBAHRT. WÄHRENDDESSEN SASS ICH AM FENSTER AUF EINEM HOCKER, BETRACHTETE DIE FENSTERSCHEIBE UND DIE DAHINTER HOCHRAGENDEN BÄUME ... MEIN VATER SASS WORTLOS IM ERWACHSENENZIMMER IN SEINEM BRAUNEN SESSEL. ICH GING ZU IHM UND LEGTE IHM DIE HAND AUF DIE SCHULTERN. »DU SOLLST NICHT TRAUERN, ALTER. WIR SCHAUEN UNS UM UND LESEN EINIGE MÄDCHEN AUF.« »MEINST DU?« MEIN VATER SCHAUTE MICH AN. »MEINST DU, DAS GEHT?«

Bei den frommen Drehungen und Wendungen des Kaplans zuckte der Mund unseres Vaters unausgesetzt. Schrecklich. Einmal während der Liturgie war ich dem Weinen nahe, nämlich als »vom *schweren* Leben unserer verstorbenen Schwester« die Rede war. Dabei ist das Leben unserer Brüder und Schwestern gemeinhin so. Kurz darauf wurden die Kränze weggebracht, die Schleier flatterten verwegen. Die Aufschrift des Leichenwagens – SKODA – las ich sehr oft. Und ich ging hinter dem Sarg her, so allein, als beerdigte Gott die gestorbene Welt. Und als seien sie nur noch zu zweit im gähnend leeren All: ER und der Welt-Tote; ich ging hinter dem mit einem Leichentuch aus weißen Spitzen bedeckten braunen Sarg her, ließ meinen Kopf in den Glaskasten des motorisierten Leichenwagens hängen, und in der Glasscheibe des Leichenwagens sah ich: das Spiegelbild meines Gesichts, mein unbedecktes Haupt sich in das weiße Grabtuch verwickeln.

Die eine oder andere törichte Grabinschrift reizte uns manchmal zum Lachen. In diesen Momenten fühlten wir uns den anderen überlegen. Es nieselte. Auf dem Lehmboden kam ich ins Rutschen. Meine armen Schuhe! Auf dem Grab, auf dem Grab unserer Großeltern, wurde für die Urne ein kleines Loch gemacht. So groß, wie es ein Hund scharrt – auch er für den Knochen. Ich betrachtete die Kastanienbäume mit den gigantischen Kronen und den bleiernen, fernen Himmel, der sich über uns verdüsterte, wie es in einem schmerzvoll großen Roman geschrieben steht … Die Bäume regten sich, und mit gesenktem Kopf dachte ich, *es ist egal, etwas muß ohnehin sein.*

Beim Schaufeln, das viel selbstverständlicher war, als ich mir vorgestellt hatte, das mir als sachgemäß und angebracht gefiel, als einfach, beim Schaufeln fiel mir unser einstiges Ministrieren ein, wie gern wir »jemanden unter die Erde brachten«. Wegen des Geldes. Der Sachkundige wußte später schon bei einmaligem Hinsehen, auf einen Blick, was er wissen wollte (aufgrund des Gewands der Witwen, aufgrund der Art des Weinens, aufgrund der Kleidung, aufgrund des Anteils von Männern und Frauen, der Beziehung zwischen ihnen etc.) … Wieviel würde uns wohl abzuknöpfen sein? Mir offensichtlich ein Zehner, mit sentimentaler Geschicklichkeit vielleicht ein Zwanziger, unserem Vater pro Kopf korrekt ein Zwanziger, in Sachen Trinkgeld war er unfehlbar, und unser Bruder wäre sogar imstande, einen Hunderter zu geben. Derartige Hünen, ungarische Herren an der Grenze zum Schluchzen, das ist der Gipfel der Möglichkeiten. Unsere Schwester würde uns bleich wegjagen.

GERÄUSCHLOS ZERFÄLLT DIE LEICHE.

Den kleinen Erdhaufen warfen sie auf eine verschmutzte und eigenartige Nylonplane mit zerfetztem Rand. Die Folie schlappte im Wind laut hin und her. Ich war empört, wie im Restaurant, wenn es wieder kein Herzgulasch gab. Wir nahmen die Beileidsbekundungen entgegen; blitzschnell wurde klar, daß unser Vater recht hatte, für jeden Händedruck empfand ich aus tiefster Seele Dankbarkeit, selbst für die seichtesten Worte. Es fanden sich auch deutsch Sprechende; die fremde Rede wirkte in dieser Situation so grob, noch dazu von jenen feinbesaiteten Leuten – als hätten sie in all ihrer Merkwürdigkeit, Ungewöhnlichkeit und unglaublichen Obszönität gesagt: kein Unglück geschehen. Dabei war ein großes Unglück geschehen, denn unsere Mutter war gestorben.

Beim Anblick der vielen Menschen mußte ich unwillkürlich daran denken, daß ich dann zu Hause wie immer »über die Ereignisse« Bericht erstatten würde: »Na ja, Mütterchen, es ist alles gut gelaufen, es waren viele da …, nicht allzu interessant.« Ich merkte kaum, daß etwas nicht in Ordnung war. – Unsere Schwester trat auf die weiße Kranzschleife. Ein bißchen verhedderte sie sich sogar darin: Immer wieder tauchte ihr verdrießliches und beleidigtes Gesichtchen auf. Ich sah der Seidenschleife zu, wie sie sich in den Schlamm hineindrückte.

FOLIA IN EXCELSIS DEO!

FEIERN WIR! UNTER FEIERN VERSTEHEN WIR NICHT ELEGANZ, NICHT IRGENDEINE WEISE, SONDERN WÜRDE, HALTUNG, MORALISCHE ERHABENHEIT, LICHT UND NICHT GLANZ; GOLD UND NICHT REICHTUM.

Was die kalten Platten, die solide Erlesenheit der Getränke und die Anordnung der Servietten betrifft, so geschah alles beinahe so, als würde unsere Mutter noch leben. Beinahe. Denn ich sah schon die Vornehmheit, die bisher unbemerkt geblieben war, ja ich sah die Farbe der neuen Servietten, den überflüssigen Luxus bei den kalten Platten. Das Unkraut streckte sein Haupt hervor, und dieser Wandel war nur der erste einer endlosen Reihe. Ich weiß nicht, was mehr schmerzte, die empörende Gleichheit oder der empörende Unterschied. – – – Wir waren viele, *unsere Familie ist groß*; wir – und danach die nahen Verwandten, die geliebten und die weniger geliebten Tanten sowie dergleichen mehr, dann die entfernten Verwandten, fremde Frauen und Männer, an denen wir unerwarteterweise unsere eigenen Bewegungen sahen, als hätten sie sie *gestohlen*, doch gemeinsam lachten wir nur über diesen Schelmenstreich, ihre Söhne bezeichneten wir als unsere Cousins und ihre Töchter als unsere Cousinen. »Süße Cousine«, sagte ich zu dem gertenschlanken brünetten Mädchen, das geschmeidig war und rank wie ein Tierchen. »Karin.« Ihr riesiges Dekolleté reichte hinten bis zum Steißbein, in Hüfthöhe schimmerten auf dem Rücken feine Härchen, dunkler Flaum. Minuten oder Jahre vergingen so, was weiß ich. – – – Neulich in der S-Bahn, in jenem leisen, dumpfen Rauschen, in dem man sozusagen alle unsere Nachbarn gut verstehen kann, in Wirklichkeit jedoch rein gar nichts, hörte ich plötzlich hinter mir ganz deutlich die ränkesüchtige Stimme einer jungen Frau: »BIST DU VERRÜCKT GEWORDEN?! DU DARFST IHN NICHT UMBRINGEN. DOCH NICHT DU!« So hörte ich auch die Sätze meiner Verwandten mit unerwarteter Schärfe, als würde uns »jemand« während eines friedlichen Abwaschs ein Messer an die Kehle setzen. Hinter mir sprachen sie denn auch so: »Selbst wenn er zahlt, auch dann nicht«, und daß es einen gewissen Wachtmeister gebe, einen »menschlichen Menschen«. Darüber mußte ich lachen, obwohl mir das Herz in die Hose gerutscht war, ich hatte mich in meiner Ecke verkrochen. Beim Aussteigen sah ich sie mir an; nichts, sie waren so wie wir, unglaublich!

UNSERE LAGE AUF DEM OZEAN: TOT WAR SIE, HINGESTRECKT AUF DEM DIWAN, ALS FLÖGE SIE OHNE FLÜGEL. DER FAMILIENTROTTEL RISS IHR DIE BETTDECKE WEG: »JETZT KANNST DU WENIGSTENS SEHEN, WAS DER MENSCH WERT IST!« ICH SAH ES; IHRE ZWEI WEISSEN BRÜSTE WAREN ABSURD ANGESCHWOLLEN, DIE HAARE AUF DEM SCHAMHÜGEL WAREN PROFAN VOLLER LEBEN. – DER WEIBLICHE KÖRPER LEBTE NOCH ZÜGELLOS, NUR DAS KINN FIEL IHR AUF DEN HALS. MINUTEN ODER JAHRE VERGINGEN SO, WAS WEISS ICH. »DAS IST NICHT NORMAL! ... VOR DEM KIND! ...« – RIEF MICH DIE ERDE ZURÜCK. DIE SONNE WOLLTE DAS ZIMMER IN GOLD ERSTICKEN.

Wir unterhielten uns über »unsere teure Tote«, vielleicht taten wir das, weil wir es in unserer verdammten und unter uns gesagt beliebten Wohlerzogenheit als Rücksichtslosigkeit empfunden hätten, nicht von ihr zu sprechen, als würden wir sie lediglich deshalb negligieren, weil ... *sie nicht da war*, weil sie passé war. Der behandelnde Arzt setzte lächelnd auseinander, daß unsere Mutter partout nicht sterben wollte, und das gab er so zum besten wie aufgeklärte Eltern mit stolzerfüllter Brust irgendeine verrückte und dadurch interessante Halsstarrigkeit ihres Kindes, während er uns gewissermaßen ahnen ließ, daß die *Lösung* offensichtlich die gewesen wäre, wenn ... »Aber sie wollte nicht.« »Wie das, also hatte sie einen Willen?«

Karin und die fremde Frau standen am Klavier. »My life, the world, men« – diese Worte hörte ich. Die beiden fanden aneinander ein allzu großes Vergnügen. Mich überkam ein unaussprechliches Verlangen. Die fremde Frau wurde von einem jeden mit banger Höflichkeit umgeben. »Grüß dich«, sagte sie zu mir. Ich stutzte. »Ich sehe, du weißt nicht, wer ich bin. Saca, beziehungsweise«, und sie lachte mit heiserer Stimme, was sie sofort alt erscheinen ließ, »Tante Saci, wie du mich noch kennen könntest von anno ... Keine Angst, keine Angst, du hast sogar auf meinem Schoß gesessen.« Etliche lachten. »Diese Saci ...« »Ich habe keine Angst«, sagte ich, und ich hatte keine Angst. Es wurde still.

Und daß die arme Verstorbene zuletzt schon gefüttert werden mußte, indes wie graziös war sie in der Hinnahme der eigenen Hilflosigkeit; gleichwie der arme Ödön, wie der Ärmste unter dem Schmutz gelitten hat, *denn weißt* →

PLÖTZLICH VERSTAND ER, WESHALB SEINE MUTTER, ANNO DAZUMAL, DIE SPINNEN HASSTE, WESHALB SIE *NERVÖS* WAR, WENN ER SIE VERHÄTSCHEL- →

→ *du, er war so soanjiert*, sein Darm war nach außen verlegt worden, und dort tröpfelte neben seinem Bett die … der Darmschmant herab, ich lasse Sie so hinauswerfen, mein Herzchen, daß Sie sogar vergessen, daß Sie je im *Gesundheitswesen* gearbeitet haben, doch danach wachten wir nachts zusammen an Ödöns Bett, sie umarmte mich von hinten, »nicht wahr, Sie hassen mich?«, worauf mein Mann entgegnete: »Bestimmt nicht, mein Fräulein, Sie können beruhigt sein; das verbietet ihr die Religion«, tatsächlich … Und unsere teure (oder arme?) Lizike, wie jung sie geblieben war, weil ihr Herz jung geblieben war … Mein Gott, wie nervös machte es mich, oder besser gesagt, wie ärgerte es mich, daß sie gealtert war, gar nicht einmal ihr Körper, denn sie war schön alt geworden, ihre Falten trug sie fast mit Würde, ihr Grauwerden war interessant, obwohl ihr Haar zum Schluß auszufallen begann, und überhaupt: Die Last der sich mehrenden Jahre trug sie gefaßt, abgesehen von einer kurzen hysterischen Periode, als sie eine bronzerote Perücke trug, in indischen Gewändern und breiten Gürteln einherging, als »Wengrianowskaja, die schönste Gymnasiastin der Stadt«, dennoch, vielleicht weil sie meinte, daß das Alter Weisheit und es ihre verdammte Pflicht und Schuldigkeit sei, diese Weisheit mit den Ihren zu teilen, diese auf die Inkonsequenzen der Lebensführung aufmerksam zu machen, auf die zeitweiligen Trostlosigkeiten des geistigen Horizonts, »was ist das für ein Leben, *mein Kind*!?« und so weiter (während sie natürlich immer kleinlicher wurde, alles störte sie, woran sie nicht gewöhnt war, sie wurde geizig (!) und predigte ständig und war imstande, in allem fortwährend das Schlechte zu sehen).

→ TE – VOR ALLEM DIE WEBERKNECHTE – UND LAUFEN LIESS.
NA, WEGEN DER SPINNENWEBEN!

Die Sonne wollte das Zimmer in Gold ersticken. Ein Duft von Teer, das leise Rauschen roter Platanen, Herbst in Zimmern, Frost und Rauch, leise läutet der steinerne Bau, benagt die fette Ratte Tür und Truh. »Sie war keine *schöne Tote*«, sagte der Arzt und sog an seiner leeren Zigarettenspitze. Sein schwarzes Haar flog bläulich, er hatte eine markante kurze Nase, wie ein Halbwüchsiger, jedoch keine Stupsnase, sein Kinn wirkte gewalttätig, er war ein Mann, der sich offensichtlich täglich zweimal rasieren muß. Es überraschte immer wieder von neuem, daß er von kleinem Wuchs war. Er hatte kurze Beine. »Was willst du von mir?« rief ich. Er mußte lachen. »Laß mal deine Brille sehen«, er langte danach, ich wollte den Kopf wegreißen, dann fühlte ich mich doch nicht. Er nahm mir die Brille vorsichtig ab, als würde er mich ausziehen und ich ihm dabei bereitwillig helfen. Er ergriff meinen Kopf: »So bist du schön.«

Ich will diese Aufzeichnungen nicht überbelichten. Die Toilettenschüssel befindet sich im Badezimmer gleich vorn, ganz nahe an der Tür, mein Kopf war kaum eine Spanne breit von der Tür entfernt. Ich hörte Schritte, ich hielt inne. Aus dem Schlüsselloch sickerten rhythmische Atemgeräusche, Keuchen, leichtes Schnauben. »Du sein?« Karins Stimme. Ich antwortete nicht. »Ich →

»KOMM MIT MIR AUF DAS MÄNNERKLO.« ALS SEINE FINGER DIE RITZE BERÜHRTEN, STÖHNTE ER AUF: »*MEIN GOTT.*« MEIN VATER HAT ANSTANDSUNTERRICHT. »MÜSSEN WIR AUFSTEHEN, WIR MÄNNER, WENN UNS FREUNDE BEGRÜSSEN, WÄHREND WIR IM SÉPARÉE SITZEN?« »DIE MÄNNER STE- →

→ wissen!« Als hätte sie auch mit den Händen an der Tür herumgekratzt. »Du hier! Ich wissen! Du hier!« Wieder Schritte und dann auf deutsch: »Was tust du hier!« Saci. »Laß mich. Laß mich endlich. Das geht dich nichts an!« Bekamen sie sich in die Haare? – Eine Komödie meiner vollkommen überflüssigen und idiotischen Skrupel auf die Stimme der einfachen sinnlichen Begierde. Das Schemen, die Nacht, die Stille, die Kälte.

Es gibt eine Versuchung. Wäre es nicht besser, sich gegebenenfalls zu grausen? Voilà votre mort, monsieur! Die Frauen kriechen zusammen, knisternd berührt sich ihr Haar, Wispern, ihr Atem im Gleichtakt. Aus dem gefüllten Brot fiel die Füllung heraus.

Rezept unserer Mutter, kaum verdorben. Karin hatte einen köstlichen ausländischen Geruch an sich. In der Dunkelheit sah ich nur ihren Arm, ihren leuchtenden, kräftigen, schönen, braunen fleischigen Arm; einen Sonnenarm. Hoffnungslos ließ ich meine Hand in den Schoß fallen – so als sei ich immer noch krank –, da nahm das Mädchen wie unsere Mutter meine Hand in die ihre. Ich spürte Dankbarkeit in mir aufsteigen, so daß ich alles getan haben würde, was man von mir verlangt hätte. Herr, ich bin so seicht für all das.

→ HEN FÜR GEWÖHNLICH NICHT AUF, WENN SIE IM SÉPARÉE SITZEN«, ANTWORTET ER, »OBWOHL SIE SICH HALB ERHEBEN UND UM VERZEIHUNG BITTEN KÖNNEN,WARUM SIE SICH NICHT VOLLKOMMEN ERHEBEN.«

Der Arzt drehte wieder an der leeren Zigarettenspitze mit einem überheblichen, schiefen Lächeln. »Was ist das – Leben? Ich sage es dir: Wenn ein Mensch geboren wird, dann schlägt er einen von drei Lebenswegen ein, andere Wege gibt es nicht: Gehst du nach rechts, fressen dich die Wölfe; gehst du nach links, frißt du die Wölfe, gehst du geradeaus, frißt du dich selbst.« Ich schwieg. »Das einzige, was uns über unsere Armseligkeit hinwegtröstet, ist die Zerstreuung. Die Zerstreuung unterhält uns und läßt uns unmerklich dem Tode entgegengehen. Als ich jedoch tiefer schürfte und die Ursache unseres ganzen Unglücks entdeckte, fand ich, daß diese ganz unleugbar in der natürlichen Hinfälligkeit unseres schwachen und sterblichen Zustands liegt, der deshalb elend ist, weil uns nichts trösten kann, wenn wir ernstlich über ihn nachdenken. Was man will, das ist das unruhige Treiben, das uns davon abhält, an den Tod zu denken.« – – – Wie ich diese zweideutige Rede haßte, und wieviel Vergnügen ich daran fand. Mein Gesicht rötete sich, ich atmete hastig, die Proportionen verschoben sich. »Trink«, gebot er mir, »und dann setzen wir uns ab.« Er erzählte von zwei Krankenschwestern, von zwei Schwestern, die ständig fidel seien, immer lachten, keinen Kummer kennten, und wenn sie ihre Schenkel aneinanderrieben, erklinge Musik, und inzwischen ruderten sie, klatschten die Hände in den Sand wie Bleßhühner. »Komm«, sagte er, »komm.« »Ich verstehe das nicht, ich verstehe das nicht, ich verstehe das nicht!« schrie ich. »Beruhige dich, jeder muß sterben, die Deinen, die Meinen, die Seinen, jeder«, und er legte mir seine leichte, kühle Hand auf die Stirn.

Ich ging Schnaps holen; der Trauerfuchs hob an. Das Gesicht der Garderobiere glänzte fettig, besonders ihre Lippen. So etwas kann man sonst nur in einem Modejournal sehen. Früher mochte sie schön und stämmig gewesen sein, jetzt war sie alt, doch für mich fügte ich hinzu: und schön und stämmig. Wie wenn es mich schwindelte; ich hatte zehntausend Seelen und kein Gewicht, auch kein Gewissen, nur Nerven. Sand im Wind. Ich beobachtete sie bei der Arbeit. Sie wußte stets, wer schon gezahlt hatte und wer nicht. »Wie das?« »Ich knicke sie um. Dann streiche ich sie wieder glatt.« Sie hielt mir die Garderobenmarke vors Gesicht. Ihre Brust hob und senkte sich wie ein Blasebalg. »Sie streichen sie also glatt ...« »Ich glätte sie.« »Ja?! Aha?!« »Ich weiß nicht, woran Sie denken.« »Woran ich darf.« »Sie können beruhigt sein«, sagte sie mit hochgezogenen Augenbrauen, fast verächtlich. »Ach, komm morgen wieder.« »Gut. Obwohl ich sehe, daß Sie nicht wiederkommen.« »Wie das?« »Wie ich sehe, brauchen Sie alles gleich.«

PUPPE.

Die Tränen kriechen in mir hoch wie ein widerwärtiges Tier. Irgendein pelziger, quatschnasser Klumpen, beispielsweise ein Stinktier. Oder ein Schakalwelpe. Oder eine *feiste* Ratte. Große, leere Räume wechseln in mir mit schwarzen, düsteren Räumen. Die Gedärme sind die überleitenden Gänge. Mein Magen knurrt fortwährend. Ich vermag nur an Leckerbissen zu denken, Kalbskeule mit Trüffeln. In mir Gossengestank. Nein. Nein. Es ist nichts. Es gibt nur eine Mutter. Unsere Mutter trägt einen weinroten Morgenrock mit Silbersaum, einen breiten chinesischen Gürtel, Seidenhausschuhe, Filzpantoffeln, in ihrem ebenholzschwarzen Haar der wunderschöne Regenbogen-Federschmuck, Blendwerk, ständiger Wind, die winzigen Glasgehänge des Wiener Kronleuchters klirren – Wind, Windhauch, Atem.

Hast du keine Angst, mein Junge? Ach, Mutter, wagte ich es, jetzt durch und durch ehrlich und damit rücksichtslos zu antworten, und ich wage es, ich sage nein, nein, ich verstehe deine Frage nicht, wie denn könnte sich jemand vor dem fürchten, was vorhanden ist; ist wohl nicht das um vieles fürchterlicher, was es nicht gibt <das Nichtgibt, das gibt es; es gibt nur, was es nicht gibt>, pst, pst, schweig, du dummer, liederlicher Junge, schweig.

DIE MUTTER BLEIBT MIT GESPREIZTEN BEINEN STEHEN. DIE BEIDEN KLEINSTEN UMARMEN IHRE KNIE. SIE LANGEN IHR ZWISCHEN DIE SCHENKEL. ZERSTREUT SCHÜTTELT SIE SIE VON SICH AB.

GOTT BLIES MIR GOLD AUFS HERZ.

Die Krankenschwestern im weißen Kittel wirkten, als hätten sie Miniröcke an. Der Schnapsgeruch erschreckte sie ein bißchen. »Wo wart ihr, ihr Spitzbuben?« fragte schließlich die Dickere. Fasziniert betrachtete ich das im Dunkel des Schenkelansatzes aufblitzende winzige silberne Höschen. »Silber, das ist meine Farbe«, sagte sie stolz, während ich das bruchstückhafte Bekenntnis anhörte, überkam mich, wobei ich die Zigarette arrogant zwischen den Fingern drehte, eine freundliche Anwandlung, daß ich diese Frau erniedrigen müßte. Ich ging mit der anderen tanzen. »Ich trinke nicht, weil ich dann ordinär werde.« Sie lachte mich an, und ich lachte zurück. Sie küßte mich markig. Sie benutzte ostdeutsche Kalodon-Zahnpasta. Da erkannte ich sie! Sie hatte uns im Krankenhaus unsere Mutter gezeigt. Doch meinen Haß von dort konnte ich nicht mehr aufleben lassen, auf gar keinen Fall. Ich brauchte neuen Haß.

Der Doktor trank während des Tanzens aus der Flasche. »Schampus, o Schampus«, trällerte er, »also, altes Haus«, sagte er verbindlich, »auch den Tod muß man wollen.« »Der Sensenmann muß ihn wollen!« johlte das Mädchen in seinen Armen. »Schon gut, mein Kleiner«, die Krankenschwester streichelte schnell mein Gesicht, sie bat mich gewissermaßen um Verzeihung. Plötzlich ist alles so *wenig* geworden, kühl, körperlos, ausgeklügelt, ich hätte am liebsten geschrien, gewinselt! Wenig! wenig! wenig! Ich bohrte ihr meine Stirn in den heißen Hals, ich umarmte und preßte sie, preßte sie an mich. »Was ist passiert?« fragte sie. »Ich … ich«, fing ich an, »ich …« Ich spürte, daß ich weinte. »Mein armer Kleiner.« Doch dann spürte ich an ihrem Körper, an der winzigen Muskelanspannung, daß sie sich zurückziehen würde. »Nein, bitte nicht«, bettelte ich erschrocken. »Was nicht?« fragte sie dumm.

Wir standen in der Fensternische, mir zitterten die Knie. Sie blickte in die Dunkelheit hinaus, doch auch dort sah sie nur mein zurückgeworfenes Spiegelbild. Als sie sich umdrehte, sah ich, daß sie Angst hatte. Dadurch steigerte sich mein Verlangen nach ihr wieder derart, daß sich förmlich ein Krampf einstellte. »Hab keine Angst«, sagte ich feindselig. »Wenn du mich jetzt allein läßt, bringe ich dich um.« Mönchin, schließ mich in dein Dunkel.

DU BIST, UM ZU SEIN.
MACH MICH! MACH MICH FREI!
SCHRECKENSFICK. SIE MÖGE LEUCHTEN, DEINE SCHAMRITZE!
CLITORIS PECCATA MUNDI!

»Der Himmel ist leer«, sagte der Arzt vergnügt. »Das Haus verwaist, der Herr verreist.« Dann untersuchte er abgeschlafft, immer wieder durch Schluckauf und Geschnaufe unterbrochen, die Frage der geschlechtlichen Vereinigung, die Frage, wie denn nun eigentlich jene große Leidenschaft sei, daß die große Leidenschaft der immer unpersönlicher werdende Absturz sei, ein alles verzehrender Fall, und dieses Unpersönliche sei erschreckend und anziehend, erschreckend, weil jemand verloren sei, das »Ich«, das wir so geliebt haben, und anziehend, weil jedermann jeder sein, alles wollen kann. Doch darf man alles wollen? Das ist die Frage. Seine klugen Augen leuchteten jetzt traurig. »Verstehst du?«

Draußen auf der Veranda fanden wir niemanden, tiefe Nacht wölbte sich über uns, an dem vom Wind blankgefegten Himmel funkelten klare Sterne, und der ferne Schein huschte alle Augenblicke aschgrau darüber hinweg, die Brise trug einen Geruch nach Gewürzen und Stein herbei, ein paar Straßen weiter schien ein Auto lange auf dem nassen Pflaster zu rutschen, danach zerrissen noch verworrene Rufe von weit her die Stille, dann fiel sie wieder mit ihrem ganzen Gewicht von Himmel und Sternen auf uns zurück.

Wer lebt, kann sich nicht verbergen. Allmählich geschieht mit dem Menschen alles. Es schrumpft zusammen die knausrige Zeit.

PIERROT <LE FOU> IST TRAURIGER STIMMUNG, ER BEREUT SICHTLICH SEINE PARISER SCHLECHTIGKEITEN. ODER IST ES DIE FURCHT VOR EINER RACHE? ER ZERPFLÜCKT GOLDENE PAPIERBLUMEN UND STREUT SIE IN DEN AUFKOMMENDEN ABENDWIND ... PLÖTZLICH, AUS EINIGER ENTFERNUNG, LAUTES GEBRÜLL. DER BODEN BEGINNT ZU BEBEN, DAS BRÜLLEN VERSTÄRKT SICH, ES DAUERT, DAS DONNERN KOMMT NÄHER UND NÄHER – EIN HERRLICHER WAPPENLÖWE MIT GOLDÜBERPUDERTER MÄHNE TRITT AUS EINER SEITENLAUBE. PIERROT, DEN REST SEINER PAPIERBLUMEN HINWERFEND, VERSUCHT ENTSETZT ZU FLIEHEN, BLEIBT JEDOCH, ALS ER ÜBER EINE BARRIERE HINWEGSETZEN WILL, AN DIESER WIE EIN HALB AUFGEKLAPPTES FEDERMESSER HÄNGEN, SEINE HOSE PLATZT MIT UNANSTÄNDIGEM GEKNALL AN HUNDERT STELLEN AUF – DER WAPPENLÖWE, WELCHER IRONISCH LÄCHELND ZUGEWARTET HAT, LEGT ZIERLICH SEINE HANDSCHUHE AB UND SCHÄNDET DEN HILFLOS BAUMELNDEN PIERROT AUF DAS ENTSETZLICHSTE ...
DAS PUBLIKUM STAUNT ÜBER DIESE KÜHNHEIT.

»Geh jetzt schön«, sagte der Arzt. Vor dem Haus war ein älterer Mann mit Gartenarbeit beschäftigt. Mit zur Seite geneigtem Kopf stand er da, seiner mißbilligenden Verwunderung Ausdruck verleihend, und untersuchte eine Pflanze mit struppiger Wurzel, er hielt sie weit von sich, packte sie am Genick wie ein Katzenjunges. Bei Wörtern fallen mir Wörter ein und umgekehrt. *Ich fühle mich wurzellos, denn ich bin die Wurzel.* Und erneut fiel mir eine Frau ein, sie steht auf allen vieren über mir, ihre Kugelbrüste hängen herunter, herunter, sie schüttelt kräftig das Hinterteil, ihre Brüste baumeln, zwischen ihren Beinen hängen Haarwurzeln, werfen einen rätselhaften, feinen Schatten an die salpeterdurchsetzte Wand.

Und dort vor dem Haus, im schattenspendenden Park, wie ich dieses komische krepierte Pflanzentier in der sehnigen alten Hand beobachtete, leer, staubig, an Kopfschmerzen leidend, jenseits!, aus allen Rollen fallend, aus meiner Rolle, welche die Natürlichkeit ist, blieb nichts übrig, als zur Kenntnis zu nehmen, innerlich, vor mir selbst, allein: Ich bin verwaist.

Und im gleichen Augenblick – mit elementarer Gewalt und selbstverständlich, wie sich einst das Wesen einer Mathematikaufgabe klärte, unerwartet, morgens, nach drei Tagen, einfach so, beim Speckessen, ja, ich, *le phénix de la famille* – tauchte die wolkenkratzerartige krumme Gestalt meines alten Freundes auf, des Architekten: wie er mir in der dunklen, zierlichen Wohnung mit schlaksigen, ja unbeholfenen Bewegungen Platz anbot, sein dressing-gown und der schöne Seidenschal deuteten an, daß er sich für den Gast herausstaffiert hatte; damals sah ich ihn zum ersten Mal persönlich, doch seine Gebäude kenne ich, seit ich denken kann, seit so langer Zeit also und so intim, daß *diese* Begegnung fast bloß eine (wichtige) Bagatellzugabe war; mit dem und jenem verstrich die Zeit, als würden wir uns seit ewigen Zeiten kennen, zwei strickende alte Damen, alte Schicksen, die über die Feinheiten des Fachs Gedanken austauschen, ZWEI LINKS, ZWEI RECHTS: als er mit unfaßbarer Wut und →

AN JENEM STRAHLENDEN FEBRUARMORGEN, AN DEM BEATRIZ VITERBO STARB, NACH EINEM HERRSCHERLICHEN TODESKAMPF, DER SICH KEINEN AUGENBLICK ZUR SENTIMENTALITÄT ODER FURCHT HERABLIESS, STELLTE ICH FEST, DASS DIE PLAKATWÄNDE AN DER PLAZA CONSTITUCIÓN DIE REKLAME FÜR IRGENDEINE SORTE BLONDER ZIGARETTEN ERNEUERT HATTEN; DAS SCHMERZTE MICH, DA ICH BEGRIFF, DASS DIE RASTLOSE UND →

→ zugleich beschämt sagte: »Ich bin Witwer!« Dann, wenn auch mit unerträglich langen Pausen und doch zusammenhängend, mit blitzenden Augen, aufbrausend und manchmal stotternd, die Wörter stauten sich derart übereinander, daß man Angst haben mußte, das Sprachgebäude selbst wolle gleich zusammenstürzen, dann sprach er darüber, daß er das Gefühl habe oder, besser gesagt, daß er *denke*, er sei schuld am Tod seiner Frau, schuld deshalb, weil er sich damit abgefunden, weil er akzeptiert habe, weil er eine Praxis akzeptiert habe, wenn auch eine mit der muffigen Autorität von Jahrtausenden unterstützte Praxis, daß der Mensch sterblich, daß also auch seine Frau sterblich sei, und er habe sich in der Art eines feigen Coyoten dreingeschickt, doch ein halbwegs freies und sich selbst ein bißchen verpflichtetes ungarisches Gericht von einigermaßenem Rang, das so etwas als Beweis akzeptieren würde, gibt es nicht, daß der Mensch sterblich ist, ist ein Gerücht, und Gerüchte sind für ein Gericht nicht annehmbar, er hätte also grundlegende Pflichten gehabt, die er schuldhaft versäumt habe, er sei als zweijähriges Maiden diesem gemeinen Trick aufgesessen, sie hätten ihn bemogelt, übers Ohr gehauen, man habe ihm einen bösen Streich gespielt ..., er schluckte mächtig und schnappte stumm nach Luft, als kämpfte er schon im voraus mit den Worten, vor denen er Angst hat, denen er nicht vertraut und die er benutzt, fiebernd fuchtelte er in der Luft herum, sein schönes Männergesicht zuckte, eine wahnsinnige alte Frau blickte daraus hervor ..., er hätte diese Gemeinheit nicht so um sich greifen lassen dürfen, Tränen stiegen ihm in die Augen, sondern ..., sondern er hätte sich einfach an die Seite der Frau legen müssen, sie umarmen, umschlingen, streicheln, liebkosen, hätscheln und sie so lange halten müssen, umklammern, zerknittern, drücken, kneten, bis er entweder unter seinen Händen zerbröckelt oder bis er wieder lebendig wird ... dieser Lehm! ... dieser Lehm! ... (Teurer alter Freund. Ich liebe dich.)

→ WEITRÄUMIGE WELT BEREITS VON IHR ABRÜCKTE UND DASS DIESER WANDEL DER ERSTE EINER ENDLOSEN REIHE WAR.
DIE WELT WIRD SICH WANDELN, ICH ABER NICHT, DACHTE ICH MIT SCHWERMÜTIGER EITELKEIT. MANCHMAL, ICH WEISS WOHL, HATTE MEINE HOFFNUNGSLOSE ERGEBENHEIT SIE GEREIZT; NUN SIE TOT WAR, KONNTE ICH MICH IHREM ANDENKEN WIDMEN, OHNE HOFFNUNG ZWAR, ABER AUCH OHNE DEMÜTIGUNG.

Nicht doch!, sagte ich, dieses Versäumnis kann ich …, das nicht. Der Park verwandelte sich plötzlich; der Rasen, die Lärchen und der Klatschmohn wurden plötzlich wie eine Schüssel, mit pechschwarzer Schlagsahne gefüllt … Ich hörte mein ständig schneller werdendes Schnaufen, ich hörte ein Tier, das dicht hinter mir ranzte, hart, schweißig. Auf den Krankenhausfluren schlitterte ich so lächerlich wie eine Zeichentrickfilmfigur, unbeabsichtigt triumphierend wie Till Eulenspiegel auf dem Eis der zugefrorenen flämischen (?) Kanäle.

Plötzlich war unsere Mutter vor mir. Sich zur Seite drehend, durchschimmernd weiß. Sie kauerte, als hätte sie ihre Knie angezogen. Ihre Stirn war gewachsen. Diese Stirn ließ ihr Gesicht irgendwie mädchenhaft werden. Ein neugieriges kleines Mädchen, das seine Stirn an die Schaufensterscheibe preßt. Die Hände fröstelnd auf den Schultern. Die grauen Haare kleben an der Stirn.

Wer ist das aber, der dort liegt, ein Gegenstand, eine Gestalt, etwas Graues im schwarzen Loch? Sie kommt mir so bekannt vor …, eine liebe Bekannte …

»Mütterchen, hörst du, Mütterchen, Beatriz, Beatriz, Elena, Beatriz Elena Viterbo, teure Beatriz, auf ewig verlorene Beatriz, ich bin hier, ich …«

Die Zellen gehen in die Welt hinaus! Das sehe ich. Das sehe ich an den geschlossenen, unbeweglichen Augen, ringsum an den tiefen und dunklen Gruben, an den Striemen, an der gewachsenen Stirn, an der Nase, die für sich zu stehen schien, wie ein nachträglich angeklebter Fremdkörper, und an dem aufgedunsenen Bauch und *gar nicht einmal* an dem ergrauenden Haar, *als vielmehr* an der unerwarteten Strähnigkeit der Haare, das Leben ist aus ihrem Haar gewichen, es ist fettig geworden und quatschig, es hängt in jene graue höckrige Fläche hinein, die »der immer sich langweilende und traurig dreinschauende Sektionsmeister« Antlitz nennt. Ihre Füße waren noch warm!!!

GAR NICHT EINMAL DAS, ALS VIELMEHR … ES TRÖSTET MICH WIE EINEN MANN, DEN SEINE MUTTER TRÖSTET. DU MEIN TRAUERNDER BRUDER! EINZIGER SOHN DIESER IM SARG RUHENDEN BRAVEN GUTEN FRAU, DU WEISST, WAS UNS DER MÜTTERLICHE TROST BEDEUTET.

Ich bin ein tönend Erz oder eine klingende Schelle! Sie sollen alle verrotten. Ich hasse dich.

Ein blutiger Brei ist dieser Garten. Nicht doch, nicht doch, nicht doch, nicht doch! Blühe in mir, Herr, mein Gott!

Mein Junge. Mein kleiner Junge. Mein kleines Kindchen. Dann ist es also jetzt so, du dort, ich hier, dort du, hier ich, ich denke nichts. Deinen Tod nahm ich mit stumpfsinniger Sprachlosigkeit auf. Du bist gestorben, und ich bin nicht. Und so weiter. Du existierst nunmehr nicht, doch du bist. Du bist es, der gestorben ist. Du und nur du bist es, der gestorben ist. Meine Tränen sind versiegt: Doch wenn ich daran denke, daß ich deine Mutter bin, daß *ich* es bin, so bin ich von mir selbst ergriffen. Manchmal wundere ich mich, daß mir Sachen, die ich halte, nicht schon längst aus der Hand gefallen sind, so fühllos werde ich plötzlich bei dem Gedanken an dich.

Du kommst mir in den Sinn, damit ich mir in den Sinn kommen kann – den Satz würdest du nicht gern hören (denn er ist taktlos, da er sich selbst viel zu wichtig nimmt). Ich fühle keinen Schmerz in mir, nur Müdigkeit, Schwächerwerden und zunehmendes Entsetzen. *Lücken*; all das könnten wir schon als Schmerz bezeichnen. Auf schlechte Fragen schweige ich – wie gewöhnlich. Ich kann meine Lage nicht artikulieren. Zwischen zwei Bewegungen geschieht zu viel, und in den Pausen ist es, sei nicht böse, als flössen meine Gedärme. (In Stilangelegenheiten bitte ich nicht mehr um Verzeihung.)

Ich bin nicht fähig, das an einem Tag Geschehene an einem Tag aufzufassen. Das ist sehr schlecht. *Es gibt keinen Ort, an dem ich mich befinde.* Obwohl, außer diesem hier in der großen Welt …

ICH GIENG FÜR MEINE THÜRE,
BLICKTE GEN MORGENLANDE,
DORTEN SAH ICH EINE GAR SCHÖNE WEISSE CAPELLE.
VON HERAUSSEN SO HOLD,
DARINNEN LAUTER GOLD.
WAS SOLL DAS GREINEN, MUTTER?
OH, MEIN SOHN, MEIN SOHN, MEIN HERZINNIG GELIEBTER HEILIGER SOHN,
ICH GEBAHR DICH NICHT, DAMIT ICH DIE LEIDENDE MUTTER SEY!

WER DIESES GEBET ALLABENTLICH UND ALLMORGENTLICH SPRICHT, DIESEM WIRD DIE JUNGFRAU MARIA VERKÜNDEN, WANN ER ALSDANN STERBEN MUSS.

Ich trauere um dich! Ich trage schwarze Strümpfe, einen großen schwarzen Hut und ein abscheuliches schwarzes Kostüm. In meiner Trauer werde ich zu einer alten Frau, das ist mein Opfer, glaube nicht, das sei wenig. Ich trauere um dich, ganz gleich, ob du es willst oder nicht. Wenn ich einen derartigen Kummer habe, kann ich doch nicht eine x-beliebige Person sein. Ich sitze in der Patsche, damit tröste ich mich und beobachte mein Gesicht im Spiegel: Es taucht unerwartet auf, wie ein behäbiger Vogel! Ich will Vorrechte für mich, ihr sollt mich ehren, ich habe einen Toten! – Ich glaube, du dachtest immer gern daran, daß ich dir keine »gute Mutter« war.

Gestern vergaß ich zu essen. Abends wagte ich mich hinaus, abends, als ob Krieg wäre ... Ich ging zu Ágnes hinauf. Wortlos umarmten wir uns. Ich weinte. An meinen Rippen spürte ich ihre Wärme ... Teure Ágnes, ich hätte dich ewig so halten, ewig hätte ich in deinen Armen liegen können.

Die ZEIT ist eine weiße, müde schöne Frau. Sie zieht ihre Füße unter den seidenen Faltenrock. Auf ihrem unbeweglichen Gesicht eine bittere Grimasse. Etwas ist schon geschehen, also ist es vergangen. Sicher ist das allerdings nicht. In der besseren Besetzung wird die Rolle von Edith Clever gegeben. Wäre sie ein Mann, würde sie, nach Schnaps stinkend, schluchzen. Sie sitzt kraftvoll da. – Ich bin allein, mein Junge. Wer allein ist, der ist alt. Aber ich bin trotzdem nicht alt!!!

Siehst du, ich bin offen wie eine Wunde, ich wimmere, ich winsele. Ich bin derart weich, daß ich mich jeden Augenblick verlieben könnte. Kein sonderlich reizvoller Anblick. Ich bin aus dürftigem Stoff, mein Kleiner ... Der Fall!, der sich dort an der Grenze zwischen Schwachheit und Sünde bewegt, wo die Unschuld den Platz mit der Sünde tauscht. Keinerlei Anzeichen. – Im Halbschlaf wälzte ich mich auf die zerdrückte Bettdecke, preßte sie mit den Schenkeln. Weine! Ich will, daß du weinst, das heißt: *Dir sollen Tränen in die Augen schießen ...*

Bei Ágnes aß ich, so im Stehen, ein halbes Brathuhn. Sie hatte es gut durchgebraten, und die knusprige rotbraune Haut war schön klebrig, noch im Treppenhaus lutschte ich mir die Finger ab; ich wagte nicht, mein Gesicht zu berühren, obwohl mir die salzigen Tränen auf der Haut brannten.

Ich bin nicht traurig. Auch nicht froh. Ich habe keine Lust. Geblieben ist nur der Schmerz; dennoch. Immer der gleiche Schmerz, immer die gleiche Angst ..., und so ist es nie leichter, nie schwerer. Alles ist zunehmend schlimmer.

WIR VERNEINEN MITTELS HILFSVERBEN.

Mein Junge, ich habe Angst in diesem Land. Vielleicht hätte ich auch in anderen Ländern Angst, aber ich habe eben hier Angst. Keine große Angst, nur ein bißchen. So als hätte die Angst kein Maß. Dabei hat sie eines; ich habe sogar gelesen davon. Ohnehin: Die Geringfügigkeit der Angst, daß sie gering *war*, stellt sich erst im nachhinein heraus. Darüber sich dann erfreut zu zeigen ist schon lächerlich. Oder zumindest beängstigend.

EINE WELT, DIE BEHAUPTE, SIE HABE EHRE, UND IN WELCHER BEHAUPTET WERDE, IN IHR GEBE ES EHRE, WO ES DOCH GANZ OFFENSICHTLICH KEINE EHRE MEHR GEBE, BESSER, NIEMALS AUCH NUR SO ETWAS ÄHNLICHES WIE EHRE GEGEBEN HABE, SEI NICHT NUR EINE FÜRCHTERLICHE, FURCHTERREGENDE, SONDERN AUCH EINE LÄCHERLICHE, ABER DASS WIR IN EINER NICHT NUR FÜRCHTERLICHEN, FURCHTERREGENDEN UND LÄCHERLICHEN WELT EXISTIERTEN, DAMIT HABE SICH JEDER EINZELNE ABZUFINDEN, UND WIE VIELE HUNDERTTAUSENDE UND MILLIONEN HÄTTEN SICH DAMIT NICHT SCHON ABGEFUNDEN, DENKE ER, WIE VIELE VOR ALLEM IN DIESEM ZWEIFELLOS FÜRCHTERLICHEN, FURCHTERREGENDEN UND LÄCHERLICHEN LAND, IN DEM VATERLAND, IN DEM LÄCHERLICHSTEN UND FÜRCHTERLICHSTEN. WAS DIESES LAND, DIESES SEIN VATERLAND BETREFFE, SO KÖNNE MAN JA IN IHM, UM ZU EXISTIEREN UND UM AUCH NUR IMMER EINEN EINZIGEN TAG WEITERZUKOMMEN, NIEMALS DIE WAHRHEIT SAGEN, ZU KEINEM UND ZU UND ÜBER NICHTS, DENN NUR DIE LÜGE BRINGE IN DIESEM LAND ALLES VORWÄRTS, DIE LÜGE MIT ALLEN IHREN VERSCHLEIERUNGEN UND VERSCHNÖRKELUNGEN UND VERSTELLUNGEN UND EINSCHÜCHTERUNGEN: DIE LÜGE SEI IN DIESEM LAND ALLES, DIE WAHRHEIT NUR ANKLAGE, VERURTEILUNG UND VERSPOTTUNG WERT. DESHALB VERSCHWEIGE ER, CSÁTH, NICHT, DASS SEIN GANZES VOLK IN DIE LÜGE GEFLÜCHTET SEI. WER DIE WAHRHEIT SAGE, MACHE SICH STRAFBAR UND LÄCHERLICH, DIE MASSE ODER DIE GERICHTE BESTIMMTEN, OB SICH EINER STRAFBAR ODER LÄCHERLICH ODER STRAFBAR UND LÄCHERLICH MACHE, SEI ER NICHT STRAFBAR ZU MACHEN, DER WAHRHEITSSAGER, MACHE MAN IHN LÄCHERLICH, SEI ER NICHT LÄCHERLICH ZU MACHEN, MACHE MAN IHN STRAFBAR, LÄCHERLICH ODER STRAFBAR GEMACHT WERDE IN DIESEM LAND, WER DIE WAHRHEIT SAGE. DA SICH ABER DIE WENIGSTEN LÄCHERLICH ODER STRAFBAR MACHEN WOLLEN – – –

Dein Vater arbeitete gerade an einem nie abgeschlossenen Manuskript, als Soldaten kamen und nach Deutschen suchten. Sie waren jung, fast Kinder, marschierten mit großem Lärm und Gepolter herein, krakeelten, wieselten herum, es war nicht festzustellen, ob sie sehr wütend waren oder ob sie dieses Durcheinander nur zu ihrem eigenen Vergnügen veranstalteten. Dein Vater kann russisch, auch wenn er es abstreitet; er sah vom Manuskript nur flüchtig auf und sagte, die Herren Offiziere seien gegrüßt, sie möchten sich ganz wie zu Hause fühlen, wenn er persönlich auf letzterem nicht unbedingt bestehe, jetzt allerdings, man möge ihn entschuldigen, habe er keine Zeit, wie sie sehen könnten, arbeite er. Er arbeite an so einer Art Roman. Er *schreibe* also einen Roman. Ein Erzählwerk. Wirklich und wahrhaftig. Der Knabe, der den Trupp anführte, errötete, dann brüllte er los, er tobte, während sie bis zu den Knien im Blut wateten, niedermetzelten und, Gott sei ihr Zeuge, nicht aus Übermut, währenddessen schmiere dein Vater hier überheblich, ja anmaßend etwas zusammen, und damit packte er den Manuskripthaufen und schleuderte ihn ins Feuer. Der brannte.

Dein Vater stieß einen Schrei aus und gab dem milchbärtigen Soldaten eine Ohrfeige.

Stille trat ein, zerbrechlich und leer. Der Knabe zog ab, nach draußen, als wäre alles vorbei, doch an der Tür drehte er sich blitzschnell um und winkte →

GOTT BEHÜTE MEINEN VATER, DACHTE ER AN DESSEN GEBURTSTAG. WIE AUCH IMMER, SEINE VERDIENSTE SIND UNVERGÄNGLICH. – »PFUI«, RUFT →

→ kaum sichtbar mit dem Kopf, los. Als dein Vater bei ihm ankam, sagte er leise, fast freundlich, tatsächlich, als hätte er sich entschlossen hatte, höflich zu sein: »Wir werden dich jetzt hinrichten.«

Da polterte ein ungarischer Offizier herein, *er war übergelaufen* oder so, tat furchtbar wichtig, informierte sich sofort und so weiter. Dein Vater hatte natürlich schon Angst, in seiner Angst wurde er gesprächig und mutig und fiel über den Offizier her. »Was spielen Sie hier den Überlegenen, was sind Sie so überheblich mit dem Tod, nehmen und schenken einem das Leben, als wär's ein Kuhhandel ... Warum glauben Sie, Sie können sich alles erlauben?« »Wieso sollten wir es nicht glauben?« »Sagen wir, um Gottes willen.« »Es gibt keinen Gott.« »Dann eben wegen des Satans.« Der Offizier lachte: »Wenn es keinen Gott gibt, gibt es auch keinen Satan.« »Gut. Schon gut. Alles in Ordnung. Kann sein, es gibt keinen Gott und keinen Satan, und es gibt nichts, überhaupt nichts, nur Sie, Sie sind die einzigen, die es gibt, nur Sie gibt es, gut ... aber dann nehmen Sie bitte zur Kenntnis, daß Sie ganz einfach gemeine Schweinehunde sind, und Sie sollen verflucht sein bis ans Ende aller Zeiten!«

Den Soldaten wurde es zu blöd, sie hatten die Sache satt, weniger deinen Vater als das Ganze hier, sie waren müde, sie fluchten und verschwanden. Dein Vater stand da und schluchzte. Dabei mochte er diese seine Szenen so. Und deine Mutter schlotterte im Kleiderschrank, daß man sie nicht fickte. Bis heute muß ich mich von Naphthalingeruch sofort übergeben.

→ DA EIN JEDER, »WO BLEIBT DEINE MUTTER, GARST'GER STRUWWELPETER!«

Ich bin unbegabt; diese Schlußfolgerung zog ich aus deinem Tod, verzeih mir.

Mein Junge, ich träumte, ich hätte dich auf deinem Sterbebett geküßt. Dein Mund war eingefallen wie der Mund alter Weiber oder eingesunken wie alte Gräber, und pfeifend holtest du Luft. Als ich dir einen sanften Kuß auf die Lippen drückte, verstärkte sich das Pfeifen, plötzlich hattest du mit dem Ersticken zu kämpfen, und aus deinem Mund kroch eine armdicke Raupe. *So dick.* Die Raupe hatte einen großen hellgrünen Kopf, so grün wie das verblichene Sterne-Buch der Ausgabe von 1955 in der Übersetzung von Győző Határ, die Raupe lachte, wie jener Kabarettist, dessen Name mir jetzt – natürlich – nicht einfällt.

Grüne, lachende Raupe, *was soll daraus werden, mein Junge*, ich schämte mich sehr.

Es gibt einen Komponisten, ich kenne ihn kaum, doch ich muß an ihn wie an einen Freund denken. Er kann so verängstigt und verheißungsvoll dreinschauen wie ein verlorenes Kind zwischen den Mänteln in der Diele ... Ich schritt die breiten Stufen zur Akademie hinauf, er stand am Ende der Stufen; ich näherte mich seinem Rücken wie einer Mauer, ich stellte mich neben ihn, ich legte ihm, wie ein Mann, meine Hand auf die Schulter. »Na«, sagte ich. »Aha«, sagte er. »Geht's dir gut?« fragte ich. »Mir geht's gut«, sagte er, »und dir?« »Mir geht's nicht gut.«

Im Konzert saß ein Mädchen vor mir. Als sie ihren Pullover auszog, es war warm, rutschte ihr die Bluse hoch, und ihr Kreuz wurde sichtbar. Ihre glänzende braune Haut strahlte. Ich vermochte nicht zu widerstehen, ich langte durch den Spalt zwischen Stuhllehne und Sitzpolster hinüber und berührte das Mädchen mit den Fingerspitzen. Sie drehte sich abrupt um. »Meine Beste, ich konnte nicht widerstehen«, sagte ich. »Alter Bock«, warf sie über die Schulter zurück.

»GENUG DER MÜSSIGGÄNGERISCHEN LEBENSART, SCHREIBE JEDEN MORGEN AUF, WAS DU GETRÄUMT HAST. DOCH OHNE ZUSATZ, OHNE WEGLASSUNG. WAS SAGST DU DAZU? WIR MACHEN DARAUS EIN BUCH. ICH GIESSE ES DANN IN EINE KÜNSTLERISCHE FORM, UND DER RUBEL ROLLT!« ER UMARMTE SEINE MUTTER, UND ER HÄTTE SIE SPONTAN ZUM RHYTHMUS EINES FIKTIVEN WALZERS HERUMGEWIRBELT, ALS SEINE MUTTER ES SPONTAN NICHT ZULIESS.

Schreiben fand ich immer scheußlich. Denn ich wußte immer, was mit mir geschah. Und wenn nichts geschah, war es mir auch recht. Doch jetzt … Als würde ich die eigenen Hände fesseln … Alles verschließt sich vor mir, wie jene Nachtschattengewächse, Löwenmaul oder so etwas, und ich habe keine Freiheit, ich schreibe nicht, was ich will, sondern was ich kann, was der Satz zuläßt. – Manchmal hilft es, beispielsweise, wenn ich ihn in die Vergangenheit oder in die Mehrzahl setze. Man sollte das gar nicht glauben!

Wie ich es auch drehe und wende, es ist jämmerlich, daß mein Schreiben aus deinem Tod hervorgeht. In meinen Träumen kehrt ständig ein unverschämtes Teufelchen wieder! Ein lüsterner, winziger Teufel, wie ein Murillo-Engelchen. Alles ist ungeheuer farbig, der Huf besteht aus funkelndgelbem Horn, der sinnliche Mund glänzt rötlich-lila, ich sehe den Speichel, ein dünner Seidenbezug. Das Teufelchen sitzt auf meinem Bauch. – Manchmal bedaure ich, daß du schamhaft bist. Eigentlich eher prüde und nett, und das verwechselst du mit Schamhaftigkeit. Ich hätte mich gern mit dir unterhalten, mein Junge. Auch ganz offen. Ich war auf alles neugierig, und du weißt, du weißt vielleicht, ich bin auch nicht feige (mutig auch nicht), ich habe keine Angst vor mir selbst. (*Ich* vor dir auch nicht, würde ich sagen, wenn *du* das gesagt hättest.)

Das Teufelchen saß auf meinem Bauch, und manchmal schnappte es natürlich nach meinem Schoß. Woraufhin es nach und nach düster wurde und mir angewidert ins Gesicht zischte: »Du Scheusal, du Scheusal! Ich weiß sehr wohl, selbst jetzt, selbst in dieser unheilverkündenden Stunde zerbrichst du dir den Kopf über die Formulierung!« – Beim morgendlichen müden Erwachen meine Hand zwischen den Schenkeln. Du mußt nicht erröten, mein Junge, auch du warst dort … (Mein armer Vater, einmal ertappte er mich dabei, daß ich an mir herumfummelte. »Lies lieber ein bißchen«, sagte er besonnen. Daraufhin verlor ich die Nerven: »Vater, was will Er denn mit den *verdammten Büchern*!« Doch er schlug mich nicht, er ging leise hinaus.) Also: viel Grün, sterbende rosa Blüten von Tamarisken, schwarzer gelockter Teufel mit großem, rotem Mund. Von dir denkt jeder wunder wie puritanisch du seist. Das ist dein Ruf. Wir wissen sehr wohl, wie unwahr das ist.

ICH SCHREIBE IN DER DRITTEN PERSON EINZAHL. ICH FÜHLE MICH DADURCH SICHER, ICH HOFFE, DASS ICH NICHT SO BALD STERBEN WERDE.

In meiner Kindheit geschah alles im Park. An vier Punkten der durch einen Weg eingefaßten kreisförmigen Lichtung standen vier *Thujen.* – Schau, mein Junge, die Quadratur des Kreises! – Diese Lebensbäume waren wunderbar, sie waren nicht irgendwelche Bäume, sondern einzigartige höherentwickelte Lebewesen, die ich gut kannte, und sie nahmen meine Schwärmerei gnädig hin, weise Alte, denen man die Verwüstung der Zeit nicht anmerkt, jenes rasende Geben und Nehmen. In ihnen sah ich das Leben, im Toben des Grünen. Ich kannte jeden einzelnen Zweig, behaupte ich.

Die Thuja rechts oben! Unter ihren tiefhängenden, dicken Ästen konnte ich mich auf einen höchst weichen, seidigen und blendendgrünen Moosteppich setzen, hier konnte man sich alles vorstellen. Gut, gut, kühl und heiß. Mamilis Rufen hörte ich, wann ich wollte, und es war eine besondere Freude, weil es eine Schadenfreude war, das vor Wut rote Gesicht der Gouvernante zu beobachten, wie sie an der weißen Flügeltür der halbkreisförmigen Terrasse stand, tippelte und winkte ... Dann sah ich!, wie sie, des Wartens überdrüssig, langsam nach hinten zum »Paradestall« schlenderte ... Mein teurer Vater entließ sie beizeiten. »Eine liederliche Person«, sagte er einmal während des Abendessens zu meiner Mutter. Wir aßen wortlos weiter, plötzlich mein Vater wieder unerwartet: »Aber was für eine gute Aussprache sie hatte ...« Deine Großmutter schwieg.

DIE WAHRSAGERINNEN AUF DEN KIRCHTAGEN LASEN NUR DEN BURSCHEN ERNSTHAFT DIE ZUKUNFT AUS DEN HÄNDEN; BEI DEN FRAUEN WAR DIESE ZUKUNFT OHNEHIN NICHTS ALS EIN WITZ. KEINE MÖGLICHKEIT, ALLES SCHON VORGESEHEN: KLEINE SCHÄKEREIEN, EIN KICHERN, EINE KURZE FASSUNGSLOSIGKEIT, DANN ZUM ERSTEN MAL DIE FREMDE, GEFASSTE MIENE, MIT DER MAN SCHON WIEDER ABZUHAUSEN BEGANN, DIE ERSTEN KINDER, EIN BISSCHEN NOCH DABEISEIN NACH DEM HANTIEREN IN DER KÜCHE, VON ANFANG AN ÜBERHÖRTWERDEN, SELBER IMMER MEHR WEGHÖREN, SELBSTGESPRÄCHE, DANN SCHLECHT AUF DEN BEINEN, KRAMPFADERN, NUR NOCH EIN MURMELN IM SCHLAF, UNTERLEIBSKREBS, UND MIT DEM TOD IST DIE VORSEHUNG SCHLIESSLICH ERFÜLLT. SO HIESSEN JA SCHON DIE STATIONEN EINES KINDERSPIELS, DAS IN DER GEGEND VON DEN MÄDCHEN VIEL GESPIELT WURDE: MÜDE / MATT / KRANK / SCHWERKRANK / TOT.

Oft reinigte Mamili mit ihrem Speichel den Kindern im Vorübergehen schnell Nasenlöcher und Ohren. Ich zuckte immer zurück, der Speichelgeruch war mir unangenehm. – – – In einer Gesellschaft, die eine Bergwanderung machte, wollte sie einmal beiseite gehen, um die Notdurft zu verrichten. Ich schämte mich ihrer und heulte, da hielt sie sich zurück. – – – Die Eierlikörflasche in der Kredenz! – – – Sie kirnten die Butter und legten frische Maulbeerblätter daneben. Die Adjutanten aßen jeden Sonntag gemeinsam mit uns. Ich weiß, wo genau im Garten ich den 13. Psalm gelernt habe. Dein Onkel Miklós ließ Feri Székesi Pipi als Bier trinken. Wir bekamen ein Pony. Der österreichische Adjutantenanwärter zog die knusprige Haut vom Schweinsbraten ab und gab sie dem Zimmermädchen: »Bitte noch einmal braten.« Lajos Mondvai kroch beim Versteckspiel mit dreckigen Stiefeln in das frisch bezogene Bett. Das Zahnfleisch meines schmerzenden Zahns wurde mit Rum bestrichen. »Und jetzt fangen wir an zu schweinigeln«, flüsterte ich dem sechsjährigen Sohn der Lehrerin auf dem Speicher zu, doch ich flog auf. Die beiden Foxterrier hießen Muki und Fräulein. Das Rehlein mit dem Namen Mici steckte seine Nase heraus, Muki biß sie ihm fast ab, der Tierarzt nähte sie wieder an, Muki wurde von Papi jämmerlich verprügelt. Wir verabscheuten die Haut auf dem Milchkaffee, gaben reichlich Zucker hinein und schickten ihn zurück, er sei zu süß. »Herr Verwalter, der Schreibtisch fehlt im Invertar.« »Ich lasse Ihnen einen Furz fahren, und den können Sie ins *Invertar* aufnehmen.« (Ein Schreibtisch nach amerikanischem System! Prima.) Den Gedingarbeitern stand sogar gepökelter Speck zu. Guszti Bucsányi war mit seinem Schnurrbart ein fescher Mann. Im Winter liefen wir Schlittschuh, wenn der Pikóta richtig zugefroren war. Zsiga Papp war der Schnellste, unter den Knien seiner Reithose hatte er vier oder fünf Knöpfe. Kornél Günther wettete als Aufseher beim Dreschen, daß er innerhalb von zwei Stunden zehn Kilo Melonen essen werde. Er gewann die Wette, setzte er sich doch in einen großen Bottich mit Wasser und aß und pinkelte zwei Stunden lang. *Das war die Lösung!*

ÜBRIGENS IST DIE WICHTIGSTE FRAGE UNLÖSBAR: DIE AUCH NUR TEILWEISE AUFZÄHLUNG DES UNENDLICHEN. – ICH FÜHLTE UNENDLICHE VEREHRUNG, UNENDLICHES BEDAUERN. »DER KOPF MUSS DIR SCHWIRREN VON ALLEM, WAS DU UNBERUFEN AUSSPIONIERT HAST«, SAGTE EINE UNLEIDLICHE, ABER GUTMÜTIGE STIMME. »WENN DU DIR AUCH DAS GEHIRN AUSSCHWITZT: NICHT IN EINEM JAHRHUNDERT WIRST DU MIR DIESE OFFENBARUNG HEIMZAHLEN KÖNNEN. WELCH EIN SAGENHAFTES OBSERVATORIUM, HE BORGES?«

In der Steinkapelle war es üblich, daß das Vaterunser in der Messe von den Kindern begonnen wurde, mal von dem einen, mal von dem anderen. Ich durfte lange kein Vorbeter sein, und als ich endlich an die Reihe kam, versäumte ich fast den richtigen Augenblick. »Lizi! Viterbo! Vaterunser!« hörte ich von überall her mir ungeduldig zuflüstern. In die große Stille hinein rief ich, hochmütig zum Altar gewandt: »Vater! Unser!« Meine Stimme klang scharf und klar, wie das Glöckchen oder der Gesang. Meine Eltern tauschten stolze Blicke aus. Doch auf dem Nachhauseweg (denn wir stifteten das gemeinsame sonntägliche Frühstück, man hatte im Garten gedeckt, und es gab Kakao mit Rosinenbrot) kam der pausbäckige Kaplan zu mir, und in seiner Verwirrung um Vergebung bittend sagte er: »*Nur ruhig, Fräulein Lizi.*« Er legte mir die Hand auf den Kopf. »*Geben Sie bitte acht auf sich.*« Er war ein guter Mensch, seinen Geruch aber, das süßliche Gemisch aus Seife und Schweiß, mochte ich nicht.

Eine Königin jedoch riecht gut. Im Vorfeld der Schlacht von Budaörs lagen Karl IV. und Zita auf einem Industriegeleise vor unserem Garten fest. »Es lebe die Dönidin!« rief ich. Flügeladjutant Ostenburg brachte mich zu Zita, die mich in die Arme schloß. Egal.

<Es leiert und leiert der ländliche Walzer.>

»WIR HABEN GESAGT, WENN DU AUF SALZBURG SCHEISST, DAS SEI NICHTS, WENN ABER SALZBURG AUF DICH SCHEISST, DAS WIRST DU NIE LOS.« TANTE RÓZA NICKT: »DAS STIMMT.« NATÜRLICH SIND DAS ANEKDOTEN. ABER WISSENSCHAFTLICHE ABLEITUNGEN WÄREN IN DIESEM ZUSAMMENHANG GENAUSO ANEKDOTISCH. DIE AUSDRÜCKE SIND ALLE ZU MILDE.

Mein Stampfen ließ unter der Thuja geheimnisvoll eine geheime unterirdische Höhle entstehen, verfallene Stufen führten in die Tiefe, doch zwischen dem Schimmel, den Rostflecken und dem Schutt blühten elegante Blumen, Gladiolen und Orchideen. Unten wimmelte es von winzigen Menschen. Ich erkannte alles nur sehr langsam. Ich war wie die Jünger von Emmaus. Es ließ sich nicht feststellen, ob wir uns in einer vornehmen Abendgesellschaft oder in einer Eisenhütte befanden. Man trank Holundersaft aus Silberbechern, die mit Wappen versehen waren.

Obwohl zu groß, wurde ich freundlich empfangen. Während der Unterhaltung fanden wir außerordentlich Gefallen aneinander. Da bemerkte ich erstmals, daß man auch Fremde lieben kann, nicht nur Eltern und Geschwister. Sie, die Winzlinge in der Höhle, sagten mir, ich könne jederzeit kommen, solle jedoch niemandem davon erzählen. Ich brauchte nur aufzustampfen. – Allerdings wollte ich die Freude mit meiner Mutter teilen. Horchend vernahm ich dann, wie sie und mein armer Vater abends über die »verwickelte Geschichte«, über »unsere in Phantasien schwelgende Elizaveta« kicherten. Ich rannte unter die Thuja, um diese beiden Menschen nicht hören zu müssen, und fing an, das grünlich schimmernde Moos mit den Fingern wegzuscharren. »Ich verscharre dich hier, ich verscharre dich hier«, schluchzte ich und dachte an meinen Vater. (Ich betone, das war kein *Traum*, das war mein Reich!)

Es ist Krieg, glaube ich, und alles ist grau. Dieses Grau ist stofflich. Der Garten wird welk, schrumpft zusammen, wird schwarz, als würde er verbrannt, dann beginnt er zu schmelzen–fließen–triefen wie die *Uhren* auf dem Dalí-Bild. Wieder schrumpft die knausrige Zeit. Anstelle des Gartens Wüste. Die ganze Familie muß flüchten; wovor, das ist nicht festgelegt. Alles hat Bedeutung, es weht der Wind, Sand rieselt, mein Rock klebt an den Schenkeln, in der Bluse Treibsand, den Rucksack schleppe ich, als sei ich körperbehindert, bucklig. *Weinend schüttle ich den Sand aus dem Korb des Büstenhalters, doch als ich ihn erneut tragen will, habe ich keine Brüste mehr!, es ist nichts da, was zu umhüllen wäre …* Das ist die erste Erinnerung an meine Brüste.

Plötzlich erschien über mir in der Gestalt meines Bruders ein monströser Luftballon. Er kicherte, dann warf er eine wenigstens zwei Meter große Birne herab. Er winkte, zuckte fröhlich mit den Schultern und flog davon. In jener Öde, die ich unlängst noch mein Zuhause nennen konnte, stand ich nun völlig allein. Die Form der Birne entsprach der meiner Brüste.

DIESE EIBE ABER MAG UNMERKLICH MIT DEN GÄRTEN VON DERO GNADEN VERSCHMELZEN, WIE UNSERE SEUFZER MIT DEM FIRMAMENT: SOWOHL NACH OSTEN ALS AUCH NACH WESTEN.

Mit vierzehn Jahren wurde ich dick, lief jedoch gut Ski. Ich mochte die derben, schweren Flanellhosen, an denen ich mir anfangs zwar die Schenkel aufrieb, später jedoch gewöhnte ich mich an sie. Der Schnee brannte, krachend und knisternd wie das Lagerfeuer, so war das. Miklóska, marsch, löschen wir das Feuer! Er rührte sich nicht, verächtlich sagte er: »*Soll er brennen, der Gendarm!*« Dieser Satz war wie ein Lebewesen, noch am Morgen suchte ich es im Zimmer. Der Schlauch schlängelte sich herrlich, ein anständiges Stück, allerdings waren jene gewissen kleinen Würste alle mit Diamanten und echten Perlen besetzt. All das mochte eine Arglist gewesen sein, um die Aufmerksamkeit vom gefährlichen Feuer abzulenken! Und so geschah es auch.

Zu jener Zeit mußte ich über alles lachen, über mich, die Jungen, die Mädchen, meine Mutter, meinen Vater, den Kohlrabi, den Kupfermörser, das eingemachte Mus, den Himmelswagen, meinen Bruder Miklós, den sich schlängelnden Güterzug, über die Hand, die das herausbekommene Geld einstreicht, über ein Hosenbein, sogar über alle Hosenteile, vor allem über den Schlitz und den Umschlag, über das Stottern des Briefträgers und über die →

WÄHREND DES MITTAGESSENS SAH ER, WIE SEINE MUTTER EIN BEREITS GEKAUTES STÜCK BROT SCHIER HERVORWÜRGTE, ES IN DER HAND VERSTECKTE UND DANN IN DIE SERVIETTE EINWICKELTE. »DANKE«, SAGTE ER NACH DEM MITTAGESSEN GEREIZT, »UND SEI BLOSS NICHT IMMER SO AUFOPFERUNGSVOLL.« »DU BIST UNGERECHT«, SAGTE DIE FRAU UNERWARTET →

→ schräg aufgeklebte Briefmarke. Es war alles unwiderstehlich amüsant. Ich lachte über das Meer, die Morgen- und die Abendröte, das silbrig glänzende Spinnengewebe, die Spiegel, die Blicke, die Weinreben, die Büstenhalter, den Brustkrebs, den teilweise verfallenen Zaun, das Kaspische Meer, das feingliedrige Knochengerüst einer Hand, über Briefe in einer Schublade des amerikanischen Schreibtischs (und beim Anblick der Handschrift erbebte ich), über obszöne, unglaubliche, unzweideutige Briefe, die mein armer Vater an eine Debrecziner Tänzerin geschrieben hatte, ich lachte über die furchtbaren leiblichen Überreste meiner Verwandten und über den Kreislauf meines dunklen Blutes, ich lachte über das Räderwerk der Liebe und die Veränderungen des Todes.

Ich war erbarmungslos und gutherzig.

Auch häßlich, denn mein Gesicht war gewachsen, die Fläche!, sie hatte sich gewölbt wie ein kleines Kissen. Viele mochten mich nicht, weil ich jedem auf die Nerven ging. – Später wurde ich schöner, damals jedoch war ich am sympathischsten. (Das hätte ich anno dazumal, beispielsweise, nicht gesagt …)

→ SANFT. DANN: »ICH HÄTTE NICHT GEDACHT, MEIN JUNGE, DASS ICH MIT DIR ÜBER SO ETWAS SPRECHEN WÜRDE. DAS IST KEINE GESUNDE ANGELEGENHEIT, MUTTER EINES ERWACHSENEN MENSCHEN ZU SEIN. ES IST NOCH EIN GLÜCK, DASS DU EIN JUNGE BIST. BEZIEHUNGSWEISE ICH EINE FRAU. FÜR EUREN VATER WAR ES BESTIMMT NICHT LEICHT GEWESEN.«

Die Thujen sind wie Backenzähne samt Wurzeln herausgerissen, der Zaun ist niedergebrochen, die Hundehütten sind umgestoßen, die tiefe lila Wunde des Rehleins Mici ist von Fliegen übersät, die Pferde haben sich losgerissen. Anna brüllt die Fremden an. Ich hatte für sie die Liebesbriefe geschrieben. »Für Annuska Máli, blühend zwischen den Rosen«, schrieb der Kavalier, und ich antwortete, wenn ..., wenn sie Miklóska erlaubt hatte, sich an ihre Seite zu legen, genauer seinen Kopf an ihrem Busen zu *verbergen*.

Ebenso wie das wildernde, herrenlose Vieh jagte sie die Militärlastwagen mit den riesigen Rädern hinaus. Der eine fuhr gegen eine Hauswand, der Chauffeur sprang sogleich ab, im gleichen Augenblick jedoch schrumpfte er auch schon zusammen, als sei ihm die Luft abgelassen worden. Er verschwand im Gras!

Ich suchte ihn sofort, denn er war ein fescher Junge, zum Beispiel hatte er genau so einen Schnurrbart wie jener süße Michalkow. Doch in einem fort geriet mir die verkleinerte Kopie des genußsüchtigen französischen Fräuleins in die Hand, »Mademoiselle Beatriz, Sie sind *vollbusig*«, flüsterte sie verächtlich, die vertrocknete Wachtel. (Was stimmen mochte, denn die Dorfkinder verspotteten mich als Tittenlizi, ich aber schämte mich nur kurze Zeit deshalb.) Ich war ihrer überdrüssig und zerbröckelte sie zwischen den Fingern, ekskü sch moá! <Etüden für mechanisches Klavier!!!>

Ich wandelte in einem schönen Schloß umher. Ich flanierte. Ich war noch drall, kicherte aber nicht mehr ohne Unterlaß, ich kleidete mich gern jungenhaft, ritt und lief gern Schlittschuh. Ich besaß einen Lammfellmantel aus Siebenbürgen, federleicht. Seit ich den nicht mehr habe, friere ich im Winter immer.

Ich sah mich in den prunkvollen Spiegelsälen um, betrachtete die Fayenceschüsseln, die Sèvreskamine, die erfindungsreichen Muster des Parketts. In den ineinander übergehenden Sälen floß die Donau. Sie mochte einen Meter breit gewesen sein und erstreckte sich vom Schwarzwald bis zum Schwarzen Meer. An der Decke ein Fresko neben dem anderen. Ich stand an der Großen Schütt-Insel, wo ich Schilf ablud. Die Decke dort war hellblau wie die Augen deines Freundes. Auch deshalb beschloß ich, in diesem Schloß von *sämtlichen* Donauvögeln eine wohltätige Vogelausstellung zu veranstalten – dem Sinne nach, denn hier floß die Donau!

OH, WIE SEHR ICH DOCH ALT WERDEN WERDE!

»Barbitum, barbitorium!« brüllte ich, davon aufschreckend. Das Haar in schweißdurchtränkten Strähnen. Doch niemand konnte mir sagen, was das zu bedeuten hatte. Ich saß auf dem Gipfel eines großen majestätischen Berges, vor mir das unendliche Meer, über mir wurde ein Ketterhäuschen errichtet (in Leutschau zu sehen!), und ich brüllte, vom Entsetzen ergriffen: »Barbitum, barbitorium!« Ich hatte eine Männerstimme.

Ein Junge umarmte mich, ich reichte ihm bis an die Schultern. Er strömte konzentrierten Schweißgeruch aus, doch ich wagte nicht, es ihm zu sagen, und ich wollte das auch nicht. Ich konnte nicht einmal entscheiden, ob der Geruch ein Makel sei. Als er mich dann küßte, stellte sich heraus, daß er auch aus dem Mund roch; damit war das Maß voll.

Zuvor jedoch ließen wir uns in der Menge treiben. Der Herold teilte uns mit: »Ich tue Ihnen kund!«, daß wir hier Ungarns Geschichte sehen können, »die tränen- und ruhmreichen Seiten unseres verwaisten Vaterlands«, *vorn* der Sturm auf Erlau, *links* die Niederlage bei Mohács, *südlich* der »Einfall der Kumanen« und der Aufruhr der Petschenegen, *rechts* der große Angriff Dschingis Khans. Schließlich zerrte mich der Junge auf einen verlassenen kleinen Platz, wo wir wild zu *rocken* begannen.

Völlig überraschend die Bäume und Sträucher: Sie pißten! Die Sonne schien auf den Bogen, die Gegend war erfüllt von goldenem Gleißen, von Glitzern, Herrlichkeit, Farben und von … furchtbarem Uringeruch!

Ich war wieder jung. Mit meinen Geschwistern bereitete ich mich auf eine Abendgesellschaft vor, als Mamili kam und weinend die *Neuigkeit vermeldete*: »Meine Mutter ist verblichen.« So war das; wir ärgerten uns, denn mit den →

→ Kleidern gab es noch viel zu tun, unsere Großmutter aber war seit Jahren ein hilfloser, an Arterienverkalkung leidender »Jemand« gewesen. Mutter spürte unsere Gereiztheit, ihre schönen braunen Augen wuchsen zur Größe eines Apfels heran und traten aus den Höhlen hervor. Sie schwebten in der Wohnung und vergossen Tränen.

Dessenungeachtet war meine Toilette am elegantesten. Ich tanzte und war hochmütig. »In wessen Hand ist Ihr Schicksal?« fragte ich einen lieblichen schönen jungen Mann draufgängerisch. Der lächelte. »In meiner; allerdings ist meine Hand in der Hand Gottes«, und er preßte mein Gesicht in seine heißen Hände. Ein richtiges Orchester spielte. Die Jungen hatten den Verstand verloren, in der Hose hatten sie einen Maiskolben versteckt, ich war gezwungen, mit meinem Bruder Bandi zu tanzen, seinem weißen Anzug entströmte leichter Tabakgeruch, doch auch er versuchte, mir den Hof zu machen, weshalb ich wegrannte. Draußen wartete schon Guszti Kelemen mit einer Zille, bloß saß darin schon dein Vater, es ließ sich nicht ausmachen, ob er lachte oder weinte, nur daß er lachte oder weinte. Guszti hatte viele Rubel bei sich. Ein Rubel war so groß wie ein nicht ganz kleines Handtuch. Guszti gab insgeheim Zeichen, wir sollten deinem Vater gegenüber nicht von Geld sprechen. In einem schwimmenden Barkenladen kaufte er mir ein garstig-rotes rötlich-goldenes Lederportefeuille. Da wandte sich dein Vater um, doch ich war jung, und er war so wie jetzt, obwohl immer noch lieblich schön, und sagte ruhig folgendes: »Nicht doch, liebe Lizi, was wollen Sie mit so einem Guszti ... Er hat keinen Geschmack ... *Das ist ja Kunstleder!*«

Das andere habe ich vergessen, da ich morgen zur Gefäßanfärbung ins Krankenhaus gehe.

WER HAFTET FÜR DIE SICHERHEIT DER MADEMOI-ZILLE?

Ich betrat eine Bibliothek, so groß wie die von Zirc, und dort auf einem gotischen spanischen Stuhl mit hoher Lehne saß *Baron Uzuzor*, in der üblichen abgewetzten Reithose und Jacke aus blauem Lüster. Er wartete mir mit Büchern auf, »teure Elena Viterbo, diese Schriften sind für Ihre geistige Entwicklung einfach unentbehrlich«, er bat mich ständig, ich sollte ihn ansehen, ich sollte ihm in die Augen sehen, und ich sah ihm gern in die Augen, »teure Beatriz Elena, das ist *phantastisch*, sie ist dort in Ihren Augen, dort lauert die Unendlichkeit, diese königliche Wildheit, Sie werden zu allem fähig sein, Sie werden sehen, das gibt einen Jubel, meine Kleine, Ihr ganzes Leben, jetzt wissen Sie vieles noch nicht, Ihr Vertrauen rührt auch daher, das sehe ich, aber trotzdem!, Sie, meine kleine Beatriz, sind ein freies, ein wunderbares Wesen ... Sie ... Sie *strahlen* noch! Sie sind anziehend, Sie sind kühn«, und er begann zu schluchzen, »oh, Fräulein Viterbo, wie gern hätte ich zwei, wenigstens zwei Leben, denn dann könnte ich das eine Ihnen weihen, es würde Ihnen gehören, denn so ist das nicht der Fall, ich bin nicht der Ihre, und Sie sind nicht die meine, schon gut, na, ich will Sie nicht erschrecken, mit dem einen meiner zwei Leben wäre ich ausschließlich und immer an Ihrer Seite ..., ich würde von Ihnen lernen, ich würde Ihre Augen und Ihre Mähne betrachten ..., ich weiß, Fräulein Viterbo, daß Sie nichts erwarten vom Leben, *ich* erwarte etwas, Sie ... Sie aber erwarten nichts ..., keine milde Gabe ..., denn Sie, mein Fräulein, Sie sind das Leben selbst!« Doch dann verschwanden die glänzenden und →

ES STIMMT NICHT, DASS MIR DAS SCHREIBEN GENÜTZT HAT. IN DEN WOCHEN, IN DENEN ICH MICH MIT DER GESCHICHTE BESCHÄFTIGTE, HÖRTE AUCH DIE GESCHICHTE NICHT AUF, MICH ZU BESCHÄFTIGEN. DAS SCHREIBEN WAR NICHT, WIE ICH AM ANFANG NOCH GLAUBTE, EINE ERINNERUNG AN EINE ABGESCHLOSSENE PERIODE MEINES LEBENS, SONDERN NUR EIN STÄNDIGES GEHABE VON ERINNERUNG IN DER FORM VON SÄTZEN, DIE EIN ABSTANDNEHMEN BLOSS BEHAUPTETEN. NOCH IMMER WACHE ICH IN DER NACHT MANCHMAL SCHLAGARTIG AUF, WIE VON INNEN HER MIT EINEM GANZ LEICHTEN ANSTUPFEN AUS DEM SCHLAF GESTOSSEN, UND ERLEBE, WIE ICH BEI ANGEHALTENEM ATEM VOR GRAUSEN VON EINER SEKUNDE →

→ stabilen Kirschholzregale plötzlich, und die zusammengetragenen Bücher türmten sich an der Wand bedrohlich wie Abbruchziegel, die voller Mörtel sind.

(Wie einst bei meinem alten Freund, bei Onkel Elemér Géczi. »Ist die Welt durch die Bücher vorangekommen?« fragte er unaufgefordert rhetorisch, und er gab auch sofort die Antwort, indem er auf den Bücherhaufen zeigte: »Nicht im geringsten.« »Onkel Elemér, machen wir Ordnung!« »Für die kurze Zeit, Lizike, lohnt es nicht.« Das sagte er wohl zwanzig Jahre lang. '45 starb er, er verhungerte, wie Dezső Szabó. Seine Tochter kennst du. Sie trug zuweilen einen schwarzen Dutt. Ich würde sagen, sie war eine Töle. Mein Gott, wie sie deinen Vater bezirzt hat! Doch der hatte an ihr aus irgendeinem unerfindlichen Grund keinen Gefallen gefunden. »Meine Lizi, so blöd, wie ich bin, habe ich Sie nicht einmal betrogen.« Dafür gab es aber auch einen echten Grund. S. war in mich verliebt, doch er hätte sich mit deinem Vater zufriedengegeben.)

In der Bibliothek rieselte der Staub, wir standen bis zu den Knien in den gepeinigten Büchern. Da trat ein unglaublich schlampiges Weibsbild ein und meldete, das Mittagessen sei fertig. Als sie mich erblickte, rüttelte sie den Baron heftig durch: »Du Dummling! Pack mich, umarm mich, überwältige mich! ... Was brauchst du sonst noch? Inhalier mich wie eine Zigarette, quetsch mich aus, zerfetz mich! Sei ein Mann! ... Du bist lächerlich.«

Baron Uzuzor bezwang sich kaum und drängte die alte Schachtel mit dem Schandmaul aus dem Zimmer, während er kreischend schrie: »Das ist für Sie ein *Busen*?! Das? Das ist, mit Verlaub, kein Busen, wohl aber ein Wurstzipfel!« Auch jetzt noch höre ich die krächzende, erregte und erboste Stimme, das ist kein Busen, *wohl aber* ein Wurstzipfel!

→ ZUR ANDEREN LEIBHAFTIG VERFAULE. DIE LUFT STEHT IM DUNKELN SO STILL, DASS MIR ALLE DINGE AUS DEM GLEICHGEWICHT GERATEN UND LOSGERISSEN ERSCHEINEN. SIE TREIBEN NUR EBEN NOCH OHNE SCHWERPUNKT LAUTLOS EIN BISSCHEN HERUM UND WERDEN GLEICH ENDGÜLTIG VON ÜBERALL NIEDERSTÜRZEN UND MICH ERSTICKEN. IN DIESEN ANGSTSTÜRMEN WIRD MAN MAGNETISCH WIE EIN VERWESENDES VIEH, UND ANDERS ALS IM INTERESSELOSEN WOHLGEFALLEN, WO ALLE GEFÜHLE FREI MITEINANDER SPIELEN, BESTÜRMT EINEN DANN ZWANGHAFT DAS INTERESSELOSE, OBJEKTIVE ENTSETZEN.

Ich heiratete Guszti Kelemen. Dein Vater schaute griesgrämig drein. Er war tödlich beleidigt. Ich hatte das Gefühl, mich richtig entschieden zu haben. Es herrschte sengende Sommerhitze, auf dem aufgeweichten Asphalt ging ich, wie auf einem Purpurteppich, zur Donau hinunter. Ich ließ Steine über das Wasser hüpfen, doch mehr als dreizehnmal sprangen sie niemals auf, denn irgendwas verschlang sie immer. Einmal setzte ich ihnen nach und zog eine riesige grüne Schlange aus dem Wasser.

Auf der Straße, ständig im Asphalt versinkend, zog ich diesen fürchterlichen und erregenden Brautschleier hinter mir her. »Fräulein Lizi, was tun Sie denn aber?« rief der Metzger. Die Busfahrer machten fluchend einen Bogen um mich. Ich wußte nicht einmal, ob der Biß der Schlange giftig war! Schließlich zog ich sie in die Küche hinein, hackte ihr den Kopf ab, zerschnitt sie in runde Scheiben und briet sie. »Wellington-Rostbraten! So einen Rostbraten hat nicht einmal Wellington selbst gegessen!« Das wußte ich am besten. Ich vergesse immer, was *origano* auf ungarisch heißt.

Ich besuchte die Sixtinische Kapelle, drinnen standen Gerüste und Kisten mit Mörtel sowie leere Bierflaschen mit dem KINIZSI-Etikett, als würde Maurer Csibi gerade mauern, und ich kletterte bis zur Decke hinauf, und dort legte ich mich hin wie Michelangelo, als er malte. Ich ergriff die ausgestreckte Hand des Herrn, es war *alles* so nahe. Viel kann jetzt nicht mehr passieren, ging es mir durch den Kopf. Ich stieg schnell hinunter und rannte in den Vatikan. Priester mit lila Zingulum öffneten mir die weißen Flügeltüren, mit tiefer ehrfurchtsvoller Verneigung, als wäre ich der pudelnackte Miklós Szentkuthy. Von überall her hörte ich meinen Namen hallen, Beatriz, Beatriz Elena, Beatriz Elena Viterbo, meine teure Beatriz ...

Schließlich kniete ich vor dem Heiligen Vater und bat ihn, vom Laufen außer Atem gekommen, um Schokolade. »Mein hochheiliger Vater! Aber mit Nüssen!« Hierzu muß man wissen, mein armer Vater war reformiert, Mamili jedoch katholisch, ich erhob also zu Recht Anspruch auf Nußschokolade. Ich merke an, daß ich auch zu Pauls VI. Beerdigung da war, mit einem Fayencenachttopf auf dem Kopf und im Talar. Danach wählte auch ich den neuen Papst ...

ES IST AN DER ZEIT, DASS ICH MEINE ERLEUCHTUNG ZÜGLE UND FÜR EINEN AUGENBLICK AUF MEINEM WEG INNEHALTE, WIE JEMAND, DER DIE VAGINA EINER FRAU BETRACHTET, ES IST ANGEBRACHT, AUF DIE ZURÜCKGELEGTE STRECKE ZURÜCKZUBLICKEN, DANN MIT AUSGERUHTEN GLIEDERN HOCHZUSCHNELLEN UND SICH UNGESTÜM EINEN RUCK ZU GEBEN.

Dein Vater saß ganze Abende bei meinen Eltern und schwärzte Guszti Kelemen bei ihnen an. Obwohl der zu dieser Zeit möglicherweise schon tot war. Später wurde mir mitgeteilt, er habe am Don die Ruhr bekommen und so. Drei Wochen haben wir zusammengelebt, sage und schreibe drei Wochen. Er war der erste Mann in meinem Leben. Das kann ich nicht vergessen ... Dein Vater ist mein Gemahl ... Nur denke ich eben zitternd an jenen Mann, dem ich meine Jungfräulichkeit gegeben.

Ich pirschte mich an sie heran, sie unterhielten sich im Eßzimmer, zwischen den schmutzigen Tellern. Alle möglichen Reste! Ich ging auf Strümpfen und im schwarzen Clothkittel mit großen Taschen, worin ich einen Dietrich stecken hatte. Irres Werkzeug. Ein einfaches Kind war ich nicht. Die Speisekammer neben der Küche war keine Kammer, sondern ein großes Zimmer, ein Speisenzimmer!, wo sich verschiedene Eßwarenwunder verbargen. Hier brach ich mit meinem Sperrhaken ein, den Kuchen wickelte ich in Seidenpapier, er war mit Schokoladenguß überzogen und klebte noch. Ich griff in die Rosinentruhe hinein, eine große wohlriechende Nußholztruhe mit faustgroßen Scharnieren, ich nahm mir auch meinen Anteil an Rosinen und bestreute den Kuchen damit! Ich scheute mich nicht, eine Salami unter meinem Rock verschwinden zu lassen. Ich lief zum Zaun, wo meine kleinen Bauern auf mich warteten! Paß auf, mein Junge, das war ein sozialer Augenblick! (Den können wir ins Inventar aufnehmen ...) Ich rückte mit meinen Schätzen heraus, die Kleinen freuten sich und brachten mir gutes dunkles Brot, worüber wieder ich mich freute.

Und hinter dem Fenster schimpften sie über mein Leben. Dein Vater verstand sich mit meinen Eltern ganz gut, er war ein netter Junge, er erwies sich als höflich, zuvorkommend und geistreich. Dein Vater war elegant wie Abbazia selbst. Meine Mutter trug einen sandfarbenen Kasack. Unten hatte der Kasack hellbraune Seidenfransen – das ist sicher.

DU BIST EIN KIND DER LIEBE, NIMM DAS BITTE ZUR KENNTNIS.

QUATSCH. WER IST DAS NICHT?

Wir waren jung. Beziehungsweise ich nur dem Alter nach, denn ich war schon die Frau deines Vaters. Na schön. Und ich quälte den Ärmsten sehr. Manchmal verschwand ich tagelang. Die Musik machte eine Pause, und wir Mädchen gingen hinaus auf den Hof, um frische Luft zu schnappen und um Ruhe zu haben vor den Männern sowie um die Konsequenzen von Verrat und Niederlagen zu besprechen und was zu tun sei, doch plötzlich gerieten wir in den Hof einer verdreckten Mietskaserne, rundum die charakteristischen Flurumgänge wie auf einem engagierten Sozialfoto aus den dreißiger Jahren. Ich kreiste mit Ágnes Záhy um einen Essigbaum, als uns mit einemmal Blanka von oben herab anschrie, mein Gott, wie jung und hübsch sie war, elegant und großzügig, sie überschüttete uns mit den denkbar abscheulichsten Ausdrücken, wie ein Müllkutscher. Als sie fertig war, verschwand sie, Ágnes indes stellte sich vor mich hin und begann von ihrem rosa Ballkleid die Blumen zu klauben und mich damit zu bewerfen. Ich hatte ihr nämlich noch im Tanzsaal gesagt, daß dieser Blumengarten weder zu ihr noch zum Abend passe.

Während sie die Blumen abnahm, verwandelten sie sich in echte, und ich lag in einem duftenden Blumenhain. Dein Vater stützte mich heimwärts, er pflegte mich rührend, kein böses Wort, und er dachte auch nichts Böses – und dafür liebte ich ihn sehr. (Vergebens ließ ich das Duzen zu, von den Pferden wurde ich konsequent geduzt. (?)) – – – Tante Vali Dienes, die Cousine meiner Großmutter, bei der ich als kleine Gymnasiastin Orchestik lernte, trat im Traum zur Tür herein und machte mich mit ihrer schönen, tiefen Stimme darauf aufmerksam, wir sollten aus dem Eisschrank die Leberwurst herausnehmen und dem Hund vorwerfen, denn sie sei schon *veraltet.* »Meine kleine Lizi«, das sagte sie noch, »Leberwurst ist kein Kinderspiel.« Morgens, obwohl ich nichts Verdächtiges wahrnahm, sagte ich deinem Vater, er solle die Leberwurst wegwerfen. Zuvor schmierte er sich eine Scheibe Brot (typisch!, es hätte ihm leid getan, das *Ganze* in den Abfall zu werfen), und mürrisch (er murrte!) trug er die Konserve hinaus. – – –Tante Vali war in ein langes schwarzes Gewand gehüllt, das sie auch zu Lebzeiten getragen hatte, sie wickelte sich in ein paar Meter Stoff ein. Sie starb mit 99 Jahren. Ich glaube, sie war Bergson-Schülerin. Schade, mein Junge, daß du sie nicht gekannt hast.

ICH BESCHLOSS, DASS ICH FREI LEBEN WERDE, WIE DIE MÄNNER, UNABHÄNGIG, FELSENFEST, IM WIND, ABER SO, DASS ICH DEM KEINE BEDEUTUNG ZUMESSEN WERDE, ALLE GESCHENKE, JEDE FEINHEIT UND JEDEN GEMEINEN SCHERZ DES LEBENS WERDE ICH ALS ETWAS ANNEHMEN, DAS MIR ZUSTEHT. ICH BIN EINE DAME, DIE HAUPTDARSTELLERIN MEINES LEBENS, SO HABE ICH ES ENTSCHIEDEN.

Dein Vater war zum Personal immer sehr nett. Er konnte es sich leisten. An einem fremden Ort war ich viel hochmütiger. »Fräulein Käthchen, seien Sie ein braves Mädchen! Aufgepaßt, sonst werden's naß!«

»Das macht nichts, junger Herr, das meiste geht sowieso daneben.«

Es goß in Strömen, die Pferde standen schicksalsergeben da. Am Meierhof legte dein Vater seine Hand auf meine, ich wollte keinen Skandal, so kniff ich ihn, als es niemand sah, in die Wade. Er aber lachte nur. »Sie pfeifen wie ein Fuhrknecht! Eine erstaunliche Frau!« Das ist lange her.

Am Morgen ging ich in den Garten hinaus. Ein großes grünes Rechteck. Die Sonne scheint, das Gras ist quatschnaß. Ich liege in der Hängematte, an der Aufhängung Filz; aus baumfreundlichen Gründen. *Frühlingsbad.*

Junge Mädchen in hochgeschlossenem Kleid, jedoch in sich drehendem und wirbelndem Glockenrock, treten an mein schwankendes Bett heran, »Fräulein«, sie lächeln verlegen, »in den großen Kesseln in der Waschküche ist das Wasser schon heiß, den Bottich, Fräulein, haben wir ausgescheuert, ausgescheuert, das bogenförmige Brett wird von kräftigen Bändern gehalten wie der Bauch der Matrone, die winzigen Fenster der Waschküche sind vom Dampf beschlagen, süßes Fräulein, das *Frühlingsbad* erwartet Sie.« Ich lege meinen Kopf zur Seite, die Sonne ist eine große Kugel, das Rechteck ist in Grün getaucht.

Ich sehe ihn auf der Terrasse. Sein Schlafanzug ist geöffnet, er läßt das Sonnenlicht eindringen. Man kennt das Getändel der Männer, ich zumindest kenne es. Er steht so faul und lasch da, wie auch ich dort gestanden haben mochte. Widerstrebend. Ich herrsche ihn an. Die sengende Sonne – ich sehe schon! ich sehe schon! – hat ihm Selbstvertrauen eingeflößt, kaum sichtbar zuckt er die Schultern. Durch den Schlafanzug läuft eine Regung.

»Beatriz, meine Teure, wissen Sie, wie der Aachener Dom ist? Ich will es Ihnen sagen. Der Aachener Dom ist wie ein Hase; man darf sich ihm nur sehr vorsichtig und reinen Herzens nähern, weil er sich andernfalls aus dem Staub macht!« Das nannte er Humor. »Dein Streicheln war heute so falsch, mein Schatz, du tatest mir leid.«

OFT HABE ICH BEI DER ARBEIT AN DER GESCHICHTE GESPÜRT, DASS ES DEN EREIGNISSEN BESSER ENTSPRECHEN WÜRDE, MUSIK ZU SCHREIBEN. SWEET NEW ENGLAND ...

Ich besuchte in Männerkleidung Budapest. Noch dazu nachts. Ich war müde und häßlich. Ich begegnete niemandem. Die Stadt war leer. Ich sah einen Soldaten. Ja, endlich, das ist das *Abenteuer*!, dachte ich, das Abenteuer ist da, und ich werde ihm ins Auge blicken. Der Junge war schläfrig und abgeschlafft, doch ich sah, daß ich ihm außerordentlich gefiel. Er sagte, er werde mir die Stadt zeigen. Er schleppte mich durch die ausgestorbene Steinwildnis, er schleifte mich mit sich, allerdings nur zu den Heldendenkmälern. Zu jedem einzelnen!, die ganze Nacht. *Ich kenne eure sämtlichen Denkmäler in- und auswendig!*

In der unsicheren Zone, die die Nacht vom Morgen trennt, sagte der Soldat: »Stellen wir zusammen eine Stange in die Ecke.« Militär und Urinieren sind voneinander nicht zu trennen. Zu spät, dachte ich, du kannst mich nicht mehr verführen, ich bin wie ein angebohrter Mohnkopf. Auch den Vergleich habe ich geträumt.

»Jetzt führe ich dich aus«, sagte der Junge feierlich. Wir landeten in einer absolut heruntergekommenen Spelunke. Drinnen waren nur Soldaten, nicht einmal Nutten. »Ich lade dich ein«, sagte er auch weiterhin ergriffen; er bestellte Limonade, rosa (!) Limonade und hartgekochte Eier.

Da fiel es mir wie Schuppen von den Augen, ich sah, daß es dein Vater war, der mich anflehte, ich solle keinen Skandal machen, er warf den »Herren Offizieren der Volksdemokratie« seichte Blicke zu. »Beatriz, mein Einziges, gehen wir endlich.«

»Das Ei esse ich noch, und wenn du krepierst.«

Und dann nahm ich ab, nur so aus Zerstreutheit, schließlich habe ich immer einige Kilo sogenannten Überfluß, doch ich mag das, offenbar weil ich weiß, daß man das mag; der Überfluß wird gemocht. Ich saunierte zehn Tage lang, turnte und aß pro Tag fünf bis sechs hartgekochte Eier … Ich war dann sehr stolz auf meine schlappenden Hosen.

In der Folgezeit ertappte ich mich dabei, daß ich in Gedanken beispielsweise die Männer ermunterte, meine neue Schönheit zu bemerken, sie sollten keine Angst haben, mein Gesicht zu streicheln, von wo die geringen Pölsterchen verschwunden seien, geblieben seien jedoch die »königlichen Schultern«, ohne daß man also über eine gewisse Verspeckung schuldbewußt schweigen mußte und so weiter, ich feilschte um mich selbst und trieb den Preis immer höher und höher …

HIER IST JEDER, AUCH ICH, SO SCHRECKLICH NORMAL.

Ich erzähle dir ein Märchen, du kannst es brauchen. Dein Vater legte sich einmal lange Rabenflügel an. »Was treibst du da?« fragte ich ihn befremdet. »Ich lege mir lange Rabenflügel an.« »Du, mein Schatz, paß auf, wenn du dir noch einmal lange Rabenflügel anlegst, also ich habe nur ein Leben und nur einen Tod.« Dann liefen wir zur 4er Straßenbahn, um nicht die halbe Stunde Zeitungsschau des Szabad Nép, des Freien Volks, zu verpassen. Wir vergingen, wir waren vergangen, einmal waren wir, wo wir nicht waren.

Ich, mein Junge, kann diese Gefühle nicht fühlen, mir kommen nur die erniedrigenden Worte in den Sinn. Doch hinsichtlich der Worte ist das ebenso. »Lizike, warum vertrauen Sie den Worten?« fragte mich dein Vater. »Wem soll ich denn vertrauen, Dummerchen, Ihnen?!« »Gott bewahre!«

Früher picknickten wir oft, ich trug allerlei in einem geflochtenen Korb am Arm, während er eine Flasche bei sich hatte, »ein leichtes geistiges Getränk aus dem Garten«, er schlenkerte die Flasche wie irgendeine Puppe. Wir kletterten in den Bergen. Es erscheint mir selbst unglaublich, daß ich damals nicht mit ihm geschlafen habe.

Später, nach einer elenden nächtlichen Schlägerei – dein Vater kroch →

»LIEBEN SIE MICH, ODER TREIBEN SIE NUR EIN HÄSSLICHES SPIEL?« – WINSELE. DORT IST MEINES VATERS BETT. UND DARINNEN MEIN VATER. FLÜGELLAHME POSE. WÜRDEVOLL WIE DER HIRSCH MIT DEN EINMALIGEN OHREN, DIE GLEICHEN GROSSEN OHREN. EIN WINZIGES LÄCHELN LEUCHTET AUF. ER SCHÄKERT MIT MIR. ICH ERINNERE MICH, EINMAL GINGEN WIR IM →

→ stinkbesoffen auf mich, ich fegte ihn nicht hinweg (wie eine Raupe; Raupe vielleicht deshalb, weil sein Bauch, den er an meinen preßte, weiß und kalt war), ich hatte Angst, wir waren schlecht im Streiten, zu schnell, und ich bedauerte uns auch, voller Abscheu bedauerte ich uns, steif lag ich mit gespreizten Beinen, »hilf doch, sakra!« keuchte er, ich schloß die Augen, um sein Gesicht nicht sehen zu müssen, doch hinter den geschlossenen Augenlidern sah und spürte ich alles. »Nein, nein, du, nein, verdammt!« Doch der Ärmste wurde noch in der Nacht nüchtern (fast). Und er begann zu erzählen (!), wie sehr er damals dort im Wald gewollt habe, und ich sei nicht einmal abweisend gewesen, denn ich hatte jene geheimen vibrierenden Strömungen gar nicht begriffen, es ist also kein Wunder, wenn er manchmal hilflos wird ... So ein Trottel! hätte er gewußt, wie ich von den Picknicks nach Hause kam, fiebrig und taufeucht, und ich huschte an meiner Mutter vorbei ... und überhaupt: hätte er gewußt, wie sehr ich ihn liebte, als ich ihn liebte.

→ UNWEGSAMEN WILDEN WESTEN AUF DIE JAGD (ES WAR WEIT, NOCH ÜBER DEN GEIERHORST HINAUS) ... AUF DIE MESQUITE-BÜSCHE BALLERN, DAS WAR ZIEMLICH LANGWEILIG, SO HOCKTEN WIR UNS ALSO HINTER IRGENDWELCHE FELSEN, MEIN VATER HOCKTE SICH HINTER SEINEN FELSEN, ICH HOCKTE MICH HINTER MEINEN FELSEN, UND WIR BEGANNEN AUFEINANDER ZU SCHIESSEN. DAS WAR INTERESSANT.

Ich war schon so alt wie jetzt, als ich ein Flugzeug entführte. Wohin, das ist uninteressant. Ich bat den Flugkapitän mit seinem Sex-Appeal, mich vor den amtlichen Stellen zu rechtfertigen und die Sache nicht an die große Glocke zu hängen. Die Presse schwieg wie ein Grab, das kannst du nachprüfen, mein Junge.

Von Rembrandt gibt es ein Gemälde: Ganymed in den Fängen des Adlers. Nachts schwang ich mich in die Lüfte und sah, daß der kleine Nackedei gerade pinkelte. Ich flog dorthin, worauf mich der Adler in den Arm biß. Er hatte haßerfüllte Augen. Daraufhin stürzte ich ab, und Ganymed winkte mir hinterher ...

Nach dem Jenseits verspüre ich keine Sehnsucht. Ich meine, auch prinzipiell nicht. Ich denke, das kann Gott von uns auch nicht erwarten. Ich will dich nicht kränken, ich schreibe nicht: dein Gott. Mit Gott habe ich keine Probleme, ich hasse ihn keineswegs dafür, daß es ihn nicht gibt.

Manchmal vergesse ich, daß ich lebe. Ich sitze zwischen den hochgepolsterten Kissen und rede mit Gott. Er sieht dem Vili Tátray ähnlich, aber ohne Geige. Wenn ich aber auf dem Schemel sitze, und die Wollmäuse unter dem Bett es kaum schaffen, sich über den Strohbruch zu rollen, fällt es mir immer ein – und manchmal spüre ich auch, daß ich lebe. In Ordnung. Ich wollte dich noch wissen lassen, daß ich im Garten Nasenbluten bekommen habe. Ich schleppte den Gartenstuhl zum Sandhügel, da passierte es. Der Sand ist ganz schwarz geworden vom Blut, ich ließ den Kopf hängen, das Blut tropfte, ich traute mich nicht, mich nach hinten zu beugen, wie es Brauch ist, ich hatte Angst, zu ersticken wie unser König Attila. Die Bewegung dann, wie ich mir an die Nase griff, um die angetrockneten Blutplättchen abzukratzen, war so fremd für mich – ich fürchtete mich!, ich fürchtete mich.

Ich freue mich hauptsächlich darüber, daß ich allein schlafe. Auf meinem harten Bett schlafe ich allein, ich verschränke die Hände hinter dem Nacken und denke an dich, mein Junge.

WENN MAN WÄHLEN KÖNNTE, WER AUFERSTEHEN SOLL, GLAUB JA NICHT JESUS.

Am Vorabend deiner Beerdigung, mein Junge, werde ich von sehr weit her kommen. Ich werde müde sein, meine Bluse wird durchgeschwitzt sein. Ich werde eine Gelegenheit suchen, ein Bad zu nehmen. Ich spüle den grauen Staub des Wegs von mir ab. Ich habe kein Kleid zum Wechseln, meine Schwester hilft mir aus. Es ärgert mich, daß mir ihr Kleid gut steht, in ihren Augen sehe ich, daß ich schön bin, das aber freut mich.

Ich werde sie umarmen, sie wird überrascht sein.

»Iß, Lizike«, sagt sie dann, und schon hat sie die Pogatschenschüssel in ihren tückischen Händen. Ihre Pogatschen sind berühmt. Ich verachte meine Schwester, weil sie zum Backen eine Waage benutzt. Ich kompensiere. Dann breche ich erstmals in Tränen aus. »Iß, Lizike, das wird dich beruhigen.« Daraufhin zucken meine Hände krampfhaft zusammen, zwischen den Fingern krümelt die Pogatsche, »aber um alles in der Welt, ich will mich nicht beruhigen, warum sollte ich mich beruhigen«, und ich heule los. Meine schöne, dumme Schwester umarmt und *beruhigt mich*, woraufhin ich natürlich, noch schniefend schluchzend, zu lachen beginne.

Schwankend, walzend, uns gegenseitig festhaltend, wandeln wir im Zimmer im Karree, die Käsepogatschen werden gleich vom Silbertablett herabfallen. Klipp-klapp. Dein Onkel, als so eine Art offizielles Amoroso, liest sie vom Erdboden auf.

Zum zweiten Mal, mein Junge, werde ich weinen, wenn dein Name mit einem Schwamm von der Tafel an der Leichenhalle abgewischt wird: Du wirst nicht mehr der *nächste* sein.

ICH WERDE ALLE ZEICHEN VERSCHWINDEN LASSEN, ICH WERDE SIE BESEITIGEN. DIE VERSCHICKTEN TRAUERANZEIGEN BESORGE ICH MIR STÜCK FÜR STÜCK ENTWEDER MIT GEWALT ODER LIST UND VERNICHTE SIE. EBENSO GEHE ICH MIT DER NUMMER DER *MAGYAR NEMZET*, DER UNGARISCHEN NATION, VOR, IN DER DIE DIESBEZÜGLICHE KLEINE ANZEIGE STEHT. LANGSAM UND SCHWER ARBEITEND SCHMIRGLE ICH VOM GRABSTEIN DER REIHE NACH DIE INSCHRIFTEN AB, DEN NAMEN MEINER MUTTER, DIE BEIDEN JAHRESZAHLEN UND SCHLIESSLICH DAS KREUZ. UND ICH GELOBE FEIERLICH, NICHT MEHR ZU SÜNDIGEN.

Wie wird deine Beerdigung aussehen, mein Junge? Ich beschreibe sie: Du wirst eine Beerdigung mit militärischen Ehren bekommen, fesche Jüngelchen stehen Spalier, am Hals eines jeden ein winziger feiner Schnitt, woraus schwarzes zähflüssiges Blut sickert. Egal. Dann lügen sie etwas, wie gewöhnlich, vom Vaterland. Das Fernsehen überträgt die Trauerfeier in Farbe, bei den Erdschollen nehme ich den Ton zurück.

Ich beschreibe sie: Auf deiner Beerdigung, mein Junge, reden prima, hochintelligente Militärs von hohem Rang. Ihre Umgangsformen sind elegant, jeder der Redner läßt etwas aus der Tiefe des Tragischen aufleuchten, wenigstens einen Funken! Die Augen eines jeden sind aus Glas, liebliche schöne Glasmurmeln. Einstand. Egal. Dann lügen sie etwas Flaches vom Vaterland, und wir sind aus tiefstem Herzen ergriffen.

Ich beschreibe sie: Die Frauen, mein Junge, kommen in durchgeblutetem Linnen zu deiner Beerdigung. »Ich habe meine Tage«, flüstern sie sich gegenseitig ins Ohr, und vor dir senken sie die Augen, »zürne nicht, o Herr, ich habe die übliche Krankheit.« Sie küssen dich alle auf den Mund, diese Schnallen. Egal. Ich ekle mich vor dem Anblick deines Gesichts, ich sehe, daß deine Zunge blau ist. Das ist unmöglich!

Ich beschreibe sie: Du bist ekelerregend, mein Junge, hassenswert, fremd, mächtig. Wie soll ich ohne dich leben? Warum mischst du dich in mein Leben ein? Egal. Meine Worte fallen auf mich zurück, wie auf dich die Erdschollen. Meine Augen. Mein Mund.

Ich beschreibe sie: Auf deiner Beerdigung, mein Junge, warte ich besonnen ab, bis die Totengräber einen fachmännischen Hügel aufhäufen, dann stürze ich mit schwerem Herzen und grotesker Plumpheit, wie die Clowns, mit dem Gesicht in den lehmigen Schlamm. Durch die halb geschlossenen Augenlider hindurch sehe ich die vernichtende Grimasse meiner Schwester, wie sie mein Gesicht abtrocknet, ich liege dort zwischen den Schleifen, die vielen Seidenschleifen winden sich leicht um mich. Diese Idioten haben unter mir ein Drahtkranzgeflecht liegenlassen, das drückt mir das Kreuz hoch, dort liege ich, mein Junge, neben dir ausgestreckt, deine ohnmächtige Mutter, mit einem Lehmkuß … Es fällt mir schwer, zu atmen. Allmählich glaube ich auch selbst mein böses Spiel. Meine Schwester weiß alles, das sehe ich ihr an.

COME ON, COLORADO, WECKEN WIR DEN SARGFRITZEN!

Ich beschreibe sie: Auf deiner Beerdigung, mein Junge, breche ich einen Skandal vom Zaun. Ich unterbreche das Schaufeln und verlange, daß die Erdschollen abgewogen werden. »Bis aufs Gramm!« sage ich, keinen Widerspruch duldend, in die Stille hinein. Meine Schwester holt aus ihrer Handtasche eine schillernde kupferne Apothekenwaage hervor. »Na freilich«, sage ich verächtlich. Meine Schwester ist schön und lächelt. »Die Gewichte habe ich nicht dabei.« »Bei wem sind die Gewichte?« frage ich ängstlich und streng zugleich. Die Trauernden, mein Junge, tuscheln.

Ich beschreibe sie: Auf deiner Beerdigung, mein Junge, nehme ich die Beileidsbezeigungen entgegen. Wenn Blanka vor mich tritt, umarme ich sie. Ihr Gesicht ist durch die Trauer entstellt, ihre Stirn ist eng, *alles ist unverhältnismäßig geworden*, die Augen haben sich unintelligent einander genähert, ohne daß dies durch den Witz der Schieläugigkeit wiedergutgemacht worden wäre. Wir stehen lange so, ich friere. Als ich die Augen öffne, sehe ich die Totengräber, an einen weiter entfernten Grabhügel gelehnt, Speck essen. »Lajoska, ich habe Frühlingszwiebeln«, höre ich. Ich bin dankbar, egal.

Ich beschreibe sie: Auf deiner Beerdigung, mein Junge, möchte ich schön sein. Schön! Später möchte ich eine anziehende, zerbrechliche Frau sein, durch die Trauer geprüft, jedoch nicht gebrochen, allerdings nur so stark, daß man hinter mir nicht flüstert: eine starke Frau, sondern: eine schöne Frau. Am Morgen übe ich im Büstenhalter vor dem Spiegel den Händedruck. Soll ich danke sagen oder, was mir eher über die Zunge kommt, ja? »Herzliches Beileid.« »Ja.« Ich werde also schön sein. Das *Schwarz* wird mich einfach begehrenswert machen. Dann denke ich daran, *daß ich die Erde bin*, die Männer dringen in mich ein, die Regenwürmer. Egal, mir ist niemand zuwider. »Reiß dich zusammen, meine Liebe«, sagt meine Schwester, gar nicht mehr leise. – – –

Ich beschreibe sie: Es gibt einen Augenblick, da ich Blanka nicht anzusehen wage; ich umarme sie heftig, meine Schenkel suchen ungeschickt ihren Platz, durch meine Tränen hindurch sehe ich die Totengräber Speck essen. Blanka preßt mich an sich, »ich lebe«, flüstere ich ihr zu, »nicht wahr, ich lebe«, ihre Ohrläppchen sind durchstochen, »schon gut, meine Teure, schon gut, schlimmer kann es nicht mehr werden«, sagt sie, »nicht wahr, ich lebe?« wiederhole ich dann siegestrunken. Ich möchte unbewußter sein, mein Junge. An deinem Grab müßte ich blöder stehen als ein Tier, und ich dürfte nicht an Sätze denken. An deinem Grab, an deinem Grab müßte ich sein: wie du.

COME ON, COLORADO, WECKEN WIR DEN SARGFRITZEN!

Ich beschreibe sie: Auf deiner Beerdigung, mein Junge, kann ich meinen Blick nicht von deinem Gesicht losreißen. Zwischen Mutter und Sohn existiert keine Freundschaft. Der Sohn bemerkt sogleich den hinter dem Freund lauernden Spion und hinter dem Rücken des Spions die eifersüchtige Frau. Deinetwegen, mein Junge, hätten wir auch Freunde sein können … Ich bitte deinen Gott, dich auferstehen zu lassen. Ich biete ihm vorteilhafte Bedingungen an. Schau, o Herr, ich fange die Sache schlau an.

Ich beschreibe sie: Auf deiner Beerdigung, mein Junge, wird die ungarische Fahne über deinen Sarg gelegt. Rot! Weiß! Grün! Egal, dann lügen sie etwas vom Vaterland. Ich höre deine Stimme, »die Gewichte sind in meiner Hosentasche«, sagst du kichernd. Doch der dünne Priester, dein Freund, macht Ordnung. Er sagt: »Nun denn«, und hebt die Hand. Viel allerdings kann auch er nicht tun. Daß Gott allmächtig ist, das mag ich an ihm nicht … Ich glaube, ich wäre ruhiger, wenn Gott dein Freund wäre, wie er dort seine beschlagene Nickelbrille putzt. Egal.

Ich beschreibe sie: Mein Junge, ein großes Unglück, das alles. Ob es deinen Gott nun gibt oder nicht, man müßte nicht so leben. Ich bitte dich, mein Junge, es steht in deiner Macht, verzeih mir.

Ich beschreibe sie: Ich habe sie beschrieben: Ich beschreibe sie. <Ich habe sie beschrieben.>

Mein Junge.

Es ist schon Nacht. Alles ist fremd hier, ich erkenne nicht einmal die Autos an ihrem Klang. Ich sah mir dein Bild an und dachte daran, auch wenn es ein Jenseits gäbe und du auch noch auf irgendeine Weise da wärest, die *Moleküle* würden sich nie wieder so anordnen, wie … Ich bin müde. Meinen Verlust verstehe ich nicht, ich nehme ihn an.

COME ON, COLORADO, WECKEN WIR DEN SARGFRITZEN!

Ich versuche immer wieder, mir zu wiederholen, daß du gestorben bist, damit ich es für keinen einzigen Augenblick vergesse, es wäre peinlich, dubistgestorbendubistgestorbendubistgestorben.

»So schwerwiegend wäre ich also?« fragte meine Mutter, als schimpfte sie mit mir.

MEINEN VATER HATTE ICH LANGE NICHT GESEHEN. GEGEN ENDE OKTOBER JEDOCH RIEF ER MICH AN. ER WAR IN HÖCHSTER AUFREGUNG, ZUERST ERKANNTE ICH SEINE STIMME ÜBERHAUPT NICHT. MIT TRAUER UND ZORN STIESS ER HERVOR, DASS DIESE NICHT MEHR ZU BÄNDIGENDEN ZUNINO UND ZUNGRI UNTER DEM VORWAND DER DRINGEND GEWORDENEN ERWEITERUNG IHRES HYPERMODERNEN LOKALS SEIN HAUS ABREISSEN WOLLTEN.

»DAS HAUS MEINER VÄTER, MEIN HAUS, DAS ALTEINGESESSENE HAUS IN DER CALLE GARAY«, PSALMODIERTE ER, VIELLEICHT ÜBER DEM MELODISCHEN KLANG SEINEN KUMMER VERGESSEND.

ES FIEL MIR NICHT EBEN SCHWER, SEINE BETRÜBNIS ZU TEILEN. WENN MAN DIE DREISSIG HINTER SICH HAT, WIRD JEDE VERÄNDERUNG ZUM VERABSCHEUENSWERTEN SYMBOL DES HINGANGS DER ZEIT; ÜBERDIES HANDELT ES SICH UM EIN HAUS, DAS MICH TAUSENDFÄLTIG AN BEATRIZ GEMAHNT. ICH WOLLTE DIESE HAUCHZARTE NUANCE ZUM AUSDRUCK BRINGEN, ABER MEIN GESPRÄCHSPARTNER HÖRTE MICH GAR NICHT.

DAS UNGLÜCK MEINES VATERS ERFÜLLTE MICH!

MIT BOSHAFTER WONNE; IM GRUNDE HATTEN WIR UNS VON JEHER NICHT AUSSTEHEN KÖNNEN.

IN DER CALLE GARAY BAT MICH DAS DIENSTMÄDCHEN, DAS ICH UND DAS AUCH MICH MEINES WISSENS NOCH NIE ZUVOR GESEHEN HATTE, EINEN AUGENBLICK ZU WARTEN. DER KLEINE HIELT SICH WIE IMMER IM KELLER AUF UND ENTWICKELTE FOTOGRAFISCHE PLATTEN. NEBEN EINER GROSSEN TONVASE, DIE KEINE EINZIGE BLUME SCHMÜCKTE, LÄCHELTE AUF DEM ÜBERFLÜSSIGEN PIANO EHER ZEITLOS ALS ANACHRONISTISCH DAS GROSSE PORTRÄT VON BEATRIZ IN GRELLEN FARBEN. NIEMAND KONNTE UNS SEHEN; MIT LIEBEVOLLER VERZWEIFLUNG TRAT ICH AUF DAS BILD ZU UND SAGTE ZU IHM:

»BEATRIZ, BEATRIZ ELENA, BEATRIZ ELENA VITERBO, GELIEBTE BEATRIZ, FÜR IMMER VERLORENE BEATRIZ, ICH BIN ES, <TEXTVERFALLL>.«

Sie sitzt im Bett, Kissen im Rücken, mit leicht gönnerhaftem Lächeln meine Verwirrung beobachtend. Eine bleiche Frau in einem kleinen Zimmer.

»Gib mir die Suppe.« In der Tasse schwappt eine graue Brühe, ich sehe, wie sich das erkaltete Fett von der Porzellanwand losreißt. Unangenehm, das Schlürfen hören zu müssen. Ihr hängt eine Fadennudel aus dem Mund, sie saugt sie herein, unglaublich die Geschwindigkeit, mit der sie verschwindet.

»Wie mutig du heute bist«, sagt sie und löffelt. Mehr schnell als gereizt springe ich auf. »Aber Mutter, warum sagen Sie nichts?« »Das wollte ich gerade«, antwortet sie mit niedergeschlagenen Augen; sie hat sich bekleckert, Fadennudeln gleiten den Hals entlang. Würmer, sie bleiben in der blassen, leberfleckigen Vertiefung des Schlüsselbeins hängen. Ich lange hin, unter meinen Fingern zerfallen die Nudeln. Ich gebe die Nudeln einzeln in die Tasse zurück. Meine Mutter ißt unangefochten weiter, zwischen die großen, flachen, weißen Brüste rutscht ihr ein Nudelstückchen. Ich greife danach, als ich es erwische, teilt es sich wie ein Wurm. Den Rest lasse ich weiterrutschen, was geblieben ist, hebe ich auf und befördere es zurück in die Tasse. »In der Nacht bin ich auf die Nase gefallen«, sagt sie, amüsiert sich, »dreimal habe ich sie wachgeklingelt!« Sie lacht, als sie sagt: »Und am Ende habe ich ins Bett gemacht.« Man riecht es.

»Gut. Sehr gut«, sagt sie, als sie die Tasse absetzt. »Du hast sie schön gefüttert, deine alte Mutter.« Ich ergreife ihre Hand. Lange sitzen wir in der Stille, ich starre auf die Bettdecke.

»Gehen wir zur Toilette«, sagt sie überraschend.

»Gut«, antworte ich, rühre mich aber nicht, weil ich nicht weiß, was zu tun ist. »Steh auf. Du mußt mich unter den Achseln packen und hochheben. Hak mich unter. Gib auf mein Bein acht. Na dann los.« Wie ein Soldat oder Experte zu Fachfragen, nicht gelangweilt, jedoch ohne das geringste Anzeichen von Aufregung.

MANCHMAL BIN ICH FREILICH WÄHREND DER ARBEIT AN DER GESCHICHTE ALL DER OFFENHEIT UND EHRLICHKEIT ÜBERDRÜSSIG GEWESEN UND HABE MICH DANACH GESEHNT, BALD WIEDER ETWAS ZU SCHREIBEN, WOBEI ICH AUCH EIN BISSCHEN LÜGEN UND MICH VERSTELLEN KÖNNTE, WIE, SAGEN WIR, GEWÖHNLICH.

Ich stehe auf. Sie rückt höher, beugt sich nach vorn und schlägt die Decke zurück, eine fadenscheinige Federdecke und ein dünnes braunes Plaid, am Rand ein großes Brandloch, der Rand des Lochs ist ausgefranst und dunkelbraun. Schmerzverzerrtes Gesicht.

»Es tut weh.«

»Nur ruhig.« Das dünne Nachthemd sackt nach vorn, aus dem offenen Bett steigt abgestandener Geruch auf. Das Nachthemd rutscht bis zu den Lenden hoch, ich sinne ernsthaft darüber nach, ob ich es zur Kenntnis nehmen soll. Doch dann ist die Vorstellung, daß all das Wirklichkeit, einmalig und persönlich ist, furchtbar schwer, so daß ich mich (ohne sonderlich zu prahlen) nicht mehr darum kümmere. Der Rand der Behaarung ist zu sehen, es ist, als würde sie nirgends dazugehören. Der Verband reicht vom Schenkelansatz bis zum Knie. Drum herum ist die Haut über weite Strecken gelblich-braun, vielleicht vom Jod. Die Schenkel, auch die Waden sind sehr dünn, das Knie ist eine knochige Erhebung. Auch so zeigen die Waden noch ihre alte Schönheit. Die Schenkel berühren sich nicht, die Haut hängt schlaff herunter. Ich fasse die Wade an.

»Schön warm.«

»Es tut weh. Weil das Blut jetzt nach vorne strömt, deswegen.« Ein Zehennagel ist schwarz mit Blut unterlaufen, die andern sind gelblich. An den Zehen Hornhaut. Leise jammernd stellt sie ein Bein auf den Boden, sucht nach ihren weichen Pantoffeln. Ich sehe sie, ich rühre mich aber nicht.

»Wo sind meine weichen Pantoffeln?« fragt sie, ihre Stimme ist heiser. Ich schiebe sie ihr mit meinem Stiefel hin. »Paß auf, stoß mich nicht.« »Ich paß schon auf, und sag nicht immer, ich soll aufpassen.« Sie stützt sich mit beiden Händen am Bett ab, der Drahtrost quietscht, sie dreht sich, damit auch das andere, das verbundene Bein vom Bett gleitet. All das hat sie erschöpft, müde sitzt sie auf dem Bettrand, ein zerzauster Spatz. Ich ziehe ihr das zerknitterte, schmutzige dünne Hemdchen zurecht.

»Du mußt mich unter den Achseln packen und hochheben.« Ich stehe in der Grätsche, ihre Beine zwischen meinen Beinen, ich bücke mich, packe sie unter den Achseln, suche den Griff. Armes Fleisch! Ihr Haar glänzt fettig, sie riecht ranzig. Ich rümpfe die Nase. In der Mitte hat sich ein Scheitel gebildet, das Haar hängt rechts und links herunter, die Ohren bleiben frei. Der Scheitel schimmert weiß, auf der Kopfhaut sehe ich Flugasche, winzige blasse Plättchen, von Haaren durchlöchert.

MEIN HERR, NEHMEN SIE UNSEREN DANK FÜR IHRE HINGEBUNGSVOLLE *FREUD*LICHKEIT.

Ich packe sie, meine Knie werden weich, ich bin nah an ihrem Gesicht, schaue ihr in die Augen. »Du hast abgenommen.« Ihre Augen, als lägen sie unten in einer Grube, um die Augen herum dunkle Schatten, die Wangen sind so, wie sie früher gewesen sind, dick, rundlich, an den beiden Mundwinkeln tiefe Falten und ein paar kräftige Haare, komisch das Doppelkinn, zusammengeschrumpft wie ein Luftballon, aus dem die Luft entwichen ist, es hängt.

Leichter als erwartet hebe ich ihren Körper hoch, sie stöhnt leise vor Schmerzen, ich weiche zurück, wieder spüre ich den intensiven Geruch des kranken Körpers. »Wir stehen da wie ein Liebespaar«, sagt sie. Ich bin unruhig, »gehen wir«, sage ich befangen. »Hak dich unter.« Ich hake mich unter. »Nicht so, kräftiger«, sagt sie nervös. Mein Gesichtsausdruck muß zu erhaben, zu höflich oder zu hilfsbereit sein, denn sie fügt hinzu, »wir gehen nicht promenieren, sondern aufs Klo«.

Wir schlurfen über den Flur, wir gehen in der Mitte, um nicht durch die Beine der an der Wand Sitzenden gestört zu werden. An der Wand lungern, hocken Kranke herum. Dort ist es dunkel. Hier und da starren Krücken in die Höhe. Das WC befindet sich am anderen Flurende, es ist weit. Sie bleibt stehen, um sich auszuruhen, stützt sich auf mich. Ich weiß nicht, wohin ich blicken soll, sie will ich nicht ansehen. Trotz der Geräusche in Rohren und dem leisen, doch ständigen Murmeln der Wartenden höre ich nur ihr Schnaufen.

Eine Krücke rutscht mit großem Krawall an der Wand herunter, liegt quer über dem Flur, während des Rutschens bleibt die Spitze in den mangelhaften Verfugungen der Steinplatten hängen, das Fallen erfolgt gestaffelt. Ich schreite über die Krücke hinweg, meine Mutter aber hält inne, sie kann nur schlurfen. Ich kann sie nicht loslassen, ich blicke mich um, wem der Stock gehören könnte. Die Lage der Krücke spricht für einen in Lumpen eingemummten Körper mit blutigem Kopfverband und herabhängendem Schädel. Ich spreche ihn an, doch umsonst, der Kopf zuckt nicht einmal. Ich rufe ihn immer wieder an. Auf einem Koffer sitzt ein Riesenweib, das Gesicht pausbäckig, alles an ihr ist stark, was mag sie hier suchen, dem mächtigen rustikalen Körper entweicht eine dünne, hysterische Stimme.

»Sind Sie blöd? Vollkommen blöd? Sehen Sie nicht, daß er tot ist?!«

WAS WILLST DU, SIEHST DU NICHT, DASS ICH EIN GRAB SCHAUFLE? AUCH DER NAHRUNG ZU SICH NEHMENDE LÖWE DULDET NICHT, DASS MAN IHN REIZT. SOLLTEST DU DAS NICHT WISSEN, WERDE ICH ES DIR BEIBRINGEN. NUR ZU, BEEIL DICH; TU, WAS DU TUN MUSST.

Quasi als Vergeltung versetze ich der Krücke einen Tritt, sie bleibt an einem Fuß hängen, dreht sich im Kreise. Der Weg ist frei. Das hätte ich sofort tun sollen, von niemandem ist auch nur ein Wort zu hören.

»Ich wußte gar nicht, daß du auch so sein kannst.« Ich zucke die Schultern.

An der Toilettentür werde ich unsicher. »Kommen Sie, was denn, meinen Sie, jetzt könnte ich mit einemmal allein gehen?« Das Männerklo ist zugenagelt, wir schlurfen zum Frauenklo. Es gibt drei Kabinen. Meine Mutter hält sich an der Bretterwand fest. Die erste Toilette ist frei, aber es gibt kein Papier, ich schaue auch hinter dem Deckel nach. »Ich habe welches dabei«, sagt sie und holt Papier unter dem Nachthemd hervor. Wo um alles in der Welt hatte sie das versteckt? »Ich habe mir innen eine Tasche angenäht. Eine Geheimtasche.« Unwillkürlich blicke ich hin, zwischen den beiden letzten Knöpfen langt sie hinein. Durch den Schlitz sehe ich, daß der obere Teil der Schamhaare abrasiert ist. Das rührt mich. So ist das also! *Man hat dem Zwerg den Bart abgenommen.* Stoppelfeld. Ich möchte den stachligen Ansatz der abgeschnittenen Haare an den Fingerkuppen spüren.

»Zufällig, die Hornochsen! Und wissen Sie, was sie sagten? Sie hätten gedacht, ich käme zur Entbindung.« »Und wurden sie nicht *mißtrauisch*, weil du keinen dicken Bauch hattest?« »Vielleicht hatte ich Fett angesetzt.« »Nicht doch«, sage ich instinktiv, und ich werde sofort rot. Das alles zusammen ärgert sie noch mehr. Ich reagiere nicht.

Wir schlurfen zum Klosett, sie zieht ihr Nachthemd hoch, es interessiert sie nur noch die Erledigung des Geschäfts, sie grätscht die Beine. Ich stelle mich vor sie, packe sie unter den Achseln, um sie hinzusetzen. »Nein«, sagt sie, »leg erst Papier auf die Brille«, sie will in die Geheimtasche greifen, weshalb sie das hochgestreifte Nachthemd losläßt, das mit weißlichem Blitzen herabkollert, so plötzlich, daß wir beide danach haschen, sie gerät ins Wanken, ich greife nach ihr, wodurch ich das Gleichgewicht verliere, mit einer Hand halte ich sie an der Taille, mit der anderen Hand stemme ich mich gegen die Wand hinter der Kloschüssel. Unter meiner Hand rührt sich der Putz

REUE UND UNENDLICHKEIT, HUNDE MIT MAGEREN FLANKEN FLÜCHTEN LAUTLOS, IHRE RIPPEN SCHEINEN AUS WEIDENRUTEN GEFLOCHTEN ZU SEIN. KRÄHEN STEIGEN IN DEN WEISSEN WUNDEN DER LANDSCHAFT HOCH. FREILICH, FREILICH, DAS VERGESSEN, DIE VERGÄNGLICHKEIT – WO WAR ICH EIGENTLICH STEHENGEBLIEBEN? TROTZDEM LEBE ICH, TROTZDEM IST ES SCHWER, MUTTER, TROTZDEM IST ES SCHWER.

»Was machen Sie, Dummerchen?« »Ich halte dich.« Ich neige mich zum Toilettenbecken, während sie sich leicht zurücklehnt, sie liegt mir in den Armen, ein bißchen so, als würden wir tanzen. Das Problem ist, daß ich nicht zur Seite treten kann, weil ich zwischen ihren Beinen stehe. Meine Arme erlahmen. Schließlich kann ich mich an dem kleinen Stück Rohr abstützen, das aus der Wand herausführt, und stehe nach einer kurzen Unsicherheit wieder sicher da.

»Wo haben wir aufgehört?« »Das Papier«, antwortet sie und klammert sich an meinem Hals fest. Ich greife in die Innentasche. Ich gebe der Neugier der Fingerkuppen nach. »Ich friere.« »Ja.« Gänsehaut auf dem Hintern, das Fleisch ist dünn, kalt.

»Um alles in der Welt, beeilen Sie sich endlich.« Jetzt plötzlich macht mich das Siezen stutzig. »Warum siezt du mich?« Tränenloses Weinen bricht aus ihr hervor.

»Weil ich sch... muß!«

»Schon gut, schon gut«, murmle ich, »setz dich schön hin, so.«

»Das Papier«, sagt sie und rührt sich nicht, sie hält sich an meinem Hals fest, sie scheint wieder kräftig zu sein. »Mein Mund riecht nach Arznei«, sagt sie noch. Ich höre nicht zu, ich bin damit beschäftigt, wie ich das Papier auf der Brille ausbreiten kann. Da ich es für vollkommen überflüssig halte, spare ich. Schließlich packe ich sie wieder unter den Achseln.

»Du setzt dich jetzt schön hin, so.« Sie hebt das Nachthemd hoch, scharrt mit den Füßen, sucht Halt. Ich lasse den Körper hinunter, sie winkelt ein wenig die Knie an. Diese Positur macht sie sichtbar ausgeliefert, schnell lenke ich meinen Blick aufs Rohr. Die Farbe schlägt Blasen. Meine Mutter stöhnt auf.

»Ich schaffe es nicht. Ich kann das Bein nicht anwinkeln.« Wir stehen. Sie ist nur noch praktisch. »Ich muß sowieso nur klein machen.« Ich verstehe nicht, rühre mich nicht. »Klappen Sie die Brille hoch, mein Einziger.« Sofort denke ich ans Papier, auf die vorangegangene umständliche Art sammle ich es wieder ein, mit viel Getrippel, und stopfe es in die Tasche meiner Niethose. »Vergessen Sie nicht, es mir dann zurückzugeben«, sagt meine Mutter ernst. Ich klappe die Brille hoch, sie pinkelt im Stehen, es plätschert sehr laut. Ich muß lachen, sie daraufhin ebenfalls, so indessen kann sie nicht weitermachen, das Geräusch hört auf. »So kann ich nicht, bleib ernst.« Ein bißchen tröpfelt's noch, sie ist wirklich ärgerlich, »du hast mich gestört, das kommt jetzt nicht mehr raus«.

»SIE NAHM IHR GEHEIMNIS MIT INS GRAB.«

Wir treten den Rückweg an, wir schlurfen über den Flur zurück, die Krücke ist genau dort, wo sie durch meinen Tritt hinbefördert worden ist, ich sehe das Weibsbild an, selbstsicher mißt es mich von oben bis unten, wir tun uns weiter schwer, »bist du nicht müde?«, es macht sie nervös, daß ich so taktvoll bin, das wundert mich nicht, ich bringe sie ins Bett, mache einen Stuhl frei und setze mich zu ihr.

»Schön warm im Bett«, sagt sie. Ich sitze auf dem Stuhl, streichle ihre Hand, sie ist rauh und schuppig. Sie schläft ein … Vorsichtig befreie ich meine Hand aus der ihren. Ich schlurfe zur Tür, als wäre meine Mutter immer noch neben mir.

»Geh noch nicht.«

Ich drehe mich um, ihr Gesicht verschwindet im aufgebauschten Kopfkissen, das Gesicht ist rot, die Augen schillern in der Tiefe der Grube. Wir beobachten einander. – – – – Sie macht mir Platz, ich lege mich in die Mulde, die von ihrem Körper herrührt. Ich lege mich auf die Seite, meine Schuhe lasse ich herabhängen. Heftig wendet sie sich mir zu, sie hat Fieber, das spüre ich. Sie weint wieder. Wir verharren. »Du!« »Bitte.« »Du!« Daraufhin sage ich auch: »Du.« »Du«, meine Mutter tut so, als schämte sie sich, sie spielt, »du …, du, gib mir mein Toilettenpapier zurück!« Ich stütze mich auf einen Ellbogen, hebe mich von ihr weg, aber das Papier ist ausgerechnet auf der anderen Seite, ich wälze mich herum. Sie preßt mich förmlich an sich, ich knicke mit dem Ellbogen ein.

Es kommt mir vor, als würde sie brennen. Sie ist heiß. »Rühr dich nicht, deine Wunde.« Wir liegen. »Ich muß gehen.« »Geh, Dummerchen.« Ich erhebe mich schwerfällig, küsse ihre Hände. »Ich werde sterben«, sagt meine Mutter. »Nein …«, sage ich. »Ich habe Angst, mein Junge.« Ich sehe, daß ich das Laken mit Schlamm beschmutzt habe.

WENN WIR IRGENDEIN WERK SCHREIBEN, WISSEN WIR ZUALLERLETZT, WOMIT EIGENTLICH BEGINNEN: IM NAMEN DES VATERS UND DES SOHNES –

Ende.

Er holt Luft, horcht gebannt, danach zerrissen noch verworrene Rufe die Stille, winterlicher Ärger! winterlicher Ärger! winterlicher Ärger! winterlicher Ärger!, als ob er den Frühling machen würde. Da beginnen wir zu lachen, aus ganzem Herzen, meine kranichbefiederten Gendarmen, daß es sicher auch teurere Büstenhalter gibt als *Backfisch*, aber mag es uns auch das Herz zerreißen, bessere gibt es nirgendwo. (Eine Frau kam herein, setzte sich auf einen Schoß, ins Reich der Scheinbarkeiten.) Er schaut aus dem kaputten Fenster: eine Aufschrift: Frisör. Auch der Priester ist schmutzig, auch an den Stiefeln des Priesters *ist* grauer Schlamm. Es gibt kein Fest. Mönchin, schließ mich in dein Dunkel, sagt er. Bist du glücklich?, und ich antwortete, ja. Ist dir jetzt leichter? Ich will nicht frei sein! Der riesige Körper schluchzt. Puppe. Lexikon. Er sieht, daß er das Laken mit Schlamm beschmutzt hat. ENDE. Mit ungestümer Hoffnung in seinem Herzen wiederholt er für sich: ein Wort, nur ein Wort, wirklich nur ein Wort. Und das verdammt starke Licht wird reflektiert, *hieristes*. Es fließe und verrinne die Zeit; darüber aber möchten wir nicht gerne sprechen – 16.6: 16.6. Am Himmel ist eine interessante, dunkle Wolke, er holt Luft … Die Geschichte wird von den Siegern geschrieben. Die Überlieferungen werden von der Menge gesponnen. Die Schriftsteller phantasieren. Gewiß ist nur der Tod.

SPÄTER WERDE ICH ÜBER DAS ALLES GENAUERES SCHREIBEN.

In dem Buch finden sich in wortwörtlicher oder in verzerrter Form unter anderem

Anonymer Aachener-, Béla Abody-, Emil Ábrányi-, Géza Aczél-, Margit Ács-, Adorno-, Endre Ady-, István Ágh-, (Szent) Ágoston-, Alain-Fournier-, Gábor Albert-, Pál (Sipos Gyula) Albert-, Károly Alexa-, Bernát Alexander-, Jenő Alföldy-, Miklós Almási-, Péter Alvinczi-, László Amadé-, Lajos Ambrus-, Zoltán Ambrus-, Sándor András-, József Annus-, Anonymus-, Mária Antalfi-, Pál Ányos-, János Apácai Csere-, Mihály Apaffi-, Ferenc Apáti-, Miklós Apáti-, Péter Apor-, Lajos Áprily-, János Arany-, László Arany-, Károly Arató-, Aretino-, Ariosto-, Aristophanes-, Aristoteles-, H. C. Artmann-, György Asperján-, Károly Aszlányi-, István Asztalos-, Augustinus-, Babel-, Mihály Babits-, Endre Bajomi Lázár-, Andor Bajor-, József Bajza-, István Baka-, Tamás Bakócz-, Ferenc Bakos-, József Bakucz-, Jenő Balaskó-, Bálint Balassa-, Imre Balassa-, Péter Balassa-, László Balássy-, Attila Balázs-, Béla Balázs-, József Balázs-, György Bálint-, István Bálint-, Tibor Bálint-, Zsófia Balla-, Edgár Balogh-, Balujev-, Balzac-, Miklós Bánffy-, János Bányai-, László Baránszky Jób-, László Baránszky-, Tamás Bárány-, László Baranyai-, Ferenc Baranyi-, Lajos Baráth-, Dávid Barczafalvi Szabó-, Ábrahám Barcsay-, János Bárczy-, László Bárdos-, Pál Bárdos-, Károly Bari-, Sándor Baróczi-, Dezső Baróti-, Dávid Baróti Szabó-, István Bart-, János Barta-, B. R. Barth-, J. Barth-, Barthelme-, Barthes-, Béla Bartók-, Imre Bata-, Bataille-, János Batsányi-, Baudelaire-, Anna Bede-, László Beke-, Pál Békés-, Mátyás Bél-, Miklós Béládi-, István Bella-, György Belnay-, Pál Belohorszky-, Elek Benedek-, István Benedek-, Marcell Benedek-, Zsuzsa Beney-, László Benjámin-, Attila Benkő-, Zsolt Beöthy-, Miklós Bercsényi-, Géza Bereményi-, József Berda-, Erzsébet Berkes-, András Berkesi-, György Berkovits-, István Bernáth-, Márta Bernáth-, Bernhard-, Bulcsu Bertha-, László Bertók-, Gergely Berzeviczy-, Dániel Berzsenyi-, György Bessenyei-, Gábor Bethlen-, Kata Bethlen-, Miklós Bethlen-, Lujza Blaha-, Biblia-, István Bibó-, Sándor Bihari-, Gergely Bikácsy-, Ádám Bisztray-, Boccaccio-, Péter Bod-, György Bodnár-, Ádám Bodor-, Pál Bodor-, Gábor Bódy-, Stefi Bohuniczky-, Endre Bojtár-, Endre Bojtár B.-, László Bóka-, Ildikó Boldizsár-, Iván Boldizsár-, Miklós Boldizsár-, Péter Bólya-, János Bolyai-, Berta Boncza-, Bonfinius-, Ambrus Bor-, Borges-, Imre Bori-, Péter Bornemissza-, Kálmán Béla Borsi-, István Bosnyák-, György Bölöni-, Farkas Sándor Bölöni-, Th. Brasch-, István Brasnyó-, Brenner-, Brillat-Savarin-, Sándor Bródy-, Adél Brüll-, G. Buda-, Sándor Buda-, Alpár Bujdosó-, Bulgakov-, Burns-,

Büchner-, Byron-, Cage-, Calderon-, Camus-, Canetti-, Celan-, Céline-, Chardin-, Chateaubriand-, László Cholnoky-, Viktor Cholnoky-, Cicero-, Claudel-, Cocteau-, Colette-, Cvetajeva-, Gábor Czakó-, Béla Czére-, János Czibor-, György Czigány-, Lóránt Czigány-, Mihály Czine-, Minka Czóbel-, Gergely Czuczor-, Laura Csajághy-, Gábor Cyprián Csajka-, Gyula Csák-, Zsolt Csalog-, Imre Csanádi-, Vilmos Csaplár-, István Császár-, Géza Csáth-, Kálmán Csathó-, Csehov-, Béla Cselényi-, László Cselényi-, Dénes Csengey-, Mihály Cserei-, Tibor Cseres-, László Csiki-, Gergely Csiky-, János Csokits-, Mihály Csokonai Vitéz-, Sándor Csoóri-, Béla Csorba-, Győző Csorba-, Gábor Csordás-, István Csörsz-, Zoltán Csuka-, István Csukás-, István Csurka-, Zoltán Cs. Szabó-, György Dalos-, Dante-, Magdolna Danyi-, József Darvas-, Ferenc Dávid-, Ferenc Déak-, Erika Dedinszky-, Alajos Degré-, Ferenc Demjén-, Zsófia Dénes-, Péter Dérczy-, Tibor Déry-, Déryné-, Descartes-, Gábor Devecseri-, Diderot-, Péter Dobai-, Imre Dobozy-, András Domahidy-, Mátyás Domokos-, István Domonkos-, Dostojewski-, Kornél Döbrentei-, György Dózsa-, Jenő Dsida-, Gyula Duba-, Kálmán Dudás-, András Dugonics-, Zsuzsanna Dukai Takách-, B. Dylan-, Sándor Eckhardt-, Eco-, Gergely Édes-, Péter Egyed-, István Elek-, Sándor Endrődi-, Ernő Endrődi Szabó-, István Eörsi-, Miklós Erdély-, József Erdélyi-, János Erdődy-, Renée Erdős-, József Eötvös-, Antal E.-, Pál E.-, Péter E.-, László Fábián-, Zoltán Fábián-, Zoltán Fábry-, Ferenc Faludi-, György Faludy-, Vilmos Faragó-, Árpád Farkas-, András Fáy-, Mihály Fazekas-, Klára Fehér-, Pál E. Fehér-, Géza Féja-, Endre Fejes-, Ferenc Fejtő-, Gyula Fekete-, János Fekete-, Sándor Fekete-, László Feleki-, Judit Fenákel-, Ferenc Fendrik-, István Fenyő-, Miksa Fenyő-, Ottó Fenyvesi-, György Ferdinandy-, György Festetich-, Fichte-, Flaubert-, András Fodor-, Ákos Fodor-, József Fodor-, Miklós Fogarassy-, János Földeák-, Iván Fónagy-, László Földényi F.-, Aurél Förster-, Vilmos Fraknói-, Franz von Assisi-, Erzsébet Fráter-, Lajos Fülep-, László Fülöp-, Milán Füst-, Gábor Gaál-, Andor Gábor-, Gahse-, Sándor Gál-, Zoltán Galabárdi-, Lajos Galambos-, László Galambosi-, Galen-, Erzsébet Galgóczi-, György Sándor Gál-, István Gáll-, Pongrác Galsai-, László Garaczi-, Gábor Garai-, János Garay-, Judit Gáspár-, Margit Gáspár-, László Gasparovich-, Géza Gárdonyi-, János Géczi-, István Géher-, Gelbcke-, István Geleji Katona-, Andor Endre Gelléri-, Oszkár Gellért-, Endre Gerelyes-, Ágnes Gergely-, András Gergely-, Sándor Gergely-, János Gerő-, Nándor Gion-, Goethe-, Gogol-, Gábor Goda-, Gombrowicz-, Péter Gosztonyi-, Péter Gothár-, Elek Gozsdu-, György Gömöri-, Árpád Göncz-, Gábor Görgey-, András Görömbei-, Irén Gulácsy-, Lajos Grendel-, Grimmelshausen-, János Gulyás-, Pál Gulyás-, Magda Gutai-, József Gvadányi-, Miklós Gyárfás-, Albert Gyergyai-, István Gyöngyösi-, Balázs Györe-, László Győrffy-, Miklós Györffy-, László Gyurkó-, Tibor Gyurkovics-, Pál Gyulai-, Tibor Hajas-, Anna Hajnal-, Gábor Hajnal-, Péter Hajnóczy-, Előd Halász-, Gábor Halász-, Erzsébet Hallama-, János Haller-, Béla

Hamvas (Manuskript)-, Handke-, Ágnes Hankiss-, Elemér Hankiss-, Árpád Haragos-, Győző Határ-, Dániel Hatvani-, Lajos Hatvany-, Arnold Hauser-, Ágnes Háy-, Gyula Háy-, Géza Hegedüs-, Béla Hegyi-, Heidegger-, Heine-, Heisenberg-, Heißenbüttel-, László Hekerle-, Gáspár Heltai-, Jenő Heltai-, Ferenc Herczeg-, József Hermányi Dienes-, Gyula Hernádi-, Miklós Hernádi-, Antal Hidas-, Sh. Hite-, K. Hoffer-, Bálint Hóman-, Homer-, Béla Horgas-, Horst-, Elemér Horváth-, János Horváth-, Péter Horváth-, Hölderlin-, Hrabal-, Hruscsov-, Miklós Hubay-, Sándor Hunyadi-, A. Huxley-, Ignotus-, Mihály Ilia-, Béla Illés-, Endre Illés-, Lajos Illés-, László Illés-, Gyula Illyés-, Péter Ilosvai Selymes-, László Imre-, Arnold Ipolyi-, Zoltán Iszlai-, Ivan Ivanji-, Vszvevolod Ivanov-, Éva Janikovszky-, Ferenc Jankovich-, József Jankovics-, István Jánosy-, Jaspers-, Oszkár Jászi-, Ottó Jávor-, Zoltán Jékely-, István Jelenits-, András Jeles-, Zoltán Jeney-, Károly Jobbágy-, Anna Jókai-, Mór Jókai-, Miklós Jósika-, György Jovánovics-, Miklós Jovánovics-, Joyce-, Attila József-, Béla Juhász-, Erzsébet Juhász-, Ferenc Juhász-, Gyula Juhász-, Zsigmond Justh-, Lóránt Kabdebó-, Tamás Kabdebó-, Sándor Kacsó-, Margit Kaffka-, Kafka-, Ferenc Kalapáti-, László Kalász-, Márton Kalász-, László Kálnoky-, György Káldi-, István Kamarás-, László Kamondy-, Kant-, Péter Kántor-, Lajos Kántor-, Sándor Kányádi-, Zsuzsa Kapecz-, Benő Karácsony-, Sándor Karácsony-, Endre Karátson-, Gábor Karátson-, György Kardos G.-, László Kardos-, Sándor Kardos-, Sára Karig-, Ferenc Karinthy-, Frigyes Karinthy-, Gáspár Károli-, Amy Károlyi-, Zsuzsa Kartal-, Katajev-, István Katkó-, József Katona-, Ferenc Kazinczy-, Lajos Kassák-, Keats-, Keller-, Judit Kemenczky-, László Kemenes Géfin-, János Kemény-, Katalin Kemény-, Zsigmond Kemény-, Tamás Kempis-, János Kenedi-, J. F. Kennedy-, Zoltán Kenyeres-, Géza Képes-, Grácia Kerényi-, Károly Kerényi-, Ágnes Keresztes-, Dezső Keresztury-, Ákos Kertész-, Imre Kertész-, Áron Kibédi Varga-, Kierkegaard-, László Király-, István Király-, Danilo Kiš-, János Kis-, Imre Kis Pintér-, Csaba Kiss Gy.-, Anna Kiss-, Benedek Kiss-, Ferenc Kiss-, Irén Kiss-, József Kiss-, Tamás Kiss-, Károly Kisfaludy-, Sándor Kisfaludy-, Tibor Klaniczay-, Kleist-, Éva Kocziszky-, Sándor Koczkás-, István Kocsis-, Zoltán Kocsis-, Zoltán Kodály-, Gyula Kodolányi-, János Kodolányi-, Emil Kolozsvári G.-, László Kolozsvári Papp-, László Komár-, Aladár Komját-, Jenő Komjáthy-, Aladár Komlós-, László Koncsol-, György Konrád-, István Kormos-, Mihály Kornis-, Károly Kós-, Lajos Kossuth-, Dezső Kosztolányi-, István Kovács-, Sándor Iván Kovács-, Ferenc Kölcsey-, Csaba Könczöl-, Zoltán Köntös Szabó-, Zsuzsanna Körmendy-, Pál Köteles-, József Kőrössi P.-, László Krasznahorkai-, Gyula Krúdy-, Péter Kuczka-, Endre Kukorelly-, Ernő Kulcsár Szabó-, Ferenc Kulin-, Aladár Kuncz-, Ferenc Kunszabó-, György Kurtág-, Gyula Kurucz-, Gyula Labancz-, Mihály Lackó-, Miklós Lackó-, András Laczkó-, Géza Laczkó-, Mihály Ladányi-, Katalin Ladik-, Lafayette-, István Lakatos-, Menyhért Lakatos-, Gusztáv Láng-, Aladár

Lászlóffy-, László Lator-, Lautréamont-, Ervin Lázár-, István Lázár-, Gábor Légrády-, Balázs Lengyel-, József Lengyel-, Menyhért Lengyel-, Péter Lengyel-, Lennon-, Anna Lesznai-, Júlia Levendel-, Lewis-, Sándor Lezsák-, Zsuzsanna Lórántffy-, Károly Lovik-, Lowell-, György Lukács-, Sándor Lukács-, Sándor Lukácsy-, Gyula Maár-, Imre Madách-, Benigna Magyar-, Magyar Nemzet-, István Magyari-, Mailer-, Majakowski-, Ottó Major-, Ádám Makkai-, Sándor Makkai-, Mallarmé-, Iván Mándy-, Th. Mann-, K. Mansfield-, Sándor Máray-, Tibor Marconnay-, István Margócsy-, Béla Márkus-, Gyula Marosi-, László Marsall-, Martin-, Ignác Martinovics-, László Márton-, László Márton-, Judit Márványi-, A. Maté-, P. Maté, Győző Mátyás-, König Mátyás-, Mayer-, László Mécs-, Tibor Melczer-, Béla Meliorisz-, József Méliusz-, Péter Melius Juhász-, Sándor Mészáros-, Dezső Mészöly-, Miklós Mészöly-, András Mezei-, Katalin Mezey-, György Michaletzky-, Kelemen Mikes-, Kálmán Mikszáth-, Miklós Misztótfalusi Kis-, Gábor Mocsár-, Péter Módos-, Lívia Mohás-, György Moldova-, Ferenc Molnár-, Géza Molnár-, Miklós Molnár-, Zoltán Molnár-, Imre Monostori-, Dezső Monoszlóy-, Montaigne-, Ferenc Móra-, T. Mora-, Morgenstern-, Zsigmond Móricz-, Mozart-, Lajos Mózes-, Miklós Munkácsy-, Musil-, Musset-, Péter Müller-, Mrożek-, László Nádai-, Péter Nádas-, József Nádass-, Anna Nádudvari-, András Nagy-, Imre Nagy-, Gáspár Nagy-, Lajos Nagy-, László Nagy-, László B. Nagy-, Pál Nagy-, Péter Nagy-, Péter Nagy Sz.-, György Nemes-, László Nemes-, Ágnes Nemes Nagy-, István Nemeskürthy-, Béla Németh G.-, László Németh-, Pál Németh-, Népszabadság-, Nietzsche-, Ádám Niklai-, Nossack-, Novalis-, András Nyerges-, Balázs Nyilasy-, Obrazcov-, János Oláh-, Sándor Olasz-, Zoltán Ónagy-, Imre Oravecz-, Ottó Orbán-, Zsuzsanna Orczy-, Ortega-, Gyula Ortutay-, Ernő Osvát-, Béla Osztojkán-, Géza Ottlik-, Ovid-, Szilveszter Ördögh-, István Örkény-, István Örley-, Paetzke-, István Pákolitz-, Ádám Pálóczi Horváth-, Ödön Palasovszky-, Paléologue-, András Pályi-, Pál Pándi-, Zoltán Panek-, Károly Pap-, Ferenc Pápai Páriz-, Márió Papp-, Tibor Papp-, János Parancs-, Lajos Parti Nagy-, Anna Pardi-, Pascal-, Géza Páskándi-, Pastior-, Apostel Paulus-, Péter Pázmány-, Perec-, Géza Perneczky-, György Pete-, István Petelei-, Imre Péntek-, Jenő Péterfy-, András Petőcz-, Sándor Petőfi-, János Petőfi S.-, György Petri-, Éva Petrőczi-, Kata Szidónia Petrőczy-, János Pilinszky-, Lajos Pintér-, Tamás Pintér-, Plinius-, Lajos Pók-, Béla Pomogáts-, Péter Pór-, László Possonyi-, György Poszler-, Powys-, Ottokár Prohászka-, Proust-, Ferenc Pulszky-, Puschkin-, János Pusztai-, Pynchon-, Zsuzsa Rab-, György Rába-, Rabelais-, Péter Rácz-, Olivér Rácz-, Gedeon Ráday-, Viktória Radics-, Miklós Radnóti-, Sándor Radnóti-, Zsuzsa Radnóti-, Sarolta Raffai-, József Rájnis-, Ferenc Rákóczi II.-, Sándor Rákos-, Jenő Rákosi-, Gergely Rákosy-, Zsuzsa Rakovszky-, Rakusa-, Ágnes Rapai-, József Ratkó-, Ratzinger-, László Ravasz-, Gitta Reén-, József Tamás Reményi-, Zsigmond Remenyik-, Péter Rényi-, József Révai-, Gyula Reviczky-,

Ádám Réz-, Pál Réz-, Frigyes Riedl-, Rilke-, János Rimay-, Rimbaud-, Imre Robotos-, György Rónay-, László Rónay-, Rosenzweig-, Szilárd Rubin-, Iván Sanders-, György Sándor-, Iván Sándor-, Ferenc Sánta-, József Sárándi-, Imre Sarkadi-, György Sárközy-, Sartre-, István Sárospataky-, Schlegel-, A. Schmidt-, D. Schmidt-, Schmidt-Henkel-, Aladár Schöpflin-, György Schwajda-, János Sebeők-, Simon Serfőző-, Shakespeare-, István Sigmond-, Csaba Sík-, Sándor Sík-, István Siklós-, István Simon-, Zoltán Simon-, András Simonffy-, Imre Simonyi-, Ervin Sinkó-, György Somlyó-, Zoltán Somlyó-, Sándor Somogyi Tóth-, István Sőtér-, Spinoza-, György Spiró-, Stendhal-, Stiller-, Storm-, B. Strauß-, Sukenick-, Vince Sulyok-, G. Stein-, Steiner-, Sterne-, Zoltán Sumonyi Papp-, Mihály Sükösd-, András Sütő-, János Sylvester-, László Szabédi-, Dezső Szabó-, Ede Szabó-, György Szabó-, Gyula Szabó-, Lőrinc Szabó-, Magda Szabó-, Pál Szabó-, Bence Szabolcsi-, Miklós Szabolcsi-, Mihály Szabolcska-, Lajos Szakolczay-, Károly Szakonyi-, Károly Szalay-, László Szalay-, László Széle-, Piroska Szántó-, György Száraz-, Béla Szász-, Imre Szász-, József Szauder-, János Szávai-, Nándor Szávai-, Lehel Szeberényi-, István Széchenyi-, Ervin Szederkényi-, Mihály Szegedy-Maszák-, Ákos Székely-, Magda Székely-, János Székely-, Margit Szécsi-, Gyula Szekfű-, Pál Szemere-, Ferenc Szemlér-, Albert Szenczi Molnár-, Kornél Szenteleky-, Géza Szentgallay-, Tamás Szentjóby-, Miklós Szentkuthy-, Péter Szentmihály Szabó-, Ernő Szép-, Attila Szepesi-, Márton Szepsi Csombor-, Antal Szerb-, István Szerdahelyi-, József Szervác-, Gábor Szigethy-, Csaba Szigeti-, Eduard Szigligeti-, János Sziládi-, Ákos Szilágyi-, Eszter Anna Szilágyi-, Domokos Szilágyi-, István Szilágyi-, János György Szilágyi-, Lajos Szilvási-, Szimonov-, Gyula Szini-, Judit Sziráky-, János Sziveri-, Endre Szkárosi-, Tibor Szobotka-, Zoltán Szokolay-, Bálint Szombathy-, Dezső Szomory-, Sophokles-, Géza Szőcs-, Zoltán Szöllősi-, László Szörényi-, Zoltán Szűgyi-, Mihály Sztárai-, Ádám Tábor-, Géza Takács-, Ferenc Takács-, Imre Takács-, Zsuzsa Takács-, Gyula Takáts-, Menyhért Tamás-, Gáspár Miklós Tamás-, Áron Tamási-, Dezső Tandori-, Sándor Tar-, Ede Tarbay-, Lajos Tardy-, Tamás Tarján-, Zoltán Tárnok-, Sándor Tatay-, Péter Tátray-, Péter Teknős-, László Teleki-, Samuel Teleki-, Ferenc Temesi-, Pelbárt Temesvári-, Imre Téglássy-, Jenő Tersánszky J.-, Kálmán Thaly-, Árpád Thiery-, Géza Thinsz-, D. Thomas-, Beáta Thomka-, Gábor Thurzó-, György Tímár-, Sebestyén Tinódi-, Ferenc Toldy-, Lajos Tolnai-, Ottó Tolnai-, Tolstoi-, Mihály Tompa-, Cecil Tormay-, József Tornai-, Árpád Tóth-, Bálint Tóth-, Erzsébet Tóth-, Judit Tóth-, László Tóth-, István Tömörkény-, Péter Tömöry-, Mari Törőcsik-, Endre Török-, Sándor Török-, Sophie Török-, Árpád Tőzsér-, Trakl-, Imre Trencsényi-Waldapfel-, Péter Turcsány-, Turgenjew-, József Túróczi-Trostler-, Tibor Tüskés-, Tamás Tüz-, Tzara-, János Újhelyi-, Nándor Újhelyi-, Tamás Ungvári-, Rudolf Ungváry-, Gyula Urbán-, Ida Urr-, József Utassy-, Imre Vahot-, János Vajda-, Jánosné Vajda-, László Vathó-, Valéry-, Miklós Vámos-,

István Váncsa-, Szabolcs Várady-, Csaba Varga-, Domokos Varga-, Imre Varga-, Katalin Varga-, Lajos Márton Varga-, Balázs Vargha-, Attila Vári-, Nándor Várkonyi-, István Vas-, Gereben Vas-, Péter Vasadi-, Miklós Vásárhelyi-, Géza Vasy-, Zsuzsa Vathy-, László Végel-, Antal Végh-, György Végh-, László Vekerdi-, Tamás Vekerdi-, Antal Verbőczy-, András Veres-, Péter Veres-, Mihály Veresmarti-, Miklós Veress-, Verlaine-, Ferenc Verseghy-, Gyula Veszely jr.-, Endre Vészi-, Miklós Vidor-, Villon-, Benedek Virág-, Viragh-, János Vitányi-, György Vitéz-, Mihály Vitkovics-, Géza Voinovics-, Voltaire-, Mihály Vörösmarty-, György Walkó-, Wasmuth-, Tibor Wehner-, Sándor Weöres-, István Werbőczy-, Miklós Wesselényi-, Whitman-, András Wilheim-, Wittgenstein-, Woolf-, Zsigmond Zalabai-, Tibor Zalán-, Miklós Zelei-, Péter Zimre-, Lajos Zilahy-, Péter Zirkuli-, Miklós Zrínyi-, Maria Zsámboki-, Zsdanov-, Julianna Zsigray-, Péter Zsoldos-, Béla Zsolt- und György Zsombok Timár-*Zitate*; außerdem unter anderem Aufnahmen von Zoltán Bakos von folgenden Werken: Altdorfer Laubwald mit dem Drachenkampf des Hl. Georg; Ferenc Banga: Comic; Robert Fludd: Kosmosdarstellungen; Árpád Kovács: Daisy-Zeichnungen; Malewitsch: Schwarzes Quadrat, Károly Markó sen.: Landschaft bei Visegrád; János Megyik: Hommage à Pascal; Péter Nádas: Vollmond (Fotografie); Penrose: Unmögliches Dreieck; Raffael: Der Stumme; Holzarbeiten von Kiyosi Seike; Bertill Strandell: Das Lesen ist für die Seele, was die Gymnastik für den Körper (Fotografie).

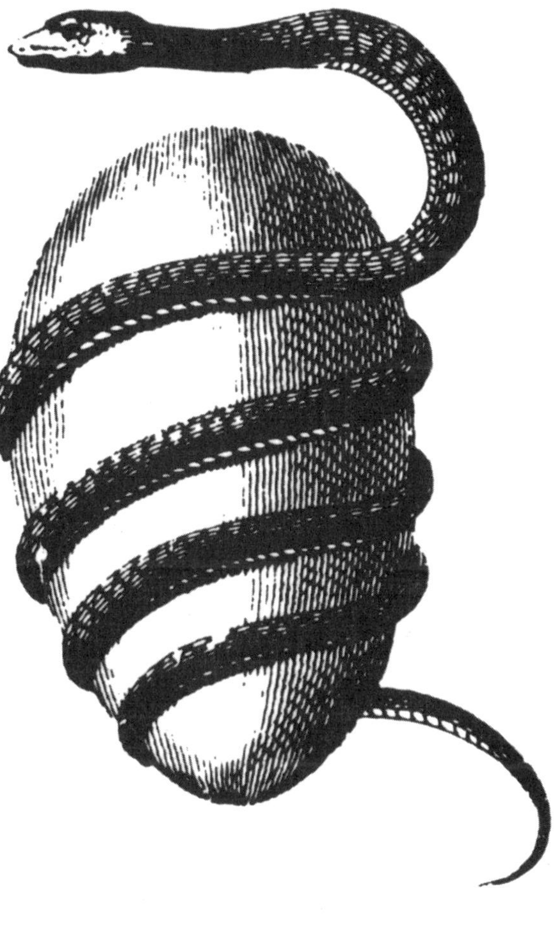

1978–1984

INHALT

Die Originalausgabe erschien 1986 unter dem Titel *Bevezetés a szépirodalomba* bei Magvető, Budapest | © 1986 Péter Esterházy | Für die deutsche Ausgabe © 2006 Berlin Verlag GmbH, Berlin | Alle Rechte vorbehalten | Umschlaggestaltung: Nina Rothfos & Patrick Gabler, Hamburg, nach einem Entwurf von Gitta Esterházy, unter Verwendung von Zeichnungen von Ferenc Banga | Typografie: Renate Stefan, Berlin | Gesetzt aus der Stempel Garamond und der Castellar MT durch psb, Berlin | Druck & Bindung: Clausen & Bosse, Leck | Printed in Germany 2006 | ISBN 3-8270-0539-6

FRIEDENSPREIS DES DEUTSCHEN BUCHHANDELS 2004

Péter Esterházy

HARMONIA CÆLESTIS

Aus dem Ungarischen von Terézia Mora

Péter Esterházys epochales Werk über die Geschichte (s)einer Familie.

»So unangestrengt durchtrieben war selten ein Buch in letzter Zeit, so vibrierend von Jetztzeit und vollgesogen von Geschichte, so reich an frechem Lachen und tiefster Trauer ... Wir danken für den großen europäischen Roman, den wir damit in Händen halten.«

Süddeutsche Zeitung

VERBESSERTE AUSGABE

Aus dem Ungarischen von Hans Skirecki

Die *Verbesserte Ausgabe* vom Autor des Bestsellers *Harmonia Cælestis*. Ein literarisches Dokument von einer zeitgeschichtlichen Bedeutung weit über Ungarn hinaus.

»Ein Beben geht durch Ungarn: Péter Esterházy entdeckt die Agentenakte seines Vaters.«

Süddeutsche Zeitung

»Wäre Ungarn das einzige Land, das solche Tragödien erlebt hat, wäre das Buch ein ungarisches. Doch Péter Esterházy, selbst zur tragischen Figur geworden, hat erneut ein Stück Weltliteratur geschrieben.«

Frankfurter Allgemeine Zeitung

Péter Esterházy

Deutschlandreise im Strafraum

Aus dem Ungarischen von György Buda

Esterházy geht auf Forschungsreise durch unser Land, um die deutsche Fußballseele zu erkunden. Die rauen Ascheplätze der westdeutschen Provinz, das Schicksal des BC Harta (gegen den er vor Jahrzehnten noch selbst spielte) in der Nähe von Dresden oder die schöne Existenz der Heidi Klum – all dies entdeckt der Autor mit fremden Augen und verwunderter Sympathie. Das Buch ist aber auch eine (autobiographische) Reise zu seinen Anfängen des Spiels, und der hier über Fußball schreibt, davon schwärmt, ist nicht nur ein Fan, sondern in seinem Herzen immer Spieler geblieben. Es ist die Liebeserklärung des Autors Péter Esterházy, der in diesem Buch bekennt: »Ich war zuerst Fußballer und erst danach Schriftsteller.«

»Péter Esterházy nähert sich dem Fußball mit einer charmanten Mischung aus Euphorie und Resgination: Er schaffe es einfach nicht, sich ein Spiel *nicht* anzusehen, sagt der Friedenspreisträger des deutschen Buchhandels über sich – kurz vor der Fußballweltmeisterschaft erschien er uns damit ganz klar als der bestmögliche Autor für die vierte Folge der Deutschlandreise des *SZ-Magazins*.«

Süddeutsche Zeitung Magazin

BERLIN VERLAG